T0268017

SARAH J. MAAS

CASA DE FLAMA Y SOMBRA

CIUDAD MEDIALUNA

Traducción de Carolina Alvarado Graef

ALFAGUARA

El papel utilizado para la impresión de este libro ha sido fabricado a partir de madera
procedente de bosques y plantaciones gestionadas con los más altos estándares ambientales,
garantizando una explotación de los recursos sostenible con el medio ambiente y beneficiosa para las personas.

Casa de flama y sombra

Título original: *House of Flame and Shadow*

Primera edición en México: febrero, 2024

penguinlibros.com

ISBN: 978-607-384-114-6

Impreso en México – *Printed in Mexico*

Para Sloane,
que ilumina universos enteros con su sonrisa

LUNATHION

CIUDAD MEDIALUNA

Puerta de los Ángeles

Distrito Central de Negocios

Mercado de la Carne

Puerta del Mercader

Camino Oeste

Río Istros

Camino Norte
Muro de la Ciudad
Puerta de los Mortales
Calle Principal
Prados de Asfódelos
Templo de Urd
El Cuervo Blanco
Calle Archer
Camino Este
Puerta de la Rosa
El Comitium
Avenida Ward
Parque del Oráculo
Templo de Luna
Casa de Ruhn
El Astrónomo
Cinco Rosas
La Vieja Plaza
Avenida Central
La villa del Rey del Otoño
Mugin & Hugin
Lethe
Los Archivos
Ballet de Ciudad Medialuna
Departamento de Bryce
Avenida Laurel
Calle Crone
Puerta del Corazón
Avenida Moonwood
Madriguera de los lobos
Antigua casa de Bryce
Antigüedades Griffin
Centro de Entrenamiento del Aux
Moonwood
Campo de tiro
Puerta del Río
Muelle Negro
Las Puertas de Hueso
Río Istros
Corte Azul
Puerta de los Muertos
Sector de los Huesos
Muro de la Ciudad
Camino Sur

LAS CUATRO CASAS DE MIDGARD

Como fue decretado en 33 V.E. por el Senado Imperial
en la Ciudad Eterna

CASA DE TIERRA Y SANGRE

Metamorfos, humanos, brujas, animales comunes y muchos más a quienes Cthona invoca, así como algunos elegidos por Luna

CASA DE CIELO Y ALIENTO

Malakim (ángeles), hadas, elementales, duendecillos,* y aquellos que recibieron la bendición de Solas, junto con algunos favorecidos por Luna

CASA DE LAS MUCHAS AGUAS

Espíritus de río, mer, bestias acuáticas, ninfas, kelpies, nøkks, y otros bajo el cuidado de Ogenas

CASA DE FLAMA Y SOMBRA

Daemonaki, segadores, espectros, vampiros, draki, dragones, nigromantes y muchas cosas malvadas y sin nombre que ni siquiera la misma Urd puede ver

*Los duendecillos fueron expulsados de su Casa como consecuencia de su participación en la Caída y ahora son considerados Inferiores, aunque muchos de ellos se niegan a aceptar esto.

PRÓLOGO

La Cierva se arrodilló frente a sus amos inmortales y consideró cómo se sentiría arrancarles la garganta.

Alrededor de su propia garganta, colgaba un collar de plata frío y pesado. Nunca se calentaba al contacto con su piel. Como si las vidas arrebatadas que simbolizaba quisieran que ella también soportara las frías garras de la muerte.

Un dardo de plata en el uniforme de un necrolobo: el trofeo por eliminar a un rebelde de la faz de Midgard. Lidia había ganado tantos que ya no cabían en la tela gris de su uniforme imperial. Eran tantos que los había fundido para convertirlos en ese collar.

¿Alguien en esta habitación notaba lo que representaba de verdad?

Un collar. Unido a una correa dorada que la ataba directamente a los monstruos frente a ella.

¿Y esos monstruos alguna vez sospecharon que su fiel mascota se sentaba a sus pies pensando cómo se sentirían en sus labios el sabor y la textura de su sangre? ¿Cómo se sentirían en sus dientes?

Pero aquí permanecería arrodillada hasta que le dieran permiso de levantarse. Al igual que este mundo permanecería hincado mientras los seis asteri en sus tronos lo drenaban hasta dejarlo seco para después abandonar su cadáver a que se pudriera en el vacío del espacio.

El personal del Palacio Eterno ya había limpiado la sangre del brillante piso de cristal bajo las rodillas de Lidia. Ningún rastro con olor a cobre quedaba ya en el aire estéril, ninguna pequeña gota mancillaba las columnas que flanqueaban la habitación. Como si los acontecimientos de dos días antes nunca hubieran sucedido.

Pero Lidia Cervos no podía permitirse seguir pensando en esos acontecimientos. No mientras estuviera rodeada de sus enemigos. No con Pollux arrodillado a su lado y apoyando una de sus alas brillantes sobre su pantorrilla. Si fuera otra persona, podría considerarlo un gesto de consuelo, de solidaridad.

Pero de Pollux, del Martillo, no significaba nada salvo posesión.

Lidia se obligó a que sus ojos parecieran muertos y fríos. Forzó lo mismo en su corazón y se concentró en los dos reyes hada que defendían sus casos.

—Mi hijo difunto actuó por sí solo —declaró Morven, rey de las hadas de Avallen.

Su rostro, severo y blanco como una osamenta. Era alto, de cabello oscuro y vestía completamente de negro, aunque no parecía rodearlo una atmósfera densa de duelo.

—Si hubiera sabido de la traición de Cormac, lo hubiera entregado yo mismo —terminó de decir.

Lidia movió un poco la mirada para ver hacia el panel de parásitos sentados en sus tronos de cristal.

Rigelus, bajo su velo usual del cuerpo de un hada adolescente, apoyó su delicada barbilla en el puño y dijo:

—Me parece difícil creer que no tuvieras conocimiento de las actividades de tu hijo, considerando el firme control que tenías sobre él.

Sobre los hombros de Morven se alcanzaron a ver las sombras susurrantes que los recorrían para luego desaparecer en su armadura de escamas.

—Era un chico desafiante. Pensé que lo había corregido hacía mucho tiempo.

—Pues pensaste mal —se burló Hesperus, la Estrella Crepuscular, que había adoptado la forma de una ninfa rubia. Sus dedos largos y delgados golpeteaban en el brazo brillante de su trono—. Debemos asumir que su traición entonces proviene de alguna podredumbre dentro de tu casa real. Ahora debe enmendarse.

Por primera vez en las décadas que la Cierva llevaba de conocerlo, el rey Morven controló su lengua. No había tenido alternativa a responder al llamado de los asteri ayer, pero claramente no apreciaba este recordatorio de que su autonomía era una mera ilusión, incluso en la isla de Avallen protegida por la niebla.

Una pequeña parte de Lidia gozaba esto: ver a ese hombre que se había pavoneado en Cumbres, reuniones y fiestas, y que ahora tenía que moderar cada una de sus palabras. Con la conciencia de que podrían ser las últimas.

Morven gruñó:

—No tenía conocimiento de las actividades de mi hijo ni de su corazón cobarde. Lo juro por el arco dorado de Luna —dijo. Luego, agregó con voz clara y furia impresionante—: Condeno todo lo que Cormac fue y lo que representaba. No se le honrará con una tumba ni con un entierro. No habrá un barco que lleve su cuerpo a las Tierras Estivales. Me aseguraré de que su nombre sea borrado de todos los registros de mi casa.

Por un instante, Lidia se permitió sentir un dejo de lástima por el agente de Ophion que conoció. Por el príncipe hada de Avallen, que había dado todo por destruir a esos seres frente a ella.

Igual que ella había dado todo. Seguiría dando todo.

Polaris, la Estrella del Norte, con el cuerpo de un ángel femenino de piel oscura y alas blancas, dijo con lentitud deliberada:

—No habrá un barco que lleve el cuerpo de Cormac a las Tierras Estivales porque el chico se inmoló. E intentó llevarnos a todos con él —dijo con una suave risita odiosa que recorrió la piel de Lidia como garras—. Como si una vil flama pudiera lograrlo.

Morven no dijo nada. Había hecho todo lo posible excepto arrodillarse y suplicar. Podría llegar a eso pero, por ahora, el rey hada de Avallen todavía mantenía la cabeza en alto.

Según la leyenda, ni siquiera los asteri podían perforar la niebla que envolvía Avallen, pero Lidia no sabía si eso se había comprobado. Tal vez era otra razón para la visita de Morven: evitar que los asteri tuvieran motivos para explorar si la leyenda era verdad.

Si de alguna manera el poder antiguo que rodeaba Avallen los repelía, valía la pena la humillación a cambio de guardar el secreto.

Rigelus cruzó la pierna con el tobillo sobre la rodilla. Lidia había visto a la Mano Brillante ordenar que se ejecutara a familias enteras con esa misma actitud desenfadada.

—¿Y tú, Einar? ¿Qué tienes que decir de tu hijo?

—Mierda traidora —escupió Pollux arrodillado al lado de Lidia. Tenía el ala todavía apoyada en su pierna, como si fuera su dueño. Como si ella fuera de su propiedad.

El Rey del Otoño hizo caso omiso del Martillo. Ignoró a todos salvo a Rigelus y contestó sin ninguna entonación:

—Ruhn ha sido salvaje desde que nació. Hice lo que pude por contenerlo. No me queda casi ninguna duda de que las maquinaciones de su hermana lo convencieron de participar en esto.

Lidia mantuvo los dedos relajados aunque ansiaban curvarse para formar puños. Estabilizó el latido de su corazón para que mantuviera su pausado ritmo habitual y que ningún oído vanir pudiera detectar algo fuera de lo común.

—¿Entonces buscarías salvar a uno de tus hijos condenando a la otra? —preguntó Rigelus y sus labios se curvaron un poco para formar una sonrisa—. ¿Qué tipo de padre eres, Einar?

—Ni Bryce Quinlan ni Ruhn Danaan tienen ya el derecho de hacerse llamar mis hijos.

Rigelus ladeó la cabeza y su cabello corto y oscuro brilló bajo la luz de la habitación de cristal.

—Pensaba que ella había adoptado el nombre de Bryce Danaan. ¿Le revocaste el estatus real?

Al Rey del Otoño le vibró ligeramente un músculo de la mejilla.

—Aún estoy decidiendo cuál será el castigo apropiado para ella.

Las alas de Pollux se movieron un poco pero el ángel mantuvo la cabeza agachada y le gruñó al Rey del Otoño:

—Cuando le ponga las manos encima a la puta de tu hija, agradecerás haber renegado de ella. Lo que le hizo a la Arpía, se lo haré a ella diez veces peor.

—Tendrías que encontrarla primero —respondió el Rey del Otoño con frialdad. Lidia supuso que Einar Danaan era una de las pocas hadas en Midgard que podía desafiar abiertamente a un ángel tan poderoso como el Malleus. El rey hada levantó la mirada de sus ojos color ámbar, tan similares a los de su hija, para ver a los asteri.

—¿Los místicos ya averiguaron su paradero?

—¿No deseas saber dónde está tu hijo? —preguntó Octartis, la Estrella del Sur, con una sonrisa falsa.

—Sé dónde está Ruhn —respondió el Rey del Otoño sin inmutarse—. Merece estar ahí —volteó ligeramente en dirección al sitio donde estaba hincada Lidia y la estudió con frialdad—. Espero que logren exprimirle todas las respuestas.

Lidia le sostuvo la mirada con una expresión pétrea, como hielo... como la muerte.

La mirada del Rey del Otoño se posó brevemente en el collar de plata en su garganta y una leve curvatura aprobatoria rozó sus labios. Pero le preguntó a Rigelus con una autoridad que a Lidia le resultó admirable:

—¿Dónde está Bryce?

Rigelus suspiró, aburrido y molesto: una combinación letal.

—Eligió dejar Midgard.

—Un error que pronto rectificaremos —agregó Polaris.

Rigelus le lanzó una mirada de advertencia a la asteri menor.

El Rey del Otoño dijo con la voz apenas un poco más débil:

—¿Bryce ya no está en este mundo?

Morven volteó a ver al otro rey hada con cautela. Hasta donde se sabía, desde Midgard sólo se tenía acceso a otro lugar y se había construido un muro entero alrededor de la Fisura Septentrional en Nena para evitar que sus ciudadanos cruzaran a este mundo. Si Bryce ya no estaba en Midgard, tenía que estar en el Averno.

A Lidia nunca se le había ocurrido que el muro alrededor de la Fisura también era para evitar que los midgardianos se *salieran*.

Bueno, la mayoría de los midgardianos.

Rigelus dijo con severidad:

—Ese conocimiento no se debe compartir con nadie.

Sus palabras portaban la afilada implicación: *so pena de muerte*.

Lidia había estado presente cuando los demás asteri habían exigido saber cómo había sucedido: cómo Bryce Quinlan había abierto un portal a otro mundo en su propio palacio para escapársele de entre los dedos a la Mano Brillante. La incredulidad y rabia de los asteri fueron un leve consuelo tras lo sucedido, que seguía revolviéndose en el interior de Lidia.

Una campana plateada sonó detrás de los tronos de los asteri como un amable recordatorio de que tenían otra reunión programada poco después.

—No hemos terminado con esta discusión —advirtió Rigelus a los dos reyes hada. Señaló con su dedo delgado hacia las puertas dobles que abrían hacia el pasillo—. Si pronuncian una palabra sobre lo que han escuchado hoy, se percatarán de que no hay un solo lugar en este planeta donde estén a salvo de nuestra ira.

Los reyes hada hicieron una reverencia y se marcharon sin decir nada.

El peso de las miradas asteri cayó en Lidia y le quemó hasta el alma. Lo soportó, como había soportado todos los demás horrores de su vida.

—Levántate, Lidia —dijo Rigelus con algo que casi parecía afecto. Luego, a Pollux—: Levántate, mi Martillo.

Lidia se tragó la bilis que le quemaba como ácido y se puso de pie. Pollux hizo lo mismo. Sus alas blancas le rozaron la mejilla, la suavidad de sus plumas en contraposición con la podredumbre de su alma.

La campana volvió a sonar pero Rigelus levantó una mano al asistente que esperaba entre las sombras de los pilares cercanos. La siguiente reunión podía esperar un momento más.

—¿Cómo van los interrogatorios? —preguntó Rigelus y se dejó caer sobre su trono como si estuviera preguntando sobre el clima.

—Estamos en los procedimientos iniciales —dijo Lidia. Su boca se sentía de cierta forma distante de su cuerpo—. Llevará tiempo quebrar a Athalar y Danaan.

—¿Y el Mastín del Averno? —preguntó Hesperus. Los oscuros ojos de la ninfa destellaban con malicia.

—Sigo evaluándolo —dijo Lidia manteniendo la barbilla en alto y con las manos a la espalda—. Pero confío en que lograré sacarles todo lo requerido, Sus Gracias.

—Como siempre lo haces —dijo Rigelus y bajó la mirada al collar de plata—. Te concedemos la libertad de hacer tu mejor trabajo, Cierva.

Lidia hizo una reverencia desde la cintura con precisión imperial. Pollux hizo lo mismo y plegó las alas con un movimiento elegante. El retrato viviente del soldado perfecto, para lo que había sido criado.

Cuando al fin entraron al largo corredor que se alejaba del salón del trono, el Martillo habló:

—¿Crees que esa maldita perra de verdad se fue al Averno?

Pollux hizo un movimiento brusco de la cabeza hacia sus espaldas, hacia el portal opaco y silencioso de cristal en el extremo opuesto del pasillo.

Los bustos que decoraban el corredor, todos los asteri en sus diversas formas a lo largo de los siglos, habían sido reemplazados. Las ventanas que había destrozado Athalar con sus relámpagos habían sido reparadas.

Al igual que en el salón del trono, no quedaba ni un rastro de lo que había ocurrido ahí. Y más allá de los muros de cristal de este palacio, en las noticias no había aparecido ni un rumor.

La única prueba: los dos guardias asterianos que ahora flanqueaban ambos lados del portal. Sus vestimentas de gala doradas y blancas brillaban bajo los rayos de sol que se proyectaban al interior. Las puntas de las lanzas que sostenían en sus manos enguantadas eran como estrellas caídas. Con los visores de los cascos dorados abajo, Lidia no alcanzaba a distinguir las caras que había detrás. Aunque eso no importaba, supuso. No tenían individualidad, no tenían vida. Los ángeles de elite, nacidos en la alta sociedad, habían sido criados para la obediencia y el servicio. Así como habían sido criados para tener esas deslumbrantes alas blancas. Como las del ángel que estaba a su lado.

Lidia continuó caminando sin prisa hacia los elevadores.

—No desperdiciaré tiempo intentando averiguarlo. Pero no me queda duda de que Bryce Quinlan regresará un día, sin importar dónde haya terminado.

Más allá de las ventanas, las siete colinas de la Ciudad Eterna resplandecían bajo la luz del sol. La mayoría estaban cubiertas de edificios coronados por tejados de terracota. Una montaña estéril, más bien una colina, se elevaba entre varios picos casi idénticos justo al norte de la frontera de la ciudad. El brillo metálico de su punta destellaba como un faro.

¿Era un insulto intencional a Athalar que esa montaña, el monte Hermon (donde él y la arcángel Shahar habían organizado la primera y última batalla de su rebelión fracasada) fuera el sitio donde ahora se almacenaban decenas de los nuevos mecatrajes híbridos de los asteri? En los calabozos, Athalar no tendría manera de verlos, pero conociendo a Rigelus, el posicionamiento de las nuevas máquinas definitivamente era simbólico.

Ayer por la mañana, Lidia había leído el informe de lo que habían estado planeando los asteri las últimas semanas, a pesar de los intentos de Ophion por detenerlo. A pesar de los intentos de *ella* por detenerlo. Pero los detalles por escrito no habían sido nada comparados con el momento en que aparecieron los trajes al atardecer. La ciudad era un hervidero al ver cómo los transportes militares llegaban a la cima de la colina y los iban depositando, uno por uno, mientras los equipos de los noticiarios corrían a informar sobre la tecnología de punta.

A ella se le revolvió el estómago al ver los trajes por primera vez... y de nuevo ahora al mirar las corazas de acero brillar bajo el sol.

Más pruebas del fracaso de Ophion. Habían destruido el mecatraje en Ydra, el laboratorio había sido arrasado hace días, pero todo demasiado tarde. En secreto, Rigelus había construido este ejército de metal y lo había posicionado en la punta desolada del monte Hermon. Los trajes representaban una mejora sobre los híbridos porque ya ni siquiera requerían pilotos que los operaran. Seguían teniendo la capacidad de alojar a un soldado vanir, de ser necesario. Como si los híbridos hubieran sido una distracción calculada para Ophion mientras Rigelus perfeccionaba *éstos* en secreto. La magia y la tecnología se habían combinado con eficiencia letal y un costo mínimo a la vida militar. Pero esos trajes eran la muerte segura de los rebeldes que aún quedaban y condenaban al resto de la rebelión.

Ella debería haber detectado la artimaña de Rigelus, pero no fue así. Y ahora esos horrores serían liberados al mundo.

Se abrió el elevador y Lidia y Pollux entraron en silencio. Lidia presionó el botón que la llevaría al subnivel más bajo: bueno, el penúltimo. Los elevadores no descendían hasta las catacumbas, a las cuales sólo podían entrar a través de una escalera sinuosa de cristal. Ahí, dormían mil místicos.

Cada uno de los cuales estaba ahora concentrado en una sola tarea: *encontrar a Bryce Quinlan*.

Eso hacía surgir una pregunta: si todos sabían que la Fisura Septentrional y las otras Puertas sólo abrían al Averno, ¿por qué desperdiciarían los asteri tantos recursos en su búsqueda? Bryce había llegado al Averno, seguramente no había necesidad de ordenarles a los místicos que la encontraran.

A menos que Bryce Quinlan hubiera terminado en *otra* parte que no fuera el Averno. Un mundo distinto, quizás. Y si ese era el caso...

¿Cuánto tiempo tomaría? ¿Cuántos mundos existían más allá de Midgard? ¿Y cuáles eran las probabilidades de que Bryce sobreviviera en cualquiera de ellos... de que alguna vez regresara a Midgard?

Los elevadores se abrieron hacia la penumbra húmeda de los calabozos. Pollux avanzó con paso amenazante por el pasillo de roca. Tenía las alas muy pegadas al cuerpo. Como si no quisiera que ni una mota de tierra de este sitio mancillara sus alas impecables.

—¿Por eso los estás manteniendo vivos? ¿Como carnada para esa perra?

—Sí —respondió Lidia y siguió los gritos más allá de las lámparas de luzprístina empotradas a lo largo de la pared—. Quinlan y Athalar son pareja. Ella regresará a este mundo por ese vínculo. Y cuando regrese, irá directo a él.

—¿Y el hermano?

—Ruhn y Bryce son Astrogénitos —dijo Lidia y abrió la puerta de hierro que daba a la sala de interrogatorios al otro lado. El metal rechinó contra la roca. El sonido tenía una similitud macabra con los aullidos provocados por los tormentos que ocurrían a todo su alrededor—. Lo va a querer liberar, como su hermano y como su aliado.

Bajó por los escalones hacia el corazón de la habitación, al centro de la cual tres hombres pendían de grilletes gorsianos. La sangre ya había formado charcos debajo de ellos y fluía lentamente hacia la rejilla debajo de sus pies descalzos.

Lidia apagó todas las partes de su ser dotadas de sentidos, las que respiraban.

Athalar y Baxian colgaban inconscientes del techo. Sus torsos eran un entramado de cicatrices y quemaduras. Y sus espaldas...

El único sonido que se escuchaba en la habitación silenciosa era un goteo constante, como un grifo con fugas. La sangre seguía brotando de los muñones donde habían tenido las alas. Los grilletes gorsianos frenaban su poder de curación hasta niveles casi humanos, lo cual evitaba que murieran del todo pero aseguraba que sufrieran cada instante de dolor.

Lidia no podía ver la tercera figura que colgaba entre ellos. No podía respirar cerca de él.

Se escuchó el sonido de cuero susurrar sobre roca y Lidia se sumergió dentro de sí misma cuando escuchó restallar el látigo de Pollux. Chocó contra la espalda malherida y sangrante de Athalar y el Umbra Mortis se movió bruscamente y quedó meciéndose en sus cadenas.

—Despierta —se burló el Martillo—. Es un día hermoso.

Los ojos hinchados de Athalar se abrieron un poco. El odio brilló en sus profundidades oscuras.

El halo que le habían vuelto a tatuar en la frente se veía más oscuro que las sombras del calabozo. Su boca golpeada se abrió con una sonrisa animal que reveló dientes manchados de sangre.

—Buenos días, rayito de sol.

Una risa suave y ronca se escuchó a la derecha de Athalar. Y aunque Lidia sabía que era una tontería, volteó a verlo.

Ruhn Danaan, príncipe heredero de las hadas de Valbara, la miraba.

Tenía el labio hinchado en el lugar donde Pollux le había arrancado su piercing. La ceja también la tenía llena de sangre seca por el aro que también le habían quitado. En su torso tatuado, a lo largo de sus brazos estirados sobre su cabeza, se mezclaban sangre, tierra y moretones.

Los ojos azules impactantes del príncipe estaban agudizados por el odio.

Por ella.

Pollux volvió a darle un latigazo a Athalar en la espalda sin molestarse por hacerle ninguna pregunta. No, esto era apenas el calentamiento. El interrogatorio vendría después.

Baxian seguía colgado inconsciente. Pollux lo había golpeado hasta dejarlo hecho un amasijo sanguinolento la noche anterior después de cortarles las alas a él y Athalar con una sierra desafilada. El Mastín del Averno no se movía para nada.

Night, intentó comunicarse Lidia y lanzó su voz hacia el aire mohoso que la separaba del príncipe hada. Nunca habían hablado de mente a mente fuera de sus sueños, pero ella lo había estado intentando desde que él llegó. Una y otra vez, lanzaba su mente hacia la de él. Sólo el silencio le respondía.

Justo como había sucedido desde el momento en que Ruhn supo quién era ella. Qué era ella.

Sabía que él podría comunicarse, incluso con las rocas gorsianas que hacían que su magia no funcionara y que su poder de sanación fuera más lento. Sabía que lo había hecho con Bryce antes de que su hermana escapara.

Night.

El labio de Ruhn se levantó con un gruñido silencioso. La sangre empezó a serpentear por su barbilla.

El teléfono de Pollux sonó. Un sonido agudo y extraño en este antiguo altar al dolor. Detuvo sus atenciones y un terrible silencio se formó.

—Mordoc —dijo el Martillo con el látigo aún en una mano. Giró al lado opuesto del cuerpo colgante y brutalizado de Athalar—. Infórmame.

Lidia no se molestó en protestar por el hecho de que su capitán estuviera informando al Martillo. Pollux había tomado la muerte de la Arpía a título personal, había ordenado a Mordoc y los necrolobos que buscaran cualquier pista que les indicara dónde podría haber ido Bryce Quinlan.

Que él siguiera creyendo que Bryce era la responsable de la muerte de la Arpía se debía solamente a que Athalar y Ruhn no habían revelado que había sido Lidia quien la había asesinado. Ellos sabían quién era ella y el único motivo que los mantenía sin confesar sus secretos era que sabían que era vital para la rebelión.

Por un momento, cuando Pollux miraba en otra dirección, Lidia dejó que su gesto cambiara. Permitió que Ruhn viera su rostro verdadero, el que le había besado el alma, el que le había compartido la suya, cuando sus seres se fundieron.

Ruhn, imploró a su mente. *Ruhn.*

Pero el príncipe hada no respondió. El odio en su mirada no disminuyó. Así que Lidia volvió a adoptar la máscara de la Cierva.

Y cuando Pollux se guardó el teléfono y volvió a inclinar el látigo, la Cierva le ordenó al Martillo con la voz baja e inerte que había sido su escudo por tanto tiempo:

—Trae el alambre de púas mejor.

PARTE UNO

EL DESCENSO

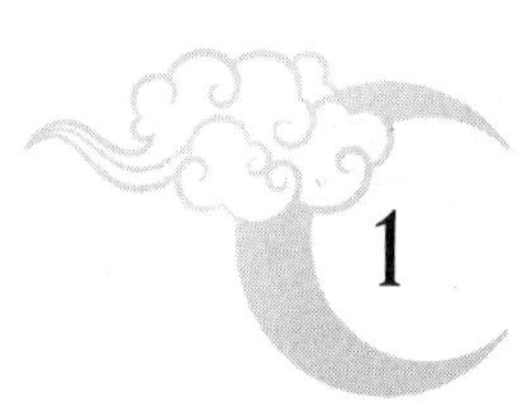

1

Bryce Quinlan estaba sentada en una cámara sepultada tan abajo de la montaña que la luz del día seguramente era sólo un mito para las criaturas que habitaban ahí.

Para ser un lugar que al parecer *no era* el Averno, sus alrededores ciertamente se le parecían: roca negra, palacio subterráneo, celda de interrogatorios aún-más-subterránea... La oscuridad parecía ser inherente a las tres personas que estaban paradas frente a ella: una mujer pequeña vestida de seda gris y dos hombres alados vestidos con armadura negra en forma de escamas. Uno de ellos, el hombre hermoso y poderoso que ocupaba el centro del trío, parecía literalmente estar cubierto de sombras y estrellas titilantes.

Rhysand, dijo que se llamaba. El que se parecía tanto a Ruhn.

No podía ser coincidencia. Bryce había saltado por el Portal con la intención de llegar al Averno, de aceptar al fin las repetidas ofertas de Aidas y Apollion de enviar sus ejércitos a Midgard para detener este ciclo de conquista galáctica. Pero había terminado aquí.

Bryce miró al guerrero que estaba junto al casi-gemelo de Ruhn. El hombre que la había encontrado. Que portaba la daga negra que había reaccionado ante la Espadastral.

Sus ojos castaños no mostraban nada salvo una alerta fría y depredadora.

—Alguien tiene que empezar a hablar —dijo la mujer de baja estatura... la que había parecido tan impresionada al escuchar a Bryce hablar en el Antiguo Lenguaje para ver la espada. Los braseros centelleantes con algo que se asemejaba a la luzprístina hacían brillar los mechones sedosos de su cabello a la barbilla y proyectaban la sombra de su mandíbula esbelta con un contraste impactante. Sus ojos, de una tonalidad increíble de plateado, miraron a Bryce pero permanecieron sin inmutarse.

—Dijiste que tu nombre es Bryce Quinlan. Que vienes de otro mundo: Midgard.

Rhysand murmuró al otro hombre alado que los acompañaba. Probablemente le traducía.

La mujer continuó:

—Si te creyéramos, ¿cómo es que llegaste aquí? *¿Por qué* llegaste aquí?

Bryce miró la celda vacía salvo por ellos. No había una mesa con instrumentos de tortura brillantes, no había ninguna abertura en la roca sólida aparte de la puerta de entrada y la rejilla en el centro del piso, a un par de metros de distancia. Una rejilla desde la cual podría jurar que emanaba un sonido sibilante.

—¿Qué mundo es éste? —preguntó Bryce con voz rasposa, las palabras secas. Después de que el doble de Ruhn se presentó cuando estaban en ese recibidor hermoso y acogedor, la tomó de la mano. La fuerza de su palma, el roce de sus callos contra su piel, era lo único sólido que había sentido cuando el viento y la oscuridad habían rugido a su alrededor. El mundo desapareció bajo sus pies y luego solamente había roca sólida y luz tenue. La habían llevado a un palacio tallado debajo de una montaña y luego bajaron por unas escaleras angostas hasta este calabozo. Donde le apuntó a una silla solitaria en el centro como orden silenciosa.

Así que ella se sentó y esperó que le pusieran las esposas o los grilletes o lo que fuera que usaran para inmovilizar a la gente en este mundo. Pero nunca le pusieron nada.

La mujer de baja estatura dijo:

—¿Por qué hablas el Antiguo Lenguaje?

Bryce movió la barbilla hacia la mujer.

—¿Por qué lo hablas tú?

Los labios pintados de rojo de la mujer se curvaron hacia arriba. No le daba un aspecto reconfortante.

—¿Por qué estás cubierta de sangre que no es tuya?

Puntuación: uno para la mujer.

Bryce sabía que su ropa estaba cubierta de sangre, ya dura y oscura, y sus manos llenas de sangre seca no le ayudaban para nada. Era la sangre de la Arpía y una poca de Lidia. Cubría a Bryce como parte de su estrategia cuidadosa para mantenerla viva, para mantener sus secretos a salvo, mientras Hunt y Ruhn habían...

Empezó a sentir cómo su aliento entraba y salía de su boca con dificultad. Los había abandonado. A su pareja y a su hermano. Los había dejado en las manos de Rigelus.

Las paredes y el techo empezaron a acercarse y a extraer el aire de sus pulmones.

Rhysand levantó una de sus manos anchas envueltas en guirnaldas de estrellas.

—No te haremos daño.

Bryce pudo deducir el resto de sus palabras ocultas en las densas sombras que lo rodeaban: *siempre y cuando no trates de lastimarnos.*

Ella cerró los ojos, intentando hacer a un lado su respiración desgarrada, el aplastante peso de la roca que la rodeaba.

Hacía menos de una hora, iba corriendo para alejarse del poder de Rigelus, evadiendo los bustos de mármol que explotaban y rompiendo ventanas. Los relámpagos de Hunt la habían golpeado en el pecho, hacia la Puerta, para abrir un portal. Había saltado hacia el Averno...

Y ahora... ahora estaba aquí. Le temblaban las manos. Las apretó para formar puños.

Bryce inhaló lentamente con el aliento entrecortado. Otra vez. Luego abrió los ojos y volvió a preguntar con voz enfática y clara:

—¿Qué mundo es éste?

Los tres interrogadores se quedaron en silencio.

Así que Bryce fijó la mirada en la mujer, la más pequeña pero de ninguna manera la menos letal del grupo.

—Tú dijiste que el Antiguo Lenguaje no se había hablado aquí en quince mil años. ¿Por qué?

Que fueran hadas y conocieran el lenguaje sugería que había un vínculo entre este sitio y Midgard, un vínculo que lentamente iba definiéndose con claridad terrible.

—¿Cómo es que tienes en tu posesión la espada perdida Gwydion? —fue la respuesta fría de la mujer.

—¿Qué...? ¿Te refieres a la Espadastral?

Otro vínculo entre sus mundos.

Todos volvieron a quedarse viéndose fijamente. Un muro impenetrable de personas acostumbradas a conseguir respuestas de cualquier manera que fuera necesaria.

Bryce no tenía armas, nada más allá de la magia que corría por sus venas, el amuleto archesiano alrededor de su cuello y el Cuerno tatuado en su espalda. Pero para usarlo, necesitaba poder, necesitaba que la recargaran como si fuera una estúpida batería...

Así que hablar sería su mejor arma. Lo bueno era que había pasado años haciéndose una experta en mentir e inventar mierda, según Hunt.

—Es un recuerdo familiar —dijo Bryce—. Ha estado en mi mundo desde que lo llevaron ahí mis ancestros... hace quince mil años.

Dejó que sus últimas palabras aterrizaran con una mirada cargada hacia la mujer. Que ella hiciera las cuentas, igual que Bryce las había hecho.

Pero el hombre hermoso, Rhysand, dijo con una voz como la medianoche:

—¿Cómo encontraste este mundo?

Él no era un hombre con el cual se debiera uno meter. Ninguna de estas personas lo era pero éste... La autoridad le emanaba por los poros. Como si fuera el mismo eje sobre el cual giraba este sitio. Una especie de rey, entonces.

—No lo encontré —respondió Bryce sin dejar de verlo a los ojos llenos de estrellas. Una parte animal de ella tembló ante el poder puro que proyectaba en su mirada—. Te lo dije: mi intención era ir al Averno. Pero aterricé aquí.

—*¿Cómo?*

Las cosas que estaban bajo la rejilla sisearon con más fuerza, como si percibieran su ira. Exigiendo sangre.

Bryce tragó saliva. Si se enteraban del Cuerno, su poder, las Puertas... ¿qué evitaría que la usaran como Rigelus la había querido usar? ¿O que la consideraran como una amenaza que debía ser removida?

Maestra de mentir e inventar cosas. Podía hacer esto.

—En mi mundo hay unas Puertas que abren a otros mundos. Durante quince mil años, casi siempre abrían al Averno. Bueno, la Fisura Septentrional abre directamente al Averno, pero... —dijo y dejó que ellos pensaran que estaba divagando. Que era una idiota. La chica fiestera que casi todo Midgard la consideraba, la que Micah pensaba que era ella hasta que recogió sus putas cenizas del piso con una aspiradora—. La Puerta me mandó aquí con un boleto sencillo.

¿Tenían boletos en este mundo? ¿Transporte?

Ella aclaró en el silencio:

—Un compañero mío apostó que podría enviarme al Averno usando su poder. Pero creo... —buscó entre todas las cosas que le había dicho Rigelus en esos últimos momentos. Que la estrella de su pecho de alguna manera actuaba como una especie de faro para el mundo original de las personas Astrogénitas.

Estaba ya dispuesta a intentar lo que fuera. Hizo un ademán con la cabeza en dirección de la daga del guerrero.

—Hay una profecía en mi mundo sobre mi espada y un cuchillo perdido. Que cuando se reúnan, también lo harán las hadas de Midgard.

Maestra en tejer mentiras, vaya que sí.

—Entonces, tal vez estoy aquí por eso. Tal vez la espada percibió a esa daga y... me trajo aquí.

Silencio. Luego el guerrero de ojos castaños rio en voz baja.

¿Cómo había entendido sin que Rhysand tradujera? A menos que simplemente pudiera leer su lenguaje corporal, su tono, su olor...

El guerrero habló con un tono de voz baja que le recorrió la columna vertebral. Rhysand lo volteó a ver con las cejas arqueadas y luego le tradujo a Bryce con tono igualmente amenazante:

—Estás mintiendo.

Bryce parpadeó, el vivo retrato de la inocencia y la indignación.

—¿Sobre qué cosa?

—Tú cuéntanos.

La oscuridad se arremolinó en la sombra que proyectaban las alas de Rhysand. No era una buena señal.

Ella estaba en otro mundo, con desconocidos que claramente eran poderosos y que no dudarían en matarla. Cada palabra que saliera de sus labios era vital para su seguridad y su supervivencia.

—Acabo de ver cómo un grupo de parásitos intergalácticos capturó a mi pareja y mi hermano —gruñó—. No me interesa hacer nada salvo encontrar cómo ayudarlos.

Rhysand miró al guerrero, quien asintió sin apartar la mirada de Bryce ni por un parpadeo.

—Bueno —le dijo Rhysand a Bryce y cruzó los brazos musculosos—. Al menos *eso* sí es verdad.

La mujer de talla pequeña seguía sin reaccionar. De hecho, sus rasgos se habían endurecido con el exabrupto de Bryce.

—Explícate.

Eran hadas. No había nada que sugiriera que eran mejores que los pedazos de mierda que Bryce había conocido la mayor parte de su vida. Y, sin embargo, por algún motivo, a pesar de que parecían estar atorados unos cuantos siglos antes que su propio mundo, parecían incluso más poderosos que las hadas midgardianas, lo cual sólo podía provocar aun más arrogancia y privilegio.

Tenía que irse al Averno. O mínimo a Midgard. Y si decía demasiado...

La mujer notó su titubeo y dijo:

—Ya métete a su mente de una vez, Rhys.

Bryce se quedó rígida. Oh, dioses. Podía meterse a su cabeza, ver lo que quisiera...

Rhysand miró a la mujer. Ella le sostuvo la mirada con una ferocidad que parecía contraponerse a su pequeña estatura. Si Rhysand estaba al mando, ciertamente no se esperaba que sus súbditos se tuvieran que mantener en silencio.

Bryce miró la única puerta. No podría llegar a ella a tiempo, ni siquiera si por alguna suerte la hubieran dejado abierta. Correr no la salvaría. ¿El amuleto archesiano le proporcionaría algo de protección? No había evitado que Ruhn hablara con ella en su mente, pero...

No me meto donde no me invitan de manera voluntaria.

Bryce se movió con brusquedad en la silla y casi la tiró al escuchar la voz cortante del hombre en su mente. La voz de Rhysand.

Pero ella respondió, agradeciéndole a Luna que pudo mantener su voz tranquila y serena, *¿Código de ética de la conversación mente-a-mente?*

Lo sintió pausar... casi como si se estuviera divirtiendo. *Te has topado con este método de comunicación con anterioridad.*

Sí. Era todo lo que diría sobre Ruhn.

¿Puedo ver tus recuerdos? ¿Para ver por mí mismo?

No. No puedes.

Rhysand parpadeó despacio. Luego dijo en voz alta:

—Entonces tendremos que confiar en tus palabras.

La mujer pequeña se quedó con la boca abierta.

—*Pero...*

Rhysand tronó los dedos y aparecieron tres sillas detrás de ellos. Se sentó con gracia en una y cruzó la pierna con el tobillo sobre la rodilla. El epítome de la belleza y arrogancia de las hadas. Miró hacia arriba a sus compañeros.

—Azriel —dijo e hizo una señal perezosa al hombre. Luego a la mujer—. Amren.

Entonces hizo un movimiento hacia Bryce y dijo con tono neutro:

—Bryce... Quinlan.

Bryce asintió lentamente.

Rhysand se puso a ver sus uñas cortas y limpias.

—Entonces, tu espada... ¿ha estado en tu mundo quince mil años?

—La llevó mi ancestro —dijo Bryce y dudó si decir algo más. Entonces, agregó—: La reina Theia. O el príncipe Pelias, dependiendo de que propaganda es la que se está vendiendo.

Amren se quedó un poco tensa. Rhysand movió sus ojos hacia ella al registrar su reacción.

Bryce se atrevió a presionar:

—¿Ustedes... saben de ellos?

Amren estudió a Bryce desde sus zapatos color rosa neón salpicados de sangre hasta su coleta de caballo alta. La sangre que estaba embarrada en la cara de Bryce, ya toda tiesa y pegajosa.

—Nadie ha pronunciado esos nombres aquí en mucho, mucho tiempo.

En quince mil años, estaba dispuesta a apostar Bryce.

—¿Pero has escuchado de ellos? —dijo Bryce con el corazón desbocado.

—Antes... vivían aquí —dijo Amren con cautela.

Era la última pieza que Bryce necesitaba para confirmar qué planeta era éste. Algo se acomodó en lo más profundo de su ser, un hilo suelto que al fin se tensaba.

—Entonces es aquí. Aquí es el sitio donde nosotros, las hadas de Midgard, nos originamos. Mis ancestros dejaron este mundo y se fueron a Midgard... y olvidamos de dónde proveníamos.

Silencio de nuevo. Azriel habló en su propio lenguaje y Rhysand tradujo. Tal vez Rhysand había estado traduciendo para Azriel mente-a-mente los últimos minutos.

—Dice que no tenemos historias que digan que nuestra gente haya migrado a otro mundo.

Pero Amren dejó escapar un sonido breve y ahogado.

Rhysand dio la vuelta despacio, un poco incrédulo.

—¿O tenemos? —preguntó con suavidad.

Amren se limpió una basurita invisible de su blusa de seda.

—No es claro. Yo entré antes... —negó con la cabeza—. Pero cuando yo salí, había rumores. Que una enorme cantidad de personas habían desaparecido, como si nunca hubieran sido. Algunos dijeron que a otro mundo, otros dijeron que se habían mudado a tierras distantes, otros más que habían sido elegidos por el Caldero y que habían sido transportados a otro lugar.

—Deben haberse ido a Midgard —dijo Bryce—. Liderados por Theia y Pelias...

Amren levantó una mano.

—Ya nos podrás contar sobre tus mitos después, chica. Lo que quiero saber —dijo con los ojos alertas y Bryce apenas logró soportar el escrutinio— es por qué *tú* llegaste aquí cuando se suponía que debías ir a otra parte.

—A mí también me gustaría saber eso —dijo Bryce, tal vez con un poco más de audacia de lo que se podría considerar sabio—. Créeme, nada me gustaría más que marcharme y dejarlos de molestar de inmediato.

—Para ir al... Averno —dijo Rhysand neutralmente—. Para encontrar a este príncipe Aidas.

Estas personas no eran ni sus amigos ni sus aliados. Esto podría ser el mundo original de las hadas, pero ¿quién carajos sabía lo que querían o a qué aspiraban? Rhysand y Azriel se *veían* lindos pero Urd sabía que las hadas de Midgard habían usado su belleza por milenios para conseguir lo que querían.

Rhysand no necesitaba leerle la mente... no, parecía leer todo eso en su propia cara. Bajó la pierna y apoyó ambos pies en el piso de roca.

—Permíteme explicarte cómo está la situación, Bryce Quinlan.

Ella se obligó a verlo a los ojos, esos ojos llenos de estrellas. Se había enfrentado a los asteri y a los arcángeles y reyes hada y había salido viva. También se enfrentaría a él.

Una de las comisuras de la boca de Rhysand se movió hacia arriba.

—No te torturaremos para que nos lo digas ni lo sacaré por la fuerza de tu mente. Si eliges no hablar, es tu decisión. Precisamente porque será *mi* decisión mantenerte aquí abajo hasta que decidas lo contrario.

Bryce no pudo evitar estudiar con frialdad la habitación y su atención se detuvo en la rejilla y el siseo que se elevaba desde ahí.

—Sin duda recomendaré este lugar a mis amigos para que tomen unas vacaciones.

Las estrellas parpadearon en los ojos de Rhysand.

—¿Podemos esperar que otros lleguen aquí desde tu mundo?

Ella le dio la respuesta más verdadera que pudo.

—No. Por lo que sé, han estado buscando este lugar por quince mil años, pero soy la única que lo ha logrado.

—¿Quiénes son *ellos*?

—Los asteri. Les dije: los parásitos intergalácticos.

—¿Eso qué significa?

—Son... —dijo Bryce con una pausa. ¿Quién podría asegurar que estas personas no la entregarían de inmediato a Rigelus? ¿Que no eran sus súbditos? Theia provenía de este mundo y luchó con los asteri, pero Pelias les había comprado todas sus mentiras y se había arrodillado gustoso ante sus pies inmortales.

Su pausa dijo suficiente. Amren resopló.

—No desperdicies tu aliento, Rhysand.

Rhysand ladeó la cabeza, un depredador que estudiaba a su presa. Bryce soportó la mirada con la barbilla en alto. Su madre habría estado muy orgullosa de ella.

Él volvió a tronar los dedos y la sangre, la suciedad que tenía en el cuerpo, desaparecieron. Algo pegajoso seguía cubriendo su piel, pero estaba limpia. Parpadeó y se miró. Luego levantó la vista de nuevo hacia él.

Una media sonrisa cruel se posaba sobre su boca.

—Como un incentivo.

Amren y Azriel permanecieron con rostros petrificados. En espera.

Había sido estúpido creer que el *incentivo* de Rhysand pudiera significar algo bueno sobre él. Pero podía jugar este juego.

Así que Bryce dijo:

—Los asteri son muy antiguos. De decenas de miles de años de edad.

Su rostro reaccionó involuntariamente ante el recuerdo de aquella habitación debajo del palacio, los registros de sus conquistas que databan de hacía miles de años, con todo y su sistema único de calendarización.

Sus captores no respondieron, ni siquiera parpadearon. Bien... unos seres de miles y miles de años no eran algo que les llamara la atención.

—Llegaron a mi mundo hace quince mil años. Nadie sabe de dónde.

—¿Qué quieres decir con *llegaron*? —preguntó Rhysand.

—¿Honestamente? No tengo idea de cómo llegaron a Midgard. La historia que ellos contaron era que eran... liberadores. Iluminadores. Según ellos, Midgard les pareció apenas poco más que un páramo ocupado por seres humanos y animales no mágicos. Los asteri lo eligieron como el sitio para empezar a crear un imperio perfecto y las criaturas y razas de otros mundos pronto empezaron a llegar ahí a través de una enorme rasgadura entre mundos llamada la Fisura Septentrional. La cual ahora solamente abre hacia el Averno, pero solía abrir a... cualquier parte.

Amren presionó:

—Una rasgadura. ¿Cómo sucede eso?

—Ni idea —dijo Bryce—. Nadie ha logrado discernir cómo es posible... por qué es en ese punto en Midgard y no en otros.

Rhysand preguntó:

—¿Qué pasó después de que esos seres llegaron a tu mundo?

Bryce presionó los labios contra los dientes y luego dijo:

—En la versión *oficial* de esta historia, otro mundo, el Averno, intentó invadir Midgard. Para destruir el imperio en ciernes... y a todos los que vivían ahí. Pero los asteri unificaron a todas estas nuevas personas bajo una sola bandera y lograron enviar al Averno de regreso a su propio reino. En el proceso, la Fisura Septentrional se quedó fija de manera permanente con destino al Averno. Después de eso, permaneció principalmente cerrado. Un muro masivo se levantó a su alrededor para evitar que cualquier ser nacido en el Averno lograra colarse entre las cuarteaduras. Y los asteri construyeron un imperio glorioso con la intención de que durara para toda la eternidad. O eso se nos ordenó que creyéramos.

Los rostros frente a ella permanecieron impasibles. Rhysand preguntó en voz baja:

—¿Y cuál es la historia no oficial?

Bryce tragó saliva. La habitación de los archivos le apareció en sus recuerdos.

—Los asteri son seres antiguos e inmortales que se alimentan del poder de otros: cosechan la magia de una población, de un mundo y luego se la comen. La llamamos luzprístina. Es el combustible con el que funciona todo nuestro mundo pero principalmente ellos. Debemos entregarla al alcanzar la inmortalidad... bueno, lo más cercano a la inmortalidad a lo que podemos aspirar. Llegamos a nuestro poder completo y maduro a través de un ritual llamado el Descenso y en el proceso algo de nuestro poder se desvía y se deposita en los almacenes de luzprístina para los asteri. Es como un impuesto sobre nuestra magia.

Ni siguiera tocaría el tema de lo que sucedía después de la muerte. Cómo el poder que permanecía en sus almas después de un tiempo se cosechaba también, forzado por el Rey del Inframundo hacia la Puerta de la Muerte y convertida en luzsecundaria para darles aún más combustible a los asteri. Lo que les llegaba después de que el Rey del Inframundo comiera hasta saciarse.

Amren ladeó la cabeza. Su cabello lacio cayó de lado con el movimiento.

—Un impuesto sobre su magia, tomado por seres antiguos para su propia nutrición y poder —dijo Amren. La mirada de Azriel pasó a ella, era probable que Rhysand siguiera traduciendo mente-a-mente. Pero Amren murmuró para sí misma, como si las palabras le hubieran provocado alguna reacción—. Un Diezmo.

Las cejas de Rhysand se arquearon. Pero ondeó una mano ancha y elegante en dirección de Bryce para indicarle que continuara.

—¿Y qué más?

Ella volvió a pasar saliva.

—Midgard es solamente el último lugar en una larga lista de mundos invadidos por los asteri. Tienen un archivo lleno de distintos planetas que han conquistado o que han intentado conquistar. Lo vi justo antes de llegar aquí. Y, por lo que sé, sólo ha habido tres planetas que los han logrado repeler: pelear y derrotarlos. El Averno, un planeta llamado Iphraxia y... un mundo ocupado por las hadas. Las hadas originales, Astrogénitas —asintió hacia la daga en el costado de Azriel, que se había encendido con luz oscura en la presencia de la Espadastral—. Conocen mi espada por otro nombre pero reconocen lo que es.

Sólo Amren asintió.

—Creo que es porque proviene de este mundo —dijo Bryce—. Parece estar conectada de alguna manera con esa daga. Fue forjada aquí, se convirtió en parte de su historia y luego desapareció... ¿cierto? No la han visto en quince mil años, ni han hablado este lenguaje en casi el mismo tiempo, lo cual se ajusta perfectamente con la línea de tiempo de las hadas Astrogénitas que llegaron a Midgard.

Las Astrogénitas... Theia, su reina, y Pelias, el príncipe traidor que había usurpado su puesto. Theia había llegado con dos hijas a Midgard: Helena, quien había sido obligada a casarse con Pelias, y otra, cuyo nombre se había perdido en la historia. Muchas de las verdades sobre Theia también se habían perdido, ya fuera por el paso del tiempo o por la propaganda de los asteri. Aidas, el Príncipe de las Profundidades, la había amado... eso sí sabía Bryce. Theia había peleado con el Averno contra los asteri para liberar Midgard. Pelias la había matado al final y su nombre casi fue eliminado de todo recuerdo. Bryce portaba la luz de Theia: Aidas lo había confirmado. Pero más allá de eso, ni siquiera los archivos asteri habían proporcionado más información sobre la reina muerta hacía tantos años.

—Entonces, tú crees —preguntó Amren lentamente con un destello en sus ojos plateados— que *nuestro* mundo es ese tercer planeta que resistió a estos... asteri.

Fue el turno de Bryce de asentir. Señaló la celda, el reino que estaba sobre ella.

—Por lo que he averiguado, mucho antes de que los asteri llegaran a mi mundo, estuvieron *aquí*. Conquistaron e intervinieron y gobernaron este mundo. Pero después de un tiempo las hadas lograron derrocarlos... derrotarlos —exhaló con tensión, mirando todos sus rostros—. ¿Cómo? —preguntó con voz ronca, desesperada—. ¿Cómo lo hicieron?

Pero Rhysand miró a Amren con cautela. Ella debía ser una especie de historiadora de la corte o académica si él continuamente la consultaba sobre el pasado. Se dirigió a ella:

—Nuestra historia no incluye un acontecimiento como ese.

Bryce intervino:

—Bueno, los asteri recuerdan este mundo. Aún le tienen rencor. Rigelus, su líder, me dijo que es su misión personal encontrar este lugar y castigarlos a todos por haberlos echado. Básicamente, ustedes son su enemigo público número uno.

—Sí está en nuestra historia, Rhysand —dijo Amren con voz rasposa—. Pero los asteri no se conocían por ese nombre. Aquí, los llamaban los daglan.

Bryce podría haber jurado que vio cómo el rostro dorado de Rhysand palidecía ligeramente. Azriel se movió un poco en su silla y sus alas sonaron como un susurro. Rhysand agregó con firmeza:

—Todos los daglan murieron.

Amren se estremeció. El gesto pareció provocar más alarma en la expresión de Rhysand.

—Al parecer no —dijo ella.

Bryce presionó a Amren:

—¿Tienen algún registro sobre cómo los derrotaron?

Una chispa de esperanza brillaba en su pecho.

—Nada más allá de canciones antiguas sobre batallas sangrientas y pérdidas enormes.

—Pero la historia... ¿les suena verdadera? —preguntó Bryce—. ¿Este mundo estuvo gobernado en algún momento por supervisores inmortales y crueles y ustedes se unieron para derrocarlos?

Su silencio fue toda la confirmación que Bryce necesitaba.

Sin embargo, Rhysand negó con la cabeza, como si aún no lo creyera del todo.

—Y tú piensas —dijo y miró a Bryce a los ojos, de nuevo con esa mirada llena de concentración depredadora. Dioses, era aterrador—. Tú piensas que los daglan, estos *asteri*, quieren regresar a buscar su venganza. Después de al menos quince mil años.

La duda envolvía cada una de sus palabras.

—Eso es como cinco minutos para Rigelus —dijo Bryce—. Tiene tiempo infinito... y recursos ilimitados.

—¿Qué tipo de recursos?

Eran palabras frías y cortantes... un líder evaluando la amenaza a su gente.

¿Cómo empezarles a describir las pistolas o los misiles de azufre o los mecatrajes o los buques Omega o siquiera el poder de los asteri? ¿Cómo transmitir el horror rápido y despiadado de una bala? Y tal vez era algo intrépido pero... extendió la mano hacia Rhysand.

—Te mostraré.

Amren y Azriel lo miraron consternados. Como si esto pudiera ser una trampa.

—Espera —dijo Rhysand y desapareció.

Bryce se sobresaltó.

—¿Pueden... pueden teletransportarse?

—Lo llamamos transportarse —dijo Amren despacio. Bryce podría haber jurado que Azriel sonreía. Pero Amren preguntó:

—¿Tú puedes?

—No —mintió Bryce. Si Azriel detectó la mentira, no la delató en esta ocasión—. Solamente hay dos hadas que pueden.

Entonces fue el turno de Amren de sobresaltarse.

—¿Dos... en todo el planeta?

—¿Asumo que ustedes tienen más?

Azriel, sin Rhysand para que le tradujera, miraba en silencio. Bryce podría jurar que estaba envuelto en sombras, como las de Ruhn, pero... más salvajes. Más similares a las de Cormac.

Amren bajó la barbilla.

—Sólo los más poderosos, pero sí. Muchos pueden.

Como si lo hubieran invocado, Rhysand apareció de nuevo con un pequeño orbe de plata en la mano.

—¿El orbe Veritas? —dijo Amren y Azriel arqueó una ceja.

Pero Rhysand no les hizo caso y extendió la otra mano, donde tenía un pequeño trozo de plata.

Bryce lo tomó y luego miró el orbe que él puso en el piso.

—¿Qué son estas cosas?

Rhysand asintió en dirección del orbe.

—Sostenla, piensa qué quieres mostrarnos y los recuerdos serán capturados dentro para que los podamos ver nosotros.

Sonaba sencillo. Como una cámara para su mente. Se acercó con cautela al orbe y lo recogió. El metal se sentía suave y fresco. Más ligero de lo que debería estar. Hueco por dentro.

—A ver —dijo ella y cerró los ojos. Se imaginó las armas, las guerras, los campos de batalla que había visto en la televisión, los mecatrajes, las pistolas que había aprendido a disparar, las lecciones con Randall, el poder que Rigelus había lanzado por el pasillo detrás de ella...

Dejó de pensar en cosas en ese momento. Antes de que saltara hacia la Puerta, antes de que dejara atrás a Hunt y Ruhn. No quería revivir eso. Mostrar lo que podía hacer. Revelar el Cuerno o su capacidad para teletransportarse.

Bryce abrió los ojos. La esfera seguía silenciosa y apagada. La volvió a poner en el suelo y la rodó hacia Rhysand.

Él la hizo flotar con un viento fantasma que provino de su mano y luego tocó la parte superior. Y todo lo que había estado en su mente se reprodujo.

Era peor, verlo como una especie de montaje de recuerdos: la violencia, la brutalidad de lo fácil que era para los asteri y sus secuaces matar, lo indiscriminado de sus actos.

Pero lo que ella sentía no era nada comparado con la sorpresa y el terror en los rostros de sus captores.

—Pistolas —dijo Bryce y apuntó al rifle que Randall disparaba en su recuerdo y que llegaba perfectamente a su blanco a un kilómetro de distancia—. Misiles de azufre

—señaló la luz dorada que florecía tras la destrucción cuando los edificios de Lunathion eran destrozados a su alrededor—. Buques Omega —el *SPQM Faustus* siendo cazado en las oscuras profundidades de los mares—. Asteri —dijo cuando se vio el poder blanco brillante de Rigelus hacer explotar roca y vidrio y al mundo mismo.

Rhysand controló su reacción y volvió a presentar esa máscara fría sobre su cara.

—Tú vives en un mundo así.

No era del todo una pregunta. Pero Bryce asintió:

—Sí.

—Y ellos quieren traer todo eso... aquí.

—Sí.

Rhysand se quedó mirando al frente. Pensando todo. Azriel simplemente mantenía la mirada en el espacio donde el orbe había reproducido la absoluta destrucción de su mundo. Estaba temeroso pero calculador. Ella había visto esa expresión en el rostro de Hunt. La mente de un guerrero en acción.

Amren volteó a ver a Rhys y le sostuvo la mirada. Bryce conocía esa mirada también. Estaban teniendo una conversación silenciosa entre ellos. Como lo hacían con frecuencia Bryce y Ruhn.

Ella sintió que se le encogía el corazón al ver eso, al recordarlo. Pero al mismo tiempo le daba estabilidad. Afilaba su enfoque.

Los asteri habían estado aquí, con otro nombre pero habían estado aquí. Los ancestros de estas hadas los habían derrotado. Y Urd la había enviado a ella aquí... aquí, no al Averno. Aquí donde ella instantáneamente había encontrado una daga que hacía cantar a la Espadastral. Como si hubiera sido el imán que la atrajera a este mundo, a la ribera de ese río. ¿De verdad podría ser el cuchillo de la profecía?

Ella solía creer que destruir a los asteri sería tan simple como eliminar ese núcleo de luzprístina, pero Urd la había enviado aquí. Al mundo original de las hadas de

Midgard. No tenía alternativa salvo confiar en el juicio de Urd. Y rezar por que Ruhn, Hunt y toda la gente que amaba en Midgard pudieran resistir hasta que ella encontrara una manera de regresar a casa.

Y si no podía...

Bryce estudió el frijol de plata que estaba suave y brillante en su mano. Amren dijo sin voltearla a ver.

—Si lo tragas, eso traducirá nuestra lengua materna para ti. Y te permitirá hablarla también.

—Qué elegancia —murmuró Bryce.

Tenía que encontrar el camino a casa. Si eso significaba que tenía que navegar primero este mundo... las habilidades del lenguaje serían útiles, considerando la extensión de mentiras que todavía tenía que tejer. Y, claro, no confiaba en estas personas ni por un instante, pero considerando todas las preguntas que no dejaban de lanzarle, dudaba mucho que quisieran envenenarla. O que se tomaran la molestia de hacer todo esto cuando sería mucho más sencillo cortarle la garganta.

No era una idea reconfortante, pero de todas maneras Bryce se echó el frijol de plata a la boca, esperó a tener suficiente saliva y se lo tragó. El metal se sentía fresco contra su lengua, su garganta, y podría jurar que sentía su tersura cuando se deslizó a su estómago.

Un relámpago abrió su cerebro. La estaban partiendo en dos. Su cuerpo no podía contener toda esa luz que la cegaba...

Luego, la oscuridad entró de golpe. Silenciosa y reposada y eterna.

No... eso era la habitación a su alrededor. Estaba en el piso, agachada sobre sus rodillas y... brillando. Suficiente para iluminar los rostros asombrados de Rhysand y Amren.

Azriel ya estaba sobre ella, la daga mortal desenfundada y brillando con esa extraña luz negra.

Él notó la oscuridad que brotaba del cuchillo y parpadeó. Era la expresión de mayor sorpresa que Bryce le había visto.

—Guárdala, tonto —dijo Amren—. Canta para ella y, si la acercas...

La daga desapareció de la mano de Azriel, arrebatada por una sombra. Un silencio tenso y ondulante se dispersó por la habitación.

Bryce se puso de pie lentamente, como Randall y su madre le habían enseñado a moverse frente a los vanir y otros depredadores.

Y cuando se levantó, lo encontró en su cerebro: el conocimiento de un lenguaje que no había conocido antes. Lo tenía en la lengua, listo para hablarlo, tan instintivo como el propio. Brillaba por su piel, le ardía en la columna vertebral, en los omóplatos... un momento.

Oh, no. No, no, no.

Bryce no se atrevió a intentar tocar el tatuaje del Cuerno, a llamar la atención a las letras que formaban las palabras *Con amor, todo es posible*. Podía sentir que reaccionaban a lo que tenía ese hechizo que la hacía brillar. Rezó por que no fuera visible.

Sus plegarias fueron en vano.

Amren volteó a ver a Rhysand y dijo en ese nuevo lenguaje extraño... *su* lenguaje:

—Las letras brillantes que tiene tatuadas en la espalda... son las mismas que las de *El Libro de los alientos*.

Debieron haber visto las palabras a través de su camiseta cuando cayó al piso. Con cada respiración, el cosquilleo disminuía, como si el brillo estuviera desvaneciéndose. Pero el daño estaba hecho.

Nuevamente la estudiaron. Tres asesinos entrenados que contemplaban una amenaza.

Luego Azriel dijo con voz suave y letal:

—Explícate o muere.

2

La sangre de Tharion goteaba en el lavabo de porcelana del cuarto de baño silencioso y húmedo. El rugido de la multitud era una vibración distante que se colaba entre los azulejos verdes cuarteados. Respiró por la nariz. Exhaló por la boca. El dolor se extendía a lo largo de sus costillas.

Mantente erguido.

Sus manos apretaban los bordes rotos del lavabo. Volvió a inhalar y se concentró en las palabras, obligando a sus rodillas a no doblarse. *Mantente de pie, maldita sea.* Hoy le habían dado una buena golpiza.

El minotauro que había enfrentado en el cuadrilátero de la Reina Víbora era del doble de su peso y al menos un metro más alto que él. Con los cuernos le había hecho ese agujero en el hombro que goteaba sangre en el lavabo. No había sido lo bastante rápido para esquivarlo. Y tenía varias costillas rotas gracias a los golpes con unos puños del tamaño de su cabeza.

Tharion volvió a exhalar con una mueca de dolor. Buscó el pequeño botiquín que tenía sobre el borde del lavabo. Le temblaban los dedos mientras buscaba torpemente el vial de poción que adormecería un poco el dolor y aceleraría la sanación que su cuerpo vanir ya había iniciado.

Lanzó el corcho a la basura al lado del lavabo, encima de los vendajes de algodón ensangrentados que había usado para limpiarse la cara. Por alguna razón, poder ver su cara, el hombre debajo, había sido más importante que atender el dolor, el agujero en su hombro.

El reflejo no era amable. Tenía manchas moradas debajo de sus ojos que hacían juego con los moretones de su mandíbula, las laceraciones de su labio, su nariz hinchada. Todo eso desaparecería y se curaría relativamente rápido pero el vacío en su mirada... Era su rostro pero al mismo tiempo era el de un desconocido.

Tharion no se miró a los ojos en el espejo cuando inclinó el vial y se tragó todo su contenido. Un líquido sedoso e insípido le cubrió la boca y la garganta. En el pasado, había bebido shots con el mismo abandono. En el transcurso de unas cuantas semanas todo se había ido a la mierda. Toda su puta vida se había ido a la mierda.

Había renunciado a todo lo que era y todo lo que podría ser.

Había elegido esto, estar encadenado a la Reina Víbora. Su decisión se había debido a su desesperación pero ahora le pesaba esta carga. No le habían permitido salir de la madriguera de bodegas en los dos días que llevaba en este lugar... aunque en realidad él tampoco había querido hacerlo. Hasta su necesidad de regresar al agua se había solucionado: tenía una tina especial preparada en el piso de abajo con agua que se bombeaba directamente del Istros.

Así que no había estado en el río, ni había sentido el viento y el sol, ni había escuchado el sonido y ritmo habituales de la vida normal en días. Ni siquiera había encontrado una ventana que diera al exterior.

La puerta rechinó y se abrió y el olor familiar de una mujer anunció la identidad de la recién llegada. Como si a esta hora, en este baño, pudiera ser alguien más.

La Reina Víbora tenía un equipo de luchadores. Pero a ellos dos... los trataba como valiosos caballos de carreras. Peleaban en los horarios estelares. Este baño era para su uso privado junto con la suite del piso superior.

La Reina Víbora era su dueña. Y quería que todo el mundo estuviera enterado.

—Te los dejé preparados —le dijo Tharion por encima del hombro y con voz rasposa a Ariadne. La dragona de cabello oscuro y vestida con un traje de cuerpo completo color negro que acentuaba sus curvas pronunciadas, volteó a verlo.

Tharion y Ariadne debían verse sexys y elegantes, aunque la Reina Víbora les exigiera que se ensangrentaran para diversión de la multitud.

Ariadne se detuvo frente a un lavabo cercano y estudió los ángulos de su cara en el espejo mientras se lavaba las manos.

—Tan hermosa como siempre —logró decir Tharion.

Sus palabras hicieron que ella lo mirara de soslayo.

—Te ves fatal.

—Un gusto verte también —dijo él con voz lenta. La poción de curación le cosquilleaba por todo el cuerpo.

Las fosas nasales de la dragona se abrieron un poco. No era buena idea provocar a un dragón. Pero Tharion llevaba una buena racha de decisiones estúpidas últimamente así que, ¿por qué detenerse ahora?

—Tienes un agujero en el hombro —dijo ella sin apartar la mirada de él.

Tharion miró la herida horrenda y vio cómo su piel volvía a entretejerse, sentía como si tuviera arañas caminándole en la zona.

—Me da personalidad.

Ariadne resopló y devolvió la atención a su propio reflejo.

—Sabes, siempre estás resaltando tu atracción por las mujeres. Empiezo a pensar que lo usas como un escudo.

Él se tensó.

—¿En contra de qué?

—No sé, no me importa en realidad.

—Auch.

Ariadne continuó examinándose en el espejo. ¿También estaba buscándose a sí misma, la persona que había sido antes de llegar aquí? ¿O tal vez a la persona que había sido antes de que el Astrónomo la atrapara dentro de un anillo para llevarla en su dedo durante décadas?

Tharion había hecho lo que la Reina Víbora había pedido en lo que respectaba a Ari: había tejido una red de mentiras con sus contactos en el Aux para que creyeran que la dragona había sido reclutada por motivos de seguridad. Así que la Reina Víbora no era técnicamente dueña de Ari como esclava: Ari seguía siendo una esclava, propiedad de alguien más. Sólo... vivía aquí ahora.

—Tus admiradores te esperan —dijo Tharion. Tomó otro paño de algodón y lo mojó en el agua corriente para empezar a limpiar la sangre de su pecho desnudo. Podría haberse metido a una de las duchas a su izquierda, pero eso le iba a arder como el mismísimo Averno en las heridas que aún estaban sanando. Giró y se estiró con cuidado hacia el corte particularmente feo que tenía en el omóplato izquierdo. No alcanzaba el lugar, ni siquiera con sus dedos largos.

—A ver —dijo Ariadne y le quitó el paño de la mano.

—Gracias, Ar... Ariadne.

Casi la llamó Ari pero no le pareció sabio antagonizarla ahora que había ofrecido ayudarle.

Tharion apoyó las manos sobre el lavabo. Ariadne limpió la herida con suavidad, quitó la sangre y él apretó la porcelana con tanta fuerza que gimió bajo sus dedos. Apretó los dientes para aguantar el ardor y, en el silencio, la dragona dijo:

—Puedes llamarme Ari.

—Pensaba que odiabas ese apodo.

—Todo el mundo parece preferir usarlo, así que creo que por lo menos puedo decidir permitirte usarlo.

—¿En qué estabas pensando cuando abandonaste a mis amigos justo antes de que los atacara un acosador de la muerte? —preguntó sin poder evitar que su voz sonara mordaz, ya al carajo con ese miedo de antagonizarla—. Todos esperaban lo peor de ti, entonces, ¿por qué no ser la peor?

Ella resopló.

—Tus amigos... ¿te refieres a la bruja y la pelirroja?

—Sí. Muy honorable de tu parte abandonarlas.

—Parecían tener la capacidad de cuidarse por sí solas.

—La tienen. Pero de todas maneras las abandonaste.

—Si estás tan interesado en su seguridad, tal vez deberías haber estado ahí —dijo Ari, echó el paño a la basura y tomó uno nuevo—. Y a todo esto, ¿quién te enseñó a pelear?

Él dejó pasar el tema de discusión, no los llevaría a ninguna parte. Ni siquiera podría haber dicho por qué había sentido la necesidad de mencionarlo en este preciso momento.

—Y yo que pensaba que no te importaba saber nada sobre mi vida.

—Digamos que es curiosidad. No pareces ser tan... serio como para ser el capitán de inteligencia de la Reina del Río.

—Qué aduladora.

Pero en los ojos de la dragona brillaron las brasas, así que Tharion se encogió de hombros.

—Aprendí a pelear de la manera normal: me enlisté en la Academia Militar de la Corte Azul al salir de la escuela y he pasado todos estos años perfeccionando mis habilidades. Nada tan genial. ¿Tú?

—Supervivencia.

Él abrió la boca para responder pero la dragona se dio la vuelta sobre sus botas de tacón alto.

—Ari... —la llamó él antes de que ella llegara a la puerta—. No lo esperábamos, sabes.

Ella volteó con las cejas arqueadas.

—¿No esperaban qué?

—No esperábamos lo peor de ti.

Ella contrajo los músculos de la cara con ira y dolor y un atisbo de vergüenza. O tal vez él se estaba imaginando eso último. Ella ya no dijo nada antes de salir.

El goteo de su sangre volvió a llenar la habitación.

Tharion esperó hasta que la poción terminara de curar la mayoría de los agujeros de su piel y no se molestó en ponerse la parte de arriba del traje negro antes de salir detrás de la dragona, de regreso hacia el calor y los olores y la luz del cuadrilátero.

Ari apenas estaba empezando. Con una calma impresionante, se enfrentó contra tres metamorfos de león. Los enormes felinos le daban vueltas con precisión mortífera. Giraba con ellos y no permitía que los leones estuvieran detrás de ella. Las escamas derretidas de su piel empezaron a brillar, el negro de sus ojos a destellar rojo.

Al otro lado de la arena, la ventana de visión unilateral que miraba hacia el cuadrilátero brillaba cegadora bajo las luces de los reflectores. Pero Tharion sabía quién estaba al otro lado, entre los cojines forrados de telas finas en sus habitaciones privadas. Quien veía a la dragona pelear, prestando mucha atención a la intensidad del rugido de la multitud.

—Traidor —le siseó alguien a la izquierda.

Tharion vio dos jóvenes mer que lo miraban desde las gradas superiores. Ambos tenían cervezas en las manos y la mirada vidriosa de quien ya lleva bastantes tragos encima.

Tharion les asintió sin interés y volvió a mirar hacia el cuadrilátero.

—Puto perdedor —dijo el otro hombre.

Tharion no separó la mirada de Ari. El vapor brotaba de la boca de la dragona. Uno de los leones atacó, dio un zarpazo con dedos que terminaban en garras curvas, pero ella lo evadió. El piso de concreto estaba ardiendo donde habían estado sus pies. Marcas preliminares de una explosión.

—Vaya puto capitán —lo increpó el primer hombre.

Tharion apretó los dientes. No era la primera vez en los últimos días que alguien de su gente lo reconocía y le hacía saber exactamente cómo se sentía. Todos sabían que Tharion había desertado de la Corte Azul. Todos sabían que había desertado y había venido *aquí* para servirle a la gobernante depravada del Mercado de Carne. La Reina del Río y su hija se aseguraron de eso.

El Capitán Loquesea, lo había llamado una vez Ithan Holstrom. Aparentemente ahora sí lo representaba de verdad.

Tú renunciaste a todo eso, se recordó a sí mismo. Nunca más podría volver a meter siquiera un pie en el Istros. En el momento que lo hiciera, su antigua reina lo mataría. O le ordenaría a sus sobeks que lo hicieran trizas. Algo se le retorció en el abdomen.

Estaba consciente de que sus padres permanecían con vida solamente porque había recibido mensajes de su parte donde le expresaban su sorpresa y decepción. *Ya perdimos una hija,* escribió su madre. *Ahora perdemos otro. ¿Deserción, Tharion? Por las profundidades de Ogenas, ¿en qué estabas pensando?*

No respondió. No pidió disculpas por ser tan descuidado y egoísta y por no haber pensado en su seguridad antes de cometer semejante acto de locura. No sólo se había jurado a sí mismo con la Reina Víbora, también se había atado a ella. Después de toda la mierda que había ocurrido en Pangera... no había un sitio seguro para él de cualquier forma. Solamente aquí, donde la Reina Víbora tenía permitido gobernar.

Vio a Ari dar vueltas en el cuadrilátero. *Tú renunciaste a eso*, se repitió a sí mismo. *Por esto.*

—Eres una desgracia —continuó el otro mer.

Algo líquido y espumoso salpicó la cabeza de Tharion, sus hombros desnudos. El pendejo le había arrojado la cerveza.

Tharion les gruñó y los hombres tuvieron la sensatez de retroceder un paso, como si tal vez al fin hubieran recordado de lo que era capaz Tharion si se le provocaba. Pero antes de que pudiera golpearlos salvajemente, uno de los guardias personales de la Reina Víbora, uno de esos desertores hada con mirada vidriosa, dijo:

—Niño pez, te busca la jefa. Ahora.

Tharion se tensó pero no tenía alternativa. La sensación de un tirón en su estómago sólo empeoraría mientras más se resistiera. Sería mejor atender esto ya.

Así que dejó atrás a los patanes. Dejó atrás a Ari con los leones, que terminarían asados en unos veinte minutos, o cuando finalmente la dragona hubiera hecho un espectáculo suficiente para agradar al público y decidiera hacer lo que podría haber hecho en el instante que puso un pie en el cuadrilátero.

Él no tenía duda de que había algún vendedor esperando en un rincón para llevarse los cuerpos cocinados y venderlos en un puesto de comida cercano. No por nada se llamaba el Mercado de Carne.

La caminata hacia el piso de arriba, hacia la habitación detrás de una de esas ventanas de visión unilateral, fue larga y silenciosa. Él forzó a su mente a adoptar un estado similar. A que le dejara de importar.

Eso era más fácil de decir que de hacer y todo empezaba a darle vueltas: el ataque fallido en el laboratorio, la muerte de Cormac... Habían sido demasiado estúpidos al pensar que podían enfrentarse a los asteri. Y ahora él estaba aquí.

Honestamente, ya tenía un tiempo que estaba en camino a esta situación. Empezando por la debacle con la hija de la Reina del Río. Luego con la muerte de Lesia el año anterior. Este último mes había sido la culminación de toda esa mierda. Del fracasado patético y débil que en realidad siempre había sido.

Tharion golpeó una vez en la puerta de madera y luego entró.

La Reina Víbora estaba de pie frente a la ventana que veía al cuadrilátero, donde Ari ya había empezado a provocar a los leones. Ahora estaban frenéticos por escapar. Por todas partes, los gatos saltaban para intentar salir de la arena. Un muro de flamas les bloqueaba la salida.

—¡Es una actriz por naturaleza! —observó la Reina Víbora sin voltear. La gobernante del Mercado de Carne tenía puesto un overol de seda blanco ajustado a su esbelta figura y los pies descalzos. Un cigarrillo colgaba de su mano manicurada—. Podrías aprender de ella.

Tharion se recargó contra el marco de madera de la puerta.

—¿Eso es una orden o una sugerencia?

La Reina Víbora se dio la vuelta. Su cabello brillante y oscuro se meció con el movimiento. Tenía los labios pintados de su usual morado oscuro, lo cual contrastaba mucho con la piel pálida de la metamorfa de serpiente.

—¿Sabes todo lo que tuve que hacer para conseguirte ese minotauro hoy?

Tharion mantuvo la boca cerrada. ¿Cuántas veces había estado parado así frente a la Reina del Río, en silencio mientras ella lo hacía trizas? Hacía mucho tiempo que había perdido la cuenta.

La Reina Víbora mostró los dientes, sus colmillos delicados frente a los labios morados.

—¿Cinco minutos, Tharion? —dijo y su voz se convirtió en un ronroneo mortal—. Un gran esfuerzo de mi parte ¿y todo lo que le saco, todo lo que mi público obtiene, es una pelea de cinco minutos?

Tharion hizo un movimiento hacia su hombro.

—Creo que perforarme el cuerpo y lanzarme al otro lado del cuadrilátero fue suficiente espectáculo.

—Me hubiera gustado ver eso varias veces más. No verte entrar en una furia y romperle el cuello al toro.

Ella enroscó un poco un dedo. El tirón que él sentía en el vientre aumentó. Como si tuvieran mente propia, sus pies y sus piernas se movieron. Lo llevaron a la ventana, al lado de la Reina Víbora.

Él odiaba esto... no el llamado en sí, sino el hecho de que ya había dejado de intentar resistirse.

—Para que compenses el haber perdido el control —dijo la Reina Víbora con voz pausada—. Le dije a Ari que alargara la suya.

Ladeó la cabeza hacia el cuadrilátero. La cara de Ari se veía hueca y fría mientras hacía que los leones gritaran bajo sus flamas.

Tharion sintió que se le revolvía el estómago. Con razón Ari no se había quedado mucho tiempo a hablar con él. Pero de todas formas lo había ayudado. Él no tenía idea de cómo procesar esa información.

—Esfuérzate un poco más la próxima vez —le siseó la Reina Víbora al oído. Le rozó la piel con sus labios. Lo olfateó—. Esos tarados mer te empaparon.

Tharion dio un paso hacia atrás.

—¿Me llamaste aquí por algún motivo en particular?

Quería ducharse y sentir el alivio que solamente el sueño le podía ofrecer.

Los labios de la reina se curvaron hacia arriba. Tiró de la manga impecable de su overol y dejó expuesta su muñeca pálida como la luna.

—Considerando el poco corazón que le pusiste a tu actuación, pensé que tal vez podrías necesitar algo que te reanimara.

Tharion apretó los dientes. No era un esclavo... aunque había sido tan estúpido y había estado tan desesperado que se había ofrecido serlo para ella. Pero ella le había propuesto algo casi tan malo: el veneno que solamente ella podía producir.

Y ahora, después de esa probada inicial... Se le empezó a hacer agua la boca. El olor de su piel, la sangre y el veneno en el fondo... estaba a merced de ella, un puto animal hambriento.

—Tal vez si te ofrezco un poco antes de tus peleas —dijo ella pensativa con el antebrazo extendido frente a él como para darle un festín personal—, empezarás a tener un poco más de... potencia.

Con absolutamente toda la voluntad que le quedaba, Tharion levantó la mirada y la vio a los ojos. Le dejó ver lo mucho que odiaba esto, lo mucho que la odiaba a ella, lo mucho que se odiaba a sí mismo.

Ella sonrió. Lo sabía. Lo había sabido cuando él desertó y llegó con ella, a esta vida. Él se había convencido de que éste sería un sitio de refugio, pero se estaba volviendo más difícil ocultar lo que era en la realidad.

Un castigo muy pospuesto.

La Reina Víbora deslizó una de sus uñas doradas por su muñeca. Abrió una vena llena de ese veneno lechoso y tornasolado que lo hacía ver a los mismos dioses.

—Adelante —dijo ella y Tharion quería gritar, llorar, correr, y tomó el brazo, se lo llevó a la boca y succionó un buche de veneno.

Era hermoso. Era horrendo. Y se abrió paso por su cuerpo rápidamente. Vio estrellas en el aire. El tiempo se detuvo y empezó a avanzar a un paso lánguido y espeso como miel. El agotamiento y el dolor se desvanecieron en la nada.

Había escuchado los murmullos mucho antes de venir a este sitio: el veneno de la Reina Víbora era la mejor droga para cualquier inmortal. Tras haberlo probado, estaba de acuerdo. No podía culpar a los desertores hada que trabajaban como sus guardaespaldas a cambio de dosis de esto.

Alguna vez los compadeció, se burló de ellos.

Ahora era uno de ellos.

La mano de la Reina Víbora subió por su pecho hacia su cuello, recorriendo el punto donde normalmente aparecían sus agallas. Rascó con sus uñas pintadas en el lugar, para dejar una marca sobre su propiedad. No sólo de su cuerpo sino de quien era, de quien había sido.

Apretó los dedos alrededor de su garganta. En esta ocasión, una invitación.

Los labios de la Reina Víbora rozaron contra su oreja y dijeron en un susurro:

—Veamos qué tipo de potencia tienes ahora, Tharion.

—No podemos dejar a Tharion aquí.

—Créeme, Holstrom, el Capitán Loquesea puede cuidarse solo.

Ithan frunció el ceño a Tristan Flynn al otro lado de la mesa endeble. Declan Emmet y su novio, Marc, estaban platicando con uno de los comerciantes de uno de los múltiples puestos del Mercado de Carne. El vanir con cabeza de búho era la tercera persona con quien hablaban esta noche con la esperanza de tener noticias sobre sus amigos presos. Era el decimosegundo malviviente que contactaban en los últimos dos días.

Ithan estaba empezando a hartarse de toda esta conversación inútil y le dijo a Flynn para fastidiar:

—¿Esto hacen las hadas? ¿Dejar a sus amigos a sufrir?

—Vete a la mierda, lobo —dijo Flynn pero no apartó la mirada del sitio donde Declan y Marc estaban usando todos sus encantos. Incluso Flynn que normalmente no se preocupaba por nada, tenía ojeras. Había sonreído muy poco en los últimos días. Parecía estar desvelándose tanto como Ithan.

Y a pesar de todo eso, Ithan se le lanzó a la yugular.

—Entonces la vida de Ruhn vale más...

—Ruhn está en un puto *calabozo* y lo están torturando los asteri —gruñó Flynn—. Tharion está aquí porque desertó. Él tomó su decisión.

—Técnicamente, Ruhn también tomó la decisión de ir a la Ciudad Eterna...

Flynn se pasó las manos por el cabello castaño.

—Si vas a quejarte, entonces ya lárgate de aquí de una puta vez.

—No me estoy quejando. Estoy diciendo que tenemos a un amigo en una mala situación literalmente *aquí* y ni siquiera estamos intentando ayudarle.

Ithan señaló el segundo nivel de las bodegas enormes, la puerta común que llevaba a las habitaciones privadas de la Reina Víbora.

—De nuevo, Ketos desertó. No podemos hacer gran cosa.

—Estaba desesperado…

—Todos estamos desesperados —murmuró Flynn. Miró pasar un draki con un costal de algo que olía como carne de reno. Suspiró—. En serio, Holstrom, regresa a la casa. Descansa.

Nuevamente, Ithan notó el rostro exhausto del lord hada.

—Y —agregó Flynn—, llévate a ésa contigo.

Flynn asintió en dirección de la mujer sentada muy derecha en una mesa cercana, alerta y tensa. Las tres duendecillas de fuego estaban recostadas en sus hombros, dormitando.

Cierto. La otra fuente de frustración de Ithan estos días: ser la nana de Sigrid Fendyr.

Hubiera sido más inteligente dejarla en la casa del hada, que ahora era su casa, supuso, pero ella se había negado. Había insistido en acompañarlos.

Sigrid insistió en ver y saber *todo*. Si él había pensado que ella saldría de su tanque de mística y se acobardaría, se había equivocado. Ella había sido un fastidio constante estos últimos dos días. Quería conocer la historia completa de los Fendyr, sus enemigos, los enemigos de Ithan… cualquier cosa y lo que fuera que hubiera ocurrido mientras fue prisionera del Astrónomo.

Ella no había compartido mucho sobre su propio pasado: ni siquiera una brizna sobre su padre, cuya historia no conocía hasta que Ithan le contó. Cómo el lobo había sido hacía mucho tiempo el Premier Heredero hasta que su hermana, Sabine, lo había desafiado y había ganado. Ithan pensaba que ella lo había matado, pero aparentemente exilió al padre de Sigrid. Y entonces fue cuando nació Sigrid.

Cualquier otra cosa era un completo misterio. Parte de Ithan no quería saber qué tan difíciles podrían haber estado las circunstancias como para que un Fendyr vendiera a su heredera, vendiera una *Alfa*, al Astrónomo.

Esa heredera ahora estaba sentada en silencio sólo porque había dado dos pasos dentro del Mercado de Carne y había dicho con desdén: *¿Quién querría comprar en un lugar repulsivo como éste?* Pronto hizo que la labor de Declan y Marc se hiciera infinitamente más difícil al ganarse la ira de todos los comerciantes que la alcanzaron a escuchar.

La red de murmullos los ponía a todos dentro del área que alcanzaba a escuchar.

Así que Flynn le había ordenado que se sentara sola. Bueno, sola aparte de su pequeño cabal ardiente. Donde fuera Sigrid, las duendecillas iban con ella.

Ithan no tenía idea si ese vínculo provenía de los años que pasó en el tanque o de algún trauma compartido o sólo porque eran mujeres viviendo en una casa muy masculina, pero las cuatro juntas eran un dolor de cabeza.

—Es demasiado peligroso para ella estar afuera —continuó Flynn—. Cualquiera podría reportar haberla visto.

—Nadie sabe quién es. Para ellos, es una loba cualquiera.

—Sí, y lo único que hace falta es que alguien le mencione a Amelie o Sabine que una loba está con ustedes y lo sabrán. Me sorprende que no hayan llegado corriendo ya.

—Sabine es despiadada pero no es tonta. No provocaría un enfrentamiento en el territorio de la Reina Víbora.

—No, esperará a que crucemos al DCN y luego nos emboscará.

Los ángeles llevaban mucho tiempo de no hacer caso a nada que sucediera en las calles de su distrito, demasiado preocupados con los movimientos que ocurrían en sus torres elevadas.

Ithan miró al hada con molestia. Normalmente, se llevaba bien con Flynn. De hecho, le agradaba. Pero desde la desaparición de Ruhn, Hunt y Bryce...

Desaparición no era la palabra correcta, al menos para Ruhn y Hunt. Ellos habían sido tomados como prisioneros, pero Bryce... nadie sabía qué le había ocurrido. A eso se debía su presencia en este lugar, estaban buscando cualquier información. Las búsquedas cibernéticas de Declan no habían rendido frutos.

Cualquier información sobre Bryce, sobre Ruhn, sobre Athalar... estaban desesperados por obtenerla. Por averiguar alguna dirección. Una chispa que alumbrara el camino. Cualquier cosa era mejor que estar sentados sin hacer nada, sin saber.

Ithan miró la silla debajo de su cuerpo. *Él* estaba en este momento sentado sin hacer nada. Sin saber nada.

Antes de que permitiera que el odio a sí mismo le hincara el diente, se puso de pie y caminó hacia el lugar donde Sigrid estaba sentada estudiando a los asistentes al Mercado de Carne. Arqueó las cejas castañas llenas de irritación y desprecio cuando lo vio.

—Éste es un mal lugar.

No me digas, evitó decir Ithan.

—Tiene sus usos —dijo evasivo.

Se había dirigido directamente a la casa de las hadas cuando sacó a Sigrid del tanque del Astrónomo. Se habían quedado ahí mientras Flynn y Declan seguían fingiendo que todo era normal en su mundo. Mientras continuaban yendo a trabajar al Aux. La ausencia del príncipe Ruhn se explicó como unas muy merecidas vacaciones.

Ithan había estado esperando a que se presentaran los soldados. O asesinos enviados por los asteri o Sabine o el Astrónomo.

Sin embargo, no había habido preguntas. Ni interrogatorios. Ni arrestos. El Rey del Otoño ni siquiera le había hecho preguntas a Flynn y Dec, aunque sin duda sabía algo sobre lo que le había sucedido a su hijo. Y donde iba Ruhn, iban sus dos mejores amigos.

El público en general no tenía idea de lo que había sucedido en la Ciudad Eterna. Aunque era cierto que Ithan y los guerreros hada tampoco sabían mucho, al menos sabían que sus amigos se habían metido a la fortaleza asteri y no habían vuelto a salir. Los asteri, los otros poderes en juego... Ellos sabían que Ithan y los demás también habían estado involucrados, aunque no hubieran estado presentes. Y, no obstante, no habían hecho nada para castigarlos.

No era una noción tranquilizadora.

Sigrid ladeó la cabeza con curiosidad lupina.

—¿Vienes aquí con frecuencia?

Con cualquier otra persona, tal vez habría bromeado sobre frases para ligar, pero Sigrid ni conocía ni le importaba el sentido del humor. No podía culparla, después de lo que había sufrido. Así que Ithan dijo:

—Cuando me lo exige mi trabajo por el Aux o por mi jauría. Pero es poco común, gracias a los dioses.

La boca de Sigrid se tensó.

—El Astrónomo frecuentaba este sitio.

El día que Ithan había regresado al laboratorio del Astrónomo para liberarla, recordó, el anciano estaba aquí, comprando unas refacciones para su tanque.

—¿Tienes idea de a quién le compra? —preguntó despreocupadamente.

Sigrid miró a su alrededor. Si hubiera estado en su forma de loba, no cabía duda que sus orejas estarían girando, escuchando todos los sonidos. Contestó sin apartar su atención del mercado repleto.

—En una ocasión lo escuché decir que a un sátiro. Que vende sales y otras cosas.

Ithan miró hacia el nivel del balcón, hacia la puerta verde cerrada donde vivía el sátiro. Sabía a quién se refería ella, gracias a todas las visitas que había hecho de parte del Aux. Ese malviviente comerciaba con toda clase de contrabando.

Sigrid notó el cambio en su atención y siguió su línea de visión.

—¿Ahí se encuentra?

Ithan asintió despacio.

Sigrid se puso de pie de un salto, sus ojos brillantes con intención depredadora.

—¿A dónde vas? —exigió saber Ithan y se interpuso en su camino.

Las duendecillas despertaron de su siesta de golpe, se sostuvieron con fuerza al cabello largo y castaño de Sigrid para evitar salir volando de sus hombros.

—¿Ya terminamos? —preguntó Malana con un bostezo.

—Estamos increíblemente aburridas —concordó Sasa y estiró su cuerpo regordete a lo largo del cuello de Sigrid. Rithi, la tercera hermana, murmuró su aprobación.

Sin hacer ningún caso a las duendecillas, Sigrid mostró los dientes y miró a Ithan.

—Quiero ver por qué este sátiro cree que es adecuado proporcionarle a la gente como el Astró...

—No vinimos aquí a provocar ningún problema —dijo Ithan y no se movió ni un centímetro del camino. Pero ella le dio la vuelta, Fendyr pura. Una fuerza natural imparable... algo que él apenas empezaba a ver en libertad.

A pesar de lo noble de su sangre, Ithan la detuvo del brazo.

—*No* subas —le gruñó con suavidad y le clavó los dedos en el brazo huesudo.

Ella miró su mano y luego levantó la cara para verlo a los ojos. Su nariz se arrugó con rabia.

—Y si no, ¿qué?

El acero de los Alfas resonaba en su voz. Los mismos huesos de Ithan le suplicaban que se sometiera, que se excusara, que se hiciera a un lado.

Pero luchó contra esa sensación, se resistió... la enfrentó con su propia sed de dominio. Los Fendyr tal vez habían sido Alfas por generaciones pero los Holstrom no eran ningunos debiluchos. Eran Alfas también: líderes y guerreros distinguidos.

Ni en el Averno permitiría que esta mujer se le impusiera, fuera Fendyr o quien fuera.

La silla de Flynn raspó el piso pero Ithan no apartó la mirada de Sigrid cuando el hada se acercó a ellos y siseó:

—¿Qué carajos les pasa? Vayan a gruñirse a otra parte donde no los esté viendo todo el mundo en el maldito Mercado de Carne.

Ithan le mostró los dientes a Sigrid. Ella hizo lo mismo.

Sin dejar de ver a Sigrid a los ojos, Ithan le dijo a Flynn:

—Ella quiere ir a confrontar al vendedor de sal por su asociación con el Astrónomo. El sátiro que se metió en todos esos problemas el año pasado.

Flynn suspiró y miró el techo de madera.

—No es el momento de tomar el camino de la guerra justiciera, corazón.

Sigrid al fin apartó la mirada de Ithan, aunque la parte de él que era lobo sabía bien que ella no estaba cediendo en su batalla de voluntades. No, su distracción era porque había encontrado otro oponente a quien enfrentar.

—No te dirijas a mí como si fuera una mujer común —le dijo Sigrid con furia a Flynn. Él levantó las manos. Ella volteó rápidamente a ver a Ithan—. Estoy en mi derecho...

—No tienes derechos —dijo la voz de un hombre. Marc. El metamorfo de leopardo se había acercado desde atrás con gracia sobrenatural. Aunque venía vestido con jeans y una camiseta de manga larga, seguía teniendo un aire de profesionalismo elegante—. Ya que técnicamente ni siquiera existes. Eres un fantasma, para todos los fines prácticos.

Sigrid volteó con lentitud, con el labio fruncido.

—¿Te pedí tu opinión, *gato*?

Por lo general, a Ithan le hubiera gustado participar en algo de rivalidad entre metamorfos. Pero Marc era un buen hombre... el desprecio de Sigrid era completamente inmerecido. Declan se acercó y se paró junto a su novio para abrazarlo de los hombros.

—Creo que ya es hora de dormir para algunos.

Sigrid gruñó. Pero las duendecillas se levantaron de sus hombros para ir a flotar frente a su cara. Sasa dijo con cautela:

—Siggy, nosotras *estamos* aquí para... hacer otras cosas. Tal vez podamos regresar en otro momento.

Ithan casi soltó la carcajada al escuchar el apodo. Alguien tan intenso como la loba frente a él no podía llamarse *Siggy*.

—La próxima vez que nos dejen salir de casa —dijo Sigrid con irritación visible—. En días o semanas.

—Te recordaré —dijo Declan lentamente— que en este momento eres la principal enemiga de Sabine.

—Que me venga a encontrar —dijo Sigrid sin un dejo de temor—. Tengo temas pendientes.

—Que Luna me libere —murmuró Flynn. Ithan podría haber jurado que había visto a las duendecillas asentir en aprobación mientras se reacomodaban sobre los hombros de Sigrid. El lord hada volteó a ver a Declan y Marc.

—¿Algo? —les preguntó.

La pareja negó con la cabeza.

—No. De verdad parece que los asteri bloquearon la información. Nada está saliendo ni entrando.

Sintieron cómo descendía sobre ellos un silencio pesado y tenso.

Sigrid dijo:

—¿Entonces ahora qué?

Solamente llevaba dos días fuera de su tanque y ya estaba asumiendo el papel de líder, de manera intencional o no. Una verdadera Alfa, que esperaba que se le respondiera y que se le... obedeciera.

—Seguimos intentando averiguar qué está sucediendo —dijo Declan y encogió uno de sus hombros.

Flynn exhaló con exasperación y se volvió a dejar caer en la silla.

—No estamos más cerca que hace dos días: Ruhn y Athalar están presos y siendo tratados como traidores. Eso es todo lo que sabemos.

Eso era todo lo que la fuente de Marc dentro de la Ciudad Eterna había logrado averiguar. Nada más.

Declan se hundió más en su asiento y se frotó los ojos con el pulgar y el índice.

—¿Honestamente? Tenemos suerte de no estar también en esos calabozos.

—Tenemos que sacarlos —dijo Flynn y cruzó sus brazos musculosos. Rithi, en su hombro izquierdo, hizo un gesto idéntico.

—Urd sabrá en qué estado estarán —dijo Declan con pesadez—. Quizá necesitaremos llevar medibrujas.

—Tú tienes magia de sanación —le recordó Flynn.

—Sí —respondió Dec mientras sacudía la cabeza—, pero el tipo de heridas que ellos tendrían... Necesitaría estar trabajando en conjunto con un equipo de profesionales capacitados.

Sólo pensar en lo que podrían ser esas lesiones para requerir un escuadrón de medibrujas hizo que todos volvieran a guardar silencio. Un silencio pesado y miserable.

—Y —continuó Dec y levantó la cabeza—, ¿dónde siquiera iríamos después de rescatarlos. No hay una sola persona en Midgard que pudiera ocultarnos o ayudarnos.

—¿Y ese submarino mer? —dijo Flynn con gesto pensativo—. El que los recogió en Ydra. Era más rápido que los buques Omega. Parece que es bastante bueno para ocultarse de los asteri también.

—Flynn —dijo Marc con una mirada de advertencia hacia el mercado repleto de gente. Todos esos oídos atentos.

Ithan mantuvo la voz baja:

—Tharion podría ayudarnos a llegar a ese submarino.

Anticipaba que Flynn pusiera los ojos en blanco por la mera mención de ayudar a Ketos, pero solamente dirigió su mirada hacia el segundo nivel.

—No puede sacar un pie de este mercado.

Ninguno de ellos había visto o sabido nada del mer desde que regresó a Pangera. Pero se habían enterado de dónde estaba gracias a un trozo de papel color verde neón pegado a un poste de luz donde se anunciaba una pelea en la arena de la Reina Víbora con Tharion como el protagonista del evento principal. Quedaba claro lo que había sucedido: el mer había desertado de la Corte Azul y había corrido directamente a este lugar.

Ithan insistió:

—Entonces podemos preguntarle a Tharion cómo enviarles un mensaje.

Declan negó con la cabeza.

—¿Y después qué? ¿Todos vivimos en el océano para siempre?

Ithan ajustó su posición. El lobo de su interior se volvería loco. Sin la capacidad de correr libremente, de responder a la luna cuando llamaba su nombre...

—*Ella* vivió en un tanque por quién sabe cuánto tiempo —dijo Flynn y miró de reojo a Sigrid—. Creo que podríamos sobrevivir en un submarino lujoso del tamaño de una ciudad.

Sigrid hizo un gesto de dolor... una vulnerabilidad visible en su exterior normalmente altanero.

—Cuidado —le advirtió Ithan a Flynn.

Las duendecillas murmuraron palabras de consuelo a Sigrid. Sus flamas eran ahora de un profundo rojo frambuesa. Pero Sigrid se levantó en silencio de su silla y caminó hacia un puesto cercano donde vendían ópalos. La sudadera y los pants que le había dado Ithan le quedaban enormes sobre su cuerpo delgado y se mecían con cada uno de sus pasos.

—Debes recordarle que se bañe —dijo Dec en voz más baja y con el brillo de la preocupación en la mirada.

No sabía lo que era el champú. Ni el jabón. Ni el acondicionador. Ni siquiera sabía lo que era una ducha y se había negado a meterse bajo el chorro del agua hasta que Ithan lo hizo frente a ella, completamente vestido, para demostrarle que era seguro. Que no era una versión del tanque.

Nunca había dormido en una cama normal tampoco. Al menos, no que ella recordara.

—Está bien —dijo Declan intentando regresar al tema del que hablaban—. Claramente no estamos averiguando nada a través de nuestras preguntas pero, pensémoslo... Ruhn tiene que estar vivo. Los asteri no lo matarían de inmediato: es una presencia política demasiado grande.

—Sí, entonces vamos a rescatarlo —insistió Flynn—. A él y a Athalar.

—¿Y qué hay de Bryce? —preguntó Declan con tanta suavidad que apenas fue un susurro.

—Ella no está —dijo Flynn con rigidez—. Se fue a quien sabe dónde.

A Ithan no le gustó el tono... no le gustó nadita.

—¿Qué? ¿Piensas que Bryce huyó y los abandonó? —exigió saber—. ¿Crees que voluntariamente dejaría a Ruhn y Hunt con los asteri? Por favor.

Flynn se recargó en su silla.

—¿Tienes idea de dónde podría estar?

Ithan controló su deseo de golpear al lord hada en la garganta. Flynn estaba enojado y herido y asustado, trató de recordarse.

—Bryce no se da por vencida con la gente que ama. Si fue a alguna parte, debe ser importante.

—No importa dónde haya ido —dijo Flynn—. Lo que sé es que tenemos que sacar a Ruhn antes de que sea demasiado tarde.

Ithan volvió a mirar hacia el segundo nivel. Esa parte de su mente que funcionaba como capitán de solbol calculaba, pensaba todos los movimientos...

Dec tomó a Flynn del hombro y apretó con fuerza.

—Mira, el submarino de los mer no es mala idea, pero necesitamos pensar a largo plazo. Necesitamos también considerar a nuestras familias.

—Por mí, mis padres y mi hermana se pueden ir al Averno —dijo Flynn.

—Bueno, yo sí quiero que mi familia esté a salvo —respondió bruscamente Declan—. *Sí* vamos a ir a rescatar a Ruhn y Athalar, necesitamos asegurarnos de que nadie más quede atrapado en el fuego cruzado.

Dec miró a Ithan y el lobo se encogió de hombros. Él no tenía a nadie más a quien advertirle nada. ¿Alguien lo extrañaría siquiera si no estuviera? Su tarea era proteger a la loba que estaba en el puesto a unos metros. Por una estúpida esperanza de que ella tal vez... No tenía idea. ¿Que desafiara a Sabine? ¿Que rectificara el camino peligroso por el cual Sabine estaba llevando a los lobos? ¿Que llenara el vacío que había dejado Danika?

Sigrid era una bomba de tiempo. Una Alfa, sí, pero sin entrenamiento. Sus impulsos estaban muy descontrolados, eran muy impredecibles. Con el tiempo, tal vez podría aprender las habilidades necesarias, pero el tiempo no era su aliado estos días.

Así que Ithan dijo:

—¿Quieren salvar a Ruhn y Athalar? Ese submarino mer es la única forma en la que podríamos cruzar el océano desapercibidos. Tal vez los mer ahí tengan alguna sugerencia de cómo rescatarlos. Incluso, con suerte, podrían ayudarnos —señaló hacia el segundo nivel—. Tharion es nuestra vía de entrada.

—Parece conveniente —dijo al fin Flynn— dado que tú estabas insistiendo en que necesitábamos liberarlo de aquí.

—Dos pájaros de un tiro.

—Tharion no puede irse —dijo Marc— pero nada impide que hable con nosotros. Tal vez nos podría proporcionar información de contacto.

—Sólo hay una forma de averiguarlo —dijo Ithan.

Flynn suspiró, lo cual Ithan interpretó como aprobación.

—Alguien tiene que decirle que se vaya a la casa —dijo y señaló con el pulgar por encima del hombro en dirección de Sigrid.

—Y ser su escolta —agregó Dec.

—Zafo —dijeron Flynn e Ithan al mismo tiempo.

Declan volteó rápidamente a ver a Marc y dijo «zafo» antes de que el leopardo pudiera entender qué estaba pasando.

Marc se frotó las sienes.

—¿Me recuerdan cómo es posible que ustedes tres sean considerados entre los guerreros más temidos de esta ciudad?

Dec solamente le besó la mejilla.

Marc suspiró.

—Si yo tengo que llevar a *Siggy* a casa, entonces Holstrom es quien tiene que decirle.

Ithan abrió la boca pero... bueno. Con una sonrisa burlona a los demás, empezó a avanzar para ir por la Alfa. Y para liberar a un vendedor de ópalos de sus incesantes preguntas.

¿Cómo sabes *que te brinda suerte o amor o dicha? ¿Qué tienen que ver en todo esto los colores? ¿Qué prueba tienes de que funcionan?*

No alcanzaba a distinguir si era curiosidad, acumulada por tantos años en el tanque, o simplemente alfadez, esa necesidad de cuestionar a todos y a todo. Esa necesidad de un orden en el mundo.

Ithan puso la mano en el codo de Sigrid para alertarla de su presencia pero ella de nuevo reaccionó sobresaltada. Ithan retrocedió un paso y levantó las manos. El vendedor de ópalos los miraba con cautela.

—Perdón.

A ella no le gustaba que la tocaran. Solamente le había permitido a él que le lavara el cabello la primera noche, cuando no tenía idea de cómo hacerlo.

Ithan le indicó con un ademán que caminaran hacia donde los esperaban los demás y ella empezó a seguirlo, a una buena distancia. La mayoría de los lobos necesitaban que los tocaran, lo ansiaban. ¿Había perdido el instinto por todos esos años en el tanque?

Era difícil seguir molesto con ella cuando pensaba en eso.

—¿Cómo te acostumbras? —preguntó Sigrid entre el siseo de la carne que se cocinaba en un puesto vecino y el regateo de los clientes. Detrás de ella, las duendecillas seguían flotando junto al surtido de ópalos, emitiendo exclamaciones sobre las rocas. No lograba comprender cómo se habían adaptado tan rápido las tres duendecillas a este mundo extraño y abierto. También habían sido prisioneras del Astrónomo, encerradas en sus anillos.

Ithan preguntó:

—¿Acostumbrarme a qué?

Sigrid miró sus manos, su cuerpo delgado debajo de la ropa de Ithan. Los demás compradores la notaban, igual que a él, y les daban amplio espacio para avanzar.

—A sentir como si te hubieran abandonado en un cadáver que se pudre.

Él parpadeó.

—Yo, eh... —intentó decir. No podía imaginarse a sí mismo en los zapatos de ella, repentinamente en un cuerpo de carne y sangre y hueso después de los años de flotar en el tanque de aislamiento—. Sólo necesitas tiempo.

Ella bajó la mirada. No parecía ser la respuesta que estaba buscando.

—Sigrid —repitió él—. Estás... estás haciéndolo muy bien.

—¿Por qué me sigues llamando así? —preguntó ella.

—Es el nombre que Sasa eligió para ti —dijo Ithan con una sonrisa amistosa.

—¿Por qué necesito un nombre? Llevo todos estos años sin tenerlo.

—Una Alfa debe tener nombre. Una *persona* debe tener nombre. El Astrónomo te permitió hacer el Descenso... estarás viva por siglos.

Cuando insistieron, ella reveló que de alguna manera había hecho el Descenso en el tanque de aislamiento. No les pudo decir ni cuándo ni cómo, pero Ithan había sentido alivio cuando supo que ella tenía esa protección.

—No quiero hablar del Descenso—dijo con voz plana, muerta.

—Yo tampoco.

Sí le hubiera gustado tener algunas respuestas sobre lo que había experimentado, pero no en este momento. No ahora que ya habían llegado con los demás que los estaban esperando. Las duendecillas al fin se separaron de las profundidades del puesto de ópalos y llegaron rápidamente, tres caminos de llamas cruzando la bodega seca.

—Entonces, ¿vamos a tocar? —preguntó Flynn y señaló la puerta de metal, parecida a la de una bóveda, que estaba en la parte superior de las escaleras. La entrada a la guarida privada de la Reina Víbora.

Marc miró de reojo a Ithan. ¿Le había explicado a Sigrid que Marc la acompañaría a casa?

Ithan lo recordó. No, no lo había hecho.

Marc lo miró molesto. *Cobarde*, parecía decirle la mirada del leopardo. Pero en ese momento se tensó y se quedó muy quieto.

—Guarden silencio.

Los demás obedecieron. Los dos guardias hada acercaron sus manos a las armas que traían al costado. El Mercado de Carne siguió con su alboroto de personas que no se percataron de nada, vendiendo, intercambiando, comiendo... y sin embargo...

Los ojos dorados de Marc miraron por toda la bodega, los tragaluces. Olfateó.

Ithan hizo lo mismo. Como metamorfos, sus sentidos eran más agudos que los de las hadas.

Desde la puerta a sus espalda, la mezcla de olores de la noche en el exterior entró, el hedor de las alcantarillas más allá...

Y el olor de lobos que se reunían.

3

—No sé en qué idioma está el tatuaje —insistió Bryce—. Mi amiga me lo mandó hacer mientras yo estaba inconsciente...

—No *mientas* —advirtió Rhysand con suave amenaza. La mataría. No importaba cuál fuera ese idioma, aparentemente era algo tan malo que bien podría decir *Clavar cuchillo aquí.*

Amren dio la vuelta alrededor de Bryce y se asomó para ver el tatuaje que sin duda seguía brillando debajo de la tela de su camiseta blanca.

—Puedo sentir algo en las letras... —dijo. Bryce se tensó—. Traigan a Nesta.

Azriel murmuró.

—No le va a gustar a Cassian.

—Cassian tendrá que soportar. Nesta podrá percibir esto mejor que yo.

Bryce se dio la vuelta para volver a tener a Amren y Azriel en su línea de visión. Amren insistió:

—Ve por ella, Rhysand.

Bryce dobló las rodillas y se agachó para adoptar una posición defensiva. ¿Cuánto dolería esto? ¿Tendría oportunidad de...?

Rhysand volvió a desaparecer.

Antes de que Bryce volviera a enderezarse, él ya estaba de regreso con una mujer conocida de cabello castaño dorado. Al igual que antes, en el recibidor, la mujer vestía un traje de cuero oscuro similar a los de Azriel y Rhysand. Se mantenía con una calma impasible y fría. Una guerrera.

Sus ojos color azul grisáceo miraron a Bryce.

Lentamente, casi sin sentir, Bryce se volvió a sentar en su silla. Lo que había en esos ojos...

La mujer dijo en voz baja a los demás, sin mucha expresividad, casi aburrida:

—Les dije antes: tiene algo de convertida. Más allá de la espada que traía.

—¿Convertida? —preguntó Bryce a la recién llegada (Nesta, debía asumir), haciendo a un lado toda precaución. Al mismo tiempo, Amren señaló la espalda de Bryce y preguntó.

—¿Es ese tatuaje?

Nesta sólo contestó:

—Sí.

Todos se volvieron a quedar viendo a Bryce con expresiones ininteligibles. ¿Quién atacaría primero? Cuatro contra una... no saldría viva de aquí.

Amren le dijo en voz baja a Rhysand:

—¿Qué quieres hacer con ella, Rhys?

Bryce apretó la mandíbula. Aunque no tuviera ninguna posibilidad de ganar, que el Averno se la llevara si estaba dispuesta a morir sin defenderse. Pelearía de todas las maneras que pudiera...

Nesta movió la barbilla hacia Bryce, con gesto altanero y frío.

—Puedes pelear con nosotros, pero vas a perder.

Al carajo con esto. Bryce le sostuvo la mirada a la mujer y encontró en sus ojos el brillo de una voluntad de acero puro.

—Si tratas de tocar el tatuaje, averiguarás por qué los asteri tenían tantas ganas de que yo muriera.

Se arrepintió de sus palabras instantáneamente. La mano de Azriel se movió hacia la daga que tenía al costado. Pero Nesta dio un paso para acercarse, sin parecer ni impresionada ni intimidada.

—¿Qué es? —le preguntó Nesta a Bryce con un gesto que señalaba su espalda—. ¿Cómo es un texto en tu piel... convertido?

—No puedo responder esa pregunta hasta que me digas qué putas significa *convertida*.

—No le digas nada —le advirtió Amren a Nesta. Señaló la puerta—. Ya hiciste tu trabajo y nos dijiste lo que necesitábamos saber. Te veremos después.

Las cejas de Nesta se arquearon ante esas palabras. Pero miró a Bryce y le sonrió con dureza.

—Te conviene cooperar con ellos, sabes.

—Eso me han dicho —respondió Bryce. Enroscó los dedos para hacer puños a los lados de su silla. Los metió debajo de sus muslos para evitar hacer alguna estupidez.

Los ojos de Nesta brillaron divertidos al notar sus movimientos.

—Nuestra... visitante necesita descansar —dijo Rhysand y se dirigió con movimientos elegantes hacia la puerta. Al escuchar la orden, Amren y Azriel caminaron detrás de él. Nesta los siguió solamente después de quedarse mirando a Bryce por otro instante. Una mirada provocadora y desafiante.

Sin embargo, cuando Azriel llegó al umbral, Bryce le dijo al guerrero alado:

—La espada... ¿dónde está?

Azriel hizo una pausa y miró por encima de su hombro.

—En un lugar seguro.

Bryce se quedó mirando a los ojos de Azriel, enfrentando la frialdad del guerrero con la suya, con esa expresión que sabía que Ruhn pensaba era muy parecida a la de su padre. La cara que rara vez le permitía ver al mundo.

—La espada es mía. La quiero de regreso.

Las comisuras de los labios de Azriel se elevaron un poco.

—Entonces deberás darnos una buena razón para que te la devolvamos.

El tiempo se deslizó lentamente. Bandejas de comida simple aparecían a intervalos regulares: pan, guisado de res (o lo que ella asumía era guisado de res), quesos. Comidas similares a las de casa.

Incluso las hierbas eran familiares... ¿las hadas de este mundo las habían llevado a Midgard? ¿O las plantas como el tomillo y el romero eran de alguna manera universales? ¿Estaban distribuidas por todo el espacio?

O tal vez los asteri habían traído esas hierbas de su propio mundo original y las habían plantado en todos los planetas que habían conquistado.

Sabía que era estúpido estar pensando en eso. Que tenía cosas más importantes que considerar que la jardinería intergaláctica. Pero rápidamente perdió el interés en comer, y pensar en todo lo demás era... demasiado.

Nadie más llegó a verla. Bryce se entretuvo lanzando chícharos de su guiso a la rejilla en el centro del piso, contando los segundos hasta que escuchaba un suave *clinc* y luego el siseo y rugido de lo que fuera que estuviera ahí abajo.

No quería saber. Su imaginación podía conjurar muchas opciones, todas con dientes filosos y apetitos insaciables.

Intentó abrir la puerta solamente una vez. No estaba cerrada, pero un muro de noche negra llenaba la puerta y oscurecía el pasillo completamente. Bloqueaba la entrada y salida del lugar. Intentó encender su luzastral pero incluso eso se veía apagado frente a esta oscuridad.

Tal vez esto era una especie de prueba enferma. Ver si podía penetrar esos poderes y hechizos tan fuertes. Para que ellos se dieran una idea de quién era su oponente. Tal vez para ver lo que el Cuerno, y lo que sea que tuviera de *convertido*, podía hacer. Pero ella no necesitaba lanzar su luz astral contra la oscuridad para saber que no se movería. Su poderío le retumbaba en los huesos.

Bryce rebuscó en su memoria para ver si podía encontrar una táctica alternativa de escape. Revisó todo lo que Randall le había enseñado, pero nada de eso era aplicable a atravesar ese poder impenetrable.

Así que Bryce se quedó sentada. Y comió. Y le lanzó chícharos a los monstruos de abajo.

Aunque se escapara de este lugar, no podría escapar del planeta. No sin alguien que le aumentara el poder y que activara el Cuerno en el proceso. Y a juzgar por los comentarios de Apollion, el poder de Hunt era mucho más compatible con el de ella que el de los demás. Cierto, el poder de Hypaxia le había servido contra el acosador de la muerte, pero no había ninguna garantía de que la magia de la reina bruja fuera suficiente para abrir un portal.

Además, *¿necesitaba* un portal para regresar a casa? Micah había usado el Cuerno de su espalda para abrir las siete Puertas en Ciudad Medialuna, a muchas cuadras de distancia. Cuando llegó a este sitio, no vio ninguna estructura similar a puertas cerca. Solamente el jardín con césped, el río y la casa que apenas alcanzaba a distinguir entre la niebla densa.

Sólo la daga, y Azriel que la usaba, habían estado ahí. Como si *eso* fuera donde necesitaba estar.

«*Cuando la daga y la espada se reúnan, también se reunirá nuestra gente*», murmuró Bryce hacia el silencio.

¿Pero con qué fin? Las hadas eran horribles. Las de aquí no eran tan distintas a las que conocía, hasta donde alcanzaba a distinguir. Y las hadas de Midgard habían demostrado su podredumbre moral de nuevo esta primavera, cuando dejaron fuera de sus villas a personas vulnerables durante el ataque de los demonios. Lo demostraron con sus leyes y reglas y su insistencia en mantener oprimidas a las mujeres, apenas mejor que ganado. Bryce ya había retorcido sus reglas a su conveniencia en el equinoccio de otoño para casarse con Hunt, pero según esas mismas reglas, ella ahora le *pertenecía* a él. Ella era una princesa, por el amor de Urd, y de todas maneras era la propiedad del hombre sin título con quien se había casado.

Tal vez no valía la pena unir a las hadas.

Sin embargo, todo esto la dejaba todavía con el problema de salir de este planeta: uno de los pocos mundos que había tenido éxito en echar a los asteri. Daglan. Como fuera que se llamaran.

Bryce se recargó contra la pared de la celda, acercó las rodillas a su pecho e intentó poner sus pensamientos en orden colocando todas las piezas frente a ella.

Pasaron largas horas. No se le ocurrió nada.

Bryce se frotó la cara. Había llegado por accidente al mundo original de las hadas. El mundo del cual provenían las hadas Astrogénitas: Theia y Pelias y Helena. Del cual provenía la Espadastral y donde la aguardaba su daga. Si Urd tenía alguna intención en enviarla aquí... ciertamente Bryce no tenía ni puta idea de cuál sería.

O cómo se liberaría de todo este desastre.

—No debimos haberla traído con nosotros —murmuró Flynn mientras se apresuraban por los puestos del Mercado de Carne en dirección a una salida alterna en el lado más tranquilo de la bodega—. Te lo *dije*, con un carajo, Holstrom...

—Yo le ordené que me trajera —intervino Sigrid, al lado de Ithan. Las duendecillas brillaban con un tono amarillo pálido agachadas sobre sus hombros. Algo se movió en el interior de Ithan al escucharla: una Alfa, defendiéndolo. Asumiendo la responsabilidad, aunque eso implicara que él *podía* recibir órdenes. Los Alfas con quienes había vivido los últimos años habían usado su poder y dominio para ellos mismos. Danika había usado su posición para apoyar a quienes estaban debajo de ella, con su propio estilo rudo, pero Danika ya no estaba. Pensó que nunca volvería a encontrar a alguien como ella, pero tal vez...

—Sabine nos hubiera encontrado de todas maneras —dijo Ithan—, ya fuera aquí o en la casa. Era sólo cuestión de tiempo.

Entraron al largo pasillo de servicio que al fondo tenía una puerta de metal abollada con una señalización desganada de *SALIDA* pintada con letras blancas. Definitivamente no cumplía con la normatividad, aunque dudaba que algún inspector de salud y seguridad de la ciudad alguna vez hubiera puesto un pie en esta madriguera de miseria.

—¿Nos separamos? —preguntó Dec—. ¿Para tratar de evadirlos de esa manera?

—No —dijo Marc con las garras brillando en las puntas de sus dedos—. Su sentido del olfato es demasiado bueno. Podrán saber quiénes van con ella.

Como si les respondieran, los aullidos desgarraron la bodega principal. El cuerpo entero de Ithan se tensó. Conocía el tenor de esos aullidos. *La presa está huyendo.* Apretó los dientes para evitar contestarles, para controlar el aullido de respuesta que se cernía dentro de su cuerpo.

A su lado, Sigrid estaba en alerta máxima, como si los aullidos hubieran disparado una respuesta en ella también.

—Entonces corremos —dijo Flynn—. ¿Dónde nos reunimos si nos separamos?

La pregunta quedó suspendida en el aire. ¿Dónde carajos había un lugar seguro en esta ciudad, en este planeta? Considerando sus conexiones con traidores prisioneros, la puta lista de alternativas era muy corta. ¿Dónde podría haber ido Bryce? Ella tal vez habría encontrado a alguien más grande y más malo… o, al menos, más listo. Ella habría ido a la galería, tal vez, con sus hechizos protectores, pero el santuario de Jesiba Roga ya no existía. El edificio de Antigüedades Griffin nunca había sido ni reparado ni reabierto. Lo cual los dejaba…

—Vayamos al Comitium —dijo Ithan—. Isaiah Tiberian nos resguardará.

Dec arqueó la ceja.

—¿Conoces a Tiberian?

—No, pero Athalar es su amigo. Y he escuchado que es un buen hombre.

—Para ser ángel —murmuró Flynn.

Sigrid exigió saber:

—¿Vamos a ir con los ángeles?

Se podía escuchar el desprecio y la desconfianza en cada una de sus palabras.

Los aullidos de la bodega se acercaban: *Cazamos juntos en la oscuridad.*

—No veo otra opción —admitió Dec—. Pero es un riesgo. Tiberian podría ir directamente con Celestina.

—La gobernadora es buena persona —dijo Flynn.

—No confío en ningún arcángel —dijo Marc—. Fueron criados y educados para tener poder sin límites. Asisten a esas academias secretas donde los separan de sus familias. No es un lugar que se preste para generar personas bien adaptadas. *Buenas* personas.

En la salida se detuvieron un momento para escuchar con cuidado los sonidos que los rodeaban. No podían oler nada del otro lado de la puerta de metal, pero los aullidos a sus espaldas se iban acercando más. Quienes estaban en la bodega llegarían a este pasillo en cuestión de momentos.

Otro aullido, esta vez conocido.

—Amelie —exhaló Ithan.

Si regresaban, se encontrarían cara a cara con la segunda jauría más poderosa de Lunathion. Pero cruzar esa puerta hacia la ciudad implacable, sin aliados seguros que les proporcionaran refugio...

Sigrid les hizo un favor a todos y abrió la puerta de un empujón.

Y ahí, en el callejón al otro lado, estaba Sabine Fendyr.

Sabine dejó escapar una risa inexpresiva. Sus ojos se clavaron en Ithan; su mirada llena de odio puro. Luego miró a Sigrid en un gesto de claro desprecio a Ithan. Él no era nadie para ella. Ni siquiera un lobo que reconociera.

Ithan mostró los dientes. Flynn, Dec y Marc le quitaron el seguro a sus pistolas.

Pero Sabine sólo le dijo a Sigrid a través de los colmillos:

—Te ves exactamente igual que él.

4

Dolor y oscuridad y silencio. Eso era la totalidad del mundo de Hunt Athalar.

No, eso no era verdad.

Esas cosas eran la totalidad del mundo más allá de su cuerpo torturado, sus alas cortadas, el dolor del hambre que se revolvía en su estómago y la sed que le quemaba la garganta, el sello de esclavo estampado en su muñeca. El halo nuevamente tatuado en su frente, hecho con las manos del mismísimo Rigelus. Su poder opresivo de alguna manera era más pesado y más aceitoso que antes. Todo lo que había logrado, lo que había vuelto a ganarse... había sido eliminado. Su existencia misma volvía a pertenecerle a los asteri.

Sin embargo, en su interior, más allá del mar de dolor y desesperanza, Bryce era la totalidad de su mundo.

Su pareja. Su esposa. Su princesa.

El príncipe Hunt Athalar Danaan. Hubiera odiado ese apellido de no ser por el hecho de que era una marca de que ella era la dueña de su alma, de su corazón.

Nada existía, salvo Bryce. Ni siquiera los látigos de púas de Pollux podían arrancarle la cara de Bryce de la mente. Ni siquiera la sierra sin filo le pudo amputar ese recuerdo mientras cortaba toscamente sus alas.

Bryce, que había logrado escapar. Había ido al Averno a buscar ayuda. Él se quedaría aquí, permitiría que Pollux lo hiciera pedazos, que cortara sus alas una y otra vez, si eso significaba que la atención de los asteri se mantendría alejada de ella. Si esto le compraba algo de tiempo para reunir las fuerzas que necesitaban para derrotar a estos pendejos.

Moriría antes de decirles dónde estaba ella. Su único consuelo era que Ruhn haría lo mismo.

Baxian, ensangrentado y colgando al otro lado de Ruhn, no sabía dónde había ido Bryce, pero sabía suficiente sobre lo que Bryce había estado planeando recientemente. No obstante, el Mastín del Averno no le había dicho a Pollux nada. Hunt no esperaba menos del hombre que Urd había elegido como pareja de Danika Fendyr.

Todo estaba en silencio ahora: el único sonido era el choque metálico de las cadenas. El suelo debajo de ellos estaba cubierto de sangre, orina y mierda. El olor era casi tan insoportable como el dolor.

Pollux era creativo, Hunt se lo tenía que conceder. Cuando otros podrían haber optado por clavarle el cuchillo en el abdomen y retorcerlo, el Martillo se había tomado la molestia de aprender cuáles eran los puntos precisos para dar latigazos y quemar en los pies para provocar el máximo de agonía y mantener conscientes a sus víctimas.

O tal vez era la Cierva quien había aprendido esos trucos. Estaba de pie detrás de su amante y observaba con ojos muertos mientras el Martillo lenta, muy lentamente, los iba destruyendo a pedazos.

Ése era el otro secreto que guardarían él y Danaan. La Cierva: qué y quién era.

La oscuridad lo llamaba, una dulce liberación que Hunt deseaba tanto como el cuerpo de Bryce entrelazado con el suyo. A veces, fingía que al caer en esa oscuridad estaba cayendo en los brazos de Bryce, en su calor dulce y firme.

Bryce. Bryce. Bryce.

Su nombre era una plegaria, una orden.

Tenía pocas esperanzas de salir vivo de este lugar. Su único trabajo era asegurarse de resistir el tiempo suficiente para que Bryce hiciera lo que tenía que hacer. Después de la serie de putos fracasos colosales que había cometido a lo largo de los siglos... esto era lo mínimo que podía ofrecer.

Debió haberlo previsto: una parte de él *sí* lo había previsto hacía unas semanas, cuando intentó convencer a Bryce de no tomar este camino. Debió haber luchado más. Debió haberle dejado más claro que este resultado era inevitable, en especial si él estaba involucrado.

Sabía que no debería confiar en Celestina con su mierda de *nueva gobernadora, nuevas reglas*. Le había permitido que se ganara su confianza y esa puta arcángel los había traicionado. Toda esa palabrería sobre ser amiga de Shahar... se la había creído. Había permitido que el recuerdo de su amante muerta nublara sus instintos, tal como Celestina había planeado, sin duda.

¿Qué era todo esto sino otra rebelión de los Caídos? En una menor escala, cierto, pero esta vez era mucho más lo que estaba en juego. En aquel entonces, perdió un ejército, a su amante... supo que ella estaba muriendo cuando el tiempo se estiró y se hizo más lento a su alrededor. Supo que ella había muerto cuando el tiempo regresó a su velocidad normal y el mundo entero había cambiado.

Sin embargo, los vínculos que lo unían ahora con los demás, no sólo con Bryce sino también con los dos otros hombres que ocupaban este calabozo con él, se habían vuelto insoportables. El dolor de ellos era también su dolor. Tal vez peor que todo lo que había soportado antes.

Shahar había tenido un final fácil. Morir a manos de Sandriel, morir en el campo de batalla, rápido y definitivo... Había sido más sencillo.

Cerca, se escuchó el gemido de Baxian.

Hunt tenía los brazos entumecidos, los hombros salidos de sus cavidades óseas por el esfuerzo de aguantar el peso de su cuerpo. Reunió toda la energía que pudo, toda su concentración, para decirle a Baxian:

—¿Cómo... cómo estás?

Baxian tosió húmedamente.

—De maravilla.

Al lado de Hunt, Ruhn gruñó. Podría haber sido una risa. Sus únicas opciones eran gritar y llorar o reírse de este puto desastre gigantesco.

De hecho, Ruhn dijo:

—¿Les... cuento... un chiste?

Sin esperar una respuesta, continuó:

—Dos ángeles... y un príncipe hada... entran a... un calabozo.

Ruhn no terminó, pero no hacía falta. Una risa rasposa brotó de los labios de Hunt. Luego de Baxian. Y luego de Ruhn.

Aunque cada movimiento le hacía estallar de dolor los brazos, la espalda, todo el cuerpo destrozado, Hunt no podía dejar de reír. El sonido ya bordaba en la histeria. Poco después tenía ya lágrimas corriéndole por las mejillas y supo por el olor que los otros dos también reían y lloraban, como si fuera la puta cosa más graciosa del mundo.

La puerta del calabozo se abrió de golpe y el sonido metálico hizo eco en las rocas como un trueno.

—Cállense de una maldita vez —ladró Pollux y bajó por las escaleras con las alas resplandecientes en la luz tenue.

Hunt rio con más fuerza. Se escucharon pasos detrás del Martillo: un hombre de cabello oscuro y piel morena lo seguía: el Halcón. El último miembro del triarii de Sandriel.

—¿Qué demonios les pasa? —le preguntó a Pollux en tono burlón.

—Son una bola de pendejos, eso es lo que les pasa —respondió Pollux y continuó su camino hacia los estantes de instrumental de tortura. Seleccionó un atizador de hierro. Lo metió en las brasas del fuego. La luz se reflejaba en sus alas blancas como una burla del aura celestial.

El Halcón se acercó con lentitud. Escudriñaba a los tres muy atentamente, con una atención que hacía honor a su nombre. Al igual que Baxian, el Halcón provenía de dos orígenes: ángeles, que le habían dado sus alas blancas, y metamorfos de halcón, que le habían dado su habilidad de transformarse en un ave de presa.

Ésas eran todas las similitudes entre los dos hombres. Para empezar, porque Baxian tenía alma. El Halcón...

La mirada del Halcón se detuvo en Hunt. En esos ojos no había nada de vida ni de dicha.

—Athalar.

Hunt movió la cabeza un poco como saludo.

—Imbécil.

Ruhn rio un poco. El Halcón giró hacia el estante de instrumentos y sacó un cuchillo largo y curvo. El tipo de cuchillo que está diseñado para extraer órganos al sacarlo del cuerpo. Hunt lo recordaba... de la última vez.

Ruhn volvió a reír, casi como si estuviera borracho.

—Qué creativo.

—Ya veremos cuánto ríes en un momento, principito —dijo el Halcón y se ganó una sonrisa de Pollux mientras esperaba a que su atizador se calentara—. Escuché que tu primo Cormac suplicó por piedad antes del final.

—Vete al carajo —gruñó Ruhn.

El metamorfo de halcón sopesó el cuchillo que tenía entre las manos.

—Su padre lo desconoció. O lo que queda de su cuerpo —le guiñó a Ruhn—. Tu padre hizo lo mismo.

Hunt detectó la sorpresa que pasó por la cara de Ruhn. ¿Por la traición de su padre? ¿O por la muerte de su primo? ¿Esas cosas siquiera importaban aquí?

Baxian dijo con voz desgarrada al Halcón:

—Eres un puto mentiroso. Siempre lo fuiste... y siempre lo serás.

El Halcón le sonrió a Baxian.

—¿Qué tal si hoy empezamos con tu lengua, traidor?

Había que reconocerle la valentía a Baxian, porque le sacó la lengua al Halcón como desafío e invitación.

Hunt sonrió. Sí... estaban todos juntos en esto. Hasta el amargo final.

El Halcón miró a Hunt.

—Tú serás el siguiente, Athalar.

—Mira cómo tiemblo —le dijo él en una exhalación. Ruhn también sacó la lengua.

El Halcón apenas podía controlar la rabia que sentía ante sus provocaciones. Sus alas blancas brillaban con un poder fuera de este mundo. Pero lentamente una sonrisa empezó a iluminar su rostro: terrible en su cálculo, en su deleite gradual al ver a Pollux girar con el atizador ardiente, blanco y vibrante de calor.

—¿Quién va primero? —canturreó el Martillo. El ángel se quedó inmóvil con su silueta frente al fuego que ardía a sus espaldas.

Hunt abrió la boca, su última reserva de valentía antes de que empezara la catástrofe, cuando algo oscuro en las sombras detrás de Pollux, más allá de la chimenea, se movió. Algo más oscuro que la sombra.

No eran las sombras de Ruhn. El príncipe no parecía tener acceso a ellas cuando tenía puestos los grilletes gorsianos. Sólo conservaba su habilidad para comunicarse mente a mente.

Esta sombra era distinta... más oscura, más antigua. Los observaba.

Observaba a Hunt.

Alucinaciones. Malo, porque significaba que tenía una infección que ni siquiera su cuerpo inmortal podía vencer. Bueno, porque significaba que podría perderse silenciosamente en el abrazo de la muerte. Malo, porque significaba que los asteri dedicarían toda su atención a Bryce. Bueno, porque el dolor cesaría. Malo, porque todavía tenía una estúpida y tonta esperanza en el fondo de su corazón de volverla a ver. Bueno, porque Bryce no vendría a buscarlo si estaba muerto.

Al otro lado de la habitación, la cosa de las sombras se movió. Apenas un poco. Como si hubiera enroscado un dedo para llamarlo.

La muerte. Eso aguardaba en las sombras.

Y lo llamaba.

Night.

Sobre una balsa de oscuridad, Ruhn flotaba en el mar del dolor.

Lo último que recordaba era el sonido y la imagen de su intestino delgado salpicando sobre el suelo, el dolor tan intenso como si... bueno, tan intenso como el cuchillo curvo que el Halcón le había clavado en el abdomen.

Se preguntó cuándo se convertiría el metamorfo en halcón para eviscerarlos con sus garras, como le gustaba hacer. Ruhn podía imaginarlo fácilmente: el Halcón parado sobre su torso y arrancándole los órganos con las garras, picoteándolos con su pico afilado como navaja. Luego él sanaría y el Halcón podía empezar otra vez. Una y otra vez...

Ruhn había sido ingenuo al pensar que no podía sucederle nada peor acá abajo que los años de tortura que vivió con su padre. Las quemaduras, los grilletes gorsianos que le ponía su padre para evitar que pudiera defenderse, para evitar que sanara... En aquel entonces, por lo menos, había desarrollado sus propias estrategias de supervivencia, de recuperación. Pero ahora solamente había dolor, luego oscuridad, luego dolor de nuevo.

¿Había muerto? ¿O había estado a un aliento de la muerte, como podían estar los vanir si el golpe no era verdaderamente mortal? Su cuerpo hada regeneraría los órganos, aunque fuera más lento por los grilletes gorsianos.

Night.

La voz femenina hacía eco en el mar iluminado por las estrellas. Como un faro que brillaba a la distancia.

Night.

Aquí, no había manera de escapar a su voz. Si despertaba, la ola de dolor cubriría la balsa y él se ahogaría. Así que no tenía alternativa salvo escuchar, dejarse llevar hasta ese faro.

Dioses, ¿qué te hizo?

La rabia y el dolor rebosaban de esta pregunta que llegaba de todas partes, llegaba de su interior.

Ruhn logró decir: *Nada que tú no hayas hecho miles de veces.*

Entonces ella se paró a su lado, sobre su balsa. Lidia. El fuego corría por su cuerpo, pero él alcanzaba a ver su rostro perfecto. La mujer más hermosa que jamás había visto. Una máscara impecable que cubría un corazón putrefacto.

Su enemiga. Su amante. El alma que él pensaba que era...

Ella se arrodilló frente a él y extendió la mano en su dirección. *Lo siento tanto.*

Ruhn se movió para quedar fuera de su alcance, que era todo el movimiento que lograba hacer, incluso aquí. Algo similar a la agonía se vio reflejado en los ojos de Lidia, pero no volvió a intentar tocarlo.

Seguramente lo habían matado hoy. O había llegado cerca, si ella estaba aquí. Si a él ya no le quedaban defensas y ella había podido pasar por su muro mental por primera vez desde que él se había enterado de quién era ella.

¿Qué le habían hecho a Cormac para que quedara irrevocablemente muerto?

No pudo detener el recuerdo que lo invadió. Estar sentado al lado de Cormac en ese bar antes de que fueran a la Ciudad Eterna, ese momento en que pensó que había alcanzado a ver a la persona que podría haber sido su primo. El amigo en que Cormac se podría haber convertido si el rey Morven no le hubiera ido arrancando sistemáticamente toda su amabilidad.

No debería sorprenderle a Ruhn que los dos reyes hubieran desheredado a sus hijos. Aunque un rey tenía fuego en las venas y el otro, sombras, Einar y Morven eran más parecidos de lo que todos creían.

Ruhn siempre había tenido una cierta esperanza de que su padre viera a los asteri por lo que eran y que si en algún momento se viera forzado a elegir, su padre tomaría la decisión correcta. Que el planetario de su estudio, los años que había pasado buscando patrones en la luz y el espacio... que eso hubiera significado algo mayor. Que no fuera simplemente el estudio estéril de un miembro de la realeza aburrido que necesitaba sentirse más importante de lo que era en la historia.

Esa esperanza ya había muerto. Su padre era un puto cobarde falto de carácter.

Ruhn, dijo Lidia, y él odió escuchar su nombre en esos labios. *La* odiaba. Se dio la vuelta para darle la espalda.

Entiendo por qué estás tan enojado, por qué debes odiarme, empezó a decir con voz ronca. *Ruhn, las... las cosas que he hecho... Necesito que entiendas por qué las hice. Por qué las seguiré haciendo.*

Guárdate tu historia dramática para alguien que le interese.

Ruhn, por favor.

La balsa crujió y él se dio cuenta de que ella estaba otra vez intentando alcanzarlo. Pero él no podría soportar su tacto, la súplica en su voz, la emoción que ninguna otra persona en el mundo salvo él había escuchado de la Cierva.

Así que Ruhn dijo: *Al carajo con tus excusas*. Y rodó para bajarse de la balsa mental y permitir que el mar de dolor lo ahogara.

5

El corazón de Ithan casi se detuvo cuando vio la sonrisa salvaje de Sabine, quien avanzaba hacia la puerta lateral de la bodega. El callejón detrás de ella estaba vacío, no había testigos. Exactamente lo que Ithan y todos los que trabajaban para Sabine estaban entrenados para hacer.

Sigrid retrocedió un paso y chocó con Declan. Las duendecillas se aferraron a su cuello con sus llamas amarillas temblorosas.

—Sabía que mi hermano me había dejado encontrarlo a él y a tu hermana muy fácilmente —gruñó Sabine con la mirada fija exclusivamente en Sigrid, como si los dos guerreros hadas que le apuntaban pistolas a la cabeza no existieran—. *Sabía* que me había mentido sobre cuántos cachorros había tenido.

Sigrid detuvo su retroceso. Ithan no se atrevía a quitarle los ojos de encima a Sabine para leer su cara.

—¿Todo ese esfuerzo... por *ti*? —preguntó Sabine mirándose las garras curvas—. Prometo que será rápido, al menos. Es más de lo que puedo decir de tu hermana. Pobre cachorra.

—*Déjala en paz* —gruñó Ithan balanceándose sobre las puntas de sus pies, listo para saltar sobre Sabine. Para llegar a las últimas consecuencias.

Sabine rio sin humor, pero al menos reconoció su existencia.

—Vaya guardia, Holstrom.

—Tienes dos putos segundos para largarte, Sabine —dijo Declan.

La sonrisa de Sabine hizo que se le arrugara la nariz: una absoluta furia lupina.

—Vas a necesitar más que balas para derribarme, hadita.

Ithan le había dicho a Flynn que Sabine no sería tan tonta como para provocar una pelea en el territorio de la Reina Víbora, pero a juzgar por la expresión de odio en la Premier Heredera, se preguntó si su rabia y temor habían sobrepasado todo su sentido común.

Ithan sacó las garras.

—¿Y qué tal con éstas? —volvió a gruñir—. Estás perdida si le decimos a las autoridades sobre esto.

La sonrisa de Sabine se volvió helada.

—¿A quién le dirán? A Celestina no le importará. El Rey del Otoño quiere empezar de cero para las hadas de Valbara. No va a querer involucrarse en esto.

Un gruñido bajo y retumbante vibró detrás de Ithan. Se le erizó el pelo de los brazos. Era un gruñido de desafío puro. Uno que le había escuchado a Danika. A Connor. El desafío de un lobo que no cedería.

Sabine miró a Sigrid sorprendida.

—Yo estuve en el tanque por mi hermana —dijo Sigrid con voz rasposa. La agonía y la furia le contorsionaban el rostro—. Para mantenerla alimentada. Para mantenerla a salvo. Y tú la mataste —empezó a elevar la voz, llena de tal poder de mando que el lobo dentro de él se sentó, atento, listo para atacar cuando diera la orden—. Te arrancaré la garganta, ladrona desalmada. Voy a orinarme sobre tu *cadáver putrefacto*...

Sabine saltó.

Declan accionó su pistola al mismo tiempo que Flynn disparaba una segunda bala.

Sigrid cayó de rodillas. Se rascaba la cara con las garras al intentar protegerse del ruido. Flynn avanzó, con la pistola lista y empezó a dispararle a la loba derribada y que sangraba en el pavimento sucio del callejón.

Dec había apuntado a la rodilla de Sabine, para incapacitarla. Pero Flynn le había volado la cara a Sabine.

—Rápido —dijo Flynn y tomó a Sigrid del brazo. Las duendecillas temblorosas saltaron a sus hombros—. Tenemos que llegar al río, nos llevaremos uno de los botes.

Pero Ithan no podía dejar de ver el cuerpo de Sabine, la sangre y tejidos salpicados en el callejón. Sin duda se recuperaría de esto, pero no lo haría tan rápido como para evitar que escaparan.

Todos los músculos de su cuerpo se tensaron. Como si le estuvieran gritando, *¡Ayúdala! ¡Protege y salva a tu Alfa!* Aunque algo en sus entrañas le susurraba, *Hazla trizas.*

Los demás empezaron a alejarse corriendo por el callejón, pero Ithan no se movió.

—Alto —dijo. No lo oyeron—. *¡Alto!* —su voz retumbó por la roca y cuerpo y sangre… y los demás se detuvieron a unos pasos de la salida del callejón.

—¿Qué? —preguntó Marc. Sus ojos de gato brillaban en la penumbra.

—Los otros lobos… se quedaron callados.

Los aullidos que habían estado acercándose habían cesado por completo.

—Qué bueno que al fin alguien se dio cuenta —dijo una voz femenina desde el fondo del callejón.

La Reina Víbora estaba recargada contra la sucia pared, con el cigarrillo encendido entre los dedos, su overol blanco brillante como la luna bajo la luzprístina parpadeante que brotaba de los postes. Sus ojos bajaron al cuerpo de Sabine. Las comisuras de sus labios pintados de morado se movieron hacia arriba y levantó la mirada hacia Ithan.

—Perro malo —seseó.

—Ésta es una solicitud muy poco ortodoxa, Lidia.

Lidia mantuvo la barbilla en alto y las manos detrás de la espalda al caminar con precisión militar por el pasillo de cristal. La soldado imperial perfecta.

—Sí, pero creo que Irithys podría ser… motivante para Athalar.

Rigelus iba caminando junto a ella, agraciado a pesar de sus piernas largas y delgadas. El cuerpo de hada adolescente enmascaraba al monstruo inmortal debajo.

Cuando empezaron a descender por la escalera curva, iluminada apenas por las lucesprístinas que parpadeaban en cajas pequeñas, Rigelus olfateó y dijo:

—Está básicamente cooperando, pero tal vez vacile al escuchar la orden.

Lidia iba ahora un paso detrás de él y fijó su mirada en el cuello enjuto. Sería tan fácil, si él fuera cualquier otro ser, envolver sus manos alrededor de ese cuello y torcer. Casi podía sentir el eco del crujir de sus huesos reverberando contra sus palmas.

—Irithys hará lo que se le diga —dijo Lidia cuando iban descendiendo hacia la oscuridad.

Rigelus no dijo nada más mientras continuaban girando por la escalera, una y otra vez, adentrándose más en la tierra debajo del Palacio Eterno, incluso más profundo que los calabozos donde tenían presos a Ruhn y los demás. La mayoría creía que este palacio era poco más que un mito.

Rigelus al fin se detuvo frente a la puerta de metal. Plomo, de quince centímetros de grosor.

Lidia había estado aquí sólo en otra ocasión a lo largo de su tiempo con los asteri. Acompañada también entonces por Rigelus y por su padre.

Un recorrido privado por el palacio, con la mismísima Mano Brillante como guía para uno de sus súbditos más leales... y uno de los más adinerados. Y Lidia, joven y llena aún de odio y desdén por el mundo, había estado más que dispuesta a unirse a ellos.

Se convirtió de nuevo en esa persona cuando Rigelus puso una mano en la puerta. El plomo relució y luego la puerta se abrió de golpe.

El calor y la humedad opresivos de este lugar no habían cambiado desde aquella primera visita. Cuando Lidia entró detrás de Rigelus, nuevamente le presionaron la cara y el cuello con sus dedos húmedos.

El pasillo se extendía hacia el frente, las mil bañeras hundidas en el piso de roca brillando con la luz tenue que iluminaba los cuerpos que flotaban dentro. Máscaras y tuberías y máquinas que vibraban y siseaban; sal incrustada en las rocas entre los tanques, algunas secciones con una capa muy gruesa. Y frente a las máquinas, ya haciendo una reverencia a Rigelus...

Una forma humanoide marchita, con velo y túnica gris de material lo suficientemente transparente para revelar un cuerpo huesudo debajo, estaba parada frente a un enorme escritorio a la entrada de la habitación. La Superiora de los Místicos. Lidia no le conocía ningún nombre.

Sobre su cabeza cubierta por un velo giraba un holograma de imágenes de estrellas y planetas en movimiento. Las místicas buscaban ahora a Bryce Quinlan en cada una de esas constelaciones y galaxias. ¿Cuántos rincones del universo quedaban por investigar?

Pero eso no le preocupaba a Lidia... no hoy. No mientras Rigelus decía:

—Necesito a Irithys.

La superiora levantó la cabeza, pero su cuerpo siguió encorvado por la edad, tan delgado que los huesos de su columna se alcanzaban a distinguir debajo de su bata.

—La reina ha estado de mal humor, Su Brillantez. Me temo que no va a estar muy dispuesta a aceptar tus solicitudes.

Rigelus se limitó a hacer un ademán hacia el pasillo, aburrido.

—Intentaremos, de todas formas.

La superiora volvió a hacer una reverencia y avanzó cojeando al lado de las bañeras enterradas y la maquinaria. El borde de su bata estaba blanco por tanta sal.

Rigelus caminó entre las místicas sin siquiera dedicarles una mirada. Eran apenas engranes en una máquina para ayudarle a cumplir con sus necesidades. Pero Lidia no podía evitar observar las caras bajo el agua al pasar junto a ellas. Todas dormidas, lo quisieran o no. ¿De dónde provenían los soñadores encerrados acá abajo? ¿En qué especie de Averno vivirían sus familias, que esto les parecía aceptable? ¿Y qué habilidades tenían para justificar este supuesto honor de honores, servir a los mismísimos asteri?

Rigelus se acercó al centro de la habitación, apenas iluminado. Ahí, en una burbuja de cristal del tamaño de un melón, dormía una mujer hecha de flama pura.

Su cabello largo se envolvía alrededor de su cuerpo en olas y rizos de fuego. Sus extremidades delgadas y agraciadas estaban desnudas. La Reina Duendecilla era poco más grande que la mano de Lidia, pero, incluso en reposo, seguía siendo una gran presencia. Como si fuera el pequeño sol alrededor del cual orbitaba este lugar.

Eso era algo cercano a la verdad, supuso Lidia.

La superiora siguió con su paso inestable hasta llegar al orbe encantado y hechizado. Le dio unos golpecitos con sus nudillos huesudos.

—Levántate. Viene a verte tu amo.

Irithys abrió los ojos brillantes como brasas. Incluso hechos con llamas, parecían hervir de odio. En especial cuando su mirada llegó a Rigelus.

La Mano Brillante agachó la cabeza con ironía.

—Su Majestad.

Lentamente, con la gracia de una bailarina, Irithys se puso de pie. Sus ojos se deslizaron de Rigelus a su superiora, y después a Lidia. En su expresión sólo había cálculo y resentimiento. Su cara era común, lo cual resultaba inusual entre la belleza de los seres de su especie.

Rigelus le hizo un ademán a Lidia. Los anillos que usaba en sus dedos largos brillaron bajo la luz de Irithys.

—Mi Cierva tiene una petición para ti.

Mi Cierva. Lidia ignoró la posesividad de las palabras. La manera en que le irritaban hasta el alma.

Se acercó a la burbuja, las manos nuevamente tras la espalda.

—Tengo tres prisioneros en el calabozo a quienes les parecerá particularmente motivante tu tipo de fuego. Requiero que me acompañes, que me ayudes a convencerlos de hablar.

La superiora de los místicos volteó a ver a Lidia:

—No estarás implicando que *salga* de aquí...

Sin voltear a ver a la anciana, Lidia dijo:

—Seguramente, como superiora de este lugar, puedes encargarte de cuidar a tus protegidos por unas cuantas horas.

Debajo del velo delgado, podría jurar que vio un destello de hostilidad en la mirada de la superiora.

—Irithys está aquí *debido* a la necesidad de su tipo específico de protección. Por su luz, un faro contra la oscuridad del Averno...

Lidia solamente le dedicó una mirada de aburrimiento a Rigelus.

Él sonrió con sorna, siempre divertido por la crueldad de los demás, y le dijo a la superiora:

—Si el Averno viene a tocar a la puerta, mándame llamar y te ayudaré personalmente.

Era un gran honor... y un indicio de lo mucho que necesitaba quebrar por completo a Athalar. Ruhn y Baxian, no estaba segura, pero Athalar...

La superiora agachó la cabeza. Dejó a Irithys, quien ahora miraba a Lidia.

Lidia levantó la barbilla.

—¿Estarías dispuesta a ayudarme?

Irithys se miró a sí misma, como si pudiera ver la pequeña franja de tatuajes alrededor de su garganta. Una especie de halo... marcas en la Reina Duendecilla por una bruja imperial para controlar su poder.

El gesto de la reina fue una pregunta silenciosa.

Rigelus dijo:

—La tinta se queda. Puedes invocar suficientes de tus poderes para ser útil.

Lidia permaneció en silencio. Dejó que Irithys la estudiara.

La habían mantenido prisionera acá abajo durante más de un siglo. No había visto la luz del día ni había salido de la burbuja de cristal en ese tiempo. Había una buena probabilidad de que, detrás de los ojos brillantes, la reina se hubiera vuelto loca.

Pero Lidia no necesitaba su cordura. Ella sola podía pensar por las dos.

La barbilla de Irithys bajó un poco.

Rigelus volteó a ver a Lidia.

—Tienes una semana con ella.

Lidia le sostuvo la mirada ardiente a la duendecilla, la dejó ver el fuego helado dentro de su propia alma.

—Doblegar a Athalar no llevará tanto tiempo.

Bryce no se comió lo que supuso debía ser la cena —pollo asado, pan y papas con hierbas— y lo dejó en la bandeja. Nadie había venido, así que asumió que regresarían hasta el día siguiente o tal vez esperarían a que se pusiera a darle de golpes a esa barrera de oscuridad gritando para que alguien viniera a hablar con ella.

Ninguna de las cuales parecía una opción agradable.

Eso le dejaba realmente dos caminos. Ver si podía atravesar la barrera mágica, salir de esta montaña y aventurarse al nuevo mundo desconocido, sin idea de qué hacer o dónde ir, o...

Miró hacia abajo. Su otra alternativa era ver qué había al fondo de la rejilla. Si existía una salida del sitio donde estaban las bestias por la cual escapar... y aventurarse al nuevo mundo desconocido, sin idea de qué hacer o dónde ir.

Habían pasado horas y era lo mejor que se le había ocurrido.

—Qué patético —murmuró y se puso a deslizar el amuleto archesiano a lo largo de su cadena—. Jodidamente patético.

¿Qué le estaría pasando a Hunt? ¿A Ruhn? Siquiera estarían...

No se podía permitir pensarlo.

Sus captores se habían llevado su teléfono antes de traerla aquí, así que no tenía idea de qué hora sería. O al menos, qué hora era en Midgard. Ni siquiera quería pensar demasiado en el tema de que el tiempo podría pasar más rápido o más lento en este mundo, ni cuánto tiempo habría transcurrido en realidad desde esa carrera por el pasillo del Palacio Eterno...

Bryce se levantó de su posición acuclillada contra la pared. Caminó hasta la rejilla al centro de la habitación. Al acercarse, un coro de siseos se elevó desde ahí.

—Sí, sí, ya los oí —murmuró y se arrodilló frente a la rejilla. Empezó a intentar levantarla. Le dolieron los dedos por el esfuerzo pero, poco a poco, empezó a moverla provocando un fuerte rechinido al arrastrarla contra el piso de piedra.

Esperó un momento, atenta a los sonidos que pudieran advertirle del retorno de sus captores. Al comprobar que nadie regresaba a investigar el ruido, Bryce se asomó al agujero enorme y oscuro que había abierto.

Bajó la cabeza un poco hacia el hoyo. El siseo cesó.

Bryce hizo brillar la palma de su mano con luzastral y la acercó. No se alcanzaba a ver nada salvo espacio vacío. Bryce apretó el puño, creó una esfera de luzastral y la dejó caer...

Un mar de cuerpos negros y con escamas se retorcía debajo; la luzastral los hacía lucir casi plateados.

Bryce retrocedió rápidamente.

Sobeks... o sus gemelos oscuros. Tharion los había enfrentado cuando escaparon del Sector de los Huesos. Había concentrado su magia de agua para convertirla en lanzas letales que perforaron sus gruesas pieles, pero...

—Carajo —exhaló.

Volteó por encima del hombro hacia la puerta. Hacia el escudo que vibraba ahí emanando una sensación que la remitía a Rhysand. Era un poder que nunca antes había encontrado... al menos, aparte de los asteri.

Si Rhysand tenía tantos poderes como un asteri... Eran puras especulaciones, en realidad, pero si lograba convencerlo de que le ayudara, que de alguna manera regresara a Midgard con ella para derrotarlos...

Sabía que era probable que estuviera remplazando seis conquistadores por uno diferente. Definitivamente algo tenía que cambiar, el ciclo tenía que detenerse *ya*, pero tampoco se trataba de empezar de nuevo con un nuevo tirano. Y si Rhysand de hecho tenía tanto poder, dudaba que estos interrogatorios fueran a continuar siendo pacíficos mucho tiempo. En especial, ahora que ya sabían que tenía algo importante tatuado en la espalda. Lo que fuera que significara *convertido*, era algo de considerable importancia para ellos. Estaba segura de que no tardarían en perder la paciencia.

Y eso podría manifestarse como una decisión de Rhysand de suspender su política de no meterse a la mente sin consentimiento, o como el uso de la daga negra de Azriel en su piel... Realmente prefería no quedarse a averiguarlo.

Bryce se asomó al agujero, a las bestias debajo.

Esa semilla de magia que había alterado el lenguaje en su cerebro y que había hecho brillar el Cuerno le había dejado algo en el pecho. Apenas el suficiente combustible.

Tendría sólo un nanosegundo para teletransportarse —transportarse, como le decían aquí— abajo con las bestias. A esa franja diminuta de roca que alcanzó a ver sobre ellas, poco más ancha que su pie. Luego tendría que averiguar si había una manera de salir. Algún túnel que usaran las bestias para moverse bajo este lugar.

A menos que sólo fuera un foso, una auténtica jaula donde esperaban en la oscuridad a que les arrojaran carne, viva o muerta.

Sería un verdadero acto de fe.

Le temblaban las manos, pero formó puños. Había escapado corriendo de un asteri. Con la ayuda del relámpago de Hunt, claro, pero...

Cada minuto en este lugar contaba. Cada minuto dejaba solos a Hunt y Ruhn en manos de Rigelus. Eso si siquiera seguían vivos.

—Hunt. Ruhn. Mamá. Papá. Fury. June. Syrinx —susurró sus nombres resistiendo el nudo que se empezaba a formar en su garganta.

Tenía que salir de aquí. Antes de que estas personas decidieran que el riesgo que representaba era demasiado y optaran por la solución inteligente. O antes de que decidieran que les gustaba Midgard, y Rigelus, y que concluyeran que llevarla de vuelta sería una excelente ofrenda de paz...

—Levántate de una puta vez —gruñó—. Levántate de una puta vez y haz algo.

Hunt le diría que había perdido la cabeza. Ruhn le diría que intentara inventar más mentiras, que intentara ganarse la confianza de sus captores. Pero Danika...

Danika hubiera saltado.

Danika *había* saltado... hacia las profundidades del Descenso con Bryce. Sabiendo que para ella no habría viaje de regreso.

Danika, cuya muerte fue el resultado de la manipulación y planeación de Rigelus, que había convencido a Micah de que la asesinara.

Una bruma blanca le veló la vista a Bryce. La ira primigenia empezó a recorrer su cuerpo, con una intensidad que sólo las hadas podían lograr. Agudizó su vista. Tensó sus músculos. La estrella de su pecho se encendió con una luz suave.

—Al carajo con esto —gruñó.

Y se teletransportó al foso.

Tharion supuso que seguía drogado, que seguía alucinando, cuando vio entrar a su suite a Ithan Holstrom, Declan Emmet, Tristan Flynn, Marc Rosarin y una loba que no reconocía, acompañados de tres duendecillas *muy* familiares. Venían escoltados por la Reina Víbora y seis de sus guardaespaldas hadas completamente narcotizados.

Estaba recostado sobre el sofá frente a la televisión. Tan relajado como si sus propios huesos se hubieran fundido con los cojines, Tharion apenas pudo levantar la cabeza al ver entrar al grupo. Les esbozó una sonrisa perezosa y extasiada.

—Hola, amigos.

Declan exhaló ruidosamente.

—Por la puta Solas en llamas, Tharion.

Tharion sintió que su cara se ruborizaba. Tenía una buena idea de cómo se veía, pero no podía convencer a su cuerpo de moverse. Tenía la cabeza demasiado pesada, las extremidades demasiado laxas. Cerró los ojos y se volvió a hundir en esa dulce pesadez.

—¿Qué carajos está pasando aquí? —gruñó Flynn—. ¿Tú le hiciste eso?

Tharion no se dio cuenta de que Ari había entrado a la habitación hasta que la escuchó sisearle a Flynn:

—¿*Yo*? ¿Crees que voy por ahí drogando gente indefensa?

—Vas por ahí abandonándola —le reviró Flynn—. ¿O eso estaba reservado para Bryce e Hypaxia?

—Regresa a tus parrandas, niño bonito —escupió Ari.

—Los dejaré para que se pongan al corriente —canturreó la Reina Víbora. Salió caminando a grandes zancadas y cerró la puerta tras de sí con un suave clic.

Tharion logró abrir los ojos.

—¿Por qué están aquí?

Por Ogenas, su boca se sentía muy lejana.

Declan dio unos pasos.

—Bryce, Athalar y Ruhn no lograron salir del Palacio Eterno.

¿Fue la noticia o el veneno lo que hizo que todo su mundo empezara a girar?

—¿Muertos?

La palabra se sentía como ceniza sobre su lengua.

—No —dijo Declan—. Hasta donde sabemos. Bryce desapareció y Ruhn y Hunt fueron tomados prisioneros y están en los calabozos de los asteri.

Tharion se quedó viendo al guerrero hada (empezaba a ver borrosos los bordes de la figura de Declan) e intentó procesar la noticia.

—Oye, tus pupilas están enormes. ¿Qué te metiste? —preguntó Flynn.

Con razón tenía la vista tan borrosa.

—No quieres saber.

—Su veneno —dijo Ari con tono golpeado—. Eso se metió.

—Te ves fatal —dijo Declan y dio un paso para acercarse a ver a Tharion de cerca—. Tu hombro...

—Un minotauro —gruñó Tharion—. Ya está sanando. Y no quiero hablar de eso. ¿A dónde fue Bryce?

—No sabemos —dijo Declan.

—Carajo.

Tharion dijo esa palabra con una exhalación larga que hizo eco en cada hueso y vaso sanguíneo. Antes de que pudiera preguntar otra cosa, notó que Ari estaba estudiando al grupo y que su mirada se posaba en la loba al lado de Holstrom.

—Te conozco —dijo Ari.

La loba levantó la barbilla.

—Igualmente, dragona.

Tharion debió lucir confundido, porque Holstrom dijo:

—Ella es Sigrid… Fendyr.

Sí, estaba alucinando. Solamente había *una* Fendyr aparte del Premier: Sabine. Y él estaba bastante seguro de que ella no tenía ninguna hija secreta.

—Te contaremos los detalles después —dijo Declan y se sentó en la silla más cercana. Su novio se paró a su lado y le puso la mano sobre el hombro—. Tenemos que pensar cómo salir de este puto desmadre.

Flynn maldijo.

—¿Qué tenemos que pensar? Matamos a Sabine.

Tharion se sobresaltó… o eso intentó. Su cuerpo no respondía.

—*Tú* mataste a Sabine —dijo Declan—. Yo le disparé en la pierna.

—No está muerta-muerta —dijo Flynn.

—No tiene *cara* —intervino Dec—. Eso es bastante…

—¿Qué pasó con los otros lobos? —preguntó Holstrom a nadie en particular.

Ah, un momento… le estaba preguntando a Tharion y Ari. Ari vio a Holstrom con gesto confundido.

—¿Cuáles lobos?

—Nos venía persiguiendo la Jauría Rosa Negra —explicó Ithan— y luego… ya no. ¿ A dónde los llevó la Reina Víbora?

—Pueden empezar a buscar en el río —balbuceó Tharion.

—Ella no los mataría —dijo Marc—. Sólo le provocaría dolores de cabeza, incluso a ella. Seguramente sus matones los noquearon y se los llevaron a otra parte.

—¿Y Sabine? —preguntó Holstrom.

Dioses, Tharion sentía que la cabeza le iba a estallar. Esto tenía que ser un sueño muy extraño.

—La Reina Víbora va a encontrar la manera de sacarle provecho a esto —dijo Marc—. Ya sea que se haga pasar como la salvadora de Sabine o que nos entregue.

Tharion arqueó las cejas a Marc.

Marc notó su expresión y le explicó:

—Algunos de mis clientes se han metido en problemas con la Reina Víbora a lo largo de los años. He aprendido un par de cosas sobre sus tácticas.

Tharion asintió, como si eso fuera normal, y volvió a cerrar los ojos.

—Patético —siseó Ari, probablemente a él. Pero luego le preguntó a los demás—: ¿Entonces todos ustedes son prisioneros de la Reina Víbora?

—No estoy seguro —respondió Declan—. Nos capturó en el acto de... eh... derrotar a Sabine. Cuando nos dijo que la siguiéramos, pareció como una orden.

—¿Pero no dijo nada más? —preguntó Ari. Tharion abrió un poco un ojo, luchando por estar presente.

—Sólo que podíamos quedarnos aquí esta noche —dijo Flynn. Se dejó caer en el sofá al lado de Tharion y tomó el control remoto. Pasó los canales hasta encontrar uno con noticias deportivas.

—Deberíamos huir con Tiberian o al río —dijo Declan.

—No van a poder salir de aquí si la Reina Víbora no quiere que salgan —dijo Tharion con voz ronca.

—¿Entonces estamos atrapados? —preguntó Sigrid y su voz empezaba a adquirir un tono similar al pánico.

—No —dijo Holstrom—. Pero necesitamos pensar nuestros siguientes pasos con cuidado. Es una cuestión de estrategia.

—Guíanos, oh gran capitán de solbol —dijo Flynn con solemnidad fingida.

Ithan puso los ojos en blanco y el gesto fue tan normal, tan amistoso, que Tharion sintió un peso en el pecho. Él había tirado todo eso a la basura, toda oportunidad de tener una vida normal. Y ahora sus amigos estaban aquí... y lo estaban viendo en estas condiciones.

Tharion volvió a cerrar los ojos, esta vez porque no podía soportar ver a sus amigos. No podía soportar la preocupación y la lástima en los ojos de Holstrom cuando vio el estado en que se encontraba.

Capitán Loquesea. Más bien, Capitán Despreciable.

Las bestias eran mucho más grandes, mucho más malolientes de cerca. La magia de Bryce chisporroteó cuando voltearon en su dirección. Se tambaleó un poco sobre la saliente de roca antes de lograr recuperar el equilibrio.

Si esas criaturas saltaban hacia arriba, la devorarían. Su estrella iluminaba solamente a las más cercanas: bocas siseantes, cuerpos ondulantes, colas lacerantes...

Intentó reunir su poder, pero... nada. Sólo le quedaba polvo de estrella en sus venas, apenas lo suficiente para mantener esa estrella brillando en su pecho. No se podría teletransportar, entonces. ¿Estas bestias tendrían la vista tan desarrollada como para que las deslumbrara? Vivían en la oscuridad. ¿Podrían haber evolucionado más allá de la necesidad de tener vista?

Estos pensamientos la recorrieron a toda velocidad. La rejilla estaba diez metros arriba... no había manera de regresar ya. Y el suelo del foso estaba cubierto de esas cosas, todas olfateando, evaluando.

Pero... no estaban avanzando. Como si algo en ella las hiciera titubear.

Convertida. Tal vez eso también significaba algo para estas criaturas.

Bryce tiró del cuello de su camiseta y reveló su estrella en toda su gloria. Las bestias retrocedieron, siseando y moviendo sus cabezas gigantes y con escamas de un lado al otro. Sus dientes destellaban bajo la luzastral.

A ambos lados del foso se extendía un túnel. Bryce sólo alcanzaba a ver las entradas cavernosas, pero parecía como si este foso estuviera a la mitad de un pasadizo. ¿Hacia dónde se dirigiría? Esto era lo más estúpido que jamás había hecho. En una vida llena de ideas estúpidas y errores, ya era decir algo, pero...

Bryce volteó hacia uno de los túneles, intentando ver al fondo con más claridad. La estrella de su pecho se apagó un poco. Como si su magia estuviera desvaneciéndose rápidamente. Giró para ver el otro lado del túnel, tratando de decidir hacia qué lado ir antes de que la magia se desvaneciera...

La estrella volvió a brillar con fuerza.

—Huh —murmuró Bryce. Volteó al otro lado. La estrella se apagó. Al lado opuesto: brillaba más.

Rigelus le había dicho que la estrella reaccionaba ante la gente: ante quienes eran leales a ella, sus caballeros elegidos o lo que fuera. También le había dicho que la misma Theia tenía esta estrella en su pecho. Y en este mundo, el planeta de origen de Theia y los Astrogénitos...

Bryce no tenía alternativa salvo confiar en esa estrella.

—Hacia ese lado, entonces —dijo. El eco de su voz rebotó en los muros. Pero todavía tenía que cruzar la zona llena de esas bestias que se interponían entre ella y la siguiente saliente rocosa en la pared del túnel.

Nunca antes había deseado tener alas, pero vaya que le vendrían muy bien unas en este momento. Si Hunt hubiera estado aquí con ella...

Sintió que se le hacía un gran nudo en la garganta. Las bestias sisearon y azotaron sus colas, como si pudieran percibir que su atención se había desviado.

Bryce se concentró en respirar, como había aprendido a hacerlo tras la pérdida de Danika, como había aprendido a hacerlo al enfrentar a todos esos vanir y hadas que se burlaban de ella. La estrella siguió brillando, señalando el camino. Las criaturas se calmaron, como si las emociones de Bryce también fueran de ellas.

Se obligó a calmarse. A no sentir miedo. Las criaturas se tranquilizaron más. Algunas recargaron las cabezas en el suelo.

Bryce miró la estrella de su pecho. Seguía brillando con intensidad. *Ellas también te apoyan*, parecía decirle.

La estrella no se había equivocado con Hunt. Ni con Cormac.

Así que Bryce apartó un pie de la saliente de piedra. Las bestias no se movieron. Dejó caer el pie un poco más abajo, colgando como carnada...

Nada.

Su corazón empezó a latir más rápido y una cabeza enorme se levantó y giró hacia ella.

Con amor, todo es posible. Se acordó del amor de Danika y dejó que su recuerdo la recorriera, que la estabilizara mientras se bajaba al suelo.

Al nido de las bestias.

Estaban echadas frente a ella como perros obedientes. No lo cuestionó. No pensó en nada más que en la estrella de su pecho y el túnel hacia el cual apuntaba y el deseo de volver a ver las caras de sus seres amados.

Bryce dio un paso, su tenis color rosa neón brillaba escandalosamente entre las escamas oscuras tan cercanas y aterradoras. Luego otro paso. Las criaturas la observaban, pero no movieron ni una garra.

Ruhn la había llamado reina antes de que se fuera. Y por primera vez en su vida, mientras avanzaba por ese mar de muerte... tal vez levantó la barbilla un poco más alto. Tal vez sintió un manto acomodarse sobre sus hombros, una capa que iba dejando detrás de sí una estela de luz de estrellas.

Tal vez sintió algo como una corona posarse sobre su cabeza. Para guiarla hacia la oscuridad.

Tharion finalmente logró reunir suficiente concentración y energía para ponerse de pie y caminar a su recámara. Holstrom lo arrinconó un segundo después.

—¿Qué demonios pasó? —preguntó el lobo y detuvo a Tharion en el umbral de la puerta.

—La Reina del Río estaba persiguiéndome —dioses, su voz sonaba muerta, incluso para sus propios oídos—. Era o la muerte o ser su prisionero o... esto.

—Debiste haberme buscado.

—¿Para qué? —la risa de Tharion sonaba tan seca como su voz—. Tú también eres un desertor. Somos lobos sin jauría —Tharion asintió hacia la loba que estaba sentada en el sofá junto a Flynn—. Y hablando de eso... ¿Sigrid *Fendyr*?

—Es una larga historia. Es sobrina de Sabine —dijo Ithan con la boca tensa—. Era la mística del Astrónomo. La rescaté hace dos días.

Tharion giró la cabeza rápidamente.

—¿Entonces qué están haciendo aquí?

—Antes de que Sabine apareciera para matar a Sigrid, estábamos llegando a la parte donde convencía a todos de venir a liberarte de este agujero para que nos ayudaras a abordar el *Guerrero de las Profundidades* e ir a salvar a Ruhn y Athalar.

—Ésas fueron... demasiadas palabras.

El corazón de Tharion flotaba perdido entre ellas.

O tal vez era el veneno. Tenía el estómago revuelto y en verdad necesitaba un baño o una cama o un momento de paz.

—No puedes quedarte aquí —dijo Ithan, pero Tharion percibió su voz distante y se dirigió a su cama para dejarse caer de cara sobre el colchón—. Tendremos que encontrar una manera de sacarte.

—Es demasiado tarde, lobo —respondió Tharion hacia las almohadas que amortiguaban un poco sus palabras. Luego se volvieron más lentas cuando el sueño le clavó sus garras afiladas para arrastrarlo hacia las profundidades—. No hay manera de salvarme.

Ithan encontró a Sigrid caminando frente a la ventana que daba al cuadrilátero ya apagado. Era tarde.

—Deberías dormir... el sofá es tuyo.

Dec, Flynn y Marc habían elegido sus lugares en el piso, aunque por sus patrones de respiración, Ithan sabía que seguían despiertos. Después de la noche que habían tenido, ¿cómo podrían dormir?

Sigrid envolvió los brazos alrededor de su propio cuerpo delgado.

—Estamos atrapados aquí.

—No —insistió Ithan—. No permitiré que eso suceda.

—No puedo volver a quedar atrapada —dijo ella y se le cortó la voz—. No *puedo*.

—Vas a salir de aquí —dijo Ithan—. No importa qué suceda.

—¿Entonces por qué no vamos a la puerta en este momento? —exigió saber con un movimiento de la mano hacia la puerta exterior de la suite.

—Porque hay seis asesinos hada drogados al otro lado, esperando matarnos si lo hacemos.

Ella palideció y se frotó el pecho.

—Nos tienen *atrapados*. Necesito salir.

—Lo harás.

Ella cerró los ojos y empezó a respirar entrecortadamente, perdiéndose en el pánico.

Ithan miró alrededor de la habitación. Las tres duendecillas, ahora acurrucadas junto a Flynn y durmiendo como bolas de flama violeta, no parecían sentir mucho pánico. Sí estaban calladas, pero... enfocadas. Como si estuvieran acostumbradas a enfrentar el miedo. Él sintió cómo se le retorcía el estómago sólo de pensarlo.

—Sabine vendrá a buscarme otra vez —dijo Sigrid—, ¿cierto?

—Lo intentará, pero ya nos habremos ido de la ciudad para cuando ella se recupere.

Sigrid entrecerró los ojos.

—¿Por qué no nos fuimos de inmediato, cuando me sacaste del tanque?

Ithan se quedó inmóvil.

—Porque no sabía a dónde más podía ir.

—¿La casa de esos *bufones* era la mejor...?

—Esos bufones son mis amigos y de los mejores guerreros que conozco —advirtió Ithan, ya con molestia notoria—. Esos bufones arriesgaron la vida por ti esta noche... te *salvaron* esta noche.

Ella enseñó los dientes.

—Si Sabine se va a recuperar, puedo ir a buscar su cuerpo y destrozarlo hasta...

—Créeme, ya lo había pensado. Pero...

No terminó de decir lo que tenía en mente.

—¿Pero qué?

Él sacudió la cabeza. No se permitiría ir ahí, ni siquiera mentalmente.

—Es tarde —dijo—. Deberías dormir.

—No podré.

—Inténtalo —dijo, tal vez con más sequedad de la necesaria.

Sigrid lo miró molesta y luego vio hacia la puerta de la recámara de Tharion.

—¿*Ése* era el mer que querías que nos ayudara?

—Sí.

Ella resopló.

—No creo que sea de mucha ayuda para nadie, ni siquiera para él mismo.

—Deberías dormir —repitió él. Ya se había cansado de esto.

—¿Haces esto con frecuencia? —preguntó ella de repente—. ¿Liberar personas que han sido esclavizadas por otros?

—Sólo hace poco —respondió él con cansancio.

No esperó a escuchar su respuesta y entró a la recámara de Tharion, se echó en el suelo junto al mer, que dormía pesadamente, y cerró los ojos.

6

A unos cinco metros dentro del túnel, el número de bestias empezaba a disminuir. Seguían quietas, observando, mientras Bryce pasaba al lado de las últimas del grupo. Hasta que llegó a unos barrotes que bloqueaban el paso salvo por una pequeña puerta a la izquierda de la barrera. La puerta se abrió cuando la tocó. Tuvo que agacharse para pasar por ella, pero claramente había sido diseñada para evitar que las bestias salieran.

Se aseguró de cerrarla a sus espaldas.

El metal gimió y entonces los siseos volvieron a llenar el túnel, como si estuviera ocupado por un enjambre de avispas.

Las bestias estaban retorciéndose otra vez, abriendo y cerrando sus mandíbulas y moviendo sus cuerpos, que raspaban unos con otros. Como si, al cerrar la puerta, se hubieran despertado de su estupor. Bryce retrocedió justo a tiempo porque una de las bestias más grandes se lanzó hacia los barrotes.

El hierro vibró con el impacto, pero resistió.

Bryce jadeó y miró la muerte sinuosa nuevamente en movimiento, pero las bestias eran demasiado grandes como para pasar entre los barrotes.

Dejó escapar una respiración temblorosa y giró hacia el túnel que se extendía frente a ella. La estrella brilló con más intensidad, como si la estuviera animando a seguir adelante.

—Está bien —dijo dándose unas palmaditas en el pecho—. Está bien.

Bryce caminó por horas. O lo que asumió eran horas, a juzgar por lo mucho que le dolían ya las piernas y los pies, a pesar de lo acojinado de sus tenis.

El túnel podría no llevar a ninguna parte. Podría ser de más de ciento cincuenta kilómetros de largo.

Debía haber traído algunas cosas: podría haberse llevado algo de la comida de su bandeja en los bolsillos y en el bra. Podría haber bebido agua.

No vio desviaciones, ni túneles alternos ni cruceros. Solamente un túnel largo e interminable que se extendía hacia la oscuridad.

Se le secó la boca y, aunque sabía que no debería, Bryce se detuvo. Se sentó recargada en la pared antigua y trató de tragar la sequedad de su boca. No tenía alternativa salvo seguir adelante.

Cerró los ojos por un instante. Sólo uno...

Bryce abrió los ojos de golpe.

Se había quedado dormida. De alguna manera, se había *quedado dormida*, de tan exhausta que estaba por las putas últimas horas, sepan los dioses cuántas, que no se había dado cuenta y...

La estrella de su pecho seguía brillando debajo de su camiseta. Seguía en el túnel.

Pero ya no estaba vacío.

Nesta estaba parada frente a ella, con una espada a la espalda. Los ojos azul grisáceo de la mujer parecían destellar de poder a la luz de la estrella.

Bryce no se atrevió a moverse.

Nesta le lanzó una cantimplora envuelta en cuero.

—Hazte un favor y toma agua antes de que te vuelvas a desmayar.

Bryce bebió de la cantimplora que, afortunadamente, parecía tener sólo agua y vio a la mujer por encima del borde de la botella. Nesta estaba sentada contra el muro opuesto del túnel, vigilando a Bryce con curiosidad felina.

Habían estado en silencio por algunos minutos ya desde que Bryce había despertado. Nesta apenas se había movido, más allá de sentarse.

Finalmente, Bryce tapó la cantimplora y se la arrojó de regreso a Nesta. La mujer la atrapó con facilidad.

—¿Cómo supiste que me había salido de la celda?

No tenía por qué revelar que podía teletransportarse.

Nesta la miró con expresión aburrida, como si Bryce ya debiera saber la respuesta.

—Tenemos personas que pueden hablar con las sombras. Nos dijeron que saliste por la rejilla.

Interesante... y un poco aterrador. Pero Bryce preguntó:

—¿Entonces viniste a arrastrarme de regreso a mi celda?

Nesta metió la cantimplora en su bolso y se puso de pie. Se movía con seguridad y gracia. La espada que traía a la espalda... no era la Espadastral, aunque Bryce podría jurar que tenía algo similar. Una especie de presencia, un tirón hacia ella.

La mujer inclinó la cabeza hacia el túnel detrás de ellas: el camino de regreso.

—Me enviaron para que te escoltara.

—Cuestión de semántica —dijo Bryce y se puso de pie.

Consideró enfrentarse a esta mujer... podría vencerla, pero esa espada representaba un problema, al igual que esa especie de presencia que emanaba de Nesta, la cual aparentemente era capaz de detectar el Cuerno en su espalda. Probablemente sería poco sabio enfrentar en batalla a una oponente cuyas habilidades y poderes le eran desconocidos, si no es que francamente extraños.

—Mira, no quiero causar problemas...

—Entonces no lo hagas. Regresa conmigo.

Bryce miró el túnel a sus espaldas.

—¿Cómo cruzaste con todas esas bestias?

Una ligera sonrisa.

—Las ventajas de conocer gente con alas.

Bryce gruñó, aunque el recuerdo hizo que le doliera el corazón.

—Entonces alguien te llevó volando hasta la puerta...

—Y nos llevará volando de regreso —respondió Nesta. Una sonrisa se asomaba en las comisuras de sus labios—. O te arrastrará, si decides ponerte difícil.

Bryce miró el camino detrás de Nesta. Sólo alcanzaba a ver sombras profundas. No había señal de alguien alado esperando para capturarla.

—Podrías estar mintiendo.

Casi podía jurar que vio llamas plateadas danzar en los ojos de Nesta.

—¿Lo quieres averiguar?

Bryce le sostuvo la mirada. Claramente no la querían matar si habían enviado a alguien a que la recogiera, no a que la cazara. Pero si regresaba a esa celda, ¿cuánto tiempo la mantendrían ahí? Incluso unas cuantas horas podrían representar la diferencia para Hunt y Ruhn...

—Nunca digo no a un día lleno de descubrimientos —respondió Bryce.

Y entonces, la luz hizo erupción en ella.

Nesta maldijo, pero Bryce no permaneció ahí para comprobar si la luz la había deslumbrado y empezó a correr hacia el pasaje. Al no portar armas, esa ligera ventaja era su mejor opción.

Desde atrás, una fuerza similar a un muro de roca chocó con ella. El mundo se ladeó, el aliento se le escapó del cuerpo al caer en el suelo de piedra y sintió cómo sus huesos protestaban de dolor. Las sombras se envolvieron a su alrededor y la sostuvieron mientras ella se agitaba, pateaba y golpeaba para ahuyentarlas.

Volvió a hacer destellar su luz, una explosión de incandescencia que convirtió las sombras en astillas y las hizo salir volando en todas direcciones.

Tal vez ya no le quedaba suficiente magia en las venas para teletransportarse, pero al menos podría ganar algo de tiempo. Se puso de pie. Las sombras volvieron a saltar sobre ella, como una jauría de lobos decidida a devorarla.

Dejó que la rodearan por un instante y luego volvió a hacer estallar su poder, una bomba de luz en todas direcciones. Hizo volar a esas sombras hacia el techo, hacia las paredes. Cuando las sombras chocaban con la roca, caían escombros del techo. La montaña se sacudía.

Bryce corrió. Se adentró más en el túnel, en la oscuridad. Su estrella brillaba mientras ella corría alejándose de las rocas que se desmoronaban a todo su alrededor.

El mundo volvió a sacudirse y a rugir y entonces cayó de bruces en una nube de polvo.

Y luego se hizo el silencio, interrumpido solamente por el sonido de las piedritas que rodaban desde el muro de roca que ahora le bloqueaba el paso. Pero un derrumbe no detendría a un vanir o un hada por mucho tiempo. Bryce intentó pararse rápido.

Y sintió el metal que se presionaba contra su garganta. Un frío gélido y mortífero.

—No —dijo Nesta jadeando con suavidad— te muevas.

Bryce miró molesta a la mujer, pero no intentó apartar la espada que tenía en la garganta. Incluso sus huesos rugían pidiéndole que no la tocara más de lo necesario.

—Buen truco, ése de las sombras.

Nesta sólo la veía con gesto autoritario.

—Levántate.

—Baja la espada y me levantaré.

Sus miradas chocaron, pero la espada se apartó un poco. Bryce se puso de pie y se sacudió el polvo y los escombros de la ropa.

—¿Ahora qué?

Las rodillas se le doblaron del agotamiento. Se le había acabado la magia, tenía las venas completamente vacías de luzastral.

Nesta miró el derrumbe. La magia de sombras no parecía tener la capacidad de moverlas. La guerrera asintió hacia el túnel frente a ellas.

—Supongo que te saldrás con la tuya.

—No era mi intención causar eso...

—No importa. Ahora solamente queda una manera de salir. Si es que existe.

Bryce suspiró y frunció el ceño a su pecho que seguía brillando en la oscuridad a través de su camiseta. Iluminaba las manchas de tierra que tenía el algodón blanco.

—No quería arrastrar a nadie a esto conmigo.

—Entonces debiste haber permanecido en la Ciudad Tallada.

Bryce se guardó ese fragmento de información: el sitio donde la habían mantenido prisionera se llamaba Ciudad Tallada.

—Mira, esta estrella —dijo y se tocó el pecho— me está indicando que vaya por este camino. No tengo idea de por qué, pero debo seguirla.

Nesta hizo un ademán con su espada hacia el oscuro camino frente a ellas. Bryce podría haber jurado que la espada cantaba al moverse por el aire.

—Entonces, te sigo.

—¿No me vas a detener?

Nesta se enfundó la espada a la espalda con un movimiento de gracia envidiable.

—Estamos atrapadas. Lo único que podemos hacer es averiguar qué hay más adelante.

Fue una mejor reacción de lo que Bryce esperaba. En especial de un hada.

Bryce se encogió de hombros y avanzó hacia la oscuridad sin dejar de mantenerse atenta a la mujer a su lado. Y rezó por que Urd supiera dónde las estaba conduciendo.

7

Lidia iba cargando la burbuja de cristal que contenía a la Reina de las Duendecillas de Fuego a través de los pasillos oscuros. La flama de Irithys salpicaba de dorado los pisos y muros de mármol.

No le dijo nada a la duendecilla; no podía con todas las cámaras de vigilancia que había montadas en el palacio de los asteri. A Irithys no parecía importarle. Se sentó en el fondo del orbe con las piernas dobladas serenamente. Después de varios largos minutos, la duendecilla dijo:

—Los calabozos no están en esta dirección.

—¿Qué, estás muy familiarizada con la distribución de este lugar?

—Tengo buena memoria —dijo la reina con tono inexpresivo. Su larga cabellera le flotaba sobre la cabeza en un remolino de flamas amarillas—. Me basta con ver algo una vez para recordarlo. Recuerdo todo el recorrido hacia el piso de los místicos con perfecto detalle.

Era un don útil. Pero Lidia dijo:

—No vamos a los calabozos.

De reojo, notó que Irithys la miraba con atención.

—Pero le dijiste a Rigelus...

—Hace mucho tiempo que no sales de tu burbuja y... usas tus poderes —las brasas que le quedaran con las limitaciones del halo—. Creo que es buena idea que hagas un poco de calentamiento antes del evento principal.

—¿Qué quieres decir? —exigió saber la reina y sus llamas cambiaron de tono a un naranja precavido. Sin embargo, Lidia no dijo nada y abrió una puerta de hierro en uno de los niveles inferiores con poca actividad. Lidia agradeció en silencio a Luna que no le temblaran las manos cuando hizo girar el picaporte. El anillo de oro y rubí de su dedo brillaba bajo la luz de Irithys.

Entre una respiración y la siguiente, Lidia sepultó esa voz que suplicaba a dioses distantes, esa voz que dudaba. Se obligó a permanecer inmóvil e impasible, con la expresión tan quieta como la superficie de un estanque perdido en el bosque.

La puerta rechinó al abrirse y dentro se pudo ver una mesa, una silla frente a la mesa y, al otro lado, encadenada con grilletes gorsianos, una bruja imperial.

La bruja levantó sus ojos siniestros y teñidos de amarillo cuando la Cierva cerró la puerta a sus espaldas. Luego, esos ojos bajaron hacia la burbuja, hacia la Reina Duendecilla que brillaba anaranjada dentro.

Lidia se sentó en la silla frente a la prisionera y colocó el cristal de la duendecilla entre ellas sobre la mesa, como si fuera un bolso de mano.

—Gracias por recibirme, Hilde.

—No tuve alternativa —respondió la bruja en tono áspero. Su cabello blanco y escaso brillaba como tenues haces de luz de luna. Una criatura desdichada y retorcida pero con una belleza oculta—. Desde que tus *perros* me arrestaron con cargos inventados...

—Te descubrieron en posesión de un cristal de comunicación de los que usan los rebeldes de Ophion.

—Nunca había visto ese cristal en mi vida —respondió Hilde bruscamente. Fragmentos de sus dientes cafés brillaron en su boca—. Alguien lo plantó para inculparme.

—Sí, sí —dijo Lidia con un movimiento de la mano. Irithys estaba atenta a cada gesto, todavía del mismo tono anaranjado de alerta—. Puedes defender tu caso ante Rigelus.

La bruja imperial tuvo la sensatez de lucir nerviosa.

—¿Entonces por qué estás aquí?

Lidia le sonrió burlonamente a Irithys.

—Para calentarte.

La Reina Duendecilla entendió a qué se refería y empezó a cambiar el tono de su flama hasta brillar con un rojo profundo y amenazador.

Pero la bruja dejó escapar una risa que la hizo toser. Seguía vestida con su uniforme imperial. La cresta de la República sobre sus senos flácidos se veía desgastada.

—No tengo nada que decirte, *Lidia*.

Lidia cruzó una pierna sobre la otra.

—Ya veremos.

Hilde siseó:

—Te crees tan poderosa, tan intocable.

—¿Aquí es cuando me dices que te vas a vengar?

—Yo conocí a tu madre, niña —escupió la bruja.

Lidia estaba entrenada para tener autocontrol y mantener su rostro impasible, su tono de voz completamente desinteresado.

—Mi madre era una reina bruja. Muchas personas la conocieron.

—Ah, pero yo la *conocía*... volé en su misma unidad en nuestros días de batalla.

Lidia ladeó la cabeza.

—¿Antes o después de que vendieras tu alma a Flama y Sombra?

—Le juré lealtad a Flama y Sombra *por* tu mamá. Porque ella era débil y cobarde y no tenía gusto por el castigo.

—Supongo que mi madre y yo diferimos en ese punto, entonces.

Hilde recorrió a Lidia con su mirada vidriosa.

—Mejor que esa desgracia que tienes por hermana y que ahora se hace llamar reina.

—Hypaxia es mitad Flama y Sombra... debería contar con tu lealtad en ambos frentes.

Lidia sabía que Irithys estaba monitoreando cada palabra. Si era capaz de recordar las cosas después de verlas solamente una vez, ¿eso significaba que también podía recordar lo que oía?

—Tu madre fue una tonta por entregarte —gruñó Hilde.

Lidia arqueó una ceja.

—¿Eso es un cumplido?

—Tómalo como quieras —dijo la bruja y volvieron a verse sus dientes putrefactos en su sonrisa de pesadilla—. Eres una asesina nata, como cualquier bruja verdadera. Esa chica que ocupa el trono tiene el corazón tan blando como tu madre. Será responsable de la caída de toda la dinastía de brujas de Valbara.

—Mi padre era bueno negociando —dijo Lidia y admiró descaradamente el anillo de rubí que traía en el dedo. La piedra era tan roja como la flama de Irithys—. Pero dejemos de hablar de mí —señaló a la bruja y luego a la duendecilla—. Irithys, Reina de las Duendecillas. Hilde, Gran Bruja del Aquelarre Imperial.

—Sé quién eres —dijo Irithys en voz baja que apenas contenía su rabia. Estaba flotando en el centro de su orbe; su cuerpo era color rojo sangre—. Tú me pusiste este collar.

Hilde volvió a sonreír, una sonrisa lo bastante amplia como para dejar a la vista sus encías ennegrecidas. Alguien menos valiente hubiera retrocedido al ver el gesto.

—También tuve el honor de ponérselo a esa perra que portaba la corona antes que tú.

Hilde no se refería a la madre de Irithys, quien nunca había sido reina. No, después de la muerte de la última Reina Duendecilla, el trono había pasado a una rama distinta de la familia e Irithys había sido la primera en heredarlo.

Una herencia maldita: había ganado el título y una sentencia al mismo tiempo. Irithys llevaba apenas un día con su corona cuando Rigelus la echó a los calabozos.

Lidia dijo con expresión indiferente:

—Sí, Hilde. Todos sabemos lo hábil que eres. El mismo Athalar puede agradecerte por su primer halo. Pero ahora hablemos de por qué elegiste traicionarnos.

—*Yo no hice tal cosa*.

Incluso con los grilletes gorsianos, se pudo percibir una energía chisporroteante que surgía de la bruja.

Lidia suspiró mirando al techo.

—Tengo otras cosas que hacer hoy, Hilde. ¿Podemos apresurarnos?

Sin previa advertencia, tocó con el dedo la parte superior del cristal de Irithys. El orbe se derritió hasta desaparecer y lo único que separaba ya a la bruja de la Reina Duendecilla era el aire.

Irithys no se movió. No trató de correr ni hizo erupción. Se quedó ahí parada, como un rubí viviente y en llamas. Como si estar libre del cristal después de todos estos años...

Lidia hizo a un lado ese pensamiento y dijo con voz tan fría como sus ojos:

—Veamos qué tan motivadora puedes ser, Majestad.

Hilde las miró con furia, pero no se acobardó ni tembló.

Pero Irithys volteó a ver a Lidia con el cabello ondeando sobre su cabeza.

—No.

Lidia arqueó una ceja.

—¿No?

Al otro lado de la mesa, Hilde seguía en alerta, pero escuchaba con atención.

Irithys dijo valiente y sin miedo:

—No.

—No fue una petición —dijo Lidia y le asintió a la bruja—. Quémale la mano.

Hilde retiró de inmediato sus manos retorcidas de la mesa. Como si eso la pudiera salvar.

Irithys levantó la barbilla.

—Tal vez sea tu prisionera, pero no tengo que obedecerte.

—Hilde es traidora a la República...

—Eso es *mentira* —interrumpió Hilde.

—Estás desperdiciando tu piedad en ella —continuó Lidia.

—No es piedad —dijo Irithys. Sus flamas de rubí se oscurecieron hasta adquirir el color de un vino espeso—. Es honor. No es honorable atacar a una persona que no puede defenderse, sea o no enemiga.

Lidia frunció los labios y mostró los dientes.

—Que. La. Quemes.

Irithys empezó a arder de un color azul violáceo, como la flama más caliente.

—*No*.

Hilde soltó un graznido de risa.

Lidia dijo con una calma que por lo general hacía que sus enemigos empezaran a suplicar:

—Te lo voy a pedir una vez más...

—Y te responderé lo mismo mil veces: no. Por mi honor, no.

—Aquí abajo no tienes honor. No significa nada en este lugar.

—El honor es todo lo que tengo —dijo Irithys. El calor de sus flamas de color índigo era suficiente para calentar las manos heladas de Lidia a la distancia—. El honor y mi nombre. No los voy a ensuciar ni a entregar. No importa lo que haya hecho mi enemigo, ni cómo me amenaces, Cierva.

Lidia le sostuvo la mirada intensa a la duendecilla y encontró tras sus ojos una voluntad férrea e inamovible.

Así que Lidia ladeó la cabeza con gesto irónico ante la reina. Y con un movimiento de la mano, activó la magia que Rigelus le había concedido para esa semana. Como una esfera de hielo derritiéndose en reversa, el orbe de cristal volvió a formarse alrededor de Irithys.

—No me sirves entonces —dijo Lidia. Tomó el cristal y se dirigió a la puerta.

Irithys no dijo nada, pero sus flamas ardían de un tono azul rey profundo.

Lidia apenas había vuelto a abrir la puerta de metal cuando escuchó que Hilde hablaba desde la mesa.

—¿Y qué hay de mí?

Lidia le lanzó una mirada fría a la bruja imperial.

—Te sugiero que le ruegues piedad a Rigelus.

No permitió que la bruja respondiera antes de azotar la puerta a sus espaldas.

Piedad. Lidia no había tenido nada de piedad en su corazón dos días antes, cuando pasó al lado de Hilde en los corredores del piso superior y plantó en el bolsillo de la bruja su propio cristal de comunicación. Con Ruhn en los calabozos, nadie estaba al otro lado de la línea de cualquier manera. El cristal estaba, para todos fines prácticos, muerto. Pero en posesión de Hilde, después de que Lidia le indicó a Mordoc que sospechaba de ella... el cristal se había convertido de nuevo en algo invaluable.

No se le ocurría nadie, salvo los propios asteri, que Irithys pudiera odiar más que a la bruja que le había tatuado el collar en el cuello ardiente. Nadie que Irithys disfrutara más de lastimar que a Hilde.

Y sin embargo, la Reina Duendecilla se había negado.

La superiora no estaba por ninguna parte cuando Lidia regresó al calor y humedad del salón de los místicos, ni cuando Lidia colocó a Irithys de nuevo en su soporte al centro.

—¿Qué sucederá con los otros prisioneros? —exigió saber Irithys cuando Lidia dio un paso atrás.

Lidia hizo una pausa y metió las manos a sus bolsillos.

—¿Por qué desperdiciaría mi tiempo intentando convencerte de que me ayudes con ellos?

En verdad, el tiempo estaba acabándose. Tenía que estar en otra parte, pronto.

—Te tomaste muchas molestias para sacarme hoy. Para nada.

Lidia se encogió de hombros y empezó a avanzar hacia la salida.

—Sé cuándo estoy perdiendo una batalla —volteó por encima del hombro—. Disfruta tu nombre y tu honor. Espero que sean buena compañía en esa bola de cristal.

Durante una eternidad, Bryce y Nesta avanzaron en un silencio cargado y denso.

Los pies de Bryce habían comenzado a dolerle de nuevo. El dolor ya le subía hasta las piernas. Normalmente, empezaría a platicar para distraerse de la incomodidad, pero entendía que no debía hacer preguntas entrometidas sobre este mundo, sobre la gente de Nesta.

También sería sospechoso. Si ella buscaba decirles lo menos posible sobre ella misma y sobre Midgard, era probable que ellos estuvieran haciendo lo mismo por su hogar.

Sin previa advertencia, Nesta se detuvo y levantó el puño.

Bryce frenó a su lado y miró de reojo los ojos azul grisáceos de Nesta, que estudiaban con atención el túnel al frente. Una calma helada se había posado sobre su cara.

Bryce murmuró:

—¿Qué pasa?

Los ojos de Nesta volvieron a recorrer el terreno.

Bryce dio un paso al frente y su estrella iluminó aquello que había hecho detenerse a la guerrera: el túnel se ampliaba y se abría para convertirse en una caverna grande, con un techo tan alto que ni siquiera la luzastral de Bryce lo alcanzaba. Y al centro... el camino desaparecía a ambos lados. El único paso que había era una franja de puente rocoso sobre lo que parecía ser un abismo interminable.

Bryce supo que no era interminable sólo porque muy, muy abajo, se escuchaba el rugir del agua. Un gran río subterráneo, si el sonido se escuchaba tan fuerte hasta la altura donde se encontraban ellas. Se veía algo de rocío flotar en la oscuridad. El aire húmedo tenía entremezclado un olor espeso y metálico: hierro. Debía haber depósitos de hierro ahí abajo.

Nesta dijo con voz igual de baja:

—Ese puente es el lugar perfecto para una emboscada.

—¿De *quién*? —siseó Bryce.

—No he vivido el tiempo suficiente para conocer todos los horrores de este mundo, pero puedo decirte que los lugares oscuros tienden a ser habitados por cosas oscuras. En especial en sitios tan antiguos y olvidados como éste.

—Maravilloso. Entonces, ¿cómo cruzaremos sin atraer la atención de esas cosas oscuras?

—No lo sé... este túnel es desconocido para mí.

Bryce volteó a verla con gesto de sorpresa:

—¿Nunca has estado aquí?

Nesta la miró.

—No. Nadie ha estado aquí.

Bryce resopló y empezó a estudiar el abismo y el puente delante de ellas. No había movimiento, no se escuchaba nada salvo el agua que corría debajo.

—¿A quién hiciste encabronar que te castigaron enviándote por mí?

Podría jurar que vio un asomo de sonrisa dibujarse en los labios de Nesta.

—En un buen día, a demasiadas personas como para llevar la cuenta. Pero hoy... me ofrecí como voluntaria.

Bryce arqueó una ceja.

—¿Por qué?

La familiar flama de plata destelló en los ojos de Nesta. Bryce sintió un escalofrío recorrerle la columna. Nesta era hada, pero... no.

—Llámalo intuición —dijo Nesta y dio un paso sobre el puente.

Ya llevaban la mitad del camino recorrido en ese puente angosto. Bryce hacía todo lo posible por no pensar en la falta de barandilla, la caída aparentemente interminable hasta ese río rugiente. Entonces lo oyeron. Un nuevo sonido, apenas audible por el rugido de los rápidos.

Garras corriendo sobre roca.

Provenía de arriba y de abajo.

—Rápido —dijo Nesta y desenfundó su espada sencilla-pero-extraordinaria. Al contacto con su mano, unas flamas plateadas se extendieron por la espada y...

Bryce sintió que se le iba el aliento. La espada pulsó, como si todo el aire a su alrededor hubiera desaparecido. Era como la Espadastral, de cierta forma. Una espada, pero más. Igual que Nesta era hada, pero más.

—¿Qué es tu espada...?

—Rápido —repitió Nesta y empezó a avanzar a toda velocidad para terminar de recorrer el resto del puente.

Bryce supo controlarse lo suficiente para obedecer y se movió lo más rápido que se atrevió considerando el abismo que tenía a ambos lados.

Se escucharon unas alas de cuero. Esas garras que raspaban la roca ya estaban apenas a unos metros de distancia...

Bryce mandó al diablo toda precaución. Echó a correr hacia la boca del túnel al fondo, donde Nesta le hacía señales para que se apresurara mientras sostenía su espada de flama tenue en la otra mano.

Entonces, la estrella de Bryce iluminó la roca alrededor de la boca del túnel.

Corrió.

Una gran masa de *cosas* cubría la entrada por la que habían llegado. Eran más pequeñas que las bestias bajo el calabozo, pero de cierta manera peores. Más primitivas, más letales. Como una especie de híbridos de murciélago y reptil primigenios. Con sus lenguas negras, probaban el aire entre unos dientes transparentes que parecían muy capaces de rasgar músculos. Como los kristallos, nacidos y criados durante milenios en la oscuridad...

Unas cuantas de las criaturas saltaron, se lanzaron hacia el vacío, iban de cacería...

El túnel, el puente, retumbaron.

Bryce se tambaleó, el borde del precipicio parecía acercarse y una oleada de pánico blanco le cegó todos los demás sentidos...

El entrenamiento y la gracia de las hadas se apoderaron de ella y Bryce podría haber llorado de alivio de no haber caído en ese vacío. En especial porque algo enorme y resbaloso parecía asomarse desde abajo, algo del tamaño de dos autobuses urbanos.

Una lombriz enorme y brillante por el agua y el lodo.

Tenía la boca abierta llena de hileras de dientes y la cerró de *golpe*...

Bryce retrocedió al ver a la lombriz atrapar tres de esos reptiles voladores entre sus dientes. Se los tragó todos de un bocado.

Su luzastral destelló y toda la caverna se encendió en luces y sombras.

Las criaturas de las paredes chillaron, por la lombriz o por la luz, aletearon desde sus perchas y se metieron directamente a las mandíbulas abiertas de la criatura. Con otro mordisco atronador, otros más desaparecieron entre lodo de olor metálico y agua de río.

Bryce no podía dejar de mirar.

Un giro de ese cuerpo gigante y llegaría donde estaba. Se la tragaría de un bocado. Su luzastral no hacía nada contra esta criatura. No tenía ojos. Probablemente funcionaba con el sentido del olfato y, ahí estaba ella, un bocadillo tembloroso disponible en el puente...

Una mano fuerte y delgada tomó a Bryce bajo el hombro y la arrastró hacia atrás.

Las sensaciones empezaron a golpearla: roca que se raspaba debajo de ella mientras la arrastraban, luz y sombras y cosas voladoras que aullaban, el dolor en su espalda cuando los escombros le cortaban la piel, el choque húmedo de los golpes del cuerpo masivo de la lombriz que regresaba de las profundidades, dando mordiscos en busca de las bestias...

Bryce no podía dejar de temblar cuando Nesta la dejó a una distancia segura dentro del túnel. La lombriz dio un par de mordiscos más al aire. Los poderosos movimientos hacían vibrar toda la caverna. El olor a hierro se hizo más fuerte: sangre. Se dispersaba en el aire junto con el agua del río.

Cada vez que se cerraba la mandíbula de la lombriz, un sonido retumbaba por la roca y a lo largo de los huesos de Bryce.

Sólo podía observar horrorizada y muda mientras más y más criaturas desaparecían entre esos dientes. Mientras el olor de más sangre llenaba el aire. Hasta que la lombriz al fin empezó a hundirse más, más, más. De regreso al río y al sitio donde estaba su madriguera.

La respiración de Nesta estaba tan agitada como la de Bryce. Cuando Bryce finalmente se asomó para ver a la guerrera, vio que Nesta ya la estaba observando. Su rostro bello estaba lleno de desaprobación y algo parecido a la decepción. Dijo:

—Te congelaste allá afuera.

Una rabia ardiente arrasó con los temblores residuales de Bryce, con el ardor de su piel raspada y se impulsó para ponerse de pie.

—¿Qué carajos era esa cosa?

Nesta miró a las sombras detrás de Bryce, como si alguien estuviera ahí. Pero dijo:

—Una gusano de Middengard.

—¿Middengard? —exclamó Bryce al escuchar la palabra—. ¿Como en *Midgard*? ¿Vienen de mi mundo originalmente?

A pesar de lo aterrorizante de esta criatura, tener a alguien de su mundo aquí resultaba... extrañamente reconfortante. Y tal vez encontrar un resto de tranquilidad en ese hecho demostraba lo desesperada que se sentía.

—No lo sé —dijo Nesta.

—¿Son comunes por acá?

Si lo fueran, eso explicaría que las hadas se hubieran ido de este mundo.

—No —dijo Nesta y un músculo le vibró en la mandíbula—. Hasta donde yo sé, son raros. Pero he visto las pinturas que hizo mi hermana de uno que venció. Pensaba que su versión era exagerada, pero es tan monstruoso como ella lo representó —dijo sacudiendo la cabeza. El sobresalto se estaba convirtiendo en algo más frío y agudo—. No sabía que existía más de uno —sus ojos de guerrera miraron a Bryce y la evaluaron con cautela—. ¿Qué es el poder que posees? ¿Qué tipo de luz es ésa?

Bryce negó con la cabeza lentamente.

—Luz. Sólo... luz.

Una luz extraña y terrible de otro mundo, le habían dicho en una ocasión.

De este mundo.

Los ojos de Nesta brillaron.

—¿De qué corte provienen tus ancestros?

—No lo sé. La ancestro hada cuyos poderes poseo, Theia, era Astrogénita. Como yo.

—Ese término no significa nada aquí —dijo Nesta mientras tiraba de Bryce para ayudarla a pararse—. Pero Amren me dijo lo que dijiste de Theia, la reina que llegó de nuestro mundo al tuyo.

Bryce se sacudió el polvo y las rocas de la espalda, del trasero. Su ego.

—Mi antecesora, sí.

—Theia era la alta reina de estas tierras. Antes de marcharse —dijo Nesta.

—Ah, ¿sí?

Una gobernante poderosa aquí y en Midgard. Su antecesora había sido una *alta* reina. Bryce no sólo portaba la luzastral de Theia, sus lazos con la realeza también existían en este mundo. Lo cual podría meterla en grandes problemas con estas personas si se sentían amenazadas por el linaje de Bryce, si sentían que ella podría tener algún tipo de derecho a su trono.

La mirada de Nesta se dirigió a la estrella en el pecho de Bryce, luego a las sombras que tenía detrás. Pero no siguió hablando del tema, sino que se concentró en el túnel delante de ellas.

—Si nos volvemos a encontrar con algo que nos quiera comer —dijo la guerrera—, no te le quedes viendo como ciervo deslumbrado. Corre o pelea.

A Randall le hubiera agradado esta mujer. Ese pensamiento la hizo sentir dolor. Pero se recuperó y respondió:

—He estado haciendo esto toda mi vida. No necesito que me des ninguna lección.

—Entonces no me obligues a arriesgar el cuello para arrastrarte fuera del peligro la próxima vez —dijo Nesta fríamente.

—No te pedí que me salvaras —gruñó Bryce.

Pero Nesta empezaba ya a caminar hacia el túnel otra vez. No esperó a que Bryce o su estrella iluminaran el camino.

—Ya nos metiste en suficientes problemas —dijo la guerrera sin voltear a verla—. Mantente cerca.

8

Las sombras lo estaban observando otra vez.

Baxian y Ruhn se habían desmayado y Hunt pensó que él también lo haría, pero... aquí estaba. Viendo una sombra que lo observaba de regreso. Estaba parada junto a la mesa con los instrumentos que Pollux y el Halcón habían usado en él.

Lidia no se había aparecido hoy. No sabía si eso sería buena señal. No se atrevió a preguntarle su opinión a Ruhn. Hunt supuso que, de todos ellos, él debería ser quien distinguiera si era una buena señal. Había vivido esta mierda durante años.

Pero también debería haber sabido muchas otras cosas.

Hunt había perdido ya la sensibilidad en las manos, en los hombros. La comezón de las alas que empezaban a regenerarse continuaba, como ríos de hormiga que le recorrían la columna vertebral. Retorcerse no servía de nada.

Tenía que haber sabido que no debía meterse con los arcángeles, con los asteri. Tenía que haber sido más decidido cuando le advirtió a Bryce... tenía que haberse esforzado más por hacerla desistir de ese camino desquiciado.

Isaiah había intentado convencerlo hacía muchos siglos. Hunt no le hizo caso... y vivió con las consecuencias. Debía haber aprendido.

La sangre se enfriaba a medida que avanzaba por su cuerpo. Goteaba en el piso.

Pero él no había aprendido ni una puta cosa, aparentemente. Uno no se enfrentaba a los asteri y sus jerarquías y salía vencedor. *Debía haberlo sabido.*

La sombra le sonrió.

Así que Hunt le sonrió de vuelta. Y luego la sombra habló.

—Te iría bien en el Averno.

Demasiado drogado por la agonía, Hunt ni siquiera tembló al escuchar esa familiar voz masculina. Una que ya había escuchado en otro sueño, en otra vida.

—Apollion —gruñó.

No era la Muerte, entonces.

Intentó no permitir que la decepción se hundiera en su estómago.

—Tu estado es patético —ronroneó el Príncipe del Foso. Permaneció oculto en las sombras cambiantes. El príncipe demonio inhaló, como si estuviera saboreando el aire—. Qué delicioso dolor estás sintiendo.

—Con gusto te lo comparto.

Una risa terriblemente suave.

—Al parecer, tu buen humor sigue intacto. Incluso con el halo tatuado de nuevo en tu frente.

Hunt sonrió de manera salvaje.

—Tuve el honor de que me lo pusiera la mano del mismo Rigelus en esta ocasión.

—Es interesante que lo haya hecho él mismo en vez de una bruja imperial. ¿Detectas alguna diferencia?

Hunt bajó la barbilla.

—Éste... arde. El halo de la bruja se sentía como hierro frío. Éste quema como ácido —dijo y en cuanto terminó de decir la última palabra, una idea chocó violentamente con él—. Bryce. ¿Ella está... está contigo?

Si la habían lastimado, si Apollion siquiera insinuaba que le había pasado...

—No —respondió la sombra y pareció parpadear—. ¿Por qué?

El horror empezó a apoderarse del cuerpo de Hunt, más frío que el hielo.

—¿Bryce no llegó al Averno?

¿Dónde estaba, entonces? ¿Había llegado a alguna parte o iba cayendo por el tiempo y el espacio, atrapada para siempre...?

Debió haber hecho un ruido lastimero porque Apollion dijo:

—Dame un momento antes de que te dejes llevar por la histeria, Athalar.

El demonio desapareció.

Hunt no podía respirar. Tal vez era el peso de su cuerpo aplastándole los pulmones, pero... Bryce no había llegado. No había llegado al puto Averno y él estaba atrapado aquí, y...

Apollion volvió a aparecer con una segunda sombra a su lado. Más alto y más delgado, con ojos como ópalos azules.

—*¿Dónde está Bryce?* —siseó el Príncipe de las Profundidades.

—Fue a buscarte —dijo Hunt con la voz rota. A su lado, Ruhn gimió y se movió un poco—. Te fue a buscar a *ti*, Aidas.

Los dos Príncipes del Averno se vieron e intercambiaron una conversación no verbal. Hunt insistió:

—Ustedes le dijeron que los buscara. Le dieron toda esa información de mierda sobre ejércitos y que querían ayudar y que la estaban preparando...

—¿Es posible? —le preguntó Aidas a su hermano, sin hacer ningún caso a Hunt—, ¿después de todo?

—No caigas en el romanticismo —previno Apollion.

—La estrella tal vez la pudo guiar —repuso Aidas.

—Por favor —interrumpió Hunt sin importarle ponerse a suplicar—. *Díganme dónde está.*

Baxian gruñó y recuperó la conciencia.

Aidas dijo en voz baja:

—Tengo una sospecha, pero no puedo decírtela, Athalar, porque Rigelus podría sacártelo por la fuerza. Aunque probablemente él también ya llegó a la misma conclusión.

—Vete al carajo —escupió Hunt.

Pero Apollion le dijo a su hermano:

—Debemos irnos.

—¿Entonces cuál fue el punto de estarme observando desde las sombras? —exigió saber Hunt.

—Asegurarnos de que podemos continuar confiando en ti cuando llegue el momento.

—¿El momento de hacer qué? —dijo Hunt entre dientes.

—Lo que naciste para hacer: terminar la tarea por la cual tu padre de trajo a la existencia —dijo Apollion antes de desvanecerse en la nada, dejando a Aidas parado frente a los prisioneros.

El choque de esas palabras se arremolinó en el interior de Hunt, acompañado por el peso de un dolor antiguo e inesperado.

—Yo no tengo padre.

La expresión de Aidas era triste cuando salió de entre las sombras.

—Has pasado demasiado tiempo haciendo las preguntas equivocadas.

—¿Qué carajos significa *eso*?

Aidas sacudió la cabeza.

—La corona negra que ahora está rodeando de nuevo tu frente no es un nuevo tormento de los asteri. Lleva milenios existiendo.

—Dime la puta verdad por *una vez*...

—Mantente con vida, Athalar.

El Príncipe de las Profundidades siguió a su hermano y desapareció entre oscuridad y brasas.

Tharion despertó con un gran dolor de cabeza que le hacía eco en cada centímetro de su cuerpo.

A juzgar por el olor en su recámara, Holstrom había dormido ahí, probablemente en el piso, pero el espacio estaba vacío. Entrecerró los ojos por la jaqueca y caminó con suavidad hacia la sala principal. Encontró a Holstrom en el sofá, Flynn a su lado y Declan y Marc bebiendo café en una pequeña mesa junto a la ventana que veía hacia el cuadrilátero.

Ariadne estaba en una silla, leyendo un libro. Su conducta era lo opuesto a la de la mujer que anoche había rostizado a esos leones.

No había señal de la heredera Fendyr, ni de las duendecillas. Tal vez había alucinado esa parte.

—Buenos días —farfulló y mantuvo un ojo cerrado por el brillo de la habitación.

Nadie le contestó.

Bien. Ya lidiaría con ellos en un momento. Después del café. Caminó a la barra al otro lado de la habitación y el brillo de la televisión sin sonido le provocó otra punzada de dolor en el ojo izquierdo. Encendió la cafetera por pura memoria muscular. Tharion metió una taza bajo la boquilla y presionó un botón que parecía ser el indicado.

—De verdad te ves hecho mierda —dijo Flynn lentamente mientras Tharion inhalaba el aroma del café—. Ari, por supuesto, se ve hermosa como siempre.

La dragona no apartó su atención del libro y siguió ignorando al lord hada. No movió un músculo, como si quisiera que olvidaran que estaba ahí. Como si algo así fuera siquiera posible.

Pero Flynn devolvió su atención a Tharion.

—¿Por qué no nos pediste ayuda?

Tharion dio un sorbo a su café e hizo una mueca cuando se quemó la boca.

—Es demasiado temprano para esta conversación.

—No digas pendejadas —dijo Holstrom—. Te hubiéramos ayudado. ¿Por qué viniste aquí?

Tharion no pudo evitar el tono brusco en su respuesta.

—Porque la Reina del Río los hubiera eliminado a todos ustedes. No quería tener eso en mi conciencia.

—¿Y esto es mejor? —exigió saber Ithan.

Flynn agregó:

—Ahora estás atrapado aquí, aceptando lo que sea que ella te pida, eso sin mencionar la mierda que te está dando. ¿Cómo pudiste ser tan pinche estúpido?

Tharion lo volteó a ver.

—Mira quién habla sobre hacer cosas estúpidas, Flynn.

Los ojos de Flynn centellearon... un brillo poco común en la mirada del poderoso lord hada que por lo general se escondía debajo de su fachada despreocupada.

—Ni siquiera yo le vendería mi alma a la Reina Víbora, Ketos.

Holstrom agregó:

—Debe haber alguna manera de que salgas de esto. Ya desertaste de la Corte Azul. ¿Quién dice que no podrías desertar de...?

—Mira —dijo Tharion rechinando los dientes—, sé que tienes una especie de complejo de salvador, Holstrom...

—Vete a la mierda. Eres mi amigo. No te permitiré que ignores el peligro en el que te estás ahogando.

Tharion no podía decidir si mirar al lobo con rabia o si abrazarlo. Volvió a dar un trago a su café ardiente. Agradeció la sensación que le quemaba la garganta.

Ithan agregó con voz ronca:

—Somos lo único que queda. Ya sólo somos nosotros.

Declan dijo en voz baja desde la mesa:

—Todo se fue a la mierda. Ruhn, Athalar, Bryce...

Marc le puso una mano sobre el hombro para consolarlo.

—Lo sé —dijo Tharion—. Y Cormac está muerto.

—¿Qué? —exclamó Flynn y escupió el café de vuelta a su taza.

Tharion les dijo lo que había sucedido en el laboratorio y, carajo, realmente le vendría bien un poco de ese veneno en este momento. Para cuando terminó de explicar su acuerdo con la Reina Víbora, todos estaban en silencio de nuevo.

Hasta que Flynn dijo:

—Bueno. Siguientes pasos: necesitamos llegar al *Guerrero de las Profundidades* y luego a Pangera. A la Ciudad Eterna —le asintió a Tharion—. Antes de que nos emboscara Sabine, acabábamos de decidir venir a buscarte... para sacarte de todo esto y para ver si tú nos podrías ayudar a hablar con los mer de la embarcación.

—Ni por todos los demonios del Averno lo dejará ir la Víbora —dijo Ari, rompiendo su silencio.

Los hombres la miraron, parpadeando, como si en verdad hubieran ya olvidado que tenían una dragona sentada entre ellos. Marc apretó los labios al darse cuenta de lo mucho que había escuchado.

Pero Flynn le preguntó con una ceja arqueada:

—¿Y tú eres ahora una autoridad sobre la Víbora?

—Soy una autoridad sobre los hijos de puta —respondió Ari con tersura y le dedicó una mirada a Flynn, como si estuviera implicando que él estaba incluido en esa lista—. Si le piden que lo libere, solamente lo apretará con más fuerza.

—Ari tiene razón —dijo Tharion—. Puedo intentar pensar como ponerme en contacto con la comandante Sendes...

—No —dijo Ithan—. Iremos *todos.*

—Me conmueven —dijo Tharion y dejó su taza de café en una mesa a sus espaldas—. De verdad. Pero no es tan simple como decir "Voy a desertar" e irse caminando.

Ithan se veía irritado, pero entonces apareció Sigrid en la puerta del baño. Salía vapor a su alrededor. Seguramente se estaba duchando.

—¿Qué tendríamos que hacer?

Tharion miró a la mujer. En definitiva era una Alfa, con esa postura sólida, esos ojos brillantes. La falta de miedo en su mirada.

—La Víbora sólo piensa en su negocio.

—Tú eres rico —le dijo Ari a Flynn.

—No se trata de dinero con ella —dijo Marc—. Tiene más dinero de lo que puede gastar. Debemos pensar en un intercambio.

Tharion frunció el ceño hacia el pasillo, hacia la puerta que conducía a las habitaciones privadas de la Reina Víbora.

—¿Quién está con ella ahora?

—Una mujer —respondió Ari y se puso de pie para caminar hacia el pasillo. Llegó a la puerta de su recámara y les dijo por encima del hombro—: Una rubia bonita con uniforme imperial.

La dragona no dijo nada más y cerró la puerta de su recámara. Luego le puso seguro.

—Necesitamos salir de aquí —dijo Declan en voz baja—. De inmediato.

—¿Qué pasa? —preguntó Flynn. Declan ya estaba sacando su pistola y Marc se ponía de pie a su lado con gracia felina.

Tharion miró hacia el pasillo a tiempo para ver la puerta abrirse de par en par. La Reina Víbora, vestida con un conjunto deportivo de seda azul y tenis de bota blancos, caminó hacia ellos. Traía puestas unas arracadas de oro que se mecían debajo de su cabello negro y corto.

—Un momento —dijo a quien fuera que estuviera en la recámara a sus espaldas—. Tu tipo de veneno está en el piso de abajo. Tardo un minuto en conseguirlo.

Tharion se tensó al ver a la metamorfa de serpiente entrar a la habitación y mirar a sus amigos.

—Te quedó una mancha de la sangre de Sabine en las manos —le dijo lentamente a Flynn.

Todos la miraron con irritación. Pero la heredera Fendyr fue quien se puso de pie de un salto y le escupió:

—No eres mejor que el Astrónomo con la gente que mantienes aquí a la fuerza, drogándolos y...

La Reina Víbora la interrumpió:

—Tranquila, pequeña Fendyr —miró a Sigrid, desde su pelo mojado hasta su ropa holgada—. Quedarse aquí es gratis, pero mejorar tu vestimenta te va a costar.

—Déjalos ir —ordenó Sigrid con voz como un trueno—. La dragona y el mer... déjalos ir.

Tharion no permitió que la ferocidad de la Alfa le diera esperanzas. Además, de inmediato, la Reina Víbora empezó a reír.

—¿Por qué haría eso? Me traen muy buenas ganancias —dijo y miró a Tharion con una sonrisa burlona. Se dirigió hacia la puerta, para buscar las drogas que su clienta había solicitado—. Cuando no estallan y matan a todos en los primeros minutos.

Tharion cruzó los brazos, irritado. Sin embargo, en cuanto la Reina Víbora cerró la puerta y desapareció, se escucharon unos pasos rápidos venir por el pasillo.

Dec y Flynn sacaron sus pistolas. Holstrom tenía las garras fuera. Tharion también sacó las garras, todo su cuerpo se tensó.

—Guarda eso —dijo una voz femenina e indiferente. El terror le terminó de limpiar cualquier rastro de resaca al cerebro de Tharion.

—Puta madre... —exhaló Flynn.

—Si abren esa puerta —dijo la Cierva con tranquilidad—, el príncipe Ruhn muere.

9

Bryce y Nesta siguieron avanzando por el túnel durante horas. Un silencio tenso ocupaba el espacio entre ellas otra vez, peor que antes.

Era típico, se dio cuenta Bryce, de sus interacciones con las hadas que conocía de su propio mundo. No sabía por qué de alguna manera se sentía... decepcionada al darse cuenta.

Sólo hicieron una pausa. Nesta le arrojó una cantimplora de agua sin decir palabra y un bollo de pan oscuro.

—Trajiste provisiones —dijo Bryce masticando el bollo húmedo y de un ligero sabor dulce—. Me llama la atención, considerando que tu intención era llevarme de regreso a la celda.

Nesta solamente dio un trago a su cantimplora.

—Me imaginé que tal vez te estaría persiguiendo un tiempo.

—¿Suficiente para que necesitaras detenerte a comer?

Sus miradas se cruzaron. La plata de Nesta relució bajo la luz de estrella de Bryce.

—No conocemos estas cuevas. Venía preparada para cualquier cosa.

—No para el gusano, al parecer.

—Estás viva, ¿no?

Bryce no pudo evitar soltar una risa.

—Buen punto.

No hubo más de qué hablar después de eso.

Era posible que se estuvieran dirigiendo a un túnel sin salida y que hubieran desperdiciado ya kilómetros y horas ahí abajo. Pero el túnel parecía... intencional. Y Bryce no iba a plantear una pregunta sobre si sería infructuoso su recorrido si eso hacía que Nesta intentara llevarla de regreso al derrumbe para esperar a que alguien las sacara.

Estaba saliéndose con la suya... para bien o para mal.

Bryce estaba tan profundamente sumergida en sus pensamientos que no se dio cuenta de la bifurcación en el túnel hasta que casi había pasado la salida que daba vuelta a la derecha. Se detuvo y el cese de los pasos de Nesta detrás de ella le indicó que la guerrera había hecho lo mismo.

Bryce tiró del cuello de su camiseta para que saliera un poco más de su luzastral y que iluminara las dos alternativas que se abrían frente a ellas.

A la izquierda, el túnel continuaba, las paredes antiguas de roca sin pulir se curvaban y se perdían en la penumbra.

A la derecha... Alrededor del arco natural, estaba tallado un conjunto de estrellas y planetas, coronado en la parte superior por un gran sol poniente. La estrella de Bryce brillaba con más intensidad al mirar en esa dirección, la guiaba hacia allá.

Alcanzaba a ver débilmente talladas en la roca más escenas de violencia y derramamiento de sangre en las paredes dentro del túnel.

—Voy a aventurarme a adivinar y diré que vayamos a la derecha —suspiró Bryce y cubrió su estrella de nuevo con la camiseta.

—Muy bien —dijo Nesta y empezó a avanzar hacia el arco del túnel.

Bryce se lanzó hacia Nesta antes de que lograra cruzar y la tomó por la parte de atrás del cuello de su ropa. Con un giro y un destello, Nesta ya estaba sobre ella, con la espada en la garganta de Bryce. Su metal era imposiblemente frío.

Bryce levantó las manos intentando no respirar con demasiada fuerza, no acercar su piel más de lo necesario al contacto con esa espada horrible.

—No... mira —asintió con mucho cuidado hacia los grabados en la roca del túnel justo después del arco natural de su entrada.

Nesta no quitó la espada, que parecía latir contra la piel de Bryce, como si estuviera viva y consciente, pero su mirada se movió hacia el sitio que Bryce indicaba.

—¿Qué hay?

—Esos grabados —exhaló Bryce—. En casa, mi trabajo es con arte antiguo, estudiarlo y venderlo y... bueno, da igual, eso no es relevante. Sólo quiero decir que he visto *muchas* obras de arte antiguas hechas por hadas y eso que está en las paredes... es una advertencia. Así que si quieres terminar empalada en un conjunto de lanzas oxidadas, sigue caminando.

Nesta parpadeó y ladeó la cabeza, más felina que hada, pero bajó la espada.

Bryce intentó no exhalar con brusquedad al sentir el alivio de que ese metal helado dejaba de tocarle la piel, el alma. No quería volver a soportar algo así otra vez.

Nesta no sabía o no le importaba el impacto que tenía la espada en Bryce y se puso a estudiar los grabados. El más cercano a ellas.

Una mujer, claramente nobleza hada por las túnicas ornamentadas y la joyería lujosa, la miraba desde la pared, como si estuviera dirigiéndose al público, dándole la bienvenida a los recién llegados al túnel. Era joven y hermosa, y su porte le confería una presencia que parecía de la realeza. Su cabello largo ondeaba a su alrededor como un río silencioso y enmarcaba su rostro delicado en forma de corazón.

Bryce se sacudió lo que le quedaba de horror y tradujo la inscripción.

—Su nombre era Silene.

Nesta miró el texto debajo de la imagen.

—¿Eso es lo único que dice?

Bryce se encogió de hombros.

—Hada de vieja escuela. Muchos títulos y linajes elegantes. Ya sabes cómo les gusta pavonearse.

Las comisuras de los labios de Nesta se movieron un poco hacia arriba. Bryce señaló los paneles labrados que continuaban más adelante.

—La advertencia está en la historia que está contando aquí —dijo Bryce.

Un campo lleno de cadáveres se había tallado en el muro, un campo de batalla que se extendía hacia el interior. Había crucifijos sobre el campo de batalla y cuerpos que colgaban de ellos. Grandes bestias oscuras con escamas y garras (las del foso debajo de su celda, se dio cuenta con un estremecimiento) devoraban a sus víctimas, que gritaban con agonía. Había hadas fileteadas extendidas sobre altares de roca.

—Por la madre en el cielo —murmuró Nesta.

—Esos agujeros junto a los cadáveres, los que parecen heridas... apostaría lo que fuera a que tienen mecanismos dentro para lanzar armas a los que pasen por ahí —dijo Bryce—. Como una especie de forma «artística» enferma de hacer que el espectador experimente el dolor y terror de esas víctimas hadas.

Bryce podría jurar que algo como sorpresa y vergüenza, tal vez porque la guerrera no había detectado la amenaza, cruzó momentáneamente por el rostro de Nesta.

—¿Cómo propones que crucemos, entonces?

Era una pregunta cargada. Una prueba.

Bryce ni loca volvería a quedarse petrificada. Extendió una mano:

—Pásame algo pesado. Veré si puedo hacer que el mecanismo se active.

Nesta suspiró, como si se sintiera molesta de nuevo. Bryce volteó a verla, a punto de decir algo sobre tener una mejor idea, cuando Nesta levantó el brazo. Unas flamas plateadas le envolvían los dedos. Bryce retrocedió un paso.

Era fuego, pero no era fuego. Era como hielo convertido en flamas. Hacía eco en los ojos de Nesta cuando puso su mano en la pared de roca. Un fuego plateado ondeó sobre los grabados.

Se escuchó el tronido de los mecanismos accionándose y salieron disparados unos pernos oxidados de las paredes. O eso era la intención. Apenas lograron salir de la pared antes de fundirse en polvo.

El poder de Nesta se extendió como un mar picado por las paredes y desapareció en la oscuridad. Chasquidos y siseos iban perdiendo intensidad conforme avanzaban hacia la penumbra; el sonido de las trampas volviéndose cenizas.

Nesta miró a Bryce. El fuego que le envolvía la mano se apagó, pero las flamas plateadas seguían brillando en sus ojos.

—Tienes mi gratitud —fue todo lo que dijo Nesta antes de empezar a caminar.

Más tarde, Bryce y Nesta volvieron a cenar queso duro y más de ese pan oscuro. Descansaron en un pequeño nicho en la pared del túnel. La luzastral de Bryce seguía siendo su única fuente de iluminación, algo apagada por brillar bajo la camiseta. Hacía frío y veía con envidia la capa oscura que envolvía a la guerrera.

Se distrajo mirando los diseños grabados en las paredes: hadas arrodilladas frente a unos humanoides imposiblemente altos y vestidos con túnicas que levantaban la mano frente a briznas de luz de estrellas. Magia. Una ofrenda a las criaturas coronadas frente a ellas. Uno de los seres estaba extendiendo una mano hacia el hada más cercana con los dedos estirados hacia esa luz ofrecida.

A Bryce se le retorció el estómago al notar que detrás del hada suplicante había humanos encadenados y postrados sobre la tierra. Sus rostros labrados con crudeza contrastaban fuertemente con la belleza sobrenatural y pura de las hadas. Otro detalle de la representación grosera: los humanos eran apenas poco más que rocas y tierra comparados con las hadas y sus amos parecidos a dioses. Ni siquiera valía la pena el esfuerzo de labrarlos. Sólo estaban presentes para que las hadas esgrimieran su poder sobre ellos, para aplastarlos bajo sus pies.

Bryce pudo escuchar la voz distante de Rigelus en su memoria. Los asteri le habían dado a los vanir a los humanos para que tuvieran alguien a quien gobernar, para evitar que pensaran en cómo ellos no eran tan distintos al estar bajo el yugo de los asteri. Así seguía siendo hasta el día de hoy en Midgard, esa falsa sensación de superioridad y posesión. Y parecía que en este mundo también existía.

Nesta se terminó su queso, masticándolo hasta dejar solamente la costra. Dijo, sin voltear a ver a Bryce:

—¿Tu estrella siempre brilla así?

—No —contestó Bryce y tragó su bocado de pan—. Pero aquí abajo parece que sí lo hace.

—¿Por qué?

—Eso qusiera averiguar: hacia qué me está guiando en este túnel, *por qué* me está guiando ahí.

—Por qué caíste en nuestro mundo.

Rhysand o los demás debieron haber informado a Nesta sobre todo esto antes de enviarla a perseguir a Bryce.

Bryce hizo un movimiento hacia el túnel y sus grabados antiguos.

—¿Qué es este lugar, a todo esto?

—Ya te lo dije: no sabemos. Hasta que tú lograste pasar más allá de las bestias, ni siquiera Rhys sabía que este túnel existía. Él ciertamente no sabía que había estos grabados aquí abajo.

—¿Y Rhysand es... tu rey?

Nesta resopló.

—Quisiera serlo, pero no. Es el alto lord de la Corte Noche.

Bryce arqueó una ceja.

—¿Entonces él le sirve a un rey?

—No tenemos reyes en estas tierras. Sólo siete cortes, cada una gobernada por un alto lord. A veces con una alta lady a su lado.

Se escuchó caer una roca a la distancia. Bryce giró hacia el sonido, pero... nada. Solamente oscuridad.

Vio que Nesta la observaba con atención. Nesta le preguntó:

—¿Por qué no dejaste que me empalaran hace rato? Podrías haberme dejado entrar a la trampa y escapar.

—No tengo ningún motivo para querer que mueras.

—Pero huiste de la celda.

—Sé cómo tienden a terminar los interrogatorios.

—Nadie te iba a torturar.

—Querrás decir, "todavía".

Nesta no respondió. Se escuchó otro movimiento en la oscuridad y Bryce giró rápidamente la cabeza hacia él. Se dio cuenta de que Nesta la observaba de nuevo.

—¿Qué es eso? —preguntó Bryce en voz baja.

Los ojos de Nesta brillaban como los de un gato en la penumbra.

—Sólo las sombras.

10

Tharion sabía que esto no terminaría bien, no con Flynn y Dec apuntando sus pistolas a la Cierva, Marc con las garras brillando y listo para desgarrar músculos. No con Holstrom agazapado, enseñando los dientes y en posición protectora frente a Sigrid. La heredera Fendyr los miraba a todos con una actitud depredadora y calculadora; entendía que había una amenaza, pero no le quedaba claro cuál.

Carajo. Eso lo dejaba a él como la única voz razonable.

Así que Tharion hizo lo que sabía hacer mejor: buscó en el fondo de su ser la sonrisa de la persona que había sido antes y se dirigió hacia donde estaba Tristan Flynn.

Puso el dedo que terminaba en garra en el cañón de la pistola del lord hada y lo empujó hacia abajo.

—Respira —canturreó Tharion—. Estamos todos en territorio neutral. Ni siquiera Lidia sería tan estúpida como para hacerte daño en este lugar —le guiñó a la Cierva, aunque le temblaba todo en el interior—. ¿No es cierto?

El rostro de la Cierva no mostró ninguna emoción, pero bajó un poco la barbilla.

Sigrid dio un paso al frente.

—¿Quién eres tú?

Los ojos dorados de la Cierva se deslizaron hacia la loba. Sus fosas nasales se abrieron ligeramente.

—Creo —murmuró en voz baja— que la mejor pregunta sería ¿quién eres *tú*?

—No es de tu incumbencia —intervino Ithan.

La Cierva lo miró con un gesto que indicaba que sospechaba algo pero que no era su prioridad averiguarlo... aún. Le dijo a la heredera Fendyr:

—Un momento de privacidad, si me lo permites.

Holstrom gruñó.

—Lo que tengas que decir, lo puedes decir frente a ella.

Declan dijo en voz baja:

—Holstrom, tal vez ella deba... ir con la dragona por un minuto.

Ithan volteó a ver a Declan con indignación, pero luego pareció ceder. Si esto era sobre Ruhn, si la única manera en que la Cierva hablaría sería si Sigrid se iba...

Tharion intervino:

—Ari cerró su puerta con llave, así que estoy bastante seguro de que eso significa *tiempo a solas* —hizo un movimiento de la cabeza hacia la puerta junto a la de Ari—. Pero adelante, ve a mi recámara.

Sigrid resopló con desprecio.

—No soy un cachorro que puedas estar ordenando...

—Por favor —dijo Declan con un gesto de indefensión. De nuevo, Marc le puso una mano con suavidad sobre el hombro.

Hubo un momento entonces en que Ithan y Sigrid se miraron y Tharion podría jurar que intercambiaron una especie de batalla de voluntades.

Sigrid se veía irritada, pero escupió:

—Bien.

Y se fue dando grandes zancadas hacia la recámara de Tharion.

Las duendecillas salieron volando detrás de ella, pero la Cierva las detuvo.

—Ustedes tres... esperen.

Sasa, Malana y Rithi voltearon a ver a la Cierva con ojos muy abiertos, pero ella no volvió a hablar hasta que Sigrid azotó la puerta del cuarto de Tharion. Tal vez con actitud un poco petulante.

El suspiro de Ithan no le pasó desapercibido a Tharion.

La Cierva miró su reloj, probablemente para calcular cuánto tiempo faltaba para que regresara la Reina Víbora, y luego le dijo a Flynn y a Dec:

—Fui a buscarlos, pero no había nadie en su... casa —su tono de voz estaba impregnado de suficiente desdén como para dejar claro lo que pensaba sobre su casa en la calle Archer—. Pero sabía que Ketos había desertado y buscado refugio en el Mercado de Carne, así que supuse que podrían estar ocultándose aquí también.

—¿Supusiste? —exigió saber Declan—. ¿O alguien nos delató?

—No te des tanta importancia —dijo la Cierva y se cruzó de brazos—. Son bastante predecibles.

—Pues estás muy equivocada —dijo Flynn, que aún no había guardado su pistola—. Porque no estamos en este puto lugar para ocultarnos.

Declan tosió, como si quisiera decir: *¿Sobre esto es sobre lo que vas a mentir?*

Marc ocultó una sonrisa.

—No me importa por qué estén aquí —dijo la Cierva—. No tenemos mucho tiempo. La vida de Ruhn depende de que me escuchen.

—¿Qué carajos le hiciste a Ruhn? —interrumpió Flynn.

Tharion podría jurar que algo similar al miedo se alcanzó a ver en la cara de la Cierva.

—Ruhn está vivo. Al igual que Athalar y Argos.

—¿Bryce? —preguntó Ithan con voz ronca.

—No lo sé. Ella... —la Cierva negó con la cabeza.

Pero Declan preguntó:

—¿Baxian está involucrado? ¿El Mastín del Averno?

Antes de que ella pudiera hablar, Flynn exigió saber:

—¿Por qué estás tú *aquí*? —se le quebró la voz—. ¿Para arrestarnos? ¿Para restregarnos el fracaso en nuestras caras?

La Cierva giró para ver de frente al lord hada y, sí, lo que se reflejaba en el brillo de sus ojos era dolor.

—Estoy aquí para ayudarlos a rescatar a Ruhn.

Incluso Tharion parpadeó.

—Esto es una trampa —dijo Declan.

—No es una trampa —dijo la Cierva y los miró con desolación—. Athalar, Baxian y Ruhn están presos en los calabozos debajo del palacio de los asteri. El Martillo y el Halcón los torturan a diario. Ellos... —hizo una pausa y se pudo ver cómo tensaba los músculos de su mandíbula afilada—. Sus amigos no han hablado. Pero no estoy segura de cuánto tiempo más puedan seguir entreteniendo a los asteri con su sufrimiento.

—Lo siento —escupió Declan— pero ¿no eres *tú* la principal interrogadora?

La Cierva volteó su rostro sobrenaturalmente perfecto hacia el guerrero hada.

—El mundo me conoce así, sí. No tengo tiempo para explicártelo todo. Pero sí requiero de tu ayuda, Declan Emmet. Soy una de las pocas personas en Midgard que puede entrar en esos calabozos sin que nadie se interponga. Y soy la única que los puede sacar. Pero necesito que *tú* me ayudes a hackear las cámaras del palacio. Sé que ya lo hiciste antes.

—Sí —murmuró Dec—. Pero incluso con las cámaras hackeadas, últimamente nuestros planes no han salido muy bien que digamos. Pregúntale a Cormac qué tan bien terminó nuestra última aventura.

Las palabras golpearon a Tharion como rocas. El recuerdo del príncipe hada que se inmoló lo sacudió con fuerza. Un destello y Cormac estaba muerto...

—Sólo fracasó porque Rigelus los estaba esperando —dijo la Cierva sin ser hiriente—. Celestina los traicionó.

Una onda de sorpresa recorrió la habitación, pero Marc le murmuró a Declan:

—Te lo dije, los arcángeles son unos patanes.

Flynn levantó las manos.

—¿Soy el único que siente como si estuviera en un malviaje de ácido?

Tharion se frotó la cara.

—Creo que yo todavía no salgo de uno.

Flynn ahogó una risotada, pero Tharion recuperó el control y se aclaró la garganta antes de dirigirse a la Cierva.

—Permíteme aclararte algunas cosas: tú eres la interrogadora más hábil de los asteri y quien hace hablar a los espías. Tú y tus necrolobos nos atormentaban sin parar hace no tanto tiempo, en esta misma ciudad. Tú eres, sin ser demasiado descriptivo, básicamente el alma de la maldad. Pero nos estás pidiendo que te ayudemos a liberar a nuestros amigos. ¿Y esperas que no sospechemos?

Ella los miró a todos durante un largo rato. Tharion fue sensato y decidió tomar asiento antes de que ella empezara a hablar inexpresivamente:

—Yo soy la agente Daybright.

—Putas mentiras —escupió Flynn y volvió a apuntarle con la pistola.

Daybright, que estaba muy arriba en el círculo íntimo de los asteri. Daybright, que conocía sus planes desde antes de que los asteri actuaran. Daybright, el enlace más vital en la cadena de información de los rebeldes...

—Huele a Ruhn —murmuró Ithan. Todos se quedaron viéndolo y parpadearon. El lobo volvió a olfatear—. Apenas perceptible. Huélanla... está ahí.

Para gran sorpresa de Tharion, las mejillas de la Cierva se ruborizaron muy ligeramente.

—Él y yo...

—No crean esto ni por un puto segundo —explotó Flynn—. Quizá se revolcó en su sangre en los calabozos.

Los dientes de la Cierva destellaron con un gruñido, la primera señal de una resquebrajadura en ese exterior impasible.

—Nunca lo lastimaría. Todo lo que he hecho recientemente, todo lo que estoy haciendo ahora, ha sido para mantener a Ruhn con vida. ¿Saben lo difícil que es mantener a Pollux contenido? ¿Convencerlo de actuar con lentitud? ¡¿Tienen *idea de cómo es eso*?!

Le gritó esa última parte a Flynn, quien retrocedió un paso. La Cierva inhaló profundamente. Temblaba.

—Necesito sacarlo. Si ustedes no me ayudan, entonces su muerte quedará sobre sus conciencias. Y yo te *destruiré*, Tristan Flynn.

Flynn sacudió la cabeza con lentitud. La confusión y una absoluta incredulidad se reflejaban en su cara.

La Cierva volteó a ver a Tharion y él le sostuvo la dura mirada.

—Me aseguré de que el *Guerrero de las Profundidades* llegara a rescatarlos después de que se sacrificó el agente Silverbow en su intento por eliminar a los asteri. Informé a la comandante Sendes sobre la captura de Ruhn y Athalar y Baxian y sobre la desaparición de Bryce. Yo me he encargado de mantener a Rigelus apartado de su rastro, he evitado que los asteri maten a todas las personas que han significado algo para Ruhn, Bryce o Athalar.

—O tú eres quien —dijo Tharion— consiguió la información de la verdadera agente Daybright y estás aquí para atraparnos también.

—Cree lo que quieras —dijo la Cierva y un verdadero agotamiento cayó pesadamente sobre sus hombros. Por un instante, Tharion sintió lástima por ella—. Pero en tres días, los voy a liberar. Y voy a fracasar si no cuento con su ayuda.

—Aunque te creyéramos —dijo Declan—, tenemos familias que los asteri matarían sin pensarlo dos veces. Personas que amamos.

—Entonces usen este tiempo para ocultarlos. Pero mientras más personas sepan, más probable es que nos descubran.

—No puedes estarlo considerando en serio —le dijo Flynn a Declan—. ¿Vas a confiar en este monstruo?

Declan miró a la Cierva a los ojos y Tharion supo que estaba sopesando lo que encontró en su mirada.

—Tiene sentido, Flynn. Todo lo que Ruhn nos dijo sobre Daybright... coincide con esta información.

—¿Ruhn sabe lo que eres? —escupió Flynn.

Lidia lo ignoró y volteó a ver a Tharion.

—También te necesito a ti, Ketos.

Tharion se encogió de hombros con una indiferencia que no sentía en realidad.

—Por desgracia, no puedo salir del edificio.

—Encuentra una manera. Necesito que seas mi aliado y defensor en el *Guerrero de las Profundidades* después de que completemos el rescate.

Holstrom dijo:

—Al parecer, la Reina Víbora es quien te surte de drogas... ¿por qué no le pides que libere a Tharion?

Lidia le sostuvo la mirada con un gesto dominante que se contraponía con su herencia de metamorfa de ciervo.

—¿Por qué no lo haces tú, Ithan Holstrom?

Hubo algo en su tono de voz que Tharion no entendía del todo: un desafío, tal vez. Un reto.

—¿Ruhn sabe? —exigió Flynn de nuevo.

—Sí —dijo la Cierva—. Él, Athalar y Bryce lo saben. Baxian no.

Flynn tragó saliva.

—Le mentiste a Ruhn.

—Nos mentimos mutuamente —dijo ella. Una especie de emoción centelleó en sus ojos dorados—. Se suponía que no revelaríamos nuestras identidades. Ambos... fuimos demasiado lejos.

—¿Por qué molestarte en salvarlos? —preguntó Declan—. Ruhn y Hunt no tienen valor para Ophion, aparte de sus habilidades como guerreros. Y Argos no está conectado con Ophion para nada.

—Hunt Athalar es valioso para Bryce Quinlan, y para activar su poder. Baxian Argos es un guerrero hábil y un espía talentoso. Por lo tanto, es valioso para todos nosotros.

—¿Y Ruhn? —preguntó Ithan con las cejas arqueadas.

—Ruhn es valioso para mí —dijo la Cierva sin un asomo de duda—. En dos días, al amanecer, un esquife estará esperándolos en el puerto de Ionia, al final del muelle del norte. Abórdenlo y el capitán los llevará a unos cuantos kilómetros de la costa. Arrojen esto al agua y esperen.

Le lanzó una pequeña roca blanca a Tharion.

Él había visto una así antes: aquel día en el mar cerca de Ydra. Ella había lanzado una igual al agua en ese momento y el *Guerrero de las Profundidades* había aparecido.

Ella debió haber notado su sorpresa porque dijo:

—Yo llamé al submarino ese día después de lo que pasó en Ydra. Si arrojan esa roca al océano, el *Guerrero de las Profundidades* regresará por ustedes y los llevará a Pangera.

El silencio llenó la habitación.

Lidia miró a las duendecillas que estaban agachadas alrededor del cuello de Flynn y dijo:

—Tengo preguntas para ustedes tres.

—¿Para nosotras? —graznó Sasa y se ocultó detrás de la oreja izquierda de Flynn. Su flama la iluminó e hizo brillar su piel de un rojo intenso.

Lidia dijo:

—Sobre su reina.

—¿Irithys? —preguntó Malana y se encendió de un tono violeta profundo—. ¿Dónde...?

—Sé dónde está —dijo Lidia con calma, aunque Tharion se sorprendió de notar que le temblaban las manos—. Pero quiero saber lo que *ustedes* saben sobre ella. Su temperamento.

—¿Dónde la han estado manteniendo los asteri? —exigió saber Sasa y sus flamas se pusieron blancas por la rabia.

Lidia levantó un poco la barbilla.

—Contesten mis preguntas y les diré.

—Sólo la conocemos por rumores —dijo Rithi y asomó la cabeza detrás de la oreja derecha de Flynn—. Es noble y valiente...

—¿Es de fiar? —preguntó Lidia.

Rithi se volvió a ocultar detrás de la oreja de Flynn, pero Sasa dijo bruscamente:

—Es nuestra reina. Ella es el honor personificado.

Lidia miró a la duendecilla con frialdad.

—Conozco muchos gobernantes que no personifican esa virtud para nada.

Tharion no podía dejar de ver a la Cierva, la agente Daybright. Su... aliada.

—¿Qué más? —preguntó Lidia.

—Eso es todo lo que sabemos —dijo Malana—, todo lo que hemos escuchado. Ahora dinos: ¿dónde *está*?

Las comisuras de los labios de Lidia se curvaron hacia arriba.

—¿Irían a rescatarla?

—No las trates con condescendencia —le dijo Flynn con una seriedad poco común. Las duendecillas se acercaron más a él.

Para sorpresa de Tharion, Lidia inclinó la cabeza.

—Disculpas. Su valor y lealtad son admirables. Desearía tener mil como ustedes a mi disposición.

—Al Averno con tus cumplidos —gruñó Sasa. Sus flamas ardían con fuerza—. Prometiste...

—Los asteri la tienen en su palacio.

—¡¿Qué más?! —gritó Sasa y empezó a arder con llamas blancas otra vez.

—Deberían haber hecho un mejor trato si querían saber más.

Tharion se tensó. Esta mujer podría ser su aliada pero, carajo, era mañosa.

En el silencio furioso, la Cierva caminó hacia la puerta. Se detuvo antes de abrirla y no volteó al decirles a todos:

—Sé que no confían en mí. No los culpo. Que no confíen me indica que he hecho muy bien mi trabajo, pero...

Miró por encima de su hombro y Tharion vio cómo se movía su garganta al tragar saliva.

—Ruhn y Athalar están en peligro. Mientras hablamos, Rigelus está decidiendo quién de ellos morirá. Todo se reduce a cómo impactaría eso a Quinlan. Pero ya que decida, no podré hacer nada para impedirlo. Así que... —dijo con voz entrecortada—. Les estoy suplicando. Antes de que sea demasiado tarde. Ayúdenme a hacer esto. Encuentren cómo liberarse de esta situación con la Reina Víbora —movió la cabeza hacia Tharion, luego hacia Declan—, estén listos cuando les avise que es momento de hackear las cámaras del Palacio Eterno —finalmente miró al resto de ellos—, y, por el amor de Luna, preséntense en ese muelle en dos días.

Con esas palabras, se marchó. Por un largo rato, ninguno de ellos pudo hablar.

—Bueno, Flynn —dijo al fin Declan con voz áspera—, al parecer se cumplió tu deseo.

11

El agua de los rápidos rugía en la caverna, su rocío cubría la cara de Bryce con gotas tan frías que parecían besos de hielo.

Los grabados extraños seguían hasta este punto, representando grandes batallas de hadas y hadas haciendo el amor y hadas dando a luz. Mostraban una reina enmascarada, con una corona sobre la cabeza, con instrumentos en la mano y frente a una multitud que la adoraba. Detrás de ella se elevaba un gran palacio en la cima de una montaña. Parecía extenderse hasta el cielo y había caballos alados volando entre las nubes. Sin duda era una iconografía religiosa sobre su derecho divino de gobernar. Más allá del palacio sobre la montaña se extendía un archipiélago frondoso hacia la distancia. Estaba representado con sorprendentes detalles y habilidad.

Eran escenas de unas tierras bendecidas, una civilización floreciente. Uno de los relieves era tan similar al friso del hada que forjaba la espada en el Ballet de Ciudad Medialuna que Bryce casi ahogó un grito. El último grabado antes del río representaba una transición: rey y reina hada sentados en tronos, una montaña distinta a la que tenía el palacio en la cima detrás de ellos con tres estrellas que se elevaban sobre ella. Otro reino, entonces. *Un alto lord y una alta lady*, había sugerido Nesta antes de acercarse al río.

No había comentado nada sobre la mitad inferior del grabado, que representaba una escena infernal debajo de los tronos, una especie de inframundo. Había figuras humanoides que se retorcían de dolor entre lo que parecían ser carámbanos y bestias escamosas con bocas feroces:

enemigos del pasado conquistados o una indicación de lo que le sucedería a quien desafiara a los gobernantes o se negara a obedecer.

El sufrimiento se extendía por todo el grabado, se podía ver incluso debajo del archipiélago y su palacio sobre la montaña. Incluso aquí, en el paraíso, la muerte y el mal permanecían. Un motivo común en el arte de Midgard también. Por lo general, con un texto al pie que decía: *Et in Avallen ego.*

Incluso en Avallen, ahí estoy.

Una promesa susurrada de parte de la Muerte. Otra versión de *memento mori*. Un recordatorio de que la muerte siempre, siempre estaba esperando. Incluso en la isla bendecida de Avallen.

Tal vez todo el arte antiguo que glorificaba la idea de *memento mori* había sido llevada a Midgard por estas personas.

Tal vez estaba pensando demasiado sobre cosas que en realidad no importaban en ese momento, en especial con el río que era imposible de cruzar frente a ellas.

Bryce y Nesta se asomaron a la cascada, las aguas oscuras como la noche que fluían hacia las profundidades de las cavernas. El olor a hierro era más fuerte en este lugar, probablemente porque ahora estaban más cerca del río que antes. No importaba. Lo único que importaba era el hecho de que el túnel continuaba al otro lado y la distancia era lo bastante grande para que brincar no fuera una alternativa.

—Ahora sería un buen momento para que nos encontraran tus amigos con alas —murmuró Bryce. Su estrella brillaba todavía, débil, pero aun señalando hacia el camino que estaba al otro lado del río.

Nesta miró por encima del hombro.

—Tú te transportaste para salir de la celda —dijo Nesta. Así que las sombras *sí* le habían dicho a ella y los demás todo—. ¿No puedes hacerlo otra vez?

—Yo, eh... me agotó —dijo aunque odiaba revelar cualquier debilidad, pero no veía manera de evadir la respuesta—. Sigo recuperándome.

—Seguramente tu magia ya se recuperó. Pudiste usar algo en mi contra antes del derrumbe y la estrella de tu pecho sigue brillando. Algo de magia debe quedarte.

—Siempre puedo hacer que brille —confesó Bryce—. Desde antes de siquiera tener poder verdadero.

Por un instante, Bryce dudó si decirle a Nesta cómo había adquirido la magnitud de su poder, cómo podía conseguir aún *más* si alguien la recargaba, solamente para que la guerrera supiera que no estaba con una especie de perdedora que se congelaba al estar frente a un enemigo, gusano gigante o lo que fuera.

Pero eso revelaría más sobre sus habilidades de lo que sería prudente.

—¿Tú no puedes, eh... transportarte? —le preguntó Bryce a Nesta.

—Nunca lo he intentado —admitió Nesta—. Mis poderes son poco comunes entre las altas hadas.

—¿Altas hadas? ¿Comparadas con las... hadas normales?

Nesta se encogió de hombros.

—Usan la palabra *alta* para sonar más importantes de lo que son.

La boca de Bryce sugirió el esbozo de una sonrisa.

—Suenan como las hadas en mi mundo —ladeó la cabeza—, pero tú eres alta hada. Tú... hablas sobre ellas como si no lo fueras.

—Yo soy nueva en los reinos hadas —dijo Nesta. Su atención regresó al río—. Nací humana y me convertí en alta hada contra mi voluntad —suspiró—. Es una larga historia. Pero llevo viviendo apenas pocos años en las tierras de las hadas. Muchas de estas cosas siguen siendo extrañas para mí.

—Conozco ese sentimiento —dijo Bryce—. Mi madre es humana; mi padre, hada. He vivido entre los dos mundos toda mi vida.

Nesta asintió levemente.

—Nada de eso nos ayuda a cruzar el río.

Bryce miró a su compañera. Si Nesta había sido originalmente humana y la habían convertido en hada, eso sin pensar en cómo putas *eso* era posible, tal vez sus lealtades todavía se alineaban con la humanidad. Tal vez entendería cómo se sentía estar indefenso y asustado en un mundo diseñado para oprimirla y matarla...

O tal vez trabajaba para un alto lord y la habían enviado para que se ganara la simpatía y confianza de Bryce. Todo lo que había dicho en estos túneles podía ser mentira. Y era lo bastante poderosa como para que la llamaran para ver el Cuerno en la espalda de Bryce. No era ninguna corderita indefensa.

—¿Cómo te sientes para una nadadita? —le preguntó Bryce a la guerrera y se arrodilló para meter la mano al río. Siseó al sentir la temperatura helada.

Maravilloso. Simplemente... maravilloso.

Frunció el ceño al agua oscura y rápida, iluminada por el brillo de su estrella. Unas piedras suaves y blancas destellaban con intensidad muy por debajo de la superficie. *Realmente* brillaban.

Bryce miró su estrella. Brillaba con más fuerza ahora. Se puso de pie, se limpió la mano mojada y helada en el muslo de sus *leggins*. La estrella se apagó un poco.

—¿Qué pasa? —preguntó Nesta y dio un paso para acercarse. Una de sus manos se movía hacia la espada que traía a la espalda.

Bryce volvió a arrodillarse y metió la mano de nuevo en el río frígido. Su estrella brilló con más intensidad cuando apuntaba su luz sobre el agua. Giró sobre sus rodillas, hacia la penumbra río abajo. La luzastral se encendió en respuesta. Se apagaba cuando giraba hacia el túnel frente a ellas.

—Esto debe ser una broma —murmuró Bryce y se volvió a poner de pie.

—¿Qué? —preguntó Nesta y miró el río, la oscuridad que las rodeaba.

Bryce no respondió. La estrella la había guiado hasta aquí. Si quería que se metiera al río...

Bryce miró por encima del hombro a Nesta.

—Nos vemos en el fondo.

Y con un guiño, Bryce saltó al agua rugiente.

El golpe de frío dejó a Bryce sin aliento.

El río revuelto estaba iluminado por su estrella y el agua era de un azul transparente impactante dentro de la pequeña burbuja de luz, que barnizaba el techo alto de la caverna apenas lo suficiente para que Bryce se esforzara por mantener la cabeza fuera de los rápidos, por evitar ser aplastada contra las rocas que se elevaban a lo largo de toda la extensión del río sinuoso.

Detrás de ella, Nesta también había saltado. Antes de desaparecer tras una curva, Bryce había alcanzado a escuchar el grito de Nesta: «*¡Idiota imprudente!*». Inmediatamente después, el rugido del río se tragó todos los sonidos de nuevo.

La estrella tenía que estarla guiando a alguna parte. A algo.

Bryce fue lanzada por otra curvatura dentro de las cavernas y, mientras seguía intentando mantener la cabeza fuera del agua, su estrella parecía extender un haz de luz hacia la oscuridad.

El rayo de luz plateada aterrizó sobre una pequeña zona de agua tranquila, como una protuberancia al otro lado del río. Una pausa en los rápidos. Justo frente a una pequeña ribera... y la entrada a otro túnel al fondo.

Bryce empezó a nadar hacia esa zona. Su cuerpo se quejaba por el esfuerzo de impulsarse perpendicular a la corriente. Se apresuró para poder alcanzar esa franja de aguas tranquilas antes de que la corriente la siguiera arrastrando. Brazada tras brazada, patada tras patada, se dirigió hacia esa costa angosta.

Volteó para advertirle a Nesta que se dirigiera también a la costa, pero vio que ya venía a un par de metros detrás de ella, nadando furiosamente hacia la ribera, así que Bryce continuó nadando. Sentía el esfuerzo de sus brazos contra el tirón del río que la arrastraba sin piedad con la corriente. Si no llegaban a la zona tranquila pronto, perderían esta oportunidad por completo...

El tiro de la corriente cesó. Las brazadas de Bryce se volvieron más fáciles, su avance más rápido.

Y luego ya estaba en la zona tranquila. El agua estaba quieta y ligera comparada con la bestia rugiente detrás de ella. Se agarró de la costa rocosa y empezó a subir por ella.

Escuchó el sonido de rocas que chocaban a su lado y entonces ya estaba ahí Nesta con su respiración agitada y húmeda.

—¿Qué...? —jadeó Nesta—. ¿Putas...? —otro jadeo—. *¿Te pasa?*

Bryce inhaló todo ese aire limpio y maravilloso aunque el frío intenso empezaba a sacudirla hasta los huesos.

—La estrella dijo que viniéramos hacia acá —logró decir.

—Hubiera sido bueno que me avisaras —gruñó Nesta.

Bryce se apoyó en los codos y empezó a inhalar con fuerza una y otra vez.

—¿Por qué? Habrías intentado disuadirme.

—Porque... —escupió Nesta y se limpió el agua de los ojos mientras se arrodillaba— podríamos haber llegado aquí sin tener que mojarnos. No debo perderte de vista, ni por un instante, así que no tuve alternativa más que ir detrás de ti. Pero te aventaste al agua tan rápido que... Ahora nos estamos congelando.

—¿Cómo podríamos haber llegado aquí sin mojarnos? —preguntó Bryce. Tiritaba de frío. Sus dientes ya castañeteaban.

Nesta puso los ojos en blanco y le dijo a las sombras.

—Creo que ya puedes salir.

Bryce giró sobre sus rodillas en busca de su arma que no estaba ahí y entonces Azriel aterrizó desde las alturas.

Sus alas estaban tan extendidas que casi tocaban los muros opuestos de la caverna y la daga negra colgaba de su cadera. Su empuñadura oscura brillaba débilmente bajo la luz de su estrella y por encima de sus hombros anchos se asomaba otra empuñadura que también era como la sombra encarnada, la Espadastral.

—¿Qué carajos quieres decir con que Bryce no está en el Averno? —logró decir Ruhn con lo que le quedaba de lengua. Cada respiración se sentía como astillas de vidrio que le cortaban la garganta.

Hunt no contestó y Ruhn en realidad tampoco estaba esperando una respuesta de todas maneras.

Baxian gruñó.

—¿Dónde?

Era básicamente todo lo que el ángel podía decir, supuso Ruhn.

—No sé —dijo Hunt con voz áspera por tanto gritar.

El Halcón había tirado de la palanca que los dejaba caer. Se reía cuando gritaban al sentir sus heridas chocar con la roca fría. Al sentir cómo los charcos malolientes de su propia sangre y desechos los salpicaban. Pero al menos estaban en el suelo.

Aún encadenado de las muñecas y de los tobillos, lo único que podía hacer era quedarse ahí tirado, tiritando, con las lágrimas brotando de sus ojos por el alivio que sentía en los hombros, los brazos, los pulmones.

El Halcón les había deslizado una bandeja por el piso antes de irse, pero la dejó lo bastante lejos para que tuvieran que arrastrarse por su orina y su mierda para llegar antes que las ratas convergieran en su comida.

Baxian estaba intentando llegar a la bandeja impulsándose sobre las rocas con las piernas. Los muñones de sus alas a medio crecer estaban manchados de rojo. Extendió una mano sucia hacia el caldo y el agua y gimió profundamente. Le brotó sangre de una herida en las costillas.

Ruhn no estaba seguro de poder comer, aunque todo su cuerpo rogaba por sustento. Inhalaba con una respiración desgarradora tras otra.

El Oráculo le había dicho que el linaje real terminaría con él. ¿Había visto que acabaría ahí y que no saldría vivo? Un frío más profundo que el del calabozo helado se extendió por su cuerpo.

Ya había hecho las paces con la posibilidad de que ése fuera su destino desde hace mucho tiempo. Cierto, no había imaginado esta muerte en particular, pero sí una muerte prematura. Pero ahora que Bryce era un miembro de la realeza, la profecía también mostraba partes del destino de ella. Si no había llegado al Averno... tal vez no había llegado a ninguna parte. Y así se terminaría ese linaje con la muerte de ambos.

No podía compartir sus sospechas con Athalar. No podría proporcionarle ese fragmento de desesperanza que le haría un daño tal al Umbra Mortis que ni las peores herramientas de Pollux podrían lograr. Ruhn mantendría ese secreto. Su propia verdad terrible, que se terminaría pudriendo en su corazón.

El olor de pan viejo le llenó la nariz. Se alcanzó a percibir a pesar del hedor cuando la bandeja se deslizó frente a él, salpicando por un charco de algún líquido que Ruhn prefería no saber qué era, aunque su nariz le proporcionaba algunas sugerencias desagradables.

—Hay que comer —dijo Hunt. Las manos le temblaban al acercar el tazón de caldo a su boca.

—Entonces no nos quieren muertos —dijo Baxian y levantó con lentitud un trozo de pan.

—Todavía no —dijo Athalar y sorbió despacio, como si no confiara en que su cuerpo no lo vomitaría—. Come, Danaan.

Era una orden y Ruhn estiró sus dedos débiles y temblorosos hacia el caldo. Requirió de toda su concentración y toda su fuerza llevárselo a los labios. Apenas podía distinguir su sabor. Cierto... apenas le estaba volviendo a crecer la lengua. Volvió a dar otro trago.

—No sé dónde está Bryce —dijo Hunt con voz desgarrada. Tomó un trozo de pan con la mano que no estaba lastimada. Los dedos quemados de su otra mano estaban retorcidos en distintos ángulos. Le faltaban las uñas en algunos.

Carajo, ¿cómo habían terminado así sus vidas?

Athalar tomó el último bocado de pan y se recostó directamente en los desechos malolientes y los charcos. Cerró los ojos. El halo brilló oscuramente en la frente del ángel. Ruhn sabía que la postura relajada de Athalar no representaba sus pensamientos. Sabía que era probable que el ángel estuviera frenético por la preocupación y el temor.

Lo más probable era que la culpa se estuviera comiendo vivo a Athalar. La culpa no era suya: todos habían tomado decisiones que los hicieron terminar aquí. Pero las palabras eran demasiado pesadas, demasiado dolorosas para que Ruhn las pronunciara.

Baxian terminó de comer y se recostó también. Se quedó dormido al instante. El Martillo y el Halcón habían sido especialmente duros con el Mastín del Averno. Era algo personal. Baxian había sido uno de ellos. Un hermano de batalla, un socio en la crueldad. Ahora lo irían rompiendo pedazo por pedazo.

Ruhn volvió a levantar su vaso, de silicón para evitar que se rompiera y fuera usado como arma, y se asomó a ver el agua dentro. La vio ondular con su aliento.

—Necesitamos salir de aquí —dijo Ruhn y nada jamás había sonado tan estúpido. Por supuesto que necesitaban salir de aquí. Por tantos putos motivos.

Pero Athalar abrió un poco uno de sus ojos. Lo miró. El dolor y la rabia y la determinación brillaban en su mirada, inquebrantable a pesar del halo y la marca de esclavo en su muñeca.

—Entonces habla con tu... persona.

Novia, fue lo que el ángel no dijo.

Ruhn apretó los dientes y su boca destrozada le estalló en dolor. Preferiría morir aquí que suplicarle a la Cierva que los ayudara.

—Otra forma.

—Estuve en estos calabozos... por siete años —dijo Hunt—. No hay manera de salir. En especial si Pollux está tan decidido a hacernos pedazos.

Ruhn volvió a ver el halo. Sabía que el ángel no se refería sólo a salir de los calabozos. Ahora los asteri eran sus dueños.

Baxian se despertó de su sueño y alcanzó a decir con voz cansada y áspera:

—Nunca lo aprecié, Athalar. Lo que viviste.

—Me sorprende que no me hayan dado una medalla de honor al salir de aquí.

La ligereza de sus palabras contrastaba con el vacío absoluto de la mirada de Hunt. Ruhn no podía soportar verlo, ver eso en los ojos del Umbra Mortis.

Baxian rio con voz entrecortada y le siguió la corriente.

—Tal vez Pollux te dará una esta vez.

Si Ruhn lograra liberarse, Pollux sería el primer hijo de puta que mataría. No se detuvo a pensar por qué. No se detuvo en la rabia que le recorría el cuerpo cada vez que veía al ángel de alas blancas.

Había sido tan estúpido. Ingenuo y descuidado y *estúpido* por permitirse ir tan lejos con Day, con Lidia, y olvidar la advertencia del Oráculo. Engañarse y pensar que eso probablemente significaba que él no tendría hijos. Había sido tan patético y se había sentido tan sólo que necesitaba pensar en positivo, aunque era claro que él siempre había tenido un boleto sencillo con destino al desastre.

Lo único que quedaba por hacer era ponerle fin.

Así que Ruhn dijo:

—Estabas solo entonces, Athalar.

Hunt miró a Ruhn a los ojos, como diciendo «*Ah, ¿sí?*». Ruhn solamente asintió. Amigos, hermanos, lo que fuera... él apoyaría a Athalar.

Algo brilló en los ojos de Athalar. Tal vez era gratitud. O esperanza. Algo mucho mejor de lo que había ahí hacía unos momentos. Eso sirvió para afilar un poco la concentración de Ruhn. Le aclaró las partes de su mente que estaban borrosas por el dolor. Esto podría ser un boleto sencillo para él, pero no tenía por qué serlo para Hunt. Y Bryce...

Ruhn apartó la mirada antes de que Hunt pudiera leer el miedo que le llenaba los ojos, el corazón.

Por fortuna, Baxian agregó en ese momento:

—Y entonces tú no eras... el Umbra Mortis tampoco. Has cambiado, Athalar.

Hunt dejó escapar una risa ronca, llena de provocación y desafío. Gracias a los dioses por eso.

—¿Qué estás pensando, Danaan?

12

—¿Has estado aquí todo este tiempo? —preguntó Bryce al guerrero envuelto en sombras mientras se alejaban del río y avanzaban por el túnel. Iban siguiendo la luz de la estrella de Bryce, que de nuevo apuntaba hacia adelante, iluminando débilmente los grabados a su alrededor. Le castañeteaban los dientes por el frío, pero el movimiento ayudaba a calentar, un poco, su cuerpo congelado.

Azriel, caminando un par de metros detrás de Bryce y Nesta, quien iba guiándolos por el túnel, respondió:

—Sí.

Nesta soltó un resoplido.

—Eso es básicamente lo único que vas a lograr sacarle.

Bryce se asomó por encima de su hombro para verlo, intentando que no se notara tanto su tiritar.

—¿Hace rato eran tus sombras las que se enfrentaron a mi luz?

—Sí —repitió Azriel.

Nesta rio.

—Y probablemente ha estado molesto por eso desde entonces.

—Verte saltar al río congelado ayudó —dijo Azriel con sequedad. Bryce podría jurar que alcanzaba a ver un asomo de sonrisa en ese rostro hermoso.

Pero preguntó:

—¿Por qué te mantenías oculto?

—Para observar —respondió Nesta por él sin perder el ritmo de su paso—. Para ver qué eres capaz de hacer. A dónde me llevarías. En cuanto nos dimos cuenta de que había un túnel, empacamos algunas cosas y te seguimos.

Por eso traía comida.

Avanzaron junto a más grabados que Nesta iba desactivando con anticipación con sus flamas de plata. Estos eran más pacíficos: mostraban niños pequeños que jugaban. Representaban el paso del tiempo con árboles que florecían, luego estaban sin hojas y luego volvían a florecer. Escenas lindas y perfectas que contrastaban con la conversación que ellos estaban teniendo.

Bryce hizo un ademán hacia los grabados del pasaje.

—Pues ustedes saben tanto como yo. Yo solamente voy siguiendo la luz.

—La seguiste hacia el fondo del río —gruñó Nesta. Azriel rio un poco a sus espaldas.

Bryce volvió a verlo, las alas y la armadura. Sus orejas... se dio cuenta de que no eran arqueadas sino redondas, como las de los humanos. Había visto en las paredes los grabados de guerreros que se parecían a él: ejércitos enteros.

—¿En este mundo hay vanir?

Él entrecerró los ojos.

—¿Qué es eso?

Bryce redujo la velocidad de su paso y dejó que él la alcanzara para que avanzaran juntos. Aunque tal vez él también lo estaba permitiendo.

—En Midgard, mi mundo, es el término que engloba a todos los seres mágicos no humanos. Hadas, ángeles, metamorfos, mer, duendecillas...

Las cejas de Azriel iban arqueándose más y más con cada una de sus palabras.

—Básicamente, están hasta arriba de la cadena alimenticia.

—En este mundo —dijo Nesta desde adelante y se frotó los brazos para ver si lograba recuperar algo de calor— tenemos humanos y hadas. Pero entre las hadas hay altas hadas como... yo. Amren. Y lo que llamamos hadas menores, que es cualquier otra criatura mágica. Y luego están los que son como Azriel, que solamente es... ilyrio.

—¿Entonces Rhysand también es ilyrio? —preguntó Bryce—. Tiene las alas.

—Es medio ilyrio —corrigió Nesta—. Mitad alta hada, mitad ilyrio —Azriel se aclaró la garganta, como advirtiéndole que dejara de hablar tanto, y Nesta agregó con agudeza—: Y con la arrogancia combinada de ambos.

Azriel *realmente* se aclaró la garganta entonces y Bryce no pudo evitar sonreír a pesar del golpeteo de sus dientes.

Su mirada volvió a dirigirse a la Espadastral que Azriel traía a la espalda. Luego miró a su costado, al cuchillo que colgaba ahí. Sintió como si se le taparan los oídos por un momento, escuchó un golpe seco una vez y sus manos se movieron en un espasmo involuntario, aparentemente sintiendo el tirón hacia las armas.

Las alas de Azriel vibraron en ese mismo momento y rotó los hombros, como si se estuviera sacudiendo un toque fantasma. Bryce pudo notar que Nesta lo miraba, como si este tipo de comportamiento fuera algo inusual.

Bryce dejó de lado sus preguntas y se frotó las manos heladas para calentarlas. *Mantente concentrada en la recompensa final*, se recordó a sí misma mientras seguían avanzando. *Maestra en tejer mentiras.*

Era obvio que cargar tanto la daga como la Espadastral estaba molestando a Azriel.

Conforme iban avanzando hacia la oscuridad y mientras su ropa se iba secando lentamente y sus cuerpos iban descongelándose, Bryce contó que sus alas se movieron de manera involuntaria o que rotó los hombros al menos en seis ocasiones.

Eso sin mencionar el ocasional golpe hueco que sentía en sus propios oídos si se acercaba demasiado a él.

Cruzaron un arroyo, lo bastante ancho para ser un río, pero poco profundo y rocoso. Afortunadamente su estrella brillaba apuntando hacia el túnel al otro lado, así que no sería necesario nadar en esta ocasión. Cuando cruzaban, la estrella iluminó unas criaturas babosas y blancas que se deslizaban para apartarse de su camino. Bryce reprimió el asco que le daban. Reprimió también la reacción al olor a hierro del agua que se le quedaba impregnado en la nariz. Para distraerse de la fauna repugnante del arroyo, dijo:

—¿Las hadas hicieron estos túneles?

Unos pasos más adelante, Nesta no respondió. Pero Azriel, que venía atrás, dijo tras un momento:

—No lo creo. Por el tamaño consistente que tienen, supongo que un gusano de Middengard fue el que originalmente hizo estos pasajes. Tal vez incluso usaba estos ríos para moverse.

—¿Importa? —preguntó Nesta sin voltear.

—Puede que sí —murmuró Azriel—. Debemos mantenernos en alerta. Podría seguir utilizándolos para ingresar al sistema de túneles.

Una sensación de alarma recorrió a Bryce.

—¿Qué te hace decir eso?

Azriel asintió hacia el montón de cosas blancas que ella pensaba eran más de esas criaturas blancas como salamandras.

—Huesos. De esas cosas en la cámara del puente, probablemente.

Bryce se resbaló en una roca y tropezó. Cayó en el agua helada y sintió el dolor en las palmas de las manos y las rodillas...

Una mano fuerte llegó al instante a su espalda, pero demasiado tarde para evitar las cortaduras que ahora le ardían en las manos y piernas.

—Cuidado —advirtió Azriel y la colocó en una roca más firme.

Bryce sintió cómo se le hacía un vacío en el estómago y se le tapaban los oídos. Y la daga estaba justo ahí, la espada tan cerca...

Azriel dejó escapar un gruñido y se quedó rígido, como si él también pudiera sentirlo, la exigencia de las armas de estar juntas, o separadas, o lo que fuera que quisieran, el poder extraño de ellas al estar cerca...

—Cuidado con dónde pisas —fue lo único que él dijo antes de volver a quedarse atrás. Lo bastante lejos para que la espada y la daga dejaran de provocar ese tirón en Bryce. Ella sintió cómo su estómago se relajaba y su oído volvía a la normalidad.

Al llegar a la orilla opuesta, se sacudió el ardor de las palmas. El olor de su sangre era más fuerte que el del río. Se limpió la sangre de las rodillas raspadas. Le gustaban estos *leggins*, maldita sea. Cuando se limpió la sangre, también se quitó el lodo y chasqueó la lengua al secarse la mano en la pared de roca.

Se dio cuenta demasiado tarde de que había manchado con sangre y lodo un grabado de dos serenas mujeres hadas que tocaban el laúd. Con una mirada de disculpa a ellas y el artista que las había creado hacía mucho tiempo, Bryce continuó su camino. Sin detenerse.

—No están sanando tus manos —dijo Azriel detrás de Bryce al día siguiente. O cuando fuera, considerando que habían dormido unas cuantas horas sin que nada en la oscuridad les indicara el paso del tiempo. Bryce había dormitado un poco porque estaba inquieta y consciente de cada gota de humedad y movimiento de las rocas en el túnel, así como de la respiración de los dos guerreros a su lado.

Sabía que ellos habían estado monitoreando cada una de *sus* respiraciones.

Después de comer algo rápidamente, emprendieron de nuevo el camino. Y al parecer Azriel se había percatado del olor de sus manos, que seguían sangrando.

Nesta se detuvo, como si le preocuparan las palabras de Azriel. Cuando Nesta regresó con las manos estiradas, Bryce le mostró sus palmas raspadas.

—¿Es algo del agua? —le murmuró Nesta a Azriel.

—Sus rodillas sí sanaron —murmuró Azriel como respuesta.

Bryce no quería saber cómo era que él sabía eso. Se miró las manos lastimadas y raspadas, la sangre embarrada y el lodo que aún tenía en ellas.

—Tal vez mi magia funciona distinto acá abajo. Eso explicaría por qué la estrella está haciendo su cosa esa de... GPS.

Su lengua se atoró un poco al pronunciar *GPS* en su idioma, pero si no entendieron de qué hablaba, no lo mencionaron.

En vez de eso, Azriel preguntó:

—¿Normalmente qué tan rápido sanas?

Estiró la mano para tomar la de ella y la luz de su estrella iluminó la piel dorada... y las cicatrices que tenía. Que cubrían cada centímetro.

Bryce ya las había notado en su primer encuentro en la ribera del río, pero lo había olvidado hasta este momento. Nunca había visto cicatrices de quemaduras tan extensas.

La espada y la daga, tan cercanas ahora, empezaron su latir y su mutua atracción. Sintió que los oídos se le tapaban, el vacío en el estómago.

Las alas de Azriel volvieron a vibrar.

Pero Bryce comentó sobre sus manos sangrantes esforzándose por bloquear el llamado de las armas:

—Soy mitad humana, así que estoy acostumbrada a sanar un poco más lento. Pero desde que hice el Descenso, he estado sanando a un ritmo relativamente normal para un vanir.

Nesta debía estar al tanto de lo que era el Descenso, porque no le cuestionó a qué se refería. Sólo dijo:

—Tal vez tiene que ver también con lo que está haciendo que tu magia necesite tanto tiempo para reponerse.

—De nuevo —les recordó Azriel—, sus rodillas ya sanaron.

Bryce miró las cicatrices gruesas que cubrían los dedos de Azriel. ¿Qué... quién... le había hecho algo tan brutal? Y aunque sabía que era tonto abrirse, mostrar cualquier vulnerabilidad, dijo en voz baja:

—El hada que embarazó a mi madre... solía quemar a mi hermano para castigarlo. Sus cicatrices tampoco sanaron nunca.

Ruhn simplemente les había hecho tatuajes encima. Algo de lo cual ella se había enterado justo antes de llegar aquí, y saber del dolor que él había soportado...

Azriel le soltó la mano. Pero no dijo nada y volvió a quedarse atrás, con la distancia necesaria para que la espada y la daga dejaran de hablarle a Bryce. Si continuaban fastidiándolo, no dio ninguna señal. Solamente hizo un ademán para indicarles que siguieran avanzando y luego se adelantó hacia la oscuridad y se pasó al frente. Bryce lo observó por un momento antes de seguirlo. Sentía el corazón pesado en el pecho por alguna razón que no podía definir.

Nesta continuó avanzando por el túnel y, en esta ocasión, se mantuvo un poco más cerca de Bryce. Le dijo en voz baja:

—Lamento el sufrimiento de tu hermano.

Sus palabras tranquilizaron a Bryce y le ayudaron a concentrarse.

—Me voy a asegurar de que ese hombre pague algún día por lo que hizo.

—Bien —fue lo único que dijo Nesta—. Bien.

—Cuéntame sobre los daglan —dijo Bryce.

Su voz hizo eco con demasiada fuerza en la cueva silenciosa donde estaba sentada recargada contra la pared. Sobre ella, había un grabado de tres hadas bailando. El olor de su sangre llenaba la cueva. Las heridas de sus manos seguían abiertas y sangrantes. No lo suficiente para que fuera alarmante, pero sí era un flujo leve y constante.

Azriel y Nesta, sentados uno al lado de la otra con tranquilidad y familiaridad, fruncieron el ceño. Nesta dijo:

—No sé nada sobre ellos —lo pensó un poco y agregó—: Yo maté a uno de sus contemporáneos. Hace como siete meses.

Bryce arqueó las cejas.

—¿Entonces no era un asteri... digo, daglan?

Azriel se reacomodó. Nesta lo miró de reojo al notar su movimiento, pero le contestó a Bryce:

—No lo creo. La criatura, Lanthys, era una especie en sí misma. Era... horrible.

Bryce ladeó la cabeza.

—¿Cómo lo mataste?

Nesta permaneció en silencio.

Bryce levantó la mirada hacia la empuñadura de la espada que se asomaba sobre el hombro de la guerrera.

—¿Con eso?

Nesta solamente dijo:

—Se llama Ataraxia.

—Ésa es una palabra del Antiguo Lenguaje —murmuró Bryce y Nesta asintió—. "Paz interior...", ¿ése es el nombre de tu espada?

—Lanthys también rio cuando lo escuchó.

—Yo no me estoy riendo —dijo Bryce y miró a la mujer a los ojos. Ahí no encontró nada salvo una curiosidad sincera.

Nesta dijo:

—La cicatriz de la cual proviene tu luz... tiene forma de estrella de ocho picos. ¿Por qué?

Bryce miró el sitio donde la luz era amortiguada por su camiseta.

—Es el símbolo de los astrogénitos, supongo.

—¿Y la magia te marcó así?

—Sí. Cuando yo... revelé quién era, lo que soy, al mundo, saqué la estrella de mi pecho. Dejó esta cicatriz —dijo y miró en dirección de Azriel—. Como una quemadura.

El rostro del guerrero era una máscara ilegible. Pero Nesta preguntó:

—¿Entonces tienes una estrella *dentro* de ti? ¿Una estrella verdadera?

Bryce se encogió de hombros.

—¿Sí? Digo, no de manera literal. No es una bola gigante de gas que gira en el espacio. Pero es luz de estrella.

Nesta no parecía particularmente impresionada.

—¿Y dices que estos asteri... también tienen estrellas en su interior?

Bryce hizo una mueca de horror.

—Sí.

—¿Entonces cuál es la diferencia entre ellos y tú? —preguntó Nesta.

—¿Aparte del hecho de que yo no soy una maldita colonialista intergaláctica?

Podría jurar que se dibujaba un asomo de sonrisa en la comisura de los labios de Nesta, que Azriel había reído un poco, el sonido tan suave como una sombra.

—Sí —respondió Nesta.

—Yo, eh... no sé —dijo Bryce pensativa—. Nunca lo he reflexionado. Pero...

Esos momentos finales en los que iba corriendo para huir de Rigelus se aparecieron en su memoria, los estallidos de poder que rompían mármol y vidrio, que pasaban ardientes junto a su mejilla...

—Mi luz sólo es eso —continuó Bryce—. Luz. Los asteri aseguran que sus poderes provienen de estrellas sagradas en su interior, pero pueden manipular físicamente las cosas con esa luz. Matar y destruir. ¿La luzastral que puede destrozar roca es luz en realidad? Todo lo que nos han dicho es básicamente mentira, así que es posible que no tengan estrellas en su interior para nada, que sea tan sólo una magia brillante que se *ve* como estrella, y ellos la llaman estrella sagrada para impresionar a todo el mundo.

Azriel dijo sacudiéndose las alas:

—¿Importa entonces cómo se llame su poder?

—No —admitió Nesta—. Era simple curiosidad.

Bryce se mordió el labio. ¿Cuál *era* el poder de los asteri? ¿O el de ella? El de ella era luz, pero tal vez el de ellos era la fuerza bruta de una estrella... de un sol. Tan caliente y fuerte que podía destruir todo a su paso. No era una noción tranquilizadora, así que Bryce le preguntó a Nesta, buscando otro tema de conversación:

—¿Qué tipo de espada es ésa, a todo esto?

La empuñadura simple y ordinaria se asomaba por encima del hombro de Nesta.

—Una que puede matar lo que no se puede matar —respondió Nesta.

—La Espadastral hace lo mismo —dijo Bryce en voz baja y luego asintió hacia Azriel—. ¿Tu daga también puede matar lo que no se puede matar?

—Se llama La que Dice la Verdad —dijo con esa voz suave, como el sonido que harían las sombras—. Y no, no puede.

Bryce arqueó una ceja.

—Entonces... ¿dice la verdad?

Un asomo de sonrisa, más fría que el aire helado a su alrededor.

—Hace que la gente lo haga.

Bryce podría haberse estremecido de no ser porque alcanzó a ver que Nesta ponía los ojos en blanco. Eso le dio suficiente valor para atreverse a preguntarle al guerrero alado:

—¿De dónde viene tu daga?

Los ojos castaños de Azriel lucían precavidos y distantes.

—¿Por qué quieres saber?

—Porque la Espadastral —señaló la espada que él traía a la espalda— le canta. Sé que tú también lo estás sintiendo —*ya debían despejar el aire*—. Te está volviendo loco, ¿no? —insistió Bryce—. Y empeora cuando me acerco.

El rostro de Azriel nuevamente no reveló nada.

—Así es —contestó Nesta por él—. Nunca lo había visto tan inquieto.

Azriel miró molesto a su amiga, pero admitió:

—Parecen querer estar juntas.

Bryce asintió.

—Cuando aterricé en ese jardín, reaccionaron al instante cuando nos acercamos.

—Lo igual llama a lo igual —dijo Nesta pensativa—. Muchas cosas mágicas reaccionan unas con otras.

—Esta sensación era única. Se sentía como... como una respuesta. Mi espada se iluminó con intensidad. Esa daga brilló con oscuridad. Ambas están hechas del mismo metal negro. Iridio, ¿cierto? —dijo y movió la barbilla hacia Azriel, hacia la daga que colgaba a su costado—. ¿Metal de un meteorito?

El silencio de Azriel fue confirmación suficiente.

—Se los dije en el calabozo —continuó Bryce—. Literalmente en mi mundo hay una profecía sobre mi espada y una daga que reunifican a nuestra gente. *Cuando la daga y la espada se reúnan, también se reunirá nuestra gente.*

Nesta frunció el ceño profundamente.

—¿Y en verdad crees que se trata de esta daga en particular?

—Cumple con demasiados requisitos como para no serlo —dijo Bryce y levantó la mano aún ensangrentada. No le pasó desapercibido ver que ambos se tensaban. Pero enroscó los dedos—. Puedo sentirlas. Se hace más fuerte cuando me acerco a ellas.

—Entonces no te acerques demasiado —advirtió Nesta y Bryce bajó la mano.

Bryce miró las paredes labradas, girándose:

—Estos grabados cuentan también una historia, saben.

Nesta levantó la vista hacia las imágenes: las tres hadas que bailaban en primer plano, las estrellas en lo alto y un puñado de islas. La isla con una montaña y con el castillo en la cima de su pico más alto. Y de nuevo, siempre el recordatorio de ese inframundo de sufrimiento debajo. *Memento mori. Et in Avallen ego.*

—¿Qué tipo de historia?

Bryce se encogió de hombros.

—Si tuviera unas cuantas semanas, podría recorrer todo el túnel y analizarla.

—Pero no conoces nuestra historia —dijo Nesta—. No tendría contexto para ti.

—No necesito contexto. El arte tiene un lenguaje universal.

—¿Como lo que tienes tatuado en la espalda? —preguntó Nesta.

Bien. Era su turno de hacer preguntas.

—Tu amiga, Amren. ¿Ella dijo que era igual al lenguaje de un libro?

Azriel preguntó con seriedad:

—¿Cómo lo llaman en tu mundo, a ese lenguaje?

Bryce negó con la cabeza.

—No lo sé. Les dije la verdad. Mi amiga y yo nos pusimos... bebimos mucho una noche —y fumaron una putitonelada de risarizoma, pero ellos no tenían por qué enterarse ni necesitaban una explicación sobre las drogas de Midgard— y apenas lo recuerdo. Me dijo que significaba *Con amor, todo es posible.*

Nesta chasqueó la lengua, pero no como señal de desdén. Algo más parecido a la comprensión.

Bryce continuó:

—Dijo que había elegido el alfabeto de un libro que había en el salón de tatuajes, pero... creo que no fue así.

Tenía que desviar la atención del Cuerno. Rápidamente. En especial porque Nesta había sido a quien habían llamado para inspeccionar su tatuaje.

Azriel preguntó:

—¿Cómo conocía tu amiga ese lenguaje?

—Sigo sin saberlo. Llevo varios meses intentando averiguar qué sabía ella.

—¿Por qué no le preguntas? —inquirió Nesta.

—Porque está muerta.

Las palabras le salieron más rígidas de lo que quería, y algo se cuarteó en su interior cuando las pronunció, a pesar de que ya llevaba más de dos años viviendo diariamente con esta realidad.

—Los asteri la mandaron asesinar y luego trataron de hacer pasar su delito como un asesinato demoniaco. Mi amiga estaba a punto de descubrir una verdad sobre los asteri y nuestro mundo, así que la mataron.

—¿Cuál verdad? —preguntó Azriel.

—También he estado intentando descubrirlo —dijo Bryce.

—¿El lenguaje de tu tatuaje era parte de eso? —presionó Azriel.

—No lo sé... lo más que averigüé fue que ella había descubierto qué eran en realidad los asteri, lo que le hacían a los mundos que conquistaban. Si alguna vez regreso a casa —sintió el corazón insoportablemente pesado—. Si alguna vez regreso a casa, tal vez pueda averiguar el resto.

Se hizo el silencio. Entonces Nesta asintió hacia las tres hadas danzantes sobre Bryce.

—Entonces, ¿qué significa eso? Si no necesitas el contexto.

Bryce estudió el relieve. Vio el baile, las estrellas, las islas idílicas en el fondo. Y dijo con suavidad:

—Significa que una vez hubo dicha en este mundo.

Silencio. Luego Nesta preguntó:

—¿Eso es todo?

Bryce mantuvo la vista en las bailarinas, las estrellas, las tierras frondosas. Ignoró la oscuridad debajo. Se enfocó en lo bueno... siempre en lo bueno.

—¿No es eso lo único que importa?

13

Le tomó cinco horas a la Reina Víbora dignarse a reunirse con Ithan.

Cinco horas, más el hecho de que Ithan había abierto la puerta al pasillo donde estaban dos asesinos hada haciendo guardia y amenazó con empezar a hacer trizas toda la bodega.

Entonces, y sólo entonces, lo escoltaron aquí, a su oficina.

Había dejado a Flynn, Dec, Marc y Tharion debatiendo en voz baja no sólo cómo putas saldrían del Mercado de Carne, sino también si debían o no confiar en la Cierva. Las duendecillas, sorprendidas aún por la mención de su reina perdida, se habían retirado a la recámara de Tharion con Sigrid. La dragona aún no había salido de la suya.

Pero Ithan ya estaba cansado de tanto debatir. Nunca había sido bueno para esa mierda. Tal vez era su atleta interior, pero simplemente quería *hacer* algo.

No importaba si podían o no confiar en la Cierva. Si ella podía hacerlos llegar a Pangera, más cerca de sus amigos… lo aceptaría. Pero primero tenía que sacar de allí a otro amigo.

Ithan se sentó en una antigua silla verde en una oficina verdaderamente en ruinas. Vio cómo la Reina Víbora escribía, tecla por tecla, algo en una computadora que podría también servir como bloque de cemento.

Sobre la computadora había una estatua de Luna con la flecha apuntando a la cara de la Reina Víbora. Con un par de golpes deliberados al teclado con las uñas, la víbora deslizó sus ojos verdes hacia Ithan.

—Entonces, ¿a qué venía tanto ladrido?

Ithan se cruzó de brazos. Sobre el escritorio había una estatuilla de Cthona, tallada en roca negra. En un brazo, la diosa cargaba un bebé y lo amamantaba. En la otra, extendía un orbe, Midgard, hacia la habitación. Cthona, la que daba a luz a los mundos. Él la tocó distraídamente y se armó de valor.

—Quiero discutir lo que piensas hacer sobre Sabine —le dijo.

La Reina Víbora se recargó en el respaldo de su silla. Su cabellera lacia a la altura de la barbilla se meció con el movimiento.

—Hasta donde yo sé, cuando Amelie Ravenscroft despertó después de que mis guardias le cortaron la garganta, buscó a la Premier Heredera, se llevó el cuerpo a casa y ha estado alimentando a Sabine con una dieta constante de luzprístina para regenerarla. Ya está caminando.

Ithan sintió que la sangre se le coagulaba en las venas.

—Así que Sabine se recuperó rápidamente.

La Reina Víbora ladeó la cabeza.

—¿Hubieras preferido que sucediera otra cosa?

Él no respondió. En vez de eso, hizo otra pregunta:

—¿Vas a entregarnos a Sigrid y a mí?

La Reina Víbora abrió un cajón, sacó un estuche de plata para cigarrillos y se llevó uno a la boca.

—Depende de qué tan bonito me pidas que no lo haga, Holstrom.

El cigarrillo subía y bajaba con sus palabras. Levantó el encendedor y encendió la punta del cigarrillo dando una calada larga.

—¿Qué quieres?

El humo brotó de la boca de la Reina Víbora mientras ella lo estudiaba con cuidado. Sacó la lengua para deslizarla con rapidez por su labio inferior morado. Probando... olfateando. De la manera en que lo hacen las serpientes.

—Presentémonos primero. No nos conocíamos, ¿o sí?

—Hola. Gusto en conocerte.

—Qué gruñón. Pensaba que eras lindo y agradable.

Él le enseñó los dientes.

—No sé por qué asumirías eso.

Ella dio otra larga calada a su cigarrillo.

—¿No te opusiste a las órdenes de Sabine y lideraste un pequeño grupo de lobos hacia los Prados de Asfódelo para salvar humanos? ¿Para salvar a los más vulnerables de la casa de Tierra y Sangre?

Él gruñó.

—Estaba haciendo algo bueno. No fue mucho más que eso.

La Reina Víbora exhaló una delgada nube de humo, más dragona que la que estaba en el piso de arriba.

—Eso está por verse.

Ithan repuso:

—Tú enviaste a tu gente a ayudar ese día también.

—Estaba haciendo algo bueno —repitió suavemente la Reina Víbora—. No fue mucho más que eso.

—Tal vez te sientas inclinada por hacer algo bueno hoy también.

—¿Estás comprando o vendiendo, Holstrom?

Ithan controló al lobo que aullaba en su interior y le pedía que empezara a destrozar cosas.

—Mira, no me gustan los juegos.

—Qué lástima —dijo la víbora mirándose las uñas manicuradas—. A Sabine tampoco. Todos los lobos son tan *aburridos.*

Ithan abrió la boca y luego la volvió a cerrar. Consideró lo que ella había dicho, lo que había hecho.

—No te agrada Sabine.

Los labios de ella se curvaron lentamente.

—¿A alguien sí?

Él hizo puños con las manos.

—Si no te agrada, ¿por qué la dejaste ir?

—Te podría preguntar lo mismo a ti, cachorro. La tenías contra el suelo, ¿por qué no terminaste el trabajo?

Ithan no pudo evitar que su cuerpo entero se tensara al escuchar esas palabras.

—Por supuesto —continuó la Reina Víbora—, la heredera Fendyr, ¿Sigrid, dices que se llama?, debería ser la que lo hiciera. ¿No llaman los lobos a esto un... desafío?

—Solamente en combate abierto, cuando están como testigo los miembros de la jauría de la Madriguera. Si Sigrid hubiera matado a Sabine anoche, hubiera sido un asesinato.

—Cuestión de semántica.

Él sintió un escalofrío recorrerle la espalda.

—En verdad quieres ver muerta a Sabine —dijo Ithan. Ella no respondió nada—. ¿Ése es el precio, entonces? ¿Quieres que mate...?

—Oh, no. No me *atrevería* a enredarme en la política de esa manera.

—Sólo drogas y miseria, ¿cierto?

De nuevo, esa sonrisa lenta.

—¿Qué diría tu querido hermano si supiera que estás aquí con alguien de mi calaña?

Ithan no le daría el gusto de reaccionar a su provocación.

—Dime qué hay que hacer para que todos podamos irnos de aquí.

—Una pelea —respondió la Reina Víbora y apagó su cigarrillo—. Solamente una pelea. Tuya. Un evento privado —ronroneó—. Sólo para mí.

—¿Por qué? —exigió saber Ithan.

—Valoro mucho la diversión. En especial la mía —volvió a sonreír—. Una pelea a cambio de su tránsito seguro... y la libertad de Ketos. Si tú ganas, todo será tuyo. No requiero nada más que eso.

Carajo, debió haber traído a Marc, él podría pensar bien en las consecuencias, podría ver los posibles problemas a kilómetros de distancia.

Pero Ithan sabía que si salía de esa habitación, si iba por alguien más, esa opción ya no seguiría vigente. Tenía que decidirlo solo.

—Pelearé y tú nos dejarás ir a todos. De inmediato.

Ella bajó la barbilla.

—Incluso les proporcionaré un coche para que los lleve donde tengan que ir.

Una pelea. Había peleado mucho a lo largo de su vida.

—No voy a usar tu veneno —dijo Ithan.

—¿Quién te lo está ofreciendo? —dijo ella con los labios fruncidos.

—Liberarás a Tharion de eso también —agregó Ithan—. No habrá ya nada de tus encantamientos de mierda.

—Me ofendes, Holstrom. Es un vínculo sagrado entre mi gente.

—Para ti nada es sagrado.

La Reina Víbora levantó un dedo e hizo girar la estatuilla de Luna hacia él. La flecha ahora le apuntaba.

—Ah, ¿sí?

—Todos estos adornos no significan nada si no los respaldas con actos.

Otra sonrisita.

—Tan santurrón.

Ithan le sostuvo la mirada y la dejó ver al lobo interior, el esqueleto de lo que quedaba.

Tenía que haber un truco. Pero se les acababa el tiempo y no veía otra alternativa para salir de este desastre.

—Bien —dijo Ithan—. Una pelea.

—Trato hecho —canturreó la Reina Víbora. Se puso de pie y caminó hacia la puerta. Su cuerpo se movía con gracia sinuosa—. La pelea será mañana a las diez de la noche. Tus amigos pueden venir a verla, si quieren.

Abrió la puerta. Era una orden para que se marchara. Ithan obedeció y ella sacó otra cigarrera, esta vez dorada, y la abrió. Cuando él iba cruzando el umbral de la puerta, ella dijo:

—Te daré un oponente que valga la pena, no te preocupes.

La Reina Víbora sonrió con malicia. Y luego agregó antes de cerrar con un portazo:

—Enorgullece a tu hermano.

Lidia Cervos se cepillaba el cabello, sentada frente al espejo de su tocador dentro de su ornamentada recámara en el palacio de los asteri. Era una monstruosidad de seda dorada, marfil, terciopelo y roble pulido con vista a las siete colinas de la ciudad. La recámara perfecta para la mascota consentida y predilecta de los asteri.

Nadie había recelado ni la había cuestionado cuando fue a Lunathion ese día para llevarle un mensaje a Celestina y aprovechó para pasar al Mercado de Carne para comprar algunos «recuerdos de fiesta». Ni siquiera a Mordoc le importó.

Pero sus aliados también creían que ella era la mascota fiel de sus enemigos.

Así que aquí estaba. Sola. Rezando por que Declan Emmet y sus amigos se reunieran con ella. Rezando por haber juzgado correctamente a la Reina Duendecilla que estaba muchos niveles más abajo de su recámara.

Se abrió la puerta del baño y salieron nubes de vapor junto con Pollux, completamente desnudo y brillante tras la ducha.

—¿No te has vestido? —preguntó con un gesto de desaprobación al ver su bata de seda gris claro. Sus cejas se fruncieron aún más al ver el cabello de Lidia, que seguía sin peinarse—. Nos iremos en quince minutos.

Ahí estaba... el inicio de un baile intrincado.

—Está empezando mi ciclo —dijo ella y se puso la mano en el abdomen bajo—. Invéntate una excusa.

Pollux se alisó el cabello rubio hacia atrás y caminó hacia ella. Su pesado pene se mecía con cada paso. Sus alas blancas iban dejando un camino de gotas sobre la alfombra color crema.

—Rigelus nos pidió personalmente que estuviéramos ahí. Toma un tónico.

—Ya lo tomé —respondió ella y dejó ver un poco de su mal humor. No era mentira. *Sí* había tomado una poción... uno de sus anticonceptivos de emergencia, en caso de que su plan usual fallara. Eso hizo que iniciara su ciclo dos semanas antes de lo normal.

Justo entonces, como lo esperaba, Pollux olfateó y olió su sangre.

—Te adelantaste.

Lo sabía porque a él no le gustaba coger cuando ella estaba sangrando. Ella había empezado a valorar mucho su ciclo. Pollux por lo general atormentaba a alguien más esa semana.

Ella lo miró a los ojos, aunque solamente fuera por no ver el pene que tenía ya frente a la cara. No tenía ningún interés en verlo ni un segundo más de su vida. El tónico hizo su efecto en ese momento y las náuseas se revolvieron en su abdomen, junto con una punzada de dolor.

No tuvo que fingir su mueca.

—Dile a Rigelus que le pido una disculpa.

Pollux la observó sin un ápice de compasión. Por el contrario, su pene se engrosó. Un gato que disfruta el sufrimiento de su cena.

Pero ella no hizo caso y devolvió su atención al espejo. Una mano ancha y poderosa le acarició el cabello y se lo hizo a un lado. Luego unos labios encontraron su cuello y Pollux movió la lengua debajo de su oreja.

—Espero que te sientas mejor pronto.

Lidia se obligó a levantar la mano hacia el cabello del hombre, a pasar sus dedos por los mechones húmedos y a gemir un poco. Podría ser un gemido de dolor o de lujuria. Para el Malleus, daba lo mismo. Retrocedió un poco y caminó de regreso al vestidor, masturbándose. Sus alas blancas relucían a sus espaldas.

Estaba en su cama, una masa enorme de almohadas de pluma y sábanas de seda, cuando quince minutos después vio a Pollux salir vestido de esmoquin, lo cual creaba un efecto devastador. Un exterior demasiado hermoso para este monstruo.

—Lidia —ronroneó el Martillo con un tono posesivo en esa voz ronca. Después, se fue.

Ella se quedó en la cama, aguantando el dolor en su vientre, las náuseas que no se debían solamente a su ciclo. No se levantó del colchón hasta diez minutos después.

Se apresuró al baño, todavía húmedo después de la ducha de Pollux, que solía ser tan caliente que ella siempre se había preguntado si estaría intentando quemar la maldad de su cuerpo, y sacó la bolsa de artículos de higiene femeninos que sabía que él nunca tocaría. Como si al tocar un tampón se le fuera a secar el pene y luego se le fuera a caer.

Dentro de esa bolsa tenía un teléfono desechable. Cada mes le llegaba uno diferente en su caja de tampones. Volvió a encender la ducha para disfrazar cualquier sonido que pudieran detectar las cámaras en las paredes exteriores o por cualquier otra persona al otro lado de la línea. Entonces, marcó.

Contestó una operadora.

—Fincher Azulejos y Pisos

Ella cambió su voz para que sonara como un canturreo dulce:

—Estoy buscando pisos de madera de fresno a la medida. ¿Tal vez piezas de siete por siete?

—Un momento, por favor.

Otro timbre del teléfono. Entonces otra mujer dijo:

—Pisos de fresno a la medida, siete por siete.

Lidia exhaló un poco. Solamente había llamado en otra ocasión, hacía mucho tiempo. Le enviaban teléfono tras teléfono en caso de emergencia. Cada mes, los destruía sin usarlos.

Pero ésta era una emergencia.

—Habla Daybright —dijo con voz normal.

La mujer al otro lado de la línea ahogó su sorpresa y dijo:

—Por Solas.

Lidia continuó con rapidez:

—Necesito que se movilicen todos los agentes y que estén listos para salir en tres días.

La mujer al otro lado de la línea se aclaró la garganta.

—Yo... Agente Daybright, no creo que haya nadie a quien movilizar.

Lidia parpadeó lentamente.

—Explícate.

—Hemos tenido demasiados ataques, hemos perdido demasiada gente. Y después de la muerte del agente Silverbow, varios abandonaron la causa.

—¿Cuántos quedan?

—Doscientos, a lo más.

Lidia cerró los ojos.

—Y ninguno del que puedan disponer en este momento para...

—El Comando le puso fin a todas las misiones. Se han ocultado.

—Comunícame con el Comando, entonces.

—Yo no... no estoy autorizada para hacer eso.

Lidia abrió los ojos.

—Dile al Comando que solamente hablaré con ellos. Esta información tal vez les compre la posibilidad de sobrevivir.

La mujer hizo una pausa, pensando.

—Si esto no es...

—Sí es. Diles que es sobre algo que llevan mucho tiempo queriendo hacer.

Otra pausa. Pensando bien y considerando todo lo que sabía, probablemente.

—Un momento.

En cuestión de unos minutos ya la habían comunicado por teléfono con el humano, con quien Lidia usó las contraseñas para identificarse y verificar tanto su identidad como la de él y explicar el plan que había formulado despacio. Para que Ophion sobreviviera otro día, sí... pero mayormente para solicitar su apoyo incondicional para hacer que Ruhn sobreviviera.

Dos días. Lidia le dejó una hora, un lugar de inicio y una orden de estar preparado. No habría manera de no percatarse de la señal. Esperaba que Ophion se presentara tal como el comandante había prometido.

Lidia colgó e hizo pedazos el teléfono en su mano hasta que fue polvo y astillas de plástico y vidrio. Luego abrió la ventana del baño fingiendo dejar salir el vapor junto con el polvo y pedazos pequeños que volaban hacia la noche estrellada.

Bryce estaba frente a otro río, el agua le llegaba a la cintura y estaba congelada, pero al menos por el momento la estrella seguía apuntando hacia adelante y no tendría que nadar. Avanzaron salpicando por el agua en silencio. Las manos sangrantes de Bryce le ardían con el beso del agua del río y estaba tiritando cuando salieron al otro lado.

—Entonces, esa estrella de ocho picos —dijo Nesta en el silencio cuando volvieron a empezar a caminar con los zapatos empapados— es un símbolo de los astrogénitos en tu mundo. ¿Es lo único que significa?

—¿Por qué tantas preguntas sobre eso? —preguntó Bryce. Le castañeteaban los dientes. Azriel iba unos pasos atrás, silencioso como la muerte, pero sabía que escuchaba cada una de sus palabras.

Nesta se quedó en silencio y Bryce pensó que tal vez no contestaría, pero entonces dijo:

—Yo tuve un tatuaje en la espalda, hace poco. Era mágico y ahora ya no lo tengo. Pero era de una estrella de ocho picos.

—¿Y?

—Y la magia, el poder del trato que provocó que apareciera el tatuaje... eligió el diseño. La estrella no significaba nada para mí. Pensé que tal vez estaba relacionada con mi entrenamiento, pero su forma era idéntica a la cicatriz de tu pecho.

—Entonces es obvio que estamos destinadas a ser mejores amigas —dijo Bryce con ánimo ligero. Nesta no sonrió ni rio. Bryce preguntó:

—¿Por eso... por eso te ofreciste como voluntaria para venir a buscarme?

—Llevo suficiente tiempo en los reinos hadas para saber que hay fuerzas que a veces nos guían, nos empujan por cierto camino. He aprendido a permitir que esto suceda. Y a escuchar —Nesta sonrió—. Por eso no te maté por seguir tu luz al interior del río. Tú estabas haciendo lo mismo.

Bryce sintió que se le hacía un nudo en el pecho. La mujer tenía una historia que contar y era una historia que a Bryce, en cualquier otra circunstancia, le gustaría escuchar. Pero antes de siquiera considerar preguntar, algo masivo y blanco apareció frente a ellos. Un esqueleto de huesos enormes.

—¿El gusano? —preguntó Bryce, aunque se dio cuenta de que no era. Esto era distinto, con un cuerpo como el de un sobek. Tenía los dientes más grandes que las manos de Bryce.

—No —dijo Azriel detrás de ellas. El río caudaloso amortiguaba sus palabras suaves—. Y no creo que el gusano se lo haya comido si el esqueleto está intacto.

—¿Sabes qué es? —preguntó Bryce.

—No —repitió Azriel—. Y una parte de mí agradece no saberlo.

—¿Crees que haya más de estos aquí abajo? —le preguntó Nesta a Azriel mientras escudriñaba la oscuridad.

—Espero que no —contestó Azriel. Bryce se estremeció y aprovechó la oportunidad de continuar más adelante, a la cabeza del grupo, dejando muy atrás esos huesos antiguos y aterradores.

El río seguía escuchándose como un estrepitoso rugido cuando hubo un cambio en los grabados. Normalmente, estaban llenos de vida y acción y movimiento, pero éste era simple, claramente tenía la intención de ser el único foco de atención. Algo de gran importancia para quien lo había tallado.

Había un arco grabado con estrellas brillando a su alrededor. Y en ese arco había una figura masculina. La imagen estaba creada con profundidad impresionante. La figura tenía la mano levantada a modo de saludo.

Y Bryce se habría fijado más en los detalles de no ser porque el gusano de Middengard explotó hacia afuera del río a sus espaldas.

14

El gusano de Middengard al fin había llegado. Precisamente según el plan de Bryce.

Había estado goteando sangre para atraerla todo este tiempo, dejando un camino y arrancándose constantemente las costras para volver a abrir sus heridas... que se había hecho de manera intencional al «caer» al río. Si el gusano se valía del olfato para cazar, entonces le había dejado un franco camino con letreros de neón que indicaban dónde estaban. No sabía cuándo ni cómo atacaría, pero lo estaba esperando.

Y estaba lista.

Bryce retrocedió y vio que no sólo sombras, sino también una luz azul salían de Azriel... junto con la onda de las flamas de plata de Nesta. Espalda con espalda, enfrentaron a la enorme criatura con una concentración precisa. Ataraxia brillaba en la mano de Nesta. La que Dice la Verdad pulsaba con la oscuridad de Azriel.

Era ahora o nunca. Tensó las piernas, preparándose para correr.

Los ojos de Nesta se deslizaron hacia Bryce por un instante, como si al fin estuviera entendiendo: la mano de Bryce que «no sanaba». La sangre que había dejado embarrada en las paredes. Sus comentarios sobre el sistema de ríos unidos en esas cuevas, averiguando qué sabían sobre el terreno y el gusano. Para liberar a esta cosa... sobre *ellos*.

—Lo siento —le dijo Bryce. Y corrió.

No tenía la intención de herirlos, no había mentido sobre eso. Ellos indudablemente podían enfrentarse al gusano y sobrevivir; Nesta le había dicho que su hermana había hecho justo eso. Pero Bryce necesitaba averiguar para qué la había enviado Urd a este lugar, qué debía descubrir. Si era información que pudiera ayudar o perjudicar su mundo... no quería que estas personas lo supieran. Que lo usaran en su contra. Que se lo ofrecieran a los asteri. O que lo usaran contra Midgard para su propio beneficio. Lo que estaba en su futuro era sólo para ella.

Bryce corrió por el túnel. Su camino se veía iluminado por destellos de flama plateada y magia azul. Los poderes de Nesta y Azriel, que relumbraban como relámpagos contra la pesadilla del gusano.

Los rostros de los grabados en el túnel veían la huida de Bryce con ojos fríos y condenatorios. La respiración jadeante de Bryce le rasgaba la garganta. No tenía idea de qué tan lejos tendría que correr, pero si tan sólo pudiera avanzar un poco más...

Un grito rebotó de las rocas a sus espaldas. No fue un grito de ataque, sino de dolor. Azriel. Miró por encima del hombro justo en el momento en que su luz azul se apagó.

Luego un grito femenino resonó por toda la caverna y la flama plateada de Nesta también desapareció. Sólo quedaba la luzastral de Bryce para iluminar el camino. Detrás de ella sólo había oscuridad y silencio.

Tenía que seguir su camino. Ellos eran soldados experimentados. Estaban bien.

Pero ese silencio, interrumpido por la respiración de Bryce, sus pasos apresurados...

Ella era la maestra en tejer mentiras. Los había mantenido distraídos, había logrado que no pensaran que era una maldita manipuladora, pero...

Bryce frenó su paso hasta detenerse. La oscuridad a sus espaldas la acechaba.

Se encontró cara a cara con una escena que representaba un gran campo de batalla frente a los muros altos de una ciudad. Había hadas y horrores alados y bestias rugientes luchando, enfrascadas con dolor y sufrimiento. Una de las hadas estaba en primer plano clavándole una lanza a otro guerrero hada en la boca.

Hadas contra hadas. Eso no debió haberle molestado. No debió haber llamado su atención como lo hizo: la expresión sin piedad de una guerrera mientras enterraba su lanza en el rostro agonizante de otra guerrera frente a ella. No debió haber alterado algo en Bryce cuando lo vio.

Hacía mucho tiempo había entendido que las hadas no estaban libres de este tipo de cosas. Le consolaba saber que ella no era igual, que nunca sería así.

Pero lo que acababa de hacer...

Ella no era un monstruo. ¿O sí?

Tal vez se arrepentiría. Sabía que Hunt le hubiera gritado por tender una trampa para luego ir a ayudar a las personas que había engañado.

Pero Bryce empezó a correr otra vez, a toda velocidad por la cueva. De regreso con Nesta y Azriel.

Y rezó por encontrar todavía algo que salvar.

Bryce se dio cuenta en ese momento, al ir recorriendo el camino de regreso, de que lo que antes había pensado era el rugido del río era de hecho el sonido estrepitoso del movimiento del cuerpo masivo del gusano. Azriel y Nesta seguramente habían cometido ese mismo error.

En la oscuridad, su luzastral proyectaba un fulgor plateado en las paredes y hacía que el mundo se viera con grandes contrastes.

Su luzastral no se había sentido tan... vacía antes. Mientras los estaba guiando, había sido reconfortante, había traído algo de color y chispa a este reino de noche eterna. Ahora, mientras rebotaba con cada paso de la carrera de Bryce, parecía áspera. Falta de color.

Como si incluso la luz sintiera repugnancia por ella.

Nesta y Azriel no estaban en el túnel junto al grabado del arco. Por el temblor del suelo y el sonido de mandíbulas cerrándose que se escuchaba más adelante, habían hecho que el gusano regresara al río.

Bryce se detuvo a tiempo para llegar caminando a la ribera. Se recordó a sí misma el entrenamiento de Randall.

Observar, evaluar, decidir.

Así que se arrastró el último par de metros hacia las aguas rápidas, con una mano sobre su estrella para que no alumbrara y...

No estaban ahí. No había señal del gusano o su comida. Sintió que se le hacía un hueco en el estómago. Parecían muy hábiles y capaces. Seguramente ese gusano no podría...

Pero sí lo había hecho.

Nesta estaba tirada sobre una roca grande en el río a unos tres metros de distancia. No había señal del gusano ni de Azriel. Tal vez ya se lo había comido. Y pronto regresaría por la otra parte de su cena.

Oh, dioses, ella era responsable de esto, la había cagado más allá de todo perdón...

Bryce corrió hacia el cuerpo boca abajo de Nesta. Avanzó salpicando en el agua helada, resbalándose en las rocas, con el río espumando alrededor de su cintura en corriente fuerte. Se estiró para voltear a la mujer...

Nesta tenía los ojos abiertos. Y encendidos con furia.

Una mano se cerró alrededor de la garganta de Bryce. Una cuchilla se le enterraba en la espalda. Y la voz de Azriel le susurró con un gruñido:

—Dame un buen motivo para no clavarte este cuchillo en la columna.

Bryce mostró los dientes.

—¿Porque regresé a ayudar?

Nesta resopló y se puso de pie. No tenía ni un rasguño.

—¿El gusano? —logró preguntar Bryce mientras intentaba no pensar en el cuchillo que estaba en posición para deslizarse dentro de su cuerpo. Ni sobre el tirón y el latido que sentía al tener a la Espadastral y la daga tan cerca de ella.

—Nos está cazando —dijo Nesta furiosa, sin apartar la vista del río, del túnel.

—Entonces *corran* de una puta vez —jadeó Bryce—. El túnel está abierto...

—No vamos a dejar viva a esa cosa en este mundo —dijo Azriel con un veneno silencioso. Nesta desenfundó Ataraxia y la cuchilla brilló ligeramente. Su actitud era tranquila, como si esto no fuera más que un día más en el trabajo.

Que se la llevara Solas. Randall la hubiera matado por ser tan estúpida.

—Ustedes me atrajeron hacia acá.

Nesta le asintió a Azriel, quien le apartó el cuchillo del cuerpo pero conservó la mano sobre el hombro de Bryce, tal vez para evitar que se moviera o para mantenerla firme en la corriente del río.

—Me salvaste de las trampas en las paredes. Tendría sentido que te sintieras culpable, para hacer juego con ese corazón blando.

Más bien: su *mamá* la mataría por ser tan estúpida.

—Yo... —empezó a decir Bryce.

Pero Nesta la interrumpió.

—Guárdatelo.

El tono seco fue suficiente para hacer que Bryce se asomara hacia la oscuridad del río, al túnel a ambos lados. Incluso el llamado de la Espadastral y de La que Dice la Verdad se volvieron algo secundario cuando preguntó:

—¿Cómo desapareció?

—Hay pozas profundas en el lecho del río —murmuró Azriel—. Apenas olió el poder de Nesta, se metió en una. Pero por el movimiento de las rocas... está cerca. Nos está observando.

—¿Entonces por qué carajos estamos parados en el río?

Nesta le sonrió.

—Carnada.

Enorgullece a tu hermano.

La Reina Víbora bien podría haberle dado un balazo a Ithan en el abdomen. Como si supiera precisamente lo avergonzado que estaría Connor si viera qué tan bajo había caído.

—¿Qué va a hacer respecto a Sabine? —le preguntó Tharion a Ithan en cuanto entró de regreso a la suite. Cierto... eso les había dicho que averiguaría.

—Nada —respondió Ithan.

Sigrid se sentó en el sofá junto a Declan, viendo cómo sus dedos volaban por la superficie de su teléfono.

—¿Dónde está Marc? —preguntó Ithan.

—Usó la carta de "privilegio de abogado" —respondió Flynn por Dec—. Le dijo a los guardias alguna mierda sobre temas legales. Recibió un mensaje de la Reina Víbora un minuto después de que te fueras y le dijo que era libre de marcharse.

Así que eso había estado escribiendo la Reina Víbora en su computadora.

—¿A dónde se fue?

—A su bufete —dijo Dec, que seguía concentrado en su teléfono—. Va a ver si hay una manera legal de sacarnos a todos de este desastre.

—Tal vez yo tenga la solución —dijo Ithan. Todos voltearon a verlo.

Tharion preguntó en voz baja:

—¿Qué te ofreció, cachorro?

—Nada que no pueda manejar.

Tharion se paró de su asiento frente a la mesa de la ventana que daba al cuadrilátero.

—¿Tú?

—Una pelea... mía. Mañana en la noche.

Los ojos de Sigrid se abrieron como platos.

—¿Qué tipo de pelea?

Ithan señaló hacia la ventana a espaldas de Tharion.

—Una de sus peleas elegantes. Allá abajo.

—¿Te dijo contra *quién*? —preguntó Tharion. Nunca había visto a Ketos tan serio—. Deberías haberle dicho que te lo especificara. Va a tratar de joderte... de jodernos a todos de alguna manera —la voz de Tharion se hizo más intensa—. ¿Qué carajos estabas pensando?

—Estaba pensando —le escupió Ithan de regreso— que *tú* tomaste una decisión estúpida y yo estaba intentando sacarte de esto. Sacarnos a todos de este desastre.

Tharion sólo le parpadeó. Tenía los ojos oscuros. Fríos.

—Yo no te pedí que me sacaras. ¿Crees que simplemente voy a salir caminando de aquí? No *puedo*.

—La Reina Víbora dijo que podrías...

—¿Y luego qué? —dijo el mer y se puso de pie—. Estaré de nuevo a merced de la Reina del Río. La Reina Víbora lo sabe... sabe que no tengo alternativa salvo quedarme aquí con ella —Tharion sacudió la cabeza con asco—. Eres un puto idiota —con eso, el mer salió de la habitación.

El silencio reinó por un momento. Luego, Declan dijo:

—Debiste hablar con nosotros antes.

—Sí, bueno, pues no lo hice —dijo Ithan con brusquedad. Luego suspiró—. La Cierva nos dio dos días. Marc es un genio y lo que quieras, pero estas cosas legales toman tiempo. No lo tenemos.

—El mer tiene razón —dijo Sigrid con tono oscuro—. No debemos confiar en alguien como ella. Quien sea que trafique con vidas no tiene honor.

—Lo sé —dijo Ithan. Y, por un momento, pudo verlo en la mirada de Sigrid: la Alfa rígida pero justa que podría ser. Con las cicatrices emocionales para comprender la importancia y el valor de cada vida.

Tal vez debió de haberla alentado para que matara a Sabine anoche. Ithan volvió a suspirar.

Flynn se acercó a la barra.

—Será mejor que bebas algo, Holstrom.

—Nunca bebo antes de un partido —dijo Ithan—. Ni siquiera el día anterior.

—Créeme —dijo Flynn y le puso un vaso de whisky a Ithan en la mano—, si la víbora va a seleccionar personalmente a tu oponente, vas a querer tener algo para atontarte un poco.

—Dejaste tu sangre por todos lados para atraerla —dijo Nesta.

—Está persiguiéndote a ti, no a nosotros. Así que *tú* vas a tener que atraerlo otra vez.

Bryce miró a Nesta y luego a Azriel. Lo decían completamente en serio.

Bryce apuntó hacia la roca donde había estado recostada Nesta hacía unos momentos.

—Entonces, ¿qué? ¿Se supone que debo sentarme en esa roca y esperar a que llegue el gusano y me coma?

—Esa última parte depende de ti —dijo Nesta y volteó hacia el otro extremo del río—. Pero por lo que acabo de ver, corres rápido. Lograrás salir a tiempo. Probablemente.

Maldita.

Azriel murmuró «Silencio» y Bryce, sin tener en realidad otra alternativa, obedeció.

No importaba qué tan brillante fuera su luzastral. El gusano estaba ciego. Y era solamente cuestión de tiempo antes de que regresara a olfatear por ahí...

De hecho, era cuestión de segundos.

Primero estaba sólo el ruido del fluir del río. Y un instante después, un muro de agua explotó frente a Azriel. El gigantesco cuerpo del gusano hacía ver muy pequeña la figura poderosa del guerrero.

Bryce nunca había visto una criatura tan horrible, ni siquiera durante el ataque a Ciudad Medialuna de la primavera. Una serie de rayos de luz azul salieron desde donde estaba Azriel y se dirigieron hacia la criatura como lanzas...

Perforaron su piel oscura y mojada y luego desaparecieron.

Fue lo último que vio Bryce antes de saltar de la roca, salpicando por el agua, para dirigirse hacia el arco en la boca del túnel.

Nesta pasó junto a ella a toda velocidad con Ataraxia en una mano y fuego plateado envolviéndole la otra. Pero el gusano se había desvanecido: tan rápido como había aparecido, regresó a ocultarse a la poza.

—¿Dónde está? —le gritó Nesta a Azriel, quien giró para ver el río, el túnel...

Detrás de ellos, más cerca de Bryce, el gusano hizo erupción desde el agua otra vez. En esta ocasión salió de otra poza. El fuego plateado voló por uno de sus costados. El gusano gritó cuando el poder puro chocó contra él. El sonido hizo vibrar las cavernas y empezaron a caer rocas y polvo al río.

Entonces el fuego desapareció, como si lo hubiera succionado su piel. El gusano volvió a sumergirse bajo el agua, en la poza.

Azriel y Nesta regresaron a su posición espalda-con-espalda y Bryce tuvo un momento de claridad para preguntar:

—¿Qué pasó?

—Se... se comió mi poder —murmuró Nesta.

—Eso no es posible —dijo Azriel con la mirada fija en el río.

—Pues eso *hizo* —respondió Nesta con tono golpeado—. Lo sentí.

—Mierda —dijo Azriel.

—Tenemos que correr —dijo Bryce.

—No —contestó Nesta. El fuego plateado volvía a brillar en sus ojos—. Esa cosa no va a salir viva de esta pelea.

Como si respondiera a su desafío, el gusano apareció de nuevo desde el agua, con un salto poderoso y las mandíbulas muy abiertas en dirección de Nesta y Azriel y Bryce...

Un aleteo de Azriel y los tres estaban ya en el aire, más rápido de lo que podía atacar incluso el gusano. Casi logró morder las botas de Azriel antes de volver a meterse al agua y desaparecer.

—Necesitamos evitar que se mueva —le dijo Nesta a Azriel—. Para que yo pueda acercarme con Ataraxia.

—Si tu poder no la mató, no tenemos ninguna razón para creer que lo lograrás con Ataraxia —jadeó Azriel y las colocó en la orilla del río otra vez—. Rompe mis lazos como si fueran telarañas.

—Entonces necesitamos que algo más pelee por nosotros —dijo Nesta. Azriel volteó rápidamente a verla, como si sus palabras lo hubieran alarmado.

Pero Bryce dijo:

—Está bien. Dame la Espadastral.

Extendió la mano hacia Azriel. Ella los había conducido a este desastre... podría intentar sacarlos. La Espadastral mataba segadores. Tal vez podría matar a esta cosa también.

—No te atrevas —empezó a decir Azriel, pero no a Bryce. El temor hacía palidecer su piel dorada—. Nesta...

Algo metálico brilló como el sol en la mano de Nesta. Una máscara.

—*Nesta* —advirtió Azriel. El pánico empezaba a afilar su voz, pero era demasiado tarde. Nesta cerró los ojos y se puso la máscara sobre la cara. Una brisa extraña y fría recorrió el túnel entero.

Bryce había sentido ese viento antes, en el Sector de los Huesos. Un viento de muerte, de descomposición, de silencio. Sintió cómo se erizaba el vello de sus brazos. La sangre se le convirtió en hielo cuando Nesta abrió los ojos y lo único que se podía ver en ellos era el brillo de las llamas plateadas.

No sabía qué sería esa máscara, qué poderes tendría, pero la muerte estaba dentro de ella.

—Quítatela —gruñó Azriel, pero Nesta estiró la mano hacia la oscuridad del túnel.

Mortal, susurró dentro de la cabeza de Bryce una voz antigua y seca como huesos. *Eres mortal y morirás. Memento mori. Memento mori, memento...*

Un hueso tronó en la oscuridad. La tierra se sacudió.

Azriel tomó a Bryce y la jaló para acercarla a él mientras retrocedía hacia la pared, como si eso les fuera a proporcionar algún refugio contra lo que se acercaba. La Espadastral y La que Dice la Verdad murmuraron y tiraron de la columna vertebral de Bryce. Sintió cómo le picaban las manos, como si pudiera sentir las armas en sus palmas...

No vio lo que Nesta sacó de la oscuridad antes de que el gusano los encontrara.

Como había hecho antes, saltó del río, sacudiéndose y azotándose en el estrecho túnel y bloqueando la salida. El escudo de Azriel brillaba de color azul a su alrededor. La mandíbula abierta del gusano dejaba ver las hileras de dientes capaces de rasgar músculos. Entonces, la bestia se lanzó directamente hacia ellos.

Pero algo enorme y blanco chocó contra él. Una criatura de hueso puro y más grande que el gusano.

El esqueleto que habían encontrado en el túnel. Reanimado.

Con las mandíbulas intentaba morder al gusano, con los largos brazos terminados en garras, encontró apoyo a ambos lados de la boca maldita del gusano.

El gusano lanzó un chillido, pero la criatura la sostuvo con firmeza, le mordió la cabeza y sacudió, sacudió, *sacudió*...

Azriel arrastró a Bryce más atrás. La espada y la daga la llamaban para que las desenfundara, para que las usara, pero él seguía tirando de ella más al fondo, adentrándose en el túnel mientras ese ser revivido y el gusano luchaban. El techo temblaba, caían escombros que estallaban en pedazos en el suelo. Azriel levantó un ala para protegerlos a ambos de la lluvia lacerante.

Pero no había nada en el mundo que los pudiera proteger del ser que estaba a unos metros de distancia.

Con el cabello volando como si soplara una brisa fantasma, Nesta brillaba con fuego de plata. Seguía con la máscara puesta. Con un dedo, apuntaba hacia la pelea.

Le ordenaba a la criatura de hueso y muerte que atacara al gusano. Otra vez. Otra vez.

—¿Qué está...? —empezó a decir Bryce, pero Azriel le puso una mano sobre la boca y la adentró aún más en el túnel.

Así que Bryce solamente pudo observar, asombrada y aterrorizada, cuando Nesta cerró los dedos y formó un puño.

La mandíbula de la bestia abarcó todo el extremo delantero del gusano y lo azotó contra el suelo, sosteniéndolo con fuerza. El suelo se estremeció con el impacto e incluso Azriel casi perdió el equilibrio. Su mano se separó de la boca de Bryce con el movimiento repentino.

El gusano se azotaba, pero la criatura revivida la sostenía con firmeza. La mantuvo así mientras Nesta desenfundaba a Ataraxia de nuevo y se empezó a acercar.

—Tenemos que ayudarla —jadeó Bryce a Azriel.

—Te prometo que está bien —le dijo Azriel y tiró de ella para alejarla más hacia el túnel. Fuera de la zona del impacto, se dio cuenta Bryce.

El gusano debió percibir que se acercaba la espada porque empezó a moverse de manera violenta contra los huesos y garras que lo mantenían fijo contra la roca.

Logró mover un poco a la criatura, pero sólo por un instante.

Nesta levantó nuevamente su mano libre y la criatura azotó al gusano otra vez contra el suelo. El gusano se revolcaba, ya desesperado.

Con la gracia de una bailarina, Nesta escaló por la cola de la bestia revivida y corrió por las protuberancias de su columna como si fueran rocas en un arroyo. Estaba buscando un punto alto, un mejor ángulo.

El gusano aulló, pero Nesta ya había llegado al cráneo blanco de la criatura. Y luego saltó, con la espada formando un arco sobre su cabeza, y después empezó a bajar, bajar...

Directo a la cabeza del gusano.

Un estremecimiento de fuego plateado recorrió rápidamente todo el cuerpo del gusano. Ese viento frío y seco vibró por las cuevas otra vez, dejando la muerte a su paso.

El gusano cayó inmóvil al suelo.

El silencio era peor que el sonido.

Azriel desapareció en un instante, con las alas muy pegadas al cuerpo, para correr hacia Nesta y la bestia que todavía tenía al gusano aprisionado en sus garras.

—Quítatela —le ordenó Azriel.

La mujer volteó a verlo con un movimiento fluido que Bryce sólo había visto en las muñecas poseídas de las películas de horror.

—*Quítatela* —gruñó Azriel.

Sin dejar de verlo, Nesta tiró de Ataraxia para sacarla del cuerpo del gusano y se deslizó por su costado para aterrizar con esa gracia sobrenatural sobre la roca.

Todos los músculos de Bryce se tensaron, la voz susurraba una y otra vez: *Mortal. Morirás. Morirás. Morirás.*

Odió que empezó a temblar al ver a Nesta acercarse. Odió cómo sus partes humanas y sus partes vanir temblaban ante esta cosa, lo que fuera que contuviera esa máscara.

Azriel no retrocedió ni un paso. Nesta se detuvo frente a él. No había nada humano ni hada en lo que se asomaba por los agujeros de los ojos de la máscara.

—Quítatela —dijo él con voz de hielo puro—. Deja que la criatura vuelva a descansar.

Un parpadeo y la criatura revivida volvió a colapsarse en una pila de huesos.

—Cassian te está esperando, Nesta —dijo Azriel con tono ligeramente más amable—. Quítate la máscara.

Nesta permaneció en silencio, con Ataraxia en la mano, lista para lo que fuera. Con un movimiento, Azriel estaría muerto.

—Está esperándote en la Casa del Viento —continuó Azriel—. En tu hogar.

Otro parpadeo de Nesta. El fuego plateado cedió un poco.

Quien fuera ese Cassian, y lo que fuera la Casa del Viento... tal vez eran las únicas cosas capaces de luchar contra el canto de sirenas que poseía la máscara.

—Gwyn y Emerie están esperando —insistió Azriel—. Y Feyre y Elain —las flamas de plata se encendieron al escuchar eso. Azriel dijo entonces—: Nyx también está esperando.

Las flamas plateadas se apagaron por completo.

La máscara se desprendió de la cara de Nesta y cayó en las rocas del suelo con un sonido repiqueteante.

Nesta se tambaleó, pero Azriel ya estaba a su lado para sostenerla. La acercó a su pecho y le acarició el cabello con las manos llenas de cicatrices.

—Gracias a la Madre —exhaló—. Gracias a la Madre.

Bryce empezó a apartar la mirada porque percibió que estaba siendo testigo de algo profundamente personal.

Pero Nesta se apartó de Azriel. Plantó con firmeza los pies en el piso antes de voltear a ver a Bryce. Todavía tenía a Ataraxia en la mano. Sacudió los dedos de la otra mano y la máscara desapareció al instante, de regreso al sitio de donde la había llamado.

Bryce tenía tantas palabras en su cabeza que ninguna logró salir.

Nesta solamente volvió a enfundar a Ataraxia en su espalda y le dijo a Bryce:

—Sigue caminando.

15

Bryce tardó horas en dejar de temblar. En deshacerse de ese aire frío y mortífero que aún sentía en la piel. En dejar de escuchar los susurros sobre su muerte, la muerte de todas las cosas.

Nunca se había encontrado con nada similar a esa máscara. Nesta parecía estar a su merced y sólo pudo regresar a ser ella misma después de escuchar a Azriel mencionar esa lista de personas... claramente personas que le importaban a Nesta.

Con amor, todo es posible. Incluso liberarse de las máscaras de la muerte.

Nesta no habló y se quedó cerca de Azriel. O tal vez él era quien se quedaba cerca de ella. No parecía querer que se alejara donde no pudiera alcanzarla.

Después de un rato, Bryce no pudo soportarlo más.

—Lo siento —dijo.

Ante su silencio, volteó para verlos. Tenían idénticas expresiones heladas ambos.

—Lo... lo siento mucho, de verdad —dijo Bryce con el corazón desbocado.

—Estás resultando —dijo Nesta con seriedad— ser más problemática de lo que vales.

—¿Entonces por qué no simplemente me matan? —preguntó molesta Bryce.

—Porque lo que sea que creas que vas a encontrar al final de estos túneles —dijo Azriel con voz baja y letal—, lo que sea que merece el esfuerzo de intentar matarnos... eso debe ser algo que vale la pena ver.

—Podrían dejarme aquí y continuar ustedes.

Probablemente no debió sugerir eso. Ya era demasiado tarde.

—La estrella de tu pecho sugiere lo contrario —dijo Nesta y finalmente se apartó del lado de Azriel para avanzar hacia la oscuridad—. Hemos invertido ya mucho esfuerzo para ver lo que harás. A estas alturas, ya es igual si continuamos hasta el final.

—¿Esfuerzo? —preguntó Bryce, aunque al decirlo entendió a qué se referían—. Sabían que saldría por esa rejilla.

—Rhysand lo adivinó, sí, y gracias a ti andaba orgulloso como el demonio cuando tú te transportaste. Claro, se sorprendió de que pudieras transportarte, pero... el imbécil nos mandó a seguirte —dijo Nesta sin voltear, caminando con esa confianza inquebrantable hacia la penumbra—. Nos hizo asegurarnos de que sólo hubiera un camino para salir, asegurarnos de que *tú* creyeras también que sólo había un camino. Para que mostraras tu jugada... para que nos mostraras realmente qué querías aquí.

—Tú provocaste el derrumbe.

Nesta se encogió de hombros.

—Azriel lo provocó. Pero sí.

—¿Por qué... por qué hacer esto? ¿Por qué les *importa*?

Nesta se quedó en silencio un momento. Azriel no dijo una palabra, era un muro de amenaza silente a sus espaldas. Luego, Nesta agregó:

—Porque he visto esa estrella de tu pecho antes.

—Sí, me lo dijiste —dijo Bryce—, tu tatuaje...

—No mi tatuaje.

—Entonces, ¿dónde? —exhaló Bryce. Si tan sólo pudiera obtener respuestas...

Pero Nesta volvió a adelantarse hacia la oscuridad

—En un lugar que no tiene nada de bueno.

Después de otro descanso inquieto, Azriel y Nesta seguían claramente molestos con Bryce. Tenían motivos pero, ¿no tenía ella también derecho a estar enojada? La habían manipulado a cada paso, la habían observado como animal en el zoológico, haciéndola creer que había provocado un derrumbe cuando ellos eran los culpables...

Miró a Azriel de reojo mientras caminaban por el túnel. Él la miró con frialdad.

Detrás de él, continuaban los grabados en la roca. Mostraban hadas que bailaban sobre las colinas y que florecían en ciudades amuralladas de aspecto antiguo. Una escena de crecimiento y cambio. Pero los ojos de Azriel se movieron hacia el frente y asintió hacia el sitio donde Nesta se había detenido.

—Tenemos un problema —murmuró Nesta cuando la alcanzaron.

Había un precipicio que se extendía frente a ellos. La luzastral de Bryce brillaba en un rayo único que cruzaba al otro lado de la caída. Bryce tragó saliva.

Sí, tenían un verdadero puto problema.

Ruhn logró mantener la comida en su estómago y eso fue un verdadero logro, ya que se había acostado a dormir en un suelo asquerosamente sucio y maloliente.

Tal vez era porque no había logrado dormir realmente durante días. Tal vez era porque Athalar le había pedido que lo hiciera y él sabía, en el fondo, que necesitaba madurar de una puta vez. Pero ahí estaba. En el conocido puente mental. Viendo una figura femenina en llamas.

¿Ruhn? dijo la voz entrecortada de Lidia. *¿Qué pasó?*

—Necesito pasarte información.

Cada una de sus palabras era fría y cortante.

Las llamas alrededor de Lidia se retractaron hasta que eran sólo su cabellera dorada y ondulante. Eso lo mataba. Era tan estúpidamente hermosa. No le hubiera importado, no le *había* importado durante esas semanas que pasaron conociéndose, pero...

Ella se mantuvo a unos tres metros de distancia. Él no se había tomado la molestia de aparecer con sus estrellas y su noche. No le importaba.

—Bryce... estaba intentando ir al Averno para pedir ayuda. No llegó.

El rostro de Lidia se veía imperturbable.

—¿Cómo es posible que sepas eso?

—El Príncipe del Foso visitó a Hunt. Confirmó que Bryce no estaba con él... ni con sus hermanos.

Había que reconocerle a Lidia que no reaccionó ante la mención de Apollion. Ni siquiera cuestionó por qué Hunt estaba en contacto con él.

—¿A dónde fue entonces?

—No lo sabemos. El plan era que ella fuera para reunir sus ejércitos y traerlos de regreso, pero si no está allá, ya nos quedamos sin puta suerte.

—¿Existía... existía la posibilidad de que el Averno se aliara con ustedes? —preguntó con un tono que revelaba su incredulidad.

—Sí. Aún existe.

—¿Por qué me dices esto?

Él tensó la mandíbula.

—No estábamos seguros si tú o el Comando tenían sospechas sobre a dónde había ido Bryce, o si estaban esperando que hiciera algún milagro cuando regresara, pero pensamos que deberían estar enterados de que eso no parece que vaya a ser una opción.

Lidia maldijo. Se miró las manos, como si pudiera ver los planes de Ophion desmoronándose.

—No estábamos contando con ningún apoyo de tu hermana o del Averno, pero comunicaré la advertencia de todas maneras —dijo con los ojos llenos de preocupación—. ¿Ella está...?

Típico de Day ir de inmediato al grano.

—No lo sé —respondió él con un tono inexpresivo que lo comunicaba todo.

Ella ladeó la cabeza y él la conocía lo suficiente como para saber que estaba considerando todo lo que le había dicho. La advertencia del Oráculo.

Pero Lidia dijo:

—No está muerta.

No había nada salvo una confianza pura en sus palabras.

—Ah, ¿sí? —él no pudo controlar su tono sarcástico—. ¿Por qué estás tan segura?

Ella no se dejó intimidar por sus malas maneras.

—Rigelus tiene un grupo de místicos buscándola. Quiere que la encuentren.

—Él no sabe lo que yo sé.

—No... él sabe *más* que tú. No desperdiciaría ese esfuerzo si creyera que Bryce está muerta. O en el Averno. Él sabe que está en otra parte.

Ruhn ignoró la chispa de esperanza que se encendió en su pecho.

—¿Entonces eso qué significa?

—Significa qué él cree que la ubicación de Bryce podría ser relevante —se cruzó de brazos—. Significa que, donde sea que sospeche que ella pueda estar... lo tiene preocupado.

—No sé cómo *podría* hacer una diferencia.

—Entonces subestimas a tu hermana.

—Vete al carajo —le escupió.

—Rigelus no está subestimando a Bryce ni por un segundo —continuó Lidia con tono más cortante—. Mil místicos, Ruhn... todos buscándola. ¿Sabes cuántas cosas los tiene haciendo usualmente? Pero ahora todos están concentrados en encontrarla. Eso me dice que está muy, muy asustado.

Ruhn tragó saliva.

—¿Qué sucedería si sus místicos la encuentran?

Lidia negó con la cabeza. Las flamas se entrelazaban con los mechones de cabello.

—No lo sé. Pero debe tener un plan en mente.

Ruhn preguntó:

—¿Por qué no pueden encontrarla? Pensaba que sus místicos podían encontrar cualquier cosa.

—El universo es vasto. Incluso mil místicos necesitan tiempo para revisar cada galaxia y sistema estelar.

—¿Cuánto tiempo?

Ella lo miró con ojos desbordantes.

—No tanto como el que Bryce probablemente necesita... si de hecho está intentando hacer lo imposible.

—¿Lo cual es qué cosa?

—Encontrar ayuda.

Eso era todo lo que Ruhn podía soportar. Se dio la vuelta y empezó a avanzar hacia su extremo del puente.

—Ruhn.

Se detuvo. Se estremeció ante la manera en que ella pronunció su nombre, el recuerdo de cómo se había sentido oírlo la primera vez, después de la fiesta del equinoccio, cuando ella supo quién era él.

Pero ése era el problema, ¿no? Ella sabía quién era él... y él sabía quién era *ella.* Sabía que aunque ella fuera la agente Daybright, llevaba décadas siendo la Cierva antes de decidir convertirse en rebelde. Había cometido muchos actos deleznables a nombre de Sandriel y los asteri mucho antes de matar a la Arpía para salvarle la vida a él. ¿Cambiar de bando borraba la mancha?

Ella dijo en voz baja:

—Estoy haciendo todo lo posible por ayudarte.

Ruhn la miró por encima del hombro. Ella estaba abrazándose a sí misma de la cintura.

—Me importa un puto carajo lo que estás haciendo. Sólo estoy aquí porque es posible que las vidas de otras personas dependan de esto.

El dolor se reflejó en los ojos de Lidia y eso reavivó el fuego del temperamento de Ruhn. ¿Cómo se atrevía a verse así, verse como si *ella* fuera la lastimada, cuando era *su* puto corazón el que...?

—Estás muerta para mí —siseó Ruhn y desapareció.

16

—Es demasiado angosto para volar —dijo Azriel, estudiando el precipicio aparentemente interminable que los separaba del resto del túnel. No había puente en esta ocasión. Tan solo una caída angosta e infinita. Era demasiado delgado para que Azriel pudiera extender las alas. Demasiado ancho para que pudieran saltar.

—¿Esto es otra manipulación? —le preguntó Bryce a Nesta con frialdad.

Nesta resopló.

—La roca no miente. Azriel no puede siquiera abrir sus alas a la mitad.

Llegar hasta este punto y tener que dar la media vuelta sin respuestas, nada que la ayudara a llegar a casa... La estrella seguía brillando hacia adelante. Apuntaba hacia el túnel al otro lado del precipicio.

—¿Nadie trae una cuerda? —preguntó Bryce con tono patético. Su respuesta fue solamente un silencio incrédulo. Bryce le asintió a Azriel—. Esas sombras tuyas pueden adoptar formas... provocaron el derrumbe. ¿No puedes hacer algo así como un puente o algo? O con tu luz azul... parecías pensar que podría haber inmovilizado al gusano. Podrías hacer una cuerda de eso.

Él arqueó las cejas.

—Ninguna de esas opciones es remotamente posible. Las sombras están hechas de magia, sólo que muy condensada. Éstas —señaló las rocas azules de su armadura— concentran mi poder y me permiten convertirlo en cosas que se asemejan a armas. Pero siguen siendo solamente magia... poder.

Bryce torció la boca hacia un lado.

—¿Entonces es como un láser?

El lenguaje que tenía ahora impreso en su cerebro hacía que su lengua se tropezara con una palabra como *láser*, como si fuera verdaderamente la palabra extranjera que era para ellos. La pronunció como lo hacía en Midgard, pero con el acento de este mundo cubriendo la palabra y deformándola un poco.

—No sé qué es eso —dijo Azriel.

Al mismo tiempo, Nesta declaró:

—Eso sigue sin resolver el problema de cruzar al otro lado.

Sin embargo, Bryce le frunció el ceño a Azriel.

—¿Alguna vez has usado ese poder para, eh, cargar a otras personas?

—¿Cargar?

—Darles combustible. Eh. Darle tu poder a alguien más para ayudarle con *su* poder.

—¿Estás implicando que podría hacer algo así contigo?

—Estoy bastante segura de que el concepto de batería no tiene mucho significado aquí, pero sí. Mi magia puede amplificarse con el poder de alguien más.

La otra palabra intraducible, *batería*, también se sentía pesada sobre su lengua.

Pero Nesta la miró de cuerpo entero.

—¿Cuál sería el propósito?

—Para poder teletransportarme —otra palabra que no se traducía—. Transportarme —señaló al otro lado del precipicio—. Podría transportarnos a todos hacia allá.

Azriel dijo:

—Dame un motivo para creerte que no vas a transportarte fuera de aquí y nos vas a abandonar.

—No puedo. Tendrán que confiar en mí.

—¿Después de lo que acabas de hacer?

—Recuerden que yo voy a confiar en que no me vas a hacer un agujero en el corazón —se dio unos golpecitos en la estrella—. Apunta justo aquí.

—Ya te dije: no queremos matarte.

—Entonces apunta con cuidado.

Azriel y Nesta intercambiaron miradas.

Bryce agregó:

—Miren, les ofrecería algo a cambio si pudiera, pero ya me quitaron literalmente todas las cosas de valor.

Apuntó a la espada que colgaba de la espalda de Azriel.

Nesta ladeó la cabeza. Luego metió la mano a su bolsillo.

—¿Qué hay de esto?

Su teléfono.

Su *teléfono*. Con el movimiento de Nesta, la pantalla se encendió e iluminó con su luz deslumbrante toda la penumbra. La cara de Hunt estaba ahí. Su hermosa, maravillosa cara, tan llena de dicha...

Azriel y Nesta también parpadearon con la luz intensa, la fotografía y luego el teléfono había desaparecido al fondo del bolsillo de Nesta otra vez.

—Hay un retrato escondido dentro de su funda —agregó Nesta—. De ti y tres mujeres.

La foto de Bryce, Danika, June y Fury. Había olvidado que la había guardado ahí antes de dirigirse a Pangera. Pero ahí, en el bolsillo de Nesta, con el escudo de esos hechizos elegantes que había comprado para hacerlo resistente al agua, era su único vínculo restante con Midgard. Con la gente que importaba. Y si ella estaba atrapada en este puto mundo... eso bien podría ser lo único que le quedaba de su hogar.

—¿Estabas esperando para mostrarme eso? —preguntó Bryce.

Nesta se encogió de hombros.

—Pensé que podría ser valioso para ti.

—¿Quién dice que no estoy engañándote? ¿Haciéndote creer que significa algo para mí para luego poderte dejar aquí abajo de todas maneras?

—La misma razón por la cual regresaste corriendo para ver si seguíamos vivos —dijo Azriel desenfadado.

Bien. Se había expuesto al hacer eso. Así que le dijo a Azriel:

—Apunta a mi estrella.

—¿Con cuánto poder?

Dioses, esta idea era potencialmente muy mala. Experimentar con un poder que no conocía ni entendía...

—Poco. Sólo asegúrate de no freírme.

Después del asunto con el gusano, probablemente eso quería hacer. Pero los labios de Azriel se movieron hacia arriba.

—Haré mi mejor esfuerzo.

Bryce se preparó, inhaló profundamente...

Azriel disparó antes de que pudiera exhalar. Un poder quemante y cortante, un destello de azul justo a su estrella. Bryce se dobló hacia adelante, tosió y respiró para adaptarse a la sensación, la extrañeza ajena de ese poder.

—¿Estás bien? —preguntó Nesta con un tono que podría parecer de preocupación.

¿Era su poder? ¿O algo de este mundo? Ni siquiera el de Hunt se había sentido así, tan concentrado, como licor de 100 grados.

Bryce cerró los ojos y contó a diez respirando con fuerza, permitiendo que el poder entrara a su sangre, a sus huesos. Le cosquilleaba en las extremidades.

Poco a poco, se enderezó y abrió los ojos. Por la manera en que se iluminaron las caras de los otros dos, supo que su mirada se había vuelto incandescente.

Vio cómo se tensaron y buscaron sus armas anticipando que huyera o atacara. Pero Bryce extendió las manos, que ahora brillaban de color blanco, hacia ellos.

Nesta fue la primera en tomar una. Luego la mano de Azriel, llena de cicatrices, tomó la otra. La luz se escapaba en la parte donde su piel se tocaba. Bryce podría haber jurado que las sombras de Azriel flotaban a su alrededor, observándolos como serpientes curiosas.

Bryce se imaginó la boca del túnel. Quería ir ahí...

Un parpadeo y ya estaban del otro lado.

El poder en bruto que tenía se desvaneció con el salto, lo suficiente para que la incandescencia desapareciera y su piel regresara a su estado normal. Lo único que quedó brillando nuevamente fue su estrella.

Pero vio que Azriel y Nesta la estaban observando con expresiones distintas a las de antes. Precaución, pero también algo similar al respeto.

—Vámonos —dijo Azriel y le soltó la mano. Porque la espada y la daga ya no estaban solamente dando tirones. Estaban cantando y lo único que tenía que hacer era estirar la mano y tomarlas...

Sin embargo, antes de que pudiera ceder a la tentación, Azriel empezó a caminar hacia la oscuridad.

Quedarse un par de metros detrás de él no era suficiente para bloquear la canción de las armas, pero Bryce intentó ignorarla, muy consciente de la mirada cuidadosa de Nesta. Intentó fingir que todo estaba totalmente bien.

Aunque sabía que no lo estaba. Ni un poco. Y tenía la sensación de que lo que esperaba al final de estos túneles sería mucho peor.

—El Caldero —dijo Nesta horas después al señalar otro grabado en la pared. En efecto, era la representación de un caldero gigante, en la cima de lo que parecía ser el pico de una montaña con tres estrellas sobre ella.

Azriel se detuvo y ladeó la cabeza.

—Es Ramiel —dijo. Al ver la mirada inquisitiva de Bryce, explicó—: Es una montaña sagrada para los ilyrios.

Bryce asintió hacia el grabado.

—¿Por qué tanta importancia a ese caldero?

—*El* Caldero —corrigió Azriel. Bryce negó con la cabeza al no entender—. ¿No tienen historias sobre el Caldero en tu mundo? ¿Las hadas no llevaron esa tradición?

Bryce miró con atención el gran caldero.

—No. Tenemos cinco dioses, pero no tenemos caldero. ¿Qué hace?

—Toda la vida vino y viene de él —dijo Azriel con tono de reverencia—. La Madre lo vertió en este mundo y, de él, floreció la vida.

Nesta dijo en voz baja:

—Pero también es real... no es un mito —dijo y se pudo oír cómo tragaba saliva—. A mí me convirtieron en alta hada cuando un enemigo me empujó a su interior. Es poder en bruto, pero también es... consciente.

—Como la máscara que te pusiste.

Azriel apretó las alas a su cuerpo, claramente buscando ser discreto con lo que compartirían sobre un instrumento tan poderoso con una enemiga potencial. Pero Nesta preguntó:

—¿Detectaste conciencia en la Máscara?

Bryce asintió.

—Digo, no me habló ni nada parecido. Solamente pude... sentirla.

—¿Cómo se sentía? —preguntó Nesta en voz baja.

—Como la muerte —exhaló Bryce—. Como la muerte encarnada.

La mirada de Nesta se volvió distante, seria.

—Eso puede hacer la Máscara. Le da a su portador poder sobre la Muerte misma.

Bryce sintió que se le helaba la sangre.

—¿Y eso es un... arma normal aquí?

—No —dijo Azriel un poco más adelante que ellas, con los hombros tensos—. No lo es.

Nesta explicó:

—La Máscara es uno de tres objetos de poder catastrófico, convertidas por el Caldero mismo. Los Tesoros del Miedo, los llamamos.

—¿Y la Máscara es... tuya?

—Yo también fui convertida por el Caldero —dijo Nesta—, lo cual me permite usarla.

No hablaba con orgullo ni presumiendo. Simplemente resignación y responsabilidad.

—Convertida —dijo Bryce pensativa—. También dijiste que mi tatuaje era convertido.

—Es un misterio para nosotros —dijo Nesta—. Necesitarías que la tinta estuviera convertida por el Caldero, en este mundo para que fuera así.

El Cuerno había salido de aquí. Lo habían llevado Theia y Pelias a Midgard. Tal vez también había sido forjado por el Caldero.

Bryce se guardó esa información, las preguntas que surgían de ella.

—No tenemos nada similar al Caldero en Midgard. Solas es nuestro dios del Sol, Cthona es su pareja y la diosa de la tierra. Luna es hermana de Solas; Ogenas es la hermana celosa de Cthona en los mares. Y Urd los guía a todos, es la tejedora del destino, del sino —dijo. Después de un momento, agregó—: Creo que ella es la razón por la cual estoy aquí.

—Urd —murmuró Nesta—. Las hadas dicen que el Caldero contiene nuestros destinos. Tal vez se convirtió en Urd.

—No sé —dijo Bryce—. Siempre me he preguntado qué les sucedió a los dioses de los mundos originales cuando su gente cruzó a Midgard. ¿Los siguieron? ¿Yo traje a Urd o a Luna o a alguno de ellos acá? —señaló las cavernas—. ¿Están aquí o estoy sola, abandonada en su mundo sin dioses para mí?

Empezaron a caminar otra vez, con las preguntas sin respuesta colgando a su alrededor.

Bryce preguntó, porque alguna parte de ella tenía que saber después de lo que había visto de la Máscara:

—Cuando mueren en este mundo, ¿a dónde van sus almas?

¿Siquiera creían en el concepto de alma? Tal vez esa debió ser su primera pregunta.

Pero Azriel respondió con suavidad:

—Regresan a la Madre, donde descansan dichosas dentro de su corazón hasta que ella les encuentra otro propósito. Otra vida u otro mundo en el cual vivir —la miró de reojo—. ¿Y en tu mundo?

Bryce sintió que se le hacía un nudo en el estómago.

—Es... complicado.

Sin nada más que hacer mientras caminaban, les explicó: el Sector de los Huesos y los demás Reinos Silenciosos, el Rey del Inframundo y las Travesías. Los barcos negros que se volteaban o que llegaban a las otras costas. Los Marcos de la Muerte con los que se podía pagar el pasaje. Y luego les explicó sobre la luzsecundaria, el molino de carne de las almas que entregaban su energía restante para convertirla en más alimento para los asteri.

Sus compañeros permanecieron en silencio cuando terminó. No en contemplación, sino con horror.

—¿Entonces eso es lo que te aguarda? —preguntó Nesta al fin—. ¿Convertirte en... comida?

—No para mí —dijo Bryce en voz baja—. Yo, eh... no sé qué me aguarda a mí.

—¿Por qué? —preguntó Azriel.

—Esa amiga que les mencioné, la que averiguó la verdad sobre los asteri, cuando murió, a mí me preocupaba que no tuviera el honor de llegar a la costa en su Travesía. Yo... no podía permitir que ella tuviera que soportar ese último agravio. No sabía entonces sobre la luzsecundaria. Así que negocié con el Rey del Inframundo: mi alma, mi lugar en el Sector de los Huesos, a cambio de la de ella —nuevamente ese silencio horrorizado—. Así que, cuando muera, no iré a descansar ahí. No sé qué será de mí.

—Tiene que ser un alivio —dijo Nesta— al menos saber que no irás al Sector de los Huesos. A ser cosechada —terminó con un escalofrío.

—Sí —dijo Bryce—. Pero, ¿cuál es la alternativa?

—¿Sigues teniendo alma? —preguntó Nesta.

—¿Honestamente? No lo sé —admitió Bryce—. Siento que sí. Pero, ¿qué sobrevivirá cuando yo muera? —exhaló por la boca—. Y, si yo muriese en este mundo... ¿qué le pasaría a mi alma? ¿Encontraría el camino de regreso a Midgard o se quedaría aquí?

Sus palabras sonaban aún más deprimentes en voz alta.

Algo muy brillante la cegó... su teléfono. La cara de Hunt le sonrió.

—Toma —dijo Nesta. Bryce recibió el teléfono sin decir palabra y parpadeó para evitar que empezaran a correr las lágrimas al ver a Hunt—. Cumpliste con tu palabra y nos transportaste. Así que toma.

Bryce sabía que era por algo más que eso, pero le asintió para darle las gracias de todas maneras.

Les enseñó la pantalla a Nesta y Azriel.

—Él es Hunt —dijo con voz ronca—. Mi pareja.

Azriel miró la fotografía.

—Tiene alas.

Bryce asintió y la garganta se le cerró hasta dolerle.

—Él es ángel, un malakh.

Al empezar a hablar de él, los ojos comenzaron a arderle incontrolablemente. Así que se metió el teléfono al bolsillo.

Continuaron caminando y Nesta dijo:

—Cuando volvamos a detenernos... ¿me puedes mostrar cómo funciona ese aparato?

—¿El teléfono?

La palabra no podía traducirse a su lenguaje y sonaba bastante ridícula en su acento.

Pero Nesta asintió y mantuvo la mirada fija hacia el túnel frente a ellos.

—Intentar entender cómo funciona nos está volviendo locos.

Tharion arrinconó a la dragona en el baño de la arena. Apenas podía sostenerse sobre su pierna izquierda gracias a una laceración que le había causado la garra de un metamorfo de jaguar con quien se había enfrentado en la pelea de la hora del almuerzo. Esta noche no le tocaría el horario estelar. Era el turno de Ithan en el cuadrilátero.

—No mates a Holstrom, carajo —le advirtió a Ariadne.

Ella inclinó la cabeza hacia atrás y sus ojos brillaron cuando lo miró.

—¿Ah? ¿Quién dice que yo voy a enfrentarme a él?

Tharion y los demás habían pasado las últimas veinticuatro horas debatiendo a quién seleccionaría la Reina Víbora para pelear con Ithan. Y ahora, con menos de una hora para el inicio de la pelea y sin que hubiera un oponente anunciado...

—¿Quién más pondría la víbora a pelear con él? Tú eres la única aquí que es más fuerte. La única que valdría la pena que peleara con él.

—Qué halagador.

—*No lo mates* —gruñó Tharion

Ella parpadeó coquetamente.

—¿O qué?

Tharion apretó los dientes.

—Es un buen hombre y una persona valiosa para mucha gente y, si lo matas, estarás haciendo lo que la víbora quiere de ti. Haz que la pelea sea rápida y lo menos dolorosa que puedas.

Ari dejó escapar una risa fría que contrastaba con el fuego ardiente de su mirada.

—Tú no me das órdenes.

—No, no te las doy —dijo Tharion—. Pero te estoy dando un consejo. Si matas a Ithan, o si lo lastimas de manera permanente, tendrás más enemigos de los que tienes idea. Empezando por Tristan Flynn, quien podría parecer un idiota irreverente, pero es totalmente capaz de hacerte trizas con las manos..., y terminando conmigo.

Ariadne dejó escapar un resoplido e intentó pasar a su lado. Tharion la sostuvo del brazo y le clavó las puntas de sus garras en la carne suave.

—Lo digo en serio.

—¿Y qué hay de mí? —se burló ella.

—¿Qué hay de ti?

—¿Le estás advirtiendo a Ithan Holstrom que no me haga daño?

Él parpadeó.

—Tú eres *dragón*.

Otra de esas risas sin humor.

—Yo tengo un trabajo que hacer. También hice juramentos.

—Siempre protegiendo al número uno.

Ella intentó liberar su brazo, pero él le clavó los dedos con más fuerza. Ella siseó.

—Yo no soy parte de su grupito y no quiero serlo. Me importan una mierda ustedes o lo que sea que estén intentando hacer en contra de los asteri. Claramente van a matarlos a todos.

—¿Entonces *qué* quieres tú, Ari? ¿Una vida de *esto*?

La piel de la dragona se calentó y le empezó a quemar la palma, por lo cual no tuvo alternativa salvo soltarla. Se fue caminando hacia la puerta del pasillo que conducía a la arena, extrañamente silenciosa. Tal como había prometido la Reina Víbora, sólo ella iba a ser la espectadora.

Ariadne abrió la puerta, y dijo por encima del hombro:

—¿Te gusta tu lobo cocido con salsa *barbecue* o con un *gravy*?

—¿Entonces un *teléfono* —dijo Nesta pronunciando la palabra con demasiada fuerza mientras iban cruzando otro pequeño arroyo, saltando de roca en roca— puede tomar estas *fotografías* que capturan un momento en el tiempo, pero no a las personas que están ahí?

—Los teléfonos tienen cámaras —respondió Bryce— y la cámara es la cosa que... sí. Es como un dibujo instantáneo de un momento.

Dioses, había tantas palabras y términos de su lenguaje que tenía que explicar. Continuó:

—Pero con todos los detalles copiados a la perfección. Y no me preguntes más que eso porque, en serio, no tengo idea de cómo funciona en realidad.

Nesta rio un poco y aterrizó con gracia en el lado opuesto del arroyo. Azriel iba al frente, internándose en la oscuridad. Los grabados a su alrededor estaban iluminados por la estrella de Bryce: guerra, muerte, sufrimiento... esta vez en una escala mayor. Ciudades enteras ardían, la gente gritaba de dolor, la devastación y el pesar a niveles antes no alcanzados. No había ningún paraíso que contrarrestara el sufrimiento. Sólo muerte.

Nesta hizo una pausa en la ribera del río para esperar a que Bryce terminara de cruzar.

—Y también tiene música. ¿Como una Symphonia?

—No sé qué es eso pero, sí, también tiene música. Tengo miles de canciones ahí.

—¿*Miles*? —giró Nesta cuando Bryce iba saltando de la última roca hacia la orilla. Las piedras del suelo rodaron debajo de sus tenis—. ¿En esa cosa tan pequeña? ¿Las grabaste todas?

—No... hay toda una industria de personas cuyo trabajo es grabarlas y, de nuevo, no sé bien cómo funciona.

Bryce subió por la ribera y siguió a Azriel, que ya era solamente un bulto de sombras que formaban una silueta frente la oscuridad aún más profunda.

Nesta empezó a caminar a su lado.

—Y es una manera de hablar mente-a-mente con otras personas.

—Más o menos. Se puede conectar con los teléfonos de otras personas y las voces se comunican en tiempo real...

—Y déjame adivinar: no sabes exactamente cómo funciona.

Bryce soltó una risotada.

—Patético, pero cierto. Aceptamos nuestra tecnología y ni preguntamos qué demonios la hace funcionar. Ni siquiera podría decirles cómo funciona la lámpara del teléfono.

Para demostrarles, tocó el botón y la cueva se iluminó. Las escenas de batalla y sufrimiento en las paredes a su alrededor se veían más crudas. Azriel siseó delante de ellas y volteó cubriéndose los ojos. Bryce apagó el teléfono con rapidez.

Nesta sonrió con ironía.

—Me sorprende que no te cocine y te cambie la ropa también.

—Dale unos años y probablemente también lo hará.

—¿Pero tú tienes magia para hacer esas cosas?

Bryce se encogió de hombros.

—Sí. La magia y la tecnología se confunden un poco en mi mundo. Pero para quienes no tienen mucho de la primera, la tecnología realmente ayuda a que no haya tantas diferencias.

—Y esas armas que nos mostraste —preguntó Azriel en voz baja, caminando más despacio para que ellas lo alcanzaran—. Esas... pistolas.

—Eso es tecnología —dijo Bryce—. No magia. Pero algunos vanir han encontrado la manera de combinar la magia y las máquinas con un efecto mortífero.

Su silencio fue pesado.

—Ya llegamos —dijo Azriel con un ademán hacia la oscuridad frente a ellos. Esa era la razón por la cual se había detenido.

Una puerta enorme de metal les bloqueaba ahora el paso. Era de diez metros de alto y diez de ancho mínimo, con una estrella gigante de ocho picos al centro.

Los grabados continuaban hasta la puerta: batallas y sufrimiento, dos mujeres corriendo a cada lado del pasaje, como si estuvieran corriendo directamente a esta pared... De hecho, alrededor de la estrella, se había grabado un arco. Como si éste hubiera sido siempre el destino.

Bryce miró a Nesta.

—¿Aquí es donde habías visto mi estrella?

Nesta negó con la cabeza, mirando la pared, la estrella grabada, la cueva que los rodeaba.

—No sé dónde estamos ni qué es esto.

—Sólo hay una manera de averiguarlo —dijo Bryce con una valentía que no sentía en realidad. Se acercó a la pared. Azriel, que era como un cable sin aislante en ese momento, se acercó también con la mano puesta sobre La que Dice la Verdad.

El pico inferior de la estrella se extendía hacia abajo, justo frente a Bryce. Así que ella puso la mano en el metal y empujó. No se movió.

Nesta llegó al lado de Bryce y golpeó el metal con la mano. Se escuchó el golpe seco reverberar en las paredes de la cueva.

—¿Realmente pensaste que se movería?

Bryce hizo una mueca.

—Valía la pena intentarlo.

Nesta abrió la boca para decir algo, probablemente para burlarse de Bryce, pero fue silenciada por el gemido del metal. Retrocedió de manera involuntaria. Azriel puso el brazo frente a ella. La luz azul envolvía su mano llena de cicatrices.

Bryce se quedó a solas frente a la puerta.

Pero no se hubiera podido mover aunque lo hubiera querido. No podía separar los ojos de la pared que se abría.

Los picos de la estrella empezaron a expandirse y contraerse, como si estuvieran respirando. Se escuchó metal hacer un sonido detrás de ella, como engranes moviéndose. Cerrojos abriéndose.

Y en el pico más bajo de la estrella, se abrió una puerta triangular.

17

Lo único que había del otro lado de la puerta de estrella era oscuridad seca y antigua. No había sonido ni señal de vida. Solamente más oscuridad. Más vieja, de cierta manera, que la del túnel que quedaba atrás. Más pesada. Más vigilante.

Como si estuviera viva. Y hambrienta.

Bryce entró de todas maneras.

—¿Qué es este sitio? —exhaló Bryce y se atrevió a dar otro paso al túnel que quedaba al otro lado de la puerta. Azriel y Nesta avanzaron rápidamente detrás de ella.

Un chirrido de metal rasgó el aire y Bryce giró rápidamente...

Demasiado tarde. Incluso Azriel, que estaba dando un paso, no fue lo suficientemente rápido para evitar que la puerta se cerrara con un sonido seco cuyo eco pudo sentir en sus pies, sus piernas. Se levantó algo de polvo.

Estaban encerrados.

La estrella de Bryce se encendió... y se apagó.

Sintió un escalofrío subirle por los brazos, un instinto primitivo que le gritaba que *corriera* sin saber por qué...

Una luz se encendió en la mano de Azriel... luz hada, le había dicho antes. Dos orbes de luz empezaron a flotar delante de ellos, iluminando un pasadizo corto. Al otro extremo había una gran cámara circular. El suelo estaba grabado con símbolos y dibujos similares a los que había en las paredes del túnel.

Nesta susurró con la voz cambiada por el temor:

—*Éste* es el lugar donde vi la estrella de tu pecho la última vez —dijo y desenfundó a Ataraxia. La espada brilló en la penumbra—. Lo llamamos la Prisión.

Era como el día del partido, se dijo Ithan. La misma inquietud que le recorría el cuerpo, la misma concentración afilada que se acomodaba en su sitio.

Excepto que no habría árbitro. Ni reglas. Nadie que pudiera pedir un tiempo fuera.

Se paró en el borde del cuadrilátero vacío en el centro de la arena de peleas, rodeado por sus amigos y Sigrid. Las duendecillas, incapaces de soportar la violencia, habían optado por no asistir.

No había señal de la dragona.

Él no se había atrevido a investigar qué tan graves eran las quemaduras de tercer grado, si estaría en condiciones siquiera de ir a ayudar a liberar a Athalar y Ruhn. Y el Mastín del Averno, aparentemente... ¿qué era eso?

Concéntrate. Si sobrevivía la pelea, si ganaba, todos podrían irse de este lugar hoy mismo. Él era bueno para ganar. O lo había sido, hacía mucho tiempo.

—Va a tratar de distraerte —le dijo Flynn a su lado sin apartar la vista del cuadrilátero vacío—. Pero esquiva sus flamas y creo que podrás derrotarla.

—Pensaba que tú andabas caliente por esa dragona —murmuró Declan—. Sin intención de hacer un juego de palabras.

—No si va a rostizar a mi amigo.

Ithan trató de sonreír, pero no tuvo éxito.

—Ari no se dejará vencer fácilmente —dijo al fin Tharion. Había regresado a la suite hacía una hora, pero se fue directo a su recámara y cerró la puerta. Al menos sí había venido a la pelea.

—Entonces se supone que Ithan debe... ¿qué, Ketos? —preguntó Flynn—. ¿Quedarse ahí parado y dejar que lo haga carbón?

—Apuesto a que la Reina Víbora encontraría eso *muy* divertido —dijo Declan con voz seria.

Ithan, a pesar de todo, sonrió un poco al escucharlo.

El rostro de Tharion permaneció sombrío cuando le dijo a Ithan:

—Lo más probable es que Ari te lastime. Mucho. Pero es arrogante... usa eso en su contra.

Ithan sintió la mirada de Sigrid, pero le asintió al mer.

—Promete que usarás esa magia de agua tuya para apagar las llamas y estaré bien.

Pero Tharion no estaba de humor para bromear.

—Holstrom, yo... Mira, dije algunas cosas antes que yo... —negó con la cabeza—. Si puedes sacarme de aquí, haré que valga la pena. Significa mucho que siquiera lo intentes. Que te importe.

—Somos una jauría —le dijo Ithan a Tharion, Flynn y Dec—. Eso hacemos unos por otros.

Nadie lo contradijo y él sintió cómo se le estrujaba el corazón.

Los ojos de Tharion brillaban con emoción.

—Gracias.

Las puertas dobles al otro lado del lugar rechinaron y se abrieron para revelar a la Reina Víbora vestida con un overol dorado metálico y tenis de bota a juego.

—Probablemente va a hacer que Ari se convierta en una bola de fuego y baje de un salto desde el techo —murmuró Tharion mientras la metamorfa de serpiente se movía por la habitación con gracia sinuosa y sin prisas. Ithan levantó la vista, pero la parte superior del cuadrilátero que estaba entre sombras seguía vacía hasta donde alcanzaba a percibir con su vista de lobo.

La Reina Víbora se detuvo a un par de metros de distancia y le frunció el ceño a Ithan.

—¿Eso elegiste ponerte?

Él miró su camiseta y sus pantalones de mezclilla. Eran los mismos que traía puestos desde que llegó a este lugar infernal. Entonces ella le asintió a Tharion.

—Deberías haberlo arreglado un poco.

Tharion no dijo nada y su rostro parecía de piedra.

La Reina Víbora se dio la vuelta. Su traje dorado brillaba como oro fundido. Avanzó hacia las gradas más cercanas, se sentó y movió una mano elegante en dirección a Ithan.

—Empiecen.

Ithan miró el cuadrilátero vacío.

—¿Dónde está la dragona?

La Reina Víbora sacó un teléfono y escribió algo ahí. La luz de la pantalla hacía que su piel, ya pálida de por sí, pareciera sobrenaturalmente blanca.

—¿Ariadne? Ah, ya no es mi empleada.

—¿*Qué*? —dijeron Tharion y Flynn al mismo tiempo.

La Reina Víbora no levantó la vista de su teléfono y siguió escribiendo con pulgares veloces. La luz rebotaba en sus uñas largas, que también estaban pintadas de dorado metálico.

—Hace unas horas me llegó una oferta demasiado buena para rechazarla.

—Ella no es tu esclava —dijo bruscamente Tharion. Tenía la cara más lívida de lo que Ithan había visto jamás—. Tú no eres su puta dueña.

—No —admitió la Reina Víbora sin dejar de escribir—, pero el acuerdo era... ventajoso para ambas. Ella estuvo de acuerdo.

Al fin, la víbora levantó la cabeza. No había nada remotamente amable en sus ojos verdes mientras estudiaba a Tharion.

—Si me preguntan, creo que dijo que sí para evitar tener que rostizar a Holstrom hasta dejarlo hecho carbón. Me pregunto quién podría haberla hecho sentir mal por eso.

Todos voltearon a ver al mer, quien se quedó viendo a la Reina Víbora con la boca abierta.

—Por supuesto —continuó la víbora y empezó a escribir otra vez en su teléfono—, no le dije a su nuevo empleador que la dragona es una lombriz de corazón blando. Pero en su nuevo entorno creo que no tardará en endurecerse.

El sonido de un mensaje enviándose puso el punto final a sus palabras.

Parecía que Tharion iba a vomitar. Ithan no lo culpaba.

Sin embargo, Ithan se obligó a concentrarse a tranquilizar su respiración. Ella quería sorprenderlo. Quería que estuviera alterado. Enderezó los hombros.

—¿Entonces con quién voy a pelear?

La Reina Víbora se metió el teléfono al bolsillo y sonrió, revelando esos dientes demasiado blancos.

—Con la heredera Fendyr, por supuesto.

—Deberíamos ir por Rhys.

—Tendríamos que subir por la montaña, bajar donde están los hechizos protectores y luego esperar que no estemos demasiado lejos para contactarlo mente-a-mente.

Bryce estuchó a Azriel y Nesta discutir en voz baja, conforme con dejarlos debatir mientras ella estudiaba la habitación.

—Este lugar es letal —insistió Azriel con seriedad—. Los hechizos ahí dentro son tan pegajosos como brea.

—Sí —admitió Nesta—, pero ya llegamos aquí, así que veamos por qué nos arrastraron a este lugar.

—Por qué la arrastraron a *ella* a este lugar... con esa estrella.

Ambos voltearon a verla con expresiones tensas.

Bryce ajustó su expresión para que su rostro no reflejara nada salvo inocencia cuando preguntó:

—¿Qué *es* la Prisión?

Nesta frunció los labios un instante antes de responder.

—Es una isla cubierta de niebla frente a la costa de nuestras tierras —miró a Azriel pensativa—. ¿Crees que de alguna manera caminamos debajo del océano?

Azriel sacudió la cabeza lentamente. Su cabellera oscura brillaba bajo las luces de hadas que flotaban sobre él.

—No hay manera de que hayamos caminado tan lejos. La puerta debe ser algún tipo de portal que nos movió del continente hacia acá.

Nesta arqueó las cejas.

—¿Cómo es eso posible?

—Hay cuevas y puertas por todo el territorio —dijo Azriel— que abren a sitios distantes. Tal vez ésta era una de ellas.

La mirada de Azriel se posó por un instante en Bryce y notó cuánta atención estaba poniendo ella a lo que decían. Dijo:

—Entremos.

Tomó la mano de Bryce en su mano grande y llena de callos y tiró de ella hacia la siguiente habitación.

Su rostro era una máscara de determinación helada bajo la luz de las esferas doradas que flotaban sobre ellos. Sus ojos castaños recorrieron rápidamente el espacio en penumbras.

Al estar tan cerca de él, sosteniendo su mano, Bryce podía sentir el latir y vibrar de la espada y la daga. Latían contra sus tímpanos...

La empuñadura de la Espadastral se movió en su dirección... podría haber estirado la otra mano para tocarla. Un movimiento y la tendría en su poder.

Azriel la miró con gesto de advertencia.

Bryce mantuvo una mueca de indiferencia y aburrimiento. ¿La mirada de Azriel había sido para advertirle que fuera cuidadosa por su propia seguridad o para que no tomara la decisión equivocada?

Tal vez las dos cosas.

Demasiado pronto, demasiado rápido, se aproximaron a la entrada a la habitación grande y redonda al final del pasillo corto. La luz hada danzaba sobre las figuras grabadas y talladas en el piso de roca, tan ornamentadas y detalladas como las de los túneles que los condujeron hasta acá. Todo el piso de la habitación estaba cubierto de estos diseños.

Sin embargo, entre ella y esa habitación percibía una sensación fatídica, de pesadez, de *no entrar por ningún puto motivo.*

Incluso la espada y la daga parecieron acallarse. Su estrella permanecía apagada, como si su labor hubiera terminado. Habían llegado al sitio donde tenían que llevarla.

Bryce inhaló con fuerza.

—Voy a entrar. Mantente un paso detrás de mí —le advirtió a Azriel.

—¿Y perderme la diversión? —murmuró Azriel. Nesta rio detrás de ellos.

—Lo digo en serio —dijo Bryce intentando soltarle la mano—. Quédense aquí.

Él le apretó los dedos y no le permitió soltarse.

—¿Qué percibes?

—Hechizos protectores —respondió Bryce y siguió recorriendo la caverna del tamaño de una arena con la mirada. Y ahí, justo en el centro de ese espacio...

Otra estrella de ocho picos.

Debía ser la que Nesta había visto antes. Como si le estuviera respondiendo, la estrella del pecho de Bryce se encendió y luego se apagó.

Nesta los alcanzó y señaló.

—El Arpa estaba sobre esa estrella.

—¿Arpa? —preguntó Bryce sin pasar por alto la mirada molesta que le dirigió Azriel a Nesta. Pero los ojos de Nesta seguían fijos en la estrella y dijo, más para ella misma que para los demás—: Esos hechizos la mantenían aquí.

Azriel estudió la habitación. Seguía sin soltar la mano de Bryce. Le dijo a Nesta:

—No sabemos qué más podría estar siendo mantenido aquí.

—No percibí ninguna otra cosa salvo el Arpa la vez pasada —respondió Nesta sin dejar de evaluar la situación de la habitación con la precisión de una guerrera.

—Tampoco percibimos que había una segunda entrada a este lugar —le argumentó Azriel—. No podemos asumir nada en este momento.

Bryce tocó el amuleto archesiano que traía colgado al cuello. La había protegido en la galería... le había permitido cruzar tranquilamente los hechizos de primer grado de Jesiba.

Tenía que haber una respuesta aquí, en alguna parte. Sobre algo. Cualquier cosa.

Bryce envolvió los dedos con fuerza alrededor del amuleto. Luego miró por encima del hombro de Azriel y abrió los ojos como platos.

—¡Cuidado!

Él le soltó la mano al instante y giró hacia el oponente que no había visto ni percibido.

El oponente inexistente.

Bryce se movió con rapidez de hada y, para cuando Azriel se dio cuenta de que no había nada ahí, ya había cruzado la línea de los hechizos.

Una furia helada tensó los rasgos de Azriel, pero Nesta estaba sonriendo con algo parecido a la aprobación.

—No cuentes conmigo ahora —dijo Azriel. Las piedras azules brillaban en sus manos con una furia fría que hacía juego con su expresión.

Bryce arqueó las cejas y dio unos cuantos pasos hacia atrás.

—¿De verdad no pueden cruzar?

Él se agachó para trazar una línea con la mano llena de cicatrices sobre el piso de roca. El enojo de su cara empezó a cambiar a curiosidad.

—No —dijo y volteó hacia arriba para ver a Bryce con una mueca—. No sé si sentirme impresionado o preocupado —se puso de pie y movió la barbilla hacia Nesta—. ¿Tú vas a entrar?

Nesta se cruzó de brazos y permaneció a su lado.

—Primero vamos a ver qué pasa.

Bryce frunció el ceño.

—Gracias.

Nesta no sonrió. Solamente le insistió:

—Apúrate. Ve qué hay, pero no te tardes.

Bryce intentó:

—Me sentiría mejor si tuviera mi espada.

Azriel no dijo nada, su cara impasible. Bien. Con un suspiro, Bryce estudió los grabados en el suelo. Espirales y caras y...

El vello de sus brazos se erizó.

—Éstas son las constelaciones de Midgard —dijo Bryce y apuntó a un grupo de estrellas—. Ésa es el Gran Cucharón. Y ésa es... ésa es Orión. El cazador.

Cazador. Como su Hunt.

Sus compañeros, los túneles, el mundo se desvaneció mientras ella trazaba con el dedo las estrellas, su paso por los cielos. El amuleto archesiano se sentía caliente contra su piel, como si estuviera trabajando para eliminar los hechizos a su alrededor.

—El Arquero —exhaló—. El Escorpión y el Pez... Esto es un mapa de *mi* cosmos.

Su bota chocó contra una media esfera que surgía del piso. Tenía una cara grabada. El gesto era de una persona gritando.

—Siph.

El último planeta de ese sistema. Avanzó hacia el siguiente montículo similar con la cara de un hombre serio.

—Orestes.

—¿Orestes? —preguntó Azriel sorprendido, lo cual llamó la atención de Bryce, quien miró nuevamente en la dirección de él y Nesta bajo el arco del túnel—. ¿El guerrero?

Ella parpadeó.

—Sí.

—Interesante —dijo Nesta con la cabeza ladeada—. Tal vez el nombre provino de la misma fuente.

Bryce señaló el siguiente montículo, el rostro de un anciano barbado.

—Oden.

El siguiente, más cerca del centro de la habitación, era un hombre joven que reía.

—Lakos.

Otro montículo se elevaba al lado contrario de la estrella, enorme y con casco.

—Thurr —dijo Bryce. Luego apuntó hacia un montículo con cabeza de mujer—. Farya.

Más allá de Farya, un montículo grande y elevado del cual salían unos rizos sinuosos.

—Sol —susurró y señaló la cosa en forma de sol.

Volvió a recorrer la habitación con la mirada y volteó hacia la estrella de ocho picos. Directamente entre Lakos y Thurr.

—Midgard.

El nombre pareció hacer eco en la habitación.

—Alguien se tomó una gran molestia para hacer este piso. Alguien que ha estado en mi mundo y luego regresó aquí —dijo Bryce y miró por encima del hombro a Nesta. El rostro de la guerrera no revelaba nada—. Me dijiste que había un arpa sobre la estrella de ocho picos, ¿cierto? —preguntó y Nesta asintió levemente—. ¿Qué tipo de arpa? ¿Era especial de alguna manera?

—Puede mover a quien la toca entre lugares físicos —dijo Nesta tal vez demasiado rápido.

—¿Qué más? —preguntó Bryce y su pecho volvió a encenderse.

Azriel levantó la mano hacia Nesta, como si fuera a taparle la boca para callarla, pero ella dijo:

—El Arpa es convertida. Puede detener el tiempo.

—¿Detiene el *tiempo*? —preguntó Bryce y sintió que se le doblaban las rodillas.

Solamente podía pensar en un grupo de personas en su propio mundo que podrían crear cosas así. Quienes, si de hecho habían convertido estos objetos, tendrían una muy buena razón para querer regresar a este mundo a reclamarlos.

—¿Alguna vez existió —se aventuró Bryce a preguntar por una sospecha que empezaba a formarse en su mente— un objeto convertido llamado el Cuerno?

—No lo sé —dijo Nesta—. ¿Por qué?

Bryce miró la estrella de ocho picos, el corazón mismo de esta habitación, de este mapa del cosmos.

—Alguien puso tu arpa ahí por algún motivo.

—Para mantenerla oculta —dijo Azriel.

—No —respondió Bryce en voz baja. Estaba mirando de frente a la estrella. Su mano libre se movió para tocar la cicatriz gemela en su pecho.

La había conducido hasta este lugar. A este punto exacto, donde había estado el Arpa.

—La dejaron para alguien como yo.

—¿A qué te refieres? —exigió saber Nesta. Su voz rebotó en las rocas.

Pero Bryce continuó. Las palabras le brotaron de la boca tan rápido que no pudo ordenarlas:

—Creo... creo que todos esos grabados en los túneles deben estar ahí para recordarnos de lo sucedido —señaló el sitio donde estaban parados, el pasaje a sus espaldas—. Esos grabados cuentan una historia. Y son una invitación para venir *aquí*.

—¿Por qué? —preguntó Azriel con suavidad letal.

Bryce miró la estrella de ocho picos por un momento antes de responder.

—Para encontrar la verdad.

—Bryce —advirtió Nesta como si le pudiera leer el pensamiento.

Bryce ni siquiera volteó y se paró sobre la estrella.

18

Hunt tosió, y cada movimiento de su cuerpo lo hacía ver estrellas y salpicar sangre.

—Carajo, Athalar —gruñó Baxian desde el sitio donde colgaba al otro lado de Danaan, aunque en realidad él no estaba en mejores condiciones.

Estuvieron unas cuantas horas en el piso y luego regresó Pollux y los volvió a colgar. Hunt no había podido evitar gritar cuando se le volvieron a dislocar los hombros.

Ahora, Pollux había sido llamado a alguna parte y aparentemente no había nadie más en el palacio tan enfermo como para torturarlos, así que los habían dejado ahí colgados.

Bryce. El nombre iba y venía con cada una de sus respiraciones húmedas y jadeantes. Había deseado tener tantas cosas con ella. Una vida normal y feliz. Hijos.

Dioses, ¿cuántas veces había pensado en su rostro hermoso y cómo se vería cuando tuviera en los brazos a sus pequeños hijos alados? Tendrían el cabello y temperamento de su madre y las alas grises de él. Ocasionalmente, alcanzaría a reconocer por un instante la sonrisa de su propia madre en sus rostros de querubines.

La última vez que había estado en estos calabozos, no había tenido visiones del futuro a las cuales aferrarse. Shahar estaba muerta, al igual que la mayoría de los Caídos, y todos sus sueños se habían desvanecido con ellos. Pero tal vez esto era peor. Haber estado *tan* cerca de alcanzar esos sueños, poderlos ver tan vívidamente, saber que Bryce estaba en alguna parte allá afuera... y que él no estaba con ella.

Hunt apartó de su mente esos pensamientos, ese dolor que era peor que el de sus hombros, el de su cuerpo roto. Gruñó:

—Danaan. Te toca.

La salida repentina del Martillo hoy había creado una oportunidad. Todo lo demás, lo que Apollion y Aidas habían implicado, esa mierda sobre su padre y la corona negra, el halo, en su frente... todo eso era secundario.

Todos sus fracasos en el monte Hermon, los Caídos que habían muerto, la pérdida de Shahar, ser esclavizado... Todo eso era secundario.

Los repetidos fracasos de los últimos meses que los condujeron hacia el desastre, hacia esto... Eran secundarios.

Si ésta era su única oportunidad, dejaría todo eso atrás. La vez pasada había estado solo. Pasó siete años acá abajo, solo. En aquel entonces, su única compañía, lo que le recordaba en todo momento sus fracasos, habían sido los gritos de sus compañeros Caídos que eran torturados en habitaciones cercanas. Luego, dos años en los calabozos de Ramuel. Nueve años solo.

No podía permitir que sus dos amigos a su lado soportaran eso.

—Hazlo ya, Danaan —le insistió Hunt a Ruhn.

—Dame... un momento —jadeó Ruhn.

Joder, el príncipe debía estar muy malherido para siquiera pedir eso. Cabrón orgulloso.

—Tómate los que necesites —dijo Hunt, amable pero firme, aunque sintió la culpa retorcérsele en el estómago. Había que reconocerle a Ruhn que sólo se tomó un minuto y luego empezó a escucharse nuevamente el rechinido de sus cadenas.

—No hagas tanto ruido —advirtió Baxian mientras Ruhn mecía su cuerpo hacia adelante y hacia atrás, moviendo su peso. Estaba intentando acercarse al estante lleno de armas e instrumental que quedaba apenas fuera del alcance de sus pies.

—Demasiado... lejos —dijo Ruhn intentando estirar las piernas hacia el estante.

El príncipe buscaba alcanzar el atizador de hierro para (si aguantaban sus músculos abdominales) levantarlo, posicionarlo con los pies, acomodarlo dentro de los eslabones de la cadena y hacerlo girar hasta, con algo de suerte, romperlos.

Era casi imposible, pero valía la pena intentar lo que fuera.

—A ver —dijo Hunt y se levantó con la fuerza que le quedaba en sus hombros en agonía y estiró los pies. Intentando hacer caso omiso del dolor desgarrador, respirando para controlarlo, Hunt pateó cuando Ruhn chocó con él. El príncipe ahogó un alarido de dolor, pero se meció más lejos en esta ocasión, más cerca del estante.

—Tú puedes —murmuró Baxian.

Ruhn volvió a mecerse, Hunt lo volvió a patear. Le lloraban los ojos por el dolor que ese movimiento le provocaba en cada parte de su cuerpo.

El estante seguía quedando demasiado lejos. Unos cuantos centímetros más y los pies de Ruhn podrían tomar el mango del atizador de hierro. Pero esos centímetros parecían infranqueables.

—Alto —ordenó Hunt jadeando—. Necesitamos un nuevo plan.

—Puedo alcanzarlo —gruñó Ruhn.

—No puedes. No hay manera.

Ruhn dejó de mecerse gradualmente hasta detenerse. Y, en silencio, se quedaron ahí colgando, con el tronido de las cadenas. Entonces, Ruhn dijo:

—¿Qué tan fuerte puedes morder, Athalar?

Hunt se quedó inmóvil.

—¿Qué carajos quieres decir?

—Si yo... me columpio hacia ti... —dijo Ruhn respirando con dificultad—. ¿Podrías arrancarme la mano de una mordida?

La conmoción recorrió a Hunt como una bala. Al otro lado de Ruhn, Baxian protestó:

—*¿Qué?*

—Tendría más libertad de movimiento —dijo Ruhn con voz extrañamente tranquila.

—No te voy a arrancar la puta mano de una mordida —logró decir Hunt.

—Es la única manera en que voy a alcanzarlo. Me volverá a crecer.

—Es una locura —dijo Baxian.

Ruhn le asintió a Hunt.

—Necesitamos que seas el Umbra Mortis. Es un cabrón... él no titubearía.

—Un cabrón —dijo Hunt—, pero no un caníbal.

—Son momentos desesperados —dijo Ruhn y miró a Hunt a los ojos.

El rostro del príncipe hada estaba lleno de determinación y concentración. No había ningún rastro de duda ni temor.

Pollux probablemente no regresaría hasta la mañana siguiente. Podría funcionar.

Y la culpa ya le pesaba a Hunt, a su alma hecha trizas... ¿Qué diferencia haría esto, en realidad? Una cosa más que su corazón tendría que cargar. Era lo mínimo que podía ofrecer, después de todo lo que había hecho. Después de que los había metido en este absoluto desastre.

Hunt bajó la barbilla.

—Athalar —interrumpió Baxian con voz ronca—. *Athalar.*

Hunt movió los ojos lentamente hacia el Mastín del Averno, anticipando encontrar en su mirada repulsión y decepción. Pero lo único que encontró en los ojos de Baxian fue una concentración intensa y lo escuchó decir:

—Yo lo haré.

Hunt negó con la cabeza. Aunque Baxian probablemente podría alcanzarlo si Ruhn se estiraba hacia él.

—Yo lo haré —insistió Baxian—. Tengo dientes más afilados.

Era una mentira. Tal vez sus dientes eran más afilados cuando estaba en su forma de Mastín del Averno, pero...

—No me importa quién putas lo haga —gruñó Ruhn—. Sólo háganlo antes de que cambie de parecer.

Hunt estudió la cara de Baxian de nuevo. Sólo encontró calma... y pesar. Baxian dijo con suavidad:

—Déjame hacer esto. Tú puedes hacer el siguiente sacrificio.

El Mastín del Averno había sido el enemigo de Hunt en la fortaleza de Sandriel durante muchos años. ¿Dónde había quedado ese hombre? ¿Había existido alguna vez o siempre había sido una máscara? ¿Por qué había llegado Baxian con Sandriel, para empezar?

Tal vez eso ya no importaba ahora. Hunt le asintió a Baxian para comunicarle su aceptación y agradecimiento.

—Danika tuvo una pareja digna de ella —dijo.

El dolor y el amor inundaron los ojos de Baxian. Tal vez las palabras habían tocado una herida, una duda que llevaba mucho tiempo atormentándolo.

Hunt sintió que el corazón le dolía. Conocía esa sensación.

Baxian movió la barbilla hacia Ruhn y miró al príncipe a los ojos con la determinación férrea que lo había distinguido como miembro del triarii de Sandriel.

Ahí estaba el hombre con quien Hunt había peleado en ese entonces... con resultados devastadores. Incluyendo esa cicatriz sinuosa que bajaba por el cuello de Baxian, cortesía de los relámpagos de Hunt.

—Prepárate —le dijo Baxian a Ruhn en voz baja—. No puedes gritar.

Con la excusa de su regla, Lidia obtuvo un poco de privacidad para pensar bien su plan, para preocuparse de si funcionaría, para caminar por su habitación y deliberar si había depositado su confianza en las personas correctas.

La confianza era un concepto ajeno a ella... incluso antes de que se convirtiera en la agente Daybright. Su padre ciertamente nunca había promovido que sintiera algo así. Y después de que su madre la enviara, a la edad de tres años, directo a los brazos de ese hombre monstruoso... La confianza no existía en su mundo.

Pero en este momento, no tenía alternativa salvo confiar.

Lidia acababa de cambiarse el tampón y se estaba lavando las manos cuando Pollux entró al baño con porte orgulloso.

—Buenas noticias —anunció y sonrió ampliamente. Parecía más tranquilo de lo que había estado desde el escape de Quinlan.

Ella se recargó contra la puerta del baño y se inspeccionó el uniforme inmaculado.

—Ah, ¿sí?

—Me sorprende que no te hayas enterado antes por Rigelus —dijo Pollux y se empezó a quitar la camisa ensangrentada.

Estaba cubierto de sangre de Ruhn, el olor se propagaba como un grito por todo el cuarto de baño. La *sangre* de Ruhn...

Los músculos de Pollux se movían visiblemente bajo su piel dorada. Se dirigió a la ducha, donde incontables litros de sangre habían sido lavados de su cuerpo. Una especie de emoción salvaje parecía emanar de él cuando abrió el agua.

—Rigelus y los otros pudieron arreglar a la Arpía.

Al principio, no pasó nada cuando Bryce se paró sobre la estrella de ocho picos.

—Bueno... —empezó a decir Nesta.

Una luz brillante se encendió en la estrella bajo los pies de Bryce y en su pecho, y se unieron, se combinaron, y entonces apareció el holograma de una joven hada, alta hada, de cabello oscuro. Como si se estuviera dirigiendo a un público.

Bryce conocía esa cara en forma de corazón. El cabello largo.

—Silene —murmuró Bryce.

—¿De los grabados? —preguntó Nesta y, cuando Bryce la miró, la guerrera atravesó los hechizos como si no existieran. Como si hubiera podido hacerlo en cualquier momento. Azriel no intentó detenerla y se quedó parado en la boca del túnel—. A la entrada de los túneles —dijo Nesta—, estaba ese grabado de una joven... dijiste que su nombre era Silene.

—El grabado es una representación exacta —dijo Bryce y asintió—. ¿Pero quién es?

Azriel dijo en voz baja, la voz teñida de dolor:

—Se parece a la hermana de Rhysand.

Nesta volteó a verlo con algo como curiosidad y lástima. Bryce podría haber preguntado qué significaba esa conexión, pero el holograma empezó a hablar.

—Mi historia empieza antes de que yo naciera —dijo la voz de la mujer. Se escuchaba pesada... cansada. Agotada y triste—. En una época que sólo conozco a través de las historias de mi madre, de los recuerdos de mi padre —levantó un dedo hacia el espacio entre sus cejas—. Ambos me lo mostraron una vez, mente-a-mente. Así les mostraré yo.

—Cuidado —advirtió Azriel, pero demasiado tarde. El rostro de Silene se desvaneció y, en su lugar, apareció un remolino de niebla. Brillaba e iluminaba la cara sorprendida de Nesta, que se acercó y se detuvo al lado de Bryce.

Bryce intercambió miradas con la mujer.

—A la primera señal de problemas —dijo Nesta en voz baja—, corremos.

Bryce asintió. Podía aceptar eso. Entonces, la voz de Silene habló desde la niebla. Y cualquier promesa de correr desapareció de la mente de Bryce.

Éramos esclavos de los daglan. Durante cinco mil años, nuestra gente, las altas hadas, se postraron frente a ellos. Eran crueles, poderosos, astutos. Cualquier intento por rebelarnos era aplastado antes de que pudiéramos reunir fuerzas. Lo intentaron generaciones de mis antepasados. Todos fracasaron.

La niebla se despejó al fin.

Y en su lugar apareció un extenso campo lleno de cadáveres bajó el cielo gris, gemelo de uno de los grabados a muchos kilómetros detrás de ellos en los túneles: crucifijos, bestias, las hadas fileteadas...

Los daglan gobernaban a las altas hadas. Y a su vez, nosotros mandábamos sobre los humanos, junto con las tierras que los daglan nos permitieron gobernar. Sin embargo, era sólo la ilusión de poder. Sabíamos quiénes eran nuestros verdaderos amos. Nos obligaban a entregar un Diezmo una vez al año. A que les entregáramos fragmentos de nuestro poder en tributo. Para alimentar su propio poder... y para limitar el de nosotros.

Bryce sintió que le faltaba el aire al ver aparecer la imagen de una mujer hada arrodillada al pie de un trono con una semilla de luz entre sus manos alzadas. Unos dedos suaves y delicados se cerraban alrededor de la gota de poder que ofrecía el hada. Titilaba, iluminando la piel pálida.

La mano que recibió el poder se levantó y Bryce se quedó inmóvil cuando la imagen del recuerdo se amplió para revelar a quién pertenecía esa mano: una asteri de cabello negro y piel blanca.

No había manera de confundir esos ojos fríos y de otro mundo. Estaba reclinada, vestida con una túnica dorada y una corona de estrellas sobre su cabeza. Sus labios rojos se estiraron para formar una sonrisa fría al cerrar el puño alrededor de la semilla de poder.

La chispa se disolvió hasta desaparecer, absorbida por el cuerpo de la asteri.

Los daglan se volvieron arrogantes con el paso de los milenios, seguros de su dominio perpetuo sobre nuestro mundo. Pero ese exceso de confianza después de un tiempo los cegó y no les permitió ver a los enemigos que se congregaban a sus espaldas, una fuerza como ninguna otra que se hubiera reunido antes.

A Bryce le seguía faltando el aire. Nesta estaba inmóvil como la muerte a su lado. La escena empezó a cambiar para mostrar una alta hada de cabello dorado parada un paso atrás del trono asteri. Tenía la barbilla levantada, su rostro tan frío como el de su ama.

Mi madre sirvió al lado de ese monstruo por un siglo, esclava de todos sus caprichos enfermos.

Bryce supo quién era desde antes de que Silene volviera a hablar. Entendió que había recorrido el espacio entre las estrellas para al fin conocer la verdad de una persona.

Theia.

19

Lidia se quedó congelada al escuchar las palabras de Pollux, que empezaba a meterse bajo el chorro humeante de la ducha.

—¿Qué quieres decir con que arreglaron a la Arpía?

El Martillo inclinó la cabeza hacia atrás para mojarse la cabellera dorada y dijo con voz suficientemente alta para que lo pudiera escuchar a pesar del ruido del agua:

—Han estado trabajando en ella como una especie de proyecto personal, me lo acaba de decir Rigelus. Al parecer, pinta bien.

—¿*Qué* pinta bien? —preguntó Lidia e hizo uso de todo su entrenamiento para mantener el latido de su corazón tranquilo.

—Que vaya a despertar. Rigelus ya sólo necesita una cosa más.

Pollux abrió la puerta de la ducha y extendió la mano hacia ella. Era más una orden que una invitación.

Con unos dedos que se sentían distantes, Lidia se desabotonó el uniforme.

—¿Y qué hay de mi ciclo? —preguntó tan cohibidamente como pudo soportar.

—El agua enjuagará la sangre —dijo Pollux. Ella odió el peso de sus ojos sobre su cuerpo mientras se desvestía. Al entrar, hizo una mueca de dolor al sentir la temperatura ardiente del agua. Pollux tiró de ella hacia su cuerpo desnudo; su erección ya se presionaba contra ella.

—¿Cuándo despertará la Arpía? —preguntó Lidia mientras la boca de Pollux se acercaba a su garganta. La mordió hasta provocarle otra mueca de dolor.

Si la Arpía regresaba y hablaba sobre lo que había visto, sobre quién la había matado en realidad...

Ninguno de los planes de Lidia, estuvieran bien diseñados o no, importarían ya.

Pollux deslizó la mano hasta sus nalgas, las sostuvo entre sus manos y apretó. Le mordisqueó la oreja, completamente ajeno al temor que se esparcía por ella. Le dijo hacia la piel mojada:

—Pronto —otro apretón, más fuerte esta vez—. En uno o dos días la tendremos de regreso.

Lo que acababa de anunciar la Reina Víbora tuvo un efecto similar a la detonación de un misil de azufre en esa habitación.

Tharion miró a Ithan, luego a Sigrid, luego a la metamorfa de serpiente. La heredera Fendyr miraba a los ojos a la mujer con el rostro pálido por la conmoción.

La Reina Víbora le dijo pausadamente:

—¿Cómo me habías dicho? ¿Que no era mejor que el Astrónomo? —movió la mano manicurada hacia el cuadrilátero. Las uñas doradas resplandecieron—. Bueno, pues aquí tienes tu oportunidad de liberarte. Creo que es más de lo que él jamás te ofreció.

—No voy a pelear contra Sigrid —gruñó Ithan furioso.

—Entonces tú y tus amigos permanecerán aquí —dijo la Reina Víbora, se inclinó hacia atrás y se apoyó en sus manos—. Y cualquier misión urgente de rescate que tengas pendiente organizar con tus amigos fracasará.

Esta perra lo sabía todo.

—Déjame a mí pelear con Holstrom —exclamó Tharion.

—No —dijo la Reina Víbora con dulce veneno—. Holstrom y la chica van al cuadrilátero o no hay trato.

—Eres una hija de... —empezó a decir Flynn.

—Lo haré —dijo Sigrid y apretó los puños a sus costados.

Todos voltearon a ver a la heredera Fendyr. El rostro de Ithan se contrajo, la viva imagen de la angustia.

Tharion notó ese dolor y deseó nunca haber nacido. Sus decisiones los habían traído a todos a este lugar. Sus pendejadas.

—Bien —le dijo la Reina Víbora a Sigrid, que le enseñó los dientes. Pero la gobernante del Mercado de Carne le sonrió como serpiente a la loba—. Parece que ésta podría ser tu última noche en Midgard. Tal vez sí deberías haber aceptado un nuevo guardarropa, después de todo.

Bryce miró fijamente a la mujer de rostro severo y hermoso que podría hacerle la competencia a la Cierva como cabrona eficiente y hermosa: Theia.

Las siguientes palabras de Silene confirmaron las similitudes entre la Reina Hada y la Cierva:

Pero mi madre, Theia, usó el tiempo que sirvió a los daglan para aprender todo lo que pudo sobre sus instrumentos de conquista. Los Tesoros del Miedo, los llamábamos en secreto. La Máscara, el Arpa, la Corona y el Cuerno.

De reojo, Bryce alcanzó a ver que Nesta miraba en su dirección al escuchar la última palabra.

El Cuerno era hermano de la Máscara y el Arpa que Nesta había mencionado. Había salido de *aquí*, y lo que era peor, formaba parte de una especie de arsenal mortal de los asteri...

Y Theia.

El grabado del túnel que representaba a esa reina coronada y enmascarada, Theia, apareció en la mente de Bryce. Sostenía dos instrumentos en las manos: un cuerno y un arpa.

Los daglan, continuó Silene, *siempre peleaban acerca de quién debía tener el control de los Tesoros por lo que, por lo general, no se usaban. Fue su perdición.*

Entonces, ¿éste era el motivo? ¿Por esto había sido enviada a este mundo? ¿Para enterarse de estos Tesoros, que podrían ser lo que destruyera a los asteri? Pero Bryce continuó mirando y la visión mostró las manos de Theia, que sustraían los objetos de sus pedestales negros. Los transportó lejos de las habitaciones donde los conservaban bajo las montañas, valiéndose de cuevas subterráneas para cruzar los territorios rápidamente.

Cuevas como ésta, que permitían a la gente recorrer grandes distancias en cuestión de horas. O un instante.

Empezó a nevar en la imagen y entonces Theia estaba en la cima de una montaña. Detrás de ella se elevaba un monolito negro.

—Ramiel —susurró Azriel detrás de ellas, detrás de los hechizos protectores.

Theia abrazaba a un hombre apuesto, de hombros amplios, bajo la tormenta de nieve.

Mi madre y mi padre, Fionn, mantuvieron su amor en secreto a lo largo de los años, conscientes de que a los daglan les parecería divertido separarlos al enterarse de la relación. Pero pudieron reunirse en secreto... y planear su levantamiento.

—Fionn... —murmuró Azriel con tono de admiración— es tu ancestro.

Nesta le dio la espalda a la visión y le frunció el ceño a Azriel.

—Ya entra de una vez —murmuró y señaló. Unas flamas plateadas ondearon en línea recta hacia Azriel. Él no se apartó, sólo pegó las alas al cuerpo. Unas columnas de humo empezaron a subir del piso.

Un camino a través de los hechizos protectores. Los hechizos brillaban bajo la luz de esas flamas, como si estuvieran intentando cerrar el paso que se había abierto, pero Nesta los controló con su poder.

Azriel inclinó la cabeza hacia Nesta al entrar por ese camino cubierto de flamas plateadas, sin un gramo de temor en su hermoso rostro. Cuando Azriel pasó, Nesta dejó de usar su poder y los hechizos se cerraron de golpe con una ráfaga de fulgor, como una ola que choca con la playa.

Bryce apuntó al holograma, hacia el hada de cabello rubio.

—¿Quién es él? —preguntó en voz baja. Nunca se había mencionado a Fionn en las historias de Midgard, en sus leyendas.

—El primer y último Alto Rey de estas tierras —exhaló Azriel.

Antes de que Bryce pudiera pensar eso con cuidado, Silene continuó:

Pero mi madre y mi padre sabían que necesitaban la más valiosa de todas las armas daglan.

Bryce se tensó. Eso *tenía* que ser la cosa que les había dado la ventaja...

La nevada en Ramiel se despejó y reveló un enorme tazón de hierro al pie del monolito. Incluso a través de la visión, su presencia se filtraba hasta este mundo, una sensación pesada y amenazante.

—El Caldero —dijo Nesta. Su voz se tiñó de temor.

No era un arma útil, entonces. Bryce se preparó para las siguientes palabras de Silene.

El Caldero era de nuestro mundo. Nuestra herencia. Pero al llegar aquí, los daglan lo capturaron y se valieron de sus poderes para corromperlo. Para transformar lo que era antes en algo más mortífero. Ya no sólo una herramienta de creación, sino de destrucción. Y los horrores que produjo... esos, también, los aprovecharían mis padres para su ventaja.

Otro cambio de recuerdo y, entonces, Fionn estaba sacando del Caldero una espada larga que chorreaba agua. Una espada negra, cuyo metal oscuro absorbía todo rastro de luz a su alrededor. Bryce sintió que se le doblaban las rodillas.

La Espadastral.

En el recuerdo había otras dos figuras veladas tras una intensa nevada, pero Bryce casi no tuvo oportunidad de preguntarse nada sobre ellas antes de que la narración de Silene volviera a empezar.

Se enfrentaron a los daglan y ganaron, continuó. *Usando las propias armas de los daglan, los destruyeron. Pero mis padres no averiguaron los otros secretos de los daglan. Estaban demasiado cansados, demasiado ansiosos por dejar el pasado atrás.*

—Un momento —interrumpió Bryce—, ¿cómo usaron esas armas? —Nesta y Azriel la miraron preocupados—. ¿Cómo carajos las usaron? ¿Y cuáles otros secretos...?

Pero Silene continuó hablando. La historia empezó a brotar de sus labios.

Mi padre se convirtió en el Alto Rey y mi madre fue su reina, pero esta isla donde estás tú de pie ahora, este lugar... mi madre lo reclamó como propio. La isla donde alguna vez había servido como esclava se convirtió en su dominio, su santuario. La mujer daglan que la había gobernado antes que ella la había elegido por su ubicación natural defensiva, la niebla que la mantenía velada de los demás. Mi madre también. Pero más allá de eso, me dijo en muchas ocasiones que ella y sus herederos serían los únicos dignos de cuidar esta isla.

Nesta le murmuró a Azriel:

—¿La Prisión alguna vez fue territorio real?

A Bryce no le importaba... Y Azriel no respondió. Silene no había hablado en realidad sobre cómo usaron Theia y Fionn los Tesoros y el Caldero en contra de los asteri. ¿Para qué demonios había venido a este planeta sino para enterarse de eso?

Pero, nuevamente, el recuerdo de Silene continuó avanzando.

Y con los daglan fuera, con el paso de los siglos, cuando el Diezmo ya no se nos exigía ni a nosotros ni a la tierra, nuestros poderes se fortalecieron. La tierra *se fortaleció. Regresó a lo que había sido antes de la llegada de los daglan, milenios atrás. Regresamos a lo que habíamos sido antes de esos tiempos, también, criaturas cuya magia misma estaba atada a estas tierras. Por tanto, los poderes de la tierra se convirtieron en los poderes de mi madre. Atardecer, crepúsculo... eso era la isla al fondo de su corazón enterrado, fue en lo que se convirtió el poder de mi madre, y las tierras crecieron con él. Fue, como ella decía, como si la isla tuviera un alma que ahora florecía bajo su cuidado, nutrida por la corte que ella construyó ahí.*

Unas islas, como las que había visto en los grabados, surgieron del mar, frondosas y fértiles.

Bryce no podía apartar la mirada de esa maravillosa visión. Silene continuó:

Después de siglos con el vientre vacío, mi madre nos dio a luz a mi hermana y a mí en el transcurso de cinco años. Para entonces, mi padre ya se estaba desvaneciendo; era siglos mayor que mi madre. Pero Fionn no consideraba que mi madre fuera una sucesora digna. La corona debía ir a la hija mayor, dijo, a mi hermana, Helena. Era el momento, pensó, para que una nueva generación liderara.

Eso no le gustó a mi madre, ni a muchos de los miembros de su corte, en especial a su general, Pelias. Él estaba de acuerdo con mi madre en que Helena era demasiado joven para heredar el trono de nuestro padre, pero mi madre estaba aún en la flor de la vida. Estaba llena de poder, y era obvio que había recibido la bendición de los dioses mismos, porque finalmente le habían concedido descendencia.

Así que fue igual que antes: los que estaban detrás del trono se dedicaron a derribarlo.

La imagen cambió. Se vio una especie de pantano, una ciénega. Fionn montaba a caballo entre las islas de pastos, con el arco listo para disparar, agachándose para pasar bajo los árboles en flor.

Mis padres con frecuencia salían a cazar en la enorme franja de tierra que los daglan conservaban como su parque privado de cacería, donde habían diseñado monstruos terribles para que fueran presas dignas. Ahí fue donde él encontró su muerte.

Una criatura pálida y de pelo oscuro que podría haber sido pariente del nøkk de la galería de Jesiba arrastraba a Fionn, atado y amordazado, hacia las negras profundidades de la ciénega. El rey alguna vez orgulloso gritaba mientras se sumergía.

Bryce se quedó paralizada por el horror.

Theia y Pelias estaban frente al agua, con rostros impasibles.

Empezaron a caer pétalos de los árboles. También hojas. Los pájaros emprendieron el vuelo, como si un invierno repentino se hubiera apoderado de la ciénega. Como si la tierra hubiera muerto con su rey.

Entonces, la Espadastral emergió del centro del estanque, brillando bajo la luz grisácea. Un instante después, una mano llena de escamas levantaba una daga: La que Dice la Verdad. Basura o un regalo de la criatura, Bryce no lo sabía, pero brillaban bajo la luz gris, chorreando agua. No importaba... ante una traición y brutalidad de tal magnitud, ¿a quién carajos le importaba?

Mi padre nunca había demostrado ser dadivoso... conservó a Gwydion mucho tiempo y nunca se la ofreció a mi madre. La daga que le había pertenecido a su querido amigo, muerto en la guerra, colgaba a su costado, sin usarse. Pero sería usada pronto.

Theia extendió las manos hacia el agua, hacia las armas ofrecidas. Y con unas alas fantasma, la espada y la daga volaron hacia ella. Invocadas hacia sus manos.

La luzastral brotó de Theia cuando atrapó la espada y la daga a medio vuelo. Las armas brillaban con su propia luzastral.

Mi madre regresó ese día sólo con Pelias y las armas de mi padre. Como ella había contribuido a convertirlas, respondían al llamado de su sangre. A su poder mismo.

Bryce reconocía ese llamado. Lo había estado escuchando desde su llegada a este mundo. Sintió un escalofrío bajarle por la columna.

Y entonces se apropió de los Tesoros.

Theia estaba en el trono, con el Arpa y el Cuerno a sus costados, la Máscara en su regazo y la Corona sobre la cabeza.

Un poder ilimitado y sin restricciones se posaba sobre ese trono. Bryce apenas podía respirar.

Esa Theia de quien Aidas había hablado tan bien... ¿era una *tirana* asesina?

Como si respondiera a su pregunta, Silene agregó: *Nuestra gente se doblegó. ¿Qué otra opción tenían ante semejante poder? Y por un breve periodo, ella gobernó. No puedo decir si esos años fueron buenos para mi gente, pero no hubo guerra. Al menos teníamos eso.*

—Sí —dijo Bryce furiosa, más a Silene que a los otros—, al menos tenían eso.

Mi hermana y yo crecimos. Mi madre nos educó personalmente, recordándonos siempre que aunque los daglan habían sido derrotados, el mal persistía. El mal se ocultaba debajo de nuestros propios pies, siempre esperando para devorarnos. Creo que nos decía esto para que fuéramos honestas y virtuosas, ciertamente más de lo que ella había sido jamás. Sin embargo, conforme seguimos haciéndonos mayores y en la plenitud de nuestros poderes, se volvió claro que sólo había un trono por heredar. Yo amaba a Helena sobre todas las cosas. Si ella hubiera querido el trono, de ella sería. Pero tenía tan poco interés en él como yo.

No era suficiente para mi madre. Poseer todo lo que siempre quiso no era suficiente.

—Clásica mamá de una niña actriz —murmuró Bryce.

Mi madre recordaba las conversaciones de los daglan, las menciones de otros mundos. Lugares que habían conquistado. Y con dos hijas y un trono... nada sería suficiente para nosotras salvo un mundo entero. Para su legado.

Bryce sacudió la cabeza de nuevo. Ya sabía dónde se dirigía esto.

Mi madre recordó las enseñanzas de su ama y supo que podría usar el Cuerno y el Arpa para abrir una puerta. Para hacer que las hadas ascendieran a nuevas alturas, con nueva riqueza y prestigio.

Bryce puso los ojos en blanco. Eran los mismos gobernantes hada corruptos y autoengañados, pero de un milenio distinto.

Sin embargo, cuando ella le comunicó a su corte su visión, muchos la rechazaron. Acababan de derrocar a sus opresores... ¿acaso ahora ellos también se convertirían en conquistadores? Exigieron que cerrara la puerta y olvidara esas locuras.

Pero nada la disuadiría. Había suficientes hadas en sus tierras, junto con los portadores de fuego del sur, que estaban a favor de la idea, comerciantes que salivaban al imaginarse las riquezas sin explotar de otros mundos. Así que reunió sus fuerzas.

Pelías le dijo dónde enfocar su intención. Tenía los mapas estelares con notación de sus antiguos amos y los usó para seleccionar un mundo.

Bryce sintió cómo se le revolvía el estómago. Los asteri debían tener archivos y registros en este mundo también, exactamente como la habitación que Bryce había encontrado en el palacio, llena de notas sobre los planetas conquistados. *Atardecer*, decía la puerta de esa habitación: como si de todos los mundos mencionados ahí, *este* mundo siguiera siendo su meta. Este lugar.

Pelías le dijo que era un mundo que los daglan habían deseado desde hacía mucho tiempo pero que no habían podido conquistar. Un mundo vacío, pero de mucha riqueza.

Ella no tenía manera de saber que él había pasado toda la era de paz aprendiendo magia antigua de invocación y buscando en el cosmos lo que quedaba de los daglan en otros mundos. No sé qué quería de ellos, pero puedo imaginar que tal vez él sabía que para arrebatarle los Tesoros a Theia y tomar el poder necesitaría a alguien más poderoso que él.

—Idiota —le escupió Bryce a la imagen de Pelías y Theia que flotaban sobre una mesa llena de mapas estelares—. Putos idiotas los dos.

Y después de toda esa búsqueda, alguien finalmente respondió. Un daglan que había estado usando su ejército de místicos para buscar nuestro mundo entre todas las galaxias. El daglan le prometió a Pelías lo que quisiera a cambio, si tan sólo lograba que mi madre se empezara a mover hacia ese momento, hacia usar los Tesoros del Miedo para abrir un portal al mundo que él indicaba.

A su lado, Nesta chasqueó la lengua, asqueada.

Mi madre no cuestionó a Pelías, su conspirador y aliado, cuando le dijo que usara sus poderes para hacer que el Cuerno y el Arpa abrieran un portal a este mundo. Ella no cuestionó cómo ni por qué él sabía que esta isla, nuestro hogar en la niebla, era el mejor lugar para hacerlo. Simplemente reunió a nuestra gente, todos los que estuvieran dispuestos a conquistar y colonizar, y abrió el portal.

En una habitación (en *esta* habitación, si la estrella de los ocho picos en el piso era una indicación, aunque todavía no se habían hecho los grabados celestiales), junto a un hada de cabellera roja que tenía un alarmante parecido con el padre de Bryce, aparecieron Helena y Silene, ya mayores y hermosas aunque aún jóvenes, larguiruchas. Adolescentes.

En el centro de la habitación, se abrió un portal hacia unas tierras de verdor y sol. Y ahí, entre la vegetación, esperándolos...

—Oh, carajo —dijo Bryce y se le secó la boca—. Rigelus.

El adolescente hada, que parecía no ser mayor que Helena y Silene, le sonrió a Theia. Levantó una mano para saludar.

Mi madre no reconoció al enemigo disfrazado que la llamaba a ella y a los demás a que cruzaran el portal. Si tuvo dudas al saber que el mundo vacío que le habían prometido en realidad estaba poblado, se tranquilizó al saber que los desconocidos también decían ser hadas, hacía mucho tiempo separadas de nuestro mundo por los daglan, a quienes también sostenían haber derrocado. Y habían esperado todo este tiempo para reunir a nuestra gente.

Con unas cuantas palabras de los daglan, las dudas de mi madre desaparecieron y empezó nuestro éxodo a Midgard.

Largas filas de hadas pasaron por la habitación, a través del portal y a Midgard.

La náusea se retorcía por todo el cuerpo de Bryce.

—Le abrió la puerta a los asteri. Les entregó los Tesoros en las manos.

—Tonta —gruñó Nesta a la imagen—. Tonta hambrienta de poder.

Pero si Theia había abierto la puerta a este reino, si ella tenía el Cuerno y el Arpa, ¿por qué no los habían recuperado los asteri de inmediato? Querían este nuevo mundo, querían los Tesoros, y Theia prácticamente les había dado ambos en la mano. Los asteri eran demasiado listos, demasiado malvados, para olvidar cualquiera de esos datos. Así que debían tener alguna especie de plan...

Por la gracia de la Madre, su paranoia fue suficiente para que decidiera ocultar el Cuerno y el Arpa a sus nuevos aliados o compañeros. Creó una burbuja de nada, me dijo, y los guardó ahí. Sólo ella tenía acceso a esa burbuja de nada... sólo ella podía recuperar el Cuerno y el Arpa de sus profundidades. Pero seguía sin saber que Pelias ya había alertado a los daglan de su presencia. Ella no tenía idea de que le estaban permitiendo vivir, aunque fuera temporalmente, para poder averiguar dónde había escondido los artefactos. Así que Pelias, bajo sus órdenes, intentaría sacarle la información sobre dónde estaban.

Tampoco tenía idea de que la puerta que había dejado abierta hacia nuestro mundo... los daglan llevaban esperando mucho, mucho tiempo para que eso ocurriera. Pero eran pacientes. Se conformaron con permitir que más y más fuerzas de Theia llegaran al nuevo mundo, aunque dejara a los suyos indefensos. Se conformaron con esperar a ganarse su confianza para que ella les entregara el Cuerno y el Arpa.

Era una trampa que se desarrollaría a lo largo de meses o años. Recuperar los instrumentos de poder de Theia, marchar de regreso a nuestro mundo y reclamarlo... Era una trampa larga y elegante que se activaría en el momento perfecto.

Y, distraídos por la belleza de nuestro nuevo mundo, no consideramos que estaba siendo demasiado *fácil. Demasiado simple.*

Midgard era una tierra de abundancia. De verdor y luz y belleza. Muy parecida a nuestras propias tierras, pero con una enorme excepción. El recuerdo mostró la vista desde un risco que daba a una planicie distante llena de criaturas. Algunas tenían alas, otras no. *No éramos los únicos seres que habían llegado a este mundo con la esperanza de reclamarlo. Nos enteraríamos demasiado tarde de que otros pueblos habían sido atraídos por los daglan bajo engaños disfrazados de amistad. Y que ellos, también, llegaron armados y listos para pelear por esas tierras. Pero antes de que pudiera estallar el conflicto entre todos nosotros, supimos que Midgard ya estaba ocupado.*

Theia y Pelias, seguidos por Helena y Silene y por un grupo de guerreros, se pararon en la cima de un risco y estudiaron las tierras frondosas y la enorme ciudad amurallada en el horizonte.

Bryce contuvo el aliento. Había pasado años estudiando los libros perdidos de Parthos y era consciente de que una gran civilización humana había florecido dentro de sus muros, pero aquí, frente a ella, tenía la prueba de su grandeza, la habilidad humana que había existido en Midgard. Y que había sido completamente eliminada.

Se preparó, sabiendo lo que vendría a continuación, odiándolo.

Encontramos ciudades en Midgard labradas por manos humanas. Este mundo había estado poblado principalmente por humanos y sólo un puñado de criaturas poco comunes que básicamente se mantenían aisladas. Era un lienzo en blanco, en cuanto a descubrimientos se refiere. Poca magia nativa que pudiera luchar contra el poder daglan.

—Váyanse al carajo —exhaló Bryce. Nesta gruñó también—. Lienzo en blanco, ni soñarlo.

Bryce apretó las manos y formó puños. Una rabia conocida y que llevaba mucho tiempo guardándose empezó a acumularse debajo de su piel.

Sin embargo, los humanos no estuvieron contentos con nuestra llegada. Una legión de humanos armados rodeaba todo el exterior de la ciudad amurallada de roca clara. Bryce no quería ver, pero no podía apartar los ojos de la visión.

Mi madre ya había lidiado con levantamientos humanos antes. Sabía qué tenía que hacer.

Los humanos yacían masacrados por todas partes, la arena bajo sus cuerpos estaba húmeda de sangre. Bryce estaba temblando, tenía la mandíbula tan apretada que le dolía. Tantos muertos, tanto soldados como civiles. Adultos y... Dioses, no podía soportar ver los cuerpos más pequeños.

Azriel maldijo en voz baja y con las peores injurias. Nesta tenía la respiración entrecortada.

Pero Silene continuó hablando, su voz inquebrantable, como si el recuerdo de ese derramamiento de sangre despiadado no la afectara en lo más mínimo.

De ciudad en ciudad, avanzamos. Tomábamos las tierras que queríamos. Usábamos a los humanos como esclavos para construir por nosotros.

Pero algunos humanos resistieron, sus ciudades-estado se unieron como las hadas nos habíamos unido contra nuestros opresores.

Bryce no se permitió sentir alivio al ver las legiones humanas que, con armaduras de bronce, formaban filas y falanges para luchar contra las hadas de armadura brillante. Sabía cómo terminaba esta historia en particular.

Sabía que sería borrada de la historia oficial.

Pero, ¿Aidas sabía lo que Theia, lo que Helena y Silene y las hadas habían hecho? Debía saberlo... había amado a Theia después de todo. Sin embargo, tuvo los putos *huevos* de hablar sobre ella como si no se tratara de una maldita homicida. De decirle a Bryce que ella portaba su luz como si eso fuera algo bueno.

Esa estrella en su pecho... era la luz de una asesina. Su herencia.

¿Esto había venido a averiguar aquí? ¿Que no era la heredera de una valiente salvadora, sino la descendiente de una estirpe moralmente corrupta?

No importaba si eso quería la estrella que supiera o no... ya lo sabía ahora y no habría manera de ignorarlo.

Nunca habría manera de resarcir el daño hecho por sus ancestros.

Esos pensamientos le laceraban el corazón como astillas de vidrio y Bryce podría haberse ido de ese lugar justo entonces, podría haberle dicho al recuerdo de Silene que se callara la puta boca con su lección de historia... pero si este relato insoportable pudiera ofrecerle alguna pista sobre cómo salvar a Midgard...

Bryce tenía que escucharlo.

20

De pie en el borde del cuadrilátero, Ithan se dio cuenta de que no podía moverse.

Haría esto. Esta última deshonra, esta traición de todo lo que era como persona, como lobo...

Al otro lado del ring, Sigrid era tan pequeña. Tan delgada y frágil y *nueva* en este mundo. En esta realidad. ¿La había liberado del tanque para esto? ¿Sólo para que terminara aquí?

—Empiecen —entonó la Reina Víbora.

Flynn, Dec y Tharion estaban a los lados del cuadrilátero, apenas logrando contener su rabia.

Tharion tuvo razón. Había sido muy estúpido para enredarse con la Reina Víbora de esta puta manera, por pensar que sería tan fácil como ensangrentarse un poco, tal vez recibir unas cuantas quemaduras...

Y ahora habían vendido a Ariadne por eso también. Apenas conocía a la dragona, pero eso sería su carga también.

—Dije que *empezaran* —repitió cortante la Reina Víbora.

Ithan miró los ojos castaños claros de Sigrid.

Alfa. Fendyr. Premier. Eso era a quien se estaba enfrentando. Todo lo que reconocía como autoridad, todo lo que lo representaba...

Ithan no se permitió pensar. No dejó ver cuáles serían sus movimientos. Se lanzó hacia ella antes de que pudiera retroceder de este precipicio.

Lanzó un puñetazo a la cara de Sigrid y ella esquivó hacia un lado con sorprendente velocidad. La velocidad de una Alfa.

Ithan volvió a golpear y ella volvió a esquivar, instinto puro.

Sigrid saltó y dio un zarpazo con sus manos llenas de garras.

La sorpresa recorrió a Ithan cuando vio esas garras, liberadas tan rápidamente. Se quedó sin poderse mover... y fue un segundo demasiado tarde.

Sigrid lo atacó a lo largo de las costillas. Un dolor agudo estalló como ácido en su interior.

Se apartó de un salto mientras oía a Flynn maldecir. Ithan se puso una mano en el costado. Sintió cómo la sangre caliente escurría entre sus dedos.

Algo dentro de él se endureció. Lo balanceó. Harían esto: lobo a lobo. Alfa a... lo que sea que él fuera. Un lobo sin jauría.

Ithan volvió a atacar, dirigiéndose hacia abajo...

Su puño chocó contra el vientre suave de Sigrid, pero ella no cayó. Giró y le golpeó la nariz directamente con el codo. No había sido una maniobra elegante, pero fue inteligente. Se escuchó el hueso crujir, la sangre brotó a chorros y luego las garras estaban rasguñándole la cara...

Volvió a retroceder unos pasos. Había intentado ir por sus putos *ojos*. Ithan la tacleó y la arrojó sobre el piso.

—¡Holstrom! —gritó Tharion, e Ithan no pudo distinguir si era en advertencia o en reclamo, pero no había tiempo para pensar en eso porque las garras de Sigrid lo atravesaron en el hombro. El lobo retrocedió con un rugido y liberó su hombro de las garras.

Ella levantó las piernas y *pateó*. Ithan intentó sostenerla de los tobillos, pero fue demasiado lento. La patada conectó en el abdomen y entonces él ya iba volando hacia atrás...

Llegó al otro lado del cuadrilátero con un golpe que hizo eco por todos sus huesos.

Sumido en la vergüenza, Tharion observó el baño de sangre que se desenvolvía frente a sus ojos.

Se merecía estar aquí, en este lugar, con la Reina Víbora. No merecía que lo liberaran, que pelearan por él.

Ariadne. Su nombre resonó en su interior. Vendida... o intercambiada, lo que sea que fuera el puto significado de eso. Por él. Por lo que él le había dicho a ella, aparentemente.

Todo lo que tocaba se convertía en mierda.

—Esto no va a terminar bien —murmuró Flynn—. Aunque Ithan gane...

Y sin importar el estado en que estuviera Sigrid, no podrían marcharse esa misma noche.

Sin embargo, a pesar de su vergüenza, Tharion tenía que admitir que ella estaba peleando mejor de lo que esperaba. Era descuidada y le faltaba entrenamiento, sí, pero estaba dando batalla muy dignamente. Una rival de cuidado.

Ella e Ithan rodaron por el suelo, con las garras de fuera, la sangre brotaba...

Ithan recibió un golpe en la mandíbula que le laceró la piel. Sigrid parecía estar dispuesta a hacerlo trizas.

—Por Solas —murmuró Flynn y se frotó la mandíbula en solidaridad.

Tharion se clavó las uñas en las palmas de las manos hasta que le sangraron.

No podía ver esto. No podía permitir que sucediera. No por él... ni siquiera por su libertad.

Sigrid volvió a atacar e Ithan rodó hacia el lado. Apenas logró salvarse de su ira. Pero Sigrid ya estaba sobre él en un instante y el rugido de dolor de Holstrom cuando las garras conectaron contra su muslo hizo que Flynn se lanzara al cuadrilátero.

Tharion detuvo al lord hada. Clavó los dedos en el músculo duro.

—Tranquilo —murmuró—. Está bien.

Era una vil mentira. Ni Ithan ni Sigrid estaban bien. Ni remotamente.

Flynn intentó soltarse y se movió con brusquedad para liberarse de la mano de Tharion. Giró y enfrentó a la Reina Víbora.

—Esto termina *ahora*.

—Termina —le respondió con voz lenta la gobernante del Mercado de Carne desde las gradas— cuando yo dé la orden.

Tharion se quedó inmóvil.

—Termina con el nocaut.

—Termina cuando uno de ellos esté en camino al Sector de los Huesos —dijo la Reina Víbora y sacó su teléfono para tomar una fotografía de los lobos ensangrentados que peleaban en el cuadrilátero.

Una pelea a muerte.

Tharion dijo con voz ronca:

—Holstrom no lo...

—Ya veremos —dijo la Reina Víbora.

Un gruñido de Ithan hizo que Tharion devolviera de inmediato su atención a la pelea. Por la rabia que veía en los ojos de Ithan mientras esquivaba otro ataque a golpes de Sigrid, el lobo había escuchado todo.

—Por favor —le dijo Tharion a la víbora—. Déjame cambiar por la heredera Fendyr...

—Suficiente, pescado —le dijo la Reina Víbora y guardó el teléfono en su overol dorado.

Tharion podría haberle suplicado, pero Ithan jadeó desde el ring:

—Está hecho, Tharion.

Holstrom ya estaba de pie, dándole vueltas a Sigrid, sangrando de todas partes. Él apenas la había tocado.

No la tocaría, Tharion lo sabía. Lastimar a esta mujer que había enfrentado tanta miseria... Holstrom nunca lo haría.

Tharion no podía respirar, su rabia era un mar violento que se revolvía dentro de su cuerpo, lo ahogaba. Mataría a la puta Reina Víbora por hacer que sus amigos pasaran por esto. Aunque sabía que sólo tenía que mirar al espejo para encontrar al culpable de todo este desastre.

Sigrid volvió a sacar las garras e Ithan las esquivó con la gracia de un atleta.

Sigrid lanzó una ofensiva entonces, poderosa y decidida de un modo que le informaba a Tharion que era instinto puro. Zarpazo, golpe, esquive...

No era solamente la heredera de la línea Fendyr. Ella *era* la línea Fendyr en su versión más potente.

Quedaba claro que Ithan apenas podía eludirla, adelantar a cada golpe. Tenía la boca cubierta de sangre, los dientes. Sus ojos cafés brillaban con intensidad y furia. No dirigidas a la loba que lo atacaba, sino a la mujer que los había llevado a hacer esto.

—Carajo, carajo, carajo —entonaba Flynn, tirándose del cabello.

Ithan chocó de espaldas contra las cuerdas y no tuvo dónde ir, absolutamente ningún lugar, cuando el puño de Sigrid chocó directo contra su cara.

Tharion sintió que se le volcaba el estómago. Esto era por *él*, el más grande de todos los jodidos perdedores del planeta...

Pero Ithan había estado esperando. Esquivó y clavó sus garras en el vientre de la heredera Fendyr.

Sigrid gritó, dio unos pasos hacia atrás y se colapsó de rodillas.

Ithan se detuvo, jadeando. Tenía el rostro vacío cuando caminó hacia la loba, que se sostenía el abdomen sangrante. Había sido un zarpazo fuerte, pero no fatal. Las garras brillaban en las puntas de sus dedos.

Tharion dejó de respirar cuando Ithan levantó la mano para dar el golpe final.

La voz de Silene seguía tan estable, inmutable, como lo había estado en toda la narración. Una inmortal aburrida recitando sin ganas la historia del sufrimiento de los demás.

Seguíamos en guerra con los humanos cuando se volvieron a abrir las puertas entre los mundos. Aparecieron más hadas... esta vez de otro mundo.

Entraron unos seres altos y hermosos. Tan bellos que hasta la furia y desesperación de Bryce hicieron una pausa.

Hadas de otro mundo... pero se veían tan similares a las de este lugar. ¿Cómo era posible? ¿Otra antigua conquista de los asteri? ¿Otro lugar que habían colonizado, alterado y perdido después de un tiempo?

Eran hadas como nosotros, pero no. Las orejas, la gracia y la fuerza eran idénticas, pero ellos eran metamorfos de animales, todos. Cada uno era capaz de convertirse en un animal. Y cada uno, incluso en su cuerpo humanoide, estaba equipado con colmillos alargados.

Era un rompecabezas... suficiente para que mi madre hiciera una pausa en su instigación a la guerra. Había dos tipos de hadas. De dos mundos distantes aparentemente no conectados. Estas nuevas hadas tenían magia elemental, suficiente para preocupar a Pelias. Eran más agresivas que las hadas que conocíamos, más salvajes. Y le respondían directamente a Rigelus.

Parecía, de hecho, que llevaban mucho tiempo conociendo a Rigelus.

Mi madre pronto empezó a sospechar que nuestro anfitrión no era tan benévolo como sostenía. Pero para cuando supo lo equivocada que había estado sobre él, era demasiado tarde.

—Qué puta sorpresa —gruñó Nesta. Su voz estaba empapada de repulsión. Bryce apenas logró asentir un poco.

Mi madre sólo confiaba en nosotras. A Pelias tal vez antes lo hubiera incluido en ello, pero se había dedicado a buscar con demasiado entusiasmo los placeres de este mundo, impulsado por el mismo Rigelus.

Una mirada a través de la cortina donde se podía ver a Pelias que tiraba el cuerpo de una humana al río al lado de una villa de piedra blanca. Llena de moretones, desnuda y muerta.

Bryce casi cayó de rodillas al ver el cadáver brutalizado de la mujer avanzar un poco a la deriva y luego hundirse bajos las aguas transparentes del río. Pelias hacía tiempo que se había ido.

—El puto descaro —dijo Nesta entre dientes—. Estaban asesinando niños en esas ciudades humanas.

—Lo siguen haciendo hoy —dijo Bryce con voz ronca—. Humanos que tiran a la basura después de que los vanir los atormentan y los matan. Sucede todos los días en Midgard y empezó con *ese* hijo de puta —señaló con el dedo tembloroso hacia el recuerdo—. Con él, y con Theia, y con todos esos monstruos.

Podría haber hecho erupción verdaderamente en ese momento, pero Silene continuó con su historia.

Después de un tiempo, mi madre sólo confió en Helena y en mí para buscar la verdad. Sabía que podríamos serle de gran utilidad porque éramos no sólo portadoras de luzastral, sino también de sombras.

Helena y Silene avanzaron por la penumbra de un imponente palacio de cristal. Bajaron por una escalera de caracol también hecha de cristal.

—Ése es el palacio asteri —le susurró Bryce a Azriel y Nesta—. En la Ciudad Eterna.

Pasamos un mes ocultas en la fortaleza de los enemigos, apenas sombras de nosotras mismas. Para cuando regresamos con nuestra madre, conocíamos la verdad: Rigelus y sus compañeros no eran hadas, sino parásitos que conquistaban mundo tras mundo, alimentándose de la magia y vidas de sus ciudadanos. Los daglan, sólo que ahora con su verdadero nombre: los asteri.

En ese momento, mi madre nos dijo, nos mostró, lo que había sucedido hacía tanto tiempo. Todo lo que había hecho desde entonces. Pero no desperdició el tiempo disculpándose por el pasado. Si nos habíamos metido a la trampa de un enemigo, dijo, entonces debíamos derrotarlo.

Bryce se puso la mano sobre la cicatriz en forma de estrella de su pecho. Enroscó los dedos en la tela de su camisa. ¿Podía arrancársela del cuerpo, esa conexión con esos hipócritas doble cara y alejarse de esto para siempre?

Mi madre tenía el mapa estelar donde los daglan habían dejado sus apuntes hacía mucho tiempo. Y uno de los mundos de ahí llamó su atención: un mundo, como el nuestro, que había derrocado a los daglan.

En una recámara muy elaborada, de pie frente a un escritorio con sus dos hijas, Theia ondeó la mano. Como si las hubiera extraído de esa burbuja de nada, aparecieron el Arpa y el Cuerno sobre el escritorio. Destellaban al lado de la Espadastral y la daga.

Theia asintió una vez, lentamente, como si estuviera tomando una decisión, y entonces tocó el Cuerno y el Arpa. En un remolino, apareció un portal entre mundos. Se solidificó, un arco a ninguna parte. Frente al arco ahora estaba un hombre apuesto de cabello dorado, con ojos como ópalos azules.

Bryce inhaló repentinamente.

El príncipe Aidas solamente le preguntó una cosa a mi madre cuando abrió la puerta a su mundo: «¿Has venido a pedir ayuda del Averno, entonces?».

Hunt no pudo evitar encogerse al ver a Baxian vomitar sangre y carne y hueso. Todo cayó salpicando en el piso debajo de ellos, y el olor...

Ruhn estaba dando bocanadas de aire, temblando, pero no le había pedido al Mastín del Averno que se detuviera.

—Un poco más —dijo Baxian jadeando con fuerza. Hunt sentía cómo se le revolvía el estómago al ver la sangre que se deslizaba por la barbilla del hombre—. En otras dos mordidas quedará separada.

Ruhn se lamentó un poco, pero asintió con seriedad. Volvieron a mecerse uno hacia el otro y se sostuvieron nuevamente de las piernas, y Baxian mordió de nuevo sin dar ninguna advertencia. No había tiempo que perder.

Hunt intentó bloquear los sonidos. Los olores. Bryce y su futuro y esos niños hermosos... ésa era la imagen que mantenía en su cabeza. Escape, supervivencia, ésa era la meta. Bryce era la meta.

Aunque no tuviera idea de cómo volvería a enfrentarla después de haber fracasado para protegerlos de este destino. Después de haber accedido a permitir que sus amigos hicieran esto. No tenía idea de cómo podría mirarla a los ojos.

Ruhn dejó escapar un grito amortiguado y Baxian volvió a tener una arcada. Tenía la boca todavía alrededor de la muñeca de Ruhn. Estaba retrocediendo.

Ya habían llegado demasiado lejos para detenerse, así que Hunt dijo, con la voz endurecida y en el tono frío e impasible del Umbra Mortis, justo como había dicho Ruhn que lo necesitaban:

—Otra vez, Baxian.

—Por favor —gimió Ruhn. No era una petición de que se detuvieran, sino de que se apresuraran. Que terminaran de una vez.

—*Otra vez* —le ordenó el Umbra Mortis a Baxian.

Baxian, quien había soportado esta tarea impronunciable por Hunt para que él no tuviera que soportarla.

El Mastín del Averno lanzó una mordida hacia adelante, apretó los dientes con fuerza y algo *crujió*.

Ruhn gritó y se meció incontrolablemente en dirección contraria.

Hunt no sabía dónde mirar primero. A Baxian, que escupía sangre y carne hacia las rocas debajo de él, a la mano y parte de una muñeca que seguían fijas a la cadena, o a Ruhn, que iba meciéndose hacia la repisa, con los pies extendidos, sollozando entre dientes porque todo su peso ahora colgaba de un brazo...

Hunt actuó. Levantó los pies y *empujó*. Los dedos de los pies de Ruhn movieron la parte superior del atizador de hierro.

—Más —ladró Hunt. Se convertiría nuevamente en el Umbra Mortis, se convertiría en ese puto monstruo si eso le daba a sus amigos una posibilidad de sobrevivir...

Ruhn se meció hacia Hunt, derramando sangre por todas partes y Hunt se preparó y le dio otra patada. Los dedos del pie del príncipe entraron en contacto con el atizador. Lo pudo asir. Y luego se meció de regreso con todo y atizador.

Ruhn se dejó de mecer, colgando de ese único brazo. ¿Cómo carajos subiría Ruhn el atizador colgando solamente con *un* brazo, no dos? Hunt empezó a mecerse hacia él. Si pudiera usar sus piernas para ayudar a Ruhn a girar...

—Cuánta acrobacia —dijo una voz conocida desde el umbral de la puerta—. Y qué determinación.

Un horror helado se abrió paso por el cuerpo de Hunt, resquebrajándolo cuando vio a Rigelus acercarse con Pollux y el Halcón a su lado.

Ithan jadeaba mientras veía a Sigrid en el suelo, con las garras levantadas. El rostro de la heredera Fendyr estaba blanco del dolor. Con la mano seguía sosteniendo su costado ensangrentado.

—Mátala, Holstrom —ronroneó la Reina Víbora desde las gradas. Se puso de pie en un destello dorado—. Y habrás terminado.

La Reina Víbora quería obligarlo a tomar esta decisión, esta verdadera *diversión*: hacerlo decidir entre salvar a sus amigos, salvar a Athalar, a Ruhn y posiblemente a Bryce... o a Sigrid. El futuro de la estirpe Fendyr. Una alternativa a Sabine.

En el suelo, Sigrid levantó la cabeza para mirarlo. Le escurría sangre de la nariz.

Él le había hecho eso. Nunca se había sentido tan sucio, tan despreciable, como cuando le clavó las garras en el estómago.

Pero Sigrid le dijo, con la boca llena de dientes ensangrentados:

—Nunca te di las gracias.

Todo el mundo se detuvo. La Reina Víbora se desvaneció hasta desaparecer.

—¿Por qué? —jadeó Ithan.

—Por liberarme —dijo ella. Tenía los ojos tan confiados, tan tristes...

Enorgullece a tu hermano.

Si Connor estuviera aquí...

Ithan bajó las garras. Lentamente, volteó a ver a la Reina Víbora, cuyo rostro estaba contraído por el disgusto.

—Vete al carajo y que se vaya al carajo este trato. Si no dejas...

Sigrid atacó.

Un zarpazo cruel hacia su garganta, diseñado para arrancársela. Ithan apenas pudo bloquear el golpe. Las garras de Sigrid se le clavaron en el antebrazo con un relámpago cegador de dolor.

—Fendyr hasta el hueso —dijo la Reina Víbora con tono aprobatorio. No era un cumplido. Ithan apartó el brazo, arrancándose trozos de músculo con el movimiento. Apenas podía respirar para controlar el dolor...

Sigrid atacó su garganta otra vez. Y otra. Lo lanzó contra las cuerdas con la fuerza que sólo podía poseer una Alfa Fendyr. Y cuando él se recuperó y empezó a avanzar directo hacia ella, la vio. La muerte en su mirada.

Lo mataría. Tal vez él la sacó del tanque, pero ella era, de principio a fin, una Alfa.

Y las Alfas no perdían. No frente a lobos de menor categoría.

Enorgullece a tu hermano.

Ésas eran las únicas palabras que quedaban en su mente cuando Ithan se lanzó al aire. Vio a Sigrid a los ojos. El dominio primitivo e intrínseco que vio ahí no aceptaba prisioneros. No tenía misericordia. Nunca podría tener misericordia.

Enorgullece a tu hermano.

Ithan apuntó su puño con garras hacia su hombro, un golpe que la haría caer de rodillas.

Pero Sigrid era rápida... demasiado rápida. Y aún no entendía lo rápido que podía moverse.

Ithan tampoco.

Un momento, sus garras iban dirigidas a su hombro. Al siguiente, ella había logrado moverse hacia la derecha, planeando esquivar el golpe...

Ithan lo vio en cámara lenta. Como si estuviera viendo a alguien más... a otro lobo, atrapado en este cuadrilátero.

En un momento, Sigrid lo estaba esquivando, tan rápido que él no tuvo tiempo de corregir el golpe. Al siguiente instante, ella estaba inmóvil, sus ojos muy abiertos por la sorpresa y el dolor.

Él no le había atravesado el hombro con las garras.

Le había atravesado la garganta.

21

Aidas era un Príncipe del Averno, continuó Silene.

Bryce sintió cómo se le cerraba la garganta.

Valiéndose de unas raras sales de invocación que facilitaban la comunicación entre mundos, sus espías en Midgard lo mantenían bien informado desde que los asteri habían fracasado en la conquista de su planeta. Aidas había sido asignado a la cacería de los asteri desde entonces. Para que su maldad nunca volviera a triunfar, ni en este mundo ni en ningún otro.

De alguna manera, el Averno era la fuerza del *bien* en todo esto. ¿Cómo había logrado ignorar Aidas todas las atrocidades que había cometido Theia? ¿Y, además, amarla? No tenía sentido. A menos que Aidas fuera igual a Theia, un asesino hipócrita...

Durante largas horas mi madre y Aidas hablaron por el portal. Ninguno se atrevía a pasar al mundo del otro. A lo largo de muchos días, fueron reuniéndose y haciendo planes en secreto.

Pronto resultó claro que necesitaríamos tropas. Cualquier hada que fuera leal a nosotros... y humanos. Los mismos enemigos que mi madre había masacrado y esclavizado, ahora los necesitaba. Su último bastión estaba en Parthos, donde todos los académicos y pensadores de la época se habían refugiado en la gran biblioteca. Así que fuimos a Parthos después, transportándonos en la oscuridad.

—Increíble —dijo Nesta, furiosa.

La ciudad de rocas blancas se elevaba como un sueño desde el vasto delta del río y sus tierras negras.

Parthos era más hermosa que cualquier ciudad actual en Midgard. Estaba adornada con grandes torres y columnas, obeliscos gigantes en las plazas de comercio, fuentes cristalinas y una compleja red de acueductos. Los humanos iban y venían en relativa paz y tranquilidad, no con miedo.

En el borde de la ciudad, con vistas a los pantanos al norte, había un enorme edificio con columnas... no, un complejo de varios edificios.

La biblioteca de Parthos.

Bryce sabía que no era solamente un sitio para almacenar libros. El complejo era la sede de varias academias de diversos campos de estudio: las artes, ciencias, matemáticas, filosofía... así como de una vasta colección de libros, un cofre de tesoros de miles de años de conocimientos.

Bryce sintió que le dolía el corazón al verla... lo que había sido alguna vez. Todo lo que se había perdido.

Apiñados en un anfiteatro en el centro del complejo estaba una multitud mezclada de humanos y hadas discutiendo... señalando y gritando.

Las reuniones no salieron bien, dijo Silene. *Pero mi madre se mantuvo firme. Explicó lo que había descubierto. Lo que los humanos habían sabido desde hacía mucho tiempo, aunque no conocieran los detalles.*

Ambas partes poco a poco dejaron de discutir y se sentaron en las bancas de piedra para escuchar a Theia en silencio.

Y cuando ella terminó de hablar, los humanos revelaron su propio descubrimiento, el que nos mostró nuestra perdición.

Una mujer humana se paraba frente a la multitud. Bryce tuvo que recordar que debía seguir respirando, tranquilizarse...

Los asteri habían infectado el agua que consumíamos con un parásito. Habían envenenado los lagos y arroyos y océanos. Los parásitos se enterraban en nuestros cuerpos, deformando nuestra magia.

Santos dioses.

Los asteri inventaron un ritual de llegada a la edad adulta para todas las criaturas mágicas que entraban a Midgard y sus descendientes. Un destello de magia que sería liberado y luego contenido para después alimentar con eso a los asteri. Era una dosis más grande, más concentrada, que las semillas de poder que nos habían succionado a nosotros durante años en el Diezmo. Lo convirtieron en una experiencia casi religiosa y lo explicaban como un método para conseguir energía y tener combustible. Y se habían estado alimentando de eso desde entonces.

—El Descenso —susurró Bryce. La decepción la recorría como si la golpeara. Sabía que Nesta y Azriel la miraban fijamente, pero ella no podía apartar la vista del recuerdo.

Si alguien con poder no participaba en el ritual, los parásitos iban secando a los inmortales hasta que se marchitaban y se convertían en nada... como los humanos. Se podría pasar por alto y considerar que era simplemente vejez. Se plantaron mentiras sobre los peligros de realizar el ritual en cualquier otra parte que no fuera en los sitios de cosecha de los asteri, donde el poder podía contenerse y filtrarse para ellos y para sus ciudades y su tecnología.

Bryce sentía náuseas.

El control que tenían los asteri en la gente de su mundo no estaba solamente basado en el poderío militar y mágico. Estos parásitos se habían asegurado de ser los *dueños* de cada persona, de su poder. Su tiranía se había infiltrado y retorcido hasta llegar a la sangre de todos los seres de Midgard.

Los humanos sabían esto: los asteri habían sido descuidados en hablar sobre esta información a su alrededor ya que, por la falta de magia, los humanos no eran afectados. Y ellos habían observado en silencio mientras nosotros, sus alegres opresores, nos habíamos vuelto los oprimidos sin darnos cuenta. Con un trago de agua de este mundo, ya le pertenecíamos a los asteri. No había manera de deshacerlo.

La desesperanza casi terminó con nosotros en ese momento.

Al fin, Bryce pudo empatizar de verdad. Se había ido a un sitio muy lejano de su cuerpo. Escuchaba como si lo hiciera a distancia al ver los actos finales de esta historia maldita.

Pero convencimos a los humanos de que confiaran en nosotros. Y mi madre empezó a buscar a algunas de las hadas que nos habían seguido a Midgard, en las que esperaba pudiera confiar.

Al final, mi madre tenía diez mil hadas dispuestas a marchar. La mayoría provenía de las tierras del atardecer. Y cuando mi madre abrió completamente la puerta al Averno, Aidas y sus hermanos trajeron consigo cincuenta mil soldados.

No tengo palabras para describir la brutalidad de la guerra. Para describir las vidas perdidas, el tormento y el miedo. Pero mi madre no se quebró.

Los asteri fueron rápidos para montar su contraofensiva y, sabiamente, pusieron a Pelias a cargo de sus fuerzas. Pelias conocía bien a mi madre y sus tácticas.

Y aunque los ejércitos del Averno pelearon con valor, al lado de nuestra gente, no fue suficiente.

Nunca me contaron la historia de cómo se volvieron amantes mi madre y el príncipe Aidas. Solamente sé que a pesar de estar en medio de la guerra, yo nunca había visto a mi madre tan en paz. En una ocasión, cuando me maravillé ante nuestra suerte de que el portal se abriera frente a Aidas aquel día, me dijo que era porque eran pareja: sus almas se habían encontrado a través de las galaxias y se habían vinculado ese día aciago, como si la unión entre ellos fuera realmente un objeto físico. Así de profundamente se amaban. Y cuando terminara la guerra, me prometió, nos iríamos al Averno con Aidas. No para gobernar, sino para vivir. Cuando terminara la guerra, prometió, pasaría el resto de su existencia haciendo lo necesario para resarcir el daño.

No llegó a cumplir esa promesa.

—Qué pena —dijo Nesta sin asomo de misericordia.

Pero Bryce ya estaba más allá de las palabras. Más allá de cualquier cosa que no fuera desesperanza y temor.

Nos enteramos por los enemigos justo antes de que atacaran en medio de la noche: si nos rendíamos, nos perdonarían la vida. Si peleábamos, seríamos masacrados.

Nuestro campamento había sido erigido en lo alto de las montañas, donde pensábamos que las nieves invernales nos protegerían del avance enemigo. En vez de eso, pasábamos frío y hambre, y apenas tuvimos tiempo de preparar nuestras fuerzas. Aidas había regresado al Averno a buscar más soldados, así que pasamos una noche a solas con nuestra madre, cosa poco común.

El Averno no pudo venir a ayudarnos. Mi madre ni siquiera se molestó en tratar de abrir un portal a su mundo. Nuestras fuerzas en Midgard ya estaban agotadas... no podríamos reunir nuevos reclutas hasta después de varios días. Le suplicamos que abriera el portal de todas maneras, al menos para que pudiéramos tener la ayuda del príncipe, pero mi madre creía que no serviría de nada. Que lo que vendría esa noche sería inevitable.

—Estúpida —dijo Nesta otra vez. Bryce asintió entumecida.

Pero mi madre no nos pidió que peleáramos.

Una Theia ensangrentada le estaba dando el Cuerno a Helena y apresuraba a Silene para que se llevara el Arpa y la daga. Se quedó con la Espadastral.

El lugar por donde habíamos entrado a este mundo por primera vez estaba cerca. Habíamos acampado en este sitio en parte para que mi madre eventualmente pudiera abrir un portal otra vez y reclutar más hadas para la lucha. Seguía sin entender mucho sobre los viajes entre mundos. No estaba segura, si abría un portal en cualquier otra parte, de si abriría en un sitio distinto en nuestro mundo. Así que apostó que nuestro punto de entrada a Midgard abriría de nuevo precisamente en nuestra corte. Desde ahí, planeaba que tomáramos los túneles que saltaban entre territorios y que reuniéramos ejércitos de hadas. Incluso sabiendo que se habían opuesto a ella antes, sabiendo que probablemente le negarían la ayuda o la matarían, no tenía otra opción.

Pero ya no había tiempo para eso ahora.

«Toquen el Cuerno y el Arpa», ordenó nuestra madre, y los sacó de esa burbuja de nada, «y salgan de este mundo». Sería rápido, una apertura momentánea, demasiado rápida para que Rigelus pudiera usarla. La abriríamos y desapareceríamos antes de que él siquiera se enterara de lo que habíamos hecho y luego sellaríamos ese portal entre mundos para siempre.

Theia le dio un beso a cada una en la frente.

Advirtió que Pelias estaba en camino. Nos venía a buscar a las dos. Rigelus lo había convertido en príncipe de las hadas y Pelias nos usaría para legitimar su reino. Quería tener hijos con nosotras.

Incluso con todo lo que habían hecho, los crímenes que habían cometido contra los humanos, Bryce sintió una opresión en el pecho al sentir el pánico de las hermanas.

Theia acercó a sus hijas y se encendió con luzastral. Y en el pequeño espacio entre sus cuerpos, Bryce alcanzó a distinguir que Theia tocaba una cuerda grave del Arpa. En respuesta, una estrella, similar a la que Bryce podía extraer de su propio pecho, emergió del cuerpo de Theia. Se dividió en tres esferas de luz resplandeciente. Una voló hacia el pecho de Silene y otra al de Helena. La última, como si fuera la madre a partir de la cual hubieran nacido las otras dos estrellas, regresó al cuerpo de Theia.

Por un momento, las tres brillaron. Incluso La que Dice la Verdad, que estaba en la mano de Silene, pareció centellear, una contramelodía oscura que contrastaba con el destello de Gwydion en la mano de Theia, su luz como el latir de un corazón.

Nos dio la protección de lo que su magia podía ofrecer. La transfirió de su cuerpo al nuestro valiéndose del Arpa. Otro secreto que había aprendido de sus amos del pasado: que el Arpa no sólo podía mover a su portador a través del mundo, sino que podía transportar cosas de un lugar a otro, incluso trasladar magia de su alma a las nuestras.

Con Gwydion en mano, Theia salió de la carpa. Con gracia y certeza de hada, saltó al lomo de un magnífico caballo alado y en cuestión de segundos ya iba por los aires, volando hacia la noche en plena batalla.

Bryce inhaló con fuerza. Silene no le había mostrado a las criaturas en recuerdos anteriores ni en el cruce original a Midgard, pero ahí estaban. Los pegasos en los grabados de los túneles no eran entonces iconografía religiosa. Y habían vivido suficiente tiempo en Midgard para estar representados en el arte antiguo, como el friso en el Ballet de Ciudad Medialuna. Todos debieron haber muerto, convertidos en poco más que mitos y juguetes llenos de brillitos.

Otra de las cosas hermosas que Theia y sus hijas habían destruido.

Los ojos de Helena se llenaron de pánico cuando volteó a ver a Silene en el recuerdo.

Para escapar, valía la pena correr el riesgo de regresar a nuestro mundo original, incluso si las hadas nos mataran por nuestra conexión con los asteri, por nuestra estupidez en confiar en ellos.

Helena tomó a Silene de la mano y la llevó al otro extremo del campamento. Hacia el pico nevado frente a ellas, un arco natural de roca. Un portal.

Pero no importó lo rápido que corrimos, no fue suficiente.

Muy abajo, las hadas subían a toda prisa por la montaña. No eran el enemigo avanzando, sino miembros de su corte que iban en pos de ellas al percatarse de lo que Helena y Silene estaban haciendo. Seguían brillando con la magia de su madre y ambas princesas parecían faros en la punta de la pendiente esa noche. Las masas de hadas corrían hacia ellas, con niños pequeños en los brazos, bien envueltos para protegerlos del frío.

Bryce no podía soportar esto, esta última atrocidad. Pero se obligó a ver. Por el recuerdo de esos niños.

No nos detendríamos. Ni siquiera por nuestra gente.

El odio recorrió a Bryce al escuchar las palabras de Silene, una rabia tan violenta que amenazaba con consumirla con la misma certeza que cualquier flama.

Helena levantó el Cuerno a sus labios y Silene tiró de una de las cuerdas del Arpa. Una luz temblorosa y brillante se extendió por el arco y luego apareció una habitación de roca frente al otro lado, con poca luz y vacía.

Ahí fue cuando nos encontraron los lobos. Las hadas metamorfas venían corriendo por el otro lado de la montaña, a toda velocidad por la nieve. *Los asteri habían enviado a sus guerreros más feroces a capturarnos.*

En el fondo de su mente, Bryce se maravilló de eso: que los lobos, los metamorfos… hubieran sido alguna vez *hadas*. Tan similares al tipo de Bryce, pero tan distintas…

Levanté el Arpa otra vez, dijo Silene y su voz al fin expresó un poco de emoción, *pero mi hermana no tocó el Cuerno. Y cuando volteé...*

Silene hizo una pausa y vio a Helena a unos metros de distancia. De cara al enemigo que avanzaba entre la nieve, que venía del cielo. Su gente frenética y desesperada que subía por la falda de la montaña, con súplicas por sus hijos en los labios.

Helena miró a la gente que huía, los lobos que se acercaban. Se inclinó hacia Silene, tocó la cuerda más corta y empujó a su hermana, todavía con el Arpa, hacia atrás.

Usó el Arpa para empujarme la distancia que faltaba hacia el arco.

Silene aterrizó en la nieve, decenas de metros la separaban ahora de su hermana. Los lobos avanzaban hacia Helena.

Helena no miró hacia atrás y bajó corriendo por la montaña, alejándose del paso. Para comprarme tiempo. Pero me tomé un momento para mirar. Para verla a ella y a los lobos que la perseguían. Y a nuestra madre, más abajo en la montaña, ahora enfrascada en el combate con Pelias. Su caballo alado yacía muerto a su lado.

El poder surgió de Pelias como una explosión, un poder como nunca le había visto a él.

El poder golpeó a su madre... fue un golpe certero.

Incluso la gente que estaba huyendo se detuvo y voltearon a ver a sus espaldas, a la figura que yacía entre la sangre y las vísceras. A Pelias, que se agachaba para recoger la Espadastral.

Con un movimiento sencillo y casi agraciado de la mano, enterró la espada en la cabeza de Theia.

Tuve que decidir, entonces. Quedarme a vengar a mi madre, pelear al lado de mi hermana... o sobrevivir. Cerrar la puerta a mis espaldas.

Silene saltó por el portal, hacia la habitación del otro lado y tocó el Arpa al ir pasando.

Y mientras caía entre los mundos... sonó el Cuerno.

Silene cayó y cayó y cayó, hacia abajo y hacia un lado. El sonido del Cuerno se interrumpió de manera abrupta y luego ya estaba recostada torpemente en un piso de piedra, rodeada por la oscuridad.

Estaba en casa.

Llorando, Silene se puso de pie. La nieve caía de su ropa. Bryce no sintió ni un poco de lástima en su corazón por las lágrimas de Silene.

No porque se escuchaban los gritos a través de las paredes. A través de la roca. La gente de Silene había llegado al paso y ahora golpeaba en la roca, suplicando que los dejara pasar.

Silene se cubrió las orejas y volvió a caer al suelo. Abrazó con fuerza el Arpa a su pecho.

¡Por la Madre en los cielos, abre!, rugió un hombre. *¡Tenemos niños aquí! ¡Llévate a los niños!*

Bryce sacudió la cabeza en horror mudo cuando los gritos y las súplicas empezaron a desvanecerse. Luego se detuvieron por completo. Como si los hubieran succionado las rocas mismas de ese lugar. Junto con la nieve que se derretía alrededor de Silene.

—Maldita cobarde —exhaló Bryce al fin. Se le quebró la voz con la última palabra. *Esto* era su legado.

Un silencio pesado cayó en la habitación, interrumpido solamente por los jadeos rasposos de Silene que se arrodillaba con el Arpa entre las manos.

En ese momento, dijo Silene, *solamente tenía un pensamiento en mi mente. Que este conocimiento moriría conmigo. Que este mundo continuaría como si las hadas que se habían ido a Midgard nunca hubieran existido. Se convertirían en una historia susurrada alrededor de las fogatas en los campamentos, historias sobre un pueblo que había desaparecido. Era lo único que se me ocurrió hacer para proteger este mundo. Para pagar por lo hecho.*

Demasiado poco, demasiado tarde. Y por supuesto, Silene se habría beneficiado por ocultar su pasado. Si no le decía a nadie quién era o qué habían hecho ella y su familia, no podían castigarla por eso. Qué conveniente. Qué *noble*.

Silene miraba el punto donde se arrodilló sobre la estrella de ocho picos al centro de la habitación. El único adorno.

Lentamente, colocó el Arpa sobre la estrella. La nieve seguía derritiéndose en su cabello. Se puso de pie, se enjugó las lágrimas, luego reunió su magia, todo el poder concentrado de su luz. Cortó la roca como cuchillo en mantequilla tibia... un láser.

Luz que no era solamente luz... luz como la que usaban los asteri con sus poderes.

Silene talló planetas y estrellas y dioses. Un mapa del cosmos. Del mundo que había abandonado. Cuando terminó, se recostó junto al Arpa, en posición fetal alrededor de la daga que tenía enfundada a la cintura.

Silene trazó con los dedos sobre la roca, como si de alguna manera pudiera alcanzar a su hermana a través de las estrellas. Una chispa de luzastral empezó a formarse en la punta de su dedo...

La visión se oscureció. Luego volvió a aparecer la cara de Silene, más vieja, más desgastada. Sus ojos azul claro miraban hacia el exterior con una expresión firme. *Mi fuerza disminuye*, dijo. *Espero que mi vida haya sido utilizada de manera sabia. Que haya redimido los crímenes y las tonterías y el amor de mi madre... y que haya tratado de corregirlos. Hice estos túneles, el camino hasta aquí, para que existiera algún registro de lo que fuimos, de lo que hicimos. Pero primero tuve que borrar todo de la memoria reciente.*

Su cara se desvaneció y aparecieron más imágenes. Un montaje más rápido.

Silene, que se alejaba del Arpa y caminaba a través de los pasillos hermosos de un palacio tallado dentro de la montaña... *esta* montaña.

Nuestro hogar había quedado vacío desde que desaparecimos. Como si las otras hadas pensaran que estaba maldito. Así que lo maldije de verdad. Lo maldije todo.

Recorrió las habitaciones que alguna vez debieron ser familiares para ella, haciendo pausas, como si estuviera perdida en los recuerdos. Luego ondeó la mano y bloqueó pasillos enteros con roca natural. Otro movimiento de la mano y los salones ornamentados del trono fueron tragados por la montaña hasta que sólo quedaron los pasajes inferiores, los calabozos y esta habitación muy por debajo.

A pesar de mis esfuerzos por ocultar lo que había sido alguna vez este palacio, un poder terrible y antiguo seguía en el aire. Era como nos había advertido nuestra madre cuando éramos pequeñas: la maldad siempre persistía, justo debajo de nosotros, lista para atraparnos en sus mandíbulas.

Así que fui a buscar a otro monstruo para ocultarlo.

Debajo de otra montaña, muy al sur, encontré un ser de sangre y furia y pesadillas. Alguna vez fue mascota de los asteri y llevaba mucho tiempo ocultándose, alimentándose de los descuidados. Con la daga y mi poder, le tendí una trampa. Y cuando se acercó a olfatear, lo arrastré de regreso hasta acá. Lo atrapé en una de las celdas. Puse hechizos en la puerta.

Uno tras otro, cacé monstruos, los restos de las mascotas de los daglan, hasta que muchas de las habitaciones de los niveles bajos estuvieron llenas de ellos. Hasta que mi hogar, que alguna vez fue hermoso, se convirtió en una prisión. Hasta que incluso la tierra estaba tan asqueada por la maldad que había reunido aquí, que las islas se marchitaron y la tierra se volvió estéril. Los caballos alados que no se habían ido con mi madre a Midgard, que alguna vez habían volado por los cielos, jugado en la playa… casi habían desaparecido. No quedaba una sola alma viviente, excepto por las monstruosidades en la montaña.

Ninguna lástima ni compasión se movieron en el interior de Bryce. No le compraba la mierda del «bien común» a Silene. Había hecho todo para protegerse a sí misma, para asegurarse de que las hadas de este mundo nunca averiguaran lo cerca que ella y su madre y su hermana habían estado de condenarlos a todos. Cómo Silene y Helena *habían* condenado a las hadas de Midgard, dejándolas fuera con todo y sus hijos. Unos cuantos segundos más de mantener abierto el portal y podría haber salvado docenas de vidas. Pero no lo había hecho.

Así que se podía ir a la mierda con su búsqueda de redención.

Me fui, recorriendo las tierras por un tiempo, viendo cómo habían avanzado sin el gobierno de Theia. Se habían separado en varios territorios y aunque no estaban en guerra, ya no eran el reino unificado que yo había conocido.

Les ahorraré los detalles de cómo me terminé casando con el hijo de un alto lord. De los años antes y después de que se volviera alto lord de la Noche y yo su lady. Él quería que yo fuera una alta lady, al igual que las parejas de los otros lords, pero yo me negué. Había visto lo que el poder le había hecho a mi madre y no quería tener nada que ver con eso.

Sin embargo, cuando nació mi primer hijo, cuando el bebé gritaba y el sonido estaba lleno de noche, lo traje a la Prisión y grabé los hechizos en su sangre. Nadie sabía que el infante que a veces brillaba con luz de estrellas lo había heredado de mí. Que era la luz de la estrella de la tarde. La estrella del atardecer.

Y esta isla que se había vuelto estéril y vacía... también era de él. Se lo dije, cuando tuvo edad suficiente, lo que le había dejado aquí. Para que alguien pudiera volver a tener acceso a este registro, para conocer los riesgos de usar el Tesoro y la amenaza de los asteri, que siempre están aguardando para regresar aquí. Me aseguré de que supiera que el arma enterrada que necesitaría contra los asteri estaba aquí abajo. Solamente le pedí que no le dijera a su padre, a mi pareja. Hasta donde yo supe, nunca lo ha hecho. Y un día, prometió decirle a su hijo, y al hijo de su hijo. Una vergüenza secreta, una historia secreta, un arma secreta... todo escondido en nuestro linaje. Nuestra carga que debemos continuar cargando, grabada y registrada aquí para que si la historia original se deforma o si se pierden partes de ella con el tiempo... aquí quede, grabada sobre roca.

Nesta le murmuró a Azriel.

—¿Rhys... lo sabe?

—No —contestó Azriel sin dudarlo un instante—. En algún momento... todo esto se olvidó y nunca pasó de generación en generación.

A Bryce eso la tenía sin cuidado. Ya conocía la verdad y lo único que importaba era regresar a casa, a Midgard, para compartirlo con los demás. Con Hunt.

Pero para el resto del mundo, dijo Silene, *yo me aseguré de que mi madre y sus tierras se convirtieran en un susurro. Luego en una leyenda. La gente se preguntaba si Theia siquiera había existido. La vieja generación murió. Yo me aferré a la vida, incluso después de que mi pareja muriera. Como anciana, inventé mentiras para mi gente y las llamé verdades.*

«Nadie sabe lo que fue de Theia y el general Pelias», le dije a incontables generaciones. *«Traicionaron al rey Fionn y Gwydion se perdió para siempre, al igual que su daga». Mentía con cada respiración.*

«Theia y Fionn tuvieron dos hijas. De poca importancia y nada relevantes». Esa parte fue tal vez la más difícil. No que mi propio nombre se perdiera, sino tener que borrar el de Helena también.

Bryce la veía furiosa. ¿Borrar el nombre de su hermana era peor que masacrar familias humanas?

Mi hijo tuvo hijos y yo viví suficiente tiempo para ver a mis nietos tener sus propios hijos. Y luego regresé aquí. Al lugar que alguna vez estuvo lleno de luz y música y que ahora sólo era el hogar de terrores.

Para dejar este recuento para alguien cuya sangre lo invoque, hijo de mi hijo, heredero de mi heredero. A ti te dejo mi historia, tu historia. A ti, en esta misma roca, te dejo la herencia y la carga que mi propia madre me dejó a mí.

La imagen se hizo borrosa y luego ahí estaba otra vez. La cara vieja y cansada.

Espero que la Madre me perdone, dijo Silene y el holograma se disolvió.

—Bueno pues yo por ningún puto motivo lo haré —escupió Bryce y le hizo una seña obscena al espacio vacío donde Silene había estado.

22

Hunt no podía hacer nada salvo ver con desesperación cómo la Mano Brillante de los asteri entró a la habitación, seguido por Pollux y el Halcón. Este último vio la mano que seguía colgando de las cadenas y rio.

—Igual que las ratas —se burló el Halcón— que se comen su propia extremidad cuando están atrapadas.

—Vete al carajo —escupió Baxian. La sangre de Ruhn le cubría la cara, el cuello, el pecho.

—Vaya boquita —lo reprendió Rigelus, y no interfirió cuando Pollux le quitó el atizador de hierro a Ruhn, que todavía sostenía entre sus pies. Ruhn, había que reconocérselo, intentó sostenerlo y levantó las piernas para acercarlo a su cuerpo. Pero estaba débil y sangraba... no podía hacer nada. Pollux se lo arrancó y lo golpeó una vez en la espalda con él, lo cual provocó que el príncipe gruñera del dolor, y luego lo usó para empujar la mano cercenada de Ruhn del grillete.

Cayó en el suelo asqueroso con un sonido horrendo.

Con una sonrisa, el Halcón la recogió como si fuera un juguete nuevo.

Observando a los tres prisioneros, Rigelus dijo con tranquilidad:

—Si hubiera sabido que estaban tan aburridos acá abajo, hubiera mandado a Pollux de regreso antes. Y yo que pensaba que ya sufrían bastante.

Pollux avanzó hasta la palanca con sus alas blancas muy brillantes. Con una sonrisa burlona, el Martillo tiró de la palanca e hizo que los tres cayeran pesadamente al suelo.

La agonía que recorrió el cuerpo de Hunt ahogó el grito de Ruhn, que aterrizó en su muñeca cercenada.

Hunt se permitió una respiración, un instante en ese piso repugnante para sumergirse en la oscuridad helada del Umbra Mortis. Para pelear a pesar del dolor, la culpa... para concentrarse. Para levantar la cabeza.

Rigelus los veía en el piso, impasible.

—Espero tener pronto más información sobre a donde podría haber ido la señorita Quinlan —canturreó—. Pero, ¿tal vez ahora se sientan más dispuestos a hablar?

Ruhn escupió:

—Vete a la mierda.

A espaldas de Rigelus, el Halcón dobló los dedos de la mano cercenada de Ruhn hasta que sólo quedó levantado el dedo medio.

Hunt gruñó suavemente. El gruñido del Umbra Mortis.

No obstante, Rigelus se acercó más a Hunt, con su saco blanco inmaculado que resultaba de una pulcritud casi obscena en este lugar. Los anillos dorados de sus dedos brillaban.

—No me da ningún placer verte con el halo y la marca de esclavo otra vez, Athalar.

—¿Halo —preguntó Hunt con toda la solidez que pudo— o corona negra?

Rigelus parpadeó, la única señal de su sorpresa, pero el término claramente tuvo su efecto con la Mano Brillante.

—¿Has estado hablando con las sombras, entonces? —siseó Rigelus.

—Umbra Mortis y todo eso —dijo Hunt—. Tiene sentido para la Sombra de la Muerte.

Baxian rio.

Rigelus entrecerró los ojos al Mastín del Averno y luego devolvió su atención a Hunt.

—¿Hasta dónde llegaría el Umbra Mortis para mantener a estos dos patéticos especímenes vivos, me pregunto?

—¿Qué carajos quieres? —gruñó Hunt. Pollux le lanzó una mirada de advertencia.

—Una pequeña tarea —dijo Rigelus—. Un favor. Que no tiene ninguna relación con la señorita Quinlan.

—No lo escuches —murmuró Baxian. Luego gritó cuando restalló un látigo, cortesía del Halcón.

—Estaría dispuesto a ofrecer una... prórroga —le dijo Rigelus a Hunt e ignoró al Mastín del Averno por completo—, si haces algo por mí.

De eso se trataba todo esto, entonces. Sus místicos encontrarían a Bryce... no los necesitaba a ellos tres para eso. Pero la tortura, el castigo... Hunt obligó a su mente nublada a que se aclarara, que escuchara cada palabra. A aferrarse a ese Umbra Mortis que había sido alguna vez, lo que había estado tan feliz de dejar atrás.

—Tus relámpagos son un don, Athalar —continúo Rigelus—. Uno excepcional. Si los usas una vez, por mí, tal vez podríamos encontrar un... acuerdo más cómodo para ustedes tres.

Ruhn escupió:

—¿Para hacer *qué*?

—Un proyecto personal.

Hunt dijo bruscamente:

—No voy a acceder a un carajo.

Rigelus sonrió con tristeza.

—Asumí que ése sería el caso. Aunque no deja de decepcionarme.

Sacó una astilla de roca de color claro de su bolsillo... un cristal. Sin cortar y más o menos del largo de la palma de su mano.

—Será más difícil sacártelo sin tu consentimiento, pero no imposible.

Hunt sintió que el estómago le dio un vuelco.

—¿Extraer qué?

Rigelus se acercó con el cristal en la mano. El asteri se detuvo a unos pasos de Hunt y abrió los dedos para poder examinar el trozo de cuarzo que tenía en la palma de la mano.

—Es un buen conductor natural —dijo la Mano Brillante con tono pensativo—. Y un excelente receptáculo de poder —levantó la mirada hacia Hunt—. Te daré una alternativa: ofréceme un poco de tus relámpagos y tú y tus amigos se librarán de la peor parte de su sufrimiento.

—No.

La palabra subió de las profundidades de las entrañas de Hunt.

La expresión de Rigelus permaneció tranquila.

—Entonces, elige cuál de tus amigos morirá.

—*Vete al Averno.*

El Umbra Mortis se alejó, demasiado lejos para poder alcanzarlo.

Rigelus suspiró, aburrido y cansado.

—Elige, Athalar: ¿será el Mastín del Averno o el príncipe hada?

No podía. No lo haría.

Pollux sonreía como un loco, con el cuchillo largo en la mano. No importaba cuál de los amigos de Hunt fuera elegido, el Martillo alargaría sus muertes de la manera más atroz.

—¿Y bien? —preguntó Rigelus.

Lo haría... la Mano Brillante haría esto, lo haría elegir entre sus amigos, o simplemente los mataría a ambos.

Y Hunt nunca se había odiado más, pero buscó en su interior, sus relámpagos, reprimidos y sofocados por los grilletes gorsianos, pero todavía ahí, bajo la superficie.

Era todo lo que Rigelus necesitaba. Presionó el cuarzo contra el antebrazo de Hunt y la piedra cortó su piel. Un relámpago ardiente y afilado como ácido surgió de Hunt, se desgarró de su alma, se retorció por los confines de los grilletes gorsianos, extraído centímetro a centímetro hacia el cristal. Hunt gritó, y tuvo un momento de claridad brutal:

esto sentían sus enemigos cuando los desollaba vivos, lo que Sandriel había sentido cuando la destruyó y, *dioses*, quemaba...

Y luego se detuvo.

Como un interruptor que se apagaba, lo único que lo llenaba era la oscuridad. Sus relámpagos volvieron a hundirse en él, pero en las manos de Rigelus, el cristal brillaba, lleno de los relámpagos que había extraído del cuerpo de Hunt. Como una batería de luzprístina, como la chispa de poder extraída durante el Descenso.

—Me parece que esto será suficiente por ahora —canturreó Rigelus y se echó la piedra de vuelta al bolsillo. Iluminaba el material oscuro de sus pantalones y a Hunt se le cerró la garganta y sintió que la bilis le empezaba a subir.

La Mano Brillante se dio la vuelta y le dijo al Martillo y al Halcón sin voltear a verlos:

—Creo que dos de tres de todas maneras será suficiente incentivo para que regrese la señorita Quinlan, ¿no creen? Que sea la selección del verdugo.

—Bastardo —exhaló Hunt—. Hice lo que pediste.

Rigelus se dirigió a las escaleras que conducían al exterior de la habitación.

—Si hubieras accedido a darme tus relámpagos desde el principio, tus dos compañeros hubieran sido perdonados. Pero como me obligaste a hacer todo este esfuerzo... Creo que necesitas aprender las consecuencias de tu rebeldía, aunque fuera breve.

Baxian dijo furioso:

—Nunca dejará de desafiarte... y nosotros tampoco, pendejo.

Que el Mastín del Averno lo defendiera significaba mucho más de lo que debía. Y también hacía que todo fuera peor.

La última vez que había estado aquí, había estado solo. Sólo tuvo que aguantar los gritos de los soldados. Su culpa lo había devorado, pero era distinta a esto. A tener que estar ahí con dos hermanos y soportar su sufrimiento junto con el propio.

Estar solo hubiera sido mejor. Mucho mejor.

Rigelus también lo sabía. Por eso había esperado tanto tiempo para bajar a este lugar, para darle a Hunt tiempo de comprender la situación en la que se encontraba.

La Mano Brillante ascendió los escalones con gracia felina.

—Ya veremos lo que Athalar está dispuesto a dar cuando llegue el momento, dónde pone los límites incluso el Umbra Mortis.

A Lidia se le había acabado el tiempo. Si iba a actuar, tendría que ser ahora. No habría margen de error. Necesitaba que los prisioneros estuvieran listos, de manera que ella pudiera actuar.

Pero ni siquiera había entrado más de dos pasos al calabozo cuando todo el aire se le escapó del cuerpo al ver el muñón donde antes estaba la mano de Ruhn.

El príncipe colgaba inconsciente de sus cadenas. Athalar y Baxian también estaban inconscientes. Los tres estaban cubiertos de sangre seca.

Pollux y el Halcón jadeaban, sonriendo como locos.

—Te perdiste de la diversión, Lidia —dijo el Halcón y levantó...

Levantó...

Esa mano ancha y tatuada, la mano de Ruhn, la había tocado. En ese plano mental, alma a alma, esas manos la habían acariciado, gentiles y amorosas.

—Bien hecho —logró decir, aunque estaba gritando en su interior. Estaba arañando los muros de su ser y aullando con furia—. ¿Quién de ustedes se ganó el premio?

—Baxian, de hecho —dijo el Martillo con una risa—. Lo masticó como el perro que es en un intento por liberarse.

Lidia se obligó a voltear. A ver al Mastín del Averno como si estuviera impresionada. En parte, sí lo estaba. Pero el dolor que Ruhn había soportado

Se puso la mano en el vientre y su mueca no fue del todo fingida.

—¿Lidia? —preguntó el Halcón con una ligera vibración de sus alas.

—Su ciclo —contestó por ella Pollux. El desprecio se podía sentir en su voz.

—Estoy bien —dijo ella molesta para completar el espectáculo.

El Halcón y Pollux intercambiaron miradas, como diciendo, *Mujeres*. Ella sacó un estuche de terciopelo de un bolsillo interior de la chamarra de su uniforme. Cuando lo abrió, la luzprístina brilló en dos jeringas que estaban dentro, fijas con un broche.

—¿Qué es eso? —preguntó el Halcón y dio un paso para acercarse y asomarse para ver las agujas.

Lidia se obligó a sonreírle, luego a Pollux.

—Me pareció una pena que las alas de Athalar y del Mastín del Averno ya no sean un... objetivo. Pensé que podríamos traerlas de vuelta.

Una inyección de poción sanadora de medibruja, con algo de luzprístina, haría que sus alas volvieran a crecer en cuestión de uno o dos días, incluso bajo el poder represivo de los grilletes gorsianos. Si hubiera sabido sobre la mano de Ruhn habría traído tres, pero ahora ya no había manera de explicar casualmente por qué la necesitaría, no sin llamar demasiado la atención.

Y necesitaba que Athalar y Baxian pudieran volar.

Pollux le sonrió:

—Astuta, Lidia —movió la barbilla hacia los ángeles inconscientes—. Hazlo.

Ella no necesitaba el permiso del Martillo, pero no protestó.

—Esperen hasta que estén completamente crecidas —le advirtió a Pollux y al Halcón—. Déjenlos saborear la esperanza de volver a tener sus alas antes de encontrar una manera interesante de volvérselas a quitar.

Athalar y Baxian estaban tan profundamente inconscientes que ni siquiera sintieron el piquete de la aguja en el centro de sus columnas. La luzprístina brilló a lo largo de sus espaldas, estirándose como raíces brillantes hacia los muñones de sus alas. Las heridas a su paso iban sanando lentamente, pero Lidia le había pedido a la medibruja que hizo la poción que le pusiera un hechizo que trabajara específicamente en las alas. Si los hubiera sanado a ambos por completo, habría sido demasiado sospechoso.

Despacio, frente a sus ojos, los muñones en sus espaldas empezaron a reconstruirse, la carne y los tendones y los huesos comenzaron a unirse, a multiplicarse.

Lidia apartó la vista de la escena macabra. Sólo le quedaba rezar que estuvieran sanos a tiempo.

—Yo me encargo ahora —le dijo a Pollux y al Halcón y se dirigió al estante.

—Pensé que estabas aquí para sanarlos.

El Halcón la miró y luego a los ángeles.

—Sólo las alas —dijo Lidia—. ¿Por qué no jugar con otras partes mientras sanan?

El Martillo sonrió.

—¿Puedo ver?

—No.

Ruhn se movió un poco, con un gemido suave, y ella tuvo que hacer un gran esfuerzo por no tomar una de las espadas largas del estante y enterrarla en el vientre de Pollux.

—Sabes cuánto me gusta ver —ronroneó Pollux y el Halcón rio. Qué absoluto desperdicio de vida. Había estado ahí mientras el Martillo cometía sus atrocidades sangrientas. Se había deleitado mirando durante todos esos años con Sandriel también.

Los ojos del Malleus brillaron con lujuria desnuda.

—¿Por qué no nos das un show?

—Lárguense —dijo ella sin reaccionar a sus palabras. Pollux podría fingir que tenía el control, pero él sabía a quién favorecían los asteri. Sus órdenes no debían ser ignoradas—. No necesito distracciones.

El Halcón rio un poco, pero obedeció y salió. Un verdadero lacayo, de pies a cabeza.

Sin embargo, el Martillo caminó hacia ella. Con la suavidad de un amante, le puso una mano en un flanco del cuello. Y luego apretó con suficiente fuerza para dejar un moretón y le dijo hacia la boca.

—Te voy a coger hasta que aprendas a no ser irrespetuosa, Lidia. Coño ensangrentado o no.

Luego ya iba subiendo los escalones, con las alas brillando de rabia. Azotó la puerta a sus espaldas.

Lidia esperó, escuchando. Cuando estuvo convencida de que se habían marchado, tiró de la palanca que hizo que los tres prisioneros cayeran al suelo y corrió al lugar donde estaba Ruhn.

—Levántate —dijo con voz dura, fría. El príncipe abrió sus hermosos ojos azules.

Ella estudió su rostro. *Ruhn.* Nadie respondió. Como si el dolor lo hubiera dejado hueco por dentro. *Ruhn, escúchame.*

Estás muerta para mí, le había dicho él. Parecía que había cortado la conexión entre ellos también. Pero Lidia todavía podía proyectar sus pensamientos hacia su mente.

Ruhn, no tengo mucho tiempo. Logré hacer el contacto con las personas que pueden ayudar a sacarlos de aquí, pero parece que de alguna manera van a resucitar a la Arpía y, ya que lo hagan, toda la verdad saldrá a la luz. Si es que mi plan va a funcionar, si es que ustedes van a sobrevivir, necesitas escucharme...

Ruhn solamente cerró los ojos y no los volvió a abrir.

Un silencio pesado e insoportable llenó la habitación debajo de la Prisión. Bryce se quedó viendo a la estrella de ocho picos mientras sentía la repulsión deslizársele por todo el cuerpo con un movimiento aceitoso.

—Eran horribles —dijo con la garganta seca—. Monstruos egoístas y desconsiderados.

—Silene y Helena al menos cerraron el portal —propuso Nesta con cautela.

La mirada de Bryce saltó hacia Nesta.

—Pero primero lo abrieron otra vez... para *escapar*. Estaba abierto porque querían huir. Y dejaron atrás a toda esa gente. Podrían haberlo dejado abierto un poco más, los podrían haber salvado. Pero Silene se eligió a sí misma. Es una puta *desgracia*.

—Seguramente su destino a manos de Pelias —dijo Azriel— explicaría en parte su motivación para actuar con rapidez.

Bryce señaló el lugar donde había estado Silene.

—Esa puta *perra* le cerró la puerta a los niños para salvarse a ella misma y luego trató de justificarlo.

Eso no era distinto a lo que habían hecho las hadas valbaranas esta primavera en Ciudad Medialuna, cuando cerraron sus mansiones a los inocentes mientras ellas se ocultaban dentro, protegidas por sus hechizos.

—¿Qué...? —empezó a preguntar Nesta con suavidad—. ¿Qué esperabas encontrar aquí?

—No sé —dijo Bryce con una risa amarga—. Pensé que tal vez... que tal vez ellas tendrían alguna respuesta sobre cómo matar a los asteri. Pero apenas habló de *eso*. Pensé que en los miles de años que han pasado desde entonces, tal vez las hadas de Midgard habían evolucionado para convertirse en las arpías reprobables que son ahora, no que siempre hubieran sido detestables.

Se talló la cara. Le ardían los ojos.

—Pensé que ser portadora de la luz de Theia era... bueno. Que de alguna manera, era mejor que Pelias. Pero no lo era —¿y Aidas la *amaba*? —. Pensé que eso de alguna manera me daba alguna ventaja en este cenegal. Pero no es así. Sólo significa que soy la heredera de un jodido legado de cabrones egoístas y conspiradores.

Y, lo que era peor, ese parásito en las aguas de Midgard... ¿qué se podía hacer siquiera contra eso? Bryce inhaló de manera entrecortada.

Una mano amable se posó en su hombro. Nesta.

—Tenemos que decirle a Rhys —habló Azriel con voz ronca. Como si todavía estuviera recuperándose de todo lo que había escuchado—. De inmediato.

Bryce volteó a verlo rápidamente. La preocupación y determinación que notaba en su rostro. Todo lo que había visto... era una amenaza a este mundo, a las personas que habitaban en él.

Azriel le preguntó con calma aterradora:

—¿Qué le pasó al Cuerno?

Bryce lo miró a los ojos, furiosa, más allá de intentar tejer cualquier mentira.

Pero Nesta dijo:

—Ella *es* el Cuerno, Azriel. Lo tiene tatuado en su carne —bajó la mano al hombro de Bryce y la miró—. ¿No es así? Es lo único que podría haber hecho reaccionar así a tu tatuaje.

Los ojos castaños de Azriel centellearon con gesto depredador. Se lo cortaría de la puta espalda.

Si ella corría hacia el túnel de salida... Habían mencionado algo sobre trepar para salir de ahí, luego una caminata ladera abajo por la montaña.

Pero esta corte era una isla. No podría alejarse de ellos.

Azriel empezó a darle vueltas con una precisión calculada y pausada. Bryce giraba con él, sin perderlo de vista, pero al hacerlo le dejaba la espalda expuesta a Nesta, quien, Bryce sospechaba, era la mayor depredadora de esa habitación.

—Así fue como llegaste a este mundo —continuó Nesta dando un paso hacia atrás... sin duda para tener el espacio para desenfundar a Ataraxia—. ¿Por qué sólo tú, y nadie más, pudo venir? ¿Por qué dijiste que nadie podría seguirte aquí? Porque sólo tú tienes el Cuerno. Sólo tú te puedes mover entre mundos.

—Ya me descubrieron —dijo Bryce y levantó las manos para hacer como si se estuviera rindiendo. Dio un paso hacia atrás para quedar fuera del alcance de Nesta—. Soy un monstruo malo y feo que salta entre mundos. Como mis ancestros.

—Eres un riesgo —dijo Nesta con voz inexpresiva. Sus ojos empezaron a adquirir ese brillo plateado... ese fuego sobrenatural.

—Ya se los dije cien veces: yo ni siquiera quería venir aquí...

—Eso no importa —dijo Nesta—. *Llegaste* aquí, al sitio donde los daglan aparentemente están decididos a regresar.

—Los asteri necesitarían el Cuerno para abrir un portal. Tal vez me encuentren, pero no pueden entrar.

—Pero tú quieres regresar a casa —dijo Nesta— y para eso tendrás que abrir una puerta a Midgard. ¿Qué tal si Rigelus está justo ahí? ¿Esperando para pasar?

Bryce giró para seguir viendo a Azriel, pero...

Estaba rodeada únicamente de sombras.

Nesta la había distraído, lo suficiente para que perdiera de vista a Azriel un momento y éste desapareciera. Habían trabajado juntos en perfecta coordinación.

Se percató de que no era para atacarla, ya que una sombra más oscura que las que la rodeaban se apresuró hacia el túnel del otro lado de la habitación; pero iba por refuerzos.

—¡No! —gritó Bryce y extendió una mano. La luz brotó de sus dedos. Chocó contra las sombras de Azriel y fracturó la oscuridad para revelar al guerrero debajo. Sin embargo, no fue suficiente para detener su carrera...

Necesitaba más poder.

La estrella de ocho picos que tenía a sus pies brilló, como si su magia hubiera movido algo dentro de ella. Como brasas que se encienden cuando se mueven las cenizas. ¿Tal vez su estrella no la estaba guiando hacia esa información sino hacia algo... distinto? Algo tangible.

Lo igual llama a lo igual.

A ti, en esta misma roca, había dicho Silene, *te dejo la herencia y la carga que mi propia madre me dejó a mí.*

Este lugar, esta Prisión y la corte que había sido alguna vez, eran la herencia de Bryce. Eran de su propiedad para que dispusiera de ellas como quisiera, como Silene había ordenado.

Y ese recuerdo, de Silene recostada junto al Arpa en el centro de esta habitación, estirando el dedo con un fragmento de luz en la punta hacia los grabados...

En esta misma roca...

Silene había convertido su anterior palacio y hogar en esta Prisión. Debió haber infundido algo de magia a las rocas para lograrlo. Debió haber entregado algo de su poder no sólo para modificar el terreno, sino para conservar a los monstruos en sus celdas.

Theia le había mostrado cómo hacerlo. En esos últimos momentos con sus hijas, Theia había usado el Arpa para transferir magia de ella a Silene y Helena, para protegerlas. Había aparecido como una estrella. ¿Silene había replicado eso en este lugar?

¿Era posible que el Arpa, en ese momento que Silene la quiso tomar, con su poder listo, hubiera logrado transferir su magia a este lugar?

... te dejo la herencia y la carga que mi propia madre me dejó a mí.

Y precisamente como Theia le había cedido su propio poder a Silene... tal vez Silene, a su vez, había dejado ese mismo poder aquí, para que fuera reclamado por algún descendiente en el futuro.

Uno por uno, rápidos como estrellas fugaces, los pensamientos pasaban a toda velocidad por Bryce. Más por instinto que otra cosa, cayó de rodillas y azotó la mano sobre la estrella de ocho picos. Bryce buscó dentro de su mente, a través de las capas de roca y tierra... y ahí estaba. Durmiendo debajo de ella.

No era luzprístina, no como la conocía en Midgard... era poder hada en bruto, de una época previa a la ceremonia del Descenso. El poder ascendió hacia ella a través de la roca, como una flecha brillante disparada en la oscuridad...

Azriel batió las alas y en un instante ya estaba volando, dirigiéndose a la salida del túnel.

Como un sol pequeño que brotaba de la roca misma, una bola de luz se abrió paso desde el piso. Una estrella, gemela de la que Bryce tenía en el pecho. Su luzastral al fin despertó de nuevo, como si estuviera estirando los dedos brillantes hacia la estrella que flotaba a centímetros de distancia.

Con manos temblorosas, Bryce guio a la estrella hacia la que brillaba en su pecho. Dentro de su cuerpo.

Una luz blanca hizo erupción a su alrededor.

Un poder, en bruto y antiguo, le recorrió ardiente las venas. El cabello de su cabeza se erizó. Empezó a flotar todo lo que estaba tirado en el piso. Ella estaba en todas partes y en ninguna. Era la estrella del atardecer y los últimos rayos de color antes de la oscuridad.

Azriel estaba ya por llegar al túnel. Con otro batir de sus alas sería tragado por la oscuridad.

Pero Bryce sólo tuvo que pensarlo para que se formaran estalactitas y estalagmitas y le cerraran el paso. La habitación se convirtió en un lobo cuyas mandíbulas se abrían y cerraban buscando al guerrero alado...

La roca se había movido bajo su voluntad... tal como lo había hecho bajo las órdenes de Silene.

—Detenlo —dijo con una voz que se parecía más a la de su padre que cualquier otra cosa que hubiera salido antes de su boca.

Azriel se abalanzó hacia el arco del túnel y... chocó contra un muro de roca. La salida se había cerrado.

Lentamente, volteó con una ligera vibración de sus alas. Le salía sangre de la nariz por haberse estrellado de cara contra la roca que ahora estaba en su camino. Extendió las alas, listo para pelear.

La montaña se estremeció y también lo hizo la habitación en la que estaban. Cayeron rocas y polvo del techo. Las paredes empezaron a moverse, las rocas crujían contra las rocas. Como si el sitio que había estado aquí estuviera luchando para emerger de las piedras.

Pero Nesta corrió hacia Bryce, con Ataraxia desenfundada. Las flamas plateadas envolvían la espada.

Bryce levantó una mano y surgieron picos y picos de roca desde el piso, los cuales bloquearon el avance de Nesta. La habitación volvió a estremecerse...

—*Detente* —rugió Azriel con tono similar al pánico—. Las celdas...

A la distancia, ella pudo percibirlo: las *cosas* que acechaban dentro de la montaña, su montaña. Criaturas retorcidas y desdichadas. Algunas llevaban ahí desde que Silene las había atrapado. Habían estado contemplando su escape y su venganza todo este tiempo. Las liberaría si hacía que esta montaña regresara a su gloria pasada.

Y en ese momento, la montaña —la isla— le habló.

Sola. Estaba tan sola... llevaba todo este tiempo esperando. Con frío y a la deriva en este mar gris y salvaje. Si pudiera tocar a alguien, si pudiera abrir su corazón a ella... podría volver a cantar. Despertar. Había un corazón que latía y vibraba encerrado muy por debajo de ellas. Si lo liberaba, la tierra despertaría de su sueño y esas maravillas volverían a brotar de su tierra...

La montaña volvió a estremecerse. Nesta y Azriel se habían detenido a unos tres metros de distancia. Ataraxia brillaba en la luz cegadora y La que Dice la Verdad estaba envuelta en sombras. La Espadastral seguía enfundada a espaldas de Azriel, pero Bryce podría jurar que la sintió moverse. Como si estuviera incitando a Azriel a que la sacara.

Nesta le advirtió a Bryce con la mirada en la tierra que temblaba:

—Si abres esas celdas...

—No quiero pelear con ustedes —dijo Bryce con voz extrañamente hueca, como si la oleada de magia que había recibido de la fuente de Silene hubiera vaciado su alma—. No soy su enemiga.

—Entonces permítenos llevarte de regreso con nuestro alto lord —dijo Nesta. Ataraxia centelleó en respuesta.

—¿Para qué? ¿Para que me encierren? ¿Para que me corten el Cuerno de la piel?

—Si es necesario —dijo Nesta con frialdad y dobló las rodillas para preparar su ataque—. Si es preciso, para mantener nuestro mundo a salvo.

Bryce le enseñó los dientes con una sonrisa feroz. Brotaron más picos de roca del piso, inclinados hacia Nesta y Azriel.

—Entonces vengan por él.

Con un movimiento de sus alas, Azriel salió disparado hacia ella, rápido como pantera...

Bryce dio un pisotón. Esos picos de roca se estiraron más arriba y bloquearon su camino. Él disparó su luz azul para abrirse paso entre las rocas.

Bryce volvió a dar un pisotón e invocó más lanzas letales de roca, pero ya no había más. Sólo un enorme vacío.

Bryce tuvo sólo un segundo para darse cuenta de que literalmente *había* un vacío bajo sus pies antes de que el suelo debajo de ellos colapsara por completo.

23

Si los prisioneros habían sido capaces de hacer algo tan drástico como arrancarle la mano a mordidas a Ruhn, estaban ya peligrosamente cerca de quebrarse, lo cual le dejaba a Lidia muy poco tiempo y muy pocas opciones.

La alternativa que estaba considerando en ese momento parecía ser la más sabia y la más rápida. Tenía que confiar en que Declan Emmet había recibido el mensaje codificado que ella había enviado a través de su red encriptada, y que él ya estaría apartando las cámaras en ese justo momento.

La Superiora de los Místicos se había ido en cuanto Lidia entró por las puertas al salón húmedo... seguramente para quejarse con Rigelus sobre su inesperada llegada. Le había ordenado que esperara en el recibidor.

Lidia esperó el tiempo suficiente para asegurarse de que la superiora se hubiera marchado, y luego desobedeció la orden.

—Irithys —le dijo Lidia a la duendecilla recostada en el fondo de la bola de cristal. Acostada de lado, la reina dormía. O eso fingía—. Necesito tu ayuda.

La Reina Duendecilla abrió un ojo.

—¿Para torturar a más personas?

—Para torturarme a *mí*.

Irithys abrió ambos ojos esta vez. Se sentó lentamente.

—¿Qué?

Lidia acercó la cara al cristal y dijo en voz baja:

—Hay un ángel en los calabozos. Hunt Athalar.

Irithys ahogó un grito... ella lo conocía. ¿Cómo no iba a conocerlo? Era un Caído igual que ella. Aunque Irithys no había peleado en la fallida rebelión, había nacido para vivir sus consecuencias: heredera de un pueblo maldito, una reina esclavizada en el momento de su coronación. Conocería a todos los involucrados en la saga, conocería cada decisión que condujo al castigo que se expandió a lo largo de generaciones de duendecillas.

—Ha reiniciado la lucha. Y esta primavera, una duendecilla se hizo su amiga. Murió para salvar a su pareja. Se llamaba Lehabah. Ella decía ser descendiente de la reina Ranthia Drahl.

Así como Lidia había visto los videos de Athalar matando a Sandriel, también había sido testigo de la última batalla de la duendecilla de fuego que había salvado a Bryce Quinlan. Rigelus consideró imperativo que Lidia supiera todo acerca de la amenaza contra el poder de los asteri.

Los ojos de Irithys se abrieron como platos ante la mención de su antigua reina y de sus herederos. La estirpe que se creía desaparecida. La reina cuya decisión de rebelarse junto con Athalar y su Arcángel había conducido a este destino de esclavitud para todas las duendecillas, para Irithys misma. Pero dijo sin emoción:

—¿Y entonces?

Lidia continuó:

—Necesito que me ayudes a liberar a Hunt Athalar y a dos de sus compañeros.

Irithys se puso de pie, sus llamas brillaban de un amarillo desconfiado.

—¿Esto es otro *calentamiento*?

Lidia no tenía tiempo para mentiras, para juegos.

—El calentamiento con Hilde fue una prueba. No para ver lo que podías hacer, sino para saber quién eras.

La reina ladeo ligeramente la cabeza. Seguía del mismo tono amarillo.

Lidia continuó:

—Para ver si eras tan honorable como yo esperaba. Si serías de fiar.

—¿Para qué?

La duendecilla escupió las palabras y unas chispas de color rojo puro empezaron a salir volando de su cuerpo.

Para ayudarme con una distracción, una distracción que podría salvar más vidas que las tres que están ahora en el calabozo.

Irithys sorbió un poco la nariz.

—Tú eres la mascota de Rigelus —movió su mano ardiente hacia los místicos que dormían en sus tanques—. No eres mejor que ellos y lo obedeces en todo. Ellos mentirían si él se los ordena. Se ahogarían a sí mismos, si él pronuncia la palabra.

—Puedo explicarlo más tarde. En este momento sólo puedo... —tragó saliva antes de continuar—. Tendrás que confiar en mí.

—¿Y qué hay de las cámaras? —dijo Irithys y se asomó hacia los ojos siempre atentos montados por todas partes en ese lugar.

—Tengo gente trabajando para mí que se ha asegurado de que las cámaras apunten en otra dirección en este momento —dijo Lidia rezando que fuera verdad.

Y con una plegaria a Luna, golpeó la bola de cristal y la disolvió. Seguía teniendo el acceso que Rigelus le había concedido en su sangre para abrir la esfera... todavía podía hacerlo.

Su intención había sido usar a la Reina Duendecilla para intentar derretir los grilletes gorsianos de Ruhn, Baxian y Athalar, pero las cosas habían cambiado. Necesitaba a Irithys para algo mucho más grande.

Irithys se irguió en el aire fresco, con los brazos cruzados y ahora ardiendo de un familiar tono anaranjado precavido.

—¿Y esto? —preguntó señalando la tinta de su cuello.

Lidia añadió en voz baja, lo más tranquila que pudo:

—Hice un trato con Hilde por su libertad. Sólo tiene que hacerme un favor en el momento indicado y podrá ser libre.

Irithys volvió a ladear la cabeza.

—¿Y esa parte de que yo te iba a torturar...?

—Eso vendrá después. Para que parezca creíble.

—¿Para que *qué* parezca creíble?

Lidia miró su reloj. No tenían mucho tiempo.

—Necesito saber si participarás o no.

La Reina Duendecilla, había que reconocerlo, no desperdició ni un instante. Lidia la miró a los ojos y permitió que la reina viera todo lo que había hasta el fondo de su mirada. La sorpresa iluminó el rostro de Irithys... pero asintió despacio y se puso de un tono rubí decidido.

—Ve por la bruja —dijo la reina.

Fue cuestión de minutos para que Hilde bajara. Los guardias no cuestionaron a la Cierva y su suerte se había conservado... la superiora seguía quejándose con Rigelus.

Hilde miró furiosa a Lidia mientras estaba frente a la duendecilla. La reina estaba libre de su cristal y brillaba color rojo sangre.

—¿Y yo me iré libre en cuanto te haga este favor?

—Nadie te detendrá.

Hilde consideró la expresión de Lidia.

—¿Qué es lo que quieres, entonces?

Lidia asintió hacia Irithys.

—Deshaz lo que hiciste hace años. Quítale el tatuaje del cuello.

Hilde no mostró sorpresa, ni siquiera un poco. En vez de eso volvió a mirar a Lidia y a la duendecilla, quien permanecía observando en silencio.

—¿No te castigará tu amo por esto?

Lidia dijo:

—Todo lo que hago es en servicio de la voluntad de Rigelus, aunque él no siempre lo vea.

Una linda mentira.

Pero Hilde asintió despacio. Su cabello delgado y plateado brillaba con las flamas rojas de Irithys.

—Buscaré refugio en mi Casa hasta que hayas limpiado mi nombre oficialmente, entonces.

Lidia sacó una llave para abrir los grilletes gorsianos de la bruja. Irithys brillaba a su lado, ahora de un tono tenso de violeta, cuando el cerrojo sonó.

Los grilletes de la bruja se soltaron.

Antes de que cayeran al piso, Hilde giró hacia Lidia, con la boca abierta en un grito de furia...

Lidia sacó su pistola más rápido de lo que el ojo podía percibir y presionó el cañón contra la sien de la bruja.

—No creo.

—Eres un montón de mierda traidora. Rigelus me recompensará bien cuando le diga sobre esto.

Lidia presionó aún más el cañón de la pistola contra la cabeza de la bruja.

—Libera a la reina en este instante o esta bala estará en tu cerebro. Y tendrás los grilletes de nuevo.

La herida sería permanente si los grilletes gorsianos le frenaban la sanación. La muerte seguramente la alcanzaría casi al instante.

Hilde escupió, un escupitajo de flema café amarillento que cayó a los pies de Lidia.

—¿Y quién dice que no me vas a matar después?

—Juro por el arco dorado de Luna que no te mataré.

Había pocos juramentos más poderosos, aparte del juramento de sangre de las hadas. Eso pareció convencer a la bruja, quien enseñó los dientes podridos al añadir:

—Está bien.

Con el movimiento de su mano retorcida y unas palabras guturales cantadas, la tinta se disolvió en el cuello de fuego de Irithys. Como lluvia negra, se escurrió a lo largo de su cuerpo de flamas azules y cayó sobre las piedras debajo.

Y a su paso, conforme se iba borrando, la duendecilla empezó a arder de un color blanco deslumbrante.

Lidia apartó la pistola de la cabeza de la bruja.

—Tal como lo prometí.

Hilde se burló con una risita.

—¿Ahora qué? ¿Me voy, sabiendo que tienes algún plan en marcha?

Lidia miró a Irithys.

—Es tu turno, duendecilla.

Irithys sonrió y enroscó un dedo pequeño y ardiendo con llamas blancas.

Hilde estalló en llamas. La bruja ni siquiera tuvo tiempo de gritar antes de quedar convertida en cenizas en el piso. Entre el humo acre que se extendía por la habitación, Irithys brillaba como estrella recién nacida.

—¿Y ahora, Cierva? —preguntó la Reina Duendecilla, brillante como el mismísimo Solas.

Lidia extendió su antebrazo.

—Ahora lo vas a hacer parecer un accidente.

—¿Qué?

—Quémame —dijo y asintió hacia las cenizas de Hilde—. No así, pero... suficiente. Para que parezca convincente cuando les diga a los demás que tú me sorprendiste y que fuiste más poderosa que Hilde y yo cuando fui por ti para que me ayudaras a torturar a los prisioneros y luego escapaste.

Las flamas blancas de Irithys se volvieron amarillas.

—¿Escapé para hacer *qué cosa?*

—Crear una distracción.

—Te va a doler.

Lidia miró a la duendecilla a los ojos.

—Qué bueno. Para que sea real, tiene que doler.

Entonces Lidia explicó el resto de su plan a la reina lo más rápido que pudo. Le dijo cómo navegar el camino de las cámaras desactivadas para salir del palacio, dónde ocultarse y cuándo y dónde atacar. Y si por algún motivo, contra todas las probabilidades, tenía éxito... le dijo lo que requeriría que hiciera Irithys después. A pesar de lo loco e improbable que pareciera.

Todo dependía de la reina. Cuando Lidia terminó, Irithys estaba sacudiendo la cabeza, no para negarse a hacerlo sino por la sorpresa.

—¿Puedo confiar en ti? —le preguntó Lidia a la duendecilla.

Irithys empezó a brillar nuevamente en color blanco... blanco ardiente.

—Ya no tienes alternativa, ¿o sí?

Lidia volvió a extender el brazo.

—Que duela, Su Majestad.

Oscuridad y restos de rocas y polvo. Toses y gemidos.

Por los sonidos detrás de ella, Bryce supo que Nesta y Azriel habían sobrevivido. En qué estado... Bueno, pues no le importaba particularmente en ese momento.

El poder que había sacado de este lugar, de la misma Silene, vibraba por su cuerpo, conocido y desconocido al mismo tiempo. Era parte de ella ahora, no como una carga temporal de Hunt, sino como algo que se había *pegado* a su propio poder, que se había atado a sí mismo ahí.

Lo igual llamó a lo igual. Como si su estrella hubiera sabido que esta magia existía y la hubiera atraído hacia ella, como si fueran poderes hermanos...

Y lo eran. Bryce portaba la luz de Theia a través de la línea de Helena. Y esta luz... era la luz de Theia a través de Silene. Dos hermanas, unidas al fin. Pero la luz de Silene, mezclada ahora con la de Bryce...

Era luz, pero no era exactamente igual al poder que tenía antes. No lo había terminado de entender, no tenía tiempo para explorar sus sutilezas, cuando se puso de pie y miró el ligero brillo que llenaba el espacio al que habían caído. El que estaba oculto un nivel debajo de la estrella.

Había un sarcófago de cuarzo transparente en el centro del lugar. Y dentro de él, conservada en su eterna juventud y belleza, yacía una mujer de cabello oscuro.

La mente de Bryce recorrió a toda velocidad las posibilidades. Este lugar alguna vez había sido un palacio asteri antes de que Theia lo reclamara. Y en los grabados de los túneles, tallados por Silene para representar las enseñanzas de su madre...

El mal siempre esperaba debajo.

¿Qué tal si Silene nunca se había dado cuenta de qué había querido decir Theia con exactitud? ¿Que no era sólo una metáfora?

Que aquí, literalmente debajo de ellos, dormida en ese ataúd olvidado...

Aquí yacía el mal de abajo.

24

El aliento de Bryce era superficial y rápido. Estaba estudiando el ataúd de cristal que se encontraba al centro de la cámara vacía.

No había puertas en el lugar. Hasta donde ella podía discernir, la única entrada era a través del techo que acababa de colapsar bajo sus pies.

En el sarcófago de cristal, la mujer yacía preservada con precisión inquietante.

No, no estaba preservada. Su pecho delgado subía y bajaba. Estaba durmiendo.

Bryce sintió que el vello de su nuca se le erizaba.

Una de las prisioneras que le habían advertido que no debía liberar de la Prisión. Algún ser antiguo y extraño que estaba prisionero aquí abajo, en una celda bajo sus pies, tan peligrosa que había sido envuelta en cristal...

El ataúd de cristal revelaba las facciones de la mujer dormida: era humanoide, de piel pálida y delgada. Su vestido sedoso y dorado acentuaba cada curva delicada de su cuerpo.

Bryce nunca había visto una piel tan pálida. Brillaba como la luna llena. Su cabello oscuro... era de alguna manera *demasiado* oscuro. No reflejaba la luz en lo absoluto. No debía existir en la naturaleza.

Y... ¿usaba lápiz labial? Nadie tenía labios de ese rojo vibrante. *Rojo Oral*, bromeó una vez Danika sobre un tono de labial de Bryce.

—¿Qué hiciste? —tosió Azriel. Bryce volteó y lo vio de pie, con las alas pegadas al cuerpo. Nesta estaba recargada en él, como si estuviera herida. Ataraxia colgaba de su mano. Azriel tenía la Espadastral desenvainada, La que Dice la Verdad en la otra mano.

Debía haber algo de sangre astrogénita en él, entonces... un ancestro distante, tal vez. O tal vez como él tenía el cuchillo en su posesión, eso le permitía también usar la Espadastral.

Como si estuviera respondiendo a la pregunta de Azriel, la mujer del ataúd abrió los ojos. Eran de un tono azul demoledor... y *brillaban*.

Bryce trató de alejarse, pero se quedó congelada en su sitio cuando la mirada de la mujer se deslizó hacia ella. Cuando esos labios rojos se curvaron hacia arriba para formar una pequeña sonrisa que no reflejaba ninguna alegría. Cuando la mujer levantó una mano delgada hacia la tapa del sarcófago de cristal y dijo:

—Libérame, esclava.

Incluso dentro de la caja de cristal, la voz se oía fría y despiadada.

—¿Perdiste la razón? —le dijo Nesta furiosa a Bryce y se acercó cojeando.

—No era mi intención abrir una celda... —empezó a decir Bryce.

—Ésta no es una de las celdas —gruñó Azriel—. Ni siquiera sabíamos que existía este lugar.

La mujer del féretro no hizo caso a su discusión.

—¿Cuánto tiempo he dormido?

De nuevo, empujó el cristal de su sarcófago.

¿O había sido una jaula?

Azriel le gruñó a Bryce:

—¿Sabías que estaba acá abajo?

Bryce no apartó la mirada del ataúd ni del monstruo dentro.

—No.

La mujer empezó a golpear en la tapa. Sus golpes hacían eco en las paredes de roca oscura.

—Esclava, obedece.

—Vete a la mierda —le ladró Bryce al ataúd.

—¿Osas desafiarme? —dijo la mujer. A través del cuarzo, Bryce solamente podía ver cómo se le ensanchaban las fosas nasales. Olfateaba—. Ah. Eres una mestiza. Esclava y esclava de nuestros esclavos. No me sorprende que tus modales sean rústicos.

Nesta jadeó y levantó más a Ataraxia.

—¿Qué *eres*?

Las uñas largas de la mujer rascaron a lo largo de la tapa. No los volteó a ver mientras buscaba alguna debilidad.

—Yo soy su dios. Yo soy su ama. ¿No me conocen?

—Nosotros no tenemos ninguna puta ama —gruñó Bryce.

Las uñas de la mujer provocaron raspones profundos en el cristal, pero la tapa seguía resistiendo. Buscó detrás de Bryce y su mirada cayó en Azriel. Frunció los labios.

—Un soldado raso. Excelente. Mata a esta mujer insolente y libérame —dijo y señaló a Bryce.

Azriel no se movió. La mujer enjaulada siseó.

—Arrodíllate, soldado. Entrega tu Diezmo para que yo pueda recuperar mi fuerza y salir de esta jaula.

Bryce lo supo entonces. Supo qué mal estaba guardado en ese ataúd durante todo ese tiempo.

Al lado de Azriel, Nesta se paró en una posición más firme. Como si ella también ya lo hubiera entendido. El movimiento atrajo la mirada de la criatura y sus ojos se encendieron con rabia pura. Miró a Nesta y a Bryce y sus dientes blancos brillaron cuando le preguntó a la última:

—¿Theia se robó el Cuerno para ti? ¿Quién te lo puso en la carne? —su mirada regresó a Nesta—. Y tú... tú estás ligada a las otras partes de los Tesoros. ¿Ella te los dio?

—No sé de qué estás hablando —dijo Nesta con tono aburrido.

La criatura rio un poco y le dijo a Nesta lentamente:

—Las puedo oler en ti, niña. ¿No crees que un herrero puede reconocer su propia creación?

Bryce sintió cómo se le secó la boca.

La mujer en el sarcófago era una asteri.

Tharion se había quedado sin palabras mientras caminaban por los pasillos del Mercado de Carne hacia el carro que supuestamente los estaría esperando en el callejón lateral. Ninguno habló.

Ithan no había hablado desde que le había arrancado la garganta a Sigrid.

Había sido un accidente. Tharion vio que Ithan había dirigido ese golpe al hombro de Sigrid, pero la loba había esquivado tan rápidamente... y había elegido la puta dirección equivocada, por pura mala suerte... y el golpe se volvió fatal.

Se hizo el silencio cuando Ithan se quedó mirando el puño y garras que habían atravesado la garganta de Sigrid. Su mano fue lo único que la mantenía de pie y sus ojos se apagaron.

—*Retira tu puño* —le había ordenado la Reina Víbora.

Ithan tenía la expresión muerta. Sacó sus garras y su mano de la garganta de Sigrid.

Fue la humillación final. La retirada terminó de romper lo que quedaba de su cuello delgado.

Cuando tiró de su puño ensangrentado hacia atrás, el cuerpo de ella se desplomó al piso del cuadrilátero y... la cabeza de Sigrid rodó separada de su cuerpo.

Ithan sólo se quedó viendo lo que había hecho. Y Tharion no había podido encontrar las palabras para decir que todos habían *visto* cuál era la intención de Holstrom, todos sabían que él no había querido matarla.

Los asesinos de la Reina Víbora estaban parados en la puerta del callejón y la sostenían abierta. Como se les había prometido, había un sedán negro estacionado afuera.

Tharion dio un paso, sólo uno, hacia la noche y sintió que lo golpeaba el olor dulce y atractivo del Istros. Todos los músculos e instintos de su cuerpo revivieron y le suplicaban que fuera al agua, que se sumergiera en su mundo salvaje y mágico, que perdiera las piernas y se quedara con sus aletas, que permitiera que el río corriera por sus agallas, hasta su misma sangre...

Tharion controló ese llamado, ese deseo. Siguió moviéndose hacia el sedán, un pie frente al otro.

Aún en silencio, se metieron al carro. Flynn tomó el volante, Dec el asiento del copiloto. Tharion se sentó en el asiento de atrás junto al hombre que había asumido esta carga maldita por él.

—¿Estás...? Eh... —empezó a decir Flynn cuando encendió el motor y se asomó por encima de su hombro para conducir en reversa y salir del callejón—. ¿Estás bien, Holstrom?

Ithan no dijo nada.

Declan anunció en voz baja mientras veía su teléfono:

—Marc se está encargando de nuestras familias. Asegurándose de que todos estén a salvo.

Que puto consuelo.

Tres luces brillantes chocaron contra el parabrisas y todos dentro del carro se sobresaltaron. Pero... las duendecillas. Habían olvidado a las duendecillas.

Flynn abrió su ventana y Rithi, Sasa y Malana entraron a toda velocidad. Sasa exhaló: «*Vamos, vamos, vamos*» y Flynn no perdió tiempo preguntando antes de salir en reversa del callejón a toda velocidad. Con un movimiento continuo, Flynn salió hacia la calle principal y empezó a avanzar rápidamente por el laberinto de calles que Tharion pensaba nunca más iba a volver a ver.

—¿Qué está pasando? —le preguntó Declan a las duendecillas, que se habían acomodado en los portavasos delanteros.

—Lo quemamos —dijo Sasa que ardía de un tono anaranjado profundo.

—¿*Qué* quemaron? —exigió saber Flynn.

Tharion solamente pudo quedarse viendo con la boca abierta cuando Malana señaló por el vidrio trasero del auto, donde las flamas ahora subían hacia el cielo nocturno sobre el Mercado de Carne.

—Las va a matar —dijo Tharion con voz ronca. Como si hubiera estado gritando. Tal vez lo había hecho. No sabía.

—Primero tendría que encontrarnos —dijo Rithi con seriedad. Luego le dijo a Ithan—: Lo planeó todo perfectamente. Te utilizó.

—Yo caí en su trampa —dijo Ithan con voz suave y destrozada.

Nadie habló. Nadie parecía querer hacerlo. Así que Tharion decidió que le tocaba a él hacer la pregunta.

—¿A qué te refieres?

Ithan sacudió la cabeza y miró por la ventana hacia afuera. Tenía la expresión vacía y seguía salpicado de sangre. No dijo nada más.

Cruzaron la ciudad que de alguna manera seguía sin cambios a pesar de lo que acababa de ocurrir. Condujeron hasta la Puerta de la Rosa y a la carretera Oriental más allá. Hacia la costa y el barco que estaría esperándolos.

Y todas las consecuencias que seguirían.

Bryce retrocedió y Azriel dio un paso hacia el ataúd de cristal con La que Dice la Verdad en la mano izquierda. La daga iba brillando con luz negra.

Bryce recordó que ya había visto antes a la criatura vestida de dorado que ahora dormía en ese féretro: cuando Silene había narrado la historia de su madre. Esta mujer frente a ellos... ella era la asteri que gobernaba este sitio. La ama de Theia.

Los ojos azules de la asteri bajaron hacia la daga.

—¿Osas desenfundar tu arma frente a mí? ¿Contra quienes te crearon, soldado, a partir de la noche y el dolor?

—Tú no eres mi creadora —respondió Azriel con frialdad. La Espadastral brillaba en su otra mano. Si eso le molestaba, si las armas lo llamaban, no se le notaba. Ninguna de sus manos parecía titubear.

Los ojos de la asteri centellearon al reconocer la espada.

—¿Te mandó Fionn, entonces? ¿Para matarme mientras dormía? ¿O fue ese traidor de Enalius? Veo que traes su daga... ¿eres su emisario? ¿O su asesino?

Esas palabras debieron significar algo para Azriel. El guerrero dejó escapar un pequeño sonido de sorpresa.

—Fionn nos envió a terminar contigo —mintió Nesta con un impresionante tono de amenaza—. Pero parece ser que ahora tendremos el placer de matarte despierta.

La asteri volvió a sonreír.

—Tendrán que abrir este sarcófago para alcanzarme.

Bryce le sonrió de regreso, con una amplia sonrisa llena de dientes.

—Fionn los envió a ellos, pero Theia me envió a *mí*.

Un fuego azul chispeó en los ojos de la criatura:

—Esa perra traicionera tendrá su merecido después de que me encargue de ustedes.

Azriel empezó a moverse a lo largo del ataúd. Evaluando la mejor manera de atacar a la asteri, sin duda.

—Desafortunadamente para ti —dijo Bryce como desafío—, Theia lleva quince mil años muerta, igual que el resto de tus amiguitos. Tu gente ya no es salvo un mito casi olvidado en este mundo.

Por un instante, fue el turno de la criatura de parpadear. Como si se hubiera aclarado un recuerdo. Dijo, más para ella misma que para ellos.

—Theia estaba tan encantadora ese día. Me dijo que me veía cansada y que podía recuperarme en el cristal aquí, sobre el pozo. Pero me encerró. Me dejó a morir de hambre a través de los eones —dijo y mostró los dientes blancos como la nieve—. Y en mis sueños, bailaba sobre las rocas encima de mí. Bailaba sobre mi tumba mientras yo moría de hambre bajo sus pies.

—Dame la Espadastral —le murmuró Bryce a Azriel. La espada había matado Segadores. Tal vez podría matar un asteri. Tal vez eso había llegado a aprender aquí.

—No —gruñó Azriel—. Tú nos trajiste este terror.

—Yo no tenía idea de que estaba aquí...

—Libérenme, esclavos —interrumpió la asteri—. Me estoy impacientando.

¿Por qué no les había advertido Theia a sus hijas que esta cosa estaba aquí abajo? ¿Por qué ser tan irresponsable, tan descuidada...?

Et in Avallen ego. Incluso aquí, en esta isla que había sido un paraíso durante el reinado de Theia, este mal había existido. Y Theia *sí* les había advertido a sus hijas sobre eso: que el mal siempre estaba acechando debajo de ellas, esperando atraparlas. Literalmente.

La mancha de los asteri que habían gobernado aquí, había dicho Silene, había permanecido en este lugar: un poder terrible y antiguo. Suficiente para que tuviera que ocultarse con la maldad de la Prisión. Silene sólo no había entendido que permanecía porque un asteri seguía presente.

Y aquí, contra todas las probabilidades, estaba un vínculo viviente con el pasado, con las respuestas que Bryce necesitaba. Si Urd la había guiado hasta aquí...

Bryce dijo con tranquilidad:

—Tengo unas preguntas para ti. Si no las respondes, me dará mucho gusto dejarte aquí abajo hasta el fin de la eternidad.

—Este planeta ya llevará mucho tiempo muerto antes de que termine la eternidad. Su estrella se expandirá, y se expandirá, y después de un tiempo devorará todo lo que esté en su camino. Incluyendo este mundo.

—Gracias por la lección de astronomía.

Una sonrisa lenta.

—Responderé a tus preguntas... si me liberas de esta tumba.

Bryce se le quedó viendo.

—No te atrevas por ningún puto motivo —murmuró Azriel.

Pero ella sentía la presión del tiempo. Con cada minuto que pasaba, Hunt sufría. Estaba segura de eso.

Las rocas y hechizos de este lugar respondían a su voluntad...

Azriel se lanzó hacia Bryce, pero ella ya estaba apuntando hacia el ataúd de cristal.

—*Levántate, entonces.*

Un chasquido, fuerte como un trueno, y la tapa se abrió.

25

Abrir el ataúd había sido tan fácil como ordenar a las rocas de la montaña que se movieran.

—¿Qué hiciste? —dijo Nesta y el fuego plateado se encendió en su mirada y bajó a lo largo de Ataraxia.

La asteri puso una mano sobre la tapa del ataúd y empezó a empujar.

Por ningún motivo enfrentaría a esta cosa desarmada. Bryce extendió la mano hacia Azriel y lanzó su fuerza de voluntad con ella.

La Espadastral voló de la mano de Azriel a la de ella.

Azriel se sobresaltó y las sombras se revolvieron en sus hombros, listas para atacar, pero Bryce dijo:

—Theia me enseñó ese truco en el pequeño montaje de recuerdos de Silene.

Ésa era la sensación que había estado percibiendo, la espada llamándola. Estaba dispuesta a saltar a su mano.

Azriel mostró los dientes, pero sacó otra espada que traía en un panel oculto en su espalda. Tomó a La que Dice la Verdad en la otra mano y Nesta levantó a Ataraxia.

Bryce giró hacia el ataúd a tiempo para ver a la asteri salir lentamente, como araña que sale de su huevo.

El pecho de Bryce era lo único que proporcionaba luz, lo cual hacía que la piel pálida del monstruo se viera aún más blanca. Eso hacía que el rojo de sus labios se convirtiera en casi un tono morado. Su cabello negro y largo bajaba a lo largo de su cuerpo delgado y caía sobre las rocas debajo de ella como noche líquida.

Pero seguía en el piso, encorvada sobre sí misma. Como si no tuviera la fuerza para mantenerse de pie.

—Tú a la izquierda —le murmuró Azriel a Nesta. El poder fulguraba a su alrededor.

—No —dijo Bryce sin mirar atrás mientras se acercaba a la asteri en el piso. Se sentó y colocó la Espadastral en la roca fría a su lado.

Para su gran sorpresa, Azriel y Nesta no atacaron. Permanecieron a un paso de distancia, alertas y con las armas listas.

—Tus compañeros creen que estás loca por liberarme —dijo la asteri y se limpió una brizna de polvo invisible de su vestido de seda dorada mientras se acomodaba para quedar bien sentada.

—No se dan cuenta de que no te has alimentado en miles de años y que en este momento yo puedo derrotarte.

—Nos dimos cuenta —murmuró Nesta.

—Empecemos entonces con lo básico, sanguijuela —le dijo Bryce a la asteri—. ¿De dónde...?

—Me puedes llamar Vesperus.

La irritación brillaba en la mirada de la criatura.

—¿Eres pariente de Hesperus? —preguntó Bryce con la ceja arqueada al escuchar ese nombre tan similar a uno de los asteri de Midgard—. ¿La Estrella Crepuscular?

—*Yo* soy la Estrella Crepuscular —dijo Vesperus con tono furioso.

Bryce puso los ojos en blanco.

—Bien, entonces te llamaremos a ti la Estrella Crepuscular. ¿Contenta?

—¿No es lo adecuado? —dijo la asteri con un ademán de sus dedos largos y terminados en uñas afiladas—. Yo bebí de la magia de la tierra y la magia de la tierra bebió de mí.

—¿De dónde provienes? ¿De dónde eras antes de llegar aquí?

Vesperus colocó las manos sobre su regazo.

—Un planeta que alguna vez fue verde, como éste.

—¿Y eso no era suficiente?

—Nuestra población creció demasiado. Estallaron guerras entre los diversos seres de nuestro mundo. Algunos de nosotros vimos los cambios que empezaban a notarse en nuestras tierras, los ríos que se secaban, nubes tan densas que el sol no podía atravesarlas, y nos fuimos. Nuestras mentes más brillantes encontraron la manera de doblar la tela de los mundos. De viajar entre ellos. Viandantes, los llamamos. Caminantes de mundos.

—¿Entonces destruyeron su propio planeta y luego se fueron a alimentar de otros?

—Teníamos que encontrar sustento.

Los dedos de Bryce se enroscaron sobre el piso de roca, pero su voz permaneció calmada.

—Si sabían cómo abrir portales entre mundos, ¿por qué necesitaban depender de los Tesoros del Miedo?

—Cuando nos fuimos de nuestro mundo original, nuestros poderes empezaron a disminuir. Nos dimos cuenta demasiado tarde de que éramos dependientes de la magia inherente de nuestras tierras; la magia de otros mundos no tenía la potencia necesaria, pero tampoco podíamos encontrar el camino de regreso a nuestro mundo. Los que nos aventuramos a salir, encontramos formas de ampliar ese poder, gracias a los dones de la tierra. Juntamos nuestro poder e infundimos esos dones en el Caldero para que hiciera nuestra voluntad. Con eso convertimos los Tesoros del Miedo. Y luego vinculamos la esencia misma del Caldero al alma de este mundo.

Por Solas.

—Así que, si se destruye el Caldero...

—Se destruye este mundo. Uno no puede existir sin el otro.

Detrás de ellos, Nesta inhaló con fuerza. Bryce dijo:

—Colocaron en este mundo un interruptor que puede destruirlo.

—Pusimos en muchos mundos... interruptores. Para proteger nuestros intereses.

Lo dijo con mucha calma y seguridad.

—¿Conoces a Rigelus?

—Pronuncias su nombre muy desenfadadamente para ser un gusano.

—Nos conocemos bien.

La asteri frunció un poco los labios.

—Lo conocí de manera superficial. Asumo que deseas matarlo y que vienes a preguntarme cómo hacerlo.

Bryce no dijo nada.

Vesperus la miró con frialdad.

—No te ayudaré con eso. No traicionaré los secretos de mi gente.

—¿Este tipo de compasión fue el motivo por el cual Theia no te mató?

Vesperus la miró con rabia.

—Theia sabía que, para mi especie, este tipo de castigo sería mucho peor que la muerte. Estar confinada pero viva. No poder ni respirar, ni comer, ni beber... pero quedarse en un estado semiconsciente, muriendo de hambre —le brillaron los ojos con algo que no era sólo rabia, era locura—. Hubiera sido piadoso que me matara. Theia no entendía el concepto de piedad. Yo la crie desde niña para que no lo hiciera. Venía aquí abajo de vez en cuando y me miraba. Yo dormía, pero podía percibirla. Se sentía orgullosa. Estaba convencida de su triunfo.

Un escalofrío se extendió a lo largo de la columna de Bryce.

—Te conservó aquí abajo como un trofeo.

Vesperus bajó un poco la barbilla para asentir.

—Creo que mi sufrimiento le provocaba placer.

—No la culpo —dijo Bryce bruscamente a pesar de la sensación de malestar que le llenaba el estómago. Tal vez Theia había ayudado a Midgard al final, pero no era mejor que el monstruo que la había criado.

—Yo también tengo preguntas para ti, mestiza.

—Adelante —dijo Bryce con un movimiento de la mano.

—Si perdimos la guerra contra Theia, si mi gente ahora es poco más que un mito, ¿cómo es que conoces íntimamente a Rigelus? ¿Los asteri siguen viviendo aquí?

—No —dijo Bryce—. Yo provengo de otro mundo. Uno donde los asteri permanecen en control.

—¿Cuánto tiempo han gobernado los asteri?

—Quince mil años.

—Rigelus debe estar muy complacido.

—Vaya que lo está.

Pero la asteri miró a Bryce, luego a Azriel y después a Nesta detrás. Arqueó las cejas.

—¿La vida es tan insoportable bajo nuestro mando que siempre tienen que desafiarnos?

Sí. No. Para Bryce, la vida estaba bien. A veces era difícil, pero bien. Pero para tantos otros...

—¿Importa —continuó Vesperus dirigiéndose a Bryce otra vez— que tomemos un poco de su poder? ¿Qué hacen con él?

—Importa que nos mientan —dijo Bryce—. Que nuestro poder no es de ustedes para que lo tomen. Que su supremacía está fuera de control, además de que es inmerecida.

—Existe un orden natural en el universo, niña. Los fuertes gobiernan a los débiles y los débiles se benefician de eso. Todo en la naturaleza es depredador y es depredado. Las hadas por alguna razón consideran que esto es una afrenta sólo cuando se aplica a ustedes.

—No voy a ponerme a debatir sobre la ética de la conquista contigo. Rigelus y los otros no tienen derecho a mi mundo, pero han envenenado el agua de Midgard. Está llena de una especie de parásito que extrae nuestra magia y requiere que se las ofrezcamos a los asteri. ¿Cómo deshago eso?

Los ojos de Vesperus brillaron con deleite.

—Esperábamos que sucediera algo de esta naturaleza, algo diferente al Diezmo, que requería de *consentimiento* —escupió esa palabra como si su sabor fuera repugnante— de nuestros súbditos, pero nunca averiguamos cómo hacerlo... ¿El agua, dices? —una risa suave—. Rigelus siempre fue astuto.

—¿Cómo *carajos* lo deshago?

—Pareces creer que tengo la disposición de ayudarte, aunque yo no recibiría nada a cambio.

—Ya sé lo que quieres y no lo vas a obtener.

—¿Y si te dijera que no tengo ningún deseo de gobernar, sólo de vivir?

—Seguirías siendo una sanguijuela que necesita alimentarse de esta gente. No mereces la libertad.

—Tienen un lugar en esta tierra para criaturas como yo. Los no deseados. Se llama el Medio. Lo he soñado. Lo he visto en mi largo sueño.

—Esa decisión no me corresponde.

—Usa la Corona que esa basura convertida de allá tiene en su posesión —dijo Vesperus con un ademán en dirección de Nesta—. Podrían forjar un camino para poner en acción su visión, aclarando las mentes de quienes estén ante ustedes.

No tenía idea de lo que quería decir Vesperus, pero Bryce respondió con tranquilidad:

—Tuvieron mucho puto tiempo para encontrar todas las maneras de justificar sus acciones, ¿verdad?

—Somos seres superiores. No tenemos que justificar nada.

—Estarías muy contenta en Midgard.

—Si Rigelus ha mantenido su poder tanto tiempo, entonces tu mundo está firmemente en su control. No lo abandonará. Debe haber aprendido de los errores que mis compañeros y yo cometimos en este mundo y en otros.

La mano de Bryce se cerró para formar un puño. La fuerza que necesitaba para mantener su poder bajo control le recorría el cuerpo.

La mirada de Vesperus bajó hacia el puño brillante de Bryce.

—¿Llegó la hora de que empecemos la batalla, entonces?

El poder vibraba en la asteri, un latido constante que chocaba contra la piel de Bryce.

A pesar de haberle negado a Vesperus su sustento mágico por tantos años, eso no la había matado. ¿Qué sucedería si se eliminaba ese núcleo masivo de luzprístina debajo del palacio de los asteri en la Ciudad Eterna, aparte de quitarles su fuente de nutrición? No sería suficiente.

Así que Bryce dejó que algo de su poder brillara en la superficie. Podría jurar que su luzastral se sentía más... pesada. Distinta, de alguna manera, con la adición de lo que había recibido de Silene.

—Sé que puedes morir —dijo Bryce y sintió el poder que le brillaba en los ojos—. Las hadas mataron a perdedores como tú alguna vez y, en mi mundo, Apollion se comió a uno de ustedes.

—¿Se comió? —preguntó Vesperus y su actitud divertida disminuyó notoriamente.

Bryce sonrió lentamente.

—Lo llaman el Astrófago. Se comió a Sirius. Está listo y esperando que le dé la indicación para venir a comerte a ti también.

—Mientes.

—Desearía poderte mostrar el trono vacío que Rigelus sigue conservando para Sirius. Es hasta tierno.

—¿Qué tipo de criatura es este Apollion?

—Nosotros los llamamos demonios, pero ustedes probablemente los conocen por otro nombre. Ustedes intentaron invadir su mundo, el Averno. Con malos resultados.

—Entonces, el Averno y este Apollion pagarán por tal sacrilegio —siseó Vesperus.

—Algo me hace pensar que no vas a ser tú quien exija ese pago.

Los dedos de Vesperus dieron unos golpecitos en su rodilla cubierta de dorado. Sus ojos se apagaron hasta tornarse de tono azul medianoche, una promesa de muerte.

Apoyó las manos en el suelo y empezó a empujar hacia arriba, para ponerse de pie.

—No te muevas —advirtió Bryce y cerró el puño alrededor del pomo de la Espadastral. Azriel y Nesta apuntaron sus armas hacia la asteri.

Pero Vesperus completó el movimiento. Se irguió totalmente. Bryce no tuvo alternativa salvo pararse de un salto también. Vesperus se meció un poco, pero permaneció parada.

La asteri avanzó para dar un paso con cuidado. Bryce no se movió.

Vesperus dio otro paso, más estable ahora, y sonrió a algo detrás de Bryce. A Azriel, a La que Dice la Verdad.

—No sabes cómo usarla, ¿verdad?

Azriel apuntó la daga hacia la asteri que avanzaba.

—Estoy bastante seguro de que esta punta será la que atraviese tus entrañas.

Vesperus rio. Su cabellera oscura se mecía con cada centímetro que avanzaba.

—Típico de los tuyos. Quieren jugar con nuestras armas, pero no tienen una noción de sus verdaderas capacidades. Tu mente no podría retener todas las posibilidades a la vez.

Azriel gruñó suavemente. Sus alas se abrieron un poco.

—Inténtalo.

Vesperus dio un paso más. Ya estaba a unos treinta centímetros de Bryce.

—Lo puedo oler, cuánto de lo que creamos aquí no se ha usado. Son unos tontos ignorantes.

Bryce dejó que su magia fluyera. Con un pensamiento, su cabello flotó alrededor de su cabeza, alzándose de nuevo gracias a las corrientes de su poder, todavía amplificadas por lo que había tomado de esta montaña. Inclinó la Espadastral y la luz brilló a lo largo del arma.

Vesperus retrocedió medio paso y siseó a la espada resplandeciente.

—Ocultamos burbujas de nuestro poder por todas estas tierras en caso de que las plagas causaran... problemas. Parece ser que nuestra sabiduría no nos falló.

—No existen esos lugares —la contradijo fríamente Azriel.

—¿No? —preguntó Vesperus con una amplia sonrisa que dejaba a la vista todos sus dientes demasiado blancos—. ¿*Tú* has buscado debajo de todas las montañas sagradas? ¿En sus raíces? La magia atrae a todo tipo de criaturas. Las puedo percibir en este momento, deslizándose por ahí, mordisqueando la magia. *Mí* magia. Son una plaga igual que el resto de ustedes.

Bryce fue cuidadosa de no voltear a ver a Nesta, quien estaba avanzando alrededor del ataúd de cristal. Nesta había dicho antes que el gusano de Middengard se había comido su poder... ¿ese sería el tipo de criatura al que se refería Vesperus?

Y, tal vez lo más importante, ¿Nesta seguía debilitada? ¿O había recuperado su poder?

Bryce apretó la mano alrededor de la Espadastral. Su poder palpitaba contra la palma de su mano como el latido de un corazón.

—Pero, ¿por qué almacenar su poder *aquí*? Es una isla, no es exactamente un sitio fácil para detenerse a recargar.

—Existen ciertos lugares, niña, que son más propicios para almacenar poder que otros. Lugares donde el velo entre los mundos es más delgado y la magia abunda de manera natural. Nuestra luz florece en esos ambientes, alimentada por la magia regenerativa de la tierra —hizo un gesto hacia todo su alrededor—. Esta isla es un sitio delgado... la niebla a su alrededor así lo indica.

Bryce continuó para darle más tiempo a Nesta de acercarse a Vesperus.

—No tenemos nada similar en Midgard.

Pero, ¿eso era verdad? El Sector de los Huesos, rodeado por niebla impenetrable, tenía toda esa luzsecundaria.

—Todos los mundos tienen al menos un sitio delgado —dijo Vesperus lentamente—. Y siempre hay algunas personas que son más indicadas para explotarlo, para reclamar sus poderes, para viajar a través de estos lugares hacia otros mundos.

La Fisura Septentrional también estaba cubierta de niebla, recordó Bryce. Una rasgadura entre mundos... un lugar donde la separación era delgada. Y la ribera del río donde había aterrizado en este mundo... también estaba cubierta de niebla.

—Theia tenía el don —dijo Vesperus— pero no entendía cómo reclamar la luz. Me aseguré de nunca revelárselo durante su entrenamiento, cómo podría iluminar mundos enteros, si lo deseaba, si tomaba el poder para ampliar el suyo. Pero tú, Ladrona de Luz... debió haberte heredado ese don. Y parece que tú has aprendido lo que ella no.

Vesperus miró sus pies descalzos, la roca debajo.

—Theia nunca supo cómo tener acceso al poder que almacené debajo de mi palacio. No tuvo alternativa salvo dejarlo ahí, enterrado en las venas de esta montaña. Su pérdida... y mi ganancia.

Dioses. Había un puto núcleo de luzprístina aquí, muy por debajo de sus pies...

Vesperus sonrió.

—Realmente debieron haberme matado cuando tuvieron la oportunidad.

La luz subió por las piernas de la asteri y hacia su cuerpo. Un destello cegador y luego...

La boca roja de Vesperus se abrió con dicha y triunfo, pero no brotó sonido. Sólo sangre negra.

Bryce parpadeó al oír el crujido. Al sentir la humedad que salió disparada. El brillo de plata que apareció entre los senos brillantes de Vesperus.

La luzprístina que fluía por el cuerpo de la asteri tembló... y luego desapareció.

Nesta había atravesado el pecho de Vesperus con Ataraxia.

26

Ithan no merecía existir. Respirar.

Y, sin embargo, aquí estaba, sentado en el asiento trasero de un carro mientras se aproximaban a los muelles en Ionia. Ahí estaba, rezando que la Cierva no los hubiera traicionado y que el barco estuviera esperándolos para llevarlos a Pangera.

Verdugo de tu sangre. Asesino. Los pensamientos hacían eco en sus huesos.

Ithan había matado a la persona que podría haber liderado a los lobos valbaranos hacia un futuro diferente, una alternativa a Sabine.

No importaba que hubiera sido accidental. Le había arrancado la garganta. Y la había decapitado en el proceso de retirar su puño.

Para salvar a sus amigos, había hecho lo indecible, lo imperdonable. No era mejor que la Cierva.

Ithan alcanzó a ver su propio reflejo en la ventana del carro y rápidamente apartó la vista.

Ataraxia había matado al gusano de Middengard... pero no había ninguna indicación de que esta arma también pudiera matar asteri. Que cualquier cosa, en cualquier mundo, pudiera hacer eso excepto por Apollion.

—*Hazte a un lado* —le advirtió Bryce a Nesta.

Pero la guerrera le gruñó en respuesta a Bryce:

—Te hizo seguir hablando hasta que tuvo la oportunidad de matarte con ese depósito de luz, tonta.

La sangre negra escurría de los labios de Vesperus.

—De hecho, sí eres una tonta, niña.

El poder se le escapó a Bryce cuando Vesperus colocó una mano en la punta de Ataraxia y empujó hacia atrás. La espada salió rápidamente de su pecho. El movimiento fue tan brusco que Nesta se tropezó. El asombro la hizo palidecer.

Lentamente, Vesperus volteó. Le sonrió a Nesta. Luego al agujero enorme entre sus senos, que ya empezaba a sanar. Toda esa luzprístina funcionaba como la mejor magia sanadora. Con esa dosis tan grande...

—Ataraxia no funcionó —exhaló Nesta. La sorpresa seguía reflejándose en su expresión—. El Tesoro...

—*No* invoques al Tesoro—le ordenó Azriel—. No la acerques a él.

Nesta sacudió la cabeza.

—Pero...

—*Ni siquiera por nuestras vidas* —le gruñó Azriel.

—Ya encontraré el Tesoro pronto —dijo Vesperus y miró hacia el agujero arriba de su ataúd, la cámara en ruinas en el nivel superior.

Por un instante, Bryce ya no estaba en la tumba sino de regreso en Antigüedades Griffin. Por un instante, estaba en la biblioteca debajo de la galería, con Micah frente a ella, Lehabah suplicándole que se fuera...

Entonces, había encontrado una manera. Había matado a un puto arcángel.

Tenía ahí dos espadas que prácticamente gritaban para que las usara. Bryce estiró una mano, su voluntad, hacia Azriel. Y, tal como había hecho la Espadastral, La que Dice la Verdad escapó volando de las manos del guerrero. Azriel intentó recuperarla, pero ni siquiera su velocidad fue suficiente para detenerla, para detener a Bryce mientras la daga volaba hacia sus dedos.

La empuñadura de la daga aterrizó en la palma de su mano, fresca y pesada.

Su cuerpo empezó a vibrar. Como si tener un arma en cada mano, la Espadastral y La que Dice la Verdad, la electrizara.

Bryce dio un paso hacia Vesperus. Vesperus se movió ligeramente hacia atrás. Justo como Bryce había sospechado.

A sus espaldas, Nesta y Azriel liberaron dos rayos gemelos de magia, uno plateado, uno azul, que se dirigieron a Vesperus desde dos direcciones. Y dividieron la atención de Vesperus por un instante...

El instante que Bryce había aprovechado para matar a Micah.

El instante que usó ahora para lanzarse contra la asteri, con la espada en una mano y la daga en la otra.

El hueso chocó con el metal y Vesperus aulló de rabia cuando Bryce le clavó La que Dice la Verdad y la Espadastral en el pecho.

Bryce lanzó su poder hacia la Espadastral y la luz refulgió por la cuchilla negra. Dirigió todos sus pensamientos hacia la espada. Le ordenó que hiciera trizas a este puto monstruo...

Le imprimió su voluntad a La que Dice la Verdad y las sombras fluyeron...

Y en el lugar donde se tocaban las dos armas, donde la luz de Bryce se mezclaba en su intersección, el poder se encontró con el poder.

Se le taparon los oídos. Una magia como los relámpagos avanzó súbitamente por su cuerpo, surgió de su cuerpo. La habitación pareció ondular y el eco de un *estallido* amortiguado recorrió a Bryce.

Su sangre rugió, una bestia que le aullaba a la luna. Vagamente fue consciente de un fulgor, una luz radiante que fluía por la Espadastral, la daga...

Vesperus se azotó de lado a lado, quedó fuera del alcance de Bryce y cayó de rodillas.

La asteri se encorvó sobre sus piernas. Con las manos, intentaba tomar las empuñaduras de las armas. Siseó cuando su piel tocó el metal negro.

—Te *mataré* por esto.

Pero las palabras eran lentas... se elongaban.

No, eso se debía a que el *tiempo* estaba haciéndose más lento, ondulando, como había sucedido con Micah, como si las armas estuvieran matando al asteri, un gran poder del mundo...

Un latigazo de magia azul se abrió paso por todo el mundo, un listón de cobalto que perforó la luzastral y la oscuridad. Podía ver cada bucle y espiral que se envolvía alrededor del cuello de Vesperus.

El tiempo retomó su paso... se aceleró a su ritmo normal.

—¡Alto! —gritó Bryce, pero era demasiado tarde.

Vesperus levantó una mano a su cuello cuando la luz azul de Azriel se disolvió en su piel. Dejó escapar una risa ahogada y le empezó a salir sangre de la boca.

—Todavía tan ignorante. Tu poder es y siempre será mío.

La magia azul apareció en las puntas de sus dedos: la había absorbido del ataque del ilyrio. Se la envolvió alrededor de una mano como guante y tomó la empuñadura de la Espadastral.

Como si eso le proporcionara la barrera que necesitaba para que pudiera tocar la espada, Vesperus se la arrancó y la dejó caer en las rocas, cubierta de sangre y tejidos.

No... no había funcionado. La espada y la daga unidas no la habían matado.

Con la mano envuelta en luz azul, Vesperus miró la daga que seguía clavada en su pecho y le sonrió a Bryce mientras envolvía la mano cubierta todavía en relámpagos azules alrededor de la empuñadura.

—Te voy a hacer pedazos con esto, niña.

Nesta hizo girar a Ataraxia en su mano y tiró una estocada hacia arriba. Azriel le gritó:

—¡Lanza tu poder a la espada!

—*¡No!* —gritó Bryce. La Espadastral y La que Dice la Verdad claramente habían debilitado a la asteri. Si pudiera averiguar cómo amplificar su poder, sabría cómo matarlos a todos.

Vesperus se acababa de arrancar a La que Dice la Verdad del pecho con un movimiento deslizante cuando Ataraxia cercenó carne y hueso. Sangre oscura, o el icor que les corría por las venas a los asteri, brotó.

La cabeza oscura de Vesperus cayó sobre las rocas.

El fuego de plata envolvía a Ataraxia todavía cuando Nesta clavó la espada en la cabeza caída de la asteri. Otra vez. Y otra. Icor y luz salían del cuerpo destrozado y, entre un golpe y otro de la espada, el brazo de Nesta se hacía más y más lento...

El tiempo estaba ralentizándose de nuevo. Bryce podía ver cada chispa de flama plateada que se envolvía alrededor de la espada, las podía ver reflejadas en los ojos de Nesta.

La espada descendió en la cabeza de Vesperus una última vez. Centímetro por centímetro, destrozando hueso y salpicando sangre...

El tiempo empezó a avanzar con normalidad otra vez, pero Vesperus no.

Vesperus, la única asteri que quedaba en este mundo, estaba muerta.

Sí los estaba esperando un barco pequeño. Al menos eso había salido bien.

Tharion no soportaba ver a Ithan. A ninguno de sus amigos, ni siquiera a las duendecillas, que habían hecho tanto por él.

El capitán les hacía señales con la mano y les indicaba en silencio que se apresuraran mientras todavía contaran con la protección de la oscuridad de la noche. El amanecer empezaba volver gris el cielo.

Abandonaron el carro al final del muelle y caminaron rápidamente al bote. Cuando estuvieran en el *Guerrero de las Profundidades*, ya no serían rastreables, aunque la Reina Víbora hubiera colocado algún localizador en el auto.

Tharion metió la mano a su bolsillo y tocó la piedra blanca que llamaría al submarino. Dec, Flynn y las duendecillas brincaron al barco. Dec estaba hablando en voz baja con el capitán, pero Holstrom se había detenido a la orilla del muelle.

Sin decir palabra, Tharion se paró a su lado.

El agua estaba cristalina, a unos siete metros sobre el fondo. En otro momento, se habría lanzado al agua, habría disfrutado refrescarse en el agua del mar...

Pero no se atrevía a provocar ni una sola onda en las aguas del mundo que anunciara su presencia. Cobarde.

Flynn les gritó:

—¡Apúrense, pendejos!

Tharion volteó a ver a Ithan, pero el lobo estaba mirando hacia el horizonte al este. Hacia el sol naciente.

—¿Listo? —preguntó Tharion.

—Tengo que regresar —dijo Holstrom con voz áspera.

—¿Qué? —dijo Tharion y lo miró de frente—. ¿Qué estás diciendo?

El lobo volteó a verlo lentamente, con la mirada desolada. Tharion sintió el peso de la culpa por lo que le había hecho a este hombre, al permitir que Holstrom peleara por él.

—A Ciudad Medialuna —dijo Ithan. Su cara parecía de piedra—. Tengo que regresar.

—¿Por qué?

—¡Holstrom! ¡Ketos! —gritó Dec cuando los motores del barco se encendieron.

Ithan dijo en voz baja:

—Para corregir las cosas.

Con un temblor de músculos y una vibración en la luz, la forma humana se convirtió en un lobo enorme.

—Ithan... —dijo Tharion nervioso.

El lobo se dio la vuelta y corrió de regreso por el muelle, hacia el paisaje árido y dorado bajo la luz del sol que ya empezaba a asomarse.

Flynn gritó:

—¡Holstrom, *puta madre*!

Pero el lobo ya había llegado a la orilla. Luego al edificio principal de la marina. Luego al callejón a su lado... y luego desapareció.

Se hizo el silencio, interrumpido solamente por el gruñir y salpicar del motor. Tharion volteó hacia el barco, hacia los dos amigos a bordo, hacia las duendecillas que brillaban como tres pequeñas estrellas entre ellos.

—¿Qué carajos pasó? —quiso saber Flynn.

Tharion sacudió la cabeza. No tenía palabras. Se metió al bote.

Era su culpa... todo esto. Levantó el rostro hacia el cielo cuando el barco empezó a avanzar hacia mar abierto y se preguntó si volvería a ver Valbara.

Si siquiera se lo merecía.

27

Bryce no se pudo mover por un momento. Vesperus estaba muerta.

Nesta se hizo un corte en la mano que provocó que el cuerpo de la criatura ardiera con ese extraño fuego plateado.

Mientras la asteri se reducía a cenizas, Bryce tomó la espada y la daga del suelo. Ambas goteaban la sangre de Vesperus.

Giró a ver a Nesta, a Azriel.

—No debieron haberla matado. Si la hubiéramos podido controlar, la cantidad de información que podríamos haberle sacado...

—¿Tienes una idea de lo que casi hiciste aquí? —respondió Nesta furiosa. Estaba cubierta con el icor oscuro de Vesperus. Todavía tenía a Ataraxia en la mano, como si aún no hubiera decidido si ya había terminado de matar—. ¿Una idea de qué fue lo que liberaste?

—Créeme, sé mejor que ustedes lo que pueden hacer los asteri.

—Entonces es aún más difícil excusar tus actos —ladró Nesta. Levantó la espada.

Jadeando, Azriel extendió la mano llena de cicatrices hacia Bryce.

—Abre un pasaje para salir de aquí. Vas a regresar con nosotros. Ahora mismo.

A esa celda debajo de otra montaña. Donde no le cabía duda que sería sujeta al interrogatorio que le correspondía a Vesperus.

Bryce controló su carcajada.

—No creo —dijo y los escombros empezaron a flotar a su alrededor—. Mataron a la única persona aquí que me podría haber dado la respuesta que necesitaba.

—Estás buscando formas de eliminar a los daglan. Bueno, pues *yo* acabo de matar a ese monstruo —dijo Nesta—. ¿No es eso respuesta suficiente?

—No —respondió Bryce—. Me dejaste con más preguntas.

Permitió que su poder fluyera hacia afuera desde la estrella en su pecho. Desde el Cuerno en su espalda.

—No te *atrevas* —advirtió Azriel con suavidad letal.

Pero Bryce sacó una tajada de su poder. Afilada y pura, como la había utilizado Silene para tallar esas rocas. Igual que Azriel había concentrado su propio poder en la estrella de Bryce antes.

La luz cortó a través de la roca y chisporroteó cuando Bryce trazó literalmente una línea a los pies de Azriel.

Algo había cambiado en su poder al sumarle la magia de Silene... De puta madre. Esto sería útil.

—No les contaré sobre ustedes —dijo Bryce con frialdad, aunque una parte de ella estaba maravillada con el láser que había creado de pura magia. Otra parte de ella se asustaba con eso, con el poder que era misteriosamente similar a lo que Rigelus había usado en contra de ella antes de que saltara por la Puerta del Palacio Eterno—. Lo juro por la vida de mi pareja. Aunque Rigelus... —sacudió la cabeza—. No les diré ni una palabra sobre este lugar.

Azriel se atrevió a cruzar un pie por encima de la línea que había abierto en la roca del piso.

—Te sacarán la información. La gente como yo, como ellos... siempre conseguimos la información que necesitamos.

La mirada de Azriel se oscureció con la promesa de un dolor interminable.

—No permitiré que llegue a eso —dijo Bryce y envió su poder ardiente a través de la estrella otra vez... directo al sarcófago de cristal.

Cristal como el de la Puerta que había abierto el camino a este mundo.

El sarcófago empezó a brillar... y luego se oscureció y se convirtió en un foso.

—Por favor —dijo Azriel, con la mirada ahora en las manos de Bryce. En la Espadastral... y en La que Dice la Verdad. Algo similar al pánico llenó sus ojos castaños.

Bryce negó con la cabeza y empezó a retroceder hacia el agujero que había hecho en el mundo. En el universo. Rezó que la llevara de regreso a Midgard.

Miró a Nesta a los ojos. Un fuego plateado ardía en su mirada.

—Eres tan monstruosa como ellos —la acusó Nesta.

Bryce lo sabía. Siempre lo había sabido.

—El amor te hace eso.

Las flamas plateadas rugieron hacia ella en una ola enorme, pero Bryce ya estaba saltando, enfundando las armas mientras avanzaba. Un frío como ninguno que hubiera experimentado se abrió camino por su cabeza, su columna...

Y luego la luz de las flamas plateadas de Nesta se apagó cuando el portal se cerró sobre Bryce. Nada la rodeaba salvo oscuridad mientras caía más y más profundamente en el foso.

Rumbo a casa.

PARTE DOS

LA BÚSQUEDA

28

Horas después de que Pollux y el Halcón se fueran con Rigelus, Hunt seguía sin saber a quién seleccionarían para morir. Creía que sería Baxian, pero era muy probable también que Pollux se diera cuenta de que matar a Ruhn devastaría a Bryce. Eso si Bryce en algún momento regresaba para enterarse.

Le había sorprendido e inquietado volver en sí y sentir un peso familiar y creciente en la espalda. Miró a Baxian y supo cuál era la causa: sus alas de alguna manera le estaban volviendo a crecer a un ritmo acelerado, a pesar de los grilletes gorsianos. Alguien debía haberles dado algo para que empezaran a sanar, aunque eso no podía significar nada bueno.

Se preguntó si sus captores se habían dado cuenta de que la comezón implacable sería un tormento tan horrendo como los latigazos y las quemaduras. Apretó los dientes y se retorció, arqueando la espalda, como si eso ayudara a calmar la sensación despiadada. Daría lo que fuera, lo que fuera, por rascarse...

—Orión —se escuchó la voz de Aidas en su mente, en la celda. Un gato con ojos como ópalos azules estaba agachado en el suelo, entre la sangre y los desechos. La misma forma que Rigelus había usado para engañar a Hunt hacía meses.

—¿Aidas... o Rigelus? —gimió Hunt.

Aidas era inteligente y supo que Hunt requería de alguna prueba. El príncipe demonio dijo:

—La señorita Quinlan se reunió conmigo por primera vez en la banca de un parque fuera del Templo del Oráculo cuando tenía trece años. Le pregunté qué cegaba a un Oráculo.

Era real, entonces. No un truco de los asteri.

—Bryce —gimió Hunt.

—La estoy buscando —dijo Aidas. Hunt podría haber jurado que el gato parecía triste.

—¿Qué quiere Rigelus con mis relámpagos?

Aidas movió la cola.

—Así que por eso está trabajando tanto para destrozarte.

—Amenazó con matar a uno de ellos si no le daba algo —movió la cabeza en dirección de Ruhn y Baxian.

Aidas se erizó.

—No debes hacerlo, Athalar.

—Demasiado tarde. Los cosechó en un cristal como si fuera luzprístina. Y el pendejo va a matar a uno de ellos de todas maneras.

Los ojos azules de Aidas se llenaron de preocupación, pero el príncipe guardó silencio.

Así que Hunt habló de nuevo:

—¿Para qué quiere mis relámpagos?

—Si tuviera que adivinar... Por la misma razón por la cual cazaron a Sofie Renast y sus relámpagos: para resucitar a los muertos.

A Hunt le dio vueltas la cabeza.

—Mis relámpagos no pueden hacer eso. Ni siquiera sabíamos que los de Sofie podían hacerlo.

Aidas parpadeó.

—Bueno, aparentemente, Rigelus piensa que ambas fuentes de relámpagos lo pueden hacer.

—¿Cómo averiguaste eso? *Nosotros* no lo descubrimos y estuvimos intentando conseguir información sobre Sofie por semanas —comentó Hunt intentando despejar la niebla que le ofuscaba el pensamiento. No, sabía que eso no era posible.

—No estoy sentado esperando que tú te pongas en contacto conmigo —dijo Aidas—. Mis espías escuchan cosas sobre Midgard... y cuando algo me preocupa, voy a investigarlo.

—¿Entonces la Reina del Río estaba buscando a Sofie para... participar en algún tipo de nigromancia? ¿Por qué no ir al Sector de los Huesos?

—No sé qué quería la Reina del Río.

Hunt rebuscó en su memoria para recordar qué había sucedido con el cuerpo de Sofie después de que la encontraron en la morgue del *Guerrero de las Profundidades*. ¿Qué le había hecho Cormac? ¿Seguía en el submarino? Y, de ser así, ¿la Reina del Océano sabía lo que tenía en su posesión?

Las preguntas se arremolinaban en su cabeza, pero una destacó entre todas.

—¿Por qué no buscó Rigelus directamente el cuerpo de Sofie? ¿Por qué se molestó en cazarme a mí?

—Tú te presentaste con él de manera conveniente, Athalar. Eso sin mencionar que tú estás vivo y eres mucho más fácil de manejar que un cadáver.

—Hay algunos arcángeles que estarían en desacuerdo contigo.

Las comisuras de los labios de Aidas se movieron ligeramente hacia arriba, y dijo:

—Es probable que le tome un tiempo a Rigelus averiguar cómo utilizar los relámpagos que extrajo de ti. Aunque debo admitir que... me perturba saber sobre estos nuevos experimentos. No es buena noticia para nadie que Rigelus se esté involucrando con los muertos.

—¿Por qué ahora? —preguntó Hunt—. Llevo siglos esclavizado por ellos, por Urd.

—Tal vez al fin se enteraron de que tu padre te crio con un propósito.

Hunt olvidó incluso la comezón miserable en la espalda al escuchar esas palabras.

—¿Qué *carajos* significa eso?

Pero Aidas negó con la cabeza.

—Es una historia para otro momento, Athalar.

—Es una historia para *ahora,* Aidas. Estas menciones crípticas de mi padre, la *corona negra*, los secretos sobre mis poderes...

—No significan nada si no logras salir de estos calabozos.

—Entonces deja de una puta vez de aparecer de entre las sombras y encuentra una llave.

—No puedo. Mi cuerpo no es real aquí.

—Era lo bastante real en el departamento de Quinlan.

—Eso era un portal, una invocación. Esto es como... una llamada telefónica.

—Entonces envíame a uno de tus amiguitos por la Fisura Septentrional para que nos ayude...

—La distancia hasta Nena es demasiada. No llegarían a tiempo para hacer una diferencia. Obtendrás tus respuestas, Athalar, lo prometo. Si sobrevives. Pero si los asteri pueden usar tus relámpagos para levantar a los muertos, de maneras más rápidas y menos limitadas que la nigromancia tradicional, entonces los ejércitos que podrían crear...

—No me estás haciendo sentir mejor por haberles entregado esos relámpagos.

Otro motivo de culpa para cargarle a su alma. No sabía cómo era posible que siguiera entero bajo el peso de todo eso.

—Intenta no darle más, entonces —dijo Aidas, pero lo miró con algo de lástima—. Lamento que uno de tus compañeros morirá mañana.

—Carajo —dijo Hunt con voz ronca—. ¿Alguna idea de a quién eligieron?

Aidas ladeó la cabeza, más felino que príncipe. Como si pudiera escuchar cosas que Hunt no.

—El que al morir afectará más a Bryce y a ti —respondió. Hunt cerró los ojos—. El príncipe hada.

Todo esto era culpa de Hunt. No había aprendido nada desde los Caídos. Y había estado de acuerdo con recibir el castigo en su persona, pero que lo sufrieran otros, que Ruhn...

—Lo siento —dijo el Príncipe de las Profundidades de nuevo y sonó sincero.

Pero Hunt dijo nuevamente con la voz entrecortada:

—Si la encuentras... si la vuelves a ver... dile...

Que no regrese. Que no se atreva a entrar a este mundo de dolor y sufrimiento y miseria. Que lo sentía tanto por no haber podido detener todo esto.

—Lo sé —dijo Aidas, sin necesitar que Hunt terminara de hablar antes de que él desapareciera en la oscuridad.

29

Bryce había caído entre mundos. No obstante, cuando aterrizó, chocó de lado contra una pared.

Al parecer, a los viajes mágicos interestelares les daban igual las leyes de la física.

Le punzaba la cabeza; sentía la boca tan seca que le dolía. Las fibras ásperas de una alfombra le raspaban la mejilla, amortiguaban los sonidos de un espacio cerrado. Era seco, ligeramente mohoso. Un olor familiar.

—Qué interesante —dijo una voz masculina en el idioma de Bryce. Era el sonido más maravilloso que había escuchado.

Aunque habría deseado, tal vez, que las palabras provinieran de alguien distinto al Rey del Otoño.

La miraba desde arriba con las manos envueltas en flamas. Sobre él, estaba el planetario de oro que tronaba y zumbaba. Había aterrizado en el estudio privado de su padre.

Los labios del Rey del Otoño se curvaron para formar esa familiar sonrisa cruel.

—¿Y *dónde* te habías metido, Bryce Quinlan?

Bryce abrió la boca, reunió su poder...

Y se apagó.

—Para ser un anciano bastardo, te mueves rápido —gimió y luchó contra los grilletes gorsianos que tenía en las muñecas. Al menos, no tenían cadenas que la apresaran en otra parte, solamente las esposas. Pero era suficiente. Bryce no podía invocar siquiera una chispa de luzastral.

Su padre lo sabía. Avanzó hacia su enorme escritorio de madera como si tuviera todo el tiempo del mundo.

En esos segundos iniciales después de aterrizar en este lugar, en el peor puto lugar de todo el puto mundo, no sólo había inhabilitado su poder con esos grilletes, también la había desarmado. La Espadastral y La que Dice la Verdad ahora estaban detrás de él, sobre su escritorio. Junto con su teléfono.

Bryce levantó la barbilla, aunque seguía sentada en el suelo.

—¿Ruhn y Hunt están vivos?

Algo similar al desagrado centelleó en los ojos del Rey del Otoño. Como si esos vínculos mortales debieran ser la menor de sus preocupaciones.

—Revelas tu mano, Bryce Quinlan.

—Pensé que mi nombre ahora era *Bryce Danaan* —dijo ella con tono molesto.

—Para detrimento de nuestro linaje, sí —dijo el Rey del Otoño con ojos brillantes—. ¿Dónde has estado?

—Había una venta de muestras con descuento en el centro comercial —dijo Bryce con voz indiferente—. *¿Ruhn y Hunt siguen vivos?*

La cabeza del Rey del Otoño se movió hacia un lado, su mirada recorrió la camiseta sucia, los *leggins* rasgados.

—Me informaron que ya no estabas en este planeta. ¿A dónde fuiste?

Bryce se negó a responder.

Su padre sonrió ligeramente.

—Soy capaz de deducirlo. Llegas de otro mundo, con un cuchillo que hace juego con la Espadastral. Es la daga de la profecía, ¿no? —le brillaron los ojos con codicia—. No se había visto desde las Primeras Guerras. Si tuviera que adivinar, lograste llegar al sitio donde llevo mucho tiempo deseando ir.

Levantó la mirada hacia el planetario.

—Tal vez quieras reconsiderar antes de empacar tus cosas —dijo Bryce—. No les gustan los hijos de puta.

—Tu viaje no tuvo mucho impacto en tu boquita, por lo visto.

Ella sonrió con dulzura artificial.

—Sigues siendo un absoluto bastardo, *por lo visto*.

El Rey del Otoño frunció los labios.

—Yo tendría cuidado si fuera tú —se impulsó del escritorio y caminó hacia ella—. Nadie sabe que estás aquí.

—Tener a tu hija de rehén: excelentes habilidades de crianza.

—Serás mi invitada aquí hasta que yo decida que es momento de liberarte.

—¿Lo cuál será cuándo? —dijo ella y parpadeó con inocencia exagerada.

—Cuando tenga las certezas que busco.

Bryce sobreactuó con unos golpecitos en la barbilla como si estuviera pensando.

—¿Qué te parece esto? Tú me dejas ir y yo no te quito la puta vida por retrasarme.

Una risa suave y desafiante. ¿Cómo había podido amar su madre a este reptil de sangre fría?

—Ya sellé todos los hechizos alrededor de esta villa y mandé a casa a todos mis sirvientes y guardias.

—¿Me estás diciendo que vamos a cocinar nosotros solos?

La intensidad de la cara del Rey del Otoño permaneció inmutable.

—Nadie sabrá siquiera que estás de regreso en este mundo hasta que yo lo decida.

—¿Y entonces les dirás a los asteri?

Su corazón dio un vuelco. No podía permitir que eso sucediera.

Su padre volvió a sonreír.

—Eso depende totalmente de ti.

Ithan corrió hasta el agotamiento, recorrió los cientos de kilómetros de regreso hasta la entrada este de Ciudad Medialuna desde el muelle en Ionia, donde había dejado a Tharion y los demás.

Enorgullece a tu hermano.

No había podido abordar ese barco. Tal vez Ketos pudiera alejarse de las consecuencias de sus actos, pero Ithan no podía.

Cubierta de oro por la luz del sol poniente, Ciudad Medialuna vibraba de actividad, sin saber qué había hecho. Cómo había cambiado todo.

Se fue por el camino del cobarde a través de la ciudad, cortó por CiRo en vez de ir directamente al Istros a través de Moonwood. Si veía a otro lobo en este momento...

No quería saber lo que haría. Lo que diría.

Era una persona más entre todos los que recorrían las calles abarrotadas de la ciudad, pero de todas maneras se mantuvo avanzando por callejones y calles secundarias. Ni siquiera volteó a ver la Puerta del Corazón cuando pasó corriendo a su lado, ni se permitió mirar al este, hacia el viejo departamento de Bryce y Danika cuando pasó también por ahí.

Sólo miraba hacia el frente, hacia el río que se iba acercando. Hacia el Muelle Negro al final de la calle.

A pesar de las multitudes caóticas de personas que regresaban a casa después del trabajo, el Muelle Negro estaba en silencio y vacío, envuelto en niebla. Algunas personas vestidas de luto lloraban en las bancas, pero no había nadie parado en el muelle en sí.

Ithan no se atrevía a ver hacia las profundidades de la niebla, hacia el Sector de los Huesos. Rezaba por que Connor no estuviera viendo en su dirección desde el otro lado del río.

Ithan regresó a su forma humana antes de caminar una cuadra hacia el oeste a lo largo del embarcadero. Ithan sabía dónde estaba la entrada... todo el mundo lo sabía.

Nadie iba nunca ahí, por supuesto. Nadie se atrevía.

La gran puerta negra estaba a la mitad de un edificio también negro de mármol: una fachada. El edificio se había construido para asemejarse a un mausoleo elaborado.

El punto central era la puerta, la razón principal de su existencia: para llevar a las personas no al interior del edificio, sino debajo.

Nadie montaba guardia en la puerta. Ithan supuso que no era necesario. Cualquiera que quisiera robar este lugar se merecería todo lo que enfrentaría dentro.

La puerta negra estaba cubierta de marcas burdas y antiguas. Como rasguños causados por uñas inhumanas. Al centro había un grabado de un cráneo humanoide con cuernos envuelto en llamas que lo veía.

Ithan tocó en el cráneo odioso una vez. Dos. El metal sonó con un ruido opaco.

La puerta se abrió de par en par, silenciosa como una tumba. Dentro sólo aguardaba la oscuridad y una escalera larga y recta hacia la negrura.

Bien podría ser un camino al Averno desde Midgard.

Ithan no sintió nada, no era nada, cuando entró. Cuando la puerta se cerró a sus espaldas, cuando lo selló dentro de la noche sólida e interminable.

Cuando lo encerró dentro de la Casa de Flama y Sombra.

30

Si el Rey del Otoño en realidad era quien estaba cocinando, entonces Bryce debía admitir que no era mal chef. Sobre la mesa de mármol en el enorme comedor había pollo rostizado, ejotes y rebanadas gruesas de pan.

Aparentemente, había llegado alrededor de las tres de la tarde en un viernes. Eso era todo lo que había podido sacarle mientras la llevaba de su oficina a una recámara en el segundo piso. No le dijo la fecha, ni el mes. Ni el año.

Bryce sentía las náuseas que la recorrían toda. La última vez, Hunt había estado preso en los calabozos de los asteri por *años*... ¿Seguía ahí? ¿Siquiera estaba vivo? ¿Y Ruhn? ¿Su familia?

Los muebles de la recámara eran una mezcla elegante, aunque aburrida, de mármol y cojines mullidos en diversas tonalidades de gris y blanco. No había nada ahí que le ayudara a responder sus preguntas. Su padre quería aislarla del mundo y así lo hizo: no había televisión, no había teléfono, ni siquiera uno fijo. Las ventanas de piso a techo que daban hacia un jardín interior de lavandas estaban cubiertas por un encantamiento que evitaba que alguien pudiera ver al interior. Si se asomaba hacia el cielo, se podía ver una burbuja iridiscente sobre toda la casa: los hechizos. Como los que las hadas habían colocado para encerrarse en su territorio durante el ataque de la primavera.

Pero lo que hacía eco en la mente de Bryce eran las voces de los padres hada gritando cuando Silene los dejó fuera de su mundo, condenando a sus hijos a vivir bajo la crueldad de los asteri.

Y ahora, sentada frente a su padre en la enorme mesa del comedor horas después, tras una ducha y un cambio de ropa para vestirse con unos jeans, una camiseta y una chamarra atlética muy ajustada color azul marino (de verdad esperaba que esta ropa no hubiera pertenecido a alguna noviecilla), Bryce preguntó:

—Entonces, ¿éste es el plan? ¿Encerrarme aquí hasta que me aburra tanto que te lo cuente todo? ¿O privarme de información para que te diga lo que sea a cambio de noticias sobre Hunt?

Su padre cortó el pollo con una precisión que le indicaba que sabía cómo lidiar con sus enemigos. Suspiró por la nariz y dijo:

—Tus anfitriones en el otro mundo debieron tener una gran tolerancia por las estupideces irreverentes dado que sigues viva.

—La mayoría de la gente lo llama encanto.

Él dio un sorbo a su vino.

—¿Cuánto tiempo estuviste allá?

—Dime sobre Ruhn y Hunt.

Él dio otro sorbo.

—Ni siquiera te esforzaste por intentar sorprenderme y hacerme responder.

—Sabes, hace falta ser un verdadero hijo de puta para guardarse esa información.

Él dejó su vino sobre la mesa.

—Así va a funcionar la cosa. Por cada pregunta que yo haga y que me respondas, *tú* recibirás la respuesta a una de tus preguntas. Si percibo que estás mintiendo, no obtendrás respuesta de mi parte.

—Sabes, acabo de jugar este juego con alguien incluso más horrible que tú, por sorprendente que parezca, y no terminó bien para ella. Así que te sugiero que nos brinquemos la sesión de preguntas y que me digas lo que quiero saber.

Él se quedó viéndola. Se quedaría ahí sentado toda la puta noche.

Bryce dio unos golpecitos en el piso de mármol con el pie, considerando la situación.

—Está bien.

—¿De verdad fuiste al mundo original de las hadas?

—Sí.

Al Rey del Otoño le vibró un músculo de la mandíbula.

—Athalar y Ruhn siguen vivos.

Bryce intentó no mostrar su alivio.

—¿Cuánto...?

Él levantó un dedo.

—Es mi turno.

Pendejo.

—¿Cómo es su mundo?

—No sé... sólo vi una celda y algunos túneles y cavernas. Pero... parecía libre. De los asteri, al menos —respondió Bryce. Luego, porque sabía que le molestaría, agregó—: Las hadas allá son más fuertes que nosotros. Los asteri se llevan un trozo de nuestro poder con el Descenso: los alimenta, es su sustento. En ese otro mundo, las hadas conservan la totalidad de su poder puro.

Podría jurar que él palidecía, incluso bajo el favorecedor brillo dorado de los candelabros gemelos de hierro que colgaban sobre la mesa. Eso la hizo sentir más placer de lo que anticipaba.

—¿Cuánto tiempo me fui? —preguntó ella.

—Cinco días.

Las líneas de tiempo entre sus mundos eran similares, entonces.

—Y...

—¿Qué averiguaste mientras estuviste allá?

¿Cómo responder? Decirle la verdad...

—Sigo procesándolo.

—Eso no es una respuesta aceptable.

—Averigüé —dijo ella con brusquedad— que la mayoría de las hadas, sin importar en qué mundo estén, son un montón de infelices egoístas.

Él arqueó las cejas.

—Ah, ¿sí?

Ella se cruzó de brazos.

—Digamos que conozco una que podría eliminar tu patética existencia sin siquiera sudar un poco.

Sin embargo, Nesta no había herido a Bryce. Pensaba que había sido suerte pero, ¿era posible que Nesta hubiera estado controlando sus ataques? Nesta no era nada parecida a Silene o Theia.

No importaba ya, pero siguió pensándolo.

—Eso sigue sin responder mi pregunta. Debes haber ido a ese mundo por alguna razón... ¿qué averiguaste?

—Uno, acabé ahí por accidente. Dos, *técnicamente*, sí respondí a tu pregunta, así que sé más específico la próxima vez.

Algo oscuro y letal ensombreció el rostro de su padre.

—¿Cómo...?

Bryce levantó un dedo, una burla del mismo gesto que había hecho él.

—¿Qué sucedió cuando me fui?

Los ojos de color whisky de su padre hervían en flamas al ver ese dedo, el mando y la insistencia del derecho a hablar que comunicaba. Esa imagen debe haberle resultado especialmente ofensiva al provenir de una mujer.

Pero pareció lograr controlar su enojo y dijo con su propio gesto de autosuficiencia, como si estuviera saboreando las malas noticias tanto como ella:

—Los asteri arrojaron a Athalar y a tu hermano a los calabozos y lograron evitar que se supiera lo que ocurrió en su palacio. Solamente le informaron a los que teníamos que saber —se terminó su vino—. ¿Trajiste a esas hadas de regreso a Midgard contigo?

—¿Las *viste* llegar aquí conmigo?

No había necesidad de decirle que no se habían separado en buenos términos. Azriel la podría haber matado si se hubiera quedado un momento más.

Bryce apoyó los antebrazos en la mesa. Los grilletes gorsianos sonaron contra el mármol frío.

—¿Así que sabes que Ruhn lleva cinco días en los calabozos de los asteri y no has hecho nada para ayudarlo?

—Ruhn se merece todo lo que le suceda. Él eligió su destino.

Los dedos de Bryce se enroscaron para formar un puño. Sus uñas se estaban clavando en su carne.

—Es tu hijo, con un carajo.

—Puedo tener otros.

—No si te mato antes.

Una niebla blanca y familiar cubrió su campo de visión.

Su padre sonrió, como si notara la furia primigenia de las hadas, pero esa rabia era puramente humana.

—Eres tan parecida a tu madre —dijo él con una mueca irónica—. ¿No harás ninguna pregunta sobre *su* suerte?

—Sé que no podrías contenerte si algo le hubiera pasado. Te provoca demasiado placer. ¿Por qué han mantenido vivos los asteri a Hunt y Ruhn?

—Creo que es mi turno.

—*Yo* creo que es *mí* turno. *"¿No harás ninguna pregunta sobre* su *suerte?"* cuenta como pregunta, pendejo.

Los ojos de su padre centellearon, como si se estuviera divirtiendo contra su voluntad... y como si estuviera impresionado.

—Muy bien.

—¿Por qué han mantenido vivos a Ruhn y Hunt?

—Para usarlos en tu contra, asumo, aunque no puedo asegurarlo.

El Rey del Otoño se sirvió más vino. La luz del sol estaba disminuyendo y entraba por las ventanas haciendo que el líquido de la copa brillara como sangre fresca.

—Dime más sobre el cuchillo... ¿es del que hablan nuestras profecías, el hermano de la Espadastral?

—El mismísimo. Lo llaman La que Dice la Verdad.

Él volvió a abrir la boca, pero ella golpeteó con los dedos sobre la mesa. Sería mejor que le diera una idea de cómo estaba la situación, evaluar dónde podrían quedar aliados, si es que habían sobrevivido.

—¿Cuál es el estatus de Ophion?

—No ha habido ataques desde el del laboratorio. Sus filas están muy mermadas. Ophion, para todo propósito práctico, está muerto.

Bryce controló la reacción de su rostro.

El Rey del Otoño bebió de su vino de nuevo. A este paso, se acabaría la botella antes de que el sol se terminara de poner.

—¿Cómo conseguiste a La que Dice la Verdad?

—La robé —sonrió ligeramente al ver el ceño fruncido y desaprobatorio—. ¿Qué hay de mis otros amigos? ¿Están todos vivos?

—Si contabas al traidor de Cormac entre tus amigos, entonces no. Pero el resto, hasta donde he escuchado, están vivos y bien.

Bryce se quedó pasmada. Cormac estaba...

—¿Robaste la daga para que se cumpliera la profecía?

Ella se encogió de hombros con toda la indiferencia que pudo y dejó el tenedor sobre su plato.

—Ya me cansé de este juego.

Cormac estaba muerto. ¿Había muerto ese día en el laboratorio o había sido después, tal vez en los calabozos de los asteri durante un interrogatorio? ¿O simplemente lo habían enviado a su casa con su padre de mierda y habían dejado que el Rey de Avallen lo hiciera pedazos por deshonrar su Casa?

El Rey del Otoño sonrió como si hubiera ganado.

—Entonces puedes irte. Te veré mañana.

Ella hizo a un lado su dolor lacerante para decir:

—Vete a la mierda.

Él simplemente inclinó la cabeza y empezó a comer en silencio otra vez.

Ithan bajó por los escalones de la Casa de Flama y Sombra en una oscuridad tan pura que ni siquiera sus ojos de lobo podían perforarla.

Nunca había escuchado nada sobre lo que aguardaba al final de las escaleras. Pero ya no creía tener otras opciones.

Había perdido la noción de cuánto tiempo llevaba descendiendo. El aire se sentía seco y tenso. Como una tumba.

El sonido de sus tenis contra los escalones hacía eco en las paredes negras. Sus ojos se esforzaban inútilmente por intentar ver. Si los escalones terminaban en una caída al vacío, no tendría idea. No habría advertencia.

Resultó cierto, al final, que no tuvo advertencia. Pero no fue una caída. Se escuchó un golpe metálico y un golpe en su cráneo cuando Ithan chocó contra un muro. Rebotó y soltó una grosería...

Una luz, dorada y suave, alumbró un poco la escalera.

No era un muro. Era una puerta. Y, detrás de ella, una silueta: la figura delgada de una mujer. Incluso antes de poder distinguir su cara, reconoció la voz. Astuta, culta, aburrida.

—Vaya manera de tocar a la puerta —dijo Jesiba Roga.

31

Jesiba Roga condujo a Ithan por el pasillo subterráneo de roca negra, iluminado sólo por el fuego de las chimeneas en forma de bocas rugientes llenas de colmillos. Frente a esas fogatas había draki de varias tonalidades, vampiros bebiendo copas de sangre y daemonaki vestidos de traje escribiendo en sus laptops.

Un sitio extrañamente... normal. Como un club privado.

Supuso que en realidad sí *era* una especie de club. Las oficinas centrales de cualquier Casa estaban abiertas a todos sus miembros, en cualquier momento. Algunos elegían vivir ahí, principalmente los trabajadores que se encargaban de las operaciones diarias de la Casa. Pero algunos sólo venían a pasar el rato, a reunirse con alguien, a descansar.

Ithan, para su vergüenza, nunca había ido a las oficinas centrales de la Casa de Tierra y Sangre de Lunathion. No había estado en sus oficinas de Hilene tampoco. Bryce sí, de niña, se acordó pero no pudo recordar los detalles.

Ithan siguió a Jesiba por el pasillo largo, al lado de personas que apenas volteaban a verlo, y luego pasaron por unas puertas dobles de madera oscura tallada con la insignia de la Casa: un cráneo con cuernos.

No sabía qué esperaba. Una cámara de consejo, una oficina lujosa...

No la barra elegante de ónix iluminada con luz azul, como el corazón de la flama. Había un cuarteto de jazz tocando en un pequeño escenario debajo de un arco al fondo del lugar y muchas mesas altas, todas adornadas con veladoras de vidrio con esa luz azul. Todas estaban viendo hacia la música. Pero Roga se dirigió directamente a la barra de obsidiana, hacia los taburetes dorados que tenía enfrente.

Una draki de escamas doradas y con un vestido de gasa negra estaba detrás de la barra y le asintió a Roga. La hechicera le devolvió el gesto brevemente, se sentó, dio unas palmadas sobre el taburete a su lado y le ordenó a Ithan:

—Sentado.

Ithan miró molesto a la hechicera por su descarada referencia a su naturaleza canina, pero obedeció.

Un momento después, la cantinera deslizó hacia ellos, sobre la barra, dos vasos oscuros. Les salía humo. Jesiba se tomó el suyo de un trago y le salía humo por la boca cuando dijo:

—Pensaba que los porteros habían fumado demasiado risarizoma cuando me dijeron que Ithan Holstrom estaba bajando las escaleras de la entrada.

Ithan miró su vaso oscuro, el líquido color ámbar que parecía y olía a whisky, aunque nunca había visto que el whisky humeara.

—Es un humeante —dijo Roga—. Es whisky, jengibre rallado y un toque de magia draki para que se vea elegante.

Ithan decidió creerle y se tomó la bebida de un trago. Le quemó hasta el estómago, le abrasó la nada que lo invadía.

—Bueno —dijo Roga—, en vista de tu entusiasmo al beberte eso y el hecho de que estés aquí, puedo asumir que las cosas... no van muy bien contigo.

—Necesito un nigromante.

—Y yo necesito una nueva asistente, pero te sorprenderías de la escasez de personal competente allá afuera.

Ithan no disimuló su gesto amenazante.

—Lo digo en serio.

Roga le indicó a la cantinera que les sirviera otra ronda.

—Yo también. Desde que Quinlan me dejó para irse a trabajar a los Archivos Hada, me estoy ahogando en papeleo.

Ithan estaba bastante seguro de que así no era como habían sucedido las cosas entre Bryce y Jesiba, pero dijo:

—Mira, no vine aquí a hablar de ti...

—Cierto, pero tienes toda la suerte del mundo de que esos porteros me llamaran a mí para lidiar contigo y no a alguien más. Si hubieran llamado a uno de los vampiros, tal vez ya te hubieran dado una probada.

Asintió hacia la mesa más cercana detrás de ellos, donde estaban sentadas dos rubias despampanantes con vestidos negros muy ajustados y sin bebidas. Parecían estudiar a la gente en la habitación, como si estuvieran eligiendo de un menú.

Ithan se aclaró la garganta.

—Necesito un nigromante —dijo de nuevo—. De inmediato.

Jesiba suspiró y asintió en agradecimiento a la cantinera cuando les dio su siguiente ronda de humeantes.

—Tu hermano lleva mucho tiempo muerto.

—No es para mi hermano —dijo Ithan—. Es para alguien más.

Jesiba bebió lentamente en esta ocasión. El humo se escapaba entre sus labios después de dar el trago.

—Lo que sea que haya sucedido, cachorro, te sugiero que hagas las paces con ello.

—No se puede *hacer las paces con ello* —gruñó Ithan. Podría haber jurado que hizo vibrar los vasos, que el cuarteto de jazz titubeó y que las dos vampiras voltearon a verlo. Una mirada de Jesiba bastó para que la habitación retornara a su estado.

—¿A quién mataste? —preguntó Jesiba en voz tan baja que apenas era audible.

Ithan sintió cómo se apretaba el nudo de su garganta. No podía respirar...

—Holstrom.

Los ojos de Jesiba brillaban como las flamas de los candeleros detrás de la barra.

No había manera de arreglar esto, un modo de deshacerlo. Era un traidor y un asesino y...

—¿A quién necesitas reanimar? —dijo Roga. La pregunta sonó fría como hielo.

Ithan se obligó a mirarla a los ojos, se obligó a enfrentar lo que había hecho.

—A una heredera Fendyr perdida.

—Asumo que la comida de anoche era algo que había sobrado de antes, si es que piensas que ese yogurcito de mierda que me dejaste frente a la puerta esta mañana cuenta como desayuno —le dijo Bryce al Rey del Otoño mientras se dejaba caer en el sillón de cuero rojo mirando el movimiento del planetario.

Su padre, que estaba sentado frente al enorme escritorio, la ignoró.

—¿Cuánto tiempo me vas a mantener aquí?

—¿Estamos jugando el juego de las preguntas otra vez? Pensé que te habías cansado ya de él anoche.

No levantó la mirada de lo que estaba escribiendo. Una cortina de cabello rojo se deslizó sobre su hombro ancho.

Ella apretó los dientes.

—Sólo estaba intentando calcular cuánto tiempo prestado me queda.

Con su pluma dorada, una puta pluma fuente, hizo un trazo rápido sobre el papel.

—Conseguiré más alimentos, si mis provisiones para el desayuno fueron insuficientes.

Bryce se cruzó de piernas. La silla de cuero rechinó cuando se recargó en el respaldo.

—Mírate: cocinando y comprando tus propios alimentos. Un poquito más y casi te podría confundir con un adulto funcional y no con un adolescente mimado.

La tela de la camiseta gris de su padre se restiró a la altura del pecho cuando tensó los hombros.

Bryce apuntó al planetario.

—El Astrónomo dijo que te lo hicieron unos artesanos de Avallen. Elegante —el Rey del Otoño entrecerró los ojos cuando escuchó mencionar al Astrónomo, pero no levantó la vista de su papel. Bryce continuó—: Dijo que el planetario era para contemplar las preguntas fundamentales, como quiénes somos y de dónde venimos. Me cuesta trabajo pensar que estás aquí metido todo el día pensando en algo así de profundo.

El movimiento de la pluma sobre el papel se detuvo un momento.

—Las líneas de sangre de las hadas se han estado debilitando ya por generaciones. Es la labor de mi vida investigar por qué. Este planetario se construyó en la búsqueda de la respuesta a esa pregunta.

Ella se sopló en las uñas.

—En especial después de que alguien como yo se convirtió en Princesa Astrogénita certificada, ¿no?

Él apretó los dedos alrededor de la pluma, con fuerza suficiente para que ella se sorprendiera de que el oro no se doblara.

—La pregunta sobre nuestro linaje ya me atormentaba desde antes de que tú nacieras.

—¿Por qué? ¿A quién le importa?

Levantó la cabeza al final, con la mirada fría y muerta.

—Me importa que nuestra gente se esté debilitando. Que nos convirtamos en algo inferior a los ángeles, los metamorfos, las brujas.

—Entonces tiene que ver con tu ego.

—Tiene que ver con nuestra supervivencia. Las hadas están en una posición favorable con los asteri. Si nuestro poder se debilita, perderán el interés en mantenernos ahí. Otros llegarán a apropiarse de lo que tenemos, como depredadores alrededor de un cadáver. Y los asteri no moverán un dedo para detenerlos.

—¿Por eso tú y Morven planearon juntarnos a Cormac y a mí?

—El *Rey* Morven también ha notado la debilitación. Pero él tiene el lujo de esconderse detrás de la niebla de Avallen.

Bryce tamborileó con los dedos sobre el brazo redondeado de su sillón.

—¿Es verdad que los asteri no pueden atravesar la niebla alrededor de Avallen?

—Morven está casi seguro de que no pueden. Aunque no sé si Rigelus alguna vez haya intentado cruzar las barreras.

Miró hacia las ventanas altas a su izquierda, hacia el domo del hechizo que brillaba sobre los olivos y los macizos de lavanda. Era la mejor barrera que podía tener para ocultarse.

Bryce consideró sus opciones y decidió atreverse. Preguntó:

—¿El término "*sitio delgado*" significa algo para ti?

Él ladeó la cabeza y, maldita sea, el movimiento era aterradoramente similar a sus propios hábitos.

—No. ¿Qué es?

—Sólo es algo que escuché una vez.

—Mientes. Te enteraste de eso en el mundo de las hadas.

Tal vez no debería haber preguntado. Tal vez era demasiado peligroso haberle revelado esto a él. No para ella, sino para el mundo que había dejado atrás. Bryce dejó de tamborilear y colocó la palma de la mano sobre el brazo de cuero fresco y terso del sillón.

—Sólo escuché la frase, no la definición.

Él la miró con atención. Percibía también la mentira, pero algo similar a la admiración hizo brillar sus ojos.

—Desafiante hasta morir.

Sin ponerse de pie, Bryce hizo una reverencia.

El Rey del Otoño continuó hablando mientras giraba distraídamente la pluma entre sus dedos.

—Siempre supe que tu madre ocultaba algo sobre ti. Hizo muchas cosas para esconderte de mí.

—¿Tal vez porque eres un sociópata?

Él volvió a apretar los dedos alrededor de la pluma.

—Ember me amaba, en otros tiempos. Sólo algo enorme habría arrancado ese amor.

Bryce recargó la barbilla en su puño, toda inocencia y curiosidad.

—¿Como cuando la golpeaste? ¿Algo enorme como eso?

El fuego le recorrió los hombros, la cabellera larga, al Rey del Otoño. Pero su voz permaneció inexpresiva.

—No regresemos a cosas del pasado. Ya te he hablado sobre mis sentimientos acerca del tema.

—Sí, que lo sientes *tanto*. Lo sientes tanto que ahora ya hiciste exactamente lo que ella siempre temió: encerrarme en tu villa.

Él hizo un ademán hacia las ventanas.

—¿Has pensado que aquí, oculta del mundo y de ojos espías, estás a salvo? ¿Que si alguien más en Midgard supiera que regresaste, en el Palacio Eterno ya se hubieran enterado y estarías muerta?

Bryce se puso la mano sobre el pecho.

—Me encanta cómo te estás percibiendo como mi salvador, de verdad, te pongo un diez por el esfuerzo, pero ya dejémonos de pendejadas. Estoy encerrada aquí porque quieres algo de mí. ¿Qué quieres?

Él no respondió y se puso a girar uno de los controles de un aparato parecido a un prisma. Algo hizo que envió la luz del sol hacia los diversos planetas del planetario.

Un prisma... el opuesto diametral de lo que ella había hecho con sus poderes cuando peleó con Nesta y Azriel. Donde ella condensó la luz, el prisma la fracturaba.

Miró sus manos, tan pálidas en contraste con el color rojo sangre del sillón de cuero. Había estado funcionando con pura adrenalina y desesperación y valentía.

¿Cómo había logrado convertir su luz en un láser en esos últimos momentos en el mundo hada? Había sido algo intuitivo en ese momento, pero ahora... Tal vez sería mejor no saber. No pensar en cómo su luz parecía estarse acercando a las propiedades del poder destructivo de un asteri.

—Ruhn me dijo que te encierras aquí todo el día buscando patrones —añadió Bryce y movió la cabeza hacia el planetario, el prisma, la colección de herramientas doradas sobre el escritorio—. ¿Qué tipo de patrones?

Ella y Ruhn se habían reído mucho cuando lo platicaron: la noción de que el poderoso Rey del Otoño fuera poco más que un aficionado a las teorías de la conspiración.

¿Qué cree que va a encontrar? preguntó Ruhn con una risita. *¿Que el universo está jugando un gran juego de mesa?*

Bryce sintió una punzada en el corazón al recordar ese momento.

El Rey del Otoño anotó otra cosa y el sonido de la pluma raspando sobre el papel llenó el silencio pesado.

—¿Por qué debería confiar en una niña bocona sin discreción para guardar mis secretos?

—¿Es un secreto, entonces? ¿Esta mierda es algo que podría generar controversia?

El desdén deformó la cara apuesta del padre de Bryce.

—En una ocasión le pedí a tu hermano que me diera una semilla de su luzastral.

—Qué asco. No lo digas así.

Las fosas nasales de él se ensancharon.

—La pequeñísima *semilla* que logró producir me permitió usar esto en un modo que me resultó... benéfico —le dio unas palmaditas al aparato cubierto de oro que sostenía el prisma.

—No sabía que hacer arcoíris en la pared era tan importante para ti.

Él la ignoró.

—Este aparato refracta la luz, la separa para que yo pueda estudiar todas sus facetas —apuntó a un aparato similar posicionado directamente frente al primero—. Ese aparato la vuelve a reunir en un sólo haz. Estoy intentando agregar *más* a la luz en el proceso de reconformarla. Si la luz se puede separar y fortalecer en su forma más básica, existe la posibilidad de que se consolide en una versión más poderosa de ella misma.

Bryce decidió no mencionar las rocas azules que usaba Azriel, cómo habían condensado y dirigido su poder. En vez de eso, dijo en voz deliberadamente pausada:

—¿Y eso es una buena inversión de tu tiempo por...?

El silencio que recibió como respuesta fue mordaz.

—Déjame hacer cálculos —dijo ella y empezó a contar con sus dedos—. Los asteri están hechos de luz. Se alimentan de luzprístina. Tú estás estudiando la luz, sus propiedades, más allá de lo que la ciencia ya nos puede decir...

Un músculo en la quijada del Rey se movió de manera involuntaria.

—¿Me estoy acercando? —preguntó Bryce—. Pero si tienes ese tipo de preguntas sobre los asteri, ¿por qué no les preguntas directamente? Mmmm... —dijo contemplativa—. ¿Tal vez quieres usarlo en su contra?

Él arqueó una ceja.

—Tu imaginación sí que está desbocada.

—Uy, totalmente. Pero tú nunca tuviste interés en mí cuando era niña. Y ahora, de repente, cuando revelo mi luz mágica, de pronto sí quieres que forme parte de tu jodida familia.

—Mi único interés en ti es debido al linaje que tú transmitirás.

—Qué mal que Hunt te lo complique.

—Más de lo que imaginas.

Ella hizo una pausa, pero no cayó en la trampa de preguntar al respecto. Continuó conduciendo la conversación por el camino que quería y volvió a empezar a contar con sus dedos.

—Entonces, tu hija tiene poderes de luz, tú estás interesado en *patrones* en la luz... quieres que la información se le oculte a los asteri... —rio y bajó la mano finalmente—. Ay, ni siquiera intentes negarlo —interrumpió cuando lo vio abrir la boca—. Si quisieras ayudarlos, ya me hubieras entregado.

El Rey del Otoño sonrió. Era una cosa de belleza pesadillezca.

—Verdaderamente eres mi descendencia. Más de lo que Ruhn lo fue jamás.

—Eso no es un cumplido —dijo ella, pero continuó, satisfecha con fastidiarlo con sus palabras—. Quieres saber si los puedo matar, ¿no? A los asteri. Si la luz astrogénita es distinta de la de ellos y *cómo* es distinta. Ahí es donde entra en juego el planetario: contemplar de dónde venimos... qué tipo de luz tenemos, cómo se puede convertir en un arma.

Las fosas nasales del Rey del Otoño volvieron a ensancharse.

—¿Y averiguaste algo así en tu viaje?

Bryce dio un golpecito en su muñeca envuelta en el grillete gorsiano.

—Quítame esto y te puedo mostrar lo que aprendí.

Él sonrió y volvió a levantar el aparato del prisma.

—Esperaré.

Bryce no anticipó ni por un segundo que sus palabras fueran a funcionar... pero parecía que él también lo sabía. Que esto era un juego, un baile entre ellos.

Bryce asintió hacia el sitio donde había dejado la Espadastral y La que Dice la Verdad sobre el escritorio el día anterior. Según Ruhn, el Rey del Otoño rara vez se atrevía a tocar la espada. Parecía ser cierto, si no había movido las armas desde que había llegado.

—Hablemos de cómo podemos agregar uno más a mi colección de logros de Princesa Mágica Astrogénita: yo uní la espada y el cuchillo. Profecía cumplida.

—Tú no sabes nada sobre esa profecía —dijo él y devolvió su atención a su trabajo.

Ella preguntó con dulzura:

—¿Entonces mi interpretación está equivocada? *Cuando la daga y la espada se reúnan, también se reunirá nuestra gente*. Bueno, pues fui a nuestro viejo mundo. Conocí gente. Les recordé que existimos. Regresé. Por lo tanto, dos pueblos han sido reunidos.

Él sacudió la cabeza con repulsión.

—Sabes tan poco sobre esas armas como sobre tu propia naturaleza.

Ella bostezó exageradamente.

—Bueno, lo que sí sé es que sólo el Elegido puede usar esas armas. Espera... ¿eso significa que tú no puedes? Porque, hasta donde yo sé... sólo Ruhn y yo tenemos nuestras credenciales de miembros del club de Elegidos.

—Ruhn no tiene el poder en bruto para manejar eso correctamente.

—¿Pero yo sí? —preguntó ella con inocencia—. ¿Por *eso* estoy aquí? ¿Vamos a cooperar en una especie de entrenamiento rápido para que pueda eliminar a los asteri por ti?

—¿Quién dice que quiero eliminar a los asteri?

—Has sido muy cuidadoso de no mencionar cómo te sientes al respecto. Primero, me proteges de ellos, luego estás intentando que las hadas no caigan de su gracia. ¿Cuál de las dos es?

—¿No pueden ser ambas?

—Claro. Pero si te deshaces de los asteri, eso te daría incluso más poder de lo que podrías haber conseguido con tu plan de casarme con Cormac.

Él ajustó otro botón de su aparato y la luz se movió un milímetro a la derecha.

—¿Importa quién esté en el poder, mientras las hadas sobrevivan?

—Eh, sí. Una opción es una plaga parasitaria en este mundo. No optemos por esa alternativa.

Él volvió a dejar el aparato.

—Explica esto de... parasitaria. Mencionaste algo de que los asteri tomaban una parte de nuestro poder a través del Descenso.

Bryce dudó. Él le sostuvo la mirada y pudo notar cómo se debatía.

Pero, ¿él a quién le diría? En este momento, mientras más gente lo supiera, incluso los hijos de puta, mejor. Así, el secreto no moriría con ella.

Y después de toda la mierda que había averiguado y por todo lo que había pasado... tal vez ayudaría si sacaba todas las piezas a la luz de una vez.

Así que Bryce le dijo. Todo lo que había averiguado sobre los asteri, su historia, sus patrones de alimentación, la luzprístina y la luzsecundaria. Dioses, era peor cuando lo decía en voz alta.

Terminó y volvió a recargarse desganadamente en el respaldo del sillón.

—Así que básicamente somos un buffet gigante para los asteri.

Él se había mantenido quieto y observador mientras ella le relataba toda la información, pero entonces dijo en voz baja:

—Tal vez los asteri han estado tomando demasiado, por demasiado tiempo, de nuestra gente. Por eso se han debilitado los linajes, generación tras generación —dijo, más para sí mismo que a ella, pero entonces volteó rápidamente a ver a Bryce y continuó—: Entonces toda el agua en Midgard está contaminada.

—No creo que un filtro te ayude, si eso es lo que estás planeando.

Él la miró molesto.

—¿Pero las hadas del otro mundo no tienen ese problema?

—No. Los asteri no habían desarrollado este metodito de mierda para robar cuando ocuparon su mundo —se frotó las sienes—. Mmm, pero tal vez esa espada y esa daga puedan limpiar el parásito —dijo como meditándolo—. Tal vez me deberías dejar clavártelas y ver qué pasa.

—Nunca entenderás cómo funcionan —dijo él indiferente.

—¿Y tú sí? —dijo ella permitiendo que el escepticismo se notara en su voz—. ¿Cómo?

—Tú no eres la única con acceso a textos antiguos. La colección de Jesiba Roga es apenas una fracción de la mía, y una pequeña parte de lo que hay en Avallen. He estudiado la historia suficiente tiempo para poder formar algunas conclusiones.

—Bien por ti. Eres un genio.

El fuego chisporroteó en las puntas de los dedos del Rey del Otoño... la misma flama que había usado para quemar a Ruhn de niño. Ella bloqueó el recuerdo cuando él le advirtió:

—Si yo fuera tú, no sería tan impertinente. Tu supervivencia depende por completo de mi buena voluntad.

Unas náuseas aceitosas se revolvieron en su estómago. El juego, o baile, en el que habían estado participando... le cedería la victoria esta vez.

—Dioses, eres de lo peor.

Él tomó un cuaderno verde que tenía a la mano y lo abrió. Estaba lleno de apuntes. El registro de sus investigaciones y pensamientos. Debajo de él había un montón de papeles, también cubiertos por su letra. Mientras hojeaba el cuaderno, con voz monótona, dijo:

—Ya me cansé de ti. Puedes irte.

32

Hunt sabía lo que venía cuando el Halcón dejó abiertas las puertas del calabozo. Sabía que sería malo cuando los dejaron caer al piso asqueroso otra vez. Ruhn gimió por lo que eso le provocó en el brazo.

Todo esto para quebrar a Hunt y que se doblegara a la voluntad de Rigelus. Un lento desgaste de la convicción de Hunt, que sufriera y viera a sus compañeros sufrir a su lado, para agotarlo hasta este punto, para que les suplicara que se detuvieran, para que ofreciera lo que fuera a cambio de que cesara eso, para salvarlos...

—Levántense de una puta vez —ordenó el Halcón desde la puerta. Mordoc y varios de sus necrolobos entraron a la habitación. No esperaron a que Hunt obedeciera la orden del Halcón y se agacharon para levantarlo. Los dardos de plata de sus uniformes imperiales brillaban.

Hunt mostró los dientes. Algunos de los necrolobos dieron un paso atrás al ver la expresión de su rostro. Ante la presencia del Umbra Mortis, aún sin quebrar.

Incluso Mordoc, con todos esos dardos de plata cubriendo el cuello de su uniforme, hizo una pausa y lo pensó.

A Hunt le temblaban las piernas. Todo su cuerpo rugía de dolor, pero se puso de pie. Sus alas recién formadas vibraron involuntariamente, intentando extenderse a la par de su rabia angelical. Todo esto podría ser su culpa, pero pelearía hasta la muerte.

—Rigelus solicita una audiencia —dijo el Halcón y dio un golpecito en un reloj invisible en su muñeca—. Sería mejor que no hagas esperar a Su Santidad.

Hunt no tenía idea de cómo se pararon a su lado Ruhn y Baxian, pero lo lograron entre gemidos y siseos. Una mirada rápida hacia Baxian le mostró las alas del Mastín del Averno: estaban completamente formadas pero todavía tan débiles como las de Hunt y pegadas al cuerpo para mantenerlas protegidas.

Hunt albergaba pocas esperanzas de que alguno de ellos conservara sus alas ese día. Pero volverlas a perder sería preferible a perder a Ruhn. ¿Bryce lo perdonaría algún día si permitía que Ruhn muriera? ¿Él mismo se perdonaría algún día?

Ya sabía la respuesta.

Mordoc apuntó una pistola a la cabeza de Hunt y los otros necrolobos hicieron lo mismo con Baxian y Ruhn mientras separaban sus cadenas de la pared.

Hunt vio la mirada agonizante y exhausta de Ruhn. ¿Cómo carajos iban a subir esa pequeña escalera hacia donde estaba el Halcón?

Fue un placer conocerte, Athalar.

La voz del príncipe se escuchaba amortiguada. Como si aun la energía que necesitaba para hablar de mente a mente fuera demasiado. O tal vez eran todas las rocas gorsianas que tenían encima.

Pero de alguna manera... Ruhn parecía conocer su destino. No parecía tener la disposición de pelear.

—Un paso a la vez, amigos —murmuró Baxian cuando llegaron a la base de las escaleras.

Hunt odió tener que apoyar la mano en la pared de piedras frías para ayudarse a subir los escalones. Odió su respiración jadeante, el aullido de su cuerpo, el esfuerzo que requería para levantar cada pie.

Pero hizo lo que Baxian había sugerido. Un paso a la vez.

Y entonces el Halcón ya estaba frente a ellos, todavía con su sonrisa burlona. Mordoc y los necrolobos mantuvieron sus pistolas apuntándoles cuando el gran hijo de puta hizo una reverencia sarcástica.

—Por aquí, amigos.

Mordoc rio, el maldito.

Hunt se tambaleó hacia el pasillo. La cabeza le daba vueltas. La taza de caldo aguado y pan seco que habían comido no le había servido de nada. Quinlan tendría algún comentario ingenioso sobre eso. Casi podía escucharla decirle al Halcón, *¿No me trajiste una pizza, chico pájaro?*

Hunt se rio para sus adentros, lo cual le ganó una mirada intrigada del Halcón, que lo volteó a ver por encima del hombro.

Ruhn se tropezó y casi cayó de bruces sobre la roca. Los necrolobos lo atraparon y lo levantaron antes de que pudiera colapsar. Los pies del príncipe iban raspando y empujando débilmente el piso; intentaba ponerse de pie, pero su cuerpo no le respondía.

Hunt no podía hacer nada salvo ver cómo los dos necrolobos arrastraban a Ruhn como si fuera un puto costal.

Tal vez sería un alivio para Ruhn morir. Era una idea atroz, pero...

—Por favor, tomemos el elevador —murmuró Baxian a sus espaldas y Hunt volvió a reír. Tal vez ya estaba al borde de la histeria.

—Cállense de una puta vez —gruñó Mordoc y Baxian gimió, sin duda al sentir en su cuerpo maltratado el golpe que le propinaba un necrolobo.

Gracias a los dioses, los llevaron por un pasillo hacia los elevadores. Como si estuviera planeado, las puertas doradas se abrieron para dejar a la vista a la Cierva con su uniforme impecable.

—Buenos días, chicos —ronroneó con el rostro frío como la muerte mientras sostenía la puerta abierta con su mano delgada. El otro brazo lo tenía vendado y en un cabestrillo.

—Lidia —dijo el Halcón e hizo un movimiento hacia su brazo herido—. ¿Cómo están sanando tus quemaduras?

Mientras cojeaba hacia el interior del elevador junto a Lidia, Hunt miró el cabestrillo de la Cierva. ¿Había ya dejado de jugar a la rebelde y había regresado a su verdadero ser? Tal vez había estado usando fuego para convencer a un prisionero de hablar y se había entusiasmado demasiado. Ruhn mantenía su cara inmutable. Estaba nuevamente de pie, acercándose con lentitud al elevador.

—Bien —dijo Lidia y se recargó contra el panel de los botones. Tenía fuego en sus ojos dorados. Olfateó a Baxian y luego le dijo al Halcón—: ¿No pudiste lavarlos antes?

—Rigelus dijo que de inmediato —se excusó el Halcón y empujó a Ruhn para que entrara.

El príncipe chocó contra la pared de vidrio al fondo del elevador y se dejó caer al piso con un gemido. El Halcón estiró un brazo para empujar a Baxian al interior, pero el Mastín del Averno le mostró los dientes y ni siquiera el Halcón intentó hacer nada cuando el Mastín tomó un espacio al lado de Hunt cojeando apenas un poco.

Cuánto habían cambiado las cosas desde esos años con Sandriel. Y qué poco.

—Hay espacio para dos —dijo Lidia con brusquedad a sus necrolobos y un par de soldados con expresión de piedra se metieron. Cada uno tenía al menos doce dardos de plata en los cuellos de sus uniformes grises. Lidia le ordenó a Mordoc—: Espéranos afuera de los elevadores de arriba.

Mordoc asintió, sus ojos dorados brillaban con la anticipación del derramamiento de sangre. Gruñó algo a la unidad de necrolobos y empezaron a marchar con rapidez hacia las escaleras. Con un deleite feroz bailándole en la cara, Mordoc los siguió.

Lidia esperó a que los necrolobos y su capitán salieran del descanso antes de retirar la mano de las puertas. El elevador se cerró y empezó a ascender.

Salieron de los niveles subterráneos y subieron hacia el palacio de cristal.

Una luz cegadora perforó los ojos de Hunt: luz de día. Sus ojos, acostumbrados a la oscuridad, no podían enfocar, no podía distinguir nada del mundo a su alrededor. Levantó un ala para bloquear la luz y su cuerpo se agitó dolorido ante el movimiento. Ruhn y Baxian sisearon y se retrajeron de la luz también.

El Halcón rio un poco.

—Es sólo una probada de lo que Rigelus les hará.

Los dos necrolobos rieron con él.

Hunt entrecerró los ojos y apartó su ala para ver al maldito.

—Vete a la mierda.

Ni por un maldito segundo estos hijos de puta lo harían rogar y suplicar, ni por su propia vida ni por la de Ruhn.

Lidia dijo con tranquilidad.

—No podría haberlo dicho mejor, Athalar.

Hunt volteó, pero no fue lo bastante rápido.

El Halcón tampoco lo fue.

Y Hunt supo que atesoraría este momento por siempre: el momento en que Lidia Cervos sacó su pistola y la disparó justo entre los dos ojos del Halcón.

33

Lo único que entendía Ruhn era que había una luz cegadora y el estallido de los disparos.

Tres cuerpos cayeron al suelo. El Halcón, seguido por dos necrolobos. Y frente a ellos, con la pistola bajada... Lidia.

—¿Qué *carajos*? —gritó Baxian.

Él no sabía... Ruhn nunca le dijo. Incluso con su rabia y su odio, nunca se había atrevido a compartir la información sobre la identidad de Daybright con otra persona que la pudiera traicionar.

Con su mano sana, Lidia presionó un botón del elevador.

—Tenemos un minuto y treinta y cinco segundos para llegar al auto.

Sacó un llavero de su bolsillo y se arrodilló frente a Athalar. Aunque un poco lenta por el brazo vendado, logró liberar primero sus tobillos y luego sus muñecas de los grilletes gorsianos. Luego los de Baxian.

Ruhn parpadeó y ella ya estaba frente a él, con los ojos despejados y brillantes.

—Espera —le susurró. Con sus dedos delgados le rozó la piel y la roca gorsiana cayó al suelo. La magia de Ruhn empezó a crecer, una marea de luzastral que se elevaba dentro de él.

Se detuvo al final de su brazo. Le faltaba su puta *mano*...

Se tambaleó. Lidia lo atrapó y lo ayudó a mantenerse en pie con facilidad. Pero él alcanzó a escuchar el gruñido de dolor por lo que fuera que tuviera en el brazo, ahora libre del cabestrillo.

El olor de ella le llegó, se envolvió a su alrededor y lo mantuvo despierto mientras ella le pasaba el brazo por la cintura para ayudarle a sostenerse en pie.

—¿Cuánto tiempo, Lidia? —preguntó Baxian—. ¿Cuánto tiempo hace que cambiaste de bando?

Tenía la cara completamente laxa por la sorpresa.

—Ya habrá tiempo de intercambiar historias de nuestros pasados rebeldes —dijo ella con tono cortante mientras miraba cómo cambiaban los números de piso—. Cuando se abran las puertas, vayan a la izquierda y entren en la primera puerta, luego bajen dos pisos y salgan por la puerta de ahí y súbanse al auto. Tiene espacio para que entren con todo y alas —miró por encima de su hombro para ver bien a Hunt y luego a Baxian—. ¿Ya sanaron lo suficiente para volar? ¿Funcionó la inyección de luzprístina?

¿A ella tenían que agradecerle por sanarlos... en anticipación de este escape?

—Están débiles, pero funcionales —jadeó Baxian—. Pero estás loca si crees que podremos salir...

—Cállate —siseó y su brazo sano apretó la cintura de Ruhn antes de acercarlo hacia la puerta—. Ya sólo nos queda un minuto.

Sonó la campanilla del elevador y Ruhn supo que debería estarse preparando como estaban haciéndolo Hunt y Baxian, pero no podía mover su cuerpo, su cuerpo agonizante y débil, ni siquiera cuando se abrieron las puertas...

Lidia lo movió. Corrió hacia el pasillo, medio arrastrándolo, y dio vuelta a la izquierda. Athalar y Baxian venían tras ella.

Unas chispas centellearon en la visión de Ruhn, la negrura empezaba a filtrarse por los bordes. Apenas podía mantener los pies en movimiento, mientras Lidia corría por el pasillo hacia la puerta que les había indicado, luego las escaleras...

Ruhn se tropezó en el primer escalón y ella estaba ahí, levantándolo sobre su espalda delgada, cargándolo.

Cargándolo, puta madre, a pesar de su brazo herido. Estaría mortificado de no ser porque cada movimiento hacía que los nervios de su brazo aullaran.

Bajaron, luego atravesaron la puerta de cristal hacia el estacionamiento. A la orilla de la acera, los esperaba un jeep imperial con un rifle montado en la parte trasera.

—Baxian, con el rifle —ordenó Lidia mientras dejaba caer a Ruhn en el asiento del copiloto. El dolor amenazaba arrancarle la frágil conciencia al príncipe.

El Mastín del Averno no necesitó mayor explicación y se dirigió hacia la ametralladora. Athalar se lanzó al asiento trasero, aunque sus alas apenas cabían. Y luego Lidia se subió al asiento del conductor. Con un pisotón en los pedales, metió la velocidad y el carro salió disparado.

El estacionamiento de muchos niveles estaba lleno de vehículos militares. Alguien los vería, alguien llegaría...

En una vuelta hacia abajo, Ruhn chocó la puerta del auto y el impacto resonó dolorosamente por todo su cuerpo mientras Lidia dejaba que el coche diera vuelta... y luego aceleró hacia adelante, volando por una rampa. Hunt dejó escapar una risa entrecortada, aparentemente impresionado. Pero su risa se detuvo de repente.

Ruhn vio por qué un segundo después. La estación de guardias. Había seis guardias apostados a su alrededor: dos ángeles, cuatro lobos. Habían escuchado el carro que se movía a toda velocidad.

Apenas tuvieron tiempo de ver a Baxian en la ametralladora. Ni siquiera tuvieron tiempo de levantar sus rifles o de invocar una chispa de magia antes de que el Mastín del Averno liberara cien balas contra ellos. Con el ángulo de la rampa descendente, estaban exactamente en su línea de fuego.

La sangre se dispersó en una niebla cuando Lidia pasó junto a ellos y el carro rebotó sobre los cuerpos con un sonido terrible. Atravesaron la barrera.

Salieron a la luz del sol, pero no encontraron alivio. Estaban ahora en medio de la ciudad, con enemigos a todo su alrededor. Ruhn no podía respirar.

Se escuchó una voz por el radio... la voz de Declan Emmet.

—Daybright, ¿me escuchas?

Lágrimas calientes empezaron a rodar por la cara de Ruhn.

Lidia avanzó como bala por el puente de piedra largo y ancho entre el palacio y las puertas enormes de hierro al fondo. Otra estación de guardias los amenazaba más adelante.

—Te escucho, Emmet —dijo Lidia al radio. Hizo un gesto de dolor por tener que controlar el volante con su brazo vendado. Le debió haber sucedido algo brutal si todavía tenía dolor. Ruhn sintió que algo se le retorcía en el pecho al pensarlo—. Estamos llegando a las puertas del puente.

—Los videos de las cámaras están fallando un poco. Les perdimos la pista cuando estaban en los elevadores. ¿Están todos? —preguntó Dec.

—Todos —dijo Lidia y miró a Ruhn.

—Gracias a los putos dioses —dijo Dec y Ruhn ahogó un sollozo. Luego Dec continuó—: La cámara muestra doce guardias en la puerta. No te detengas, Daybright. Sigue. Repito, sigue, sigue, *sigue*.

Aceleraron hacia la estación de guardias y se dirigieron directo al grupo de soldados con las armas apuntándoles. Parecieron dudar al ver a la Cierva conduciendo. Todo el mundo sabía que hacerla enojar significaba la muerte.

—Lidia —advirtió Baxian. Eran demasiados para dispararles a todos a la vez, sin importar qué tan titubeantes estuvieran.

Lidia aceleró a fondo en el jeep.

El soldado más cercano, un ángel, se lanzó al cielo y apuntó su rifle hacia abajo. Los relámpagos de Athalar echaron chispas, un débil intento por detener a la muerte que estaba a punto de descender sobre ellos.

Pero fue Baxian, que abrió fuego con la ametralladora de nuevo, quien derribó al soldado. Las alas del ángel se abrieron mientras caía y la sangre los bañó en una lluvia de rubí.

Lidia avanzó entre la batalla, agachándose para esquivar las balas que volaban por todas partes. Cruzaron la barricada y la madera explotó en todas direcciones. El palacio de cristal de los asteri quedaba a sus espaldas, el terrible recordatorio de lo que habían escapado.

Luego pasaron por las puertas. Las astillas de madera seguían cayendo en el jeep cuando dieron una vuelta muy cerrada en la avenida más cercana. Una camioneta blanca salió a toda velocidad de un callejón y empezó a avanzar paralela a ellos. La puerta corrediza se abrió para revelar...

—¿Dónde *carajos* está tu mano? —le gritó Tristan Flynn a Ruhn tan fuerte que se podía escuchar a pesar de los balazos. Traía un rifle al hombro. Disparó detrás de ellos, una y otra vez, y Baxian giró la metralleta hacia la parte de atrás para descargar todas las balas posibles sobre el enemigo que los perseguía.

Ruhn ya estaba francamente llorando para entonces.

La camioneta giró y Flynn gritó «¡Mierda!» cuando apenas lograron esquivar a un peatón, una mujer draki que gritó y se quedó recargada contra la pared de un edificio.

El radio volvió a sonar y se escuchó una voz desconocida decir:

—Daybright, todo listo en Meridan.

Otra voz:

—Todo listo en Alcene.

Otra:

—Todo listo en Ravilis.

Y más y más. Once lugares en total.

Luego, una voz suave y femenina dijo:

—Habla Irithys. Lista para encender en la Ciudad Eterna.

—¿Qué putas está pasando, Lidia? —exhaló Hunt. Continuaron a toda velocidad por las angostas calles de la ciudad. La camioneta con Flynn venía detrás de ellos. Hunt gruñó—: Todos esos lugares están en la Espina.

Athalar tenía razón: cada una de las ciudades mencionadas era un depósito importante a lo largo de la línea férrea vital que llevaba armas imperiales al frente.

Lidia no apartó la mirada del camino y tomó el radio.

—Habla Daybright. Vuélala al Averno, Irithys.

Ruhn conocía ese nombre. Lo recordaba por las tres duendecillas que le decían a Bryce apenas hacía unas semanas que su reina, Irithys, querría escuchar sobre la valentía de Lehabah. La Reina perdida de las Duendecillas de Fuego.

—Considéralo hecho —dijo Irithys.

Y cuando dieron otra vuelta en una calle más ancha, cuando Ruhn sentía su cuerpo aullar de dolor al volver a chocar contra la puerta del jeep, escucharon el estallido al otro extremo de la ciudad. Una explosión tan grande que sólo alguien hecho de fuego la podría haber provocado...

En la distancia, se escuchó otra erupción.

Ruhn podía verlo en su mente: la línea de explosiones anaranjadas y rojas que corrían a lo largo del continente. Un depósito tras otro, todos explotando. La Cierva había fracturado la Espina Dorsal de Pangera con un gran golpe fatal, encendido por el fuego de la Reina Duendecilla.

Ruhn no pudo evitar admirar el simbolismo de todo, ya que la única raza de vanir que había estado al lado de Athalar durante la rebelión de los Caídos había encendido esta mecha. Miró la cara de Athalar, la admiración y el dolor y el orgullo que brillaban en ella.

Toda la tierra parecía estar retumbando con el impacto de las explosiones. Lidia dijo:

—Necesitábamos una distracción. Ophion e Irithys cumplieron.

Era verdad, ni uno solo de los peatones o conductores vieron el jeep ni la camioneta que aceleraban hacia los muros de la ciudad. Todos los ojos habían volteado al norte, a la estación de trenes.

Ángeles con uniformes imperiales salieron volando hacia allá y oscurecían el sol. Se escuchaba el aullido de las sirenas.

Incluso si se había sabido ya de su escape, la Ciudad Eterna, y todo Pangera, tenía problemas más grandes con los cuales lidiar.

—Y Ophion necesitaba una oportunidad para sobrevivir —agregó Lidia—. Mientras la Espina Dorsal permaneciera intacta, no podían avanzar.

Alguna vez le había dicho a Ruhn que Ophion llevaba años intentando sin éxito volar la Espina. Y ella lo había logrado. De alguna manera, ella lo había logrado... por todos ellos.

Dieron vuelta en una avenida aún más grande, ésta con dirección a las afueras de la ciudad y la camioneta de Flynn los alcanzó.

—Nosotros cubriremos la carretera. ¡Vayan al puerto! —gritó.

Lidia hizo un saludo militar al hada y Flynn le guiñó a Ruhn antes de que la camioneta se separara de ellos y el lord hada cerrara la puerta.

Pero frente a ellos, en las puertas de los muros de la ciudad, empezó a brillar una luz intermitente. Una alarma empezó a sonar sobre otra estación de guardias.

Desde el arco de roca masivo, una reja de metal empezó a descender para sellar la ciudad. Atraparía dentro a los responsables por el ataque a la estación... los atraparía a *ellos*.

Los guardias, todos lobos con uniformes imperiales, giraron para verlos y Ruhn hizo una mueca de dolor cuando Baxian desató sus balas antes de que ellos pudieran siquiera desenfundar sus armas. La gente en las aceras gritaba y huía hacia los edificios o se escondía detrás de los carros estacionados.

—No vamos a llegar —dijo Baxian mientras Lidia aceleraba hacia la estación de guardias.

—Lidia —advirtió Athalar.

—¡Agáchense! —ladró Lidia y Ruhn cerró los ojos y se agachó mientras la reja seguía descendiendo a una velocidad alarmante. El metal crujía y explotaba justo sobre ellos, el auto se mecía, temblaba...

Pero Lidia seguía conduciendo. Aceleró hacia la carretera que salía de la ciudad mientras la reja se cerraba detrás de ellos.

—Un poco cerca, ¿no crees? —le gritó Hunt a Lidia y Ruhn abrió los ojos para ver que la puerta había arrancado la ametralladora. Baxian estaba colgado de la parte trasera del jeep con una sonrisa enloquecida en su rostro.

Lo habían logrado y la puerta de la ciudad había dejado dentro a los autos y patrullas. Precisamente como lo había planeado Lidia, sin duda.

—Esto fue la parte sencilla —gritó Lidia, para que la escucharan a pesar del viento. El jeep se apresuró hacia el campo, entre huertos de olivos y filas de colinas.

Ruhn se movió del lugar donde se había colapsado contra la puerta del auto. Le sangraba la muñeca... su herida se había vuelto a abrir.

Declan dijo por el radio:

—Déjame hablar con él.

Por un instante, Ruhn miró los ojos brillantes y dorados de Lidia. Luego ella le dio el radio. Ruhn apenas podía sostener el radio en su mano buena. Y *buena* era algo relativo. No tenía uñas.

—Hola, Dec —gimió.

La risa de Dec era ronca, como si estuviera intentando controlar sus lágrimas.

—Es un putísimo alivio escuchar tu voz.

Ruhn apretó los párpados y tragó saliva.

—Te amo, ¿lo sabes?

—Dímelo otra vez cuando nos veamos en una hora. Tienen un largo recorrido por delante. Pásame a Daybright.

Ruhn le dio el radio en silencio a Lidia teniendo cuidado de no tocarla. De no verla.

—Habla Daybright —dijo Lidia y Ruhn volteó a ver detrás de ellos. Una columna de humo se elevaba de la parte de la ciudad donde solían brillar los domos de cristal de la estación de trenes.

—¿Quieres primero las buenas noticias o las malas? —preguntó Dec por el radio.

—Las buenas.

—La mayoría de las fuerzas de seguridad imperiales están en la estación de trenes y la ciudad está sellada. Irithys logró escapar... desapareció en el campo. No sabemos dónde.

—Le di instrucciones sobre dónde ir... qué hacer —dijo Lidia en voz baja. Pero luego preguntó—: ¿Cuáles son las malas noticias?

—Mordoc y veinticuatro necrolobos también lograron salir por la puerta sur antes de que cerrara. Creo que adivinaron que irías hacia la costa.

—Carajo —escupió Athalar desde el asiento trasero.

—¿Flynn? —preguntó Lidia.

—Flynn va detrás de ellos. Mordoc y compañía estarán detrás de ustedes en diez minutos a la velocidad que van. Así que acelera.

—Ya voy a la velocidad máxima.

—Entonces tendrán que encontrar una manera de perderlos.

Un frío recorrió a Ruhn y no tenía nada que ver con sus heridas o su brazo sangrante. Se atrevió a ver a Lidia... a verla en verdad.

Ella se limitó a mirar hacia la carretera frente a ellos. El viento le arrancaba mechones de su cabello dorado del chongo en que lo tenía atado en la parte superior de su cabeza. Se podía ver en su mirada que estaba calculando algo.

Baxian dijo al viento:

—Tendrán a todos los guardias entre aquí y la costa vigilando la carretera.

Y acababan de perder su ametralladora. Lidia buscó en la funda de su muslo y le dio su segunda arma a Athalar.

—¿Esto es todo lo que tenemos? —exigió saber Hunt mientras revisaba las balas. Ruhn no necesitaba ver para saber que no había suficientes para que salieran de esto.

—Si hubiera traído más, alguien hubiera sospechado —dijo Lidia con frialdad.

La voz de Declan se escuchó por el radio.

—¿Cuál es el plan, Daybright?

Ruhn miró su rostro hermoso y perfecto. Vio la determinación darle forma a sus facciones.

—Que el submarino esté en las coordenadas planeadas —le dijo a Declan—. Que la escotilla esté lista para un aterrizaje aéreo.

34

El Rey del Otoño permaneció encerrado en su estudio el resto del día, así que Bryce aprovechó la oportunidad para fisgar por ahí. Primero, en la cocina, que era tan funcional como para albergar un equipo de chefs. El refrigerador era una habitación completa y estaba, afortunadamente, lleno de comida recién preparada. Se sirvió un poco de trucha pochada y arroz con hierbas para almorzar, junto con una copa de la champaña más elegante que pudo encontrar, y que se robó de un refrigerador en la enorme cava del sótano. También intentó abrir todas las puertas hacia el exterior antes de conformarse con recorrer los pasillos de la villa.

Caminó por columnas blancas y atrios altos, espacios enormes con ventanas de piso a techo, y paneles artísticamente colocados para ocultar la tecnología. Abrió algunos de éstos mientras caminaba con la esperanza de encontrar algo que la conectara con el mundo exterior pero, por el momento, lo único que había encontrado eran los controles para la calefacción del piso, las persianas automáticas y el aire acondicionado.

Bryce bebió directo de la botella mientras recorría el sótano. Una de las alas estaba ocupada por un gimnasio, vapor, sala de masajes y un sauna. La otra tenía una alberca interior, una sala de proyecciones y lo que parecía ser la oficina de seguridad del Rey del Otoño. Todas las computadoras y cámaras estaban apagadas y bajo llave. Nada de lo que intentó logró encenderlas.

Había pensado en todo.

Maldiciéndolo hasta el Averno más oscuro, Bryce siguió caminando en la planta baja: una sala formal, el comedor, el estudio, con las puertas cerradas como mensaje no verbal de que se mantuviera lejos, la cocina de nuevo, una sala de estar y otra de juegos con mesa de billar y tejo.

Ninguna de las televisiones funcionaba. Cuando las revisó, vio que no tenían los cables de corriente. Tampoco encontró ningún *router* de interredes.

Intentó no imaginar a su madre aquí, joven, inocente y confiada.

En el siguiente nivel, las puertas estaban abiertas para revelar varias habitaciones para visitas, todas tan bellas y neutras como la de ella. Una de las alas de ese piso estaba cerrada... seguramente era la suite privada de su padre.

Sin embargo, las puertas dobles al fondo de la otra ala no estaban aseguradas. Las abrió para toparse con un olor familiar que le contrajo el corazón.

Ruhn.

Los carteles de bandas de rock todavía colgaban de las paredes. La enorme cama con dosel con sus sábanas de seda negra era la única señal de riqueza real. El resto de la habitación sólo expresaba juventud rebelde: boletos pegados junto al espejo, un registro de todos los conciertos a los que había ido. Un clóset lleno de camisas negras y jeans y botas, mezcladas con un montón de cuchillos y espadas desechados.

Era una cápsula del tiempo, congelada justo en el momento anterior a que Ruhn regresara de Avallen después de su Prueba, en la que emergió victorioso con la Espadastral. ¿Había regresado aquí siquiera o había buscado de inmediato un nuevo sitio donde vivir, sabiendo que la espada le daba cierto grado de ventaja sobre su padre?

O tal vez no había sucedido así para nada. Tal vez el Rey del Otoño lo había echado, celoso y amargado por la Espadastral. O tal vez Ruhn simplemente se había marchado un día.

Nunca le había preguntado a Ruhn sobre eso. Sobre tantas cosas.

Abrió los cajones del escritorio junto a la ventana y descubrió un encendedor, parafernalia de drogas, plumas masticadas y...

Sintió cómo se le oprimía el pecho cuando sacó el contenedor de bálsamo de nitrato de plata. Una sustancia de medibruja del grado más alto... para tratar quemaduras. Apretó los dedos alrededor del plástico, con tanta fuerza que lo hizo crujir. Volvió a colocar el contenedor con cuidado dentro del cajón y se sentó en la cama de Ruhn. Las esposas gorsianas en sus muñecas brillaban un poco en la débil luz.

Ruhn había escapado de este lugar putrefacto y le alegraba. Rezó en silencio a Cthona para que le concediera la oportunidad de decírselo en persona a su hermano.

Sin embargo, por el momento estaba sola. Y era sólo cuestión de tiempo para que al Rey del Otoño se le agotara la paciencia.

Lo que la Cierva había logrado era prácticamente milagroso. Declan, Flynn y Ophion habían ayudado, pero Hunt sabía que la mujer que conducía el carro lo había orquestado todo.

De alguna manera había encontrado a Irithys, Reina de las Duendecillas de Fuego... y la había convencido de ser la chispa que detonara este ataque enorme y sin precedente. Por los Caídos, por las duendecillas que se habían convertido en Inferiores por apoyarlos, las más pequeñas entre los vanir, las rechazadas, este golpe había sido por ellos. Iniciado por la persona que tendría el mayor significado para aquellos que estuvieran buscando una señal.

Irithys no sólo estaba libre en el mundo. Estaba lista para el ataque.

Hunt sacudió la cabeza en asombro y miró a Ruhn, recargado contra la puerta del auto.

El golpe había sido por la rebelión, Hunt lo sabía, pero el escape... el escape había sido exclusivamente por Ruhn.

—¿A qué te refieres con *aterrizaje aéreo*? —preguntó Baxian entre jadeos.

Lidia desvió el auto para salir de la carretera pavimentada y avanzó por un camino de tierra que daba vueltas entre las colinas secas y luego hacia las montañas cerca de la costa. El auto rebotaba y se sacudía en el suelo polvoso y cada una de las heridas de Hunt protestaba dolorosamente. Ruhn gemía.

Lidia no respondió y siguió presionando al motor hasta el límite, subiendo por las colinas y dándoles la vuelta, por la sombra intermitente de los olivos que flanqueaban el camino, con el viento seco y caliente en sus rostros.

Sin advertencia, Lidia pisó el freno y el auto se derrapó en la grava suelta. Hunt chocó contra el respaldo del asiento del conductor e hizo una mueca por el impacto.

—Mierda —siseó Lidia entre las nubes de polvo—. *Mierda.*

El polvo se asentó lo suficiente para que Hunt al fin pudiera ver lo que había provocado que se detuviera tan repentinamente. A pocos metros frente a ellos, el camino terminaba. Un espeso olivar bloqueaba el paso, demasiado denso para siquiera intentar cruzarlo.

—Lidia —dijo Baxian con tono demandante cuando ella giró en su asiento para voltear a verlos.

—Esperaba que este camino nos acercara más al agua —dijo ella, sin aliento por primera vez desde que Hunt la conocía. Miró por encima del hombro a Hunt, luego a Baxian—. Tendrán que volar desde aquí.

—¿Qué? —quiso saber Ruhn, intentando levantarse del lugar donde había sido lanzado contra la puerta del copiloto.

Pero Lidia ya había salido del carro de un salto sin abrir su puerta. Se dirigió a la parte trasera y, con la mirada enloquecida, les preguntó a Hunt y Baxian:

—¿Creen poder volar?

Hunt logró arrastrarse fuera del asiento trasero y ponerse de pie. La cabeza le daba vueltas presa del agotamiento. Con una mano apoyada en el carro, extendió sus nuevas alas.

El dolor se propagó hacia abajo por su espalda, agudo y profundo. Hunt apretó los dientes y se obligó a mover las alas. Las abrió y las cerró, una, dos veces. Sus movimientos levantaban nubes de tierra y polvo que se acumulaban a sus pies.

—Sí —respondió con voz seca y luchando contra la agonía—. Creo que sí.

Al otro lado del jeep, Baxian hacía lo mismo con las alas negras cubiertas de polvo. El Mastín del Averno asintió.

Lidia se apresuró a la puerta del copiloto. La tierra crujía debajo de sus botas. Abrió la puerta y Ruhn casi cayó al suelo a sus pies, pero lo atrapó con el brazo sano. Lo arrastró hasta Hunt y se ganó una mirada de molestia del príncipe hada, que luchaba por poder volver a pararse. Lidia ni siquiera miró a Ruhn cuando le ordenó a Hunt y Baxian:

—Cárguenlo entre los dos. El *Guerrero de las Profundidades* los está esperando.

Hunt parpadeó y se acercó a Ruhn para ayudarle a mantenerse de pie. El dolor volvió a punzarle por todo el cuerpo por el esfuerzo.

—¿Qué hay de ti? —exigió saber Baxian, que cojeaba hacia el otro lado de Ruhn. Sus alas oscuras iban arrastrándose por la tierra.

Lidia levantó la barbilla. La luz del sol brilló sobre la plata de su collar cuando lo hizo.

—Yo soy el premio mayor. Mordoc me seguirá a mí. Les compraré algo de tiempo.

—Yo puedo cargarte —insistió Baxian mientras pasaba el brazo bajo los hombros de Ruhn. Hunt casi suspiró de alivio cuando le redujo la carga.

Ruhn no dijo nada. Ni siquiera se movió mientras Baxian y Hunt lo mantenían erguido.

Lidia sacudió la cabeza al Mastín del Averno.

—Ambos están al borde de la muerte. Tomen a Ruhn y váyanse —su expresión no admitía argumentos—. *Ahora* —gruñó y aparentemente la discusión terminó porque se convirtió en venado.

Hunt nunca había visto a Lidia en esta forma. Era hermosa: su pelaje era de un dorado tan claro que era casi blanco. Sus ojos áureos estaban enmarcados por pestañas gruesas y oscuras. Una franja de tono más oscuro subía entre sus ojos, como una llamarada.

Pero Lidia miró a Ruhn. Sólo a él.

Medio colgando entre Hunt y Baxian, Ruhn la miró también. Seguía sin decir nada.

El mundo pareció contener su respiración cuando la elegante cierva caminó hacia Ruhn y con suavidad y amor le tocó el cuello con el hocico.

Ruhn no se movió un centímetro. No parpadeó cuando Lidia se apartó, con esos ojos dorados todavía en su cara, sólo un momento más.

Luego corrió hacia los árboles, un rayo de luz de sol que estaba ahí y luego ya no.

Como si nunca hubiera brillado.

Ruhn miró el bosque donde Lidia había desaparecido y se llevó la mano al cuello. Tenía la piel cálida, como si su contacto hubiera permanecido.

—Bien —gruñó Athalar y se agachó para tomar las piernas de Ruhn—. A las tres.

Baxian sostuvo a Ruhn de los hombros con más fuerza.

Las alas empezaron a moverse y Ruhn con ellas.

—Lidia —gimió.

Pero Athalar y Baxian saltaron al cielo. Ambos gimieron de agonía, el mundo se ladeó y luego ya iban en el aire.

Athalar iba sosteniendo las piernas de Ruhn y Baxian los hombros.

Ruhn iba colgado como saco de papas. Se le revolvió el estómago al ver la altura a la que iban volando sobre el suelo árido. La montaña se elevaba frente a ellos. El brillante mar azul se extendía más allá.

Detrás de ellos, avanzando a toda velocidad entre los olivos como un relámpago, iba corriendo esa hermosa criatura casi blanca. Una cierva.

Para llegar al mar, tendría que ascender por los huertos de las colinas y luego por la montaña rocosa.

¿Había manera de bajar por el otro lado? Sólo había mencionado un aterrizaje aéreo cuando habló con Dec. No un rescate en el mar. Ni uno en la tierra.

Lidia no iría con ellos.

Cuando Ruhn lo dedujo, la idea le retumbó por todo el cuerpo como sentencia de muerte.

—Mierda —escupió Athalar y Ruhn siguió la dirección de la mirada del ángel detrás de ellos.

Una jauría de veintitantos necrolobos se esparcía como hormigas por el bosque. Todos corrían directo hacia la cierva.

Un lobo más grande que los demás lideraba la jauría: Mordoc. Acercándose a toda velocidad a Lidia, cuyo paso se alentaba por las colinas.

—Alto —dijo Ruhn con voz rasposa—. Tenemos que regresar.

—No —dijo Athalar con frialdad y sostuvo las piernas de Ruhn con más fuerza.

¿Qué era más rápido, un venado o un lobo?

Si la alcanzaban, todo terminaría. Lidia lo sabía y se había ido de todas formas.

—*Bájenme* —gruñó Ruhn, pero los malakim lo sostuvieron con fuerza, tanta que le dolieron los huesos.

Los lobos acortaron la distancia, como si las colinas no fueran nada para ellos. Pero Athalar y Baxian habían encontrado una corriente de aire y volaban tan velozmente ahora que la imagen de Lidia se hizo pequeña muy rápido con la distancia...

—*¡QUE ME BAJEN!* —rugió Ruhn, o al menos lo intentó. Tenía la voz ronca por tanto gritar y apenas lograba subir el tono por arriba de un susurro.

—Legión aérea desde el este —le anunció Baxian a Hunt.

Ruhn miró hacia arriba, siguiendo la línea de visión de Athalar. Y, tal como había dicho Baxian, como una nube de langostas, los soldados volaban hacia ellos.

—Malditos —siseó Athalar y empezó a batir las alas más rápido. Baxian le siguió el paso mientras volaban hacia el mar.

Más lejos de Lidia, quien ya casi llegaba a la cima de la montaña. Fue la última vez que Ruhn la vio antes de sobrevolar el pico árido.

El mar abierto se extendió frente a ellos. Ruhn giró, intentando no perder de vista a Lidia.

Sintió que el estómago le daba un vuelco.

Como si la misma Ogenas la hubiera partido a la mitad, el lado de la montaña que daba al mar estaba cortado. No había nada esperando a Lidia al otro lado salvo una caída vertical y letal hacia el agua a cientos de metros debajo.

35

Hunt bloqueó los gritos y maldiciones de Ruhn. Sabía que él viviría un estado similar si hubiera sido Bryce la que se quedara, quien estuviera siendo perseguida por dos docenas de necrolobos. Él había hecho esos mismos sonidos hacía mucho tiempo, cuando Shahar y Sandriel cayeron hacia la tierra, Shahar sangrando...

El brillo del sol en el mar le hacía retumbar la cabeza. O tal vez eran sus heridas y el agotamiento. Cada aleteo le provocaba una agonía que le recorría el cuerpo y amenazaba con robarle el aliento. Lo aceptó en su corazón. Aceptó el dolor. Se merecía cada punzada.

Pero ahí, emergiendo del agua como una ballena...

Una compuerta de metal salió a la superficie. Luego, una persona la abrió y movió los brazos frenéticamente. Y Hunt se preguntó si estaría alucinando cuando se dio cuenta de que era Tharion quien les hacía señales, apresurándolos desde la angosta cubierta exterior en la parte superior del *Guerrero de las Profundidades*.

Hunt y Baxian volaron hacia abajo y Ketos saltó hacia la nariz del gran submarino, gritando algo que el viento se tragó.

Hacia la costa, los ángeles iban ganando velocidad, acercándose. La brisa fresca de las olas le ardía a Hunt en todo el cuerpo, la sal le quemaba las heridas abiertas. Casi se dejó caer los últimos tres metros sobre el metal empapado.

Tharion corrió hacia ellos, con el rostro demacrado por la urgencia.

—¡Dije que aterrizaran *en* la compuerta! —gritó el mer.

Hunt apretó los dientes, pero Ruhn se puso de pie de un salto y se meció peligrosamente, a punto de caer al agua.

—Lidia —le jadeó a Tharion y señaló a los desfiladeros. Volvió a mecerse y Tharion lo atrapó. Ruhn se aferró del antebrazo musculoso del mer con la mano que le quedaba. La mirada de Tharion descendió hacia el muñón del príncipe. El mer palideció.

Pero Ruhn gimió:

—Tienes que ir a ayudarla.

—El submarino no puede acercarse más a la costa —dijo Tharion intentando tranquilizarlo.

—No esta embarcación —gruñó Ruhn con un tono impresionantemente amenazante—. *Tú*.

Hunt miró la montaña, el desfiladero que se elevaba como un gigante frente a la costa distante.

—Ruhn, aunque Lidia llegara a la orilla... la caída es mortal.

Quedaría hecha pedazos contra la superficie del agua.

—*Por favor* —dijo Ruhn y se le quebró la voz mientras rebuscaba en la cara de Tharion.

Tharion miró a Hunt. Luego a Baxian. Al parecer, se dio cuenta de que no estaban en condiciones de volar un metro más.

Tharion suspiró y dijo:

—Siempre encantado de proporcionar la parte heroica.

El mer le entregó el príncipe a Baxian y se quitó la ropa. Completamente despreocupado por su desnudez, el mer saltó hacia las olas de cobalto y, un instante después, su enorme cola salpicó en la superficie. No miró atrás antes de desaparecer bajo el agua, un destello anaranjado contra el fondo azul.

Baxian empezó a rezar a Ogenas. Lo único que pudo hacer Hunt fue unírsele.

Tal vez esto también era su culpa. Si hubiera detenido a Bryce, si hubiera evitado que todos se lanzaran contra los asteri... ninguno de ellos estaría en esta posición. Nada de esto habría ocurrido.

Pero Ruhn permaneció en silencio todo el tiempo. Con la mirada fija en la costa, el rostro pálido como la muerte. Como si alcanzara a ver a la metamorfa en el desfiladero, corriendo por su vida.

Cada respiración le quemaba los pulmones.

Cada paso galopante era cuesta arriba, no había nada salvo rocas traicioneras y raíces enredadas debajo. Tantas raíces, todas decididas a hacer tropezar a sus pezuñas delicadas.

Esto no era parte del plan. Había sido una tonta por tomar ese camino, sin saber dónde terminaría, que la dejaría tirada en las colinas áridas y con una montaña por escalar.

Pero Ruhn y los ángeles lo habían logrado. Ya deberían estar en la embarcación.

Irithys también había logrado salir, para ir a hacer lo que se tenía que hacer. Al menos no se había equivocado al depositar su confianza en la reina. Al menos eso había salido bien.

Los gruñidos llenaban la maleza a sus espaldas y Lidia podía reconocer a cada uno.

Eran sus necrolobos. Sus soldados. El gruñido más profundo, aterradoramente cercano, era de Mordoc.

Lidia se obligó a ir más rápido, a concentrarse más. Encontró un sendero zigzagueante y de pendiente pronunciada, irónicamente creado por venados, que subía la montaña. En el cielo había una legión de ángeles que se veían amenazantes como nubes de tormenta.

Tenía que llegar al agua. Si lograba llegar al mar, tal vez tendría oportunidad de nadar al submarino.

Se escuchó un tronido en la maleza a su izquierda y Lidia saltó hacia una roca justo en el momento que Mordoc, con las mandíbulas abiertas, se abrió paso entre arbustos y arboleda..

Estuvo a centímetros de alcanzarla.

Mordoc rebotó contra la roca debajo y volvió a saltar hacia arriba. Pronto superaría la roca y estaría sobre ella. Justo detrás de él venían Vespasian y Gedred, sus torturadores y cazadores favoritos... los torturadores y cazadores favoritos de *ella*. Les chorreaba espuma de las fauces mientras escalaban las rocas.

Lidia volvió a saltar, más arriba sobre la gran roca, luego hasta la parte superior. Los lobos no podían brincar tanto, pero no esperó a verlos intentarlo y siguió corriendo por la superficie amplia de la roca y luego volvió a subir.

Las ramas y las espinas le rasgaban el pelaje, las patas.

El olor de su propia sangre le llenó la nariz, un espeso hedor a cobre. Sus pezuñas se resbalaban en las rocas sueltas. El sonido era como de huesos que chocaban entre sí. Tenía que haber un camino alrededor del lado de la montaña, alguna manera de darle la vuelta y bajar hasta el agua...

Ahí. Tenía que subir otros cuatrocientos metros. Una saliente que se curvaba alrededor de la montaña. Continuó avanzando y escuchó los gruñidos que volvían a empezar a acercarse. Tenía que llegar a la saliente. Tenía que llegar al agua.

En este cuerpo, no podía llorar, pero casi lo hizo cuando finalmente alcanzó la curva alrededor de la montaña. A la saliente que formaba una protuberancia frente a ella.

Como un dedo largo, se extendía muy por arriba del mar y las rocas a unos ciento cincuenta metros debajo. El resto de la montaña era la cara vertical de un desfiladero.

No había otra manera de bajar. No había manera de regresar.

Por la forma en que sus pezuñas se enterraban en la roca, supo que era de un material suave que se desmoronaría entre sus manos si intentaba bajar en su forma humana. Eso si Mordoc y los demás no le disparaban y la hacían caer antes.

El gruñido feroz de Mordoc sonó a sus espaldas y Lidia miró hacia atrás, justo cuando él se transformó. Los lobos que venían detrás también lo hicieron.

Así que Lidia regresó a su forma humana también. Jadeando y reorientando sus sentidos, retrocedió un paso hacia la orilla.

Vespasian, a la izquierda de Mordoc, sacó un rifle. Le apuntó.

—Esto me parece familiar —jadeó Mordoc. Una luz salvaje destellaba en sus ojos—. ¿Qué fue lo que le dijiste a esa perra pájara de fuego?

Lidia dio otro paso hacia atrás y Gedred, también, sacó y apuntó su rifle.

Mordoc escupió en el suelo seco y luego se limpió la boca con el dorso de la mano.

—¿Eres más rápida que una bala? Eso le preguntaste a Sofie Renast aquella noche —su capitán rio y le dio un vistazo de sus dientes demasiado grandes—. Veamos, *Lidia*. Veamos qué tan rápida eres ahora, traidora hija de puta.

La mirada de Lidia pasaba de Vespasian a Gedred. No vio ninguna piedad en sus rostros. Sólo odio y rabia. Eran necrolobos que habían permitido que una cierva los liderara. Y ella los había traicionado.

Ahora la harían pagar.

Los disparos no serían para matarla. La dejarían lisiada pero viva, como ella había hecho con Sofie Renast, para poder arrastrarla de regreso con los asteri y que la hicieran trizas. Ellos o Pollux.

Los gritos de la legión aérea se acercaban desde arriba. ¿Pollux estaba con ellos? ¿Iría al frente de la parvada de ángeles que iba tras ella?

La muerte estaba detrás de ella, al final de la saliente. Una muerte rápida y compasiva.

El tipo de muerte que le sería negada por los asteri. Si tan sólo pudiera llegar al final del desfiladero... sería rápido.

Caería y su cabeza se rompería contra las rocas, probablemente sentiría muy poco. Tal vez un estallido de dolor instantáneo y luego nada.

Aunque nunca vería el resultado de su trabajo, no vería lo que siempre había esperado.

Lidia apartó esa idea de su mente. Como siempre lo había hecho.

Gedred se arrodilló y apoyó el rifle contra el hombro. Listo para disparar.

Así que Lidia levantó la mano al collar de plata alrededor de su cuello. Se lo quitó con un movimiento de los dedos.

—Ya que estamos repitiendo el pasado, supongo que te diré lo que Sofie me dijo esa noche —lanzó el collar, ese collar inmundo, a la tierra y le sonrió a Mordoc y a los necrolobos—: *Vete al Averno.*

Entonces salió corriendo. Más rápido de lo que había corrido jamás en su forma humana, abalanzándose hacia el borde del desfiladero. Dos balas aterrizaron tras sus talones y se movió hacia un lado y esquivó sin problemas la tercera.

Ella les había enseñado a estos necrolobos todo lo que sabían. Lo usaría contra ellos ahora.

—*¡Dispárenle a la perra!* —gritó Mordoc a sus tiradores.

La vida de Lidia se diluía en cada paso. En cada movimiento de sus brazos. Las balas hacían volar fragmentos de roca y metralla a sus pies. Sólo unos cuantos pasos más.

—*¡ACÁBENLA!* —rugió Mordoc.

Pero el borde del desfiladero ya se veía... y luego ella ya no estaba.

Lidia empezó a sollozar cuando saltó, cuando la abrazó el aire. Cuando las rocas y la playa se extendieron debajo.

Por un instante, pensó que el agua estaba subiendo para encontrarla.

Pero era ella quien caía.

Se escuchó un disparo como un relámpago poderoso. El dolor se abrió paso por su pecho, rompiendo huesos, su visión se tiñó de rojo.

Lidia soltó una risa ahogada y sangrienta al morir.

36

Jesiba Roga sacó a Ithan del bar bastante rápido después de que él le dijo sin rodeos y con toda precisión a quién quería levantar de los muertos. Lo transportó a una oficina, al parecer la de ella, llena de cajas de madera y cartón que probablemente contenían reliquias para su negocio.

Lo empujó para que se sentara en una silla frente a un escritorio negro y enorme. Ella se sentó al otro lado, en un sillón de terciopelo blanco con botones y le ordenó que le contara todo.

Ithan se lo dijo. Necesitaba su ayuda y sabía que no la conseguiría si no era honesto.

Cuando terminó de hablar, Roga se recargó en el respaldo de su sillón. La tenue luz dorada de su lámpara de escritorio hacía brillar su platinado cabello corto.

—Bueno, pues no contemplaba que esto ocupara mi tarde —dijo la hechicera y se frotó las cejas. En el librero empotrado en la pared a sus espaldas había tres terrarios de vidrio llenos de varias criaturas pequeñas. ¿Personas que había convertido en animales? Por el bien de ellos, Ithan esperaba que no fuera así.

Pero tal vez ella podría convertirlo en gusano y pisarlo. Eso sería una amabilidad.

Los ojos de Jesiba brillaron, como si pudiera percibir sus pensamientos. Pero dijo:

—Entonces quieres un nigromante para levantar de entre los muertos a Sigrid Fendyr.

—No ha pasado mucho tiempo —dijo Ithan—. Su cuerpo probablemente siga suficientemente fresco para...

—No necesito que un lobo me explique las reglas de la nigromancia.

—Por favor —dijo Ithan con voz ronca—. Mira, es que yo... La cagué.

—Ah, ¿sí?

Una pregunta fría y curiosa.

Él tragó saliva intentando humedecer su garganta y asintió.

—Se suponía que yo la rescataría y se suponía que ella haría mejores a los Fendyr, para salvar a todos.

Roga se cruzó de brazos.

—¿De qué?

—De Sabine. De la puta *mierda* que son ahora los lobos...

—Hasta donde yo recuerdo, los lobos fueron quienes en la primavera marcharon a apoyar en los Prados de Asfódelo.

—Sabine se negó a dejarnos ir.

—Pero la desafiaron y fueron de todas maneras. Los otros te siguieron.

—No estoy aquí para debatir la política de los lobos.

—Pero esto *es* política. Si reanimas a Sigrid, luego... ¿qué? ¿Ya pensaste bien todo esto?

Ithan gruñó:

—Necesito arreglar esto.

—Y piensas que un nigromante resolverá el problema.

El lobo enseñó los dientes.

—Sé lo que estás pensando...

—Ni siquiera sabes lo que *tú* estás pensando, Ithan Holstrom.

—No me hables así...

Ella levantó un dedo.

—Te recordaré que tú estás en *mi* casa y me estás pidiendo un enorme favor. Llegaste aquí sin estar invitado, lo cual por sí solo es una violación de nuestras reglas. Así que, a menos que quieras que te entregue a los vampiros para que te dejen seco y pudriéndote en el muelle, te sugiero que controles tu tono de voz, cachorro.

Ithan la miró molesto, pero se calló la boca.

Roga esbozó una leve sonrisa.

—Buen chico.

Ithan tuvo que esforzarse para contener su gruñido. Ella sonrió más ampliamente al notarlo.

Pero, después de un momento, dijo:

—¿Dónde está Quinlan?

—No lo sé.

Roga asintió para sí misma.

—Yo no hago nada gratis, sabes.

Él la miró a los ojos y la dejó ver que él le daría lo que quisiera. Ella frunció un poco los labios con desagrado al percibir su desesperación. A él no le importó.

—La mayoría de los nigromantes —continuó ella— son hijos de puta arrogantes que te verán la cara.

—Maravilloso —murmuró él.

—Pero sé de uno que podría ser de confianza.

—Dime cuánto me cobras. Y cuánto me cobraría esa persona.

—Ya te lo dije: necesito un asistente competente. Hasta donde recuerdo, tú estudiaste Historia en UCM —dijo y, al notar su mirada cuestionadora, agregó—: Quinlan no paraba de hablar y *hablar* de qué orgullosa estaba de ti —él sintió un dolor insoportable en el pecho. Roga puso los ojos en blanco, tal vez por sus propias palabras o por lo que pudo ver en el rostro de él. Luego señaló las cajas a su alrededor—. Como puedes ver, tengo varios bienes que necesitan ser clasificados y despachados.

Ithan parpadeó lentamente.

—¿Me estás diciendo... que trabaje para ti y que tú me pondrás en contacto con este nigromante?

Ella bajó la barbilla.

—Pero yo necesito hacer esto *ahora* —dijo él—, mientras su cuerpo sigue fresco...

—Me encargaré de que transporten el cuerpo de donde sea que lo haya arrojado la Reina Víbora y lo mantendré... en hielo, por así decirlo. Sano y salvo. Hasta que el nigromante esté disponible.

—¿Lo cual tardaría cuánto tiempo?

Ella curvó un poco los labios.

—¿Cuál es la prisa?

Él no pudo responder. No consideró que decir *El peso de mi propia culpa me está matando y no lo soporto un momento más* fuera a hacerla cambiar de parecer.

—Empecemos con un par de días, Holstrom. Un par de días honestos de trabajo... y evaluaremos si hiciste una labor lo bastante buena para merecer la ayuda que estás buscando.

—Podría salir de este lugar y preguntarle a cualquier nigromante...

—Podrías, pero los vampiros tal vez te darían un mordisco antes de que lo lograras. O podrías encontrarte con el nigromante equivocado y terminar... insatisfecho.

Jesiba abrió su laptop. Escribió su contraseña y luego dijo, sin levantar la vista del monitor:

—Esa caja grande que dice *Lasivus* necesita ser desempacada y catalogada. Hay una laptop extra en la mesa de allá. La contraseña es *JellyJubilee*. Ambos con mayúscula inicial, sin espacios. No me veas así, Holstrom. Quinlan la puso.

Ithan volvió a parpadear. Pero se puso lentamente de pie. Caminó hacia la caja.

Sacó sus garras y las usó como palanca para abrir la tapa de la caja, que cayó en el piso alfombrado con un golpe suave y una nube de polvo.

—Si lo rompes, Holstrom —advirtió la hechicera desde su escritorio mientras seguía tecleando—, lo pagarás.

Vaya que eso era una verdad.

Bryce no vio al Rey del Otoño el resto del día. Buscó algo de cenar en la cocina para no tener que soportar otra comida con él y sus jueguitos de preguntas.

Estaba llevando su plato a su recámara en el piso superior cuando su captor apareció en la escalera.

—Te estaba buscando.

Bryce levantó el plato con el sándwich de jamón y mantequilla.

—Y yo estaba buscando comer. Adiós.

El Rey del Otoño permaneció justo en su camino cuando llegó a lo alto de la escalera de piedra.

—Quiero hablar contigo.

Ella levantó la vista y odió que él fuera más alto que ella. Pero logró verlo con tanto desdén que no importó la diferencia de altura: era una mirada que funcionaba de maravilla para irritar a Hunt cuando se conocieron. Y en contra de su voluntad y a pesar de todo lo que había sucedido entre ellos, preguntó:

—¿Por qué no has sacado las cosas de la recámara de Ruhn?

Él ladeó la cabeza. Claramente, no esperaba una pregunta de ese tipo.

—¿Lo tendría que haber hecho por algún motivo?

—Me parece muy sentimental de tu parte.

—Tengo otras diez recámaras en esta casa. Si llego a necesitar la de él, la desocuparé.

—Ésa no es una respuesta.

—¿Estabas buscando una respuesta específica?

Ella abrió la boca para escupirle una respuesta, pero se arrepintió. Lo miró con frialdad.

Él dijo en voz un poco más baja:

—Adelante, pregunta.

—¿Alguna vez te preguntaste —dijo sin pensar— qué habría sucedido si no hubieras mandado a tus secuaces a cazarnos, o si no me hubieras echado a la calle cuando tenía trece años?

Los ojos del Rey del Otoño brillaron.

—Todos los días.

—Entonces, ¿por qué? —se le quebró un poco la voz—. La golpeaste, luego te remordió la conciencia... sigues sintiéndote mal al respecto. Pero nos perseguiste y casi la mataste en el proceso. Y cuando yo me aparecí varios años después, fuiste amable conmigo como por unos dos días y luego me echaste a la calle.

—No te tengo que dar explicaciones.

Ella sacudió la cabeza. La repulsión que sintió le ahuyentó todo el apetito.

—No lo entiendo... no *te* entiendo.

—¿Qué hay que entender? Soy un rey. Los reyes no tienen que dar ninguna explicación.

—Los padres sí.

—Pensé que no querías tener nada que ver conmigo.

—Y eso no ha cambiado. ¿Pero por qué demonios no ser una buena persona?

Él la vio durante un momento largo e insoportable con esa mirada que ella sabía que su propia cara adoptaba con frecuencia. La expresión que había heredado de él, fría y despiadada.

Su padre le dijo:

—Y yo que pensaba que tu papá *real* era Randall Silago y que no me necesitabas para nada.

Ella casi tiró su plato.

—¿Estás... *celoso* de Randall?

El rostro del Rey del Otoño era como de piedra, pero su voz sonó más ronca cuando respondió:

—Él se quedó con tu madre al final. Y él te crio.

—Eso suena muy cercano al arrepentimiento.

—Ya te lo he dicho: vivo con ese arrepentimiento todos los días —la miró con cuidado, miró el plato de comida que tenía en las manos—. Pero tal vez después de un tiempo logremos superarlo —dijo. Después de un momento, agregó—: Bryce.

Ella no sabía qué sentir, qué pensar, al escucharlo pronunciar su nombre. Sin el apellido anexado, sin alguna forma de burla. Pero se aclaró la garganta y respondió:

—Si tú me ayudas a encontrar una manera de sacar a Hunt y Ruhn de los calabozos de los asteri, entonces podemos hablar de que te estás convirtiendo en un mejor papá.

Pronunció las últimas palabras mientras lo rodeaba para dirigirse a su recámara. Aunque ya no tenía ganas de comer, necesitaba poner un poco de distancia entre ellos, necesitaba pensar...

Su padre la llamó:

—¿Quién dijo que Athalar y Ruhn seguían en los calabozos? Desde hoy en la mañana ya no están ahí.

Bryce se detuvo y giró lentamente.

—¿Dónde están?

Su voz había adoptado un tono muerto... silencioso. De la misma manera en que el tono de él cambiaba cuando su temperamento se encendía.

Pero su padre se limitó a cruzarse de brazos, arrogante como un gato.

—Ésa es la gran pregunta, ¿no? Escaparon. Desaparecieron en el mar, si se pueden creer los rumores.

Bryce tardó un segundo en comprender lo que le había dicho.

—O sea que tú... tú me dejaste seguir pensando que estaban en los calabozos. Cuando ya sabías que estaban libres.

—*Sí estaban* en los calabozos cuando llegaste. Ahora, su estatus cambió.

—¿Sabías que estaba a punto de cambiar? —una rabia blanca y cegadora le llenó la cabeza, los ojos. Aunque una parte de ella también se preguntó si él también requería de algo de distancia entre ambos después de su conversación, después de revelar esa verdad... y que ésta había sido su mejor manera de alejarla de nuevo.

—Respondí tus preguntas, como estipulaste. Me preguntaste dónde los llevaron los asteri después de tu encuentro. Te dije la verdad. No pediste una actualización hoy, así que...

El plato el sándwich estaba en su mano un instante y al siguiente iba volando por los aires hacia la cabeza de su padre.

—Eres un *hijo de puta*.

Su padre envolvió tanto el plato como la comida con un muro de llamas. Las cenizas de pan y carne quemados cayeron al piso entre astillas de cerámica hecha pedazos.

—Semejantes rabietas —dijo viendo el desastre sobre la alfombra— para alguien que acaba de enterarse de que su hermano y su pareja están libres.

—¿Qué te parece esto? —preguntó Bryce furiosa y detestando más que nunca las esposas gorsianas que tenía alrededor de las muñecas—. Tú me dejas ir en este instante y yo arrojo tu triste trasero por el portal y te vas derechito al mundo original de las hadas. Ve a hacer tus maletas.

Él rio.

—Me vas a llevar a ese mundo de las hadas aunque no te deje ir.

—Ah, ¿sí?

—Escuché que tu madre y Randall adoptaron un hijo. Sería una pena que algo le sucediera al niño.

Bryce puso los ojos en blanco.

—No me vengas a llorar cuando mamá y Randall te partan la cara. Ya lo hicieron en una ocasión... estoy segura de que les dará mucho gusto recordarte de lo que son capaces.

—Sólo que no sería yo quien se presentara en su puerta —sonrió con seguridad y gesto petulante—. Bastaría murmurarle algo a Rigelus, no sé, algo que sugiera que tus padres están ocultando a un niño de los rebeldes...

Bryce volvió a poner los ojos en blanco.

—¿Tomaste alguna especie de clase en la escuela? ¿Introducción al Villano? Sé serio, por una puta vez. Tú no vas a conquistar ningún mundo.

—Si tú abrieras una puerta entre mundos por mí, Rigelus tal vez estaría lo bastante agradecido conmigo como para darme una buena tajada.

Bryce miró las astillas del plato roto. Eran afiladas y podría usarlas para cortarle la garganta.

Él sonrió de modo condescendiente, como si supiera lo que ella estaba pensando.

Su padre no estaba ni a favor ni en contra de los asteri. Era sólo un oportunista. Si eliminarlos le daba más poder, lucharía contra ellos. Si era más lucrativo rendir tributo a los asteri, se postraría frente a sus tronos de cristal. A pesar de todo su discurso de estar pensando en apoyar a las hadas, no creía en nada salvo su propio beneficio.

Ella dijo con la voz tensa:

—Ya eres rey de aquí.

—De un continente. ¿Cómo se compara eso con un planeta entero?

—Sabes, tal vez no seas el Elegido Astrogénito pero creo que de todos nosotros, tú eres quien más tiene en común con Theia. Ella pensaba esa misma estupidez. Pero para cuando se enteró de que Rigelus no la compartía, ya era demasiado tarde.

—Con el cuchillo que trajiste de vuelta, tal vez esté más dispuesto a negociar.

Bryce lo miró con gesto inexpresivo.

—¿Qué te hace pensar que las armas tienen algo que ver con él?

—Esas armas, unidas, podrían acabarlo.

—Créeme: yo lo intenté con una asteri y no funcionó.

Al menos no antes de que Nesta interfiriera.

Si a él le sorprendió su confesión, no lo dejó ver.

—¿Les *ordenaste* que funcionaran?

—Es difícil ordenarles, imbécil, cuando no sé siquiera lo que pueden hacer.

—Abrir un portal a ninguna parte —dijo el Rey del Otoño y las llamas se apagaron en su mirada.

—¿Qué quieres decir? —exigió saber Bryce.

—La Espadastral es convertida, como tú dijiste —ondeó la mano y brotaron chispas de las puntas de sus dedos—. La daga puede desconvertir las cosas. Convertida y Desconvertida. Materia y antimateria. Con el influjo correcto de poder, con una orden de quien está destinado a blandirlas, pueden unirse. Y pueden crear un lugar donde no exista la vida, no exista la luz. Un lugar que es nada. Que no es ninguna parte.

Le temblaron las rodillas.

—Eso no... eso no es posible.

—Lo es. Leí acerca de eso en los Archivos de Avallen hace siglos.

—¿Entonces cómo lo hago? ¿Sólo digo «únanse con ninguna parte» y ya?

—No lo sé —admitió él—. Mi investigación no me ha revelado los pasos para unir las dos armas. Sólo lo que podrían hacer.

Bryce se quedó mirando a su padre un rato. Luego miró hacia los escalones que llevaban al piso inferior, hacia su estudio.

—Quiero ver esas investigaciones con mis propios ojos.

—Están en Avallen, y a las mujeres no se les permite ir más allá del vestíbulo en los archivos.

—Sí, nuestros sangrados probablemente ensuciarían todos los libros.

Él frunció los labios.

—Tal vez es una suerte que te hayas librado de tu compromiso con Cormac. Tu vulgaridad no hubiera sido bien tolerada en Avallen.

—Yo creo que me empezarían a querer cuando me vieran por ahí blandiendo la Espadastral y cuando recordaran quién y qué soy.

—Eso sería una afrenta en sí. La espada nunca ha estado en posesión de una mujer.

—¿Qué? —dijo ella con una carcajada que hizo eco en los muros de roca—. ¿En quince mil años, me estás diciendo que sólo la han tenido hombres?

—Como las mujeres no tenían autorización para entrar en la Cueva de los Príncipes, no tuvieron oportunidad de intentar reclamarla, aunque tuvieran luzastral en las venas.

Bryce se le quedó viendo con la boca abierta.

—Esto es una puta broma, ¿verdad? ¿Le prohibieron la entrada a las mujeres a la Cueva de los Príncipes para evitar que tuviéramos la espada en nuestras manos?

El silencio de su padre fue respuesta suficiente.

Ella dijo con tono cortante:

—Me siento bastante segura de que existen reglas, incluso en este imperio de mierda, en contra de tratar así a las mujeres.

—Desde hace mucho tiempo se ha dejado que Avallen se gobierne a sí mismo. Sus costumbres han permanecido ocultas del mundo moderno detrás de su niebla.

—Pero hay información, en alguna parte de Avallen, sobre lo que pueden hacer la espada y la daga.

—Sí, pero para cruzar la niebla tienes que ser invitada. Y considerando el estado de tu relación con Morven...

Nunca lograría entrar. Ciertamente no sin la ayuda del hombre parado frente a ella.

Sentía que la cabeza le daba vueltas y, por un instante, todo lo que había hecho y lo que le faltaba por hacer le pesó tanto que apenas lograba respirar.

—Tengo que ir a recostarme —dijo con voz trémula..

El Rey del Otoño no la detuvo cuando otra vez se dirigió a su recámara. Como si él supiera que ya había ganado.

Ella caminó en silencio por el pasillo; la roca amortiguaba el sonido de sus pasos.

Pero no se dirigió a su recámara. En vez de eso, se dirigió a la recámara de Ruhn, donde colapsó sobre la cama. No se movió por un largo rato.

37

La vida de Ruhn se había convertido en el sonido de alarmas de las máquinas y el parpadeo de las luces de los monitores y la incómoda silla de vinil que hacía las veces de asiento y de cama.

Técnicamente, tenía una cama, pero estaba demasiado lejos de esta habitación. Unas cuantas veces, Flynn y Dec llegaron a sedarlo para arrastrarlo al tratamiento restaurativo, porque su mano seguía recuperándose.

Sus dedos ya se habían vuelto a formar, pero estaban pálidos y débiles. Las medibrujas tenían un pequeño almacén de pociones de luzprístina —una rareza en un barco donde la luzprístina estaba prohibida y en el cual confiaban en una especie de bioluminiscencia aumentada para alumbrar todo—, pero Ruhn se había negado. Había exigido que le dieran hasta la última gota a Lidia. Su mano sanaría a la antigua. Ya sería otra historia si él y Baxian se llegarían a recuperar algún día de la odisea que había terminado en que uno le arrancara al otro la mano a mordidas.

Pero ya lidiaría con eso después.

—Duerme un poco —le dijo Flynn desde la puerta con una taza de algo que olía a café en la mano. Su amigo movió la cabeza hacia la cama y los tubos y máquinas frente a Ruhn—. Yo puedo montar guardia.

—Estoy bien —dijo Ruhn con voz rasposa. Apenas había hablado desde el día anterior. No quería hablar con nadie. Ni siquiera con Flynn y Dec, aunque habían ido a rescatarlo. Lo habían salvado.

Todo por esta mujer frente a él.

Mientras estaban reconstruyendo lo que quedaba de su cuerpo, su corazón había dejado de latir dos veces. Incluso con la poción de luzprístina que ya había sanado las heridas a su corazón. Ambas veces, Ruhn estaba dormido en su propia cama, al otro lado del maldito submarino.

Así que había dejado de salir de esta habitación.

Que todavía quedara algo de Lidia era gracias a Tharion, quien lanzó un chorro de agua amortiguador que la protegió un poco contra el impacto de su caída en las rocas. Pero el mer estaba todavía lejos y el agua no había logrado detener el golpe por completo.

Pero no importaba porque ya tenía un agujero del tamaño de un puño que le atravesaba el corazón.

Ese agujero ya había desaparecido, ya había sanado gracias a esa rara y valiosísima poción de luzprístina. Y entonces tuvo un corazón funcional otra vez, a juzgar por el monitor que marcaba cada latido. Pulmones: reparados. Costillas: reconstruidas. Cráneo fracturado: arreglado. Cerebro nuevamente dentro.

Ruhn no podía apartar la imagen de su mente. Cómo se había visto Lidia cuando Tharion la subió al *Guerrero de las Profundidades*. Su cuerpo flácido. Tan... pequeña. Nunca se había fijado que ella era tanto más pequeña que él.

Ni cómo se vería el mundo si ella no estaba viviendo en él.

Porque Lidia estuvo muerta. Cuando Tharion la trajo de regreso de la costa, estaba completamente muerta. Incluso sus capacidades de sanación de vanir habían sobrepasado sus límites.

Algo se destrozó dentro de Ruhn al verla. Algo que ni siquiera Pollux y el Halcón y los calabozos de los asteri habían logrado fragmentar.

Así que las medibrujas de la embarcación habían vaciado sus almacenes de pociones de luzprístina por Lidia.

Luego Athalar usó sus relámpagos para reiniciar su corazón, porque ni siquiera los milagros líquidos fueron suficientes para hacer que volviera a empezar a latir. Los había usado ya tres veces, porque el equipo de resucitación había tardado demasiado en cargarse cuando se le había detenido el corazón.

Cuando Ruhn preguntó cómo sabía que podía intentar algo así, el ángel murmuró algo sobre agradecerle a Rigelus que le hubiera dado la idea y luego ya no dijo más. Ruhn se sentía demasiado aliviado al escuchar el latido del corazón de Lidia como para hacer más preguntas.

—Ruhn, amigo... tienes que dormir —dijo Flynn al fin entrando a la recámara. Se sentó en la silla junto a él—. Si ella despierta, te buscaré. Si siquiera se *mueve*, te aviso.

Ruhn sólo se quedó viendo el cuerpo demasiado pálido de la mujer en la cama.

—Ruhn.

—Lo último que le dije —susurró Ruhn— fue que estaba muerta para mí.

Flynn exhaló con fuerza.

—Estoy seguro de que sabía que no lo decías en serio.

—Pero sí lo dije en serio.

Su amigo tragó saliva.

—No sabía que las cosas entre ustedes se habían vuelto tan... intensas.

—Hizo todo esto para salvarme de todas maneras —dijo él sin hacer caso a la petición implícita de Flynn de que le diera más información.

La culpabilidad que sentía se lo comería vivo. Ella había hecho cosas horribles como la Cierva, tanto antes como después de convertirse en Daybright, cosas que Ruhn no podía olvidar, pero... la cabeza le daba vueltas. La rabia y la culpa y esa otra cosa.

Flynn le apretó el hombro.

—Duérmete, Ruhn. Yo vigilaré a tu chica.

Ella no era su chica. Ella no era nada para él.

Pero siguió sin hacerle caso a Flynn. No se movió de la silla, aunque sí cerró los ojos. Se concentró en su respiración hasta que el sueño estaba a punto de atraparlo.

—Pinche necio —murmuró Flynn, pero de todas maneras le lanzó una manta a Ruhn.

Day, dijo Ruhn al vacío que los separaba, como había hecho prácticamente cada hora. *Day... ¿me escuchas?*

No hubo respuesta.

Lidia.

Nunca se había dirigido a ella por su nombre. Ni siquiera aquí.

Lo volvió a intentar y envió su mensaje hacia el vacío como una plegaria. *Lidia.*

Pero la oscuridad sólo aulló en respuesta.

—Entonces —le dijo Hunt a Tharion cuando se sentaron en el comedor vacío del *Guerrero de las Profundidades*—, la Reina Víbora, ¿eh?

Tharion jugaba con el pescado al vapor y la ensalada de tiras de alga.

—No lo quiero discutir, Athalar —se habían perdido el almuerzo, pero habían logrado que los cocineros les dieran unos platos con sobras.

—Está bien —dijo Hunt y contrajo las alas, que ya habían recuperado su fuerza gracias a la luzprístina que Lidia había conseguido administrarle—. Gracias por venir a recogernos.

Tharion levantó la mirada: desolada, vacía.

Hunt conocía esa sensación. Estaba intentando no sentirse de esa manera cada segundo de cada minuto. Se estaba ahogando en ella, ahora que él y sus amigos estaban aquí, a salvo, sin la tortura física que lo distrajera.

—Holstrom dijo que éramos una jauría —dijo Tharion—. Yo no necesariamente aprecio la comparación canina, pero me gusta el sentimiento. En cuanto Lidia nos dijo que estaban a unos días de ser ejecutados... hicimos lo que era necesario.

Más o menos. No había sido así de sencillo, por supuesto, pero ya que habían salido del Mercado de Carne, había participado de lleno.

Un día antes, Hunt había escuchado la versión resumida de todo lo que había sucedido. O una parte. Considerando que Lidia seguía inconsciente, no tenía idea de lo que ella había hecho por su parte para organizar todo.

Todo era tan improbable, tan imposible.

Había despertado anoche, empapado en sudor, convencido de que estaba de regreso en esos calabozos. Había tenido que encender las luces para aceptar la realidad de su entorno. Esos segundos iniciales en la absoluta oscuridad, cuando no podía distinguir dónde estaba, fueron insoportables.

Deseaba que Bryce estuviera con él. No sólo para que durmiera a su lado y para recordarle que había logrado escapar, sino... necesitaba a su mejor amiga.

Pero Bryce no estaba. Y ese hecho, también, lo despertó del sueño. Pesadillas de ella cayendo por el espacio, sola y perdida para siempre.

Tharion pareció percibir el cambio en sus pensamientos porque preguntó en voz baja:

—¿Cómo estás tú, Athalar?

—Las alas ya regresaron a la normalidad —dijo Hunt y las plegó con fuerza en su espalda—. ¿Emocionalmente? —se encogió de hombros. Anoche se había sentado en la ducha durante una hora, el agua ardiendo para lavarle la suciedad y la sangre del calabozo. Como había hecho en esa época previa a Bryce, cuando dejaba que el agua le limpiara la tierra y la oscuridad. Pero había una marca que no podía lavarse.

Los ojos de Tharion se movieron a la frente de Hunt.

—Son unos monstruos por hacerte eso otra vez —dijo el mer con una rabia ardiente en su expresión.

—Son monstruos con o sin ponerme otra vez el halo —dijo Hunt. Levantó la muñeca y dejó a la vista la marca. La C que le habían grabado ahí ya no estaba—. ¿Crees que un esclavo todavía puede ser un príncipe?

—Estoy seguro de que esos hijos de puta de las hadas tienen alguna regla que lo prohíbe —dijo Tharion con una sonrisa irónica—, pero si alguien podría encontrar cómo darle la vuelta a eso, es Bryce.

Hunt intentó bloquear el dolor que sintió en su pecho. No podía soportar imaginar la mirada de pesar y rabia que se apoderaría del rostro de Bryce cuando viera el halo, la marca. Eso si alguna vez ella regresaba.

Ese último pensamiento era más insoportable que cualquier otro.

Hunt se obligó a hacerlo a un lado y le preguntó a Tharion:

—¿Cómo estás tú?

—Más o menos igual, pero sobreviviendo —dijo Tharion y empezó a jugar con su comida de nuevo. Parecía tener sombras nadándole en los ojos castaños—. Tomando las cosas una hora a la vez.

—¿No se sabe nada de Holstrom?

Tharion negó con la cabeza. Su cabellera roja se mecía con el movimiento. El mer dejó su tenedor sobre el plato al fin.

—¿Ahora qué?

—¿Honestamente? —Hunt apoyó los antebrazos en la mesa de metal—. No lo sé. Ayer, mi meta principal era no morir. ¿Hoy? Lo único que puedo pensar es en dónde está Bryce y cómo encontrarla.

Y cómo viviría consigo mismo mientras tanto.

—¿De verdad crees que está en otro mundo?

Las luces deslumbrantes del comedor rebotaban en la superficie metálica de la mesa en un fulgor borroso.

—Si no está en el Averno, entonces sí... espero que esté en otro mundo y que esté segura.

—Encontraremos la manera de traerla de regreso.

Hunt no se molestó en decirle al mer que probablemente eso era imposible. Bryce era la única persona en Midgard que podía abrir un portal capaz de traerla de regreso a casa.

Sólo dijo:

—Bryce querría que yo difundiera todo... lo que ella averiguó sobre los asteri. Así que creo que empezaré con la Reina del Océano. No está aliada con Ophion, pero parece... ayudarles —dijo con un ademán hacia la embarcación a su alrededor.

—Ah —dijo Ketos con ironía—. Y yo que pensaba que me habías ido a buscar a mi camarote para que comiéramos juntos.

—Tenías razón. Quería ver cómo estabas —dijo Hunt. Luego admitió—: Pero también quería saber si tú tenías alguna manera de contactarnos con ella.

—¿Con la Reina del Océano? —Tharion rio. Una risa fría y hueca—. Casi me podrías preguntar si tengo manera de ponerte en contacto con la misma Ogenas.

—Se tomó todas estas molestias para ayudar a los enemigos de los asteri —dijo Hunt y tamborileó sobre la mesa con los dedos—. Quiero saber por qué.

Tharion estudió el rostro del ángel con un escrutinio que le recordó a Hunt por qué Ketos se había convertido en el Capitán de Inteligencia de la Reina del Río. Hunt dejó que el mer viera la determinación que le recorría por todo el cuerpo.

—De acuerdo —dijo Tharion con seriedad—. Veré lo que puedo hacer. Aunque... —hizo una mueca.

—¿Qué?

—Considerando lo que sucedió con su hermana y su sobrina... podría no ir bien.

—Estás a bordo de este submarino y nadie ha intentado matarte o mandarte de vuelta con la Reina del Río... eso debe significar algo.

—Creo que tiene más que ver con la importancia de Lidia que con la mía, aunque me duela decirlo —suspiró Tharion—. Y créeme, desde el momento en que entré a esta embarcación, no he dejado de recibir malos tratos por desertar de la corte de la Reina del Río. Básicamente soy un paria.

—Bueno... tal vez haya una manera de aprovechar eso y que puedas atraer a la Reina del Océano aquí para una reunión.

Tharion cruzó sus brazos musculosos.

—Preferiría no hacerlo.

—Piénsalo —dijo Hunt—. Lo que puedas soportar hacer... lo apreciaría.

Tharion pasó sus dedos largos entre su cabello rojo.

—Sí. Sí, lo sé —respondió Ketos y se movió en la banca de metal para sacar el teléfono de su traje de neopreno. Empezó a escribir algo—. Veré si Sendes puede hablar —se puso de pie con elegancia fluida—. Te aviso si logro algo.

La mirada del mer no tenía ni un rastro de su chispa usual.

—Gracias —dijo Hunt—. Mantenme al tanto.

Tharion asintió y se alejó caminando, todavía escribiendo en su teléfono.

Hunt se terminó su plato de pescado y luego el resto del de Tharion antes de irse del comedor. Los pasillos de la embarcación estaban en silencio. Aprovechó la caminata para estirar y probar la fuerza de sus alas ya recuperadas y avanzó en silencio por los corredores cubiertos de vidrio, donde no se veía nada salvo la oscuridad del océano. Toda esa agua aplastante se sostenía en su sitio gracias a la magia de la Reina del Océano. Hunt no podía evitar maravillarse.

No había regresado al biodomo unos niveles más arriba. No podía soportar ver el sitio donde él y Bryce se habían convertido oficialmente en pareja.

Encontró a Baxian en el gimnasio que les habían asignado, uno de docenas en el submarino y el más cercano a sus habitaciones, trabajando en sus pectorales.

—Vas a necesitar ayuda para tanto peso —le advirtió Hunt cuando pasó junto al aparato donde el metamorfo de ángel estaba gruñendo bajo la barra con las alas negras extendidas debajo de él—. Deberías habérmelo pedido.

—No estabas en tu habitación —dijo Baxian y bajó la barra hacia su pecho desnudo y musculoso. El sudor le corría por el surco que se formaba entre sus pectorales y su piel morena brillaba. Le quedaban algunos rastros del tatuaje sobre su corazón: *Con amor todo es posible*. Estaba escrito con la letra de Danika. Nunca podría reponerlo... Hunt sintió que el corazón se le hacía pedazos.

Baxian continuó:

—Y cuando le pregunté a las duendecillas si te habían visto, me dijeron que tenías *una cita para almorzar*.

Hunt se había detenido en la pequeña habitación interior donde Malana, Sasa y Rithi se habían refugiado desde su llegada para preguntar si querían unirse a él y Tharion. Estaban en un nivel de pánico reducido pero constante por estar bajo el agua. No habían querido ir a almorzar. No querían ver la embarcación ni cualquier señal de que estaban rodeadas por un océano interminable, así que se quedaron en su camarote sin ventanas, viendo *realities* insulsos sobre agentes inmobiliarios que vendían villas de playa en las Islas Coronal y fingiendo que no estaban rodeadas por una enorme trampa mortal para los seres de su tipo.

Le había dolido verlas alrededor de la televisión hacía un rato. Lehabah las hubiera amado. Lehabah tendría que estar ahí, con ellas. Con todos ellos.

Baxian no apartó la vista de las pesas que estaba levantando.

—Necesitaba meterme aquí un rato.

—¿Por qué?

—Malos pensamientos —fue lo único que Baxian dijo.

—Ah.

Probablemente eran pensamientos que incluían el sabor de la sangre de Ruhn en su boca. Hunt se paró en silencio detrás del aparato, donde podía alcanzar la barra mientras Baxian la volvía a levantar con los brazos temblorosos. Fácilmente estaba levantando unos trescientos kilos.

—¿Cuántas llevas?

—Ochenta —gruñó Baxian haciendo esfuerzo con los brazos y las alas extendidas debajo de él. Hunt decidió guiar la barra de regreso a sus soportes—. Quiero llegar a cien.

—Paso a pasito, amigo.

Baxian jadeó viendo hacia el techo y luego su mirada se deslizó hacia Hunt, viéndolo de cabeza.

—¿Qué pasa?

—Sólo vine a ver cómo estaba un amigo.

—Estoy bien —dijo Baxian.

Empezó a levantarse y luego apoyó las manos en sus muslos. Sus alas caían hacia las losetas de plástico negro.

Hunt sabía que era mentira, pero asintió de todas maneras. Si Baxian quería hablar, hablaría.

Le había dicho todo a Baxian el día anterior, mientras estaban en las camillas de la medibruja, entre suturas y pociones y dolor. Le contó sobre Bryce y sobre la Cierva y toda la mierda que habían averiguado.

Baxian lo había tomado bien, aunque claramente seguía sorprendido sobre la participación de la Cierva. Hunt no lo culpaba. A él también todavía le costaba trabajo creerlo. Pero Baxian había estado trabajando con Lidia más tiempo que Hunt... probablemente le sería más difícil ajustar la imagen que tenía de ella.

Baxian asintió hacia la cara de Hunt.

—¿Alguna novedad sobre cómo quitarte esa cosa?

Hunt no se atrevió a ver hacia la pared de espejos detrás del Mastín del Averno. No había podido soportar ver su cara con ese halo manchándole la frente de nuevo.

Podría jurar que la tinta le quemaba de vez en cuando. Nunca había hecho eso antes, pero este halo que le había puesto Rigelus se sentía distinto. Peor. De alguna manera, vivo.

—No —dijo Hunt—. Hypaxia Enador me quitó el anterior. Así que, a menos que haya una reina bruja escondida en este submarino, tendré que vivir con él por el momento.

—Rigelus es un hijo de puta. Siempre lo fue —dijo Baxian y se limpió el sudor de la frente con el dorso de la mano.

Hunt ladeó la cabeza.

—¿Qué fue lo que realmente te cambió a ti? ¿Este nuevo Baxian Argos es sólo el resultado de saber que Danika era tu pareja?

Mencionar a su pareja muerta era un campo minado en potencia. Perder a una pareja era como perder la mitad de tu alma; vivir sin ellas era tortura.

—No quiero hablar del pasado —dijo Baxian y sus alas se pegaron mucho a su cuerpo.

Hunt dejó el tema.

—Entonces hablemos sobre los siguientes pasos —dijo Hunt y volvió a plegar las alas al cuerpo. Todavía podía sentir un poco de tirantez. Un día más y estaría completamente recuperado.

—¿Qué hay que hablar? Lo podemos resumir como: los asteri tienen que largarse.

Hunt controló su carcajada.

—Me alegra que estemos en el mismo canal.

Rezaba por que Tharion pudiera hacer que Sendes contactara a la Reina del Océano y por que ella estuviera en el mismo canal que ellos.

Miró al hombre que pensaba había conocido durante tantos años.

—¿Es demasiado tener la esperanza de que algunos de los antiguos triarii de Sandriel también sean en secreto antiimperialistas?

—No tientes tu suerte. Dos ya es mucho. Tres, si te incluimos a ti.

Afortunadamente, él nunca había sido parte de su triarii, sólo había tenido que soportar su mierda mientras sobrevivía los años que estuvo atado a Sandriel. Hunt ignoró el escalofrío de temor tan conocido que lo recorría al recordar esos años y preguntó:

—¿Pero tú y Lidia nunca tuvieron idea de que ambos...?

—No. Ninguna. Yo pensaba que ella era tan mala como Pollux —dijo Baxian y se limpió más sudor de la frente. Su respiración empezaba a normalizarse—. ¿Crees que Lidia se recupere?

Hunt se frotó la mandíbula.

—Espero que sí. La necesitamos.

—¿Para qué?

Hunt le sonrió a su viejo enemigo... ahora amigo, supuso.

—Para hacer que estos hijos de puta paguen por lo que han hecho.

Tharion se dijo a sí mismo que debía ya superarlo. Tenía que concentrarse en el hecho de que, contra toda probabilidad, habían tenido éxito en el rescate de sus amigos de los calabozos asteri e incluso había ido un paso más allá y había salvado también a Lidia Cervos de una muerte segura.

Pero eso no importaba. Holstrom se había quedado atrás. Holstrom, cuya vida había sido destrozada por Tharion

Y no sólo la vida de Holstrom, sino también de los futuros lobos. Esa heredera Fendyr estaba muerta a causa de él. Técnicamente había sido Holstrom, pero... nada de eso habría sucedido de no ser por las decisiones de Tharion.

Él no le había contado a nadie sobre el día que, tras subirse a esta embarcación, había estado vomitando sin parar. En parte por el síndrome de abstinencia al veneno de la Reina Víbora, pero también por toda la repulsión que sentía por lo que había hecho, en lo que se había convertido.

Ariadne había sido vendida, los dioses supieran dónde. A quién. Y, de acuerdo, ella no había sido técnicamente *vendida* porque la Reina Víbora no era su dueña, pero... se había marchado para evitar tener que matar a Holstrom. O eso le hizo creer la Reina Víbora para aprovechar el intercambio mientras también planeaba enfrentar a Sigrid contra Ithan en el cuadrilátero.

Si existía un nivel por debajo de tocar fondo, Tharion ya lo había encontrado.

Se obligó a dejar de rechinar los dientes y concentrarse en Sendes. Ella estaba de pie al centro del puente de mando, recibiendo el informe de uno de sus soldados.

Ninguno de los demás técnicos u oficiales en el puente de mando le hablaron. Nadie vio en su dirección.

Al menos, nadie lo llamó traidor. Pero todos sabían que había desertado de la Reina del Río. Y dado lo poco que ella era querida en esta embarcación, sabía que esa frialdad tenía más que ver con el hecho de haber desertado de los *mer*. De ellos.

Quería gritarle a todo este puente que, si pudiera, desertaría de él mismo.

Sendes volteó al fin después de indicarle al soldado que podía retirarse.

—Una disculpa.

Tharion hizo un gesto para restarle importancia a lo sucedido. Considerando cuánto le debía a Sendes y a esta embarcación, ella nunca tendría que pedirle ninguna disculpa por nada.

—Siento que es lo único que digo estos días, pero quería pedir un favor.

Ella sonrió levemente.

—Adelante.

Él hizo acopio de valor:

—Si quisiera ponerme en contacto con la Reina del Océano, programar una reunión entre ella, yo y Hunt Athalar... ¿tú podrías ser nuestra intermediarla?

Sendes tragó saliva. No era una buena señal.

—Si esto te pone en una posición incómoda —agregó Tharion—, no te preocupes. Pero le prometí a Athalar que te preguntaría y...

—Tendrás lo que pides —dijo ella con remordimiento—. La Reina del Océano vendrá aquí mañana.

Tharion disimuló su sorpresa.

—Está bien —dijo cauteloso—. Suenas... ¿preocupada?

Sendes se acomodó el cuello del uniforme.

—Quiere verte. Quiere verlos a todos.

Él arqueó las cejas.

—Entonces, problema resuelto.

—Por su llamada, tengo la sensación de que no está... precisamente complacida de que estés aquí —dijo Sendes con una mueca de preocupación—. Tiene algo que ver con que la Reina Víbora y con la Reina del Río, que amenazan con guerra porque te dimos asilo.

Con un carajo.

38

Ithan se lanzó hacia el libro que por alguna razón se había deslizado hacia la puerta de la oficina. Aterrizó sobre él con un golpe que hizo eco en todos sus huesos.

Para su pesar, el libro siguió retorciéndose debajo de él, intentando zafarse e ir a la puerta y luego al mudo exterior.

—No hagan tanto ruido —gruñó Jesiba mientras seguía tecleando.

Ithan jadeó y presionó todo su considerable peso sobre el libro errante...

—*Suficiente* —dijo Jesiba molesta y el libro se quedó quieto ante la voz de mando.

Pero Ithan no se movió hasta que estuvo seguro de que el libro había obedecido por completo a su ama. Se levantó y miró hacia el libro de pasta de cuero azul. Se tensó y luego estiró la mano rápidamente para tomarlo.

Pero el libro se quedó ahí. Latente. Como cualquier otro libro...

Trató de morderle los dedos. Ithan volvió a lanzarse sobre él.

—Lehabah era mucho más eficiente... y comía mucho menos. ¿A dónde se va toda esa comida, lobo?

Ithan no pudo contestar porque de nuevo se puso a luchar con el libro para someterlo, envolviendo el tomo entre sus brazos. Lo apretó contra su pecho, se puso de pie y luego avanzó dando pisotones hacia la repisa donde se *suponía* que debía haberse quedado mientras él se ponía a desempacar una caja más...

—Dije que ya era *suficiente* —dijo Jesiba molesta y el libro se quedó petrificado en los brazos de Ithan, quien volvió a meterlo al librero antes de que pudiera escaparse. Luego le dio otro empujón como diciéndole: *vete al carajo*.

El libro forcejeó, como amenazando con volver a saltar del librero, pero una onda dorada de luz recorrió su lomo... una barrera siendo colocada nuevamente en su sitio. Hechizos para encerrar los libros mágicos. El libro chocó contra esta barrera... ya no podía avanzar.

Jesiba dijo desde su escritorio:

—Pensé que lo había engañado con el hechizo anterior, pero quiero verlo intentar atravesar éste.

Como si le respondiera, el libro se sacudió de nuevo. Ithan le hizo una seña con el dedo y luego volteó a ver a la hechicera.

Había estado trabajando sin parar los últimos días, desempacando cajas, inspeccionando los bienes, catalogando los contenidos, reenvolviendo los artefactos, colocando nuevas etiquetas para los envíos... Era laborioso, pero lo mantenía ocupado.

Evitaba que se pusiera a pensar en la sangre que le manchaba las manos. El cuerpo que tenía la esperanza que hubieran puesto en hielo en alguna parte de esta madriguera subterránea.

No salía de la oficina de Roga. Ella pedía comida de las cocinas privadas de la Casa y, si necesitaba descansar, le ordenaba que se acurrucara en la alfombra como el perro que era.

Él lo hacía, sin hacer caso al insulto, y dormía tan profundamente que ella tenía que moverlo con la punta del pie para despertarlo.

Tal vez hubiera objetado, pero ella traía buenas noticias: Hunt Athalar, Ruhn Danaan y Baxian Argos habían escapado de los calabozos de los asteri durante un operativo de rescate que había incendiado toda la Espina Dorsal.

La Cierva lo había hecho. Tharion y Flynn y Dec lo habían hecho. De alguna manera, lo habían logrado. El alivio le provocaba un nudo en la garganta que le dolía, a pesar de la vergüenza que le revolvía el estómago por no haberlos ayudado.

Desde entonces, Ithan y Jesiba habían hablado poco. Roga estaba principalmente en llamadas con clientes o en reuniones de la Casa sobre las cuales no le decía nada a él. Pero ahora... Ithan miró el estante del librero, el libro mágico que seguía forcejeando contra los hechizos que lo mantenían en su sitio.

—Durante la Cumbre —dijo Ithan intentando ignorar al volumen rebelde—, Micah dijo que tus libros eran de la Biblioteca de Parthos —Amelie le había chismeado después—. Que son lo único que queda de ella.

—Mmm —murmuró Jesiba y continuó trabajando en su teclado.

Ithan se dejó caer en la silla frente a su escritorio.

—Yo pensaba que Parthos era un mito.

—Los libros dicen lo contrario, ¿no?

—¿Cuál es la verdad, entonces?

—No es una que sea fácil de aceptar para los vanir —dijo. Pero dejó de escribir. Levantó sus ojos del monitor de la computadora para encontrarse con los de él.

—Amelie Ravenscroft mencionó que Micah dijo que la biblioteca contenía dos mil años de conocimiento humano *previo* a los asteri.

—¿Y?

El rostro de la hechicera no revelaba nada.

Él apuntó al libro enfadado.

—¿Entonces los humanos tenían magia?

Ella suspiró por la nariz.

—No. Los libros mágicos que están aquí... se *suponía* que eran guardianes de la biblioteca. Al menos, para eso los hechicé hace siglos. Para que atacaran a quienes intentaran robar los libros, para defenderlos —uno de esos libros, recordó Ithan que Bryce le había contado, había ayudado a salvarla cuando peleó con Micah—. Pero los volúmenes adquirieron vida propia y deseos particulares.

Adquirieron... conciencia —miró molesta al libro mal portado—. Y para cuando intenté desenmarañar los hechizos de vida en ellos, su existencia ya se había vuelto demasiado permanente como para deshacerla. Así que necesitaba monitores como Lehabah para que vigilaran a los vigilantes. Para asegurarme de que no escaparan y se volvieran más fastidiosos.

—¿Por qué no venderlos?

Ella le lanzó una mirada fulminante.

—Porque *mis* hechizos están escritos ahí. No voy a liberar ese conocimiento al mundo.

Roga había sido bruja antes de desertar a la Casa de Flama y Sombra, y se llamaba a sí misma hechicera desde entonces. Él no podía ni imaginar todo lo que ella habría visto en su larga, larga vida.

—¿Entonces qué dicen? ¿Los libros de Parthos?

El golpeteo de las teclas volvió a iniciar.

—Nada. Y todo.

Ithan soltó una risa.

—Críptica, como siempre.

Ella volvió a dejar de escribir.

—Aburrirían a la mayoría de la gente. Algunos son libros con matemáticas complejas, volúmenes enteros sobre números imaginarios. Algunos son tratados filosóficos. Algunos son obras de teatro, tragedias, comedias... y algunos son poesía.

—¿Todos de la vida humana antes de los asteri?

—Una gran civilización vivió en Midgard mucho antes de que los asteri la conquistaran —Ithan podría jurar que Roga se oía triste—. Una que valoraba el conocimiento en todas sus formas. Tanto que cien mil humanos marcharon en Parthos para salvar estos libros de los asteri y y los vanir que iban a quemarlos —negó con la cabeza y su expresión se tornó distante—. Un mundo donde la gente amaba y valoraba tanto los libros y el aprendizaje que estuvieron dispuestos a morir por ellos. ¿Puedes imaginar una civilización así? Cien mil hombres y mujeres marcharon para defender una *biblioteca*... suena como un mal chiste hoy en día —le brillaron los ojos—. Pero pelearon y murieron. Todo para comprarle a las sacerdotisas de la biblioteca el tiempo suficiente para sacar los libros en varios barcos. Los ejércitos vanir interceptaron la mayoría y quemaron a las sacerdotisas usando sus preciados libros como leña. Pero uno de esos barcos... —sus labios se curvaron hacia arriba—. El *Griffin*. Se escabulló entre las redes de los vanir. Cruzó el Haldren y llegó a buen puerto en Valbara.

Ithan negó con la cabeza lentamente.

—¿Cómo sabes todo esto, si nadie más tiene idea?

—El mer sabía parte —evadió ella—. El mer ayudó al *Griffin* a cruzar el mar, en nombre de la Reina del Océano.

—¿Por qué?

—Ésa es una historia que le corresponde contar al mer.

—¿Pero por qué sabes todo esto *tú*? ¿Cómo es que tienes esta colección?

—Haré acopio de mi autocontrol y evitaré la comparación de un perro con un hueso —dijo Jesiba y cerró su laptop con un suave clic. Entrelazó los dedos y puso las manos sobre la computadora—. Quinlan sabía cuándo debía mantener la boca cerrada, ¿sabes? Nunca me preguntó por qué tenía estos libros, por qué tenía los amuletos archesianos que usaban las sacerdotisas de Parthos.

A Ithan se le secó la boca. Susurró:

—¿Qué... quién eres?

Jesiba soltó una carcajada y varios libros de los estantes temblaron. Ithan apenas podía respirar y Jesiba chasqueó los dedos.

Su cabello corto empezó a crecer, a fluir en largos mechones rizados que suavizaban su rostro. Su maquillaje desapareció y reveló unas facciones que de alguna manera parecían más jóvenes... más inocentes.

Era Jesiba pero al mismo tiempo no lo era. Era como si la hubieran atrapado en la flor de la juventud. De la inocencia. Pero su voz sonó tan cínica como siempre la había escuchado cuando dijo:

—Para que no pienses que estoy mintiendo... Éste es el estado al que siempre regresaré... al que puedo regresar con sólo desearlo.

—Entonces, tú puedes... ¿hacer tratamientos de belleza mágicos?

Ella no sonrió.

—No. Me maldijo un demonio. Un príncipe que interceptó mi barco y los libros que traía.

Ithan sintió que el corazón le explotaba.

—Casi habíamos llegado al Haldren cuando Apollion encontró el *Griffin* —dijo con voz neutra—. Había escuchado sobre el intento fracasado en Parthos y sobre los barcos y las sacerdotisas quemadas con sus libros. Sentía curiosidad sobre qué podría ser tan valioso para que los humanos estuvieran dispuestos a morir por ello. No entendió cuando le dije que no era ningún poder más allá del conocimiento... ningún arma más que el aprendizaje —su sonrisa se amargó—. Él se negó a creerme. Y me maldijo por mi insolencia al negarle la verdad.

Ithan tragó saliva.

—¿Qué tipo de maldición?

Ella señaló su cabellera más larga, su rostro más suave.

—Vivir, sin cambiar, hasta que yo le mostrara el verdadero poder de los libros —dijo simplemente—. Él todavía cree que son un arma y que un día me cansaré de vivir y se los entregaré y revelaré todas sus supuestas armas secretas.

—Pero... yo creía que eras una bruja.

Ella se encogió de hombros.

—Lo fui, durante un tiempo. ¿Cómo categorizas una mujer humana que deja de envejecer? ¿Que siempre regresa a la misma edad, a la misma condición física que tenía cuando la maldijeron? Atesoré mis años con las otras sacerdotisas de Parthos y, cuando surgieron las dinastías de brujas, pensé que podría encontrar compañía con ellas. Un hogar.

—¿Tú... tú eras *sacerdotisa* en Parthos?

Ella asintió.

—Sacerdotisa, bruja... y ahora hechicera.

—Pero si eras humana, ¿de dónde provino tu magia?

Ella había dicho que Apollion le había garantizado una vida larga, no poder.

Sus ojos grises se oscurecieron como el mar tormentoso que había cruzado hacía mucho tiempo.

—Cuando Apollion encontró mi barco, estaba en el pleno de su poder. Acababa de consumir a Sirius. No creo que fuera su intención, pero, cuando su magia me... tocó, algo de ella se transfirió.

Por la manera en que dijo *tocó*, Ithan supo exactamente cómo había visto ella lo que él le había hecho.

—Me tomó un tiempo darme cuenta de que tenía poderes más allá del estancamiento en la eterna juventud —dijo con desinterés—. Y, afortunadamente, he tenido quince mil años para perfeccionarlos. Para dejarlos convertirse en parte de mí, adquirir vida propia, como hicieron los libros.

El horror recorría el cuerpo de Ithan.

—¿Quieres... empezar a envejecer otra vez?

Era una pregunta peligrosamente personal, pero para su sorpresa, ella respondió:

—Todavía no —dijo Jesiba en voz un poco más baja—. No hasta que sea el momento.

—¿De qué? —se atrevió a preguntar él.

Ella miró por encima del hombro la pequeña biblioteca, el libro inquieto que por fin se había tranquilizado, como si estuviera haciéndose el ofendido.

—De que emerja un mundo donde estos libros estén verdaderamente a salvo al fin.

39

Bryce encontró al Rey del Otoño en su estudio. Su cabellera roja brillaba bajo la luz del amanecer. Estaba contemplando la Espadastral y La que Dice la Verdad sobre su escritorio.

Lo que ella le había dicho la otra noche debió haber hecho su efecto, entonces. Bien.

—Tan cerca —ronroneó ella tras cerrar la puerta. Se acercó al escritorio—. Pero tan lejos. Tan poco digno.

Las llamas bailaban en la mirada de su padre.

—¿Qué quieres, niña?

Ella dio la vuelta al escritorio para pararse al lado de su silla, para asomarse a ver las armas desde su mismo ángulo. Él frunció el ceño, como si su mera proximidad fuera de mal gusto.

—¿Alguna vez te dijo mi mamá lo que sucedió aquella noche que me estaba tratando de llevar a un lugar seguro? ¿Cuando tus matones la alcanzaron junto con Randall?

—Yo consideraría mis palabras con mucho cuidado, si fuera tú —gruñó él.

Bryce sonrió.

—Randall no había sostenido una pistola en años. No desde que regresó a casa del frente y juró nunca volver a usar una. Estaba a punto de hacer sus votos a Solas cuando recibió una solicitud del Alto Sacerdote para que fuera a ayudar a una madre soltera y su hija de tres años a escapar de ti. Y esa noche tus patéticos guardias nos alcanzaron... ésa fue la primera vez que Randall volvió a sostener una pistola. Le metió una bala entre las cejas a tu jefe de seguridad. Randall odió cada puto segundo de ese incidente. Pero no se arrepintió. Porque en ese momento, incluso después de tres días huyendo, sabía que ya estaba enamorado de mi mamá. Y que no había nada en el mundo que no haría por ella.

La nariz del Rey del Otoño se frunció con irritación.

—¿Esta historia tiene algún punto?

—Mi punto —dijo ella y se agachó para acercarse a su padre— es que yo no sólo aprendí sobre el amor de mamá. Lo aprendí también de mi papá. Mi papá *verdadero*. Mi débil padre humano de quien estás tan celoso que no lo puedes soportar. Me enseñó a luchar como el Averno por la gente que amo.

—Ya me aburrió esto —dijo el Rey del Otoño y empezó a pararse para irse, pero Bryce lo detuvo del brazo.

—Te llevo mucha ventaja. Yo me aburrí de ti en el instante que abriste la boca.

Se escuchó un clic en la roca.

El Rey del Otoño se tambaleó hacia atrás, pero ya era demasiado tarde. La esposa gorsiana ya se había cerrado alrededor de su muñeca.

—Maldita perra —siseó y Bryce dejó que la esposa de su otra muñeca cayera al piso—. No tienes idea de con quién putas te estás metiendo...

—Sí tengo. Un perdedor inútil y patético.

Él se puso de pie de un salto, pero ella ya había recogido La que Dice la Verdad y la Espadastral. Se detuvo cuando ella desenfundó ambas armas y le apuntó con ellas.

Bryce dijo suavemente, con la daga y la espada firmes en sus manos:

—Éste es el trato: tú no opones resistencia y yo no te empalo con estas armas, ni experimento cómo abrir un portal a ninguna parte en tu abdomen.

Las flamas se encendieron y luego se apagaron en sus ojos cuando el grillete lo sostuvo con firmeza.

Ella sonrió y ladeó la cabeza.

—Gracias por la información sobre la espada y la daga, por cierto. Pensé que tal vez sabías algo acerca de su uso. Qué mal que corriste a todos los sirvientes, ¿no? No hay nadie que te oiga gritar.

El rostro del Rey del Otoño palideció con rabia.

—Llegaste aquí sin querer.

—Tendrás que disculparme —dijo ella y se lanzó el cabello por encima del hombro con un movimiento de la cabeza—. Sabía que habías estado haciendo todas estas investigaciones durante siglos. Tú eres la única persona que está obsesionada con la Espadastral y sus secretos, como el patético rechazo de Elegido que eres. Así que vine aquí por respuestas. Para averiguar qué, exactamente, puede hacer un arma como ésta. Cómo deshacernos de nuestros amiguitos intergalácticos —sonrió—. ¿Y tú asumiste que yo llegué aquí por...?

Él la miró furioso.

—Ah, cierto —dijo ella—. Porque soy tu estúpida, torpe hija. Llegué aquí por accidente, ¿cierto? —rio, incapaz de evitarlo—. Probablemente hasta te convenciste a ti mismo de que Luna te estaba enviando una especie de regalo. Que te habían favorecido los dioses y que esto estaba predestinado por Urd.

El silencio de su padre fue confirmación suficiente.

Ella hizo un mohín exagerado.

—Mala suerte. Y *verdadera* mala suerte con ese grillete. Aunque supongo que tiene su simbolismo que yo haya usado la llave que Ruhn tenía en su recámara. Alguna vez me lo contó, ¿sabías? Ésta es la llave que se veía obligado a usar cuando lo atrapabas con los grilletes y lo quemabas. Le ponías estas cosas tan lindas para que no pudiera defenderse. Y sucedía con tanta frecuencia que él invirtió en una llave que siempre tenía en su escritorio para poder liberarse cuando lo mandabas de regreso a su recámara a sufrir.

De nuevo, el Rey del Otoño no dijo nada. El bastardo no lo negaba.

Bryce enseñó los dientes. Una rabia quemante y blanca le nubló la vista. Pero su voz fue tan fría como el hielo cuando dijo:

—Para ser honesta, realmente me gustaría matarte en este momento. Por mi madre, pero también por Ruhn. Y por mí también, supongo —movió la cabeza en dirección de la puerta—. Pero tenemos un trato, ¿no? Y yo tengo una cita excitante el día de hoy.

La mirada de su padre era como la muerte personificada.

—Los asteri te matarán.

—Tal vez. Pero tú no los vas a ayudar informándoles sobre esto —extendió la Espadastral hacia su cara. Él no se atrevió a moverse cuando ella le tocó la nariz con la punta de la cuchilla—. Es una verdadera pena que hayas desconectado todos tus aparatos electrónicos y que hayas apagado tu conexión a la red. No habrá manera de hacer llamadas de auxilio desde el armario del sótano.

Él casi se ahogó con su indignación.

—El...

—Oh, no te preocupes —dijo ella con tono desenfadado—. Puse una cubeta y algo de agua para ti. Tal vez te alcance para cuando uno de tus tontos guardias se pregunte qué estará sucediendo aquí y venga a revisar —fingió pensar—. Aunque tal vez les cueste trabajo atravesar tus hechizos.

—Igual que a ti.

—Desafortunadamente para ti, no, no lo será. No pusiste ningún hechizo que previniera la teletransportación. Es un don tan raro aquí que ni siquiera pensaste hacer un hechizo para evitarlo, ¿o sí? Qué suerte para mí.

—Yo que tú, consideraría mi siguiente movimiento con *mucho* cuidado...

—Sí, sí —dijo ella y apuntó hacia la escalera con la espada—. Vamos. Tu residencia subterránea te está esperando.

No intentó nada cuando lo escoltó al piso inferior, claramente cauteloso por el poder de las armas que ella tenía en su posesión.

Desde que Vesperus se había retorcido debajo de las dos armas, un pensamiento se había empezado a inquietar en el fondo de la mente de Bryce. Al recordar todo lo que Ruhn le había contado sobre la obsesión del Rey del Otoño con la Espadastral, le apostó a que él tal vez sabría también sobre la daga.

Había sido la decisión más difícil que había tomado: venir aquí, a jugar este juego, en vez de hacer que el portal la llevara directo con Hunt. Pero Hunt, se temía, seguía en los calabozos y aparecer ahí hubiera sido demasiado arriesgado. Y esta información era demasiado importante.

Pero ahora sabía un poco más. La Espadastral y La que Dice la Verdad podían abrir un portal a ninguna parte, donde fuera que estuviera eso. Ahora ella sólo necesitaba averiguar cómo hacer que lo abrieran.

Lo bueno era que él también le había dicho en qué lugar de Midgard podía encontrar más información sobre la espada y la daga.

El Rey del Otoño se resistió cuando Bryce apuntó la espada hacia el clóset abierto en el sótano. Como gran parte de esta casa, era a prueba de fuego. La pesada puerta de acero tardaría bastante en abrirse, incluso si lograba liberarse del grillete gorsiano.

El Rey del Otoño gruñó al meterse de espaldas al clóset.

—Te mataré y a tu perra madre también, por esto.

Ella hizo un movimiento que le indicaba que retrocediera más.

—Te programaré una cita para mañana.

Con eso, le azotó la puerta en la cara y la cerró con llave. Él se lanzó contra ella un segundo después. La puerta se sacudió, pero se mantuvo firme.

Silbando para sí misma, con la Espadastral al hombro, Bryce salió caminando del sótano.

Había mucho más por hacer. Lugares donde estar. Gente que ver.

Y cosas por aprender.

Cinco minutos después, Bryce sacó su teléfono del cajón del escritorio del estudio del Rey del Otoño. Estaba muerto y una búsqueda rápida en la oficina dejó claro que no había cables ahí para cargarlo. Se lo metió en la cintura de los *leggins* y recogió la Espadastral y La que Dice la Verdad de donde las había dejado sobre el escritorio.

El aparato con el prisma del Rey del Otoño estaba donde lo había dejado. Un rayo de luz del sol brillaba por las ventanas y entraba por el prisma para refractarse en un arcoíris sobre uno de los planetas dorados del planetario... sobre Midgard. Luz separada en sus partes. Luz desnuda.

En el caos de esos últimos momentos con Vesperus y estos días con el Rey del Otoño, no había tenido la oportunidad de explorar la magia que había tomado de la reserva de Silene.

Ella había reclamado la magia, supuso, porque Silene seguro la había dejado ahí para que la tomaran sus futuros herederos. Pero, ¿por qué no lo habían hecho? ¿Por qué no lo había hecho su hijo, que había escuchado la verdad directamente de sus labios? Bryce sabía que tal vez ya nunca conocería la respuesta. Pero podría tratar de aprender algo sobre el poder que ahora poseía en su interior.

Con una inhalación rápida, Bryce reunió su magia. Al exhalar, envió un chorro de su luzastral al prisma, su poder más rápido que nunca.

La luzastral llegó al prisma, lo cruzó y...

—Ah.

Lo que emergió del otro lado no era un arcoíris. Ni remotamente.

Le tomó un momento procesar lo que estaba viendo: un gradiente del rayo de luzastral. En donde el arcoíris estaba lleno de color, éste empezaba en luz blanca y brillante y descendía hacia la sombra.

Una especie de antiarcoíris. La luz descendía hacia la oscuridad, las gotas de luzastral llovían desde el rayo más alto hasta la banda de sombras abajo, devorada por la oscuridad.

Como la luz del día que se va apagando... del atardecer.

¿Qué significaba esto? Estaba bastante segura de que su luz había sido pura antes, pero ahora, con el poder de Silene mezclado... también había oscuridad ahí. Escondida debajo.

Et in Avallen ego.

¿Eso representaba alguna diferencia para su poder? ¿Para ella? ¿Que ahora tuviera una capa de oscuridad?

Bryce se guardó las preguntas. Ya pensaría en eso después. Ahora...

Tomó el cuaderno del escritorio y se lo metió en el bolsillo interior de su chamarra deportiva.

Luego movió el prisma del escritorio unos centímetros, inclinándolo hacia el aparato al otro lado de la habitación. El aparato que el Rey del Otoño había dicho podría recapturar la luz, posiblemente con más poder añadido a ella. ¿Pero qué pasaría si la luz saliera de ambos prismas y se encontrara en medio? ¿Qué sucedería en la colisión de toda esa magia?

Toda esa luz que chocaba, todos esos trocitos de magia chocando unos con otros, producirían energía. Y la recargarían como una batería.

Eso esperaba.

—Sólo hay una manera de averiguarlo —murmuró para sí misma.

Con una oración a Cthona, envió dos rayos gemelos de luz hacia los prismas y disparó directo hacia ellos.

Salieron dos estallidos de luz de cada uno de los prismas y avanzaron a toda velocidad uno hacia el otro. Bandas de luz caían en la oscuridad, su poder reducido a su forma más elemental, más básica. Se acercaban uno al otro y, donde se unieron, la luz y la oscuridad, la oscuridad y la luz, chocando una contra otra...

Bryce entró a la explosión en el centro.

Entró a su poder.

La iluminó desde adentro, iluminó su misma sangre. Su cabello se elevó por encima de su cabeza, las plumas y papeles y otras cosas de la oficina empezaron a flotar también.

Esa luz y oscuridad... el poder yacía en el encuentro de ambos. Ahora lo entendía, cómo la oscuridad daba forma a la luz.

Pero todo ese poder que chocaba... era la recarga que necesitaba.

Se despidió con un dedo medio dirigido hacia el piso, hacia el Rey del Otoño debajo, y se teletransportó fuera de la villa, al lugar donde más quería estar.

A casa. Donde eso estuviera en Midgard.

Porque su hogar ya no era solamente un sitio físico, sino una persona también.

Silene había dicho eso cuando habló de Theia y Aidas... sus almas se habían encontrado a través de los mundos, porque eran pareja. Ellos eran el hogar del otro.

Y para Bryce, el hogar era, y siempre sería, Hunt.

El agotamiento pesaba tanto sobre Ruhn que, incluso con el cuello adolorido, no podía molestarse en buscar una posición más cómoda en la silla. Las máquinas no dejaban de hacer sonidos electrónicos, como grillos de metal que estuvieran marcando el paso de la noche.

Tenía la vaga sensación de haber visto a Declan reemplazar a Flynn. Luego Dec se fue y Flynn llegó otra vez.

No sabía qué lo había despertado. Si había sido un cambio en el sonido de la máquina o una variación en la cadencia de la respiración de Lidia, pero... una quietud lo invadió. Abrió los ojos un poco, los sentía adoloridos y arenosos, y miró hacia la cama.

Lidia seguía ahí inconsciente. Horriblemente pálida.

Lidia.

No hubo respuesta. Ruhn se inclinó sobre sus rodillas y se frotó la cara. Tal vez podría dormir en el suelo de losetas. Sería más cómodo que hacer contorsiones en la silla.

—Buenos días —dijo Flynn—. ¿Quieres café?

Ruhn gruñó su sí. Flynn le dio una palmada en la espalda y salió. La puerta siseó al abrirse y cerrarse.

Dioses, le dolía todo el cuerpo. Su mano... Examinó los dedos delgados y extrañamente pálidos, su falta de tatuajes o cicatrices. Seguían débiles. Como si siguieran reconstruyendo la fuerza almacenada en su sangre inmortal el día de su Descenso.

Abrió y cerró los dedos con una mueca de dolor y luego se sentó despacio y movió el cuello en círculos. Estaba en su tercera rotación cuando miró hacia la cama y notó que Lidia lo estaba observando.

Se quedó completamente inmóvil.

Los ojos dorados de Lidia estaban nublados por el dolor y el agotamiento, pero estaban abiertos y ella estaba... ella estaba...

Ruhn parpadeó y se aseguró de no estar soñando.

Lidia dijo con voz ronca:

—¿Estoy viva o muerta?

Él sintió como si el pecho se le venciera.

—Viva —susurró. Las manos empezaron a temblarle.

Las comisuras de los labios de Lidia se curvaron un poco hacia arriba, como si eso requiriera todo su esfuerzo. El peso de todo cayó sobre él... el peso de lo que ella era y quién era y lo que había hecho.

Tenía frente a él a la Cierva... la puta *Cierva*. ¿Cómo podía sentir tanto alivio sobre alguien que odiaba tanto? ¿Cómo podía odiar a alguien cuya vida le importaba más que la propia?

La mirada de Lidia se apartó de la de él. Miró a su alrededor en la habitación sin ventanas, viendo las máquinas y su suero intravenoso. Sus fosas nasales se ensancharon, olfateó la habitación debajo de los antisépticos y las diversas pociones. Algo se endureció en su mirada. Algo como el reconocimiento.

Entonces Lidia dijo en voz muy baja:

—¿Dónde estamos?

La pregunta lo sorprendió. Ella había planeado este escape. ¿Su lesión le había afectado la mente? Dioses, ni siquiera había pensado en el daño potencial de no haber tenido oxígeno durante tanto tiempo. Ruhn respondió con suavidad:

—En el *Guerrero de las Profundidades*...

Ella se movió.

Las mangueras y monitores se desprendieron violentamente de ella, se arrancó del brazo la sonda tan rápido que salpicó sangre. Empezaron a sonar alarmas y Ruhn no pudo actuar lo bastante rápido para detenerla cuando la mujer saltó de la cama. Sus pies se resbalaban en el piso mientras intentaba correr a la puerta.

El vidrio se abrió con un siseo y se pudo ver a Flynn con dos vasos de café en la mano, quien se hizo a un lado y gritó «¡Qué carajos!».

Lidia salió corriendo, apenas capaz de mantenerse de pie, y Ruhn apenas logró salir corriendo detrás de ella.

Las pocas medibrujas que estaban en el pasillo a esta hora soltaron gritos sorprendidas al ver a la metamorfa de venado pasar corriendo vestida con su bata azul claro, chocando con las paredes con la gracia de un potro recién nacido. Sus piernas habían sido reconstruidas... nunca había usado estas antes.

—Qué *carajos* —dijo Flynn, que iba un paso detrás de Ruhn oliendo al café que se había derramado encima de él cuando saltó para salir del paso de Lidia.

Lidia llegó a una escalera y justo antes de que la puerta se cerrara detrás de ella, Ruhn la vio tropezarse, caer de rodillas en los escalones y luego volver a levantarse.

—Lidia —jadeó. Cada paso le quemaba los pulmones. *Pinche puto* cuerpo que todavía no terminaba de sanar...

Chocó con la puerta de las escaleras, pero ella ya iba medio piso arriba. Sus piernas largas, delgadas y pálidas contrastaban contra las losetas grises.

Corrió arriba y más arriba, dio una vuelta y otra vuelta, sin saber o sin importarle que Ruhn venía corriendo detrás de ella. Abrió una puerta sin letrero y se apresuró por el pasillo. Las personas con ropa de civiles se pegaban a las paredes al verla y luego verlo a él. Las paredes aquí estaban cubiertas con arte de colores y volantes.

Lidia jadeaba con fuerza. Estaba sollozando, moviendo el cuello para intentar ver por las ventanas de las habitaciones que pasaba. Ruhn leyó las palabras de cada puerta de madera: *Año Tres. Año Siete. Año Cinco.*

Ella se detuvo repentinamente y tomó la perilla de una puerta. Ruhn llegó a su lado cuando ella estaba apretando la cara contra el vidrio.

Año Nueve.

Un grupo de adolescentes, la mayoría mer, con piel atigrada y varios colores, estaba sentado en filas de escritorios en el salón de clases. Lidia presionó la mano contra la puerta. Las lágrimas le rodaban por las mejillas.

Y entonces un niño, de cabello dorado y ojos azules, apartó la mirada de su maestro y vio hacia la ventana. El niño no era mer.

Ruhn sintió que el piso desaparecía bajo sus pies. El niño tenía la cara de Lidia. Su tono de piel y cabello.

Había otro niño a su izquierda, tampoco era mer, tenía el cabello oscuro y los ojos dorados. Los ojos de Lidia.

Detrás de ellos, Flynn gruñó sorprendido.

—¿Tienes hermanos en esta embarcación?

—No son mis hermanos —susurró Lidia. Sus dedos se enroscaron en el vidrio—. Son mis hijos.

40

Hunt se recargó contra la pared de la enorme sala táctica del *Guerrero de las Profundidades* con los brazos cruzados. Tharion y Baxian estaban a cada uno de sus lados. El primero fingía indiferencia y el segundo era el vivo retrato de la amenaza.

Lo único que había en la habitación era una mesa de juntas y, aunque les habían dicho que se sentaran cuando entraron hacía cinco minutos, todos seguían de pie.

Hunt repasó todas las cosas que tenía que comunicar. La Reina del Océano le había dicho a Sendes que quería que le presentara a Tharion, pero Hunt sabía que no tendría una mejor oportunidad para hacer sus preguntas. Asumiendo que no convirtieran a Tharion en un montón de carne molida antes de que Hunt pudiera empezar a hablar. Eso les arruinaría los planes.

Si Tharion estaba nervioso, el mer no lo demostraba. Se limitó a quitarse briznas de polvo de su traje acuático y a mirar el reloj digital de la pared opuesta de vez en cuando, pero Hunt pudo notar su mirada con ojos muertos. Un hombre preparado para enfrentar su fin. Un hombre que tal vez pensaba que se lo merecía.

El poder hizo estremecer la embarcación, como un temblor submarino. Tan amenazante y mortífero como un tsunami. Antiguo y frío como el fondo de una fosa oceánica.

—Ya llegó —murmuró Tharion.

Las alas oscuras de Baxian se pegaron más a su cuerpo y miró de reojo a Hunt.

—¿Conoces a la Reina del Océano?

—Nop —dijo Hunt y también pegó las alas al cuerpo. Deseó tener un arma, cualquiera. Incluso con sus relámpagos y su fuerza bruta, había algo reconfortante en tener el peso de una pistola o una espada a su lado. Aunque ninguna serviría de nada contra el ser que había llegado al submarino—. Nunca la he visto siquiera, ¿tú?

Baxian se pasó la mano por los rizos apretados de su cabello negro.

—No. ¿Ketos?

—No —fue la única respuesta del mer que de nuevo tenía la mirada fija en el reloj.

No era una sorpresa que ni siquiera Tharion hubiera conocido a la Reina del Océano. Era aún más enigmática que la Reina del Río y se rumoraba que había nacido de la mismísima Ogenas. La hija de una diosa que probablemente podría hacer que toda la fuerza del océano chocara con esta embarcación y...

La puerta se abrió con un clic. Apareció Sendes en el umbral y anunció:

—Su Majestad Insondable, la Reina del Océano.

La comandante se apartó e hizo una reverencia para dejar entrar a una mujer diminuta.

Hunt parpadeó. Incluso Tharion parecía estar controlando su sorpresa, porque su respiración se agitó.

El cuerpo voluptuoso de la mujer medía apenas poco más de 1.20 metros. Su piel era tan pálida como el vientre de un pez. Sus ojos rasgados eran tan oscuros como los de un tiburón. Su cara en forma de corazón no era ni hermosa ni fea, y sus labios como botón de rosa eran del color rojizo de un pargo. Caminaba con una extraña ligereza, como si no estuviera acostumbrada a estar sobre suelo sólido, y el vestido de kelp y conchas marinas que usaba tenía una cola larga con conchas y corales que iban tintineando mientras ella caminaba.

Los tres se apartaron de la pared en la que estaban recargados e imitaron a Sendes con una reverencia.

Hunt miró a la Reina del Océano mientras se inclinaba y notó cómo sus ojos recorrían a los tres con un pase lento. Sólo movió los ojos... nada más. Una depredadora en la cima de la cadena alimenticia evaluando con placer a sus presas.

Cuando decidió que ya había sido alabada lo suficiente, caminó hacia la cabecera de la mesa. Con cada paso, dejaba detrás una huella de agua sobre la loseta, a pesar de que parecía estar completamente seca. Tenía balanos adornándole unos mechones del pelo, como cuentas.

—Siéntense —ordenó con voz profunda y vibrante y completamente estremecedora.

Se escuchó el susurro de las alas y el rechinar de las sillas cuando obedecieron. Hunt se preguntaba si habría hecho enojar a Urd hoy al darse cuenta de que *él* había tomado la silla más cercana a la cabecera de la mesa... a la monarca que estaba ahí parada. Baxian se sentó a su otro lado y Tharion, el gusano, se había sentado en el asiento más lejano, como si quisiera poder alcanzar la puerta de un salto.

Hunt ajustó sus alas alrededor del respaldo de la silla y vio a Baxian a los ojos. El Mastín del Averno lo miró con un gesto que decía: "*Bueno, pues me estoy cagando*".

Hunt miró deliberadamente su propia silla, como diciendo, "*Tú no eres el que está sentado más cerca de ella*".

La reina los miró a ambos con ojos atemporales e inmisericordes.

Hunt no pudo evitar tragar saliva. Nunca se había sentido tan pequeño, tan insignificante. Incluso frente a los asteri, había recordado que él era un guerrero, y muy bueno, y al menos podría defenderse un poco en su contra. Pero frente a esta mujer... Lo vio en sus ojos, lo sintió en su sangre: con un pensamiento, esta reina podría eliminarlo de la existencia con una ola de su poder.

Sendes se aclaró la garganta y dijo con voz temblorosa:

—Si me permite presentarle a Hunt Athalar, Baxian Argos y Tharion Ketos.

—Nuestros huéspedes de Valbara —reconoció la Reina del Océano. Sus palabras tenían de fondo el aullido de las tormentas, a pesar de que su tono era tranquilo. Todo el cuerpo de Hunt se tensó.

Tan rápido como una tormenta que avanza sobre el mar, ella pareció crecer... o, más bien, *estaba* creciendo, más y más alta, hasta que estaba más alta que Sendes, casi del mismo tamaño que Hunt.

Su poder incrementó, llenó la habitación y arrastró sus pobres almas a su corazón sin aire como una tormenta. La Reina del Océano deslizó su atención a Tharion y dijo con amenaza que ponía a temblar las rodillas:

—Has traído muchos problemas a mi puerta.

Ruhn intentó sin éxito procesar lo que había escuchado. Lidia tenía... ¿hijos?

Una voz femenina a sus espaldas dijo:

—Señorita Cervos.

Lidia no volteó. Se quedó mirando a los niños en el salón de clases.

Pero Ruhn sí volteó y se topó con una mer de piel oscura, cuerpo grueso y cara amable. Le dijo a Ruhn:

—Soy la directora Kagani, estoy a cargo de esta escuela.

Los dedos de Lidia se contrajeron sobre el vidrio de la ventana de la puerta.

—¿Puedo conocerlos? —preguntó en voz muy, muy baja. Destrozada.

Kagani suspiró con suavidad.

—Creo que sería disruptivo y demasiado público para ellos que los saquemos de clase en este momento.

Lidia finalmente volteó al escuchar eso. Mostró los dientes.

—Quiero conocer a mis hijos.

La mente de Ruhn se sorprendió al ver su expresión. Rabia y dolor y la ferocidad inquebrantable de una madre.

—Sé que eso quiere —dijo Kagani con calma inamovible—. Pero sería mejor si hablamos en mi oficina al terminar las clases. Está al fondo del pasillo.

La Cierva no se movió.

—Considere qué es mejor para *ellos,* Lidia —la animó Kagani—. Entiendo, de verdad que sí, yo también soy madre. Si yo hubiera... —tuvo que tragar saliva—. Yo querría lo mismo si hubiera tomado sus decisiones. Pero también soy una educadora y la guarda de estos niños. Por favor ponga las necesidades de los gemelos primero hoy, al igual que ha hecho los últimos quince años.

Lidia estudió el rostro de la mujer con una apertura que Ruhn nunca le había visto. Miró por encima de su hombro, de nuevo al aula. El chico rubio estaba parado frente a su escritorio, mirándola con los ojos muy abiertos. El del cabello oscuro observaba con atención, pero seguía sentado.

Tenía tanto de Lidia en sus facciones. Sí estaban lejos de ella, era poco probable que alguien hiciera la conexión, pero era imposible no notar la relación cuando se les veía juntos.

—Está bien —susurró Lidia y bajó la mano de la ventana—. Está bien.

Kagani suspiró aliviada.

—¿Por qué no va a arreglarse un poco? Las clases terminan en cinco horas, así que tiene tiempo. Coma algo. Tal vez que la dé de alta una medibruja —movió la cabeza hacia los agujeros a medio sanar que tenía Lidia en el brazo, donde se había arrancado la sonda intravenosa.

—Está bien —dijo Lidia por tercera vez y empezó a alejarse. Como si Ruhn y Flynn no existieran.

La directora Kagani agregó con amabilidad:

—Me pondré en contacto con los padres adoptivos de Brann y Actaeon para ver si pueden venir también.

Lidia asintió en silencio y siguió caminando.

Ruhn miró a Flynn, que tenía las cejas muy arqueadas. El primero hizo el mismo gesto en respuesta silenciosa.

Un movimiento súbito capturó su atención y Ruhn volteó con rapidez hacia Lidia, intentando alcanzarla.

Pero no fue tan rápido y no pudo atraparla cuando se desmayó.

Tharion nunca había conocido a alguien tan aterrador y atractivo como la Reina del Océano. Nunca había querido llorar y reír y gritar, todo al mismo tiempo... aunque empezaba a decidirse por lo último al ver que la reina centraba toda la fuerza de su descontento sobre él.

—Tharion Ketos —pronunció su nombre como si le dejara un horrible sabor de boca—. ¿Cómo es que tienes no sólo una, sino *dos* reinas clamando por tu cabeza?

Él intentó ocultar su mueca de dolor y sacó a relucir sus mayores encantos: su primera y mejor línea de defensa.

—¿Tiendo a tener ese efecto en las mujeres?

La monarca no sonrió, pero podría jurar que Sendes, que estaba apostada en la puerta, se esforzaba por no hacerlo.

La Reina del Océano unió las manos frente a su suave vientre curvado.

—He recibido informes de que la Reina Víbora de Lunathion está ofreciendo una recompensa de tres millones de marcos de oro por tu cabeza —dijo la reina. El infeliz de Athalar dejó escapar un silbido—. *Cinco* millones si te entregan vivo para que ella misma te pueda castigar.

Tharion se ahogó con su propia respiración

—¿Por qué? —dijo. Luego agregó con rapidez—: Su Majestad.

—Desconozco los detalles y no me importan —dijo la Reina del Océano. Sus dientes aperlados brillaban detrás de sus labios color rojo intenso—. Pero creo que tiene algo que ver con que tu presencia atrajo a ciertos individuos que luego provocaron daños incalculables a su propiedad. Dice que *tú* eres el responsable.

Estaba tan, pero tan jodido...

—Pero ése no es el único de mis problemas —continuó la reina. Él casi podía jurar que alcanzó a ver cómo se hacían más afilados esos dientes brillantes—. Mi supuesta hermana en el Istros también está exigiendo tu regreso. Está amenazando declararme la guerra a mí, *¡a mí!*, si no te entrego. Asumo que para que seas ejecutado.

Él apenas podía respirar.

—Por favor —susurró—, mis padres...

—Yo no me preocuparía por tu familia si fuera tú —dijo la Reina del Océano furiosa. Sus dientes ahora tenían más forma de gancho y estaban afilados como navajas. Al puro estilo de los tiburones—. La Reina del Río y la Reina Víbora sólo te quieren a *ti*. Me gustaría que me dieras una buena razón por la cual no debería entregarte... que ellas se peleen por tu cadáver.

Él rebuscó en su cabeza para encontrar la manera de apaciguar el momento, de ganársela, pero no pudo pensar en nada. Su pozo anormalmente profundo de suerte al fin se había secado de manera oficial...

—Si lo entregas —dijo lentamente una voz femenina desde la puerta abierta—, tendrás una tercera reina furiosa contigo.

Tharion sintió que el estómago se le iba al suelo.

Bryce Quinlan entró por la puerta y le guiñó a la Reina del Océano.

—Tharion me sirve a mí.

41

Hunt ya había dejado su cuerpo. Tal vez había muerto. En esa puerta estaba *Bryce*, sonriéndole con sorna a la Reina del Océano.

Era Bryce y, sin embargo... no era.

Tenía su vestimenta informal normal: jeans ajustados y una camiseta blanca con una chamarra deportiva azul marino encima. Por el Averno, incluso traía esos tenis color rosa neón. Pero había algo diferente en su postura, en la manera en que la luz parecía brillar en ella.

También se veía mayor, de alguna forma. No por alguna arruga o marca, sino en su mirada. Como si hubiera pasado por algo muy fuerte, tanto bueno como malo. Hunt lo reconoció porque sabía que lo mismo estaba grabado en su propia cara.

La Reina del Océano miró a Bryce sin inmutarse.

—¿Y quién, me gustaría saber, eres *tú*?

Bryce no perdió un momento.

—Soy Bryce Danaan, Reina de las Hadas de Valbara.

Hunt dejó escapar un sonido ahogado... un sollozo.

Bryce lo miró entonces, estudiando su rostro, las lágrimas que no podía detener. Su mirada pasó al halo, luego a su muñeca, pero no reveló nada. Solamente caminó hacia donde estaba sentado y *era* ella, su puto olor, y era su piel suave que le acariciaba la mano mientras lo veía a la cara.

—Hola —dijo él con voz ronca y los ojos ardiendo.

Bryce le apretó la mano y sus ojos también se llenaron de lágrimas.

—Hola.

Parpadeó para ahuyentar las lágrimas y volvió a voltear a ver a la Reina del Océano, quien estaba monitoreando todos sus movimientos. Cada una de sus respiraciones.

La Reina del Océano le dijo a Bryce con un destello de sus dientes de tiburón:

—No reconozco ninguna reina que porte ese título.

—Yo sí —dijo Hunt y pegó las alas a su espalda al ponerse de pie y acercarse al lado de Bryce. Ella le rozó los dedos y un estremecimiento de placer le recorrió el cuerpo—. Es mi pareja —dijo con una reverencia a la Reina del Océano—. Príncipe Hunt Athalar Danaan a su servicio. Puedo ser testigo de que Tharion Ketos le sirve a mi reina y mi pareja. Y cualquier otra afirmación es una falsedad.

Bryce lo miró con ironía que parecía comunicarle "*Eres un puto mentiroso de lo peor, pero te amo*".

La Reina del Océano seguía estudiando a Bryce con una cara tan fría como los extremos del mar Haldren.

—Eso está por verse —dijo. Señaló a Tharion con una uña de nácar puro—. Tharion Ketos, estarás confinado en esta embarcación hasta que yo decida lo contrario.

Tharion agachó la cabeza, pero permaneció quieto y en silencio.

La Reina del Océano bajó el dedo y le lanzó una mirada cortante a Bryce. Instintivamente, Hunt dobló las rodillas para prepararse para saltar entre ellas, para proteger a su pareja. Pero ninguna cantidad de relámpagos, disparos o puñetazos salvaría a Bryce si la Reina del Océano decidía lanzarle la furia completa del mar encima. A esta profundidad, no tendrían posibilidad de llegar a la superficie a tiempo. Esto es, si sus cuerpos siquiera resistían y no explotaban antes a causa de la presión.

Pero el ser casi divino declaró, con algo de altanería:

—Reina o no, todos son ahora invitados en mi embarcación y se irán de aquí cuando yo se los permita.

Hunt evitó decir que su política de salida no era muy amistosa con los huéspedes, en especial cuando la Reina del Océano le preguntó a Bryce con los ojos oscuros entrecerrándose:

—Tu padre, el Rey del Otoño, ¿sigue vivo?

Bryce sonrió lentamente.

—Por el momento.

La Reina del Océano sopesó las palabras, luego devolvió la sonrisa a Bryce y dejó a la vista todos esos dientes curvos de tiburón.

—No recuerdo haberte invitado a esta embarcación.

Bryce se revisó las uñas... era un movimiento tan característico de Bryce que Hunt sintió un dolor en el pecho.

—Bueno, pues *alguien* me envió una invitación electrónica.

Hunt agachó la cabeza para evitar sonreír. Había olvidado lo divertido que era... ver a Bryce en su elemento, lidiando con estos hijos de puta. Le aligeraba algo del peso en su pecho, algo de ese terror primigenio... aunque fuera una fracción.

La Reina del Océano dijo con tono neutro:

—No conozco esa cosa.

La diversión brilló en los ojos color whisky de Bryce, pero su voz adoptó un tono mortalmente serio cuando explicó:

—Me teletransporté aquí. Necesitaba encontrar a mi pareja.

—Tú y tu pareja pueden retirarse —dijo la Reina del Océano con un movimiento de su mano coronada de uñas nácar. Un cangrejo ermitaño corrió por los oscuros mechones de su cabello y volvió a desaparecer—. Tengo temas importantes que discutir con el capitán Ketos.

Tharion levantó la vista con un gesto de temor. Tal vez su sentencia de muerte no había sido aplazada después de todo.

Pero, de nuevo, Bryce no perdió un instante.

—Sí, mira, *mis* asuntos son un poco más urgentes.

—Me parece muy poco probable.

Dos reinas enfrentándose. Y no cabía duda en la mente de Hunt que Bryce *era* una reina ahora. El porte, la fuerza que irradiaba de ella... No necesitaba una corona para mandar en esta habitación.

Bryce inhaló, la única señal de que estaba nerviosa. Y le dijo a la gobernante de los mares:

—Te equivocas.

Sólo gracias a su gran fuerza de voluntad, Bryce pudo controlarse y no abrazar a Hunt de inmediato y besarlo hasta perder la razón. Sólo gracias a su gran fuerza de voluntad no empezó a gritar y llorar por el halo que tenía nuevamente tatuado en la frente, la marca en su muñeca.

Mataría a los asteri por esto.

Ya planeaba hacerlo, por supuesto, pero después de lo que le hicieron a Hunt mientras ella no estuvo... se aseguraría de que murieran despacio.

Bueno, cuando averiguara cómo matarlos.

Y en cuanto abrazara a Hunt, no volvería a dejarlo ir. Nunca. Pero todavía tenían tanta mierda que hacer en este momento que ceder a sus deseos de abrazarlo y amarlo no era una opción.

No se atrevió a preguntar dónde estaba Ruhn, no en presencia de la Reina del Océano. Baxian estaba con Hunt, así que tal vez su hermano estaría cerca también. El Rey del Otoño había dicho que todos habían sido rescatados. Ruhn tenía que estar aquí. En alguna parte.

Pero no podía esperar a su hermano. Tendría que informarle de esto después.

—Viajé al mundo original de las hadas —empezó a decir— a través de un Portal en el Palacio Eterno. Tengo el Cuerno de Luna, que ayudó a abrir el camino entre mundos.

Un silencio azorado y sin aliento llenó la habitación. Hunt casi vibraba con sus relámpagos y curiosidad. Bryce miró a la Reina del Océano, que dijo en tono neutral:

—Supongo que averiguaste algo.

Bryce asintió ligeramente.

—Ya sabía que los asteri son parásitos intergalácticos, pero averigüé que infectaron las aguas de Midgard al invadir este mundo.

—Infectaron —repitió la Reina del Océano.

Bryce volvió a asentir.

—Los asteri liberaron un parásito en el agua... o algo similar a un parásito. No sé en realidad qué es en específico. Lo que sea, hace que todos en Midgard *tengan* que ofrecer su luzprístina a través del Descenso, o perdemos nuestros poderes... nos marchitamos y morimos.

—Carajo —exhaló Hunt. Pero Bryce seguía sin voltearlo a ver. Ni a Tharion, Baxian o Sendes, que la miraban con terror absoluto y la boca abierta.

Sólo la Reina del Océano no parecía sorprendida.

Bryce entrecerró los ojos al darse cuenta y dijo:

—Tú... tú ya lo sabías.

La Reina del Océano negó con la cabeza.

—No. Pero siempre me pregunté por qué mi gente tenía que hacer el Descenso, incluso acá abajo. Ahora que me has revelado esta terrible verdad, ¿qué harás *tú*?

—Supongo que enfrentaré a los asteri —dijo Bryce—. Los desterraré de este mundo.

—¿Cómo? —preguntó la Reina del Océano. Cuando se movió, las cuentas de coral de su vestido tintinearon.

Bryce titubeó. No estaba completamente dispuesta a decirle *todo* a esta desconocida.

—¿Supongo que no bastará con que les enviemos una orden de desalojo?

Los tres hombres a su alrededor no parpadearon, pero Sendes se movió un poco.

La Reina del Océano dijo con sequedad:

—Esto es una tontería. Necesitarías ejércitos enteros para luchar contra los asteri.

—¿Te gustaría proporcionarnos uno? —respondió Bryce.

—Mi gente es hábil en el agua, no en la tierra. Pero Ophion tiene fuerzas, las pocas que quedan. Creo que Lidia Cervos las reunió hace unos días con un efecto devastador, aunque aún no he averiguado cuántos sobrevivieron a la misión.

Bryce le dijo a la reina:

—¿Entonces *sí* trabajas para Ophion?

—Nos ayudamos mutuamente cuando podemos: yo cuido a sus agentes si logran llegar aquí. Pero Ophion está tan prejuiciado contra nosotros como un vanir contra un mortal. Les parece que recibir nuestra ayuda es poco... correcto.

—Muchos vanir han ayudado a Ophion a lo largo de los años —intervino Baxian con suavidad, pero firmeza.

El corazón de Bryce sintió una punzada al recordar el rostro de Danika. Si Danika no podía estar aquí, lo justo era que estuviera su pareja.

—Y Ophion está molesto con todos —dijo la comandante Sendes desde su posición aún al lado de la puerta—. Necesitamos un puente sólido entre nosotros para iniciar las pláticas sobre unificar ejércitos.

Hunt volteó a ver a Bryce y preguntó en voz baja:

—¿Qué hay de Briggs?

Ella sintió que la sangre se le helaba.

—No hay manera. A la primera oportunidad nos matará.

El rostro demacrado y hueco del exlíder rebelde pasó por su mente junto con esos ojos azul profundo que parecían atravesarla.

—Ella tiene razón —dijo la Reina del Océano. Unió las manos sobre su vientre otra vez con porte regio—. Se requiere otra ruta.

Bryce dijo tan despreocupadamente como pudo:

—El Averno nos ayudará.

La Reina del Océano se burló.

—¿Confías en esos demonios?

—Sí —dijo Bryce. Al ver que la reina arqueaba las cejas, agregó con la mandíbula apretada—: El Averno ha sabido esto desde hace milenios y ha hecho su mejor esfuerzo por corregirlo. Por ayudar a liberarnos. Eso intentaban hacer en las Primeras Guerras.

De nuevo, sus amigos guardaron un silencio anonadado.

Pero la Reina del Océano dejó salir otro breve resoplido de incredulidad.

—¿Esto también lo averiguaste en el otro mundo?

—Sí —dijo Bryce con neutralidad y se negó a morder la carnada.

—¿Confías tanto en el Averno como para abrir la Fisura Septentrional por completo y dejar que sus ejércitos entren?

—Sí, si es nuestra única alternativa para derrotar a los asteri.

—Cambiarías un mal por otro.

Bryce no pudo evitar que la luzastral empezara a pulsar debajo de su piel, condensándose y afilándose en esa *cosa* que podía romper las rocas.

—Yo no diría que los Príncipes del Averno son malvados, cuando se han rehusado a dejar que los asteri ganen durante todos estos años, cuando se han esforzado por ayudarnos aunque eso les cueste. El Averno no nos debe nada, pero están tan convencidos de la importancia de librar al universo de los asteri, que llevan miles de años intentándolo. Yo diría que es un compromiso bastante sólido.

La Reina del Océano pareció crecer otro par de centímetros, luego otro más. Movió la barbilla hacia Hunt.

—Tu pareja cazó a esos demonios por siglos... ha sido testigo cercano de su brutalidad y su sed de sangre. ¿Qué tiene él que decir sobre este supuesto altruismo?

Hunt enderezó los hombros, completamente inalterable. Bryce sintió un nudo en la garganta al verlo, al saber incluso antes de que hablara que la apoyaría.

—Es difícil para mí aceptarlo, en especial después de que destruyeron Lunathion en la primavera, pero si Bryce confía en ellos, yo confío en ellos. Además, no tenemos más opciones.

Bryce lo salvó de seguir hablando sobre el tema y dijo:

—Y otra cosa.

Todos voltearon a verla. Hunt, al menos, tuvo la sensatez de lucir nervioso.

Bryce mantuvo su mirada en la Reina del Océano y dijo:

—Necesitamos ir a Avallen.

—¿Por qué? —exigió saber la Reina del Océano. Un tsunami rugía en su tono de voz.

—Necesito investigar algunas cosas en sus archivos que podrían apoyar a nuestra causa —dijo. Eso era al menos *parcialmente* cierto—. Sobre las Primeras Guerras y la participación del Averno en ellas.

De acuerdo, esa última parte era mentira. Pero no les iba a explicar lo que en realidad necesitaba en la isla cubierta de niebla.

La Reina del Océano dijo lentamente:

—No recuerdo cuándo me convertí en servicio de ferry. ¿Estás asumiendo que mi submarino-ciudad está a tu disposición?

—¿Quieres ganar esta guerra o no?

La sorpresa recorrió la habitación al escuchar esas palabras. Hunt se tensó y se preparó para una confrontación física.

Pero Bryce brilló con luzastral y dijo:

—Mira, yo sé que nada es gratis. Pero, con un carajo, hablemos con franqueza. Dime cuál es el precio. Te has esforzado para ayudar a la gente por años, trabajando para lograr derrotar a los asteri. ¿Por qué ahora estás haciendo las cosas más difíciles cuando al fin tenemos la oportunidad de derrotarlos?

—Esto se está volviendo tedioso —dijo la Reina del Océano—. No vine aquí a que me diera órdenes una reina impostora.

—Llámame como quieras —dijo Bryce— pero mientras más tardemos en actuar, más fácil será para Rigelus y el resto de los asteri moverse en nuestra contra.

—Todo le parece urgente a los jóvenes.

—Sí, entiendo, pero...

—No había terminado de hablar.

Bryce logró disimular su reacción mientras la Reina del Océano la miraba con atención.

—Tú *eres* joven. E idealista. Y te falta experiencia.

—No olvides poco calificada y siempre mal vestida.

La mujer la miró para lanzarle una advertencia. Bryce levantó las manos simulando rendirse.

La Reina del Océano exhaló largamente.

—No te conozco, Bryce Danaan, y hasta ahora he visto poco como para recomendarte como aliada confiable. Mi gente ha logrado evadir la influencia de los asteri por milenios y ha permanecido a salvo aquí abajo, peleando contra ellos de la mejor manera que podemos. Y sin embargo, me has informado que, incluso aquí, no estamos a salvo. Incluso aquí, en mi dominio, el parásito de los asteri nos infecta a todos.

—Lamento haber sido la portadora de malas noticias —dijo Bryce— pero, ¿hubieras preferido que te lo ocultara?

—¿Honestamente? No lo sé —le dijo la Reina del Océano y se miró la mano, un búngaro a rayas se envolvía alrededor de su muñeca como un brazalete vivo blanco y negro, venenoso como el Averno. La gobernante continuó en voz baja—: ¿Has considerado una evacuación?

Bryce se sobresaltó.

—¿A dónde? No hay ningún lugar en Midgard, excepto tal vez esta embarcación, que no esté bajo su control.

Avallen al parecer tenía el escudo de su niebla, sí, pero el Rey Morven seguía obedeciendo a los asteri.

La reina levantó la cabeza.

—Al mundo original de las hadas.

Hunt se movió un poco y sus alas vibraron.

—¿Dejar el planeta por completo?

La Reina del Océano no apartó la mirada de Bryce y dijo:

—Sí. Usa el Cuerno. Permite que crucen tantos como puedas y luego cierra el paso para siempre.

El horror se retorció por su cuerpo.

—¿Y qué... abandono al resto aquí? ¿Para que sean los esclavos y el alimento de los asteri?

Eso la haría ser igual que Silene.

La Reina del Océano preguntó:

—¿No es mejor que algunos sean libres a que todos estén muertos?

Hunt dejó escapar una risa grave, dio un paso para acercarse al lado de Bryce y le dijo a la Reina del Océano:

—No puede estarlo diciendo en serio. ¿Quién carajos sería elegido para venir? ¿La gente de usted? ¿Nuestras familias? ¿En qué universo sería eso justo?

Sentado frente a la mesa de juntas, Baxian asintió para indicar que estaba de acuerdo, pero Tharion se mantuvo inmóvil como una roca. Tal vez no quería atraer la atención o la ira de la reina de nuevo. Maldito cobarde. Bryce hizo a un lado su desagrado, necesitaba todos los aliados que pudiera reunir.

—No digo que sea justo —dijo la Reina del Océano acariciando al búngaro que tenía como pulsera en la muñeca—. Pero tal vez sea lo necesario.

Bryce tragó saliva intentando aliviar la sequedad de su boca.

—Vine aquí a ayudar a todos, no a abandonarlos a la merced de los asteri.

—Tal vez Urd te envió a ese otro mundo para establecer un puerto seguro. ¿Has pensado en eso?

Bryce explotó.

—¿Para qué fue todo esto, entonces? ¿El sigilo, los barcos, los contactos con Ophion? ¿Para qué, si al final lo único que quieres es huir de los asteri?

Unos ojos más negros que la fosa Melinoë la clavaron en su sitio.

—No oses cuestionar mi entrega, niña. Peleé y me sacrifiqué por este mundo cuando nadie más estaba dispuesto a hacerlo. En algún momento, mi reino fue más vasto de lo que puedes imaginar... pero llegaron los asteri e islas enteras se marchitaron en el mar por la desesperanza y arrastraron con ellas el corazón de este mundo. El corazón de los mer, también. Si alguien entiende la futilidad de luchar contra los asteri, soy yo.

Bryce sintió que el aliento se le atoraba en la garganta.

—Espera... ¿tú estabas aquí *antes* que los asteri? ¿Los mer ya estaban aquí? Pensé que entonces sólo vivían los humanos en Midgard.

El rostro de la Reina del Océano se volvió distante al recordar.

—Ellos tenían la tierra... nosotros los mares. Nuestra gente se veía sólo de vez en cuando, de ahí el origen de las leyendas humanas sobre los mer —una sonrisa triste y luego sus ojos volvieron a enfocarse en Bryce, astutos y calculadores—. Pero, sí, siempre hemos estado aquí. Midgard siempre ha tenido magia, como toda la naturaleza tiene magia inherente. Los asteri simplemente no se dignaron a reconocerla.

Bryce se guardó esa información.

—Bien... tú ganas el premio por la población que más ha sufrido en Midgard. Pero eso no te da derecho a saltar hasta el frente de la fila para evacuar Midgard —dijo Bryce. Hunt le tocó el hombro ligeramente, una advertencia cuidadosa, pero Bryce no le hizo caso y colocó las manos sobre la mesa para inclinarse sobre ella y respirar en la cara de la Reina del Océano—. Me *rehúso* a abrir un portal con esas condiciones. No te ayudaré a condenar a la mayoría de la gente de Midgard mientras un grupo selecto se va bailando hacia el atardecer.

El búngaro en la muñeca de la Reina del Océano le siseó a Bryce, aunque el rostro de su ama permaneció frío como el hielo que flotaba en las aguas del norte.

—Te parecerá mejor la idea cuando tus amigos y seres amados empiecen a morir a tu alrededor.

—No se atreva a tratarla de esa manera condescendiente —le gruñó Hunt a la reina.

Sendes se aclaró la garganta en un intento por rescatarlos a todos de este desastre, pero lo único que Bryce podía escuchar era el rugido en sus oídos, lo único que podía ver era una luz blanca y cegadora que empezaba a nublarle la vista...

—Eres una cobarde —le escupió Bryce a la Reina del Océano—. Te ocultas detrás de tu poder, pero eres una *cobarde.*

El submarino se estremeció, como si todo el mar se hubiera tensado con rabia.

Sin embargo, la Reina del Océano dijo:

—A pesar de lo que me indican mis instintos, los dejaré en Avallen, como has pedido. Considera eso mi último regalo.

Bryce apretó los dientes con tanta fuerza que le dolió la mandíbula.

—Pero cuando fracases en ese levantamiento que crees que puedes organizar —dijo la Reina del Océano a modo de despedida, de regreso hacia la puerta y dejando tras de sí un camino de agua—, cuando te des cuenta de que tengo razón y de que huir es la mejor opción, sólo te pido esto a cambio de mis servicios: llévate a toda la gente mía que puedas.

42

Bryce no pudo evitar sentirse impresionada de que Hunt, Tharion y Baxian hubieran logrado mantenerse bajo control hasta que llegaron de regreso al camarote donde apenas cabían todos ellos, ya no se diga sus egos. A ella ciertamente se le había complicado lograrlo.

Pero en cuanto la puerta se cerró, empezó el verdadero caos.

—¿Qué *carajos*...? —explotó Hunt.

—¿Estás bien...? —empezó a decir ella.

—¿El *mundo original de las hadas*? —exigió saber Tharion al mismo tiempo que Baxian reía.

—Eso estuvo épico.

Tharion se sentó en una de las literas. Su piel por lo general bronceada estaba pálida.

—Sólo tú te pondrías al tú por tú con la Reina del Océano, Piernas.

Baxian le dijo al mer:

—Confinado al submarino, ¿eh?

Tharion hizo una mueca de dolor.

—Yo ya me jodí.

Bryce volteó a ver a Hunt, quien estaba recargado contra la puerta que acababa de cerrar. Arqueó las cejas a su pareja, a su expresión demasiado tranquila. Conocía esa mirada. Él sin duda estaba pensando qué tan pronto podría correr a todos para coger hasta la inconciencia.

Ella sintió que los dedos de los pies se le enroscaban dentro de los tenis y le guiñó. Hunt puso los ojos en blanco, pero de todas maneras la comisura de sus labios se movió en contra de su voluntad.

A ella no le había pasado por alto el destello de oscuridad en su mirada. Lo que hubiera sucedido con él mientras ella estuvo lejos también había dejado una marca en el interior del ángel.

Pero ya hablarían de eso después. Bryce preguntó:

—¿Dónde está Ruhn?

—Con Lidia —dijo Hunt en voz baja.

—*¿Lidia?*

Baxian asintió y se sentó al lado de Tharion. Sus alas negras brillaban como plumas de cuervo.

—Sí. Lidia nos liberó a todos. Está, eh... un poco maltratada. Ruhn ha estado cuidándola.

Bryce sintió que el pecho le dolía.

—Ella...

Antes de que Bryce pudiera terminar, la puerta se abrió de golpe. Los relámpagos de Hunt formaron un muro instantáneo y reluciente frente a ella.

Pero Bryce dejó escapar un gemido de dicha al ver a Ruhn jadeando en la puerta, con los ojos como platos por la sorpresa.

Luego ya se estaban abrazando y riendo y ella desbordó tanta dicha que su luzastral brilló con intensidad, proyectando sombras impactantes en la habitación llena de gente.

—Bryce —dijo él sonriendo y el orgullo en su voz hizo que a ella se le hiciera un nudo en la garganta. Lo tomó de la mano, incapaz de encontrar las palabras, pero luego vio sus brazos.

Sus tatuajes estaban hechos jirones. Como si su piel se hubiera abierto tan profundamente...

Su luzastral se apagó.

—Ruhn —exhaló.

—Estoy entero —dijo Ruhn y luego miró a Baxian—. De nuevo.

—No quiero saber qué significó esa mirada —dijo Bryce y Baxian guiñó con expresión de disculpa.

—En verdad no quieres —dijo Hunt y le pasó el brazo por encima de los hombros para llevarla a la litera opuesta a la que descansaban Baxian y Tharion. Se sentó lo suficientemente cerca como para que sus muslos se tocaran e incluso la cubrió con un ala. Como si nunca más tuviera la intención de perderla de vista.

Ella inhaló su olor, su calidez, una y otra vez. Las cosas más maravillosas del universo.

Ruhn parpadeó mientras la miraba, como si no estuviera convencido de que ella en realidad estaba ahí.

—No estoy alucinando, ¿verdad? —preguntó.

—No —respondió Bryce y le dio unas palmadas a la cama a su lado.

Pero Ruhn permaneció cerca de la puerta con rostro solemne.

—Lamento tener que decir esto, pero no puedo quedarme mucho tiempo.

—¿Qué pasó? —preguntó Baxian.

—Lidia despertó —dijo Ruhn—. Y, eh... tenía unas sorpresas por compartir.

—Entonces —le dijo Hunt a Ruhn en el silencio atónito cinco minutos después—. Tu novia tiene... hijos.

La mente de Bryce todavía no se recuperaba de la noticia que les había compartido su hermano.

Ruhn sólo levantó la mirada amenazante hacia Hunt. Muy bien: nada de bromas. Bryce dejó escapar un silbido.

—¿Cómo demonios lo ocultó Lidia? ¿Cuándo *tuvo* a esos niños?

Baxian dijo con tono ominoso:

—Creo que la mejor pregunta sería si son de Pollux.

—No tienen alas —dijo Ruhn tenso—. Pero eso no significa nada.

—¿Pero ella está bien? —preguntó Bryce. Le debía todo a esa mujer. *Todo*. Si podía hacer algo para ayudarla...

—Ya volvió a dormir —dijo Ruhn—. Creo que subir corriendo las escaleras la agotó.

—Impulsada por la adrenalina, probablemente —dijo Tharion.

Los ojos de Ruhn se opacaron, preocupados, así que Bryce supuso que Hunt le hacía un favor al cambiar de tema. Volteó a verla:

—Bueno, ya dinos. ¿Cómo *carajos* llegaste a este submarino? ¿Cómo nos encontraste?

Para distraer a Ruhn, le seguiría la corriente.

—Ya te dije: me teletransporté —vio a Hunt a los ojos y pudo detectar el amor y el dolor en su mirada. Dijo en voz baja—: Tú eres mi hogar, Hunt. Nuestro amor va más allá de las estrellas y los mundos, ¿recuerdas? —sonrió ligeramente—. Siempre te volveré a encontrar.

Él tragó saliva, sin duda recordaba que él le había dicho las mismas palabras antes de que ella saltara por el Portal del Palacio Eterno. Pero él apartó la mirada como si no lo soportara y preguntó:

—¿De *dónde* te teletransportaste?

Bien, entonces. Le daría algo de espacio para que pusiera en orden sus ideas.

—Desde la casa de mi querido padre. Donde él pensaba que me mantendría como rehén.

—¿*Pensaba*? —exigió saber Ruhn.

Bryce se encogió de hombros.

Hunt le ayudó entonces.

—¿Puedes explicarnos lo que le dijiste a la Reina del Océano allá adentro? ¿Sobre los parásitos en el agua y los asteri?

—¿Qué más hay que decir? Ellos infectaron las aguas de Midgard con ese parásito. Está en todos nosotros. Nos obliga a hacer el Descenso o, si no, eso nos succiona todo el poder.

—¿Disculpa? —se le salió decir a Ruhn.

Bryce suspiró. Y lo explicó de nuevo.

Todo, esta vez... desde el principio. Cómo había llegado al otro mundo y la habían echado al calabozo. Cómo había escapado y recorrido los túneles con Azriel y Nesta. Luego, lo que había averiguado en esa cámara secreta: sobre el mundo de las hadas, sobre los daglan, sobre Theia y Fionn y Pelias, sobre Silene y Helena, sobre la ayuda del Averno. Sobre reclamar el poder de Silene y cómo su propia luzastral ahora se sentía distinta. Luego sobre el encuentro con Vesperus y cómo le había robado La que Dice la Verdad a Azriel.

Le tomó una hora explicarlo todo, aunque no mencionó la Máscara o los Tesoros del Miedo. Mientras menos personas supieran sobre eso, mejor. Cuando llegó a la parte sobre cómo había podido localizar a Hunt y teletransportarse directo hacia él, a él le brillaron los ojos, tan llenos de amor que le dolió el pecho.

Ruhn había permanecido en silencio todo este tiempo, aunque su teléfono vibraba con frecuencia mientras ella hablaba. Tenía la sensación de que le estaban enviando actualizaciones sobre el estado de Lidia.

Hunt se inclinó al frente y apoyó los antebrazos en los muslos. Exhaló largamente.

—De acuerdo. Eso es... mucho. Dame un momento.

Bryce se frotó el pecho distraída, la estrella de ocho picos que tenía ahí. Dijo en voz baja:

—Díganme qué sucedió aquí. Por favor.

Bryce necesitó un minuto cuando terminaron.

Diez minutos, de hecho.

Salió de la habitación con un «Discúlpenme» y luego ya iba por el pasillo con el estómago revuelto y la respiración entrecortada...

—Bryce —dijo Hunt a unos pasos detrás de ella. Sus botas retumbaban en el piso de loseta.

No podía voltear a verlo. Los había abandonado y habían sufrido tanto...

—Quinlan —gruñó él.

La tomó del codo y la detuvo. El pasillo estaba vacío y la ventana daba hacia el aplastante mar negro detrás del vidrio.

—Bryce —dijo de nuevo y la hizo voltear. Ella no pudo evitar que su rostro se contrajera en llanto.

Hunt llegó con ella en un instante y la envolvió en un abrazo. También la rodeó con sus alas y ella se sintió envuelta en ese aroma familiar y atrayente de lluvia sobre cedro.

—Shhh —susurró él y ella se dio cuenta de que las lágrimas ya rodaban por sus mejillas, el impacto de todo lo que le había sucedido a Hunt, a ella, le caía de golpe y la aplastaba.

Bryce lo abrazó de la cintura y lo apretó con fuerza.

—Estaba tan preocupada...

—Estoy bien.

Ella miró su cara, sus ojos esperanzados.

—Esos calabozos no estaban... bien, Hunt.

—Sobreviví.

Sin embargo, las sombras oscurecieron su rostro cuando dijo esas palabras. Bajó la cabeza y recargó su frente en la de ella. Ese halo odioso se presionó contra su piel.

—Apenas —admitió él. Ella lo abrazó con más fuerza, temblando—. Pensar en ti me motivaba a seguir.

Ella sintió las palabras como un golpe en el corazón.

—Tú también me motivaste a seguir.

—Ah, ¿sí? —el amor en su voz amenazaba con destrozarle el corazón—. Sabía que esta ardiente guapura me serviría de algo algún día.

Ella lanzó una risa entrecortada. Levantó una mano para tocarle la cara y acarició sus rasgos fuertes y hermosos.

—Lo siento —exhaló él y el dolor en las palabras casi la derribó al suelo.

—¿Por *qué*?

Él cerró los ojos y tragó saliva.

—Por meternos en este desastre.

Ella se apartó un poco.

—*¿Tú? ¿Tú* nos metiste en este desastre?

Él volvió a abrir los ojos, su mirada tan desolada como el mar al otro lado de las ventanas a sus espaldas.

—Debería haberte advertido, debería habernos obligado a todos a pensar antes de que nos lanzáramos a esta pesadilla...

Ella se quedó con la boca abierta.

—Sí me lo advertiste. Nos lo advertiste a todos —le puso la mano sobre la mejilla—. Pero los únicos culpables de todo esto son los asteri, Hunt.

—Debí esforzarme más. Así ninguno de nosotros estaría en esta situación...

—Voy a detenerte ahora mismo —dijo ella molesta y le puso la palma de la mano sobre el pecho—. ¿Me arrepiento del dolor y sufrimiento que tuvieron que vivir todos ustedes? Por Solas, por supuesto que sí. Apenas soporto pensar en eso. Pero, ¿me arrepiento de habernos levantado, de que nos *estemos* rebelando? No. Nunca. Y tú no podrías haber evitado que yo empezara esa lucha —frunció el ceño—. Pensaba que estábamos de acuerdo en hacer lo que fuera necesario.

La expresión de él se volvió inescrutable.

—Lo estábamos... estamos.

—No suenas muy seguro.

—Tú no tuviste que ver cómo les cortaban partes del cuerpo a tus amigos.

En el segundo que dijo las palabras, ella supo por cómo se abrieron sus ojos que se había arrepentido de pronunciarlas. Pero eso no evitaba que dolieran, que le golpearan el corazón como piedras. Que hicieran que su rabia hirviera y amenazara con desbordarse.

Pero se quedó mirando el mar negro que presionaba contra el vidrio, toda esa muerte a unos centímetros de distancia. Dijo en voz baja:

—Tuve que vivir con el terror de que tal vez nunca regresaría a casa, que nunca volvería a verte, preguntándome si siquiera estabas vivo, cada segundo que pasé allá.

Lo miró de reojo, a tiempo para distinguir cómo algo frío pasaba por su expresión. No había visto esa frialdad en mucho, mucho tiempo.

El rostro del Umbra Mortis.

Su voz también se sentía más fría cuando dijo:

—Me da gusto que ambos logramos sobrevivir, entonces.

No era una resolución. Para nada. Pero ésta no era la conversación que ella quería tener con él. No en este momento. Así que le dijo con tono desinteresado y apartó la vista de las ventanas.

—Sí, me da gusto.

—Entonces, ¿en serio vamos hacia Avallen? —preguntó Hunt con cautela, dejando también el tema. El rostro del Umbra Mortis desapareció—. ¿Estás lista para lidiar con el Rey Morven?

Bryce asintió y se cruzó de brazos.

—No lograremos nada contra los asteri si no puedo averiguar qué es ese portal a ninguna parte y cómo podría matarlos. El Rey del Otoño sugirió que existe un tesoro de información en los Archivos de Avallen sobre la espada y la daga. Y en cuanto a Morven... acabo de pasar unos días con un rey hada hijo de puta. Morven no será peor.

Hunt se movió un poco y apretó las alas al cuerpo.

—Estoy a favor del plan y todo, pero... ¿realmente crees que hay algo en los Archivos de Avallen que no haya sido descubierto?

—Si existe un lugar en Midgard donde pueda haber pistas, será ahí. El corazón de todo lo astrogénito. Y ahí fue donde el Rey del Otoño dijo que había leído sobre el portal a ninguna parte en primer lugar.

—Acepto cualquier ventaja que podamos conseguir pero, de nuevo: el rey Morven no es exactamente amistoso.

Bryce miró hacia abajo, hacia la cicatriz de su pecho en forma de estrella que apenas se asomaba por el cuello de su camiseta.

—Nos recibirá bien.

—¿Por qué estás tan segura?

Ella metió la mano al bolsillo interior de su chamarra deportiva negra. Con un movimiento teatral de la mano, sacó el cuaderno de su padre.

—Porque tengo aquí los secretitos e intimidades del Rey del Otoño.

43

Lidia Cervos miró fijamente a sus hijos. Sus padres adoptivos mer estaban sentados a ambos lados de ellos, mirándola con concentración depredadora. Davit y Renki. Nunca había sabido cuáles eran sus nombres hasta ahora. Pero a juzgar por la manera en que estaban sentados listos para atacar, sus hijos habían sido bien cuidados. Amados.

La directora Kagani estaba sentada al otro lado de su escritorio con las manos entrelazadas frente a ella. El silencio era palpable. Lidia no tenía idea de cómo romperlo.

No tenía idea de quién era, sentada aquí vestida con uno de los overoles tácticos color azul marino del *Guerrero de las Profundidades*. Era un uniforme mucho más cómodo que el que tenía antes, diseñado para un estilo de vida acuático. No había señal de su collar de plata ni de sus medallas imperiales ni ningún otro de los lujos de esa vida falsa que había creado.

Despertó de nuevo unas horas después de colapsar, en una cama de hospital distinta, libre de sondas y catéteres. Esperaba que la medibruja que la había ayudado a bajarse de la cama hubiera asumido que el temblor de sus piernas se debía a una debilidad remanente.

Aunque la sensación la seguía acompañando, ahora sentada frente a sus hijos.

Brann, de cabello dorado y ojos azules, vestía una camiseta color verde bosque y pantalones de mezclilla con agujeros en las rodillas. La veía fijamente. No apartaba la mirada como Actaeon, de cabello oscuro y ojos dorados. Pero fue a Actaeon, con su camiseta negra y pantalón de mezclilla a juego, a quien se dirigió, suavizando su voz todo lo que pudo.

—Tengo… mucho que contarles. A ambos.

Actaeon miró a su izquierda, a su padre adoptivo. Davit. El hombre de piel morena vestía el uniforme azul oscuro de los oficiales y asintió para animarlo. Lidia sintió que el pecho le dolía. Esto había sido su decisión. Una que no había tenido otra alternativa salvo aceptar, pero…

Miró a Brann, cuyos ojos brillaban con un fuego interior. Sin miedo… temerario. Un líder nato. Ella había visto esa expresión en su rostro antes, cuando era bebé.

Brann dijo:

—Entonces, ¿qué? ¿Se supone que viviremos contigo ahora?

Actaeon volteó a ver a sus padres alarmado. Lidia contuvo el dolor que sintió al ver esa expresión, pero respondió:

—No —fue lo único que logró decir.

Renki, de piel clara y cabello oscuro, tranquilizó a Actaeon:

—Esto no cambia nada. Ustedes se quedarán con nosotros. Además, su madre tiene que encargarse de algunas cosas.

Estaba vestido con un overol azul que indicaba que era paramédico del submarino: debió haber venido corriendo del trabajo.

Brann arqueó las cejas, como si estuviera a punto de preguntar a qué cosas se referían, pero Actaeon dijo en voz baja:

—Ella no es nuestra madre.

Las palabras aterrizaron en su estómago como si hubiera sido un golpe físico.

Davit dijo un poco bruscamente:

—Sí, sí lo es, Ace.

Una especie de celos aceitosos se deslizaron a lo largo de su cuerpo al escuchar el apodo. Su hijo de cabellera oscura levantó la cabeza y…

Un poder puro brillaba en su mirada. Ella había visto esa mirada en su cara antes, hace demasiado, demasiado tiempo. Esa mirada pétrea y pensativa que contrastaba con el fuego salvaje de Brann.

Lidia no pudo evitar sonreír a pesar de las palabras hirientes. Les dijo a Actaeon y Brann:

—Son exactamente iguales a como eran de bebés.

Brann le devolvió la sonrisa. Actaeon no.

La directora Kagani interrumpió:

—No vamos a ponerle etiquetas a nada ni a nadie en este momento. Lidia en efecto tiene... trabajo que por ahora le impide echar raíces pero, incluso cuando lo haga, tendremos otra discusión sobre qué es lo mejor para ustedes dos. Y sus padres.

Lidia miró a Renki a los ojos. El dominio y protección que tenía en la mirada. También vio que había un destello de súplica debajo. "*Por favor, no te lleves a mis hijos*".

Era el mismo sentimiento que ella le había transmitido alguna vez a la Reina del Océano. Una súplica que había caído en oídos sordos.

Eran sus niños, los bebés por quienes había cambiado el rumbo de su vida, pero los habían criado estos hombres. Actaeon y Brann *eran* sus hijos. No de sangre, pero sí de amor y cuidados. Ellos los habían protegido y los habían criado bien.

Ella no podría haber pedido más... que los jóvenes tuvieran un apego así a sus padres iba mucho más allá de cualquier esperanza que ella pudiera haber albergado.

Así que Lidia dijo, aunque algo en su alma se desmoronaba:

—No tengo ninguna intención de separarlos de sus padres —dijo sintiendo que el corazón se le desbocaba y sabía que todos podían escucharlo. Pero de todas formas levantó la barbilla—. No sé cuándo termine mi trabajo, si es que termina. Pero si sí, si se me permite regresar aquí... me gustaría volver a verlos —dijo y miró a los padres de los gemelos—. A todos ustedes.

Renki asintió y pudo ver la gratitud en sus ojos. Davit le puso una mano a Actaeon en el hombro.

Brann dijo:

—¿Te refieres al trabajo que haces... como la Cierva?

Lidia vio de reojo la alarma en el rostro de la directora Kagani. Los había hecho prometerle que no le dirían a los niños quién y qué era ella...

—Tenemos televisión acá abajo —dijo Brann al detectar su sorpresa y decepción—. Te reconocimos hoy. No tenía idea de que eras nuestra madre biológica hasta este momento, pero sabemos lo que haces. Para quién trabajas.

—Trabajo para la Reina del Océano —dijo Lidia—. Para Ophion.

—Le sirves a los asteri —interrumpió Actaeon con frialdad—. Matas rebeldes en su nombre.

—Ace —advirtió de nuevo Davit.

Pero Actaeon no se contuvo. Miró a su gemelo y exigió saber:

—¿Tú estás de acuerdo con esto? ¿Con ella? ¿Sabes lo que le hace a la gente?

El fuego se encendió en la mirada de Brann de nuevo.

—Sí, imbécil, sí lo sé.

—Sin groserías —advirtió Renki.

Actaeon no le hizo caso y presionó a Brann.

—Su novio es el *Martillo*.

—Pollux no es mi novio —intervino Lidia y enderezó la espalda.

—Tu amiguito con *privilegios*, pues —respondió Actaeon.

—*Actaeon* —gruñó Renki.

La directora Kagani dijo con ánimo de calmar las aguas:

—Ya fue suficiente, Actaeon —suspiró y luego añadió dirigiéndose a Lidia—: Y tal vez sea suficiente también para los demás por el día de hoy.

Actaeon soltó una risa sin humor.

—Apenas estoy empezando —señaló a su hermano—. Si tú quieres actuar como perro fiel, adelante. Vas a encajar muy bien con sus necrolobos.

—Eres un hijo de puta, ¿sabías? —respondió Brann furioso.

—Niños —dijo Davit—. *Deténganse* —hizo una mueca a Lidia—: Lamento esto en verdad. Los educamos para que se comportaran mejor.

Lidia asintió y percibió que se le hacía un nudo en la garganta. Pero le dijo a Actaeon:

—Entiendo. De verdad.

Se puso de pie y sintió cómo el peso de sus miradas amenazaba con hacerla caer de rodillas. Pero se dirigió a Davit y Renki:

—Gracias por cuidarlos. Por amarlos.

Le ardían los ojos y algo enorme empezó a hacer implosión en su pecho, así que Lidia no dijo nada más, salió de la oficina de la directora y cerró la puerta a sus espaldas. Le asintió a la asistente administrativa sentada al otro lado de la puerta para despedirse y luego ya estaba en el pasillo, dando bocanadas de aire, luchando contra esa implosión...

—Lidia —dijo una voz masculina a sus espaldas y ella volteó y vio que Renki venía caminando detrás de ella.

El rostro del hombre se veía angustiado.

—Lamento mucho lo que pasó allá adentro. Davit y yo habíamos discutido esta posibilidad durante años y nunca planeamos que sucediera así —se pasó la mano por el cabello oscuro—. No quiero que pienses que nosotros... que intentamos hacer que los chicos se volvieran en tu contra.

Ella sacudió la cabeza.

—Eso nunca cruzó mi mente.

Renki lucía nervioso y movía los pies. Sus botas negras de trabajo rechinaban con suavidad sobre el piso de loseta.

—Nosotros tampoco sabíamos quién eras. Hasta hoy. Sabíamos que su madre trabajaba para Ophion como infiltrada, pero no sabíamos qué *tan* infiltrada estaba.

—Sólo lo sabían la directora Kagani y la Reina del Océano.

—Me encantaría escuchar toda la historia, si tienes permitido contarla. A Davit también.

Ella tragó saliva.

—Tal vez en otra ocasión.

—Sí... en definitiva tienes que descansar —hizo una mueca y la miró con cuidado—. Yo soy, eh, paramédico aquí. Estuve con el equipo que te trajo, de hecho. Me alegra ver que estás recuperándote.

Ella asintió porque no estaba segura de qué decir.

Renki continuó:

—Davit es el capitán de uno de los sumergibles que hace vigilancia, así que ocasionalmente se ausenta por días o semanas... a veces sólo estamos los chicos y yo —dijo. Luego agregó—: Bueno, mis padres y los de Davit nos ayudan mucho. Adoran a los niños.

Abuelos. Algo que los chicos no hubieran tenido de otra manera.

—¿Tienes hermanos? —le preguntó Lidia.

Renki asintió.

—Tengo dos hermanos y Davit tiene una hermana. Así que hay muchos primos por ahí. Los chicos crecieron con una verdadera manada a su alrededor.

Ella sonrió un poco.

—¿Fue difícil para ellos vivir aquí sin ser mer?

—A veces —dijo Renki—. Cuando eran muy pequeños, no entendían por qué no podían tan sólo echarse al agua con los demás niños. Hubo muchas rabietas. En especial de Brann —una risa suave y amorosa—. Pero Actaeon es algo parecido a un genio. Diseñó cascos y aletas para que las pudieran usar y estar con los demás. Incluso en las profundidades.

Lidia sintió que el orgullo le henchía el pecho.

—¿Por eso lo llaman Ace?

Renki sonrió.

—Sí. Ha estado desarmando cosas y armándolas de nuevo en cosas mejores y más interesantes desde que era bebé.

—Recuerdo eso —dijo ella con suavidad—. Siempre desarmaba todos los juguetes que le daba...

Interrumpió su frase.

Pero la sonrisa de Renki no desapareció.

—Lo sigue haciendo. Es la única desventaja de vivir en esta embarcación. La directora Kagani consigue los mejores maestros que puede, pero estamos limitados en el tipo de educación superior que le podemos ofrecer.

—¿Y Brann?

Renki soltó una risotada.

—Brann es... Bueno, es un chico bastante directo. Un atleta nato... Sin miedo. Se enfurece con facilidad, pero también ríe con facilidad. Le va bien en la escuela pero, en este momento, está más interesado en ver a sus amigos. Es el típico deportista. Ambos estamos bien con dejarlo ser quien es.

—Son como el sol y la luna, entonces —dijo ella en voz baja.

La sonrisa de Renki se suavizó.

—Sí. Exactamente —metió la mano a su bolsillo y sacó una tarjeta de presentación—. Aquí está mi información de contacto, en caso de que necesites cualquier cosa. Si quieres platicar conmigo o Davit, o si tienes alguna pregunta...

Lidia tomó su tarjeta, asintió agradecida y se quedó sin palabras.

Renki añadió:

—Ace tal vez haya dicho algunas cosas... no tan lindas allá adentro, pero no pienses ni por un momento que no se ha estado preguntando sobre ti todo este tiempo. Ambos tienen vagos recuerdos de ti, creo. La directora

Kagani dice que eran demasiado jóvenes, pero yo podría jurar que sí los tienen. Una vez me dijeron que tenías el cabello como el de Brann y los ojos como los de Ace. Como nunca supieron quién eras hasta hoy, finalmente les voy a creer.

—Es muy amable de tu parte decírmelo.

Renki se quedó viéndola, su mirada contenía tristeza y otra cosa.

—Voy a trabajar esto con Ace. Pero, por el momento, dale tiempo.

Ella inclinó la cabeza.

—Gracias.

Lidia no confiaba en sí misma lo suficiente para decir algo más, así que se dio la media vuelta y se alejó por el pasillo.

Casi había llegado a la escalera, casi había logrado controlar las lágrimas que amenazaban con brotar de su interior, cuando escuchó unos pasos apresurados a sus espaldas. Empezó a caminar más despacio y se detuvo frente a la puerta de las escaleras sin abrirla.

No volteó hasta que el mensajero le ofreció un pedazo doblado de kelp.

El mensajero, un mer joven que la veía con una mezcla de curiosidad y cautela, anunció:

—De parte de Su Majestad Insondable.

Luego dio un paso hacia un lado para esperar la respuesta.

Lidia desdobló la hoja ancha y plana de kelp. Leyó lo que había dentro y le asintió al mensajero.

—Iré directamente con ella

No se permitió mirar hacia el pasillo, hacia sus hijos detrás de la puerta de la oficina, antes de dirigirse a la escalera. Pero cuando la puerta se cerró detrás de ella, hizo eco por todo su ser.

Cinco minutos más tarde y diez pisos abajo, Lidia se encontraba frente a la soberana de los mares. La Reina del

Océano estaba frente a un muro de ventanas que daban hacia la oscuridad eterna del mar profundo. Su cabellera negra flotaba a su alrededor, como si en verdad estuviera bajo el agua.

Habían pasado quince años desde la última vez que Lidia la vio. Desde la última vez que habló con ella.

Al igual que entonces, la Reina del Océano apenas le llegaba a Lidia a la altura del pecho, pero se preparó para sentir el poder que llenaba la habitación.

Había pasado décadas soportando la presencia de los asteri. El poder de esta mujer, a pesar de su inmensidad... lo soportaría también. Tal vez ésa era la razón por la cual la Reina del Océano se había tomado la molestia de tratar con ella hacía tantos años, para empezar: Lidia había sido capaz de enfrentarla sin ponerse a temblar.

—Escuché que ya te reencontraste con tus crías —dijo la Reina del Océano sin voltear a verla.

Lidia agachó la cabeza de todas maneras.

—Le agradezco a Ogenas este regalo.

—No recuerdo haberte dado permiso de abandonar tu puesto.

Lidia levantó la barbilla y mantuvo su respiración pausada cuando la Reina del Océano, lenta, muy lentamente, se giró. Sus ojos eran negros como el mar del exterior.

La Reina del Océano continuó hablando:

—No recuerdo haberte dado permiso de traer a todos estos fugitivos a una de mis ciudades-submarino.

Lidia permaneció en silencio, muy consciente de que tampoco se le había dado permiso de hablar.

Los ojos de la Reina del Océano centellearon. Estaba complacida por esta pequeña muestra de obediencia, al menos.

—Nuestro trabajo se basa en mantener el secreto, se basa en que los asteri nos consideren una amenaza lo bastante difusa como para no molestarse en investigar.

Evadimos los buques Omega, ofrecemos santuario de manera ocasional a algún agente de Ophion. Nada más. No hay ataques, no hay conflicto directo. Pero ahora le has dado motivo a los asteri para empezar a preguntarse qué, exactamente, está nadando en las profundidades. Qué estoy haciendo *yo* acá debajo.

Cuando Lidia no respondió, la Reina del Océano ondeó la mano. Permiso para hablar.

—No tuve alternativa —dijo Lidia con la mirada fija en el piso de loseta—. No podíamos arriesgarnos a perder unos agentes tan valiosos para nuestra causa. Pero puedo asegurarte que, antes de que yo me fuera, Rigelus y los demás seguían sin considerar que tú, o tu gente, fueran una prioridad.

—Quizá fuera así —dijo la Reina del Océano y creció unos cuantos centímetros al mismo tiempo que arrancó casi todo el aire de la habitación—. Pero ahora sus enemigos más buscados están en esta embarcación. Será cuestión de días para que sus místicos nos encuentren.

—Entonces deberá ser un alivio saber que parten hacia Avallen mañana mismo.

Las palabras insolentes salieron de Lidia antes de que pudiera controlarlas. Había escuchado la noticia de un grupo de oficiales que pasaban a su lado... Todos se habían apartado de su paso cuando notaron quién caminaba en su dirección por el pasillo. Pero la Reina del Océano sólo sonrió. La sonrisa de un tiburón.

—Y *tú* —dijo la soberana con suavidad amenazante— partirás mañana también.

Toda palabra desapareció de la cabeza de Lidia en un remolino. A pesar de sus años de entrenamiento, de autocontrol, todo lo que pudo decir fue:

—Mis hijos...

—Ya los viste —dijo la soberana mostrando sus dientes afilados—. Considérate bendecida por Ogenas en verdad. Ahora retomarás tus obligaciones.

La separación, insoportable y desgarradora, casi le había destrozado el alma hace quince años. Y ahora...

—Me aborreces —dijo la Reina del Océano, como si eso la deleitara.

Lidia se guardó cada gramo de desesperanza, cada fragmento de desafío, en lo más profundo. Sus sentimientos no importaban. Sólo importaban Actaeon y Brann.

Así que respondió con tono de voz neutro, vacío. Tan hueco y sin alma como había sido todos estos años con los asteri, con Pollux.

—Dime qué tengo que hacer.

Ruhn caminaba en su habitación, rechinando los dientes al punto de que le dolían. Bryce había ido al mundo original de su gente. Y su padre la había mantenido como rehén. Cierto, ella lo había organizado, pero...

El verdadero peso de todo esto no lo había golpeado hasta después, cuando se separaron.

Tal vez debería ir al gimnasio. Sacar parte de esta agresión que rugía en su sistema con ejercicio, porque estaba dominando sobre toda la dicha de volver a ver a Bryce. Tal vez tendría que sudar para deshacerse de esa necesidad de encontrar a su padre y eliminarlo de la faz de Midgard por lo que había intentado hacerle a Bryce. Por el hecho de que él no había estado ahí para evitarlo, para protegerla de él.

Se desató las botas y luego se quitó la camisa de manga larga y se dirigió hacia el pequeño casillero en el lado opuesto de su habitación, donde le habían dado ropa y un par tenis. Una carrera de quince kilómetros en la caminadora seguida por un putamadral de pesas le ayudaría. Tal vez correría con suerte y alguien estaría en el gimnasio para ayudarle.

Ruhn sacó una camiseta blanca y la llevaba en las manos al abrir la puerta de golpe con la intención de ponérsela mientras caminaba hacia el gimnasio...

Se topó de frente con Lidia.

Su olor le llegó de golpe y le enturbió los sentidos. Dio un paso atrás para salir de esa nube.

—Hola —dijo. Luego, sin pensarlo, agregó—: Ya estás caminando.

Ella levantó la barbilla. Tenía los ojos un poco vidriosos.

—Sí.

Ruhn retorció la camiseta que traía en las manos. Ella traía puesto uno de los overoles acuáticos de la embarcación que no dejaba nada a la imaginación. Tal vez él no había explorado su cuerpo (en este plano, al menos), pero sus almas definitivamente ya habían cogido y él no tenía idea en qué puta posición los dejaba eso.

—Yo, eh, estaba a punto de ir al gimnasio —dijo y levantó la camiseta para mostrársela. Le empezaron a sudar las manos—. ¿Cómo te sientes?

—Más fuerte —dijo ella. No era una respuesta, no en realidad. Asintió hacia una puerta justo frente a la de él—. Me pasaron a esa habitación.

Ruhn dio otro paso hacia el corredor y cerró su puerta. Cuando lo hizo, el olor de ella lo envolvió, embriagador y estimulante y tan excitante que se le hizo agua la puta boca... pero luego vio el hielo en sus ojos.

Ruhn dio un paso atrás y arqueó las cejas.

—¿Es una habitación digna para la agente Daybright?

Lidia lo miró sin ningún sentido del humor, sin ninguna señal de que habían compartido sus almas. Dos oficiales que caminaban por el pasillo los evadieron. Él alcanzó a escuchar algunos de sus susurros mientras se dirigían a la zona de los elevadores al fondo del corredor. *Ahí está. Mierda, es ella.*

Lidia los ignoró.

El elevador se abrió al final del pasillo y Ruhn no pudo evitar pensar en la última vez que él y Lidia habían estado dentro de uno. Cuando ella le dio un balazo al Halcón en la cabeza y mató a esos necrolobos. En ese momento, los ojos de Lidia habían expresado apertura y súplica. Ya no quedaba nada de eso.

Ruhn no pudo evitar preguntar:

—¿Ya viste a tus hijos?

—Sí —dijo ella y metió la llave en la cerradura.

—¿Cómo... eh... cómo estuvo?

Ella no lo volteó a ver.

—Soy una desconocida para ellos.

Sus palabras no contenían ni un rastro de emoción.

—¿Cómo son los padres adoptivos?

La cerradura se liberó con un clic.

—Una pareja mer amable.

¿Qué había sucedido? ¿Quién era el padre? ¿Cómo terminaste aquí? Quería saber tantas cosas. ¿Cómo había mantenido esto oculto? Su familia...

Carajo, su familia. Estos niños eran los herederos de la línea Enador. Hypaxia era su tía.

Pero Lidia respondió distante mientras volteaba a verlo al fin:

—Todo lo que he hecho fue por ellos, sabes.

Él sintió dolor en el pecho.

—¿Por tus hijos?

Ella se miró las manos, el gran anillo de rubí en uno de sus dedos.

—No los había visto desde que tenían dieciocho meses. Ni siquiera una fotografía.

Pero los había reconocido al verlos el día de hoy. Sabía en qué grado estarían, recordaba dónde estaba la escuela en esta embarcación y había corrido directo allá.

Él permaneció frente a su puerta. Por un instante, se permitió verla a la cara. La perfección imposible de sus rasgos, la luz de sus ojos dorados, el lustre de su cabellera. Era la mujer más hermosa que jamás había visto y, sin embargo, no importaba un carajo. Nada de eso había importado cuando se trataba de ella.

Preguntó:

—¿Qué pasó?

—¿Qué importa? —respondió ella, cautelosa y cortante—. Pensaba que no querías saber nada de mi *historia dramática*, como la llamaste.

Bueno, eso se lo había ganado a pulso.

—Mira —dijo él con tirantez—, no puedes esperar que yo me entere de quién eres, lo que eres, y que inmediatamente no tenga problema con eso, ¿o sí? Sigo procesando toda esa mierda.

—¿Qué hay que procesar? Yo soy quien soy y he hecho lo que he hecho. Que tenga hijos no lo borra.

Bien. Estaba encabronada.

—Parece como si casi quisieras que te guardara resentimiento.

—Quería que me *escucharas* —contestó ella de golpe—. Pero no quisiste. Sin embargo, ahora que ya me ajusto con una especie de triste historia femenina aceptable, entonces sí estás dispuesto a escucharme.

—Eso es una puta mentira.

Carajo, ella y Bryce se llevarían bien. El hecho de que ambas estuvieran en esta embarcación... Una parte de él quería correr y ocultarse.

Lidia continuó:

—¿Me habrías escuchado si no tuviera otra historia aparte de darme cuenta de qué era lo correcto y luchar por eso? ¿De hacer lo que fuera necesario para asegurarme de que el bien prevaleciera en contra de la tiranía? ¿O el hecho de que sea madre de alguna manera hace más tolerables mis decisiones para ti?

—La mayoría de los hombres huyen cuando se enteran de que la mujer que les gusta tiene hijos.

Los ojos de ella destellaron con fuego helado.

—Así es la fortaleza masculina.

—Parecía gustarte bastante mi fortaleza, corazón.

Ella resopló y volvió a girar hacia la puerta con desprecio.

Él sintió su temperamento despertar.

—Entonces, ¿cuál es tu *historia dramática,* Lidia?

Lentamente, ella volteó a verlo. Su rostro era una máscara de absoluto desprecio. Y antes de cerrarle la puerta en la cara, le dijo:

—No mereces escucharla.

44

Con mucho cuidado, Ithan estaba acomodando la estatuilla de Cthona pariendo a cuatro patas, con el planeta Midgard emergiendo entre sus piernas, cuando sonó el teléfono de Jesiba. El sonido agudo destrozó el silencio, pero los reflejos de solbolista de Ithan evitaron que se le cayera el mármol frágil.

—Qué.

Ni siquiera el oído fino de lobo de Ithan alcanzaba a reconocer a la persona que estaba al otro lado de la línea.

—Bien.

Jesiba colgó y su mirada se posó en Ithan al instante. Él colocó la estatuilla con cuidado en una caja haciendo sonar los tubitos de poliestireno del embalaje.

—¿Qué pasa? —preguntó con cautela.

—Acompáñame —dijo ella.

Se puso de pie y cruzó la habitación con una velocidad sorprendente, considerando los tacones de diez centímetros color azul marino que traía puestos. No se había tomado la molestia de cambiar su cabello para que tuviera el largo habitual y verla con esos rizos dorados ondulantes era... extraño. Al igual que ver su cara sin el maquillaje de siempre. Parecía un par de años más grande que Ithan.

Se detuvo en la puerta y señaló la pared junto al librero.

—Trae eso. Está cargada.

Ithan vio el arma montada ahí. Había escuchado lo que Bryce le hizo a Micah con ella.

Pero Ithan no titubeó. Cruzó la habitación y retiró el rifle Matadioses de la pared.

Jesiba condujo a Ithan por una madriguera de piedras oscuras iluminada con fuegos dorados parpadeantes. Los pasillos estaban extrañamente silenciosos, lo cual lo hizo darse cuenta de que no tenía idea de qué hora era. A juzgar por el silencio, supuso que eran altas horas de la noche. Pero en la Casa de Flama y Sombra, donde habitaban tantos depredadores nocturnos, eso tal vez no era tan cierto.

Pero en realidad no importaba.

Los sonidos de una multitud reunida retumbaron por las rocas mucho antes de que llegaran a la habitación redonda.

Había pilares formados por estalactitas y estalagmitas que se habían unido (rebuscó en su cerebro, pero no recordó cómo se llamaban *esos*) y, a diferencia de la gloria tallada y pulida de los otros pasillos, estos muros eran de roca natural. El techo en forma de domo estaba labrado de manera burda y hacía eco de los murmullos y plática de la multitud, demasiado revueltos para poder identificar palabras individuales.

Las personas se silenciaron cuando Jesiba cruzó debajo del arco natural hacia la habitación. Ithan entró detrás de ella con la famosa arma en sus manos. Era más ligera de lo que pensaba que sería, mas nunca había sostenido algo más eléctrico.

La multitud se apartó para permitir pasar a Jesiba. Ella miraba directo al frente y avanzó hacia el centro del lugar. Su falda color azul oscuro iba arrastrando detrás de ella y sus tacones marcaban un ritmo riguroso. Si alguien se sorprendió del nuevo peinado y ausencia de maquillaje, nadie se atrevió a decir nada. Ni a mirarla por demasiado tiempo.

Pero Ithan vio más adelante, hacia qué, o quién, estaba al centro de la habitación, y su corazón dio un vuelco.

El Astrónomo levantó un dedo retorcido y señaló a Ithan.

—*Estás muerto, ladrón* —gruñó el anciano.

Tharion sabía que había esquivado una bala. Sabía que la llegada de Bryce lo había salvado de que la Reina del Océano lo enviara directamente de vuelta a Lunathion.

Su cabeza tenía precio. Mierda.

Pero estar confinado a esta embarcación... ¿era mejor que ser prisionero de la Reina del Río o de la Reina Víbora? Confinado como *invitado*, había dicho la Reina del Océano. Pero él sabía lo que ella pretendía.

—Avallen siempre me ha dado mala espina —estaba diciendo Flynn mientras todos intentaban sentarse alrededor de una sola mesa en el comedor de su piso para discutir la llegada al día siguiente a la isla neblinosa. A esta hora de la noche, todas las mesas estaban atiborradas de gente cenando. Sus conversaciones y risas eran tan fuertes que a Tharion le resultaba casi imposible escuchar a sus compañeros.

—Pero Morven es terrible. Lo conozco desde niño y es una puta víbora. Él y los Gemelos Asesinos.

—¿Gemelos Asesinos? —preguntó Athalar con una mezcla de alarma y diversión desde su asiento al lado de Bryce. La estaba abrazando de la cintura y jugaba con las puntas de su cabello distraídamente. Tharion sabía que aunque hubiera sobrado espacio en la mesa, la pareja se habría mantenido cerca.

—Es el apodo que le pusimos a mis primos distantes —dijo Ruhn mientas masticaba un bocado de pan—. Después de que se unieron a Cormac para intentar matarnos en múltiples ocasiones en la Cueva de los Príncipes.

Un asomo de lágrimas brilló en sus ojos cuando pronunció el nombre de Cormac.

Tharion bloqueó la imagen que le vino a la mente: de los últimos momentos de Cormac, de correr mientras el hada se inmolaba. Apretó tanto el tenedor que tenía en la mano que sus nudillos se pusieron blancos.

Pero Ruhn continuó:

—Pueden leer mentes... aunque los demás no quieran —señaló a Bryce con su trozo de pan a medio comer—. No van a pedir permiso como ese tipo de la Corte Noche.

Bryce hizo una mueca.

—¿Alguien puede defenderse contra sus habilidades?

—Sí —dijo Ruhn—, pero tienes que estar alerta en todo momento, inclusive cuando no los puedas ver cerca de ti. Y obedecen a Morven incondicionalmente.

Bryce se miró las uñas.

—Me gustan los malos a la antigua.

Tharion sonrió y aflojó un poco los dedos alrededor del tenedor.

Pero Ruhn negó con la cabeza.

—No son los típicos malos, y Morven no es el típico hijo de puta. Durante mi Prueba...

—Lo sé —dijo Bryce y se sirvió un poco del arroz que se cultivaba en uno de los muchos huertos hidropónicos de la embarcación—. El tío malo y feo. Lo hiciste enojar y te mandó a la Cueva de los Príncipes para castigarte, tú le diste una lección...

—Es el padre de Cormac —dijo Declan con cautela—. No olvides que acaba de perder a su hijo y heredero.

Tharion miró su plato de arroz y pescado, aunque su apetito ya había desaparecido como la espuma del mar en la arena.

—No tardó nada en desheredarlo —dijo Lidia Cervos desde el extremo de la mesa.

Tharion casi se había desplomado de la sorpresa cuando Lidia se sentó con ellos. Pero... ¿en qué otro sitio se podría sentar en ese comedor lleno?

No le pasó desapercibido que Ruhn eligió el extremo opuesto de la mesa.

Lidia agregó:

—Pero repetiré la advertencia: el Rey Morven sólo accede a las cosas que le son ventajosas. Si lo quieren convencer de que no los delate de inmediato con los asteri, necesitan presentarle su plan de la manera correcta.

—Yo planeaba ir directo a los archivos —dijo Bryce—. No es necesaria la visita real.

—La niebla —dijo Ruhn— le dice todo. Sabrá que hemos llegado. Lo enfurecería que tú no... rindieras tributo.

—Entonces jugaremos a ser amables —dijo Athalar y se terminó su vaso de agua. Los demás comensales volteaban hacia su mesa constantemente, con sorpresa, con temor, con curiosidad. Todos fingían, sin embargo, serena normalidad.

—Y —agregó Ruhn con una mueca— las mujeres no tienen permitido entrar a los archivos.

Tharion puso los ojos en blanco.

—Por favor —farfulló.

—Sí, sí —dijo Bryce y ondeó la mano con indolencia—. El Rey del Otoño se *aseguró* de que yo supiera sobre sus reglas de No Se Permiten Niñas. Pero qué pena para Morven, porque voy a entrar.

Hunt le dio un pequeño empujón con el ala gris.

—Asumo que tienes algún plan secreto que nos vas a revelar en el peor momento posible.

—Creo que lo que quieres decir es que lo revelaré en el momento más genial posible —dijo Bryce.

Tharion, a pesar de su ánimo, sonrió de nuevo.

—Nótese que no respondió —dijo Hunt con desconfianza a Baxian.

Baxian rio y dijo:

—Danika era igual.

Una corriente de nostalgia y tristeza fluía debajo del tono despreocupado del Mastín del Averno. Era un hombre que había perdido a su pareja, lo que era, según decían los rumores, algo peor que perder la propia alma. Tharion no podía decidir si sentía lástima por el hombre debido a la pérdida o si lo envidiaba por tener la suerte de haber encontrado a su pareja, para empezar. Se preguntó qué sería lo que Baxian preferiría: nunca haber conocido a Danika o esto, que los siglos que hubieran podido pasar juntos se hubieran cortado tan brutalmente de tajo.

Bryce extendió la mano sobre la mesa y apretó la del Mastín del Averno con amor y dolor en el rostro. Tharion apartó la mirada de la expresión que Baxian dedicó a Bryce cuando éste le apretó la mano en reconocimiento. Un instante de duelo privado e íntimo.

Después de un momento de silencio para que ambos lamentaran la pérdida de la loba que amaron, Flynn dijo:

—Avallen es un lugar antiguo y jodido. Necesitamos ser rápidos para poder salir de ahí.

Bryce soltó la mano de Baxian y dijo con delicadeza:

—La investigación toma tiempo.

Era la imitación perfecta de una institutriz. Sin embargo, dejó de hacer su imitación y agregó con rapidez:

—Además, quiero visitar la Cueva de los Príncipes.

Tharion solamente había escuchado leyendas sobre las famosas cuevas... ninguna de ellas amigable.

Ruhn se quedó con la boca abierta.

—¿Y crees que puedes hacer esto sin siquiera pasar a saludar a Morven? Las mujeres tampoco tienen autorizado entrar ahí.

Bryce se cruzó de brazos y se recargó en Athalar.

—Está bien, tal vez pasemos a tomar una taza de té.

Su hermano no estaba para bromas:

—La Cueva de los Príncipes... ¿por qué? ¿Qué tiene eso que ver con el tema del portal a ninguna parte?

Bryce se encogió de hombros y devolvió la atención a su comida.

—Es donde siempre se conservó la Espadastral. Creo que podría haber algo de información ahí.

—De nuevo... no está contestando de verdad —le dijo Hunt en voz baja a Baxian. Tharion intentó disimular su sonrisa de diversión. En especial al notar que Bryce miraba molesta a su pareja. Athalar solamente le besó la frente, una muestra despreocupada de amor que hizo que Baxian apartara la mirada.

Tharion deseaba tener algo que ofrecer al Mastín del Averno, alguna especie de consuelo. Pero los dioses sabían que él no era nadie para dar ningún consejo sobre el amor. Sobre la pérdida, tal vez (había aprendido a vivir con el agujero en su pecho después del asesinato de Lesia), pero dudaba que Baxian quisiera escuchar a alguien tratar de equiparar la pérdida de una hermana con la pérdida de una pareja.

—No deberíamos quedarnos en Avallen ni un instante más de lo necesario —insistió Flynn y atrajo la atención de Tharion de nuevo—. Como les decía, cada vez que he estado en la isla, mi magia se ha sentido... desdichada —para enfatizar sus palabras, una delicada enredadera se envolvió alrededor de su mano, entre sus dedos—. Literalmente se marchita y muere cuando estoy ahí.

La enredadera hizo justo eso, se marchitó y se convirtió en un polvo que cayó sobre su plato a medio terminar de pescado y arroz. Flynn comió otro bocado de todas maneras.

—Siempre se me olvida que tienes magia —dijo Bryce—. Pero no haré ningún chiste de doble sentido sobre tu incapacidad para que te crezcan las cosas cuando estemos en Avallen.

—Gracias —murmuró Flynn y se metió otro bocado a la boca.

—Deberíamos dividirnos cuando lleguemos —declaró Declan mientras movía la comida en su plato—. Algunos podemos ir a los archivos y los otros a la Cueva de los Príncipes. Todos podemos intentar conseguir información sobre la Espadastral y su conexión con la daga.

Con un vistazo hacia el enorme ventanal de la parte trasera del comedor, que tenía vista a la negrura aplastante del océano del otro lado, Tharion dijo:

—Y yo estaré aquí, rezándole a Ogenas que encuentren algo útil sobre cómo destruir a los asteri con esas armas.

Ogenas... la Guardiana de los Misterios. Si había una diosa a quien suplicarle por conocimiento, era a ella.

—Archivos —dijeron Ruhn, Flynn y Declan, levantando la mano.

Bryce los vio con molestia.

—Malditos. Contaba con que me ayudaran a guiarme o algo, porque ya estuvieron en la Cueva de los Príncipes —dijo y luego volteó a ver a Athalar y Baxian y suspiró—. Parece que a nosotros nos tocará la espeleología.

—Sólo para que estés enterada —dijo Ruhn—, durante nuestra Prueba, nos tomó un rato llegar a la tumba de Pelias y la Espadastral. Pero eso también fue porque nos estaban persiguiendo y cazando espectros y Cormac y los Gemelos Asesinos. Así que es posible que exista una ruta más directa, aunque la niebla intenta confundirte a cada paso.

—Maravilloso —dijo Bryce, pero Tharion notó cómo parecieron brillarle los ojos, como si las palabras de su hermano hubieran encendido algo.

—Y —agregó Ruhn— hay cosas labradas a lo largo de las cuevas, incluido el sitio de la tumba. Les podría tomar un rato encontrar algo. Asegúrense de llevar provisiones para varios días.

—Entendido —dijo Athalar con seriedad.

—Fantástico —gruñó Baxian a su lado.

Tharion sintió que el corazón se le estrujaba, sus propias palabras de hacía unos momentos empezaban a quedar claras. Él *estaría* aquí, en esta embarcación. Mientras ellos partían. Mañana se separarían. Estas personas que Urd había traído a su vida, a quienes no se merecía...

—Yo iré con ustedes —dijo Lidia—. A Avallen.

Había estado tan silenciosa que Tharion ya había olvidado que estaba sentada al otro extremo de la mesa.

Ruhn ni siquiera la volteó a ver cuando habló. Tharion observó que la Cierva estaba evadiendo la mirada de Ruhn deliberadamente. Sólo veía a Bryce.

—¿Por qué? —preguntó Bryce—. Tú, eh... Tus hijos están en esta embarcación.

La espina dorsal de Lidia se tensó.

—La Reina del Océano me dejó muy claro que si no retomo mis obligaciones como la agente Daybright, la protección que les ha dado... cesará —todos la voltearon a ver sorprendidos. Lidia continuó—: Los asteri crearon un nuevo tipo de mecatraje que es peor... mucho peor que los híbridos de hace unas semanas. Estos trajes ya no requieren un piloto para ser operados, sólo técnicos en un lugar distante. Rigelus ordenó que los trajes se lleven a la cima del monte Hermon —dirigió una mirada a Hunt, cuyo rostro se veía petrificado ante las noticias—. La Reina del Océano quiere que averigüe cómo detenerlos, pero me temo que hay poco que averiguar más allá de lo que han estado reportando las cadenas de noticias. Los trajes ya están construidos y listos para salir. No podemos hacer nada.

—Avallen se encuentra en la dirección opuesta de la Ciudad Eterna —gruñó Hunt—. Te estaríamos llevando demasiado al norte.

Lidia negó con la cabeza.

—Es inútil utilizar mi tiempo buscando una manera de detener los mecatrajes; es una solución que muy probablemente ni siquiera exista. Convencí a la Reina del Océano de que seré de más utilidad para ella si los acompaño a Avallen para averiguar lo que se pueda allá.

—Entonces —dijo Bryce—, ¿qué le ofreciste a la Reina del Océano? ¿Espiarnos? ¿Y nos estás informando?

Lidia asintió.

—La pusiste nerviosa, Bryce Quinlan, y eso no es bueno. Pero como yo tengo... conexiones con tu grupo, considera que hay una ventaja en enviarme.

Otro vistazo hacia Ruhn. El príncipe hada continuó ignorándola.

—¿Realmente piensas que no se puede hacer nada contra esos nuevos trajes? —preguntó Bryce—. Suenan peligrosos.

El rostro de Lidia permaneció solemne.

—Destruirlos requeriría reunir un ejército que marchara hacia la Ciudad Eterna, una fuerza que no tenemos. Así que iré con ustedes, por lo pronto. Hasta que averigüemos cómo vamos a terminar con todo esto.

Un silencio azorado llenó la habitación. La respiración de Tharion se volvió entrecortada al considerar lo que Lidia estaba implicando.

—Bueno, pues qué maravilla —farfulló Flynn y se ganó una mirada irritada de Lidia—. ¿Estarás en el Equipo Archivos o en el Equipo Cuevas?

—Eso está por verse —respondió fríamente Lidia—. Así como está por verse si pueden convencer a Morven siquiera de entrar a esos lugares. En *especial* si las mujeres no tienen permitido el acceso.

—Lo convenceremos —dijo Bryce con una sonrisa encantadora. Tharion notó la mirada suspicaz con la que Hunt la vio.

Tharion se preocuparía de esto después. Sus amigos se marcharían. Y él se quedaría en esta embarcación, bajo el control de la Reina del Océano. No importaba si Bryce lo declaraba súbdito suyo: no había nadie que se enfrentara a la soberana de los mares.

No le hubiera sorprendido si, al mirar hacia abajo, pudiera ver su propio pecho derrumbándose.

Pero sus amigos continuaron hablando y Tharion intentó disfrutarlo, disfrutar la camaradería, los tonos y ritmos de sus voces.

Probablemente demasiado pronto ya no los volvería a escuchar.

—Esta embarcación es solamente una versión más grande del anillo del Astrónomo —dijo Sasa en voz baja desde el sitio donde flotaba sobre la mesa de vidrio de la sala de conferencias—. Malana ha estado enferma desde que abordamos.

Era cierto, no había señal de la tercera duendecilla.

—¿Es de gravedad? —preguntó Bryce.

—Estará bien cuando nos vayamos —dijo Rithi mientras admiraba su reflejo en la superficie de vidrio de la mesa. Pero la duendecilla repentinamente levantó la vista para ver a Bryce a la cara—. Cuando respiremos de nuevo el aire fresco.

—De eso vinimos a hablar —dijo Lidia y miró a las hermanas desde su silla al otro lado de la mesa—. De su siguiente jugada.

Bryce se había sorprendido y se sintió un poco nerviosa cuando Lidia la llamó después de la cena para explicarle su plan. Bryce tenía una conexión íntima con la comunidad de duendecillas y Lidia necesitaba enviar a las trillizas a cumplir con una tarea esencial. Sería mejor que esa petición viniera de alguien en quien ellas confiaban, insistió la Cierva.

Las duendecillas intercambiaron miradas.

—Teníamos planeado seguirlos a Avallen —dijo Sasa levantando la barbilla—. A menos que prefieran no tener tres duendecillas...

—Sería un honor y una dicha que me acompañaran tres duendecillas —dijo Bryce, con la esperanza de que su tono franco reflejara la sinceridad de sus palabras. Lo mucho que le dolía el corazón desde que Lidia la había llamado y el recuerdo de la cara hermosa de Lehabah había destellado en su mente—. Y, honestamente, a donde iremos nos serían de gran utilidad.

En la oscuridad de la Cueva de los Príncipes, incluso con la luzastral de Bryce, tres flamas adicionales serían *muy* útiles

—Pero... —consideró con mucho cuidado sus siguientes palabras.

Lidia le ahorró el esfuerzo.

—Irithys está libre.

Las duendecillas ahogaron un grito y ambas empezaron a brillar con una flama de color anaranjado intenso.

—¿Libre? —exhaló Rithi.

—Escapó —corrigió Lidia—. La ayudé a salir del palacio de los asteri a cambio de su ayuda para rescatar a nuestros amigos de los calabozos.

—¿Dónde está ahora? —exigió saber Sasa. Su flama se calentó más y empezó a ponerse de un tono más claro.

—De eso vinimos a hablar con ustedes —dijo Bryce—. No sabemos dónde está.

—¿Perdiste... a nuestra reina? —preguntó Sasa con suavidad.

—Cuando nos separamos —agregó Lidia con rapidez, ya que Rithi y Sasa se estaban poniendo blancas de rabia—, le sugerí que Irithys encontrara una fortaleza de su gente. Ella pareció... renuente a hacerlo. Creo que podría estar preocupada por cómo sería recibida.

Las duendecillas se veían más irritadas.

—Entonces —intervino Bryce al instante—, nos estábamos preguntando si podrían ir a buscarla. Asegurarse de que esté, eh... a salvo. Y ofrecerle su compañía.

—¿Nuestra reina no quiere ver a su gente? —preguntó Rithi con voz peligrosamente baja. Su flama seguía hirviendo en color blanco.

—Irithys —dijo Lidia con calma— ha pasado la mayor parte de su existencia encerrada en una bola de cristal. Como tal vez ustedes pueden entender eso mejor que nadie en Midgard... ser liberada de repente del cautiverio, estar sola en el mundo, no es algo sencillo. Así que yo —una mirada a Bryce—, *nosotras* les estamos pidiendo que la vayan a buscar. Para ofrecerle compañía y guía, sí, pero también...

—Para ayudarnos —terminó de decir Bryce—. Necesitamos que ustedes tres hablen a favor de Midgard... que la ayuden a entender por qué estamos luchando. Y tal vez que la convenzan de apoyarnos contra los asteri otra vez. Cuando el momento sea el indicado.

Las duendecillas las miraron un rato largo.

Sasa dijo:

—¿Confiarían esto a seres inferiores y esclavos?

—No le confiaríamos a nadie más una tarea tan importante —dijo Lidia.

No había muchos vanir en Midgard dispuestos a decirlo... y creerlo. Bryce sintió que estaba peligrosamente cerca de que le agradara la Cierva.

Pero Rithi preguntó:

—No es posible que crean que unas duendecillas de fuego harán una diferencia contra los asteri. Nuestros ancestros no lo hicieron durante la batalla con los Caídos... y eso fue contra los malakim.

—Lehabah hizo una diferencia contra Micah —dijo Bryce sintiendo cómo se le hacía un nudo insoportable en la garganta—. Una duendecilla de fuego derrotó un arcángel y lo hizo pedazos. Su presencia me compró tiempo para matarlo. Para matar un arcángel.

Los ojos de las duendecillas se abrieron como platos.

—¿Tú *mataste* a Micah? —exhaló Rithi.

Lidia no parecía sorprendida... como la Cierva, probablemente había escuchado todo esto justo después de que sucedió.

—Con la ayuda de Lehabah —dijo Bryce—. *Gracias* a la ayuda de Lehabah —se tragó el nudo doloroso de su garganta—. Así que, sí... sí creo que las duendecillas de fuego pueden y harán una diferencia contra los asteri.

Las hermanas se miraron entre sí, como si pudieran hablar de mente a mente igual que Ruhn.

Entonces, Sasa miró a Bryce a los ojos. Y dijo, sin un gramo de temor:

—Nosotras encontraremos a Irithys —las duendecillas ardieron de un tono de azul auténtico y profundo—. Y lucharemos con ella contra los asteri cuando llegue el momento.

—Eso salió bien —dijo Bryce unos minutos después, cuando ella y Lidia iban caminando por el pasillo de regreso a sus propias habitaciones—. Me alegra que me pidieras que hablara con ellas.

La Cierva no dijo nada y mantuvo la mirada fija en el camino frente a ella.

—¿Estás bien? —se atrevió a preguntar Bryce.

La Cierva se había sentado con ellos en la cena, pero había permanecido casi todo el tiempo en silencio. Y definitivamente no había volteado a ver a Ruhn ni una sola vez. Y su hermano tampoco había reconocido la presencia de Lidia.

—Estoy bien —dijo Lidia y Bryce reconoció la mentira.

No hablaron nada más el resto del camino. Sólo se detuvieron al llegar a sus recámaras. Hunt estaba esperando a Bryce en su cuarto, pero Bryce hizo una pausa y dijo antes de que Lidia pudiera entrar al suyo:

—Gracias.

Lidia se detuvo y volteó a verla.

—¿Por qué?

—Por salvar a mi pareja. A mi hermano. A la pareja de mi mejor amiga. A tres de las personas más importantes de mi vida —dijo con una sonrisa reservada.

Lidia inclinó la cabeza con elegancia y gracia.

—Era lo menos que podía hacer —respondió y volvió a voltear para abrir su puerta.

—Oye —dijo Bryce. Lidia hizo una pausa. Bryce movió la barbilla hacia Lidia y al camarote detrás de la Cierva, donde se había estado quedando sola—. Sé que no, eh, nos conocemos ni nada, pero si necesitas alguien con quien hablar... Alguien que *no* sea Ruhn... —se encogió de hombros—. Estoy a una puerta de distancia.

Dioses, eso sonó estúpido.

Pero las comisuras de los labios de Lidia se movieron un poco hacia arriba, con algo como sorpresa en sus ojos.

—Gracias —dijo. Entró a su habitación y cerró la puerta en silencio detrás de ella.

Hunt llevaba prácticamente todo el día contando los minutos para que pudiera estar a solas con Bryce en la habitación, para poder desnudarla. Pero ahora que estaba recostado en la cama demasiado angosta con ella, con las luces apagadas y sólo el sonido de la respiración de ambos... no sabía por dónde empezar.

Esa jodida conversación que tuvieron antes no ayudaba. Él le había dicho su verdad y ella no quería escucharla. No podía aceptarla.

Pero *era* su culpa... de todos ellos, él debería haber sido quien evitara que se adentraran por el mismo camino otra vez. No podía entender cómo ella no lo veía así.

—¿Puedo ser honesta sobre algo? —dijo ella a la oscuridad. No esperó la respuesta y continuó—. Aparte de mostrarle los apuntes del Rey del Otoño a Morven, no tengo un plan sólido sobre cómo lidiar con él. Ni un plan sólido de repuesto si él no se interesa en el cuaderno.

Hunt apartó sus pensamientos sobre la pelea de antes y dijo:

—Ya lo sabía. Cuando lo mencionaste, no te portaste tan insufriblemente arrogante como cuando tienes un plan genial secreto.

Ella le dio un manotazo en el hombro.

—Es en serio. Aparte de los apuntes del Rey del Otoño, mi única otra moneda de cambio es mi potencial de reproducción. Y como tú y yo estamos casados...

—¿Me estás pidiendo el divorcio?

Ella rio.

—No. Estoy diciendo que no tengo valor para estos hijos de puta. Dado que mi útero tiene... dueño

—Mmm. Sexy —dijo él y le dio un mordisco en la oreja—. Te extrañaba.

Ya podrían hablar de los detalles de su discusión más tarde. Mañana. Nunca.

Él le recorrió la cadera, el muslo con la mano. Su pene se despertó cuando él sintió la suavidad, el dulce olor a lila y nuez moscada.

—Aunque muero de ganas de cogerte hasta que caigas rendido, Athalar —dijo ella y Hunt rio hacia su cabello—, ¿podemos sólo... abrazarnos esta noche?

—Siempre —dijo él y sintió que el corazón le dolía. La acercó más a él y se sintió muy agradecido por percibir su aroma en la nariz, por sentir la voluptuosidad de su cuerpo contra el de él. No se lo merecía—. Te amo.

Ella se presionó contra él para estar aún más cerca y lo abrazó de la cintura.

—Yo también te amo —le susurró de regreso—. Equipo Cuevas para siempre.

Él ahogó una risa.

—Deberíamos hacernos unas camisetas.

—No me tientes. Si Avallen no fuera una isla pueblerina sin interred, ya las habría ordenado para que llegaran al castillo de Morven.

Él sonrió. Ese peso que sentía en el pecho se aligeró por un precioso instante.

—¿En verdad no hay interred?

—No. La niebla lo bloquea todo. La leyenda cuenta que ni siquiera los asteri pueden penetrarla —hizo un sonido misterioso de "*uuuu*", moviendo los dedos. Luego una pausa, como si estuviera considerando decir lo siguiente—. Vesperus mencionó cosas llamadas *sitios delgados* envueltos en la niebla. La Prisión en el mundo hada es uno de ellos. Y me parece demasiada coincidencia que las antiguas hadas astrogénitas *también* establecieran una fortaleza en un sitio envuelto en niebla que mantiene a los enemigos fuera.

Hunt arqueó las cejas.

—¿Cómo es posible que la niebla forme un muro contra los asteri?

—La pregunta sería por qué los asteri dejarían Avallen en paz tanto tiempo si es *capaz* de mantenerlos fuera.

Hunt le dio un beso en la parte superior de la cabeza.

—Sospecho que vas a encontrar las respuestas a esto de la manera más dramática posible.

Ella se acurrucó más cerca de él y él la abrazó con más fuerza.

—Me conoces bien, Athalar.

Ithan no se atrevió a apuntar el rifle Matadioses al Astrónomo, pero permaneció listo para hacerlo mientras Jesiba decía:

—¿De qué están hablando?

La multitud (draki, vampiros, daemonaki y muchos otros que él no podría nombrar) guardó un silencio letal. Habían venido a ser testigos de un castigo. A Ithan se le secó la boca.

Los ojos grises del Astrónomo brillaban con odio.

—El lobo me robó algo.

Jesiba se encogió de hombros.

—El asunto de las duendecillas y la dragona ya se arregló entre nosotros.

—No juegues conmigo, Jesiba —dijo el Astrónomo furioso—. Ambos sabemos que se llevó más que esas fueguecitas.

Ithan dio un paso al frente. Las manos le empezaron a sudar alrededor de la madera pulida y el metal del rifle.

—Un tanque no es sitio para un lobo —ni para *nadie*, pensó—. Y, además, ella no era tuya para empezar. No tenía marca de esclava.

—Su padre me la vendió. Fue un intercambio de propietario no oficial.

—Ella era una niña y tú no tenías derecho...

Ithan la había matado. *Él* no tenía derecho a hablar de ella como si él no fuera tan malo como el hombre que tenía enfrente...

—¡Eres un *ladrón*, lobo, y exijo que se me retribuya! ¡Exijo que me sea devuelta!

Las palabras de pronto resultaron imposibles. Ithan no podía hablar.

Pero la voz hermosa y cantarina de una mujer dijo entre la multitud:

—La heredera Fendyr nunca más volverá a ser tuya, Astrónomo.

La multitud siseó y se apartó para revelar a la reina Hypaxia Enador, que venía entrando a la habitación. Sus ropas flotaban detrás de ella como si las moviera un viento fantasma.

Desde el rabillo del ojo, Ithan vio la sonrisa de Jesiba.

—Hypaxia —dijo la hechicera—. Justo la nigromante que estaba buscando.

45

Que Jesiba hubiera podido despejar la multitud sin siquiera decir una palabra era testamento de su control sobre este sitio, esta Casa.

Ithan no sabía si ver a Hypaxia y el Astrónomo o si evadir sus miradas.

El Astrónomo esperó hasta que la multitud se dispersó para decirle a la reina bruja:

—Si sabes dónde está la loba y estás reteniendo información, entonces las leyes dicen que eres una...

—Ninguna ley se puede aplicar aquí —lo interrumpió Hypaxia—, ya que la heredera Fendyr no era una esclava legal. Justo como tú lo dijiste.

Dioses, Ithan deseó tener siquiera una fracción de su templanza, de esa inteligencia serena. Hypaxia continuó:

—Así que no había nada que Ithan Holstrom pudiera robar. Simplemente le permitió a una civitas libre tomar la decisión de quedarse en ese desdichado tanque... o marcharse.

Y luego él la había matado.

Jesiba lo estaba mirando como para lanzarle una advertencia, como si quisiera decir, "*No se te ocurra decir una puta palabra sobre eso*". Ithan le devolvió la mirada, como diciendo, "*¿Crees que soy tan tonto?*".

Ella miró deliberadamente su camiseta de *SOLBOL UCM*.

Él puso los ojos en blanco y volteó a ver a la reina bruja, que discutía con el Astrónomo.

—Ese lobo me costó incontables cantidades de oro. La pérdida de una mística...

—Lo pagaré —dijo Ithan con voz ronca. Sus padres habían hecho inversiones inteligentes antes de morir. Tenía más dinero del que necesitaba.

—Requiero diez millones de marcos de oro.

Ithan empezó a toser. Tenía dinero, pero...

—Hecho —dijo Jesiba con frialdad.

Ithan volteó rápido a verla, pero la hechicera le sonreía con desinterés al Astrónomo.

—Agrégalo a mi cuenta mensual.

El Astrónomo la miró furioso, luego a Ithan, y al fin a Hypaxia, quien lo veía con frío desdén. Pero el Astrónomo solamente escupió en el suelo y salió dando grandes zancadas. Su cabellera larga y rala flotaba a sus espaldas.

En el silencio, Jesiba volteó a ver a Hypaxia y dijo:

—Te llamé hace días y te dije que vinieras *de inmediato*. ¿Está fallando tu escoba?

Ithan volteó a ver a Jesiba.

—¿*Ésta* es la nigromante que tenías en mente?

Honestamente, no sabía por qué no lo había pensado él mismo. Acababa de trabajar con ella, con un carajo, cuando intentaron conjurar a Connor en el Equinoccio de Otoño. Tal vez porque *no había* funcionado, y el Rey del Inframundo se les había aparecido en su lugar, la había descartado, pero...

—El padre de Hypaxia era el mejor nigromante que he conocido jamás —dijo Jesiba y se cruzó de brazos—. Ella tiene su don. Si existe alguien a quien le puedas confiar tu petición, Holstrom, es a ella.

Hypaxia arqueó las cejas con una ligera sorpresa, como si el reconocimiento de parte de Jesiba fuera poco común. Pero le dijo a la hechicera:

—Deberíamos hablar en tu oficina.

—¿Por qué?

Hypaxia pareció dudar si responder, pero finalmente dijo:

—¿Quieres saber qué me retrasó estos días? Lo que temía que sucediera este otoño ya ha sucedido. Morganthia Dragas y su aquelarre han organizado un golpe en nombre de lo que consideran la conservación de las viejas costumbres de las brujas. Ya no soy Reina de las Brujas Valbaranas —se tocó el pecho, el sitio donde su prendedor dorado de Cthona estaba partido en dos—. Para escapar de mis verdugos, le he jurado lealtad a la Casa de Flama y Sombra.

Lidia le había permitido a Renki que decidiera dónde se reunirían ese día en la mañana. En algún sitio neutral, en algún sitio privado, en algún sitio «tranqui», como lo había descrito el mer.

Lidia deseó poder estar un poco más «tranqui» cuando se sentó en el sillón del área silenciosa de la sala de estudiantes (la directora Kagani la había cerrado al público durante una hora) y miró a sus hijos. Estaban sentados frente a ella, en un sillón manchado y hundido, lo esperable en una sala de estudiantes.

Davit había tenido que trabajar hasta tarde la noche anterior, así que sólo los acompañó Renki. El mer estaba sentado en el mostrador donde servían bebidas, en el lado opuesto de la sala, para darles espacio. Una ilusión de privacidad.

Deseó que se hubiera sentado con ellos.

Había una buena probabilidad de que Morven no les permitiera salir de Avallen vivos, pero eso no ayudaba a hacer esta situación más cómoda.

Ace se recargó en los cojines del respaldo, cruzó los brazos y se quedó viendo la televisión sobre la mesa de futbolito que transmitía las mejores jugadas de solbol. Pero Brann la miraba atento, con ojos francos que brillaban con su intelecto agudo y su naturaleza luchadora. Era un guerrero de verdad. Sin mayor preámbulo, dijo:

—¿Por qué quisiste vernos tan temprano?

Lidia se secó con disimulo el sudor de las palmas de las manos en las piernas de su overol. Sabía que ambos chicos habían notado su movimiento.

—Pensé en estar disponible para ustedes en caso de que tuvieran alguna pregunta sobre mí. Sobre mi pasado.

Había enfrentado horrores sin parpadear, pero esto... esto hacía que su corazón latiera desbocado.

Brann torció la boca al pensar en eso. Sin apartar los ojos de la televisión, Actaeon dijo:

—Es porque se va a ir.

Era demasiado listo para su propio bien. Lidia lo miró, aunque Ace no la volteó a ver, y dijo:

—Sí. Hoy.

Brann los miró a los dos.

—¿Dónde?

Ace contestó antes de que ella pudiera hacerlo.

—No te lo va a decir. Ni te molestes en preguntar. Ella no sabe lo que significa la palabra *honestidad*.

Lidia apretó la mandíbula.

—Desearía podérselos decir, pero nuestra misión depende de su absoluta secrecía.

Ace movió los ojos hacia ella entonces.

—Y nosotros los niños vamos a ir a divulgar tu ubicación a todos, ¿cierto?

Que los dioses la ayudaran.

—Desearía podérselos decir —repitió.

Brann preguntó con la voz ronca:

—¿Vas a regresar?

Lidia respondió con franqueza:

—Eso espero.

Actaeon devolvió su atención a la televisión.

—Te las has ingeniado para escabullirte de todos los problemas hasta hoy. No sé por qué éste debería ser distinto.

Las palabras tuvieron el efecto de un golpe en una parte de su cuerpo suave y desprotegida.

Brann le lanzó una mirada de advertencia a su gemelo.

—Vamos, Ace.

Claramente, habían tenido una especie de conversación previa a esto. Sobre cómo se comportarían.

Y claramente, Ace la odiaba.

Bien. Podía vivir con eso. Él estaba a salvo y era amado. Por eso, podría soportar su resentimiento.

—Estamos en guerra —les dijo Lidia—. Y está a punto de ponerse más fea. No puedo decirles a dónde iré, pero sí puedo decirles que tal vez no regrese. Cada vez que emprendo una misión, en especial ahora que mis enemigos saben la verdad sobre mí, existe una buena probabilidad de que no regrese.

Ace dijo con brusquedad:

—¿Y se supone que debemos sentirnos mal y llorar por nuestra mami?

Tuvo que hacer acopio de toda su fuerza de voluntad para no romperse. Reuniendo toda esa frialdad que había perfeccionado a lo largo de los años, continuó:

—Hace un momento dijiste que yo no sabía lo que era la honestidad. Bueno, pues te la estoy ofreciendo. Si tú interpretas esto como manipulación, no puedo hacer nada. Pero quería verlos, a ambos, antes de irme hoy. Para despedirme.

Brann los miró de nuevo a los dos. Luego dijo:

—Supongo que mi mayor pregunta es por qué. Por qué nos dejaste aquí.

—No tuve alternativa —dijo ella directamente, muy consciente de Renki que estaba al otro lado de la habitación—. Las opciones eran dejarlos aquí, a salvo con gente que los amaría, o arriesgarme a llevarlos a un mundo que les hubiera ofrecido lo opuesto. Yo... he pensado en ustedes todos y cada uno de los días desde entonces.

La conversación estaba desviándose a un territorio que quería evitar. No había planeado hablar del tema durante esta visita. Tal vez nunca. Y sabía que si se quedaba un momento más, probablemente diría más de lo que sería sabio, cosas que no estaba preparada para decir en voz alta... cosas que los chicos tal vez no estaban listos para escuchar.

En vez de eso, con dedos ligeramente temblorosos, se quitó el anillo de rubí del dedo y lo colocó en la mesa que estaba entre ellos.

—Quiero que tengan esto —dijo intentando disimular el nudo que se formaba en su garganta—. Es una joya familiar de la casa de mi padre. Él no es nadie que valga la pena recordar, pero ese rubí... —no podía soportar ver la expresión que podrían tener en sus rostros—. Es muy valioso. Lo pueden vender para pagar la universidad, un lugar donde vivir... cuando tengan la edad suficiente, quiero decir. Si en algún momento dejan de vivir en esta embarcación. No que eso deban hacer —dijo. Estaba divagando. Tragó saliva y, al fin, los miró. El rostro de Ace no expresaba nada, pero Brann veía con ojos muy abiertos el enorme rubí—. O, si quieren conservarlo —dijo ella en voz baja—, eso también está bien.

Deseó tener algo más que dejarles, otro fragmento de ella que no estuviera conectado con el monstruo que la había engendrado, pero esto era todo lo que tenía.

Tras completar su objetivo, Lidia se puso de pie y Renki la volteó a ver. Ella le asintió.

Miró a sus hijos, feroces y fuertes y capaces, y no gracias a ella.

—Sé que no les importará —dijo mirando a Ace, que de nuevo estaba prestando toda su atención a la televisión—, pero estoy muy orgullosa de ustedes. De los hombres que son y de los hombres en los cuales todavía se están convirtiendo. Los veo a ambos y sé que... tomé la decisión correcta.

Le sonrió suavemente a Brann.

A Brann le brillaban los ojos.

—Gracias por eso. Por darnos a nuestros padres —dijo con un ademán en dirección de Renki. Lidia agachó la cabeza—. Buena suerte allá afuera... A donde sea que vayas.

Ella se puso la mano sobre el corazón.

Brann le dio un codazo a Ace. Ace deslizó sus ojos dorados de regreso a ella y dijo:

—Adiós.

Lidia mantuvo la mano sobre su corazón, se dio un golpecito y luego emprendió la media vuelta.

Se fue, sin saber hacia dónde iba, sólo que tenía que continuar en movimiento o de lo contrario encontraría un lugar donde desplomarse y morir.

Caminó por los pasillos relucientes de la embarcación. Caminó y caminó y caminó y no se permitió mirar atrás.

Ithan solamente estaba esperando a que se cerrara la puerta de la oficina de Jesiba para voltear a ver a Hypaxia.

—¿Qué pasó? —exigió saber Ithan.

Jesiba le había advertido antes de partir por los pasillos que *no dijera nada* y él había obedecido, incluso cuando se detuvieron en el comedor oscuro para que la exreina bruja comiera algo. Al parecer no había comido nada en días, y sólo ese hecho había moderado la creciente impaciencia de Ithan. Pero ahora, seguros tras las puertas cerradas de la oficina de Jesiba, obtendría respuestas.

—Como ya dije —respondió Hypaxia con la voz un poco apagada mientras colocaba la charola de comida sobre la mesa—, la exgeneral de mi madre, Morganthia, ordenó a sus tropas que rodearan mi fortaleza. Me comunicaron sus términos: ceder la corona de moras del pantano o morir. Ofrecí la corona, pero ellas de alguna manera escucharon que elegía *morir*.

—¿Pueden hacer eso? —exigió saber Ithan—. Simplemente... ¿echarte?

—Sí —dijo Jesiba y ocupó su silla de cuero tras el escritorio—. Las dinastías de las brujas fueron fundadas en la justicia, en el derecho a remover un líder no apto para gobernar. La intención era proteger a la gente, pero Morganthia lo ha usado para sacar ventaja personal.

Hypaxia se hundió en una de las sillas frente al escritorio de Jesiba y se frotó los ojos con el pulgar y el índice. Era el gesto más normal que Ithan había visto hacer a la reina.

—El primer acto de Morganthia como reina fue ordenar mi ejecución. El segundo fue deshacer el hechizo de animación de mi madre para mis tutores —dijo. Al ver las cejas arqueadas de Ithan, agregó—: Son... eran... fantasmas.

Cómo era posible eso, Ithan no tenía idea, pero de todas maneras dijo:

—Lo lamento.

Ella asintió en agradecimiento, muda a causa del dolor.

—El hechizo estaba ligado a la corona. Y cuando la corona pasó a ser de ella... —levantó la vista hacia Jesiba con una expresión llena de súplica.

—Estás en duelo por tres personas que murieron hace mucho tiempo —dijo Jesiba con desapego e Ithan la odió por eso—. En vez de eso, siente el sufrimiento de tu gente, ahora sometida a una reina desquiciada y su aquelarre.

Hypaxia se enderezó.

—Parecería que piensas que debería haber peleado contra ella.

—Deberías —replicó Jesiba. Un fuego oscuro destelló en sus ojos. Una semilla del poder de Apollion transformada en algo nuevo—. ¿Siquiera intentaste conservar tu corona antes de concederla?

—Hubiera muerto.

—Y hubieras retenido tu honor. Tu madre habría estado orgullosa.

—Un golpe sin derramamiento de sangre era una mejor alternativa a luchar, a hacer que muchos inocentes murieran en mi nombre...

—Cuando establezca su reino, Morganthia derramará mucha más sangre que la que se hubiera derramado al defender tu posición.

Jesiba cerró los ojos y sacudió la cabeza con repudio puro.

—No vine aquí para que me juzgues, Jesiba —siseó Hypaxia, más salvaje de lo que Ithan jamás la había visto.

—Como yo soy la segunda al mando de esta Casa, ahora me respondes a mí.

Ithan intentó controlar el asombro que lo recorrió. ¿Jesiba era la *segunda* al mando de la Casa de Flama y Sombra?

¿Y ella pensaba que *Hypaxia* era la mejor nigromante para Ithan? ¿Cuándo tenía a todos esos otros a su disposición?

—Y —continuó diciéndole Jesiba a Hypaxia, indiferente ante la sorpresa de Ithan—, como alguien que pasó siglos con las brujas, tengo puntos de vista que merecen tu atención.

Hypaxia respondió con tono golpeado:

—Tú abandonaste a nuestra gente.

—Tú también.

Un silencio pesado y miserable llenó la habitación. Hypaxia dio un bocado, sólo uno, a su sándwich de jamón y queso.

Hypaxia no sabía, se dio cuenta Ithan, lo que Jesiba era en el fondo. Seguía pensando que era una desertora de las brujas.

—Miren —dijo él—, sé que tienen varios temas que necesitan hablar, pero... tengo un asunto urgente que debo atender.

La exreina bruja volteó a verlo y sus ojos se suavizaron. Dio otra mordida a su sándwich y, después de pasarse el bocado, dijo:

—Jesiba me puso al tanto de la situación cuando llamó. Debo admitir que me sorprendió el involucramiento de mi hermana. Pero lamento lo que sucedió.

Él agachó la cabeza y la vergüenza lo envolvió.

Hypaxia continuó mientras se terminaba el sándwich de un par de bocados más:

—Pero la nigromancia no es algo simple, Ithan.

—Lo recuerdo —dijo él.

Ella apretó los labios. Sí, recordaba cada minuto de su breve encuentro con el Rey del Inframundo también. Hypaxia dijo con la mirada reluciente por la determinación:

—Intentaré ayudarte.

Él casi se quedó sin aliento.

Hypaxia agregó:

—Empezaré mañana. Hoy tengo obligaciones. Juramentos que hacer.

Juramentos al Rey del Inframundo, a quien había impresionado lo suficiente con sus habilidades en el Equinoccio de Otoño como para que le dijera que le daría la bienvenida a este lugar. Incluso Morganthia Dragas titubearía antes de involucrarse con el Rey del Inframundo.

—No tengo mucho tiempo —sentenció Ithan.

—Estos juramentos no pueden esperar —secundó Jesiba. Señaló la puerta de su oficina, una orden a Hypaxia—. Deben hacerse en el Muelle Negro antes de que salga el sol, niña. Ya tuviste tu última comida. Ahora ve.

Hypaxia no titubeó. Se fue, con la cola de sus vestimentas flotando tras ella, y cerró la puerta.

—Tonta —dijo Jesiba y se dejó caer en la silla—. Inocente e idealista tonta.

Ithan se quedó inmóvil preguntándose si ella habría olvidado que él estaba ahí.

Pero Jesiba levantó la vista a él.

—Ella siempre ha sido así. Peor que Quinlan. Permite que su corazón la guíe por todas partes como un perro con correa. Culpo a su madre por mantenerla encerrada. No me sorprende que Celestina la haya conquistado cuando...

Ithan no pudo ocultar su sorpresa.

—Espera. ¿Hypaxia y Celestina? —Jesiba asintió. Ithan ladeó la cabeza—. La Cierva dijo que Celestina era el motivo por el cual los asteri supieron que Bryce se dirigía a la Ciudad Eterna. Hypaxia no...

—Eso ya quedó en el pasado —dijo Jesiba abruptamente—. Una fuente de fiar me dijo que Hypaxia no estaba... complacida cuando se enteró de que Celestina había traicionado a tus amigos. Pero ni siquiera esa traición le abrió los ojos a Hypaxia lo suficiente para anticipar la jugada de Morganthia.

—La anticipó —dijo Ithan—. Vino aquí en la primavera y le solicitó a Ruhn que la protegiera de Morganthia. Yo la escolté...

—*Protección* —interrumpió Jesiba con brusquedad—. *Escolta*. No *actuar*. Ella sabía que Morganthia era una amenaza y decidió esperar a que ella atacara en vez de atacarla primero. En vez de buscar alianzas, se puso a jugar a la medibruja en la ciudad, se enredó con esa arcángel. En vez de hacer acopio de su poder, fue corriendo con un príncipe hada y un lobo para que la protegieran —volvió a sacudir la cabeza—. Hecuba tenía la intención de protegerla todos esos años manteniéndola aislada de los aquelarres corruptos. La coartó al hacerlo.

Jesiba se cruzó de brazos y miró hacia la nada. La rabia y el desprecio tensaban sus facciones.

Ithan se atrevió a preguntar:

—¿Por qué desertaste de las brujas?

—No me gustaba la dirección en la que iban.

—¿Esto fue cuando Hecuba era reina?

—Mucho antes de eso. Las brujas han estado en decadencia por generaciones. Una corrupción mágica y moral —recargó la cabeza contra el respaldo de su silla—. Niña ingenua —murmuró Jesiba para sí misma.

—¿Qué tipo de juramentos tiene que hacer Hypaxia en el Muelle Negro antes del amanecer?

—Unos antiguos.

—Eso no...

—Los misterios de la Casa de Flama y Sombra no son para que tú los conozcas.

—¿Hypaxia va a... cambiar?

—No. Sus juramentos no son nada parecidos a los que hacen los segadores. El establecimiento de una alianza es un proceso legal, pero tiene que honrarse de la manera que lo ha decretado el Rey del Inframundo.

El Rey del Inframundo... a quien Jesiba servía como segunda al mando.

—No sabía que fueras tan importante aquí.

—Me halagas. Y, antes de que me lo preguntes, no, Quinlan no lo sabe. La gente de esta Casa no habla. Pero los Líderes de la Ciudad sí lo saben.

—Y el Astrónomo... él lo sabe —dijo Ithan. Ella asintió—. ¿Cuál es tu relación con él? Dijiste que tienes una cuenta mensual —exhaló el lobo—. Carajo, yo no puedo pagarte todo ese dinero...

—Es deducible de impuestos para la Casa —dijo Jesiba y ondeó la mano para restarle importancia—. Y ya me estoy cansando de todas estas preguntas de tu parte. Estás preguntando cosas que no tienes derecho a saber.

—Entonces deja de decirme tanto.

Ella sonrió con ironía.

—No eres tan aburrido como pareces.

—Me halagas —dijo él.

Jesiba rio en voz baja. Y luego dijo:

—Unos siglos después de que Apollion me cambiara, escuchó murmullos de que yo tenía... poderes. Al ser un desdichado perezoso, envió a su hermano Aidas a investigar. Y, de ser necesario, a matarme si en realidad resultaba ser una amenaza.

Mencionaba los nombres de los príncipes demonio como si fueran personas que conocía bien.

—Pronto Aidas supo que yo no era una amenaza en realidad, aunque descubrió que yo todavía tenía la biblioteca y seguía desafiando las exigencias de su hermano para revelar su supuesto poder. Y de esa manera extraña en que suceden las cosas, Aidas y yo nos hicimos amigos, más o menos. Seguimos siéndolo. Supongo que es porque ya estamos tan acostumbrados la una al otro. Ha pasado... mucho tiempo.

—¿Entonces qué le dijo a Apollion?

—Que se me tenía que respetar, pero que no se me incluyera.

—¿Y Apollion escuchó?

Jesiba encogió un poco los hombros.

—Envía a Aidas a vigilarme de vez en cuando.

—¿Esto qué tiene que ver con el Astrónomo?

—Le he pagado al Astrónomo por años para que busque una manera de liberarme del control que tiene Apollion sobre mi alma.

A él se le revolvió el estómago.

—¿Entonces tú le pagas y él hace lo que le ordenas?

—Le pago —dijo ella con indiferencia—, pero también tiene derecho a beneficiarse de cualquier descubrimiento.

—¿Por qué?

—Quiere encontrar la respuesta para poderla usar y hacerse más joven también. Es humano, o solía serlo, antes de que tanta magia horrenda manchara su alma. Le teme a la muerte más que a cualquier otra cosa. Ganará mucho si tiene éxito en su búsqueda. Supongo que los dos somos criaturas miserables que se alimentan del otro —le lanzó una mirada a Ithan—. Puede parecer frágil, pero es escurridizo. Estará buscando otras maneras de joderte la vida.

Él asintió hacia el lugar donde había vuelto a colocar el rifle Matadioses en la pared.

—¿Me habrías dado la orden de matarlo hoy?

—No —dijo Jesiba—. El rifle era sólo una amenaza. Todavía lo necesito.

—Los científicos llaman a eso una relación simbiótica.

—Bueno, es algo que he estado construyendo desde mucho antes que él existiera.

—Entonces has estado usando a este imbécil y su control sobre inocentes...

—No pareciste tener ningún problema de usarlo cuando fuiste a conseguir información sobre tu hermano.

El Astrónomo debió haberle contado sobre esa visita. Ithan continuó presionando.

—¿Podrías... elaborar?

Jesiba simplemente lo miró con gesto inexpresivo. Ithan agregó:

—¿Por favor? ¿Por qué usaste al Astrónomo, para empezar?

—Pensaba que los gatos eran los que tenían un problema con la curiosidad.

—Échale la culpa a la parte de mí que eligió estudiar Historia en la universidad.

Ella empezó a sonreír, pero suspiró viendo hacia el techo y dijo:

—En mi propia investigación a lo largo de los milenios, aprendí que el fuego de dragón es una de las pocas cosas que puede atemorizar a un príncipe del Averno.

—¿Tenías la intención de usarlo *contra* Apollion? —dijo Ithan sin poder evitar quedarse con la boca abierta ante su audacia descarada.

Ella se miró las uñas manicuradas.

—Pensé que podría ser una buena... herramienta de negociación.

Ithan dejó escapar una risotada impresionada.

—Guau. ¿Entonces qué sucedió?

—Se esparció el rumor en la ciudad de que el Astrónomo estaba en posesión de un dragón. Lo busqué y ofrecí comprarle a Ariadne ahí mismo —volvió a cruzarse de brazos—. El bastardo no me la quería vender, por nada de este mundo. Pero me di cuenta ese día que tal vez no tendría otra oportunidad en mis manos: podía usar a sus místicos para buscar respuestas en el Averno sobre cómo liberarme y que los místicos estuvieran vigilados por Ariadne mientras tanto.

—Pero dijiste que querías esperar a... no rejuvenecer hasta que los libros estuvieran a salvo.

—Sí, pero cuando llegue ese momento, quiero tener la solución a la mano.

—¿Por qué?

—Para no convencerme a mí misma de no hacerlo.

Él percibió, más que vio, el peso de todos esos años que encorvaban sus hombros.

—No eres como la mayoría de los lobos que conozco.

—¿Eso es un insulto o un cumplido?

Honestamente, no podía diferenciarlos.

Ella descruzó los brazos y tamborileó con los dedos sobre el escritorio.

—Hay muchas cosas que desconoces, Ithan Holstrom, sobre la verdad. Demasiado como para que yo me adentre en ese tema aquí y ahora —dejó de mover los dedos y su mirada vibró con dolor y rabia antiguos—. Pero los primeros en llegar a Parthos fueron las jaurías de lobos. Y empezaron la masacre y los incendios. También fueron los lobos, liderados por sabuesos criados por los asteri, quienes cazaron a mis hermanas. Nunca he olvidado eso.

Ithan sintió que se le revolvía el estómago al escuchar la historia vergonzosa de su gente, y preguntó.

—¿Criados?

Una sonrisa irónica.

—El don ya era algo que existía entre los lobos, pero los asteri lo promovieron. Lo fueron seleccionando en ciertos linajes. Lo siguen haciendo.

—Como Danika.

Jesiba volvió a empezar a tamborilear.

—Los Fendyr han sido una línea... cuidadosamente cultivada para los asteri.

—¿A qué te refieres?

Ella fijó su mirada intensa en él. Esta mujer había vivido a lo largo de toda la historia de los asteri en Midgard. Apenas alcanzaba a entender lo que eso significaba.

—¿Nunca te preguntaste por qué los Fendyr eran tan dominantes? ¿Generación tras generación?

—Genética.

—Sí, la genética trabajada por los asteri. Sabine y Mordoc tenían órdenes de reproducirse.

—Pero Sabine le quitó el título a su hermano...

—¿Y quién se lo pidió? Ella es una mujer iracunda y de mente limitada. Su hermano era más inteligente, pero quedaba claro que no era un lobo valioso si le vendió a su propia hija al Astrónomo. Probablemente se le consideró no apto para los asteri, quienes entonces convencieron a Sabine de que lo desafiara. Y cuando el dominio de Sabine se impuso, se aseguraron de enviar a Mordoc a producir un linaje Fendyr más... *competente*.

—Bueno, pues Micah les echó a perder eso.

—¿Y quién crees que controlaba a Micah?

Ithan se alegró de estar sentado.

—¿Crees que los asteri hicieron que Micah matara a Danika? ¿Después de tanto trabajo para que ella naciera?

Eso sin tomar en cuenta que Connor y la Jauría de Diablos también habían sido destruidos como resultado de esas maquinaciones.

—Creo que Danika era imprudente y voluntariosa, y los asteri sabían que nunca la podrían controlar como controlaban a Sabine. Creo que se dieron cuenta de que, con Danika, habían producido una loba tan poderosa que podía competir con los que yo enfrenté en las Primeras Guerras. Lobos *verdaderos*. Y ella no estaba de su lado. Tenía que ser eliminada.

Ithan se hundió en la silla, pero de repente le llegó una idea.

—El Rey del Inframundo nos dijo a Hypaxia y a mí que Connor... que el Rey del Inframundo había recibido la orden de no tocar a mi hermano. ¿Por qué?

El rostro de Jesiba permaneció ilegible.

—No lo sé. Es probable que se deba a que era un elemento valioso en vida y sigue siéndolo en la muerte.

—¿Valioso para quién?

—Para los asteri. Ellos saben lo que Connor significa para Quinlan, para ti... eso hace que su alma sea muy, muy valiosa.

Ithan se sorprendió.

—Yo no soy nadie.

Jesiba lo vio con desdén, pero su teléfono sonó antes de que le pudiera contestar. Lo levantó después del primer timbre.

Escuchó en silencio y al fin dijo con tono cortante:

—Está bien.

Luego colgó el teléfono y miró a Ithan fijamente:

—Te están buscando abajo, en la morgue.

—¿Tienen una morgue privada aquí?

Ella puso los ojos en blanco.

—Hypaxia ya terminó de hacer sus juramentos a una velocidad sin precedente... te está esperando abajo. Con el cadáver de Sigrid.

46

—Esto es lo más lejos que puede traerlos esta embarcación —dijo la comandante Sendes mientras Bryce y Hunt intentaban mantener el equilibrio en la parte superior del *Guerrero de las Profundidades,* que se movía con el oleaje. El mar gris se azotaba a su alrededor y el viento húmedo aullaba a toda velocidad y se metía en la delgada chamarra de Bryce, calándole hasta los huesos.

Ésta no era exactamente la manera en que Bryce se había imaginado su llegada a la legendaria tierra natal de las hadas.

Las alas de Hunt, casi del mismo tono que el agua, se extendieron como para probar las corrientes de aire. A su otro lado, Baxian se asomaba hacia el agua con las alas negras resistiendo la fuerza del viento.

Aunque no tenían que volar muy lejos.

Una pared de niebla se elevaba desde la superficie del mar y se extendía hasta las nubes. Tal vez continuaba más arriba de ellas. Era imposible de ver.

Tal como Bryce lo había sospechado, la niebla era casi idéntica a la que rodeaba el Sector de los Huesos. Impenetrable, amenazante… ¿Éstos eran entonces los verdaderos sitios delgados entre los mundos? ¿Y qué demonios tenía *esta* niebla que los asteri no la podían cruzar?

—¿No pueden pasar debajo de la niebla? —le preguntó Hunt a Sendes con un movimiento de la cabeza en dirección a la masa neblinosa que se revolvía frente a ellos.

Sendes negó con la cabeza. El viento helado la despeinaba, arrancando mechones de cabello oscuro de su trenza apretada.

—No. No hay niebla debajo del agua, pero hay una barrera: invisible, pero sólida como roca.

—¿Entonces tienen hechizos? —preguntó Bryce todavía tiritando. Las duendecillas de fuego, que estaban paradas sobre sus hombros cuando subió al viento helado, se habían ido hacía unos momentos, tres flamas que volaron a toda velocidad por encima de las olas hacia el distante continente de Pangera. Ella elevó una oración a Solas al verlas desaparecer en el horizonte.

—No son hechizos como nosotros los conocemos —explicó Sendes. Apenas reaccionó ante la ola helada que chocó contra el costado de la embarcación, bañándola. Bryce, a un par de pasos de ella, siseó al sentir el agua helada y dio un salto hacia atrás—. Parecen más como... algo que ocurre de manera natural, más que hechizos. Ni siquiera la Reina del Océano ha dado la orden jamás de intentar atravesar la niebla de aquí. Es como si el mismo Midgard la hubiera creado.

Bryce metió sus manos mojadas y congeladas a los bolsillos de su chamarra. No le sirvió de mucho para calentarse.

—Te dije que la niebla era algo digno de estudiar.

Anoche, en la cama, quiso hablar con Hunt sobre su pelea. Pero estaba exhausta y tan agradecida de poder estar recostada a su lado que no dijo nada.

Hunt miró hacia arriba, hacia la parte superior de la enorme barrera de niebla. Sus plumas se agitaban con el viento.

—¿Entonces cómo llegaron las hadas originalmente?

—Esos hijos de puta pueden meterse donde quieran. Los antiguos eran iguales —dijo Bryce.

Sendes gruñó para indicar que estaba de acuerdo, pero entonces sonó un aviso de su teléfono y la comandante se apartó para leer el mensaje que le había llegado.

Baxian se acercó al otro lado de Hunt e hizo una mueca al oír el rugido de otra ola, que los bañó a todos en esta ocasión. *Joder,* estaba helada.

—Entonces, ¿cuál es el plan? —les preguntó el Mastín del Averno. Movió la barbilla en dirección de Hunt—. ¿Vamos tú y yo a dar un vuelo de reconocimiento a lo largo del muro para buscar cómo entrar?

Hunt asintió con seriedad y dijo:

—Tal vez encontremos un timbre en alguna parte.

—Tu hermano viene tarde —le dijo Baxian a Bryce—. No deberíamos quedarnos aquí más tiempo del necesario. Es probable que haya buques Omega cerca.

—Esta embarcación sabe cómo evadirlos —respondió Bryce y se ocultó detrás de Hunt para que no la mojara otra cascada de agua helada.

—Sí, pero no queremos advertirles que vamos a Avallen —dijo Baxian. Extendió las alas y aleteó una vez. Las gotas salieron volando de sus plumas negras—. Me dirigiré al oeste a lo largo del muro —le dijo el Mastín del Averno a Hunt—. ¿Nos vemos aquí en diez minutos?

Antes de que Baxian pudiera saltar a los aires, la compuerta detrás de ellos rechinó y aparecieron Ruhn, Flynn y Dec. Los tres venían armados, al igual que Bryce, Hunt y Baxian, con armamento del arsenal del *Guerrero de las Profundidades*. Pistolas y cuchillos, principalmente, pero eso era mejor que nada.

—Perdón, perdón —dijo Ruhn al ver el ceño fruncido de Hunt—. Flynn y Dec descubrieron la estación de waffles en el comedor y se volvieron locos.

Flynn se dio unas palmadas en la barriga.

—Ustedes los mer sí saben cómo servir un desayuno —le dijo a Sendes, quien se metió el teléfono al bolsillo y se acercó a ellos.

Bryce hubiera reído de no ser porque Tharion emergió de la compuerta detrás de los otros tres, con el rostro contraído y pálido. Miró a Bryce a los ojos cuando llegó a su lado: se veía desolado y exhausto.

Bryce estiró la mano y tocó la mandíbula fuerte del mer.

—Aguanta —murmuró.

—Gracias, Piernas —dijo Tharion. Dio un paso atrás hacia el barandal y su rostro se tornó ilegible.

Ella deseó tener algo más que decir, más consuelo que ofrecerle. Después de todo lo que él había hecho para ayudarles estos últimos meses, ¿esto era lo mejor que podía hacer? ¿Dejarlo atrás?

El movimiento en la compuerta volvió a capturar su atención y entonces apareció la cabeza dorada de Lidia. Aunque Ruhn y sus amigos continuaron debatiendo si los waffles sabían mejor con jarabe de maple o con crema batida (de todas las estupideces que podrían estar conversando en este momento), Bryce podría jurar que vio cómo se tensaba su hermano.

Pero Lidia no volteó a ver a Ruhn. No dijo nada, solamente miró hacia la niebla en movimiento. Si estaba sorprendida por su presencia amenazante, no se notaba en su expresión. No ofreció ninguna explicación ni disculpa por su propio retraso.

La Cierva miró hacia atrás, a la compuerta abierta. Sin duda estaba pensando en sus hijos debajo.

Baxian la observaba, como si ella lo confundiera. Bryce no lo culpaba. El Mastín del Averno había trabajado de cerca con ella como la Cierva y, sin embargo, aquí estaba, tan distinta debajo del mismo exterior que él siempre había conocido. Aunque él, también, había ocultado sus verdaderas alianzas detrás de su propia máscara.

Ella no podía siquiera imaginar cómo se sentiría Lidia. Bryce se acercó a ella y le dijo en voz baja:

—Lamento que no puedas estar con ellos.

Los ojos dorados de Lidia voltearon a su rostro. Por un momento, Bryce esperó una respuesta mordaz, pero entonces los hombros de Lidia se encorvaron ligeramente.

—Gracias —dijo y su mirada se suavizó, como si recordara la oferta de Bryce de la noche anterior para hablar. Agregó, en voz más baja—: Gracias.

Bryce asintió y, al voltear, se dio cuenta de que Ruhn las observaba con atención. El rostro de su hermano se volvió imposible de leer al instante, como una roca. Lo que fuera que estuviera sucediendo entre él y Lidia, no se acercaría ni de broma. Ni de puta broma.

En vez de eso, Bryce le dijo a su hermano, a Flynn y a Dec:

—Estábamos por hacer un vuelo de reconocimiento, pero estoy pensando que ustedes tres ya estuvieron aquí antes —apuntó hacia la niebla—. ¿Cómo entramos?

Una ola muy grande golpeó el *Guerrero de las Profundidades*. Al instante Hunt estuvo a su lado, con una mano en su espalda, para estabilizarla.

—Alfadejo —le murmuró ella, pero le permitió ver la luz que brillaba en sus ojos.

Ruhn y sus dos amigos fruncían el ceño. Ruhn dijo:

—Normalmente necesitas una invitación de Morven, pero durante mi Prueba aprendí que portar la Espadastral te da... privilegios de acceso.

Bryce arqueó las cejas, pero volvió a contraer el gesto al sentir otra ráfaga de viento helado y frío chocar contra su cuerpo. Se acercó más al calor de Hunt y su pareja la envolvió con un ala gris para protegerla del ventarrón.

—¿Cómo?

Ruhn movió la barbilla hacia donde ella tenía la espada en su espalda.

—Desenváinala y verás.

Bryce y Hunt intercambiaron miradas cautelosas y Ruhn suspiró.

—¿Qué? ¿Creen que esto es algún tipo de broma?

Bryce dijo:

—¡No lo sé! ¡Estás siendo muy críptico!

Baxian rio un poco al otro lado de Hunt. Estaba disfrutando del espectáculo. Dioses, él y Danika estaban hechos el uno para la otra.

A pesar de la punzada de dolor que sintió al pensarlo, Bryce miró molesta al Mastín del Averno y luego desenfundó la espada con un movimiento ágil. La cuchilla negra no brillaba nada en la luz grisácea. La daga a su costado parecía pesar más, como si estuviera siendo atraída hacia la espada...

—Bueno, pues miren eso —dijo Tharion despacio mientras miraba hacia el muro de niebla.

—Timbre de verdad —murmuró Hunt.

Una puerta triangular, como las de las cuevas en Silene, se había abierto.

A Bryce se le erizó el vello de los brazos cuando un barco blanco, el opuesto a los barcos del Muelle Negro, salió por la puerta. La proa semicircular tenía tallada la cabeza de un ciervo y dos lámparas gemelas colgaban de unas ramificaciones de su cornamenta poderosa.

Y entonces el ciervo mismo habló. Sus ojos brillaban y su boca se movió para dejar salir una voz masculina y grave desde el interior. Sin duda estaba siendo transmitida desde donde estaba el rey, a muchos kilómetros de distancia.

—Bienvenida, Bryce Danaan. Te he estado esperando.

Tharion vio a sus amigos abordar el barco blanco, los ángeles plegando sus alas muy apretadas. El barco se mantuvo estable sobre las olas en movimiento, guiado por la misma magia que lo había enviado a este sitio en primer lugar. Flynn mantuvo su mirada atenta sobre Lidia cuando entró detrás de Ruhn, pero titubeó antes de subirse. Volteó a ver a Tharion y le ofreció una mano en despedida.

—Nos vemos, mer.

Tharion estudió la mano ancha y callosa del hada, su piel dorada salpicada de agua de mar. Detrás de Tharion, Sendes ya se había despedido de sus amigos y se dirigía a la compuerta.

Si iba a hacer algo, tenía que ser en este momento. Porque si se quedaba en esa embarcación un día más... no terminaría bien para él.

Lo cual le dejaba solamente una elección, en realidad.

Sendes se detuvo frente a la compuerta abierta y le hizo una señal a Tharion para invitarlo a que regresara al interior. Tenían sitios a donde ir y todo eso.

Flynn frunció el ceño a la mano que todavía tenía extendida; a Tharion, que seguía ahí parado...

Tharion se movió.

Apoyó sus manos en el barandal, saltó al otro lado y aterrizó en el barco blanco con un golpe seco que hizo que los demás soltaran unas palabrotas.

—Ketos —dijo Athalar, apoyado en uno de los lados del barco para estabilizarlo—, ¿qué carajos?

Flynn aterrizó detrás de Tharion un segundo después y dijo:

—*Vamos, vamos, vamos...*

Le hablaba al barco o la magia que lo controlaba.

Tharion sintió cómo le corría la sangre a toda velocidad por las venas cuando el barco empezó a alejarse del *Guerrero de las Profundidades* y luego Sendes ya estaba frente al barandal, con los ojos abiertos como platos por la sorpresa.

—Te va a *matar* —gritó Sendes—. Tharion...

Tharion le sonrió ampliamente a la comandante.

—Tendrá que cruzar la niebla antes.

Apenas logró pronunciar la última palabra cuando la proa del barco entró en la famosa niebla.

Pero podría haber jurado que un estremecimiento recorrió el océano a sus espaldas, como si un gran leviatán de poder se estuviera elevando, estuviera avanzando hacia él...

Cruzaron al interior de la densa niebla. La sensación de poder puro desapareció. No quedó nada excepto el agua gris alrededor del barco y la niebla flotante, demasiado densa para poder ver más allá de un par de metros de los ojos luminosos del ciervo.

Tharion miró al frente al fin y notó que sus amigos lo observaban fijamente con diversos gestos de alarma. Lidia Cervos estaba sacudiendo la cabeza... como si ella comprendiera la gravedad de lo que había hecho mejor que cualquiera de los demás.

—Bueno —dijo con toda la despreocupación que pudo y se sentó con las piernas cruzadas—, no es que quisiera autoinvitarme a la fiesta, pero también iré con ustedes.

47

—No tienes idea de a cuántas personas tuve que convencer de que no se comieran su cadáver de camino acá abajo —dijo Jesiba en la morgue mientras Ithan miraba sin expresión la forma del cuerpo debajo de la sábana blanca.

El espacio que se formaba entre el cuello y la cabeza.

Hypaxia trabajaba en algo sobre la mesa y lo llamó.

—Esto podría tardar un rato.

Ithan miró la morgue estéril, con su piso de loseta, y dijo:

—¿Por qué *tienen* una morgue acá abajo?

Jesiba se sentó en un taburete de aspecto hospitalario con la espalda muy recta.

—¿Dónde más se supone que debemos reanimar cuerpos muertos?

—No sé por qué pregunté.

—La dejaste bastante maltratada, sabes.

Ithan miró molesto a la hechicera. Jesiba le guiñó.

Hypaxia volteó a verlos e Ithan al fin observó bien su rostro, desde que había llegado acá abajo. El agotamiento le provocaba unos surcos profundos y sus ojos se veían desalentados. Sin esperanza.

¿Qué le había costado jurar lealtad a esta Casa? Jesiba había dicho que el ritual se había realizado con rapidez inusual... ¿por eso parecía tan menguada? Una parte de él no lo quería averiguar.

Abrió la boca para decirle que no tenía que hacer esto por él, que debería descansar, pero... no tenía tiempo. Mientras más esperaran, menores posibilidades tendrían de tener éxito para reanimar a la decapitada...

Decapitada...

Sintió que las náuseas le revolvían el estómago.

—Siéntate, Ithan —dijo Hypaxia con suavidad. Una luz verdosa se envolvía alrededor de sus dedos cuando se acercó a la mesa con un bulto en las manos.

—¿Eso es un estuche de costura?

Iba a vomitar encima de todo.

Jesiba resopló para controlar su risotada.

—Quieres que tenga la cabeza puesta otra vez cuando Hypaxia la reanime.

La exreina bruja sacó una jeringa luminosa llena de luzprístina de un gabinete y la colocó en una bandeja sobre un carrito con ruedas.

—En cuanto despierte, una inyección de luzprístina sanará el daño. Pero la cabeza tiene que estar unida al cuerpo antes para que los tendones puedan volver a crecer y unirse.

—De acuerdo —dijo Ithan y respiró hondo para controlar su náusea creciente—. De acuerdo.

Carajo, era un monstruo por haber hecho que esto fuera necesario.

—Allá vamos —dijo Hypaxia.

Jesiba miró a Ithan a los ojos.

—¿Estás seguro de que quieres resucitar a una Fendyr?

Él no respondió. No podía enfrentar la respuesta. Así que no dijo nada.

Hypaxia empezó un cántico.

Hunt había estado en la sala del trono de Morven Donnall durante diez segundos y ya la odiaba.

Después de que el barco blanco y reluciente los guiara entre la niebla, esperaba encontrar una especie de paraíso veraniego al otro lado, no un cielo nublado sobre una tierra de colinas llenas de vegetación y un castillo de roca gris en la punta de un risco sobre un río... también gris. A la distancia, los techos de paja de unas cabañas indicaban dónde estaban las granjas y una pequeña ciudad de edificios de dos y tres pisos subía por la colina hasta el mismo castillo.

No había rascacielos. No había carreteras. No había automóviles. Las lámparas que alcanzaba a ver eran de fuego, no de luzprístina.

El bote navegó por el río hacia el risco y entró al castillo a través de una gran cueva en su base. Todos habían permanecido en silencio durante el recorrido, asumiendo que el ciervo de la proa tenía oídos que funcionaban igual de bien que su boca y que podría compartir cada una de sus palabras con el hombre que los aguardaba en el castillo.

Ahora había un hombre sentado frente a ellos en un trono aparentemente tallado a partir de una sola cornamenta. La bestia que había poseído esos cuernos tenía que haber sido colosal, algo que sin duda no existía en ningún otro lugar de Midgard. ¿En esta parte del mundo había ciervos así de grandes? Esa idea no era... tranquilizadora.

Pero tampoco lo eran las sombras que se enroscaban como serpientes alrededor del rey, salvajes y retorcidas. Morven tenía una corona sobre su cabeza oscura, más oscura que el Foso.

Bryce y Ruhn estaban parados al frente de su pequeño grupo y Hunt intercambió miradas con Baxian, cuyo ceño fruncido le comunicaba a Hunt que no estaba nada complacido con este lugar.

—No le vendría mal una renovación, si me lo preguntan —murmuró Tharion al otro lado de Hunt y el ángel casi sonrió.

El mer tenía valor, haciendo bromas justo después de haber actuado directamente en contra de las órdenes de la Reina del Océano. Sí, Hunt estaba contento de que Ketos estuviera con ellos pero, carajo, ¿en qué había estado pensando el mer al saltar al barco?

De hecho, Hunt sí sabía lo que había estado pensando y no culpaba al mer por su decisión, pero ya tenían suficientes enemigos como para hacerse de una más. Si esto de alguna manera provocaba que la Reina del Océano trabajara en su contra...

Por las miradas molestas que los demás dirigían a Ketos, se podía notar que tampoco estaban contentos con esta situación. Pero, por el momento, tenían otro gobernante con quien lidiar.

—Traes a traidores y enemigos del imperio a mi hogar —dijo el rey hada. Las sombras a su alrededor dejaron de retorcerse... depredadores preparándose para atacar.

Pero Bryce se señaló a sí misma y luego a Ruhn, fingiendo inocencia y confusión, y dijo:

—¿Estás hablando conmigo o con él?

Baxian agachó la cabeza, como si estuviera esforzándose para no sonreír. Hunt sintió ganas de hacer lo mismo, pero no se atrevía a apartar su vista del gobernante con rostro de piedra ni de las sombras bajo su mando.

—Este hombre —una mirada de desdén a Ruhn— fue desheredado por su padre. Tú eres la única realeza parada frente a mí.

—Uf —le dijo Bryce a Ruhn—, qué duro.

A Ruhn le brillaron los ojos, pero no dijo nada. Ella hizo un ademán hacia el pequeño castillo en penumbras a su alrededor.

—Sabes, me sorprende todo este ambiente depresivo. Cormac había dicho que era más lindo.

Los ojos oscuros de Morven destellaron. La corona de sombras sobre su cabeza pareció oscurecerse aún más.

—Ese nombre ya no se reconoce ni se pronuncia aquí.

—Ah, ¿sí? —dijo Ruhn, cruzándose de brazos—. Bueno, pues nosotros sí lo hacemos. Cormac dio su vida para hacer de éste un mundo mejor.

—Era un mentiroso y un traidor... no sólo al imperio, sino a su herencia.

—Y eso no se puede tolerar —canturreó Bryce—. Todo ese potencial de reproducción... desaparecido.

—Te recordaré que, aunque seas de la realeza, sigues siendo mujer. Y las mujeres hada sólo hablan cuando se les dirige la palabra.

Bryce sonrió despacio.

—Mala decisión —refunfuñó Hunt y decidió que era el momento de dar un paso al frente y pararse al lado de su pareja—: Decirle que se calle no terminará bien para nadie. Créeme.

—Un esclavo no me va a dirigir la palabra —dijo Morven furioso y asintió hacia la muñeca de Hunt. La marca apenas era visible debajo de su manga negra. Luego asintió a la frente de Hunt—. Y menos un ángel Caído que cayó de la gracia del mundo.

—Uy... —dijo Bryce y suspiró hacia el techo. Volteó a ver a su grupo—. Bien, contemos cabezas. Si están desheredados, caídos de la gracia o ambos, levanten la mano.

Tharion, Baxian, Lidia, Hunt y Ruhn levantaron la mano. Bryce miró a Flynn y a Dec, ambos con sus habituales jeans negros y camisetas, y volvió a suspirar. Hizo un gesto expansivo y les cedió la palabra.

Flynn sonrió con ironía y caminó al lado de Bryce.

—Hasta donde yo sé, sigo siendo el heredero de mi padre. Un gusto volverte a ver, Morven.

Hunt podría haber jurado que las sombras de Morven sisearon.

—Te convendría, Tristan Flynn, dirigirte a mí con el mayor respeto.

—Ah, ¿sí? —dijo Flynn y se cruzó de brazos, rebosando arrogancia y soberbia.

Morven hizo un ademán hacia alguien que estaba detrás de ellos; el delicado bordado de plata que tenía en los puños y cuello de su inmaculado saco negro brilló bajo la luz de las velas y Hunt volteó para ver a dos enormes guardias que se acercaban desde las sombras. No los había percibido, no los había escuchado...

A juzgar por los rostros sorprendidos de Tharion y Baxian, ellos tampoco se habían percatado.

Pero Ruhn, Flynn y Declan tenían expresiones furiosas, como si reconocieran a los hombres que se aproximaban, ambos muy altos y armados hasta los dientes. Eran obviamente los gemelos.

Los Gemelos Asesinos que Ruhn había mencionado, los que eran capaces de introducirse a las mentes que quisieran.

Pero ellos no eran la principal preocupación de Hunt... no aún.

Porque entre ellos, vestida con *leggins* negros y un suéter blanco, con el cabello castaño claro cayéndole alrededor de la cara... traían a una mujer hada que Hunt no reconoció. Pero estaba furiosa, abiertamente enojadísima con los guardias, el rey y...

—¿Qué carajos? —explotó Flynn.

—¿Sathia? —dijo Declan, que se había quedado con la boca abierta.

—Parece ser... —dijo Morven lentamente mientras los Gemelos Asesinos arrastraban a la mujer hacia él, sosteniéndola de los brazos con tanta fuerza que tenían los nudillos blancos. La apretaban tanto como para dejarle moretones—. Parece que tu hermana se metió en muchos problemas, Tristan Flynn.

48

Bryce no sabía a qué dedicarle su atención: a Sathia Flynn, hirviendo de rabia en el salón del trono de Morven, o al rostro sorprendido de Tristan, mientras procesaba la escena frente a ellos. Bryce optó por lo segundo, en especial porque Flynn le gritó al rey de Avallen:

—¿A qué te refieres con *problemas*?

Morven respondió pausadamente:

—Muchas de las hadas valbaranas perciben una... inquietud en el horizonte y han estado buscando refugio en mis tierras —dijo, y las sombras serpentinas se retorcieron alrededor de su cuello, por encima de sus hombros, con amenaza inquietante. Las sombras del rey, las de los Gemelos Asesinos... se sentían distintas a las de Ruhn: más salvajes, más malvadas. Las sombras de Ruhn eran amables, como una noche sigilosa; las de ellos eran la oscuridad de las cuevas sin luz.

—Si intentaste vender este lugar como un sitio para pasar unas lujosas vacaciones, estás a punto de recibir evaluaciones de una sola estrella —murmuró Bryce y se ganó una risa de parte de Tharion. Pero ella no le sonrió al mer. Él había agregado otra gobernante prácticamente todopoderosa a su lista de enemigos... no quería hablar con él en este momento. Por la manera en que la risa de Tharion se ahogó rápidamente, supo que ella no estaba contenta.

Así que Bryce observó mientras Flynn, muy serio quizá por primera vez en su vida, le dijo al Rey Ciervo con voz impregnada de desprecio:

—Déjame adivinar, mis padres vinieron corriendo de inmediato —miró alrededor del salón del trono—.

¿Dónde está mi oh-tan-valiente padre? ¿Y todos los demás, por cierto?

El rostro de Morven parecía labrado en roca.

—Unos cuantos selectos han obtenido la autorización para ingresar. La mayoría han sido enviados de vuelta a Lunathion. Pero para los que permanezcan aquí, hay un precio, por supuesto.

Flynn volteó despacio a ver a su hermana.

—¿Qué le prometiste?

Se podía percibir la rabia pura, así como un asomo de temor, en su pregunta. Pero Flynn no se acercó a la mujer ni a los gemelos que la sostenían.

Bryce miró a los gemelos y se dio cuenta de que ambos hombres ya le estaban sonriendo. Y entonces, en el fondo de su mente, dos sombras gemelas gruñeron, listas para atacar...

Los incineró con un muro mental de luzastral.

Los gemelos sisearon. Uno de ellos parpadeó como si la luz lo hubiera cegado físicamente. Bryce le enseñó los dientes y continuó haciendo brillar ese muro en su mente. Un segundo después percibió un ligero golpecito contra el muro y Ruhn dijo: *No lo apagues. No importa lo que pase.*

Díle a Hunt y a los demás que también pongan su muro, contestó Bryce y miró furiosa a los gemelos.

Ya lo hice, respondió Ruhn. *Deberías ver los relámpagos alrededor de la mente de Athalar. Achicharró sus sondas mentales.*

Qué asco. No digas sondas.

Ruhn ahogó una carcajada y su presencia desapareció de su mente. Morven continuó:

—Sathia no me ha prometido nada. De hecho, se ha negado a pagar lo que pido. Y fue una oferta generosa, hasta eso: decidir entre los dos hombres que están a su lado. Y como una mujer que no tiene valor aquí salvo por los hijos que pueda producir para Avallen, no veo ningún motivo por el cual tu hermana deba permanecer en este refugio ni un momento más.

Las palabras de Morven hicieron su efecto.

—Lo siento —dijo Bryce y vio primero el rostro hermoso y lleno de indignación de Sathia y luego al Rey Ciervo y sus sombras salvajes—, pero, para aclarar, ¿estás diciendo que requieres que cualquier mujer que esté buscando refugio aquí se *case*?

—Sería inseguro que hubiera tantas mujeres solteras corriendo por aquí sin un pariente hombre o un esposo —dijo Morven y se limpió una brizna de polvo invisible de sus pantalones negros como la medianoche.

—Ajá —dijo Bryce—, sepan los dioses qué sucedería si todas nosotras anduviéramos por ahí sin supervisión. La absoluta anarquía. Las ciudades se derrumbarían.

Flynn le dijo a Morven:

—Entonces trae a sus hermanos y esposos.

Bryce le lanzó una mirada molesta, pero Morven respondió:

—No tengo necesidad de tener más hombres en esta tierra.

Bryce apretó los dientes con tanta fuerza que le dolieron. Éste era el hombre que había acordado con su padre que Bryce y Cormac deberían casarse para inyectarle más poder y dignidad al linaje real de las hadas.

Flynn dijo:

—¿Y mis padres?

Morven sorbió la nariz.

—Les permití a lord y lady Hawthorne quedarse aquí porque nuestro vínculo se remonta a las Primeras Guerras. Actualmente están viviendo en mi cabaña de cacería privada en el norte.

—Entonces envía a Sathia con mi padre —dijo Flynn.

—No lo quiere hacer —dijo Sathia al fin. Aunque su voz de hada era suave y cultivada, Bryce detectó el corazón de acero que contenía—. Mis opciones son casarme aquí o regresar a Lunathion.

—Entonces regresa —le ordenó Flynn a su hermana.

Sathia sacudió la cabeza lentamente.

—No es seguro.

—Tienes tu villa lujosa —dijo Ruhn con una aspereza poco habitual—. Estarás bien.

Sathia volvió a negar con la cabeza y fijó la mirada en su hermano.

—No es seguro debido a *tí*.

—¿Qué? —dijo Flynn sorprendido.

—Se ha corrido la voz —dijo Morven desde su trono de cuerno y sombra— de tu ayuda en el escape de —movió la cabeza hacia Ruhn— ése. Junto con la fuga de otros dos enemigos del imperio —dirigió sus ojos fríos a Baxian y Hunt, quienes le devolvieron miradas amenazantes—. Toda la familia Hawthorne está siendo buscada por los asteri para interrogarlos.

—Quieren matarnos para castigarte —dejó escapar Sathia y señaló a Flynn con un dedo acusador—. Tuvimos que irnos a la mitad de la noche, cuando nos llegó la alerta de que la 33ª venía a arrestarnos. Esta ropa que tengo puesta es lo único que pude traer.

—Qué gran sacrificio de tu parte —se burló Flynn, pero Bryce detectó cómo la culpa oscurecía los ojos del joven. Declan ya había sacado su teléfono, sin duda para ver cómo estaba su familia y Marc...

—No hay recepción aquí gracias a la niebla —le dijo Sathia a Declan.

El rostro del hada palideció y murmuró:

—Lo había olvidado.

Sin embargo, Sathia agregó en voz baja:

—Llamé a tus padres antes de irnos. Dijeron que también se pondrían en contacto con tu novio.

Flynn se quedó con la boca abierta viendo a su hermana, y Declan inclinó la cabeza en agradecimiento.

—¿Qué? —dijo Sathia con una mirada irritada a su hermano—. ¿Crees que soy tan monstruosa?

Flynn hizo una mueca afirmativa y Bryce intervino para evitar que empezaran a discutir frente a todos.

—Está bien —le dijo a Morven—, ¿entonces entiendo que insistes en que la hermana de Flynn se case con uno de... estos patanes?

Hizo un gesto hacia los Gemelos Asesinos que sostenían a Sathia, asegurándose de que su muro de luzastral mental siguiera intacto. No iba a permitir que sus mentes se acercaran a la suya.

—Seamus y Duncan son lords de las hadas —le respondió Morven a Bryce con tono golpeado—. Te dirigirás a ellos con el tono de deferencia propio de una mujer.

Con un carajo.

—No respondiste mi pregunta —dijo Bryce. La expresión de Sathia ya era de pánico—. ¿Realmente la estás forzando a casarse o la deportarás para que la maten los asteri?

Morven retorció una sombra alrededor de uno de sus dedos largos y anchos.

—Su padre está de acuerdo en que lo que más le conviene es casarse. Y está de acuerdo en que, si se niega, sea enviada de regreso a Lunathion —apretó el puño y aplastó la sombra que tenía dentro—. Durante demasiado tiempo ha rechazado a todos los hombres que se le han presentado para que se case. La paciencia de su padre ha llegado a su fin y me suplicó que me encargara de este asunto.

—El padre del año —gruñó Baxian.

Bryce soltó otro gruñido aprobatorio.

Sathia anadió con una frialdad impresionante:

—Estoy en mi derecho de rechazar a cualquier pretendiente que se me presente.

Morven la miró con gran desagrado:

—Lo estás, niña. Al igual que tu padre está en su derecho de desheredarte por no cumplir con tu obligación de continuar con el linaje de tu familia.

Bryce refunfuñó:

—¿Entonces cuál es el punto de darles a las mujeres el derecho a negarse si de todas maneras las castigarán si lo ejercen?

—Éste no es nuestro problema —murmuró malhumorado Flynn. Incluso Ruhn volteó a verlo sorprendido—. No vinimos aquí para lidiar con esto.

—¿Entonces no están aquí para suplicar que les dé asilo también? —preguntó Morven y apoyó su barbilla en un puño.

—No —gruñó Hunt y dio un paso adelante. Sus alas se abrieron—. No estamos aquí por eso.

Miró a Bryce y le indicó que volviera a dar un paso al frente.

Bryce intercambió una mirada con Ruhn para decirle que ya lidiarían con el asunto de Sathia más adelante, hizo a un lado su preocupación y levantó la barbilla para dar un paso al lado de Hunt.

—Estoy aquí para entrar a los Archivos de Avallen y a la Cueva de los Príncipes.

—Permiso denegado —dijo Morven.

—Estás confundido —replicó Bryce con esa voz que no admitía argumento—. No te estaba pidiendo permiso —la estrella de su pecho empezó a brillar e iluminó su camiseta y su chamarra deportiva—. Como princesa astrogénita, ninguna parte de Avallen se me puede negar.

—Yo decidiré quién es digno de entrar a mi reino —gruñó Morven.

—La luzastral dice lo contrario —dijo Bryce. Desenvainó la Espadastral y la daga—. Y éstas también lo dicen.

Como si las fundas hubieran estado conteniendo su poder, el metal desnudo empezó a latir contra la palma de su mano, por sus brazos. Las armas se atraían una a la otra con tanta violencia que Bryce necesitó de toda su fuerza para mantenerlas separadas.

Morven palideció. Incluso sus sombras retrocedieron.

—¿Qué tienes en la mano izquierda?

Hasta los Gemelos Asesinos y Sathia tenían la mirada fija en ella, como si no pudieran apartar la vista.

—La realización de una profecía mayor —dijo Bryce y esperó con todas sus fuerzas poder ocultar el temblor de sus brazos, que se esforzaban por mantener las armas firmes, por ignorar ese instinto que le murmuraba que las juntara, que no las mantuviera separadas.

—¿De dónde sacaste ese cuchillo? —siseó Morven.

—¿Entonces sí sabes qué es? —preguntó Bryce.

—Sí —dijo él furioso—. Puedo sentir su poder.

—Bueno, pues eso nos facilita las cosas —dijo Bryce. Volvió a enfundar ambas armas. Por fortuna, el tirón cesó cuando lo hizo—. Así tendré menos que explicar —le asintió a Morven y él la miró con rabia—. Entraré y saldré antes de que te des cuenta.

Las sombras regresaron y oscurecieron el aire detrás de su trono de astas hasta que pareció que Morven estaba sentado frente a un vacío.

—Está prohibido a las mujeres entrar tanto a los Archivos de Avallen como a la Cueva de los Príncipes.

—En realidad no me importa —dijo Bryce.

—Escupes en nuestras tradiciones sagradas.

—Ya supéralo.

Las fosas nasales de Morven se ensancharon.

—Te recordaré, niña, que basta con que yo diga una palabra para que los asteri te tengan en su poder.

—Tendrías que abrir la niebla para que ellos entraran —le replicó Bryce—. Y parece ser que has trabajado *mucho* para evitarlo... o para no darles un motivo para venir aquí.

—Puedo retirarte con unos guardias.

Bryce hizo un gesto a Hunt, luego a Baxian y luego a los demás.

—Mis propios guardias podrían dificultarte eso.

—Éste es *mi* reino.

—No estoy poniendo eso en disputa. Solamente quiero ver tus archivos. Unos días y luego nos marcharemos —sacó el cuaderno del Rey del Otoño de su chamarra—. Incluso estoy dispuesta a ofrecerte esto para hacer el trato más conveniente para ti: aquí tengo el diario privado de mi padre. Bueno, el más reciente. Todas sus últimas maquinaciones, escritas. Es bastante estúpido, si me lo preguntas. *Querido diario: Hoy hice una lista de todos mis enemigos y cómo planeo matarlos. Es tan difícil ser rey... ¡desearía tener un amigo!*

Sonrió al notar que Morven entrecerraba los ojos al mirar el cuaderno con pastas de cuero y le mostró con rapidez la primera página, donde se podía ver la caligrafía distintiva de su padre. Él la conocía bien porque los dos idiotas se comunicaban principalmente por cartas escritas a mano, ya que Avallen no tenía computadoras.

—Si nos dejas quedarnos aquí, te entregaremos esto al partir.

Morven tamborileó con los dedos en el brazo de su trono. El pez había mordido el anzuelo.

Sus sombras se aclararon un poco y él dijo al fin:

—Tu presencia aquí amenaza con hacer que la ira de los asteri descienda sobre mí.

Bryce lo consideró mientras parpadeaba:

—Bueno, parece que no tienes inconveniente en darles refugio a fugitivos, si le permitiste a los padres de Flynn quedarse.

Él la miró molesto, con los ojos llenos de oscuridad.

Bryce continuó:

—Digo, probablemente podrías compensar la *deshonra* de Cormac si nos vendieras a los asteri... pero si nos entregas, tendrías que entregar también a los padres de Flynn y a otros nobles. Y dudo que ganes puntos con tu propia gente si traicionas a unos nobles de supuesta estúpida alcurnia —se cruzó de brazos—. Estás en un dilema, ¿no?

Morven dio unos golpecitos con la bota en el suelo.

—Es superdifícil —dijo Bryce fingiendo conmiserar con él— intentar jugar de ambos lados, ¿no?

—No estoy jugando de ningún lado —dijo Morven—. Soy leal a los asteri.

—Entonces abre la niebla e invítalos aquí. Que vengan a almorzar.

El silencio de Morven lo dijo todo.

Bryce sonrió.

—Eso pensé —le asintió a Sathia—. Una cosa más: ella no se casará con nadie y vendrá con nosotros.

Sathia miró a Bryce con la boca abierta, pero Bryce le lanzó una mirada de advertencia. Solamente había visto a Sathia de lejos en fiestas. Por lo general, la chica traía el cabello teñido de varias tonalidades de castaño oscuro o rubio. Ahora sus rizos tenían un color castaño claro ordinario... su color natural, tal vez. Era como echar un vistazo a la mujer real que había debajo.

—No puedo permitir eso —dijo Morven—. Es una mujer soltera.

—Su hermano está aquí —dijo Bryce con un movimiento de la cabeza en dirección a Flynn—. Aunque es un fiestero irresponsable, al menos tiene las partes que te importan.

Flynn le lanzó una mirada enojada, pero Dec le dio un codazo con fuerza que lo hizo dar un paso al frente y decir:

—Yo, eh, me responsabilizaré de Sathia.

Sathia se erizó como gato, pero mantuvo la boca cerrada.

—No —dijo Morven. Una sombra se envolvió alrededor de su muñeca como pulsera. Un poco de magia distraída y aburrida—. No eres un chaperón adecuado, como has demostrado una y otra vez.

Hunt le lanzó una mirada a Bryce y ella entendió qué estaba pensando. Ruhn le dijo lo mismo mente a mente un instante después:

Aunque sea muy difícil para mí decir esto... tal vez tendremos que dejar este tema. Sathia es la hermana de Flynn y todo, pero esta batalla no nos corresponde pelearla.

Bryce negó sutilmente con la cabeza: *¿De verdad la quieres dejar a merced de Morven?*

Créeme, Bryce, Sathia se puede defender sola.

Pero Bryce miró a Lidia, quien había estado observando todo con una concentración fría y clara. Permaneció en completo silencio de esa manera que tenía que hacía que los demás olvidaran su presencia. Al parecer, ni siquiera Morven se había dado cuenta de quién estaba en su salón del trono porque apenas en ese momento dejó escapar un gruñido de sorpresa al verla.

Pero la Cierva miró a Bryce a los ojos. *¿Qué harías tú?*, intentó transmitirle Bryce.

Lidia pareció entender lo que sus pensamientos decían, porque respondió en voz baja.

—Yo nunca he tenido alguien que pelee por mí.

Bueno, pues eso lo decidía.

Bryce abrió la boca y reunió todo su poder en su estrella, pero Tharion habló a sus espaldas.

—Yo me casaré con Sathia.

A Hypaxia le tomó siete horas, siete minutos y siete segundos reanimar a Sigrid.

Ithan apenas se movió de su taburete durante todo el tiempo que Hypaxia pasó cantando sobre el cadáver. Jesiba se fue, regresó con su laptop y trabajó por un rato. Incluso le ofreció un poco de comida a Ithan, pero él la rechazó.

No tenía apetito. Si esto no funcionaba...

Los cantos ya roncos de Hypaxia se detuvieron repentinamente.

—Yo...

Ithan no había sido capaz de mirar mientras le cosía la cabeza a Sigrid. Sólo cuando cubrió el cuerpo completo de nuevo devolvió su mirada al espectáculo.

Hypaxia se tambaleó, alejándose un poco de la mesa de exploración, de la forma que se podía ver debajo de la sábana. Ithan se puso de pie al instante y la atrapó con agilidad.

—¿Qué hiciste? —exigió saber Jesiba y cerró su laptop con un clic.

Ithan puso a Hypaxia de pie y la exreina bruja miró a los dos, indefensa y... aterrada. Por el rabillo del ojo, Ithan pudo ver algo blanco que se movía.

Ithan volteó cuando el cuerpo sobre la mesa se sentó. Cuando la sábana cayó, revelando el rostro grisáceo de Sigrid y sus ojos cerrados; las puntadas gruesas y obvias que formaban una línea irregular en su cuello. Todavía traía su ropa vieja, tiesa por la sangre seca.

Sigrid giró la cabeza despacio, reventando varias puntadas de la sutura de su cuello.

Pero su pecho... no subía y bajaba. No estaba respirando.

La heredera perdida de los Fendyr abrió los ojos. Estaban encendidos con un tono verde ácido.

—Segadora —exhaló Jesiba.

49

—Te lo estoy diciendo, Ketos, es la *peor* —le gruñó Flynn a Tharion entre las sombras de los pilares que flanqueaban el salón del trono. Eran sombras normales, por fortuna. No las horribles que comandaba el rey hada—. Esto es una idea terrible. Arruinará tu vida.

—Mi vida ya está arruinada —dijo Tharion con voz tan hueca como él se sentía—. Si salimos vivos de esto, podemos divorciarnos.

—Las hadas no se divorcian —dijo Flynn y le apretó el brazo con fuerza—. Es literalmente un matrimonio hasta la muerte.

—Bueno, pues yo no soy hada...

—Pero ella sí. Si te divorcias de ella, no tendrá posibilidad de volverse a casar. Será mercancía dañada. Después del primer matrimonio, la única salida es la muerte o la viudez. Una viuda puede volverse a casar, pero una divorciada... ni siquiera es algo que exista. Sería *persona non grata.*

En el lado opuesto de la habitación, Declan y Ruhn hablaban con Sathia en voz baja. Probablemente estaban teniendo la misma conversación.

Morven los miraba furioso desde el trono. Sus sombras eran como un nido siseante de áspides a su alrededor y los gemelos monstruosos ahora estaban uno a cada lado de él. Tharion había detectado las sombras aceitosas que se arrastraban hacia su mente en el momento que llegaron los gemelos. Por instinto había lanzado un río rugiente de agua que creó un foso mental alrededor de él. No tenía idea de qué estaba haciendo, pero había funcionado. Las sombras se habían ahogado.

Eso hizo más sencilla su decisión. Que alguien se viera forzada a soportar la presencia de los Gemelos Asesinos, que tuviera que *casarse* con alguien que pudiera meterse a su mente...

Tharion le dijo entonces a Flynn:

—Tu hermana sería una paria solamente entre las hadas. La gente normal no tendrá problema con un divorcio.

Flynn no cedió ni un centímetro y enseñó los dientes.

—Es hija de *lord Hawthorne.* Siempre va a querer casarse con otra hada.

—Ella aceptó mi oferta.

Con el sí más silencioso e indiferente que jamás había escuchado, pero sí. Una aceptación clara.

Flynn dijo molesto:

—Porque está desesperada y asustada... ¿crees que es un buen estado mental para tomar una decisión informada?

Tharion no apartó la mirada de la de Flynn.

—No veo a nadie más ofreciéndose a ayudarla.

Flynn gruñó:

—Mira, es una niña mimada y vengativa y mala como una serpiente, pero es mi hermana menor.

—Entonces encuentra una alternativa que no incluya su muerte para que pueda salir de aquí.

Flynn miró a Tharion fijamente, con una clara irritación en los ojos. Molestia correspondida por Tharion.

Al otro lado del espacio, Sathia empujó a Dec y Ruhn y caminó hacia ellos. Era de baja estatura, pero tenía una presencia que dominaba la habitación. Sus ojos eran de fuego puro cuando miraron a Tharion.

—¿Vamos a hacer esto?

Ya no quedaba rastro de ese tono silencioso e indiferente.

Bryce, Athalar y Baxian miraban desde el fondo del salón. La Cierva estaba a unos pasos a su lado.

Ninguno de ellos había anticipado que el día transcurriría así. Empezando por Tharion dejando atrás a la

Reina del Océano y terminando con este desastre. Pero si hubiera sido Lesia en lugar de Sathia... él hubiera querido que alguien se ofreciera a ayudarla, fuera un soldado sin fe o no.

Así que Tharion le respondió a Sathia:

—Sí. Hagámoslo.

Morven no desperdició un momento para invocar a la sacerdotisa de Cthona. Como si el bastardo estuviera intentando poner a prueba la oferta de Tharion.

No habían pasado ni cinco minutos cuando Tharion ya tenía una esposa.

—*Tú* —le gruñó Sigrid a Ithan. Su voz rasposa apenas se alcanzaba a escuchar.

Ithan casi no podía procesar lo que estaba escuchando... viendo.

—¿Qué sucedió? —le gritó Jesiba a Hypaxia, quien todavía estaba aferrada a Ithan.

Él, a su vez, estaba retrocediendo junto con la exreina bruja hacia la puerta.

Pero la que respondió fue Sigrid. Empezaron a reventarse más suturas cuando movió el cuello y dejó ver la cicatriz brutal que tenía grabada ahí.

—Llegamos a una puerta. *Ella* quería ir en un sentido... —una sonrisa le deformó la cara—. Yo me fui por el otro.

Hypaxia sacudió la cabeza frenéticamente.

—No quería venir, se me escabulló entre los dedos...

—No tenía ningún interés en dejar ir ese premio —entonó una voz fría.

Incluso Jesiba se puso de pie cuando el Rey del Inframundo apareció en la puerta de la morgue.

Al igual que había hecho esa noche del Equinoccio de Otoño, vestía una túnica oscura y deshilachada que flotaba con una brisa fantasma.

—No tenías derecho —dijo Hypaxia y apartó a Ithan aunque todos los instintos del lobo entraron en acción ante la presencia sobrenatural del Rey del Inframundo, ante su poder atemporal—. No tenías derecho a convertirla...

—¿Acaso no soy el señor de los muertos? —dijo él. Permaneció en la puerta, flotando, como si estuviera parado sobre el aire—. Ella no tuvo Travesía. Su alma estaba ahí para que la tomaran. Le ofreciste una opción, bruja. Yo le ofrecí otra.

Llamó a Sigrid, quien se bajó de la mesa como si estuviera viva. Como si nunca hubiera estado muerta. De no ser por los ojos color verde ácido y las cicatrices, Ithan lo habría creído.

Una Fendyr era una *segadora*. Una mediavida, un cadáver ambulante...

Era un sacrilegio. Una desgracia.

Y todo era su culpa.

—¿Cuál era la opción más atractiva? —dijo el Rey del Inframundo al tomar la mano de Sigrid—. ¿Ser reanimada por ti, Hypaxia, para quedar bajo tu mando y poder... o ser libre?

—Para servirte a ti —corrigió Hypaxia con temple impresionante.

—Mejor que sea mía a que sea tuya —le repuso el Rey del Inframundo. Entonces inclinó la cabeza hacia Ithan—. Joven Holstrom, tienes mi gratitud. Su alma podría haber vagado por siempre. Ahora está en buenas manos.

—¿Qué... qué vas a hacer? —se atrevió a preguntar Ithan.

El Rey del Inframundo bajó la vista a Sigrid y sonrió, dejando a la vista sus dientes demasiado grandes y color café.

—Ven, querida. Tienes mucho que aprender.

Pero Sigrid volteó a ver a Ithan y él jamás había sentido tanto odio por sí mismo como cuando ella le dijo con la voz áspera de un segador:

—Tú me mataste.

—Lo siento.

Las palabras no transmitían lo que quería decir. Nunca lo harían.

—No lo olvidaré.

Él tampoco. Mientras tuviera vida. Le sostuvo la mirada y odió esos ojos verde ácido, la muerte que contenían...

—Hablaremos pronto —le dijo el Rey del Inframundo a Jesiba, más como advertencia que como invitación. Antes de que Jesiba pudiera responder, el Rey del Inframundo y Sigrid desaparecieron en un viento oscuro.

Cuando los restos de sombra se desvanecieron de la morgue, Jesiba dijo:

—Qué desastre.

Hypaxia estaba mirando sus manos, como si estuviera intentando repasar sus acciones y detectar dónde se había equivocado.

Ithan no pudo controlar el temblor que empezó a sacudirlo de pies a cabeza, que lo sacudía hasta los huesos:

—Arregla esto.

Hypaxia no levantó la vista.

Ithan gruñó, su corazón latía a toda velocidad:

—*Arregla* esto.

Jesiba chasqueó la lengua:

—Lo que está hecho, hecho está, cachorro.

—No lo acepto —dijo Ithan enseñándole los dientes. Luego señaló a Hypaxia—: Deshaz lo que acabas de hacer.

Despacio, Hypaxia levantó la vista y lo miró. Desolada, suplicante, agotada.

—Ithan...

—¡ARRÉGLALO! —rugió Ithan. Los instrumentos nigrománticos de la bruja vibraron con el sonido. A él no le importo. Nada le importaba en este puto mundo salvo esto—. *¡ARRÉGLALA!*

Se giró hacia Jesiba

—¿Tú sabías que esto iba a suceder? —dijo con voz quebrada.

Jesiba lo vio con gesto inexpresivo.

—No. Y si vuelves a hablarme en ese tono...

—Tal vez exista una manera —dijo Hypaxia en voz baja.

Incluso la misma Jesiba parpadeó y volteó hacia la exreina bruja junto con Ithan.

—Cuando los muertos cruzan ese umbral al reino de los segadores...

La mirada de Hypaxia se cruzó con la de Ithan y la sostuvo. El dolor se convirtió en determinación pura.

—Si la nigromancia la puede llevar a ese umbral, también la puede traer de regreso.

—¿Cómo? —preguntó Jesiba. Ithan apenas podía respirar.

—Necesitamos un pájaro de trueno.

Jesiba levantó las manos.

—Ya no quedan.

—Sofie Renast era un pájaro de trueno —dijo Ithan, más para sí mismo que para las demás—. Pensábamos que su hermano podría serlo también, pero...

—Sofie Renast está muerta —dijo Jesiba.

Hypaxia se limitó a preguntar.

—¿Dónde está su cuerpo?

La pregunta resonó en la morgue como una sentencia de muerte.

Jesiba entendió antes que Ithan.

—Después de esto —dijo señalando la mesa de exploración donde Sigrid había estado recostada hacía unos minutos, con la sábana en el piso a su lado—, ¿en realidad quieres volver a intentar reanimar a los muertos?

—Sofie lleva muerta demasiado tiempo para ser reanimada —dijo Ithan y volvió a sentir la náusea que le revolvía el estómago. Además, aunque ya no lo dijo, no podía evitar estar de acuerdo con Roga sobre los resultados de Hypaxia hasta el momento.

—Si no le han dado una Travesía, entonces debe funcionar, aunque el estado de descomposición de su cuerpo será... asqueroso —dijo Hypaxia mientras caminaba por la habitación—. Deberá tener suficientes relámpagos todavía en sus venas para cruzar el espacio entre la vida y la muerte. En el pasado los pájaros de trueno ayudaban a los nigromantes usando sus relámpagos para sostener las almas de los muertos. Podían incluso depositar su poder en objetos ordinarios, como armas, y darles propiedades mágicas...

—¿Y tú crees que eso de alguna manera puede deshacer la conversión de Sigrid en un segador? —preguntó Ithan.

—Creo que los relámpagos deberían poder rescatar su alma y traerla de regreso a la vida —dijo Hypaxia—. Y darle la oportunidad de volver a tomar la decisión. Pasar un par de días como segadora podría hacerla cambiar de opinión.

Se hizo el silencio. Ithan miró a Jesiba, pero la hechicera se mantuvo callada, como si estuviera sopesando cada una de las palabras de Hypaxia.

Ithan tragó saliva.

—¿Funcionará?

Jesiba no apartó la mirada de Hypaxia y respondió en voz baja.

—Podría ser.

—Pero ¿dónde está el cuerpo? —continuó Ithan—. Lo último que supe de mis amigos era que estaba en la embarcación de la Reina del Océano. Es posible que ya lo haya expulsado por una esclusa...

—Dame treinta minutos —dijo Jesiba, y no esperó una respuesta antes de salir de la habitación.

No había nada que hacer salvo esperar. Ithan no sentía ganas de hacer nada más que sentarse ante el escritorio viendo sus manos.

Sus manos ineptas y manchadas de sangre.

Había intentado salvar a Sigrid del Astrónomo y sólo había logrado matarla. Y luego había convertido su cadáver en una segadora. Cada una de sus decisiones había pasado de ser algo malo a ser algo peor, incluso algo catastrófico.

Jesiba entró con rapidez por las puertas metálicas de la morgue exactamente treinta minutos más tarde.

—Bueno, fueron necesarios más sobornos de los que me hubiera gustado, pero tengo buenas y malas noticias —declaró.

—Las buenas primero —dijo Ithan y levantó la vista al fin de sus manos.

Hypaxia se había sentado en la otra silla frente al escritorio todo este tiempo. En silencio y pensativa.

—Ya sé dónde está el cuerpo de Sofie —dijo Jesiba.

—¿Y las malas? —preguntó Hypaxia en voz baja.

Jesiba los miró a los dos. Sus ojos grises destellaban.

—Está en Avallen. Con el Rey Ciervo.

50

Ruhn no tenía idea de cómo Bryce había logrado contenerse y no matar a Morven. Honestamente, tampoco tenía idea de cómo lo había logrado él.

Pero no desperdiciaron ni un momento para poner manos a la obra. Aunque Bryce al parecer estaba en el Equipo Cuevas, insistió en ir a los archivos primero.

Los Archivos de Avallen eran tan imponentes y masivos como Ruhn recordaba de su primera y única visita a Avallen. Nunca le habían permitido entrar pero, por su exterior gris e imponente, el edificio le hacía la competencia al *Guerrero de las Profundidades* en tamaño. Una ciudad del aprendizaje encerrada tras puertas de plomo.

Para que tuvieran acceso sólo los linajes reales... los linajes reales masculinos.

—¿Realmente tenemos que *trabajar*? —se quejó Flynn frotándose la cabeza—. ¿No podemos relajarnos un poquito? Este lugar me da mala espina... necesito desestresarme.

Athalar le lanzó un vistazo a Flynn.

—A todos nos da mala espina.

—No —respondió Flynn con seriedad y sacudió la cabeza—. Ya les dije... mi magia *odia* este lugar.

—¿A qué te refieres? —volteó a verlo Bryce.

Flynn se encogió de hombros.

—La tierra se siente... podrida. Como si mi magia no tuviera nada de qué sostenerse ni nada con qué identificarse. Es extraño. Me molestó la primera vez que estuvimos aquí también.

—Se estuvo quejando de eso todo el tiempo —dijo Declan y se ganó un codazo en las costillas de parte de Flynn.

Pero Flynn hizo un movimiento de la barbilla hacia Sathia, quien estaba parada a solas a un par de metros de distancia.

—Tú también lo sientes, ¿no?

Su hermana torció su boca de botón de rosa hacia un lado y admitió:

—Mi magia también se siente incómoda en Avallen. Mi hermano tiene algo de razón.

—Bueno —dijo Bryce—, hay que aguantar, Flynn. Creo que un hada fuerte y ruda como tú puede soportarlo un rato. Ya nos *desestresaremos* en la noche. Mañana nos separaremos en Equipo Archivos y Equipo Cuevas y trabajaremos lo más rápido que podamos —levantó la mano hacia una de las puertas de plomo, pero no la tocó—. Créeme, yo tampoco quiero estar en esta isla miserable un instante más de lo necesario.

—De acuerdo —murmuró Athalar y dio un paso para acercarse a Bryce—. Vamos a averiguar lo que necesitamos y nos largamos de este puto lugar.

—¿Qué es exactamente lo que estamos buscando? —preguntó Sathia—. Todo lo que me han dicho sobre el otro mundo de las hadas y lo que averiguaste allá... Perdón, pero necesito un poco más de orientación para saber qué hacer cuando estemos ahí dentro.

Si todos somos enemigos conocidos de los asteri, ¿qué más da si otra persona se entera de nuestras cosas?, le había preguntado Bryce a Flynn cuando él quiso exigir que Sathia no los acompañara.

Y Sathia se había negado a que la dejaran sola, incluso con la seguridad y libertad de movimiento que estar casada le proporcionaba. *No me voy a quedar encerrada pudriéndome en una recámara,* había dicho y salió dando pisotones detrás de Bryce, quien empezó a explicarle todo lo que había averiguado sobre Theia y sus hijas y la historia de las hadas dentro y fuera de Midgard. No había intercambiado una sola palabra con Tharion desde que pronunciaron sus votos de matrimonio... y el mer estaba perfectamente de acuerdo con eso también.

Todo era una puta locura. Pero Ruhn había escuchado lo que Lidia le dijo a Bryce... sobre nunca haber tenido alguien que luchara por ella. No le había sentado bien.

Ruhn se atrevió a mirar en dirección de Lidia, que levantaba la vista a la altísima entrada de los archivos. Al príncipe hada no le había pasado desapercibida la sorpresa de Morven cuando se dio cuenta de que ella estaba en su salón del trono. Y cuando partieron, el Rey Ciervo parecía tener la intención de hablar con Lidia, pero la Cierva pasó a su lado rápidamente antes de que pudiera abrir la boca.

Los ojos dorados de Lidia se deslizaron hacia los de Ruhn y él podría haber jurado que un latido de fuego puro le había circulado por el cuerpo...

Apartó la mirada rápido.

Sathia le preguntó a Bryce:

—¿Y qué sucedería si no encuentras las respuestas que estás buscando?

—Entonces estamos jodidos —dijo Bryce simplemente y al fin posó la palma de la mano sobre las puertas de los archivos. Un estremecimiento pareció recorrer el metal.

Con un crujido, las puertas se abrieron hacia adentro y no revelaron nada salvo la penumbra salpicada de sol del interior. Ruhn intercambió miradas con Dec, quien alzó mucho las cejas al notar la muestra de sumisión del edificio. Bryce entró rápido, con Athalar y Baxian pisándole los talones.

—¿Entonces de verdad tienes la intención de entrar a la Cueva de los Príncipes? —le preguntó Sathia a Bryce al entrar al edificio sombrío.

—Sé que es probable que mi presencia femenina haga que las cuevas se colapsen de pura indignación —dijo Bryce y su voz hizo eco en el enorme domo que estaba sobre sus cabezas—, pero sí.

Ruhn rio un poco y levantó la vista hacia el domo. Era un mosaico de rocas de ónix intercaladas con trozos de ópalo y diamante: estrellas. Una luna creciente de nácar puro ocupaba el punto más alto, brillando en la penumbra. Lucía inquietantemente similar a las uñas afiladas de la Reina del Océano.

Sathia siguió a Bryce y preguntó con voz suave:

—Y… ¿en serio es ésa? ¿La daga?

—Es asombroso, lo sé —dijo Bryce—. Una chica fiestera es la portadora de la profecía…

—No —dijo Sathia—. No estaba pensando en eso.

Bryce se detuvo un momento y volteó a verla. Ruhn sabía que Athalar estaba monitoreando cada palabra, cada movimiento de Sathia, cuando la hermana de Flynn aclaró:

—Estaba pensando en lo que significa. No sólo en lo que respecta a los asteri y tu conflicto con ellos, sino en lo que significa para las hadas.

—Un montón de nada —dijo Flynn con un resoplido.

—Siempre nos han dicho que nuestra gente se uniría cuando regresara ese cuchillo —lo contradijo Sathia bruscamente. Su tono se suavizó cuando se dirigió a Bryce—. ¿Eso es parte de… el plan que tienes? ¿Unir a las hadas?

Bryce estudio las hileras e hileras de repisas y dijo con frialdad:

—Las hadas no merecen ser unidas.

Incluso Ruhn se quedó congelado. Nunca había pensado qué haría Bryce como líder, pero…

—Ven, Quinlan —dijo Athalar. La abrazó por los hombros y cambió de tema con decisión—, vamos a explorar.

—Sí, sí —murmuró Bryce—. Supongo que no podemos esperar que haya un catálogo digital, así que… me temo que tendremos que hacerlo a la antigua —dijo y señaló al frente, al muro entero que ocupaba el tarjetero con el catálogo—. Busquen cualquier mención de la espada y el cuchillo, lo que sea sobre la niebla que resguarda este lugar, Pelias y Helena... Tal vez incluso cosas sobre los primeros días de Avallen, ya sea durante las Primeras Guerras o justo después.

—Eso es... mucho que buscar —dijo Flynn.

—Apuesto que estás deseando haber aprendido a leer —dijo Sathia y se dirigió al catálogo.

—¡Sí sé leer! —dijo Flynn molesto. Luego murmuró—: Solamente que es aburrido.

Ruhn ahogó una risotada y el sonido se repitió cerca de él: Lidia.

De nuevo, esa mirada entre ambos. Ruhn dijo con algo de torpeza:

—Pues manos a la obra.

Un catálogo de esas dimensiones podría implicar días de trabajo, en especial porque no había bibliotecario o investigador a la vista. De hecho, todo el lugar tenía aspecto descuidado. Vacante. El castillo también, así como la pequeña ciudad y el territorio circundante.

A Ruhn todo le había parecido tan misterioso, tan extraño, en su visita hacía décadas: la legendaria isla de niebla de Avallen. Ahora sólo podía pensar en Cormac, que había crecido aquí, entre la penumbra y el silencio. Todo ese fuego, sofocado por este sitio.

Y sin embargo, su primo amaba a su gente, quería hacer lo correcto por ellos. Por todo Midgard también.

Tenía que haber algo bueno en este lugar, si Cormac había salido de aquí. Ruhn simplemente no alcanzaba a ver qué.

Las hadas no merecen ser unidas.

Las palabras de Bryce flotaban en el aire, como si todavía estuvieran haciendo eco en el domo en las alturas. Y Ruhn no sabía por qué, pero conforme las palabras se iban asentando en la oscuridad... lo ponían triste.

Después de unos minutos de tensión, Declan declaró:

—Bueno, pues *esto* es interesante.

Estaba en la mesa más cercana, tenía desenrollado frente a sí algo que parecía ser un montón de mapas. Uno grande, de Midgard, estaba extendido hasta arriba.

Ruhn caminó hacia su amigo, agradeciendo la distracción.

—¿Qué?

Los demás hicieron lo mismo y se reunieron alrededor de la mesa.

Dec señaló Avallen en el mapa. El papel estaba amarillento por la edad a pesar de los hechizos de preservación que tenía.

—Pensé que ver mapas viejos nos podría dar pistas sobre la niebla... o sea, ver cómo la representaban los antiguos cartógrafos y eso. Y miren qué me encontré.

Athalar se frotó el cuello y dijo:

—Aunque me estoy arriesgando a hacer el ridículo... ¿qué es lo que estoy viendo?

—Hay islas aquí —dijo Declan—. Docenas.

Entonces lo vieron.

—No debería haber ninguna isla alrededor de Avallen —dijo Ruhn.

Bryce se acercó más y recorrió el archipiélago con los dedos.

—¿De cuándo es este mapa?

—De las Primeras Guerras —dijo Dec y sacó otro mapa de abajo del montón—. Esto es Midgard hoy. No hay islas en esta área excepto en la que estamos.

—Entonces... —dijo Baxian.

—*Entonces* —dijo Dec, irritado—, ¿no es extraño que *hubiera* islas hace quince mil años y que ahora ya no existan?

Tharion se aclaró la garganta.

—Bueno, el nivel del mar cambia...

Dec los miró a todos con gesto fulminante y sacó un tercer mapa.

—Este mapa es de cien años después de las Primeras Guerras.

Ruhn lo miró. No tenía islas.

Al otro lado de la mesa, Lidia estaba estudiando los distintos mapas en silencio. Levantó la mirada para ver a Ruhn y él no pudo evitar que se le acelerara el corazón, que su sangre empezara a latir al sentir su cercanía...

—Todas esas islas —murmuró Bryce— desaparecieron en cien años.

—Justo después de la llegada de los asteri —agregó Athalar y Ruhn apartó la mirada de Lidia el tiempo suficiente para considerar lo que tenían frente a ellos.

Dijo:

—Bueno, Avallen, a pesar de la niebla, claramente no ha tenido inconveniente en revelar su forma y línea costera a los asteri para los mapas oficiales del imperio. ¿Por qué ocultar las islas?

—No hay islas —dijo Sathia en voz baja—. Las que están en ese primer mapa... —señaló la costa noroeste—. Nuestro barco llegó aquí desde esa dirección. No vimos una sola isla. La niebla podría ocultar algunas, pero deberíamos haber visto aunque fuera unas cuantas.

—Nunca he escuchado o visto ninguna mención sobre islas adicionales aquí —agregó Flynn.

Guardaron silencio y miraron los tres mapas como si les fueran a revelar un gran secreto.

Dec finalmente sacudió la cabeza. Algo había ocurrido aquí hacía mucho tiempo... algo grande. ¿Pero qué?

—¿Y —murmuró Lidia, y la cadencia de su voz hizo que un escalofrío de placer recorriera la columna vertebral de Ruhn— este conocimiento es de alguna manera útil para nosotros?

Bryce dio unos golpecitos con la mano sobre el mapa más antiguo; Ruhn casi podía ver los engranes girar en su cabeza.

—En sus recuerdos, Silene mencionó la isla que alguna vez formó parte de su corte —dijo Bryce y su rostro parecía indicar que estaba muy lejos, como si estuviera intentando recordar las palabras exactas—. Dijo que la tierra se había... marchitado. Que cuando empezó a encerrar a esos monstruos para ocultar la presencia del Arpa, la isla de la Prisión se volvió un territorio estéril. Y la Reina del Océano dijo que las islas literalmente se habían marchitado y desaparecido en el mar por la desesperanza cuando llegaron los asteri.

—¿Y entonces? —preguntó Flynn.

Bryce volvió a enfocar la mirada.

—Me parece extraño que dos fortalezas de las hadas, ambas islas, fueran originalmente archipiélagos y luego *ambas* perdieron todo salvo la isla central tras la llegada de... fuerzas desagradables.

Ruhn levantó las cejas.

—No puedo creer que, por una vez, nos hayas dicho de verdad lo que estás pensando.

Bryce le hizo una seña obscena con el dedo y Athalar rio. Ella asintió de manera decisiva.

—Equipo Archivos: sigan investigando esto.

Los demás se dispersaron de nuevo para continuar con su investigación, pero Bryce tomó a Ruhn del codo antes de que pudiera alejarse.

—¿Qué? —le preguntó él y bajó la vista hacia el sitio donde lo sostenía.

La mirada de Bryce era decidida.

—No nos podemos dar el lujo de perder más tiempo.

—Lo sé —dijo Ruhn—. Buscaremos lo más rápido que podamos.

—Unos cuantos días —dijo Bryce y lo soltó del brazo. Miró en dirección de las puertas cerradas del edificio de los archivos, hacia la isla detrás de ellas—. No creo que tengamos más que eso antes de que Morven pase por alto el riesgo a su gente y decida que es más conveniente compartirle a los asteri que estamos aquí. O antes de que los místicos de los asteri nos localicen.

—Tal vez la niebla también mantenga alejados los ojos de los místicos —sugirió Ruhn.

—Puede ser, pero preferiría no averiguarlo por las malas. Unos cuantos días, Ruhn, y luego nos largaremos de aquí.

—Recorrer las cuevas podría tomarles más tiempo —advirtió Ruhn—. ¿Estás segura de que hay algo que valga la pena encontrar? Hasta donde yo alcancé a ver, eran sólo cosas decorativas en las paredes y un montón de túneles llenos de niebla. Podríamos terminar más rápido en los archivos si todos juntos revisamos el catálogo.

—Tengo que ir a ver las cuevas —dijo Bryce en voz baja—. Por si acaso.

Entonces él se dio cuenta de lo que estaba diciendo, le cayó como un balde de agua fría. Bryce no estaba del todo segura de *poder* encontrar algo que le ayudara a unir las armas. Para matar a los asteri.

Así que Ruhn le apretó el hombro.

—Lo averiguaremos, Bryce.

Ella le ofreció una sonrisa apesadumbrada. Ruhn sólo pudo ofrecerle una igual en respuesta.

No encontraron nada más sobre las islas faltantes, la niebla o la espada y el cuchillo en las horas que pasaron explorando el catálogo. Apenas habían revisado una fracción de la colección cuando Bryce dijo que era hora de cenar. Tenía las manos muy resecas por todo el polvo que había manipulado.

En silencio, el grupo caminó al comedor del castillo. El puto día había sido muy largo. Cada uno de sus pasos agotados parecía hacer eco de esa sensación.

El comedor estaba vacío, aunque les habían dispuesto una pequeña barra de buffet.

—Supongo que llegamos temprano —dijo Tharion cuando el grupo recorrió con la vista la habitación alumbrada por fuego. Sus tapices desgastados representaban cacerías de hadas de hacía mucho tiempo. Su presa estaba tirada al centro de uno de los tapices: un caballo blanco con collar y cadena.

Bryce se sobresaltó. No era un caballo. Era un caballo *alado*.

Así que habían sobrevivido aquí, entonces... al menos por unas generaciones. Antes de que se extinguieran o que las hadas lo cazaran hasta extinguirlos.

—No llegamos temprano —dijo Sathia al lado de Tharion con la expresión tensa—. La cena formal empezó hace quince minutos. Si tuviera que adivinar, todos los demás se trasladaron a otra ubicación.

—¿Nadie quiere comer con nosotros? —preguntó Hunt.

Bryce dijo:

—Probablemente les parece indigno juntarse con alguien de nuestra calaña.

Hunt, Baxian y Tharion voltearon a verla con expresión incrédula. Bryce se encogió de hombros y agregó:

—Bienvenidos a mi vida.

Hunt estaba frunciendo el ceño y Bryce le dijo, incapaz de contenerse:

—No tienes que sentirte culpable por eso, sabes.

Él la miró molesto y los demás optaron por alejarse.

—¿Qué quieres decir con eso? —preguntó Hunt en voz baja.

No era el momento ni el lugar para hablar, pero Bryce dijo:

—No logro leerte. No sé si siquiera quieres estar aquí o no.

—Por supuesto que quiero —gruñó Hunt y le destellaron los ojos.

Ella no se retractó.

—Un momento estás muy involucrado y al siguiente estás meditabundo y sintiéndote culpable...

—¿No tengo derecho a sentirme así? —siseó él. Los demás ya habían llegado a la mesa.

—Sí lo tienes —dijo ella y mantuvo la voz baja a pesar de que sabía que los demás los alcanzaban a escuchar.

Una de las desventajas de juntarse con vanir—. Pero cada uno de nosotros tomó decisiones que nos condujeron a esto. El peso no recae sólo en ti y no es...

—No quiero hablar de esto —dijo Hunt y empezó a avanzar hacia el centro de la habitación.

—Hunt —empezó a decir ella.

Él continuó caminando y pegó las alas al cuerpo.

Al otro lado de la habitación, su mirada se cruzó con la de Baxian, que estaba sacando una silla para sentarse a la mesa. *Dale tiempo,* parecía estar diciendo la mirada del Mastín del Averno. *Sé gentil con él.*

Bryce suspiró y asintió. Podía hacer eso.

Se sirvieron y se sentaron ante esa mesa enorme que podía reunir a cuarenta comensales. Ruhn, Flynn, Sathia y Dec estaban en un grupo; Tharion, Baxian, Hunt y Bryce en otro. Lidia se adueñó de una silla junto a Bryce y definitivamente *no* miraba en dirección a Ruhn, quien los observaba desde el otro lado de la mesa.

—Entonces esto es Avallen —dijo Lidia y rompió el silencio incómodo.

—Ya sé —murmuró Bryce—. Estoy tratando de levantar la mandíbula del piso.

—Me recuerda la casa de mi padre —dijo Lidia en voz baja y empezó a comer sus papas y carnero. Era comida sustanciosa y sencilla. En definitiva, no era el festín elegante que Morven y su corte estarían disfrutando en otro sitio.

—Ambos deben estar suscritos a *Vida medieval* —dijo Bryce y la boca de Lidia se curvó un poco como formando una sonrisa.

Era tan raro ver a la Cierva *sonreír*. Como una persona.

Los hombres debieron estar pensando lo mismo, porque Baxian preguntó:

—¿Cuánto tiempo, Lidia? ¿Desde hace cuánto te convertiste en espía?

Lidia siguió cortando su carne con delicadeza.

—¿Hace cuánto que *tú* empezaste a creer en la causa?

—Desde que conocí a mi pareja, Danika Fendyr. Hace cuatro años.

Bryce sintió un dolor en el pecho al escuchar el orgullo en la voz de Baxian... y el dolor. Le picaban los dedos por estirar la mano encima de la mesa para tomar la de él como había hecho la noche anterior.

Pero Lidia parpadeó despacio. Y dijo con suavidad:

—Lo siento, Baxian.

Baxian asintió en reconocimiento de las palabras de Lidia. Luego le dijo a ella y a Hunt:

—No logro superar la idea de estar aquí con ustedes dos. Considerando dónde nos encontrábamos hace no tanto tiempo. Quiénes éramos.

—Apuesto que es así —murmuró Bryce.

Hunt probó el filo del cuchillo con el pulgar y luego empezó a cortar su propia carne.

—Los caminos de Urd son misteriosos, supongo.

A Lidia le brillaron los ojos. Hunt levantó su vaso de agua hacia ella.

—Gracias por salvarnos.

—No fue nada —respondió ella y regresó a cortar su carnero.

Baxian dejó el tenedor en el plato.

—Lo arriesgaste todo. Estamos en deuda contigo.

Bryce bajó la mirada a la mesa y notó que Ruhn estaba observándolos. Lo miró deliberadamente como para decirle, *Participa en la conversación, cabrón*, pero Ruhn la ignoró.

Lidia sonrió a medias:

—Encuentren la manera de matar a los asteri y estaremos a mano.

El resto de la cena transcurrió básicamente en silencio y Bryce empezó a sentirse cada vez más cansada. Para cuando terminó su comida, sólo quería irse a recostar a alguna parte. Por fortuna, *una* persona del castillo se dignó a hablar con ellos: una mujer hada mayor que les dijo, malhumorada, que les mostraría dónde estaban sus habitaciones.

Aunque no eran bienvenidos, al menos les dieron unas recámaras decentes, todas en el mismo pasillo. Bryce en realidad no se fijó quién iba a dormir con quién y se concentró sólo en que le mostraran su propia habitación, pero no le pasó desapercibido el momento incómodo cuando les dieron la misma recámara a Tharion y a Sathia a mitad del pasillo.

Bryce suspiró cuando ella y Hunt entraron a su propia recámara. Deseó tener la energía para hablar con Ruhn, para realmente profundizar en cómo había sido para él estar en este lugar, cómo se sentía, pero...

—Necesito acostarme —dijo Bryce y se dejó caer de cara sobre la cama.

—Hoy fue un día extraño —dijo Hunt mientras le ayudaba a quitarse la espada y la daga, que seguían en sus fundas. Las colocó con cuidado experto a un costado de la cama y luego le dio la vuelta a Bryce.

—¿Estás bien?

Bryce miró hacia arriba, hacia la cara del ángel... el halo en su frente.

—En verdad espero que encontremos algo aquí que valga la pena.

Hunt se sentó a su lado y se quitó también las armas para colocarlas sobre una mesa de noche.

—¿Ahora estás preocupada de que no encontremos nada?

Bryce se puso de pie. No podía quedarse quieta a pesar de su agotamiento. Empezó a caminar frente al fuego que crepitaba en la chimenea.

—No sé. En realidad no era que estuviera esperando encontrarme con un gran letrero de neón en los archivos que dijera *¡Respuestas aquí!*, pero si los asteri están persiguiendo a la familia de Flynn...

No se había permitido a sí misma pensar sobre esto antes. No podía hacer nada desde acá, sin teléfono ni servicio de interredes.

—Luego van a perseguir a la mía —agregó.

—Randall y Ember saben cuidarse a sí mismos —dijo Hunt, pero se puso de pie y caminó hacia ella para tomarla de las manos—. Van a estar bien.

Las manos de Hunt se sentían tibias, sólidas, al envolver las de ella. Bryce cerró los ojos al sentir su roce y saboreó el amor y el consuelo que le proporcionaban.

—Vamos a lograrlo, Quinlan. Si viajaste entre mundos... Con un carajo, esto no se compara.

—No tientes a Urd.

—No lo estoy haciendo. Sólo te estoy diciendo la verdad. No pierdas la fe ahora.

Bryce suspiró y volvió a examinar la frente tatuada del ángel.

—Necesitamos encontrar una manera de quitarte esto.

—No es una gran prioridad.

—Lo es. Necesito que tengas tu poder al máximo —dijo, pero sintió que las palabras no eran las correctas. Así que corrigió—: Necesito que estés libre de ellos.

—Lo estaré. Todos lo estaremos.

Ella vio sus ojos oscuros y le creyó.

—Lamento lo de antes. Si te presioné demasiado.

—Estoy bien —dijo él. Pero su voz no sonaba bien.

—No estaba intentando decirte cómo sentirte —dijo ella—. Sólo quería que supieras que ninguno de nosotros, en especial yo, creemos que tú seas el responsable de toda esta mierda. Somos un equipo.

Él bajó la vista y ella odió la carga que él sentía sobre su cabeza y que hacía que sus alas colgaran bajas.

—No sé si puedo hacer esto otra vez, Bryce.

Ella sintió que el corazón se le estrujaba.

—¿Hacer qué?

—Tomar decisiones que cuesten la vida de la gente —dijo Hunt. Levantó la vista y ella pudo ver sus ojos desolados—. Fue más fácil para Shahar, sabes. A ella no le importaban las vidas de los demás, no en realidad. Y murió tan rápido que no tuvo que soportar el peso de la culpa. A veces la envidio por eso. Antes sí la envidaba por eso, por escapar de todo al morir.

—Ésas son palabras del Umbra Mortis —dijo Bryce. Estaba buscando decir algo gracioso en medio de la avalancha de dolor y preocupación que percibía en aquellas palabras, el tono muerto de su voz.

—Tal vez necesitamos al Umbra Mortis en este momento.

A ella no le gustó eso. Nada.

—Necesito a Hunt, no a un asesino con casco. Necesito a mi pareja —dijo y le besó la mejilla—. Te necesito a *tí*.

La oscuridad de los ojos del ángel se disipó un poco y eso le aligeró el corazón a Bryce. Sintió que el alivio la recorría.

Le volvió a besar la mejilla.

—Sé que deberíamos lavarnos para dormir y usar el orinal o lo que sea que tengan en este museo en vez de excusados, pero...

—¿Pero? —dijo Hunt y arqueó las cejas.

Bryce se puso de puntas y rozó su boca contra la de él. Y su sabor... Dioses, sí.

—Pero necesito sentirte a ti primero.

Él la apretó de la cintura.

—Carajo, sí, gracias.

Había más cosas que debían discutir, por supuesto. Pero por lo pronto...

Bajó su cara hacia la de ella y Bryce se acercó a él. El beso fue minucioso y abierto y, simplemente... dicha. Hogar y eternidad y todo por lo que había luchado. Todo por lo que continuaría luchando.

Por la forma en que Hunt correspondió al beso, Bryce supo que él también se sentía como ella. Tuvo la esperanza de que eso terminara de arrasar con cualquier resto de remordimiento.

—Te amo —le dijo él hacia su boca y profundizó el beso.

Ella ahogó un sollozo de alivio y envolvió sus brazos alrededor de su cuello. Las manos de Hunt se deslizaron hacia su trasero y él la levantó para caminar hacia la enorme cama con cortinas.

La ropa empezó a desaparecer. Las bocas se juntaron y exploraron y probaron. Los dedos acariciaron y tocaron. Después, Hunt ya estaba sobre ella y Bryce dejó que su dicha y su magia brillara por todo su cuerpo.

—Mírate —exhaló Hunt. Su cadera se movía debajo de las manos de Bryce y su pene insinuaba con entrar en ella—. Mírate.

Bryce sonrió y permitió que su poder brillara más en su cuerpo: una luz astrogénita tan plateada que proyectaba sombras sobre la cama.

—¿Te gusta?

El movimiento de Hunt, que la penetró hasta el fondo, fue su respuesta.

—Eres tan bella, carajo —susurró.

Los relámpagos se acumularon alrededor de sus alas, de su frente, como si su poder no pudiera evitar responder al de ella, incluso con el halo que lo atenuaba.

Bryce gimió cuando él se movió hacia atrás, casi saliendo de ella, y luego volvió a entrar de golpe.

Hunt inclinó la cadera para poder penetrarla más profundamente. Y cuando su pene llegó hasta su límite más interno, con los relámpagos destellando sobre ella, dentro de ella...

Pareja. Esposo. Príncipe. *Hunt.*

—Sí —dijo Hunt y ella se dio cuenta de que debió haber pronunciado las palabras que estaba pensando en voz alta porque los movimientos de la cadera del ángel se volvieron más pronunciados, más intensos.

—Carajo, te amo, Bryce.

La magia de Bryce aumentó al escuchar sus palabras, una ola creciente. O tal vez era su clímax, que crecía junto con la magia. Nunca tendría suficiente de él, nunca podría estar lo bastante cerca de él, necesitaba estar *en* él, en su misma sangre...

—Por Solas, Bryce —gruñó Hunt mientras seguía entrando en ella con movimientos largos y sensuales—. No puedo...

Ella no quería que lo hiciera. Le enterró las uñas en las nalgas con una urgencia profunda y silenciosa.

—Bryce —le advirtió, pero no dejó de moverse en su interior. Los relámpagos crujieron y se deslizaron alrededor de ambos, una avalancha que corría hacia ella.

—No pares —suplicó Bryce.

Sus magias chocaron... sus almas. Ella se esparció por las estrellas, por las galaxias, con relámpagos extendiéndose a su paso.

Tuvo la vaga noción de que Hunt había sido lanzado junto con ella, de su grito de éxtasis y sorpresa. Supo que sus cuerpos permanecieron unidos en un mundo distante pero aquí, en este espacio entre espacios, todo lo que eran se había fundido en uno solo, habían cruzado al otro lado y se habían transferido y se habían convertido en algo *más*.

Las estrellas y planetas y nubes arcoíris de nebulosas formaban remolinos a su alrededor, cortando la oscuridad con relámpagos más brillantes que el sol. El sol y la luna unidos en un equilibrio perfecto, suspendidos en el mismo cielo. Y debajo de ellos, muy abajo, podía ver Avallen, vibrando con su magia, tanta magia, como si Avallen fuera la misma fuente, como si *ellos* fueran la misma fuente de toda la magia y la luz y el amor...

Luego empezó a disminuir. A retroceder hacia un color más apagado y aire tibio y respiración agitada. El peso del cuerpo de Hunt sobre el de ella, su pene pulsando dentro de su cuerpo, sus alas abiertas encima de ellos.

—Carajo —dijo Hunt y se levantó lo suficiente para poderla ver—. *Carajo.*

Lo que había sucedido había sido más que coger, que sexo o que hacer el amor. Hunt la miró y tenía luzastral todavía titilando en su cabello, al igual que ella sabía que tenía relámpagos en el suyo.

—Sentí como si mi poder entrara en ti —dijo Hunt y siguió con la mirada los relámpagos que se deslizaban por el cuerpo de ella—. Es... tuyo.

—Y el mío es tuyo —dijo ella y tocó una chispa de luzastral que brillaba entre los mechones azabaches de su cabello.

—Me siento raro —admitió él, pero no se movió—. Me siento...

Ella lo percibió entonces. Lo comprendió al fin. Lo que siempre había sido, cómo había aprendido a llamarlo en ese otro mundo.

—Convertido —susurró Bryce con un dejo de temor—. Así es como se siente. El poder que puede fluir entre nosotros... mi poder convertido que proviene del Cuerno también lo puede hacer.

Hunt se miró a sí mismo, vio el lugar donde sus cuerpos seguían unidos. Ella sintió entonces una punzada de culpabilidad por no decirle aún todo lo que sabía sobre los otros objetos convertidos en el universo: sobre la Máscara, los Tesoros.

—Supongo que fluye en ambos sentidos: mi poder hacia ti y el tuyo hacia mí.

Hunt sonrió y estudió la habitación a su alrededor.

—Al menos parece que ya estamos más allá de acabar en un lugar distinto cada vez que cogemos.

Bryce ahogó una risotada.

—Es un alivio. No creo que a Morven le hubiera gustado que nuestros traseros desnudos aterrizaran en su recámara.

—Definitivamente no —dijo Hunt y le besó la frente. Le apartó un mechón de cabello de la cara—. ¿Pero cuál es la diferencia de que estemos conectados de esta manera?

Bryce levantó la cabeza para besarlo.

—Es otra cosa que tendremos que averiguar.

—Equipo Cuevas hasta el final —dijo él contra su boca.

Ella rio y sus alientos se mezclaron, se entrecruzaron al igual que sus almas.

—Te dije que debería haber mandado hacer unas camisetas.

51

Tharion estaba de pie en la recámara antigua de paredes de roca, con todo y su cama con cortinas y tapices en los muros, sin una idea de qué decirle a su esposa.

Al parecer, Sathia Flynn tampoco tenía idea de qué decirle a él, porque se sentó en una silla de madera labrada frente al fuego crepitante y se quedó mirando las llamas.

Apenas habían intercambiado un par de palabras en todo el día. Pero ahora, tendrían que compartir una recámara...

—Tú puedes quedarte con la cama —dijo él con palabras que sonaron demasiado fuerte, demasiado grandes en esa habitación.

—Gracias —dijo ella y se abrazó a sí misma. La luz de la chimenea bailaba en su cabello castaño claro y hacía brillar algunos de sus mechones dorados.

—Yo no... eh, no espero nada.

Eso hizo que ella lo mirara con ironía por encima del hombro.

—Qué bien. Yo tampoco.

—Qué bien —repitió él, luego hizo una mueca y caminó hacia la ventana.

Fuera, la noche sin estrellas era como un muro negro, interrumpido sólo por algunas fogatas que centelleaban en las cabañas de las granjas.

—¿En algún momento deja de ser tan... sombrío este lugar?

—Ésta es mi primera visita, así que no te sabría decir —respondió ella con un tono algo cortante, como si normalmente no estuviera acostumbrada a hablarle a las personas. Añadió—: Espero que sí.

Tharion caminó hacia la silla de madera que estaba frente a la de Sathia y se sentó. El maldito mueble era duro como un demonio. Se acomodó para intentar encontrar una mejor posición, pero se dio por vencido tras un segundo y dijo:

—Empecemos por el principio. Me llamo Tharion Ketos. Soy el excapitán de inteligencia de la Reina del Río...

—Sé quién eres —dijo ella en voz baja. El tono de sus palabras contrastaba con la tranquilidad de acero de sus ojos.

Él arqueó una ceja.

—Ah, ¿sí? ¿Cosas buenas o malas?

Ella sacudió la cabeza.

—Yo soy Sathia Flynn, hija de lord Hawthorne.

—¿Y?

Ella ladeó la cabeza. Unos cuantos mechones de su larga cabellera se resbalaron desde su hombro.

—¿Qué más hay?

Él fingió pensarlo.

—¿Color favorito?

—Azul.

—¿Comida favorita?

—Tarta de frambuesa.

Él dejó escapar una risa.

—¿En serio?

Ella frunció el ceño.

—¿Qué tiene de malo?

—Nada —dijo él. Luego añadió—: La mía son las frituras de queso.

Ella dejó escapar un asomo de risa. Pero se desvaneció mientras preguntaba:

—¿Por qué?

Él empezó a contar sus motivos en los dedos de una mano.

—Son crujientes, son de queso...

—No. Quiero decir... ¿por qué hiciste esto?

Movió una mano al aire, entre ellos.

Tharion consideró cómo iba a presentarle su historia, pero...

—Creo que será mejor si este acuerdo entre nosotros es honesto —suspiró—. Soy un hombre buscado. La Reina Víbora le ha puesto precio a mi cabeza y ofrece cinco millones de marcos de oro por ella.

Ella se atragantó.

—¿Qué?

—Sorpresa —dijo él. Luego agregó—: Lo lamento. Siento que... tal vez debería haber mencionado esto antes.

—¿Tú crees? —dijo ella, pero se recuperó y sus facciones pálidas adoptaron una actitud tranquila que se notaba tenía muy ensayada antes de preguntar por tercera vez:

—¿Por qué?

—Yo... tal vez sea indirectamente responsable de quemar el Mercado de Carne y ahora me quiere matar. Eso sucedió después de que desertara de la Reina del Río, quien, eh, también me quiere matar. Y después la Reina del Océano me dio asilo y me prohibió dejar su embarcación, pero desobedecí su orden y me escapé y ahora aquí estoy y... En realidad estoy haciendo un pésimo trabajo para hacerme parecer atractivo, ¿verdad?

—Mi padre se va a caer muerto —dijo Sathia. Algo similar a una diversión maliciosa brilló en su mirada.

Él podía trabajar con alguien con sentido del humor.

—A pesar del gusto que me da escuchar eso —dijo Tharion y le compartió unos milímetros más de sonrisa—, todo esto es mi manera de decir que... la he cagado muchas veces.

Tharion tuvo una visión del cadáver de Sigrid y apartó la imagen de su mente

—Demasiadas —agregó.

—¿Entonces esto es un intento de alcanzar la redención? —preguntó ella. Toda la diversión desapareció de su cara.

—Es un intento por poder volverme a ver al espejo —dijo él directamente—. Saber que hice algo bueno, en algún momento, para alguien más.

—Está bien —dijo ella y devolvió su atención al fuego en la chimenea.

—Pareces estar, eh... bastante tranquila con todo esto del matrimonio.

—Crecí sabiendo que mi destino me conduciría al altar —respondió ella. Sus palabras eran inexpresivas.

—Pero pensabas que ibas a casarte con un hada...

—No me interesa en particular hablar sobre las cosas que se han esperado de mí toda mi vida —dijo con el tono imperioso de una reina—. Ni las puertas que ahora se me han cerrado. Estoy viva y no tuve que casarme con el Patán Uno ni con el Patán Dos, así que, sí, estoy *tranquila* con eso.

—El tema de la intromisión en las mentes no te conquistó, ¿eh?

—Son unos brutos y unos abusivos. Incluso sin sus dones mentales, los aborrezco.

—Es bueno saber que tienes estándares —dijo Tharion y le extendió la mano—. Gusto en conocerte, Sathia.

Ella aceptó su mano con cautela. Sus dedos se sentían delicados contra los de él, pero su apretón era firme... decidido.

—Es un gusto conocerte a ti también... esposo.

La aurora se asomó sobre Avallen, aunque Lidia nunca había visto una salida de sol tan sombría. Ciertamente no estaba del mejor humor para apreciar cualquier amanecer, despejado o nublado, dado lo inquieta que pasó la noche, pero mientras estaba en uno de los pequeños balcones del castillo con vista a las colinas de la campiña, con los brazos apoyados en el barandal de roca cubierto de liquen, no pudo evitar preguntarse si Avallen veía la luz del sol en algún momento.

La ciudad, que era más bien un poblado, había sido construida en la cima de una colina escarpada y tenía vistas desde todas las calles hacia los campos verdes que la rodeaban. El territorio era una cuadrícula de pequeñas granjas y casitas pintorescas. Una tierra perdida en el tiempo, y no de una manera positiva.

Incluso Ravilis, la fortaleza que fue de Sandriel, era más moderna que esto. No había ni siquiera un rastro de luzprístina en ninguna parte. Las hadas aquí usaban velas.

Y al parecer les habían dado la orden, a juzgar por las calles anormalmente silenciosas, de rechazar a los visitantes todo el tiempo. Pero ella podría haber jurado que incontables hadas la estaban observando desde sus ventanas cerradas en las casas antiguas que flanqueaban las calles sinuosas que subían hacia el castillo. Siempre supo que Morven gobernaba con puño de hierro, pero esta sumisión iba más allá de lo que ella esperaba.

Apenas había conciliado el sueño anoche. No había podido dejar de ver los rostros de sus hijos cuando se fue de aquella habitación, o cómo se habían fusionado con el recuerdo de sus caras cuando eran bebés, cómo habían estado durmiendo apaciblemente, tan hermosos en sus cunas esa última noche, cuando los miró por última vez y se marchó. Salió del *Guerrero de las Profundidades* en un sumergible.

Se había sentido como la muerte, entonces y ahora. Se había sentido como si Luna le hubiera disparado una flecha envenenada y como si ella se estuviera desangrando, con una herida invisible que goteaba hacia el mundo y no había nada que pudiera hacerse jamás para sanar esa herida.

Lidia se frotó la cara con las manos y sintió heladas sus mejillas. Tal vez hubiera sido mejor no haberlos visto de nuevo. Nunca haber regresado a esa embarcación y no haber reabierto esa herida.

No había tortura que Pollux o Rigelus pudieran haber inventado para que algo le doliera más que esto. El viento helado la azotaba y gemía entre las calles angostas de la ciudad antigua envuelta en niebla.

Abajo, en el patio, Bryce y Athalar, Baxian, Tharion y la nueva esposa del mer se preparaban para salir. Ruhn y sus dos amigos estaban con ellos, hablando en voz baja. Sin duda repasando todo lo que sabían sobre la Cueva de los Príncipes una vez más.

En realidad no sabía por qué había salido: ellos no se habían molestado en avisarle que se irían ni en invitarla a verlos partir. Baxian al fin levantó la vista, ya fuera porque la percibió o porque la vio, y levantó la mano en despedida. Lidia le devolvió el gesto.

El resto del grupo también volteó. Bryce ondeó la mano con un poco más de entusiasmo que los demás.

Flynn y Dec sólo le asintieron. Ruhn se limitó a levantar la vista antes de apartar la mirada. Con un último abrazo para su hermana, el príncipe hada caminó de regreso al castillo y desapareció de la vista junto con sus dos amigos. Bryce y su equipo se dirigieron a las puertas del castillo, hacia la campiña al otro lado, que seguía medio dormida bajo la luz grisácea.

Unas sombras susurraron sobre las rocas del balcón y Lidia no tuvo que voltear para reconocer la presencia de Morven, que llegó a pararse a su lado.

—Muy sentimental de tu parte verlos partir.

Lidia mantuvo su mirada en el grupo que se marchaba, dirigiéndose al puñado de altas colinas que se alcanzaba a ver elevándose frente al horizonte.

—¿Quieres algo?

Un siseo por su insolencia.

—Eres una maldita traidora.

Lidia al fin deslizó su mirada hacia el rey hada. Vio su rostro pálido y odioso.

—Y tú eres un cobarde sin carácter que renegó de su propio hijo a la primera señal de problemas.

—Si tuvieras algo de honor, una idea de los deberes reales, comprenderías por qué lo hice.

Las sombras se enredaron en los hombros de su fino saco negro, sobre el bordado de plata. El Rey Ciervo, lo llamaban. Era un insulto a los metamorfos de venado. El hada no tenía ninguna afinidad por las bestias, a pesar de su trono, elaborado con los huesos de una bestia noble destazada.

—Sabrías que existen cosas más importantes incluso que los propios hijos —agregó el rey.

No había nada más importante. Nada. Ella estaba aquí el día de hoy, en esta isla, de regreso en el campo de batalla, porque nunca habría nada más importante que los dos niños que había dejado en el *Guerrero de las Profundidades*.

—Disfruté viéndote suplicar, ¿sabes? —dijo Lidia.

Y era verdad. A pesar de todo, había amado cada segundo que Morven pasó arrodillado frente a los asteri, al igual que estaba amando verlo desbordando furia ahora que le echaba en cara su humillación.

—No dudo que alguien con el corazón negro como tú lo hiciera —se burló Morven—. Pero me pregunto: si se te presentara una mejor oferta, ¿traicionarías a estos amigos con tanta facilidad como traicionaste a tus amos?

Lidia apretó los puños a sus costados, pero mantuvo la cara impasible.

—¿Estás haciendo una rabieta porque no te diste cuenta de lo que soy en realidad, Morven, o porque atestigüé tu momento de vergüenza? ¿El momento en que cambiaste la fidelidad hacia tu hijo por tu propia vida?

Él estaba iracundo, sus sombras listas para atacar.

—Tú no sabes nada de lealtad.

Lidia dejó escapar una risa grave y miró hacia las cinco figuras que avanzaban hacia la vegetación en la campiña. Miró a la mujer pelirroja al centro del grupo.

—Nunca he tenido una líder que me provoque ese sentimiento.

Morven notó la dirección de su mirada y frunció el ceño.

—Eres una tonta por seguirla.

Lidia lo miró de reojo y se separó de la pared de roca del balcón con un empujón.

—Tú eres un tonto por no hacerlo —dijo en voz baja y se dirigió hacia el arco que daba hacia el castillo—. Será tu perdición. Y la de Avallen.

Morven gruñó:

—¿Eso es una amenaza?

Lidia siguió caminando y dejó a su enemigo y a ese amanecer miserable a sus espaldas.

—Sólo un consejo profesional.

—Entonces, toda esa narrativa, todos esos mitos y advertencias sobre la Cueva de los Príncipes... —le dijo Hunt a Bryce, sudando un poco debido a las horas que llevaban de recorrido por los campos hasta este conjunto de colinas escarpadas. El castillo ya era apenas una torre solitaria en el horizonte a sus espaldas—. Todo eso por... *¿esto?*

Bryce miró a su alrededor.

—Es un poco decepcionante, ¿no?

La entrada a la cueva era apenas una abertura angosta entre dos rocas que tenían labradas runas antiguas y desgastadas por los elementos. Eso era lo único que distinguía este lugar de cualquier otra grieta en la faz de la roca.

Eso y una lengua de niebla que se deslizaba al exterior desde las sombras.

—Morven necesita un decorador —dijo Tharion y se asomó a la oscuridad dentro—. Creo que de verdad ya podría superar la temática de sombras y miseria de sus ancestros.

—Así le gusta a él —dijo Sathia—. Le gusta como era Avallen cuando se construyó originalmente, justo después del final de las Primeras Guerras. Su padre lo conservó así antes que él, y el padre de su padre, hasta llegar al mismísimo Pelias.

Hunt intercambió una mirada con Bryce. Ése era el motivo preciso por el cual habían venido. Si había un sitio donde se hubiera conservado aunque fuera un fragmento mínimo de verdad, sería éste. No disfrutaba de la idea de meterse a la cueva. Una parte consustancial de él se resistía ante la noción de estar tan alejado del viento, tan dentro bajo tierra, atrapado de nuevo, pero se obligó a sí mismo a superar el golpe de temor y angustia que sentía y le dijo a Sathia:

—¿*Tú* tienes una idea de cómo es que la niebla mantiene a los asteri fuera de Avallen?

Ella no había ofrecido ninguna información el día anterior, pero tal vez era porque no habían pensado en preguntarle.

—No —dijo Sathia—. El rumor es que la magia de la niebla es tan antigua que es anterior incluso a la llegada de los asteri.

—Bueno —dijo Tharion con un gesto dramático—, las damas primero, Piernas.

—Cuanta caballerosidad —respondió Bryce.

—Tú eres la que tiene una lámpara integrada —le recordó Hunt.

Ella puso los ojos en blanco y le dijo a Sathia, quien se veía titubeante:

—Un consejo: no permitas que te den órdenes.

—No lo haré —dijo Sathia. Por algún motivo, Hunt le creyó.

Bryce veía a la hermana de Flynn como si estuviera pensando lo mismo.

—Es bueno tener otra mujer entre nosotros —dijo e hizo un gesto hacia Baxian, Tharion y Hunt—. El Club de los Alfadejos ya estaba demasiado lleno para mi gusto.

Bryce se detuvo en la línea entre la luz y la sombra. La niebla se escurría por el piso de la cueva y se acercaba a sus tenis rosados como unas garras blancas y curvas. Su luzastral no penetraba la oscuridad más allá de un par de metros; sólo iluminaba la nube más espesa de niebla, que encubría cualquier amenaza que pudiera estarlos aguardando dentro.

No se animaba a cruzar esa línea.

—Este sitio se siente como si estuviera mal —murmuró Baxian, colocándose al lado de Bryce.

—Esperemos que volvamos a ver la luz del día —dijo Tharion en voz igual de baja un paso atrás de ellos.

—Lo haremos —dijo Hunt y se ajustó la pesada mochila que traía colgada a la espalda, entre las alas—. No hay nada de qué preocuparse excepto algunos espíritus malignos. Y espectros. Y «cosas que asustan», como dijo Ruhn.

—Ah, bueno, sólo eso —dijo Bryce y lo miró con ironía. Luego le dijo a Sathia mientras apuntaba hacia las torres que se alcanzaban a distinguir apenas sobre el horizonte verde—: No es demasiado tarde para regresar al castillo.

—No voy a ir a sentarme cerca de esos imbéciles lectores de mente —siseó Sathia.

Todos voltearon a verla.

—¿Sucedió... algo? —preguntó Hunt con cuidado. Tharion la estaba observando de cerca.

—No me van a dejar sola en ese castillo —insistió Sathia. Se abrazó y clavó los dedos en su suéter blanco. Bryce supo que ya no quería seguir discutiendo el tema.

—Está bien —dijo Hunt al comprender también el tono de Sathia—. Pero Ruhn me advirtió que la mayor parte de lo que hay aquí dentro es antiguo, maligno y aficionado a beber sangre. Y a comer almas. Aunque no estoy seguro de en qué orden.

—Suena como cualquier miembro de la nobleza hada, entonces —dijo Bryce y se acomodó la mochila un poco más arriba. Le guiñó a Sathia—. Te sentirás como en casa.

El hada le sonrió con un gesto un poco diluido, pero había que reconocerle que no salió corriendo y gritando de la cueva y sus dedos de niebla. Si Sathia en verdad prefería enfrentar lo que se agazapaba en esta cueva en vez de a los Gemelos Asesinos, entonces tal vez Bryce le debía, a ella y a las mujeres en todas partes, encargarse de ajustar cuentas cuando regresaran.

Si regresaban.

—Bien —dijo Hunt—. Según Declan, la tumba de Pelias y el lugar de descanso de la Espadastral están justo en el centro de la red de cuevas, pero hay muchas cosas que intentarán comernos en el camino.

Habían robado comida y agua ante las miradas sorprendidas del personal de la cocina para prepararse para unos cuantos días de recorrido.

Bryce ignoró el nudo que sentía en su estómago. Había viajado a otro mundo, había enfrentado a una asteri... podría lidiar con unos cuantos espíritus y espectros. Tenía tres excelentes guerreros a su lado, además de a Sathia. Podría lograrlo.

Bryce miró a los demás y estiró la mano al frente, al nivel de su cintura.

—¿A las tres un "Vamos Equipo Cuevas"?

Todos se quedaron mirándola, pero no cubrieron su mano con las de ellos. Ni siquiera Hunt, el maldito. Después de la manera en que habían cogido la noche anterior, lo menos que podía hacer era darle por su lado con un poco de espíritu de equipo, pero él solamente la miró como diciéndole, *Dignidad, Quinlan*.

Al carajo. Levantó la mano al aire y gritó:

—¡Vamoooos, Equipo Cuevas!

Las palabras hicieron eco en las rocas, bajaron por un pasaje y se adentraron en la oscuridad llena de niebla más allá, donde se interrumpieron repentinamente, como si las cuevas mismas las hubieran devorado.

—Eso no estuvo para nada siniestro —murmuró Hunt.

—Totalmente normal —agregó Baxian.

—No se preocupen —canturreó Bryce—. Yo los protegeré de la cueva tenebrosa.

Y con esas palabras, dio un paso hacia la oscuridad.

Morven arrinconó a Ruhn afuera del comedor justo antes de que él y sus amigos salieran de nuevo hacia los archivos, después del desayuno.

—Quiero hablar contigo —le dijo Morven y curvó un dedo en su dirección. La masa de sombras del día anterior ya no estaba, pero la corona todavía flotaba sobre su cabeza.

—Y yo que pensaba —dijo Ruhn con voz deliberadamente pausada mientras asentía a Flynn y Dec para que continuaran caminando por el pasillo— que no existía para ti.

Morven lo miró con tanta frialdad que hacía parecer al padre de Ruhn como alguien francamente alegre. Ruhn se dio cuenta de que el rey esperó a que Lidia se alejara y saliera por la puerta para hablar. Ella no se dignó a dirigirle una mirada a ninguno de los dos.

—¿Cuáles son las intenciones de tu hermana con su visita aquí? —preguntó el rey hada a Ruhn.

—Ya te lo dijo Bryce —respondió él con tirantez—. Quiere información.

—¿Sobre qué?

—La espada y la daga, para empezar. El resto no puedo discutirlo, es clasificado.

Pendejo, debió haber agregado.

Los ojos de Morven se oscurecieron hasta ser negros como la noche más profunda.

—¿Y planea quedarse con Avallen?

Ruhn soltó una carcajada.

—¿Qué? No. Si eso quisiera, no te lo diría, pero créeme: este lugar... —miró el pasillo, oscuro y similar a una cripta—, no es su estilo. Sólo pregúntale a mi padre.

—Ése es otro tema: tu hermana debe haberle hecho algo. ¿De qué otra forma podría haberse apropiado de su diario?

—Si lo hizo, no tuvo que ver con intentar adueñarse de su corona. No ha dicho nada al respecto —respondió Ruhn con una mirada molesta al rey—. Y, de nuevo: si ella está planeando alguna especie de golpe de Estado hada, ¿por qué demonios habría yo de decírtelo?

—Porque tú eres hada *verdadera*, no una mezcla de...

—Te recordaré que pienses bien cómo te vas a referir a mi hermana.

Las sombras de Morven se acumularon en sus dedos, en sus hombros. Eran sombras salvajes y furiosas que incluso las sombras de Ruhn se resistían a conocer. Parecían corrompidas de cierta manera, como las que Seamus y Duncan usaban mentalmente.

—Tú eres astrogénito. Tienes una obligación con nuestra gente.

—¿De hacer qué?

—De asegurarte de que sobrevivan.

—Bryce también es astrogénita.

Ruhn, Dec y Flynn le habían dado a su hermana y a los demás todos los consejos que pudieron sobre lo que enfrentarían en el oscuro laberinto de la Cueva de los Príncipes, pero su viaje a través de la red de cuevas llenas de niebla había sido tan caótico que en realidad tenían poco que ofrecer en lo que respectaba a una ruta directa a la tumba de Pelias. Bryce no parecía estar demasiado preocupada, a pesar de su comentario la noche anterior sobre estarse quedando sin tiempo. Pero tal vez estaba fingiendo valor.

—Sí —se burló Morven—, ¿y qué ha hecho tu hermana con su linaje astrogénito excepto mostrar desprecio por las hadas?

—Tú no sabes ni una maldita cosa sobre ella.

—Sé que escupió en su linaje hada cuando anunció su unión con ese *ángel* —dijo y sus sombras vibraron de rabia.

—Muy bien —dijo Ruhn y se dio la media vuelta para marcharse—. Ya terminamos. Adiós.

Morven lo sostuvo del brazo. Las sombras se deslizaron desde su mano hacia el antebrazo de Ruhn y apretaron con fuerza.

—Después de tener que lidiar con tu hermana ayer, le recé toda la noche a Luna para que me guiara —le brillaron los ojos con el fervor de un fanático—. Me permitió ver que tú, a pesar de tus... transgresiones... eres la única esperanza de nuestra gente para recuperar algo de credibilidad en las generaciones futuras.

Ruhn envió sus propias sombras a toda velocidad por su brazo, que mordieron a las de Morven y lo soltaron con facilidad, lo cual le provocó satisfacción.

—Luna no me parece del tipo que se rebajaría a hablar con hijos de puta como tú.

A pesar de las sombras hechas jirones, Morven le clavó los dedos en el brazo.

—Hay mujeres aquí que...

—Nop —dijo Ruhn y se zafó de la mano de su tío. Mantuvo una pared de sombras a sus espaldas mientras se alejaba caminando—. *Adiós*.

—Egoísta estúpido —siseó Morven. Ruhn podría haber jurado que las sombras del rey también sisearon.

Pero Ruhn levantó el brazo por encima de su cabeza y le hizo una seña con el dedo medio sin mirar atrás. Se encontró con Dec y Flynn, que lo esperaban en la fuente de un patio exterior, a una distancia segura de Lidia.

—¿De qué trató todo eso? —preguntó Flynn y empezó a caminar al lado de Ruhn.

—No vale la pena explicarlo —contestó Ruhn y mantuvo la vista en el domo de los archivos a unas calles de distancia.

Declan le preguntó a Lidia:

—¿Hay alguna posibilidad de que Morven vaya corriendo con los asteri?

—Todavía no —respondió ella en voz baja—. Lo que dijo Bryce ayer es verdad: lo manejó bien —dijo. Luego agregó volteando a ver a Ruhn—: Podrías aprender un par de cosas de tu hermana.

—¿Qué se supone que quiere decir eso? —exigió saber Ruhn.

Flynn y Dec fingieron estar ocupados asomándose a una carnicería cerrada junto a la cual iban pasando.

—Eres un príncipe —dijo Lidia con frialdad—. Empieza a actuar como tal.

52

Eres un príncipe. Empieza a actuar como tal.

Carajo, Lidia sabía precisamente qué decir para encabronarlo. Para hacerlo seguir pensando en ella conforme pasaban las horas, durante toda la búsqueda infructuosa de algo acerca de las islas faltantes, la Espadastral, la daga o la niebla.

Ella se había ido a caminar durante media hora y luego regresó, oliendo a mar, y siguió sin decirle nada.

—Podrías, eh, hablar con ella —dijo Flynn, que estaba al lado de Ruhn cerrando un cajón más lleno de tarjetas de catálogo inútiles—. Literalmente puedo sentir cómo estás rumiando.

—No estoy rumiando.

—Claro que estás rumiando —dijo Declan al otro lado de Ruhn.

—*Tú* estás rumiando —dijo Ruhn con un gesto en dirección de la cara tensa de Dec.

—Yo tengo buenos motivos. No puedo ponerme en contacto con mi familia ni con Marc...

Ruhn suavizó su actitud.

—Estoy seguro de que están bien. Les advertiste que mantuvieran un perfil bajo antes de todo ese desastre del Mercado de Carne, y Sathia dijo que les habló. Marc se asegurará de que estén a salvo.

—Eso no hace más sencillo saber que ni siquiera puedo saber si están bien por culpa de este parque de diversiones medieval.

Ruhn y Flynn gruñeron para indicar que estaban de acuerdo.

—Este lugar es horrible —dijo Dec, cerrando con un golpe el cajón que había estado investigando—. Y también el sistema de catálogo de esta biblioteca —miró hacia el fondo del largo pasillo y preguntó—: ¿Algo?

Ruhn intentó no mirar a Lidia, pero fracasó. Ella había tomado el extremo más alejado del catálogo, definitivamente a propósito, y seguía sin decirles una palabra en todas las horas que llevaban juntos ahí dentro.

—No —respondió y continuó con su trabajo.

Bien.

Muy bien.

—Bueno —susurró Hunt. Su voz hizo eco en la roca negra y resbaladiza antes de ser tragada por la densa niebla—. Esto es aterrador.

El desagradable olor a moho y podredumbre ya le estaba provocando un dolor de cabeza y alteraba todos sus instintos, que le decían que escapara de este espacio neblinoso y cerrado para salir hacia los cielos, a la seguridad del viento y las nubes...

—Cuando ya has visto un gusano de Middengard alimentándose —farfulló Bryce hacia la oscuridad espesa y manoteó para intentar, sin éxito, alejar la niebla frente a ella—, nada parece tan malo.

—No quiero saber qué es eso —dijo Baxian.

Hunt apreció que Baxian no había necesitado que le pidieran que cubriera el lado expuesto de Bryce. Tharion y Sathia venían atrás, caminando cerca. No hablaron mucho mientras descendían por el camino. Ruhn les había dicho que los grabados de las paredes empezaban a aparecer ya que estaban un poco más adentro, pero no habían encontrado ni una pista de ellos todavía. Sólo roca... y niebla, tan espesa que apenas alcanzaban a ver un par de metros delante de ellos.

Bryce dijo:

—Imagina una lombriz de tierra con la boca llena de una doble hilera de dientes. Del tamaño de dos autobuses de la ciudad.

—*Dije* que no quería saber qué era —gruñó Baxian.

—Ni siquiera es tan mala comparada con algunas de las otras cosas que vi —continuó Bryce. Y luego admitió, porque la habían seguido a la oscuridad letal y merecían saber toda la verdad—: Tienen una cosa llamada la Máscara: una herramienta que literalmente puede resucitar a los muertos. No necesitan nigromantes. Tampoco cuerpos frescos.

Todos se quedaron mirándola.

—¿En serio? —preguntó Tharion.

Bryce asintió con seriedad.

—Vi cómo usaban la Máscara para animar un esqueleto que llevaba muerto mucho tiempo y darle suficiente fuerza para poder derrotar un gusano.

Hunt soltó un silbido impresionado.

—Ésa es magia de muerte bastante poderosa.

Evitó quejarse de que no le hubiera mencionado esto hasta ahora porque él ciertamente no le mencionaría cómo Rigelus había usado sus relámpagos para hacer algo similar y Baxian, por fortuna, tampoco dijo nada. No habían escuchado sobre lo que había sucedido con eso, pero no podía ser nada bueno.

Otra cosa que tendría que expiar.

Había escuchado lo que Bryce le estaba intentando decir anoche, acerca de que todos tenían una parte de la culpa por sus actos, pero eso no le impedía seguir sintiendo la culpa. No quería seguir hablando de eso. Tampoco quería seguir sintiéndolo.

—Sí —dijo Bryce mientras continuaba adentrándose hacia la oscuridad—, los poderes en el mundo de las hadas son... otro nivel.

—Sin embargo, los asteri quieren volver a enredarse con ellos —dijo Baxian.

—Rigelus sabe cómo guardar un rencor —dijo Bryce. Se detuvo abruptamente.

Todos los instintos de Hunt encendieron sus alertas.

—¿Qué? —preguntó, buscando en la oscuridad de la niebla frente a ellos. Pero la mirada de Bryce estaba fija en la pared a su izquierda, donde había un grabado tallado en la roca con asombrosa precisión.

—Una estrella de ocho picos —dijo Baxian.

La mano de Bryce se movió hacia su pecho. La silueta de sus dedos se podía ver frente al brillo que tenía ahí.

Hunt miró la estrella, luego las imágenes que empezaban a un par de metros de distancia y que continuaban más adelante adentrándose en la niebla, como si este sitio marcara el inicio de un pasillo formal. Bryce simplemente empezó a caminar de nuevo. Su cabeza giraba de un lado al otro mientras iba viendo los grabados ornamentados y artísticos de la roca negra. Hunt apenas podía seguirle el paso para evitar que el velo de la niebla hiciera que la perdiera de vista.

La pared tenía grabadas hadas vistiendo armaduras elaboradas. Muchos sostenían lo que parecían ser cuerdas de estrellas. Cuerdas que se habían colocado alrededor del cuello de caballos voladores. Las bestias relinchaban enfurecidas cuando eran tiradas hacia el suelo. Algunas se hundían en lo que parecía ser el mar y se ahogaban.

—Una cacería —dijo Bryce en voz baja—. De manera que las antiguas hadas sí mataron a todos los pegasos de Theia.

—¿Por qué? —preguntó Sathia.

—No eran fanáticas de los juguetes de Fantasía de Luzastral —respondió Hunt en un intento de broma.

Pero Bryce no sonrió.

—Estos tallados son como los que hay en las cuevas de Silene. El arte es distinto, pero el estilo de contar la historia es similar.

—Tendría sentido —dijo Tharion, acariciando uno de los caballos que se azotaban y se ahogaban—, considerando que el arte es del mismo periodo.

—Sí —murmuró Bryce y continuó avanzando. Su luzastral ya iba proyectando un rayo a través de la niebla. Apuntaba justo al frente. No había un lugar privado donde arrinconarla y preguntarle qué demonios estaba pensando *en realidad*... ciertamente no en este momento, cuando algo se movió entre las sombras a la izquierda de Hunt.

Extendió la mano por encima de su hombro para buscar su espada, con los relámpagos listos para salir. O tan listos como podían estar con este maldito halo que los suprimía...

—Espíritus —dijo Baxian y desenvainó su espada con un movimiento ágil. Las sombras se retorcieron y sisearon como un nido de víboras.

—No se están acercando —susurró Sathia. Su temor era tan denso como la niebla a su alrededor.

Hunt se envolvió el puño con sus relámpagos. Las chispas hacían que las paredes húmedas brillaran como la superficie de un estanque. Pero la luz estalló en Bryce y los espíritus se encogieron y retrocedieron aún más.

—Los beneficios de ser la Superpoderosa y Especial Princesa Mágica Astrogénita —dijo Bryce y continuó avanzando por los nichos y rincones en la roca repletos de espíritus—. Ruhn dijo que huían de su luzastral durante su Prueba. Parece que no son fanáticos de la mía tampoco.

Sathia pasó cerca del grupo más cercano de espíritus, manteniéndose un paso atrás de Bryce.

Una mano negra llena de costras salió corriendo de las sombras profundas. Tenía las uñas largas y rotas, las clavaba en la roca...

Antes de que los relámpagos de Hunt pudieran golpear, la luzastral de Bryce volvió a brillar. La mano retrocedió con un siseo grave que se esparció por la superficie de las rocas.

—Superpoderosa y Especial Princesa Mágica Astrogénita en verdad —dijo Hunt impresionado.

Bryce volteó a ver las ranuras que había hecho el espíritu en la roca y pasó la mano por encima de ellas. Frotó el polvo y basura entre su índice y su pulgar, los olió una vez y luego volteó a ver a Hunt.

—Flynn tiene razón: no me gusta este lugar —se lamió... se *lamió* la puta sustancia oscura que tenía en los dedos e hizo una mueca de asco—. No. No me gusta nada.

Sathia, que venía unos pasos detrás de Bryce, se estremeció.

—¿Lo puedes sentir, entonces? ¿Lo... lo muerto que parece todo? Como si hubiera algo pudriéndose aquí.

Hunt no tenía idea de qué demonios estaba hablando ninguna de las dos y, a juzgar por las expresiones confundidas de Tharion y Baxian, ellos tampoco lo sabían.

Bryce solamente siguió avanzando hacia la oscuridad y la niebla. No tenían alternativa salvo seguirle el paso, quedarse en esa burbuja protectora de luzastral.

—Hay agua más adelante —dijo Baxian. Su oído sensible pudo detectarla antes que Hunt—. Un río... grande, por lo que se escucha.

Bryce miró a Hunt.

—Qué bueno que traemos dos hombrezotes con alas.

Y ahí estaba de nuevo, ese brillo en sus ojos. Por sólo un instante, pero... él casi podía escuchar cómo estaba trabajando su cerebro. Conectando los puntos que él no alcanzaba a ver.

—Quédense cerca —murmuró Bryce y los guio más adentro de la cueva—. He pasado una cantidad repugnante de tiempo bajo tierra últimamente y les puedo adelantar que nada bueno nos espera.

Flynn y Dec se fueron a conseguir el almuerzo y Ruhn se resignó a continuar trabajando en silencio con Lidia. Sólo se escuchaba el murmullo del papel moviéndose y los golpes de los cajones inútiles al cerrarse.

No encontró nada. Ella tampoco, concluyó por sus suspiros ocasionales de frustración. Tan distintos de los suspiros satisfechos y casi ronroneantes que hacía en sus brazos cuando se fundieron sus almas, cuando él se movía dentro de ella...

Primo.

Ruhn volteó lenta, muy lentamente hacia la enorme puerta abierta. No había nadie ahí. Sólo el día gris al otro lado.

A tu izquierda.

Seamus estaba cruzado de brazos y recargado en una estantería. Al igual que hacía tantas décadas, portaba una daga enfundada en el pecho amplio. Al igual que entonces, el cabello oscuro del hada estaba cortado muy cerca de su cabeza para evitar que un enemigo pudiera sostenerlo de ahí, sabía Ruhn. Y si Seamus estaba ahí, entonces eso significaba...

A tu derecha, le dijo Duncan en la mente y Ruhn volteó al otro lado para encontrar al hermano de Seamus recargado en la misma posición en la estantería opuesta, como si fuera la imagen reflejada en un espejo. En vez de la daga, Duncan portaba una espada delgada que traía enfundada a la espalda.

Ruhn los mantuvo a ambos en su línea de visión. *¿Qué quieren?*

Por instinto, mantenía su mente velada con estrellas y sombras, pero revisó con rapidez para confirmar que sus muros siguieran intactos.

Duncan rio con ironía. *Nuestro tío nos envió para asegurarnos de que la mujer se estuviera comportando.*

Ruhn miró a Lidia, que seguía buscando en el catálogo. *Carajo*, su mente estaba desprotegida...

Era fácil para él, en realidad, saltar hacia su mente. Como si de alguna manera pudiera protegerla de ellos.

Pero al otro lado de ese puente mental, ardía un muro de fuego. No era sólo fuego... era una conflagración que se arremolinaba hasta el cielo, como si estuviera generando sus propios vientos y clima. Debajo parecía hervir el magma, visible entre las grietas de la tormenta de flamas.

Bueno, entonces no necesitaba preocuparse por ella.

Nos arruinas la diversión, primo, dijo Seamus.

Sería divertido rebuscar en su mente, agregó Duncan.

Ruhn los miró. *Lárguense.*

Su presencia mancilla este lugar, dijo Seamus y su atención se deslizó a Lidia y se concentró en sus omóplatos con una intensidad que no le gustó nada a Ruhn.

También la de ustedes, replicó Ruhn.

Los ojos oscuros de Seamus se movieron de nuevo hacia Ruhn. *Podemos olerla en ti, sabes.* Seamus enseñó los dientes. *Díme: ¿qué se siente coger con una segadora?*

Un gruñido grave se escapó de Ruhn y Lidia volteó al escucharlo. No mostró sorpresa, como si hubiera estado consciente de la presencia de los otros todo este tiempo y hubiera estado esperando alguna especie de señal para interferir.

Miró fríamente a sus dos primos.

—Seamus. Duncan. Les agradeceré que se mantengan fuera de mi mente.

Seamus hizo notar su irritación, la amenaza hada personificada.

—¿Me estaba dirigiendo a ti, perra?

Ruhn apretó la mandíbula tanto que le dolía, pero Lidia levantó sus ojos dorados hacia los príncipes gemelos y dijo:

—¿Quieren que les demuestre cómo *hago* que los hombres como ustedes me hablen?

Duncan gruñó.

—Tienes suerte de que nuestro tío nos haya dado la orden de no hacer nada, porque de no ser así, ya les habríamos avisado a los asteri que estás aquí, Cierva.

—Buenos perros —dijo Lidia—. Me acordaré de aconsejarle a Morven que les den un premio.

Los labios de Ruhn se movieron ligeramente hacia arriba. Pero... ella le había dicho que actuara como el príncipe que era, así que controló su expresión para mostrar sólo neutralidad helada. Una máscara tan dura como la de Lidia.

—Díganle a Morven que le haremos saber si necesitamos de su ayuda —les dijo a sus primos.

Esa desestimación les afectó más que cualquier ataque. Duncan se apartó del librero, con el puño cerrado y envuelto en sombras a su costado. Más oscuras y más salvajes que las de Ruhn. Como si hubieran sido capturadas de una noche tormentosa.

—Eres una vergüenza para nuestra gente —dijo Duncan—. Una desgracia.

Seamus caminó hasta donde estaba su gemelo y su rostro idéntico expresaba un desdén equivalente:

—No desperdicies tu aliento en él.

Seamus dijo en la mente de Ruhn, *Tendrás tu merecido.*

Ruhn conservó su expresión impasible... *príncipesca,* podría decirse.

—Un gusto verlos a ambos.

De nuevo, el no haberles respondido con una agresión los fastidió más y sus dos primos gruñeron antes de dar la media vuelta simultáneamente para salir del edificio de los archivos.

Cuando desaparecieron tras las enormes puertas, Ruhn le dijo a Lidia en voz baja:

—¿Estás bien?

—Sí —respondió ella, y sus ojos dorados se encontraron con los de él. Ruhn sintió que se le escapaba el aliento—. No son distintos de cualquier otro bruto con quien haya tratado.

Como Pollux. Lidia devolvió su atención al catálogo y dijo:

—Se llevarían bien con el triarii de Sandriel.

—Te recuerdo que un buen porcentaje de ese triarii ha demostrado estar de nuestro lado —dijo Ruhn. Pero no pudo pensar en otra cosa que decir y el silencio volvió a caer, en su mente y en los archivos, así que empezó a buscar de nuevo.

Después de varios largos minutos, se volvió insoportable. El silencio. La tensión. Y simplemente por decir algo, por romper esa miseria, habló sin pensarlo:

—¿Por qué fuego?

Ella volteó a verlo despacio.

—¿Qué?

—Siempre apareces ante mí como una bola de fuego. ¿Por qué?

Ella ladeó la cabeza y sus ojos brillaron ligeramente.

—Las estrellas y la noche ya estaban tomadas —dijo con una sonrisa irónica.

Algo en el pecho de Ruhn se relajó con este pequeño rastro de normalidad. De cómo habían sido las cosas cuando sólo eran Day y Night. Sin querer, se dio cuenta de que también sonreía.

Pero ella lo miró con atención.

—¿Cómo...?

Él la vio a los ojos y encontró su mirada abierta y escrutadora.

—¿Cómo qué?

—¿Cómo terminaste así? —preguntó ella con voz suave—. Tu padre es...

—Un pendejo psicótico.

Ella rio.

—Sí. ¿Cómo escapaste a su influencia?

—Mis amigos —dijo él con un movimiento de la cabeza hacia la puerta por la cual habían salido—. Flynn y Dec me mantuvieron cuerdo. Me daban perspectiva. Bueno, tal vez Flynn no tanto, pero Dec sí. Sigue haciéndolo.

—Ah.

Él se permitió darse el lujo de ver su cara, su expresión. Distinguió la preocupación que estaba ahí oculta y preguntó:

—¿Cómo te fue con tus hijos ayer antes de irnos?

Había escuchado que ella había ido a despedirse, pero no supo nada después sobre el encuentro. Y al ver lo atormentado que se veía su rostro cuando se fueron del *Guerrero de las Profundidades*...

—De maravilla —dijo. Sus palabras fueron lo bastante cortantes para hacerlo pensar que no continuaría hablando, pero entonces agregó—: Terrible —un músculo de su mandíbula vibró—. Creo que Brann desearía conocerme, pero Ace... Actaeon... me aborrece.

—Tomará tiempo.

Ella cambió el tema.

—¿Crees que tu hermana encontrará algo para que lo usemos contra los asteri?

Dado cuántas personas a lo largo de los siglos probablemente habían estado buscando algo así, Ruhn no resintió la pregunta.

—Conociendo a Bryce, estoy seguro de que algo trama. Siempre tiene unos cuantos ases bajo la manga. Pero... —exhaló—. Ahora que está en la puta Cueva de los Príncipes, parte de mí no quiere saber cuántos ases podrían ser necesarios.

—Tu hermana es una fuerza de la naturaleza —dijo Lidia. Sus palabras reflejaban solamente admiración.

El orgullo brilló en el pecho de Ruhn al escuchar ese cumplido, pero sólo respondió:

—Lo es.

Y no dijo nada más.

El silencio que siguió a esa conversación fue distinto. Más ligero. Y él podría haber jurado que pudo ver a Lidia mirándolo con la misma frecuencia que él la miraba a ella.

Ithan recorrió los pasillos de la Casa de Flama y Sombra con Hypaxia a su lado. Tenía el estómago lleno y satisfecho después de un sorprendentemente buen desayuno en el oscuro comedor. Habían llegado temprano y casi no había nadie todavía.

Comió una cantidad insólita, incluso para él, pero dado que partirían hacia Avallen al día siguiente, quería recargar tanto combustible como fuera posible. Había exigido que salieran *ya*, pero al parecer Jesiba tenía que organizar el transporte y el permiso para que entraran a la isla, y como no estaban diciéndole la verdad a nadie sobre el motivo de su viaje, también tenía que tejer una red de mentiras a quien quiera que fuera su contacto en la isla de las hadas.

Pero pronto ya podría arreglar este terrible error. Encontrarían el cuerpo de Sofie, conseguirían sus relámpagos y luego arreglarían esto. Era una esperanza muy pequeña, pero se aferró a ella. Sólo eso evitaba que se desmoronara y cayera en la ruina absoluta.

Era algo que sólo podía agradecerle a la mujer que venía a su lado, la mujer que no lo pensó dos veces antes de ayudarlo en tantas ocasiones. Por ella él se obligó a mantener su conversación ligera cuando se dio unas palmadas en el abdomen musculoso y dijo:

—¿Sabías que tenían tan buena comida aquí?

Hypaxia sonrió.

—¿Por qué crees que deserté con tanta facilidad?

—Todo por la comida, ¿eh?

Hypaxia sonrió y él sabía que ese gesto era raro para la reina solemne.

—*Siempre* será todo por la...

Un estremecimiento recorrió los pasillos negros y nubes de polvo descendieron desde el techo. Ithan se mantuvo en pie y sostuvo a Hypaxia del codo para que no cayera.

—¿Qué demonios fue eso? —murmuró Ithan mirando hacia la roca oscura sobre ellos.

Otro *bum* y entonces Ithan empezó a correr. Hypaxia venía a toda velocidad detrás de él, dirigiéndose hacia la oficina de Jesiba. Ya estaban atravesando las puertas dobles un momento después cuando vieron a Jesiba sentada ante su escritorio, su rostro tenso, los ojos abiertos como platos...

—¿Qué demonios está pasando? —exigió saber Ithan y corrió hacia Jesiba, que veía en su computadora imágenes que mostraban explosiones de bombas.

Otro impacto, e Ithan le indicó a Hypaxia que se metiera debajo del escritorio. Pero la exreina bruja no lo hizo y preguntó:

—¿Esas imágenes son de lo que hay justo encima de nosotros?

—No —respondió Jesiba con una voz tan ronca que casi sonaba como de segador—. Los Omegas entraron al Istros —en las imágenes se veían edificios derrumbándose—. Sus cañones de cubierta acaban de disparar misiles de azufre a Prados de Asfódelo.

53

Ithan e Hypaxia cruzaron corriendo la ciudad, las cuadras repletas de residentes y turistas llenos de pánico, o bien, con un silencio sepulcral e inquietante. La gente estaba sentada en el borde de las aceras en estado de shock. Ithan se armó de valor para lo que probablemente encontraría en el sector del noreste, pero nada lo pudo haber preparado para los humanos ensangrentados y de aspecto de fantasmas que salían corriendo cubiertos de polvo y ceniza con niños que gritaban en sus brazos. Cuando entró a Prados de Asfódelo, las calles agrietadas estaban llenas de cuerpos que yacían inmóviles y silenciosos.

Más adentro en las ruinas humeantes, había carros derretidos. Pilas de escombros donde antes había edificios. Cuerpos carbonizados. Algunos de esos cuerpos, insoportablemente pequeños.

Se fue hacia un sitio muy lejano, lejos de él mismo. No escuchó los gritos ni las sirenas ni los edificios que seguían derrumbándose. A su lado, Hypaxia no decía nada, su rostro serio cubierto de lágrimas silenciosas.

Más cerca del origen de las explosiones no había nada. No había cuerpos, ni autos, ni edificios.

No quedaba nada en el corazón de Prados de Asfódelo más allá de un cráter gigante que seguía humeando.

Los misiles de azufre ardían a tal temperatura, eran tan mortíferos, que habían fundido todo. Cualquiera que hubiera estado en el sitio donde chocaron habría muerto al instante. Tal vez era un ligero alivio morir tan rápido. Ser eliminado antes de siquiera entender la pesadilla que iniciaba. No sentir miedo.

El instinto de lobo de Ithan lo hizo enfocarse. Hizo que concentrara su atención mientras Hypaxia sacaba un contenedor lleno de poción sanadora de luzprístina de su bolso y corría hacia los humanos más cercanos al radio de la explosión: dos jóvenes padres de familia con un niño pequeño, cubiertos de pies a cabeza en polvo gris y refugiados en el umbral de la puerta de un edificio parcialmente colapsado.

Hypaxia podría haber renunciado a ser reina pero era, antes que otra cosa, una sanadora. Y con su entrenamiento del Aux y de la jauría, Ithan también podía ser de ayuda, a pesar de que era un lobo sin jauría, un exiliado en desgracia y un asesino. De todas maneras podía ayudar. *Ayudaría* sin importar cómo lo llamara el mundo. Sin importar que hubiera hecho cosas imperdonables.

Así que Ithan corrió hacia la humana más cercana, una adolescente con uniforme escolar. Los malditos habían elegido atacar en la mañana, cuando la mayoría de la gente estaría en las calles rumbo al trabajo, los niños de camino a la escuela, todos indefensos al aire libre...

Un gruñido se le escapó y la chica, que sangraba de la frente atrapada debajo de un trozo de cemento, se encogió temerosa e intentó con desesperación empujar el bloque de cemento para quitárselo de las piernas y era él, era *su* presencia, lo que la estaba aterrorizando...

Se guardó al lobo y a la rabia muy adentro.

—Oye —dijo y se arrodilló a su lado para intentar mover el trozo de cemento—. Vine a ayudarte.

La chica dejó de intentar empujar el bloque y levantó sus ojos ensangrentados hacia él mientras el lobo retiraba de sus espinillas el peso sin mucho esfuerzo. La chica tenía la pierna izquierda hecha trizas hasta el hueso.

—¡Hypaxia! —le gritó a la bruja, quien ya se estaba poniendo de pie.

Pero la chica tomó la mano de Ithan y preguntó con la cara blanca como la muerte:

—¿Por qué?

Ithan sacudió la cabeza, no podía encontrar las palabras. Hypaxia se lanzó hacia la chica. Se arrodilló junto a ella y buscó otro frasco de luzprístina de su bolso. Uno más de los pocos que traía, notó Ithan sobresaltado. Necesitarían muchísimos más.

Pero aunque todas las medibrujas de Ciudad Medialuna se presentaran... ¿sería suficiente?

¿Habría algo que alcanzara para sanar lo que había sucedido aquí?

—¿Estás detectando algo? —le preguntó Hunt a Tharion. Estaban en la ribera de un río profundo y ancho que atravesaba el sistema de cuevas. Bryce, a unos metros de distancia, dejó que los hombres hablaran mientras ella estudiaba el río. La niebla no les permitía discernir su origen ni su final. Las paredes talladas continuaban a ambos lados del río entre el olor mohoso y húmedo de este lugar.

No había encontrado nada que le dijera algo nuevo sobre la Espadastral o la daga, sobre la niebla o sobre cómo derrotar a los asteri, pero iba memorizando todo lo que veía.

—No —respondió el mer. Bryce lo estaba escuchando a medias—. Mi magia sólo percibe que es... frío. Y que fluye por todas estas cuevas.

—Supongo que es algo bueno, entonces —dijo Baxian y pegó más las alas a su cuerpo. Le guiñó a Bryce, atrayendo su atención—. No hay gusanos nadando por ahí.

Bryce frunció el ceño.

—No estarías bromeando si hubieras visto uno —dijo. No le dio tiempo al Mastín del Averno de responder antes de decirles a él y a Hunt—: ¿Podrían cargarnos para volar al otro lado?

Su mente funcionaba a toda velocidad, demasiado para mantener una conversación, mientras cruzaban el río un poco incómodos. Hunt cruzó a Sathia y a Bryce juntas.

Baxian cargó a Tharion. Bryce extendió su burbuja de luzastral para que todos pudieran permanecer dentro, lo cual era lo más que podía hacer además de estudiar con cuidado lo que estaba tallado en las paredes.

Estas paredes no contaban la historia de Silene como las otras... no se mencionaba una maldad dormida bajo sus pies. Sólo un río de luzastral donde al parecer las hadas habían arrastrado a los pegasos para ahogarlos hacía mucho tiempo.

Sí, las hadas aquí no habían sido mejores que las del mundo de Nesta.

Caminaron por horas y horas, kilómetros y kilómetros. Hubo pausas ocasionales, alternaron quién montaba guardia, pero era difícil dormir.

Los espíritus se ocultaban en las grietas y nichos a su alrededor, rastros de sombras malévolas. Siseaban con hambre de sangre tibia y con un temor abyecto a su luzastral. Sólo alguien con el don astrogénito, o alguien bajo su protección, podría sobrevivir en este lugar.

Tenía la Espadastral pegada a la espalda; la daga se le clavaba en la cadera. Le pesaban con cada paso, enfrascadas en una extraña batalla por estar más cerca una de la otra que se iba intensificando conforme se adentraban en la cueva.

Bryce no les hacía caso y se dedicó a seguir los grabados de las paredes, de los techos. Había imágenes brutales talladas con cuidado y precisión: derramamiento de sangre y batallas despiadadas e interminables. Ciudades en ruinas. Territorios que se derrumbaban. Todo cayendo a ese río de luzastral, como si el poder astrogénito lo hubiera arrastrado con su oleada de destrucción.

—Tengo una pregunta —dijo Sathia y su voz hizo eco por todo el túnel—. Podría ser considerada impertinente.

Bryce resopló para no soltar la carcajada.

—¿No lo sabías? Ése es el lema del Equipo Cuevas.

Sathia aceleró el paso hasta llegar al lado de Bryce.

—Bueno, tú no pareces querer tener nada que ver con las hadas.

—Exacto —dijo Bryce.

—Pero aquí estás, portando nuestros dos artefactos más sagrados...

—Tres, si cuentas el Cuerno que traigo en la espalda.

El silencio asombrado de Sathia parecía rebotar por toda la cueva.

—¿El... el *Cuerno*? ¿Cómo?

—Un sofisticado tatuaje mágico —dijo Bryce con un movimiento de la mano—. Pero continúa.

Sathia tragó saliva.

—Estás portando *tres* de nuestros artefactos más sagrados. Sin embargo, planeas... ¿hacer qué con las hadas?

—Nada —dijo Bryce—. Tienes razón: no quiero tener nada que ver con ellas.

Los diseños en la roca a su alrededor sólo servían para reafirmar su decisión. En especial los de la masacre de los pegasos. Miró a la mujer a su lado de reojo y dijo:

—Sin ofender.

Pero Sathia preguntó:

—¿Por qué?

Bryce en realidad no quería tener esta conversación y miró a la joven con un gesto que le comunicaba justo eso, pero Sathia le sostuvo la mirada, franca y sin temor.

Así que Bryce suspiró y dijo:

—Las hadas no son... mi gente favorita. Nunca lo han sido, pero después de esta primavera, lo son menos. *Realmente* no quiero estar asociada con un grupo de cobardes que se encerraron y dejaron fuera a inocentes el día que los demonios invadieron nuestra ciudad y que parecen estar decididos a hacer lo mismo a una mayor escala aquí en Avallen.

—Algunos de nosotros no tuvimos alternativa salvo encerrarnos en nuestras villas —dijo Sathia con tirantez—. Mis padres me prohibieron...

—Yo nunca he dejado que la prohibición me impida hacer algo —dijo Bryce.

Sathia la vio con irritación, pero continuó hablando.

—Si tú... si nosotros... sobrevivimos a todo esto. ¿Entonces qué?

—¿Qué quieres decir con *entonces qué*?

—¿Qué harás con la espada y la daga? ¿Con el Cuerno? Digamos que todo lo que esperas que suceda con los asteri se vuelve realidad y encontramos información aquí o en los archivos que nos ayude a derrotarlos. Cuando ya no estén, ¿conservarás estos artefactos, aunque no quieras tener nada que ver con nuestra gente?

—¿Estás diciendo que no debería conservarlos?

—Estoy preguntándote qué planeas hacer *tú*... con ellos y contigo.

—Cambiaré el lema del Equipo Cuevas —anunció Bryce—. Ahora será *Ocúpate de tus propios asuntos*.

—Lo digo en serio —continuó Sathia sin amedrentarse con la actitud de Bryce ni por un segundo—. ¿Te alejarás de todo esto?

—No veo muchos motivos para quedarme —dijo Bryce con frialdad— Y no veo por qué querrías hacerlo tú, la verdad. Eres ganado para ellos. Para el Rey del Otoño, para Morven, para tu padre. Tu único valor proviene de tu potencial para reproducirte. No les importa un carajo si eres inteligente o valiente o amable. Sólo te quieren por tu útero y que Luna te salve si tienes un problema con eso.

—Lo sé —dijo Sathia con frialdad equivalente—. Lo he sabido desde que soy una niña.

—¿Y estás de acuerdo? —le insistió Bryce sin poder moderar la dureza de su voz—. ¿Estás de acuerdo con ser usada y tratada de esa manera? ¿Como si fueras menos que ellos? ¿Estás de acuerdo con no tener derechos, con no tener voz sobre tu futuro? ¿Estás de acuerdo con una vida donde le perteneces a tus parientes masculinos o a tu esposo?

—No, pero es la vida en la que nací.

—Bueno, pues ahora eres la Señora Ketos —dijo Bryce y movió la cabeza hacia Tharion, quien las miraba con cautela—. Así que prepárate para todo lo que eso implica.

—¿Qué quieres decir con *eso*? —exigió saber Tharion.

Pero Sathia no hizo caso a las provocaciones y dijo:

—¿Qué vas a hacer con las hadas?

—¿*Hacer*? —preguntó Bryce y se detuvo.

Sathia no se intimidó.

—Con todo el poder que tienes. Con quién eres, lo que portas.

Hunt soltó un silbido de advertencia.

Pero Bryce le dijo furiosa a Sathia:

—Sólo quiero que las hadas me dejen en paz. Y yo las dejaré en paz a ellas.

Sathia señaló la Espadastral en la espalda de Bryce.

—Pero la profecía: cuando esas armas se reúnan, también lo hará nuestra gente. Eso tiene que querer decir que tú unirás a todas las hadas...

—Eso ya lo hice —interrumpió Bryce—. Conecté a las hadas de Midgard con las hadas de nuestro mundo original. Profecía cumplida. ¿O estabas esperando algo más?

La mirada de Sathia temblaba de ira. Una mujer entera, a pesar de la vida que había tenido.

—Yo tenía la esperanza de que tuviéramos una reina hada. Alguien que pudiera cambiar las cosas para mejorarlas.

—Bueno, pues me tienes a mí —dijo Bryce y continuó avanzando hacia la oscuridad y curvó los dedos para formar puños. Tal vez usaría su poder láser para eliminar todos estos grabados de las paredes tan fácilmente como Rigelus había destrozado las estatuas del Palacio Eterno. Tal vez enviaría un destello de su luz tan intenso y feroz que borraría del mapa a todos los espíritus siseantes que los rodeaban—. Las hadas cavaron sus propias tumbas. Pueden quedarse en ellas.

Sathia dejó el tema.

Hunt empezó a caminar al lado de Bryce, colocando una mano en su hombro como si quisiera ofrecerle su apoyo, pero ella podría jurar que incluso su pareja se sentía decepcionado de ella.

Como sea. Si querían conservar un linaje jodido de tiranos hadas, eso ya era cosa de ellos.

Flynn y Dec abandonaron a Ruhn en el momento que dieron por terminada la búsqueda en los archivos y los dejaron a él y a Lidia para que compartieran una comida dolorosamente silenciosa en el comedor vacío del castillo.

Había muchas cosas que le quería preguntar, de las cuales quería hablar con ella, que quería saber. No podía encontrar las palabras. Así que comió, aunque el tenedor se oía insoportablemente ruidoso contra su plato y cada bocado era como masticar vidrio. Y cuando terminaron, caminaron de regreso a sus habitaciones en silencio, con cada paso haciendo eco en el pasillo con la fuerza de un trueno.

Pero antes de que se separaran, cuando Ruhn estaba a punto de entrar a su habitación, dijo sin pensarlo:

—¿Crees que mi hermana esté bien?

—Tú eres el que ha entrado a la Cueva de los Príncipes —respondió Lidia, y volteó a verlo—. Tú dime.

Él negó con la cabeza.

—Honestamente, no lo sé. Bryce está pasando por muchas cosas en este momento. Esas cuevas son confusas aunque vayas en un buen día. Si no estás concentrado, pueden ser letales.

Lidia se cruzó de brazos.

—Bueno, pues tengo fe en que entre ella, Athalar y Baxian, tu hermana estará bien.

—Tharion se sentirá insultado.

—No conozco a Ketos lo bastante bien como guerrero como para juzgarlo.

—Ithan Holstrom lo llama Capitán Loquesea, pero creo que no le hace justicia. Tharion es un cabrón cuando tiene ganas.

Ella sonrió y vaya que eso le hizo sentir cosas raras a Ruhn en el pecho. Ella repitió:

—Tu hermana estará bien.

Él asintió y exhaló.

—¿Tienes contacto con Hypaxia?

—No. No desde el baile.

La boca de Ruhn se movió antes de que él pudiera pensar bien su siguiente pregunta:

—Esa noche… ¿ibas a ir a reunirte conmigo en el jardín?

La sorpresa centelleó en sus ojos y luego desapareció. Frunció los labios, como si estuviera debatiendo qué contestar.

—La Arpía llegó antes que yo —dijo al fin.

Él dio un paso hacia ella y el pasillo de pronto pareció demasiado pequeño.

—¿Pero ibas a presentarte, como lo habíamos planeado?

—¿Importa?

Él se atrevió a dar otro paso. No se había dado cuenta de la insinuante curvatura de sus caderas antes de llegar a su cintura.

Él apretó los puños y se odió por el golpe de lujuria que lo recorrió y que casi le arrancó el aire de los pulmones. La deseaba. La deseaba desnuda y debajo de él y gimiendo su nombre, quería que ella le dijera *todo*, y quería… quería a su amiga de regreso. La amiga con quien podía hablar honestamente, la que sabía cosas de él que nadie más sabía.

Él dio otro paso y pudo ver que ella temblaba. De miedo o por intentar mantener el control, no lo sabía.

—Lidia —murmuró él, frente a ella al fin. Ella cerró los ojos y él pudo ver cómo el pulso le hacía vibrar la garganta.

El olor de Lidia se modificó, como flores que se abren con el sol de la mañana. Ese aroma era excitación pura. Él sintió el dolor de su pene, tensándose.

No le importó que estuvieran en medio de un pasillo con sus horrendos primos sueltos por ahí. Le deslizó una mano alrededor de la cintura y casi gimió al sentir su pronunciada curvatura, la manera en que su mano embonaba ahí perfectamente.

Ella mantuvo los ojos cerrados, su pulso todavía acelerado. Así que usó su otra mano para ladear su cabeza. Se acercó y rozó sus labios sobre ese punto vibrante de su garganta.

Una pausa en su respiración, y él sintió que los ojos casi se le volteaban hacia el interior de su cabeza. Su sabor... carajo. Necesitaba más. Le rozó la piel suave de la garganta con los dientes y su lengua le recorrió el espacio justo debajo de la oreja. Su pene latía en respuesta.

Ella relajó su cuerpo y quedó dócil en sus manos. Ladeó la cabeza un poco más. Una invitación. Le lamió el cuello y su mano bajó de su cintura a su trasero...

Ella se tensó. Se alejó.

Como si se hubiera percatado de lo que hacían. Como si hubiera recordado quién era. Quién era él.

Él se quedó ahí parado como un puto idiota, jadeando ligeramente, con el pene duro y empujando sus pantalones y ella sólo... se quedó viéndolo. Con los ojos muy abiertos.

—Yo... —dijo Ruhn. No tenía idea de qué decir. Qué hacer.

La cabeza le daba vueltas. Esta mujer tenía tanta sangre en sus manos, pero...

—Buenas noches —dijo él con voz ronca y se dio la vuelta para regresar a su propia habitación antes de poder hacer más el ridículo.

Ella no lo detuvo.

54

Bryce estaba recostada en el suelo duro y frío e intentaba fingir que estaba de vuelta en su cama, que no tenía una roca enterrada en la cadera, que su brazo era la almohada *más* cómoda...

A juzgar por las vueltas y movimientos de Sathia cerca de ahí, sabía que también estaba teniendo poco éxito para acomodarse para dormir.

Hunt se había quedado dormido de inmediato. Su respiración ya era un ritmo suave y ella estaba intentando concentrarse en eso para intentar conciliar el sueño. Supuso que sus días como guerrero lo habían acostumbrado a dormir en condiciones más adversas, pero... no. No quería pensar en todas las cosas que Hunt había soportado para que dormir en esta superficie tan incómoda le resultara sencillo, en especial cuando la culpabilidad inmerecida que sentía por todas ellas ahora lo estaba consumiendo.

Había sido más fácil en el mundo hada porque el agotamiento la había consumido a tal grado que no había tenido alternativa *salvo* quedar inconsciente. Pero aquí, incluso bajo la protección de la guardia de Baxian, el sueño seguía evadiéndola.

Bryce se acostó de espaldas. Su luzastral se movía con ella y anunciaba cada uno de sus movimientos como un faro. Carajo, ¿cómo podría dormir con *eso* brillándole en los ojos...?

Miró miserablemente hacia el techo, que en este lugar estaba tallado para simular las ramas de un bosque. Un trabajo hermoso y notable que nunca había sido documentado, nunca había sido revelado al resto del mundo.

Sólo a unas cuantas hadas del sexo masculino y de la realeza que habían entrado a buscar la Espadastral.

Esa espada que ahora tenía a su izquierda, una presencia latiente y pulsante que se acentuaba a causa de La que Dice la Verdad, a su derecha, que latía en contratiempo. Como si las armas estuvieran hablando.

Qué puta maravilla. Era como quedarse a dormir en casa ajena y escuchar todas las conversaciones. Bryce ignoró la plática de las armas lo mejor que pudo y se concentró en las cuevas, en los grabados.

Las mujeres nunca habían tenido permitido entrar aquí. Ahora *dos* mujeres hada lo habían hecho. Esperaba que todos los príncipes muertos de las cuevas estuvieran revolcándose en sus sarcófagos.

Tanto miedo a las mujeres... tanto odio. ¿Por qué? ¿Por Theia? Pelias había sido quien fundó el linaje astrogénito aquí en Midgard. ¿Todas esas prohibiciones y restricciones emanaban de su miedo a que alguien como ella volviera a surgir?

Bryce supuso que académicos y activistas habían pasado siglos investigando y debatiendo sobre el tema, así que la probabilidad de que ella encontrara una respuesta, aunque conociera la verdad sobre Theia, era muy poca o nula. Pero no hacía que las cosas fueran más fáciles de soportar.

Así que se recostó de lado en posición fetal y se puso a mirar el grabado del río de estrellas que su luzastral iluminaba. El río de su linaje, que se suponía que duraría por milenios. Su sangre, en su forma literal de estrellas. Su sangre que corría por estas cuevas. Una herencia de crueldad y dolor.

Deseó que Danika estuviera con ella. Si había una persona que podría haber entendido la complejidad de una herencia tan jodida, de cargar con el peso del futuro de su gente, sería Danika.

Danika, que quería algo más para este mundo, para Bryce.

Préndete.

Pero tal vez las hadas y su linaje no se merecían la luz de Bryce. Tal vez se merecían caer para siempre en la oscuridad.

Flynn y Dec, los malditos, no se presentaron al desayuno. Y dejaron a Ruhn y Lidia a que volvieran a comer solos.

Ruhn había permanecido despierto en su cama casi toda la noche, con una erección dolorosa... luego, inquieto por lo que podrían estar enfrentando Bryce y los demás en la Cueva de los Príncipes. Tal vez debería haber ido con ellos. Tal vez quedarse aquí había sido cobarde, aunque necesitaran la información de los archivos. Flynn y Dec la podrían haber encontrado.

Las puertas del comedor se abrieron cuando estaban terminando de comer y Ruhn se preparó para ver a los hijos de puta de sus primos, pero quien entró fue un hombre hada alto que miró a su alrededor antes de cerrar la puerta silenciosamente a sus espaldas, como si no quisiera ser visto.

—Lidia Cervos —dijo el hada con voz temblorosa.

Ruhn colocó la mano cerca del cuchillo en su bota cuando el hada se acercó a la mesa. Lidia lo observaba con expresión ilegible. Ruhn intentó sin éxito controlar su corazón desbocado. Abrió la boca. Para ordenarle al desconocido que se identificara, para exigir que se marchara...

—Vine a agradecerte —dijo el hada y metió la mano a su bolsillo. Ruhn desenvainó su cuchillo, pero el hada solamente sacó un pedazo de papel. Era un pequeño retrato de una mujer y tres niños pequeños. Todos hadas.

Pero Lidia no lo vio. Como si no pudiera soportarlo.

El hada dijo:

—Hace diez años, salvaste mi vida.

Ruhn no sabía qué hacer con su cuerpo. Lidia se quedó mirando al piso.

El hada continuó:

—Mi unidad estaba en la base en Kelun. Era medianoche cuando llegaste de repente y pensé que todos moriríamos. Pero nos advertiste que el Martillo venía en camino... que teníamos que escapar. Los siete estamos vivos hoy, con nuestras familias, gracias a ti.

Lidia asintió, pero parecía más un movimiento de *gracias, por favor para*. No por humildad o vergüenza, sino por un dolor que hacía que bajara la vista. Como si no pudiera soportar seguir escuchando.

Él volvió a ofrecer el retrato de su familia.

—Pensé que te gustaría ver lo que se logró con tu decisión de aquella noche.

Lidia seguía sin levantar la vista. Ruhn no podía moverse. No podía respirar.

El hada siguió hablando:

—Todavía quedamos algunos miembros de mi unidad aquí, en secreto. El príncipe Cormac nos convenció a todos de unirnos a la causa. Pero nunca le dijimos a él, ni a nadie, quién nos había salvado. No queríamos poner en riesgo lo que fuera que estuvieras haciendo. Pero cuando escuchamos el rumor de que tú, la Cierva, digo, habías desafiado a los asteri, algunos de nosotros nos volvimos a poner en contacto.

El hada al fin se dio cuenta de la incomodidad de Lidia y dijo:

—Tal vez es demasiado pronto para que puedas reconocer todo lo que has hecho, las vidas que has salvado, pero... Quería decirte que estamos agradecidos. Que estamos en deuda contigo.

—No hay ninguna deuda —dijo Lidia y al fin vio al hada a los ojos—. Deberías marcharte.

Ruhn parpadeó ante las palabras, pero Lidia le aclaró al desconocido:

—Asumo que han mantenido sus actividades y asociaciones en secreto y que Morven no está enterado. No se arriesguen a provocar su cólera ahora.

El hombre asintió, comprendiendo.

—Gracias —dijo de nuevo y se marchó.

En el silencio posterior, Ruhn preguntó:

—¿Les permitiste ver quién eras en realidad?

—Tuve que elegir entre arriesgar que mi identidad fuera revelada al mundo o dejarlos morir —dijo Lidia en voz baja mientras caminaban hacia la puerta—. No podría haber vivido conmigo misma si hubiera elegido lo segundo.

Ruhn arqueó una ceja.

—No quiero sonar insensible, pero ¿por qué? Eran sólo siete. No hubiera representado ninguna diferencia en la rebelión.

—Tal vez no para Ophion como un todo, pero hubiera representado una diferencia para sus familias —no lo volteó a ver—. Para sus parejas, hijos, padres... quienes esperaban que regresaran a salvo.

—Tuvo que haber algo más —insistió él—. Estabas poniendo mucho en juego.

Ella abrió la puerta y no volvió a hablar hasta que salieron al pasillo.

—Supongo que esperaba que... si mis hijos estuvieran alguna vez en una situación similar, alguien haría lo mismo por ellos.

Él sintió que el corazón se le estrujaba al escuchar sus palabras, su verdad.

—Tu camino ha sido difícil, Lidia... Demonios, no creo que yo podría haber soportado nada de eso. Pero lo que hiciste fue increíble. No te permitas olvidarlo.

—Podría haber salvado a más personas —dijo ella con voz suave y la mirada en el piso mientras avanzaban por el pasillo vacío—. Debería haber salvado a más.

Lidia no tenía idea de qué pensar del encuentro con el exrebelde de esa mañana.

Tal vez Urd lo había enviado para recordarle que sus decisiones y sacrificios sí habían hecho, de hecho, una diferencia en el mundo. Aunque la destrozaran.

La Reina del Océano no le había dado una alternativa al marcharse de la embarcación, ni hacía muchos años ni ahora. Pero aquí, en esta triste isla de las hadas... aquí al menos existían algunas personas que se habían beneficiado de esa posición imposible.

Flynn y Declan todavía no llegaban a los archivos y, cuando el silencio se volvió insoportable, cuando ella y Ruhn empezaron a buscar, cuando los únicos olores eran las tarjetas mohosas del catálogo y el aroma atractivo y reconfortante de Ruhn, Lidia dijo sorpresivamente al otro lado del tarjetero del catálogo:

—Voy a buscar un poco de café. ¿Quieres acompañarme?

Ruhn la volteó a ver y, dioses, era muy apuesto. Ella nunca se había permitido pensar en la gran hermosura de este hombre. Incluso con los tatuajes hechos trizas, la prueba de lo que Pollux le había hecho...

Los ojos azules de Ruhn centellearon, como si se percatara de la dirección que habían tomado sus pensamientos.

—Claro, vamos.

Incluso la manera en la que hablaba, el timbre de su voz... ella podría pasar todo el día disfrutándolo. Y anoche, cuando la había tocado, cuando la lamió...

¿Tendría él una idea de lo cerca que estuvo de suplicarle que la desnudara, que la lamiera de la cabeza a los pies y que pasara un rato largo entre sus piernas?

—¿Qué es esa mirada? —preguntó Ruhn con voz grave y ronca. Ella notó cada uno de los músculos que se movían en sus hombros, en sus brazos, sus muslos poderosos cuando caminó hacia ella. La manera en que la luz del sol brillaba en su cabello largo y oscuro y lo convertía en una cascada sedosa de noche. El lado rapado de su cabeza parecía estarle suplicando que sus dedos acariciaran la suavidad de terciopelo mientras le mordisqueaba la oreja puntiaguda...

Ella empezó a caminar cuando él llegó porque la alternativa era entregarse a los anhelos de su cuerpo.

—Cerebro agotado. Necesito una taza de café.

Había dormido mal la noche anterior. Al principio, había sido gracias al recuerdo de lo que habían hecho en el pasillo, pero luego sus pensamientos se habían ido hacia Brann y Actaeon, a esa última conversación con ellos, y deseó poder estar en ese puente mental, con su amigo Night sentado en su silla a su lado.

No sólo para tener alguien con quien hablar, sino tenerlo a *él* para hablar. De... todo.

Ruhn la alcanzó y empezó a caminar a su lado.

—¿Quién hubiera pensado que la Cierva tenía una adicción a la cafeína?

Su media sonrisa le debilitó las rodillas. Pero él no dijo nada más mientras exploraban el corredor trasero de los archivos, abriendo y cerrando puertas. Un armario lleno de escobas y trapeadores medio podridos, otro adornado con bandejas de diversos cristales de cuarzo, sin duda alguna especie de instrumento de grabación de los académicos que era necesario en esta isla privada de la tecnología, y unas cuantas celdas vacías con escritorios viejos que debieron ser en su momento estudios privados.

—Morven realmente tiene que invertir en una nueva sala de descanso —dijo Ruhn cuando al fin encontraron la cocina—. Esto no puede ser bueno para el ánimo de los empleados.

Lidia miró el espacio oscuro y polvoso, el mueble de madera que estaba pegado a la pared y lleno de heces de ratón, las telarañas que llenaban en el entrepaño inferior de los gabinetes.

—Esto es como un mal cliché medieval —dijo y se acercó al caldero incrustado de suciedad en la chimenea oscura—. ¿Esto es... avena?

Ruhn se aceró y, al percibir su olor, ella sintió que se derretía su entrepierna.

—No sé por qué todo el mundo pensaba que Avallen era un paraíso de cuento de hadas. Le he estado diciendo a Bryce durante años que es horrible aquí.

Lidia apartó la mirada del guiso que tenía días de estar ahí en el caldero y empezó a abrir los gabinetes. Un ratón había hecho su nido en una caja de galletas viejas, pero al menos había un frasco cerrado con bolsas de té.

—Debería haber sospechado que no habría café.

Miró a su alrededor en busca de una tetera y encontró a Ruhn parado junto a un lavabo antiguo, bombeando para sacar agua.

—Tu hermana —dijo Lidia— tenía razón al preguntarse qué sucede en este lugar. ¿Crees que Morven esté ocultando algo?

—Tú eres la superquebrantadora de espías —dijo Ruhn y se acercó a la chimenea para colocar unos cuantos troncos entre las cenizas—. Tú dime.

Los músculos de su antebrazo se movieron cuando tomó un poco de yesca y pedernal para encender el fuego con una eficiencia que no debería haberla hecho salivar como lo hizo. Él se asomó por encima del hombro para verla con ojos curiosos de azul intenso y ella se dio cuenta de que le había hecho una pregunta y ella solamente lo estaba... viendo. Sus brazos.

Lidia se aclaró la garganta y fue en busca de dos tazas.

—Morven nunca le dio ni a los asteri ni a mí ningún motivo para investigar en este lugar. Siempre se presentó cuando se le convocó y ofreció sus servicios sin cuestionar. Era, a ojos de Rigelus, un súbdito perfecto.

—¿Así que nunca hubo ninguna discusión sobre la niebla y Morven se pudo quedar aquí oculto de ellos siempre que quiso?

El fuego se encendió y Ruhn se puso de pie y dio un paso atrás para monitorearlo.

—No —respondió Lidia—. Creo que Rigelus piensa que la niebla es una especie de... anomalía encantadora de Midgard y las hadas. Algo que le da un poco de personalidad a este mundo. Y como Morven y sus ancestros siempre cooperaron, los dejaron en paz.

Ruhn se metió las manos a los bolsillos de sus jeans negros.

—Supongo que me sorprende que después de que se supo lo de Cormac, los asteri no vinieran aquí a investigar por todo Avallen qué podría haber provocado que el príncipe se convirtiera en rebelde.

—Morven se arrastró de inmediato hasta la Ciudad Eterna —dijo Lidia con la mandíbula apretada—. Y desconoció a su hijo de inmediato.

—Claro, con mi papá siguiéndolo un paso atrás.

Ella estudió el rostro de Ruhn, el dolor y la rabia que no ocultaba.

—Ayer, cuando te dije que debías actuar más como un príncipe...

—No te preocupes por eso.

—Sé el tipo de monstruos con los que estás lidiando —dijo ella y bajó la mirada a los antebrazos de él, donde las cicatrices de las quemaduras de su infancia ya casi habían desaparecido pero aún le quedaban unas cuantas franjas rosadas que no habían sido alteradas por las atenciones de Pollux.

—Puedo cuidarme solo —dijo él con voz tensa y colocó la tetera sobre el gancho que había encima de la chimenea. La dejó meciéndose sobre la flama.

—Sé que puedes —dijo ella, intentando sin éxito explicar lo que quería decir—. Yo sólo... puedo ver lo bueno que eres, Ruhn. Siempre tienes las emociones a la vista en tu cara porque *sientes* de una manera que Morven y el Rey del Otoño no. No quiero que usen eso en tu contra, que averigüen cómo lastimarte.

Él la volteó a ver lentamente, esos hermosos ojos azules cautelosos pero vulnerables.

—¿Creo que eso fue un cumplido?

Ella ahogó una risa y dejó caer dos bolsas de té en las tazas menos polvosas que encontró.

—Es un cumplido, Ruhn —dijo. Lo miró a los ojos y le ofreció una pequeña sonrisa—. Acéptalo y sigue con tu vida.

No encontraron nada nuevo ese día. Flynn y Dec parecían haberse conformado con dejarlos hacer todo el trabajo, porque no se presentaron. O tal vez se habían marchado para hacer algo importante y no les habían podido decir, ya que no tenían manera de enviarles un mensaje de texto o llamarles.

—Escucha esto —dijo Lidia y Ruhn detuvo su búsqueda interminable para ir donde estaba ella con un pergamino antiguo abierto. Él había notado la manera en que ella había estado viéndolo más temprano... el deseo puro en sus ojos, su olor. Lo había distraído tanto que apenas había sido capaz de encender el fuego en esa cocina patética.

Pero Ruhn controló su necesidad de olerla, de enterrar su cara en su cuello y lamer esa piel suave. Lidia señaló el pergamino desenrollado que tenía frente a ella:

—El catálogo listaba el título de este pergamino como *Las raíces de la magia terrenal*.

—¿Y?

Ella torció la boca hacia un lado.

—Creo que es extraño que tanto Flynn como Sathia no soporten Avallen.

—¿Eso qué tiene que ver con los asteri?

—Pensé que tal vez valdría la pena buscar los escritos más antiguos sobre la magia de la tierra, qué rol tenía en las Primeras Guerras o poco después. Este pergamino fue lo más viejo que pude encontrar.

Flynn había escogido un muy mal momento para no presentarse.

—¿Y?

—Esto no me ha dado más información de lo que ya sabíamos sobre el tipo usual de magia de la tierra que poseen las hadas, pero *sí* menciona que los que poseen magia de la tierra fueron enviados en avanzada para buscar tierras, para percibir dónde podían construir. No sólo las mejores ubicaciones geográficas, sino también mágicas. Podían percibir las líneas ley... los canales de energía que corren a lo largo de la tierra por todo Midgard. Les dijeron a los asteri que construyeran sus ciudades donde confluían varias líneas, en los cruces naturales de poder, y también eligieron esos lugares para que las hadas se establecieran. Pero seleccionaron Avallen *sólo* para las hadas. Para que fuera su fortaleza personal y eterna.

Ruhn se quedó pensando.

—Okey, entonces si Flynn y Sathia dicen que este lugar está muerto y se está pudriendo...

—No debería ser así, según lo que está aquí registrado sobre Avallen.

—¿Pero por qué mentirían las hadas de la antigüedad sobre dónde hay líneas ley?

—No creo que hayan mentido —dijo Lidia y señaló los mapas que estaban sobre la otra mesa, donde Dec los había dejado—. Me parece que el Avallen que encontraron la primera vez, con todas esas líneas ley y magia... creo que existió. Pero luego algo cambió.

—Pero eso ya lo sabíamos —dijo Ruhn con cuidado—. Que algo cambió.

—Sí —dijo Lidia—, pero la niebla no cambió. ¿Eso podría ser intencional? Dejaron la niebla intacta pero el resto se alteró, islas completas que desaparecieron, la tierra misma se pudrió.

—Pero eso sólo habría perjudicado a las hadas. Y por todo lo que sabemos de ellas, son unas mierdas egoístas. Nunca se separarían por propia voluntad de alguna especie de poder.

—Tal vez no lo hicieron voluntariamente —dijo Lidia pensativa—. Lo que sea que haya sucedido, la niebla lo ha mantenido oculto de los asteri.

—¿Qué crees que querían ocultar? ¿Por qué pudrirse en su propia tierra?

Lidia señaló el catálogo a sus espaldas.

—Tal vez la respuesta esté ahí dentro, en algún lugar.

Ruhn asintió, aunque se preguntaba si estarían listos para lo que encontraran como respuesta.

Bryce estaba parada junto con Baxian en la orilla de un segundo río, estudiando el camino en el otro margen distante. Su estrella brillaba con debilidad en esa dirección. El paso del río era angosto; los tendría que teletransportar al otro lado. Mantuvo su luzastral brillando con fuerza, los espíritus eran una malicia susurrante a su alrededor.

No habían visto nada de utilidad en los grabados de las paredes hasta ahora. Hadas matando dragones, hadas bailando en círculos, hadas disfrutando su propia gloria. Nada útil. Todo eran cosas superficiales. Bryce apretó los dientes.

—Danika era igual, sabes —dijo Baxian en voz baja para que los demás no pudieran escuchar—. Con los lobos. Odiaba lo que eran muchos de ellos y quería comprender cómo se habían convertido en eso.

Bryce volteó a verlo y su luzastral brilló con un poco más de fuerza cuando iluminó el paso del río. Se hizo más tenue cuando miró al Mastín del Averno de frente

—Los lobos son, por mucho, *mucho* mejores que las hadas.

—Tal vez —dijo Baxian y la miró—. ¿Pero qué hay de tu hermano? ¿O Flynn y Declan? —un movimiento de cabeza hacia el sitio donde Sathia, Tharion y Hunt estaban sentados juntos—. ¿Qué hay de ella? ¿Crees que todos son una causa perdida?

—No —admitió Bryce. Baxian esperó. Ella dejó escapar una exhalación larga—. Y las hadas que yo me encontré en el otro mundo tampoco eran tan malas. Podría incluso haberme hecho su amiga si las circunstancias hubieran sido diferentes.

—Entonces las hadas no son inherentemente malas.

—Por supuesto que no —siseó Bryce—. Pero la mayoría de las de este mundo...

—¿Conoces a todas las hadas de Midgard?

—Puedo juzgarlas por sus actos colectivos —dijo Bryce con brusquedad—. Cómo haber dejado fuera a la gente durante el ataque...

—Sí, eso fue una mierda. Pero hasta que Holstrom desafió las órdenes, los lobos tampoco estaban ayudando.

—¿Cuál es tu punto?

—Que el líder correcto hace toda la diferencia.

Bryce no pudo evitar manifestar su aversión a esas palabras: *el líder correcto*. Baxian continuó:

—Las hadas valbaranas tal vez no sean la población más caritativa de nuestro mundo, pero piensa en quién las ha gobernado los últimos quinientos años, y mucho tiempo antes que eso. Lo mismo con los lobos. El Premier no es malo, pero es solamente un tipo decente en una cadena de líderes brutales. Danika estaba trabajando para cambiar eso y la mataron por ese motivo.

—Rigelus me dijo que la mataron para ocultar la información sobre la verdadera naturaleza de los asteri —dijo Bryce.

Baxian la miró.

—¿Y tú crees en todo lo que dice Rigelus? Además, ¿por qué no podrían ser ambas cosas? Ellos querían conservar sus secretos, sí, pero también destruir la semilla de esperanza que Danika ofrecía. No sólo para los lobos, sino para todo Midgard. Que las cosas pudieran ser diferentes. Mejores.

Bryce se dio un masaje en el pecho adolorido. Su luzastral estaba anormalmente tenue.

—Definitivamente la hubieran matado por eso también.

El rostro de Baxian se tensó con el dolor.

—Entonces haz que su muerte cuente para algo, Bryce.

Se sintió como si él le hubiera dado un puñetazo en la cara.

—Y ¿qué más? —exigió saber ella—, ¿intentar redimir a las *hadas*? ¿Conseguirles unos libros de autoayuda y hacerlas sentarse en un círculo para hablar de sus sentimientos?

Él la miró con el rostro impasible.

—Si crees que eso sería efectivo, sí.

Bryce se veía molesta. Dejó escapar una exhalación larga.

—Si sobrevivimos a esta mierda con los asteri, lo pensaré.

—Tal vez ambas cosas vayan de la mano —dijo él.

—Si empiezas a escupir alguna estupidez sobre reunir un ejército hada para derrotar a los asteri...

—No. Esto no es una película épica —ladeó la cabeza—. Pero si crees que lo podrías lograr...

Bryce, a pesar de no quererlo, rio.

—Claro. Lo agregaré a mi lista de pendientes.

Baxian sonrió un poco.

—Sólo quería que supieras que Danika estaba pensando en muchas cosas similares.

—Desearía que hubiera hablado de eso conmigo —suspiró Bryce—. Sobre muchas cosas.

—Quería hacerlo —le dijo él con suavidad—. Y creo que ponerte el Cuerno en la espalda fue su forma de tal vez... manipularte para que siguieras un camino similar.

—Típico de Danika.

—Lo podía ver en ti... lo que podías representar para las hadas —dijo y su voz se tornó insoportablemente triste—. Ella era buena para detectar ese tipo de cosas en la gente.

Bryce le tocó el brazo.

—Me alegra que te tuviera a ti para hablar. De verdad.

Él le sonrió con tristeza.

—A mí me alegra que te tuviera también. No pude estar con ella, no pude dejar a Sandriel, y estoy muy agradecido de que tuviera a alguien a su lado que la amara de manera incondicional.

A Bryce se le hizo un nudo en la garganta. Podría haber dicho algún lugar común referente a que ya se reunirían en la otra vida, pero... la otra vida era un timo. Y el alma de Danika ya no estaba.

—Oigan —dijo Hunt desde donde los demás ya se habían puesto en pie—. Tenemos que seguir adelante.

—¿Por qué? —preguntó Bryce y caminó hacia ellos. Su luzastral estaba más débil, como si le estuviera diciendo que iba en la dirección equivocada. *Lo sé*, le dijo en silencio.

—No deberíamos demorarnos, ni siquiera con la Princesa Mágica Astrogénita cuidándonos —dijo Tharion y guiñó el ojo—. Creo que nos estamos volviendo demasiado tentadores para los espíritus.

Movió la cabeza hacia la masa retorcida de sombras apenas visibles a través de la niebla. Su siseo se había elevado a un nivel que le hacía vibrar los huesos.

—Está bien —dijo Bryce y resistió la tentación de taparse los oídos para protegerse del escándalo maligno—. Vámonos.

—Ésa es la primera decisión sabia que has tomado —dijo una profunda voz masculina desde el túnel a sus espaldas.

Y no había ningún sitio donde correr, nada que hacer más que quedarse ahí a enfrentar la amenaza, cuando vieron a Morven salir de la niebla. Y detrás de él, con las flamas brillando en sus ojos, estaba el Rey del Otoño.

55

Hunt reunió sus relámpagos alrededor de sus dedos, dejó que pasaran por su cabello, cuando los dos reyes hada se acercaron, uno envuelto en flamas; el otro, en sombras. El siseo de los espíritus, su hedor, había disimulado su llegada. A menos que Morven hubiera *provocado* que los espíritus hicieran ese escándalo para ellos poder acercarse tanto sin que siquiera el oído de Baxian lo detectara.

Los relámpagos de Hunt eran sólo una chispa de lo que podría manejar sin el halo, pero serían suficientes para freír a estos malditos...

El Rey del Otoño se quedó mirando a Bryce con odio puro contorsionándole el rostro:

—¿Pensaste que un clóset me iba a detener?

Los relámpagos de Hunt chisporroteaban a su alrededor y se enroscaban subiendo por su antebrazo. Estaba ligeramente consciente de que Tharion formaba una columna de agua del río que estaban por cruzar y la apuntaba hacia los reyes. De Baxian, que había desenvainado su espada y gruñía...

Con una actitud de absoluta despreocupación, Bryce le dijo a su padre:

—Capturé a Micah en un baño, así que un clóset me pareció suficiente para ti. Pero debo admitir que tenía la esperanza de que te quedaras ahí más tiempo.

Las sombras de Morven se revolvían violentamente a su alrededor, como perros que tiran de sus correas.

—Regresarás a mi castillo con nosotros para enfrentar las consecuencias de tratar a tu soberano de una forma tan ofensiva.

Bryce rio.

—No iremos a ninguna parte con ustedes.

Morven sonrió y sus sombras se aquietaron.

—Creo que sí lo harán.

Unas manos oscuras y llenas de costras arrastraron a Flynn y Declan desde las sombras. Los dos intentaron resistir, pero los espíritus los tenían sometidos. Lo único que se alcanzaba a ver eran las manos de las criaturas; el resto de sus cuerpos permanecían ocultos en las sombras, como si no pudieran soportar estar tan cerca de la luzastral de Bryce.

Sathia dejó escapar una exclamación de sorpresa. Hunt exigió saber:

—¿Dónde carajos está Ruhn?

—Ocupado conquistando a esa perra traidora —dijo Morven—. Ni siquiera se dio cuenta de que mis sobrinos habían secuestrado a estos idiotas.

Dos voces hablaron en la mente de Hunt: *Te mataremos y luego nos reproduciremos con tu pareja hasta que...*

La luzastral destelló y silenció las voces, revelando a los Gemelos Asesinos escondidos detrás de los reyes, a unos pasos de Dec y Flynn, como si los hermanos estuvieran al mando de los espíritus para que los sometían.

La luz de Bryce ardió, blanco brillante contra el azul y dorado de las llamas del Rey del Otoño, contra la oscuridad impenetrable de las sombras de Morven.

—¿Qué carajos quieren?

Flynn y Declan dejaron escapar unos sonidos agudos de lamentación. Aunque las manos de los espíritus no se habían movido, la sangre goteaba de las narices de sus amigos. Goteaba al suelo.

Seamus y Duncan sonrieron. No podía imaginar lo que esos imbéciles les estaban haciendo a las mentes de Dec y Flynn...

—Maldita niñita mimada y traicionera —le escupió Morven a Bryce. Sus sombras estaban listas para atacar de nuevo—. Intentaste comprarme con la investigación de tu padre. Él nunca hubiera permitido que tus manos sucias se le acercaran si no lo hubieras incapacitado de alguna forma. Fui a investigar de inmediato.

Hunt se quedó con la boca abierta al ver a Bryce fingir un bostezo.

—Mi error. Asumí que querías tener alguna ventaja sobre este pendejo —señaló al Rey del Otoño con el pulgar—. Pero no tomé en cuenta que eres demasiado tonto como para interpretar lo que hay en sus notas sin su ayuda.

Hunt tuvo que controlar su risa a pesar del peligro en el que se encontraban. La mirada ofendida de Morven se veía un poco forzada... Bryce claramente le había atinado a sus motivos. El Rey del Otoño lo miró con irritación.

—Déjalos ir —dijo Bryce— y podemos hablar como adultos.

—Los liberaré cuando hayas regresado a mi castillo —dijo Morven.

—Entonces mátalos de una vez porque no voy a volver contigo.

Flynn y Dec la miraron con indignación, pero los espíritus los sostenían con fuerza. Morven no dijo nada, ni siquiera sus sombras se movieron. Los Gemelos Asesinos se limitaron a ver a Bryce, listos para pelear.

Adelante, pendejos, quería decir Hunt. Por la manera en que los gemelos lo miraron, se preguntó si habían podido leer sus pensamientos.

Bryce le sonrió burlonamente a Morven.

—Pero sé que no los vas a matar. Son demasiado valiosos como sementales para reproducción. Que es a lo que se reduce todo, ¿cierto? La reproducción.

El Rey del Otoño habló entonces con frialdad a pesar de la flama roja que ardía en las puntas de sus dedos:

—Las hadas debemos retener nuestro poder y nuestros derechos de nacimiento. Los linajes reales han estado desvaneciéndose, están diluidos y débiles en tu generación.

—Cormac lo demostró con su cobardía —dijo Morven—. Debemos hacer todo lo posible por fortalecerlas.

—Cormac era un mejor guerrero de lo que tú serás jamás —escupió Tharion. La columna de agua se hizo más angosta, hasta tener la punta como una aguja. Le haría un agujero en la cara a quien se le pusiera enfrente.

—Qué mal que ya estoy casada —dijo Bryce pensativa—. Y ustedes no se divorcian.

Morven se rio con ironía.

—Se pueden hacer excepciones por el bien de la reproducción.

La rabia de Hunt rugió por todo su cuerpo.

—Toda esta conversación sobre la reproducción me suena *muy* conocida —dijo Bryce con otro bostezo—. Y, ahora que lo pienso, todo esto de rey hada contra reina hada me parece también como si fuera la historia repitiéndose —arrugó la nariz fingiendo pensar—. Pero, saben —le dio unas palmadas a la empuñadura de La que Dice la Verdad—, algunas cosas podrían ser distintas ahora.

Hunt podría jurar que la Espadastral murmuraba suavemente, como si respondiera.

—Eres una deshonra para nuestra gente y nuestra historia al portar esas armas —la acusó Morven.

—No te olvides de que también porto esto —dijo Bryce y levantó la mano. Una luz, pura y concentrada, vibraba ahí.

—Ah, ¿crees que la luz sola puede derrotar a la verdadera oscuridad? —dijo Morven furioso y sus sombras se elevaron detrás de él en una ola negra. Eran profundas, sofocantes... sin vida.

Hunt volvió a reunir sus relámpagos, una cadena que se enroscaba alrededor de su muñeca y su antebrazo. Con un movimiento, freiría a los espíritus que sostenían a Dec y Flynn y los liberaría para tener más aliados en esta pelea...

Pero el Rey del Otoño vio esa semilla concentrada de luz en los dedos de Bryce. Sus flamas se apagaron un poco.

Cualquier dejo de diversión o rabia se escapó de su expresión mientras le murmuraba a Morven:

—Corre.

—Ahora, *ésa* es la primera decisión sabia que *tú* has tomado —se burló Bryce.

Un rayo de luz ardiente y afilada brotó de su mano hacia el techo.

Entonces empezaron a lloverles encima rocas sólidas.

Ruhn acababa de decidir que realmente tenía que ir a ver dónde se habían metido sus amigos todo el día. Estuvo a punto de hacerlo al salir de los archivos, pero se encontró a sí mismo caminando a las habitaciones con Lidia.

—Sé que es una situación poco común —dijo ella cuando llegaron a su puerta—, pero me gustó trabajar contigo hoy.

Él se detuvo y tragó saliva antes de lograr responder:

—Debe ser agradable, finalmente poder ser... tú. Abiertamente.

—Es complicado —dijo ella en voz baja.

Lidia movió un poco los pies, como si quisiera decir más pero no supiera cómo, así que Ruhn decidió hacerle un favor y preguntó:

—¿Quieres entrar un minuto?

Ella arqueó la ceja, por lo cual él agregó:

—Sólo para hablar.

Ella sonrió un poco, pero asintió. Él abrió su puerta y se apartó para dejarla pasar. Se sentaron en las sillas deshilachadas frente a la chimenea y, por un momento, Lidia se quedó viendo las llamas como si le estuvieran hablando.

Ruhn estaba a punto de ofrecerle algo de beber cuando ella dijo:

—Todo en mi vida es complicado. Todas las relaciones, reales y fingidas... a veces no las distingo.

Su voz era suave... triste. Y absolutamente exhausta.

Ruhn se aclaró la garganta.

—Cuando tú y yo... —*cogimos*— dormimos juntos, sabías quién era. Más allá de mi nombre clave, digo.

Ella lo miró a los ojos, las flamas bailaban en su reflejo.

—Sí.

—¿Eso te complicó las cosas?

Ella se quedó mirándolo, sus ojos eran tan dorados como las flamas que estaban frente a ellos. El corazón de Ruhn latía enloquecido.

—No. Estaba sorprendida, pero no complicó nada.

—¿Sorprendida?

Ella lo señaló con un ademán.

—Tú eres... tú.

—¿Y eso es malo?

Ella rio un poco y sonó tanto a Day que él dejó de respirar.

—Eres el príncipe desafiante y fiestero. Tienes todos esos piercings y tatuajes. No te tenía en el concepto de rebelde.

—Créeme, tampoco estaba en mi plan a cinco años.

Ella volvió a reír y el sonido ronco se le fue a él directo al pene y lo envolvió con fuerza. La voz de Lidia siempre le había provocado eso.

—¿Por qué arriesgarte? —continuó ella.

—¿Al principio? —dijo él y se encogió de hombros. Tuvo que concentrarse para hacer a un lado la lujuria creciente que recorría todo su cuerpo—. Cormac me chantajeó. Me dijo que le diría a mi padre sobre mis habilidades de hablar mente-a-mente. Pero entonces me di cuenta de que era... lo correcto.

—El agente Silverbow será extrañado. Ya lo es.

—¿Conociste a Cormac, entonces?

—No, pero supe de las cosas que logró para Ophion y la gente que se vio atrapada en la guerra. Era un buen hombre —miró la puerta cerrada—. Su padre no merecía un hijo como él.

Ruhn asintió.

Ella lo miró atentamente.

—Tu padre tampoco... merece un hijo como tú.

Las palabras no debieron haber significado nada, en especial provenientes de la Cierva, pero a Ruhn se le hizo un nudo en la garganta al escuchar la honestidad cruda de su voz.

—¿Puedo preguntarte —se aventuró a decir él— sobre tu trato con la Reina del Océano?

Lidia apretó la mandíbula.

—Era joven y estaba asustada cuando hice el trato con ella. Pero incluso ahora, tomaría las mismas decisiones. Por mis hijos.

—¿Qué sucedió? —preguntó él mirándola a los ojos—. Sé que no es mi asunto, pero...

—Pollux no es su padre —dijo ella y él casi suspiró de alivio—. Fue... —le costaba encontrar las palabras—. Yo provengo de una larga línea de metamorfos de ciervo muy poderosos. Tenemos rituales secretos, antiguos. No necesariamente adoramos a los mismos dioses que ustedes. Creo que nuestros dioses son previos a este mundo, pero nunca lo he confirmado.

—Déjame adivinar: ¿participaste en una especie de rito sexual secreto y te embarazaste?

Ella abrió los ojos como platos y luego rio, una risa ronca y plena esta vez.

—Esencialmente, sí. Un rito de fertilidad en las profundidades del bosque Aldosian. Fui seleccionada entre las mujeres de mi familia. Se eligió un hombre de otra familia. Ninguno conocía la identidad del otro, ni la de las familias. Fue rápido y no particularmente interesante, y si hubo magia de fertilidad, no te podría decir qué diablos fue.

—¿Estabas ya con Pollux entonces?

—Ruhn... —dijo y se miró las manos—. Mi padre me separó de mi madre cuando tenía tres años. Recuerdo cuando me llevaron y no entender lo que sucedía y sólo después, cuando tuve suficiente edad, comprendí que mi padre era un monstruo hambriento de poder. No vale ni el aliento que toma pronunciar su nombre, y yo culpé a mi madre por permitir que él me llevara. Me convertí en su pequeña protegida. Creo que con la esperanza de que eso la hiriera a ella cuando se enterara de que había crecido para convertirme en algo idéntico a él.

Exhaló con aliento entrecortado.

—Entrené, maquiné y terminé en el triarii de Sandriel, un gran honor para mi familia. Llevaba diez años sirviendo a Sandriel cuando mi padre me eligió para este ritual. Me había vuelto hábil para... hacer que la gente hablara. Pollux y yo ya bailábamos alrededor del otro, pero aún no había decidido permitirle entrar a mi cama. Así que asistí al ritual.

Ruhn no se podía mover, no podría haber pronunciado palabra aunque quisiera.

—Unas semanas después, supe que estaba embarazada. Un bebé creado en un ritual sagrado sería una celebración. Debería haber regresado de inmediato con mi padre para darle las buenas noticias, pero titubeé. Por primera vez en mi vida, titubeé. Y no supe *por qué* no podía decirle. Por qué, cuando pensaba en el bebé en mi interior, cuando pensaba en entregarle al niño, no podía.

Se acomodó un mechón de cabello detrás de la oreja, su movimiento inquieto contrastante con su habitual comportamiento sereno. Ruhn se tuvo que controlar para no ponerle la mano sobre el hombro.

—Supe que en cuestión de días, Pollux o los otros (Athalar seguía con nosotros entonces) podrían oler el embarazo, así que fingí mi propio secuestro y desaparición. Hice parecer que Ophion me había secuestrado. Ni siquiera sabía a dónde iría, pero no podía dejar de pensar en los bebés, que para entonces ya sabía que eran gemelos, ni en cómo haría lo que fuera por mantenerlos alejados de las manos de mi padre. De las manos de Sandriel. Sabía, en el fondo, a qué tipo de monstruos les servía. Siempre lo había sabido. Y no quería ser como ellos. No sólo por los bebés, sino por mí. Así que hui.

—¿Y entonces te encontró la Reina del Océano? —preguntó él con voz ronca.

—Yo la encontré a ella. Cuando al fin hice una pausa para respirar, recordé lo que algunos rebeldes habían dicho mientras yo los... interrogaba. Que el mismo océano vendría a ayudarlos. Me pareció lo bastante extraño como para aventurarme. Llegué caminando a una conocida base rebelde y me rendí. Les supliqué que me llevaran al océano.

Él no podía imaginar lo que ella había sentido en ese momento... sabiendo que las vidas de sus hijos estaban en juego.

—Sus comandantes superiores entendieron y me llevaron al *Guerrero de las Profundidades*. La Reina del Océano me dio la bienvenida, pero con una condición. Podía abordar su embarcación, pasar ahí el embarazo y quedarme por un tiempo. Pero, a cambio de su protección, de mi persona y de mis hijos... yo debía regresar. Tendría que inventar una mentira sobre ser interrogada y mantenida como prisionera por más de dos años y luego regresaría. Tendría que ganarme la confianza de los asteri y ascender en sus filas. Le daría toda la información a Ophion y, en consecuencia, a la Reina del Océano.

—Y no podrías ver a tus hijos.

—No. No volvería a ver a mis hijos. Al menos, no hasta que la Reina del Océano me lo permitiera.

—Es terrible.

—Los mantuvo a salvo.

—Y te mantuvo en su servicio.

—Sí. Pero intenté salvar a los rebeldes que se cruzaron en mi camino.

—¿Fue tu idea o de ella salvarlos? —dijo Ruhn sin darse cuenta de lo vital que era su respuesta hasta que hizo la pregunta.

—Ya te lo dije, me habían abierto los ojos. Y aunque yo tenía que hacer el papel de interrogadora y leal sirviente, hice todo lo que pude por mitigar el daño. Hubo agentes que estaban a punto de hablar, de soltar sus secretos. A esos los tuve que matar. «Accidentes» durante la tortura. Pero les concedí muertes rápidas y piadosas. Los que resistieron, o los que tenían alguna oportunidad... a esos intenté sacarlos. A veces no lo logré.

—Como Sofie Renast.

—Como Sofie Renast —dijo ella en voz baja—. No tenía la intención de que se ahogara. El error en los tiempos... eso pesa sobre mi conciencia.

Él la tomó de la mano... despacio, asegurándose de que ella permitiría que la tocara.

—¿Qué sucedió cuando regresaste?

—Pollux me confesó sus sentimientos. Dijo que había estado frenéticamente intentando localizarme durante los dos años que estuve desaparecida. Que había masacrado a incontables rebeldes intentando encontrarme. La vieja Lidia sí se hubiera acostado con él y yo sabía que eso haría que mi secreto pasara desapercibido por completo. El resto es historia.

Levantó la vista a sus ojos.

—No soy del todo inocente, como puedes ver —dijo—. De no ser por mis hijos, muy probablemente me hubiera convertido en la persona que el mundo cree que soy, ignorando por siempre la pequeña voz que me susurraba que estaba mal.

—Debió ser muy... solitario —dijo él.

La sorpresa iluminó los ojos de Lidia al ver que él comprendía. Lo avergonzó.

—Entonces llegaste tú —dijo ella—. Este agente casi inepto y descuidado.

Él rio.

Ella sonrió.

—Y tú me viste. Por primera vez, tú me viste a *mí*. Podía hablar contigo como no había hablado antes con nadie. Me recordaste que estaba, que estoy, viva. No me había sentido así en mucho tiempo.

Él estudió su cara. Vio más allá de la belleza asombrosa y hacia el alma que ardía en el interior.

—No me veas así —susurró ella.

—¿Así cómo? —murmuró él.

Pero ella sacudió la cabeza y se puso de pie para caminar hacia la puerta.

Ruhn la alcanzó antes de que llegara a poner la mano en la perilla.

—Lidia.

Ella hizo una pausa, pero no lo volteó a ver.

Le colocó la mano en la mejilla. Le volteó la cara con suavidad para que lo viera. Tenía la piel tan suave, tan cálida.

—Lidia —dijo él con voz ronca—, enterarme de quién eras... fue muy difícil para mi mente saber que eras la Cierva, pero también Lidia... también Day. *Mi* Day. Pero ahora... —tragó saliva.

—¿Ahora? —dijo ella y bajó la mirada a su boca.

Él sintió cómo su pene se tensaba con esa mirada. Le dijo con voz gutural:

—Ahora no me importa un puto carajo quien seas, mientras seas mía —ella lo volteó a ver rápidamente, de nuevo con la mirada llena de sorpresa—. Porque yo soy tuyo, Day. Soy todo tuyo, carajo.

La cara de Lidia se contrajo. Y él no pudo soportar verla llorar, de alivio y dicha. Así que se inclinó hacia ella y acercó su boca.

El beso no empezó con dulzura. Fue con la boca abierta, con los dientes chocando, las lenguas luchando. Ella le envolvió el cuello con las manos y él la acercó de un tirón para pegarla a su cuerpo.

Sí, sí, sí.

Él movió su mano hacia el trasero de Lidia y apretó, lo cual le provocó un gemido en lo más profundo de su garganta. Pero ella apartó su boca de la de él y dijo:

—Ruhn.

Él se quedó inmóvil.

—¿Qué?

Si ella quería que se detuviera, se detendría. Lo que ella quisiera, él se lo daría.

Ella le recorrió los pectorales con la mano, haciéndolo estremecerse cuando le preguntó:

—¿Estás seguro?

—Sí —exhaló él y le mordisqueó el labio inferior. La llevó hacia la cama y luego la subió a ella. Ella trazó el contorno del lugar donde le habían arrancado el arete del labio. Luego el de la ceja.

—No podía soportarlo —le susurró y le puso la boca en la frente—. No podía...

Empezó a temblar. Él apretó su abrazo.

—Aquí estoy —dijo—. Lo logramos.

Ella tembló con más fuerza, como si todo lo que hubiera experimentado y hecho ahora se estuviera liberando en sacudidas.

—Aquí estoy —repitió él y se acercó para besarle el cuello—. Aquí estoy.

La besó debajo de la oreja. Ella levantó las manos y le acarició la espalda de arriba a abajo. Dejó de temblar.

—Aquí estoy —dijo él y le besó la base de la garganta. Tiró del zíper al frente de su overol táctico.

No traía puesto un brasier. Sus senos, unos exuberantes montículos con puntas rosadas que llenaban sus manos, se desparramaron hacia él. Maldijo y no pudo evitar bajar la cabeza para succionar uno.

Ella inhaló abruptamente y el sonido fue un estímulo para su pene. Le rozó el pezón con los dientes y tiró con suavidad.

Ella bajó las manos hacia su cintura, con la intención de moverse hacia el frente y... no, eso no sucedería. Quería explorar primero. Sin apartar su boca de ese seno delicioso, le sostuvo las muñecas con una mano y las pasó por arriba de su cabeza para detenerla. Entonces se acomodó con más firmeza entre sus piernas.

Ella resistió un instante.

Fue apenas un parpadeo, pero lo pudo sentir. La ligera tensión en su cuerpo. Se detuvo y levantó la cabeza. La miró. Miró a las manos que estaba sosteniendo...

El *hijo de puta*.

Ruhn la soltó de inmediato.

Lo mataría. Haría pedazos a Pollux, extremidad por extremidad, pluma por pluma, por provocar esa reacción en ella, por lastimarla...

Ella suavizó la mirada. Le puso las palmas de las manos a cada lado de la cara y susurró:

—Es sólo un viejo recuerdo.

Uno que no debería estar ahí. Uno que Pollux había puesto ahí.

—Ruhn.

Él le tomó las muñecas entre las manos y le besó suavemente cada una. Luego las colocó sobre su pecho, las manos sobre su corazón, y la besó mientras lo hacía.

—Ruhn —volvió a decir ella, pero él se recostó a su lado. Le pasó un brazo encima de la cintura.

—Quédate aquí conmigo esta noche —dijo él en voz baja. Un tentáculo de sus sombras se enroscó alrededor de las flamas de los candeleros y atenuó la luz—. Sin sexo. Sólo... quédate conmigo.

Podía sentir los ojos de ella, que lo miraban en la oscuridad. Pero entonces ella se movió, se escuchó el siseo de los zíperes cuando se quitó la ropa. Él también se quitó los pantalones y se acurrucó bajo las mantas.

Luego el cuerpo tibio, suave y exuberante de Lidia se acercó al suyo.

Y sí, quería estar dentro de ella con tanta fuerza que tuvo que apretar los dientes para controlarse, pero su olor lo calmaba. Lo equilibraba. Le pasó la mano por la cintura desnuda y la acercó a su cuerpo; sus senos estaban pegados a su pecho. Su mano bajó más, hacia su trasero, y sólo hubiera tenido que cambiar el ángulo y hubiera quedado entre sus piernas.

Pero esto no tenía que ver con el sexo. Y cuando su respiración se regularizó, mientras se veían a los ojos en la oscuridad casi completa, él nunca se sintió tan visto.

Después de un rato, ella cerró los ojos. Su respiración se hizo más profunda.

Pero Ruhn permaneció despierto, abrazándola con fuerza, y no la soltó hasta el amanecer.

—¿Eso es un *láser*? —gritó Tharion cuando las rocas se desmoronaron en el lugar donde la luz había chocado con ellas. El derrumbe ahora les bloqueaba el acceso a los dos reyes hada, Flynn y Dec y los Gemelos Asesinos. Y un montón de espíritus. Pero Bryce ordenó:

—¡Al río!

—¿Qué? —ladró Hunt.

Bryce ya iba corriendo hacia el agua veloz y oscura.

—Láncense al río —gritó Bryce. Su luzastral iba rebotando con cada uno de sus pasos.

—¡Teletranspórtanos al otro lado! —gritó Hunt. Flynn y Declan habían quedado varados al otro lado de ese derrumbe y necesitaban averiguar cómo los separarían de los reyes y los gemelos...

—Láncense *ahora* —ordenó Bryce y no esperó para correr hacia la orilla. Hunt intentó sostenerla, parar esta locura absoluta...

Bryce saltó. Directo al río. Él podría jurar que la luzastral brilló más cuando ella lo hizo, como si estuviera de acuerdo con su decisión.

Entonces la luz de su pecho se apagó.

Y en la repentina oscuridad, sólo con los relámpagos de Hunt como fuente luminosa a su alrededor, los espíritus empezaron a sisear, a acercarse, como si estuvieran atravesando la roca misma.

—*Río* —dijo Tharion, tomó a Sathia de la mano y corrió. Se lanzó y ella gritó al sentir que él la arrastraba. El rugido del río se tragó el sonido, y a ellos, en medio segundo.

No había alternativa, en realidad. Hunt cruzó una mirada con Baxian y pudo ver su propia irritación reflejada en esos ojos. Podrían haber derrotado a los reyes. Bryce sin duda lo sabía. Y sin embargo...

Si Bryce había optado por provocar un derrumbe, por bloquear el paso de los reyes y no matarlos, optar por bajar por el río en vez de teletransportarlos... no le había dicho por qué, probablemente debido a su pelea. No se lo había dicho, lo cual significaba que su pareja quizás ya no confiaba en él, y él no tenía idea de cómo empezar a arreglar eso...

—*Athalar* —gruñó Baxian—. ¡Despierta!

Hunt parpadeó. Se había quedado congelado, pensando. Los ojos de Baxian estaban muy abiertos. Hunt se sacudió la vergüenza. Le fastidiaba como pocas cosas, pero Bryce no hacía nada sin un motivo.

Hunt no esperó a ver si Baxian lo seguía. Pegó las alas al cuerpo y saltó.

56

Hunt se estremecía de frío y le castañeteaban los dientes al salir en una orilla oscura del río iluminada apenas por la luz tenue de la estrella de Bryce.

Después de un recorrido rápido y desorientador colina abajo, el río se calmó y formó la poza que los rodeaba. Una pequeña ribera les ofrecía la única escapatoria. Tharion ya estaba con Bryce, Sathia tiritaba entre ellos y Baxian gateaba hacia la orilla a un par de metros de Hunt. Sus alas oscuras se arrastraban en la roca.

Hunt explotó contra su pareja.

—¿Qué *carajos*?

—Después, Athalar —murmuró Bryce y apartó la mirada de la poza para ver un arco natural de roca con un túnel detrás. Su estrella empezó a brillar con fuerza, más brillante que cuando estaban río arriba.

—No, *ahora* —advirtió él y se puso de pie. El agua brotaba de sus botas, sus alas empapadas eran demasiado pesadas—. Dices que estamos en esto juntos, que tomamos las decisiones *juntos*, ¿y luego sales con esta mierda?

Ella giró a verlo, mostrándole los dientes.

—Bueno, pues *alguien* tiene que ser el líder.

Él sintió que su temperamento se encendía.

—¿Qué carajos quiere decir eso?

—Quiere decir que no voy a permitir que mi temor y mi culpa me traguen entera —los demás permanecieron en silencio a unos metros de distancia—. ¡Quiere decir que voy a hacer toda esa mierda a un lado y me voy a concentrar en lo que se tiene que hacer!

—¿Y yo no estoy haciendo eso? —preguntó él, extendiendo los brazos para señalar la cueva que los rodeaba. Los relámpagos centelleaban en sus manos—. Aquí estoy, ¿no?

—¿Siquiera *quieres* estar? —dijo ella y su voz hizo eco en las rocas—. Porque parece que tu miedo a las consecuencias pesa más que tu deseo de derrotar a los asteri.

—Así *es* —gruñó él sin poder controlar las palabras que brotaban de su boca—. Será difícil disfrutar de la libertad si estamos *muertos*.

—Prefiero morir intentando derrotarlos que pasar el resto de mi vida conociendo la verdad y sin hacer nada al respecto.

Él apenas podía escucharla por el rugido que sentía en su cabeza.

—Toda la gente que amamos también morirá. ¿Estás dispuesta a arriesgar eso? ¿A tu madre y tu padre? ¿Cooper? ¿Syrinx? ¿Fury y June? ¿Estás dispuesta a dejar que los torturen y los maten?

Ella se quedó inmóvil. Temblaba de rabia.

Hunt inhaló profundo e intentó serenarse. Se sacudió el agua de las alas.

—Mira... perdón —inhaló profundamente de nuevo—. Sé que no es el momento para que peleemos. Todo esto podría resultar ser un puto error colosal, podría hacer que mueran todas las personas que conocemos, pero... Te seguiré. Estoy de tu lado. Lo prometo.

Ella parpadeó. Luego volvió a parpadear.

—Eso no es suficiente para mí —dijo en voz baja—. No es suficiente para mí que sólo me sigas.

—Bueno, pues acostúmbrate a la sensación —dijo él.

—Ya supéralo, *Umbra Mortis* —dijo ella.

Tras esas palabras, salió furiosa hacia la penumbra llena de niebla con la estrella guiando el camino.

—Zas —dijo Tharion a Sathia y Baxian para aligerar los ánimos, pero Hunt no sonrió mientras seguían a Bryce, chorreando agua por todas partes.

—¿Cómo carajos sabías cómo salir de ahí? —le preguntó Baxian a Bryce, probablemente también intentando aliviar la tensión que ahora llenaba las cuevas como la niebla que los asfixiaba.

—Porque he estado aquí antes —dijo Bryce. Su voz se escuchaba todavía un poco alterada.

Incluso la rabia de Hunt disminuyó lo suficiente para preguntarse si Bryce se habría golpeado en la cabeza en el río. En especial cuando se acercaron a un muro sólido de roca.

Bryce colocó la mano contra la pared. Un arco angosto se abrió bajo la palma de su mano. Su luzastral se encendió e iluminó la pared y los grabados que rodeaban la puerta triangular.

Una estrella de ocho picos. Gemela de la cicatriz en su pecho.

—Estas cuevas —dijo Bryce, deliberadamente sin mirarlo— son casi idénticas a las que recorrí en el mundo original de las hadas —dio un paso hacia la puerta de la estrella—. El río allá fluía a lo largo de ellas, proporcionaba atajos. El gusano lo usaba para sorprendernos. Pero mi estrella brillaba más cuando quería que yo fuera en cierta dirección, igual que lo hace aquí. Me guio a uno de los ríos en el mundo de las hadas. La escuché, me lancé al río y me condujo a un pasaje que me llevó justo al lugar donde tenía que estar para conocer la verdad de Silene. Justo ahora, mi estrella empezó a brillar con más intensidad cuando miré río abajo. Me imaginé que este río podría también llevarnos a otro pasaje. Tal vez uno que guarde otro fragmento de verdad. Lo que sea que nos sirva contra los asteri.

—Ése fue un salto lógico demente —dijo Tharion—. ¿Y qué hay de Flynn y Dec? El Rey del Otoño y Morven y los Gemelos Asesinos todavía los tienen, esos putos *espíritus* todavía los tienen...

—Esa confrontación ya ocurrirá —dijo Bryce y caminó tranquilamente hacia la oscuridad y niebla arremolinada que la aguardaban. Se acomodó a La que Dice la Verdad a su lado—. Pero aún no.

No tenían alternativa salvo seguirla.

—¿Qué significa todo eso? —le preguntó Baxian a Hunt, casi suplicante.

Hunt hizo a un lado su enojo restante y mantuvo su concentración en su pareja.

—Creo que estamos a punto de averiguarlo.

Flynn y Dec tampoco llegaron al desayuno a la mañana siguiente, y la carrera rápida que realizó Ruhn por todo el castillo y sus terrenos no le dio información sobre su paradero, ni el de los Gemelos Asesinos. Sólo vio unos cuantos nobles hada y sirvientes que no estaban seguros de qué hacer con su presencia, si burlarse o hacer una reverencia. Él los ignoró. Estaba corriendo de regreso a su habitación cuando Lidia salió de ahí.

En cuanto vio su expresión, preguntó:

—¿Qué pasa?

Él no se maravilló de cómo lo había adivinado... había tenido que ser buena leyendo las expresiones de las personas durante toda su vida adulta. Su supervivencia dependía de ello.

Ruhn confirmó que tuviera todas sus armas.

—Flynn y Dec... No creo que estén aquí. Y tampoco mis primos horrendos. Ni Morven.

La mirada de Lidia se afiló con precaución.

—Es posible que no esté todo relacionado.

—No lo creo. Mis amigos no me abandonarían.

Y había estado tan distraído con ella, con descarla, que no se había permitido pensar en dónde putas estarían ellos.

Ella le colocó la mano en el brazo.

—¿A dónde crees que puedan haber ido?

Ruhn inhaló bruscamente.

—Morven y los gemelos deben estar involucrados. Deben haberse llevado a Flynn y Dec a la Cueva de los Príncipes.

—¿Para hacer algo contra Bryce?

A Ruhn se le revolvió el estómago.

—Tal vez. Pero creo que Morven se los llevó como carnada... para mí. Espera que lo siga.

—Si es una trampa, entonces no deberíamos ir corriendo...

—Mis amigos llegaron corriendo a salvarme de los calabozos de los asteri —dijo él y sostuvo su mirada hermosa—. Tú los encontraste y ellos corrieron a ayudar. No los puedo dejar en manos de Morven.

—No estaba sugiriendo que los abandonemos —dijo ella y se dirigió a su propia habitación. Dejó la puerta abierta y él pudo ver que tomaba dos pistolas de su mesa de noche y se las enfundaba en los muslos—. Estoy diciendo que pensemos bien la estrategia antes de que vayamos a rescatarlos.

Algo empezó a arder en el pecho de Ruhn, pero no se atrevió a nombrarlo.

Pero lo sintió de todas maneras mientras tomaban sus armas y salían a salvar a sus amigos.

Hunt no bajó la guardia ni por un segundo, a pesar de que cada una de las palabras de su pelea con Quinlan colgaban del aire como restos de pirotecnia. Los relámpagos le brillaban en un puño, apretaba la espada en el otro. No apartó ninguno cuando entraron a una cámara al otro extremo del túnel.

Miró los muros de roca negra intrincadamente labrados, los paisajes exquisitos que se representaban ahí cuando entraron...

Escuchó cómo la roca crujía contra la roca y, antes de poder voltear, más rápido que sus propios relámpagos, la puerta triangular se cerró a sus espaldas. Tharion, que iba un paso adelante, dejó escapar un silbido.

Baxian sólo intercambió miradas con Hunt y el gesto le dejó saber que el Mastín del Averno también sospechaba lo mismo que él: sólo Bryce podía abrir esa puerta. No era una noción tranquilizadora. Menos cuando Hunt vio lo que había adelante.

El único objeto en la habitación era un sarcófago tallado en mármol blanco. El color contrastaba de manera impactante con el negro profundo de las paredes de roca. La estatua de un hada armada estaba recostada sobre el sarcófago con las manos alrededor de un objeto que ya no estaba.

Bryce asintió en su dirección.

—Ahí debe ser donde yace la Espadastral cuando no está en uso.

Su voz sonaba plana, como si la discusión la hubiera drenado.

Sathia dio un paso titubeante al frente.

—La tumba del Príncipe Pelias —exhaló.

—Ruhn me dijo que sus descendientes infames cubrían los muros de los pasajes principales que conducían a este lugar —dijo Bryce y señaló la única otra manera de salir de ahí: otro arco de piedra del lado opuesto de la cámara, apenas visible entre la niebla. Se acomodó la Espadastral en la espalda y con una mano jugueteó con La que Dice la Verdad, que colgaba a su costado... como si las armas la estuvieran molestando.

Hunt miró el espacio con forma de domo, examinó las historias que se contaban en sus muros: un archipiélago que se acomodaba sobre un mar de luzastral, una tierra idílica y serena... todo lo que el mundo imaginaba que era Avallen.

—No veo nada sobre la Espadastral ni sobre La que Dice la Verdad, mucho menos cómo unificarlas —admitió Hunt—. Ni sobre la niebla. Las islas están aquí, pero nada más.

Tal vez éste era un callejón sin salida de la información.

—Podría haber algo afuera, en el pasaje principal —propuso Tharion.

Pero Bryce se acercó al sarcófago. Se asomó hacia el rostro apuesto y perfectamente esculpido del primer Príncipe Astrogénito.

—Hola, maldito violador —le dijo con la voz repleta de rabia.

Hunt apenas respiraba. Se preguntó si Urd estaría observando, si la pesadez de la habitación no se debía a la niebla, sino a la presencia de la diosa, que los había guiado hasta aquí.

—Pensaste que habías ganado —le susurró Bryce al sarcófago—. Pero ella te venció al final. Ella rio al último.

—¿Bryce? —se atrevió a decir Hunt.

Ella levantó la vista de la cara esculpida de Pelias y sus ojos no tenían nada ya de su corazón humano. Sólo odio helado de hada por el hombre muerto frente a ella.

Con la intención de ofrecer un acercamiento más neutral, Hunt preguntó:

—¿Podrías, eh, informarnos qué sucede?

Pero fue Tharion quien hizo un gesto hacia la cámara mortuoria vacía.

—Tal vez Pelias construyó otra cámara cerca de aquí que realmente nos diga algo sobre la espada y la daga y ese portal a ninguna parte...

—No —dijo Bryce en voz baja—. Estamos exactamente donde tenemos que estar —señaló el suelo, los ríos de estrellas tallados ahí que se extendían sinuosos por todas partes—. Y este sitio no fue construido por Pelias. Él no tuvo nada que ver con estos túneles, estos grabados.

Colocó la mano en el piso. Su luzastral fluyó por todos los grabados en la roca, por los muros, el techo...

Lo que parecían ser mares y ríos de estrellas grabados en la roca se llenó de luzastral, se convirtió en algo... viviente. Se movía, caían cascadas, fluía. Una ilusión secreta, sólo para aquellos con los dones y visión para notarlo.

El río ondulante de luzastral fluía directamente al sarcófago al centro de la cámara. Se arremolinaba a su alrededor.

Bryce se lanzó contra el ataúd y empezó a hacer fuerza con las piernas mientras empujaba...

Y el sarcófago se deslizó. Reveló una pequeña escalera debajo.

Bryce jadeó por un momento y luego sonrió con tristeza.

—Helena construyó este lugar.

57

La espada y la daga pulsaban con más fuerza con cada paso que daban bajando la escalera. Como si quisieran estar aquí... como si *necesitaran* estar aquí. Justo cuando Bryce pensaba que honestamente debería quitárselas un rato para tener un momento de alivio, sus pies llegaron al fondo.

Entre la niebla se podía escuchar agua en movimiento, que provenía de un arroyo angosto al centro de la habitación. Una ramificación del río que había un nivel arriba que se filtraba por la roca negra. Y, junto al arroyo, un aguamanil y una palangana de color negro reposaban sobre el grabado de una estrella de ocho picos.

—¿Qué carajos es esto? —murmuró Hunt y se mantuvo cerca de Bryce. Como si, a pesar de su pelea, todavía quisiera protegerla. Tal vez era esa necesidad de protegerla lo que lo conducía a la culpa, al miedo que lo devoraba entero.

Ella había dicho en serio cada una de las palabras que había pronunciado: no era suficiente que él le siguiera la corriente. Ella necesitaba a Hunt, todo él, luchando a su lado. No sabía cómo comunicarlo. Cómo hacerlo entender y aceptar eso.

Le castañeteaban los dientes por el frío, pero a Bryce incluso eso le parecía secundario mientras estudiaba el arroyo, la jarra y el tazón. La estrella de ocho picos. Dos de esos picos tenían dentro unas ranuras: una pequeña y otra más grande.

No había nada más en la habitación.

—¿No sabes qué es esto? —le preguntó Bryce a Hunt. Podía fingir que todo era normal, al menos por ahora.

—Ya me estoy hartando de las sorpresas —dijo Tharion de repente, al llegar al final de las escaleras con Sathia detrás de él.

Bryce levantó un dedo y permitió que su luz se concentrara ahí.

—Y luego está *eso* —dijo Tharion, pero Bryce le sostuvo la mirada a Hunt, señaló al piso y abrió una pequeña línea. Poco más de dos centímetros y fue todo.

—Helena usó los mismos dones que su hermana Silene usó en su mundo para labrar este lugar. Pero hay una gran diferencia. Una razón por la cual ella eligió este sitio para las cuevas.

Se arrodilló, frotó los restos del corte que había hecho entre sus dedos. Los acercó a la cara de Hunt.

—¿Reconoces qué es?

Hunt miró el polvo negro y brillante que tenía entre los dedos y palideció.

—Es sal negra.

Bryce asintió despacio. Baxian exhaló de una manera que sonó sospechosamente cercana a *puta madre*.

—Estas cuevas están hechas de sal negra —dijo Bryce. Lo había notado en el instante en que el espíritu abrió los surcos en la pared. Conocía su olor, su sensación putrefacta y aceitosa. Al probarla pudo confirmar sus sospechas.

Hunt frunció el ceño.

—¿Crees que Helena estaba intentando invocar a su hermana desde su mundo?

—No —dijo Bryce y sacudió la cabeza—. Envió a Silene de regreso al lugar donde estaba a salvo... era una maldita, pero nunca hubiera hecho algo para ponerla en peligro.

—¿Entonces qué es este lugar? —preguntó Tharion.

Sathia fue quien lo comprendió primero.

—Es para invocar demonios. Para estar en comunión con el Averno.

Un silencio asombrado recorrió la habitación.

—Eran sus únicos aliados restantes —explicó Bryce.

Helena tal vez había cometido algunos actos imperdonables, pero Bryce podía admitir que la mujer era una guerrera. Hasta el último instante, si esta habitación era una indicación.

Hunt preguntó, con un movimiento vibratorio de sus alas:

—¿Pero por qué hacer toda una red de cuevas subterráneas? ¿Y por qué dedicarlas al violador de su esposo?

Bryce se encogió de hombros.

—Para tener un motivo para regresar aquí. Le construyó una tumba que duraría con el paso de los años, donde su espada podría permanecer hasta que llegara un sucesor digno.

—No es posible que sepas eso —dijo Hunt con cautela. Como si temiera empezar otra pelea.

Esa precaución le provocó a Bryce algo en el corazón. Respondió:

—Las cuevas son casi idénticas a las que hay en su mundo natal... unas cuevas que ella creció recorriendo. Y Avallen, al igual que el hogar de su infancia, está cubierto de niebla. Es también un sitio delgado. A juzgar por la niebla de aquí, tal vez Avallen, estas cuevas, estén en un sitio delgado aun más *fuerte* que el que hay en el mundo hada. La Prisión, la corte que fue antes... Vesperus dijo que ella la había elegido originalmente porque era un sitio delgado, bueno para viajar entre mundos. Theia lo sabía también. Se lo debió haber dicho a Helena.

Tharion se aclaró la garganta.

—¿Entonces Helena construyó todas estas cuevas para tener una línea privada directa al Averno?

—Básicamente —dijo Bryce—. Avallen tenía todo lo que ella necesitaba. Pero que ella haya construido las cuevas de esta manera sugiere que tenía recursos. Helena no lo pudo haber hecho en secreto. Debió que tener la autorización de Pelias. ¿Y qué mejor manera de ocultarlo, de protegerlo con el paso del tiempo, que envolverlo en un templo al patriarcado? —Bryce señaló el sarcófago en la habitación que estaba sobre ellos. Los huesos que le hubiera gustado echar a una fosa séptica—. Ella sabía que los hombres hada nunca destruirían este lugar ni lo alterarían... Carajo, Morven se rehúsa a actualizar *cualquier cosa* de Avallen porque quiere que permanezca igual a como era cuando Pelias estaba vivo. Helena conocía bien a estos hombres. Sabía que lo que ocultara debajo de este lugar sería preservado y permanecería sin ninguna alteración.

—Está bien, asumiendo por un momento que creemos todo eso —dijo Tharion—, ¿cómo sabes que esto era una especie de cámara secreta que ella usaba para estar en comunión con el Averno, de todos los lugares? ¿Qué significan la jarra y el tazón?

—¿Le daba sed con toda la sal acá abajo? —respondió Baxian y Hunt gruñó.

Pero Sathia caminó hasta el arroyo.

—Esa agua se filtra por la sal negra y esta habitación está repleta de ella —miró a Bryce a los ojos y frunció el entrecejo—. ¿Puedes invocar a un demonio si bebes agua con sal negra disuelta?

—Nunca he escuchado algo así, ni siquiera durante mis años de cacería de demonios —dijo Hunt.

—Si Helena estaba invocando demonios aquí, alguien se hubiera dado cuenta —dijo Baxian—. La temperatura hubiera descendido tanto que todos los que estuvieran en las cuevas lo habrían notado, incluso un nivel más arriba.

—Tal vez no los estaba invocando *aquí* —dijo Bryce y se acercó a la jarra y el tazón, a la estrella de ocho picos sobre la cual descansaban. Las ranuras en dos de los picos estaban talladas muy profundamente, demasiado profundo para alcanzar a ver qué tanto se introducían en la roca. Bryce se dio un golpecito en la cabeza—. Sino aquí.

—¿Qué? —preguntó Hunt.

Bryce se arrodilló y metió el aguamanil en el líquido oscuro y helado. La jarra y el tazón también estaban hechos de sal negra.

—Los Astrogénitos podían hablar mente-a-mente. Siguen haciéndolo —movió la cabeza hacia el río de arriba, donde los Gemelos Asesinos acechaban en alguna parte—. Tal vez la sal le ayudaba a hablar con la mente al Averno. Tal vez alguien en el Averno nos puede decir cómo matar a los asteri. El mismo Apollion se comió a Sirius... Tal vez él ha tenido la respuesta siempre.

Hunt dijo rápidamente:

—No te atrevas...

Bryce se llevó la jarra a los labios, pero un relámpago destrozó el contenedor antes de que ella pudiera beber.

Se dio la vuelta y su temperamento la recorrió como fuego.

Hunt brillaba con sus relámpagos y avanzó furioso hacia ella.

—*No* bebas de esa jarra...

—¡Éste *no* es el momento para ponerte todo alfadejo!

—... sin mí —terminó de decir él.

Bryce se quedó con la boca abierta cuando su pareja tomó el tazón y se lo ofreció.

Listo para seguirla al Averno.

Juntos, entonces. Al igual que sus poderes, que sus almas, estaban vinculados, así que beberían juntos el agua salada.

—Esto... podría ser una muy mala idea —dijo Tharion cuando Bryce y Hunt se sentaron uno frente a la otra, rodilla con rodilla y mano con mano.

Hunt tendía a pensar lo mismo, pero dijo:

—Apollion se nos apareció tanto a Bryce como a mí en sueños. Tal vez estaba usando el mismo método de comunicación que usó con Helena.

—¿Y qué, entonces? —dijo Baxian mientras Sathia juntaba agua en el tazón—. ¿Van a beber y esperar que se desmayen para... hablar al Averno? ¿Les pedirán respuestas sobre la espada y la daga que tal vez se les haya olvidado decirles?

—Helena dejó esto aquí —dijo Bryce y le sostuvo la mirada a Hunt. No había duda ni miedo, sólo una concentración acerina que brillaba en la mirada de su pareja—. Al igual que Silene dejó todo en las cuevas de su mundo para que alguien lo encontrara, alguien que pudiera portar la Espadastral y cuya luzastral la condujera aquí. Alguien que pudiera también averiguar la verdad... y saber dónde buscar —Bryce dirigió su mirada al techo, a las escaleras que ascendían—. Creo que Helena nos dejó esto aquí para ayudarnos.

—Helena y Silene no eran... buenas personas —advirtió Baxian.

—No, pero odiaban a los asteri —dijo Bryce—. Querían deshacerse de ellos tanto como nosotros.

En ese momento sus ojos se llenaron de esperanza, brillaban tanto que casi le robaron el aliento a Hunt. Por un momento, menos de lo que duraba un latido del corazón, casi creyó que podrían tener éxito.

—Si esto nos da una oportunidad, por pequeña que sea, tenemos que intentarlo. Quiero respuestas. Quiero la verdad —dijo Bryce.

Levantó el tazón a sus labios y bebió.

Bryce iba cayendo hacia atrás, pero al mismo tiempo no se estaba moviendo. Su cuerpo seguía arrodillado pero su alma caía, se helaba, hacia la oscuridad, hacia la nada y a ninguna parte. Una presencia a su alrededor, a su lado, destellaba con relámpagos. Hunt.

Él estaba con ella. Su alma caía al lado de la de ella.

Era un acto de fe. Todo era un acto de fe, pero tenía que creer que Urd la había conducido aquí. Que Helena había sido tan inteligente como su hermana y que habría peleado contra el hombre que abusó de ella hasta el final.

Que Helena había jugado el juego no sólo en vida, sino también para las generaciones del futuro.

Con la esperanza de que tal vez algún día, milenios después de su muerte, otra mujer llegaría con luzastral, la luzastral de Theia, en sus venas. No heredada de Pelias, sino de la propia Helena. La luzastral de Theia.

Así la había heredado ella. Bryce Adelaide Quinlan.

Y tal vez ella no fuera quien Helena o Silene habrían elegido, ciertamente no con su mierda antihumana, pero eso ya no era su problema.

La sensación de caída cesó. Sólo había oscuridad, frígida y seca. Su luzastral parpadeó. Era una luz pálida y débil en la oscuridad impenetrable. Una mano encontró la de ella y no tuvo que voltear para saber que Hunt estaba parado a su lado en... donde fuera que estuvieran. Este mundo de sueños.

Dos luces azules brillaban en la distancia y se iban acercando a ellos. Hunt le apretó los dedos como advertencia. Sus relámpagos centellearon. Pero las luces se seguían acercando. Más. Y cuando entraron a la luz de su estrella...

Ahí estaba Aidas sonriendo un poco: la dicha y la esperanza hacían brillar sus ojos tan particulares.

—Parece ser que te perdiste un poco en tu camino para encontrarme, Bryce Quinlan. Pero bienvenida al Averno.

58

Les tomó dos días de trabajo sin descanso ayudar a la gente de los Prados. Pero a Ithan no le importó; apenas pensaba en la necesidad de ir a Avallen a encontrar el cuerpo de Sofie, o en el agotamiento mientras cavaba entre los escombros, o cuando sacaba cargando los cuerpos o a las personas agonizantes, o cuando sostenía una herida el tiempo necesario para que Hypaxia u otra medibruja llegara a salvar a esa persona. Y siempre había más. Tantos y tantos humanos heridos o muertos.

No había señal de la gobernadora, pero la 33ª se presentó, por lo menos. El Aux, con hadas y un pequeño grupo de lobos, llegó poco después. Ithan se mantuvo alejado de los segundos, para evitar el conflicto y para que no lo localizaran los simpatizantes de los asteri que podrían haber llegado a regodearse de las ruinas.

Pero mantuvo la cabeza agachada. Continuó trabajando. Haciendo lo poco que podía para ayudar, o limpiar o al menos a mover a los caídos de manera respetuosa.

No hubo Travesías, no para los humanos. Nunca había habido Travesías para ellos. Así que sus cuerpos se acomodaron en hileras dentro del vestíbulo del edificio de oficinas intacto más cercano.

Apenas una docena de lobos se presentaron. Sólo el equivalente a dos jaurías llegó a ayudar. Era una desgracia.

Algo tenía que cambiar en este mundo. Y mientras Ithan apilaba los muertos, mientras colocaba niños y niños dentro del vestíbulo del edificio, se dio cuenta de que el cambio tenía que iniciar con él.

Enorgullece a tu hermano.

Tenía que llegar a Avallen. Tenía que recuperar a Sigrid. Sólo con ella, con una heredera Fendyr alternativa para ser la líder de los lobos… Sólo así podría desencadenarse un cambio.

Un nuevo futuro. Para todos.

Durante los primeros cinco minutos, Tharion no dejó de monitorear la respiración de Hunt y Bryce.

Entre Baxian y Tharion los atraparon en cuanto cayeron de espaldas, inconscientes, y los recostaron con cuidado sobre el piso de sal negra. No se movían. Sólo distinguían que seguían vivos por el movimiento de su pecho al respirar. Lo que fuera que estuviera sucediendo, sí estaba sucediendo dentro de sus mentes.

Tharion, Sathia y Baxian se sentaron con cautela a un par de metros de distancia de sus amigos.

—¿Cuánto tiempo les damos? —preguntó Sathia—. Para intentar despertarlos, digo.

Tharion intercambió miradas con Baxian.

—¿Quince minutos?

—Démosles treinta —dijo Baxian. Luego agregó—: Pero los seguiremos monitoreando.

Se hizo un silencio sólo interrumpido por su respiración y el sonido del arroyo que cruzaba la caverna. Junto a Tharion, Sathia le daba vueltas al tazón en sus manos delgadas, una y otra vez. Estaba perdida en sus pensamientos.

—¿Alguna vez has hecho algo así? —preguntó Baxian al notar su incomodidad.

—No —dijo ella—. No soy del tipo aventurero.

—¿Ya hiciste tu Prueba? —preguntó Baxian.

Ella asintió brevemente. No había sido una buena experiencia, entonces.

Una parte de Tharion quería preguntarle sobre eso, pero dijo:

—¿Qué pasó contigo y tu hermano, que están tan distanciados?

Ella lo volteó a ver con irritación.

—¿Qué pasó entre la Reina del Río y tú para que le pusiera ese precio tan alto a tu cabeza?

Él le sonrió con indolencia.

—¿No lo sabes?

—Lo he reconstruido, más o menos. Hiciste enojar a la delicada de su hija y tuviste que huir. Pero, ¿qué hiciste para que se enojara inicialmente?

Tharion tamborileaba con los dedos sobre el suelo frío.

—Quería terminar con nuestro compromiso. Ella no.

Sathia se enderezó.

—¿Estabas *comprometido*? ¿Con la hija de la Reina del Río?

—Durante diez años.

Ella colocó el tazón sobre el suelo.

—¿Y no se dio cuenta, después de diez años, que no querías casarte con ella?

Tharion miró hacia donde yacían Bryce y Hunt, inmóviles como si estuvieran muertos.

—En verdad no tengo ganas de hablar de esto.

Pero Sathia insistió.

—Entonces, rompiste el compromiso, pero ella... ¿intentó conservarlo?

—Y conservarme. Debajo. Para siempre.

La consternación en el rostro de Sathia lo hizo reír. La risa era la única alternativa al llanto.

—Así es.

—Pero podrías haberte ido nadando.

—No se puede solamente *irse nadando* para alejarse de la Reina del Río. Ella no le niega nada a su hija. Me hubiera atrapado en mi forma humanoide para asegurarse de que no pudiera irme.

De nuevo, esa consternación en su expresión.

—¿Le haría eso a alguien de su propia gente? ¿Destruiría tus aletas para encerrarte?

—Ella no es mer —dijo él—. Es una elemental. Y sí, hace eso para castigar a los mer todo el tiempo.

—Eso es barbárico.

—También lo es tratar a las mujeres hada como yeguas para reproducirse y obligarlas a casarse.

Sathia solamente ladeó la cabeza.

—Tú huiste de un matrimonio con la hija de la Reina del Río... sólo para terminar casado con una desconocida.

Tharion sabía que Baxian estaba escuchando atentamente, aunque el Mastín del Averno mantenía la mirada en Bryce y Athalar.

—Me pareció mejor alternativa.

—No tiene sentido.

Suspiró. Y tal vez porque estaban en una isla maldita en medio del Haldren, tal vez porque estaban a muchos metros bajo tierra sólo con Cthona como testigo, dijo:

—Mi hermana menor. Lesia. Ella, eh, murió el año pasado.

Sathia pareció sobresaltarse con el giro que había dado la conversación.

—Lo siento, Tharion —dijo ella con suavidad. Sonaba sincera.

Baxian murmuró:

—No lo sabía. Mis condolencias, Ketos.

Tharion no pudo evitar que el recuerdo de Lesia se encendiera con gran nitidez en su mente. Pelirroja y hermosa y viva. Le dolió el pecho, que amenazaba con hundírsele.

Pero era mucho mejor que su otro recuerdo de ella, de las fotografías que su asesino había tomado de su cuerpo. Lo que le había hecho cuando Tharion no había estado ahí para protegerla.

Tharion continuó:

—Sé que tú y Flynn tienen una... relación tensa. Pero sigues siendo su hermana menor. Estabas en problemas. Y sé que si Lesia hubiera estado en una situación similar, hubiera deseado que un hombre decente la ayudara.

Los ojos de Sathia se suavizaron.

—Bueno, gracias. Si salimos de todo esto —movió la mano hacia las cuevas, el mundo de afuera—, veré si hay alguna manera de liberarte de esta... situación.

—Créeme, me conviene más quedarme casado contigo hasta que la hija de la Reina del Río encuentre a otro pobre infeliz. Si estoy soltero...

—Ella te seguirá buscando.

Tharion asintió.

—Es cobarde y patético, lo sé. Digo, su madre probablemente me continúe persiguiendo y me mate de todas maneras, pero al menos no tendré que pasar mi vida como un concubino real.

—Está bien —dijo Sathia y enderezó los hombros—. Seguiremos casados, entonces —le sonrió un poco—. Por ahora —miró a Bryce y Hunt—. ¿Crees que en realidad estén en el Averno?

—Una parte de mí espera que sí y la otra parte espera que no —respondió Tharion.

—Están en el Averno —dijo Baxian en voz baja.

Sathia giró hacia él.

—¿Cómo lo sabes?

Baxian señaló a sus amigos durmientes.

—Mira.

Bryce y Hunt estaban recostados apaciblemente en el piso de sal negra, con las manos entrelazadas. Sus cuerpos estaban cubiertos de una delgada capa de escarcha.

El barco negro en el que Aidas llevó a Bryce y Hunt era una cruza entre el que los había llevado a Avallen y los que conducían los cuerpos al Sector de los Huesos, pero en lugar de tener la cabeza de un ciervo, tenía en la proa el cráneo de un ciervo. Unas flamas verdosas bailaban en sus ojos mientras navegaba por la cueva. La tenebrosa luz verde iluminaba la roca negra, labrada para formar columnas y edificios, puentes y templos.

Antiguo. Y vacío.

Bryce nunca había visto un lugar tan vacío de vida. Tan... quieto. Incluso en el Sector de los Huesos se percibía que alguien vivía ahí, aunque fueran los muertos. Pero aquí, nada se movía.

El río era ancho pero tranquilo. El golpeteo del agua contra el casco de la embarcación parecía crear un eco demasiado fuerte en las rocas, en el techo que estaba tan lejos sobre ellos que se perdía en la penumbra.

—Es como una ciudad de muertos —murmuró Hunt y envolvió a Bryce con el ala.

Aidas volteó desde donde estaba en la proa. Sostenía en sus manos un palo largo que estaba usando para guiarlos.

—Eso es porque lo es —dijo e hizo un movimiento con la mano para señalar los edificios y templos y avenidas—. Aquí es donde nuestros seres amados vienen a descansar, con todas las comodidades de la vida a su alrededor.

—Pero nosotros no estamos... aquí-aquí —dijo Bryce—. ¿O sí? ¿Estamos solamente soñando?

—De cierta manera —dijo Aidas—. Sus cuerpos físicos siguen en su mundo —miró por encima de su hombro—. En la cueva de Helena.

—Lo supiste todo este tiempo —lo acusó Hunt.

Los ojos de Aidas brillaron.

—¿Me habrías creído?

A esta distancia de Hunt, Bryce podía sentir cada músculo de su cuerpo tensarse. Su pareja dijo:

—La verdad habría sido una buena forma de empezar a hacerlo.

Antes de que Aidas pudiera responder, el barco se acercó a un pequeño muelle que conducía a lo que parecía ser un templo. Una figura emergió entre los pilares del templo y descendió por los escalones de frente. Con cabellera dorada, con piel dorada.

Los relámpagos de Hunt se encendieron e iluminaron toda la ciudad y el río.

Apollion levantó una mano. Unos relámpagos puros y ardientes bailaron alrededor de ella y se extendieron para reunirse con los de Hunt.

—Bienvenido, hijo —dijo el Príncipe del Foso.

59

Todas las palabras se arremolinaron y se escaparon de la mente de Hunt. Apollion, Príncipe del Foso, lo había llamado...

Bryce saltó fuera del barco hacia la costa. Su pecho brillaba con luzastral.

—¿Qué demonios acabas de decir?

No importaba cuánta tensión o qué discusión hubiera entre ellos, ella moriría peleando por él. Hunt salió detrás de ella. Sus alas lo estabilizaron cuando sus botas chocaron con las rocas negras sueltas de la orilla. Apollion lo había llamado *hijo*...

El Príncipe del Foso bajó rápidamente por las escaleras. Cada uno de sus pasos parecía hacer eco por la vasta caverna. Otro hombre con armadura oscura lo siguió. Su cabello rizado casi quedaba oculto debajo de su casco de guerrero.

—Thanatos —dijo Bryce y se detuvo en seco. Las pequeñas piedras se esparcieron alrededor de sus tenis color rosa neón.

Hunt tenía suficiente criterio todavía para avanzar hasta llegar al lado de su pareja, pero Aidas llegó antes y levantó una mano.

—Estamos aquí para hablar. No habrá violencia.

Desde dentro del casco ornamentado, los ojos de Thanatos brillaron con rabia asesina.

—Haz lo que dice —ordenó Apollion al Príncipe del Desfiladero y se detuvo en la base de los escalones del templo.

Los relámpagos de Hunt subían enredándose en sus antebrazos, listos para atacar. Le gruñó al Príncipe del Foso:

—¿Qué carajos quisiste decir con...?

No había terminado de hablar cuando Aidas extendió la mano para tocar el hombro de Bryce. Por instinto, Hunt se abalanzó intentando empujar al Príncipe de las Profundidades para que no se acercara a su pareja.

Pero atravesó al príncipe demonio.

Hunt se tropezó y levantó las manos. Sus dedos brillaban débilmente con una luz suave y azul. Bryce tenía la misma aura a su alrededor.

Eran fantasmas en este lugar.

Apollion dejó escapar una risita suave y Hunt regresó al lado de Bryce nuevamente.

—Verás que no puedes lastimarnos, ni nosotros a ti, en este estado —dijo con una voz profunda que repiqueteaba como truenos en las paredes.

Hijo. No era posible...

—Helena lo planeó así —dijo Aidas. Su mirada seguía fija en Bryce mientras explicaba—. Durante el tiempo que estuve con Theia, Helena era una chica callada pero siempre escuchaba.

—Hablas demasiado —dijo molesto Thanatos.

Aidas lo ignoró.

—Helena se enteró de que la sal negra le permitiría estar en comunión con nosotros al mismo tiempo que protegía su mente y su alma.

Justo como la barrera que Bryce había esparcido en su departamento ese día que invocó a Aidas, cuando Hunt todavía la consideraba una chica fiestera y frívola que estaba jugando con fuego.

—Bien —interrumpió Hunt—. Maravilloso, estamos protegidos.

Vio al Príncipe del Foso. Sus huesos temblaban, pero se forzó a superar su temor, su horror.

—¿Qué carajos quisiste decir al llamarme hijo?

Thanatos se rio.

—Tú no eres su hijo —se quitó el casco de guerra y lo acomodó bajo su brazo—. Si acaso, eres mío.

Hunt sintió que las rodillas se le doblaban.

—*¿Qué?*

—Sentémonos y hablemos de esto civilizadamente —le dijo Aidas a Bryce, pero ella estaba asomándose a las sombras del templo que se elevaba en la parte superior de las escaleras.

—Creo que estamos bien aquí —dijo ella. Hunt despejó sus pensamientos lo suficiente para seguir su línea de visión.

Entonces los vio. Los perros. Sus ojos lechosos brillaban desde la penumbra entre los pilares.

—No les harán daño —dijo Aidas y asintió a los perros, que se parecían mucho al Pastor con el que Bryce y Hunt habían peleado en el Sector de los Huesos.

—Son los acompañantes de Thanatos.

Hunt buscó sus relámpagos, aunque poco podría lograr con ellos en esta forma insustancial. Los sintió crepitar contra sus dedos, lo cual normalmente era una presencia conocida y reconfortante, pero...

Nadie había sabido nunca quién era su padre. De dónde habían provenido estos relámpagos.

—Ésa es mi preocupación exactamente —dijo Bryce sin apartar su atención de los perros. Le asintió a Thanatos—. Él come *almas*...

—El Templo del Caos es un lugar sagrado —dijo Apollion bruscamente—. Nunca lo desacralizaríamos con violencia —sus palabras retumbaban como truenos nuevamente.

Hunt miró a Apollion, luego a Thanatos. Qué putas *carajos*...

Thanatos olfateó hacia Bryce, un gesto casi tan canino como los de los perros en las sombras, y dijo:

—Tu luzastral huele... más fresca.

El hambre que teñía las palabras del demonio frenó la mente caótica de Hunt y lo convirtió en un arma lista para la violencia. No le importaba un carajo si nunca recibía respuestas sobre su ascendencia. Si ese pendejo hacía cualquier movimiento en contra de Bryce, ya fuera fantasma o no...

Bryce dijo despreocupado:

—Nuevo desodorante.

—No —dijo Thanatos, sin darse por enterado del chiste—, lo puedo oler en tu espíritu. Yo soy el Príncipe de las Almas, estas cosas yo las sé. Tu poder ha sido tocado por algo nuevo.

Bryce puso los ojos en blanco pero, por un instante, Hunt se preguntó si Thanatos tendría razón: Bryce le había explicado cómo el prisma de la oficina del Rey del Otoño le había revelado que su luz ahora estaba combinada con oscuridad, como si se hubiera convertido en la luz al final del día, del ocaso...

—No tenemos mucho tiempo —dijo Aidas irritado—. La poción del sueño tiene un efecto limitado. Por favor... entren al templo —inclinó la cabeza con una especie de reverencia—. Por mi honor, no se les hará ningún daño.

Hunt abrió la boca para decir que el honor del Príncipe de las Profundidades no valía de nada, pero los ojos de whisky de Bryce estudiaron a Aidas con una mirada larga y pausada. Y entonces dijo:

—Está bien.

Luchando contra todos sus pensamientos furibundos y la pregunta del momento, Hunt mantuvo un ojo en la salida a sus espaldas mientras recorrían la costa de piedras en dirección de los tersos escalones del templo. Subieron y entraron a un espacio que era casi un espejo de los templos en casa; de hecho, su distribución era idéntica a la del último templo donde había estado Hunt: el Templo de Urd.

Bloqueó el recuerdo de la emboscada de Pippa Spetsos, la huida desesperada para salvar sus vidas. Cómo se habían ocultado detrás del altar y apenas habían logrado escapar. En vez del altar de roca negra en el centro del templo, aquí había un foso sin fondo como punto focal. Cinco sillas labradas en madera negra lo rodeaban.

Hunt y Bryce se sentaron en las sillas más cercanas a las escaleras a sus espaldas, lo más cerca del río y del bote que todavía estaba en la costa. Aidas se sentó al otro lado de Bryce con gracia felina. Los braseros reflejaban su luz azul en su cabellera rubia.

Los ojos de Apollion brillaban como carbón cuando le dijo a Hunt:

—Me decepciona ver que aún no te has liberado de la corona negra, Orión Athalar.

—Alguien explique qué carajos es eso —dijo Hunt con voz golpeada. De todas las cosas que había imaginado en su vida, sentarse en un círculo con tres Príncipes del Averno no estaba ni remotamente en su lista.

—Las coronas negras eran collares en el Averno —respondió Thanatos con tono sombrío. Su cuerpo poderoso parecía estar a punto de saltar al otro lado del foso para atacar. Hunt no dejaba de monitorear cada una de sus respiraciones—. Hechizos creados por los asteri para esclavizarnos. Eran una atadura, una que los asteri adaptaron para su siguiente guerra: contra Midgard.

Hunt volteó a ver a Aidas.

—Parecías sorprendido de verme cuando nos conocimos. ¿Por qué?

Pero antes de que Aidas pudiera responder, Apollion habló:

—Porque los Príncipes del Averno no pueden contenerse con coronas negras. Los asteri aprendieron eso... fue su perdición. Como tú fuiste hecho a manos de los Príncipes del Averno, no deberían poder contenerte.

¿*Hecho* por ellos? ¿Por estos hijos de puta?

Hunt no tenía idea de qué decir, qué hacer ahora que todo en su vida parecía arremolinarse y diluirse, el latido de su corazón se aceleró hasta llegar a un ritmo atronador.

—Yo... yo no...

—Empieza a hablar —le dijo Bryce a Apollion en tono cortante y acercó su silla unos pocos centímetros más a la de Hunt. No por temor, eso Hunt lo sabía, sino por solidaridad. Eso apaciguó algo en él, reconfortó algún borde irregular—. La madre de Hunt era un ángel.

El rostro cansado y amoroso de su madre apareció en la mente de Hunt y le estrujó el corazón.

—Lo era —dijo Apollion, y la manera en que sonrió...

Una rabia ardiente cegó todos los sentidos de Hunt.

—¿Te *atreviste*...?

—No fue usada de mala manera —dijo Aidas y levantó una mano elegante—. Tal vez seamos los comandantes de pesadillas, pero no somos monstruos.

—*Explíquense* —ordenó Bryce a los príncipes demonios. La luzastral brotaba en ondas de ella. Thanatos volvió a olfatear el aire, lo saboreó, y se ganó una mirada molesta de Aidas—. Desde el principio.

A pesar de las palabras acaloradas que habían intercambiado antes, Hunt nunca la había amado más, nunca había estado tan agradecido de que Urd hubiera elegido una cabrona tan leal y feroz como su pareja. Podía confiar en que ella conseguiría las respuestas que necesitaban.

—¿Cuánto necesitan saber? —le preguntó Aidas a ella—. No sólo sobre Athalar, sino sobre toda la historia de Midgard.

—Rigelus tiene una pequeña habitación de conquista —dijo Bryce y la suavidad desapareció de su rostro cuando se cruzó de brazos—. Tiene toda una sección sobre la invasión de su planeta. Y sé que el Averno alguna vez tuvo bandos en guerra pero que resolvieron sus asuntos y marcharon unidos para echar a los asteri del Averno. Un año después, los cazaron por las estrellas y los encontraron en Midgard. Lucharon contra ellos otra vez y, en esta ocasión, las cosas no salieron bien. Los echaron de Midgard y ustedes han estado intentando regresar por la Fisura Septentrional desde entonces.

—¿Eso es todo? —dijo Apollion con parsimonia.

Bryce le dijo a Aidas con cautela:

—Sé que amabas a Theia. Que peleaste por ella.

El Príncipe de las Profundidades estudió sus manos largas y delgadas.

—Así fue. La sigo amando, mucho tiempo después de su muerte.

Hunt tenía la sensación de que la oscuridad del foso frente a ellos estaba respirando.

—¿Aunque ella era apenas un poco mejor que los asteri? —preguntó Bryce desafiante.

Aidas levantó la cabeza.

—No se puede negar cómo pasó Theia la mayor parte de su existencia. Pero había bondad en ella, Bryce Quinlan. Y amor. Ella se arrepintió de sus actos, tanto en su mundo original como en Midgard. Intentó arreglar las cosas.

—Muy poco, muy tarde —dijo Bryce.

—Lo sé —admitió Aidas—. Créeme, lo sé. Pero hay muchas cosas de las cuales yo también me arrepiento —se pudo ver el movimiento de su garganta cuando tragó saliva.

—¿Qué sucedió? —insistió Bryce. Hunt casi no quería enterarse.

Aidas suspiró, el sonido tenía el peso de incontables milenios.

—Los asteri le ordenaron a Pelias que usara el Cuerno para cerrar la Fisura Septentrional, que se defendiera contra el ataque. Lo hizo, y selló todos los demás mundos en el proceso, pero el Cuerno se rompió antes de que pudiera cerrarlo por completo para el Averno. Quedó una abertura muy pequeña en la Fisura por la cual mi gente podía pasar. Helena usó la sal negra para contactarme con la esperanza de lanzar otra ofensiva contra los asteri, pero no pudimos encontrar cómo. A menos que la Fisura se abriera por completo, no podíamos atacar. Y nuestras filas estaban tan mermadas que no hubiéramos tenido posibilidades de éxito.

Thanatos retomó la narrativa y colocó su casco sobre su rodilla.

—Los vampiros y los segadores habían desertado para unirse a los asteri. Nos traicionaron, los cobardes —desde las sombras a sus espaldas, los perros gruñeron como para indicar que estaban de acuerdo—. Habían sido nuestros capitanes y tenientes, en su mayoría. Nuestros ejércitos estaban en ruinas sin ellos. Necesitábamos tiempo para reconstruir.

—Creo que Helena se dio cuenta —continuó Aidas— de que la guerra no se ganaría durante su vida, ni por alguno de sus hijos. Tenían demasiado de su padre. Y ellos, también, disfrutaban mucho de ser los favoritos de los asteri.

Bryce descruzó los brazos y se inclinó hacia el frente.

—Lo siento, pero sigo sin entender por qué Helena construyó la Cueva de los Príncipes. ¿Sólo para poder hablar con ustedes como amiguitos a distancia?

La boca de Aidas subió un poco en uno de sus extremos.

—De cierta manera, sí. Helena necesitaba nuestro consejo. Pero para ese momento, también había averiguado lo que Theia había hecho en los últimos momentos de su vida.

60

La Cueva de los Príncipes era tan asquerosa y desorientadora como Ruhn la recordaba, pero al menos tenía una semilla de luzastral para mantener a los espíritus a distancia en la oscuridad llena de niebla, aunque requería de casi toda su concentración invocarla y mantenerla encendida.

Lidia y él llevaban horas dentro de la cueva. Inmediatamente después de entrar, había detectado los olores de Flynn y Dec en el aire, junto con los de Morven y los Gemelos Asesinos, pero el sexto olor fue el que hizo que Ruhn corriera por los pasajes. Lidia le seguía el paso sin problema. Un olor que atormentaba sus pesadillas, tanto despierto como dormido.

De alguna manera, el Rey del Otoño estaba aquí. Y su padre no estaba esperando a Ruhn, sino que se había adentrado en las cuevas para perseguir a Bryce. Ruhn continuó avanzando, aunque sus piernas exigían un descanso.

El olor de Morven y de su padre, junto con los otros, avanzaba por túneles casi ocultos y pasadizos que descendían con una pendiente muy pronunciada, como si el Rey Ciervo conociera todas las rutas secretas y directas. Probablemente así era, como Rey de Avallen. O tal vez los espíritus le mostraban el camino.

Después de un rato, el cuerpo de Ruhn aulló pidiéndole agua y tuvo que hacer una pausa. Lidia no se quejó, no hizo nada salvo seguirlo, siempre alerta ante cualquier amenaza. Sin embargo, cuando empezaron a avanzar de nuevo a toda prisa por el pasadizo, Lidia dijo en voz baja:

—Te pido una disculpa por anoche.

A pesar de todos los instintos que rugían en el interior de Ruhn y que le exigían que se apresurara, se detuvo.

—¿A qué te refieres?

Ella tragó saliva y su rostro se veía casi luminoso bajo la luzastral de Ruhn.

—Cuando... cuando reaccioné con miedo.

Él parpadeó.

—¿Por qué demonios te disculparías por eso?

Pollux era quien debería disculparse. Carajo, Ruhn *obligaría* al hijo de puta a que se disculpara con Lidia, de rodillas, antes de meterle una bala en la cabeza.

El color le manchó las mejillas a Lidia, un brillo rosado que contrastaba contra la oscuridad llena de niebla detrás de ellos.

—Me gusta pensar que soy inmune a... los recuerdos que no se borran.

Ruhn sacudió la cabeza, a punto de objetar, pero ella continuó:

—Todo lo que hice con Pollux, lo hice voluntariamente. Aunque su estilo de entretenimiento me parecía difícil de tolerar a veces.

—Lo entiendo —dijo Ruhn con un dejo de ronquera en la voz—. De verdad. No te estoy juzgando, Lidia. No tenemos que hacer nada que no quieras hacer. Nunca.

—Pero sí quiero —dijo Lidia y le miró la boca.

—¿Qué quieres? —preguntó él con voz una octava más grave.

—Saber cómo se siente tu cuerpo. Tu boca. En la realidad. No en una especie de mundo de sueños.

Él sintió cómo se endurecía su pene y movió los pies para acomodarse. No disimuló la excitación en su tono de voz, en su olor, cuando respondió:

—Cuando quieras, Lidia.

Excepto, por supuesto, justo en este momento. Pero después de que arreglaran el mierdero que probablemente se les iba a presentar en estas cuevas...

El pulso en la garganta de Lidia pareció vibrar en respuesta.

—Te deseo todo el tiempo.

Malditos dioses. Ruhn se acercó. Recorrió su cuello de abajo hacia arriba con la boca, con la lengua. Lidia dejó escapar un sonidito jadeante que hizo que sus testículos se contrajeran.

Ruhn le dijo hacia la piel suave.

—Cuando salgamos de estas cuevas, me mostrarás exactamente dónde me quieres y cómo me quieres.

Ella se retorció un poco y él supo que si le metía la mano entre las piernas, la encontraría mojada.

—Ruhn —murmuró ella.

Él le volvió a besar el cuello y observó con los párpados entrecerrados cómo se endurecían sus pezones y se presionaban contra el material delgado de su camisa. Exploraría *esos* a detalle. Tal vez exploraría un poco en este momento...

Un *síseo* rasposo y antiguo se escuchó desde las rocas cercanas.

Y éste no era el lugar. Ruhn se separó de Lidia y la miró a los ojos. Estaban vidriosos de lujuria.

Pero ella se aclaró la garganta.

—Tenemos que continuar.

—Sí —dijo él.

—Tal vez deberías, eh, tomarte un momento —dijo ella sonriendo al bulto en sus pantalones.

Él la miró con ironía.

—¿No crees que los espíritus lo apreciarían?

Lidia rio. Luego lo tomó de la mano y tiró de él para que empezaran a correr de nuevo a un paso constante.

—Quiero ser la única que lo aprecie de ahora en adelante.

Él no pudo detener el orgullo puramente masculino que lo invadió.

—Puedo vivir con eso.

—Sé lo que Theia hizo —dijo Bryce y sacudió la cabeza—. Intentó enviar a sus hijas de regreso al mundo original, pero sólo Silene lo logró.

Aidas arqueó una ceja.

—Asumo que has deducido algo de la verdad, si conoces a Silene por su nombre. ¿Sabes qué le sucedió?

—Dejó un... un video mágico que lo explicaba todo —dijo Bryce y sacó a La que Dice la Verdad de su funda. Aquí, al menos, las armas no tiraban una hacia la otra—. Silene tenía esto con ella cuando regresó a su mundo. Y ahora yo la traje de regreso a Midgard.

Aidas se sobresaltó al ver la daga.

—¿Silene mencionó lo que sucedió en el último encuentro con su madre?

Bryce puso los ojos en blanco.

—Ya dímelo, Aidas.

Thanatos y Apollion se reacomodaron en sus asientos, molestos por su irreverencia, pero la boca de Aidas se curvó para empezar a formar una sonrisa.

—A mí, y a Helena, nos tomó años entender qué había hecho Theia en realidad con su magia.

—Protegió a sus hijas —dijo Bryce recordando cómo se había dividido la estrella de Theia en tres, y cada una de las esferas se fue con cada una de sus hijas—. Usó el Arpa para transportar su magia con ellas como una especie de hechizo de protección.

Aidas asintió.

—Theia usó el Arpa para dividir su magia, *toda* su magia, entre las tres. Un tercio a Silene, un tercio a Helena. Y lo restante se lo quedó Theia —dijo y sus ojos se oscurecieron con un viejo pesar—. Pero no mantuvo la suficiente para protegerse a ella misma. ¿Por qué crees que Theia cayó ante Pelias ese día? Sólo con un tercio de su poder no tenía posibilidades de vencerlo.

—¿Y la espada y la daga? —preguntó Bryce.

—Theia buscaba evitar que los asteri pudieran valerse de su poder para usar la espada y la daga. Ambas armas estaban relacionadas con su poder gracias a la ayuda de Theia para su conversión —explicó Aidas con tranquilidad—. Por eso la Espadastral llama a los descendientes de Helena... de Theia. Pero sólo a aquellos con suficiente luzastral de Theia para activar su poder. Tus ancestros llamaron a estas personas hadas Astrogénitas. Los asteri no tienen poder sobre las armas; no tienen la conexión de Theia con ellas. Como la Espadastral y la daga fueron ambas convertidas por Theia en el mismo momento, su vínculo siempre las ha unido. Llevan mucho tiempo buscando reunirse, como lo estuvieron en el momento de su conversión.

—Lo igual llama a lo igual —murmuró Bryce—. Por eso la Espadastral y La que Dice la Verdad no dejan de querer estar cerca. Por eso se comportan así.

Aidas asintió.

—Creo que cuando abriste el Portal, y a pesar de tu deseo de llegar al Averno, el deseo de la Espadastral de encontrar a la daga, y viceversa, era tan fuerte que el portal fue redirigido al mundo donde fueron convertidas. Con la puerta cerrada entre ambos mundos, no habían podido reunirse. Pero cuando lo abriste, el tirón entre las dos armas fue más fuerte que tu voluntad no entrenada.

Con la Espadastral en mano, ella había llegado directamente con La que Dice la Verdad y aterrizó en ese jardín apenas a unos metros de donde estaban Azriel y la daga.

Bryce miró las armas con una mueca.

—Estoy intentando no asustarme de que estas cosas parecen ser... conscientes.

Pero ella lo había sentido, ¿no? Ese tirón, ese llamado entre ambas. Podría jurar que habían estado *hablando* anoche, carajo. Como si fueran dos amigos que habían estado separados y ahora se apresuraban para ponerse al día sobre todos los detalles de sus vidas.

Una separación de más de quince mil años.

Aidas continuó:

—Pero las armas no fueron lo único que reuniste en el mundo original de las hadas, ¿cierto?

Las manos de Bryce brillaban un poco con el aura fantasmal.

—No —admitió—. Creo… creo que también tomé un poco de la magia de Theia. Silene la dejó ahí, esperando.

Había pensado que era otra estrella, no un pedazo de una más grande.

Aidas no pareció sorprenderse, pero los otros dos príncipes tenían unas expresiones similares de confusión que casi hicieron sonreír a Bryce. Miró a Hunt, quien asintió apenas perceptiblemente. *Adelante*, parecía decirle.

Así que Bryce explicó cómo había tomado el poder de la Prisión, lo que había visto y aprendido de los recuerdos de Silene, su confrontación con Vesperus.

Bryce terminó:

—Pensaba que Silene había dejado *su* poder, pero ella todavía tuvo magia posteriormente. Debió haber sido el poder de Theia que había dejado en las rocas. Se absorbió hacia el mío, como si *fuera* mío. Y cuando mi luz brilló a través del prisma del Rey del Otoño, se había transformado. Se había vuelto más… plena. Ahora con un toque de oscuridad.

Aidas dijo pensativo:

—Yo diría que tú tenías un tercio del poder de Theia desde antes, la parte que originalmente se le dio a Helena, que te llegó de tus ancestros por el linaje de Helena, y tomaste otro tercio del sitio donde Silene la había guardado. Pero si puedes encontrar el último tercio, la parte que Theia se quedó originalmente para ella… me pregunto cómo luciría tu luz entonces. Lo que podría hacer.

—Tú conociste a Theia —dijo Bryce—. Tú dime.

—Creo que ya empezaste a ver algunas cosas —dijo Aidas—. Cuando conseguiste lo que Silene había ocultado.

Bryce pensó.

—¿El poder del láser?

Aidas rio.

—Theia lo llamaba fuegoastral. Pero sí.

Bryce frunció el ceño.

—¿Es... es igual al de los asteri?

No se había dado cuenta de cuánto le pesaba esa duda. Cuánto la carcomía.

—No —intervino Apollion con un gesto molesto—. Son similares en sus capacidades de destrucción, pero el poder de los asteri es una herramienta malvada y burda de destrucción.

Aidas agregó, con la mirada brillante con comprensión:

—La capacidad de destruir del fuegoastral es sólo una de las facetas de un don maravilloso. La mayor diferencia, por supuesto, yace en cómo elige usarlo el portador.

Bryce ofreció una pequeña sonrisa a Aidas al sentir que el peso se levantaba.

Hunt interrumpió.

—Entonces, sólo para aclarar: ¿sigue habiendo un tercio del poder de Theia en algún lugar, o lo había?

—Helena sabía que su porción de la magia de su madre se heredaría a las futuras generaciones —dijo Aidas—. Pero cuando Theia murió, lo único que quedó del poder de Theia estaba en la Espadastral. Theia lo puso en la espada después de separarse de sus hijas.

Bryce negó con la cabeza.

—Déjame ver si entiendo. Theia dividió su poder en tres partes: una para cada una de sus hijas, y transfirió la tercera parte a la Espadastral. ¿De manera que la pieza final de su magia está... en esta espada? ¿Ha estado ahí todo este tiempo?

—No —dijo Aidas—. Helena la retiró.

Bryce gimió.

—¿En serio? No podía ser tan fácil, ¿verdad?

Aidas rio un poco.

—A Helena no le pareció sabio dejar lo que quedaba de la estrella de Theia en la espada, ni siquiera en secreto.

—Pero ¿cómo podrían los asteri aprovechar el poder de Theia para usar la espada y la daga —protestó Bryce— si ella estaba muerta?

—Podrían haberla resucitado —dijo Hunt en voz baja.

Aidas asintió con seriedad.

—Theia no quería que pudieran tener acceso a la fuerza completa de la estrella en su linaje, ni siquiera a través de su cadáver. Así que la dividió en tres y colocó apenas lo suficiente en la Espadastral para poder enfrentar a Pelias... el tiempo necesario para que sus hijas pudieran huir. Les dio su magia a sus hijas pensando que ambas escaparían a su mundo natal y que estarían fuera del alcance de los asteri para siempre.

—¿Por qué no enviar la Espadastral con ellas también?

—Porque entonces la daga y la espada habrían estado juntas —dijo Thanatos.

—¿Pero qué tipo de amenaza representan? —preguntó Bryce casi a gritos por la impaciencia—. El Rey del Otoño dijo que pueden abrir un portal a ninguna parte... ¿es eso?

—Sí —confirmó Aidas—. Y juntas, pueden provocar la máxima destrucción; Theia las separó para evitar que los asteri tuvieran esa capacidad. Ignoraba que existiera una manera en que se pudieran unir por alguien que no perteneciera a su linaje, pero se ha sabido que los asteri pueden ser... creativos.

—¿Cómo transfirió Helena el poder fuera de la espada? No tenía el Arpa —dijo Bryce.

—No —aceptó Aidas—. Pero Helena sabía que Midgard tenía su propia magia. Una especie de magia en bruto, más débil que en su mundo natal, pero una magia que podía ser potente en altas concentraciones. Supo que fluía a través del mundo en grandes carreteras, conductos naturales para la magia.

—Las líneas ley —exhaló Bryce.

Aidas asintió.

—Esas líneas son capaces de mover la magia, pero también de transportar información a grandes distancias —como las que había entre las Puertas en Ciudad Medialuna, lo que le había permitido a Bryce hablar con Danika después de hacer el Descenso—. Hay líneas ley que atraviesan todo el universo. Y los planetas, como Midgard, como el Averno, como el mundo natal de las hadas, que están sobre esas líneas, permanecen unidos en el tiempo y el espacio y por el mismo Vacío. Eso hace que los velos que nos separan sean más delgados. Los asteri llevan mucho tiempo eligiendo mundos que estén sobre las líneas ley con ese justo propósito. Les parecía más sencillo moverse entre ellos para colonizar esos planetas. Hay ciertos lugares en cada uno de esos mundos donde se cruzan la mayoría de las líneas ley y, por lo tanto, la barrera entre mundos es más débil.

Todo empezó a acomodarse.

—*Sitios delgados* —dijo Bryce con una repentina certidumbre.

—Precisamente —respondió Apollion en lugar de Aidas con un movimiento aprobatorio de la cabeza—. La Fisura Septentrional, la Fisura Meridional, ambas están sobre un tremendo nudo de líneas ley. Y mientras que las que se encuentran debajo de Avallen no son tan fuertes, la isla es única como un sitio delgado gracias a la presencia de la sal negra... lo cual la une con el Averno.

—¿Y la niebla? —preguntó Hunt—. ¿Qué hay con eso?

—La niebla es el resultado del poder de las líneas ley —dijo Aidas—. Es una indicación de un sitio delgado. Con la esperanza de encontrar una línea ley lo bastante fuerte para ayudarle a transferir y ocultar el poder de

Theia, Helena envió una flotilla de hadas con magia de tierra a recorrer todos los lugares con niebla que encontraran en Midgard. Cuando le dijeron de un sitio envuelto en niebla tan espesa que no podían penetrarla, Helena fue a investigar. La niebla se abrió para ella, como si la hubiera estado esperando. Encontró la pequeña red de cuevas en Avallen... y la sal negra bajo la superficie.

Aidas esbozó una sonrisa oscura.

—Regresó a la Ciudad Eterna y convenció a Pelias de que sólo un lugar así sería un sitio digno para que lo enterraran. Él era lo suficientemente vanidoso y arrogante como para creerle, así que establecieron el reino hada en Avallen y ella labró su tumba real en la roca. Dijo mentiras sobre querer que las futuras generaciones lo adoraran, sobre tener que nacer con la sangre *correcta* para acceder al privilegio de conseguir su espada, que estaría enterrada junto con él.

Aidas hizo un ademán hacia la Espadastral que estaba envainada en la espalda de Bryce.

—Helena sabía que Pelias nunca se separaría de su trofeo, no hasta el día de su muerte. Y cuando murió, ella al fin usó el poder en bruto de las líneas ley de Avallen para tomar la estrella que su madre había dejado en la Espadastral y esconderlo.

—¿Entonces por qué la profecía sobre la espada y la daga? —preguntó Hunt—. Si Theia tenía tanto temor de que se volvieran a reunir, ¿por qué toda esta mierda de tratar de volverlas a juntar?

Aidas se cruzó de piernas.

—Helena generó la profecía, la introdujo en las leyendas de las hadas. Sabía que a pesar de los temores de su madre, la espada y la daga *se* necesitan para destruir a los asteri. Sabía que si algún descendiente era capaz de unir los tres fragmentos de magia, debería tener también la espada y la daga para que ese poder *contara*. El poder de Theia, cuando está completo, es lo único que puede unir y activar el verdadero poder de esas armas y ponerle fin a la tiranía de los asteri.

Bryce sintió que se le secaba la boca. Un camino verdadero al fin para terminar con los asteri.

—¿Entonces dónde está? —preguntó Bryce—. ¿Dónde está la última parte del poder de Theia?

—No lo sé —dijo Aidas con tristeza—. Helena no se lo dijo a nadie, ni siquiera a mí.

Bryce dejó escapar una exhalación larga y frustrada, pero Hunt continuó presionando a los príncipes.

—Así que, ¿para unir la espada y la daga, Bryce necesita encontrar la luzastral que Helena extrajo de la Espadastral, el último tercio del poder de Theia, que está guardada en algún lugar de Avallen?

—Sí —respondió Aidas simplemente.

—Pero, ¿cómo hago que abran el portal a ninguna parte... y qué demonios quiere decir eso, además? —se quejó Bryce.

Thanatos contestó con aspereza:

—Nos hemos estado preguntando eso por eones.

Aidas se pasó la mano por la cabellera dorada.

—*Destrucción máxima* fue lo más que pudimos adivinar.

—Fantástico —farfulló Bryce.

Pero Hunt preguntó:

—Si Avallen es uno de los sitios delgados más fuertes, ¿por qué los asteri siquiera permitieron que las hadas vivieran aquí?

—La sal negra, en una cantidad tan grande, los mantiene lejos. Nunca se dieron cuenta de que su presencia nos atraía tanto como a ellos los repelía —dijo Apollion con satisfacción—. Tiene las mismas propiedades que nos vuelven inmunes al encantamiento de sus coronas negras.

Bryce se tensó al escuchar eso y miró a Hunt, pero su pareja hizo a un lado sus propias preguntas por el momento y dijo:

—¿Helena sabía que este lugar repelía a los asteri?

Aidas asintió.

—Cuando se percató de ello, eso confirmó su decisión de ocultar aquí el poder de Theia.

Bryce ladeó la cabeza.

—¿Pero por qué la niebla se abrió para que Helena entrara la primera vez?

—La sal negra sólo repele a los asteri. La niebla repele a todos los demás. Pero ciertas personas, con ciertos dones, pueden ganarse el acceso al poder de los sitios delgados... en cualquier mundo. Trotamundos —dijo Aidas y señaló con gracia a Bryce—. Tú eres una de ellas. También lo eran Helena y Theia. Sus habilidades naturales se prestan para que se muevan a través de la niebla.

Bryce se quitó algo de polvo invisible de los hombros.

—Agrega eso a la maldita lista de la Princesa Mágica Astrogénita —dijo Hunt con una risa. Pero luego su entrecejo se contrajo y formó un surco profundo—. Si la espada y la daga siempre han podido abrir un portal a ninguna parte, ¿por qué no las usó Theia en las Primeras Guerras?

—Porque tenía miedo —dijo Aidas con voz tensa de repente—. Por todos.

—Sí —dijo Bryce—. Destrucción máxima.

—Así es —dijo Aidas. Thanatos dejó escapar un resoplido de desdén, pero Apollion miró a Aidas con algo parecido a la compasión—. Theia —explicó Aidas— tenía una teoría sobre lo que sucedería si se unían las armas, pero nunca la puso a prueba. Tenía miedo de que si abría el portal a ninguna parte, todo Midgard se iría por ahí. Tal vez tendría éxito en capturar a los asteri en otro mundo, pero condenaría a éste con ellos, así que optó por la opción cautelosa. Y para cuando debería haber olvidado toda precaución... ya era demasiado tarde para ella. Para nosotros. Era más seguro, más sabio, separar las armas, y su poder.

—Pero Helena pensaba distinto —dijo Bryce.

—Helena creía que valía la pena el riesgo —dijo Aidas—. Ella padeció mucho los años siguientes a las Primeras Guerras y vio el sufrimiento de todos los demás también. Yo terminé estando de acuerdo con ella. No me quiso decir a dónde había movido el poder de Theia, pero supe que lo había dejado accesible para el futuro descendiente que podría emerger con el tercio del poder que tenía Helena de la luz de Theia. La persona que podría, de alguna manera, contra todas las probabilidades, unir el poder de Theia... y luego las dos armas.

—¿Qué ciega a un Oráculo? —susurró Bryce.

—La estrella de Theia —dijo Aidas con suavidad—. Te lo dije: el Oráculo no vio ese día... pero yo sí. Te vi a ti, tan joven y brillante y valiente, y con la luzastral que Helena me había dicho que esperara. Ese tercio del poder de Theia que se transmitió a través del linaje de Helena.

Hunt exigió saber:

—Pero, ¿qué se supone que Bryce debe hacer? ¿Encontrar el último fragmento del poder de Theia, usarlo en la espada y la daga y abrir ese portal a ninguna parte al mismo tiempo que rezar que no terminemos todos encerrados ahí con los asteri?

—Eso es el resumen, sí —dijo Aidas con la mirada fija en Bryce—. Pero hay una cosa que Theia y Helena no anticiparon: que tú también portarías el Cuerno, renacido, en tu cuerpo. Otra manera de abrir las puertas entre mundos.

—¿Y qué se supone que debe hacer con eso? —gruñó Hunt.

Aidas sonrió ligeramente.

—Abrir por completo la Fisura Septentrional, por supuesto.

61

—Entonces —dijo Bryce lentamente, como si estuviera permitiendo que las palabras se asentaran en su mente—, ¿por qué no usar el Cuerno para abrir el portal a ninguna parte?

—Porque nadie sabe qué es eso... *dónde* se encuentra. La espada y la daga están orientadas hacia su ubicación, de alguna manera. Son la única forma de llegar a ese sitio en ninguna parte.

A Hunt le daba vueltas la cabeza. Demonios, la cabeza no le había dejado de dar vueltas los últimos diez minutos. Pero Bryce no estaba conforme.

—¿Y qué hubiera pasado si no hubiera recuperado la daga? ¿Qué tal si nunca hubiera venido a Avallen? ¿Qué tal si nunca hubiera tenido la oportunidad, o me hubiera negado a venir aquí, o lo que sea?

Apollion y Thanatos se reacomodaron en sus sillas, aburridos o tensos, pero Aidas continuó hablando:

—No sé cómo esperaba Helena que encontraras la daga de su mundo natal. Y, en lo que respecta a Avallen... Helena quería que yo te fuera guiando un poco. Pero tú tenías tal odio por las hadas... nunca hubieras confiado en mí si te hubiera presionado para que viajaras a su fortaleza.

—Eso es verdad —murmuró Bryce.

—Mis hermanos y yo teníamos nuestras dudas sobre los planes de Helena. Seguimos depositando nuestras esperanzas en reabrir la Fisura Septentrional para poder continuar nuestra lucha contra los asteri. Si surgía alguien como tú, una trotamundos, y Avallen por algún motivo no estaba accesible para que tomaras el poder de Theia, de todas maneras necesitábamos una manera de... cargarte de energía, por así decirlo.

Miró a Hunt al fin.

Hunt apenas podía respirar. Aquí estaban... después de toda esta espera... aquí estaban las respuestas.

—Tú eres el hijo de mis dos hermanos sólo en el sentido más vago —dijo Aidas.

Algo se relajó en el pecho de Hunt, aunque se le revolvió el estómago.

—Thanatos se negó a ayudar al principio —agregó Apollion y miró molesto a su hermano.

—No aprobaba el plan —dijo Thanatos molesto y apretando con fuerza su casco—. Sigo sin aprobarlo.

—Mi hermano —dijo Aidas con un movimiento de la cabeza hacia Thanatos— siempre se ha distinguido por su habilidad para crear cosas.

—Qué gracioso —dijo Bryce—. Nunca pensé que te gustara el macramé.

Hunt la miró con incredulidad, pero Aidas sonrió antes de decirle a Hunt:

—Durante las Primeras Guerras, como ustedes las llaman, Thanatos ayudó a Apollion a crear nuevos tipos de demonios para que lucharan de nuestro lado. El kristallos, diseñado para cazar el Cuerno... para lograr entrar a Midgard sin obstáculos. El Pastor. Los acosadores de la muerte —un movimiento de cabeza en dirección de Hunt, como si supiera de la cicatriz que él tenía en la espalda provocada por uno de ellos—. Sólo son unas cuantas de las creaciones de mi hermano.

Bryce sacudió la cabeza.

—Pero el veneno del kristallos puede anular la magia. Si sabían cómo hacer eso, ¿por qué no lo usaron contra los asteri en la guerra?

—Lo intentamos —dijo Aidas—. No tuvo el mismo efecto en sus poderes.

—Perdón —interrumpió Hunt—, pero ¿están insinuando que a mí me crearon *ustedes dos hijos de puta*? ¿Como una especie de mascota? —señaló a Thanatos y luego a Apollion.

—No como mascota —dijo Apollion con tono sombrío—. Como arma —asintió hacia Bryce—. Para ella, cuando llegara.

—Pero no sabían si las líneas de tiempo se encontrarían —dijo Bryce un poco sin aliento.

—No. Hubo experimentos previos —dijo Apollion—. Esperábamos que se extendieran y se propagaran por Midgard, pero los asteri se enteraron de nuestro plan y los eliminaron.

—Los pájaros de trueno —dijo Bryce con la boca abierta—. ¿Ustedes los hicieron también?

—Así es —dijo Aidas directamente— y los enviamos por las grietas en la Fisura Septentrional. Pero los cazaron hasta casi extinguirlos hace muchas generaciones. Bendecir un ángel con su poder, el soldado perfecto... fue un regalo de miel envenenada. Los asteri creyeron que de alguna manera, a través de su crianza selectiva de malakim, al fin habían logrado tener un soldado perfecto para que les sirviera. Que había sido su propia inteligencia la que había logrado hacer que alguien como Hunt Athalar llegara al mundo.

—Pero te rebelaste —le dijo Apollion a Hunt con orgullo evidente—. Eras demasiado valioso para matarte, pero querían quebrarte. Tu esclavitud fue ese intento.

Hunt apenas podía sentir su cuerpo.

—¿Podemos regresar un momento? —interrumpió Bryce—. Ustedes crearon a los pájaros de trueno para complementar mi poder... en caso de que yo nunca consiguiera la espada y la daga, y por si alguna vez necesitaba abrir la Fisura. Pero cuando los cazaron a todos, ustedes... hicieron a Hunt y luego yo nací...

—Athalar ya era esclavo para entonces —dijo Aidas—. Pero lo estábamos observando de cerca.

Apollion le asintió a Hunt.

—¿Por qué crees que eres tan bueno para cazar demonios? Está en tu sangre… parte de *mí* está en tu sangre.

Hunt sintió cómo las náuseas empezaban a subirle por la garganta. La idea de deberle algo al Príncipe del Foso…

—Así como me entregó parte de su esencia para el kristallos —dijo Thanatos—, también me dio algo para ti. Su fuego del Averno.

—¿Fuego del Averno? —exigió saber Bryce.

—Los relámpagos —dijo Thanatos con un movimiento irritado de la mano—. Capaces de matar casi cualquier cosa. Incluso un asteri.

—¿Así fue como mataste a Sirius? —preguntó Bryce—. ¿Con tu… fuego del Averno?

—Sí —dijo Apollion. Luego se dirigió a Hunt y agregó—: Tu nombre era una referencia a eso, susurrada al oído de tu madre cuando naciste. Orión… amo de Sirius.

—Ingenioso —dijo Hunt con sequedad. Luego exigió saber—: Esperen, ¿mis relámpagos pueden matar a los asteri?

La esperanza floreció, brillante y hermosa, en su pecho.

—No —dijo Apollion—. Están… diluidos, comparados con los míos. Podrías dañarlos, pero no matarlos. Creo que la sangre angelical de tu madre mitigó mi poder.

La esperanza se marchitó. Y algo más oscuro tomó su lugar cuando Hunt preguntó:

—¿Cómo entró en juego mi madre en todo esto?

Podía soportar un poco de manipulación genética, pero…

—Había un científico en los Archivos Asteri —dijo Aidas—. Un ángel que estaba investigando los orígenes de los pájaros de trueno, lo extraño que era su poder. Le puso a su proyecto el nombre de un dios de las tormentas casi olvidado.

—Proyecto Thurr —dijo Bryce—. ¿Danika estaba investigándolo también? Encontré menciones a este proyecto después de que ella murió.

—No lo sé —dijo Aidas—, pero el ángel estaba investigando a los pájaros de trueno a petición de los asteri, que estaban preocupados de que pudieran regresar. Pero su trabajo lo condujo a nosotros. Cuando le dijimos la verdad, ofreció ayudar de cualquier manera que pudiera. Thanatos estaba terminando su trabajo entonces. Y con un voluntario masculino, ya sólo se necesitaba una mujer para lograrlo.

Hunt no podía respirar. Bryce le puso la mano sobre la rodilla.

—Tu padre conoció a tu madre brevemente —dijo Aidas—. Y sabía que tener una pareja ayudaría a sacarla de la pobreza. Tenía todas las intenciones de quedarse. De dejar su vida atrás y criarte en secreto.

Hunt apenas pudo preguntar:

—¿Qué sucedió?

—Los místicos le dijeron a Rigelus de la conexión de tu padre con nosotros. No descubrieron todo... nada sobre ti o tu madre. Sólo que él había estado hablando con nosotros. Rigelus hizo que lo llevaran con los asteri para torturarlo y ejecutarlo.

El corazón de Hunt se detuvo.

—No confesó —dijo Apollion con algo parecido a la amabilidad—. Nunca mencionó a tu madre ni su embarazo. Los asteri nunca supieron que tú estabas ligado a él de ninguna manera.

—¿Cómo... cómo se llamaba?

—Hyrieus —respondió Aidas—. Era un buen hombre, Hunt Athalar. Al igual que tú.

Bryce le apretó la rodilla. Su mano era tan cálida... ¿O él estaba anormalmente frío?

—Okey, entonces Hunt fue creado para ser una batería de repuesto para mí...

—¿Puedo hacer lo mismo para Ruhn, entonces? —interrumpió Hunt.

—No —dijo Thanatos—. La luz del príncipe, su afinidad por estos sitios delgados, no es bastante fuerte. No como la de ella.

Hunt apretó la mano de Bryce sobre su rodilla.

—¿Está en mi ADN que Bryce y yo seamos pareja? ¿Eso también fue diseñado así?

—No —dijo Aidas rápidamente—, ésa nunca fue la intención. Creo que eso se dejó en manos de los poderes superiores. Quienesquiera que sean.

Hunt volteó a ver a Bryce y no encontró sino amor en sus ojos. No podía soportarlo.

El horror lo recorría, tan helado como la escarcha. Había sido creado por estos demonios para dar y para sufrir y... ¿dónde carajos lo dejaba todo esto? ¿En quién carajos lo convertía?

—Entonces —dijo Bryce—, fuego del Averno y fuegoastral: una combinación potente. Pero Helena dejó todas estas cosas para ayudar a ponerle fin al conflicto. Suena como si *ustedes* sólo quisieran que yo abra la maldita puerta para llegar a salvar el día.

—¿Sería tan malo —ronroneó Thanatos— que nosotros hiciéramos tu trabajo sucio?

Bryce lo miró enfadada.

—Éste es mi mundo. Quiero luchar por él.

—Entonces lucha a nuestro lado —la desafió Thanatos.

Un silencio tenso se extendió entre ellos. Hunt no tenía idea de cómo siquiera empezar a procesar esta locura. Pero ese frío en sus venas... se sentía bien. Adormecedor.

—Me habría gustado tener un poco más de tiempo para prepararme —murmuró Bryce.

Aidas se limitó a sacudir la cabeza.

—No estabas lista antes. ¿Y qué hubiera sucedido si se lo decías a la persona equivocada? Sabes lo que hacen los asteri con quienes cuestionan su divinidad. No podía arriesgarme. Arriesgarte. Tenía que esperar a que tú encontraras las respuestas por tu propia cuenta. ¿Pero no te he dicho desde el principio que me buscaras? ¿Que yo te ayudaría? Eso intentaba hacer Apollion también, con su estilo un tanto desubicado: prepararlos a ambos para todo esto, para luchar contra los asteri.

—Pero ¿cómo —preguntó Hunt intentando sobreponerse al adormecimiento helado y delicioso que sentía en el pecho— echaron a los asteri del Averno la primera vez?

—Tenían problemas para alimentarse de nuestra magia —dijo Thanatos con la voz densa por el desprecio—. Y se dieron cuenta de que nuestros poderes podían rivalizar con los de ellos. Huyeron antes de que pudiéramos matarlos.

Bryce tragó saliva ruidosamente y contempló a Apollion.

—¿Y tú en serio te *comiste* a Sirius? O sea, ¿la ingeriste?

Pero Aidas fue quien respondió con orgullo en su rostro.

—Apollion la mató con su fuego del Averno cuando ella lo atacó. Le sacó el corazón ardiente del pecho y se lo comió.

Hunt se estremeció. Pero Bryce dijo:

—¿Cómo es siquiera posible eso?

—Yo soy la oscuridad misma —dijo Apollion con suavidad—. La verdadera oscuridad. La que existe en las entrañas de un agujero negro.

Hunt sintió que le temblaban los huesos. El demonio no estaba sólo presumiendo.

—Entonces, ¿por qué no puedes sólo... comerte a los demás? —preguntó Bryce.

—Requiere proximidad —dijo Aidas—. Y los asteri están muy conscientes de los talentos de mi hermano. Nos evitarán a toda costa.

Las imágenes de los príncipes parpadearon, como si estuvieran en una pantalla dañada.

—Se nos está acabando el tiempo —dijo Thanatos—. Se está acabando el efecto de la sal negra.

Bryce se concentró en Apollion.

—Me han estado diciendo sin parar que tienen sus ejércitos listos para entrar en acción —hizo un gesto hacia el templo, hacia la ciudad muerta más allá—. Este lugar se ve bastante vacío.

Los ojos de Apollion se oscurecieron aún más.

—Les hemos permitido ver sólo una fracción del Averno. Nuestras tierras y ejércitos están en otra parte. Y están listos.

—Entonces, si abro la Fisura Septentrional con el Cuerno... —dijo Bryce. Hunt carraspeó un poco como advertencia—. ¿Ustedes siete y sus ejércitos entrarán?

—Nosotros tres —corrigió Aidas—. En este momento, nuestros otros cuatro hermanos están ocupados en otros conflictos, ayudando otros mundos.

—No sabía que eran una especie de salvadores intergalácticos —dijo Bryce.

Los labios de Aidas se movieron ligeramente hacia arriba. Bryce podría jurar que los de Apollion también.

—Pero, sí —continuó Aidas—, abrir la Fisura Septentrional es la única manera de lograr que nuestros ejércitos entren completa y rápidamente a Midgard.

—Después de lo sucedido esta primavera —le dijo Hunt a su pareja—, ¿confías en que no se vayan a *comer* a toda la puta población?

—Esos fueron nuestras mascotas —insistió Aidas—, no nuestros ejércitos. Y han sido severamente castigados por ello. Se comportarán en esta ocasión y obedecerán nuestras órdenes en el campo de batalla.

Bryce miró a Hunt, pero él no pudo interpretar la expresión en su rostro. La imagen de los príncipes volvió a parpadear y la del templo vibró y palideció. Un tirón en el estómago de Hunt empezó a jalar de él para llevarlo de vuelta al cuerpo que había dejado en Avallen.

—Lo pensaré —respondió Bryce.

—Esto no es un juego, niña —le dijo Thanatos irritado.

Bryce miró con indiferencia al Príncipe del Desfiladero.

—Ya estoy harta de que la gente use la palabra *niña* como insulto.

Thanatos abrió la boca para responder, pero desapareció abruptamente... su conexión había sido cortada.

Apollion le dijo a Hunt:

—No desperdicies los dones que se te han concedido, de mi parte y de la de mi hermano —su mirada se dirigió al halo en la frente de Hunt—. Ningún hijo verdadero del Averno puede ser enjaulado.

Luego él se fue también.

Hijo del Averno. El alma misma de Hunt se heló al pensarlo.

Sólo quedaba Aidas, que parecía aferrarse a la conexión mientras hablaba con Bryce y la miraba intensamente con esos ojos azules.

—Si encuentran ese último fragmento del poder de Theia... si el costo de unir la espada y la daga es demasiado, Bryce Quinlan, entonces no lo hagan. Elijan la vida —miró a Hunt—. Elíjanse a ustedes. He vivido con la alternativa durante milenios y la pérdida nunca se hace más sencilla de sobrellevar.

Bryce estiró una mano fantasmal hacia Aidas, pero el Príncipe de las Profundidades ya se había ido.

Y todo el Averno junto con él.

62

Bryce abrió los ojos y se encontró con fuego. Un fuego ardiente y blanco.

Los relámpagos de Hunt la rodearon al instante, pero era demasiado tarde.

El Rey del Otoño y Morven estaban en el recinto, de alguna manera los habían alcanzado. El segundo estaba envuelto en sombras, pero su padre ardía furioso.

Y en el centro de la habitación, rodeados por un fuego que ni siquiera el agua de Tharion podía extinguir, estaban sus amigos.

Bryce se tomó lo que duraba una respiración para mirar a su alrededor: Tharion, Baxian, Sathia, Flynn y Declan estaban muy juntos y rodeados de fuego. No había señal de los espíritus en las sombras, pero los Gemelos Asesinos estaban parados justo fuera del perímetro, sonriendo como los hijos de puta que eran.

El Rey del Otoño no se molestó con rodearla a ella ni a Hunt con fuego porque sabía que ni siquiera los relámpagos de Hunt lo podrían detener si elegía convertir a los prisioneros en cenizas. Eso era protección suficiente.

—Levántate —le ordenó Morven a Bryce. Las sombras alrededor de las manos del Rey Ciervo eran como látigos—. Hemos estado esperando suficiente tiempo para que salieras de ese estupor.

Hunt siseó. Bryce volteó y vio unas marcas color rojo encendido y con ampollas en el antebrazo de su pareja. Habían estado *quemando* a Hunt para intentar despertarlo...

Bryce levantó la vista hacia el Rey de Avallen coronado por sombras. Hacia su padre, que estaba parado con el rostro gélido junto a él a pesar del fuego en las puntas de sus dedos.

—¿Qué hiciste con esa sal negra? —preguntó el Rey del Otoño en voz baja—. ¿A quién viste?

Bryce desenfundó la Espadastral y La que Dice la Verdad.

—Entrega esas armas —ladró Morven—. Ya las mancillaste suficiente tiempo.

El fuego se acercó más a sus amigos. Baxian soltó una palabrota cuando una llama quemó sus plumas negras.

—Perdón —le dijo Bryce a los reyes sin bajar los artefactos—, pero estas armas no funcionan ni se van con perdedores rechazados.

El Rey del Otoño dijo con desdén:

—Tienen malos gustos. Al fin le pondremos remedio a eso.

—Cierto —dijo Bryce pensativa—. Había olvidado que tú mataste al último Príncipe Astrogénito porque no podías soportar lo celoso que te sentías de él.

El Rey del Otoño, al igual que la vez pasada que Bryce lo acusó de eso, sólo rio. Morven lo miró de reojo, como si de pronto estuviera dudando.

Pero el Rey del Otoño dijo:

—¿Celoso? ¿De ese mocoso llorón? No era digno de esa espada, pero no era menos digno que *tú*.

Bryce le sonrió con entusiasmo.

—Tomaré eso como un cumplido.

El Rey del Otoño continuó:

—Maté a ese chico porque su intención era ponerle fin al linaje. A todo lo que son las hadas —movió la barbilla hacia Bryce—. Igual que tú, sin duda.

Ella se encogió de hombros.

—No lo voy a negar.

—Conozco bien tu corazón, Bryce *Quinlan* —dijo el Rey del Otoño con rabia—. Sé lo que harías si se te permitiera.

—¿Ver una cantidad obscena de televisión?

Las flamas del rey se elevaron e hicieron que sus amigos se juntaran aún más. El espacio que quedaba entre sus cuerpos y el fuego era peligrosamente escaso.

—Eres una amenaza para las hadas. Criada por tu madre para aborrecernos, no eres digna de portar el nombre real.

Bryce dejó escapar una risa tosca y amarga.

—¿Crees que mi madre me hizo odiarte? Yo sola te odié en el momento que enviaste a tus matones tras nosotras para que terminaran con ella y Randall. Y cada instante desde entonces, maldito perdedor patético. ¿Quieres encontrar a quién culpar de que yo piense que las hadas son mierdas despreciables? Mírate en un espejo.

—No hagas caso a su palabrerío histérico —le advirtió Morven al Rey del Otoño.

El Rey del Otoño le enseñó los dientes a Bryce.

—Permitiste que un poco de poder heredado y un título se te fueran a la cabeza.

Las sombras de Morven se elevaron detrás de él, listas para arrasar con lo que estuviera a su paso.

—Desearás la muerte cuando los asteri te pongan las manos encima.

Bryce apretó las manos alrededor de las empuñaduras de las armas. Vibraban y buscaban acercarse la una a la otra, como si estuvieran suplicando que se les permitiera al fin esa reunificación final. Ella las ignoró y en vez de eso le preguntó a los reyes hada:

—¿Al fin nos van a entregar?

—A las lombrices con las que te asocias, sí —dijo el Rey del Otoño sin un dejo de piedad—. Pero a ti...

—Cierto, la reproducción —dijo Bryce y no le pasó desapercibida la mirada incrédula de Hunt ante su tono de voz. Estaba haciendo un gran esfuerzo con los brazos para mantener a las armas separadas.

—Asumo que Sathia, Flynn y Dec también serán conservados para reproducirse, pero todos los que no sean hadas se quedaron sin suerte. Lo siento, chicos.

—Esto no es una broma —escupió Morven.

—No, no lo es —dijo Bryce y lo miró a los ojos—. Y yo ya me cansé de reírme de ustedes, idiotas.

Morven no reaccionó.

—Ese truquito de luces tal vez nos sorprendió hace rato, pero si sueltas siquiera una chispa, tus amigos arderán. ¿O prefieres que te demostremos un método alternativo?

Morven hizo una señal con la mano envuelta en sombras a los Gemelos Asesinos.

Bryce confirmó que su muro mental de luzastral estuviera intacto, pero, como buenos abusadores, los gemelos atacaron a la persona que asumieron era la más débil.

Sathia estaba con los ojos muy abiertos y viendo lo que sucedía y, de pronto, tomó el cuchillo del costado de Tharion.

Y lo sostuvo contra su propio cuello.

—Deténganse —le gruñó Tharion a los gemelos, que reían.

A Sathia le temblaba la mano. Presionó la daga con un poco más de fuerza contra su piel y salió algo de sangre.

—Si haces un solo movimiento en su dirección, pez, el cuchillo se deslizará hasta el fondo —amenazó Morven.

—Déjenla en paz —dijo Bryce y dio un paso al frente... sólo un pie. La espada y la daga que tenía en las manos parecían también tirar hacia el frente ahora... hacia el centro de la habitación. Las sostuvo con más fuerza.

El fuego brilló con más intensidad alrededor de sus amigos. Una de las plumas de Baxian se incendió y Dec apenas logró apagarla antes de que se extendiera.

—Suelta las armas y liberaremos su mente —dijo el Rey del Otoño.

Bryce miró la espada y la daga, luchando contra ese tirón de ambas hacia el centro del cuarto.

Sathia estaba al otro lado de ese anillo ardiente con un terror puro, indefenso, en el rostro, la sangre escurriendo por su cuello. Un pensamiento de Seamus o Duncan, un movimiento, y ese cuchillo se enterraría en su garganta.

Bryce lanzó las armas al suelo.

Su metal oscuro chocó contra la roca con una rotundidad brutal y patinaron hasta detenerse casi encima de la estrella de ocho picos. Fuera del alcance.

Pero ninguno de los reyes se movió, como si tuvieran miedo de levantarlas o siquiera de caminar hacia ellas.

Los Gemelos Asesinos hicieron un gesto de decepción porque se terminaba su diversión, y Sathia bajó el cuchillo, aunque lo seguía sosteniendo a su costado con los dedos apretados, claramente en dirección de los gemelos. Ninguno de los otros se atrevió a intentar quitárselo de la mano.

Pero Bryce sólo veía al Rey del Otoño. Le gruñó:

—Tú me estabas diciendo todas esas mentiras sobre cuánto amabas a mi madre y que te arrepentías de haberla golpeado, pero ¿esto le haces a tu propia hija? ¿Y a la hija de uno de tus amigos hadas?

—Tú dejaste de ser mi hija en el momento que me encerraste en mi propia casa.

—Auch —dijo Bryce—. Eso sí me llegó al corazón.

Se dio unos golpes en el pecho para enfatizar y la estrella brilló en respuesta.

—Está intentando hacer tiempo —le dijo el Rey del Otoño a Morven—. Esto fue precisamente lo que hizo con Micah...

—Ah, sí —dijo Bryce y avanzó un paso—, cuando le pateé el trasero. ¿Te contó? —le preguntó a Morven—. Se supone que es un gran secreto —susurró en volumen alto y dio otro paso para acercarse—. A ese hijo de puta lo exploté en pedazos por lo que le hizo a Danika.

Los Gemelos Asesinos parecieron sobresaltarse.

Bryce les sonrió, le sonrió a Morven, al Rey del Otoño, y dijo:

—Pero lo que le hice a Micah no es *nada* comparado con lo que les haré a ustedes.

Extendió las manos. La Espadastral y La que Dice la Verdad volaron a ellas, como habían hecho en el mundo de las hadas. Lo igual llama a lo igual.

Pero ella no había estado comprando tiempo para ella misma. Lo había estado haciendo para Hunt.

Cuando la espada y la daga volaron hacia ella, los relámpagos de Hunt se acumularon en una ola a sus espaldas y se abalanzaron hacia los Gemelos Asesinos.

No tuvieron alternativa entonces, debían soltar el control que tenían sobre Sathia para interceptar los dos látigos de relámpagos que Hunt lanzó contra ellos o permitir que los rayos los borraran del mapa.

Los gemelos optaron por vivir. Un escudo de sombras chocó contra las lanzas de relámpago. Fue todo lo que Bryce necesitaba para ponerse en movimiento.

El Rey del Otoño gritó una advertencia pero Bryce ya iba corriendo hacia ellos. Hacia él.

Sin intentar limitar su poder, estalló en luzastral.

Toda la cueva se sacudió cuando chocaron los relámpagos y las sombras. Hunt apretó los dientes.

Tharion había logrado quitarle el cuchillo a Sathia antes de que lo dejara caer y se le clavara en el pie. La chica ahora estaba agachada en el círculo de fuego sosteniéndose la cabeza con ambas manos.

El estallido de luzastral que brotó de Bryce cuando corría hacia sus enemigos amenazaba con hacer que toda la caverna se derrumbara. El cabello le flotaba por encima de la cabeza y las puntas de sus dedos brillaban con ardiente fuegoastral.

Hunt se quedó atónito al ver su poder, la belleza y potencia condensada que poseía.

Pero uno de los Gemelos Asesinos rio, un sonido vengativo que prometía que su adversaria sufriría. Seis espíritus brotaron desde la oscuridad, apenas más que sombras con la ropa desgarrada y sus manos llenas de costras.

¿Qué cosas sin nombre habían hecho los gemelos para convertirse en los amos de estos seres desdichados?

Hunt alcanzó a ver mandíbulas, llenas de dientes curvos de ocho centímetros que se abrían dirigiéndose hacia Bryce, que estaba distraída...

Con un rugido de furia, envió media docena de lanzas de relámpagos crepitantes hacia los espíritus y una séptima, la de la suerte, hacia las sombras de los gemelos.

En el lugar donde los relámpagos chocaron con la malicia antigua, los espíritus estallaron y se convirtieron en polvo ardiente, pero sus relámpagos se fracturaron contra el muro de oscuridad de los gemelos. Los mantuvo alejados de la pelea de Bryce, aunque no logró destruir su escudo.

—Ayúdala —siseó Baxian por encima del fuego chisporroteante, pero Hunt negó con la cabeza y lanzó más de sus relámpagos contra los gemelos, que ahora empezaban a empujar y avanzar lentamente con su muro de sombras. Hunt se atrevió a echar un vistazo a Sathia, quien veía con los ojos muy abiertos a Bryce lanzándose contra los dos reyes hada.

Bryce cruzaba la caverna oscura como una estrella fugaz.

—No necesita mi ayuda —susurró Hunt.

El fuego chocó con la luzastral, que chocó con las sombras, y Bryce se desató sobre el mundo.

Terminaría hoy. Aquí. Ahora.

Esto no tenía nada que ver con los asteri ni con Midgard. Las hadas se habían corrompido bajo líderes como estos hombres, pero su gente podía ser otra cosa.

Bryce cargó con esa certeza en cada golpe de fuegoastral que lanzaba hacia el Rey del Otoño y que lo obligaba a ir retrocediendo, en cada avalancha asfixiante de sombras que Morven arrojaba para intentar hacerla retroceder de regreso hacia el arroyo.

Ella no había ido a ese otro mundo sólo por la espada y la daga, ni para encontrar una bala mágica que detuviera la podredumbre de su mundo. Lo sabía ahora.

Urd la había enviado para que viera, aunque fuera sólo en la pequeña porción que alcanzó a ver de ese mundo, que existían las hadas que eran amables y valientes. Ella tal vez había tenido que traicionar a Nesta y Azriel, engañarlos... pero sabía que, en sus corazones, eran buenas personas.

Las hadas de Midgard eran capaces de más.

Ruhn lo demostraba. Flynn y Dec lo demostraban. Incluso Sathia lo demostraba, en el poco tiempo que Bryce tenía de conocerla.

Bryce lanzó un rayo de fuegoastral puro contra Morven e hizo una ranura profunda en el piso de sal negra. Él la esquivó y rodó fuera de su alcance con la habilidad de un guerrero.

Esto terminaría hoy.

La mezquindad y el chauvinismo y la arrogancia que habían sido los distintivos de las hadas de Midgard por generaciones. El legado de Pelias.

Todo terminaría el puto día de *hoy*.

La luzastral brotaba brillante alrededor de Bryce, la oscuridad del poder del atardecer de Silene, de Theia, la transformaba en ese fuegoastral. Si pudiera encontrar ese tercer fragmento y completar la estrella...

Ella ya estaba completa. Lo que tenía, quien era... era suficiente. Ella siempre había sido suficiente para enfrentar a estos imbéciles, con o sin poder. Con esta mierda de ser Astrogénita o sin ella.

Ella era suficiente.

Los Gemelos Asesinos estaban presionando contra la emboscada de Hunt. Desde el ángulo donde estaba el ángel, Bryce sabía que no podía ver qué hacían detrás de ese muro de sombras, que iban empujando hacia él, despedazando sus relámpagos.

Pero desde donde ella estaba... Bryce podía ver cómo estaban usando ese muro contra Hunt. Lo usaban para escudarse de ser vistos mientras giraban hacia ella.

Ni siquiera los relámpagos de Hunt fueron suficientemente rápidos cuando los Gemelos Asesinos saltaron hacia ella con las espadas desenvainadas. Justo cuando sus garras de sombras arañaron el muro de su mente.

Esto terminaría hoy.

Bryce explotó... en las mentes de los gemelos, en sus cuerpos. Los inundó de fuegoastral. Una parte de ella retrocedió horrorizada al ver sus enormes figuras caer al suelo con agujeros humeantes donde antes tenían ojos. Donde habían estado sus cerebros. Les había derretido la mente.

Morven gritó con furia... y con algo parecido al temor.

Ella había hecho eso. Con sólo dos terceras partes de la estrella de Theia, había logrado...

—¡Bryce! —gritó Hunt, pero era demasiado tarde. Morven había lanzado contra ella un látigo de sombra oculto debajo de una llamarada del Rey del Otoño. Se envolvió alrededor de sus piernas y *tiró*. Bryce cayó sobre la roca con un golpe y su luzastral se apagó.

El impacto crujió por su cráneo e hizo que todo el mundo diera vueltas. O tal vez eran las sombras que la iban arrastrando más cerca del muro de flamas.

Bryce intentó cortar la correa de sombras con la mano envuelta en fuegoastral.

Hizo jirones la oscuridad. Bryce se puso de pie en un instante, pero no fue tan rápida como para evadir el golpe de flama que el Rey del Otoño lanzó contra su estómago...

Bryce se teletransportó, rápida e instintiva como una respiración. Justo al lado del Rey del Otoño.

Terminaría hoy.

El Rey del Otoño retrocedió un poco por la sorpresa y ella tomó su puño ardiente en una mano. Lo sostuvo con firmeza y le clavó las uñas con fuerza. El fuego le quemaba la piel, la cegaba de dolor, pero ella le clavó las uñas más profundamente y envió su fuegoastral a que ardiera en su interior.

Su padre rugió en agonía y cayó de rodillas. Morven, tan asombrado que se había quedado congelado en su sitio, maldijo con brutalidad.

Bryce miró lo que le había hecho al puño del Rey del Otoño. Lo que alguna vez había sido su mano.

Sólo quedaba carne derretida y hueso.

El Rey del Otoño soltó una arcada ante el dolor y se agachó sobre sus rodillas con la mano acunada contra su pecho.

—¿Crees que esos dones te hacen especial? —dijo Morven iracundo cuando al fin se sacudió su estupor. Un nido de sombras que se retorcían se reunía a su alrededor—. Mi hijo podía hacer lo mismo y terminó en la basura. Igual que tú.

Las sombras de Morven se lanzaron contra ella como una parvada de cuervos.

Bryce lanzó un muro de luzastral y destruyó a esas aves de sombras, pero venían más, de todas partes y de ninguna parte, desde abajo...

El Rey del Otoño se puso de pie. Tenía el rostro grisáceo por la agonía, sostenía el resto achicharrado de su mano.

—Voy a enseñarte una nueva definición de dolor —escupió.

Y ningún entrenamiento podría haber preparado a Bryce, no tendría tiempo de teletransportarse para evadir los dos ataques veloces de los reyes hada, iguales en poder.

Esquivó el estallido de flamas de su padre que harían arder sus huesos, pero las sombras de Morven volvieron a agarrarla. Unas manos de oscuridad pura la lanzaron contra la roca con tanta fuerza que le sacaron el aire. La

Espadastral y La que Dice la Verdad salieron volando de entre sus dedos.

Una mujer gritó y, por un momento, Bryce pensó que podría haber sido Cthona, tal vez la misma Luna.

Pero era Sathia.

Era Sathia, quien estaba nuevamente de pie, pero no era solo ella. Eran todas las mujeres hada que habían vivido antes que ellas.

Bryce hizo explotar su luz y desbarató las sombras de Morven. Se despejaron y revelaron que el Rey del Otoño estaba parado sobre ella con una espada de flamas sostenida en su mano sana.

—Debí haber hecho esto hace mucho tiempo —gruñó su padre y se lanzó con su espada ardiente en dirección del corazón expuesto de Bryce.

El Rey del Otoño sólo llegó a medio camino antes de que le brotara luz del pecho.

Los relámpagos de Hunt habían...

No.

No eran los relámpagos de Hunt lo que brillaba a través de las costillas del Rey del Otoño.

Era la Espadastral. Y el que la estaba blandiendo era Ruhn, parado detrás de él.

Ruhn, quien había enterrado la espada justo en el corazón frío de su padre.

Ruhn sabía en sus huesos por qué había recorrido esas cuevas sin dificultad. Él era un Príncipe Astrogénito y había venido a corregir un mal ancestral.

Con la Espadastral en la mano, al perforar el corazón de su padre... Ruhn supo que estaba exactamente donde debía estar.

El Rey del Otoño dejó escapar un gruñido sorprendido y la sangre le brotó de la boca.

—Yo conozco *todas* las definiciones del dolor gracias a ti —le escupió Ruhn y sacó la espada de un tirón.

Su padre se colapsó de cara contra el piso de piedra.

Incluso las sombras de Morven se detuvieron cuando el Rey del Otoño luchó por levantarse sobre sus manos. Lidia, quien estaba vigilándole las espaldas a Ruhn del Rey Ciervo, no dijo nada.

Ninguna piedad se agitó en el corazón de Ruhn cuando su padre empezó a ahogarse con su propia sangre. Cuando empezó a escurrir sobre las rocas. El Rey del Otoño levantó la cabeza para ver a Ruhn a los ojos.

La traición y el odio ardían en su rostro.

Ruhn le dijo a su mente, a todas sus mentes, *Mentí sobre lo que el Oráculo dijo de mí.*

Los ojos de su padre se abrieron con asombro al escuchar la voz de Ruhn en su mente, el secreto que su hijo había guardado todos estos años. A Ruhn no le importaba lo que Morven pensara de eso, ni siquiera se molestó con ver al Rey Ciervo. Bryce y Athalar podrían encargarse de las sombras, si Morven era lo bastante tonto para atacar.

Así que Ruhn miró a su odioso padre a la cara y dijo: *El Oráculo no me dijo que yo sería un rey noble y justo. Me dijo que el linaje real terminaría conmigo.*

Tuvo la sensación de que sus amigos lo estaban observando con los ojos muy abiertos. Pero él sólo tenía palabras para el hombre patético frente a él.

Pensé que se refería a tu *linaje.*

Ruhn levantó la Espadastral ensangrentada. Las flamas ardían a lo largo del cuerpo de su padre, esbozando su cuerpo poderoso. Pero Ruhn ya no era un chico asustado que se llenaba de tatuajes para cubrir sus cicatrices.

Pero estaba equivocado. Creo que el Oráculo se refería a todas, continuó Ruhn mente a mente. *Las líneas* masculinas. *Incluidos los Príncipes Astrogénitos... todos ustedes hijos de puta que han corrompido y robado y no se han disculpado ni una sola vez por lo que han hecho. El sistema entero. Toda esta mierda de coronas y herencias.*

La voz burlona de su padre le llenó la mente.

Eres un niño malcriado y malagradecido que nunca mereció portar mi corona...

No la quiero, respondió Ruhn de golpe y cerró el puente entre sus mentes que permitía que su padre hablara. Ya había tenido suficiente de escucharlo.

La sangre goteaba de los labios de su padre mientras su cuerpo vanir intentaba sanarlo, recuperar sus fuerzas para atacar.

El linaje terminará conmigo, gran hijo de puta, dijo Ruhn a la mente de su padre, *porque cedo mi corona, mi título, a una reina.*

Un temor auténtico hizo que la cara de su padre se tornara ceniza. Y Ruhn vio de reojo que la estrella de Bryce empezó a brillar.

Una paz serena floreció en él. *Siempre asumí que la profecía del Oráculo significaba que yo moriría.* Permitió que su semilla de luzastral brillara a lo largo de la espada, una respuesta al fulgor atrayente de Bryce. Una última vez.

Pero voy a vivir, le dijo a su padre. *Y voy a vivir bien... sin ti.*

Ni siquiera las sombras de Morven tuvieron la velocidad para evitar que Ruhn volviera a blandir la Espadastral en el aire para cortar de tajo el cuello de su padre.

Bryce se quedó sin palabras cuando Ruhn le cortó la cabeza al Rey del Otoño. Cuando su hermano clavó el cráneo en la Espadastral incluso antes de que chocara con el piso de roca.

Ella se puso de pie. Llegó al lado de Ruhn, que estaba parado muy rígido con la espada ensangrentada y la cabeza de su padre empalada en ella.

El fuego alrededor de sus amigos seguía ahí, una prisión impenetrable. Como si el Rey del Otoño hubiera empapado esas flamas con una energía que provenía de afuera de él para que permanecieran incluso después de su muerte. Un castigo final. Lidia se apresuró hacia allá, como si ella pudiera encontrar alguna manera de apagar las flamas...

—Déjalos ir —le dijo Bryce a Morven con una voz que no reconoció del todo—. Antes de que perforemos tu cabeza también.

Morven les enseñó los dientes. Pero a pesar del odio ardiente en su mirada, se puso de rodillas y levantó las manos en sumisión.

—Me rindo.

El fuego desapareció. Morven parpadeó, como si estuviera sorprendido, pero no dijo nada.

Sus amigos se pusieron de pie al instante. Hunt puso una mano en la espalda de Sathia para sostenerla. Luego ya habían llegado todos, como si fueran uno solo, a pararse detrás de Bryce y Ruhn. Y ella lo vio, por un instante luminoso. No un mundo dividido en Casas... sino un mundo unido.

Bryce caminó unos cuantos pasos para recoger La que Dice la Verdad del sitio donde había caído cerca del cadáver decapitado del Rey del Otoño. No miró el cuerpo, ni la sangre que se acumulaba, y le dijo a Ruhn:

—Helena creó la profecía para explicar lo que estas armas podían hacer, el poder necesario para enfrentar a los asteri. Pero creo que, a su propia manera, la profecía también era su esperanza para *mí*. Lo que yo podría hacer, más allá de usar el poder.

La confusión se arremolinó en los ojos azules brillantes de Ruhn.

—Espada —dijo Bryce y asintió hacia la Espadastral que él tenía en la mano. Levantó La que Dice la Verdad en la de ella—: Daga —luego señaló a sus amigos, las hadas y el ángel y el mer y la metamorfa detrás de ellos—: Gente.

—No estaba hablando sólo de las hadas —dijo Ruhn en voz baja.

—No tiene que ser así —aclaró Bryce—. Puede significar lo que nosotros queramos —sonrió ligeramente—. *Nuestra* gente —le dijo a Ruhn, a los demás—. La gente de Midgard. Unida contra los asteri.

Había tomado todo este tiempo, este recorrido por las estrellas y debajo de la tierra... pero aquí estaban.

Morven escupió en el suelo.

—Si planeas luchar contra los asteri, fracasarás. No importa que unas todas las Casas. Serás eliminada de la faz de Midgard.

Bryce miró al rey arrodillado.

—Aprecio tu confianza.

Las sombras de Morven empezaron a deslizarse de nuevo por sus hombros. Empezaron a bajar vibrando por sus brazos.

—Me rindo ahora, niña, pero las hadas nunca aceptarán una híbrida ilegítima como reina, ni siquiera una Astrogénita.

Ruhn se abalanzó contra él, con la Espadastral lista para atacar, pero Bryce lo detuvo con un brazo. Por un largo momento, se quedó mirando la cara de Morven. Viéndola realmente, de verdad. El hombre debajo de la corona de sombras.

Sólo encontró odio.

—Si ganamos —dijo Bryce en voz baja—, este nuevo mundo será justo. No habrá más jerarquías y esa mierda —las mismas cosas por las cuales había luchado Hunt. Por las que él y los Caídos habían sufrido—. Pero en este momento —dijo Bryce—, yo soy la Reina de las Hadas Valbaranas —asintió hacia el cuerpo del Rey del Otoño, enfriándose en el suelo, y luego le sonrió burlonamente a Morven—. Y de Avallen.

Morven siseó:

—Serás la Reina de Avallen sobre mi cadáv...

Dejó de hablar al ver la sonrisa en la cara de Bryce. Y palideció.

—Como estaba diciendo —dijo Bryce pausadamente—, por el momento, soy reina. Soy juez, jurado...

Bryce miró a Sathia, que seguía alterada y con los ojos muy abiertos por el ataque de los gemelos... pero no asustada. Entera, a pesar de lo que los hombres en su vida, lo que este hombre, habían intentado hacerle.

Así que Bryce miró a Morven y terminó de decir con dulzura:

—Y soy tu maldita verduga.

El Rey de Avallen seguía ardiendo de odio cuando Bryce le clavó La que Dice la Verdad en el corazón.

Fue cuestión de unos cuantos tajos de La que Dice la Verdad en el cuello de Morven para que Bryce lo decapitara. Y cuando se puso de pie, la que estaba parada frente a Ruhn era una reina hada, envuelta en luzastral, inquebrantable ante sus enemigos. Por el amor que relucía en el rostro de Athalar al ver a Bryce, Ruhn supo que el ángel también veía lo mismo.

Pero fue Sathia quien se acercó a Bryce. Quien se arrodilló a sus pies e inclinó la cabeza para declarar:

—Salve Bryce, Reina de las Hadas de Midgard.

—Uf —dijo Bryce con una mueca—. Empecemos con Avallen y Valbara y veamos a dónde nos conduce eso.

Pero Flynn y Declan también se arrodillaron. Y Ruhn volteó a ver a su hermana y también se arrodilló y le ofreció la Espadastral con ambas manos.

—Para reparar un viejo daño —dijo Ruhn— y a nombre de todos los Príncipes Astrogénitos que me precedieron. Esto te pertenece.

Ninguna palabra había sonado jamás tan bien. Ni tampoco nada se había sentido tan bien como cuando Bryce recibió la Espadastral, una aceptación formal, y la sopesó entre sus manos.

Ruhn vio cómo su hermana miraba primero la Espadastral y luego La que Dice la Verdad. Una de las armas brillaba con luzastral y la otra con oscuridad.

—¿Ahora qué? —preguntó en voz baja.

—¿Aparte de tomar un momento para procesar las muertes de esos dos imbéciles de allá? —preguntó Ruhn.

Hizo un movimiento con la cabeza hacia Morven y su padre.

Bryce ofreció una sonrisa débil.

—Al menos aprendimos algunas cosas.

—¿Sí?

Los demás ya empezaban a juntarse a su alrededor, escuchando.

—Resulta —dijo Athalar con un tono que Ruhn podría jurar era desenfado forzado— que Theia hizo unas cosas raras con su magia de estrella y la dividió entre ella y sus hijas. Para no hacer el cuento largo, Bryce tiene dos de esos fragmentos, pero Helena se valió del cruce de líneas ley de Avallen y la magia natural para esconder el tercer fragmento en algún sitio de Avallen. Si Bryce logra conseguir ese fragmento, la espada y la daga podrán abrir un portal a ninguna parte y podremos atrapar a los asteri ahí dentro.

Bryce miró a Hunt como diciendo que había *mucho* más que eso, pero dijo:

—Entonces... nueva misión: encontrar el poder que Helena escondió. Aidas dijo que Helena usó las líneas ley de Midgard para ocultarlo en estas cuevas después de la muerte de Pelias —suspiró y miró sus caras—. ¿Alguna idea de dónde podría estar?

Ruhn parpadeó.

—Sí —dijo con voz ronca—. Sí tengo una idea.

—¿En serio? —preguntó Athalar con el ceño fruncido.

—No parezcas tan sorprendido —gruñó Ruhn.

Lidia llegó a su lado y agregó:

—Después de la muerte de Pelias, ¿dices?

—Sí. Es complicado...

—Creo que es parte de la tierra —interrumpió Lidia—. En los huesos mismos de Avallen.

Bryce y Athalar arquearon las cejas, pero Ruhn miró a Lidia y asintió.

—Eso explica mucho.

Bryce interrumpió:

—¿Como...?

—Como por qué Avallen fue alguna vez parte de un archipiélago, pero ahora es sólo una isla —dijo Ruhn—. Dices que Helena usó las líneas ley de Avallen para contener la estrella de su madre... para ocultarla aquí, ¿cierto? Creo que al hacerlo drenó *toda* la magia de la tierra de sus líneas ley y la redirigió para mantener enjaulado el poder de Theia. Hizo que la tierra se marchitara. Al igual que como tú dices que las tierras de Silene se marchitaron alrededor de la Prisión mientras contuvo su propia porción del poder.

Bryce dijo pensativa:

—Silene tenía el Cuerno, pero Helena debió usar las líneas ley. Sin embargo, ambas tuvieron un efecto desastroso en la tierra misma.

Volvió a ver las armas.

—¿Cómo propones que saquemos la magia? —preguntó Lidia—. No tenemos idea de cómo conseguir acceso a ella.

Nadie contestó. Y, carajo, Morven y el Rey del Otoño estaban ahí muertos y desmembrados y...

—¿Alguien tiene alguna idea brillante? —preguntó Tharion en el silencio denso.

Ruhn controló su risa, pero Bryce volteó a ver al mer lentamente, como sorprendida.

—Brillante —murmuró. Luego volteó a ver a Athalar y estudió su cara—. Préndelo —susurró. Como si eso fuera la respuesta a todo.

Brillante.

Prende.

Préndete.

El mundo pareció hacer una pausa, como si la misma Urd hubiera frenado el tiempo conforme cada pensamiento golpeaba a Bryce.

Miró las paredes. El río de luzastral que Helena había representado en la parte inferior de todos los grabados.

Apenas hacía unas horas, ella pensaba que se trataba de la línea de sangre de los Astrogénitos representada de forma artística.

Pero Silene había representado la maldad que corría debajo de la Prisión en sus grabados, lo cual sin querer advertía sobre Vesperus... Tal vez Helena también había dejado una pista.

Un reto final.

Bryce miró la estrella de ocho picos en el centro de la habitación. Las dos ranuras extrañas en sus puntos. Una pequeña, la otra más grande.

Miró las armas en sus manos: una daga pequeña y una espada grande. Embonaban perfectamente en las ranuras del piso, como llaves en un cerrojo.

Las llaves para liberar el poder guardado debajo. El último fragmento de poder que necesitaba para abrir el portal a ninguna parte.

Ese poder había pertenecido originalmente al peor tipo de hada, pero no tenía por qué ser así. Podía pertenecerle a cualquiera. Podría ser de Bryce.

Para prender el mundo.

—¿Bryce? —preguntó Hunt con una mano en su espalda.

Bryce reunió sus fuerzas e inhaló profundamente. A su alrededor, empezaron a flotar trozos de desecho y roca de su batalla con los reyes hada.

Caminó entre los restos, directo hacia la estrella de ocho picos en el suelo, idéntica a la que tenía en el pecho. Los restos de roca y polvo empezaron a arremolinarse, una tormenta con ella al centro.

Bryce inhaló profundo, se preparó y susurró:

—Estoy lista.

—¿Para *qué*? —exigió saber Hunt, pero Bryce lo ignoró.

Con una exhalación, clavó las armas en las ranuras de la estrella de ocho picos. La pequeña para la daga. La grande para la espada.

Y como una llave que hace girar la cerradura, liberó lo que había debajo.

63

La luz estalló hacia arriba a lo largo de las armas y hacia sus manos, sus brazos, su corazón. Bryce podía escucharla a través de sus pies, a través de la roca. La canción de la tierra debajo de ellos. Silenciosa y antigua y olvidada, pero ahí.

Escuchó cómo Avallen había cedido su dicha, sus tierras verdes, sus cielos y sus flores para poder resguardar el poder, como se le había ordenado, esperando todo este tiempo que alguien lo soltara. Para liberarla.

—¡Bryce! —gritó Hunt y vio a su pareja a los ojos.

Nada de lo que le habían dicho los Príncipes del Averno sobre él le provocaba temor. Ellos no habían hecho el alma de Hunt. Ésa era toda suya, al igual que la de ella era de él.

Helena había atado el alma de esta tierra con cadenas mágicas. No más. Bryce ya no permitiría que las hadas se apropiaran de nada.

—Eres libre —le susurró Bryce a Avallen, a la tierra y su magia pura e inherente debajo—. Sé libre.

Y lo fue.

La luz estalló de la estrella y las cuevas volvieron a sacudirse. Se agitaron, retumbaron y temblaron...

Las paredes se doblaban y Bryce tuvo la sensación de que Hunt se lanzaba hacia ella, pero cayó de rodillas cuando el suelo empezó a moverse hacia arriba. La roca se derrumbaba a su alrededor, enterrando el sarcófago de Pelias, los cadáveres de los reyes que acababan de morir y a todos sus otros ancestros odiosos debajo. Los machacó hasta hacerlos polvo. La luz del sol entró, la tierra misma se partió y Bryce y los demás fueron impulsados hacia arriba.

Luz de sol... no cielos grises.

Emergieron en las colinas a menos de un kilómetro y medio del castillo y de la ciudad real. Como si las cuevas hubieran retrocedido hasta acá.

Y desde el suelo rocoso debajo de ellos, extendiéndose desde la estrella a los pies de Bryce, brotaron pastos y flores. El río de las cavernas salió de la tierra y empezó a bailar hacia abajo por la colina recién formada.

Sathia y Flynn rieron, los hermanos se arrodillaron y pusieron los dedos en el pasto. La magia de la tierra de sus venas brotó y un roble emergió de las manos de Flynn, salió con fuerza hacia las alturas, sobre ellos. De las manos de Sathia salieron guías de fresas y arbustos de zarzamoras, de frambuesas y de moras azules...

—Dioses santos —dijo Tharion y señaló el mar.

Ya no era gris y revuelto, sino de un color turquesa transparente y brillante. Y del agua, tal como habían visto en el mapa que encontró Declan, surgían islas, grandes y pequeñas. Frondosas y verdes y llenas de vida.

Los bosques hicieron erupción en la isla en la que estaban y pronto también surgieron montañas y ríos.

Tanta vida, tanta magia, liberadas al fin del control vanir. Un lugar no sólo para las hadas, sino para todos. Para todos ellos.

Bryce lo podía sentir. La dicha de la tierra al ser vista, al ser liberada. Miró a Ruhn y el rostro de su hermano brillaba con asombro, como si su padre no estuviera muerto debajo de la tierra, perdido para siempre en la oscuridad, sus huesos alimento de lombrices.

Lo que iluminaba el rostro de Ruhn era sólo asombro... y libertad.

No más dolor. No más miedo.

Bryce no notó cuándo empezó a llorar, sólo que al siguiente instante Ruhn estaba ahí, abrazándola, y ambos sollozaban.

Sus amigos les dieron espacio y comprendieron que no era sólo dicha lo que recorría sus cuerpos, que su alegría estaba marcada por el pesar de años de dolor y la esperanza de los años por delante.

El mundo podría acabar pronto, Bryce lo sabía, y era posible que todos murieran con él, pero en este momento el paraíso florecía a su alrededor, esta tierra que había despertado era prueba de cómo había sido la vida antes de los asteri, antes de las hadas y los vanir.

Prueba de cómo podría ser en el futuro.

Ruhn se apartó un poco y le tomó la cara entre las manos. Las lágrimas rodaban por su rostro. Ella no podía dejar de llorar, de llorar y reír, con todo lo que fluía de su corazón.

Su hermano le besó la frente y le dijo:

—Larga vida a la reina.

64

La tierra había despertado y las hadas de Avallen estaban aterradas.

Hunt intentó no regodearse al ver el castillo destruido. Los habitantes y el pueblo se habían salvado, pero las enredaderas y los árboles se habían abierto camino a través del castillo de Morven y lo habían convertido en ruinas.

—Un último *vete al carajo* de parte de la tierra —le murmuró Bryce a Hunt cuando llegaron a una colina que veía hacia las ruinas. En un extremo, había un grupo de hadas que observaban en silencio aprensivo el edificio demolido.

A su lado, Bryce vibraba con poder, de Helena y su sangre maldita, pero también de la herida antigua de su alma que había sanado en el momento que Ruhn le había cortado la cabeza a su padre.

Hunt abrazó la cintura de su pareja y observó a las hadas que miraban las ruinas con la boca abierta, la isla de Avallen... y las nuevas islas que la rodeaban.

Bryce levantó la vista hacia él.

—¿Estás... bien?

Él permaneció en silencio un largo momento, mirando el paisaje.

—No

Ella se acercó más a él.

Él tragó saliva unas cuantas veces.

—Soy una especie de bebé de probeta demoniaco.

—Tal vez de ahí vengas, Hunt —dijo ella con una sonrisa suave—, pero no es quien eres... en quién te convertiste.

Él la miró.

—Hace rato no parecía gustarte la persona en quien me convertí.

Ella suspiró.

—Hunt, lo entiendo... entiendo todo lo que estás sintiendo. De verdad. Pero no puedo hacer esto sin ti. Sin *todo* lo que tú eres.

A él le dolió el corazón y la miró de lleno.

—Lo sé. Estoy intentando. Es sólo que... —le costó trabajo encontrar las palabras—. Mi peor pesadilla sería verte en manos de los asteri. Verte muerta.

—¿Y evadir ese destino vale la pena a cambio de permitir que ellos gobiernen para siempre?

No había dureza en su pregunta... sólo curiosidad.

—Una parte de mí dice que sí. Una parte muy, muy presente —admitió él—. Pero otra parte de mí dice que necesitamos hacer lo que sea necesario para ponerle fin a esto. Para que futuras generaciones, futuras parejas... para que no tengan que tomar las mismas decisiones, sufrir los mismos destinos que nosotros.

Intentaría dejar atrás su miedo. Por ella, por Midgard.

—Lo sé —dijo ella con suavidad—. Si necesitas hablar, si necesitas alguien que te escuche... aquí estoy.

Él miró su cara, el amor sincero que le prodigaba hacía que le doliera el corazón. Aún quedaba algo de oscuridad y de dolor, sí, pero los vencería. Y sabía que ella le daría el espacio que necesitaba para hacerlo.

—Gracias, Quinlan.

Ella se puso de puntas para besarle la mejilla. Un roce dulce y suave de sus labios que le calentó los últimos fragmentos entumecidos de su alma.

Luego, ella se puso a mirar de nuevo las ruinas y lo tomó de la mano para empezar a bajar hacia donde estaban reunidos sus amigos en la base de la colina.

—Tengo el último fragmento del poder de Theia pero, ¿ahora qué? ¿Cómo enfrentamos a los asteri? ¿Cómo nos acercamos lo suficiente a ellos para usar la daga y la espada y lanzarlos por ese portal?

Él le besó la sien.

—Descansa por hoy. Por ahora, disfruta que subiste de nivel.

Ella soltó una risotada.

—Eso no suena como una estrategia del Umbra Mortis.

—No puedo distinguir si eso es un insulto o no —dijo él y le dio un empujoncito con el ala—. Tenemos otras cosas urgentes que resolver primero, Bryce.

—Sí, lo sé —dijo ella cuando iban llegando con sus amigos. Les habló a todos—: Como este lugar resiste contra los asteri, necesitamos que venga la mayor cantidad de gente posible, sin que provoquemos sospechas en las fuerzas imperiales.

—El *Guerrero de las Profundidades* podría ayudar —sugirió Flynn.

Tharion hizo una mueca, pero no objetó.

Lidia preguntó:

—¿Pero cómo atravesarían la niebla?

Bryce levantó una mano y, a la distancia, la niebla se abrió... y luego volvió a cerrarse.

—¿No te enteraste? Soy una sofisticada trotamundos que puede hacer estas mierdas de manera innata. Además... —esbozó una sonrisa torcida—. Ahora soy Reina de Avallen. Manejar la niebla es una de las prerrogativas laborales.

—Obviamente —dijo Hunt y puso los ojos en blanco, lo cual le ganó un codazo en las costillas.

Ruhn advirtió:

—A las hadas no les gustará tener que compartir.

Bryce hizo un ademán hacia las ruinas, el daño que ella había desencadenado sin darse cuenta.

—No tienen alternativa.

Ruhn rio.

—Larga vida a la reina, sí.

Declan gritó desde la colina y todos lo voltearon a ver.

—Lo que sea que le hayas hecho a esa niebla, Bryce —gritó Declan—. ¡Ya tengo señal!

Levantó el teléfono con gesto triunfal y luego agachó la cabeza para leer los mensajes que tenía.

—Pequeñas victorias —dijo Bryce. Lidia y Tharion rieron.

Pero la diversión de la Cierva se disipó cuando volteó a ver a Tharion, como si la hubiera atraído la propia risa del mer.

—Podrías ocultarte aquí, sabes. La Reina del Océano no puede pasar a través de esta niebla a menos que Bryce lo permita.

—Ocultarme —dijo Tharion como si la palabra tuviera un sabor repugnante.

—La alternativa es rogarle que no te mate —dijo Lidia— y luego hacer lo que ella diga el resto de tu vida.

—No sería distinto a lo que tenía con la Reina del Río —dijo Tharion.

Sathia lo observaba con cuidado... con curiosidad. El mer se encogió de hombros y le preguntó descaradamente a Lidia:

—¿Cómo puedes vivir con eso? ¿Con estar a su merced?

La boca de Lidia se tensó y todos los demás fingieron que no estaban esperando cada una de sus palabras cuando al fin respondió:

—No tuve alternativa —miró a Ruhn con los ojos brillantes—. Pero no lo seguiré haciendo.

Ruhn se sobresaltó y giró rápido hacia ella.

—¿Qué?

Lidia le dijo, les dijo a todos:

—Si sobrevivimos a los asteri, no regresaré.

Hunt había visto suficiente de la Reina del Océano para saber cómo sería su reacción.

Bryce dijo con cautela:

—Pero tus hijos...

—Si sobrevivimos, mis enemigos estarán muertos —dijo Lidia con la barbilla en alto con la gracia de una reina—. Y seguramente ella ya no tendrá necesidad de mis servicios —le asintió a Tharion—. No voy a regresar, y tú tampoco deberías. La era de los gobernantes absolutos ha terminado —señaló las ruinas—. Éste fue el primer paso.

Hunt sintió un escalofrío que le recorría la columna ante la certeza de sus palabras. Bryce abrió la boca como si fuera a decir algo.

Pero Baxian volteó a ver a Declan, como si hubiera percibido que algo sucedía. Un segundo después, Declan levantó la cabeza de golpe.

Un silencio aciago se posó sobre Hunt. Sobre todos ellos.

Nadie habló conforme Declan se aproximó. Pudieron ver en su garganta cómo tragaba saliva. Y cuando miró a Ruhn, a Bryce, las lágrimas brillaban en sus ojos.

—Los asteri hicieron su jugada.

Bryce se sostuvo del brazo de Hunt, como si así pudiera evitar caer.

—Dime —dijo Lidia y se abrió paso entre todos para llegar con Declan.

Declan miró a la Cierva, luego a Bryce de nuevo.

—Los asteri organizaron un ataque, dirigido por Pollux y Mordoc, en todas las bases Ophion. Las borraron del mapa.

—Joder —exhaló Hunt.

Pero Declan sacudía la cabeza.

—Eliminaron a todos los que estaban en los campamentos también.

A Hunt le temblaron las rodillas.

Y cuando Declan miró a Bryce, Hunt supo de inmediato que era algo muy malo. Deseó poder deshacerlo, lo que fuera...

—Y enviaron a su Guardia Asteriana a Prados de Asfódelo. Dijeron… dijeron que era un centro de actividad rebelde.

Bryce empezó a sacudir la cabeza y a retroceder.

A Declan se le quebró la voz cuando dijo:

—Lanzaron diez misiles de azufre a los Prados. A todos los que viven ahí.

PARTE TRES

EL ASCENSO

65

Ithan estaba parado en la cubierta de un barco pescador que había visto mejores décadas, con Hypaxia a su lado. Al parecer, Jesiba Roga no pensaba que necesitaran viajar en algo más cómodo.

Pero al menos la tripulación de metamorfos de tiburón no había hecho preguntas. Y se habían mantenido sin interferir cuando detuvieron el motor del barco y se quedaron flotando en las olas grisáceas del Haldren, justo frente al muro impenetrable de niebla que subía hasta el cielo.

Ithan asintió al prendedor roto que Hypaxia traía en la capa.

—¿Alguna probabilidad de que tu escoba todavía sirva? Podríamos volar por encima.

—No —dijo Hypaxia—. Y, además, sólo Morven nos puede dejar pasar.

Ithan extendió la mano hacia la niebla y la hizo enredarse entre sus dedos.

—¿Entonces cómo nos ponemos en contacto con él? ¿Tocamos en la barrera? ¿Lanzamos una bengala?

Su tono era más alegre de lo que se sentía. En alguna parte más allá de esta niebla estaba el cuerpo de Sofie. Aparentemente, Morven le había dicho a Jesiba que se lo podía llevar. Su hijo ya fallecido lo había enviado a su hogar y el rey hada no se había tomado la molestia de echarlo a la basura. Un golpe de suerte que les había concedido la misma Urd. Jesiba había prometido que Morven no lo había tocado, que le alegraría entregárselos para deshacerse del cuerpo.

Eso si es que podían cruzar la barrera. Hypaxia levantó su mano morena hacia la niebla, como si la estuviera probando.

—Se sienten...

Como en respuesta, una cortina de la niebla se estremeció y se abrió.

La luz del sol se escapó por ahí. Los mares grises se volvieron color turquesa. El viento se entibió con una brisa suave. Al otro lado había un paraíso.

Incluso los metamorfos de tiburón malhumorados ahogaron un grito de sorpresa. Pero Ithan miró a Hypaxia, quien tenía los ojos muy abiertos también.

—¿Qué pasa?

Hypaxia sacudió despacio la cabeza.

—Éste no es el Avallen que yo había visitado.

—¿Qué quieres decir?

Todos sus instintos se pusieron en alerta, su lobo atento y listo.

Hypaxia hizo una señal al capitán para que empezara a avanzar por la abertura entre la niebla, hacia la tierra frondosa y cautivadora al otro lado. Más hermosa incluso que las Islas Coronal. La exreina bruja exhaló:

—Algo tremendo ocurrió aquí.

Ithan suspiró.

—Por favor dime que fue un cambio tremendo *bueno*.

El silencio de Hypaxia no lo tranquilizó.

Hunt encontró a Bryce sentada sobre las ruinas de lo que alguna vez había sido una torre. Había arbustos enmarañados llenos de flores y rosales a todo su alrededor. Un lugar hermoso y surreal para que reposara una reina hada.

La tierra parecía reconocerla. Pequeñas flores se acomodaban alrededor de su cuerpo y algunas incluso se enredaban en los mechones largos de su cabello.

Pero su rostro, cuando Hunt se sentó a su lado, se veía hueco. Devastado.

Las lágrimas secas habían dejado huellas saladas en sus mejillas. Y sus ojos color whisky, que normalmente estaban llenos de vida y fuego, estaban vacíos. Vacíos de una manera que no había visto desde aquella vez que la encontró en Lethe, bebiendo para alejar el dolor de la muerte de Danika, cuando la herida se había vuelto a abrir en el momento que se dio cuenta que su padre no le había compartido información vital que le hubiera ayudado con la investigación.

Hunt se sentó a su lado en un fragmento de roca irregular y la abrazó con el ala. Desde allá arriba, podía ver las islas dispersas en el vibrante color verde agua del océano. Avallen había despertado para convertirse en un paraíso y una parte de él ansiaba saltar a los cielos y explorar cada centímetro, pero...

—Todo ese nuevo poder de Theia —dijo Bryce con voz ronca— y no sirvió de nada. No lo encontré a tiempo para ayudar a nadie, para salvar a nadie.

Hunt le besó la sien y prometió:

—Haremos que cuente, Bryce.

—Lo siento —dijo ella en voz baja—. Por ser una hija de puta contigo en esto que estás pasando.

—Bryce... —empezó a decir él intentando encontrar las palabras.

—Lamento todo lo que te dije sobre superarlo —continuó—. Pero... —sus labios se apretaron para formar una línea delgada, como si quisiera contener un sollozo que buscaba liberarse.

—Lo que sucedió —dijo él con voz ronca— no fue tu culpa. No es culpa de nadie salvo de los asteri. Tú siempre has tenido razón sobre eso.

Ella dijo con voz opaca, como si no hubiera escuchado ninguna de sus palabras:

—Fury y June están abordando un helicóptero con mis padres, Emile... digo, Cooper, y Syrinx —una mirada hacia abajo donde había dejado el teléfono entre las flores a su lado—. Los asteri no los encontraron antes del ataque, pero quiero que todos estén aquí, a salvo.

—Bien —dijo Hunt. Habían pasado la última hora haciendo llamadas telefónicas frenéticas a sus familias y amigos. Hunt dudó un largo rato sobre si debería arriesgarse a llamar a Isaiah y Naomi, pero optó por no hacerlo al final, para evitar que eso les causara cualquier problema en caso de que sus teléfonos estuvieran intervenidos. Lo cual era uno de los motivos por los que había venido a buscar a Bryce, aunque sabía que había subido a este sitio para estar sola.

Los demás estaban buscando dónde pasar la noche, ahora que el castillo de Morven estaba en ruinas. Por el rostro sombrío de Ruhn, parecía ser que las hadas no habían sido muy hospitalarias. *Pues qué puta lástima,* les quería decir Hunt: estaban a punto de recibir un influjo enorme de personas.

—Podríamos quedarnos aquí —murmuró Bryce y Hunt sabía que esas palabras sólo las pronunciaría frente a él—. Podríamos buscar a todos nuestros amigos y familia, a quien sea que pueda cruzar el Haldren y sólo... quedarnos aquí, protegidos. Para siempre. Básicamente lo mismo que pidió la Reina del Océano. Y aunque escondernos así no me hace mejor que mis ancestros, al menos la gente estaría a salvo. Algunas de las personas de Midgard, al menos.

Mientras la mayoría permanecía a merced de los asteri.

Hunt se acercó a ella para ver su cara.

—¿Eso quieres hacer?

—No —dijo Bryce y levantó la mirada al horizonte salpicado de islas. Al muro de niebla más allá. Digo, cualquiera que pueda llegar aquí, todos los refugiados, será admitido. Le ordené eso a la niebla.

Normalmente, él hubiera bromeado sobre lo muy Superpoderosa y Especial Reina Hada Mágica Astrogénita que era eso, pero mantuvo la boca cerrada. Le permitió seguir hablando.

—Pero nosotros... —la mirada desolada de su rostro lo hizo envolverla con el ala con más fuerza—. No podemos escondernos aquí para siempre.

—No —admitió él—. No podemos.

Dejó que viera en su cara la franqueza de sus palabras. Que viera que lucharía hasta el final.

Ella recargó la cabeza en su hombro.

—Ni siquiera puedo pensar en lo que hicieron. A Ophion y los campamentos... en los Prados... —se le quebró la voz.

Él tampoco podía procesarlo. Los muertos inocentes. Los niños.

—Tenemos una obligación —dijo Bryce y levantó la cabeza—. Con esas personas. Con Midgard. Y con los otros mundos también. Tenemos una obligación de ponerle fin a esto.

El rostro amado de Bryce lo veía, pero era también el rostro de una reina. Sus relámpagos se agitaron en respuesta. Y no le importaba si esos idiotas de Apollion y Thanatos lo habían creado, si habían creado su poder. Si sus relámpagos la podían ayudar, si la podían salvar, si podían salvar a Midgard de los asteri... eso era lo único que importaba.

Bryce dijo:

—*Yo* tengo una obligación de ponerle fin a esto.

Su mirada recorrió el archipiélago pacífico y, por un momento, Hunt lo pudo imaginar: una vida aquí, con sus hijos y sus amigos. Una vida que podían construir para ellos mismos en este sitio nuevo.

Brillaba frente a él, tan cerca que casi podía tocarla.

Bryce dijo, como si estuviera pensando lo mismo:

—Creo que Urd necesitaba que yo viniera aquí.

—¿Para que supieras que podía ser un refugio?

Ella negó con la cabeza.

—Me preguntaba por qué la niebla mantenía fuera a los asteri, cómo podríamos usar la niebla contra ellos.

Pensé que podríamos venir aquí y encontrar respuestas, tal vez un arma secreta... algo como un gran dispositivo repelente de asteri.

Deslizó al fin su mirada exhausta hacia él.

—Pero es la cantidad de sal negra lo que mantiene fuera a los asteri, no la niebla, y eso no lo podemos replicar. Creo que Urd quería que yo viera que una sociedad podría florecer aquí. Que podría estar a salvo aquí, con toda la gente que amo.

Le temblaba la boca, y apretó los labios en una línea delgada.

—Creo que Urd quería que yo viera y supiera todo eso —continuó— y decidiera si quiero quedarme o dejar atrás esta seguridad y luchar. Urd quería tentarme.

—Tal vez fue un regalo —propuso Hunt—. No una prueba ni un reto, Bryce, sino un regalo.

Al ver las cejas arqueadas de Bryce, él continuó explicando:

—Que Urd le permitiera a la gente que amas estar segura aquí mientras tú vas a romperles la cara a los asteri.

La sonrisa de Bryce era indescriptiblemente triste.

—Saber que estarán protegidos aquí... incluso si fracasamos.

Él no intentó reconfortarla diciéndole que tendrían éxito. En vez de eso, le prometió con suavidad:

—Lo haremos juntos. Tú y yo... le pondremos fin juntos —le acomodó un mechón de cabello detrás de la oreja delicadamente puntiaguda—. Estoy contigo. Plenamente. Tú y yo le pondremos fin a esto.

Ella levantó la barbilla y él podría haber jurado que una corona de estrellas brilló alrededor de su cabeza.

—Quiero borrarlos de la faz del planeta —dijo ella, y aunque su voz era suave, lo único que contenía era rabia depredadora.

—Conseguiré un trapeador y un balde —dijo él y le sonrió.

Ella lo miró, con furia real y aplomo de soberana... y rio. El primer momento de normalidad entre ellos, dichoso y bello. Otra cosa por la cual luchar. Hasta el fin.

Unas flores moradas nocturnas extendieron prolongaciones que se desenredaron a su alrededor en respuesta, a pesar de la luz del sol. ¿Siempre habían estado dirigiéndose aquí? En el jardín nocturno, antes de que los atacara el kristallos hacía tantos meses, él podría haber jurado que las flores habían abierto por ella. ¿Estaban percibiendo este poder, la herencia nacida en el atardecer que portaba en sus venas?

—Esto es increíble —dijo y asintió hacia la isla que parecía responder a cada una de sus emociones.

—Creo que algo así era la Prisión, la isla en el mundo natal de las hadas, alguna vez. Cuando Theia gobernaba, quiero decir. Antes de que Silene lo echara todo a perder. Tal vez están ligadas de alguna manera al ser sitios delgados y se desparraman un poco hacia cada lado. Tal vez, en el otro mundo... tal vez desperté la tierra alrededor de la Prisión también.

Hunt arqueó las cejas.

—Sólo hay una manera de averiguarlo, creo.

Ella resopló.

—No creo que me dejen volver a poner un pie en ese mundo.

—¿Crees que haya posibilidad de que los reclutemos para que luchen con nosotros?

—No. Bueno, no sé lo que dirían, pero... No se los pediría. No se lo pediría a nadie.

—Retiro lo que dije hace rato, sobre descansar un poco antes de empezar a planear. Necesitamos pensar bien nuestra estrategia —dijo Hunt. Odiaba ponerle esta carga encima, pero tenían que planear su jugada. Ella tenía razón, no podían ocultarse aquí—. Está claro que los asteri quieren que respondamos a su ataque. Rigelus probablemente está anticipando que reuniremos un ejército para atacarlos, pero eso nunca funcionaría. Siempre estaremos en desventaja numérica y de armamento —él la tomó de la mano—. Yo... Bryce, yo ya perdí un ejército.

—Lo sé —dijo ella.

Pero él insistió.

—También estamos hablando de enfrentar a *seis* asteri. Si fuéramos nosotros contra Rigelus, tal vez... ¿pero los seis? ¿Los separamos? ¿Vamos derrotándolos uno por uno?

—No. Eso le daría tiempo a los otros de reunir fuerzas. Tenemos que atacarlos a todos a la vez, juntos.

Él lo consideró.

—Es momento de dejar entrar al Averno, ¿cierto?

La brisa dulce le agitó el cabello a Bryce cuando asintió.

—¿Qué tenemos que hacer, entonces? —preguntó él.

La estrella del pecho de Bryce brilló.

—Iremos a Nena. A abrir la Fisura Septentrional.

—Carajo. Está bien. Sin pensar en la enormidad de esa misión y asumiendo que todo salga bien, ¿después qué? ¿Entramos caminando al palacio y empezamos a pelear?

Ella nuevamente había levantado la vista a las islas y el mar brillante. La expresión regia de su mirada se extendió a toda su cara y él supo que estaba percibiendo un vistazo de la líder en la que se convertiría. Si lograban antes todo lo que querían.

—¿Qué es lo que Rigelus nos ha dicho constantemente? —preguntó Bryce.

—¿Que somos horrendos?

Ella rio.

—Se ha tomado la molestia varias veces de ofrecerte libertad —dijo ella y asintió hacia el sitio en su muñeca donde tenía la marca— como una manera de incitarme a que mantenga la boca cerrada sobre cómo maté a Micah. Y que tú no hables sobre la muerte de Sandriel.

Hunt ladeó la cabeza.

—¿Quieres hacerlo público?

—Creo que Rigelus y los asteri están nerviosos de que el mundo se entere de lo que hicimos. Que sus preciosos arcángeles pueden ser eliminados. Por unos aparentes cualquieras, además.

Fue entonces el turno de Hunt de reír.

—No somos exactamente cualquieras.

—Sí, pero de todas maneras le mostraré a Midgard que incluso los arcángeles pueden ser eliminados.

—Muy bien... eso es genial —dijo Hunt y empezó a sentir cómo se aceleraba su pulso al pensarlo. Rigelus se pondría como loco—. ¿Pero qué lograríamos?

—Estarán tan ocupados lidiando con los medios que no van a pensar mucho en nosotros por un rato —dijo Bryce con una sonrisa cruel, apenas un poco reminiscente del padre muerto debajo de la tierra que pisaban—. Será más distracción que un ejército del Averno.

—Creo que es buena idea —dijo Hunt pensándolo—. Realmente lo creo. ¿Pero cómo lo vas a demostrar? Todos van a tener que creer en tu palabra y los asteri lo negarían de inmediato.

—Por eso tengo que hablar con Jesiba.

—¿Ah?

Bryce se puso de pie y le ofreció la mano para ayudarlo a pararse.

—Porque ella tiene un video con la grabación de lo que le hice a Micah.

Lo que se extendía frente a Ithan era un verdadero paraíso en Midgard. Aguas cristalinas, vegetación exuberante, ríos y cascadas que desembocaban al mar, arena fina, pájaros cantando...

Sin embargo, permaneció alerta cuando la embarcación llegó a una caleta suficientemente cerca de la costa para permitirles a él y a Hypaxia saltar del barco y caminar unos cuantos metros a la playa.

—¿Hacia dónde? —preguntó la exreina, estudiando el denso follaje que rodeaba la playa y las colinas.

—Jesiba dijo que el castillo estaba a unos cuantos kilómetros tierra adentro, pero no vi nada cuando nos íbamos acercando...

Se escuchó el batir de unas alas sobre ellos e Ithan se transformó instintivamente. Su cuerpo poderoso de lobo movió a Hypaxia detrás de él y gruñó al cielo.

Un instante después, le llegaron dos olores.

Y la cabeza de Ithan se vació por completo al ver aterrizar a Hunt Athalar en la arena con Bryce en sus brazos.

66

De regreso en su forma humanoide, Ithan se sentó frente a Bryce y Hunt en el pasto, incapaz de decir una palabra. Hypaxia, a su lado, le dio espacio para pensar.

Atrás de Bryce estaban Ruhn, Flynn, Dec y Tharion... y Lidia y Baxian. Junto con una mujer que al parecer era la hermana de Flynn y la esposa de Tharion.

Habían sucedido muchas locuras. Ithan lo sabía. Pero ellos no le dieron ninguna explicación y esperaron a que él expusiera el motivo de su visita. Qué había sucedido.

Ithan sintió un nudo insoportable en la garganta.

—Yo... —todos lo veían, esperaban—. Necesito el cuerpo de Sofie Renast.

—Bueno —dijo Hunt con un silbido—. No esperaba escuchar eso.

Ithan levantó la mirada suplicante al Umbra Mortis.

—Jesiba dijo que el rey Morven tiene el cuerpo...

—*Tenía* el cuerpo —corrigió Ruhn y se cruzó de brazos. Sus tatuajes parecían haber pasado por una trituradora. Ithan lo había notado de inmediato al ver a sus amigos, al abrazarlos con tanta fuerza que se quejaron del apretón. Ruhn continuó—. El cuerpo ahora es técnicamente de Bryce.

Ithan negó con la cabeza, sin comprender.

Hunt dijo lentamente:

—Morven está muerto y Bryce es Reina de Avallen.

Ithan sólo parpadeó hacia Bryce, quien lo observaba con atención. Cautelosa. Como si supiera que algo...

—Los Prados —dijo él de golpe. ¿Se habían enterado? ¿Habían...?

—Lo sabemos —dijo Flynn.

—Malditos hijos de puta —murmuró Tharion.

Bryce se limitó a preguntarle a Ithan:

—¿Qué tan malo fue?

Ithan no podía hablar sobre los cuerpos pequeños, tantos de ellos...

—Como podría esperarse —respondió Hypaxia sombríamente— y peor.

Se hizo un silencio abrumado.

—Lo que sea que los haya apartado de estar ayudando en la ciudad —dijo Lidia, mirando a su hermana—, debe ser importante en verdad. ¿Para qué necesitan el cuerpo de Sofie?

De nuevo, todos voltearon hacia Ithan. Y él no pudo contener su miseria al responder:

—Porque la cagué.

Entonces, salió todo. Cómo había encontrado una heredera que era una alternativa de la línea Fendyr, cómo la había liberado del Astrónomo... y luego la había matado.

Nada de esto era noticia para Tharion, Flynn o Dec. Pero a juzgar por la manera en que Bryce y Ruhn miraban al trío... Al parecer, habían olvidado mencionar esta información en el caos de los últimos días.

Cómo habían olvidado mencionar aquello que literalmente había destrozado la vida de Ithan le resultaba a él incomprensible, pero no lo pensó demasiado. Continuó con la parte de la historia que era nueva para todos: cómo él e Hypaxia habían intentado reanimar a Sigrid. Y cómo la heredera Fendyr ahora era una segadora.

Cuando llegó al final de su recuento, todos estaban mirándolo con los ojos muy abiertos. Incluida Bryce, quien no había dicho nada cuando él mencionó una alternativa a Sabine, alguien que le hubiera agradado a Danika.

Ithan terminó su relato:

—Entonces, si el cuerpo de Sofie está intacto...

—No lo está —dijo Bryce en voz baja.

Algo se derrumbó en el pecho de Ithan cuando miró sus ojos color de whisky.

—El castillo de Morven colapsó —dijo Bryce con tristeza—. El cuerpo de Sofie está debajo de toneladas de escombros.

Ithan se ocultó la cara en las manos y respiró con fuerza.

Flynn le pasó el brazo por encima del hombro para consolarlo y dio un apretón.

—Tal vez haya otra manera...

—Necesitábamos un pájaro de trueno —dijo Ithan entre las manos. No había manera de arreglar esto. No había manera de deshacerlo. Él le había hecho esto a una loba inocente, a su propia gente...

—Mira... —dijo Bryce y la suavidad de su tono casi lo destruyó. Bryce exhaló—. Una heredera Fendyr hubiera sido increíble, pero...

Ithan bajó las manos de su cara.

—¿Pero *qué*?

Los ojos de Hunt centellearon al escuchar el gruñido de Ithan. Pero Bryce no se retractó y dijo:

—Tenemos problemas más graves en este momento. Y el tiempo no está a nuestro favor.

—La maté —dijo Ithan con la voz resquebrajada—. La *maté*, con un carajo...

Athalar le dijo a Hypaxia:

—Rigelus recolectó algo de mis relámpagos para un propósito similar, creo —Bryce se sobresaltó, como si esto fuera noticia para ella—. ¿Estás segura de que no serviría con Sigrid?

—Podría valer la pena intentarlo —admitió Hypaxia—, pero no traje las cosas que necesito para contener tu poder.

Ruhn levantó la cabeza.

—¿Cosas como un montón de cristales?

Todos voltearon a ver al príncipe, que estaba mirando a Lidia. La Cierva explicó:

—Encontramos un almacén con cristales en los archivos.

Ruhn agregó:

—Rigelus usó uno para contener el poder de Athalar en los calabozos. ¿Te serviría también?

Hypaxia asintió despacio y le dijo a Hunt:

—No necesito mucho.

Bryce miró a los demás. Ruhn entendió lo que estaba queriendo decir y les comunicó a sus amigos:

—Vamos. Vamos por esos cristales a los archivos. Espero que el edificio siga en pie.

Flynn, Dec, Lidia, Baxian y Tharion, con su esposa, bajaron la colina con Ruhn. Sólo el mer volteó a verlos, una sola vez, con los ojos llenos de compasión. Como si él entendiera lo que se sentía cagarla tan mayúsculamente. Y arrepentirse.

Bryce tomó a Ithan de la mano para que le devolviera su atención.

—Lo hecho, hecho está, Ithan.

—Jesiba dijo lo mismo —respondió él con pesar.

—Y tiene razón —dijo Bryce. A su lado, Athalar asintió. Bryce hizo un movimiento con la mano hacia Hypaxia—. Todo el puto mundo está cambiando tan rápido, todos estamos cambiando, más rápido de lo que podemos procesar. Por Cthona, Hypaxia ni siquiera es reina ya. ¿Has pensado en eso realmente?

Un golpe de culpa recorrió a Ithan. Había estado tan concentrado en él mismo que no había pensado en preguntarle a la bruja cómo estaba. Pero el rostro de Hypaxia seguía serio, decidido. Y Bryce continuó dirigiéndose a Ithan:

—Entonces, mira: tú mataste a Sigrid y ella es segadora y yo creo que es... admirable que estés intentando reanimarla...

—No me trates con esa condescendencia —le gruñó y de nuevo Athalar le lanzó esa mirada de advertencia.

—No lo estoy haciendo —dijo ella. Bryce era la Reina de Avallen e Ithan lo podía ver en sus ojos: la líder que brillaba ahí dentro—. Una de las razones por las que te quiero tanto es porque nada te detendrá para hacer lo correcto.

—Intentar hacer lo correcto fue lo que me condujo a la debacle con Sigrid —dijo él y sacudió la cabeza con desagrado.

—Tal vez —dijo Bryce y miró a Hypaxia—. Pero ustedes dos... necesito su ayuda. Tengo que creer que Urd los envió aquí por eso.

—¿Para qué? —dijo Hypaxia y ladeó la cabeza.

Bryce y Hunt intercambiaron miradas. El ángel hizo un gesto a su pareja, como diciendo: *Es tu historia para contar.*

—Yo, eh —dijo Bryce y tiró de unas hojas de pasto— tengo mucho que contarles.

—No bromeabas sobre lo mucho que tenías que contar —dijo Ithan cuando Bryce terminó de hablar.

—Pero, ¿dónde intervendremos nosotros en todo esto? —preguntó Hypaxia—. Si están pensando en reunir un ejército para ayudar al Averno, debo decirles que yo no tengo ningún poder sobre las brujas e Ithan no podría tampoco reunir a los lobos...

—No quiero ejércitos de Midgard —dijo Bryce—. De cualquier manera, no tenemos tiempo para eso.

Hypaxia tiró de uno de sus rizos apretados.

—¿Qué, entonces?

Los ojos de Bryce parecieron iluminarse.

—Necesito que hagan un antídoto para el parásito de los asteri.

Hypaxia parpadeó lento. Esa parte de la historia de Bryce había sido la más difícil de digerir. Que todos estaban infectados con algo en el agua, que su magia tenía una tara de origen.

Bryce continuó:

—Tú encontraste un antídoto para el sinte, Hypaxia. Necesito que lo hagas otra vez. Que nos ayudes a subir de nivel antes de que enfrentemos a los asteri. Que nos liberes de sus ataduras.

—Estás depositando mucha fe en mis habilidades. Necesitaré estudiar el parásito antes de siquiera poder empezar a concebir las propiedades de un antídoto...

—No tenemos tiempo para aplicar de lleno el método científico —dijo Bryce.

—No me atrevería a darte nada que no haya sido probado por completo —repuso Hypaxia.

—No nos podemos dar ese lujo —insistió Athalar con firmeza—. Lo que sea que puedas elaborar, aunque sea temporal, aunque sólo mantenga alejado al parásito por un tiempo...

—No sé si eso es posible —dijo Hypaxia, pero Ithan ya podía ver las ideas que empezaban a brillar en su mirada—. Y necesitaría un laboratorio. Considerando el estado en que está Avallen después de tu... toma de posesión, no creo que haya nada aquí que pueda usar.

—Y no hay energía, de cualquier manera —dijo Bryce—. Así que tendrás que regresar a la Casa de Flama y Sombra en Lunathion. Parece ser que pueden ocultarse y estar protegidos ahí. En especial si Jesiba está cerca.

Ithan no le había dicho aún a Bryce quién, qué, era Jesiba en realidad. Ese secreto le correspondía a Jesiba contarlo.

Las palabras de Bryce se asentaron en sus mentes. Ithan dijo:

—¿A qué te refieres con *ustedes*? Yo no sé nada de ciencia. No puedo ayudar a Hypaxia con esto.

—Sabes luchar —dijo Athalar—. Y defender. Hypaxia va a necesitar alguien que monte guardia mientras trabaja.

Ithan volteó a ver a Bryce, quien lo observaba con una expresión sombría.

—Pero Sigrid...

—Necesitamos ese antídoto, Ithan —dijo Bryce con suavidad, pero firmeza—. Más que nada. Hunt les dará los relámpagos que necesitan para Sigrid, pero necesitamos ese antídoto primero —volteó para dirigirse a Hypaxia—, tan rápido como sea posible.

Hypaxia y Bryce se miraron un rato largo.

—Muy bien —dijo Hypaxia e inclinó la cabeza.

Ithan cerró los ojos. Abandonar su misión, dejar a Sigrid como segadora...

Pero sus amigos lo necesitaban. Le estaban pidiendo ayuda. Negárselas, aunque fuera para salvar a Sigrid... Ya había arruinado la vida de Sigrid. No podía hacerles lo mismo a sus amigos.

Entonces, Ithan abrió los ojos y dijo:

—¿Cuándo regresamos a Ciudad Medialuna?

El rostro de Bryce continuó sombrío cuando respondió:

—De inmediato.

—¿Ahora mismo? —preguntó Hypaxia sorprendida por primera vez en la conversación.

—El barco sigue esperándolos —dijo Athalar y señaló hacia el mar a la distancia—. Iremos por los cristales y guardaré los relámpagos en ellos. Cuando los traiga de regreso, se subirán al barco para navegar de regreso a Lunathion.

—Y si consigo, o *cuando* consiga, el antídoto contra el parásito —le preguntó Hypaxia a Bryce y Hunt—, ¿cómo me pongo en contacto con ustedes?

—Llámanos —dijo Bryce—. Si no logras comunicarte, lleva el antídoto a la Ciudad Eterna. Hay una flotilla de mecatrajes en el monte Hermon... escóndete cerca de ahí y nosotros te encontraremos.

—Pero ¿cuándo?

El rostro de Bryce se endureció.

—Sabrás si es demasiado tarde para ayudarnos.

Ithan se sobresaltó.

—Bryce...

Pero Bryce asintió hacia el mar brillante.

—Tan rápido como puedas —le repitió a la exreina bruja—. Te lo ruego.

Con esas palabras, fue hacia Athalar y él saltó hacia el cielo y los llevó volando en la misma dirección que habían tomado los demás.

No hubo oportunidad de hablar con Tharion o Flynn o Dec. No hubo oportunidad de decir adiós. Por la manera en que Hypaxia veía al ángel y a Bryce desaparecer hacia las ruinas distantes, sospechaba que ella estaba pensando lo mismo sobre Lidia.

Veinte minutos después, Bryce y Athalar estaban de regreso con media docena de cristales de cuarzo crepitando en las manos del ángel. Relámpagos embotellados.

Hypaxia los guardó y prometió darles buen uso. Bryce la besó en la mejilla, luego a Ithan.

Hubo un tiempo en el que él hubiera dado lo que fuera por ese beso, pero ahora lo dejó sintiéndose mareado, hueco.

Athalar sólo le dio una palmada en el hombro a Ithan y salió volando al cielo con Bryce otra vez. Pronto ya no eran más que un punto en la bóveda azul.

Cuando se quedaron solos, Hypaxia le hizo una señal hacia el sendero que habían tomado desde la playa.

—Debemos estar a la altura de este desafío, Ithan —dijo ella con voz certera. Le dio unas palmadas a los cristales llenos de relámpagos que brillaban a través de los bolsillos de su túnica azul oscuro.

Con eso, empezó a caminar hacia el barco y la tarea que tenían encomendada.

Ithan se quedó un momento más. Había fallado en esta misión también. Había conseguido una segunda oportunidad para arreglar a Sigrid y había fallado. Era importante ayudar a sus amigos, a todo Midgard, pero la decisión le pesaba.

Siempre se había considerado un buen tipo, pero tal vez no lo era. Tal vez se había estado engañando a sí mismo.

No sabía dónde lo dejaba eso.

Ithan siguió a Hypaxia y le dio la espalda a Avallen y la rendija de esperanza que le había ofrecido. Tener los relámpagos en la mano pero tener que posponer todo esfuerzo por ayudar a Sigrid...

No tenía alternativa más que poner un pie frente al otro.

Tal vez, en algún momento, dejaría de crear un camino de destrucción absoluta a su paso.

67

Hunt encontró a Baxian acomodando montones de paja en los establos del castillo. Estaban intactos, se localizaban a suficiente distancia del castillo y se salvaron del colapso.

—¿Le diste los relámpagos al lobo y a la bruja? —preguntó Baxian a modo de saludo.

—Van en camino a Lunathion con ellos. Pero la prioridad es encontrar una cura para el parásito.

—Bien —gruñó Baxian—. Espero que tengan más éxito que yo intentando encontrarnos un sitio donde pasar la noche.

—Así de mal, ¿eh? —dijo Hunt y se recargó contra el marco de la puerta.

—Nadie quiere prestarnos una habitación o siquiera una cama, así que, a menos que corramos a la gente de sus casas... —el Mastín del Averno hizo un gesto hacia los establos—. Bienvenidos al Hotel Estiércol.

Hunt rio y miró el edificio de madera.

—Honestamente, he dormido en lugares mucho peores. Estos caballos tienen un mejor techo que la casa donde crecí.

Triste pero cierto.

—Igual conmigo —dijo Baxian y Hunt se sorprendió tanto que arqueó la ceja. Baxian continuó—: Yo, eh... crecí en una de las zonas más pobres de Ravilis. Era mitad metamorfo, de *mastín del Averno*, y mitad ángel... Eso no hacía populares a mis padres ni con la Casa de Tierra y Sangre ni con la Casa de Cielo y Aliento. Les dificultaba conservar un empleo.

—¿Cuál de tus padres era ángel?

—Mi papá —dijo Baxian—. Sirvió como capitán de la 45ª de Sandriel. Tuvo una vida más fácil que mi madre, que era rechazada por todos los que la conocían por «ensuciarse» con un ángel. Pero ambos pagaron el precio por estar juntos.

Por la forma en que el tono de voz de Baxian se oscureció, Hunt supo que las cosas habían estado muy mal.

—Lo lamento —dijo.

—Yo tenía ocho años. Sigo sin saber cómo empezó el linchamiento, pero... —tragó saliva, terminó de reunir la paja para un colchón y empezó con el siguiente—. Terminó con mi madre hecha trizas a manos de sus congéneres mastines del Averno y mi padre capturado por los mismos ángeles que comandaba para recibir la Muerte Viviente.

Hunt exhaló.

—Carajo.

—Estaban tan enloquecidos que, eh... —Baxian sacudió la cabeza—. Siguieron cortándole las alas cada vez que intentaban sanar. Perdió tanta sangre que al final no sobrevivió.

—Lo lamento —dijo Hunt otra vez—. No lo sabía.

—Nadie lo sabía. Ni siquiera Sandriel —dijo Baxian y colocó una manta en el siguiente colchón—. Desde entonces, estuve solo. Ningún lado de la familia aceptaba un *mestizo,* como siempre me llamaban, así que aprendí a valerme por mí mismo en los barrios bajos. A mantenerme oculto, a escuchar para obtener información valiosa... a vender esa información a las partes interesadas. Me volví tan bueno que me hice de fama. Me llamaban la Serpiente, porque jodía a tantas personas. Y Sandriel se enteró de mi existencia después de un tiempo y me reclutó para su triarii, para ser su espía en jefe y su rastreador. La Serpiente se convirtió en el Mastín del Averno, pero... conservé algunos de los atributos de mi nombre original.

El recuerdo de la armadura reptiliana de Baxian llegó a la mente de Hunt.

—Lo odiaba, odiaba a Sandriel, odiaba a Lidia, quien siempre pensé que podía ver mi verdadero yo, pero... ¿qué más podía hacer? —Baxian terminó con los colchones de paja y miró a Hunt—. Servir en el triarii de Sandriel era preferible a dormir en los barrios bajos, siempre alerta por si alguien me quería acuchillar. Pero la mierda que ella nos obligó a hacer... —se tocó el cuello, la cicatriz que Hunt le había provocado—. Esto me lo merecía.

—Todos hicimos cosas enfermas por Sandriel —dijo Hunt con aspereza.

—Sí, pero tú no tenías alternativa. Yo sí.

—Tú elegiste apartarte de eso cuando pudiste, para mitigar el daño.

—Gracias a Danika —dijo Baxian.

—¿Qué mejor excusa que el amor? —preguntó Hunt.

Baxian sonrió con tristeza.

—Le dije todo, sabes. A Danika, quiero decir. Y ella entendió, no me juzgó. Me dijo que ella tenía una amiga que era mitad humana y mitad hada que había enfrentado problemas similares. Creo que su afecto por Bryce le permitía ver más allá de toda mi mierda y amarme de todas maneras.

Hunt sonrió.

—Deberías decírselo a Bryce.

Baxian lo miró de reojo.

—¿Ustedes... eh, están bien? Las cosas parecían estar un poco complicadas en las cuevas.

—Sí —dijo Hunt y exhaló largamente—. Sí, lo estamos. Ya hablamos.

—Y sobre el asunto con el Averno... —Bryce les había informado a todos sobre lo que les habían dicho los Príncipes del Averno de los orígenes de Hunt—. ¿Estás bien con eso?

Hunt lo consideró.

—Me parece secundario a todo lo demás que está sucediendo, ¿sabes? Pobrecito de mí con mis temas con mi papi. ¿Papis? Ni siquiera lo sé.

Baxian ahogó una risa.

—¿Importa? ¿Tu configuración genética exacta?

Hunt lo volvió a considerar.

—No. Eso sólo está en mi sangre, mi magia. No es quien yo soy —se encogió de hombros—. Al menos, eso dice Bryce. Estoy intentando creerlo.

Baxian asintió hacia el halo en la frente de Hunt.

—¿Entonces cómo es que aún no te lo has quitado? Según ellos siempre has tenido el poder.

Hunt levantó la vista hacia las vigas del techo.

—Lo haré —dijo evadiendo un poco el tema.

Baxian miró a Hunt de una manera que dejaba claro que podía ver lo que decía. Que en este momento, Hunt necesitaba respirar. Un poco de tiempo para procesar todo. Quería liberarse del halo, pero convertirse por completo en Príncipe del Averno o lo que fuera... no estaba listo para eso. Todavía no.

Baxian dijo:

—Pero Bryce tiene razón. Quién seas tú no tiene que ver con lo que esté biológicamente en tu sistema. Tiene que ver con quién te crio. Quién eres tú ahora.

El rostro de la madre de Hunt pasó por su mente y él colocó su recuerdo cerca de su corazón.

—¿Bryce y tú alguna vez han intercambiado apuntes sobre cómo darme una plática motivacional?

Baxian rio y luego miró a su alrededor.

—¿Dónde está, por cierto? ¿Está haciendo más jardines?

Hunt rio en voz baja.

—Probablemente. Pero vine aquí para buscarte... vamos a tener un consejo de guerra en un minuto, pero quería preguntarte algo antes.

Baxian cruzó sus brazos poderosos y le prestó toda su atención a Hunt.

—¿Qué?

—Va a suceder pronto y necesito que alguien se encargue si yo no estoy por aquí.

—¿Y dónde estarías?

—Ya te enterarás de parte de Bryce —dijo Hunt y lo miró a los ojos—. Pero necesito un segundo al mando en este momento.

Baxian arqueó las cejas. Por un momento, Hunt estaba de regreso en la carpa en el campo de batalla, dándole órdenes a sus soldados antes de salir a pelear. Se sacudió el escalofrío de ese recuerdo y pegó sus alas al cuerpo.

Baxian sonrió con ironía.

—¿Quién dijo que tú estabas al mando?

Hunt puso los ojos en blanco.

—Mi esposa, ella lo dijo —respondió y continuó—. Entonces, ¿lo harás? Necesito alguien que pueda pelear. En la tierra y en el aire.

—Ah, ¿me lo estás pidiendo a mí sólo porque tengo alas? —dijo Baxian y alborotó un poco sus plumas negras para enfatizar.

—Te lo estoy pidiendo —dijo Hunt notando la chispa de diversión en la cara del Mastín del Averno— porque confío en ti, pendejo. Por alguna extraña razón.

—Es el vínculo que sólo se genera en los calabozos de los asteri —respondió con un tono de despreocupación, pero la sombra de todo lo que habían vivido oscureció un poco los ojos de Baxian—. Pero es un honor. Sí, puedes contar conmigo. Dime qué necesitas que se haga y lo haré.

—Gracias —dijo Hunt e hizo una señal hacia la salida—. Tal vez te arrepientas en unos minutos... pero gracias.

—A ver si lo entiendo —dijo Ruhn. Se habían reunido alrededor de una fogata en medio del campo, la única privacidad que podían encontrar de los oídos espías. Sólo porque podía, Flynn había hecho crecer un pequeño huerto de robles a su alrededor. Su magia de tierra parecía acentuarse en este lugar, como si la tierra renacida le estuviera pidiendo que la llenara, que la adornara.

Ruhn fijó su mirada en su hermana y continuó:

—Vamos a ir a *Nena*. Para abrir la *Fisura Septentrional*.

Bryce, sentada en una roca grande al lado de Hunt, dijo:

—*Yo* voy a ir a Nena. Con Hunt. Y mis padres... necesito la experiencia particular de Randall. Baxian se quedará aquí con Cooper hasta que regresen. *Tú* vas a llevar a estos dos zopilotes —movió la cabeza hacia Flynn y Declan, que le lanzaron miradas molestas— de regreso a Lunathion.

Ruhn parpadeó lentamente.

—¿A... morir? Porque eso sucederá si nos atrapan.

—A encontrar a Isaiah y a Naomi. Para ver si se pueden unir a nosotros. Sus teléfonos y correos electrónicos sin duda están intervenidos y no tenemos otra manera de ponernos en contacto con ellos.

—¿Quieres que vayamos a convencer a dos miembros del triarii de Celestina de que se rebelen? —preguntó Dec.

Hunt dijo:

—No necesitarán mucho para convencerse, pero sí. Los necesitamos.

Ruhn sacudió la cabeza.

—Si están pensando en reunir algo como un ejército angelical para enfrentar a los asteri, olvídenlo. No hay ángel que esté dispuesto a seguir a ninguno de nosotros, ni siquiera a Athalar, a la batalla.

Bryce se mantuvo firme. Ése era su plan y no la convencerían de dejarlo, ni a ella ni a Athalar, eso lo sabía Ruhn. De todas maneras abrió la boca para seguir discutiendo, pero Dec lo interrumpió.

—¿Qué hay de él? —preguntó Dec y señaló a Baxian—. Él tiene más influencia con los ángeles.

Bryce negó con la cabeza.

—Baxian se quedará aquí para ayudar a coordinar la llegada de los refugiados y tendrá el mando en nuestro nombre —se señaló a ella misma y a Hunt.

—Nosotros podríamos hacer eso —dijo Flynn.

—No —respondió Bryce con aplomo—. No pueden. Las hadas le tienen más miedo a él, así que él será más efectivo.

—¿Quién dice? —exigió saber Flynn—. Nosotros damos bastante miedo.

—Lo dice el hecho de que él, al menos, pudo conseguirnos los establos para dormir —gruñó Hunt. Baxian movió las cejas al lord hada—. Todos los demás no fueron capaces de conseguir nada.

Flynn y Dec fruncieron el ceño. La respiración de Ruhn dio un tropiezo cuando notó que Bryce miraba a Lidia:

—No voy a asumir que pueda darte órdenes. Sé que tienes una obligación con la Reina del Océano. Haz lo que tengas que hacer.

—Iré con Ruhn —dijo Lidia en voz baja y una chispa se encendió en el pecho del príncipe.

Bryce asintió y a él no le pasó desapercibida la gratitud en la mirada de su hermana.

—¿Y yo? —preguntó Tharion al fin con las cejas arqueadas.

—Necesito que regreses con la Reina del Río —dijo Bryce con suavidad—. Y que la convenzas de refugiar a toda la gente que pueda.

Tharion palideció.

—Piernas, me encantaría hacerlo, pero me matará.

—Entonces encuentra la manera de convencerla de no hacerlo —dijo Athalar. Habló como lo haría un general, con la mirada fija en el mer—. Usa esas habilidades de Capitán Loquesea y averigua qué quiere más que matarte.

Tharion miró a Sathia, quien lo observaba con atención.

—Ella, eh... no estará complacida de enterarse de mi nuevo estado marital.

—Entonces encuentra algo —repitió Hunt— que sí la complazca.

Tharion apretó la mandíbula, pero Ruhn pudo notar que estaba sopesando sus opciones.

—La Corte Azul fue la única facción de Ciudad Medialuna que albergó a la gente durante el ataque en primavera —dijo Bryce—. Ustedes se arriesgaron para ayudar a que los inocentes llegaran a un lugar seguro. Apela a ese lado de la Reina del Río. Dile que se avecina una tormenta, y que después de lo sucedido en los Prados de Asfódelo, necesitamos que ella reciba a tanta gente como la Corte Azul pueda. Si alguien puede conquistarla con sus encantos y convencerla, Tharion, eres tú.

—Ah, Piernas —dijo Tharion y se frotó la cara—. ¿Cómo puedo negarme cuando me lo pides de esa manera?

Sathia, para sorpresa de Ruhn, le puso una mano al mer en la rodilla y le prometió a Bryce:

—Iremos los dos.

—Entonces definitivamente matarán a Tharion —dijo Flynn.

Sathia miró molesta a su hermano.

—Yo sé un par de cosas sobre lidiar con gobernantes arrogantes —dijo con la barbilla en alto—. No me asusta la Reina del Río.

Tharion la miró como si quisiera advertirle que sí debería sentir temor, pero mantuvo la boca cerrada.

—Bien —le dijo Bryce a Sathia—. Y gracias.

—Entonces eso es todo —dijo Ruhn—. Al amanecer, nos movilizaremos a los cuatro vientos.

—Al amanecer —refrendó Bryce y su pecho se encendió con luzastral que iluminó toda la campiña—, contraatacaremos.

Ruhn seguía pensándolo... lo que Bryce quería hacer. Abrir la Fisura Septentrional al *Averno.* Tenía que estar loca... pero él confiaba en ella. Y en Athalar. Ciertamente tenían algo oculto bajo la manga, pero ya lo revelarían cuando llegara el momento indicado.

Ruhn dio vueltas toda la noche en su camastro de paja lleno de astillas que picaban y no pudo dormir. Tal vez era porque Lidia estaba junto a él, mirando las vigas del techo.

Ella lo volteó a ver y Ruhn habló directo a su mente: *¿No puedes dormir?*

Estoy pensando en todos los agentes de Ophion con quienes me crucé a lo largo de los años. Nunca los conocí en persona, pero la gente que me ayudó a organizar el ataque a la Espina, que trabajó conmigo años antes de eso... ninguna existe ya.

No fue tu culpa.

Lo de los Prados de Asfódelo estaba dirigido a tu hermana, pero masacrar a Ophion, a la gente de los campamentos... eso lo hicieron para castigarme a mí. Ophion me ayudó en tu escape y Rigelus quería venganza.

Ruhn sintió que le dolía el corazón.

Haremos que los asteri paguen por ello.

Ella se recostó de lado y lo miró a la cara de frente. Dioses, era hermosa.

¿Cómo te sientes?, preguntó con amabilidad. *Después... de lo que sucedió con tu padre.*

No lo sé, dijo Ruhn. *Se sintió como lo correcto en el momento, incluso se sintió bien. Pero ahora...* sacudió la cabeza. *No dejo de pensar en mi madre, en la gente. Lo que ella va a decir. Tal vez sea la única persona que lamente su muerte.*

¿Lo amaba?

Estaba apegada a él, aunque la tratara apenas un poco mejor que a una bestia de reproducción. Pero siempre la mantuvo cómoda todos estos años, como recompensa por haberle dado un hijo. Ella siempre estuvo agradecida por eso.

Lidia extendió la mano para cruzar el espacio angosto que los separaba y buscó la de él... buscó sus dedos, todavía pálidos y sin callos. La piel de ella era tan suave y tibia, los huesos debajo tan fuertes...

Encontrarás una manera de vivir con lo que le hiciste a tu padre. Yo la encontré.

Ruhn arqueó una ceja.

¿Tú...?

Lo maté, sí. Sus palabras eran francas, pero cansadas.

¿Por qué?

Porque era un monstruo... conmigo y con tantos otros. Hice que pareciera un ataque rebelde. Le dije a Ophion que consiguieran sus mecatrajes y que lo esperaran cuando pasara en su carro por un pasaje de la montaña de camino a reunirse conmigo. Dejaron un vehículo aplastado y un cadáver a su paso. Luego quemaron todo.

Ruhn parpadeó.

Decapitar a mi padre parece ahora mucho más... piadoso.

Ciertamente lo fue. Los ojos de ella contenían solamente una rabia helada. *Le dije a los agentes de Ophion en los mecatrajes que se tomaran su tiempo aplastándolo en su carro. Lo hicieron.*

Por Cthona, Lidia.

Pero yo, también, me pregunté sobre mi madre después de eso, dijo en voz baja. *Sobre Hecuba. Me pregunté qué pensaría la Reina de las Brujas Valbaranas al saber de la muerte de su examante. Si ella pensaría en mí. Si tendría algún interés en buscarme después de la muerte de mi padre. Pero nunca supe de ella. Ni una sola vez.*

Lo siento, ofreció él y le apretó la mano. Después de un momento, preguntó: *¿Entonces realmente no vas a regresar con la Reina del Océano?*

No. No como su espía. Todo lo que dije hace rato fue en serio. Ya no sirvo a nadie.

¿Es extraño decir que me siento orgulloso de ti? Porque así es.

Ella ahogó una risa y entrelazaron sus dedos. Le acarició el dorso de la mano con su pulgar.

Te veo, Ruhn, dijo con suavidad. *A plenitud.*

Esas palabras eran un regalo. Él sintió cómo le oprimía el pecho. No pudo evitar cruzar el espacio que los separaba y, en silencio, para que nadie a su alrededor los escuchara, presionar su boca contra la de ella.

El beso fue suave, silencioso. Se alejó después de un instante, pero ella colocó su mano libre en la mejilla de él. Sus ojos brillaron con su tono dorado incluso en la oscuridad de los establos, iluminados por la luna.

Cuando no estemos durmiendo en un establo rodeados de gente, dijo ella con su voz mental grave como un ronroneo que se enroscaba alrededor de su pene y apretaba, *quiero tocarte.*

Él sintió que su miembro se endurecía al escucharla. Le dolía. Cerró los ojos para intentar controlarse, pero ella le rozó los labios con su boca, incitándolo en silencio.

Quiero montarte, le susurró ella a su mente y le soltó la mano para sentirlo a través del pantalón. Ruhn se mordió el labio inferior para evitar hacer ruido. Ella lo recorrió con los dedos. *Quiero esto dentro de mí.* Clavó la mano en él y Ruhn tuvo que ahogar su gemido. *Te quiero dentro de mí.*

Carajo, sí fue lo único que él pudo decir, pensar.

La risa de Lidia hizo eco en su mente. Luego apartó sus labios de la boca de Ruhn para deslizarlos hasta el punto debajo de su oreja. Rozó con sus dientes la piel demasiado caliente y él se apretó contra la mano que ella todavía tenía en él. El crujido de la paja hacía demasiado ruido...

—Por favor, no cojan en la misma habitación que nosotros —refunfuñó Flynn a un metro de distancia.

—Argh —dijo Bryce del otro lado del establo—. ¿Es en serio?

Ruhn apretó los ojos y luchó contra su excitación.

Lidia rio suavemente.

—Perdón.

—Pervertidos —murmuró Dec y la paja crujió cuando se dio la vuelta.

Ruhn volvió a ver a Lidia y la vio sonriendo, el deleite travieso le iluminaba la cara.

Y maldita sea, era la cosa más hermosa que había visto en su vida.

68

—Deja de mirarme.

—Perdón, perdón —dijo Ithan y empezó a caminar por la morgue que Hypaxia había convertido rápidamente en un laboratorio—. Sólo que no sé qué *hacer* mientras tú trabajas en todas esas cosas científicas.

Agachada sobre el escritorio, Hypaxia estaba colocando los instrumentos que necesitaba para empezar con sus experimentos.

La medibruja dijo con tranquilidad, sin levantar la cabeza:

—Me sería útil una muestra del parásito.

Él se detuvo.

—¿Cómo? —preguntó, pero respondió su propia pregunta—. Ah, un vaso de agua —miró el lavabo—. ¿Crees que haya toneladas de parásitos nadando por ahí?

—Dudo que sea así de obvio, considerando cuántos científicos y medibrujas han estudiado nuestra agua a lo largo de los años, pero debe estar ahí en alguna parte, si todos estamos infectados.

Ithan suspiró y caminó hacia el lavabo. Tomó una taza que decía *Universidad de Ciencias Mortuorias Korith*. La llenó de agua y la dejó junto a Hypaxia.

—Toma. Lo más fino del Istros.

—Esa taza podría estar contaminada —dijo Hypaxia y usó una regla para dibujar una cuadrícula en el papel—. Necesitamos un contenedor estéril. Y muestras de distintas fuentes de agua.

—¿Ya te mencioné que odio la ciencia?

—Bueno, pues yo la amo —dijo Hypaxia todavía sin levantar la vista—. Hay contenedores estériles en el gabinete a lo largo de la pared de allá atrás. Consigue varias muestras de agua del grifo, otras directas del Istros y una de agua embotellada de la tienda. Necesitaremos una muestra más amplia, pero eso será suficiente para las fases iniciales.

Ithan tomó un montón de contenedores estériles y se dirigió a la puerta.

Era un aguador glorificado. Si sus amigos del solbol se enteraran, nunca lo dejarían de fastidiar. Es decir, si alguna vez volvía a hablar con ellos.

Ithan no dijo nada antes de irse e Hypaxia no fracturó ese silencio.

Ithan envasó y etiquetó las muestras, le dio a Hypaxia varios tubos de ensayo con su sangre para que sirvieran como espécimen de una persona infectada y luego ella lo envió de vuelta por *más* muestras de agua de diferentes fuentes. El comedor, un restaurante cercano y, lo mejor de todo, del drenaje.

Iba de camino de regreso, cruzando ya la puerta oscura de la Casa de Flama y Sombra, cuando sintió que se le erizaba el pelo de la nuca. Conocía esa sensación extraña e inquietante. Se dio la vuelta...

No era Sigrid. Era otra segadora, cubierta con un velo negro de pies a cabeza que se deslizaba sobre el muelle. La gente huyó de inmediato... la calle detrás de ella estaba completamente vacía.

Pero la sombra continuó caminando hacia la puerta, donde Ithan se había quedado petrificado. No tenía opción, en realidad, salvo mantener la puerta abierta para que cruzara.

La segadora pasó a su lado, con los velos negros volando detrás de ella. Sus ojos verde ácido brillaban debajo de la tela oscura que le cubría la cara y su voz rasposa hizo que los intestinos de Ithan se aflojaran cuando le dijo «Gracias» y continuó su camino hacia la escalera.

Ithan esperó cinco minutos antes de entrar. Ella no tenía ningún olor, ni siquiera el hedor de un cadáver, como si hubiera dejado de existir en todas las maneras terrenales. Eso hacía enloquecer a su lobo interior.

Pero...

Ithan olfateó el aire de la escalera nuevamente mientras descendía hacia los niveles más bajos de la Casa para llegar a la morgue-laboratorio. Cuando entró y cerró la puerta, preguntó:

—¿Qué le sucede al parásito cuando morimos?

Hypaxia finalmente levantó la vista de sus documentos y frascos.

—¿Qué?

—Acabo de ver pasar a una segadora —dijo él—. Están muertos. Bueno, ya murieron. Entonces, ¿siguen teniendo el parásito? No comen ni beben, así que no pueden reinfectarse, ¿cierto? ¿El parásito desaparece cuando morimos? ¿También muere?

Hypaxia parpadeó despacio.

—Esa es una pregunta interesante. Y si, en efecto, el parásito se elimina cuando muere el huésped, entonces los segadores nos podrían proporcionar una manera de localizar el parásito simplemente por la falta de él en sus propios cuerpos.

—¿Por qué estoy sintiendo que me vas a pedir que...?

—Necesito que me consigas a un segador.

Amaneció con luz violeta y dorada sobre las islas de Avallen, pero Bryce sólo tenía ojos para el helicóptero que estaba descendiendo en el pastizal lleno de flores frente a las ruinas del castillo de Morven. Esbozó una sonrisa sombría.

El rugido era ensordecedor para sus oídos hada, pero había insistido en estar ahí presente. Al verla, Fury empezó a saludar desde el asiento del piloto y June movía los brazos frenéticamente a su lado.

Bryce las saludó de vuelta. Sintió un nudo en la garganta tan grande que le dolía y luego el otro lado de la puerta del helicóptero se abrió y se escuchó un ladrido que cruzó el aire.

No había manera de detener a Syrinx, que salió corriendo del helicóptero y se lanzó hacia ella entre los pastos. Ella se arrodilló para abrazarlo, besarlo, permitirle que le lamiera toda la cara mientras movía su colita de león y aullaba de alegría.

Unas botas crujieron en el pasto y Randall ya venía caminando hacia ella, con una mochila a la espalda y un rifle colgado al hombro. Los ojos de su padre brillaron cuando la vio y le dio una palmada en el hombro al niño alto que venía a su lado, Emile, ahora Cooper.

Y Bryce no pudo contener su risa de dicha plena cuando su madre salió del helicóptero detrás de ellos, vio a Bryce arrodillada en la pradera y dijo:

—Bryce Adelaide Quinlan, ¿qué es todo eso de que estuviste saltando entre mundos?

69

Ithan sabía que no tendría ninguna suerte intentando convencer a un segador por su cuenta, al menos no sin arriesgarse a que le succionaran el alma y se la comieran, pero la buena noticia era que había muchos segadores que obedecerían a un llamado de Jesiba Roga. Apenas una hora después de que Jesiba le hiciera la petición al Rey del Inframundo, llegó un segador a la morgue, para desdicha del lobo.

Ithan no dejaba de pensar dónde estaba cada salida, de recordarse confiar en su fuerza, de pensar en el lugar donde tenía el cuchillo en la bota, en lo rápido que podía sacar las garras o transformarse...

El segador era relativamente reciente, a juzgar por la manera en que entró caminando a la morgue, apenas con el deslizamiento típico de los segadores. Éste parecía sentirse estrella de rock, con sus jeans negros rasgados que colgaban precariamente de los prominentes huesos de su cadera y un conjunto de tatuajes esparcidos por todo su torso inquietantemente pálido. No tenía camisa. Traía unas botas negras rudas un poco desanudadas en la parte superior y dos brazaletes de cuero negro en las muñecas.

Dioses, Bryce hubiera hecho pedazos a este tipo: su cabellera dorada y larga estaba *muy* cuidadosamente despeinada. Claro, todo cambiaría cuando viera los ojos color verde ácido y la garganta que revelaba justo dónde había recibido el golpe mortal. La herida ya había cerrado, pero las cicatrices seguían visibles.

—Gracias por venir —le dijo Hypaxia, que estaba parada junto a la mesa de exploración con porte de reina—. Esto tomará sólo un momento.

El segador la vio y luego miró a Ithan, avanzó hasta la mesa y se subió con un golpe seco que hizo vibrar el metal.

—Escuché que desertaste, bruja-brujil —dijo con voz ronca y con un toque de malicia.

Podría pensarse que era el resultado de la herida mortal en su cuello, pero era típica de un segador. Exactamente igual a cómo había sonado la voz de Sigrid...

—Bienvenida a la Casa —continuó el segador. Sus labios azulados se curvaron un poco en una sonrisa burlona. Le asintió a Ithan—. ¿Qué está haciendo un cachorro de lobo por aquí?

Ithan controló el miedo primigenio que sentía ante la criatura que estaba frente a ellos y se cruzó de brazos.

—¿A ti qué te importa?

—Eres Holstrom, ¿cierto? —la sonrisa no desapareció. Si este hijo de puta decía algo sobre Connor...

—Yo estaba en el Aux —dijo el segador y se dio unos golpecitos en un tatuaje—. De la manada de metamorfos de león.

Mierda. Ithan había escuchado sobre este tipo. Un león de nivel bajo que se había presentado hacía unos meses con su manada a una inspección de rutina del Aux en un nido de vampiros del Mercado de Carne. Las heridas de su cuello correspondían con las que le habían hecho los vampiros a ese león. Pero elegir convertirse en segador, miembro de la misma Casa que sus asesinos...

Por el brillo de los ojos del segador, Ithan no pudo evitar preguntarse si no se habría convertido en segador no para evadir la verdadera muerte, sino para vengarse algún día.

Hypaxia se acercó al segador y le dijo:

—¿Puedo tocarte la cabeza?

El segador no apartó la mirada de la exreina.

—Tócame todo lo que quieras, corazón.

Carajo. Ithan reprimió su gruñido, pero Hypaxia no se inmutó y colocó una de sus manos morenas sobre la cabellera dorada.

Ithan se esforzó para no buscar el cuchillo que traía en la bota cuando el segador inhaló profundamente. ¿Estaba olfateándola? ¿O preparándose para comerse su espíritu?

—Tu alma huele como nubes de lluvia y moras de montaña —dijo, y el infeliz se lamió los labios—. ¿Alguien te lo había dicho?

Ithan no lograba comprender cómo Hypaxia no le quitaba las manos de la cabeza. Él casi estaba por arrancarle los brazos de tajo al idiota y usarlos para golpearlo.

El segador volvió a inhalar.

—Un poquito de bruja, un poquito de nigromante, ¿eh?

—Necesita concentrarse —dijo Ithan entre dientes.

El segador deslizó sus ojos verde ácido hacia él. Le preguntó a Hypaxia:

—¿Te estoy distrayendo, linda?

Ella no respondió. La expresión de su rostro era distante y se concentró en lo que había dentro de la mente del segador.

El segador volvió a inhalar hondo y puso los ojos en blanco.

—Dioses, tu olor es como puto *vino*...

—Ya terminamos, muchas gracias —dijo Hypaxia con amabilidad y dio un paso hacia atrás para apuntar algunas cosas en los papeles que estaban apilados sobre su escritorio—. Por favor, saluda a tu amo de mi parte.

El segador se quedó mirándola un momento, casi animal. Ithan apenas podía respirar, estaba listo para saltar aunque no era posible matar a este infeliz...

—Nos vemos por ahí —dijo el segador, más una promesa que una despedida, y saltó de la mesa. Caminó hacia la puerta y esta vez sí se le notó un poco más el andar flotante de segador, como si estuviera tratando de lucirse frente a la bruja.

Cuando se fue al fin, Ithan exhaló.

—Maldito patán.

Hypaxia se recargó contra la mesa de exploración.

—Tu intuición fue correcta. No tiene el parásito —se cruzó de brazos—. No percibí nada que se le asemejara. Nada vivo dentro de él.

—Entonces, ¿ahora qué?

—Compararé lo que detecté en él con lo que descubrí en tu sangre. Veré qué sale. Veré si puedo aislar dónde está en *ti* el parásito.

Bien. Al menos en algo había contribuido.

—¿Cómo puedes soportarlo? —preguntó Ithan, incapaz de contener su curiosidad—. ¿Estar tan cerca de él?

—He tenido que soportar muchas situaciones incómodas y gente difícil en mi vida —dijo Hypaxia y se apartó de la mesa para ir hacia la computadora. Encendió el monitor—. Un segador solitario y asustado, de nuevo a la vida después de la muerte, no me molesta.

—¿Solitario? ¿Asustado? —Ithan ahogó una risa.

Pero Hypaxia miró por encima de su hombro, su rostro era ilegible.

—¿No podías verlo? ¿Lo que hay debajo de su bravuconería? Su ropa y actitud muestran lo desesperado que está por intentar aferrarse a su vida mortal. Está totalmente aterrado.

—Sientes compasión por él.

—Sí —dijo ella y devolvió su atención a la computadora—. Siento compasión por él y por todos los segadores.

Sigrid incluida, sin duda. La culpa le tensó el pecho, pero Ithan dijo:

—La mayoría de los mediasvidas parecen disfrutar aterrorizando al resto de nosotros.

—Tal vez, pero su existencia es lo que su nombre implica: es una media vida. No es vida verdadera. Me parece triste.

Ithan lo pensó.

—Eres... eres una muy buena persona.

Ella rio.

—Lo digo en serio —insistió él—. Las brujas se lo pierden.

Ella volvió a mirar por encima de su hombro y esta vez sus ojos estaban llenos de tristeza.

—Gracias —dijo y asintió hacia la puerta—. Necesito concentrarme un rato. Sin que tú estés, eh... vigilando.

Él le dedicó una despedida militar.

—Mensaje recibido. Estaré al fondo del pasillo si me necesitas.

—Reina de todo esto, ¿eh?

Bryce no detuvo su búsqueda en los baúles que había traído Fury en el helicóptero a pesar de que la pregunta de su amiga venía acompañada de una sonrisa burlona.

—¿Trajiste los goggles? —preguntó Bryce y rebuscó bajo la capa de gorros de invierno. Toda a ropa de nieve estaba aquí, justo como había pedido. Le había avisado con muy poca anticipación a Fury, pero había reunido una colección notable de chamarras, pantalones, sombreros, guantes, ropa térmica... todo lo que necesitarían para sobrevivir en las temperaturas bajo cero de Nena.

Bryce tenía la intención de salir de Avallen en cuanto sus padres hubieran descansado un poco de su viaje en helicóptero, en cuanto pudieran dejar instalado a Cooper con Baxian y procesado todo lo que les había dicho cuando llegaron.

Sus padres estaban sentados en el pasto al otro lado del campo, hablando en voz baja. Syrinx estaba echado en el regazo de Randall. Así que Bryce les dio su espacio y aprovechó el tiempo para revisar lo que Fury le había traído. No es que no confiara en que Fury había pensado en cada detalle, pero de todas maneras debería revisar, sólo para asegurarse de que tuvieran todo el equipo que podrían necesitar. Tantas cosas podrían salir mal e iba a llevar a sus padres humanos, realmente lo iba a hacer...

Una mano morena y delgada tocó la muñeca de Bryce.

—B, ¿estás bien?

Bryce levantó la vista al fin y vio a Juniper parada a su lado, su hermoso rostro contraído por la preocupación. A un par de metros de distancia, Fury estaba cruzada de brazos con las cejas muy arqueadas.

Bryce suspiró y apartó su atención de los tres baúles enormes que se llevarían en el helicóptero que aguardaba detrás de ella.

Sus amigas estaban a salvo aquí. Eso debería tranquilizarla un poco, quitar un peso de su pecho, un regalo de Urd, como había dicho Hunt, pero verlas aquí...

Había un cuarto baúl sobre el pasto cerca del helicóptero. Fury no había podido conseguirlo todo antes de su repentina partida de Valbara, pero de todas maneras... había una cantidad considerable de armas.

Pistolas. Rifles. Cuchillos.

Un chiste, en realidad, considerando que iban a enfrentarse a seis seres intergalácticos prácticamente omnipotentes. La mayoría de las armas serían para los demás, para que les compraran una posibilidad de sobrevivir.

El resto dependería de ella.

Fury y Juniper la estaban observando. Esperando. Como si pudieran ver todo eso que sentía en su rostro. Al igual que aquel invierno sombrío, cuando Juniper percibió en el tono de voz de Bryce la desesperación que la tenía a punto de tomar una decisión terrible.

Juniper, cuyo último mensaje de voz a Bryce había sido uno furioso, después de que Bryce hiciera algo imperdonable al llamar a la directora del Ballet de Ciudad Medialuna. Ahora, el rostro de su amiga sólo reflejaba amor y alivio.

Juniper abrió los brazos en silencio y Bryce corrió a ella.

Sintió que se le hacía un nudo en la garganta, le ardían los ojos, al sentir el calor de su amiga, su olor. El aroma de Fury y sus brazos envolviéndolas llegó un momento después. Bryce cerró los ojos, saboreándolo.

—Lamento mucho haberlas arrastrado a ambas en esto —dijo Bryce con voz ronca—. June, lamento tanto todas mis pendejadas. Lo siento muchísimo.

Juniper apretó el abrazo.

—Tenemos problemas más grandes que enfrentar... tú y yo estamos bien.

Bryce se apartó un poco y miró a sus dos amigas. Las había puesto al tanto, al igual que a sus padres, y a Cooper, en la medida de lo posible.

Fury frunció el ceño.

—Yo debería acompañarlos. Soy más útil en el campo.

Bryce habría dado cualquier cosa a cambio de tener a alguien tan talentoso como Fury cuidándole las espaldas, pero esto no tenía que ver con la propia seguridad de Bryce ni con su comodidad.

—Estás precisamente donde debes estar —insistió Bryce—. Cuando la gente sepa que Fury Axtar está vigilando Avallen, lo pensarán dos veces antes de venir a joder a este lugar.

Fury puso los ojos en blanco.

—De niñera.

Bryce negó con la cabeza.

—No es eso. Necesito que ustedes estén aquí, ayudando a la gente que logre llegar. Ayudando a Baxian.

—Sí, sí —dijo Fury y movió la barbilla hacia el resto de sus amigos que estaban al otro lado del helicóptero—. Debo admitir que tengo ganas de interrogar a Baxian sobre su relación con Danika.

Se quedaron mirando al hombre apuesto, que sin duda percibió su atención porque volteó desde donde estaba conversando con Tharion y Ruhn. Baxian hizo una mueca de dolor.

Juniper rio.

—¡No mordemos! —le gritó al Mastín del Averno.

—Mentirosa —murmuró Fury y se ganó otra risa de Juniper.

Baxian sabiamente regresó a su conversación, aunque a Bryce no le pasó desapercibido cómo Tharion le clavó el dedo en el costado al metamorfo ángel con una gran sonrisa.

—No puedo creer que nunca nos haya contado sobre él —dijo Juniper en voz baja, con tristeza.

—Danika no nos contó muchas cosas —dijo Bryce con la misma suavidad.

—Tú tampoco —se burló Fury y le dio un codazo suave a Bryce—. Y, de nuevo: ¿Reina de Avallen?

Bryce puso los ojos en blanco.

—Si quieres el trabajo, es tuyo.

—Ni por todo el oro del mundo —dijo Fury y sus ojos oscuros vibraron divertidos—. Este desastre te toca a ti ordenarlo.

Juniper miró a su novia con el ceño fruncido.

—Lo que Fury quiere decir es que cuentas con nuestro apoyo.

Bryce le besó la mejilla suave como terciopelo a June.

—Gracias —dijo y miró a sus dos amigas—. Si no regresamos...

—No pienses así, B —insistió Juniper, pero Fury no dijo nada.

Fury había trabajado en las sombras del imperio por años. Estaba consciente de los peligros.

Bryce continuó:

—Si no regreso, ustedes estarán a salvo aquí. La niebla permitirá la entrada sólo a los refugiados verdaderos, pero de todas maneras yo me mantendría alerta por si llega algún agente asteri. Hay suficientes recursos naturales para dar sustento a todos y, sí, no hay luzprístina para hacer funcionar muchos aparatos, pero...

Juniper le colocó de nuevo la mano en la muñeca a Bryce.

—Nosotros nos encargaremos de esto, B. Tú ve a hacer... lo que tienes que hacer.

—Salvar el mundo —dijo Fury riendo.

Bryce hizo una mueca.

—Sí, básicamente.

—Nosotros nos encargamos de esto —repitió Juniper y le apretó la muñeca—. Y tú también te encargarás de lo tuyo, Bryce.

Bryce sacó su teléfono. Le quitó la funda y extrajo la fotografía que tenía ahí guardada de ellas. De cómo habían sido las cosas cuando eran cuatro.

—Guarden esto por mí —dijo y se la dio a Fury—. No quiero perderla.

Fury estudió la foto... lo felices que habían estado, lo jóvenes que parecían. Dobló los dedos de Bryce alrededor de la foto.

—Llévatela —dijo Fury y le brillaron los ojos—. Para que todas te acompañemos.

Bryce volvió a sentir que se le cerraba la garganta, pero metió la foto al bolsillo trasero de sus jeans. Y se permitió volver a ver a June y Fury una última vez, para memorizar cada línea de sus rostros.

Eran amigas por las cuales valía la pena luchar. Por las cuales valía la pena morir.

Ember Quinlan estaba esperando en la colina donde Bryce y sus amigos habían ascendido desde la Cueva de los Príncipes.

Ember miraba el suelo lleno de pasto con el rostro contraído. No quedaba rastro de las cuevas.

—Entonces su cuerpo está... allá abajo.

Bryce asintió. Sabía a quién se refería su madre.

—Ruhn lo decapitó y, eh, clavó la espada en su cabeza antes de que la tierra se lo tragara. No hay posibilidad de que regrese.

Ember no sonrió y se quedó mirando la tierra, el cadáver del Rey del Otoño debajo.

—Pasé tanto tiempo huyendo de él, teniéndole miedo. Imaginar un mundo donde él no existe...

Su madre levantó la vista para ver a Bryce y el dolor y el alivio que pudo notar en su mirada hizo que Bryce se apresurara a abrazarla con fuerza.

—Estoy tan orgullosa de ti —susurró Ember—. No por... encargarte de él, sino por todo. Estoy tan, tan orgullosa, Bryce.

Bryce no pudo evitar que se le llenaran los ojos de lágrimas.

—Sólo lo pude hacer porque me crio una madre cabrona.

Ember rio y dio un paso atrás para tomar la cara de Bryce con ambas manos.

—Te ves distinta.

—¿Distinta bien o distinta mal?

—Bien. Como un adulto funcional.

Bryce sonrió.

—Gracias, mamá.

Ember abrazó a Bryce y apretó.

—Pero no importa si eres la Reina de las Hadas o del Universo o la tontería que sea... —Bryce rio con eso, pero Ember continuó—. Siempre serás mi linda bebé.

Bryce abrazó a su madre con fuerza y todos los pensamientos del hombre odioso que estaba muerto muy debajo de ellas se desvanecieron.

A la distancia, el helicóptero volvió a empezar a rugir, esta vez piloteado por Randall, gracias a sus años obligatorios en el ejército peregrini. Todos los humanos estaban obligados a servir. Las habilidades que había adquirido durante esos años seguían siendo de utilidad, en especial ahora, pero Bryce sabía que esa experiencia seguía siendo un peso en el alma de su padre.

Bryce levantó la vista al concluir el abrazo de su madre y vio que Hunt les hacía señales para que abordaran. Se tocaba la muñeca con insistencia como si quisiera decir: *¡El tiempo es oro, Quinlan!*

Bryce frunció el ceño. Sabía que él con su vista de ángel podría notar el gesto a la distancia, pero abrazó a su madre un momento más. Inhaló su olor, tan familiar y relajante. Como el hogar.

Ember la estrechó dulcemente, feliz de estar ahí, de abrazar a su hija un momento más.

Esto era lo único que importaba al final.

70

Ithan estaba totalmente aburrido de estar jugando al guardaespaldas, incluso desde un piso más abajo. Mientras Hypaxia comparaba lo que había observado en el segador con las muestras de agua y de la sangre de Ithan, él seguía empacando artefactos en la oficina de Jesiba. Y miraba a la puerta cada minuto como si Hypaxia fuera a entrar de repente y declarar que ya había desarrollado un antídoto para el parásito. Eso no sucedió.

Cuando entró a la morgue, encontró a Hypaxia ante el escritorio con la cabeza entre las manos. Tenía tubos y frascos de todas las formas y tamaños a su lado, encima de la superficie metálica.

Ithan se atrevió a colocarle una mano en el hombro.

—No te des por vencida. Estás exhausta, has estado trabajando por horas. Encontrarás la cura.

—Ya la encontré.

Él tardó un momento en procesar lo que había dicho.

—Tú... ¿en serio?

Ella movió la cabeza de arriba a abajo y dio un golpecito con la punta del dedo a un frasco con líquido transparente.

—Fue más rápido de lo que me atrevía a soñar. Pude usar el antídoto del sinte como modelo. El sinte y el parásito tienen propiedades en común que alteran la magia. No te abrumaré con los detalles. Pero, con los cambios que hice, creo que esto aislará el parásito y lo matará de la misma manera que funcionaba el antídoto del sinte —señaló otros frascos pequeños en la mesa detrás de ella—. Hice la mayor cantidad que pude. Pero...

—¿Pero? —preguntó él. Apenas podía respirar.

Ella suspiró.

—Está lejos de ser perfecto. Tuve que usar los relámpagos de Athalar para mezclarlo. Tuve que usar todos, me temo.

Hizo un gesto hacia el escritorio donde estaban los seis cristales de cuarzo. Dormidos. Vacíos.

Ithan sintió que se le estrujaba el corazón.

—Está bien.

Sigrid seguiría siendo segadora por el momento, pero no se daría por vencido en intentar ayudarla.

—Los relámpagos de Athalar lo mantienen funcionando, pero no permanentemente —continuó Hypaxia—. El antídoto es en extremo inestable... una sacudida y es posible que se desactive por completo. Si tuviera más tiempo, tal vez podría encontrar una manera de estabilizarlo, pero, por ahora...

Él le apretó el hombro.

—Sólo dime.

Ella torció la boca hacia un lado antes de decir:

—El antídoto no es una solución permanente. Su efecto se disipará y, como el agua de Midgard sigue contaminada con el parásito, nos reinfectaremos.

—¿Cuánto tiempo funciona una dosis?

—No lo sé. ¿Unas semanas? ¿Meses? Más que unos cuantos días, creo, pero necesito seguir refinándolo. Encontrar una manera de que sea permanente.

—¿Pero funcionará por el momento?

—En teoría. Mientras los relámpagos de Athalar lo mantengan funcional. No me he atrevido a probarlo en mí para ver si funciona y es seguro, y... para averiguar quién sería yo sin esta cosa alimentándose de mí —levantó la cabeza y lo miró a los ojos, su rostro sombrío y exhausto—. Si eliminamos al parásito, ¿qué lograremos? ¿Qué harás *tú* con el poder extra?

—Ayudaré a mis amigos, aunque no sirva de mucho.

—¿Y los lobos?

—¿Qué hay de ellos?

—Si consigues más poder, eso te podría poner por arriba de las habilidades de Sabine. Hacerte lo bastante fuerte para desafiarla —lo miró con seriedad—. Tú podrías terminar con la tiranía de Sabine, Ithan.

—Yo... —no podía encontrar las palabras correctas—. En realidad no había pensado en qué haríamos después.

Ella parecía no estar conforme con eso.

—Tienes que hacerlo. Todos tenemos que hacerlo.

Él se tensó.

—Yo no soy bueno para planear. Soy jugador de solbol, con un carajo...

—*Eras* un jugador de solbol —dijo ella—. Y sospecho que no has pensado en las implicaciones de tener la mayor cantidad de poder entre los lobos porque estás evitando pensar en qué quieres en realidad.

Él la miró molesto.

—¿Y qué es eso?

—Quieres que Sabine ya no esté. Nadie salvo tú va a hacerlo.

Él sintió que se le revolvía el estómago.

—Yo no quiero ser el líder de nadie.

Ella lo miró, como si pudiera ver a través de él. Pero dijo, con una decepción que le llegó hasta el corazón:

—No tiene caso tener esta discusión. Ni siquiera sabemos si el antídoto sirve.

Miró el frasco.

Lo haría, lo supo. Lo probaría, se arriesgaría ella misma...

Ithan no dio aviso de que lo haría. Tomó el frasco entre sus manos, se lo llevó a la boca y tragó.

Hypaxia giró hacia él con los ojos muy abiertos por la aprensión...

Luego el negro rotundo imperó.

Estaba su cuerpo... y más que su cuerpo.

Su lobo y él y el poder, como si pudiera saltar entre continentes de un solo brinco...

Ithan abrió los ojos. ¿El mundo siempre había sido tan nítido, tan claro? ¿La morgue siempre había olido tanto a antiséptico? ¿Había un cuerpo en descomposición en una de las cajas? ¿Cuándo había llegado *eso*? ¿O había estado ahí todo el tiempo?

Y ese olor, a lavanda y eucalipto...

Hypaxia estaba arrodillada sobre él, respirando con fuerza.

—Ithan...

Un parpadeo, un destello, y él se transformó. Ella dio un paso atrás al ver al lobo, que apareció más rápido de lo que jamás se había transformado.

Otro parpadeo y destello y estaba de vuelta en su cuerpo humanoide.

Tan sencillo como respirar. Tan rápido como el viento. Algo era distinto, algo era...

Su sangre aulló hacia la luna invisible. Sus dedos se enroscaron en el suelo cuando se sentó, sus garras rasparon el piso.

—¿Ithan? —la voz de la bruja era un susurro.

—Funcionó —las palabras hicieron eco por toda la habitación, el mundo—. Ya no está... lo puedo sentir.

De alguna manera, se había eliminado una barrera. Una que le había ordenado que desistiera, que obedeciera... Ya no era nada salvo cenizas. Por fin conocía el dominio propio. Sin ataduras.

Pero llenando el vacío provocado por la ausencia de esa barrera, con una fuerza creciente y feroz...

Ithan extendió la mano y forzó a salir a esa *cosa* bajo su piel. En su mano, aparecieron hielo y nieve. No se fundían en su piel.

Podía invocar puta *nieve*. La magia cantaba dentro de él una melodía vieja y extraña.

Los lobos no tenían de este tipo de magia. Nunca la habían tenido, hasta donde él sabía. Transformarse y fuerza, sí, pero este poder elemental... no debería existir en un lobo, pero ahí estaba. Se elevaba dentro de él y llenaba el espacio donde nunca se había percatado que existía el parásito.

Ithan dijo con aspereza:

—Necesitamos que nuestros amigos tengan esto.

Hypaxia sonrió sombríamente.

—¿Qué vas a hacer?

Ithan miró la puerta que daba al pasillo.

—Creo que es hora de que empiece a hacer planes.

—Sólo mi hija nos arrastraría a Nena —se quejó Ember, titiritando contra el frío que incluso a Hunt le robaba el aliento—. ¿No podías hacer esto en, no sé, las Islas Coronal?

—La Fisura Septentrional—dijo Bryce entre dientes que le castañeteaban— está en el *norte,* mamá.

—También hay una en el sur —murmuró Ember.

—Es más frío allá —dijo Bryce y buscó la mirada de Hunt y Randall para que la apoyaran.

Hunt rio a pesar de las temperaturas heladas y el viento aullante que los golpeaban desde el instante que salieron del helicóptero.

No podían seguir volando. Un muro enorme de roca negra se extendía por kilómetros en ambas direcciones antes de curvarse hacia el norte, con hechizos que protegían el espacio aéreo sobre él. Hunt sabía con exactitud por los mapas que el área al centro del muro medía cuarenta y nueve kilómetros de diámetro (siete veces siete, el número más sagrado) y que al centro, en algún lugar del territorio estéril y nevado, estaba la Fisura Septentrional, cubierta de niebla. Incontables barreras de protección resguardaban a Midgard de la Fisura y del Averno que estaba del otro lado.

—Será mejor que empecemos a caminar —dijo Randall y asintió hacia las puertas de plomo que estaban en el muro frente a ellos.

—No hay guardias —observó Hunt caminando junto al hombre, agradecido por la ropa para nieve que Axtar había conseguido de alguna forma para todos—. Debería haber al menos quince aquí.

—Tal vez se fueron porque hace demasiado puto frío —dijo Bryce tiritando miserablemente.

—Una guardia angelical nunca se *va* —dijo Randall y se acomodó la gorra con forro de pelo falso de su parka para que le tapara más la cara—. Si no están aquí... no es buena señal.

Hunt asintió hacia el rifle que Randall tenía entre sus manos enguantadas.

—¿Eso funciona en estas temperaturas?

—Más vale —refunfuñó Ember.

Pero Hunt vio la mirada de Bryce e invocó sus relámpagos para estar preparado. Sabía que el fuegoastral de ella ya estaba calentándose debajo de sus guantes. Con el poder de Theia unificado dentro de ella... no podía decidir si tenía ganas o miedo de ver qué podía hacer ese fuegoastral.

—¿Es una trampa? —dijo Ember conforme se acercaban a las enormes puertas cerradas y al puesto de vigilancia abandonado.

Hunt se asomó por la ventana escarchada de la caseta y luego abrió la puerta de golpe. La capa de hielo era tan gruesa que tuvo que usar mucha fuerza para liberarla. Un vistazo rápido del interior reveló que la escarcha cubría los controles, las sillas, la estación de agua.

—Nadie ha estado aquí por un tiempo.

—No me agrada esto —dijo Ember—. Es demasiado fácil.

Hunt miró a Bryce, que tenía los ojos llorosos por el frío y la punta de la nariz completamente enrojecida. En estas temperaturas, no durarían diez minutos más sin congelarse. Él y su pareja se recuperarían, pero Ember y Randall, con su sangre humana...

—Calentemos esta caseta —dijo Bryce. Entró y empezó a retirar la escarcha de los controles—. Tal vez el calentador todavía funciona.

Ember miró a su hija con un gesto que decía que sabía bien que Bryce y Hunt habían evadido darle una respuesta, pero entró.

Lograron que un calentador funcionara... sólo uno de ellos. Los demás estaban demasiado escarchados como para revivir. Pero era suficiente para calentar el pequeño espacio y ofrecerles a sus padres un refugio mientras Bryce y Hunt salían de nuevo a explorar el terreno frígido, a estudiar el muro y la puerta.

—¿Crees que sea una trampa? —preguntó Bryce detrás de la bufanda que se había colocado para cubrir su boca y nariz. Había encontrado un par de goggles para la nieve en la caseta y el mundo se veía nítido a través de la claridad de los cristales. ¿Así se vería a través del casco de Umbra Mortis de Hunt?

Hunt dijo, detrás de sus propios goggles polarizados:

—Nunca he escuchado que la estación de vigilancia de la Fisura del Norte estuviera vacía, así que... algo pasa, seguro.

—Tal vez Apollion nos hizo un favor y envió unos cuantos acosadores de la muerte a retirarlos —dijo ella. Cuando pronunció el nombre del príncipe demonio, el viento pareció acallarse—. Bueno, eso no fue terrorífico para nada.

—Tan al norte —dijo Hunt y dio la vuelta para estudiar el terreno—, tal vez todas esas advertencias sobre no pronunciar su nombre de este lado de la Fisura son ciertas.

Bryce no se atrevió a ponerlo a prueba de nuevo. Caminó hacia las puertas de plomo en la pared y colocó la mano enguantada sobre ellas.

—Escuché que el muro y las puertas tenían sal blanca en su composición.

Como protección contra el Averno.

—Eso no ha impedido que los demonios crucen —observó Hunt. Su expresión era ilegible con los goggles y la bufanda que también le cubría la boca—. Cacé suficientes para saber que este muro es falible. Y los guardias también, supongo.

—Odio imaginar qué ha logrado pasar *sin* los guardias aquí —dijo ella. Hunt no respondió, y eso no era para nada reconfortante—. ¿Entonces cómo cruzamos? —preguntó Bryce.

—Hay un botón dentro de la caseta —dijo Hunt—. Nada sofisticado.

Bryce le dio un empujón en broma.

—Facilito, por una vez.

Una ráfaga de aire helado chocó contra su espalda, como si la estuviera arrojando contra la pared. A pesar de todas las capas de ropa invernal, podría jurar que el frío le había calado hasta los huesos.

—Deberíamos marcharnos antes de que se nos acabe la luz —dijo Hunt y asintió hacia el sol que ya empezaba a descender hacia el horizonte—. La luz del día sólo dura unas horas acá.

—¿Bryce? —la llamó su padre desde la caseta—. Tienen que venir a ver esto.

Encontraron a Ember y Randall frente a un monitor parpadeante.

—Es la grabación de las cámaras de seguridad —dijo Ember, señalándola con un dedo enguantado y tembloroso. Bryce supo que el temblor no se debía al frío. Su madre presionó un botón de la computadora y el video empezó a reproducirse.

—¿Eso es...? —exhaló Bryce.

—Necesitamos llegar a la Fisura —gruñó Hunt—. *Ahora.*

71

—Si pones un pie en esa Madriguera sin una invitación del Premier o de Sabine estarás muerto, cachorro.

—Lo sé —dijo Ithan y continuó empacando otra caja para Jesiba.

La tarea era estúpidamente mundana considerando todo lo que estaba sucediendo, pero cuando entró a la oficina hacía unos momentos para contarle la buena noticia, Jesiba se rehusó a hablar con él hasta que se hubiera *ganado el pan* por unos cuantos minutos. Así que ahí estaba, empacando y hablando al mismo tiempo.

—Pero si Hypaxia y yo vamos a la Ciudad Eterna, podríamos... morir —se atragantó con la palabra—. Quiero que sepan la verdad.

—¿Y cuál es la verdad?

Ithan se enderezó donde estaba agachado sobre la caja.

—La verdad de lo que le hice a Sigrid. Que Sigrid existe, supongo, aunque sea una segadora. Que...

—Entonces esto tiene que ver con descargar tu conciencia culpable.

Ithan la volteó a ver.

—Quiero que sepan lo que sucedió. Sí, que Sigrid es segadora, y que yo fracasé totalmente al tratar de deshacer eso, pero... que técnicamente sí tienen una alternativa a Sabine... aunque sea una mediavida. Sería radical y algo que nunca se ha visto, aceptar una segadora como Premier, pero han sucedido cosas más extrañas, ¿no?

Jesiba empezó a escribir en su computadora.

—¿Por qué te importa?

—Porque los lobos tienen que cambiar. Necesitan saber que pueden elegir a alguien que no sea Sabine —dijo y miró la palma de su mano, donde hizo que se formara hielo. Se cuarteaba sobre su piel formando una capa delgada antes de derretirse—. Necesitan saber que hay un antídoto que puede darles poderes mayores a los de ella. Que no tienen que permanecer subordinados a ella.

—Los lobos van a necesitar una prueba para creer eso —dijo Jesiba— o no vas a salir vivo de ahí.

—¿Esto no es suficiente? —preguntó y formó una esquirla de hielo en la punta de su dedo, todo lo que podía controlar. Supuso que necesitaría buscar a las hadas o alguna duendecilla de hielo para que le enseñara cómo dominar esta nueva habilidad.

Hypaxia había tomado el antídoto minutos después que él. Se había desmayado, igual que él, pero despertó vibrando de poder. Podría haber jurado que una brisa ligera y alegre le bailaba en el cabello continuamente y que una fuente constante de poder parecía emanar de ella, aunque no lo estuviera utilizando.

Él le había ofrecido un frasco a Jesiba cuando llegó a darle la noticia, pero la hechicera dijo *Eso no me ayudará, cachorro.* Y luego le ordenó que se pusiera a realizar este miserable trabajo mientras le explicaba lo demás.

Jesiba dijo entonces:

—Conociendo a los lobos, pensarán que Quinlan me pidió que te hiciera algo que te volviera... antinatural.

—Ellos saben que Bryce es buena persona.

—¿Sí? Hasta donde recuerdo, han sido todo menos amables con ella desde que murieron Danika y la jauría. Incluido tú.

Ithan sintió que sus mejillas se calentaban.

—Fueron momentos difíciles. Para todos.

—Danika Fendyr los hubiera clavado a todos en la reja de la Madriguera por la manera en que trataron a Quinlan.

—Danika hubiera... —dijo Ithan, pero se quedó callado cuando tuvo un pensamiento repentino—. Danika cuestionaba la estructura de poder de los lobos, sabes. Incluso ella pensaba que era raro que los Fendyr hubieran tenido el poder por tanto tiempo.

—¿Sí?

Ithan volteó hacia el escritorio de la hechicera.

—Bryce y yo encontramos unos documentos que Danika había ocultado. Ella quería saber por qué los Fendyr eran tan dominantes... no creo que aprobara eso tampoco —asintió para sí mismo—. Ella hubiera animado a los demás a que tomaran el antídoto. Para echar a Sabine a la calle.

Jesiba arqueó las cejas.

—Si tú lo dices. Tú conocías a Danika mucho mejor de lo que yo jamás la conocí.

—Sé que odiaba a su madre y pensaba que las jerarquías eran ofensivamente injustas —Ithan dio algunos pasos—. Tengo que conseguir esos documentos. Los llevaré a la Madriguera para mostrarle a todos que no soy sólo *yo* quien se está cuestionando esto, sino que incluso una Fendyr estaba en desacuerdo con su dominio sin control. Tal vez ayude a convencerlos de aceptar una alternativa a Sabine. Sigrid es una Fendyr, pero ella no es de la rama principal. Eso podría ayudar a que la aceptaran como alternativa.

—Dirán que los falsificaste —dijo Jesiba sin dejar de teclear en su computadora.

—Es un riesgo que tendré que asumir —replicó Ithan y caminó hacia la puerta—. Los días de Sabine controlando a los lobos, de hacernos quedarnos sin hacer nada mientras los inocentes sufren... tienen que terminar. Necesitamos un cambio. Un cambio grande. Y tal vez, si Urd nos respalda, lo más importante dentro de Sigrid siga intacto, sin cambios a pesar haberse convertido en segadora. Si ése es el caso, yo elegiría a Sigrid sobre Sabine sin dudar.

Tal vez no era cosa de deshacer lo que había hecho, sino de aprovechar lo que se le había presentado, aunque no fuera lo óptimo. De adaptarse.

—A pesar de la apertura de mente de esa postura, Holstrom —dijo Jesiba y cerró su laptop—, ¿en verdad crees que es una decisión sabia no sólo ir a la Madriguera completamente indefenso, sino empezar a predicar que deben aceptar una *segadora* como su heredera al puesto de Premier? No olvidemos que a algunos de los lobos quizás todavía les agrade Sabine y su estilo de liderazgo. A muchos probablemente, de hecho.

—Sí, pero es hora de darles la oportunidad de elegir otra cosa. De liberarse de su control.

—Olvidas —dijo Jesiba, sombría— que desde el principio han sido los ejecutores principales de la voluntad de los asteri. Nunca han mostrado ningún interés por *liberarse* del control de nadie.

—Es un riesgo que tengo que asumir —insistió él—. No puedo quedarme sentado.

—Quinlan te dijo que protegieras a Hypaxia.

—No tomará mucho tiempo. Cuídala un rato por mí, por favor.

Caminó hacia la puerta y Jesiba habló cuando él envolvió los dedos alrededor de la perilla. Su voz sonaba pesada, resignada.

—Ten cuidado, cachorro.

Ithan se metió a escondidas al departamento de Bryce usando el mapa inquietantemente preciso del sistema de alcantarillado que tenía la Casa de Flama y Sombra. No quería pensar quién haría uso regular de esos túneles.

A pesar de que contaba con el acceso que Danika le había concedido hacía mucho tiempo, entró por la azotea. No cabía duda de que el edificio estaba siendo vigilado, así que se mantuvo en las sombras todo lo que pudo. Si el guardia de la recepción lo vio o si apareció en las cámaras, no podía saberlo, pero nadie vino a investigar.

Los documentos de Danika seguían donde Bryce y él los habían dejado: en el cajón del correo basura. Los hojeó sólo para asegurarse de que en verdad dijeran todo lo que él recordaba.

Así era. Podía ser un respaldo útil para lo que iba a decir. *¿Lo ven? Incluso Danika quería que todo esto cambiara. Y sí, Sigrid es una Fendyr, pero también es* diferente, *ella podría ser un paso en la dirección correcta.*

Encontraría una manera de decirlo con más elocuencia, pero el nombre de Danika seguía teniendo peso.

Ithan dobló con cuidado los papeles y los metió en el bolsillo trasero de sus jeans. Afuera, la ciudad permanecía en silencio, apagada. De luto.

Y dentro de este edificio...

Dioses, era extraño ver este departamento, tan vacío y muerto sin sus ocupantes.

Ithan miró el sillón blanco, como si fuera a ver ahí a Athalar y Bryce sentados con Syrinx acurrucado entre ellos.

Qué lejos parecía esa vida ahora. Dudaba que alguna vez regresara. Si Bryce...

No se permitió terminar esa idea.

No tenía alternativa salvo seguir adelante. No importaba cómo salieran las cosas. Y Jesiba tenía razón. Entrar a la Madriguera era probablemente un suicidio, pero... Miró por el pasillo. Hacia la puerta de la recámara de Bryce.

Tal vez no tendría que ir desarmado.

72

Las puertas tardaron demasiado, demasiado puto tiempo, en abrirse. El hielo y la nieve iban rompiéndose y cayendo al suelo. Bryce pasó por la abertura primero. El fuegoastral estaba encendido bajo sus guantes.

—No entiendo —estaba diciendo Ember mientras pasaba detrás de Bryce con Randall justo detrás de ella. Hunt venía al final—. ¿Qué está haciendo la *Arpía* aquí?

—Ya no es la Arpía —dijo Bryce—. Es más como... alguien reanimado con nigromancia conjurada por los asteri gracias a lo que sea que hayan logrado hacer con algunos de los relámpagos de Hunt. No sé, pero no quiero conocer lo que es ahora.

Bryce notó la preocupación y la culpabilidad en el rostro de Hunt, pero no tenían tiempo para asegurarle que esto no era su culpa. No había tenido alternativa salvo darle a Rigelus sus relámpagos. Habían sido usados para cosas enfermas y jodidas, pero eso no era su responsabilidad.

Ember protestó.

—Pero la Arpía se *comió* a los guardias...

—Por eso vamos a la Fisura —dijo Bryce y le asintió a Hunt, cuya mirada brillaba con determinación de acero—. En este puto momento.

Hunt no esperó. Tomó a la madre de Bryce en sus brazos y extendió las alas. Bryce tomó a Randall del brazo y dijo:

—Sorpresa: puedo teletransportarme. No vomites.

Afortunadamente, Randall no vomitó cuando los teletransportó los veinticuatro kilómetros y medio al centro del anillo amurallado. Pero sí vomitó cuando aterrizaron.

Llegaron antes que Hunt y su madre, por lo que Bryce se quedó sin nada que hacer salvo ver a su papá vomitar en la nieve una y otra vez a causa del mareo por teletransportarse.

—Eso es... —dijo Randall y le vino otra arcada—. Útil pero horrible.

—Creo que eso me resume muy bien —dijo Bryce.

Randall rio, vomitó de nuevo, y luego se limpió la boca y se puso de pie.

—Tú no eres horrible, Bryce. Ni de cerca.

—Supongo. Pero esto sí lo es —dijo e hizo un ademán hacia la estructura que estaba frente a ellos. A la niebla que se arremolinaba.

Un arco enorme de cuarzo rosa transparente se elevaba treinta metros en el aire. Su parte superior quedaba casi oculta por la niebla. Podían ver a través del arco, aunque no había nada dentro de él excepto algo que sólo se podía describir como una ondulación en el mundo. Entre mundos. Y más niebla del otro lado.

—Los asteri debieron haber construido el arco alrededor de la Fisura para intentar contenerla —dijo Bryce—. O intentar controlarla, supongo.

—Lo diré una vez y ya —dijo Randall. Detrás de él se empezaban a acercar Hunt y Ember desde los aires—. Pero, abrir esta Fisura... ¿es la mejor idea?

Bryce exhaló largamente y su aliento caliente se disipó en la niebla que pasaba a su lado.

—No, pero es la única idea que tengo.

No había ni un solo listón negro de luto en la Madriguera. No había lamentaciones ni cantos fúnebres ofrecidos a Cthona, rogándole a la diosa que guiara a los muertos recientes. De hecho, en alguna parte del complejo se escuchaba un estéreo que tocaba un ritmo dance a todo volumen.

Típico de Sabine continuar como si nada hubiera pasado. Como si no acabara de ocurrir una atrocidad en el distrito vecino.

En esta época del año, era tradición para muchas de las familias de la Madriguera ir al campo a disfrutar del cambio de color de las hojas y del fresco del otoño en las montañas, así que sólo quedaba un grupo escaso de las jaurías. Ithan sabía quiénes estarían ahí... así como sabía que sólo Perry Ravenscroft, la Omega de la Rosa Negra y la hermana menor de Amelie, estaría de guardia en las puertas.

Una representación en bronce del Abrazo, el sol metiéndose o saliendo entre dos montañas, estaba expuesto en la ventana de la estación de guardias. Y como conocía tan bien a Perry supo que esta pequeña decoración era su manera de decirle a la ciudad que había algunos en la Madriguera que también estaban de luto, que rezaban a Cthona para que reconfortara a los muertos.

Los grandes ojos de esmeralda de Perry se abrieron como platos al ver a Ithan acercándose a la caseta de vigilancia. Para ella, debió parecer como si se hubiera materializado en el aire. Su sigilo era cortesía de su nueva velocidad y silencio sobrenatural, eso sin contar que había viajado por el alcantarillado porque debía mantenerse fuera de la vista hasta el último minuto posible.

Perry se abalanzó hacia el radio que tenía en el escritorio. Su cabellera larga y castaña resplandeció en la luz del atardecer, pero Ithan levantó una mano. Ella hizo una pausa.

—Necesito hablar —dijo a través del cristal.

Esos ojos verdes lo estudiaron y luego se movieron a un punto encima de su hombro, hacia la espada que cargaba. Perry lo miró fijamente y luego abrió la puerta de la caseta. Su olor de canela y fresa le llegó un instante después.

A esta distancia podía contar las pecas que tenía sobre la nariz. La piel clara debajo de ellas pareció palidecer más cuando procesó lo que estaba diciendo.

—Sabine está en una reunión...

—No con Sabine. Necesito hablar con todos los demás —insistió Ithan—. Tú fuiste la única que se molestó por confirmar si yo seguía vivo después de... todo.

Ella le enviaba mensajes de texto ocasionalmente, no demasiados, pero con Amelie como su Alfa y hermana, él sabía que no se atrevía a arriesgar una comunicación más frecuente con él.

—Por favor, Perry. Sólo déjame entrar al patio.

—Dime de qué quieres hablar con nosotros y lo consideraré.

Incluso como Omega, la que estaba más abajo en la jerarquía de la Jauría Rosa Negra, no retrocedía.

Tan sólo por ese valor, Ithan le contó a ella primero su secreto.

—Un nuevo futuro para los lobos.

Ithan sabía que se debía a lo amada y confiable que era Perry dentro de la Madriguera que se presentaran rápidamente tantos lobos al patio, tan pronto como su mensaje salió sobre un anuncio de última hora.

Él se mantuvo en las sombras de las columnas debajo del ala norte del edificio viendo a la gente que había considerado sus amigos, casi su familia, congregarse en el espacio con suelo cubierto de pasto. Los árboles rojos y dorados del pequeño parque detrás de ellos se mecían con la fresca brisa del otoño, el viento por suerte mantenía su olor oculto de los lobos.

Cuando se reunió un grupo lo bastante grande, unos cien lobos, más o menos, Perry salió a los escalones frente a las puertas del edificio y dijo:

—Entonces, eh... casi todos están ya aquí.

La gente le sonrió, confundidos pero indulgentes. Siempre había sido así con Perry, la artista oficial de la Madriguera, quien a la edad de cuatro años había pintado su recámara de todos los colores del arcoíris a pesar de que sus padres le habían ordenado que eligiera sólo un color.

Perry miró en su dirección con los ojos llenos de temor. Por él o por ella, eso no lo sabía Ithan.

—Adelante —dijo en voz baja y bajó de la escalera hacia el pasto.

Enorgullece a tu hermano.

Aunque esas palabras habían salido de la Reina Víbora, Ithan las conservó cerca de su corazón cuando salió de entre las sombras.

Se escucharon gruñidos y gritos de sorpresa. Ithan levantó las manos.

—No vine a causar problemas.

—¡Entonces lárgate de aquí! —gritó alguien, Gideon, el tercero de Amelie, desde atrás. Amelie personalmente empezó a avanzar entre la multitud con la cara contraída por la furia...

—Todo lo que somos es una mentira —dijo Ithan antes de que Amelie pudiera alcanzarlo y empezara a lanzar golpes.

Algunas personas guardaron silencio. Ithan continuó, porque los colmillos de Amelie empezaban a alargarse y él sabía que terminaría de hacer su transformación pronto.

—Danika Fendyr también cuestionó esto. Murió antes de poder averiguar la verdad.

Las palabras tuvieron el efecto deseado. La multitud guardó silencio, pero Amelie seguía avanzando hacia él, empujando gente para que se apartara de su camino. Gideon era una montaña enorme y amenazante detrás de ella...

Ithan miró a Perry, quien estaba parada frente a la multitud con sus ojos verdes fijos en él. A ella le dijo:

—Los asteri plantaron un parásito en nuestros cerebros que reprime nuestra magia y la reduce a sus componentes más básicos: transformación y fuerza. Pero incluso esas habilidades están limitadas. Todo con la intención de que permanezcamos siendo sus leales ejecutores, como hemos sido desde que se abrió la Fisura Septentrional.

Amelie estaba a tres metros de distancia y sus músculos ya se tensaban para saltar hacia la escalera, para sostenerlo contra el piso y hacerlo trizas...

—Miren —dijo Ithan y extendió la mano. El hielo se arremolinaba en su palma.

La multitud ahogó un grito. Incluso la misma Amelie dio un traspié por la sorpresa.

Ithan dijo, permitiendo que el hielo le cubriera los dedos:

—Magia... magia *elemental*. Estaba ahí dentro, latente en mis venas todo este tiempo —encontró de nuevo los ojos de Perry y notó la sorpresa y algo como nostalgia en ellos—. Una amiga mía, una medibruja, hizo un antídoto y me lo dio. Lo tomé y descubrí lo que soy en realidad. *Quién* soy en realidad. Lo que está latente en la línea de sangre de todos los lobos, reprimido por los asteri durante quince mil años.

—Es un truco de bruja —escupió Amelie e intentó empujar a su hermana menor para pasar—. Muévete —le ordenó a Perry. No como su hermana, sino como su Alfa.

Pero Perry, a pesar de su complexión delgada, no se movió. Y le dijo a Amelie con voz que todos pudieron escuchar:

—Quiero oír lo que tiene que decir.

Ithan habló lo más rápido que pudo y les dio un resumen a los lobos sobre el parásito y lo que le hacía a su magia. Y luego, como todavía parecían dudar, explicó lo que sucedía realmente en el Sector de los Huesos: la luzsecundaria. El molino de carne de las almas.

Cuando terminó, Ithan volvió a buscar el rostro de Perry. Estaba pálida como un fantasma.

—La reina Hypaxia Enador puede verificar todo lo que les he dicho —dijo Ithan.

—¡Ya no es reina! —gritó un lobo—. La echaron, igual que a ti, Holstrom.

Ithan enseñó los dientes.

—Ella es brillante. Encontró cómo arreglar esta *cosa* de nuestros cerebros, cómo devolvernos esta magia, así que no hables de ella en ese tono.

Y al escuchar el gruñido en su voz, la orden, los lobos de la multitud se enderezaron. No de enojo ni de miedo, sino...

—¿Qué hiciste? —dijo Perry y dio un paso al frente—. Ithan, estás...

—Hay otra Fendyr —dijo Ithan sin detenerse y preparándose para lo que seguía.

La multitud se inquietó. Perry lo miró con la boca abierta.

—¿Qué quieres decir? —preguntó. Él no podía soportar la confusión y la esperanza que escuchaba en su voz, el brillo de sus ojos.

—Se llama Sigrid —dijo Ithan y sintió un nudo doloroso que se formaba en su garganta—. Es... es la hija del hermano muerto de Sabine. Y ella...

—Ya es suficiente —escupió Amelie y se lanzó hacia él al fin—. Estas locuras que estás diciendo tienen que parar *ahora.*

Ithan gruñó, grave y profundo, e incluso Amelie se detuvo a medio paso.

Él le sostuvo la mirada y permitió que viera todo lo que había dentro de él.

—¿Por qué sigue vivo este traidor? —se escuchó la voz de Sabine deslizarse por el patio.

Ithan se giró pero mantuvo a Amelie en su línea de visión al mirar a la Premier Heredera que se aproximaba.

Un paso detrás de ella, emergiendo de las sombras, estaban Sigrid y el Astrónomo.

73

—Segadora —exhaló Perry y retrocedió. No para correr, sino para proteger a un joven lobo que estaba unos pasos detrás de ella y que temblaba de terror al ver los ojos verde ácido de la segadora que estaba entre ellos.

A juzgar por cómo caminaba Sigrid, con pasos relativamente normales, seguía a mitad de su transición, pero ya había una extrañeza en sus movimientos, el principio de ese andar deslizante antinatural que sólo podían realizar los segadores.

Y seguía vistiendo su ropa arruinada y ensangrentada. Como prueba, se dio cuenta él, porque su sangre también la manchaba. Y los lobos lo sabrían en cuanto la olieran.

Luchando por encontrar las palabras correctas, Ithan señaló a Sigrid y dijo:

—Eso... ella no es ninguna amenaza para ustedes.

—¡Es una *segadora*! —le gritó alguien desde atrás.

El Astrónomo le sonreía a Ithan. ¿Cómo había logrado quitársela el viejo bastardo al Rey del Inframundo? De alguna manera había orquestado esto, incluyendo traer a su exmística con Sabine. Todo para vengarse de Ithan.

—Lo que sea que Holstrom esté tratando de venderles —dijo Sabine en voz alta—, no escuchen una palabra.

La multitud empezaba a retroceder, desesperados por alejarse de la segadora que estaba al lado de Sabine.

—Ithan Holstrom es un mentiroso —declaró Sabine— y un traidor a todo lo que representamos.

—Eso no es verdad —gruñó Ithan.

—¿No? —dijo Sabine y señaló a su lado, al sitio donde estaba Sigrid mirando la multitud con rostro impasible—. Mira lo que le hiciste a mi querida sobrina.

La palabra golpeó a la multitud como una ola sorpresiva. Él prácticamente pudo sentir cómo estaban reconstruyendo los hechos, que la segadora frente a ellos era la misma heredera Fendyr de la que él les había estado hablando hacía unos momentos.

Sobrina, susurraba la gente. *¿Es posible entonces que...?*

El Astrónomo juntó las manos marchitas frente a él, el vivo retrato de una vejez serena.

—Es verdad —anunció—. Hace veinte años, Lars Fendyr me buscó y me vendió a su cachorra mayor para que estuviera a mi servicio —hizo un ademán hacia Sigrid—. Ella era mi fiel acompañante, tan querida para mí como mi propia hija —sus ojos oscuros miraron a Ithan, endurecidos por el odio—. Hasta que ese chico la secuestró y la convirtió en *eso*.

La multitud cambió de actitud, toda su concentración estaba ahora en Ithan. Lo miraban con desconfianza, lo condenaban...

—La hija de mi hermano —dijo Sabine y levantó la voz para que la pudieran escuchar a pesar de los murmullos de la multitud—. Que fue asesinada a sangre fría por ese lobo —señaló a Ithan—. Así como él y sus amigos hada intentaron matarme a mí.

—Eso... —empezó a decir Ithan y notó lo pálida que estaba Perry.

—Es la verdad —se burló Sabine—. Tengo el video para probarlo, cortesía de la Reina Víbora. Me encantaría mostrarles a todos cómo ejecutaste brutalmente a una joven loba indefensa.

El horror le robó a Ithan todas las palabras de la garganta.

Con la Reina Víbora, siempre se trataba de jugarretas a largo plazo. No sólo para divertirse, sino para usar el conocimiento de lo que él había hecho para su propia ventaja. Su relación con Sabine era tensa así que, ¿por qué no endulzarla un poco con una ofrenda de paz?

Marc incluso le había dicho a Ithan que la Reina Víbora no intercambiaba dinero, sino favores e información. Ithan se había metido directamente en esa trampa.

—Luego intentó hacer que una nigromante la resucitara de los muertos —continuó Sabine y señaló a la segadora—. Para que pudiera ser su títere para usurparme.

—Eso *no*…

El Astrónomo agregó:

—Y cuando yo me enteré de lo que le había sucedido… —miró a Sigrid con un gesto compasivo—. Le pedí al Rey del Inframundo que la liberara para poder traerla de inmediato a la Madriguera, con las buenas personas que viven aquí.

Esto no podía estar sucediendo.

Sabine sonrió. Ciertamente estaba sucediendo.

—Esta mañana, Sigrid me informó que cuando se vio frente a esta esclavitud innombrable —dijo Sabine— quiso proteger a su gente, por lo que eligió una existencia como segadora. Y ya ha llegado aquí al fin para ser mi heredera.

Todos guardaban un silencio asombrado.

Él había sido un puto imbécil por pensar que Sigrid sería como Danika, que ella tal vez había elegido ser una segadora y que todavía quería la dicha y paz y lo mejor para los lobos… en vez del odio puro que ahora brillaba en sus ojos cuando veía a Ithan.

Pero Amelie parpadeó a Sabine. *Ella* era la heredera de Sabine. Nombrar a alguien más, y a una segadora, para colmo…

Perry miró a su hermana y a Sabine, luego a la segadora.

—¿Por qué no le permites a tu nueva heredera que hable por sí misma, Sabine?

Sabine le gruñó a Perry y ella dio un paso atrás.

A Ithan se le erizó el pelo de la nuca al percibir ese miedo, esa sumisión.

—Todos saben que los Holstrom llevan mucho tiempo deseando sustituir a los Fendyr —continuó Sabine.

—Mentira —escupió Ithan.

—Nuestras tradiciones continúan porque son *fuertes* —le dijo Sabine a la multitud. El Astrónomo dio un paso para acercarse más a Sigrid, sin dejar de ver a los lobos—. Escuchar a este niño escupir la propaganda de una bruja renegada...

—Ve al Sector de los Huesos —interrumpió Ithan—. Ruégale al Rey del Inframundo que te conceda una audiencia con mi hermano. Connor te dirá...

—Sólo la basura de la Casa de Flama y Sombra puede hacer esas cosas —se burló Sabine.

—Tu *heredera* —dijo Perry con autoridad silenciosa— está en esa Casa, Sabine.

Sabine le sonrió a Perry con un gesto fingido que hizo que Ithan viera rojo.

—Sigrid desertó a Tierra y Sangre.

La multitud volvió a empezar a murmurar.

—Y —continuó Sabine— vivirá aquí de ahora en adelante. Como su futura Premier Heredera.

El Astrónomo asintió. Su larga barba le rozaba el cinturón que ceñía sus túnicas.

—Después de convencer al Rey del Inframundo de liberarla bajo mi cargo, me duele volver a separarme de mi hija del corazón pero, por tu beneficio, lo haré. Sigrid es de ahora en adelante parte de tu Madriguera, una verdadera loba.

—No recuerdo haber aprobado esa petición —dijo una voz vieja y marchita. La multitud guardó silencio cuando vio al Premier salir cojeando por las puertas. Incluso el Astrónomo inclinó la cabeza en deferencia.

Sabine debió haberle dado instrucciones a Sigrid, porque la loba cayó de rodillas frente al Premier y agachó la cabeza.

—Abuelo —dijo con voz rasposa.

La gente ahogó un grito al escuchar su voz. El susurro ronco de una segadora.

El Premier miró la cara amarillenta de Sigrid. Sus ojos verde ácido. Las heridas en su garganta, en su cuello.

No dijo nada y dirigió sus ojos lechosos a Ithan. Estaban llenos de pesar y dolor.

Ithan tragó saliva, pero se mantuvo firme.

—Lo lamento. Yo... yo no tenía la intención de que las cosas sucedieran así —la atención de la multitud presionaba contra su piel como un peso—. Estaba intentando corregir las cosas.

—A expensas del futuro de los lobos —ladró Sabine.

Ithan pasó la mano por encima de su hombro y sacó el arma que había traído de la recámara de Bryce.

La espada Fendyr chilló cuando se liberó de su funda. Los ojos de Sabine se encendieron con furia y deseo...

Pero Ithan se arrodilló frente al antiguo Premier y agachó la cabeza. Levantó la espada y se la ofreció.

—No tengo ninguna intención de usurpar a los Fendyr —dijo Ithan sin separar la mirada del suelo—. Lo único que quiero es lo mejor para nuestra gente. Pensé que Sigrid podría ser... distinta, pero estaba equivocado. Estaba muy equivocado y lo lamento mucho.

Sabine dijo furiosa:

—Padre, no escuches a esta basura...

—Silencio —ordenó el Premier con una voz que Ithan no había escuchado en años. Se atrevió a levantar la vista hacia el anciano—. Escuché lo que dijiste —habló el Premier a Ithan—. Por las cámaras.

Sus ojos lechosos parecieron aclararse por un instante y revelar un vistazo del lobo poderoso y justo que había sido en el pasado.

—Danika sí adivinó lo que les compartiste a los demás. Ella lo sospechaba y me preguntó sobre ello. Y aunque yo llevaba mucho tiempo pensando lo mismo, me desaparté de la verdad. Era... más sencillo continuar que enfrentar la dolorosa realidad. Mantener la estabilidad, en vez de arriesgarnos a un futuro incierto —dijo el Premier.

Tomó la espada que Ithan le ofrecía. Su mano marchita temblaba con el esfuerzo de sostener la pesada arma.

—Permití que nuestra gente fuera forzada a servir en el Aux —continuó y miró a Perry—, incluso cuando sus almas de artistas lo aborrecían —los ojos de Perry brillaron con dolor—. Lo que Ithan les dijo es verdad. Siempre ha sido verdad, desde las Primeras Guerras y las atrocidades impronunciables que nuestra gente ha cometido por los asteri. Mi hija —una mirada a Sabine que gruñía suavemente— no quiso escuchar cuando le mencioné que los lobos podrían ser más, mejores, que lo que hemos sido. Pero mi nieta sí me escuchó.

El viejo lobo dejó escapar un pesado suspiro.

—Danika tal vez nos hubiera conducido a lo que éramos antes de permitir que los asteri nos domesticaran. Llevo mucho tiempo creyendo que la mataron por tener esa meta... asesinada por los poderes que desean mantener el *statu quo* —dijo el Premier y miró al lobo que se arrodillaba a sus pies—. Pero eso debe terminar —extendió la espada hacia Ithan—. Ithan Holstrom es mi heredero.

Un silencio anonadado se extendió por toda la multitud, por el mundo. Ithan no podía respirar.

—Y nadie más —terminó de decir el Premier.

Sabine se había quedado blanca como la muerte.

—Padre...

El Premier miró a su hija con frialdad.

—Te he dejado actuar sin control durante demasiado tiempo.

—He mantenido a nuestra gente, a esta ciudad, a salvo...

—En este momento te retiro tu título, tu rango y tu autoridad.

Sabine sólo pudo quedarse mirándolo. A su lado, los ojos verdes brillantes de Sigrid estaban fijos en los dos lobos.

El Astrónomo ahora estaba viendo en dirección de las distantes puertas al este, como si empezara a preguntarse si le había apostado al caballo equivocado.

—Tómala —le dijo el Premier a Ithan. Volvió a extender la espada.

Ithan sacudió la cabeza.

—Yo no vine aquí para...

—Te ofrecí ya una vez hacerte Alfa, Ithan Holstrom. Ahora te ofrezco hacerte Premier. No lo objetes.

Ithan no tomó la espada.

—Yo...

No tuvo oportunidad de terminar su rechazo.

En un momento estaba viendo la espada; al siguiente, Sabine se la había arrancado a su padre de las manos.

Y la clavó en la cara antigua del Premier.

La multitud estalló en gritos y alaridos. Por el rabillo del ojo, Ithan alcanzó a ver que Amelie arrastraba a Perry para alejarla.

El Premier cayó al piso frente a Ithan, con los ojos ciegos y cubierto de sangre. Si una medibruja llegara pronto, tal vez...

Sigrid se movió.

Ithan no pudo contener su grito de decepción cuando la segadora saltó sobre el cuerpo de su abuelo y presionó la boca contra sus labios marchitos. Inhaló profundo.

Una luz se encendió en la boca del Premier e iluminó sus mejillas ahuecadas. Luego Sigrid ya la estaba inhalando, bebiendo.

Su alma, su luzprístina...

Sigrid ladeó la cabeza y se tragó esa luz, su esencia. Su piel brilló cuando la luz pasó lentamente por su garganta, centímetro a centímetro.

No había manera de que el Premier regresara.

Sabine de todas maneras le cortó la cabeza. El Astrónomo, con la boca abierta y salpicado de sangre, había retrocedido un paso, mirando a Sigrid cuando dirigió su mirada verde hacia él, hambrienta...

Ithan tuvo sólo un instante para girar, para saltar de las escaleras antes de que Sabine blandiera la espada ensangrentada contra él. No podía apartar la mirada del Premier. De Sigrid, la segadora que él había creado y que se había comido el alma del viejo lobo, tan hambrienta como un vampiro...

—¡Ithan! —gritó Perry y él volvió a prestar atención y vio a Sabine lanzándose contra él, con la espada en el aire.

Dio un salto hacia atrás y apenas logró evitar que lo destripara.

—Esta espada —jadeó Sabine mientras seguía blandiéndola— es mía. El título es *mío*.

Ithan se transformó, tan rápido que incluso Sabine parpadeó.

Enorgullece a tu hermano.

Sabine movió la espada cuando Ithan atacó, un golpe poderoso que partiría en dos el cráneo incluso de este lobo.

Ithan saltó directo a la espada. Cerró la mandíbula alrededor de ella.

Los ojos de Sabine reflejaron su sorpresa cuando Ithan mordió y sintió el sabor del metal.

Y despedazó la espada Fendyr entre sus dientes.

74

La mayoría de los que estaban en la multitud huyeron en cuanto Sigrid empezó a alimentarse del alma del Premier. Pero Perry y Amelie, junto con Gideon, permanecieron cerca de los árboles, viendo a Sabine e Ithan.

Sabine miró las siete astillas en que se había roto la espada Fendyr y luego levantó su mirada furiosa hacia Ithan.

Ithan volvió a transformarse a su cuerpo humanoide con un destello casi instantáneo.

—Es sólo un pedazo de acero —dijo jadeando. El sabor metálico de la espada permanecía en su boca—. Todos estos años has estado obsesionada con ella, resentida con Danika por tenerla... Es sólo un pedazo de metal.

Las garras de Sabine brillaron. Retractó los labios para mostrar sus colmillos y gruñó.

Detrás de ella, Sigrid estaba acercándose al Astrónomo, quien había caído al suelo y estaba arrastrándose hacia atrás con las manos arriba. El hombre suplicó:

—¿No te traté bien, no te aparté del control del Rey del Inframundo...?

El Astrónomo no tuvo oportunidad de suplicar más. Sigrid, ya fuera por rencor o por obedecer a su hambre, no le dejó al anciano ni siquiera tiempo para gritar antes de saltarle encima y colocar la boca sobre la suya.

Incluso Sabine hizo una pausa para ver cómo Sigrid le clavaba la mano con garras en el pecho y le arrancaba el corazón aún latiente al mismo tiempo que inhalaba profundamente y esa luz brillante, la luzsecundaria, de su alma subió por su cuerpo y hacia sus bocas fusionadas.

No era problema de Ithan. No en este momento. Volvió a ver a Sabine y dejó escapar su propio gruñido largo y profundo.

Sabine arrugó la nariz.

—Tú no eres un Alfa, cachorro —gruñó y se abalanzó sobre él.

Ithan atacó. Fue una carrera directa hacia las garras de la muerte que lo aguardaban.

Sabine saltó hacia él e Ithan se agachó, se deslizó y tomó la astilla más grande de la espada y la levantó alto...

La sangre empezó a llover y Sabine gritó cuando cayó sobre el pasto con un golpe seco. Ithan se puso de pie y giró. Sabine estaba agachada sobre el suelo con una mano presionada contra su abdomen, como si eso fuera a evitar que se le salieran los órganos que ya se desparramaban sobre el pasto.

Estaba vagamente consciente de que Sigrid, detrás de él, se estaba tragando el alma agonizante del Astrónomo y dejaba caer su cadáver inmóvil sobre las rocas de la escalera.

Pero Ithan se acercó lentamente a Sabine y no había nadie más en el mundo, ninguna tarea salvo ésta. Sabine levantó los ojos furiosos y llenos de dolor hacia él.

—Todo lo que he hecho —jadeó Sabine— ha sido por los lobos.

—Ha sido por ti misma —escupió Ithan, deteniéndose frente a ella.

Ella rio y reveló sus dientes cubiertos de sangre.

—Los llevarás a la ruina.

—Ya veremos —fue todo lo que dijo Ithan antes de volverse a transformar a su cuerpo de lobo con esa velocidad sobrenatural.

Sabine vio al lobo a los ojos y pudo ver ahí su propia muerte. Abrió la boca para hablar, pero Ithan no le dio oportunidad. Ya había envenenado suficiente el mundo con su veneno.

Un salto, un crujido de sus mandíbulas imposiblemente fuertes, y todo terminó.

Con esa fuerza adicional que había ganado, había roto el acero de la espada. Romper carne y hueso no era nada en comparación.

Pero cuando la sangre de Sabine tocó su lengua, su visión se tornó roja, ardiente, quemante. Era pura rabia y gruñidos y colmillos. Era sangre y entrañas y furia primigenia...

—Ithan.

La voz temblorosa de Perry lo sacó de su frenesí. De lo que le había hecho al cuerpo de Sabine. Tenía la boca cubierta de su sangre, su carne atorada entre los dientes...

—Están viendo —exhaló Perry y se acercó a él.

Todavía en su forma de lobo, Ithan empezó a voltear hacia los testigos de su salvajismo, pero Perry le dijo: «No mires» y se arrodilló frene a él. Inclinó la cabeza hacia atrás y dejó su cuello expuesto.

—Yo cedo —dijo. Y agregó un instante después—: Yo cedo ante el Premier.

Las palabras tuvieron un efecto en él, uno de desesperación y sofocamiento. Pero no pudo resistirlo, el instinto de acercarse y apretar suavemente con los dientes el cuello delgado de Perry. Tomar ese sabor de canela y fresa en su boca.

Aceptar su sumisión a él. Su reconocimiento.

Se escucharon pasos cerca. Entonces Amelie ya estaba ahí, con el rostro pálido por el shock...

Pero ella, también, cayó de rodillas. Expuso su cuello.

La alternativa era someterse a él o morir. Como rival potencial, él no hubiera tenido alternativa salvo matarla. Una mirada a sus espaldas lo hizo darse cuenta de que el cadáver del Astrónomo estaba tirado en las escaleras y su sangre escurría por los escalones. Pero Sigrid había desaparecido. Como si supiera que Ithan iría tras ella después.

Algo se relajó en él y cerró también la mandíbula suavemente alrededor del cuello de Amelie, aceptando su rendición. Era un sabor más amargo y viejo comparado con la dulzura de Perry, pero la aceptó de cualquier manera.

—Salve, Ithan —dijo Amelie con una voz que podían escuchar todos—. Premier de los lobos valbaranos.

En respuesta, un coro de aullidos se elevó desde la Madriguera. Luego la ciudad. Luego el campo más allá de los muros de la ciudad. Como si todo Midgard lo estuviera reconociendo.

Cuando cesó, Ithan inclinó su cabeza de lobo hacia el cielo y dejó escapar su propio aullido. Triunfo y dolor y duelo.

Enorgullece a tu hermano.

Y cuando su aullido dejó de hacer eco, podría haber jurado que escuchó el aullido de un lobo flotar desde el mismo Sector de los Huesos.

75

Ruhn no reconoció su ciudad.

El Istros estaba lleno de buques de batalla imperiales. Había necrolobos recorriendo las calles. La Guardia Asteriana se había unido a la 33ª.

Y los Prados seguían humeando al norte, columnas de humo que se elevaban hacia el cielo impactantemente azul.

Pero lo que más lo inquietaba era el silencio mientras él y Lidia avanzaban por el sistema de alcantarillado en dirección al Comitium. Flynn y Dec se habían separado de ellos unas cuadras atrás para investigar si en el cuartel del Aux corría algún rumor de dónde podrían estar Isaiah y Naomi. Si lograban interceptar a Isaiah y Naomi en el Comitium, se ahorrarían muchas horas de búsqueda.

Luego venía la parte difícil: encontrar un sitio seguro para reunirse con ellos el tiempo suficiente para explicarles todo. Pero por el momento, estaba concentrado en encontrar a los dos miembros del triarii de Celestina. E intentar que no lo capturaran en el proceso.

—Esto debería llegar a un túnel que nos llevará directamente debajo del Comitium —le dijo Ruhn a Lidia y mantuvo su voz baja. El drenaje parecía vacío, pero en Ciudad Medialuna alguien siempre estaba observando. Escuchando.

—Cuando entremos al edificio —dijo ella—, puedo llevarnos a sus barracas.

—¿Estás segura de que sabes dónde están las cámaras...?

Ella lo miró.

—Era mi trabajo saber dónde estaban cuando Ephraim hizo su visita. Tanto como la Cierva como en mi rol de la agente Daybright. Podría navegar en ese lugar con los ojos vendados.

Ruhn exhaló.

—Está bien. Pero cuando lleguemos a las barracas...

—Entonces esas sombras que tienes van a entrar en acción y nos ocultaremos hasta que aparezcan Isaiah y Naomi. A menos que ya estén ahí y que podamos verlos a solas.

—Bien. De acuerdo —dijo él y movió el cuello para estirarse.

Ella lo miró.

—Pareces... nervioso.

Él resopló.

—Es mi primera misión con mi novia. Quiero impresionarla.

Los labios de Lidia se curvaron un poco hacia arriba y Ruhn los condujo hacia otro túnel.

—¿Entonces soy tu novia? —preguntó ella.

—¿Está... estás de acuerdo?

Ella le sonrió con sinceridad. La hacía verse más joven, más ligera... la persona que podría haber sido si Urd no la hubiera llevado por un camino de vida particularmente jodido. Lo dejó sin aliento.

—*Ajá*, Ruhn. Estoy de acuerdo.

Él le devolvió la sonrisa y recordó cómo ella lo había reprendido cuando se encontraron la primera vez por decir «ajá», por ser tan informal.

Adelante, Ruhn vio que se aproximaban a la puerta de metal abollado que decía *No entrar*.

—Ésa es prácticamente una invitación —dijo él y se ganó una risa de Lidia cuando pateó la puerta.

Ver los buques de batalla imperiales en el Istros le robó a Tharion toda la felicidad de sentir el olor familiar y atrayente del río. También lo hacía la presencia de los Omegas que estaban atracados en los muelles. Y justo junto al Muelle Negro... el *SPQM Faustus*. El mismo Omega del que apenas habían logrado escapar aquel día en Ydra.

No se había atrevido a aventurarse a la parte más al norte de la ciudad para ver el daño en Prados de Asfódelo. No estaban ahí para eso y él sabía que no vería nada que lo hiciera sentir mejor. La ciudad estaba extrañamente silenciosa. Como si estuviera de luto.

Con el rostro y el cabello escondidos bajo una gorra de solbol, Tharion miró con rabia la armada durante tanto tiempo en el muelle que Sathia le advirtió:

—Atraerás la atención a nosotros con tanta mirada furiosa.

—Debería echarme al agua y hacerles agujeros en los cascos —gruñó Tharion.

—Concéntrate —dijo ella—. Si haces eso, no lograremos conseguir lo que vinimos a hacer —le frunció el ceño a los barcos—. Lo cual claramente sigue siendo necesario.

—Tienen a la ciudad como rehén.

—Mayor razón para suplicarle a la Reina del Río que acepte a la gente.

Lo único que Tharion notaba en la cara en forma de corazón de Sathia era una fría determinación.

—Tienes razón —dijo. Dejó escapar un silbido y esperó.

Una nutria con chaleco amarillo intenso saltó al muelle, chorreando agua por todas partes. Se paró en las patas traseras frente a Tharion, movió los bigotes y salpicó unas gotas de agua.

Sathia sonrió.

—Detente —murmuró Tharion—. Eso sólo las alienta para ser más tiernas.

Ella se mordió el labio y, aunque eso lo distraía mucho, Tharion se concentró lo suficiente para decirle a la nutria:

—Dile a la Reina del Río que Tharion Ketos quiere una reunión.

Los bigotes volvieron a moverse.

Sathia agregó:

—Por favor.

Tharion hizo un esfuerzo por no poner los ojos en blanco, pero también agregó:

—Por favor.

Sacó una moneda de oro y dijo:

—Y que sea rápido, amigo.

La nutria tomó la moneda entre sus deditos negros y le dio la vuelta. Le brillaron los ojos por la enorme cantidad de dinero. Con un movimiento de su cola larga, saltó de regreso al agua cristalina y turquesa sin casi hacer olas y se marchó.

Tharion lo vio nadar con elegancia hacia las profundidades, luego desaparecer en la oscuridad, hacia la Corte Azul Debajo. La única señal de vida abajo eran las diminutas luces brillantes.

—¿Ahora qué? —preguntó Sathia y volvió a mirar los buques de batalla en los muelles del río. Si alguno de los soldados reconocía a Tharion...

Él se acomodó la gorra de solbol sobre el cabello.

—Ahora nos iremos a las sombras a esperar.

—Esto no me parece seguro —dijo Ember por quinta vez mientras Bryce estaba parada frente al arco de la Fisura Septentrional. Hunt esperó diez pasos atrás de ella, sintiendo cómo se le congelaban las plumas—. Esto parece lo opuesto a seguro. Estás abriendo *la Fisura Septentrional al Averno*. ¿Y se supone que debemos creer que estos demonios, estos príncipes, por el amor de Urd, son *buenos*?

—No estoy segura de que sean buenos —dijo Bryce—, pero están de nuestro lado. Confía en mí, mamá.

—Confía en ella, Ember —dijo Randall, pero por la tensión de su voz, Hunt sabía que el hombre no estaba demasiado contento tampoco.

—Cuando estés listo, Athalar —le gritó Bryce.

—Pensé que ya no necesitabas que te cargara—dijo Hunt—. En especial con todo ese poder adicional que ya tienes.

—No quiero intentarlo sola —dijo Bryce—. Hay demasiadas cosas en juego como para poner a prueba mis nuevas habilidades.

—Apuesto que podrías hacerlo —gritó Hunt más fuerte que el viento—, pero está bien. A las tres.

Bryce se quedó quieta y enderezó los hombros.

Hunt reunió sus relámpagos. Le rezó a todos los dioses, aunque básicamente se la habían pasado jodiéndole la vida. El poder de sus relámpagos se sentía familiar, pero repentinamente distinto. *Fuego del Averno*, lo había llamado Apollion.

Respuestas, al fin respuestas sobre por qué era lo que era, sobre por qué él y nadie más tenía los relámpagos. Incluso los pájaros de trueno, hechos por el Averno, habían sido cazados hasta la extinción por los asteri. Con la muerte de Sofie, habían desaparecido de verdad.

Aunque la resurrección de la Arpía (otra cosa que era su puta culpa) sugería que los asteri ahora tenían otros métodos para resucitar a los muertos.

Sólo si podían hacerse de más de sus relámpagos. Preferiría morir.

—Una... —exhaló Hunt y levantó la mano envuelta en relámpagos.

Señor de los Relámpagos, lo había llamado el Oráculo.

—Dos...

¿El Oráculo había visto lo que él era, de dónde provenía su poder, aquel día?

Me recuerdas lo que se perdió hace mucho tiempo. Los pájaros de trueno, cazados hasta la extinción.

¿Era el viento lo que agitaba la parka de Bryce o estaba temblando mientras esperaba el golpe? Hunt no se concedió ni un momento más para reconsiderarlo. Para detenerse.

—*Tres.*

Aventó la lanza de relámpagos hacia su pareja.

76

Al igual que aquel día en el palacio de los asteri, cuando saltó de su propio mundo a otro, los relámpagos de Hunt atravesaron la espalda de Bryce, a través del Cuerno, hacia la estrella en su pecho, y salieron hacia la Puerta.

Ember gritó aterrada e incluso Randall dio un paso atrás, pero Hunt dejó que sus relámpagos fluyeran hacia Bryce, mantuvo un flujo constante entre ellos.

—Abre —dijo Bryce y su voz se pudo escuchar en el viento. Una franja de oscuridad empezó a crecer en el centro de la Puerta.

Hunt concentró más relámpagos hacia ella y la franja se empezó a ensanchar, centímetro a centímetro.

La Fisura Septentrional estaba fija en el Averno... hasta hoy. Hasta que su poder había pasado no sólo por el Cuerno en Bryce, sino por la estrella en su pecho también, ese vínculo con un mundo distinto. Reorientó la Puerta, como había hecho aquel día en el Palacio Eterno, para que abriera en otro lugar. Ésa era su teoría, al menos. Nadie había intentado manipular la Fisura Septentrional para que abriera en otro lugar que no fuera el Averno, pero...

—Es suficiente, Hunt —advirtió Ember.

Hunt no le hizo caso y lanzó otro pico de poder hacia su pareja. El cabello de Bryce empezó a flotar. La nieve y el hielo flotaban también, pero ella conservó una calma extraña hasta que el vacío llenó por completo toda la enorme Puerta.

Hunt cesó de enviar sus relámpagos y corrió al sitio donde Bryce estaba parada frente a un muro de oscuridad.

Oscuridad... salpicada de luz de estrellas.

Una mujer con el cabello castaño-dorado estaba sentada en una silla frente a la chimenea al otro lado. Toda esa oscuridad era el cielo estrellado al otro lado de sus ventanas.

Y su rostro era el retrato del asombro absoluto cuando Bryce levantó la mano como saludo y dijo:

—Hola, Nesta.

La Reina del Río estaba sentada en su silla frente al panel de una computadora en el cuarto de control que conectaba con la esclusa oeste, un trono provisional en este espacio estéril y utilitario. El técnico que operaba la computadora había dejado la habitación casi corriendo cuando la reina dio su orden.

Tharion estaba muy consciente de que la esclusa podía lavarse con facilidad para eliminar cualquier resto de sangre. Un cuerpo que fuera expulsado por ahí llegaría directamente con los sobeks que daban vueltas en el exterior, como segadores.

Si Sathia se había percatado de esos detalles, si entendía que ella y Tharion habían sido traídos aquí solamente por la conveniencia para deshacerse de sus cuerpos, no dejó que se le notara.

Su esposa sólo hizo una reverencia, un movimiento agraciado hacia abajo, que contrastaba con su ropa informal de *leggins* y suéter blanco. El casimir ya estaba manchado de tierra y rasgado del dobladillo de la parte inferior.

—Su Majestad —dijo Sathia con voz educada pero no amenazante—. Es un honor conocerla.

Los ojos oscuros de la Reina del Río miraron a Sathia.

—¿Se supone que debo abrir los brazos a la mujer que usurpó a mi hija?

Sathia ni siquiera parpadeó.

—Si mi unión con Tharion le provocó dolor o si la ofendió, entonces le ofrezco mis más sinceras disculpas.

Una pausa, demasiado larga para ser reconfortante. Tharion levantó la vista hacia la Reina del Río y la vio observándolo. Su mirada era fría. Cruel. Nada impresionada.

—Supongo —dijo la Reina del Río— que necesitas algo de mí con urgencia, si has regresado arriesgándote a enfrentar mi furia.

Tharion agachó la cabeza.

—Sí, Su Majestad.

—Y trajiste contigo a tu *esposa*... ¿para qué? ¿Para suavizarme? ¿O como escudo detrás del cual esconderte?

—Considerando que apenas me llega al pecho —dijo Tharion con sequedad—. No creo que sirva mucho de escudo.

Sathia lo vio molesta, y la Reina del río frunció el ceño.

—Siempre haciendo chistes. Siempre haciendo el tonto —ondeó una mano adornada con anillos de concha y coral hacia Sathia—. Supongo que debo desearte felicitaciones por tus nupcias, pero en vez de eso, te deseo suerte. Con un hombre así por esposo, la necesitarás en grandes cantidades.

—Lo agradezco —dijo Sathia con tanta sinceridad que Tharion casi lo creyó también—. Que sus buenos deseos vayan directo a los oídos de Urd.

Bien, tal vez había subestimado a su esposa. Ella se veía más cómoda en esta situación que él.

De hecho, la Reina del Río parecía tan intrigada por la gracia de Sathia bajo estas circunstancias que le dijo:

—Bueno, Tharion. Escuchemos qué era tan importante para que te atrevieras a volver a entrar en mi reino.

Él se paró con las manos detrás de la espalda, dejando el pecho expuesto como sabía que prefería la Reina del Río. No vio su cuchillo irregular de vidrio marino en ninguna parte, pero ella siempre lo traía consigo.

—Estoy aquí a nombre de Bryce Quinlan, Reina de las Hadas Valbaranas y de Avallen, para solicitar asilo en la Corte Azul para la gente de Ciudad Medialuna.

Otra pausa larga.

—¿Reina, dices? —dijo la Reina del Río—. ¿De las hadas valbaranas y de Avallen? —deslizó su mirada hacia Sathia, como representante de las hadas, supuso él.

Sathia bajó la barbilla.

—Bryce Quinlan ahora gobierna ambos territorios. Yo le sirvo a ella, al igual que Tharion.

Unos ojos tan negros e insondables como los de un tiburón se movieron hacia Tharion. Los mismos ojos de su hermana, la Reina del Océano, se dio cuenta él.

—¿Se supone que debo estar complacida de escuchar que nuevamente has desertado?

—Hice lo que mi moral me exigió —dijo Tharion.

—Moral —dijo pensativa la Reina del Río—. ¿Qué moral tienes aparte de asegurarte a toda costa de tu propia supervivencia? ¿Fue tu *moral* la que te guio cuando tomaste la doncellez de mi hija, le juraste amor hasta el día de tu muerte y luego jugaste con su cariño durante la siguiente década?

Carajo.

Pero Sathia contestó por él con esa calma inamovible.

—Esos fueron errores de juventud... errores sobre los cuales Tharion ha reflexionado y de los cuales ha aprendido.

La Reina del Río fijó su atención en Sathia de nuevo.

—Ah, ¿sí? ¿O será la miel envenenada que también vertió en tu oído para conquistarte?

—Él me trajo frente a usted —dijo Sathia—. Prueba de que está dispuesto a hacerse responsable de sus actos.

Para hablarle así a la Reina del Río, se tenía que ser una persona especial. Para no ceder ni un centímetro, no temblar ante su poder, su rostro sin edad.

Los ojos de la Reina del Río se entrecerraron. Era claro que estaba pensando algo similar.

—¿Y esta *Reina Bryce* pensó que Tharion era el mejor emisario para suplicarme que le hiciera este enorme favor?

Sathia no bajó la barbilla.

—Ella recordó cómo Tharion y su gente trajeron tan valiente y desinteresadamente a muchos inocentes a este lugar para ponerlos a salvo durante el ataque de esta primavera.

Maldición, era buena.

La Reina del Río ondeó una mano hacia la ventana que veía a las profundidades y los monstruos que acechaban más allá.

—¿Y tiene una buena razón para que no mate a Tharion aquí mismo y eche su cuerpo a las bestias del río?

Sathia ni siquiera volteó a ver a los sobeks que daban vueltas fuera.

—Porque él ahora es súbdito de la Reina Bryce. Si usted lo mata, tendrá que enfrentar a las hadas.

Un destello de unos pequeños dientes afilados.

—Tendrían que llegar Debajo primero.

Sathia no dudó ni un instante.

—Creo que no sería lo más conveniente que su ciudad quedara bajo sitio.

Dioses, su esposa tenía valor. Tharion sabiamente eliminó toda reacción de su expresión, pero por Ogenas, si sobrevivían a esto, quería que Sathia le enseñara todo lo que sabía.

La Reina del Río sonrió, pero ladeó la cabeza antes de cambiar de tema.

—¿Cómo es que esa chica ahora tiene tanto poder?

—Ésa es una historia que le corresponde contar a mi reina —dijo Sathia y colocó las manos a su espalda—, pero tiene aliados poderosos. En este mundo y en otros.

—¿Otros?

Tharion se atrevió a decir, imitando el aplomo y calma de su esposa:

—Bryce tiene como aliados a los Príncipes del Averno.

—Entonces es una enemiga de Midgard. Y una imbécil también, si está buscando esconder a la gente de esta ciudad de los demonios con quienes se piensa aliar.

—No está buscando protegerlos de la gente del Averno —dijo Tharion—, sino de la ira de los asteri.

La Reina del Río parpadeó despacio.

—Me estás pidiendo que me posicione en contra de la República.

—Lo que sucedió en los Prados de Asfódelo fue una desgracia —dijo Tharion con voz peligrosamente grave—. No posicionarse en contra de la República por algo de esta naturaleza significa ser cómplice de la masacre.

Sathia le lanzó una mirada de advertencia, pero la Reina del Río lo estudió. Como si no lo hubiera visto en realidad hasta este momento.

Abrió la boca y la esperanza creció en el pecho de Tharion...

Pero entonces una puerta interior de la habitación siseó y se abrió y entró la hija de la Reina del Río, furiosa; la rabia y la tristeza contraían su hermoso rostro. Gritó:

—*¿Cómo pudiste?*

—*¿Eso es un Príncipe del Averno?* —susurró Ember unos pasos atrás de Bryce con los dientes castañeteando por el frío.

—*¿Parece* un príncipe? —siseó Randall de regreso. La nieve crujía mientras daba saltos de un pie al otro para mantener el calor.

—Bryce dijo que Aidas apareció ante ella en la forma de un gato, así que quién sabe...

—Oigan —murmuró Bryce mientras Nesta se levantaba lentamente de su silla frente a la chimenea. Una daga había aparecido de alguna manera en la mano de la mujer, como si hubiera estado oculta bajo el cojín.

Había funcionado. Habían logrado hacer que la Fisura Septentrional abriera hacia otro sitio que no era el Averno.

—¿Qué estás haciendo? —dijo Nesta y Bryce se dio cuenta en ese momento que ninguno de los demás la podía entender, lo cual dejó a Bryce como traductora.

Así que Bryce le murmuró a Hunt, que tenía los ojos muy abiertos pero estaba listo para entrar en acción:

—Dame un minuto.

Y volteó a ver a Nesta.

—No te voy a hacer daño ni a ti ni a tu mundo —le dijo Bryce a Nesta en su idioma.

—¿Entonces por qué hay un portal gigante en mi sala? —preguntó Nesta. Sus ojos azul grisáceo brillaban con violencia depredadora. Un poco de sus flamas plateadas empezaba a acumularse en las puntas de sus dedos. ¿Soportaría el fuegoastral de Bryce? ¿En especial con la fuerza de ese poder elevado en su cuerpo?

Pero no había venido aquí para eso.

—Necesito hablar contigo.

—¿Cómo sabías que estaría sola?

—No lo sabía. Urd me hizo el favor.

La daga y las flamas plateadas no desaparecieron.

—Cierra ese portal.

—No hasta que te diga lo que tengo que decir.

Las flamas de plata ahora brillaban en los ojos de Nesta.

—Entonces dilo y vete —su mirada bajó hacia el costado de Bryce—. Y devuelve la daga que robaste.

Bryce ignoró eso y tragó saliva.

Ember le siseó a Randall:

—*Creo que no está yendo bien.*

Randall la calló.

Pero la mirada de Nesta se deslizó hacia Hunt... las alas con plumas, los relámpagos que bailaban en su mano, el halo en su frente.

—¿Es tu pareja?

Bryce asintió y le hizo un gesto a Hunt para que diera un paso al frente.

—Hunt Athalar —nunca volvería a usar el puto *Danaan.* Para ninguno de los dos.

Hunt se acercó y agachó la cabeza. Bryce podría haber jurado que los relámpagos le cruzaron los ojos, como si el poder que había invocado, suficiente para abrir la Fisura Septentrional, lo estuviera alterando.

Pero Nesta sólo lo miró con gesto imperioso y luego volteó a ver a Bryce.

—¿Qué quieres?

Bryce enderezó los hombros.

—Necesito que me des la Máscara.

77

—¿Es una petición o una amenaza? —preguntó Nesta en voz baja e incluso con el portal entre ellas, el suelo pareció vibrar ante el poder de la mujer.

—Es una súplica. Una maldita súplica desesperada —dijo Bryce y le enseñó las palmas de las manos a la mujer para rogarle—. Necesito una ventaja contra los asteri. Para destrozarlos.

—No —dijo Nesta. Su mirada no tenía nada de piedad—. Ahora, cierra el portal y vete —miró por encima de su hombro, hacia donde las estrellas parecían estarse apagando a la distancia—. Antes de que el alto lord llegue y te haga trizas.

—¿Qué es eso? —murmuró Hunt al notar que la oscuridad estaba entrando.

—Rhysand —murmuró Bryce y luego le dijo a Nesta—. Por favor. No la necesito para siempre. Sólo... hasta terminar. Luego la devolveré.

Nesta rio, era hielo puro.

—¿Esperas que confíe en una mujer que intentó engañarnos y sacar ventaja a cada paso del camino?

—*Sí* fui más lista para sacar ventaja —dijo Bryce con frialdad y los ojos de Nesta centellearon ante el desafío—. Pero eso no tiene que ver ahora. Mira, entiendo, la Máscara es increíblemente poderosa y peligrosa. Yo no confiaría en nadie que me pidiera el Cuerno tampoco, pero mi mundo la necesita.

Nesta no dijo nada.

La oscuridad seguía acercándose. Una furia se escapaba de ella, junto con una rabia primigenia. Bryce dio un paso al frente y la daga de Nesta se alzó hacia ella.

—Por favor —volvió a decir Bryce—. Prometo que devolveré la Máscara y La que Dice la Verdad. Después de hacer lo que necesito hacer acá.

—Debes pensar que soy una tonta si crees que voy a entregarte una de las armas más mortíferas de mi mundo. En especial cuando los monstruos de *tu* mundo han querido conseguirla junto con el resto de los Tesoros del Miedo por milenios. Eso sin mencionar que poca gente puede usar la Máscara y vivir. Si te la pones, es probable que mueras.

—Es un riesgo que estoy dispuesta a correr —dijo Bryce con tranquilidad.

—¿Y se supone que yo debo confiar en que tú, después de todo lo que hiciste aquí, vas a devolver la Máscara sólo por la bondad de tu corazón?

Bryce asintió.

—Sí.

Nesta rio sin humor y miró hacia la oscuridad que se acercaba.

—Lo único que tengo que hacer es esperar a que llegue, sabes. Entonces desearías haber cerrado el portal.

—Lo sé —dijo Bryce y sintió que se le hacía un nudo en la garganta—. Pero te estoy suplicando. Los asteri acaban de exterminar una comunidad entera de humanos en mi ciudad. Familias —las lágrimas le ardían en los ojos y el viento helado amenazaba con congelarlas—. Mataron *niños*. Para castigarme. Para castigar a mi pareja —Bryce hizo un movimiento para señalar a Hunt— por escapar de sus garras. Esto tiene que terminar... tiene que detenerse en *alguna parte*.

La rabia helada en los ojos de Nesta parpadeó.

Bryce no podía controlar las lágrimas que rodaban por sus mejillas y se convertían instantáneamente en hielo.

—Sé que no confías en mí. No tienes razón para hacerlo. Pero prometo que devolveré la Máscara. Traje algo en garantía... para demostrar que mis intenciones son buenas. Que *sí* la devolveré.

Y, con eso, Bryce movió a sus padres hacia adelante. Ember y Randall la miraron con cautela, pero se acercaron más al portal.

A Bryce le destrozaba el corazón hacerlo, pero le dijo con firmeza a Nesta:

—Ellos son mis padres. Ember Quinlan y Randall Silago. Te los voy a dar... para que se queden en tu mundo hasta que yo destruya a los asteri y te devuelva la Máscara.

Los ojos de Nesta destellaron por la sorpresa, pero controló su expresión al instante y enderezó los hombros.

—¿Y si mueres en el proceso?

—Entonces mis padres estarán más seguros en tu mundo que en el mío.

—Pero la Máscara estará en el tuyo. En manos de los asteri.

—No tengo nada mejor que ofrecerte que esto —dijo Bryce con la voz entrecortada.

—No se trata de ofrecerme nada.

Bryce ahogó su sollozo y sus padres voltearon a verla, confundidos y confiados, enojados por ella sin saber por qué.

—Bryce —dijo Hunt atento a la tormenta que se aproximaba—, debemos cortar la conexión.

Sólo Hunt sabía la cosa horrible que estaba haciendo. Cómo la había destrozado dejar atrás a Cooper, porque hubiera sido demasiado sospechoso insistir que él viniera a una misión tan peligrosa. Pero Baxian, Fury y June lo cuidarían... y Syrinx.

—¿Bryce? —preguntó su madre—. ¿Qué está sucediendo?

Bryce no podía detener las lágrimas cuando miró a su madre, a su padre. Posiblemente por última vez.

—Nada —respondió y volvió a enfrentar a Nesta— Si no me vas a dar la Máscara —le dijo a la mujer—, de todas maneras llévatelos.

Nesta parpadeó.

—Llévate a mis padres —dijo Bryce con la voz entrecortada—. No tienen idea de por qué están aquí ni de quién eres tú o qué es tu mundo. Creen que estoy hablando con alguien en el Averno. Pero llévatelos y mantenlos a salvo. Sólo te pido eso.

Nesta estudió a Bryce, luego a su madre y a su padre. Colocó la daga en una mesa cerca de su silla.

—Los dejarías en mi mundo... y posiblemente no los volverías a ver.

—Sí —dijo Bryce—. Necesito a Hunt para que me ayude contra los asteri, pero mis padres son humanos. Serán un blanco fácil para los asteri, ya están siendo perseguidos por ellos. Son buenas personas —dijo e intentó controlar otro sollozo—. Son las mejores personas.

—Bryce —dijo Randall con suficiente advertencia en su voz para que ella se diera cuenta que él también había visto la oscuridad que se acercaba y que supiera que algo no estaba saliendo bien con este plan.

Pero Bryce no podía mirar a sus padres. Sólo a Nesta.

El fuego de plata en los ojos azul grisáceo de la mujer disminuyó. Luego desapareció.

Nesta extendió la mano hacia Bryce. Algo dorado brillaba en ella.

La Máscara.

—Para lo que te pueda servir —dijo Nesta en voz baja—, la puedes tomar prestada.

Una mirada a sus padres le dijo a Bryce lo suficiente: aceptaría la garantía.

Bryce tragó saliva. Hunt murmuró:

—¿Qué carajos *es* esa cosa?

Como si pudiera percibir el poder antiguo e insondable que emitía la Máscara en la mano de Nesta.

Pero Bryce dijo «Gracias» y estiró la mano hacia Nesta. Podría jurar que el mundo mismo, todos los mundos, se estremecieron cuando la mano de Nesta cruzó a Midgard y le entregó la Máscara a Bryce.

Entonces ya estaba en los dedos enguantados de Bryce y era maldita y vacía y cruel... pero la estrella en su pecho pareció ronronear en su presencia.

Bryce la guardó en su chamarra y cerró el zíper. Vibraba contra su cuerpo, su latido antiguo hacía eco en sus huesos. Su luzastral pareció centellear en respuesta. Como si el fragmento que estuviera ahí dentro de Theia conociera la Máscara y se alegrara de volverla a ver.

—Gracias —dijo Bryce de nuevo. La oscuridad ya había cubierto toda la ciudad bajo la ventana de Nesta.

—Buena suerte —susurró Nesta.

Bryce inclinó su cabeza en agradecimiento. Y con un movimiento de cabeza sutil a Hunt...

El poder del ángel golpeó a sus padres. No con relámpagos, sino un viento de tormenta a sus espaldas. Los empujó al otro lado del portal, a través de la Fisura Septentrional y hacia el mundo de Nesta.

—¡Bryce! —gritó su madre mientras se tropezaba, pero Bryce no esperó. No dijo nada e hizo que el Cuerno cortara la conexión, colapsando el puente entre sus mundos. La última imagen que tuvo fue de la oscuridad, del poder de Rhysand que chocaba contra las ventanas de la habitación de Nesta, el rostro indignado de su madre, de Randall buscando su rifle...

La nieve y la niebla regresaron. La Fisura estaba cerrada. Y sus padres estaban al otro lado.

Bryce sintió que las rodillas se le doblaban. Hunt le puso una mano en el codo.

—Tenemos que irnos de aquí.

Tenía la Máscara. Y el Cuerno. Y la estrella de Theia. Y las armas. Tenía que ser suficiente para enfrentar a los dioses vivientes.

—Bryce, tenemos que irnos —dijo Hunt con voz más fuerte—. ¿Puedes teletransportarnos de regreso al muro?

Debía sentir alivio al saber que sus padres estaban en ese otro mundo, con gente que ella sabía era decente y amable, pero su madre nunca se lo perdonaría. Randall nunca se lo perdonaría. No sólo por arrojarlos a ese mundo, sino por dejar atrás a Cooper.

—Qué *carajos* —siseó Hunt y Bryce volteó justo en el momento que la empujaba detrás de él.

Justo cuando la Arpía, vestida de blanco para camuflase con la nieve, bajó desde la niebla. Incluso sus alas negras estaban pintadas de blanco para pasar desapercibida.

Entre la niebla arremolinada, era tan horrible como Bryce la recordaba, pero su rostro... No había nada vivo ahí, nada remotamente consciente. Era un cascarón. Un huésped. Con una misión: *matar.*

78

Cualquier esperanza de tener éxito se desvaneció en Tharion cuando la hija de la Reina del Río se lanzó sobre el regazo de su madre y sollozó.

—¿Te casaste con *ella*?

Ésas fueron las únicas palabras que él alcanzó a distinguir entre su llanto.

Sathia solamente veía a la chica, como si se le hubiera acabado toda la cortesía que había estado usando para su beneficio. La Reina del Río acarició la cabellera oscura de su hija y murmuró frases tranquilizantes, pero sus ojos brillaban con odio puro hacia Tharion.

El mer empezó a decir:

—Yo...

Pero no pudo encontrar las palabras adecuadas.

La hija de la Reina del Río levantó la cabeza al escuchar su voz. Tenía la cara llena de lágrimas. El río afuera tembló, estremeció a la Corte Azul.

—¿Te vendiste a una ramera hada? —olfateó a Sathia—. ¿Con *tierra* en las venas? ¿Ni siquiera una gota de agua que te llamara?

Sathia escuchó los insultos con el rostro impasible, lo cual le permitió a Tharion observar cómo había sido tratada toda su vida. No le gustó saberlo.

Fue suficiente para animarlo a responder.

—Su magia es la magia de las cosas que crecen, de la vida y de la belleza. No de ahogarse y asfixiarse.

La hija de la Reina del Río se puso de pie lentamente.

—¿Te *atreves* a hablarme de esa manera?

Y ante su furia petulante, ante la rabia de su madre... ya se había hartado.

Tharion señaló la ventana. No a los sobeks, sino la superficie que quedaba demasiado lejos para que la alcanzaran a ver.

—¡Hay *buques de guerra imperiales* en este río! ¡Prados de Asfódelo es una *ruina* humeante, con cadáveres de niños regados por las calles!

Nunca había gritado así. A nadie, mucho menos a quienes habían sido su reina y su princesa.

Pero no pudo detenerla, la rabia pura y la desesperación que estallaron de él.

—¿Y lo único que te importa es con quién se casó un estúpido hombre? ¡Hay bebés entre los escombros! ¡Y tú sólo lloras por *ti*!

Sathia tenía la boca abierta y la advertencia grabada en el rostro, pero Tharion le habló directamente a la Reina del Río.

—Bryce me envió para suplicarte que ayudaras, pero te lo estoy pidiendo personalmente también. No como mer, no como miembro de la Corte Azul, sino como un ser vivo que ama esta ciudad. No hay otro sitio en Valbara que pueda soportar la tormenta. Este lugar, Debajo... puede resistir al menos la carga inicial. Darle a los niños de Ciudad Medialuna un puerto seguro. Una oportunidad. Si no quieres dejar entrar a toda la gente, al menos recibe a los niños.

—No —dijo lloriqueando la hija de la Reina del Río—. Tú me usaste y me descartaste. No tienes el derecho de pedir ningún favor de nosotras ni de la Corte Azul.

—Lo *lamento* —volvió a estallar Tharion—. Lamento haberte hecho creer algo que no era cierto y haberme acostado contigo y darme cuenta demasiado tarde de que las cosas ya habían llegado muy lejos. Lamento haberte dado alas todos estos años... no sabía cómo hablar contigo, ni cómo ser un adulto, y lo lamento. No estuvo bien de mi parte y fue inmaduro y odio habértelo hecho, a ti y a cualquiera.

Ella lo miró furiosa y siguió sorbiéndose la nariz.

Tharion continuó:

—Me casé con Sathia para ayudarla a escapar de una situación horrible. El Rey Morven de Avallen la iba a forzar a casarse con un bruto hada y sus únicas opciones eran enfrentar la ira asteri y morir, o casarse. Le ofrecí una mejor alternativa: casarse conmigo. Le debía a mi hermana ayudar a una mujer en problemas. Nuestro matrimonio no es una postura sobre cómo me siento sobre ti *ni* sobre ella.

—¿Y el hecho de que sea una belleza hada no influyó? —se burló la hija de la Reina del Río.

—No —dijo Tharion con honestidad—. Yo... —miró a su esposa, que en verdad era bonita. Hermosa. Pero eso no había influido en su decisión de ofrecer ayuda—. Era una persona en problemas que necesitaba ayuda.

La hija de la Reina del Río seguía furiosa.

Tharion dijo con la voz entrecortada:

—Pero si aceptan a la gente de esta ciudad, si les dan refugio para que se protejan contra la tormenta que pudieran provocar los asteri... cuando esto termine, si estoy vivo... —le sostuvo la mirada—. Me divorciaré de mi esposa y me casaré contigo.

Sathia lo volteó a ver, pero él no podía enfrentarla, no podía soportar ver su reacción al saber que él también la abandonaría...

La hija de la Reina del Río sorbió más la nariz, una niña tranquilizándose después de una rabieta.

—Acepto. Me casaré contigo después de que te deshagas de ella.

—No lo harás —dijo la Reina del Río y su voz sacudió la habitación, todo el río—. Mi hija no acepta esa oferta. Yo tampoco.

Tharion sintió que en su pecho se abría un abismo.

—Por favor —suplicó—. Si sólo pudiera...

—No he terminado de hablar —dijo ella y levantó la mano. Tharion obedeció—. Ya no deseo que mi hija esté relacionada con alguien como tú, en verdad o en promesa. En cuanto al matrimonio entre ustedes, nunca sucederá.

—*Madre...*

—Tú eres ahora el problema de tu esposa —le dijo la Reina del Río a Tharion.

Tharion cerró los ojos para controlar el ardor que sentía, odiaba esto, odiaba haber perdido esta oportunidad, este refugio seguro para la gente de Ciudad Medialuna, a causa de sus estupideces.

—Pero tu disposición a sacrificar tu libertad de vivir Arriba no es algo despreciable —continuó la Reina del Río. Ladeó la cabeza y de una de las conchas de su cabello salieron unas patas que corrieron debajo de los mechones. Un cangrejo ermitaño—. Nunca me preguntaste por qué te envié a buscar el cuerpo de Sofie Renast y a que encontraras a su hermano.

Tharion abrió los ojos y la encontró mirándolo con curiosidad. No con amabilidad, pero con algo parecido al respeto.

—No... no era mi derecho el cuestionar —dijo él.

—Me tienes miedo, como todos los seres sabios —dijo ella con algo de orgullo—. Pero yo también tengo miedos. De este mundo, a la merced de los asteri.

Tharion intentó no quedarse con la boca abierta.

—Nuestra gente es antigua —dijo la Reina del Río—. Mis hermanas y yo recordamos el mundo antes de que llegaran los asteri e hicieran que se marchitara la magia de la tierra. Islas enteras desaparecieron en el mar, junto con nuestras civilizaciones. Y aunque teníamos poder limitado para detenerlos... lo hemos intentado, cada quien a su manera.

Su hija la veía como si no la conociera.

Pero la Reina del Río continuó:

—Recordamos el poder de los pájaros de trueno. Cómo los cazaron los asteri. Porque ellos les *temían*. Y cuando supe que habían matado a uno, que su hermano pájaro de trueno estaba libre... Sabía que eran elementos valiosos que los asteri intentarían recuperar a toda costa. Tal vez no sabía por qué, pero no tenía intención de permitirles conseguir ni a Sofie ni a su hermano.

Tharion parpadeó.

—¿Tú... los querías para detener a los asteri?

Ella asintió ligeramente.

—Tal vez no hubiera hecho ninguna diferencia en el sentido más amplio, pero mantenerlos a salvo era mi intento, aunque fuera pequeño, por arruinar los planes de los asteri.

Tharion no tenía idea de qué hacer salvo agachar la cabeza y admitir:

—Emile no era pájaro de trueno. Sólo humano. Está escondido.

—Y me lo ocultaste.

El río se estremeció con su molestia.

—Pensé que sería mejor para el chico desaparecer del mundo por completo.

La gobernante estudió su cara de nuevo por un largo, largo rato.

—Veo el hombre que eres —dijo la Reina del Río con un tono mucho más amable de lo que él había escuchado jamás—. Veo el hombre en el que te convertirás —le asintió a Sathia—. El que ve a una mujer en problemas y no piensa en las consecuencias para su propia vida antes de ayudar —asintió con gesto serio y contemplativo—. Desearía haber visto más de ese hombre aquí. Desearía que hubieras sido ese hombre para mi hija. Pero si eres ese hombre ahora, y eres ese hombre por el bien de esta ciudad...

Ondeó la mano y los sobeks se alejaron nadando ante su orden silenciosa.

—Entonces la Corte Azul ayudará. Quien sea que podamos traer aquí antes de que los buques de guerra se den cuenta... cualquier persona, de cualquier Casa: les daré refugio.

La Arpía era un horror. Hunt podía *sentir* su falta de presencia. El vacío que emanaba de ella.

Los asteri la habían resucitado, pero habían dejado a un lado su alma.

No habían usado nigromantes, que usan el alma para la resurrección, y en vez de eso crearon un soldado perfecto para dejarlo estacionado en este sitio: uno que no sintiera frío, que no necesitara comer, y que no tuviera ningún escrúpulo.

Y todo había provenido de sus relámpagos. Su fuego del Averno. Sabía, en el fondo, que no era su culpa, pero... le había dado a Rigelus esos relámpagos.

Y había creado esta pesadilla.

Rigelus tenía que haber adivinado que vendrían a la Fisura Septentrional y dejó a la Arpía para que los esperara.

Hunt reunió sus relámpagos y la niebla brilló extrañamente a su alrededor, pero Bryce dijo:

—¿Qué te hicieron?

La Arpía no respondió. No dio ninguna señal de haber oído o que le hubiera importado. Como si hubiera perdido la voz. Su identidad misma.

—Rostiza a esa perra —le murmuró Bryce a Hunt y él no esperó para lanzar una columna de relámpagos contra la Arpía.

Ella los esquivó. Las alas pintadas de blanco eran igual de rápidas que siempre...

No, no habían sido pintadas de blanco. Se habían *vuelto* blancas. Como si lo que fuera que le habían hecho los asteri con los relámpagos de Hunt les hubiera quitado el color.

Hunt lanzó otro relámpago, luego otro, y podría haber encendido todo el puto cielo de no ser por ese maldito halo...

—¡Athalar! —gritó una voz masculina conocida desde la niebla sobre ellos. Hunt no se atrevió a apartar su atención de la Arpía y entonces reconoció la voz.

Isaiah.

—¿Qué *demonios...?* —dijo una voz igualmente familiar pero femenina. Naomi.

Pero fue la tercera voz, que provenía de atrás de él cuando aterrizó en la nieve, la que hizo que a Hunt se le helara la sangre.

—¿Qué nuevo mal es éste?

La gobernadora de Valbara había llegado.

Bryce no sabía qué era peor: Celestina o la Arpía. La mujer que les había clavado un puñal en la espalda o la que literalmente había intentado cortarle la garganta a Ruhn.

Ella y Hunt no podían enfrentar a esas dos enemigas a la vez... no en estas temperaturas bajo cero, totalmente drenados por haber abierto la Fisura, con la niebla que oscurecía casi todo.

La Arpía voló hacia ellos y Hunt lanzó sus relámpagos, tan rápido que sólo los ángeles más rápidos podrían evadir el ataque. La Arpía lo hizo y se lanzó hacia la tierra, con la niebla corriendo por sus alas blancas, directamente contra Bryce. Ella rodó para esquivarla y la Arpía chocó contra el suelo. La nieve explotó a su alrededor, pero ya se había levantado al instante y se abalanzó sobre Bryce de nuevo.

Isaiah lanzó un muro de viento contra la Arpía y la empujó hacia atrás. Pero Celestina estaba a tres metros de distancia y Hunt ya estaba girando para enfrentarla...

Bryce abrió el zíper de su chamarra gruesa, el viento frío instantáneamente le quemó la piel. Tomó la Máscara.

Y no le advirtió a nadie cuando se puso el oro helado sobre la cara.

Usar la Máscara era como estar bajo el agua, o a una gran altura. Su cabeza estaba llena de su poder, la sangre le vibraba y latía al mismo ritmo que la presencia que tenía en la mente, en sus huesos. El mundo pareció diluirse y quedar transformado en una dualidad elemental: vivo o muerto. Ella estaba viva, pero con la Máscara podría escapar incluso a la muerte y vivir para siempre.

La estrella en su pecho vibró y le dio la bienvenida a ese poder como si fuera un viejo amigo.

Bryce apartó su repulsión. Hunt estaba preparando sus relámpagos contra Celestina, la niebla brillaba con cada chispazo y la Arpía había atravesado el poder de Isaiah e iba contra Bryce de nuevo...

—Alto —le dijo Bryce a la Arpía. Era su voz, pero no lo era.

La Arpía se detuvo.

Todo el mundo se detuvo.

—Bryce —exhaló Hunt, pero estaba muy lejos. Estaba vivo y ella tenía que lidiar con los muertos.

—Arrodíllate.

La Arpía cayó de rodillas sobre la nieve.

Celestina se sobresaltó.

—¿Qué arma maligna tienes...?

—Ya trataré contigo más tarde —le dijo Bryce con esa voz que resonaba por todo su cuerpo y creaba ondas en la niebla.

Cuando la arcángel guardó silencio, Bryce se acercó a la Arpía. Se asomó a su cara odiosa y angosta. Verdaderamente sin alma.

Un cuerpo sin piloto.

Un horror helado recorrió a Bryce, a pesar del abrazo maldito de la Máscara. Tal vez era un alivio, pensó mientras miraba el rostro vacante y furioso de la Arpía. Tal vez era misericordioso hacer esto.

No había un alma de la cual sujetarse, a la cual mandar. Sólo el cuerpo. Pero la Máscara pareció entender lo que se requería.

—Tu trabajo está hecho —le dijo Bryce y su voz reverberó por todo el paisaje helado—. Descansa.

Era asqueroso, pero fue un alivio ver cómo los ojos de la Arpía se cerraron y colapsó hacia el suelo. Cuando su piel empezó a marchitarse, el cuerpo reclamó la forma que había conocido en la muerte.

Los pómulos se hundieron y se pudrieron sobre la cara de la Arpía. Bryce sabía que debajo de la ropa blanca de la ángel, su cuerpo estaba haciendo lo mismo.

Cuando la Arpía ya estaba disecada sobre la nieve, Bryce finalmente se quitó la Máscara y se encontró con que Naomi, Isaiah y Celestina la miraban fijamente, rebasados por la sorpresa y el temor.

79

—Nah —dijo Ruhn al teléfono mientras él y Lidia recorrían de nuevo los caminos sinuosos del alcantarillado—, no había nadie en las barracas privadas del triarii. Esperamos horas, pero están desiertas. Nadie llegó ni se fue. Por el aspecto de las habitaciones de Isaiah y Naomi, no han estado ahí en días.

Lidia siguió avanzando, con el cuello doblado hacia el frente mientras revisaba el teléfono desechable que había traído del *Guerrero de las Profundidades*... hacía años, parecía.

—¿Entonces qué hacemos? —preguntó Flynn—. ¿Seguimos esperando? Dec pudo hackear las computadoras del Aux mientras yo recorría toda el área, pero no encontró nada sobre sus movimientos, tampoco. Creo que ni siquiera el Aux sabe que no están.

Dado que los asteri castigarían a todo el que se asociara con ellos, había sido más seguro observar el Aux a la distancia en vez de ir a hablar directamente con alguien. Eso sin mencionar el riesgo de que algún individuo con iniciativa los traicionara.

Ruhn lo pensó:

—Si Isaiah y Naomi no están, Celestina probablemente quiere mantener su ausencia en secreto.

Al fondo, Declan dijo:

—¿Creen que los haya matado?

—Es posible —dijo Ruhn y Flynn lo puso en altavoz—. Regresemos mañana. A ver si podemos averiguar alguna otra cosa. Ustedes dos estén alertas por si ven cualquier señal de ellos. Fíjense si hay algo en los lugares donde hacen las crucifixiones.

—Carajo —dijo Flynn.

—Yo intentaré conseguir acceso los videos de seguridad del Comitium —dijo Dec—. Tal vez haya algo ahí que nos pueda apuntar en la dirección correcta.

Ruhn suspiró.

—Tengan cuidado. Nos reuniremos al ponerse el sol... en la esquina noreste de la intersección justo después del campo de tiro.

—Entendido —dijeron Flynn y Dec y colgaron.

Ruhn y Lidia caminaron otra cuadra más o menos en el silencio maloliente y luego él dijo:

—Una vez me arrullaste con un cuento hasta que me quedé dormido. Sobre una bruja que se convirtió en monstruo.

—¿A qué viene eso? —preguntó ella y lo miró de reojo.

—¿Es una historia real o la inventaste?

—Es un cuento que me contaba mi madre —dijo ella con suavidad—. El único cuento que recuerdo que me contaba de niña antes de... dejarme ir.

Ruhn estaba por preguntar si las similitudes entre el príncipe malvado y Pollux, y el caballero amable y él, habían sido proféticas, pero al detectar la tristeza en su voz...

—Lamento mucho que hayas pasado por eso, Lidia. No puedo imaginar hacerle eso a un niño. La idea de dejar a mi propio hijo en manos de un desconocido...

—Pero yo lo hice —dijo ella y se quedó viendo al frente, a la nada—. Lo que mi madre me hizo a mí, fue exactamente lo que yo le hice a mis hijos.

Él sintió que se le estrujaba el corazón al escuchar el dolor y la culpa de su voz.

—Tú dejaste a tus hijos con una familia amorosa...

—No lo sabía. No tenía idea de con quién iban a vivir.

—Pero la alternativa era llevarlos contigo.

—Tal vez debería haberlo hecho. Tal vez debería haberme escondido con ellos para siempre en algún sitio desolado.

—¿Qué tipo de vida hubiera sido ésa? Les diste una vida real, y una feliz, en el *Guerrero de las Profundidades.*

—Una verdadera madre hubiera...

—Tú *eres* una verdadera madre —dijo él. La tomó de la mano y la hizo voltear a verlo—. Lidia, tomaste una decisión imposible: decidiste proteger a tus hijos, aunque eso significara que no los verías crecer. Carajo, si eso no te convierte en una verdadera madre, entonces no sé qué lo haría.

El dolor cruzó su cara y Ruhn la abrazó. Lidia se recargó en su pecho.

—Ellos fueron lo único que me impulsó a seguir adelante —dijo ella—. Durante cada horror, el sólo saber que estaban ahí y que estaban seguros y que mis decisiones los estaban manteniendo así...

Ruhn le acarició la espalda, disfrutando la sensación de su piel, ofreciendo el consuelo que podía. Se quedaron ahí parados unos minutos, sólo abrazándose.

—Te lo dije antes —dijo ella hacia su pecho—, que tú me recuerdas que estoy viva.

Él le besó la cabeza en respuesta, con su cabello sedoso y dorado contra su boca.

—Por un tiempo, no lo estuve —continúo ella—. Hice mi trabajo como la Cierva, como Daybright, todo para mantener a mis hijos a salvo y hacer lo que consideraba que era lo correcto. Pero no sentía nada. Era esencialmente un espectro la mayoría de los días, ocupando un cascarón de cuerpo. Pero cuando te conocí, fue como si me hubiera vuelto a meter en mi cuerpo. Como si estuviera... despierta —retrocedió un poco para verle la cara a Ruhn—. No creo que haya estado despierta antes de verdad —dijo—, hasta que te conocí.

Él le sonrió. Su corazón estaba demasiado lleno para encontrar las palabras. Así que la besó, suave y amorosamente.

Ella lo tomó de la mano cuando empezaron a caminar otra vez. Pero Ruhn volvió a detenerla, suficiente para inclinar su cabeza hacia atrás y volverla a besar.

—Sé que tenemos algunas cosas que trabajar todavía —le dijo contra la boca— pero... novia, amante, lo que sea que quieras ser, estoy completamente de acuerdo.

Ella curvó los labios contra los de él en una sonrisa.

—Le agradezco a Urd todos y cada uno de los días por que Cormac te haya pedido que fueras mi contacto.

Él se alejó un poco, sonriendo.

—Todavía te debo una cerveza.

—Si salimos de esto, Ruhn —dijo ella—. Yo te compraré una cerveza a *ti*.

Ruhn volvió a sonreír y le pasó un brazo alrededor de la cintura mientras caminaban en la oscuridad. Caminaron en un silencio cálido y agradable durante varias cuadras y luego el teléfono de Lidia vibró y ella lo sacó de su bolsillo para mirar la pantalla.

—Es del *Guerrero de las Profundidades* —dijo y se detuvo para leer el mensaje.

Ruhn vio sus ojos volar sobre la pantalla y luego detenerse. Le temblaban las manos.

—Pollux —exhaló Lidia y Ruhn se quedó inmóvil. Sus ojos se levantaron a ver los de él y su mirada estaba llena de pánico—. Él... se llevó a mis hijos.

Hunt no se permitió pensarlo demasiado: la majestuosidad maldita que había sido Bryce con la Máscara puesta. Lo que había podido hacerle a la Arpía.

Miró a Celestina, Isaiah y Naomi detrás de ella, todos vestidos con pesada ropa de invierno. Las alas blancas de Isaiah y de la gobernadora eran casi invisibles contra la nieve. Sin embargo, todas sus caras estaban tensas por la sorpresa.

—¿Qué hacen aquí? —inquirió Hunt.

—¿Qué es eso? —exhaló Naomi sin hacer caso a su pregunta con los ojos puestos en el objeto dorado que estaba en manos de Bryce.

—La muerte —respondió Isaiah con el rostro cenizo—. Esa máscara... es la muerte.

Hunt volvió a preguntar:

—¿Qué están haciendo aquí?

La mirada de Isaiah salió disparada hacia Hunt.

—Hemos estado rastreando a esa *cosa* —hizo un ademán hacia la pila de ropa que había sido momentos antes la Arpía resucitada—. Los viejos contactos de Celestina acá le reportaron que la estación de vigilancia del muro había sido atacada por una nueva especie de terror, así que salimos hacia acá a toda prisa, temiendo que fuera algo del Averno...

—¿Por qué no enviaron una legión? —preguntó Hunt y miró a los dos ángeles que alguna vez habían sido sus compañeros más cercanos—. ¿Por qué vinieron ustedes?

—Porque los asteri nos ordenaron que no hiciéramos nada —dijo Naomi—. Pero alguien tenía que detener esta masacre.

Hunt miró a Celestina a los ojos. La cara perfecta de la arcángel era una máscara de piedra.

—Tomando el camino de la anarquía, ¿eh?

Un destello en la mirada de Celestina indicó que su temperamento estaba encendiéndose.

—Lamento lo que les hice a ti y a los tuyos, Hunt Athalar, pero fue necesario para...

—Ahórrate tus palabras —dijo Hunt con brusquedad—. Nos traicionaste con los putos asteri...

—Hunt —dijo Isaiah y levantó la mano—, mira, hay mucho rencor aquí...

—¿Rencor? —estalló Hunt—. ¡Me enviaron a los putos *calabozos* por ella! —señaló a la gobernadora. Bryce se acercó a él, una presencia reconfortante a su lado. Él señaló su frente, apenas visible debajo de toda la ropa y equipo—. ¡Tengo este *halo* en mi puta cabeza otra vez por su culpa!

Celestina se quedó ahí parada, tiritando.

—Como ya dije, lamento lo que hice. Me ha costado más de lo que crees —pareció tener que controlar las lágrimas—. Hypaxia... terminó nuestra relación.

—¿Qué, a tu novia no le gustó que fueras una víbora doble cara? —replicó Athalar.

—Hunt —murmuró Bryce, pero a él ya no le importaba un carajo.

—Se suponía que eras *buena* —dijo Hunt y se le quebró la voz—. Se suponía que eras la arcángel buena. Y eres hasta peor que Micah —escupió y su saliva se congeló incluso antes de llegar a la nieve—. Al menos él dejaba claro cuando estaba jodiendo a alguien.

Sus relámpagos se azotaban en sus venas, buscando una salida.

—Hunt —dijo Naomi—, lo que la gobernadora hizo estuvo muy mal, pero...

—Desobedeció las órdenes de los asteri para estar aquí —terminó de decir Isaiah—. Salgamos del frío para hablar...

—Yo ya no tengo ninguna puta cosa más que decir —dijo Hunt y su poder volvió a inquietarse—. Ya *no* voy a lidiar con los arcángeles y su puta *mierda*.

Sus relámpagos sisearon en la nieve. Y cuando vio un destello, supo que también estaban bifurcándose en sus ojos.

Celestina levantó las manos enguantadas.

—No quiero pelear contigo, Athalar.

—Qué pena —dijo Hunt y los relámpagos bailaron sobre su lengua—. Yo sí quiero pelear contigo.

No dio más advertencia y lanzó su poder contra la arcángel. Lanzó todo su poder, pero no fue suficiente. Porque se vio restringido por el halo.

Una correa para controlar a los demonios.

No había funcionado en los príncipes. No permitiría que continuara funcionando en él.

Hunt permitió que su poder se acumulara y se acumulara y se acumulara. La nieve a su alrededor se derritió.

Apollion le había dado su esencia, su fuego del Averno, a Hunt. Y si eso lo convertía en un hijo del Averno, que así fuera.

Hunt cerró los ojos y la vio ahí: la cinta negra de su halo, impresa a lo largo de su alma misma. Su enredadera de espinas extendida. El hechizo para contenerlo.

Todos sabían que un encantamiento de esclavitud no podía deshacerse. Hunt ni siquiera lo había intentado. Pero ya estaba harto de jugar con las reglas de los asteri. Con las normas de quien fuera.

Hunt estiró una mano mental hacia las espinas negras del halo. Envolvió sus dedos en relámpagos, en fuego del Averno, en el poder que era suyo y sólo suyo.

Y lo cortó.

Las espinas del halo temblaron y sangraron. La tinta negra empezó a gotear y se disolvió, tragada por el poder que estaba creciendo en él, ascendiendo...

Hunt abrió los ojos y vio a Isaiah que lo miraba con la boca abierta por temor y asombro. El halo todavía marcaba la frente de su amigo.

No más.

Saber dónde estaba, cómo destruirlo, lo hacía más sencillo. Hunt estiró un tentáculo de su poder hacia Isaiah y, antes de que su amigo pudiera retroceder, hizo un corte en el halo de su frente.

Isaiah siseó y se tambaleó unos pasos hacia atrás. Un viento rugiente y feroz se alzó de sus pies cuando su halo también se desmoronó y cayó de su frente.

Celestina los estaba viendo, el terror desolaba su cara.

—Eso no... eso no...

—Te sugiero que corras —le advirtió Hunt con voz tan congelada como el viento que azotaba sus caras.

Pero Celestina se enderezó. Se mantuvo firme. Y con una valentía que él no esperaba, dijo:

—¿Por qué estás *tú* aquí?

Como si esa pregunta lo fuera a distraer, como si fuera a mantener el destino de Celestina alejado...

Bryce respondió por él:

—Para abrir la Fisura Septentrional al Averno.

Naomi giró para ver a Bryce y dijo:

—¿Qué?

Isaiah, demasiado conmocionado por la remoción del halo como para prestar mucha atención a la conversación, miró sus manos, como si pudiera ver el poder desencadenado que ahora tenían.

Celestina negó con la cabeza.

—Han enloquecido —dijo y plantó sus pies, entonces un poder blanco y reluciente brilló a su alrededor—. Si quieres pelear conmigo, Athalar, adelante. Pero no abrirás la Fisura.

—Oh, creo que sí lo vamos a hacer —dijo Hunt y lanzó sus relámpagos contra ella.

El mundo se resquebrajó cuando los rayos de luz chocaron con un muro de su poder y Hunt empezó a lanzar más relámpagos; la nieve se derretía, la roca misma debajo de ellos se doblaba y se deformaba cuando sus relámpagos golpeaban y golpeaban y golpeaban...

—¡Athalar! —gritó Naomi—. ¿Qué carajos...?

Celestina lanzó todo su poder, un muro de viento reluciente.

Hunt hizo que sus relámpagos lo atravesaran. Estaba harto de los arcángeles, de sus jerarquías. Ya estaba harto de...

Isaiah intervino en la pelea, con las manos en alto.

—Detente —dijo y un renovado poder brillaba en los ojos de su amigo—. Athalar, detente.

—Ella merece morir... todos los putos arcángeles merecen morir por lo que nos hicieron —dijo Hunt entre dientes. Pero se dio cuenta, de pronto, que Bryce ya no estaba a su lado.

Iba corriendo de regreso hacia la Fisura con la estrella encendida. Tan brillante... con los otros dos fragmentos de la estrella de Theia unidos al que Bryce tenía de nacimiento, su estrella brillaba tan intensamente como el sol. El sol *era* una estrella, carajo...

—¡No! —gritó Celestina y su poder se intensificó.

Hunt azotó sus relámpagos contra la arcángel con tanta fuerza que rompió su poder y ella salió volando hacia la nieve atrás y cayó con un sonido satisfactorio.

Las alas de Celestina se abrieron, salpicando nieve en todas direcciones, la sangre le brotaba de la nariz y la boca.

—¡No! —le gritó a Bryce—. He dedicado *años* de mi vida a evitar que se abra la Fisura —jadeó—. Encuentra otra manera. No lo hagas.

Bryce se detuvo, la nieve voló a sus pies por la rapidez de su frenado. Esa estrella magnificente brillaba en su pecho y proyectaba un centelleo brillante sobre la nieve. Con la respiración agitada, Bryce le dijo a la arcángel:

—Los Príncipes del Averno han ofrecido su ayuda y Midgard la necesita, lo sepas o no. Hunt y yo ya matamos dos arcángeles. No nos obligues a matarte a ti también.

Hunt miró a Bryce. Como si existiera una alternativa a matar a Celestina...

—Ustedes... —dijo Celestina—. Ustedes mataron a Micah y Sandriel —susurró.

—Eran más fuertes que tú —dijo Hunt—, así que no creo que tengas muchas probabilidades.

Los relámpagos de Hunt se encendieron a su alrededor, listos para atacar, para desollarla de adentro hacia afuera, como había hecho con Sandriel.

Pero los ojos cafés de Celestina se abrieron mucho al ver sus relámpagos, libres de sus ataduras y extendiéndose por el mundo. Ella no había visto todo lo que él podía hacer... nunca había tenido la oportunidad durante esas semanas que trabajaron juntos.

—¿Cómo es... cómo es que tú tienes el poder de un arcángel, pero no eres uno? —preguntó.

—Porque soy el Umbra Mortis —dijo Hunt con voz tan inflexible como el hielo que los rodeaba. Y nunca se había sentido más como el Umbra Mortis que en ese momento, mirando a Celestina, y supo que con un golpe a su corazón ella quedaría convertida en un montón de ruinas sangrientas y humeantes.

Celestina bajó la mirada y cayó de rodillas. Como si ella también lo supiera.

Una columna de relámpagos puros y sin control se levantó sobre el hombro de Hunt, una serpiente lista para dar el golpe mortal. Miró a Bryce, esperando que le asintiera para que él la incinerara.

Pero Bryce lo miraba con tristeza. Suave y amorosamente, dijo:

—No lo eres, Hunt.

Él no entendió sus palabras. Parpadeó.

Bryce avanzó. La nieve crujía bajo sus pies.

—No eres el Umbra Mortis —dijo—. Nunca lo fuiste, en el fondo. Y nunca lo serás.

Hunt apuntó el dedo envuelto en relámpagos a Celestina.

—Ella y todos los suyos deberían ser eliminados de la faz de Midgard.

—Tal vez —dijo Bryce con suavidad y dio otro paso. Su luzastral se desvaneció hasta apagarse—. Pero no por ti.

La indignación lo recorrió. Nunca había odiado a Bryce pero, en ese momento, cuando ella dudaba de él, sí lo hizo.

—Ella no merece morir, Hunt.

—Sí, sí lo merece, carajo —escupió Hunt—. Los recuerdo a todos y cada uno de ellos, los ángeles que marcharon contra nosotros en el monte Hermon, todo el senado, los asteri, los arcángeles cuando me sentenciaron. Los recuerdo a *todos* y ella no es mejor que los demás. No es mejor que Sandriel. Que Micah.

—Tal vez —repitió Bryce con voz todavía suave y tranquilizante. Él odiaba eso también—. Nadie la está perdonando. Pero no merece morir. Y no quiero su sangre en tus manos.

—¿Dónde estaba esta misericordia cuando se trató del Rey del Otoño? No detuviste a Ruhn entonces.

—El Rey del Otoño no había hecho nada en toda su larga y miserable vida excepto provocar dolor. No se merecía mi atención, mucho menos mi misericordia. Ella sí.

—¿Por qué? —miró a su pareja y su rabia bajó un poco—. *¿Por qué?*

—Porque ella cometió un error —dijo Naomi y dio un paso al frente con expresión angustiada—. Y ha estado intentando corregirlo desde entonces. Isaiah y yo no vinimos aquí porque ella nos lo ordenara. Queríamos ayudarla.

Hunt señaló la Fisura a un par de metros de Bryce.

—Ella va a impedir que la abras.

—No lo haré —prometió Celestina todavía con la cabeza inclinada—. Me rindo.

—Déjala ir, Hunt —ordenó Bryce.

—Morven se rindió y aun así lo mataste —dijo Hunt.

—Lo sé —respondió Bryce—. Y viviré con eso. No te desearía tener la misma carga. Hunt... Ya tenemos suficientes enemigos. Déjala ir.

—Lo juro por el mismo Solas —dijo Celestina, el juramento más alto que podía hacer un ángel— que les ayudaré si está dentro de mi poder.

—Yo no confío en la palabra de un arcángel.

—Bueno, pues vamos a necesitar a esta arcángel —dijo Bryce y la rabia de Hunt bajó un poco más cuando la volteó a ver.

—¿Qué?

Bryce miró el cuerpo de la Arpía, medio derretido por los relámpagos de Hunt que chocaron con el poder de Celestina. La roca a su alrededor se había deformado... sus relámpagos habían alterado la roca misma. Bryce cruzó la distancia que la separaba de Hunt y estiró la mano para tomar la de él.

Los relámpagos le subieron por la piel a Bryce, pero él no permitió que le doliera. Nunca podría lastimarla.

—Dijiste que estabas conmigo... a plenitud —murmuró Bryce y lo miró a él y sólo a él—. Deja el pasado atrás. Concéntrate en lo que viene. Tenemos un mundo por salvar y necesito a mi pareja a mi lado para hacerlo. A nadie más, no a un hijo del Averno, no al Umbra Mortis, ni siquiera al condenado Hunt Athalar. Necesito a mi *pareja*. Sólo Hunt.

Él pudo verlo todo en sus ojos... que sin importar lo que sucediera, quién hubiera sido él o lo que hubiera hecho... en realidad eso no le importaba a ella. Que él hubiera sido concebido en el Averno no le importaba. Pero ella había capturado quién era él, en el fondo, en esas fotos de la primavera pasada. La persona que ella había traído al mundo. La persona que ella amaba.

Sólo Hunt.

Así que lo dejó ir. Soltó los relámpagos, la muerte que cantaba en sus venas. Soltó los rostros con sonrisas burlonas de Apollion y Thanatos. Soltó la rabia que sentía contra la arcángel que estaba frente a él y contra los arcángeles que habían existido antes que ella.

Sólo Hunt. Le agradaba eso.

Sus relámpagos se apagaron, casi desaparecieron. Y le dijo a Bryce, como si ella fuera la única persona en Midgard, en cualquier galaxia:

—Te amo. Sólo Bryce.

Ella rio y le dio un suave beso en la mejilla.

—Ahora, si ya no planeas matar a Celestina... —Bryce sacó la Máscara nuevamente de su chamarra—. Vamos por un ejército.

—¿Qué ejército? —susurró Isaiah.

—Vamos a levantar a los Caídos —dijo Bryce y lanzó la Máscara al aire y la atrapó como si fuera una pelota de solbol.

Hunt sintió que se le doblaban las rodillas.

—Dijiste que íbamos a usar la Máscara para luchar contra los asteri.

—Y eso haremos —dijo Bryce y volvió a lanzar y atrapar la Máscara—. Es tu culpa no preguntar específicamente *cómo* la íbamos a usar en su contra.

No, él había asumido que ella se la iba a poner y que eso le iba a dar una especie de ventaja para matarlos.

Hunt negó con la cabeza.

—Estás loca.

Bryce dejó de lanzar la Máscara y su voz se tornó más amable:

—Necesitamos una distracción para los asteri. El Averno no será suficiente. Pero un ejército de los muertos, un ejército de los Caídos, funcionará bien. Un ejército que pueda volver a morir. E Isaiah y Naomi los van a dirigir.

—Por eso enviaste a Ruhn y Lidia a que los encontraran —dijo Hunt en voz baja, luchando contra su sorpresa.

Isaiah lo miró intentando entender, pero Bryce respondió:

—Sí. Pensé que si lograba encontrarlos y conseguir la Máscara de Nesta... que podría funcionar.

—Pero, ¿cómo puedes reanimarlos? —exigió saber Hunt. Nesta había usado los huesos de una bestia, le había dicho Bryce—. Sus cuerpos ya no existen...

—Los asteri conservaron sus alas —dijo Bryce y la repulsión tiñó cada una de sus palabras—. Conservaron *tus* alas, como trofeos. Pero como no tuvieron Travesías, creo que parte de sus almas todavía está ahí.

Hunt se frotó la cara congelada.

—¿Y qué... vas a tener nada más un montón de alas volando por ahí?

Ella lo miró.

—No. Bueno, sí, pero sólo para que lleguen al sitio donde necesitamos sus almas.

—Dices que la Máscara puede reanimar cuerpos muertos, no darle almas a cuerpos nuevos.

—Eso es lo que vi hacer a Nesta —dijo Bryce—. Pero la estrella de Theia...

Colocó las manos frente a su pecho y extrajo la hermosa estrella ardiente. Iluminó la niebla, hizo destellar la nieve a sus pies.

—Guau —exhaló Naomi.

Lo que Bryce había extraído de su pecho ese día durante el ataque de la primavera pasada era apenas una fracción de la estrella que ahora sostenía entre sus manos.

—Ésta —dijo Bryce con el rostro brillando bajo la luzastral— parece reconocer de alguna manera a la Máscara. Cuando me puse la Máscara, pude sentir la atracción entre los dos poderes. Tal vez tiene que ver con la estrella de Theia. Creo que puedo ordenarle a la Máscara que haga... cosas diferentes.

—Éste no es el momento para experimentar —advirtió Hunt.

—Lo sé —concedió Bryce—. Pero creo que sólo es necesario un poco del muerto para reanimarlos. No darles vida verdadera, pero sus almas regresarían, tomarían nuevas formas. A diferencia... a diferencia de lo que los asteri le hicieron a la Arpía.

—Esa Máscara en verdad puede reanimar a los muertos, entonces —dijo Naomi con voz ronca.

Bryce asintió.

—Los Caídos no tendrían cuerpos nuevos, pero sí, podrían ayudarnos.

—¿Qué tipo de cuerpos, entonces? —preguntó Isaiah y miró nerviosamente a Hunt de reojo.

—Unos que los asteri ya nos prepararon —dijo Bryce en voz ligeramente más baja—. La mezcla perfecta de magia y tecnología.

—Los nuevos mecatrajes —dijo Hunt al entenderlo—. Los que los asteri tienen estacionados en el monte Hermon.

Bryce asintió con seriedad.

—Creo que Rigelus dejó esos trajes ahí para provocarlos, pero eso está a punto de estallarle en la estúpida cara. Lidia dijo que los trajes no necesitan pilotos para ser operados, así que no tenemos que preocuparnos por la interferencia física. Dec puede hackear su sistema de cómputo y bloquear el acceso imperial mientras las almas de los Caídos se fusionan con los mecatrajes para pilotearlos bajo las órdenes de Naomi e Isaiah.

Pero para hacer lo que ella sugería...

—No podemos —dijo Hunt con voz rasposa y las alas caídas—. *Yo no puedo* pedirles que mueran de nuevo por nosotros. Aunque ya estén muertos. Los Caídos ya han dado demasiado.

Bryce caminó hacia él. Lo tomó de la mano.

—Necesitamos que los Caídos sean los pilotos de esos trajes o los asteri los usarán contra *nosotros*. Necesitamos las fuerzas de los asteri completamente ocupadas.

Pero el corazón de Hunt se estrujó.

—Bryce.

—Será su decisión si quieren regresar a pilotear esos trajes. Les daré la opción cuando los reanime. Y estaré contigo en cada momento —le asintió a Isaiah y Naomi—. Ellos comandarán a los Caídos. Tú no tienes que cargar ese peso ya. Te necesito conmigo, en el palacio de los asteri.

Él cerró los ojos e inhaló su olor. Celestina podría haberlos atacado, supuso, pero seguía arrodillada.

Y justo como lo había hecho aquel día cuando Hunt le dio a Sandriel su merecido, Isaiah de pronto se arrodilló frente a él. Naomi se unió a ellos y se arrodilló.

—Yo no soy arcángel —dijo Hunt—. Y no he accedido a ser líder de ustedes dos. Así que levántense.

Celestina fue quien habló:

—Tal vez la era de los arcángeles ya ha terminado.

—Suenas contenta.

—Lo estaría, si sucediera —dijo Celestina y se puso de pie—. Te lo dije antes, Shahar era mi amiga. Tal vez yo no tuve el valor de pelear a su lado entonces... —levantó la barbilla— Pero ahora sí.

Él no le creería nada.

—¿Y qué vas a hacer *tú* durante todo esto?

Bryce respondió antes de que Celestina pudiera hacerlo.

—Ella va a ir a la fortaleza de Ephraim.

Ante la sorpresa que se notó en la expresión de Hunt, que se reflejó también en la de Celestina, Bryce explicó:

—Él es el arcángel más cercano a la Ciudad Eterna. Necesitamos que esté ocupado. Si Ephraim se une a la lucha, eso complicaría todo.

Celestina asintió con seriedad.

—Me aseguraré de que no se acerque a cientos de kilómetros de la capital.

—¿Cómo? —exigió saber Hunt—. ¿Lo vas a atar?

—Haré lo que sea necesario para ponerle fin a esto —dijo Celestina con la barbilla en alto.

Hunt señaló la Fisura.

—Vamos a abrir la Fisura al *Averno*. No parecías estar muy contenta con eso hace un momento.

Celestina miró a Hunt y luego a Bryce.

—Va en contra de toda mi labor de años, pero... parece ser que todo lo que han hecho ustedes dos ha sido en busca del mayor beneficio de los inocentes de Midgard. No creo que abrirían la Fisura si eso fuera a poner en peligro a los más vulnerables.

—Ah, ¿sí? —dijo Hunt con tono golpeado—. ¿Y dónde carajos estabas *tú* cuando volaron en pedazos los Prados de Asfódelo?

Eso hizo que la mirada de Bryce se helara un poco. Un auténtico dolor llenó los ojos de Celestina.

—Fue la gota que derramó el vaso, Hunt —dijo Isaiah—. El motivo por el cual nosotros... ella... desobedeció a los asteri. No advirtieron que lo harían. Los buques entraron por el Istros y dijeron que era para nuestra protección. Yo ni siquiera sabía que los buques podían lanzar misiles aéreos tan lejos.

Las pestañas de Naomi tenían perlas de las lágrimas que rápidamente se congelaban y agregó:

—Fue el acto más cobarde, imperdonable... No lo toleraremos. Ninguno de nosotros. No Celestina y ciertamente no la 33ª.

Hunt miró nuevamente a Bryce y sólo encontró dolor y determinación fría en su mirada. Tenía razón. Ya tenían suficientes enemigos. Que tenían que pagar.

Y tal vez no confiaba en una sola palabra que saliera de la boca de la arcángel, pero si Isaiah y Naomi le creían a Celestina, eso quería decir algo. Isaiah, quien había sufrido bajo los arcángeles tanto como Hunt, estaba aquí, ayudando a Celestina, sabiendo que había traicionado a su amigo. Isaiah no era un cobarde hijo de puta... era bueno y listo y valiente.

Y él estaba aquí.

Así que Hunt dijo:

—Muy bien. Llamemos a la puerta del Averno.

Hunt tenía suficientes relámpagos para volver a cargar a Bryce. La atravesaron y entraron a la Puerta... y hacia el corazón de la Fisura Septentrional.

La voluntad de Bryce, ardiendo con esa luzastral sin diluir, cambió su ubicación nuevamente.

Celestina, Isaiah y Naomi permanecieron un paso atrás, todos brillando de poder, preparándose para lo peor.

Una oscuridad impenetrable se extendió dentro del arco, interrumpida sólo por dos ojos azules brillantes.

El príncipe Aidas estaba ahí, vestido con su ropa negra impecable, su cabellera dorada perfectamente peinada. Miró el territorio helado, el sol que empezaba a ponerse después de una breve ventana de luz de día.

Bryce movió el brazo hacia afuera con un gesto grandioso cuando el Príncipe de las Profundidades pasó por la Fisura Septentrional.

—Bienvenido de vuelta a Midgard —dijo ella—. Espero que tu estancia sea placentera.

80

—Entonces —dijo Jesiba tamborileando con los dedos sobre el escritorio—, el cachorro se va a vender medicina desparasitante a un montón de lobos y regresa a casa convertido en el Premier.

Ithan no hizo caso a su broma.

—Necesito que me consigas cómo hablar con el Rey del Inframundo —dijo. Se había bañado en las barracas de la Madriguera y se había puesto ropa del Aux. Luego habló brevemente con Perry y los demás antes de correr de regreso a la Casa de Flama y Sombra. Era el Premier, sí, y todo lo que eso implicaba, pero...

—¿Por qué?

—Necesito ver a mi hermano. Y considerando que las últimas dos veces que me metí con los muertos fueron un puto desastre... no voy a volver a cometer errores esta vez. Necesito la ayuda del Rey del Inframundo —dijo Ithan caminando por la oficina.

—De nuevo: ¿por qué?

Él la miró a los ojos:

—Porque Connor está intentando contactarme.

Había escuchado ese aullido desde el Sector de los Huesos y supo quién era. Quién lo llamaba.

Mientras Ithan se cambiaba, Hypaxia repartió el antídoto en la Madriguera a todos los que lo quisieron tomar. Perry fue la primera en la fila, aparentemente. Y ya no era una Omega la que estaba frente a Ithan cuando fue a hablar con ella antes de salir de la Madriguera.

Ithan no se había quedado el tiempo suficiente para averiguar qué era Perry... qué poderes, ocultos por mucho tiempo en la sangre de los lobos, habían adquirido ella y los demás. Había dado la orden de que esta nueva información no debía salir de la Madriguera y los lobos estuvieron de acuerdo.

Lo obedecieron.

—Tenías razón —le dijo Ithan a Jesiba— sobre requerir un plan. No tengo idea de qué estoy haciendo.

—Podrías recibir unas lecciones de Quinlan sobre pensar dos pasos adelante.

Ithan la miró molesto.

—¿Hay alguna novedad de Avallen?

—Llamó hace dos horas. Para pedir un favor, como siempre. Y para preguntar sobre cómo iban aquí las cosas —la hechicera sonrió—. Y cuando le dije lo que Hypaxia había logrado, por supuesto, solicitó que le llevaras el antídoto.

—¿Cuándo... dónde?

Jesiba volvió a sonreír.

—A la Ciudad Eterna. Mañana. Creo que Quinlan ya se cansó de que estén dándole órdenes. Dijo que llevaras algunos lobos, si tenías algunos que te apoyaran.

Ithan se quedó mirándola. No sólo *ser* Premier, sino *actuar* como Premier...

—¿Habrá una batalla?

—No lo sé —dijo Jesiba y lo miró con expresión seria—. Pero si yo fuera tú, llevaría a los cachorros y los lobos vulnerables a un sitio oculto y seguro. No en la Madriguera, no en Lunathion. Que evacúen hacia un sitio desierto alejado. Bajo tierra. Y luego llévate a los mejores guerreros que tengas a la Ciudad Eterna.

—No quedan muchos en la Madriguera... la mayoría está fuera.

—Entonces llévate a los que tengas. Será mejor que nada.

Ithan dio un paso, luego otro.

—Tal vez debí haber dejado a Sigrid en su tanque. Estaría mejor que siendo una segadora —dijo. No podía culpar a nadie más por la situación de la loba más que a sí mismo. Ithan se frotó la frente—. Mira, necesito ver a mi hermano. Una última vez.

—Eso es imposible.

Ithan mostró los dientes.

—Sé que se lo puedes pedir al Rey del Inframundo —no esperó a que ella le contestara. Preguntó—: ¿Tú sabes... sobre la luzsecundaria? ¿Que nuestras almas son alimento para el Rey del Inframundo y los asteri?

—Sí.

Ithan negó con la cabeza.

—¿Y no te molesta?

—Por supuesto que me molesta. Me ha molestado por quince mil años. Pero es sólo una de las ramas de la bestia de muchas cabezas que es el gobierno de los asteri.

Ithan se frotó la cara.

—¿Puedes ayudarme o no?

Necesitaba toda la ayuda posible. Él no era un líder. A juzgar por el desastre que le había causado a Sigrid, no era apto para tomar decisiones por nadie más. Había intentado salvarla y había fracasado: absoluta y completamente. Y eso había sido sólo una vida. Con todos los lobos valbaranos ahora bajo su responsabilidad...

Intentó controlar el pánico y la angustia aplastantes.

Jesiba guardó silencio por un momento. Luego dijo en voz baja:

—Déjame ver qué puedo hacer, cachorro —torció la boca hacia un lado—. Llévate a Hypaxia.

Bryce acababa de entrar a la caseta de vigilancia cuando sonó su teléfono. Necesitaba un segundo, un puto instante a solas, para procesar la enormidad de lo que había hecho.

Había arrojado a sus padres al mundo de las hadas.

Bryce siempre había sentido una sensación de seguridad al saber que, sin importar lo que hiciera, o dónde estuviera, Ember Quinlan y Randall Silago vivían en Nidaros... que Ember y Randall *existían* y que siempre estarían ahí para luchar por ella. Luchar *con* ella, si era honesta sobre su madre. Saber eso siempre había sido un consuelo también.

Y ahora se habían... ido. Estaban vivos, sí, pero al otro lado del universo.

Podrían haberse quedado en Avallen, seguros con todos los demás, con Cooper... pero ella los necesitaba. Los necesitaba para negociar con Nesta, pero también necesitaba saber que sus padres estarían por siempre fuera del alcance de los asteri.

Era egoísta, lo sabía. Cobarde. Pero no se arrepentía.

Aunque de verdad quería *un segundo* para procesarlo todo. Por eso había entrado a la caseta de vigilancia.

Hasta que sonó el teléfono.

Al otro lado del muro, no había señal, así que no tenía idea si era Urd quien decidió el momento o si su hermano la había estado buscando sin parar. Contestó al primer timbrazo.

—¿Ruhn?

—Necesito que regreses.

—¿Qué pasó?

El pánico teñía todas sus palabras.

—Pollux interceptó el *Guerrero de las Profundidades* cuando estaba dejando gente en el borde de la niebla de Avallen. Masacró a un montón de mer y... no sé cómo, pero se enteró sobre los hijos de Lidia. Se los llevó. Los tiene en el palacio.

Bryce casi dejó caer el teléfono. Afuera, Hunt era una sombra en la oscuridad y la nieve. Sus compañeros eran más sombras a su alrededor.

—Supongo que los asteri ya encontraron cómo hacer que vayamos con ellos —dijo Bryce en voz baja.

—El *Guerrero de las Profundidades* nos envió un vehículo de transporte, estamos a punto de embarcar con Flynn y

Dec e iremos rumbo a la Ciudad Eterna —dijo Ruhn con voz ronca—. Pero si esos niños están en los calabozos...

Ella sintió que el estómago le daba un vuelco.

—Está bien —exhaló—. Sí, por supuesto. De acuerdo. Nos subiremos al helicóptero de inmediato.

Ruhn exhaló con aliento tembloroso.

—¿Hicieron... hicieron lo que tenían que hacer allá?

—Sí —dijo Bryce y salió hacia el viento aullante y el frío brutal. Hunt y Aidas estaban juntos, planeando. Isaiah y Naomi estaban a un par de metros, participando, pero conservando su distancia, como si no estuvieran del todo cómodos con la idea de estar en presencia de un Príncipe del Averno. Celestina se había ido a la fortaleza de Ephraim en Ravilis unos momentos antes. Sus alas blancas lucían muy brillantes con la luz que reflejaban de la nieve. Lo mantendría ocupado, volvió a prometer antes de irse... Le asintió a Hunt una última vez, pero él no devolvió el gesto.

Más allá de Hunt y los demás, extendiéndose a la distancia, marchaban los ejércitos del Averno. Cubrían los treinta y ocho kilómetros desde el muro hasta la Fisura aún abierta.

Terrores malditos, en especial esas mascotas que habían sido liberadas en Ciudad Medialuna en la primavera. Bryce nunca se había sentido más contenta de tener el amuleto archesiano alrededor del cuello, aunque se preguntó si sería suficiente para mantener alejados a *tantos* demonios, si eligieran comer un bocadillo.

Por la tensión en los hombros de Hunt, supo que la horda lo estaba poniendo tan inquieto como a ella. Humanoides de alas de cuero y cuernos que parecían ser los soldados de a pie. Bestias reptilianas blancas como hueso que se arrastraban en cuatro patas... perros de guerra. Seres esqueléticos con mandíbulas demasiado grandes, con hileras e hileras de dientes afilados como agujas que brillaban con una baba verdosa. Había más... muchos más:

cosas que se arrastraban, cosas que volaban, cosas que miraban Midgard con ojos lechosos y ciegos y aullaban en anticipación con sed de sangre.

Hunt no ofreció ningún comentario sobre las filas interminables de pesadillas. Había pasado toda una vida cazando estas mismas criaturas que ahora lucharían por ellos... ¿Cuántos de los que marchaban lo sabían también? ¿Cuántos de ellos habían cruzado a Ciudad Medialuna apenas hacía unos meses y habían desatado el dolor y la muerte?

Pero esta vez, fieles a la palabra de los príncipes, las bestias permanecieron en sus filas. En cuanto a los soldados, Bryce no se acercó demasiado a ver sus rostros debajo de la armadura. Las alas con picos que sobresalían por encima de las filas, las manos con garras que sostenían lanzas. Pero no hablaban, no gruñían. Su aliento formaba rizos de vapor debajo de los visores de sus cascos con cada paso que daban en el aire helado. Cada paso más dentro de Midgard.

Todo el Averno, listo para atacar.

Tenía que confiar que esta decisión probaría ser la correcta.

—Dile a Lidia que vamos para allá —le dijo Bryce a Ruhn, que aún estaba en la línea. El sonido atronador de los pies y pezuñas y garras hacía temblar la tierra nevada—. Y dile que no vamos solos.

81

—Esto me parece familiar —le murmuró Ithan a Hypaxia mientras esperaban en el Muelle Negro con Marcos de la Muerte en las manos—. Tú, yo, el Rey del Inframundo...

—Nuestro mejor amigo —dijo Hypaxia con ironía. La niebla del Sector de los Huesos era un muro impenetrable al otro lado del río. Hizo un ademán hacia el agua:

—¿Vamos?

Ithan asintió y lanzaron sus Marcos de la Muerte al agua. Cayeron con un suave sonido y las ondas se extendieron alejándose de ellos en una sola dirección: al sur. Hacia el Sector de los Huesos. Desaparecieron en la niebla.

En el silencio de los siguientes momentos, Ithan se atrevió a decir:

—Jesiba dijo que tú y la gobernadora estaban, eh... juntas. ¿Cuánto tiempo?

Ella lo miró con una mueca de dolor.

—Bastante. Pero ya no.

—¿Incluso cuando ella estaba con Ephraim?

—Su acuerdo con Ephraim es un contrato político. Lo que ella y yo tenemos... teníamos... —negó con la cabeza y la luz de la luna hizo brillar con plata sus rizos oscuros—. Estoy segura de que Jesiba dijo que soy una ingenua.

—Tal vez —respondió Ithan evasivo.

Hypaxia miró hacia donde había desaparecido su Marco de la Muerte bajo la superficie.

—Todos me lo dijeron, sabes. Que los arcángeles no son de fiar. Que tienen esos campamentos de entrenamiento secretos donde los adoctrinan, que son títeres de los asteri. Pero ella pasó mucho tiempo en Nena y pensé que eso la había apartado de su influencia —se mordió el labio. Luego agregó—: Aparentemente, eso le dio el incentivo para hacer lo que fuera necesario para salir de esas tierras congeladas.

—Todos... todos tomamos malas decisiones —exhaló él—. Dioses, eso sonó tonto.

Hypaxia rio en voz baja.

—Se aprecia, de todas maneras —dijo y luego se puso más seria—. Pero cuando supe lo que había hecho... Bueno. Extraño a mi madre casi todos los días, pero en especial últimamente. En especial después de todo lo de Celestina —señaló hacia la niebla frente a ellos—. Así que entiendo por qué estás buscando a tu hermano.

—Lamento mucho lo de tu madre —dijo él.

—La mayoría de la gente me dice que ya debería haber superado su muerte, pero... —encorvó los hombros—. No sé si llegará el día en que no sienta que tengo un agujero en el corazón en el lugar donde ella solía estar.

—Sí —dijo él en voz baja y sintió también dolor en el pecho—. Conozco la sensación —se aclaró la garganta—. Entonces, ¿no podías, eh, reanimar a tu madre con tu nigromancia?

—No —respondió Hypaxia con seriedad—. Ella se aseguró de que su alma no cayera en manos del Rey del Inframundo. Y aunque lo pudiera hacer, me reclamaría haber usado mi don para algo tan... egoísta.

—Pero es tu madre.

—También era mi reina —dijo Hypaxia y levantó la barbilla—. Y se avergonzaría de saber que deserté del aquelarre y cedí mi corona. Así que, no. No quiero verla. No podría enfrentarla, aunque tuviera la posibilidad.

—¿Pero no sigues siendo bruja? Digo, sí, ahora estás en la Casa de Flama y Sombra, pero no dejaste de ser bruja.

Jesiba tal vez habría rechazado el título, pero eso había sido su decisión.

—Sigo siendo una bruja —dijo Hypaxia y sus manos formaron puños a sus lados—. Eso nunca me lo podrán quitar.

Ithan miró los tablones negros bajo sus pies. Tenía que organizar la Travesía del Premier. La de Sabine también, supuso.

Pero... ¿sí lo tenía que hacer? El alma del Premier ya se había perdido. No había nada que ofrecer al Sector de los Huesos más allá de un cuerpo vacío. Y si la gente de Lunathion veía que el barco del Premier se volteaba sin entender por qué... no lo permitiría.

Con gusto le daría a Sabine la indignidad de dejar que todos vieran que su barco se volteaba. También le alegraría dejar que su alma viviera en el Sector de los Huesos hasta que llegara el momento de ser convertida en picadillo para los asteri, pero tendría que decidir si merecía una Travesía, para empezar.

Dioses, deseaba que Bryce estuviera con él. Ella tendría una idea. *Sólo hazla pedacitos y métela al triturador de basura.*

Ithan rio un poco y ofreció una oración al rostro brillante de Luna sobre él para pedir que su amiga estuviera a salvo... y en movimiento.

Un barco negro salió de la niebla frente a ellos y se dirigió directo a Ithan e Hypaxia, que aguardaban en el muelle. Exactamente como Jesiba había prometido que sucedería.

Ithan tragó saliva:

—Llegó el taxi.

Ithan sabía que era Premier de los lobos valbaranos, pero ciertamente no se sentía como tal. Todo esto era una broma. Él sólo era... un tipo. Cierto, un tipo con más poder del que pensaba, pero ahora con gente que dependía de él. Tenía que tomar decisiones.

Al menos, como capitán de solbol, sus entrenadores le decían qué hacer. Ahora él era el entrenador y capitán en una misma persona.

Y dado lo mucho que la había cagado recientemente, cómo todas sus decisiones para ayudar a Sigrid sólo la habían llevado a un destino desastroso... Dioses, realmente no se sentía para nada como un Premier.

Pero al menos intentó verse como tal, con la espalda derecha y los hombros hacia atrás, cuando él e Hypaxia se pararon frente al Rey del Inframundo en un templo de roca gris dedicado a Urd.

El Rey del Inframundo descansaba sobre un trono debajo de la estatua enorme de una figura con un tazón de metal negro entre sus manos alzadas. Tenía símbolos grabados en todo el tazón que continuaban a lo largo de sus dedos, sus brazos, su cuerpo. Ithan asumió que la estatua representaba a Urd. En ningún otro templo se representaba a la diosa, nadie se atrevía... la mayoría de la gente decía que el destino era imposible de retratar en cualquier forma. Pero al parecer, los muertos, a diferencia de los vivos, sí tenían una visión de ella. Y todos esos símbolos que bajaban del tazón a su piel... eran como tatuajes.

Se veían extrañamente familiares. Pero Ithan ya no tuvo tiempo de pensar en eso porque él e Hypaxia agacharon la cabeza frente al Rey del Inframundo.

—Gracias por recibirnos —dijo Ithan intentando mantener tranquila su respiración. Rezando por que ninguno de esos mastines que el Rey del Inframundo había enviado tras ellos en el Equinoccio de Otoño estuviera escondido entre las sombras llenas de niebla.

Al menos no había segadores. Ni señal de Sigrid, donde fuera que se hubiera ido. Un desastre enorme que también tendría que arreglar... pero eso sería otro día. Si lograba sobrevivir otro día, claro.

Los dedos marchitos y huesudos del Rey del Inframundo sonaron sobre los brazos de roca de su trono.

—Premier —le dijo a Ithan—, me siento honrado de ser tu primera visita política. Aunque creo que el protocolo dicta que tu prioridad debe ser reunirte con la gobernadora —una mirada intencional hacia Hypaxia—. A menos que la presente compañía haga eso... incómodo.

Los ojos de Hypaxia destellaron un instante, pero no dijo nada.

Habían venido a este lugar por un motivo, así que Ithan no hizo caso de la burla del Rey del Inframundo y dijo:

—Mire, eh... Su Majestad...

El Rey del Inframundo le sonrió con la boca llena de dientes antiguos color café. Ithan intentó no estremecerse y continuó:

—Jesiba Roga me dijo que estaba de acuerdo en que podíamos hacerle una petición. Me gustaría hablar con mi hermano, Connor Holstrom.

El Rey del Inframundo volteó a ver a Hypaxia.

—¿No te di otras tareas que atender?

—Entregarles bolsas de sangre a los vampiros no es un buen uso de mi tiempo —dijo Hypaxia con una autoridad impresionante.

—¿Debo volver a asignarte a los segadores? —una sonrisa cruel—. Disfrutarían darte una probada o dos, niña.

—Sólo estoy pidiendo cinco minutos con mi hermano —interrumpió Ithan.

—¿Para hacer qué? —preguntó el Rey del Inframundo y se inclinó hacia adelante.

—Necesito decirle unas cuantas cosas.

—El adiós que nunca pudiste decir —lo provocó el Rey del Inframundo.

—Sí —respondió Ithan con brusquedad.

El Rey del Inframundo ladeó la cabeza.

—¿Y prometes no advertirle de lo que le espera?

—¿Importa si lo hago? Ya está atrapado aquí de todas maneras —dijo Ithan con un gesto hacia el templo y la tierra estéril al fondo.

—No me interesa provocar disturbios civiles... ni siquiera entre los muertos —dijo el Rey del Inframundo—.

Y demasiada inquietud llamaría la atención y provocaría preguntas.

De los asteri, sin duda.

Ithan se cruzó de brazos.

—Esa no parecía ser su posición cuando le vendió a mis amigos a Pippa Spetsos.

—Pippa Spetsos iba a ayudarme a expandir mi reino de manera importante —dijo la criatura—. Era una inversión para mis segadores... mantenerlos satisfechos y alimentados.

Ithan bloqueó el recuerdo del cuerpo destrozado del Premier, la manera en que Sigrid le había succionado el alma.

Hypaxia dijo con tranquilidad:

—¿Por qué desertaron los segadores de Apollion para unirse a ti?

El Rey del Inframundo reaccionó visiblemente.

—No pronuncies su nombre aquí.

—Disculpas —murmuró Hypaxia. No sonaba para nada arrepentida.

Pero el Rey del Inframundo se recuperó y dijo:

—En el Averno, los segadores se alimentaban de los vampiros y los gobernaban. Cuando los vampiros desertaron a este mundo, los segadores siguieron a su fuente de alimento y encontraron que otros seres de Midgard eran un verdadero festín. Así que dejaron solos a los vampiros y se alimentan a placer del resto de la población.

Ithan no pudo contener su estremecimiento en esta ocasión. No podía imaginar cómo era el Averno, si los segadores y los vampiros andaban caminando por ahí...

—Pero tú no eres del Averno —dijo Hypaxia.

—No —respondió el Rey del Inframundo y posó sus ojos lechosos en Ithan—. Yo nací en el Vacío, pero mi gente... —le sonrió a Ithan con crueldad—. Ellos no les eran desconocidos a tus ancestros, lobo. Yo me colé cuando ellos entraron tan ciegamente a Midgard. Este lugar es mucho más adecuado a mis necesidades que las cuevas y madrigueras donde estaba confinado.

Ithan se quedó impactado.

—¿Vienes del mundo de los metamorfos?

—Ustedes no eran conocidos como metamorfos entonces, niño.

—Entonces ¿qué...?

—Y ella —continuó el Rey del Inframundo con un gesto hacia la representación poco común de Urd encima de ellos— no era una diosa, sino una fuerza que gobernaba mundos. Un caldero de vida, lleno del lenguaje de la creación. Urd, la llamaron aquí... una versión corrompida de su verdadero nombre. Wyrd, la llamábamos en el viejo mundo.

—Todo eso está muy bien y muy interesante —dijo Hypaxia—, pero la petición de mi amigo...

—Ve a hablar con tu hermano, niño —dijo el Rey del Inframundo lenta, casi melancólicamente. Como si toda esta plática sobre su antiguo mundo lo hubiera agotado—. Tienes siete minutos.

Ithan sintió que se le secaba la boca.

—Pero dónde...

El Rey del Inframundo señaló la salida detrás de ellos.

—Allá.

Ithan volteó. Y ahí estaba Connor, tan nítido y vibrante como lo había estado en vida, parado en la puerta del templo.

82

Ithan no sabía si reír o llorar cuando se sentó junto a su hermano en los escalones de la entrada del templo. Hypaxia permaneció en el interior, hablando en voz baja con el Rey del Inframundo.

Connor apareció exactamente como había estado el último día que Ithan lo vio, apoyándolo desde las gradas en su partido de solbol... excepto por la luz azulada alrededor de su cuerpo. La marca del fantasma.

Ithan averiguó por las malas lo que significaba, cuando intentó abrazar a su hermano, pero sus brazos lo atravesaron.

Siete minutos. Menos ya.

—Quiero decirte tantas cosas —empezó Ithan.

Connor abrió la boca, pero no salió ningún sonido.

Ithan parpadeó.

—¿No puedes... no puedes hablar?

Connor negó con la cabeza.

—¿Nunca? ¿O sólo... ahora?

Connor movió la boca para decir *nunca*.

—Pero Danika habló con Bryce...

Connor se tocó el pecho. Como diciendo: *aquí dentro*.

Ithan se frotó la cara.

—El puto Rey del Inframundo *sabía* que no podías hablar y...

El azul brilló en su campo de visión cuando Connor le colocó la mano sobre el hombro. No tenía peso. Pero la mirada de su hermano, compasiva y preocupada...

—Lamento no haber estado ahí —dijo Ithan y se le quebró la voz.

Connor sacudió la cabeza lentamente.

—Debí haber estado ahí.

Connor se colocó un dedo sobre los labios. *No digas otra palabra.*

Ithan intentó tragar a pesar del nudo en su garganta.

—Te extraño todos y cada uno de los días. Desearía que estuvieras conmigo. Yo... Carajo... estoy metido hasta las rodillas en mierda y en serio me serviría tener a mi hermano a mi lado.

Connor ladeó la cabeza. *Díme.*

Ithan lo hizo. Tan resumidamente como pudo, consciente de cada segundo de la cuenta regresiva. Sobre Sigrid y Sabine y el antiguo Premier. Sobre lo que era ahora. Sobre el parásito y el antídoto.

Ithan miró su teléfono cuando terminó. Sólo le quedaban dos minutos. Connor sonreía débilmente.

—¿Qué? —dijo Ithan.

Su hermano se puso una mano sobre el pecho y agachó la cabeza, una señal de respeto para el Premier.

Ithan lo miró molesto.

—No es gracioso.

Connor levantó la cabeza y la sacudió de lado a lado. En su mirada sólo había orgullo.

Ithan sintió que se le hacía un nudo en la garganta.

—No sé qué hacer ahora. Cómo ser Premier. Cómo arreglar todo este asunto con Sigrid... si es que siquiera se *puede* arreglar. Ya se nos terminaron los relámpagos de Athalar de cualquier manera. Tal vez yo sea un hijo de puta por no hacer que la prioridad fuera Sigrid, pero tengo que ayudar a Bryce y los demás primero. Estoy tan fuera de mi elemento. Y... hay más cosas que no puedo decirte. Desearía poder, pero...

Connor miró a sus espaldas, al templo donde estaba el Rey del Inframundo. Cuando se aseguró de que verdaderamente estuvieran a solas, extendió una mano hacia Ithan. Una semilla brillante de luz estaba ahí. Connor la llevó a su boca e hizo como si se la comiera.

—¿Lo sabes? —susurró Ithan . ¿Sobre la luzsecundaria?

Connor asintió una vez.

Ithan resopló.

—Claro que la Jauría de Diablos lo averiguaría.

Pero Connor buscó en uno de sus bolsillos y colocó algo en el suelo entre ellos.

Una bala.

Estaba hecha del mismo metal maloliente que los Marcos de la Muerte. Como si hubiera sido creada a partir de todas esas monedas lanzadas al río. Las propiedades que tenía ese metal debían permitirle ser tocado y movido por los muertos.

—No entiendo —dijo Ithan—. ¿Qué es eso?

Connor empezó a gesticular, demasiado rápido para que Ithan pudiera entender.

Pero se escuchó el movimiento de túnicas sobre roca e Ithan tomó la bala negra antes de que el Rey del Inframundo apareciera entre los pilares del templo y declarara:

—Tu tiempo ha terminado.

Connor miró la mano de Ithan, luego lo vio a los ojos y le suplicó con la mirada que entendiera lo que le quería decir.

—Sólo un minuto más —rogó Ithan—. Por favor.

—Ya se te concedió más de lo que se le concede a la mayoría de los mortales. Agradécelo.

—*Agradecercelo* —exhaló Ithan cuando Hypaxia salió al lado del Rey del Inframundo—. ¿Qué debo agradecer? ¿Qué mi hermano esté *aquí*? —su grito hizo eco en los pilares grises, la grava, la niebla vacía.

Connor le hizo una seña para que guardara silencio, pero Ithan lo ignoró.

—Me niego a aceptar esto —dijo Ithan furioso y las garras empezaron a brillar en las puntas de sus dedos—. Que *esto* sea lo mejor que hay...

—Recuerda tu juramento, cachorro —advirtió el Rey del Inframundo.

Ithan se movió irritado.

—¿Qué eres tú sino un alienígena de otro mundo que llegó aquí a aprovecharse?

Connor lo miraba ahora con los ojos muy abiertos y pidiéndole que guardara silencio, que desistiera.

Pero eso que había despertado en Ithan en el momento que el parásito desapareció no se iría. Miró a la criatura, esta *cosa* del mundo de su gente, y reconoció al Rey del Inframundo como lo que era en verdad.

Enemigo, le cantaba su sangre y le habló de cuevas debajo de las colinas, de tumbas saqueadas y oscuridad mohosa. *Enemigo*.

El gruñido de Ithan abrió la niebla, rebotó en el templo. Se formó escarcha en las puntas de sus dedos. Incluso Connor retrocedió sorprendido.

—¿Qué es eso? —dijo el Rey del Inframundo y dio un paso atrás y hacia el interior del templo. Ithan bajó la vista a sus manos, el hielo que las cubría.

Enemigo.

Los muertos silenciosos, los que sufrían... Ithan no lo toleraría más.

—Vete de mi reino —dijo el Rey del Inframundo e Ithan pudo oler su miedo. Su sorpresa y su temor. Como si reconociera a Ithan como un enemigo antiguo también.

El Rey del Inframundo retrocedió otro paso, ya casi estaba dentro del templo, y se resbaló en hielo puro. Se enderezó, con la túnica agitándose, levantó una mano huesuda e Ithan supo en sus entrañas que el gesto era para invocar a sus mastines de cacería.

Ithan no le dio la oportunidad.

El hielo cubrió la mano marchita del Rey del Inframundo. Luego su brazo. Luego su hombro...

—¡Detente *ahora*! —aulló el Rey del Inframundo.

Pero el hielo siguió avanzando sobre él. Ithan permitió que siguiera. Dejó que esta criatura viera el puto asesino despiadado que era él, dejó que viera que no toleraría ya esta mierda contra su hermano, contra sus padres, contra *ninguno* de sus seres amados.

Ya no habría Travesías. Nunca asistiría a otra.

Había destruido con sus propias manos la línea Fendyr. ¿Por qué no también destruir a la Muerte?

El Rey del Inframundo abrió la boca para gritar, pero el hielo de Ithan le cubrió la cara, el cuerpo. Lo selló en un frío tan absoluto que Ithan lo podía sentir en su corazón. Podía escuchar el viento frígido, capaz de matar en segundos.

Ithan se dejó llevar. Lo vertió en el ser que ahora estaba atrapado en las escaleras frente a él como una estatua.

Sabía que Connor miraba horrorizado. Y no se atrevió a apartar su atención del Rey del Inframundo el tiempo que requeriría para ver la cara de Hypaxia.

Ithan se puso tan frío que olvidó lo que era la calidez. Olvidó el fuego y el sol y...

Connor se paró frente a él. Gruñendo.

Ithan perdió la concentración. Pero en lugar del rechazo y decepción que pensaba que encontraría en la cara de Connor, sólo vio pesar y preocupación.

—Bueno, ésa es una manera de hacer que al fin se callara ese viejo costal de viento —dijo Jesiba Roga y salió de entre las sombras del interior del templo.

Ithan giró rápidamente. Pero Jesiba le dijo a Hypaxia, que estaba tensa y vibrando de poder cerca de la columna más cercana.

—Hazlo.

La exreina bruja no atacó con su poder brillante. Tan sólo tomó un brasero apagado de la entrada del templo. Con el rostro completamente impasible, Hypaxia ondeó el metal oscuro.

Y el Rey del Inframundo estalló en brillantes astillas de hielo.

83

El silencio vibraba cuando Ithan miró la pila de hielo que alguna vez había sido el Rey del Inframundo... y no sintió nada.

El Rey del Inframundo estaba muerto. Ya no existía. Ithan lo había matado.

—Parece que vamos a necesitar un nuevo Líder de Casa —le dijo Jesiba con tranquilidad a Hypaxia, quien veía fijamente los restos del Rey del Inframundo, claramente horrorizada por lo que había hecho.

Lo que habían hecho.

—Cuando lo golpeé —le dijo Hypaxia en voz baja a Ithan ignorando a Jesiba—, le puse un poco de mi poder al impacto.

Hypaxia extendió su mano ensangrentada hacia Ithan y él se dio cuenta de que también estaba sangrando por todas partes debido a la explosión que arrojó astillas de hielo en todas direcciones. Sus manos, su cara, estaban cubiertas de riachuelos rojos. Hypaxia no se veía mucho mejor.

Tomó su mano ensangrentada en la suya. La mano de la bruja brilló y ambos sanaron. Las cortaduras de su cara desaparecieron, junto con las de él, a juzgar por el cosquilleo que le recorrió la piel. Más rápido de lo que había visto trabajar jamás a una medibruja.

—Jueguen después —dijo Jesiba—. Tenemos trabajo que hacer.

—¿Qué trabajo? —preguntó Ithan.

—Si lo matas, te conviertes en él —le dijo Jesiba a Hypaxia—. Eres ahora, para todo fin práctico, la Líder de la Casa de Flama y Sombra. Y de este lugar.

Ella palideció.

—Eso no es posible. No quiero esa carga.

—Qué mal. Tú lo mataste.

Hypaxia caminó hacia Jesiba, tenía el rostro contraído por la angustia y la furia.

—Tú sabías que esto iba a ocurrir —la acusó—. Me hiciste acompañar a Ithan no para ayudarlo, sino para...

—Sospechaba que las cosas podrían salir a tu favor —dijo Jesiba con tranquilidad—. Pero aunque hayas heredado este sitio por derecho, debes tomar algunas decisiones pronto. Antes de que Rigelus se entere.

—¿Como qué? —exigió saber Ithan y miró a Connor, quien todavía estaba en la parte superior de las escaleras, observándolos a todos con asombro en su cara fantasmal.

—Como qué hacer con las almas de aquí —dijo Jesiba y asintió en dirección de Connor.

—Las dejaremos ir —dijo Ithan—. Ni siquiera necesitamos los Reinos Silenciosos, ¿o sí?

—No —dijo Jesiba—. La muerte funcionaba perfectamente bien sin ellos antes de que llegaran los asteri.

Pero Connor negó con la cabeza.

—¿No? —preguntó Ithan.

Su hermano asintió hacia el puño cerrado de Ithan, que sostenía todavía la bala negra. Connor abrió la boca, pero todavía no podía emitir sonido.

—Ay, por favor —dijo Jesiba y volteó a ver a Hypaxia—. Ya ordénale que hable.

Hypaxia arqueó las cejas.

—Habla.

Connor exhaló, un suspiro que fue claramente audible. Hypaxia de verdad era la ama de este lugar. Ithan se maravilló de lo sucedido.

Y sí era la voz de su hermano, la voz que había conocido toda su vida, la que insistió:

—No nos envíen al éter.

—Connor... —dijo Ithan sobresaltado.

Connor le sostuvo la mirada a Hypaxia.

—No pierdas esta oportunidad.

Empezó a bajar las escaleras, casi corriendo, y no pudieron hacer otra cosa salvo seguirlo. Con esa gracia fuerte y segura, su hermano corrió por la avenida vacía flanqueada por obeliscos extrañamente labrados hasta la Puerta de la Muerte, que tenía su cristal apagado en la penumbra.

Connor no volvió a hablar hasta que llegaron frente a ella.

—Esa bala —dijo Connor y asintió hacia Ithan, que la sostenía— la hicimos nosotros... los muertos. Para Bryce —una sonrisa suave y dolorosa cruzó su rostro cuando pronunció su nombre—. Para que la use en el rifle Matadioses.

—¿Qué tiene de especial? —exigió saber Jesiba.

—Nada todavía. Pero se hizo para contenernos. Nuestra luzsecundaria.

Como si le respondiera, la Puerta empezó a brillar.

—Teníamos planeado buscar a Jesiba para pedirle, a través de su rol en Flama y Sombra, que se pusiera en contacto con alguno de ustedes —dijo Connor y encogió uno de sus hombros—. Pero cuando apareciste hoy, Ithan, cuando se distrajo el Rey del Inframundo... Bueno, pues sucedió un poco antes de lo que planeábamos, pero todos estaban listos y creo que Urd así lo quiso —después de todo lo que Ithan había escuchado y experimentado, no dudó de lo que decía su hermano—. Así que empezaron el éxodo por esta Puerta. Estaban terminando cuando me llamaron para verte.

Un conducto, como el que Bryce había usado en la primavera.

—Toda nuestra luzsecundaria, de todas las almas de aquí —dijo Connor en voz baja—. Es de ustedes para que la pongan en esa bala. Úsenla bien.

Ithan sintió que se le hacía un nudo en la garganta.

—Pero si tú... si tú te conviertes en luzsecundaria...

—Yo ya estoy muerto, Ithan —dijo Connor con delicadeza—. Y no puedo pensar en una mejor manera de terminar mi existencia que dando un golpe en nombre de todos nuestros ancestros que han sido atrapados y consumidos por los asteri —asintió hacia la bala. Tenía la cara iluminada por el brillo de la Puerta—. Mira el grabado.

Memento Mori. Las letras brillaban bajo la luz tenue de la Puerta.

Jesiba soltó una risa suave.

—Yo les di la idea, ¿cierto?

Una de las comisuras de la boca de Connor subió un poco. Ithan casi se quebró al ver esa media sonrisa. Dioses, la había extrañado. Extrañaba a su hermano mayor.

Pero la Puerta de la Muerte brilló con más intensidad... como si el momento hubiera llegado. Como si ya no pudiera contener todas esas almas, la luzsecundaria en la que se habían convertido, mucho tiempo más.

Connor le dijo a Ithan:

—Me enorgulleces, lo sabes, ¿verdad? Todos los días antes de hoy, y todos los días después. Nada que hagas cambiará eso jamás.

Algo se resquebrajó en el pecho de Ithan.

—Connor...

—Dile a Bryce —dijo Connor con los ojos brillantes cuando empezó a caminar hacia la Puerta encendida, ahora con un muro de luz brillando en el arco vacío— que haga que ese disparo cuente.

Connor entró al arco y se desvaneció en ese muro de luz.

Se había ido. Y esta vez fue igual de insoportable, tan inconcebible haber tenido a su hermano aquí, verlo y hablar con él y volverlo a perder...

La luz empezó a encogerse y contraerse, pulsaba, e Ithan podría haber jurado que escuchó el siseo de los segadores que corrían hacia ellos en la distancia. La luz vibró e hizo implosión y se condensó en una diminuta semilla de luz pura.

Flotaba en el arco de la Puerta, vibrando con tal poder que los vellos del brazo de Ithan se erizaron.

—Ponla dentro de la bala —le ordenó Jesiba a Ithan, quien desenroscó la tapa del cartucho y se acercó delicadamente a la semilla.

Todas las almas de la gente de aquí... los sueños de los muertos, su amor por los vivos...

Ithan deslizó el cartucho con cuidado alrededor de la semilla de luz y volvió a colocar la tapa. Levantó la bala entre su pulgar y su índice. La punta se le clavaba en la piel.

Cuando la luz flotó por dentro de la bala, la inscripción *Memento Mori* se iluminó brevemente, letra por letra.

Luego se apagó y el metal oscuro quedó opaco bajo la luz grisácea.

—¿Ahora qué? —preguntó Ithan, aunque apenas le salió un hilo de voz rasposa.

Connor había estado ahí y ahora ya se había ido. Para siempre.

—Tengo que ver lo de los segadores —murmuró Hypaxia y se quedó mirando hacia la niebla distante, al sitio desde donde se escuchaba el siseo ir aumentando de volumen.

Ithan logró controlar el hueco que tenía en el corazón lo suficiente para preguntar:

—¿Qué hay de Sigrid?

Hypaxia dijo con cautela:

—¿Qué quisieras que hiciera con ella?

—Sólo, eh... —carajo, no tenía idea de qué quería—. Dile que quiero hablar con ella —dijo. Luego aclaró—: Necesito hablar con ella. Pero cuando regrese de la Ciudad Eterna.

Eso si regresaba.

Hypaxia asintió con solemnidad.

—Si la encuentro, le daré tu mensaje.

—Los segadores no van a estar contentos con el cambio de poder —le advirtió Jesiba a Hypaxia.

—Entonces te nombro mi segunda al mando y te ordeno que me ayudes —dijo Hypaxia con tono impasible.

—Con gusto —dijo Jesiba y se miró las uñas pintadas de rojo.

—No los puedes matar —le advirtió Hypaxia a la hechicera.

Jesiba le sonrió con ironía a la bruja y luego le asintió a Ithan, quien se logró separar un poco de su dolor para mirar sus ojos de acero.

—Mueve tu trasero a Pangera ya, Premier. Y llévale esa bala a Bryce Quinlan.

Tharion no habló, apenas respiró, hasta que él y Sathia estuvieron de regreso en el aire libre. Les había tomado horas coordinarse con sus excolegas sobre cómo realizarían el éxodo de la ciudad, cómo harían la difusión del mensaje sin alertar a nadie sobre el plan. Sin duda, se sabría en algún momento que la Corte Azul albergaba refugiados, pero con suerte para entonces ya tendrían a suficiente gente Debajo. Y entonces la Corte Azul se cerraría y rezarían por que el poder de la Reina del Río resistiera contra los torpedos de azufre de los Omegas atracados en los muelles del río. Era arriesgado... pero era un plan.

Cuando se ocultaron en las sombras de un callejón, Tharion al fin le dijo a Sathia:

—Lo logramos. Puta madre, lo logramos...

Ella sonrió y era un espectáculo hermoso. *Ella* era hermosa.

Pero una voz canturreó desde las sombras del callejón.

—Vaya, ¿no les parece esto un giro interesante?

Tharion apenas tuvo tiempo de desenfundar el cuchillo que traía al costado y pararse frente a Sathia cuando la Reina Víbora apareció en la luz. Sus asesinos hada drogados estaban a sus costados.

—No tengo ningún asunto contigo —le dijo Tharion a la Reina Víbora, que vestía uno de sus overoles usuales, de color azul mar en esta ocasión, con tenis de bota de gamuza color amatista y cintas granate.

—Quemaste mi casa —dijo la Reina Víbora y sus ojos verdes de serpiente brillaron. Como los ojos de un segador. Los asesinos hada detrás de ella se movieron, como si fueran una extensión de su ira.

—¿Colin? —dejó escapar Sathia, y Tharion volteó y notó que veía a una de las hadas con la boca abierta—. ¿*Colin*? Pensé que tú...

La Reina Víbora miró al hada enorme y luego a Sathia y le dijo a la segunda:

—¿Quién carajos eres tú?

—Sathia Flynn, hija de Padraig, Lord Hawthorne —dijo Sathia con la barbilla en alto y desdén puro en cada palabra—. Sé quién eres tú, así que ni te molestes en presentarte, pero quiero saber por qué mi amigo es tu empleado.

Era un rostro distinto al de la gracia cortesana que había utilizado para la Reina del Río. Éste era imperioso y helado y un poco aterrador.

La Reina Víbora resopló.

Sathia le enseñó los dientes.

—Colin. Aléjate de esta basura y regresa a casa.

El hada enorme permaneció con la mirada al frente. Como había estado todo este tiempo. Como si no la escuchara.

—Colin —dijo Sathia. Su voz se hacía más aguda con un tono similar al pánico.

—McCarthy no responderá a menos que yo le dé la orden —dijo lentamente la Reina Víbora. Caminó hacia el hada y le recorrió el pecho amplio con sus manos de uñas manicuradas. Sus uñas color dorado metálico brillaban sobre el cuero negro de la chamarra—. Pero, déjame adivinar: ¿un amigo de la infancia? El pobre y apuesto guardia hada, la niñita rica y mimada... —sus labios pintados de color morado se curvaron en una sonrisa, le dio unas palmaditas al hada en la mejilla y le ronroneó—: ¿Por eso llegaste arrastrándote conmigo? ¿Su papi no te dejaba cortejarla?

El corazón de Tharion se detuvo por el dolor que llenó el rostro de Sathia cuando exhaló y dijo, más para ella que para alguien más:

—Papá dijo que habías encontrado un nuevo puesto en Korinth.

—Padraig Flynn siempre ha sido un excelente mentiroso —dijo la Reina Víbora—. Y un mejor cliente. Él me presentó a McCarthy, por supuesto —hizo un ademán hacia el asesino de rostro inexpresivo.

Sathia palideció.

—Ven a casa, Colin —dijo con la voz entrecortada—. Por favor.

Tharion no tenía idea de cómo alguien, incluido el hada drogada, podía resistir la súplica de esa voz. Su cara.

—Es demasiado tarde para eso —dijo la Reina Víbora y asintió a Tharion—. Pero tú y yo tenemos negocios pendientes, mer.

—Déjalo en paz —dijo abruptamente Sathia. Enseñó los dientes y se acercó más a Tharion—. No te *atrevas* a tocarlo.

Los dedos de Tharion se acercaron a los de ella y los apretó una vez como advertencia para que guardara silencio.

—¿Y qué autoridad tienes, niña, para ordenarme que me aleje de él?

—Soy su esposa —escupió Sathia.

La Reina Víbora soltó una carcajada. Y Tharion podría jurar que algo similar al dolor apareció en los ojos azul brillante de McCarthy, sólo un destello.

—Déjalo en paz —repitió Sathia y unas enredaderas empezaron a enroscarse en sus dedos—. A él *y* a Colin.

—Ésa no es una opción que me interese, niña —dijo la Reina Víbora y ladeó la cabeza. Los asesinos, Colin incluido, apuntaron sus armas. ¿Se lo imaginaba o el arma de McCarthy temblaba ligeramente?

Tharion enfundó su cuchillo y levantó las manos. De nuevo, se paró frente a Sathia.

—Tu problema es conmigo.

Había logrado lo que tenía que hacer con la Reina del Río. Y si Sathia enviudaba... podría volver a casarse, según la ley hada. Incluso podría encontrar alguna forma de salvar a ese pobre diablo de McCarthy y casarse con él. Así que Tharion dijo:

—Déjala irse de aquí antes de que me metas una bala en la cabeza.

—Ah, pero no te voy a matar tan rápido —dijo la Reina Víbora—. Ni de broma, Ketos.

Dio un paso al frente y sus asesinos fluyeron con ella.

—Si das un paso más hacia mi amigo —dijo una voz femenina conocida—, morirás.

Tharion sintió que las rodillas le fallaban cuando miró por encima de su hombro y vio a Hypaxia Enador caminando desde el muelle con Ithan Holstrom muy irritado y amenazante a su lado.

84

—Yo no recibo órdenes de exreinas brujas —dijo la Reina Víbora. Sus guardias no retrocedieron ni un centímetro, pero la pistola de Colin McCarthy definitivamente estaba temblando, como si estuviera resistiéndose a la orden con todas sus fuerzas.

—¿Qué tal de la Líder de la Casa de Flama y Sombra? —preguntó Hypaxia.

Las rodillas de Tharion se vencieron abruptamente al ver la luz verdosa que se encendió en sus ojos.

Sathia lo sostuvo de la cintura y lo levantó con un gruñido.

Tharion susurró:

—¿Pax?

Pero su amiga, esta mujer que había sido su amiga desde el momento que se conocieron en la Cumbre, que siempre parecía poder ver al hombre real debajo de su disfraz encantador, se limitó a mirar furiosa a la Reina Víbora.

—Si lo tocas, a él o a su amiga, te echarás encima toda la ira de Flama y Sombra.

Holstrom dio un paso para pararse a su lado, repleto de poder, con *magia*, fría y extraña, y añadió:

—Y la ira de todos los lobos valbaranos.

Sólo había una persona que podía hacer esa declaración.

El hombre que estaba frente a él era el Premier. No cabía duda. Pero ese poder extraño que emanaba de él... ¿qué demonios era *eso*?

La Reina Víbora miró a Ithan intensamente durante un largo rato, luego a Hypaxia.

—Cambio de poder —murmuró y sacó un cigarrillo del bolsillo de su overol y se lo llevó a la boca—. Interesante.

El cigarrillo se movió de arriba a abajo al pronunciar palabra y, cuando lo encendió, inhaló profundamente. Luego fijó sus ojos de serpiente en Tharion:

—La recompensa por tu cabeza sigue en pie.

—Retira la recompensa —ordenó Ithan, su tono tenía el eco de un Alfa.

—No perdonaré ni olvidaré lo que Ketos me hizo a mí y a los míos. Pero se irá de aquí hoy... permitiré eso.

Hypaxia la miró con un gesto que destilaba desprecio.

—*Tú* te irás de aquí hoy. *Nosotros* permitiremos eso.

La Reina Víbora dio otra fumada a su cigarrillo y sopló el humo hacia Hypaxia.

—Si le das un poquito de poder verdadero a una bruja, se le sube de inmediato a su linda cabecita.

—Vete al carajo —gruñó Ithan.

Pero la Reina Víbora retrocedió de regreso al callejón. Le silbó con fuerza a sus asesinos y luego se alejó caminando. Ellos giraron simultáneamente y marcharon detrás de ella.

Colin McCarthy ni siquiera volteó.

—¿Qué *carajos*? —explotó Tharion con Ithan, con Hypaxia. El Premier de los lobos de Valbara y la Líder de la Casa de Flama y Sombra—. ¿Qué pasó?

—¿Qué te pasó a *ti*? —le replicó Ithan—. ¿Dónde están los demás? ¿Bryce está aquí?

—¿Bryce? No... está en Nena. Ella...

Pero éste no era el momento para ponerse al día.

Sin embargo, Ithan dijo:

—¿Nena? —se pasó las manos por el cabello—. Puta madre.

—¿Por qué? —preguntó Tharion.

Hypaxia dijo con seriedad:

—Tenemos que llegar con Bryce. De inmediato.

—Está bien —dijo Tharion—. Veré si puedo contactarla. O a Athalar.

Hypaxia e Ithan empezaron a caminar y Tharion los siguió con Sathia un poco atrás. Cuando llegaron frente a la puerta de la Casa de Flama y Sombra, Hypaxia levantó una mano y se abrió de par en par en silencio. Ella la comandaba.

Ithan entró sin dudarlo, pero Tharion intentó dominar su asombro lo suficiente para preguntarle a Hypaxia:

—¿Cómo terminaste...?

—Es una larga historia —dijo ella y se acomodó un rizo oscuro detrás de la oreja—. Pero entren primero. Es el único sitio seguro en esta ciudad.

Tharion miró a Sathia detrás de él. Estaba pálida frente a la puerta que se abría ante ellos.

—Dame un minuto —dijo él e Hypaxia asintió y entró a la penumbra.

—Hypaxia es una amiga —le explicó Tharion con suavidad a Sathia—. Nada te hará daño ahí dentro.

Sathia levantó la mirada, desolada y desesperada, hacia su rostro. Como si hubiera visto un fantasma.

Y tal vez sí lo había visto.

—Fue mi Prueba —tenía los labios muy, muy blancos—. Me di cuenta hasta después —murmuró—. Después de que Colin... se fue. Perderlo fue mi Prueba.

Con suavidad, Tharion le colocó una mano en la espalda, sorprendido por la extraña tensión que sentía en el estómago, y la invitó con gesto tranquilo hacia la puerta.

—Lo lamento —dijo y condujo a su esposa hacia la penumbra.

Era lo único que podía ofrecerle.

—La recepción en Nena es horrible... hay una interferencia extraña en este momento —anunció Tharion. Estaban en la oficina de Jesiba Roga, de todos los lugares—. Pero por las pocas palabras que alcancé a entender, se van a dirigir de inmediato a la Ciudad Eterna.

—Bien —dijo Holstrom, que no paraba de caminar frente al escritorio de Roga—. Eso me dijo Jesiba hace rato. ¿Pero dónde nos reunimos?

—Ésa es la parte difícil —admitió Tharion y se sentó en una de las sillas. Sathia se sentó en silencio en la otra, perdida en sus pensamientos—. La señal se cortó antes de que pudiéramos acordarlo. Intenté volver a llamarlo, y a Quinlan, y a sus padres, pero... nada.

—Tal vez lograron abrir la Fisura —dijo Hypaxia pensativa—. Si está fluyendo la magia del Averno hacia Midgard, eso podría estar alterando las conexiones. Los demonios provocan a veces cortes en la energía con su presencia. Imaginen lo que muchos demonios al mismo tiempo podrían hacer.

—Es posible, pero eso no cambia lo que tenemos que hacer —dijo Holstrom. El lobo había cambiado, de alguna manera, en el transcurso de un día. Había pasado de estar perdido a concentrado. De lobo solitario a Premier. Tharion había logrado que le contara una historia muy escueta sobre cómo él enfrentó a Sabine, e Hypaxia al Rey del Inframundo para convertirse en la Líder de la Casa de Flama y Sombra, pero independientemente de eso, ambos parecían haber subido de nivel. De manera importante.

En especial Ithan. Incluso el más poderoso de los lobos sólo tenía habilidades de transformación y fuerza excepcional, no *magia* real. Y sin embargo, Holstrom de repente tenía la habilidad de crear hielo, como si el poder hubiera estado encerrado en su sangre todo este tiempo. Pero Tharion hizo a un lado la idea cuando Holstrom agregó:

—Necesitamos averiguar cómo contactar con ellos.

—Estoy seguro de que si la Fisura está abierta, los veremos acercarse a un par de kilómetros de distancia —dijo Tharion.

—Necesitamos encontrar a Hunt y Bryce *antes* de que inicien cualquier tipo de confrontación con los asteri —insistió Ithan. Tomó un frasco de líquido transparente del escritorio—. Hypaxia encontró la cura para el parásito de los asteri. Necesitamos distribuirlo a todos los que podamos.

Tharion parpadeó sorprendido. Sathia dejó de estar pensativa y prestó atención.

Entonces, Ithan sacó una bala larga y oscura de su bolsillo.

—Y necesitamos entregarle esto a Bryce lo más pronto posible.

—¿Qué es eso? —preguntó Tharion al notar que un poder extraño y antiguo latía en la bala negra.

El rostro de Ithan era sombrío.

—Un regalo de los muertos.

85

—Bueno, amigos —le dijo Bryce a Hunt, a Declan y Flynn, a Ruhn y Lidia. Estaban todos juntos en una camioneta blanca sin ningún distintivo (una de una flotilla que Ophion mantenía disponible por todo Pangera en caso de que algún agente las necesitara para escapar) en las afueras de la Ciudad Eterna. Y aunque Lidia estaba frenética con la urgencia de rescatar a sus hijos, este paso era necesario—. ¿Están listos para cambiar el mundo?

Jesiba acababa de enviar el video de la muerte de Micah.

—Vamos a quemar a este hijo de puta —dijo Flynn y Dec asintió y empezó a teclear en su laptop.

—Empezamos a grabar en treinta segundos —le advirtió Dec a Bryce y ella miró hacia donde Hunt estaba sentado a su lado, tan silencioso, tan pensativo. Aterrado, se dio cuenta ella.

Él levantó la mirada, sus ojos mostraban un temor desolado y dijo con voz ronca:

—La última vez que estuve en esta posición, con los Caídos... me costó todo —tragó saliva, pero mantuvo su mirada en Bryce. Ella podría jurar que los relámpagos centellearon en sus alas—. Pero en esta ocasión, tengo a Bryce Adelaide Quinlan a mi lado.

Ella tomó sus manos entre las suyas y apretó con fuerza.

—Corazón, aquí estoy —le susurró y a él le brillaron los ojos con reconocimiento. Él le había dicho lo mismo en una ocasión, el día que le habían sacado el veneno de kristallos de la pierna.

Hunt también le apretó la mano.

—Vamos a prenderlo.

Declan hizo la señal y la luz roja de la cámara de su laptop se encendió.

Bryce miró el lente de la cámara y dijo:

—Soy Bryce Quinlan. Heredera de las Hadas Astrogénitas, Reina de las Hadas en Avallen y Valbara, pero lo que es más importante... la hija mitad humana de Ember Quinlan y Randall Silago.

Hunt apenas parecía respirar cuando Bryce añadió:

—Él es mi compañero de vida y esposo, Hunt Athalar. Y estamos aquí para mostrarles...

Entonces la golpeó, en ese momento, una oleada de nervios.

Hunt lo percibió y retomó lo que ella estaba diciendo sin perder un segundo:

—Estamos aquí para mostrarles que la República no es tan todopoderosa como se los han hecho creer —levantó la barbilla—. Hace siglos, dirigí una legión, los Caídos, contra los arcángeles, contra los asteri. Todos saben cómo terminó. Aquel día en el monte Hermon, sólo otro grupo de vanir vino en nuestra ayuda: las duendecillas. Todos sufrimos por esto y los que sobrevivieron siguen siendo castigados hasta el día de hoy —tragó saliva. Bryce nunca lo había amado tanto como en ese momento, cuando continuó—: Pero hoy estamos aquí para decirles que vale la pena defendernos. Que es posible desafiarlos y sobrevivir. Que sus jerarquías, sus reglas... todo es mentira. Y es hora de ponerles fin.

Bryce podría haber sonreído, pero había encontrado finalmente las palabras adecuadas:

—Lo que sucedió en Prados de Asfódelo fue una atrocidad. Lo que le sucedió a esas familias inocentes... —enseñó los dientes—. Eso no puede volver a suceder. *Nosotros*, la gente de Midgard, no podemos permitir que vuelva a suceder.

Miró la cámara directo a su ojo oscuro, miró al mundo al otro lado.

—Los asteri les mienten, a todos ustedes, cada segundo de cada día. Durante los últimos quince mil años, nos han mentido, nos han esclavizado, y ni siquiera nos hemos enterado de la mitad de la verdad. Usan un parásito en el agua para controlar y cosechar nuestra magia, lo hacen utilizando el ritual del Descenso. Porque necesitan esa magia... nos necesitan a *nosotros*, nuestro poder. Sin el poder de la gente de Midgard, los asteri no son nada.

Enderezó los hombros. El orgullo de Hunt era una calidez que prácticamente se filtraba a su costado, pero él dejó que ella siguiera hablando, dejó que tomara el mando cuando dijo:

—Los asteri no quieren que ustedes sepan esto. Han maquinado y asesinado para conservar sus secretos.

El rostro de Danika, las caras de los integrantes de la Jauría de Diablos, aparecieron frente a sus ojos. Hablaba por ellos, por Lehabah, por todos los que murieron en los Prados.

—Nos han dicho que somos demasiado débiles y que ellos son demasiado poderosos para que nos defendamos. Pero eso es sólo otra mentira.

Bryce continuó:

—Así que estamos aquí para demostrarles que sí se puede. Yo me defendí y maté a un arcángel que los asteri usaron como títere para asesinar a Danika Fendyr y la Jauría de Diablos. Me defendí y prevalecí... Y tengo el video para demostrarlo.

Y con el movimiento de Declan en un interruptor, el video empezó a reproducirse.

Bryce se asomó en la habitación pequeña y sin amueblar de la casa de seguridad cerca de la sección más al norte del muro que rodeaba la Ciudad Eterna.

—¿A Lidia le consta que esto es seguro?

Hunt, con las alas muy pegadas al cuerpo en el espacio apretado, asintió hacia la cama angosta.

—Sí. Y estoy bastante seguro de que todos los hoteles de cinco estrellas nos reportarían de inmediato con los asteri, de todas maneras.

—No me refería a eso —refunfuñó Bryce y se dejó caer en la cama llena de bultos y rechinidos. Más como un catre, en realidad—. Digo... todo Ophion... muerto —se atragantó con la palabra—. ¿Quién puede afirmar que este lugar no está comprometido? Lidia no está en este momento con la mente muy tranquila. Es posible que no esté pensando claramente.

—Dec y Flynn están montando guardia —dijo Hunt y se sentó junto a ella con un gemido—. Creo que podemos descansar esta noche.

Bryce se frotó la cara.

—No estoy segura de poder dormir sabiendo que el video se difundirá pronto.

Y poco después de eso, el Averno empezaría su viaje hacia la Ciudad Eterna. Sólo podía rezar que la presencia de los ejércitos permaneciera sin ser notada hasta el momento indicado. Había hecho algunas cosas para asegurarse de que así fuera.

Hunt movió las cejas.

—¿Quieres hacer otra cosa que no sea dormir?

A pesar de todo lo que pesaba sobre ella, a pesar de lo que les aguardaba al día siguiente, Bryce sonrió:

—¿Ah? —se recostó un poco en el camastro sobre los codos. La cama dejó escapar un chirrido agudo, *criiiic*—. Uf —dijo Bryce con una mueca—. Si a alguien le quedara duda de que estamos a punto de coger como animales, esta cama sin duda se las va a despejar.

Un lado de la boca de Hunt se movió hacia arriba, pero sus ojos se habían oscurecido al mirar los labios de su esposa.

—Estoy listo para un poco de sexo ruidoso.

Apoyó una mano al lado de ella y acercó sus labios a una distancia que apenas rozaban los de Bryce.

—Podría ser nuestra última noche en...

Ella le tapó la boca con la mano.

—No —se le cerró la garganta—. No digas eso.

Él retrocedió. Su mirada era insoportablemente tierna.

—Vamos a sobrevivir, Quinlan. Todos. Lo prometo.

Ella se acercó y rozó su boca contra la de él.

—No quiero pensar en el mañana en este momento.

Fue el turno de él de decir:

—¿Ah?

Ella recorrió la unión de sus labios con la lengua y él abrió la boca para ella. Bryce introdujo su lengua y probó la esencia que era Hunt, su compañero y esposo.

—Quiero pensar en ti —dijo y se alejó un poco, le acarició los pectorales, el abdomen duro como piedra—. En ti encima de mí.

Él se estremeció y agachó la cabeza. Ella besó el sitio donde había estado su halo, donde él se había liberado de su yugo.

La mano de Bryce bajó más, hacia sus jeans negros y la dureza que ya presionaba dentro de ellos.

—Quiero pensar en esto —dijo y lo tocó con la palma de la mano— dentro de mí.

—Carajo —exhaló Hunt y los hizo girar para colocarla recostada debajo de él—. Te amo.

Ella levantó la mano hacia su cara, atrajo su mirada hacia la de ella.

—Te amo más que nada en este mundo... y en cualquier otro.

Él cerró los ojos y le besó la sien.

—Pensé que habías dicho que nada de despedidas.

—No es una despedida —dijo ella. Le recorrió el surco de su columna vertebral con las manos, sus alas como terciopelo contra las puntas de sus dedos—. Es la verdad.

La boca de Hunt encontró el cuello de Bryce y le rozó la zona donde se sentía su pulso con los dientes.

—Eres mi mejor amiga, ¿lo sabías? —preguntó y se alejó para poder verla debajo de él. Ella no pudo evitar que su estrella se encendiera—. Digo, eres mi pareja y mi esposa, carajo, eso todavía suena extraño, pero también eres mi mejor amiga. Nunca pensé tener una de ésas.

Ella le recorrió la mandíbula fuerte, las mejillas, con los dedos.

—Después de Danika, yo no creí... —le picaban los ojos y se acercó para besarlo de nuevo—. Tú también eres mi mejor amigo, Hunt. Me salvaste... literalmente, supongo, pero también... —se dio unos golpecitos en el corazón, sobre la estrella brillante. Otra referencia a la primavera pasada, a todo lo que había crecido entre ellos, las palabras pronunciadas durante lo que ella había pensado que sería su última llamada telefónica—. Aquí dentro.

Él miró sus ojos con cuidado y había tanto amor en ella que no lo podía soportar, tanto amor que arrasaba con cualquier miedo o temor sobre lo que podría suceder esa noche o al día siguiente. Por el momento, eran sólo ellos: Bryce y Hunt. Por el momento, eran sólo sus almas, sus cuerpos, y nada más importaba.

Sólo Hunt. Y Sólo Bryce.

Así que ella volvió a besarlo y ya no hubo más plática después de eso.

Hunt usaba su lengua siguiendo los movimientos de la de ella. El peso de su cuerpo sobre el de Bryce era dicha y consuelo y hogar. Hogar... él *era* su hogar. La habilidad de Bryce de teletransportarse con él sólo había demostrado eso. El hogar no era un lugar o una cosa, sino *él*. Donde fuera que estuviera Hunt... ahí estaría su hogar. Lo encontraría en otras galaxias, si fuera necesario.

Él le quitó la camisa de manga larga con un tirón, suave, amoroso. Bryce prácticamente le arrancó la camisa negra de los hombros.

Hunt rio y se levantó para desabrocharse el cinturón y luego bajar el zíper de sus pantalones.

—Qué impaciencia.

Ella frotó sus muslos uno contra otro, desesperada por cualquier tipo de fricción. En especial al ver la longitud impresionante de Hunt saltar al ser liberada y...

—¿Sin ropa interior? —dijo Bryce ahogándose.

Hunt sonrió.

—Toda la ropa interior que me dieron en el *Guerrero de las Profundidades* era demasiado pequeña para esto —dijo. Se rodeó con la palma de la mano, dio unos cuantos tirones y ella gimió al ver la pequeña gota de humedad en la punta de su pene—. Ahora veamos qué ropa interior estás usando *tú*, Quinlan —dijo con los ojos oscurecidos de lujuria y le bajó los *leggins*. Ella levantó la cadera de la cama e hizo rechinar los resortes. Hunt rio al escuchar el sonido.

Pero su risa se le apagó en la garganta al ver la tanga color rojo cereza.

—¿*Esto* es lo que te dieron en el *Guerrero de las Profundidades*?

—No en el *Guerrero de las Profundidades* —sonrió mientras él le terminaba de quitar los *leggins* dejando a la vista la diminuta tanga de encaje rojo—. Me robé éstas del castillo de Morven... las habitaciones de visitas tenían paquetes enteros sin abrir.

La risa sonora de Hunt hizo que su estrella brillara y el aliento se le escapó del cuerpo cuando él tomó una rodilla en cada mano y abrió sus piernas lo más que pudo.

—Si ese pendejo no estuviera muerto, le enviaría una nota de agradecimiento.

Hunt presionó su boca contra la parte delantera de la tanga y sopló con aliento caliente.

—Maldición, Quinlan —le dijo con la boca contra ella y Bryce enterró una mano en su cabello sedoso. Él metió un dedo debajo del frente de su ropa interior, jugando con su entrada—. Malditos los dioses.

Ella tiraba de su ropa interior, más allá de las palabras.

Hunt le dio gusto y le quitó la tanga con lentitud cruel y brutal. Ella gruñó, pero él dejó colgada la prenda en uno de sus dedos antes de colocarla a un lado.

—No quisiera dañar esta cosa preciosa.

—Yo te voy a dañar a *ti* si no estás dentro de mí en este instante —logró decir ella y abrió más las piernas.

Casi llegó al clímax al ver la necesidad primitiva, el hambre voraz en el rostro de Hunt. En especial cuando levantó lenta, lentamente la vista hacia ella y pudo ver que sus ojos estaban llenos de relámpagos.

—Hunt —suplicó y él se abalanzó sobre ella.

La tomó de la cadera y la levantó del colchón, la colocó en el ángulo preciso que la quería y se deslizó dentro de ella con un movimiento largo y suave.

Bryce gimió al sentir su tamaño llenándola por completo y le clavó los dedos en los músculos duros de su trasero, sosteniéndolo ahí un momento. Disfrutando sentir cómo se estiraba alrededor de él, el peso de su cuerpo sobre ella.

—¿Cómo? —jadeó él en su cabello—. ¿Cómo carajos se puede sentir así de bien cada vez?

Ella apretó los dedos con más fuerza, instándolo a que se moviera. Él se salió casi hasta la punta y luego volvió a clavarse, con suficiente fuerza para extraerle a ella otro gemido.

—¿Te gusta? —preguntó y volvió a inclinarle la cadera. Era de él, para que él jugara—. ¿Te gusta mi pene tan adentro de ti?

Ella no pudo hacer nada más que asentir. Él la recompensó con otro movimiento largo que la hizo ver estrellas.

Ésas eran... ésas eran estrellas *reales* que bailaban a su alrededor, que llenaban la habitación.

—Quinlan —exhaló él con los ojos muy abiertos al ver las estrellas que flotaban a su alrededor. Pero ella necesitaba más fricción, más placer. Se envolvió el seno con la palma de la mano y apretó, se pellizcó el pezón duro entre los dedos.

—*Carajo* —explotó él y volvió a entrar en ella, tan profundo y fuerte que los movió sobre la cama. Otro movimiento y sus relámpagos sacaron chispas sobre sus hombros, en sus alas, una banda de relámpagos sobre su frente como una corona...

Ella levantó una mano brillante y los relámpagos se entrelazaron en sus dedos con descargas delicadas.

Él se salió de ella y su gemido de protesta se convirtió en uno de placer puro cuando él la volteó boca abajo y volvió a clavarse en ella. Su pene entraba tan apretado en su cuerpo que ella apenas podía soportarlo.

La luzastral brotaba de ella y los relámpagos de él bailaban sobre su columna vertebral, generando éxtasis a su paso.

—Hunt —gritó ella con la liberación ya en el horizonte.

Él le clavó los dedos en la cadera.

—Vente para mí, Bryce.

La liberación chocó con ella, en su interior, en su exterior, su luzastral destelló y la habitación brilló deslumbrante. Hunt empezó a entrar y salir de ella con movimientos certeros y constantes y sus relámpagos ya estaban entre sus muslos, sus relámpagos estaban ya en su sangre misma, y todo lo que ella era y lo que él era se fundió en esa luz, en ese poder...

El grito ronco de Hunt fue la única advertencia antes de que él se vaciara en su interior y eso la hizo llegar al clímax a ella otra vez, saber lo profundamente que estaba enterrado en ella, marcándola.

Él deslizó los dedos a su clítoris y la acarició durante el momento más intenso para amplificarlo. Ella retrocedió hacia él, presionándose hacia su pecho mientras sentía sus dedos hacer círculos y giros y nada se había sentido jamás tan perfecto como las olas tras olas de placer que la envolvían y se alejaban.

Y luego el mundo se quedó quieto, la luz empezó a desvanecerse y estaban arrodillados en la cama, Bryce recargada completamente contra Hunt y él con una mano entre sus piernas y la otra envuelta alrededor de su cintura. La besó una y otra vez en el espacio entre el cuello y el hombro.

—Bryce —murmuró contra su piel. Su pecho se movía con su respiración contra la columna de ella—. Bryce.

Ella colocó la mano sobre la de él y lo mantuvo entre sus piernas, como si pudiera congelar este momento, evitar que llegara el siguiente amanecer.

Él se estremeció y la volvió a besar.

—Puedo... Carajo, puedo *sentirte*. Dentro de mí.

Ella volteó hasta alcanzar a ver su rostro asombrado y devastado.

—Es como esa parte de ti que está... convertida, o como sea que lo llames —exhaló él—. Está en mí. Como si tuviera un fragmento de ti ahí acomodado.

—Qué bien —dijo ella y le besó la mandíbula. Dentro de ella, sus relámpagos permanecían, cargándola como un sol pequeño—. No importa lo que suceda mañana —dijo ella respirando agitadamente—, tendré este fragmento de ti conmigo. Fortaleciéndome.

Casi podía invocarlos, esos relámpagos. Fluían bajo su piel, tan llenos de promesas que no tenía idea de cómo dormiría.

Hunt la acercó contra su cuerpo y la abrazó con fuerza mientras los recostó en la cama ruidosa.

—Duerme, Quinlan —le susurró hacia el cabello—. Estaré contigo sin importar qué.

86

Ithan dejó a Tharion recuperándose de la dosis del antídoto. Su reacción había sido tan fuerte que las tuberías de la Casa de Flama y Sombra habían estallado por el aumento en su magia de agua. Hypaxia estaba muy ocupada intentando mantener su Casa en orden.

Así que Ithan se había ido a la Madriguera. Que ahora era... suya.

Bueno, nunca sería suya, ya que pertenecía a todos los lobos que la llamaran su hogar, pero era su responsabilidad.

Encontró a Perry de nuevo en la caseta de vigilancia, dibujando en un cuaderno. Tocó en el vidrio para llamar su atención y, al ver sus ojos muy abiertos, le sonrió un poco.

—¿Haciendo como que trabajas? —le dijo en broma.

Pero ella se puso de pie de un salto y abrió la puerta de inmediato.

—Perdón, sólo estaba...

—Per, soy yo —dijo él, alarmado.

Ella se enderezó y se puso en guardia, como le gustaba a Sabine. Carajo. Ya lidiaría con eso después. Por el momento... Olfateó intentando detectar el cambio sutil en su olor. Seguía siendo la mezcla de fresas y canela que había conocido toda su vida, pero con el antídoto... No podía identificar qué era. Había sido tan fuerte, inmediatamente después de tomar el antídoto, pero ahora ya estaba más apagado.

No había tiempo para pensarlo, para preguntarse por qué una Omega estaba de nuevo frente a él. Ithan miró por la puerta abierta de la Madriguera.

—¿Dónde están todos?

Perry se movió un poco.

—Se... eh... se fueron.

Ithan parpadeó lentamente.

—¿Qué quieres decir con que se fueron?

¿La Reina del Río ya había iniciado su evacuación? Él había venido a informarle a todos que tal vez sería lo mejor pasar desapercibidos e ir a la Corte Azul unas cuantas semanas, pero tal vez ella ya había enviado el mensaje.

—Lo que sucedió los sacudió —dijo Perry—. Te son leales, Ithan, pero están preocupados. Todos se fueron de la ciudad. Dijeron que querían esperar hasta el año nuevo para ver cómo, eh... resultaban las cosas.

En unos cuantos *meses*.

Ithan sopesó el temor que vio en sus ojos. No por él, sino...

—¿Y dónde está tu hermana? —preguntó en voz baja. El lobo dentro de él empezó a erizarse, a gruñir por la oponente que sabía que se acercaba.

—Amelie los lidera —dijo Perry y tragó saliva—. Creo que quería asegurarse de que todos llegaran a donde van —dijo. Pero bajó la mirada al pavimento.

—Seguro —dijo Ithan. Perry volvió a reacomodarse—. ¿Tú por qué no fuiste?

—Alguien se tenía que quedar a contarte —murmuró ella y un rubor empezó a subirle por las mejillas.

—Me cuesta pensar que tu hermana te obligara a quedarte.

—No, ella quería que me fuera, pero... no podía abandonar la Madriguera. Metieron al Premier al vestíbulo... creo que algunos querían quedarse para la Travesía, pero los que estaban asustados preferían marcharse. No se sentía bien abandonar el cuerpo ahí. Solo —las lágrimas brillaron en sus ojos color esmeralda, auténtico duelo por el viejo lobo.

Cualquier agresión que estuviera aumentando en Ithan se detuvo al ver el dolor, la lealtad en su rostro. Le apretó el hombro.

—Gracias por quedarte, Per.

Ella lo siguió a la Madriguera y presionó el botón interior para cerrar las puertas detrás de ellos. Ithan se detuvo en el prado y vio los árboles del parque doblarse con la brisa fresca. La sangre ya había sido limpiada en la entrada del edificio. Los cuerpos de Sabine y del Astrónomo...

—Los tiré al alcantarillado —dijo Perry con rabia silenciosa al leer la mirada de Ithan hacia los lugares donde habían estado los cadáveres—. No merecían una Travesía. En especial Sabine.

La sorpresa se encendió en él al ser testigo de este acto de desafío de una loba normalmente pacífica, pero asintió:

—Pudrirse en la mierda de la ciudad me parece un buen lugar para Sabine —dijo y Perry ahogó una risa. No era de diversión real. Ambos estaban muy alejados de eso.

—¿A dónde fuiste tú? —preguntó Perry, con suficiente cautela como para que él se percatara de que todavía estaba intentando averiguar lo que pensaba. Como amigo y como su Alfa y Premier. Averiguar qué tanto podía presionar.

—Es una larga historia —dijo él—. Pero regresé aquí para llevarlos a todos a algún lugar seguro.

Le explicó sobre la Reina del Río y la Corte Azul.

—Pero ahora —terminó de decir—, tengo que irme a la Ciudad Eterna.

Perry lo miró, claramente entendiendo más de lo que él había dicho.

—Entonces, ¿nos enfrentaremos a los asteri?

—*Nosotros* no haremos nada —dijo él—. *Yo* iré contra ellos.

—Pero tú eres el Premier —insistió ella—. Tú hablas por todos los lobos valbaranos. Tus decisiones son nuestras decisiones. Si tú vas a enfrentarte a los asteri, *nosotros* nos enfrentaremos a los asteri.

—Entonces abandóname —dijo—. Pero yo iré.

—Eso no es lo que estoy diciendo —dijo ella—. No estoy en desacuerdo contigo... las cosas tienen que cambiar, y cambiar para mejorar. Pero los lobos están dispersos en este momento. En sus casas de vacaciones, en viajes... demasiado lejos para llegar a la Corte Azul antes de que tú salgas para la Ciudad Eterna.

—¿Y?

—Entonces hay que avisarles antes de que te vayas. Dales unas cuantas horas para encontrar refugio, ya sea en la Corte Azul o en otro lugar en el campo para esconderse. En el segundo que te vean los asteri, cuando vean al Premier enfrentándose a ellos, perseguirán a los lobos para castigarte. Y después de lo que ocurrió en los Prados... —sus ojos se llenaron de dolor—. No creo que haya ninguna posible atrocidad que no cometan.

Ithan abrió la boca para objetar. Tenía que llevar esa bala y antídoto a Bryce *ahora.* Incluso en este momento ya podía ser demasiado tarde.

Pero no podría vivir con la muerte de ningún otro lobo sobre su conciencia. Y si un solo cachorro era lastimado porque él no le había dado tiempo para ocultarse...

—Tres horas —accedió Ithan—. ¿Sabes cómo enviar mensajes encriptados?

Perry asintió.

—Entonces empieza a correr la voz —levantó la vista hacia el vestíbulo del edificio detrás de las columnas y las escaleras que conducían a él—. Y yo empezaré a cavar una tumba.

—¿Una tumba? —protestó Perry—. Pero la Travesía...

—Ya no hay más Travesías —dijo Ithan en voz baja—. El Rey del Inframundo está muerto.

Ella lo vio con silencio impactado. Entonces, Perry dijo:

—Pero... el Sector de los Huesos.

—Es una mentira. Todo —hizo un ademán hacia el teléfono que ella ya tenía en la mano—. Corre la voz, luego hablaremos. Te diré todo lo que sé.

Perry lo miró a los ojos, su propia mirada llena de preocupación y sorpresa y determinación. Luego empezó a escribir en su teléfono.

—Me alegra, Ithan —murmuró—, que seas Premier.

Eres la única, casi respondió él, pero sólo asintió para expresar su agradecimiento.

Tharion guardó la última pistola en una mochila y volteó hacia donde estaba Hypaxia acomodando los frascos de antídoto en una bolsa.

—¿Cuántos tienes? —preguntó.

El agua le susurraba en las orejas, el corazón, las venas. Un flujo constante de magia, como si un río rugiente lo recorriera entero. Tan sólo con pensarlo, se liberaría.

—Dos docenas, más o menos —dijo ella en voz baja—. No suficientes.

—Vas a necesitar fábricas enteras dedicadas a producirlo y distribuirlo —dijo Tharion.

Ella le entregó la bolsa.

—Toma. No lo agites demasiado en el viaje. Los relámpagos de Athalar hacen que se conserven, pero con un poco de movimiento se pueden desestabilizar las dosis hasta el punto de que no funcionarán.

Él ladeó la cabeza.

—¿Tú no vendrás?

Había planeado ir al palacio de los asteri, el sitio donde era más probable que se diera la confrontación entre Bryce y los asteri. Dioses, tan sólo la noción de esto era una locura. Suicida. Pero, por sus amigos, por Midgard, iría y llevaría el antídoto.

Los ojos de Hypaxia brillaron con una luz verdosa.

—No... me quedaré aquí.

Tharion sintió el peso de esa palabra y se sentó en el borde del escritorio de Roga. La hechicera se había ido a solucionar una discusión entre vampiros y medibrujas de la ciudad por el robo de un banco de sangre de parte de los vampiros, aparentemente.

—¿Por qué? —preguntó él.

—Alguien tiene que encargarse de las tuberías reventadas en esta Casa —dijo Hypaxia en broma.

Tharion se sonrojó un poco. Su erupción posterior a ingerir el antídoto sería algo que le seguirían recordando por mucho tiempo. Pero había tenido tanto *poder*... de pronto, estaba desbordándose de agua y era música y furia y destrucción y vida. Pero dijo:

—Anda, Pax. Dime por qué.

Ella bajó la vista a sus manos.

—Por que si todo sale mal allá, alguien tiene que quedarse aquí. Para ayudar a Lunathion.

—Si todo sale mal allá, todos estamos jodidos de todas maneras —dijo él—. Que tú estés aquí, lamento decirlo, no hará mucha diferencia.

—Quiero seguir preparando el antídoto —agregó ella—. Necesitamos una mejor manera de estabilizarlo. Quiero empezar *ya*.

Él miró a su amiga... la miró con atención.

—¿Estás bien?

Los ojos de Hypaxia, tan distintos desde que había ocupado el trono de Flama y Sombra, miraron el piso.

—No.

—Pax...

—Pero no tengo alternativa —dijo ella y enderezó los hombros. Asintió a las puertas—. Deberías tomar a tu esposa e irte.

—¿Detecto una nota de desaprobación?

Hypaxia sonrió con amabilidad.

—No. Bueno, desapruebo gran parte de lo que te llevó a casarte con ella, pero no... el matrimonio en sí.

—Sí, sí... fórmate en la fila para darme un sermón.

—Creo que Sathia podría hacerte bien, Tharion.

—Ah, ¿sí?

La sonrisa de Hypaxia se volvió reservada.

—Sí.

Tharion le sonrió también.

—Hazlos polvo, Pax.

—Espero que no literalmente —dijo Hypaxia con un guiño.

Sonriendo a pesar de todo, Tharion salió de la oficina de Roga. Había dejado a Sathia en una pequeña habitación de huéspedes para que se lavara y descansara, aunque ambos sabían que no habría cantidad suficiente de descanso que la preparara para la locura que estaban a punto de enfrentar.

Había ofrecido enviarla a la Corte Azul, pero ella se negó. Y dejarla en Avallen los hubiera desviado mucho. Así que lo acompañaría.

Tharion tocó a la puerta del cuarto de huéspedes y no esperó a que ella contestara para abrirla.

La habitación estaba vacía. Sólo había una nota en la cama, cubierta levemente por su olor. Tharion la leyó una vez. Luego una segunda vez, antes de entenderla de verdad.

No puedo dejar a Colin en manos de ella. Espero que lo entiendas.

Buena suerte. Y gracias por todo lo que has hecho por mí.

Sathia lo había dejado. Eso era ese *gracias* al final. Era merecido... él le había hecho algo peor a la hija de la Reina del Río, sin embargo...

Tharion colocó la nota con cuidado nuevamente en la cama. No la culpaba. Era su decisión ir a salvar a su exnovio de continuar siendo un asesino drogado... y era una decisión noble, en realidad. No, no la culpaba para nada.

Era mejor que no lo acompañara a la Ciudad Eterna, en cualquier caso. Estaría más segura así.

De cualquier manera, Tharion se quedó mirando la nota en la cama durante un largo, largo momento.

Y aunque sabía que se dirigía a desafiar a los asteri, y probablemente a morir en el intento... cuando Tharion salió de la Casa de Flama y Sombra, luego de la propia Lunathion, no podía dejar de pensar en ella.

El video que Hunt y Bryce habían grabado estaba listo para salir en cualquier momento. Ruhn estaba tan orgulloso de su hermana. Ella sabía cómo aprovechar al máximo una mala mano.

Ese momento llegó poco después de la medianoche, con el golpe que dio Declan a una tecla.

Y ahora, sentado en el suelo de una habitación sin ventanas en la casa de seguridad que Lidia les había conseguido, Ruhn miró hacia el sitio donde estaba ella sentada a su lado y dijo:

—Quedan pocas horas para el amanecer y entonces haremos nuestra jugada.

Lidia se quedó mirando a la nada, movía la rodilla de arriba a abajo nerviosamente. Había hablado poco desde que recibieron la noticia del secuestro de sus hijos. Y aunque Ruhn ansiaba tocarla en los momentos silenciosos, había mantenido sus manos apartadas de ella. La antigua agente Daybright tenía otras cosas en la mente.

—Nunca debí haber regresado al *Guerrero de las Profundidades* —dijo Lidia al fin.

—Si Pollux se pudo enterar sobre tus hijos —objetó Ruhn—, se hubiera enterado de todas maneras, estuvieras o no en la embarcación.

—Debiste haberme dejado morir en el mar Haldren —dijo ella—. Entonces no habría tenido motivos para ir tras ellos.

—Oye —dijo Ruhn y la tomó de la mano y apretó. Ella volteó a mirarlo—. Nada de esto es tu culpa.

Lidia sacudió la cabeza y Ruhn le tocó la cara.

—Puedes sentir lo que necesites sentir en este momento. Pero, al llegar el amanecer, cuando salgamos de aquí, tendrás que enterrarlo y convertirte de nuevo en la Cierva. Una última vez. Sin la Cierva, no vamos a poder entrar a ese palacio.

Ella estudió su mirada y luego se inclinó hacia él para presionar juntas sus frentes.

Ruhn inhaló su olor y lo llevó hasta lo más profundo de su cuerpo, pero se dio cuenta que ya lo tenía marcado. Ahí había estado, oculto en él, desde la primera vez.

—¿Puedo...? —dijo ella y tragó saliva—. ¿Podemos...?

—Dime qué quieres —le dijo él y le besó la mejilla.

Ella retrocedió y le acarició la mandíbula.

—A ti. Te quiero a ti.

—¿Estás segura?

Tenía tanto peso sobre ella. Con sus hijos en manos de los asteri, no la culparía si...

—Necesito no pensar por un rato —dijo ella. Luego, agregó—: Y... necesito tocarte —recorrió el contorno de sus labios con los dedos—. Tu cuerpo real.

Él cerró los ojos al sentir su roce.

—Dime qué quieres, Lidia.

Le rozó la boca con los labios y él se estremeció.

—Te quiero a ti... todo tú. Dentro de mí.

Una sonrisa se extendió por la cara de Ruhn.

—Encantado de complacer.

Ruhn dejó que ella marcara el paso. Cada beso, él lo respondía con otro. Dejó que ella le mostrara dónde quería que la tocara, la lamiera, la probara.

Por fortuna, las partes donde ella quería que él *realmente* se enfocara eran en las que Ruhn estaba interesado en especial. El sabor de su dulzura en su lengua hizo que él prácticamente se viniera en los pantalones... y eso fue antes de que sus gemidos jadeantes le llenaran los oídos como la música más hermosa que jamás había escuchado.

—Ruhn —dijo ella, pero no le dio la orden de que se detuviera, así que él continuó trabajando con movimientos largos de su lengua, deseando a los dioses todavía tener su piercing en la lengua sabiendo que la podría haber vuelto loca con él, pero ya habría tiempo después.

Ella se arqueó sobre la cama y su orgasmo lo hizo retorcerse, desesperado por sentir cualquier sensación en su pene.

Ella alivió esa necesidad un momento después. Los ojos de Lidia eran casi flama pura cuando bajó el zíper de sus pantalones y luego envolvió su mano delgada alrededor de él...

Ruhn movió el cuerpo hacia ella con el primer contacto y estaba a punto de empezar a rogarle cuando Lidia lo empujó de regreso a la cama. Cuando se subió en él, montándolo, y esa mano alrededor de su pene lo guio hacia su entrada.

Ruhn colocó sus manos en el cabello dorado de Lidia, los mechones sedosos se desparramaban entre sus dedos y la miró a los ojos cuando ella empezó a bajar sobre él.

Apretó los dientes al sentir la presión y calor de su cuerpo, jadeó por la oleada de placer, la sensación de perfección, la manera armoniosa en que embonaban...

Ella se acomodó, completamente sentada, y su pecho empezó a subir y bajar tan rápido que Ruhn la tomó de las manos y presionó besos en las puntas de sus dedos. Ella parpadeó velozmente y luego cerró los ojos. Su cadera se movía y ya no había nada más que decir, que hacer, mientras lo montaba.

Ruhn levantó la cadera y los gemidos de Lidia aumentaron. Deseó poder devorar ese sonido. Se conformó con levantarse y besarla a fondo mientras ella tenía las piernas envolviéndole la cintura. Él quedaba tan profundamente en ella que parecía imposible y perdió el control. Se volvió un animal por completo al sentirse tan dentro de ella, al sentir su olor y su sabor...

Lidia se movía al mismo ritmo que él, igualaba su salvajismo con el propio, le recorría con los dientes el cuello, el pecho. Cada movimiento hacía que él rozara sus paredes más internas y, carajo, iba a *morir* de este placer...

Entonces ella inclinó la cabeza hacia atrás y sus delicados músculos se apretaron alrededor de él mientras se venía, lo que hizo que él terminara después de ella. Siguió moviéndose con fuerza en su interior durante la descarga, esa parte animal de él disfrutó de derramarse dentro de ella, y ella era de él y él de ella, y había una palabra para eso, pero no lograba recordarla.

Ella se quedó quieta y Ruhn sintió su peso cuando se recargó contra él. Sus cuerpos eran ahora un nudo de brazos y piernas. Su pene seguía clavado hasta el fondo. Cada respiración de ella la presionaba contra él y él le acariciaba la columna con los dedos, una y otra vez.

Ella estaba aquí. Él estaba aquí.

Por todo el tiempo que Urd se los permitiera.

Lidia se quedó en los brazos de Ruhn durante horas. No podía dormir.

Había sido todo lo que quería, todo lo que necesitaba, esta unión con él. Nunca se había sentido tan segura, tan adorada. Y sin embargo sus hijos seguían en manos de los asteri. En manos de Pollux.

Las horas transcurrieron con lentitud. Lidia bloqueó la parte de su mente que catalogaba cada posible tormento que podrían estar sufriendo Brann y Actaeon. Los tormentos que ella misma había provocado en tantos otros.

Tal vez este era su castigo. Su castigo por tantas cosas.

Ruhn se movió y Lidia se acercó más a él, inhaló su olor, saboreó la fuerza de su cuerpo alrededor del de ella.

E intentó no pensar en el mañana.

87

Ocultos en una camioneta sin ningún distintivo estacionada en un callejón polvoso de la Ciudad Eterna a la mañana siguiente, Ruhn miró a Lidia, sentada con el rostro inmutable y recargada contra el metal del vehículo, y se acercó a ella.

Apenas había dormido y Ruhn no la culpaba. Un vistazo a su rostro demacrado esta mañana cuando salieron de la casa de seguridad para abordar la camioneta hizo que se mantuviera cerca de ella para ofrecerle el consuelo que pudiera. Ahora, le colocó una mano en la rodilla y dijo:

—Una hora, más o menos. Y luego nos dirigiremos al palacio.

Otra hora para que Declan confirmara que los asteri estaban en efecto distraídos por el video que habían difundido al mundo. Por los informes iniciales de Dec esta mañana, era un puto desastre. El video había sido transmitido en todos los canales de noticias y en todos los sitios de redes sociales. Dec también confirmó que había hackeado la red imperial y que se había enterado que esta mañana los asteri y sus consejeros se reunirían para discutir los siguientes pasos. Las noticias sobre el parásito realmente habían provocado un efecto. Todos los medios hablaban incesantemente del tema. Y el video de Bryce matando a Micah, sus palabras sobre cómo habían muerto Danika y la Jauría...

No importaba que la red imperial hubiera retirado el video casi de inmediato. Ya circulaba allá afuera, en servidores privados, en los teléfonos. Estaba siendo visto y analizado una y otra vez. Los troles del imperio intentaban insistir en que era falso, plantaban comentarios diciendo que era un video manipulado, pero Dec se aseguró de que el video de Bryce corriendo por las calles de Lunathion esta primavera, cuando salvó a toda la ciudad, también circularan.

Y había gente que lo recordaba, que la había visto correr para ir a salvarlos. Ellos respaldaban lo sucedido y confirmaban que no sólo había salvado la ciudad del Averno, sino también de los misiles de azufre que habían lanzado los asteri.

Los asteri tenían muchas cosas con qué lidiar esa mañana. Exactamente como se había planeado. Y cuando empezara su junta de emergencia, sería el momento de hacer su jugada.

—Un sólo error y mis hijos... —empezó a decir Lidia y tragó saliva.

—Haz el miedo a un lado —dijo Ruhn y le ofreció la honestidad que ella le había dado con tanta frecuencia—. Concéntrate en la tarea por hacer, no en lo que podría suceder.

—Tiene razón —agregó Bryce desde donde estaba sentada con Athalar.

Estaban ahí junto a ellos, recargados uno en la otra. Flynn y Dec estaban al frente. El primero monitoreaba las calles, el segundo con una laptop en las rodillas, hackeando los controles militares imperiales para los mecatrajes. En unas horas más, estarían dentro.

—Deja atrás todo el equipaje hoy —terminó de decir Bryce.

Lidia se enderezó.

—Mis hijos no son *equipaje*...

—No —corrigió Bryce—, no lo son. Pero tú conoces ese palacio mejor que nadie. Cualquier distracción nos puede salir cara.

—Conozco a Pollux mejor que nadie —dijo Lidia y se quedó mirando a la nada—. Y por eso es insoportable estar aquí sentada.

—Descansa mientras puedas, Lidia —aconsejó Athalar—. Muy pronto, todo se va a ir al Averno.

—Literalmente —dijo Bryce con entusiasmo inquietante.

Ithan enterró al Premier en el corazón del prado para que su alma pudiera sentir la dicha juguetona de los cachorros por generaciones.

Si alguien sobrevivía a esto.

Tharion le había hablado para preguntarle dónde carajos estaba e Ithan le dijo al mer que se fuera a la Ciudad Eterna sin él. Que intentara encontrar a Bryce y Athalar y darles el antídoto a ellos o a alguno de sus amigos antes de que se lanzaran de lleno contra los asteri. Si el antídoto le había aumentado el poder a él, no podía siquiera imaginar lo que haría con Bryce y Athalar.

Ithan se echó la mochila al hombro y el rifle Matadioses que Roga le había prestado y salió del edificio principal de la Madriguera. Perry nuevamente estaba montando guardia en la caseta fuera de la puerta.

—¿Descansaste algo? —le preguntó Ithan y asomó la cabeza. Por lo morado debajo de sus ojos, supo la respuesta antes de que ella asintiera—. Te dije que durmieras algo.

—Quería estar aquí —dijo ella— en caso de que alguien viniera a pedir ayuda o tuviera alguna pregunta.

Él sintió que el pecho se le estrujaba ante su consideración... su amabilidad

—¿Y alguien vino?

—No —dijo ella y se frotó los ojos

—Deberías irte a la Corte Azul.

Ella lo miró a los ojos.

—¿Ya te vas?

—Sí —dijo él. Tampoco había dormido mucho, pero había obligado a su cuerpo a descansar. Sabía que tenía que estar en su mejor estado para lo que venía.

El teléfono de Perry vibró y ella volteó a ver la pantalla. Frunció el ceño.

—¿Qué pasa?

Ella abrió el mensaje y leyó en voz alta:

—«Bryce Quinlan y Hunt Athalar mataron a los arcángeles Micah y Sandriel esta primavera». Hay... un video de Bryce...

El corazón de Ithan empezó a latir acelerado. Era demasiado tarde. Bryce ya estaba moviéndose.

—Tengo que irme —dijo—. Tengo que ayudarla como pueda.

Perry se levantó de su silla en la caseta.

—Buena suerte, Ithan. Yo... realmente espero volverte a ver.

Él la abrazó con fuerza y sintió cómo lo cubría su olor de canela y fresas. Igual que siempre... como si no hubiera tomado el antídoto. Nuevamente, hizo a un lado la curiosidad que esto le despertaba.

—Yo también espero verte de nuevo —le dijo en el cabello y luego se apartó.

Vio que ella tenía los ojos brillantes por las lágrimas.

—Por favor, ten cuidado.

Él se ajustó las correas de la mochila.

—Vete a la Corte Azul, Perry.

—Ya entré a la red imperial —anunció Declan un par de horas después.

Hunt terminó de acomodar las pocas armas que había tomado de lo que Fury Axtar les había logrado llevar en el helicóptero: dos pistolas y un cuchillo largo. No era mucho, pero Axtar había elegido bien las armas. Eran piezas sólidas y confiables.

—Esos mecatrajes no son ninguna broma —dijo Dec con un estremecimiento—. Pero estoy listo para iniciar cuando ustedes me digan.

Hunt revisó la pistola que traía enfundada en el muslo. El cargador estaba lleno. Tenía más municiones en su bolsillo trasero. Podría haber usado la comodidad de su traje de Umbra Mortis con sus espadas gemelas enfundadas a la espalda, pero dos pistolas, un cuchillo en la bota y sus relámpagos tendrían que bastar. *Él* tendría que bastar.

Sólo Hunt. Podía vivir con eso.

Miró a Bryce de arriba a abajo. La empuñadura de la Espadastral se elevaba sobre su coleta de caballo y tenía La que Dice la Verdad enfundada en un muslo. En el otro, traía una pistola y sólo un cargador adicional.

El Averno trajo sus ejércitos, pero ellos luchaban con poder y colmillos y dientes y fuerza bruta.

—Bien —dijo Bryce—, ¿todos tenemos claro el plan?

—¿Cuál? —murmuró Ruhn—. Tienes como siete.

—Es mejor estar sobrepreparado —canturreó Bryce—. El plan es simple: mantener distraídos a los asteri soltándoles al Averno y a los Caídos... mientras Athalar y yo nos colamos al palacio y destruimos ese núcleo de luzprístina.

—No olviden —intervino Hunt con ironía— rescatar a los hijos de Lidia, destruir a Pollux, acercarse lo suficiente a los asteri para eliminarlos del planeta...

Iba contando cada acción en los dedos de su mano.

—Sí, sí —dijo Bryce con un ademán. Le guiñó a Lidia y sonrió de una manera que Hunt sabía estaba diseñada para intentar tranquilizar a la Cierva—. ¿Están listos para partirles la cara a estos pendejos?

Lidia levantó la barbilla. Tenía un cuchillo de un lado y una pistola. Eso era todo.

Era risible que fueran a entrar al puto palacio de los asteri armados con tan poco, pero no valía la pena ya pensar en eso. No tenían alternativa.

—En el momento que salgamos de esta camioneta, tenemos dos minutos antes de que las cámaras de las calles alerten a los técnicos de los asteri que estamos en la ciudad, si nos identifican —dijo Lidia.

—Por eso es mi trabajo —dijo Declan desde su estación en la parte trasera de la camioneta— mantener esas cámaras lejos de ustedes.

—Y es mi trabajo —dijo Flynn desde el asiento del conductor— mantenernos en movimiento alrededor de la ciudad para evitar que nos detecten.

—En cuanto les envíe el mensaje —dijo Ruhn—, estén listos para hacer una parada y recogernos.

—Ya hicimos esto una vez, ¿recuerdas? —le dijo Flynn a Ruhn—. La reunión con Lidia después de que los sacó a ti y a Athalar fue un ensayo para este gran show.

—No me importa lo que tengan que hacer —le dijo Lidia a Flynn, a Dec— ni a quién tengan que dejar atrás. Pero saquen a mis hijos de esta ciudad y llévenlos a la costa —los miró a los ojos. Agregó—: Por favor.

Dec asintió.

—Nosotros nos encargamos, Lidia —dijo Dec, pero pareció tropezar al pronunciar su nombre. Pero se recuperó y dijo—: Protegeremos a tus hijos. Sólo haz lo que tienes que hacer y nosotros estaremos donde tú necesites que estemos.

Ella asintió también, le brillaban los ojos.

—Gracias.

Hunt miró a Bryce, que observaba todo esto en silencio. No era una buena señal.

Lidia notó la mirada de Bryce y dijo:

—¿Recuerdas el camino a su salón del trono?

—Sí —dijo Bryce y miró a Hunt—. Las alas estaban ahí hace un par de semanas... esperemos que Rigelus no haya redecorado.

—No las habrá tocado —respondió Lidia—. Odia el cambio.

Las palabras se quedaron flotando en el aire. Hunt tragó saliva para aliviar la sequedad de su garganta. Harían esto. Él haría esto.

¿No había aprendido su puta lección ya *dos* veces? ¿Con los Caídos, luego con los acontecimientos recientes? Regresar una tercera vez...

—Recuerdo —dijo Bryce en voz baja, sólo a él, a pesar de que los demás estaban escuchando— cada momento de la espada de Micah cuando te cortó las alas. Cómo no había nada que pudiéramos hacer para detenerlo... para *detenerlos*. Recuerdo cómo te vendieron de regreso a Sandriel y que en esa ocasión tampoco pudimos hacer nada para detenerlos. Recuerdo cada puto momento de eso, Hunt —le brillaron los ojos de pura rabia y determinación—. Pero hoy finalmente vamos a ponerle *fin a ellos*.

Hunt le sostuvo la mirada a su pareja y dejó que su valentía fuera la valentía de él, dejó que su fortaleza fuera la luz que lo guiara.

—Me prometí ese día que Micah te cortó las alas —dijo Bryce, dirigiéndose sólo a él todavía— que pagarían por ello. Por lo que han hecho.

La luzastral centelleaba alrededor de su cabeza formando una sombra de esa corona de estrellas.

Nadie habló. Bryce se puso de pie y se dirigió a las puertas traseras de la camioneta. El mundo, los asteri, el fin aguardaban al otro lado.

Los vio a todos. Miró a Hunt a los ojos.

Y Bryce dijo antes de salir a la luz:

—Con amor, todo es posible.

88

Fue demasiado fácil entrar al palacio de los asteri. Lidia conocía todas las entradas pero, incluso con su información privilegiada, fue demasiado sencillo para ellos entrar por las puertas de servicio que conducían a la extensa área de descarga del centro de procesamiento de residuos.

Fue demasiado fácil deslizarse por uno de los conductos malolientes y aterrizar en el cuarto de la basura un nivel abajo.

Pero no fue hasta que los cuatro llegaron a ese diminuto armario apestoso en el subnivel que hicieron una pausa. Se miraron.

—Buena suerte —le dijo Ruhn a su hermana, quizás por última vez.

Pero Bryce sonrió con cuidado, suavemente, y aunque había sido toda determinación feroz en la camioneta hacía unos minutos, lo que había ahora en su rostro era amor cuando le respondió:

—Trajiste una gran dicha a mi vida también, Ruhn.

Él recordó, entonces, haberle dicho esas palabras a ella antes de que desapareciera por el Portal. *Trajiste una gran dicha a mi vida, Bryce.* Se sentía como si hubiera ocurrido hacía una vida.

Ella no dijo nada más y Ruhn ya no tenía más palabras en él cuando Bryce, con Athalar detrás, abrió la puerta y salió.

Ruhn esperó un momento en silencio con Lidia. El hedor de la basura amenazaba con hacer que su desayuno escaso de pan y aceite de oliva regresara por su garganta. Pero miró a Lidia en la oscuridad.

Y aunque ella tal vez tendría que ser la Cierva el día de hoy, tal vez tendría que convertirse en esa mujer de piedra, se acercó para rozarle los labios con su boca. Sólo una vez, y luego susurró, al fin poniéndole nombre a ese sentimiento que no se había atrevido a reconocer hasta ahora:

—Si no tengo oportunidad de decírtelo después... Te amo.

Lidia parpadeó y sus ojos dorados brillaron con humedad.

—Ruhn.

Pero él no esperó una respuesta, ni un rechazo ni una negación. Abrió la puerta un par de centímetros y se asomó al pasillo.

—Despejado —murmuró y sacó su pistola. Con algo de suerte, Dec estaría haciendo su trabajo.

Rezando que los asteri estuvieran distraídos intentando mantener bajo control los efectos del mensaje de Bryce y Hunt, que no estuvieran siquiera considerando que el Averno estaba a punto de ser liberado en su propia casa, Ruhn entró al pasillo con Lidia detrás de él.

Y entonces, envueltos en sus sombras mientras se movían a escondidas por el corazón del imperio, empezaron la caza para encontrar a sus hijos.

Hubo varios momentos en que estuvieron cerca de ser descubiertos, y Hunt nuevamente deseó haber tenido su traje de Umbra Mortis, aunque fuera por el oído aumentado que le proporcionaba el casco para detectar si se acercaba algún político o empleado.

Los políticos podían irse todos a la mierda, por lo que respectaba a Hunt. Pero los empleados... Con el favor de los dioses, cuando llegara el momento, los empleados podrían escapar. Declan había hackeado el sistema de alerta de los asteri y sus teléfonos les advertirían que debían evacuar y largarse del palacio. Esperaba que todos hicieran caso a la advertencia.

El corazón de Hunt latía desbocado en cada centímetro de su cuerpo cuando él y Bryce se ocultaron bajo las sombras de la enorme estatua de Polaris, que elevaba sus manos en gesto victorioso.

Más allá de la estatua, estaba un par de puertas conocidas. Todo ese pasillo estaba exactamente igual a cómo lo había visto Hunt la última vez, antes de que sus relámpagos y el poder de Rigelus lo hubiera volado en pedazos: los bustos de los asteri a lo largo de una pared, las ventanas viendo hacia las siete colinas de la Ciudad Eterna del otro. Y en alguna parte allá afuera, avanzando poco a poco por el camino principal de la Vía Sacra... Dec y Flynn estarían esperando.

Pero no los estarían esperando a ellos. Hunt sabía que él y Bryce tal vez nunca regresarían de esta pelea.

Si tenían éxito en destruir el núcleo de luzprístina y cortar la fuente de energía renovable de los asteri, entonces tendrían que acercarse lo suficiente a esos bastardos para que Bryce pudiera usar la espada y la daga. Para unirlas usando esa estrella y arriesgar lo que fuera que pudiera suceder con un portal a ninguna parte.

Theia le había temido al portal. Aidas les había advertido que *eligieran la vida*, con un carajo, si el portal era demasiado peligroso. No pintaba bien. Pero, ¿qué otra alternativa tenían?

Había demasiadas incertidumbres, demasiadas cosas desconocidas. Era un plan más endeble que con el que se habían infiltrado la última vez a este palacio. Y aunque todos habían estado de acuerdo con el plan, si éste fallaba, si Bryce o cualquiera de los otros moría...

No. No volvería a recorrer ese camino. Había cometido errores en el pasado, había tomado malas decisiones, pero luchar contra la tiranía, contra la brutalidad, nunca sería la decisión equivocada.

Hunt miró a su pareja, que tenía la atención fija en el pasillo. En la Puerta al fondo. Ella percibió su atención y movió los labios para decir "*Ve*" y le indicó que avanzara. Y Hunt avanzó, como iría a cualquier parte, mientras fuera con ella.

Por primera vez en su vida, parecía que Urd estaba escuchando cuando él y Bryce lograron pasar por las puertas hacia el salón del trono que estaba vacío. Miró el muro altísimo con las alas de los Caídos detrás de los siete tronos de cristal.

Y ahí, al centro, clavado como si fuera un nuevo trofeo, estaban el traje y el casco del Umbra Mortis.

Bryce sostenía la Máscara en sus manos. Su superficie dorada brillaba en el cristal del estéril salón del trono. Las alas de los Caídos colgaban de la pared, un revoloteante conjunto de colores y formas y tamaños. Tantas vidas entregadas hacia este momento.

Hunt se colocó la última parte de su traje y se puso el casco del Umbra Mortis en la cabeza. Bryce no lo había cuestionado cuando lo bajó del muro. Sabía por qué lo quería.

Al igual que sabía que sus alas, clavadas sobre el trono de Rigelus, no podían permanecer ahí.

Él usaría ese traje y ese casco una vez más. No sería el Umbra Mortis quien lo portara, sino Hunt. Su Hunt.

Y juntos le pondrían fin a esto.

Deseó que Ithan hubiera llegado a tiempo con el antídoto de Hypaxia, pero no podían retrasar esto... ni un solo minuto.

Bryce recorrió la frente tersa de la Máscara con los pulgares. Parecía como la máscara mortuoria de un rey enterrado hacía mucho tiempo. ¿Había sido elaborada a partir del molde del rostro de algún asteri? ¿Realizada a semejanza de la odiosa faz de un daglan de ese otro mundo?

—Bryce —advirtió Hunt con voz baja y distorsionada por el casco.

Ella miró a la Sombra de la Muerte parado ahí. Él sacó sus espadas gemelas de la parte trasera del traje y les dio la vuelta en sus manos.

—Hazlo ya.

Todo lo que había hecho en su vida, cada paso... la había traído aquí.

Aquí, a esta habitación, con las alas de los nobles Caídos a su alrededor. Con Hunt, uno de los pocos guerreros que quedaban.

Pero no más.

Bryce levantó la Máscara a su cara y cerró los ojos cuando se la colocó. El metal se adhirió a su piel. Succionó su rostro, su alma...

El mundo volvió a diluirse. Vivo, no vivo. Respirando, no respirando. Muerto, no muerto.

La estrella en su interior brilló con fuerza, como diciendo, *Hola, vieja amiga*. Sí, la magia antigua reconocía la Máscara. Revelaba sus secretos más profundos.

Bryce volteó hacia las alas. Y tras la visión sombreada de la Máscara, pudo ver que, donde estaban clavadas las alas, la mayoría tenía una luz titilante. La semilla de un alma. Los últimos restos de sus existencias que brillaban como un muro de estrellas.

Bryce tenía razón: no habían tenido sus Travesías. Había sido el insulto final a los guerreros muertos, la vergüenza de que se les negara una vida bendecida después de la muerte. Eso terminaría siendo la perdición de los asteri. Estas almas, que llevaban siglos deambulando perdidas, ahora las reclamaría como propias.

Con un pensamiento, su voluntad sería la de ellas. La Máscara llamó y las almas de los Caídos respondieron, bajando de la pared como un enjambre de luciérnagas.

Se escuchó el susurro en el aire. Las alas empezaron a batir lentamente al principio, como mariposas probando sus cuerpos nuevos. El aleteo empezó a llenar el salón del trono, el mundo. Una tormenta de viento enviada por Hunt arrancó los clavos y las liberó. Todas salvo un par, una conocida y gris, una blanca y brillante, se liberaron al mundo.

Y entonces el salón del trono estaba lleno de alas: blancas y grises y negras, elevándose, sus chispas de alma brillaban con intensidad dentro de ellas, visibles sólo para Bryce que las miraba a través de la Máscara.

Hunt y Bryce se pararon al centro de la tormenta. El pelo de ella se azotaba con el viento, las plumas sedosas le rozaban la piel.

Una chispa de los relámpagos de Hunt golpeó los dos pares de alas que seguían clavadas en la pared. Las suyas y las de Isaiah. Se incendiaron y ardieron hasta que no eran ya nada salvo cenizas flotando en la brisa de mil alas, liberadas al fin de este sitio.

Otro viento de tormenta de Hunt y se abrieron las puertas del pasillo. Las ventanas explotaron.

Y las alas de los Caídos salieron volando hacia el cielo azul más allá.

El salón del trono se vació de alas, como agua que sale por el drenaje y dejaron ver una figura solitaria en la puerta que los miraba fijamente.

Rigelus.

Las plumas flotaban en el aire a su alrededor.

—¿Qué... —dijo la Mano Brillante iracundo— creen que están haciendo?

Entró y sus ojos se dirigieron directo al rostro de Bryce. Tal vez era la Máscara, tal vez ella ya había sido presionada más allá de sus límites, pero no sintió miedo, absolutamente nada, cuando vio a la Mano Brillante de los asteri y pudo contestarle:

—Corrigiendo una injusticia.

Pero Rigelus entrecerró los ojos ante la Máscara.

—Estás portando un arma que no tienes ningún derecho a usar.

En las calles afuera, la gente gritaba al ver el conjunto de alas que volaba sobre sus cabezas.

Muerto y no muerto... la naturaleza de Rigelus confundía a la Máscara. Vivo y no vivo. Respirando y no respirando. No podía afianzarse de la Mano Brillante y parecía estar retrocediendo, alejándose de Bryce...

Ella se concentró. *Tú me obedeces a mí.*

La Máscara se detuvo. Y permaneció bajo su poder.

Rigelus miró a Hunt con su traje de batalla y su casco, pero le dijo a Bryce:

—Viajaste muy lejos de casa, Bryce Quinlan.

Dio un paso al frente. Que no hubiera atacado aún era prueba de su cautela.

Los relámpagos de Hunt se deslizaron por el piso.

Bryce señaló detrás de Rigelus. Hacia una de las colinas más allá de los muros de la ciudad, donde las alas habían aterrizado en el pasto seco. Cubrían la cima de la colina, aleteaban despreocupadamente, una parvada de mariposas que se posaba para descansar.

Y Bryce les ordenó: *Levántense, como fueron alguna vez.*

Un hielo más frío que el de Nena la recorrió y se dirigió hacia las alas distantes. Podía sentir el dolor de Hunt, pero Bryce no apartó la mirada de Rigelus.

—No tienes idea de los poderes con los que estás jugando, niña —dijo Rigelus—. La Máscara va a maldecir tu alma misma...

—Ahorrémonos las amenazas inútiles esta vez —dijo Bryce y volvió a señalar hacia la ventana. En esta ocasión, hacia el ejército que se había acercado sigilosamente para pararse alrededor de las alas que contenían esas almas—. Creo que tienes asuntos más urgentes que atender.

Le sonrió, una sonrisa de depredadora, una sonrisa de reina, y los ejércitos del Averno empezaron a subir por la colina.

—Justo a tiempo —dijo Bryce.

Rigelus no dijo nada mientras más y más de esas figuras oscuras iban apareciendo sobre la colina. Desparramándose desde el portal que les había abierto justo al otro lado, oculto a la vista.

Al ver las hordas pululantes que no dejaban de aparecer en las cimas de las colinas, aparentemente de la nada, al ver a los tres príncipes marchar frente a ellas...

La gente empezó a gritar en las calles. Otra señal, para Declan. Que enviara la orden de evacuación que aparentara ser una Alerta de Emergencia Imperial. Todos los teléfonos de esta ciudad sonarían al recibir la orden de escapar fuera de los muros de la ciudad, a la costa, si podían.

Rigelus miró los ejércitos del Averno que ya estaban reunidos en su puerta.

—Sorpresa —dijo Hunt.

Rigelus, lenta, lentamente, volteó a ver a Bryce y Hunt. Y sonrió.

—¿Creían que no me enteré en el momento que abrieron la Fisura Septentrional?

Bryce se preparó, reunió su poder al ver a Rigelus levantar una mano brillante y decir:

—He estado esperando su llegada. Y me preparé para ella.

Sonó una trompeta, la nota clara hizo eco por la ciudad.

Y en respuesta, la Guardia Asteriana se regó por las calles de la Ciudad Eterna.

89

—Lo supe en cuanto llegaron a la Fisura... mi Arpía me lo dijo, y los observé a través de sus ojos antes de que la liquidaran.

Rigelus avanzó otro paso hacia el salón del trono. El poder se arremolinaba en su mano, bailando a lo largo de los anillos dorados que tenía en cada dedo largo.

Bryce y Hunt se tensaron, mirando la distancia hacia la salida. Había una puerta más pequeña detrás de los tronos, pero para llegar a ella tendrían que darle la espalda a Rigelus.

En la ciudad, se veían estallidos de luz y explosiones: misiles de azufre. Dispuestos y disparados por la Guardia Asteriana en las azoteas, dirigidos hacia los demonios de los ejércitos del Averno. Los misiles formaban arcos dorados y chocaban entre las filas oscuras sobre el monte Hermon. La tierra y la roca estallaban en pedazos y la luz florecía hacia el cielo.

—Y, como los roedores que son —dijo Rigelus—, sabía que dejarían una ruta de escape para ustedes y sus aliados. De vuelta al Averno. Sabía que dejarían la Fisura abierta.

Hunt tomó la mano de Bryce, preparándose para sacarlos de ahí.

—Así que anoche envié a tres legiones de mi Guardia Asteriana a la Fisura. Creo que ellos y sus misiles de azufre encontrarán al Averno bastante vacío y sin protección, si todos sus ejércitos están aquí.

—Debemos advertirle a Aidas —dijo Hunt y le apretó la mano.

Bryce miró a Rigelus una vez más, su sonrisa de triunfo por haberlos anticipado...

Y con un empujón de su poder, se teletransportó junto con Hunt fuera del palacio.

Directo al caos de las colinas de las afueras de la ciudad.

Ruhn y Lidia corrían por los pasillos del palacio velados bajo las sombras.

No habían encontrado señal de sus hijos. Nada en los calabozos, lo cual le había provocado tal terror a Ruhn que casi había soltado las sombras que los ocultaban. Y no había nada tampoco en las celdas. Habían recorrido el palacio lo más rápido que pudieron sin ser detectados. Dec había deshabilitado muchas de las cámaras y las sombras de Ruhn se encargaron del resto. Pero después de veinte minutos de búsqueda infructuosa, Ruhn tomó a Lidia del brazo y la detuvo antes de que salieran corriendo por otro pasillo.

—Necesitamos detenernos y reconsiderar dónde podrían estar —dijo Ruhn, jadeando.

—Están aquí... los tiene *aquí* —gruñó Lidia y luchó para liberarse.

Pero Ruhn la sostuvo con firmeza.

—No podemos seguir corriendo a ciegas. Piensa: ¿a dónde los llevaría Pollux?

Ella jadeó, tenía los ojos muy abiertos por el pánico, pero respiró una vez. Otra.

Y la máscara fría de la Cierva se deslizó con lentitud sobre su cara.

—Sé cómo encontrarlos —dijo.

Ruhn no la cuestionó y la siguió cuando salió corriendo otra vez. En esta ocasión, se dirigió de regreso hacia las escaleras para bajar, bajar, bajar hasta que...

El calor y la humedad fue lo primero que detectó. Luego el olor a sal.

Los mil místicos de los asteri dormían en sus bañeras hundidas, en filas ordenadas entre las columnas de este salón aparentemente interminable.

—*Traidora* —siseó una mujer marchita y cubierta por un velo desde el escritorio frente a las puertas, poniéndose de pie.

Lidia sacó su pistola y sin titubear le metió una bala en el cráneo a la mujer. El estallido retumbó como trueno por todo el salón, pero los místicos no se movieron.

Ruhn se quedó viendo a Lidia, el lugar donde había estado parada la anciana, la sangre que ahora se extendía por las rocas...

Pero Lidia ya corría hacia el tanque más cercano, hacia los controles a su lado. Empezó a escribir. Luego se dirigió al siguiente místico, al siguiente, al siguiente.

—No nos queda mucho tiempo antes de que alguien baje a investigar qué fue ese disparo —advirtió Ruhn.

Pero Lidia seguía moviéndose de tanque en tanque. Él se asomó al primer monitor para ver la pregunta que ella había escrito. *¿Dónde están los hijos de Lidia Cervos?*

Dejó de escribir al llegar al séptimo místico y recorrió las hileras de bañeras.

Ruhn se movió hacia la puerta para montar guardia y se escondió en las sombras mientras monitoreaba el pasillo, las escaleras al fondo. Tendrían suerte si les tomaba siquiera un minuto a los oídos inquisidores venir acá abajo...

Lidia ahogó un grito. Ruhn giró hacia ella, pero ya estaba corriendo.

—Pollux los tiene debajo del palacio —dijo ella y estiró la mano hacia la puerta para salir disparada. Ruhn corrió a su lado.

—¿Debajo? —preguntó Ruhn, siguiéndola por las escaleras.

—En el salón donde está el núcleo de luzprístina que descubrió tu hermana... debajo de los archivos.

—Lidia —dijo Ruhn y la tomó del brazo—. Tiene que ser una trampa. Que los tenga en el núcleo...

Ella le apuntó a la cabeza con la pistola.

—Voy a ir. Si es una trampa, entonces es una trampa. Pero iré.

Ruhn levantó las manos.

—Lo sé, y voy a acompañarte, pero tenemos que pensar bien...

Ella ya había salido corriendo otra vez, con la pistola nuevamente enfundada a su lado. El castillo se había llenado de sonido ahora, una cacofonía de gritos, gente asustada tratando de salir lo más rápido posible. Eso ocultaba el ruido de sus movimientos, pero... Lidia estaba frenética, desesperada, lo cual la convertía en una aliada peligrosa, Cierva o no. Haría que la mataran, y también a sus hijos.

No podía permitirle que se pusiera en peligro de esa manera. Si alguien se iba a poner en peligro mortal...

Sería él.

Ruhn saltó por las escaleras detrás de Lidia. Y cuando la alcanzó, le quitó el seguro a su pistola.

Lidia escuchó el clic y se detuvo. Lo volteó a ver... lenta, incrédulamente. No miró la pistola. Ya sabía que ahí estaba. Tenía la mirada fija en sus ojos. Ilegible, fría. Los ojos de la Cierva.

Ruhn dijo con voz ronca:

—No puedo permitir que vayas a que te maten.

—Nunca te perdonaré esto —dijo ella con voz como el hielo mismo—. *Nunca*.

—Lo sé —dijo Ruhn. Y disparó.

Un tiro, justo a su muslo.

Ella gritó por el intenso dolor y cayó al piso. La bala cruzó el músculo y rebotó en las escaleras a sus espaldas, el estruendo del disparo y su grito eran un coro arremolinado que le desgarraba el alma. Un coro que, afortunadamente, quedó amortiguado por el caos que se desenvolvía en los niveles superiores.

Presionó la palma de su mano en la herida abierta, que él había calculado para que no estuviera cerca de ninguna arteria y sus ojos destellaron con una rabia pura y ardiente.

—Te *mataré*...

Bajó la mano hacia la pistola que tenía en el otro muslo, como si de verdad fuera a volarle la cara.

Ruhn bajó las escaleras a toda velocidad antes de que ella pudiera apuntarle. Guardó su pistola, siguió corriendo y la dejó atrás sangrando.

Las vías acuáticas de la Ciudad Eterna eran antiguas, y extrañas, y hostiles.

Tharion las odiaba. En especial ahora con el poder amplificado en sus venas, libre de sus ataduras. Su cuerpo y su alma reconocían la esencia misma de su entorno. No les gustaba lo que encontraban.

No había una corte mer en el río que avanzaba sinuoso como serpiente a través de la ciudad. Apenas había vida más allá de las criaturas que se alimentaban de los desperdicios en el fondo y seres se movían corriendo por las sombras.

Arriba, el mundo era el caos. Ejércitos y misiles y alas.

Aquí, los sonidos estaban amortiguados. El agua le susurraba dónde ir, dónde llevar el bolso con los antídotos sellados. Fluía en él, guio su cola poderosa hasta la rejilla en la ribera del río. Sus agallas se movieron cuando apartó el metal. Cuando entró nadando al túnel oscuro y sin luz, encendió la lámpara que había tenido la buena idea de traer y que portaba en su cabeza.

Y con el agua para guiarlo, Tharion nadó como demonio hacia el palacio de los asteri.

Las bombas estallaban y era mucho peor que la primavera anterior. Los misiles de azufre se elevaban desde la ciudad, desde la Guardia Asteriana que estaba ahí oculta, desde los mecatrajes que empezaban a moverse en la cima del monte Hermon...

Había tanta destrucción. Ira angelical hiperconcentrada.

En la cima de una de las colinas más allá de la ciudad, Bryce intentaba recuperar el aliento. Estaba un poco mareada y se quitó la Máscara de la cara. Hunt corrió hacia donde estaba el Príncipe de las Profundidades, viendo cómo sus bestias oscuras avanzaban hacia los muros de la ciudad y dijo:

—La Fase Dos inicia ahora.

Bryce logró recuperarse lo suficiente para caminar hacia Aidas y Hunt. Los ejércitos del Averno, tanto terrestres como aéreos, todos hambrientos y rabiosos, no eran una puta broma.

Ella sabía que era la única manera. Para tener una oportunidad, liberar al Averno había sido la única manera. De cualquier forma, su ejército era aterrador, fuera o no su aliado. Tenía que confiar en que Aidas y los otros príncipes mantendrían a sus bestias bajo control.

—Ya casi están a la distancia que requerimos —dijo Aidas, vestido con una armadura negra similar a la de Thanatos. Bryce asumió que sus hermanos estaban en la batalla o supervisando sus propias divisiones de la masa negra pululante.

No había nada que hacer por un momento salvo ver a la Guardia Asteriana decidir que habían hecho retroceder a las bestias y empezar a avanzar fuera de los muros de la ciudad.

Se escuchó un aleteo cercano e Isaiah y Naomi aterrizaron al lado de Hunt.

—¿Listos? —preguntó Isaiah, vestido con el traje de batalla negro de la 33ª.

—Pronto —dijo Aidas. Los ángeles todavía se mantenían a una distancia prudente de él, pero al menos ya habían perdido sus expresiones cautelosas e incrédulas en su presencia.

La Guardia Asteriana salió hacia las colinas y valles debajo. Sus mecatrajes marchaban con ellos y, donde atacaban, morían demonios.

—¿Creen que tienen alguna idea de lo que está a punto de sucederles? —dijo Aidas pensativo.

—No —respondió Hunt con una sonrisa oscura—. Y tampoco Rigelus.

Bryce se volvió a poner la Máscara y su presencia infame y succionadora le comía el alma, pero la estrella dentro de ella parecía mantener a la Máscara bajo control.

—Eso le enseñará a no pensar que puede aventajarnos —dijo Naomi.

La Guarda Asteriana, con sus plumas blancas de crin de caballo brillando en sus cascos bajo la luz del día, avanzó a través de los campos de demonios. Los pies de las decenas de mecatrajes entre ellos sacudían la tierra.

—Creo que las tres legiones que envió a Nena —dijo Naomi— se encontrarán con una sorpresa cuando encuentren que la mitad del ejército del Averno sigue allá y los están esperando.

Isaiah añadió, bastante satisfecho:

—Deben estar avisándoles a los asteri más o menos... —revisó su teléfono— ahora.

—Perfecto —ronroneó Aidas—. Entonces estamos listos.

—Enviando el mensaje a Declan —dijo Naomi y empezó a escribir en su teléfono. El guerrero hada estaba esperando en la camioneta con la red militar imperial desnuda bajo sus dedos.

Los mecatrajes de los asteri se detuvieron a medio paso. La Guardia Asteriana también, y miró en dirección de las sofisticadas nuevas máquinas que habían fallado todas al mismo tiempo. Los ojos brillantes de los mecatrajes palidecieron y luego se apagaron por completo.

—Magia y máquinas —dijo Isaiah—. Nunca es una buena combinación.

—Adelante —dijo Naomi al leer un mensaje en su teléfono—. Haz lo tuyo, Quinlan.

Todos voltearon a ver a Bryce.

Vivo y no vivo. Muerto y no muerto. Bryce estiró la mano hacia el ejército de metal que se había detenido abajo. Un poder frío y horrible la recorrió, pero su voluntad era la voluntad de ella. Su voluntad lo era todo.

Levántense, dijo Bryce y lanzó el pensamiento hacia el exterior. *Luchen. Obedezcan a Isaiah Tiberian y Naomi Boreas. El Averno es su aliado... deben luchar hombro con hombro.*

Sólo ella pudo ver las almas centelleantes de los Caídos que avanzaron hacia esos trajes desde la cima de la colina cercana e iban aterrizando en ellos, una por una.

Los ojos de los trajes volvieron a encenderse. Bryce vio cómo el mecatraje más cercano levantaba un brazo de metal frente a su rostro. Vio sus dedos moverse con algo similar al asombro.

Y entonces giró hacia el guardia asteriano más cercano y le aplastó la cabeza.

—Santos dioses —exhaló Naomi, y los mecatrajes, uno por uno, empezaron a marchar para alejarse de la Guardia Asteriana.

Las almas de los Caídos habían esperado el momento en que la Guardia Asteriana y sus mecatrajes empezaran a marchar hacia la ciudad más abajo.

Y el resto de las almas de los Caídos que no tenía un mecatraje al cual entrar... Bueno, pues había muchos demonios muertos y Guardias Asterianos con cuerpos disponibles para ser ocupados. Con movimientos entrecortados, como si se estuvieran ajustando a sus nuevas extremidades, estos cadáveres se pusieron de pie. Se pararon al lado de sus hermanos Caídos que ocupaban los mecatrajes.

—Es su turno —les dijo Hunt a Isaiah y Naomi—. Es hora de entrar a la ciudad.

Los ángeles inclinaron las cabezas. Y con un gran impulso de sus alas, se lanzaron hacia el cielo. La voz de Isaiah resonó:

—¡Caídos, han sido levantados! ¡A las puertas!

Isaiah volteó a ver a Hunt, sus ojos rebosaban orgullo y determinación. El guerrero se llevó una mano al corazón y salió volando. Hunt levantó el brazo en saludo y despedida, como si se hubiera quedado sin palabras.

Y era en verdad una visión que eludía las palabras... eludía cualquier descripción. Un ejército de muertos vivientes, de máquinas y demonios, marchó hacia los muros de la ciudad.

—Ahí vienen —dijo Hunt—. Parece que los videos sí los mantuvieron distraídos hasta ahora.

—Justo a tiempo —confirmó Aidas al ver a las figuras relucientes que se acercaban al campo de batalla que se extendía frente a las puertas del lado norte de la Ciudad Eterna para exterminar esta amenaza personalmente.

Los asteri.

Y caminando hacia ellos, abriéndose paso entre sus ejércitos, venían el Príncipe del Desfiladero con el Príncipe del Foso detrás.

90

Hunt evitó soltar un suspiro de alivio, aunque su casco hubiera disimulado el sonido.

Bryce había liberado las almas de los Caídos del salón del trono y las había colocado en los mecatrajes, pero la parte más difícil y peligrosa del plan iniciaba ahora. Hunt se esforzó por conservar su respiración estable, su concentración en la batalla y el caos. Su casco sonaba constantemente con alertas e informes.

Aidas desenvainó una espada brillante y plateada que parecía brillar con una luz azulada.

—Es mi turno —dijo el príncipe demonio y una brisa seca le agitó el cabello rubio claro. Le dijo a Bryce—: ¿Un aventón?

Hunt tuvo sólo un instante para percibir la preocupación, el miedo en la mirada de Bryce, cuando tomó a Aidas de la mano, luego la de Hunt, y se teletransportó con ellos. Con el poder de la estrella de Theia, apenas les tomó un momento. Apenas pareció drenarla. Pero lo que surgió a su alrededor cuando reaparecieron en el campo de batalla fue una escena directamente salida de una pesadilla.

Demonios kristallos, acosadores de la muerte, mastines como el Pastor y cosas peores... las mascotas de Thanatos, todos corriendo más allá de los asteri y hacia la ciudad en sí. El casco de Hunt los convertía a todos en figuras distantes, el mundo cubierto de rojo y negro.

Pero los asteri tenían objetivos más importantes: los tres príncipes que ahora estaban frente a ellos. En especial Apollion, que estaba de pie entre sus hermanos.

No había señal de Rigelus. Había enviado a los otros cinco asteri a hacer el trabajo sucio.

—Pagarán por marchar en nuestra ciudad —dijo Polaris furiosa.

Hunt extrajo su poder, relámpagos brillantes incluso detrás del visor de su casco. A su lado, Bryce ya se había quitado la Máscara. Y más allá, a su alrededor, los Caídos, *sus* Caídos, ahora con cuerpos de metal y pesadillas, todos aún vinculados por el comando de seguir a Isaiah y Naomi, estaban luchando con la Guardia Asteriana. Los estaban arrasando.

Misiles de azufre en miniatura salían lanzados de los hombros de los mecatrajes contra la Guardia Asteriana. Sólo quedaban plumas flotando y cenizas tras los disparos.

Hunt fue el de la idea de aprovecharse de la arrogancia de Rigelus. Pensaba que eran descuidados y estúpidos... pensaba que eran suficientemente tontos para creer que de alguna manera podrían meter un ejército a escondidas desde Nena y lanzar un ataque sorpresivo en la Ciudad Eterna. Que serían tan tontos como para dejar el Averno abierto y vulnerable.

Así que permitieron que los asteri dividieran su Guardia Asteriana en dos, que enviaran a la mitad a Nena a conquistar el Averno... sólo para que los masacraran allá un ejército de demonios que los estaban esperando bajo el comando de uno de los capitanes de Apollion.

Y esta mitad de la guardia, los ángeles de élite y los mejor entrenados...

Tampoco tendrían oportunidad.

Tres Príncipes del Averno se enfrentaron a cinco asteri en el pastizal seco detrás de los muros de la ciudad. La guerra estallaba a todo su alrededor.

Polaris fue quien miró a Bryce.

—Morirás por esta impertinencia —se burló y lanzó una descarga deslumbrante de poder en bruto hacia ella.

Apollion dio un paso al frente y levantó una mano. Una oscuridad pura y voraz destrozó la luz de Polaris.

Y una satisfacción como nunca antes había conocido Hunt lo recorrió al ver la manera en que se detuvieron los asteri. Cómo dieron un paso atrás.

Apollion inclinó su cabeza dorada hacia los asteri.

—Ha sido una eternidad.

—No dejen que se acerque más —siseó Polaris a los demás y, unidos como uno solo, los asteri atacaron.

El suelo se rompió y la luz se abrió paso en la oscuridad, una que ensombreció la luz...

Hunt giró para ver a Bryce, un escudo de relámpagos puros crepitaba entre ellos y la batalla. Su voz estaba parcialmente amortiguada por el casco.

—Tenemos que irnos de aquí...

—No —dijo Bryce con la mirada en los asteri.

—Ése no es el plan —gruñó Hunt e intentó tomarla del codo. Tenía la intención de llevársela volando lejos del campo de batalla si ella no los teletransportaba. Tenían que destruir el núcleo de luzprístina o todo sería en vano. Con el núcleo funcional, los asteri podrían regresar al palacio, regenerar sus poderes, sus cuerpos.

—Bryce —advirtió Hunt.

Pero Bryce desenfundó la Espadastral y La que Dice la Verdad, la luzastral y la oscuridad fluían por las armas negras. Pero no las unió. Al menos todavía había posibilidad de seguir el plan...

Polaris salió de entre la pelea, sus ojos brillaban con luz blanca y se posaron fijamente en Bryce.

—Debiste haber huido cuando pudiste —gruñó la Estrella del Norte.

El aire parecía pulsar con poder que emanaba de esas armas, de Bryce. Como si supieran que había llegado el momento al fin de unirse.

No correrían, entonces. Se adaptaría.

Así que Hunt reunió su propio poder y se acercó al lado de su pareja.

Polaris se lanzó hacia ellos y Hunt atacó: un estallido de relámpagos puros a sus pies que deformaron la roca misma, abrieron un foso para que ella se tropezara y cayera...

Bryce se teletransportó, con una lentitud suficiente para indicarle a Hunt que ya estaba cansándose, a pesar del poder adicional de la estrella, pero entonces ella ya estaba ahí, frente a Polaris, cuando la asteri chocó con el suelo y lo único que evitó que el estallido de poder friera a Bryce fue el escudo de relámpagos de Hunt y ella levantó la espada y la daga sobre su cabeza.

Los ojos de Polaris se abrieron como platos al tiempo que Bryce le clavó sus armas en el pecho. Y cuando éstas atravesaron la piel y el hueso, la estrella del pecho de Bryce se encendió también y salió para unirse.

Chocó con las armas y tanto la espada como la daga se encendieron con luz deslumbrante, como si estuvieran blancas de tan calientes. La luz se extendió por las manos de Bryce, por sus brazos, su cuerpo; la luz la cubrió y la volvió incandescente......

La convirtió en una estrella. Un sol.

Polaris gritó, su boca se abrió tan grande que era antinatural.

La manera en que el mundo se ralentizaba al despedir un gran poder era algo que le resultaba familiar a Hunt tras la muerte de Micah, de Shahar, de Sandriel, pero lo de ahora era mucho, mucho peor.

Con el casco, Hunt podía realmente verlo todo: las partículas de polvo que flotaban, las gotas de sangre de Polaris que subían como una lluvia roja mientras Bryce clavaba la espada y la daga más y más profundamente...

Los príncipes demonios voltearon hacia ellos, sus oponentes asteri también.

Ya no eran los príncipes con pieles humanoides. Eran criaturas de la oscuridad y la descomposición las que estaban ahí paradas, con las bocas llenas de dientes afilados, las alas de cuero abiertas. Una gran masa negra estaba dentro de la boca enorme y abierta de Apollion, que se lanzó contra Octartis...

El asteri lanzó un muro de luz.

Los misiles de azufre de los hombros y antebrazos de los mecatrajes híbridos se seguían encendiendo, brasa tras brasa tras brasa, y Hunt alcanzaba a distinguir con perfecta claridad cómo eran lanzados los misiles que giraban en espiral en camino al mundo, hacia la Guardia Asteriana que entraba en pánico.

Un acosador de la muerte pasó corriendo, cada paso galopante duraba una eternidad, una vida, un eon, mientras parecía balancearse en un pie a medio paso.

Y Bryce seguía ahí, cayendo con Polaris, esas dos armas de cuchillas negras en el pecho de la asteri, la estrella de Theia las unió en poder y propósito...

Los escombros caían hacia Bryce, hacia Polaris. Como si lo que estuviera sucediendo en la intersección de las armas estuviera atrayendo al mundo dentro, dentro, dentro.

Al portal a ninguna parte.

Un escalofrío primigenio recorrió la columna vertebral de Hunt. Theia tenía razón; Aidas tenía razón. Ese portal a ninguna parte se abría de alguna manera dentro de Polaris y no era un peligro sólo para los asteri, sino para todos los que estuvieran a su alcance.

Tenía que detenerlo. Tenía que cerrarlo pronto porque, si no, sabía instintivamente que todos perecerían...

El tiempo avanzaba a cuentagotas mientras Polaris se contorsionaba de dolor. El cabello de Bryce era succionado hacia la asteri, hacia las cuchillas y el sitio al que estaban abriendo...

Demasiado lento. Lo que sea que la estrella de Theia estaba invocando, el portal se estaba abriendo muy lentamente y cada segundo amenazaba con tragarse también a Bryce.

A él lo habían concebido en el Averno para ayudarla. Para terminar con esto. *Fuego del Averno y fuegoastral: una combinación potente*, había dicho Bryce en el Averno.

Fue puro instinto. Pura desesperación también. Hunt liberó sus relámpagos y los dirigió hacia el punto donde se unían las armas. Fluyó como un listón chisporroteante por el mundo, más allá de los acosadores de la muerte, más allá de los Príncipes del Averno, más allá de los mecatrajes...

Hunt los vio chocar con la espada y la daga justo en el punto donde se cruzaban, donde la estrella de Theia seguía brillando entre ellos, atándolos en una unión infame. Y en el sitio donde su fuego del Averno se unió con el fuegoastral, donde los relámpagos chocaron con las cuchillas, brotó con una luz deslumbrante.

El rostro de Polaris se retorció de agonía. Y el mundo seguía haciéndose más lento, más lento...

Unos tentáculos del fuego del Averno de Hunt se enroscaron y bajaron por la espada, dentro de la misma Polaris. La luz bailaba en los dientes de Bryce, en sus ojos sorprendidos.

Él anticipaba una explosión hacia el exterior, esperaba ver trocitos de hueso y cerebro de asteri estallar, astilla por astilla.

Pero en vez de eso, Polaris hizo implosión. Su pecho se hundió, las armas se lo tragaron como si fueran una potente aspiradora. Seguido por su abdomen y hombros y Polaris gritaba y gritaba...

Hasta que lo vio, sólo un destello, tan rápido que en tiempo real nunca lo hubiera vislumbrado: el punto diminuto y negro como la tinta que habían creado las dos cuchillas, justo en donde se unían.

La *cosa* dentro de la cual había sido succionada Polaris. Un punto negro.

Estaba ahí y luego ya no y Bryce se tropezó hacia adelante y la espada y la daga se separaron y el tiempo retomó su paso, tan rápido que Hunt se quedó sin aliento. Tocó un botón al lado de su casco que levantó el visor y le ofreció bocanadas de aire fresco.

Uno de los asteri rugió y el mundo mismo se estremeció al igual que los muros de la ciudad.

Pero Bryce estaba mirando el sitio donde Polaris había estado. Las armas en sus manos, todavía envueltas en su fuego del Averno y su luzastral.

Un portal a ninguna parte. A un agujero negro.

No era de sorprenderse que empezara a succionar a Bryce también. Y al resto del mundo. No era de sorprenderse que Theia hubiera titubeado, si sospechaba que eso podría suceder al unir las dos armas.

El cuerpo de Hunt vibraba con poder cuando Bryce levantó la vista hacia él. Un deleite puro y salvaje iluminaba sus ojos. Ella también lo había visto... sabía que había enviado a Polaris directo a la nada de un agujero negro.

Y... ahí. Una semilla de preocupación se encendió. Como si estuviera comprendiendo lo peligroso que sería abrir otro, ya no se diga cinco más. Lo que arriesgarían en cada ocasión.

De todas maneras, se quedaron viéndose, sólo por un momento. Habían matado a una maldita asteri.

El poder de Hunt empezó a zumbar de nuevo por todo su cuerpo, en sus huesos mismos.

No. No era su poder lo que lo recorría. Era su teléfono. Las bocinas dentro de su casco lo comunicaron con Ruhn.

—Danaan.

—Necesitan llegar al salón con el núcleo de luzprístina —dijo Ruhn—. Estamos... Necesitamos ayuda.

La llamada se cortó.

—Bryce —empezó a decir Hunt, pero cuando la volteó a ver, vio que la luz pura le había vuelto a llenar los ojos.

Sólo en otra ocasión había visto esa cara: el día que mató a Micah. Cuando volteó a las cámaras y le mostró al mundo lo que se ocultaba debajo de las pecas y la sonrisa: la superdepredadora que había debajo. El corazón herido de la ira.

Lo que tuvieran que hacer para terminar con esto... ella lo haría. Él sintió cómo la sangre bombeaba en su cuerpo, se encendía al ver esa mirada, al ver lo que ella había hecho...

—Ve —le gritó la cosa en la que se había convertido Aidas, identificable solamente por esos ojos azules brillantes mientras se enfrentaba a Octartis al lado de Apollion.

Los príncipes se veían como los peores horrores, pero Hunt ya conocía su verdadera naturaleza. Habían venido a ayudar. Y por un breve instante, sintió que lo recorría el orgullo de ser un hijo del Averno.

Hunt miró a Bryce de nuevo y cerró el visor de su casco frente a sus ojos otra vez.

—Tenemos que ir al salón del núcleo de luzprístina —dijo, pero ella ya estaba estirándose hacia él. Lo tomó de la mano con una furia primigenia ardiendo en su cara. La Espadastral y La que Dice la Verdad estaban nuevamente en sus fundas.

Un parpadeo y ya se habían ido.

Ella se estaba drenando rápido. Aterrizaron en un pasillo tres niveles arriba, el número en la entrada de la escalera indicaba eso.

A ella le salía sangre de la nariz y Hunt hubiera dudado de no ser porque escuchó los gruñidos que los rodeaban. De no ser por las alertas que no paraban de sonar en su casco.

Se habían teletransportado a un corredor lleno de acosadores de la muerte.

Thanatos había enviado a sus mascotas al palacio para distraer y ocupar a cualquier asteri que pudiera haberse quedado lejos del campo de batalla, pero su control sobre ellos no debía ser muy fuerte o simplemente no le importaba.

Enfrentar sólo a uno de ellos le había dejado una cicatriz a Hunt a lo largo de toda la espalda. Cierto, en ese entonces estaba limitado por el halo, pero incluso con su poder intacto, enfrentar a tantos sería complicado. A su lado, Bryce jadeaba. Necesitaba un descanso. Después de su pelea con Polaris, después de lograr evadir el agujero negro que había abierto, después de teletransportarlos... su pareja necesitaba descansar.

Hunt miró la jauría que gruñía. La idea de desperdiciar su poder para matar una bestia aliada lo agraviaba.

Pero, al final, no tuvo que decidir... Un muro de agua avanzó por el pasillo.

Y avanzó rugiendo directamente hacia él y Bryce.

91

No había manera de salir. No había ventana, no había salida, no había lugar donde respirar mientras el agua inundaba el pasillo hasta el techo.

Hunt tomó a Bryce. Sus relámpagos eran inútiles en el agua, y nadó hacia donde supuso debían estar las escaleras en la oscuridad. Su casco se llenó de agua y deformó su visión...

Vio una luz. Pensaba que a Bryce ya no le quedaba ese tipo de poder, pero no. No era Bryce. Tharion venía nadando hacia ellos por el pasillo. Ketos nunca había tenido suficiente poder para controlar tanta agua, y con tal fuerza, pero aquí estaba, claramente el amo de esta inundación.

Una burbuja de aire se formó alrededor de Hunt y Bryce. Él se quitó el casco y el agua salpicó frente a él.

—Qué carajos —escupió Hunt, atragantándose con el agua.

Pero Bryce lo entendió antes que él y le gritó a Tharion a través de la burbuja de aire que les acababa de salvar el pellejo.

—¡No los ahogues a todos! ¡Los necesitamos en el campo de batalla!

—Traje una bolsa con antídotos —gritó Tharion moviendo rápidamente su cola atigrada—, pero la fuerza del agua rompió la correa. Debe estar en algún lugar acá abajo, si me esperan un momento...

—¡No hay tiempo! —gritó Bryce de regreso—. ¡Encuéntrala y alcánzanos!

Bryce tenía razón: retrasar la llegada a esa habitación, retrasar el corte del poder de los asteri... esperar no era un riesgo que valiera la pena correr, ni siquiera por el antídoto.

El agua pasó rugiendo a su lado y bajó por la escalera.

—¡Vayan! —les gritó Tharion cuando el agua desapareció del pasillo. El mer y los demonios fueron arrastrados hacia arriba con su corriente—. ¡Los alcanzo en un momento!

Hunt y Bryce aterrizaron con un golpe en las rocas, empapados y escupiendo agua, pero no esperaron.

—Rápido —dijo Bryce y lo tomó del brazo para ponerlo de pie—. El núcleo de luzprístina está debajo de nosotros.

Hunt apenas tuvo tiempo de sacudirse el agua de los ojos, tomar su casco, y correr detrás de ella.

Ruhn la había cagado. De muchas maneras, la había cagado.

No podía pensar en nada más ahora que estaba frente a Pollux, con las manos en alto, frente a la puerta que bajaba al salón donde estaba el núcleo de luzprístina.

No había señal de Actaeon ni de Brann.

—¿Dónde está Lidia? —preguntó Pollux con tono burlón y le apuntó la pistola a la cara. Sus alas blancas brillaban con poder.

Ruhn la había dejado sangrando y herida en las escaleras, completamente vulnerable y odiándolo...

—¿Dónde están los niños? —gruñó él.

—En otra parte —dijo Pollux y a Ruhn se le revolvió el estómago al pensar lo que eso podría implicar—. Rigelus adivinó correctamente que irían a buscar a sus místicos, así que les ordenó que les mintieran. Y tú te tragaste esa puta mentira con mucha facilidad porque eres un tonto ingenuo —el Martillo dio un paso al frente y movió la barbilla hacia Ruhn—. Muévete. Sé que Lidia está aquí en alguna parte.

Ruhn no tenía otra alternativa salvo obedecer. Permitir que el Martillo lo alejara del núcleo de luzprístina, fuera de los archivos y de regreso a ese pasillo donde encontrarían a Lidia sangrando en las escaleras.

La respiración de Pollux dio un tropiezo cuando el olor de la sangre de Lidia llenó el pasillo.

—Lidia —cantó.

Su olor se volvió abrumador cuando dieron vuelta en la esquina donde Ruhn la había dejado...

No había rastro de ella.

Tharion ayudó a Lidia a avanzar cojeando. Tenía una banda de agua viva envuelta alrededor del agujero de su muslo. Cuando iba en busca de la mochila y los antídotos, encontró tanto lo que buscaba como a la Cierva en las escaleras, justo antes de que escucharan al Martillo gruñendo.

Sólo habían logrado salvar dos frascos. El resto se había roto, gracias al impacto o a la volatilidad de los relámpagos de Athalar. Pero Lidia estaba herida, le había disparado Ruhn, le dijo. Tharion no sabía si admirar o maldecir a Danaan por lo que había hecho. El idiota la había mantenido lejos del peligro para enfrentar solo a Pollux.

Tharion no necesitó preguntar qué estaban haciendo ella y Ruhn acá abajo, para empezar. Por qué habían arriesgado todo para estar aquí, por qué se habían separado de Bryce y Hunt.

Pollux se había regodeado sobre la captura de los hijos de Lidia frente a Ruhn, cómo le habían ordenado a los místicos que mintieran sobre dónde estaban y cómo eso los había conducido a una trampa. Pero eso significaba que sus hijos seguían cautivos en otra parte de este palacio... Y Pollux sabía cómo encontrarlos.

—Lidia... —canturreó el Martillo—. Lidia...

Iba prácticamente cantando su nombre.

Lidia apretó los dientes. Con un movimiento hacia arriba, se lanzó hacia el pasillo, hacia el Martillo, pero Tharion la sostuvo y la volvió a jalar hacia su lado.

—Necesitamos reorganizarnos —le siseó.

—Necesito llegar con mis *hijos* —le siseó ella de regreso e intentó volver a moverse. Hablaban en un tono de voz tan bajo que sus palabras eran apenas más que susurros de aliento.

Tharion la sostuvo para que permaneciera quieta.

—No estás en condiciones...

Ella lo volvió a intentar y Tharion decidió dejarse de delicadezas. Hizo que el anillo de agua alrededor de su muslo presionara con más fuerza y envió un tentáculo de agua al agujero en su piel para mayor énfasis.

Ella se llevó la mano a la boca y se tragó su alarido.

Tharion retiró el tentáculo. Se odió a sí mismo por el dolor que había provocado, pero sostuvo la magia en su sitio para evitar que el rastro del olor de su sangre informara a dónde habían ido. Ella abrió los ojos con una sorpresa que sustituyó al dolor cuando el agua se relajó bajo sus órdenes. Una magia sencilla y normal, pero él sabía que sus ojos ardían con el poder... de los rápidos feroces del Istros.

El mer habló, en voz baja y veloz:

—Hypaxia logró desarrollar un antídoto para el parásito. Eso nos devuelve temporalmente la magia que nos quitó el Descenso... más, de hecho.

Tharion podría jurar que algo similar al orgullo brilló en la mirada de Lidia.

—Sabía que lo iba a lograr —murmuró.

—Toma —usó una columna de agua para liberar el estuche de antídotos de su mochila. Levantó uno de los valiosos frascos restantes—. Tómalo. Vas a perder la conciencia un segundo, pero...

Pero para enfrentar al monstruo del corredor, necesitaría estar completamente curada. Necesitaría que esa herida ya no existiera. Lidia no titubeó y tomó el frasco, lo destapó y bebió.

Se desfalleció y el dorado destelló en sus ojos. Tharion la sostuvo cuando perdió la conciencia y contó las respiraciones: una, dos...

La herida de bala sanó al instante. Lidia abrió los ojos de golpe y eran de un dorado encendido. Miró sus manos, movió los dedos.

—Sabía que lo iba a lograr —repitió Lidia, más para ella misma que a Tharion.

El mer la soltó con delicadeza y le indicó que guardara silencio porque volvían a escucharse pasos, mucho más cerca que antes.

—Tenemos que hacer esto lenta e inteligentemente —advirtió Tharion y la ayudó a pararse. Ella se levantó sin hacer ningún gesto ni mueca. Todo rastro de dolor ya había desaparecido. Asintió.

En silencio, con la magia de Tharion enviando pequeñas partículas de niebla para evaporar el rastro de su olor, bajaron los escalones.

—Lidia... —volvió a canturrear Pollux.

Una mirada entre ellos y se detuvieron al fondo de la escalera. Tharion se asomó por la esquina del pasillo largo más allá, donde Pollux tenía a Danaan frente a él y lo amenazaba con una pistola.

—Lidia... —volvió a cantar Pollux—. Encontré a tu *compañero*, así que no puedes estar demasiado lejos...

Tharion retrocedió. Lidia temblaba de rabia y poder. Tharion lo podía sentir a su alrededor, elevándose como una bestia de las profundidades.

¿Qué había despertado el antídoto en ella? ¿Qué le habían quitado en el Descenso? ¿Y qué había estado latente todo este tiempo? Su agua parecía estremecerse... como si supiera algo que él no.

—Estás aquí —dijo Pollux—. Puedo percibir tu alma cerca. Está entrelazada con la mía, ¿recuerdas?

Lidia enseñó los dientes, su poder crecía a su alrededor como una presencia física. Tharion movió la mano frente a ellos para indicarle que debería esperar. Hasta que él tuviera al Martillo en su línea de visión para poder atacarlo, no podían revelar su posición...

—Muy bien —dijo Pollux. Un silbido entre dientes y la puerta al fondo del pasillo se abrió con un rechinido. Se escucharon pasos que se acercaban, que se acercaban a Pollux.

Tharion se atrevió a arriesgar otro vistazo por la esquina. Dos ángeles con armadura imperial salieron por la puerta. Y, entre ellos...

Dos adolescentes, atados y amordazados.

Lidia no tuvo que ver. Percibió, olió, lo que estaba por venir...

Sus ojos se encendieron cuando reconoció los aromas de sus hijos. Una rabia pura y asesina llenó su mirada y Tharion de pronto se sintió muy, muy contento de que estuviera de su lado.

Así que tuvo la sensatez de no intentar detener a Lidia cuando ella salió del lugar donde se escondían, dio la vuelta por la esquina y dijo, con el poder resonando en todas sus palabras:

—Déjalos ir.

Bryce tenía suficiente fuerza para llegar a un pasillo un nivel arriba de los archivos. De ahí, ella y Hunt siguieron a pie, chorreando agua, tan rápida y silenciosamente como pudieron. Tal vez ella se podría haber presionado para teletransportarlos al fondo del pasillo donde estaba el núcleo de luzprístina, pero necesitaba conservar su fuerza. Sólo había un asteri por el momento acá abajo...

Había matado a Polaris.

La comprensión de lo sucedido seguía recorriéndola. Cómo se había sentido, cómo se sentía la sangre de Polaris cuando la había bañado, la satisfacción primitiva y feroz que sintió al ver la indignación de los otros asteri cuando Bryce empaló a su hermana con la espada y la daga encendidas por el fuego del Averno de Hunt.

Y luego Polaris había sido succionada hacia la nada.

Hacia *ninguna parte*. Las armas, encendidas por su luzastral y aceleradas por el fuego del Averno de Hunt, habían abierto un portal a un lugar que no era un lugar.

Una asteri había sido exiliada de Midgard. Pero, ¿tendría la suerte suficiente para acercarse a los otros? Ahora que sabían lo que podía hacer, lo que portaba, la evitarían, como habían evitado a Apollion.

Los pensamientos corrían por la mente de Bryce y el temor iba asentándose en su estómago mientras corrían por el palacio.

No tenía ningún sentido seguir ocultándose. Todos sabían que estaban ahí. Un movimiento de la cabeza hacia Hunt y su pareja abrió las puertas de los archivos con una ráfaga.

El vidrio estalló y voló por todas partes. Un escudo de los relámpagos de Hunt evitó que las astillas los hicieran pedazos mientras corrían entre ellas. Bryce los llevó hacia la puerta al pasillo donde se contenía la energía de Midgard...

El brillo de la habitación se derramaba hacia la escalera y les indicaba el camino hacia abajo.

No había señal de los hijos de Lidia. De hecho, el lugar estaba exactamente como antes. Un piso de cristal. Las siete tuberías, cada una con el nombre de un asteri grabado en la placa debajo y, junto a las placas, pequeñas pantallas que mostraban sus niveles de poder.

Sirius y Polaris estaban apagados. Pero los demás estaban casi llenos.

Uno de ellos, el séptimo, estaba con su poder al máximo. Y justo enfrente estaba su portador sonriéndoles ligeramente.

Rigelus.

92

Rigelus liberó un muro de poder ardiente y Bryce tuvo la sensatez de levantar una barrera del suyo, junto con el de los relámpagos de Hunt, entre ellos y el asteri.

Todo el palacio se sacudió con el impacto.

Cuando se despejó, Bryce desenfundó la Espadastral y La que Dice la Verdad.

—No terminó bien para Polaris —le dijo a la Mano Brillante y dejó que su fuegoastral bajara por las cuchillas—. No terminará bien para ti.

—Polaris era débil —dijo Rigelus—. Y una tonta por dejarte acercarte con esas armas.

Sin previa advertencia, volvió a lanzar su poder contra ellos.

Bryce tomó a Hunt esta vez y los teletransportó al otro lado de la habitación.

El poder de Rigelus chocó contra las escaleras detrás, que se doblaron. Un golpe real de la Mano Brillante podría colapsar todo el palacio, pero ése, de cualquier forma, les habría quemado hasta los huesos.

—Tenemos que llegar al núcleo debajo del cristal —dijo Bryce y Rigelus volvió a atacar.

—Lo matamos primero —gruñó Hunt y asintió hacia las cuchillas en sus manos.

—No nos permitirá acercarnos lo suficiente —dijo ella. Reunió su fuerza para teletransportarlos hasta el núcleo y Hunt hizo erupción con sus relámpagos cuando volvieron a aparecer, disparando directo hacia Rigelus...

Éstos chocaron contra una barrera de luz y se dispersaron.

—Tus relámpagos —dijo Bryce rápidamente—. Deformaron la piedra hace rato cuando los lanzaste contra Polaris. ¿Crees que puedas deformar el cristal?

Estaban a unos diez metros por encima del núcleo encendido debajo. Para siquiera lograr atravesar ese bloque de cristal, necesitarían minutos enteros e ininterrumpidos. Ella creía que su fuegoastral podría cincelarlo después de un rato y llegar al otro lado, pero no tenían el lujo del tiempo.

—Necesito un buen disparo hacia el suelo... probablemente varios —dijo Hunt y Rigelus volvió a atacar. De nuevo, Bryce los teletransportó—. ¿Me puedes conseguir un poco de tiempo?

A ella ya se le había secado la boca y le chorreaba sangre de la nariz, pero asintió.

—¿Qué se están secreteando? —preguntó Rigelus tranquilamente desde su posición frente a las tuberías, pero Bryce volvió a teletransportarlos.

Aparecieron justo frente a Rigelus y, por su cara sorprendida, supieron que no se lo esperaba. No... él pensaba que el poder de sus adversarios ya se estaba terminando.

Esa distracción le costó.

El fuego del Averno de Hunt chocó contra el piso de cristal. Bryce no esperó a ver qué sucedía, cómo reaccionaba Rigelus, antes de teletransportarlos nuevamente al centro de la habitación y el fuego del Averno de Hunt volvió a atronar cuando chocó con la roca, que sí logró deformar y que ahora empezaba a resquebrajarse bajo el calor monstruoso.

El cristal empezó a derretirse y separarse.

Y debajo de él, se empezó a formar un túnel hacia el núcleo de luzprístina.

La Ciudad Eterna era un caos con los misiles de azufre, los mecatrajes, los demonios, la Guardia Asteriana y todo tipo de pesadillas imaginables. La luz y la oscuridad peleaban en cada centímetro de la ciudad.

Pero Ithan corría por las calles dirigiéndose al palacio de cristal. Hacia la luz blanca que centelleaba desde ahí como si fuera un estroboscopio enorme.

Tenía que ser Bryce. Pero el palacio era gigantesco, tan grande como el Comitium, y para encontrarla...

Nadie había respondido a sus llamadas telefónicas. Con la batalla, no pensaba que lo fueran a hacer, pero de todas maneras lo seguía intentando, todo el camino hacia acá en el barco que había contratado rápidamente, luego mientras corría desde la costa sin descanso, sin alimento ni agua.

Un misil de azufre pasó volando por encima de él, brillante con su luz dorada. Chocó contra un edificio cercano y el mundo se rompió en dos.

Incluso Ithan, con su velocidad y gracia, salió volando. Sus huesos tronaron contra el edificio. El rifle Matadioses colgaba de su hombro. Y algo más había tronado debajo de él, no hueso sino...

Ithan se deslizó hacia el suelo entre la gente que gritaba y buscó en su mochila. Frenéticamente, sacó el contenedor con los frascos de antídoto para Bryce y Hunt.

El líquido se había salido de ellos. Sólo quedaban astillas. Tharion tenía más, pero sólo Luna sabía dónde estaría el mer entre todo este desastre. El rifle, al menos, seguía intacto. Tenía un raspón en el cañón, pero nada que afectara su funcionamiento.

Se puso de pie con dificultad, pero una mano fuerte lo sostuvo. Le ayudó a ponerse de pie.

Ithan volteó enseñando los dientes sólo para encontrarse con una humana ahí parada, con los ojos encendidos por la determinación. Y, detrás de ella, ayudando a los heridos o corriendo hacia la batalla, había más humanos. Algunos vestían su ropa de trabajo, algunos estaban desarmados, pero todos iban corriendo hacia el conflicto. Por esta primera y posiblemente última oportunidad contra los asteri.

Y entonces lo supo. El mensaje de Bryce no había sido sólo una distracción para los asteri. También había sido un grito de batalla para la gente que había sufrido tanto bajo su yugo.

Así que Ithan volvió a correr hacia el palacio. Pasó al lado de todos esos humanos que ayudaban y luchaban con valentía, a pesar de las probabilidades, a pesar del costo. Los antídotos para sus amigos se habían perdido. Pero él todavía tenía el rifle y la bala.

Enorgullece a tu hermano.

Lidia no se molestó en usar balas. Se guardó la pistola y sacó su espada.

Conocía las probabilidades contra Pollux, pero lo había estado estudiando por años. Había aprendido sus movimientos, su arrogancia, sus trucos.

Ella no le había permitido aprender los suyos.

Así que Lidia miró a Ruhn de reojo y dijo:

—Vete de aquí. Esto es entre él y yo.

No quería tener nada que ver con Ruhn. Le había disparado... le había *disparado*, en un arranque de dominio macho, y había evitado que llegara con sus hijos. Nunca lo perdonaría...

—De ninguna puta manera —dijo Ruhn y miró a los dos guardias que flanqueaban a sus hijos. Como si pudiera derrotarlos, como si la pistola de Pollux no estuviera apuntándole directamente a la nuca.

Sería una bala para Ruhn, pero a ella Pollux no la haría volar en pedazos con una pistola, ni con su poder. No de inmediato. Iba a querer ensangrentarla bien. Lastimarla lenta e intensamente y hacerla suplicar por piedad.

El palacio se estremeció.

—Lidia —dijo Pollux con asquerosa satisfacción—. Te ves bien para ser alguien que ha estado hundida en basura últimamente.

—Vete a la mierda —escupió Ruhn.

Detrás de Pollux, todavía a unos cuantos metros de distancia en el corredor, sus hijos estaban parados muy erguidos, temblando. Verlos hizo que algo en su mente hiciera corto circuito.

Pero Pollux se burló de Ruhn.

—¿Se fue por ti, entonces? ¿Traicionó todo lo que conocía? ¿Por un principito hada?

—No le des tanto crédito —gruñó Lidia. Diría cualquier cosa por mantener la atención de Pollux sobre ella y alejada de los niños. Ruhn se podía ir al Averno, le daba igual. Pero Lidia hizo un ademán entre ella y Pollux—. Este ajuste de cuentas lleva años pendiente.

—Lo sé —dijo Pollux e hizo un movimiento hacia los dos ángeles a sus espaldas—. Verás, la flota de la Reina del Océano no es tan segura. Si atrapas a un espía mer y lo amenazas con filetearlo, te dirá lo que sea. Incluido a dónde se dirige el *Guerrero de las Profundidades*. Y los dos niños *muy* interesantes que van a bordo... su verdadero linaje al fin revelado y el rumor del cual se habla en toda la embarcación

Lidia consideró todos los posibles escenarios donde ella podría enfrentar a Pollux y sacar a sus hijos de ahí. Pocos terminaban con ella saliendo viva también.

—Se resistieron admirablemente, sabes —dijo Pollux—. Pero no podían mantener las bocas *cerradas*, ¿verdad? —miró a Actaeon, que tenía un moretón en la sien—: Aprendiste muy rápido lo efectiva que es una mordaza.

Una flama se encendió en lo profundo de Lidia, crepitante y ardiente.

—Después del trabajo que me dieron estos dos mocosos —dijo Pollux con las alas brillantes por el poder en bruto—, realmente voy a disfrutar matándolos frente a ti.

93

Ruhn se mantuvo perfectamente inmóvil mientras los dos guardias imperiales empujaban a Brann y Actaeon, atados con grilletes gorsianos, para que cayeran de rodillas frente a Pollux.

El Martillo le sonrió a Lidia, quien se había quedado completamente inmóvil y pálida.

—Supe al instante que no eran míos, por supuesto. Ningún hijo de mi sangre podría ser capturado tan fácilmente. Patético —dijo con voz burlona a un Brann furioso que tenía la nariz ensangrentada. El chico se enfrentaría al Martillo con las manos desnudas.

Actaeon, sin embargo, miraba a Pollux atentamente; también golpeado, sus ojos dorados no perdían detalle. Evaluando todo, intentando encontrar una oportunidad.

Lidia dijo con voz ronca:

—Por favor.

Pollux rio.

—Es demasiado tarde para recurrir a los buenos modales, Lidia.

La mente de Ruhn corría a toda velocidad, buscando todos los ángulos y ventajas que podrían tener. Las matemáticas no los favorecían.

Incluso si Pollux bajaba la pistola que tenía apuntando a la cabeza de Ruhn, de todas maneras estaba lo bastante cerca de los niños para matarlos de un golpe. No había manera de que Ruhn o Lidia los alcanzaran a tiempo, física o mágicamente. Una bala sería más lenta que el golpe del Martillo.

E incluso con Tharion al lado de Lidia... No, no había posibilidad.

—Vayan por Rigelus —le dijo Pollux a sus guardias sin apartar la vista de Lidia, de Ruhn—. Va a disfrutar viendo esto, creo.

Sin cuestionarlo, sin siquiera parpadear ante las atrocidades que dejaban atrás, los guardias se fueron por el pasillo. Dieron vuelta hacia el cubo de la escalera y desaparecieron de la vista.

Tharion atacó.

Una ráfaga de agua tan concentrada que podría haber destrozado roca se abalanzó contra Pollux. Ruhn esquivó hacia la izquierda cuando Pollux disparó su pistola. Pero no contra él, se dio cuenta al ver la bala salir a toda velocidad, más rápido de lo que debería, volando sobre una ola de poder angelical...

Pollux se hizo a un lado y la columna de agua no chocó contra su ala, pero su bala y su poder sí encontraron su blanco.

Tharion gruñó y cayó antes de que Ruhn pudiera ver dónde había perforado la bala. En alguna parte del pecho del mer...

Mientras el agua caía de las paredes y el techo a su alrededor, Lidia dijo:

—Déjalos ir, Pollux. Tu pelea es conmigo.

Él rio.

—¿Y qué mejor manera de destruirte? Supongo que puedo concederte algo: puedes elegir qué niño morirá primero.

Brann le gruñó a Pollux a través de la mordaza, pero Actaeon miró a su madre con intensidad, como diciéndole que matara a ese hijo de puta.

—Son niños —dijo Lidia con la voz entrecortada. Ruhn no lo podía soportar... la acentuada desesperación en su rostro. La agonía.

—Son *tus* niños —dijo Pollux y el poder empezó a brillar en su mano—. Normalmente, me gustaría hacer que esto durara un rato, pero en la batalla se tienen que hacer sacrificios —como en respuesta, el edificio mismo donde estaban se estremeció—. Supe que hay acosadores de la muerte sueltos por aquí. Tal vez les dé de comer a los mocosos.

—No lo hagas —dijo Lidia y cayó de rodillas—. Dime qué quieres, qué tengo que hacer y lo haré... lo que sea...

El corazón de Ruhn se partió en dos. Por los niños, por ella, que se rebajaba así por este malnacido.

Reunió sus sombras. Pero si Tharion no había podido atinarle a su blanco...

Pollux le sonrió a Lidia:

—Siempre me gustaste de rodillas, sabes.

—Lo que quieras —suplicó Lidia—. Por favor, Pollux. Te estoy *rogando*...

Lo haría. Le daría a Pollux lo que quisiera.

Sus hijos se tensaron. También estaban viendo eso. Tal vez al fin entendían qué, quién, era su madre. Lo que la había impulsado todos estos años y que continuaría haciéndolo en sus momentos finales.

Ruhn sólo veía a Lidia. Lidia, quien había dado tanto, demasiado. Quien haría esto sin pensarlo.

Así que Ruhn dio un paso al frente.

—Te haré un intercambio. Yo, a cambio de ellos.

Cualquier otro oponente lo habría rechazado. Pero Pollux lo recorrió con la mirada, con una especie de curiosidad cruel y hambrienta.

Ruhn gruñó y dijo las palabras que no se había atrevido a pronunciar hasta ahora:

—Ella es mi pareja, hijo de puta.

Lidia inhaló profundamente.

Ruhn siguió provocando al Martillo.

—¿Quieres que te cuente cómo me dijo que nos comparamos?

Eran palabras vulgares y crudas, pero sabía que eso afectaría el frágil ego del Martillo.

El golpe fue acertado.

—Los mataré a todos —dijo Pollux furioso. Su rostro hermoso lucía horrible por la furia.

—Nah —dijo Ruhn—. Si tocas a los niños, tu atención estará dividida. Me darás la oportunidad de volarte al Averno.

Debía haber aprovechado la oportunidad cuando Tharion atacó. Había desperdiciado el golpe del mer... y ahora Tharion estaba tirado en el piso, alarmantemente inmóvil, con sangre saliéndole de un agujero en el pecho.

—Ruhn —advirtió Lidia.

—Pero —continuó Ruhn sin dudar—, si entregas a los niños sin hacerles daño, si dejas que ellos, Lidia y Tharion se vayan, yo iré contigo. Sin pistolas, sin magia. Puedes irme desmembrando pedazo a pedazo. Tómate todo el tiempo que quieras.

—*Ruhn* —dijo Lidia y se le quebró la voz.

Él no la miró. No tenía la fortaleza para ver lo que había en sus ojos. Sabía que ella lo odiaba por haberle disparado en el muslo... pero había sido para salvarla. Para evitar que llegara a este destino terrible al que habían llegado de todas maneras.

Así que Ruhn le dijo a Lidia, mente-a-mente: *Te amo. Me enamoré de tí en lo más hondo de mi ser, confío en que mi alma volverá a encontrar la tuya en la siguiente vida.*

Cortó la conexión entre ellos antes de que ella pudiera responder.

Entonces Ruhn volteó a ver al ángel de alas blancas y levantó las manos.

—Soy todo tuyo, Martillo.

94

Desarmado, Ruhn mantuvo su mirada sobre el Malleus.

—¿Qué vas a decidir, Pollux?

Los hijos de Lidia lo observaban de cerca. Ella no dijo nada. Pero el Martillo la miró.

—No veo por qué no puedo tener todo lo que quiero —dijo el ángel. Luego le sonrió a Ruhn—. Aguarda tu turno, principito.

Todo sucedió muy rápido.

Pollux giró hacia los niños. Fijó su mirada en Brann. Una fuerza pura y bruta estalló alrededor del ángel.

Lidia gritó cuando Pollux soltó una lanza letal de su poder hacia Brann.

Ruhn no pudo apartar la mirada. No quería ver, pero sabía que tenía que ser testigo de este crimen, de esta atrocidad imperdonable...

Pero Lidia corrió, rápida como el viento. Más rápida que una bala.

Ruhn no entendió lo que vio a continuación: cómo Lidia llegaba con Brann a tiempo. Cómo se lanzó sobre su hijo y lo tiró al suelo mientras estallaba en llamas blancas y ardientes.

Brotaban de ella, una erupción como un misil de azufre que lanzó a Pollux hacia atrás. No era un accidente ni una bomba, sino magia de fuego que brotaba de Lidia. Que salía ardiente de ella.

—Brann —llamaba entre jadeos a su hijo. El niño no había sido tocado por la flama. Ella estudiaba su rostro sorprendido, le quitó la mordaza de la boca—. *Brannon.*

Ahogó un sollozo al pronunciar el nombre completo del niño, pero entonces Actaeon ya estaba ahí, alejando a su hermano de ella como podía con las ataduras aun limitándolo.

—¿Qué eres? —exhaló Ace.

Lidia seguía jadeando, ardiendo, y dijo:

—Un linaje antiguo.

Y se puso de pie.

Era Daybright, como Ruhn la veía en su mente. Se había presentado ante él como ella, como su *verdadera* persona, todo este tiempo.

—Sácalos de aquí —le dijo Lidia a Ruhn con el cabello flotando como un halo dorado, las brasas girando alrededor de su cabeza—. Llévate al mer con una sanadora.

Era un milagro que Tharion no estuviera muerto ya, considerando el agujero que lo atravesaba.

Pollux se puso de pie.

—Maldita puta —escupió—. ¿Qué carajos es esto?

—Los metamorfos, como solíamos ser antes —dijo Lidia y el fuego brotó de su boca—. Como Danika Fendyr me dijo que habíamos sido. Ahora libres del parásito de los asteri.

Ruhn se quedó con la boca abierta. ¿Ya no tenía el parásito? Debía haber bebido el antídoto de alguna manera... ¿se lo habría administrado Tharion?

Lidia estaba gloriosa, envuelta en llamas y ardiendo con furia.

El poder de Pollux volvió a concentrarse.

—Te mataré de todas maneras, perra.

—Puedes intentarlo —dijo Lidia sonriendo.

Pollux corrió hacia ella y la atacó con su magia. El pasillo se estremeció y los escombros empezaron a llover...

Un muro de fuego azul se interpuso entre ellos. Pollux chocó con él y se quedó pegado. Una mosca en una red ardiente.

Lidia caminó hacia el ángel mientras Pollux luchaba contra las flamas.

—Firmaste tu sentencia de muerte cuando tocaste a mis hijos —dijo ella. Y exhaló.

Las flamas salieron ardientes de su boca hacia la carne de Pollux. El ángel gritó... o intentó hacerlo.

Liberada de todo secreto, o de la necesidad de mantenerlos, Lidia pareció desatar todo lo que era. Ruhn sólo podía observar cómo el fuego descendía por la garganta de Pollux. Al interior de su cuerpo. Rostizándolo desde adentro hasta que ya no era nada más que cenizas humeantes, un pilar de azufre petrificado a mitad de su ataque, con la boca todavía abierta.

Lo había incinerado.

Lidia extendió un dedo. Y tocó la columna que alguna vez había sido de Pollux.

Y la estatua de ceniza de Pollux se desbarató y cayó al suelo.

Sus hijos se pusieron de pie, el asombro crudo se veía en sus rostros golpeados. El cuchillo que Ruhn traía en la bota le ayudó a abrir rápidamente los grilletes gorsianos, pero Actaeon le susurró a Lidia:

—¿Mamá?

Ella miró por encima del hombro a su hijo. Sus labios se curvaron hacia arriba... por cómo la había llamado el chico, supuso Ruhn.

El palacio volvió a estremecerse. Lo que sea que estuviera sucediendo afuera, debía ser grave.

—Lleva al mer con Declan para que lo curen. Incluso después de tomar el antídoto, no creo que el cuerpo de Ketos pueda salvarse sin ayuda —ordenó Lidia—. Y en su bolso está el último frasco de antídoto. Mi hermana logró desarrollarlo. No lo muevas mucho, es volátil.

—Lidia —dijo Ruhn pero los ojos de ella ardían con fuego verdadero.

—Necesito ir a ayudar a los demás —dijo ella y salió corriendo hacia las escaleras—. Lleva a mis hijos a sitio seguro y todo será olvidado. Sálvalos y te perdonaré por haberme disparado.

Ella miró a los niños y luego desapareció en el interior del palacio. En el mundo desgarrado por la batalla.

Lidia sabía, incluso de niña, que ella era poder puro y había mantenido ese poder oculto en sus venas.

No era poder de bruja. Sabía que sus flamas eran... distintas. Su padre tampoco las tenía.

Las había mantenido en secreto, incluso de los asteri. En especial de los asteri. Ningún otro metamorfo las tenía, hasta donde ella sabía, y estaba consciente de lo que significaría revelarlo: se convertiría en un experimento que los asteri despedazarían.

Luego se encontró con Danika Fendyr, quien de alguna manera había averiguado sobre el linaje paterno de Lidia y quería saber si ella tenía algún don extraño. Dones elementales como los de las hadas.

Ella dudó si matar a Danika en ese momento para mantener en secreto su don. ¿Y qué más sabía Danika...? ¿Podía saber sobre sus hijos?

Los metamorfos eran hadas de otro mundo, le explicó Danika. Bendecidos con una forma hada y una forma humana y con el don de tener poderes elementales.

Eso confirmó lo que Lidia había sospechado siempre. La razón por la cual le había puesto el nombre de Brannon a su hijo, en honor a las leyendas más antiguas del linaje de su familia: un rey hada de otro mundo con fuego en las venas que había creado ciervos con el poder de la flama para que fueran sus guardias sagrados.

Lidia no mencionó nada de esto mientras Danika le explicaba cómo se habían convertido en metamorfos y los experimentos de los asteri con ellos en Midgard, que les habían eliminado las orejas puntiagudas después de un tiempo. Se había alegrado cuando Danika murió, junto con todas sus preguntas.

Ya no se sentía así.

Después de ingerir el antídoto que su brillante y valiente hermana había producido, el fuego había aumentado y había llegado tan cerca de la superficie que ya no pudo negarlo. Ya no quiso negarlo.

Las flamas brotaban de Lidia mientras corría al exterior del palacio, por la ciudad, y hacia el campo de batalla más allá. Ilimitada, inconquistable.

Los necrolobos fueron los primeros en detectar su olor, sin duda gracias a los agudos sentidos de sabueso de sangre de Mordoc. La vieron parada frente a las puertas de la ciudad. La conocían, incluso a pesar del fuego, y corrieron hacia ella en su forma humana enseñando los dientes. Mordoc iba al frente de la jauría. El odio prácticamente irradiaba de él. Detrás de él, como siempre, venían Gedred y Vespasian, apuntándole con sus rifles.

Era hora de que Lidia limpiara la casa.

—Tú... —ladró Mordoc.

Lidia no le dio oportunidad de terminar. Este hombre, el padre de Danika Fendyr, ya no seguiría escupiendo su veneno al mundo. Ya había terminado de provocar dolor en Midgard.

Lidia convirtió a Mordoc y sus dos francotiradores en cenizas apenas pensándolo, hasta que lo único que quedaba de ellos era la plata derretida de los dardos en sus collares formando un charco en el suelo. Con otro pensamiento, la jauría de necrolobos, que intentaban frenar su carrera llenos de pánico, se topó con el mismo destino.

Unos ángeles de la Guardia Asteriana volaron hacia ella disparándole con su poder.

Lidia los incineró también.

Los demonios hicieron una pausa. Sus aliados Caídos también. Los mecatrajes se quedaron completamente inmóviles.

Las máquinas de guerra de la Guardia Asteriana cambiaron de dirección y avanzaron hacia ella. Cada tanque enorme venía armado con misiles de azufre. Los ángeles que los conducían apuntaron sus rifles hacia ella y dispararon una ráfaga de balas.

Su fuego era una canción en su sangre y Lidia caminó a través del campo de batalla. Las balas se derretían antes de poder alcanzarla.

Era mucho más natural de lo que jamás había sido. En la Cueva de los Príncipes, había necesitado toda su concentración para apagar las llamas que el Rey del Otoño hacía arder alrededor de sus compañeros. El único que pareció sorprendido fue Morven... los demás no habían cuestionado cómo habían desaparecido las flamas. Simplemente había demasiado caos para que los demás lo notaran.

Ahora su fuego fluía y fluía. Su verdad estaba libre.

Las máquinas de guerra se detuvieron. Apuntaron sus pistolas y cañones hacia ella. La borrarían de la faz de Midgard.

Pero ella continuaría hasta el final. No vio el palacio detrás de ella, donde sólo podía rezar que Ruhn, su pareja, estuviera llevando a sus hijos a un sitio seguro.

Por primera vez en su miserable existencia, le permitía al mundo verla por lo que era. Se permitió a sí misma verse por lo que era.

Los lanzamisiles ardían. Lidia reunió sus flamas. Aunque pudiera interceptar los proyectiles en el aire, la metralla podría matar a sus aliados...

Sólo había una manera de detenerlo. Llegar ahí antes. Antes de que se lanzaran los misiles, que terminarían con todos, incluida ella.

Empezó a correr.

Deseó poderse haber despedido de sus hijos. De Ruhn. Darle la respuesta a lo que había dicho.

Te amo.

Lanzó el pensamiento hacia sus espaldas, hacia el príncipe hada que sabía mantendría a salvo a sus hijos.

Las máquinas de guerra siguieron sus movimientos con sus cañones. Intentarían volarla en pedazos antes de que pudiera alcanzarlos.

Intentarían.

Había sido una vida corta, para una vanir, y mala, pero había tenido sus momentos de dicha. Momentos que ahora recordó y retuvo en su corazón: cargar a sus hijos recién nacidos, oler sus dulces aromas de bebés. Hablar con Ruhn por horas, cuando sólo lo conocía como Night. Estar entre sus brazos.

Tenía muy pocos recuerdos felices, pero no los habría intercambiado por nada.

Lo volvería a hacer todo, sólo por esos momentos.

Lidia se sumergió profundamente, hasta el fondo de los restos ardientes de su poder.

Las máquinas de guerra se alzaban frente a ella, negras y encendidas. Listas para enfrentarla. Los cañones la miraban, los misiles de azufre brillaban en sus gargantas.

Lidia desató su propio fuego, lista para su incineración final.

Pero antes de que su flama pudiera tocar esas máquinas de guerra, antes de que los misiles de azufre pudieran salir disparados, los cañones se derritieron. El hierro goteaba y chisporroteaba al caer en la tierra seca.

Y esos misiles de azufre, atrapados en la maquinaria que se derretía...

Las explosiones sacudieron el mundo mismo cuando los misiles estallaron y convirtieron a las máquinas de guerra en trampas mortales para los soldados que estaban dentro. Se derritieron hasta desaparecer. El calor de la explosión le quemó la cara a Lidia y entre el fuego y el humo que ascendía...

Tres diminutas luces blancas ardían con fuerza.

Duendecillas de fuego. Vibrando de poder.

Entre el fuego y el humo y las brasas flotantes, Lidia las reconoció. Sasa. Rithi. Malana. Ardiendo, encendidas con fuego. Debieron haberse acercado desde detrás de las líneas enemigas sin ser detectadas. Demasiado pequeñas para ser notadas, para contar siquiera entre los arrogantes vanir.

Otra máquina de guerra empezó a rodar hacia adelante, pasando por encima de las ruinas del frente.

Un error estúpido. Las ruedas de oruga de metal también se derritieron y dejaron inmóvil a la máquina. Los soldados y pilotos dentro quedaron atrapados.

Intentaron disparar sus misiles a Lidia, a las tres duendecillas que ahora se dirigían a su lado, pero no lo lograron. En un momento, la máquina de guerra estaba ahí, con los cañones de los misiles listos con su carga. Al siguiente, el metal de la máquina se ponía blanco y luego se derretía.

Donde había una máquina antes, brillaba una cuarta duendecilla de un color azul intenso.

Irithys.

Levantó una pequeña mano como saludo.

Lidia levantó la suya en reconocimiento.

—La encontramos —le dijo Sasa a Lidia. Estaba sin aliento por la adrenalina o la esperanza o el temor o todo junto—. Le dijimos lo que nos dijeron tú y Bryce.

Malana agregó cuando Irithys volaba hacia ellas dejando una estela de brasas azules a su paso:

—Pero no necesitamos convencerla demasiado para que viniera acá.

—¿Cómo supieron que debían venir hoy? —preguntó Lidia cuando Irithys llegó con ellas. Era una estrella azul en medio de las tres luces brillantes de las otras.

Irithys sonrió, la primera sonrisa verdadera que Lidia había visto en la Reina Duendecilla.

—No lo sabíamos. Ellas me encontraron ayer y hablamos hasta muy tarde —dedicó una sonrisa afectuosa hacia las tres duendecillas que se pusieron de un tono frambuesa por el halago—. Seguíamos despiertas cuando salió el video de Bryce Quinlan y Hunt Athalar. Salimos a toda velocidad de Ravilis con la esperanza de poder ayudar en algo.

—Llegamos en el momento preciso, parece ser —dijo Sasa y asintió hacia las ruinas ardientes.

—No nos hubiera gustado tener que perdernos de toda la diversión —agregó Rithi con una sonrisa maliciosa.

La sonrisa de Irithys se apagó un poco cuando vio a Lidia con atención. La flama de la reina encendió la de Lidia en respuesta. Bailando sobre las puntas de sus dedos, su cabello, en reconocimiento dichoso.

—Percibí el fuego en ti en el momento que nos conocimos —dijo la reina—. Pero no pensaba que el tuyo se manifestara de manera tan brillante.

Lidia hizo una reverencia, pero no le dijo a la reina todavía sobre el antídoto, cómo podría hacer que las flamas de Irithys fueran aún más letales. Más tarde, si sobrevivían. Pero por ahora... Lidia le sonrió a la reina, a los enemigos que se reunían.

—Vamos a quemar todo.

Porque frente a ellas, por docenas, avanzaba toda una hilera de máquinas de guerra en su dirección. Los lanzamisiles crujían y se ponían en posición. Todos apuntaban hacia el sitio donde ellas estaban paradas.

—Con gusto —dijo Irithys e, incluso a unos metros de distancia, la piel de Lidia ardía con el calor de las flamas de la reina—. Construiremos un mundo nuevo sobre sus cenizas.

Rithi, Sasa y Malana se volvieron azules e igualaron su fuego con el de su reina. Las cuatro duendecillas liberaron su poder en las máquinas de guerra y los vanir que las conducían. Las flamas blancas y ardientes de Lidia se unieron a las de ellas, entrelazándose y bailando a su alrededor, como si cada momento de reconocimiento hasta ahora hubiera estado dirigiéndose a esto, como si sus flamas hubieran conocido las de ellas por milenios.

Y como una sola flama, como un pueblo unificado, como Bryce Quinlan lo había prometido, su fuego atacó las filas del enemigo.

Las máquinas se rompieron. Lidia se fue hacia atrás con la fuerza del estallido, aún poco familiarizada con el fuego en sus venas después de tanto tiempo de tenerlo reprimido.

Pero las duendecillas mantuvieron su fuego concentrado sobre las máquinas y sus pilotos. Y cuando Lidia empezó a correr, cuando los misiles explotaran al contacto con las flamas, ella lanzó lo que le quedaba de poder hacia arriba. Para proteger a las fuerzas aliadas que luchaban detrás de ella y a las duendecillas de fuego frente a ella de la metralla, que se derritió hasta convertirse en una lluvia de metal fundido.

Siseaba al chocar con la tierra.

Irithys ardía como una estrella azul, volando a toda velocidad de máquina a máquina, dejando tras ella una estela de muerte en llamas. Las otras tres duendecillas hacían lo propio. Donde ellas brillaban, las fuerzas imperiales morían.

Y conforme el enemigo iba derritiéndose bajo las puntas sus dedos... por un momento, sólo por uno, Lidia se permitió encender una chispa de esperanza.

—Estoy bien —jadeó Tharion, aunque le salía sangre de la boca—. Estoy bien.

—Puras mentiras —dijo Ruhn y se arrodilló junto al mer, buscando en su mochila el frasco de antídoto que Lidia había mencionado. El mer ya estaría muerto si no tuviera el antídoto en sus venas. Pero si Ruhn no hacía algo pronto para ayudar a Tharion, moriría sin duda en unos minutos.

—Siéntalo —le estaba diciendo Actaeon a su hermano—. Que su cabeza quede por encima de su pecho para que no pierda sangre tan rápido.

—Tenemos que ayudarla —dijo Brann—. Está allá afuera en el campo de batalla...

—Ustedes no irán a ninguna parte —le dijo Ruhn a los niños. Encontró el frasco transparente y se lo tomó—. Ayúdenme a levantar a Ketos. Tenemos dos segundos antes de que regresen esos guardias de mierda, tal vez con Rigelus...

No tenían dos segundos.

Desde las escaleras al final del pasillo, aparecieron los dos ángeles que habían mantenido cautivos a los niños. No había señales de Rigelus, gracias a los dioses, pero en ese momento, lo que sea que tuviera esa poción llegó al estómago de Ruhn, a su cuerpo, y todo el mundo se ladeó, se movió, se puso negro...

Un momento, suficiente para que al recuperar la visión, Ruhn viera a los dos ángeles buscar sus pistolas.

Ruhn explotó.

Luzastral, dos rayos directamente a sus ojos para cegarlos. Justo como Bryce había hecho con los Gemelos Asesinos. Un par de látigos gemelos de sus sombras se envolvieron alrededor de sus cuellos y apretaron.

—Qué carajos —dijo Brann, pero Ruhn apenas lo escuchó. Sólo había poder, surgiendo como nunca antes. Su mente estaba increíblemente clara e hizo que sus sombras empezaran a rebanar la carne angelical.

Brotó la sangre. Crujieron los huesos. Dos cabezas rodaron al suelo.

—Puta madre —exhaló Brann. Actaeon veía a Ruhn con la boca abierta.

—El mer —dijo el niño y volteó hacia el sitio donde Tharion había vuelto a perder la conciencia.

—*Maldición* —escupió Ruhn y puso la mano en el pecho de Tharion para detener el sangrado...

Una magia cálida y brillante respondió. Magia de *sanación*, que brotaba a la superficie como si hubiera estado latente en su sangre.

Él no tenía idea de cómo usarla, cómo hacer nada aparte de apelar a su voluntad para decirle *Sálvalo*.

En respuesta, la luz brotó de sus manos y pudo *sentir* la carne y los huesos de Tharion repararse debajo de sus dedos, sanar...

Había recibido un balazo que le atravesó el pecho y le salió por la espalda. Y esta nueva magia de sanación parecía saber qué hacer, cómo cerrar las heridas de entrada y salida. No podía reponer la sangre, pero si Ketos ya no estaba sangrando... podría sobrevivir.

Un estremecimiento sacudió el palacio y el tiempo se hizo más lento.

Por un instante, Ruhn pensó que podría ser su propio poder, pero no. Había sentido esto antes. Apenas hacía un rato, cuando el mundo había vibrado con lo que él distinguió, en sus huesos, como el impacto de la muerte de un asteri. Como la muerte de un arcángel, pero peor.

Otro asteri debía estar muriendo.

Hizo que ese hermoso poder brillante siguiera sanando a Ketos. Para usar el tiempo y comprarle más al mer, para sanar, sanar, sanar...

Fue una eternidad y al mismo tiempo fue nada. El tiempo retomó su paso, tan rápido que los niños soltaron a Tharion, pero la herida ya había sanado. Ruhn gruñó al levantar al mer inconsciente encima de su hombro y le dijo a los niños:

—Debemos salir de aquí.

Una parte de él quería tirar a los gemelos en algún lugar seguro y correr hacia donde estuviera Lidia, pero su pareja le había pedido que protegiera a las dos personas más importantes de su mundo.

No traicionaría ese gesto de confianza tan grande. Por nada.

Corrieron por el palacio. Sus pasillos estaban extrañamente vacíos. La gente debió haber recibido la orden de evacuación y huyeron. Los guardias habían dejado incluso sus puestos en las puertas y la entrada principal.

Ruhn y los niños salieron hacia las calles de la ciudad y Ruhn buscó su teléfono para marcarle a Flynn, rezando que su amigo tuviera la camioneta cerca. Fue hasta ese momento que vio el campo de batalla más allá de la ciudad. La nube de oscuridad sobre las luces brillantes.

Esa oscuridad era Foso puro. El fuego ardía al otro lado del campo... eso tenía que ser Lidia.

—¡Ruhn! —reconoció esa voz.

Volteó con Tharion como un peso muerto sobre su hombro y vio a Ithan Holstrom, que corría hacia ellos con un rifle al hombro.

Él también conocía ese rifle. El rifle Matadioses.

El rostro de Ithan estaba cubierto de tierra y sangre, como si hubiera peleado para llegar hasta acá.

—¿Ketos está vivo? —dijo. Al ver que Ruhn asentía, preguntó—: ¿Dónde está Bryce?

Como respuesta, la luz destelló desde el palacio arriba y detrás de ellos.

La sangre de Ruhn se convirtió en hielo.

—Le dijimos a ella y a Athalar dónde reunirse con nosotros. Pero era una trampa... carajo.

—Necesito llegar con Bryce —dijo Ithan con urgencia.

Ruhn apuntó al palacio y no pudo encontrar las palabras, ninguna palabra, para decirle al lobo que tal vez ya era demasiado tarde.

Ace y Brann levantaron la vista hacia él, hacia el palacio, hacia el campo de batalla.

Sus encomendados. Tenía que protegerlos durante la tormenta.

—Corre —le dijo Ruhn a Ithan y luego le indicó a los gemelos—. Manténganse cerca y hagan lo que yo haga.

95

Incluso tomar aire, a Bryce le rasgaba los pulmones, pero se dejó llevar. Se dejó llevar por el viento y el movimiento y la propulsión de ella y Hunt en el pequeño espacio mientras Rigelus lanzaba ataque tras ataque.

Ella no era la mujer asustada que había sido hacía una semana, escapando de él por el pasillo. Sabía que la estrella de Theia le daba suficiente poder para mantenerse un paso adelante de Rigelus mientras los teletransportara una y otra y otra vez.

Sólo tenían que desactivar el núcleo y luego ella tomaría la espada y la daga e iría tras los asteri. Uno por uno.

Los relámpagos de Hunt chocaban de manera continua contra el piso. Pero ella y Hunt se mantenían en movimiento, tan rápido que un estallido no había terminado de sonar cuando el siguiente ya estaba empezando. El sonido era monstruoso, consumía todo, y en la habitación llovía roca y cristal.

En el centro el túnel de cristal deformado y derretido estaba casi terminado.

Habían pasado minutos, tal vez años. Era un baile, mantenerse un paso delante de Rigelus, y ella sabía que todo terminaría en un final explosivo pronto.

Otro golpe y el brillo del núcleo de luzprístina ardió y proyectó su luz sobre el rostro furioso de Rigelus con un contraste impactante.

Bryce los teletransportó, pero fue lenta... demasiado lenta...

Rigelus les lanzó su ofensiva.

Un muro como ácido quemante los aventó contra la escalera y Bryce supo que lo único que había evitado que el golpe fuera mortal habían sido los relámpagos de Hunt. Ella reunió su poder para teletransportarse, pero se había agotado.

—Tal vez no debiste haber gastado tanta fuerza contra Polaris —se burló Rigelus y levantó su mano brillante...

Era una decisión de muerte o supervivencia.

Bryce se teletransportó con Hunt, pero no al centro de la habitación. Llegaron al piso de arriba, lejos del núcleo.

—¡Un golpe más! —gritaba Hunt—. Bryce, un puto golpe más y terminamos...

A Bryce se le doblaron las rodillas y la cabeza le daba vueltas. Su poder se había disuelto en polvo de estrella en sus venas.

Hunt la atrapó cuando empezó a caer.

—Bryce.

La nariz le ardía, podía sentir el sabor de la sangre en su boca, metálico e intenso.

—Carajo —siseó Hunt y tomó el rostro de su esposa entre sus manos—. Bryce... mírame.

Le costó un gran esfuerzo. Demasiado.

—Lo siento —jadeó ella y sus palabras fueron apenas un aliento rasposo—. Lo siento.

Todo ese poder que había adquirido... ¿de qué había servido? ¿Y de qué serviría tener la Espadastral y la daga si ya no le quedaba luzastral para unirlas?

—Uno más, Bryce —dijo Hunt jadeando. A él también le salía sangre de la nariz. El precio de todo ese poder, sin pausa—. Sólo un golpe más, lo puedo sentir...

—Está bien —dijo ella—. Está bien.

Tenían que volver a bajar antes de que Rigelus encontrara cómo reparar el daño que habían hecho.

—Está bien —dijo de nuevo, pero no podía reunir su poder. Miró a Hunt—. ¿Me recargas?

Por la preocupación que notó en su mirada, supo que a él tampoco le quedaba mucho. Pero sus relámpagos se encendieron, una corona sobre su cabeza que lo convertía en un dios primigenio.

En vez de cargarla con su fuego del Averno, la acercó a él y la besó.

Los relámpagos fluyeron de él hacia ella, un río viviente de poesía y poder. Ella retrocedió, jadeando, y no había sido mucho pero ahí estaba, era suficiente.

—*Alto* —dijo una voz exhausta desde el fondo del pasillo.

Y aunque ella había saltado entre mundos y había acabado con arcángeles y asteri, nada la había preparado para ver a Ithan Holstrom corriendo por el pasillo del palacio con el rifle Matadioses colgado al hombro.

Hunt ya no tenía energía para pensar en el hecho de que Holstrom parecía... haber subido de nivel. Se veía mayor, más poderoso de alguna manera, aunque apenas había visto al lobo. No le importó nada de esto cuando Ithan llegó a su lado y le dijo a Bryce:

—Me enviaron para que te diera esto.

Le entregó el rifle.

Con manos temblorosas, Bryce lo tomó.

—¿Te lo dio Jesiba?

—No. Digo, sí, pero... —Ithan tenía los ojos muy abiertos—. Tiene una bala dentro, llena de la luzsecundaria de los muertos de Ciudad Medialuna. Connor me la dio. Para ti.

—*¿Connor?* —dijo Bryce y se tambaleó, pero Hunt la sostuvo.

—No hay tiempo para explicar —dijo Ithan—, pero me enviaron los muertos para que te diera este rifle, y esta bala —los ojos de Ithan brillaban—. Connor te manda decir que hagas que cuente, Bryce.

Bryce miró el rifle que tenía en sus manos, lo sopesó.

Hunt preguntó:

—¿De qué sirve una bala de luzsecundaria contra un asteri?

—No contra un asteri —dijo Bryce—. Esta bala es una bomba de luzsecundaria.

Ithan asintió, aparentemente había entendido lo que ella quería decir más que Hunt.

—No tengo suficiente fuerza para teletransportarnos a ambos de regreso al núcleo —dijo Bryce y tomó la mano de Hunt. Le colocó algo frío en la palma.

Sus palabras dieron en el blanco y Hunt escupió:

—Al carajo con eso —su temperamento estalló—. Al carajo, Bryce, vamos a volar a ese monstruo al Averno...

—Salgan del palacio —advirtió Bryce y se teletransportó. Sola.

Se llevó el rifle Matadioses y dejó la Máscara en las manos de Hunt.

Tenía un tiro.

La última vez, Lehabah le había conseguido los dos segundos que le había costado apuntar.

Esta vez, no había duendecilla de fuego para salvarla. No había sinte para recargarla. Sólo el entrenamiento que Randall le había grabado en el cuerpo a lo largo de los años. Elevó una oración de agradecimiento a él.

Un tiro, directamente por el túnel que Hunt había hecho, para hacer estallar lo que quedaba del cristal alrededor del núcleo y liberar toda la luzprístina.

Sabía lo que le costaría hacer ese tiro. Sabía que en el segundo que tardara en apuntar, Rigelus le lanzaría todo su poder y no habría un muro de los relámpagos de Hunt para contenerlo.

Bryce saboreó el viento salvaje que se azotaba a su alrededor cuando se teletransportó, una última vez, y se impulsó por el mundo.

Levantó el rifle a su hombro, le quitó el seguro y luego ya estaba ahí, en la habitación del núcleo, con escombros y cristal por todas partes, el rifle ya apuntando al agujero en el centro.

Pero Rigelus no estaba solo. Los otros tres asteri estaban con él, los cuatro formaban un muro sólido entre Bryce y el núcleo de luzprístina. Al menos otro había muerto, a juzgar por cómo se había alentado el mundo hacía unos minutos. Pero quedaban cuatro.

El dedo de Bryce se quedó en el gatillo. Desperdiciar la bala en ellos...

—¿No quieres saber lo que estás arriesgando antes de que actúes de manera tan imprudente? —preguntó Rigelus de forma engreída. No esperó a que ella respondiera—. Si destruyes el núcleo de luzprístina, destruirás toda Midgard.

96

Bryce no bajó el rifle Matadioses. Lo mantuvo apuntando a los pies de los asteri, al agujero que estaba justo detrás de ellos. Para acercarse lo suficiente, tendría que teletransportarse justo donde estaban ellos y disparar directo al agujero.

—Ese núcleo está vinculado con el alma misma de Midgard —dijo Rigelus—. Si lo destruyes, todo el planeta desaparecerá de la existencia.

Bryce sintió que la sangre se le helaba. Podría haber pensado que era mentira de no ser por lo que Vesperus había dicho sobre el Caldero.

—Ustedes hicieron que el núcleo fuera un interruptor para matar este mundo —exhaló Bryce.

La asteri a la izquierda de Rigelus, Eosphoros, la Estrella Matutina, rio burlonamente.

—Para evitar que los roedores como *tú* salieran con ideas de cómo destruirnos.

—Nuestro destino —le dijo Rigelus a Bryce y colocó las manos dobladas frente a él, casi beatíficamente— está atado al de este planeta. Si matas nuestra fuente de alimento, condenas también a todas las almas vivientes de Midgard.

—¿Y si lo hago de todas maneras? —exigió saber Bryce intentando comprar el tiempo necesario para pensar en todo lo que había escuchado y atestiguado y soportado...

—Entonces una oscuridad como ninguna otra que hayas conocido devorará este planeta y todos ustedes dejarán de existir —dijo la asteri a la derecha de Rigelus, Hesperus, la Estrella Crepuscular.

—Entonces, ¿prefieren morir —dijo Bryce— que vernos libres de ustedes?

—Si se nos niega nuestro alimento, entonces moriremos. La existencia de ustedes no tiene otro propósito salvo ser nuestro sustento. Son ganado.

—Ya perdiste absolutamente toda la puta razón —dijo Bryce y mantuvo el rifle apuntando a sus pies—. ¿Qué tal si los mato a todos ustedes y dejo el núcleo aquí? ¿Qué tal si hago eso?

—Tendrías que acercarte lo suficiente con esas armas para hacerlo, niña —se burló Eosphoros con la muerte en sus ojos al divisar la Espadastral en la espalda de Bryce y La que Dice la Verdad enfundada a su costado—. No cometeremos el mismo error que Polaris.

Tenían razón. Bryce sabía que si soltaba el rifle, si desenfundaba la espada y la daga... Bueno, la matarían tan rápido que quizás ni siquiera podría terminar de sacar las armas.

—Piensa con mucho cuidado, Bryce Quinlan —dijo Rigelus y dio un paso al frente con las manos en alto—. Una bala tuya en el núcleo y todo este mundo y todos sus inocentes serán tragados al vacío eterno.

¿El mismo Vacío que Apollion había dicho que le permitió devorar a los asteri? El cuerpo de Polaris había sido succionado hacia la nada...

—Parecían tan indignados en su videíto —ronroneó Rigelus— por las muertes de esos inocentes en Prados de Asfódelo. ¿Pero qué son unos cuantos cientos de niños comparados con los millones que condenarás si disparas esa bala?

Un vacío interminable...

—Mátala, hermano —siseó el cuarto asteri, Austrus, brillando de poder—. Mátala y regresemos a pelear con los príncipes antes de que nos encuentren acá abajo...

—¿Qué vas a decidir, Bryce Quinlan? —preguntó Rigelus y extendió la mano—. Tienes mi palabra de que si no disparas esa bala, tú y los tuyos quedarán libres. Y así permanecerán.

Los otros asteri voltearon a verlo, indignados.

—Puedo enseñarte cosas que ni siquiera has soñado —prometió Rigelus—. El lenguaje que tienes tatuado en la espalda... es *nuestro* lenguaje. De nuestro mundo natal. Te puedo enseñar a usarlo. *Cualquier* mundo podrá abrirse para ti, Bryce Quinlan. Nombra el mundo y será tuyo.

—Sólo quiero que este mundo esté libre de ustedes —dijo Bryce entre dientes—. Para siempre.

Uno de los asteri empezó a decir:

—¿Cómo te atreves a...?

Pero Rigelus lo interrumpió y concentró su atención sólo en Bryce.

—Eso, también, podría ser posible. Un Midgard como tú lo imaginas —sonrió, con tanta franqueza que ella casi le creyó—. Tu vida será una vida de confort. Te colocaré como *verdadera* reina, no sólo de las hadas, sino de todo Valbara. Ya no habrá gobernadores. Tampoco jerarquías de ángeles, si eso quieren tú y Athalar. Si quieres que se libere a los muertos, entonces también encontraremos una manera de evadir a la muerte. Ellos siempre fueron el postre para nosotros.

—*Postre* —repitió Bryce y las manos le temblaban de rabia. Sostuvo el rifle con más fuerza.

—Los muertos podrán conservar su luzsecundaria —continuó Rigelus.

Pero Bryce dijo, con una familiar niebla blanca de rabia pura empezando a velarle la vista.

—No son *postre*. Son personas. Personas que los habitantes de este planeta conocían y amaban.

—Fue una mala elección de palabras —reconoció Rigelus—, y me disculpo. Pero lo que desees, lo tendrás. Y si deseas...

—Ya fue suficiente de darle por su lado a esta plaga —dijo Eosphoros furiosa—. Morirá.

—No lo creo —dijo Bryce y se teletransportó directamente junto a los asteri. Directo al agujero en el piso que Hunt había abierto—. Creo que ahora les toca a ustedes.

Y disparó el rifle Matadioses hacia el núcleo de luzprístina.

Los asteri gritaron y el tiempo se hizo muy lento cuando la bala salió disparada del rifle, tan lento que Bryce pudo ver lo que tenía escrito en el costado: *Memento Mori.*

Con el poder de las almas de los muertos, de Connor y la Jauría de Diablos y tantos otros... los muertos sacrificándose por el bien de los vivos. Los muertos renunciando a la eternidad para que Midgard pudiera ser libre.

La bala avanzó hacia abajo dando vueltas, hacia la luz, hacia esa última barrera de cristal.

Rigelus se abalanzó hacia Bryce, sus manos incandescentes con poder puro. Si la tocaba, estaría muerta...

Y tal vez esto había planeado Danika desde el principio al ponerle el Cuerno en el cuerpo, al querer que ella reclamara el otro fragmento de la estrella de Theia de Avallen. Tal vez esto había planeado Urd para ella, lo que le había susurrado que podría hacer desde que tuvo acceso a su poder, o lo que el Averno se había imaginado que ella y Hunt podrían hacer algún día.

Deseó haber tenido un poco más de tiempo con Hunt. Con sus padres y con sus amigos. Un poco más de tiempo para saborear el sol y el cielo y el mar. Para escuchar música, toda la música que jamás podría escuchar. Para bailar, sólo un paso más o una vuelta más...

Rigelus seguía avanzando para intentar tomarla del brazo con sus manos brillantes; la bala seguía avanzando. Y cuando esa bala de luzsecundaria rompió la última capa de cristal, cuando siguió abriendo el túnel más y más abajo...

Bryce deseó haber tenido más tiempo.

Pero no lo tenía. Y si éste era el tiempo que se le había otorgado... haría que valiera la pena.

Creo que todo sucedió por algo. Creo que no fue en balde.

Desde muy lejos, las palabras que había pronunciado frente a la Puerta la primavera pasada hicieron eco.

Todo lo que había sucedido había sido por esto. No por ella, sino por Midgard. Por la seguridad y el futuro de todos los mundos.

Y cuando la bala hizo erupción en el núcleo de luzprístina, cuando la mano de Rigelus se envolvió alrededor de la muñeca de Bryce y un ácido puro le quemó la piel y los huesos...

Como la batería que era, ella tomó su poder. Lo succionó hacia su interior.

La luz chocó con la luz, pero... la luzastral de Rigelus no era luz.

Era energía, sí. Pero era *luzprístina*. Era el poder de Midgard. De la gente.

Fluyó hacia su interior, tanto poder que casi le sacó el aire de los pulmones. El tiempo se hizo aún más lento y ella seguía tomando más del poder de Rigelus.

El indicador de poder de la pared cayó de golpe.

Rigelus cayó hacia atrás, la soltó, por dolor o rabia o miedo, Bryce no lo sabía...

La luz que él tenía no era propia. Esa luz había sido robada a la gente de Midgard. Él era una puerta viviente que almacenaba ese poder y, tal como Bryce lo había tomado de las Puertas en la primavera, tal como la había cargado para su Ascenso, tal como había potenciado sus propios poderes a niveles nuevos... ahora se convirtió en suyo.

Sin la luzprístina, sin la gente de Midgard y todos los demás planetas que habían succionado hasta dejar marchitos... sin el poder de la gente, estos putos asteri no eran *nada*.

Y con ese conocimiento, esa verdad innegable, Bryce envió todo ese poder hacia el Cuerno que tenía en la espalda.

Justo en el momento que el núcleo se rompió.

El interruptor de muerte de Midgard se encendió. A pocos metros de distancia, el mundo empezó a colapsar, a ser succionado hacia adentro, borrando todo...

Bryce lo pidió y el Cuerno obedeció.

Se abrió un portal, justo frente al núcleo y el punto negro que emergía de él, succionando toda la vida. Bryce envió el núcleo, ese punto sin vida y creciente, a través de su portal.

Los asteri volvieron a gritar y no dejaron de hacerlo. Como si supieran que ella había conjurado su propio interruptor de la muerte.

Con un pensamiento, Bryce amplió su portal lo suficiente para que succionara a los asteri. Sus gritos iban desvaneciéndose conforme ellos se alejaban. Rigelus y sus manos brillantes eran ahora un resplandor débil, aún intentando alcanzar Midgard, aferrándose al mundo mientras era succionado.

Bryce tuvo un instante para considerar qué portal había abierto, a dónde: un sitio negro, sin aire, lleno de pequeñas estrellas distantes. Al momento siguiente, ella también fue succionada.

Directo al espacio exterior.

97

El palacio de cristal de los asteri se estaba colapsando.

Cerca de las paredes de la ciudad, un crujido y un estallido le taparon los oídos a Ruhn y el estremecimiento lo recorrió. Volteó por encima de su hombro y vio que las torres del palacio empezaban a mecerse y derrumbarse.

—Bryce —dijo con un grito ahogado.

Tharion, que ya había despertado y caminaba con cuidado, se detuvo. Los gemelos, que lo habían estado ayudando a caminar, pararon también.

El mundo se detuvo y un estremecimiento lo recorrió cuando la luz estalló desde debajo del palacio. Una gran fuerza, como un remolino que los succionaba dentro, empezó a tirar de los bordes.

—Corran —exhaló Tharion al sentirlo también.

Ruhn asintió y tomó a los niños de la mano. Corrieron las últimas cuadras hacia las puertas de la ciudad. Tharion apenas podía seguirles el paso.

Cuando Ruhn sintió ese tirón hacia el palacio que colapsaba supo que no habría manera de escapar.

Bryce lo había dejado.

Lo había dejado y se había teletransportado sola abajo con esos monstruos. Hunt no había llegado muy lejos, con Holstrom detrás, cuando ese *estallido* hizo temblar el palacio y de alguna manera el cielo se abrió y el palacio estaba colapsando hacia abajo, abajo, abajo...

Tenía que elegir entre dejar a Holstrom morir o seguir intentando llegar con Bryce.

Y porque sabía que su pareja jamás lo perdonaría si abandonaba a Ithan, Hunt tomó al lobo y se lanzó hacia el aire, esquivando los bloques de cristal y roca y metal que iban cayendo.

No tenía idea de dónde habían aterrizado, sólo que era en el borde de un cráter gigantesco que no había estado ahí antes. Le recordaba las imágenes que había visto de lo que quedaba de Prados de Asfódelo... No podía evitar preguntarse si Bryce lo había hecho intencionalmente.

Pero cuando Hunt se sacudió la sangre y el polvo de los ojos, vio lo que había en el corazón del cráter: un vacío abierto. Estrellas al otro lado.

La fuerza del vacío tiró de él, tiraba de él y lo acercaba...

—*Vete* —le ordenó a Holstrom—. Quita a toda la gente que puedas del camino.

Porque al otro lado del portal que Bryce había abierto de alguna manera hacia las estrellas había un muro de oscuridad impenetrable. Hunt sólo alcanzaba a ver las figuras brillantes que estaban siendo succionadas hacia él.

Bryce había abierto un agujero negro en medio de Midgard.

¿Lo había hecho con las armas? ¿O la unión de la Espadastral y La que Dice la Verdad simplemente le había dado la idea de cómo podía capturar a todos los asteri a la vez, en lugar de irlos matando uno por uno?

No importaba.

Nada importaba porque había un puto agujero negro al otro lado del portal y su fuerza era tanta que *este* lado del portal también estaba siendo succionado...

Pero eso no importaba tampoco.

Porque ahí, entre esas luces brillantes de los asteri... estaba la luzastral de Bryce.

E iba directo a ese agujero negro también.

Bryce sabía que debía estar muerta. Aquí no había aire, no había calor.

Tal vez era el Cuerno en su carne, la esencia convertida que tenía, lo que la mantenía viva... apenas.

Se había jugado todo. Pero había visto lo que la Espadastral y La que Dice la Verdad le habían hecho a Polaris. Habían creado un vacío que había succionado a los asteri, el único tipo de prisión que podría destruir a un ser de luz. La única fuerza del universo que *comía* luz, tan fuerte que ningún resplandor podía escapar jamás. Un portal a ninguna parte.

A un agujero negro.

¿No era ése el poder infame que poseía Apollion? El poder del Vacío. La antítesis de la luz.

Lo único que podía matar un planeta de un mordisco. Destruir a los asteri y a Midgard con ellos.

Los asteri lo sabían también, siempre lo habían sabido, y lo usaron para su interruptor de apagado, para que se activara con la destrucción del núcleo de luzprístina.

Ella había enfrentado su agujero negro con otro. Uno más grande. Un agujero negro, un vacío, que *comiera* otros agujeros negros.

Porque Bryce no podía permitir que eso le sucediera a Midgard. Había abierto su portal al agujero negro apenas del tamaño suficiente para que los que estaban justo alrededor del núcleo fueran succionados.

Y ahora estaba ahí, dando vueltas en el espacio con los asteri.

La luz emanaba de los seres a su alrededor. Sus gritos estaban silenciados por la falta de aire. Detrás de ella, la única luz que había se filtraba por una rendija que había dejado atrás... una rendija que todavía necesitaba cerrar. Una pequeña ventana a Midgard. No se atrevía a hacerlo. Todavía no.

Se permitió ver esa rendija de luz, de cielo azul. Ese último atisbo de su hogar.

Creo que todo sucedió por algo. Creo que no fue en balde.

Frente a los asteri estaba la masa brillante que había sido el núcleo de luzprístina, el agujero negro y creciente en su corazón...

La luz se estiraba y se *doblaba* al ser atraída hacia las fauces abiertas del agujero negro mayor. Y luego ya había desaparecido.

No quedaba ni un rastro. Ya no había interruptor de apagado, ya no había luzprístina. Midgard se había liberado de ellos.

La rendija de luz se hizo aún más delgada. Ya estaba demasiado lejos para que ella la pudiera alcanzar. No tenía manera de regresar al portal. No tenía manera de impulsarse aquí. Sólo había esto, el ir a la deriva lentamente hasta el horizonte de sucesos del agujero negro. El inevitable final aplastante.

Delante de ella, los primeros dos asteri, Hesperus y Eosphoros se acercaban a la frontera de no retorno. Intentaban sostenerse de la nada, buscaban cualquier tipo de apoyo en el vacío del espacio para que los trajera de regreso de la boca abierta del agujero negro...

Pero sus dedos luminosos no encontraron nada y se deslizaron por encima de esa línea y desaparecieron.

El tiempo se hizo más lento por un instante, sólo uno, el tiempo se arrastraba, se arrastraba, y luego retomó su ritmo. Sus muertes habían sido rápidas. Un trago veloz.

Creo que todo sucedió por algo. Creo que no fue en balde.

Rigelus y Austrus fueron los siguientes, pero los dos iban sostenidos uno del otro.

No, ella lo vio todo al mismo tiempo: Austrus se colgaba de él, frenético, como una persona que se ahoga y Rigelus intentaba liberarse, lanzar al otro asteri con restos de poder que Austrus absorbió...

Tal vez si no hubiera drenado a Rigelus hasta la última gota hubiera tenido éxito. La Mano Brillante pareció darse cuenta de eso también. Decidió tomar una ruta distinta para liberarse, porque levantó los pies entre ellos y *pateó*.

Austrus empezó a caer *hacia atrás*... directo hacia el horizonte de sucesos. Sus gritos no podían escucharse.

El tiempo se hizo lento y se estremeció cuando el agujero negro también se lo tragó.

Y luego ya estaba sólo Rigelus, aun brillando, pero débilmente. Esa patada que le había dado a Austrus lo había acercado a Bryce. Ella no podía hacer nada para escapar de él, no podía moverse fuera de su alcance...

La expresión de Rigelus reveló un odio concentrado cuando chocó con ella. Mientras daban vueltas en el espacio, sin un significado de *arriba* o *abajo*, y la protección que el Cuerno parecía brindarle se doblegó en la presencia del asteri.

El Cuerno serviría a su creador, su amo.

Necesitaba aire. Necesitaba *aire*...

Bryce lo empujó y liberó un poco de espacio entre sus cuerpos. No se separaron por completo, pero fue suficiente para que la protección del Cuerno regresara a su lugar y ella pudiera respirar.

Rigelus decía algo, le gritaba en la cara, pero las palabras no la alcanzaban. No había sonido en el espacio. Pero el odio retorcía la cara del asteri y ella sabía que él podía ver lo mismo en la de ella cuando inhaló. Era su última respiración, lo sabía. Haría que contara.

Bryce tomó su torso delgado y envolvió sus brazos y luego sus piernas a su alrededor.

Rigelus tenía un boleto sencillo a ese agujero negro... ella se aseguraría de que así fuera.

Aunque tuviera que irse con él.

98

Con su casco de Umbra Mortis tirado en los escombros a su lado, Hunt miraba la enorme *cosa* oscura que había aparecido en el centro de la ciudad y que estaba devorando lentamente todo a su alrededor.

Bryce estaba en ese agujero. Un viento oscuro movió el cabello de Hunt y supo sin ver quién había llegado a su lado.

—Le dije que eligiera vivir —murmuró Aidas con tristeza, mirando hacia la extensión de negrura estrellada.

—No sería Bryce si se hubiera elegido a ella misma —dijo Hunt con voz ronca. No la amaría tanto si ella no fuera el tipo de persona que se lanzara al abismo—. Tenemos que ayudarla —gruñó, con las alas haciendo fuerza para resistir el tirón del agujero negro que intentaba jalar a todo Midgard a su interior.

—No se puede hacer nada —dijo Aidas con la voz llena de dolor.

—Tengo que intentarlo —dijo Hunt con las rodillas dobladas, las alas extendidas, preparándose para dar ese salto al espacio. Hacia Bryce. Y a ese muro eterno de negrura tras el cual brillaba su pareja.

—Si entras ahí, morirás —dijo Aidas—. No hay aire para impulsarte, nada de lo cual se puedan sostener tus alas para impulsarte hacia ella. Tú irás a la deriva y ella de todas maneras terminará con Rigelus en el Vacío y tú la seguirás ahí unos minutos más tarde.

—Pero dejó el portal abierto —dijo Hunt—. A Midgard.

Aidas volteó a verlo con ojos exhaustos.

—Creo que se cerrará cuando ella y el Cuerno en su espalda sean destruidos.

—Lo dejó abierto para *regresar a casa* —gruñó Hunt. Estudió la Máscara que tenía en las manos. Se la había dejado a él... ¿por qué? Él no tenía la habilidad para devolvérsela a las hadas en su mundo natal. Demonios, él ni siquiera podía usar la maldita cosa. Él no estaba convertido; no podía comandarla.

—Es probable que ya esté muerta por falta de oxígeno —dijo Aidas suavemente—. Lo siento.

—No acepto eso ni un minuto —dijo Hunt furioso—. Me *niego* a aceptar eso...

—Entonces ve y muere con ella —dijo Aidas, aunque no de manera grosera—. Si ése es tu deseo, entonces hazlo. Ella y Rigelus ya se están acercando al *borde* del Vacío.

Hunt volvió a estudiar la Máscara.

Bryce no hacía nada sin motivo. Le había dejado la Máscara sabiendo que iba hacia su muerte. La había dejado con su pareja... su pareja, quien tenía un poco de su esencia convertida en él gracias a que habían hecho el amor la noche anterior.

Lo cual tal vez lo hacía capaz de usarla. Apenas por el tiempo suficiente.

Ella había dado todo por Midgard. Por él.

Ese día de la primavera pasada, cuando se había perdido toda la esperanza, ella había hecho el Descenso sola. Para salvarlo y para salvar la ciudad... y lo había hecho por amor. Lo había hecho sin esperanza de retorno.

Justo como había saltado a este portal sospechando que nunca regresaría.

Los demonios se estaban dispersando por las calles y la Guardia Asteriana seguía peleando, sin saber que sus amos ya se dirigían a la destrucción total. Los mecatrajes de los Caídos y sus enemigos seguían enfrascados en la batalla.

Bryce se había lanzado hacia la muerte misma por él aquel día de la primavera.

Hunt no podía hacer menos por ella.

—Athalar —dijo Aidas mientras miraba hacia el agujero en el mundo—. Ya está hecho. Ven... debemos terminar esto. Aunque los asteri ya no estén, hay otras batallas por pelear antes de que podamos declarar la victoria.

Las palabras tal vez ya empezaban a tener sentido... *los asteri ya no están*... pero el suelo tembló detrás de él.

Hunt volteó. Ahí estaba parado un mecatraje enorme a su lado. No tenía piloto... era uno de los Caídos. Los ojos verdes brillantes se movieron entre él y el agujero en el universo, el pequeño fragmento de luz que avanzaba hacia la oscuridad infinita.

El mecatraje extendió la mano y Hunt lo supo.

Supo quién de los Caídos controlaba el traje, qué alma había venido a ofrecer una mano. Para ayudarlo a hacer lo imposible.

—Shahar —dijo y las lágrimas empezaron a caer.

El mecatraje con el alma de la arcángel dentro inclinó la cabeza. Aidas dio un paso atrás, como si estuviera sorprendido.

En las calles, los otros trajes se detuvieron. Cayeron de rodillas y agacharon la cabeza. Hunt los podía sentir, las almas de los Caídos. Se reunieron a su alrededor, alrededor del traje.

Pero Shahar simplemente se arrodilló frente a Hunt y abrió la puerta del piloto.

Sus alas tal vez no funcionarían en el espacio, pero la propulsión de las armas de los trajes sí.

Hunt no titubeó. Se subió, con las alas muy apretadas para caber en el interior y cerró la puerta de metal.

—Gracias —le dijo a la arcángel, a los Caídos que ahora podía sentir que se acercaban mucho a su alrededor.

Alguna vez se había visto forzado a desarmar esos mecatrajes en el campo de batalla para ayudar a la hermana de Shahar a destruir humanos. Ahora éste le ayudaría a salvar una vida. La vida que le importaba más que cualquier otra.

Hunt no miró a Aidas, al palacio colapsado desde donde los escombros iban cayendo hacia el portal, al agujero negro tan enorme que su fuerza amenazaba con tragárselos a todos. Hunt sólo miró directamente al vacío y empezó a correr, con el traje retumbando a su alrededor, hacia ese portal.

Y saltó en pos de su esposa.

Estaba demasiado lejos.

No para el traje, cuyos estallidos de poder enviaron a Hunt dando vueltas con rapidez en dirección de Bryce y Rigelus, pero sí para los sistemas de oxígeno. Le aullaban desde las pantallas centelleando en color rojo. El aire se hizo escaso. Los pulmones le dolían.

Hunt hizo lo único que se le ocurrió. Se puso la Máscara en la cara.

Para escapar a la muerte, se puso sus paramentos. El Umbra Mortis en verdad.

La Máscara le destrozó el alma.

Vida y muerte... eso era todo lo que el espacio, el universo, era en realidad. Pero ese abismo que se abría tan amplio, tan cerca de Bryce y Rigelus... era la muerte encarnada.

Estaban luchando. Ya lo alcanzaba a ver. La luz se encendía entre ellos, se esparcía hacia la nada, ambos intentaban alejarse del otro, separarse...

Sólo quedaba un misil de azufre en el traje. Hunt apuntó hacia su pareja y Rigelus. Se estaban moviendo demasiado rápido, demasiado cerca. Dispararle a uno significaría dispararle a la otra.

Podría jurar que una mano ligera y fantasmal guio la suya hacia el botón para que disparara.

—Ella también caerá —le susurró Hunt a Shahar.

La mano fantasmal presionó, ligeramente, como si fuera todo lo que podía hacer, sobre su mano. Sobre el botón.

Como diciendo, *Dispara.*

Pensó que los dioses nunca le habían hecho ningún favor, Urd ciertamente no le había ayudado aún...

Aunque tal vez sí lo habían hecho.

Tal vez aquel día que conoció a Bryce por primera vez, los dioses lo habían enviado ahí. No para ser un instrumento del Averno, sino porque Urd sabía que habría una mujer que sería amable y desinteresada y valiente, que daría todo por su ciudad, por su planeta. Y que ella necesitaría alguien que también lo diera todo por *ella.*

Bryce le había dado una vida, y una vida hermosa. Él no necesitaba todas las evidencias fotográficas que habían transmitido frente a él cuando estuvo en la celda del Comitium para darse cuenta. Ella le había traído dicha y risas y amor y lo había liberado de esa existencia fría y oscura para traerlo hacia la luz. Su luz.

No permitiría que se extinguiera.

Así que Hunt presionó el botón para lanzar el misil.

Y cuando salió disparado del hombro del mecatraje dando vueltas por el espacio, dorado y lleno de toda esa ira angelical...

Hunt pudo sentir que Shahar se iba en él.

Podría jurar que vio unas alas enormes y brillantes envolverse alrededor del misil mientras daba vueltas por el espacio, directo hacia Bryce y Rigelus.

La causa de los Caídos terminaba al fin con este último golpe.

Bryce y Rigelus dejaron de luchar al ver que se aproximaba el misil brillante.

Y Hunt supo que era Shahar, que era cada uno de los Caídos, eran todos los que habían luchado contra los asteri, los que guiaban ese misil para que chocara directamente con la cara de Rigelus.

No explotó. Lo lanzó lejos de Bryce y la Mano Brillante ahora iba cayendo hacia el horizonte de sucesos con el misil...

Y Bryce estaba libre. Flotando.

Pero seguía estando demasiado cerca del borde.

Usando la escasa reserva de propulsores que le quedaban para impulsarse, Hunt se dirigió hacia adelante, avanzando rápidamente por el espacio hacia su pareja, su esposa, su amor...

El misil y Rigelus cruzaron el horizonte de sucesos.

El tiempo se hizo más lento.

Se estiró y vibró cuando una estela de luz se elevó, Rigelus o el misil que estallaba, Shahar y la causa de los Caídos desaparecieron con ellos en la oscuridad.

Y entonces Bryce ya estaba frente a él, con el cabello flotando como si estuviera bajo el agua. Tenía la cara cubierta de hielo, congelada. Inconsciente.

La Máscara dijo una palabra distinta, pero él la ignoró.

La ignoró y se acercó y se acercó, el tiempo todavía tan lento...

Las manos de metal del traje se envolvieron alrededor de su cintura justo cuando el tiempo retomó su paso. Él usó el resto de la artillería pequeña que tenía y se dirigió de regreso a casa. Hacia el portal que ya empezaba a cerrarse.

Eso sólo podía querer decir una cosa. La Máscara se lo había estado intentando decir, pero él se negaba a creerlo. No lo creería ni por un segundo.

Pero el portal se estaba cerrando, se hacía más pequeño y más pequeño y...

Una figura brillante y negra lo llenó. Luego otra.

Aidas y Apollion.

Su poder tomó los bordes del portal y lo abrieron un poco. Lo sostuvieron un momento más.

Y con la poca fuerza que le quedaba, Hunt lanzó un lazo desesperado, furioso y ardiente de relámpago hacia

Apollion. El único ser en Midgard que podía manejar su poder.

Apollion lo atrapó, nuevamente en su forma humana, y tiró.

Aidas se encendió con luz negra y presionó contra el portal que se cerraba, contra los deseos de Urd. Hunt estaba ya tan cerca que podía ver los rostros tensos de los príncipes, los dientes de Apollion que destellaban mientras tiraba del relámpago de Hunt, centímetro a centímetro, más y más cerca. Aidas estaba sudando, jadeando mientras luchaba por mantener el portal abierto...

Y luego Ruhn ya estaba ahí. Con luzastral encendida. Presionando contra lo imposible. Lidia estaba a su lado, crepitando con sus llamas.

Tharion. Holstrom. Flynn y Dec. Una duendecilla de fuego, con su pequeño cuerpo brillante y ardiendo. Isaiah y Naomi.

Tantas manos, tantos poderes, de casi todas las Casas.

Los amigos que había hecho eran lo que importaba al final. No los enemigos.

Con amor, todo es posible.

El amor estaba manteniendo abierto el portal. Lo que lo mantuvo abierto hasta el final, hasta que Hunt y Bryce cruzaron y chocaron contra la tierra de Midgard. El cielo azul le colmó los ojos y todo el aire hermoso le llenó los pulmones...

El portal se cerró y selló el agujero negro y todo el espacio tras él.

Los asteri se habían ido.

Hunt salió del mecatraje en un instante, rompiendo el panel de metal y bajó de un salto hacia el lugar donde Bryce estaba tirada en el suelo. No se movía. No respiraba.

Y entonces él finalmente dejó que la Máscara dijera la palabra que había estado ignorando desde que la había atrapado en las profundidades del espacio.

Muerta.

99

—Fue demasiado tiempo —estaba diciendo Declan mientras Hunt masajeaba el corazón de Bryce. Sus relámpagos chocaban y entraban en ella una y otra vez—. Estuvo demasiado tiempo sin oxígeno, incluso para una vanir. No hay nada que mi magia de sanación pueda hacer si ella ya está...

Hunt le lanzó sus relámpagos al pecho otra vez.

Bryce se arqueó y se levantó del suelo, pero su corazón no volvió a latir.

Sus amigos estaban rodeándolos, sombras de su dolor, este dolor insondable.

Levántate, le dijo a la Máscara, le dijo a ella. *Levántate de una puta vez.*

Pero no respondió. Como un último *jódete,* la Máscara cayó de su cara. Como si la esencia convertida de Bryce se hubiera desvanecido de él con su muerte.

—Bryce —le ordenó con la voz entrecortada. Esto no estaba sucediendo, esto no le podía estar sucediendo, no ahora que estaban tan cerca...

—Luna bendita, tan brillante en el cielo —susurró Flynn— salva a tu hija...

—Nada de oraciones —gruñó Hunt—. Nada de *putas* oraciones.

No podía estar muerta. Había luchado tanto y había hecho tanto...

Hunt volvió a azotar sus relámpagos contra el corazón de Bryce.

Había funcionado una vez. Aquel día del ataque de los demonios en la primavera... la había regresado a la vida.

Pero el corazón no respondió esta vez.

Rigelus había usado sus malditos relámpagos para resucitar a la Arpía... ¿por qué putas no funcionaba ahora? ¿Qué sabía Rigelus sobre el poder de Hunt que él no?

—Hagan algo —les gruñó Hunt a Apollion y Aidas—. Tienes un puto agujero negro en la boca... tienes todo el poder de la galaxia —le escupió al Príncipe del Foso—. *Sálvala.*

—No puedo —dijo Apollion y Hunt nunca había odiado algo más de lo que odiaba el dolor en los ojos del príncipe. Las lágrimas en el rostro de Aidas—. Nosotros no tenemos estos dones.

—Entonces encuentren a Thanatos —ordenó Ruhn—. Anda por ahí llamándose a sí mismo el *Príncipe de las Almas* o esa pendejada. Encuéntrenlo y...

—Él tampoco la puede salvar —dijo Aidas con suavidad—. Ninguno de nosotros puede.

Hunt miró a su pareja, tan inmóvil y fría y sin vida.

El grito que brotó de su boca sacudió todo el mundo.

No había nada salvo ese grito y el vacío donde ella había estado, donde la vida que se suponía que iban a tener juntos debía estar. Y cuando se le acabó el aliento, ya estaba solamente... acabado. No quedaba nada y cuál era el puto propósito de todo si...

Una mano amable le tocó el hombro.

—Yo podría intentar hacer algo —dijo una voz femenina.

Hunt levantó la vista y vio que Hypaxia Enador de alguna manera estaba parada a su lado con la Cruz de Hueso de la Casa de Flama y Sombra sobre sus rizos negros brillantes.

Su hermana se había ido. Ruhn vio el rostro de Bryce y supo que estaba muerta. Definitivamente muerta.

Él no tenía ni un sonido en su mente. Lidia estaba a su lado, sosteniendo su mano, con sus hijos detrás de ellos. Los chicos habían sido quienes lo convencieron de regresar.

Él se había negado a dar otro paso hasta que ellos le ayudaron de alguna manera.

Pero no se había logrado nada. Ni siquiera los relámpagos de Athalar habían revivido a Bryce.

Luego Hypaxia había dado un paso al frente portando esa corona de huesos. De alguna manera, ella era ahora la Líder de la Casa de Flama y Sombra. Y ofrecía su ayuda.

—Nunca me va a perdonar si la reanimas y es una especie de sombra de ella —dijo Hunt. Su voz estaba desgarrada por las lágrimas, por los gritos.

—No estoy proponiendo reanimarla —le aseguró Hypaxia.

Hunt se pasó las manos por el cabello.

—Ella no tiene alma... digo, sí la tiene, pero se la vendió al Rey del Inframundo, así que si eso necesitas, pues qué puta mala suerte...

—El Rey del Inframundo ya no existe —dijo Hypaxia. Ruhn sintió que se le doblaban las rodillas—. Cualquier trato que él haya hecho con los vivos o los muertos ya no tiene validez. El alma de Bryce es de ella y ella puede hacer con su alma lo que quiera.

—Por favor, ayúdala —soltó Ruhn abruptamente, desesperado—. Ayúdala si puedes.

Hypaxia lo miró a los ojos, luego vio a Lidia a su lado, vio sus manos entrelazadas. Sonrió.

Athalar susurró:

—Lo que sea, lo que necesites, te daré lo que sea.

La bruja miró a Bryce y le dijo a Athalar:

—No un sacrificio. Un intercambio.

Llamó a alguien detrás de ella y Jesiba Roga llegó a su lado.

Hunt se quedó mirando a la hechicera, pero Roga sólo miraba a Bryce.

—Ay, Quinlan —dijo Roga y las lágrimas se le juntaron en las pestañas.

Sacerdotisa —siseó Apollion, y Roga levantó la mirada repleta de desprecio y rechazo hacia el Príncipe del Foso.

—¿Sigues preguntándote si voy a hacer algo con esos libros? —le dijo bruscamente Roga a Apollion. Señaló a Bryce, muerta en el suelo—. ¿No crees que si tuvieran algún poder, los estaría usando *ahora mismo* para salvar a esta chica?

Apollion la miró molesto.

—Eres una mentirosa nata, sacerdotisa...

—No tenemos mucho tiempo —interrumpió Hypaxia e incluso el Príncipe del Foso se detuvo ante el tono de mando de su voz—. Necesitamos actuar antes de que su cuerpo sufra demasiado daño.

—Por favor —dijo Ruhn con voz ronca—, sólo explícanos. Sé que dijiste que no necesitábamos hacerlo, pero si te podemos ofrecer algo...

—Es algo que yo puedo ofrecer —dijo Jesiba y miró a Bryce otra vez. Las lágrimas cubrían las mejillas de la hechicera. *Sacerdotisa*, la había llamado Apollion.

—¿Ofrecer qué? —preguntó Lidia.

—Mi vida —dijo Roga—. Mi larga y malvada vida.

Levantó la vista hacia Apollion.

—Eso no es posible —adujo Apollion.

—Tú me maldijiste —replicó Jesiba y a pesar de lo confundido que estaba Hunt, no pudo convencerse de interrumpirla—. Me maldijiste con la inmortalidad. Ahora yo la convertiré en un regalo: el regalo de una larga vida vanir. Se lo concedo libremente a Bryce Quinlan, si ella lo quiere.

Apollion protestó:

—Esa maldición es para los *vivos*.

—Entonces qué bueno que yo puedo hacer ciertas cosas con los muertos —declaró Hypaxia.

Tal vez por primera vez en su existencia, Apollion pareció sorprendido. Aidas preguntó:

—¿Eso... eso es posible?

Hunt dijo:

—Yo ofrezco mi vida, entonces.

—¿Cuál sería el punto? —dijo Jesiba y rio con dureza—. ¿Salvarla sólo para que tú estés muerto?

—¿Tú... tú morirás? —dejó escapar Ruhn.

Jesiba sonrió con suavidad.

—Después de quince mil años, ya tuve suficiente de Midgard.

—Debemos hacerlo ahora —dijo Hypaxia—. Puedo sentir que se desvanece.

A Hunt no le gustó nada esa palabra, así que le dijo a Jesiba:

—Gracias. Nunca supe que Quinlan... que ella significara algo para ti.

Jesiba arqueó las cejas y un poco de la sacerdotisa irritable que conocía regresó.

—Por supuesto que sí. ¿Sabes lo difícil que es conseguir una asistente competente?

Pero Hunt ya estaba más allá de la risa.

—Gracias —dijo de nuevo—. Espero que encuentres la paz.

El rostro de Jesiba floreció con una sonrisa y quizás ésa fue la primera auténtica que él le veía.

—Ya la encontré, Athalar. Gracias a ambos.

Les asintió a él y a Bryce y avanzó hacia Hypaxia y le ofreció la mano.

—Conduce a la Casa de Flama y Sombra de vuelta a la luz —le dijo a la bruja, quien agachó la cabeza.

Ninguno de ellos se atrevió a hablar cuando Hypaxia empezó a cantar.

Este sitio era lo opuesto del lugar donde había ido durante el Descenso. Más que un abismo infinito, era sólo... luz. Una luz suave y dorada. Amable con los ojos.

Era cálida y tranquila y Bryce no quería estar en realidad en ninguna otra parte, excepto...

Excepto...

Miró detrás. En esa dirección había más luz.

—¿Estás buscando una salida? —dijo una voz femenina—. Es hacia allá.

Bryce volteó y Jesiba estaba ahí.

La luz dorada ondeó y se desvaneció y entonces estaban sobre una colina en un terreno frondoso y tranquilo. Era la tierra que había visto aquel día después del ataque de la primavera... donde creyó que estaban protegidos y a salvo Connor y la Jauría de Diablos en el Sector de los Huesos.

Era real.

—Quinlan.

Ella volteó a ver a Jesiba.

—¿Estamos muertas?

—Sí.

—¿Los otros...?

—Vivos, aunque los asteri no —le asintió con ironía—. Gracias a ti.

Bryce sonrió y sintió cómo su sonrisa se reflejaba por todo su ser.

—Bien. Bien.

Inhaló una bocanada de ese aire dulce y fresco, notó un toque de sal, una pista del mar cercano...

—Quinlan —repitió Jesiba—. Tienes que regresar.

Bryce ladeó la cabeza.

—¿A qué te refieres?

—A la vida —dijo Jesiba, irritable como siempre—, ¿Por qué otra razón crees que estoy aquí? Intercambié mi vida por la tuya.

Bryce parpadeó.

—¿Qué? ¿Por qué?

—Holstrom te pondrá al tanto de las particularidades de mi existencia. Pero sólo digamos que... —Jesiba caminó hasta donde estaba ella y la tomó de la mano—. Ese amuleto archesiano no es sólo una protección contra mis libros o contra los demonios. Es un vínculo con Midgard.

Bryce miró su pecho, la delgada cadena de oro y el delicado nudo de círculos que colgaba de ella.

—No entiendo.

—Los amuletos pertenecieron inicialmente a las sacerdotisas bibliotecarias de Parthos. Cada uno estaba embebido de la magia innata de Midgard... la más antigua. El tipo de magia que tienen todos los mundos, para quienes saben dónde buscar.

—¿Entonces?

—Entonces, creo que Midgard sabe lo que hiciste, de la manera que un planeta puede ser consciente. Cómo liberaste Avallen no porque quisieras adueñarte de la tierra, sino porque creíste que era lo correcto.

Ante la expresión sorprendida de Bryce, Jesiba dijo:

—Vamos, Quinlan. Sé lo ridículamente compasivo que puede ser tu corazón.

Las palabras eran duras, pero su expresión era suave.

—¿Qué tiene que ver eso con todo esto? —Bryce hizo un gesto a su alrededor.

—Como un agradecimiento por lo que hiciste por Midgard... se nos está permitiendo hacer este intercambio, por así decirlo.

Bryce parpadeó. Aún no comprendía.

—¿Un intercambio?

Jesiba continuó hablando sin hacer caso a su pregunta.

—Los libros de Parthos ahora son tuyos. Protégelos, adóralos. Compártelos con el mundo.

Bryce tartamudeó.

—¿*Cómo* es posible que tú...? ¿Y *por qué* sería posible que tú...?

—Cien mil humanos marcharon en Parthos para salvar los libros, para salvar de los asteri siglos de su conocimiento.

Ellos sabían que no saldrían vivos. Yo tuve que huir, ese día. Para proteger los libros, hui de mis amigos y de mi familia, quienes pelearon para comprarme un poco de tiempo —le brillaron los ojos—. Tú entraste a ese portal hoy sabiendo que tampoco regresarías. Te puedo ofrecer ahora lo que no pude ofrecer hace tantos años. Mi familia y mis amigos partieron hace mucho tiempo, pero sé que ellos querrían ofrecerte esto a ti también. Como nuestro propio agradecimiento por liberar nuestro mundo.

Bryce se quedó anonadada. ¿Jesiba había estado en Parthos *cuando cayó*?

—Los libros son tuyos —dijo Jesiba de nuevo—. Y también la colección de la galería. El papeleo está hecho.

—Pero, ¿cómo sabías que yo terminaría...?

—Tienes una de las peores tendencias al autosacrificio que haya conocido —dijo Jesiba—. Tenía la sensación de que tal vez se necesitaría una intervención aquí hoy —miró el cielo azul y sonrió para sí misma—. Ve a casa, Bryce. Esto siempre estará aquí cuando estés lista.

—Mi alma...

—Es libre. El Rey del Inframundo está muerto. De nuevo, Holstrom te puede poner al tanto.

A Bryce le ardieron los ojos.

—No... No entiendo. Estaba contenta con dar mi vida, bueno, no *contenta*, pero dispuesta...

—Lo sé —dijo Jesiba y le apretó la mano—. Por eso estoy aquí —señaló detrás de Bryce, donde brillaba una puerta de cristal que recordaba las Puertas de Ciudad Medialuna—. El ángel te está esperando, Quinlan.

El ángel. *Hunt*.

Lo que había dejado atrás. Lo que había estado buscando, el motivo por el cual titubeó...

—Todo esto seguirá aquí cuando estés lista —repitió Jesiba y luego hizo un ademán hacia las colinas verdes más allá—. Todos estaremos aquí cuando estés lista.

Al fondo, en una colina distante, había siete figuras.

Bryce las reconoció por su forma, las reconoció por sus estaturas y por el brillo a su alrededor. Reconoció a Connor, que estaba parado muy erguido en la parte de atrás. Y al frente, con la mano levantada...

Bryce empezó a llorar, y era pura dicha y amor lo que brotó de ella cuando levantó la mano en saludo hacia Danika.

Danika, aquí... con todos. A salvo y amada.

Escuchó las palabras que arrastró el viento, que venían cargadas del alma de su amiga a la de ella.

Préndete, Bryce.

Y Bryce estaba riendo, riendo y llorando y gritó de regreso a través de la planicie y las colinas verdes, *¡Préndete, Daníka!*

Una risa lupina fluyó hacia ella. Y luego vio una chispa de luz junto al hombro de Danika y Bryce reconoció ese fuego...

Le mandó un beso a Lehabah. A través de sus lágrimas, volvió a ver a Jesiba.

—¿Cómo? La luzsecundaria...

—Tomaba su poder. Pero lo que es eterno, lo que está hecho de amor... eso nunca puede destruirse.

Bryce se quedó mirándola asombrada.

Jesiba rio.

—Y eso es lo más sentimental que me verás jamás, incluso aquí —le dio un empujón suave a Bryce hacia el arco de cristal—. Vive tu vida, Quinlan. Y vívela bien.

Bryce asintió y abrazó a Jesiba, transmitiéndole todo lo que tenía en su corazón.

Jesiba la abrazó también, al principio con torpeza, luego con sinceridad. Y mientras Bryce la estrechaba, volvió a ver una vez más hacia la colina donde la habían saludado Danika y Lehabah y Connor y la Jauría de Diablos.

Pero ya se habían ido. A disfrutar de las maravillas y la paz de este lugar. Le llenaba el corazón de dicha saberlo.

Así que Bryce le dio la espalda a Jesiba. A lo que les aguardaba a ellos, a todos ellos, y caminó de regreso hacia el arco.

Hacia la vida.

Hacia Hunt.

100

Bryce abrió los ojos.

Había... mucha gente parada alrededor de ella. La mayoría estaba llorando.

—Esto —gimió— es como una versión retorcida de asistir a tu propia Travesía.

Todos tenían la boca abierta. Y Hunt era real, estaba ahí, y el asombro en su rostro era tan genuino que Bryce sólo rio.

Los asteri se habían ido. Y con ellos, su luzprístina, la luzsecundaria, su prisión de la vida después de la muerte, y aquellos que había amado y perdido... ellos estaban a salvo también.

Todo el trabajo de Danika, cumplido.

Bryce miró de Hunt a Ithan, quien también parecía preocupado. Lo miró larga y atentamente.

—¿Quién murió y te hizo Premier?

Ithan se quedó con la boca abierta, pero Hypaxia, coronada con nada más y nada menos que jodidos huesos, sonrió y dijo:

—Sabine.

Y Bryce volvió a reír.

—¿Qué carajos, Quinlan? —murmuró Hunt y ella volvió a ver a su pareja, que tenía la cara tan pálida, los ojos tan llenos de asombro...

Tenía la sensación de que había otros ahí. Ruhn y Lidia y Flynn y Dec y Tharion y los Príncipes del Averno, pero todos se desvanecieron ante Hunt.

Bryce levantó la mano para tocarle la mejilla y limpiar una lágrima con su pulgar.

—Mira nada más a mi gran y rudo alfadejo —dijo en voz baja, pero las lágrimas también le engrosaban la voz.

—¿Cómo puedes bromear en un momento así? —dijo Hunt y Bryce se abalanzó hacia él y lo besó.

Era luz y amor y *vida*.

Tuvo la ligera conciencia de un movimiento en el aire a su alrededor y de Ruhn diciendo:

—¿Alguien quiere, eh, poner las cenizas de Jesiba en una... taza o algo?

Pero Bryce sólo besó a Hunt y él la abrazó y la sostuvo apretada cerca de él.

Como si nunca la fuera a soltar.

Hunt sólo dejó que Bryce fuera de su vista por unos cuantos minutos. Para poder realizar esta última tarea final.

Las alas de todos colores y los caparazones de los mecatrajes seguían tirados donde se habían colapsado horas antes. Habían caído instantáneamente al suelo en el momento que las almas de los Caídos los habían desocupado.

No tenía en mente ningún traje en particular, pero caminó por el campo sembrado de ellos, esquivando los cuerpos de los demonios caídos y los ángeles asterianos por igual. Había plumas regadas por todas partes. Finalmente, se detuvo frente a un gran traje con los ojos ya oscuros.

—Gracias —le dijo en voz baja a los Caídos a pesar de que sus almas ya se habían ido. Al sitio donde Bryce decía que irían todos al final—. Por haberme apoyado esta última vez.

El campo de batalla al otro lado de los muros de la ciudad estaba extrañamente silencioso salvo por los gritos de los carroneros, pero la ciudad a sus espaldas era una sinfonía de sirenas y alaridos y gritos. De helicópteros de noticias que daban vueltas en círculos intentando transmitir de alguna manera lo que había sucedido.

Naomi había ido a reunirse con ellos para intentar establecer algún intento de orden.

—Lo logramos —dijo Hunt con un nudo en la garganta—. Al fin, lo logramos. Las jerarquías siguen aquí, supongo, pero les prometo... —tragó saliva y miró todo el metal vacío y frío tirado por el campo a su alrededor—. Va a cambiar de ahora en adelante.

Se escucharon unas alas batir sobre él y luego Isaiah ya estaba ahí. Las heridas ya habían sanado debajo de las costras de sangre en su piel oscura. Su frente seguía maravillosamente libre del halo.

Isaiah miró los mecatrajes, los ojos vacíos, y agachó la cabeza en agradecimiento silencioso.

—Donde sea que hayan ido —dijo Isaiah tras un momento—, espero que sea el paraíso que merecen.

—Lo es —dijo Hunt y supo en su corazón que era verdad. Miró al ángel—. ¿Qué sucede?

Isaiah sonrió ligeramente.

—Escuché que habías venido acá y pensé que podrías querer compañía. Ya sabes, alguien con quien ponerte taciturno.

Hunt rio.

—Gracias. Siempre se valora tener un socio de taciturnez.

La sonrisa de Isaiah se amplió. Sus ojos brillaban cuando dijo:

—Entonces, después de todo este tiempo, todo este sufrimiento... al fin vemos cumplida la causa de los Caídos.

—Les estaba diciendo justo eso —dijo Hunt y señaló los cascarones de metal vacíos.

Isaiah le puso una mano en el hombro.

—Gracias... por pelear por nosotros hasta el final. Tu mamá estaría orgullosa, creo. Realmente muy muy orgullosa.

Hunt no tenía palabras, así que asintió y tragó saliva intentando aliviar el nudo en su garganta.

—Pero ¿qué sigue después de esto? No sé nada sobre organizar un gobierno. ¿Tú sí?

—No —dijo Isaiah—. Pero creo que estamos a punto de tomar un curso intensivo.

—Eso no es tranquilizador —dijo Hunt y volvió a voltear hacia la ciudad. Era una vista impactante, tan grande como una descarga de sus relámpagos, ver la ciudad sin las torres del palacio de cristal.

Los asteri se habían *ido*.

Necesitaba regresar con Bryce. Abrazarla, olerla, besarla. Por ninguna otra razón salvo que había estado muy, muy cerca de perderla.

—Hunt —dijo Isaiah. Los ojos del ángel de alas blancas lucían solemnes—. Tú podrías gobernar a los ángeles, sabes.

Hunt parpadeó lentamente.

Isaiah continuó:

—Desmantelaremos a los arcángeles y sus escuelas y las jerarquías y tomará años, pero mientras tanto, necesitaremos un líder. Alguien que nos guíe, que nos una. Que nos dé el valor para alejarnos de las viejas costumbres y llevarnos a algo nuevo. Algo justo —dobló las alas—. Deberías ser tú.

Dos veces ya, los ángeles le hacían reverencias. Dos veces le habían dado ese reconocimiento y permiso. Y sí, con el fuego del Averno en sus venas, podría liderar. Podría encargarse de doblegar cualquier resistencia de los arcángeles u otras facciones.

Pero...

Su teléfono vibró y lo sacó de su bolsillo para leer.

Bryce Me Provoca Orgasmos Mágicos, Literalmente le había enviado un mensaje.

¿¿Dónde estás?? ¡Me está dando ansiedad por separación! ¡¡Regresa ya!!

Otra vibración y agregó: *Después de que hagas lo que tengas que hacer, digo. O sea, yo apoyo que tomes espacio para tí mismo y que hagas lo que se tenga que hacer.*

Otra vibración.

Pero también regresa aquí ahora mismo.

Hunt ahogó una risa. Tenía todo lo que necesitaba. Todo lo que podría querer.

No te pongas loca, Quinlan, respondió. *Regresaré pronto.*

Luego agregó: *De hecho, sí ponte loca, por favor... y vete quitando la tanga.*

No esperó su respuesta y metió el teléfono en su bolsillo trasero. Luego le sonrió a Isaiah.

Las cejas de su amigo estaban arqueadas, sin duda le sorprendía que respondiera mensajes de texto en vez de responder a una sugerencia tan seria.

Pero Hunt ya tenía su respuesta. La había tenido por un tiempo.

Le puso la mano en el hombro a Isaiah y dijo:

—Los ángeles ya tienen un líder que los conducirá a una nueva era, Isaiah.

—Celestina...

—No Celestina —le apretó el hombro a su amigo una vez, luego dio un paso atrás y empezó a batir las alas que se preparaban para llevarlo de regreso con su esposa, su pareja, su mejor amiga. Al futuro que los aguardaba—. Tú.

—¿Yo? —preguntó Isaiah atragantándose—. Athalar...

Hunt se elevó un poco del suelo, flotó un momento y dejó que la brisa otoñal le alborotara las alas, el cabello, que cantara de lo nuevo del mundo por venir.

—Lidera a los ángeles, Isaiah. Yo aquí estaré si me necesitas.

—*Hunt*.

Pero Hunt salió volando por los aires, dirigiéndose hacia Bryce y lo que fuera que les deparara el día siguiente.

El alma de Bryce era suya. Siempre lo había sido, supuso, pero la había... prestado....

Ahora que era suya completamente otra vez, había todo un mundo nuevo por explorar sin los asteri acechando por ahí. Toda una nueva vida después de la muerte, cuando ella y Hunt estuvieran listos.

Pero aún no, por mucho, mucho tiempo. No mientras tuvieran tantas cosas por hacer.

Y había una tarea que tenía que hacer de inmediato. Bryce no sabía cómo había logrado Isaiah conseguir un helicóptero para volar a Nena tan rápido, pero tal vez tenía algo que ver con la influencia de Celestina, incluso desde la fortaleza de Ephraim. O tal vez estaba más relacionado con el hecho de que Celestina quería impresionar a Hypaxia, quien ahora era aparentemente la Líder de la Casa de Flama y Sombra y no parecía opuesta a la idea de volverle a hablar a Celestina, a juzgar por las miradas que habían estado intercambiando.

La Reina del Océano y su flota habían traído a la bruja... Hypaxia había interceptado a la monarca de camino a pelear contra los asteri por haber secuestrado a los dos hijos de Lidia. La Reina del Océano tal vez era una persona difícil, pero respaldaba a los suyos. Y cuando dos niños que estaban bajo su cuidado fueron secuestrados, se presentó lista para inundar la ciudad y eliminarla del mapa para defenderlos.

Ella y sus comandantes permanecieron en la Ciudad Eterna. La amenaza de liberar el tsunami que tenía preparado alrededor del perímetro de la ciudad sirvió para mantener alejada a cualquier persona leal a los asteri. Al menos la gobernante parecía demasiado ocupada con el nuevo mundo para lidiar con sus problemas intrascendentes con Tharion. Por ahora.

Era un nuevo mundo. En casi todos los sentidos.

Declan ya estaba trabajando con un equipo para calcular cuánto tiempo podía seguir funcionando Midgard sin más luzprística alimentando la red de energía. Antes de que tuvieran que sacar las velas y ver morir lentamente sus teléfonos celulares. No tendrían ningún servicio cuando las redes eléctricas fallaran.

Todos volverían a vivir al estilo de Avallen. Qué mal que Morven no estuviera por ahí para disfrutarlo.

Tenían que encontrar una solución pronto, ya fuera que quisieran restaurar el sistema de energía con luzprístina o buscar un método alternativo. Si requerirían que la gente entregara su poder o tal vez crear un impuesto a los ultrapoderosos. Pedir a los arcángeles, que tenían poder de sobra, donar algo de su poder a la red de energía. Los poderosos sirviendo a los débiles.

O alguna mierda por el estilo. Honestamente, Bryce planeaba dejárselo a mentes más inteligentes que la de ella para que lo solucionaran, aunque no tenía mucha esperanza de poder permanecer alejada antes de tener que entrar a patear un trasero o dos mientras las cosas se echaban a andar. Porque en este momento... Había una capital en caos, un mundo volteado de cabeza. Pero ella puso sus miras al norte.

Bryce encontró a Nesta en la misma habitación que antes con Ember y Randall y un hombre alado ligeramente familiar a su lado que olía como la pareja de Nesta, sentados alrededor de la mesa y platicando mientras tomaban té y comían pastel de chocolate.

Pastel de chocolate, con un carajo.

Nesta se puso de pie al instante con una daga larga en la mano. El hombre a su lado también buscó un arma oculta, rápido como un pensamiento.

Pero Bryce sólo miró a sus padres. Contentos y sintiéndose como en casa entre las hadas.

Su madre la vio como si hubiera visto un fantasma. La taza de té que sostenía empezó a temblar contra su plato.

Hunt le evitó a Ember la necesidad de adivinar qué había sucedido y dijo:

—Los asteri ya no están. Midgard es libre.

Una lágrima cayó del ojo de Ember. Bryce no lo pensó dos veces y entró a ese mundo y abrazó a su madre. La estrechó con fuerza.

Ember tomó el rostro de Bryce entre sus manos.

—Estoy tan orgullosa de ser tu madre.

Bryce sonrió ampliamente. Sus ojos también le ardían por las lágrimas y Randall se acercó para besarle la cabeza.

—Lo hiciste bien, niña.

Bryce lanzó los brazos alrededor de su padre y también lo abrazó. Abrazó al guerrero humano que había servido en el ejército asteri, que se había destrozado el alma por ellos hasta que su madre consiguió sanarlo.

Nesta y su pareja se tensaron y Bryce supo que Hunt había entrado a su mundo.

Hunt miró alrededor de la habitación. Se asomó a la ciudad que centelleaba debajo, al listón de un río serpenteante que la atravesaba. Tenían que estar muy alto en la montaña para tener este tipo de vista.

La pareja de Nesta dijo:

—Tienen un minuto antes de que Rhys llegue y explote.

—Ay, Rhys estará bien, Cassian —dijo Ember... en el idioma de las hadas.

Al ver el rostro sorprendido de Bryce, Randall dijo en el mismo lenguaje:

—Se volvió muy difícil estar pidiendo todo con mímica. Nos dieron esa cosa del frijol que te ofrecieron a ti.

Pero Bryce sacudió la cabeza.

—¿Rhysand estaría *bien*? El tipo que traía la oscuridad encarnada.

—Él y Randall se hicieron amigos porque ambos son padres sobreprotectores —dijo Ember—. Así que ahora Rhys sabe *exactamente* el tipo de imprudencias que te gusta cometer, las cuales al parecer también cometiste aquí...

Bryce miró a Nesta, que estaba observando con cautela. Bryce metió la mano a su chamarra y sacó la Máscara.

—Toma. Como lo prometí.

Todos se quedaron en silencio.

Y luego Bryce sacó La que Dice la Verdad y Cassian casi saltó entre ella y Nesta. Hunt acomodó los pies en posición de pelea en respuesta, pero Bryce sólo dijo: «alfadejos» y colocó la daga sobre la mesa entre su té y sus bocadillos.

—Las trajiste de regreso —dijo Nesta en voz baja.

—¿Pensabas que no lo haría?

—No sé qué pensaba —dijo Nesta, pero sonrió ligeramente.

—La pobre de Nesta ha estado en problemas desde que te llevaste sus armas y nos dejaste aquí tirados —explicó Ember—. Intenté decirle a Rhysand y Azriel cómo es imposible evitar que hagas algo cuando ya lo decidiste, y creo que Feyre, la pareja de Rhysand, me creyó, pero... —Ember miró a Nesta e hizo una mueca—. Me disculpo, *de nuevo*, por el comportamiento de mi hija.

—Yo tomé la decisión de darle la Máscara —le recordó Nesta a Ember. A Bryce, le dijo secamente—: Por alguna razón, tu madre sigue sin creer que lo hice por mi propia voluntad.

Bryce le puso los ojos en blanco a su madre.

—Maravilloso. Gracias por eso —dijo. Luego hizo un gesto hacia el portal que brillaba detrás de ellos—. ¿Nos vamos?

Ember sonrió suavemente.

—Ya no están en verdad, entonces.

—Ya no están y nunca volveremos a saber de ellos —dijo Bryce y su corazón se elevó al pronunciar las palabras.

Los ojos de Ember brillaron por las lágrimas, pero volteó, tomó a Nesta de las manos, y las apretó con fuerza.

—A pesar de que mi hija mintió y maquinó y básicamente nos traicionó... —empezó a decir.

—No nos dejes de decir cómo te sientes de verdad, mamá —murmuró Bryce y se ganó una mirada divertida de Nesta.

Pero Ember continuó sin dejar de ver a Nesta.

—Me alegra una cosa: haber tenido la oportunidad de conocerte.

Los labios de Nesta formaron una línea delgada y bajó la mirada a sus manos unidas.

Bryce intervino para evitarle a Nesta la expresión cada vez más llorosa de su madre.

—La próxima vez que enfrente un mal intergaláctico, trataré de ajustarme mejor a tu calendario social.

Ember al fin miró a Bryce, molesta.

—Tú y yo vamos a *hablar* cuando lleguemos a casa, Bryce Adelaide Quinlan. Dejar a Cooper de esa manera...

—Lo sé —dijo Bryce. Tenía *mucho* que explicar en ese frente. Y mucho por lo cual disculparse.

—Tu madre te ama —dijo Nesta en voz baja al notar la exasperación del rostro de Bryce—. Nunca lo des por sentado.

Bryce inclinó la cabeza a Nesta.

—Tengo suerte —admitió—. Siempre he tenido suerte por tenerla como madre.

Ember de verdad parecía que iba a llorar ahora, en especial cuando volteó a ver a Nesta y dijo:

—Este tiempo contigo fue un regalo, Nesta. De verdad lo fue.

Con eso, abrazó a Nesta con fuerza y Bryce podría jurar que algo como dolor y nostalgia se alcanzó a ver en la expresión de Nesta, como si no hubiera sentido un abrazo de mamá por un largo, largo tiempo.

Así que Bryce le dio su espacio para que disfrutara cada segundo de ese abrazo materno y volteó a donde Randall y Cassian estaban detrás de ellas. Los hombres se tomaron de los brazos con calidez.

—Gracias, amigo —le estaba diciendo Randall al guerrero—. Por todo.

Cassian sonrió y, bueno, Bryce pudo entender por qué Nesta podría estar con un hombre que se veía así.

—Tal vez nos volvamos a ver un día bajo circunstancias... menos extrañas.

—Espero que sí —dijo Randall y, cuando pasó junto al lugar donde Ember y Nesta seguían abrazadas, le puso la mano en el hombro a la segunda con afecto paternal.

El corazón de Bryce creció tanto que le dolió cuando Randall se acercó a Hunt y también lo abrazó. Hunt le devolvió el abrazo y le dio unas palmadas a su padre en la espalda antes de que se separaran para cruzar juntos el portal.

Ember al fin se separó de Nesta, pero le tocó la mejilla a la mujer con dulzura y susurró:

—Encontrarás tu camino.

Luego se dirigió hacia el portal.

Bryce podría jurar que había lágrimas en los ojos de Nesta cuando su madre regresó a Midgard.

Pero esas lágrimas ya habían desaparecido cuando Nesta miró a Bryce. Y Cassian, como cualquier buen hombre, percibió que no era bienvenido y se fue hacia la chimenea para fingir que leía una especie de manuscrito antiguo. Bryce supo que, *también* como cualquier buena pareja, si ella hacía cualquier cosa equivocada, la haría trizas. Que era precisamente la misma razón por la cual Hunt había entrado a la habitación y miraba a Nesta con cautela.

—Alfadejos —hizo eco Nesta con la mirada brillando divertida.

Bryce rio y desenfundó la Espadastral. De nuevo Cassian se tensó, pero Bryce sólo se la ofreció a Nesta. La mujer la aceptó parpadeando.

—Dijiste que tenías una estrella de ocho picos tatuada en ti —explicó Bryce—. Y encontraste la habitación con la estrella de ocho picos en la Prisión, también.

Nesta levantó la cabeza.

—¿Y?

—Y quiero que tengas la Espadastral —dijo Bryce y sostuvo el filo entre ellas—. Gwydion... como sea que la llamen aquí. La era de los Astrogénitos terminó en Midgard. Termina conmigo.

—No entiendo.

Pero Bryce empezó a caminar de regreso al portal, tomó a Hunt de la mano y le sonrió de nuevo a la mujer, a su pareja, a su mundo, y la Fisura Septentrional empezó a cerrarse.

—Creo que esa estrella de ocho picos fue tatuada en ti por un motivo. Toma esa espada y averigua por qué.

101

El *Guerrero de las Profundidades* había anclado lejos de la costa ya que el puerto más cercano a la Ciudad Eterna no era lo bastante profundo para que cupiera el buque-ciudad. Al lado de Ruhn, Lidia miraba a sus hijos mientras esperaban en el muelle de concreto a que terminara de salir el transporte sumergible. El agua se escurría sobre su domo de vidrio.

Y dejó a la vista a Renki y Davit, ambos saludando con entusiasmo a los dos niños al lado de Lidia.

A sus hijos, que les sonreían a sus padres. Brann movía los brazos con entusiasmo, Ace hacía un saludo menos enfático, pero no menos sincero.

Ruhn colocó una mano con suavidad en la espalda de Lidia y ella se recargó en ese contacto tranquilizante y amoroso. Su pareja. Sí, ella lo sabía sin duda.

La superficie de vidrio del sumergible se abrió y luego Renki y Davit saltaron con facilidad hacia el muelle. Brann y Ace corrieron hacia ellos...

Era puro amor y dicha, los abrazos compartidos entre los niños y sus padres. Las lágrimas de alivio le corrían a Renki por la cara y Davit abrazaba a los dos niños con fuerza, como si no fuera a volverlos a dejar ir.

Pero Davit sí los dejó ir. Avanzó hacia Lidia en dos pasos y la abrazó también.

—Gracias —dijo el hombre con la voz entrecortada por las lágrimas—. Gracias.

Renki llegó en el momento que Davit se apartó y la abrazó con la misma fuerza.

Lidia sonreía, aunque su corazón le dolía de nuevo y se asomó para mirar a sus hijos.

Ambos la estaban viendo. Brann frunció el ceño; Ace tenía un gesto menos obvio. El primero dijo:

—¿Entonces esto es una despedida?

Lidia miró a Renki y Davit y ambos asintieron. Habían hablado por teléfono el día anterior para coordinar esta reunión... y lo que vendría en el futuro.

—Hasta que todo se tranquilice un poco acá arriba —dijo Lidia—. Sobre la superficie, quiero decir.

Porque incluso al día siguiente de que los asteri habían sido derrocados, las cosas ya empezaban a verse complicadas. La merma en la red de luzprístina iba a ser un problema enorme, pero la Reina del Océano había provisto de energía a sus buques-ciudad y sus diversos transportes sin luzprístina. Con su propio poder. Tal vez la gobernante tendría algunas ideas sobre cómo podrían adaptar su tecnología para dejar de consumir luzprístina.

La Reina del Océano, por supuesto, no estuvo contenta cuando Lidia envió un mensajero al *Guerrero de las Profundidades*. Lidia había enviado una nota corta y eficiente:

Confío en que mis servicios ya no son requeridos y renuncio a partir de ahora de tu empleo.

Con gratitud por tu compasión,

Lidia Cervos.

La Reina del Océano envió su respuesta, nuevamente en un trozo salado de kelp, una hora después.

Tengo cosas más importantes que considerar que tu lealtad, Lidia Cervos. Acepto tu renuncia, pero no te engañes creyendo que ésta será la última vez que se crucen nuestros caminos. Por ahora, puedes vivir tu vida Arriba.

Era lo mejor que podía esperar Lidia.

Ahora, miró a sus hijos y agregó:

—Pero me gustaría volverlos a ver a ambos. Si están de acuerdo.

Brann asintió y ella se quedó sin palabras en la cabeza cuando se acercó y la abrazó.

El olor de su hijo, su calidez y cercanía, amenazaban con hacerla caer de rodillas. Pero logró mantenerse de pie, consciente de que Ruhn estaba a su lado, que siempre lo estaría, apoyándola, cuando Brann se apartó del abrazo sonriendo.

—Eres increíble —dijo Brann y agregó—, mamá.

Con el corazón brillando de dicha al escuchar la palabra, Lidia se atrevió a mirar por encima de su hombro y vio a Renki y Davit sonriendo tanto como Brann. Felices por ella, por todos. Sus hijos tenían una familia hermosa y tal vez, si todos estaban de acuerdo, sería una familia en la cual ella podría encontrar un lugar. Encontrar dicha.

Brann se acercó y le dio un beso en la mejilla que ella atesoraría por el resto de su existencia. Luego fue con Ruhn y Lidia se quedó parpadeando cuando Brann también abrazó a Ruhn.

—Gracias —dijo Brann—. Por lo que ibas a hacer. Para salvarnos... y salvar a nuestra madre.

Ruhn le dio una palmada a Brann en la espalda y el corazón de Lidia se llenó de tanta brillantez que apenas podía contenerla.

—Con todo gusto —dijo Ruhn—. Es parte del trabajo para los empleados del Aux.

Brann sonrió y luego regresó con sus padres y volvió a abrazar a Renki.

Lidia miró a Ace, quien la observaba con cautela. Sabiendo que él no correría a sus brazos como Brann, Lidia se acercó. Lentamente. Le dio tiempo de decidir qué quería hacer.

Ace se mantuvo en su lugar, pero su mirada no era fría cuando movió los labios:

—Gracias por venir a rescatarnos —dijo con una sonrisa de lado—. Cuídate.

—Tengo a Ruhn para cuidarme las espaldas —dijo Lidia y miró a Ruhn—. Estaré bien.

—Él te *disparó* —dijo Ace y le frunció el ceño a Ruhn.

—No debí habértelo dicho —murmuró Ruhn.

Lidia sonrió, pero volvió a ver a Ace.

—Y pagará por ello, no te preocupes.

Ace no parecía tan seguro y se quedó viendo a Ruhn por un momento. Pero cuando empezó a caminar de regreso hacia sus padres, se tropezó, como si....

Lidia miró a Ruhn y él silbó inocentemente. Bien... que se quedara sus secretos de hablar a las mentes.

Ruhn le deslizó la mano alrededor de la cintura cuando los niños y sus padres abordaron el sumergible. Davit iba en el asiento del piloto, encendió los interruptores y Brann se sentó a su lado. Renki y Ace ocuparon los asientos traseros y, cuando el transporte se encendió, todos la miraron.

Lidia les ofreció una pequeña sonrisa esperanzada. Sus dedos encontraron los de Ruhn y le apretó la mano con fuerza. Ruhn no la soltó.

Sus hijos estaban vivos y libres y en su vida nuevamente, y todo eso era más de lo que había esperado jamás.

Así que el futuro, con lo que viniera... sería algo que disfrutaría cada momento.

Bryce ya estaba absolutamente harta del frío interminable de Nena cuando abrió la Fisura Septentrional de nuevo. No hacia el mundo original de las hadas, sino al Averno.

Sólo oscuridad aguardaba al ejército que marchaba de regreso. Las bestias y cosas voladoras y los príncipes, que entraron uno por uno, mientras Thanatos la miraba con un gesto que decía que tal vez ella hubiera destruido a los asteri, pero él seguía enojado por su perro. Pronto sólo quedaron Apollion y Aidas frente a ella en la nieve y el hielo.

No parecían necesitar abrigos ni gorros ni guantes. Ni siquiera tiritaban.

Apollion le dijo a Hunt:

—El Averno no tiene ningún control sobre ti y tú no tienes ninguna obligación con nosotros.

—Eh, ¿gracias? —dijo Hunt—. Igualmente.

Apollion le sonrió un poco y luego miró a Bryce.

—Lo hiciste mejor de lo esperado.

Bryce le tronó los dedos, aunque el sonido quedó amortiguado por sus guantes.

—*Eso* quiero que digan mis nuevas tarjetas de presentación. *Bryce Quinlan: Más de lo esperado.*

Apollion sólo sonrió y caminó hacia la oscuridad.

—Oye —gritó Bryce hacia el Príncipe del Foso.

Apollion se detuvo y arqueó una ceja.

Bryce le sonrió y dijo:

—Gracias por no darte por vencido con Midgard.

Podría jurar que una semilla de compasión encendía un poco el rostro de Apollion antes de que volteara a ver a Aidas y dijera:

—Me sentiré feliz de ya terminar con esto. Y ver a mi hermano en paz.

Con esas palabras, cruzó la Fisura.

A Bryce le castañeteaban ya los dientes, pero miró a Aidas.

—¿Te veré otra vez?

Aidas sonrió maliciosamente.

—¿Lo deseas?

—No —dijo Bryce y lo dijo en serio—. Aunque estamos muy agradecidos... Creo que tenemos definiciones distintas de la palabra *mascota*.

Aidas sonrió ampliamente esta vez.

—Entonces te daré mi gratitud, Bryce Quinlan. Y me despido de ti.

—Estaré por siempre agradecida —le dijo Bryce al Príncipe de las Profundidades— por tu amabilidad aquel día con el Oráculo.

La sonrisa de Aidas se hizo más amable.

—Theia estaría orgullosa de ti.

—Y de ti —dijo Bryce, el único regalo que podía ofrecerle al Príncipe del Averno, aunque no mencionó que el orgullo de Theia no significaba nada para ella—. Creo que algún día lo podrás escuchar de sus propios labios.

Aidas ladeó la cabeza. Bryce les había dicho a todos lo que Jesiba le explicó. Lo que había visto en esas tierras de luz.

—¿Crees que un Príncipe del Averno podrá entrar?

Bryce se acercó y le besó la mejilla. La piel helada tocó sus labios.

—Creo que un buen hombre, independientemente de su lugar de origen, siempre podrá entrar.

Los ojos de Aidas brillaron de un tono azul intenso, con gratitud, o nostalgia, o amor, no lo sabía. Pero el príncipe sólo le asintió, luego a Hunt y entró por la Fisura Septentrional hacia la oscuridad.

Apollion lo esperaba del otro lado y Aidas se paró junto a su hermano. Bryce tomó a Hunt de la mano y levantó la otra en despedida.

Para su sorpresa, ambos príncipes le devolvieron el gesto.

Con una onda de su pensamiento y poder, cerró la Fisura. La cerró bien y no dejó ninguna grieta por la cual pudiera pasar nada. Aunque los asteri ya no estuvieran, todas sus Puertas de cristal seguían intactas en Midgard, pero por ahora, al menos *esta* Puerta en particular estaba completamente cerrada. Al fin.

—Parece que tus días de cazador de demonios ya terminaron —le dijo a Hunt.

Su pareja le sonrió, la besó con suavidad e incluso los vientos gélidos de Nena parecieron entibiarse a su alrededor.

—Supongo que tendré que solicitar el seguro de desempleo.

Tharion Ketos estaba en las afueras del Mercado de Carne, buscando a su esposa.

Gracias a las duendecillas de agua que trabajaban para ella, la Reina Víbora aparentemente había podido apagar el incendio en el edificio principal antes de que el fuego se extendiera, dejando intactas la mayor parte de las bodegas interconectadas del Mercado de Carne.

En verdad, todo parecía ser normal, aunque ya ajustándose al nuevo mundo. Desde la parte de atrás de un camión, unos individuos de aspecto sospechoso descargaban contenedores brillantes de luzprístina. Ya empezaban a almacenar un producto que pronto sería de alta demanda.

Tharion en realidad no sabía por qué había venido aquí cuando Sendes le informó que la Reina del Océano le había perdonado su desobediencia. De hecho, le había hecho una buena oferta de ser un comandante en sus fuerzas y trabajar a bordo del *Guerrero de las Profundidades*, pero él respondió que debía hacer algo antes.

Y entonces regresó a este sitio.

El mundo estaba en crisis. Los asteri se habían ido, pero tenían que lidiar con el Senado Imperial, los arcángeles y los diversos Líderes de las Casas y... tal vez debería haberse quedado en el submarino.

No sabía por qué había esperado que hubiera paz y confort. Por qué había pensado que todos estarían felices y sólo... tranquilos. Pero había bastantes cabrones codiciosos en el mundo que estaban encantados de aprovechar la situación para intentar hacerse del poder.

Y él sabía que la maldita que gobernaba el Mercado de Carne quizás era una de ellos. Tendría que lidiar con ella en algún momento, probablemente pronto.

Pero por ahora tenía que encontrar a su esposa. Sólo para asegurarse de que estuviera bien. Luego podría marcharse. Regresar al *Guerrero de las Profundidades*. O hacer otra cosa, no lo sabía. Supuso que Ogenas lo guiaría en algún momento. Tal vez le ayudaría a poner orden en el desastre que era su vida.

Tharion se puso la capucha de su sudadera, confirmó que tuviera la pistola oculta a su lado asegurada y lista, y entró a la madriguera del Mercado de Carne. A lo que fuera que Urd le tuviera preparado.

Sólo había avanzado una cuadra cuando una voz femenina dijo desde las sombras:

—Tienes que ser increíblemente estúpido para regresar ahí.

Se detuvo y se asomó al callejón desde donde había hablado esa voz. Dos ojos carmesíes brillaban en la oscuridad.

Tharion inclinó la cabeza.

—Hola, Ariadne.

102

Bryce estaba en el recibidor de la villa del Rey del Otoño, viendo los flashes de las cámaras, la arrogante nobleza hada y los guardias de aspecto confundido que la veían a ella y a la multitud.

Para esta ocasión, había elegido un vestido rosado que sabía que volvía loco a Hunt. Era eso o *leggins* y una camiseta y, dado que no quería que nada le restara a lo que estaba haciendo, había optado por una vestimenta formal.

Por supuesto, decidir ponerse el vestido rosado había sido muy difícil, y ahora había un montón enorme de ropa en su recámara que debería guardar al regresar, lo cual era incentivo suficiente para hacer que esta situación se alargara lo más posible.

Una mirada al gesto burlón de los padres de Sathia y Flynn, Lord y Lady Hawthorne, recién llegados de Avallen, la hizo decidir que ya no esperaría. Al demonio con el resto de la nobleza hada que se había reunido tras recibir su invitación esa mañana.

Había llegado a la ciudad la noche anterior y se había dirigido de inmediato a las ruinas de Prados de Asfódelo, y convocó esta reunión al día siguiente.

Lo hubiera hecho en la noche, pero Hunt le dijo que se tomara un tiempo para decidir qué quería decir. Para que Marc preparara la documentación.

El metamorfo de leopardo y Declan ahora estaban parados al lado del escritorio que trajeron del recibidor. Ruhn y Flynn estaban con ellos.

Ella miró a Hunt y él asintió sutilmente. Era hora.

Entonces, Bryce avanzó hacia el escritorio y le dijo a las cámaras y a los aristócratas hada:

—Seré breve para que todos los nobles ocupados que están aquí puedan regresar a sus almuerzos con champaña y sus tratamientos en el spa.

Silencio y un frenético sonido de las cámaras. Los videógrafos se acercaron más e inclinaron sus micrófonos para grabar cada una de sus respiraciones. Uno de los camarógrafos, un draki, sonreía con gesto burlón.

Pero Bryce mantuvo su vista en las cámaras, en el mundo que la escuchaba.

—Éste es mi primer y único decreto como Reina Hada de Valbara y Avallen: las casas reales han terminado.

Hizo caso omiso de los gritos ahogados y protestas y le dio unos golpecitos a los documentos que tenía sobre el escritorio.

—Ya tengo los documentos. Permítanme ser perfectamente clara: no estoy abdicando de ninguno de los tronos. Ya no soy reina pero, con este documento, *nadie* volverá a portar la corona otra vez. La monarquía hada queda efectivamente abolida. Para siempre.

Desde el rabillo del ojo podía ver a Hunt sonriendo ampliamente. Deseó que su madre estuviera ahí, pero habían decidido que la presencia de Ember Quinlan podría provocar demasiada especulación de que su madre humana la había presionado para que hiciera eso.

—Donaré todas las residencias del Rey del Otoño en esta ciudad —dijo Bryce con un gesto hacia el elegante espacio a su alrededor— para que las habiten las personas desplazadas por el ataque en Prados de Asfódelo. Esta villa en particular será utilizada para albergar a los huérfanos de la masacre.

Uno de los nobles hada casi se ahogó de la sorpresa.

—Y en lo que respecta a las propiedades de la realeza en otras partes, en Valbara y en Avallen, serán vendidas a quien sea que pueda tolerar su horrenda decoración de mal gusto y las ganancias se destinarán a la reconstrucción de Prados de Asfódelo.

Bryce tomó la pluma fuente dorada que había sacado del estudio del Rey del Otoño después de tirar a la basura todos sus prismas. Planeaba desmantelar el planetario y venderlo como chatarra. Sabía suficiente sobre cómo viajaba la luz y cómo se formaba... cómo podía separarse y volver a unirse. Nunca quería volver a saber nada sobre la luz, ni siquiera la de ella.

—Los asteri ya no están —dijo Bryce al mundo que la escuchaba— y los reinos de las hadas se han ido con ellos. En su lugar, construiremos un gobierno de equidad y justicia. Este documento me da el derecho de representar a las hadas en ese gobierno. Y nada más.

—Traidora —siseó un noble hada que Bryce podría jurar se había burlado de ella una vez en un restaurante, hacía años.

Bryce canturreó para sí misma y jugueteó con la amada pluma del Rey del Otoño.

—No debieron haberle concedido a la realeza un poder absoluto en su intento por mantener a todos los demás bajo su yugo —dijo y se agachó para firmar los documentos—. Tal vez si no lo hubieran hecho, hubieran podido evitar que yo hiciera esto.

La pluma dorada tocó el papel y la tinta floreció en el pergamino.

—Pero ahora están en el lodo con el resto de nosotros —dijo Bryce a las hadas al firmar su nombre—. Acostúmbrense al olor.

Y así, con un trazo de la pluma dorada del Rey del Otoño, los linajes reales de las hadas fueron eliminados de la existencia.

Ruhn encendió las luces del departamento... por el tiempo que tuvieran todavía energía.

—Bryce va a ponerse como loca, pero juro que era el único disponible y amueblado con tan poco tiempo de aviso —le dijo a Lidia cuando entraron a la casa literalmente un piso debajo del de Bryce.

Pero Lidia sonrió al ver el departamento, que era un espejo del de Bryce salvo por el mobiliario. Se acercó a la cocina blanca y reluciente.

—Es hermoso, de verdad. Te transferiré el dinero a tu cuenta.

—Nah —dijo Ruhn—. Considéralo un regalo de agradecimiento. Por sacarme de los calabozos.

Lidia volteó desde la cocina con las cejas arqueadas.

—Creo que ya estamos a mano. Después de... todo.

Después de la mierda con Pollux, que él sabía atormentaría sus sueños por mucho puto tiempo.

Pero habría dicha entre los recuerdos oscuros. Cuando la acompañó a devolverle a los niños a sus padres, Ruhn se sintió satisfecho con ver la reunión feliz, en especial al ver que los padres de los niños la abrazaban con amor. Al igual que los niños, cada uno con su propio estilo, le dejaron claro a Lidia que sería bienvenida en sus vidas.

Brann, no le cabía duda, sería el más abierto. Pero Ace...

Ruhn sonrió con el recuerdo de la mirada de Ace antes de irse, sus ojos oscuros con gesto deliberado. Intenso. Como diciendo, *Cuida a mi mamá.*

Ruhn le respondió al niño en su mente, *Ella puede cuidarse sola, pero lo haré.*

Los ojos de Ace se abrieron mucho con la sorpresa y se tropezó pero, con una mirada evaluadora e impresionada a Ruhn, continuó su camino hacia el sumergible.

Ruhn y Lidia habían pasado *una* noche en su casa horrible, ansiosos por coger como locos pero demasiado conscientes de la presencia de sus amigos al otro lado de la pared. Después de eso, llamó a un agente de bienes raíces y le pidió que encontrara un departamento. De inmediato. Con algunas peticiones específicas.

—La recámara de allá tiene dos camas —dijo y señaló la gran habitación—. Para tus niños.

Los ojos de Lidia se miraban esperanzados cuando vio la recámara.

Ésa había sido la petición principal de Ruhn al agente: que encontrara un departamento con recámara de invitados y dos camas extra.

—Pueden visitarte cuando ellos, y tú, quieran.

La sonrisa de Lidia era tan suave y llena de esperanza que él sintió que le dolía el corazón. Fue al sofá frente a la televisión y se sentó, como si lo estuviera probando. Probando esta casa, esta vida.

—Creo que sus padres querrán mantenerlos cerca por un tiempo después de lo sucedido —dijo Lidia—, pero sí... me encantaría que estuvieran aquí a veces.

Ruhn se sentó junto a ella.

—Van a ser unos demonios cuando crezcan.

—Estoy bien con eso, mientras no sea literal —dijo Lidia con un suspiro—. Ya tuve suficientes demonios por el momento, aunque sean amistosos.

Ruhn rio.

—Yo también.

Durante unos cuantos minutos, se quedaron sentados en silencio agradable. El departamento, *su* departamento, se acomodaba a su alrededor.

—No puedo creer que estemos vivos —dijo Lidia al fin.

—No puedo creer que los asteri ya no estén.

Los últimos días habían sido tal remolino que él no había terminado de procesar lo ocurrido. Ni el actual estado del mundo.

Lidia dijo con cuidado:

—Las intenciones de tu hermana y de Athalar son buenas, pero va a tomar mucho más que una reunión con un montón de líderes del mundo para que se encuentre un nuevo sistema de gobierno. O para desmantelar la esclavitud.

—Lo sé. Bryce lo sabe.

—¿Tú... qué planeas hacer?

Era una pregunta compleja, pero Ruhn respondió:

—La ayudaré. Me encargaré del Aux con Holstrom, supongo. Dado que el trono de las hadas ya no existe a partir de esta mañana.

Había sido una maravilla presenciarlo: Bryce frente a la multitud de cámaras y nobles, poniendo fin a las monarquías con el trazo de una pluma. Y la pluma favorita de su padre, además.

Ruhn nunca se había sentido más orgulloso de ser el hermano de Bryce.

Sonrió ligeramente.

—El Oráculo tenía razón de muchas maneras, supongo —dijo. Lidia arqueó la ceja—. No era sólo que la corona iría a Bryce, sino que ella terminaría con la monarquía. La familia real Danaan ha terminado.

Lidia chasqueó la lengua.

—No estás muerto ni sin hijos, después de todo.

—Todavía no —dijo Ruhn, volviendo a reír. Todo ese tiempo que pasó temiendo la profecía, preocupado por su destino...

Lidia lo miró, de la manera en que nadie más en Midgard lo miraba... como si lo pudiera ver a *él*.

—¿Pero estás preparado para ya no ser príncipe? ¿Para ser... normal?

—Creo que sí —dijo él y le dio un empujón con la rodilla—. ¿Y tú?

—No tengo idea. Ni siquiera sé qué es lo normal —admitió Lidia.

Ruhn la tomó de la mano y entrelazó sus dedos.

—¿Qué te parece si lo averiguamos juntos, entonces?

—¿Cómo ser normales?

—Cómo vivir una vida normal. Un departamento normal y adulto es un buen principio. Para ambos.

Ya no estaría viviendo en una casa que parecía de una fraternidad universitaria.

Pero la cautela le llenó los ojos a Lidia.

—Mi vida es complicada.

—¿Quién dijo que lo normal no era complicado? —dijo él—. Lo único que sé es que lo que sea que tenga deparado mañana o el año entrante o el milenio entrante para este mundo, quiero enfrentarlo a tu lado.

La expresión de Lidia se suavizó. Se acercó más a él y le apartó un mechón de pelo de la cara con la mano que tenía libre.

No eran la Cierva y el Príncipe Heredero de las Hadas. No eran Day y Night. En ese momento, ahí, eran simplemente Lidia y Ruhn. Él no lo preferiría de ninguna otra manera.

Ruhn se puso de pie y fue a la cocina. Abrió el refrigerador. La otra petición que le había hecho al agente era: llenar el refrigerador de una cosa y sólo una cosa.

Tal vez la casa de fraternidad universitaria no había desaparecido del todo. Regresó al sofá y le dio una cerveza a Lidia.

—Lo prometido, Day —dijo y abrió su botella—. Una cerveza.

Ella miró la botella y el deleite brilló en su rostro. Retiró la tapa de su bebida, se puso de pie y chocó su botella con la de él antes de beber:

—Por una vida normal, Ruhn.

Ruhn se acercó para besarla y ella se acercó a él. Y el amor y la dicha en él brillaron más que la luzastral mientras le decía en la boca:

—Por una vida normal, Lidia.

Les tomaría algunos días a los lobos de la Madriguera regresar de los lugares donde se habían ocultado. Pero *iban* a regresar.

Ithan no sabía si había sido la orden de Amelie o si Perry se los había pedido, pero todos iban a regresar. Tal vez sólo para comprobar lo malo que sería para liderarlos como Premier.

O para ver cómo sería la dinámica sin los Fendyr.

O para recoger sus cosas antes de que la red de energía fallara y empezara a reinar el caos.

Ithan estaba en el centro de comando de las oficinas centrales del Aux con Flynn y Dec frente a él. El primero veía a Perry con un interés que Ithan no apreciaba del todo.

Perry se sonrojaba, y eso tampoco le gustaba a Ithan.

Pero Ruhn y Lidia llegaron antes de que él pudiera decir alguna estupidez. El expríncipe hada dijo:

—Antes que nada: creo que está muy mal que hayamos salvado el mundo y que de todas maneras tengamos que regresar al trabajo dos días después.

Perry rio y... sí, tal vez a Ithan le agradaba el sonido.

Lidia dijo, seria y a la vez tranquila:

—Estoy esperando un reporte esta noche sobre el estado de la red de energía de luzprístina y cómo podríamos evitar que fallara. Los ingenieros de Lunathion se han estado reuniendo con la Reina del Océano para aprender cómo consigue la energía para sus embarcaciones sin usar luzprístina y les presentaremos esas opciones. Pero mientras tanto, tenemos que empezar a evaluar qué aliados tenemos dentro y fuera de la ciudad. Celestina sigue tratando con Ephraim, intentando conseguir su apoyo, pero los otros arcángeles van a empezar a intentar conseguir el poder. Si no queremos caer en las viejas costumbres, necesitamos un plan sólido.

—¿No debería estar aquí Athalar para esto? —preguntó Flynn.

—Viene en camino —dijo Ruhn—. Con Bryce. Pero nos dijeron que empezáramos sin ellos.

Dec y Flynn imitaron sonidos de besuqueo e Ithan rio. Perry rio con él.

Tal vez no sería tan malo. No la parte de ser Premier, esa parte no le gustaba particularmente... sino este nuevo futuro. Probablemente sería una locura por un rato y tendrían bastantes enemigos, pero...

También se tendrían unos a otros. Una jauría. De todas las Casas.

Que era el motivo por el cual estaban ahí. El Aux ya no estaría separado, dividido por Casas y castas. Liderarían con el ejemplo. Empezando hoy.

Así que Ithan le dijo a Lidia y Ruhn, a Flynn y Dec y Perry:

—Lo que sea que esos imbéciles nos arrojen, se los arrojaremos de regreso.

—Palabras dignas de un verdadero capitán de solbol —dijo Dec en broma.

Ithan dijo «Sí». Dejó que el mundo se acomodara y por un momento, lo sintió... esa necesidad de entrar al campo, de tener la pelota entre sus manos. La sensación desapareció en un instante, pero... después de años de no sentir nada, la percibió. La deseó. Así que Ithan sonrió y agregó:

—Sí, lo soy.

—Era Hypaxia en el teléfono —dijo Bryce en el atrio soleado de la elegante casa que pronto sería la nueva sede de Antigüedades Griffin.

Hunt, desempacando una estatua de Thurr de una caja, le preguntó por encima de su hombro alado:

—¿Qué dijo?

—Que si puede encontrar una manera de estabilizar el antídoto, podríamos empezar a distribuirlo a todos para el Equinoccio de Primavera. Esto es, si seguimos teniendo energía para entonces. Quiere un poco más de tus relámpagos, por cierto. Ya se le acabaron con la última tanda de antídotos.

Bryce y Hunt habían recibido sus dosis. El aumento de la magia que provocaron había sido tan intenso que aparentemente otra isla entera había surgido en Avallen... como si esa isla ahora estuviera vinculada con su misma alma. Como si ella y Midgard estuvieran, como había dicho Jesiba, unidos, amuleto archesiano o no.

Y gracias a Hunt, habían tenido un día completo de tormentas eléctricas. Por supuesto, la ciudad lo multó por manipulación ilegal e inapropiada del clima, pero *Descarga de magia acumulada* no fue una buena excusa cuando Bryce intentó explicarle a las autoridades.

El nuevo poder que tenían en las venas, como si les hubieran devuelto lo que los asteri les habían quitado, requería un ajuste. Y nuevo entrenamiento. Bryce podía teletransportarse de un salto entre la ciudad y la casa de sus padres ahora. Lo cual era... bueno y malo.

Bueno, porque podía ver a Cooper siempre que quería y robárselo a la ciudad para que viera qué era la *verdadera* diversión. Malo, porque sus padres ahora esperaban cenas semanales con ella y Hunt. Bryce había negociado que fueran mensuales, pero sabía que Ember insistiría para que fueran *al menos* una vez cada dos semanas.

Pero todo dependía de lo que hicieran después, si la red de energía de luzprístina podía aguantar. Si se colapsaría. Si tendrían que empezar de cero de nuevo, sentados alrededor de fogatas en la oscuridad. Pero ella, ellos, procederían normalmente. Que los genios y los científicos se encargaran de encontrar una manera de salvarlos en esta ocasión.

—Bueno —dijo Hunt—, si Hypaxia necesita que alguien vaya a romperles la cara a los Redner, yo me apunto. Son unos patanes.

La exreina bruja se había asociado de mala gana con Industrias Redner con la esperanza de poder fabricar el antídoto en masa.

—¿Patán Intimidante, Parte Dos?

—Encantado.

Hunt apartó la mirada de la caja y vio a Bryce acomodando libros en el enorme librero empotrado detrás de su escritorio.

Los libros. La colección de Parthos. Que ya no estarían en la oscuridad ni ocultos sino aquí, en la luz del día, para que cualquiera pudiera consultarlos. No podía soportar mantenerlos guardados.

Por fortuna, había encontrado tres nuevas empleadas que le ayudarían a manejar la enorme colección. Sasa, Rithi y Malana estaban en ese momento sentadas en un contenedor de comida a domicilio viendo un episodio de *Amor velado* en el teléfono de Hunt que había recargado en una botella de agua.

Nunca reemplazarían a Lehabah, pero verlas llenaba una parte de su corazón. Escuchar a Syrinx roncando debajo de su nuevo escritorio, en el pequeño nido de mantas que había hecho ahí abajo. Como si algo finalmente hubiera ocupado su sitio. Como si estuviera justo donde tenía que estar.

—Entonces —dijo Hunt y regresó a descargar todas las cajas que Hypaxia había enviado de la Casa de Flama y Sombra. Al parecer, Jesiba había anticipado esta transferencia de dueños... y había hecho que Ithan empacara la mayoría de los artefactos.

Bryce pensó que Jesiba apreciaría que el rifle Matadioses ahora estaba montado detrás de su escritorio. Era una advertencia a quien fuera que intentar robar los libros y también un homenaje a la sacerdotisa que los había conservado tanto tiempo. Esto es, si las duendecillas de fuego no rostizaban a cualquier posible ladrón.

No sabía a dónde había ido Irithys y deseaba poder hablar con la reina, contarle sobre Lehabah, pero por lo que le había dicho Sasa, sonaba como si la Reina Duendecilla ahora estuviera viajando por el mundo, decidida a liberar a toda su gente. En especial, a aquellas aprisionadas por dueños que se negaban a aceptar la nueva prohibición mundial de la esclavitud.

—Entonces... ¿qué? —le preguntó Bryce a Hunt, colocando un tomo en el librero.

—Entonces... ¿vas a hablar más sobre el tema de ya-no-más-monarquía-hada?

—¿Qué hay que decir? —dijo Bryce—. Ya envié mi decreto. Está hecho. Ya no es mi problema.

—Hay quien lo ve de otra manera.

—Por eso, Athalar... —empezó a decir ella, acomodando otro libro que quería escapársele de las manos. Le dio un manotazo en el lomo y lo empujó hacia el estante—. Por eso vamos a establecer una democracia hada. Un senado y toda esa mierda. Para que las hadas puedan ir a quejarse con *ellos* sobre sus problemas.

—Un senado y toda esa mierda, ¿eh? —dijo Hunt—. Suena muy oficial.

Ella lo volteó a ver.

—¿Y qué hay de ti? ¿Por qué tu sí puedes salirte de la 33ª y todo lo relacionado con los ángeles, pero yo no puedo apartarme del drama de las hadas?

—Yo no hice que aparecieran islas mágicas en el océano ni resucité todo un territorio.

—Bueno, Avallen es distinto —dijo ella.

—Lo que pasa es que no quieres perder tu nueva casa de verano —le dijo él por molestar y cruzó la habitación hacia ella. Bryce dejó que él la pusiera contra el librero y amó su tamaño y vigor y el muro de poder que era Hunt.

—Tal vez no —dijo ella sin ceder nada—. Pero hasta que las hadas me demuestren que pueden compartir Avallen con todos, es mía.

Había dudado si enviar todos los libros de Parthos allá, a los Archivos Avallen, pero los quería cerca. Quería que estuvieran accesibles para todos, no encerrados en una isla remota.

—O, al menos, es mi responsabilidad —corrigió.

—Sí, bueno, Baxian muere por salir de esa isla y regresar a la civilización, así que tal vez habría que buscar un cuidador.

Fury y June ya habían regresado a Ciudad Medialuna. Había un límite a qué tanta vida medieval podían soportar sus amigas, al parecer. Pero Baxian se había quedado.

Ella hizo una mueca de arrepentimiento. El ángel había mantenido en orden a las hadas desde que ella y Hunt dejaron Avallen en sus manos. Había cuidado bien a todos los refugiados que llegaron ahí. Danika hubiera estado orgullosa. Bryce se había asegurado de decirle eso al Mastín del Averno... y sobre haber visto a su pareja en el mundo de los muertos. Él había guardado silencio durante la llamada y ella supo que estaba llorando, pero lo único que le dijo a Bryce fue: «Gracias».

—Está bien, está bien —le dijo Bryce a Hunt—. Establecer una democracia, encontrar nueva nana para Avallen, tú en tu papel de Patán Intimidante... ¿algo más que tenga que hacer? ¿Además de iniciar mi propio negocio? —hizo un ademán hacia la galería que pronto abriría.

—¿Qué tal contratar un asistente sexy?

No le pasó desapercibido el calor en sus ojos. La chispa.

Ella se mordió el labio.

—Asistente sexy, ¿eh? ¿Estás bien con pasar de ser el Umbra Mortis a ir a traerme mi café?

—Si tiene prestaciones de sexo atrevido de oficina, estoy bien con lo que sea —le gruñó Hunt y le mordisqueó la oreja.

—Ah, el puesto *definitivamente* tiene prestaciones de sexo atrevido de oficina —le ronroneó ella.

Sintió su dureza presionarse contra su cadera cuando dijo en tono grave y malicioso:

—Duendecillas, vayan a buscar otro lugar donde estar por un rato.

Ellas rezongaron, pero salieron volando hacia las escaleras, todas de un tono rosado intenso. Syrinx salió corriendo detrás de ellas, ladrando.

A Bryce no le importó a dónde fueron, no ahora que Hunt presionaba su pene contra su centro y ella se retorcía.

—Súbete al escritorio —le dijo Hunt con voz como grava.

Ella sintió que la sangre le latía con fuerza por todo el cuerpo.

—Ya se nos hizo tarde para la reunión con Ruhn y los demás del Aux.

—Pueden esperar —dijo él. Su voz era anhelo puro e implacable. A ella le temblaron las rodillas.

Pero Bryce apenas había dado un paso hacia el escritorio cuando sonó su teléfono. Baxian.

—Llámalo más tarde —dijo Hunt y se paró detrás de ella. Subió sus manos por sus muslos y le fue subiendo la falda con ellas. Sí... *carajo*, sí.

Sonó el teléfono de Hunt. Baxian otra vez.

—Tal vez deberíamos... contestar —dijo Bryce, aunque casi no lo hacía, considerando que Hunt ya tenía su falda en una mano y la otra en su trasero desnudo...

Hunt gimió y buscó su teléfono. Contestó con un abrupto «*Qué*».

Con sus oídos de hada, Bryce podía escuchar perfectamente lo que Baxian preguntó:

—¿Dónde está tu pareja?

Ese tono de pánico y urgencia hizo que Hunt pusiera el altavoz y dijera:

—Los dos estamos aquí.

Baxian dejó escapar una exhalación temblorosa y la excitación de Bryce desapareció. Un temor helado le llenó el estómago. Si algo había sucedido ya, un ataque a Avallen...

—Yo... —dijo Baxian y se ahogó con la palabra—. Hay como dos docenas de ellos.

Bryce intercambió una mirada confundida con Hunt y preguntó:

—¿Ellos?

Baxian dejó escapar una risa que casi bordaba en la histeria.

—Juro que fue como si hubieran brotado de la tierra, como si hubieran estado hibernando o escondidos en alguna parte, no tengo ni puta idea...

—Baxian —dijo Bryce con el corazón acelerado—. *¿Qué pasa?*

—Caballos voladores. Caballos con *alas*.

Bryce parpadeó lentamente.

—Caballos... con alas.

—Sí —dijo Baxian y su voz subió de tono—. Están volando por todas partes y destrozando todo y comiéndose los cultivos y creo que tal vez necesites venir porque parece ser el tipo de cosa que le corresponde a la Supermágica y Fantástica Princesa Astrogénita...

Bryce miró a Hunt, el asombro la inundaba.

—Hay caballos voladores en Avallen —dijo Hunt con los ojos tan abiertos como los de ella, una dicha pura se encendía ahí.

—En el recuento de Silene —exhaló Bryce— decía que su madre tenía caballos voladores. Cómo algunos vinieron acá... y había representaciones de ellos en la Cueva de los Príncipes y en el castillo de Morven. Pensé que todos habían muerto, pero tal vez... —Bryce sacudió la cabeza—. ¿Es posible?

¿Helena de alguna manera los había mantenido vivos en secreto, esperando hasta que estuvieran seguros otra vez?

No le importaba. No ahora.

—Hay caballos voladores en Avallen —le repitió Bryce a Hunt—. Hay *pegasos* en Avallen.

—Por favor, ven a ayudarme —dijo Baxian miserablemente.

—Estaremos ahí al amanecer —dijo Bryce y colgó el teléfono de Hunt. Miró los ojos encendidos de su pareja. Ya no había sombras, ya no había halo, ya no había dolor. Nunca más.

—¿Posponemos el sexo de escritorio?

—¿Por ir a ver a Jelly Jubilee en persona? —sonrió Hunt—. Lo que sea.

Bryce lo abrazó del cuello y lo besó, luego corrió a la puerta.

Había un ángel en su oficina y una manada de pegasos en Avallen. Y los asteri ya no estaban y los muertos eran libres... Y aunque sabía que había trabajo por hacer para sanar Midgard, el mundo estaba allá afuera. La *vida* estaba allá afuera.

Así que Bryce y Hunt salieron corriendo a vivirla.

Juntos.

ESCENA EXTRA:

BRYCE, NESTA Y AZRIEL

Plic. Plic-plic-plic. Plic.

Con los ojos cerrados y la cabeza apoyada en las piedras húmedas e irregulares de la pared de la cueva, Bryce escuchó hablar a la roca y el agua.

Plic-plic. Ploc. Plic-plic-ploc.

Era una mejor conversación que lo que le habían ofrecido Nesta o Azriel en las dos horas que habían estado descansando. Técnicamente, se suponía que Bryce estaba durmiendo. Pero sin un día o noche para que le dictara un ritmo a su cuerpo, sólo se quedaba en un semiestupor sin realmente dormir ni tampoco estar despierta.

Plic-ploc-ploc. Plic.

Bryce abrió un ojo y miró a sus dos compañeros. Nesta estaba sentada recargada en la pared frente a ella, con la cabeza agachada y respirando con suavidad.

Pero Azriel estaba mirando a Bryce. Ella se sobresaltó y se golpeó la cabeza contra la roca. Un dolor blanco le fracturó la vista en astillas. Para cuando se despejó, Nesta ya había despertado.

—¿Qué pasó? —dijo Nesta y se asomó hacia el túnel, primero a un lado, luego al otro. La oscuridad goteante llenaba el espacio en ambas direcciones; sólo la interrumpía el brillo plateado y acuoso de la estrella de Bryce a través de su camiseta. Un brillo constante que no había aumentado ni disminuido. Como si estuviera diciendo: *Vas bien. Sigue avanzando.*

Bryce se frotó la parte trasera de la cabeza adolorida y se sentó.

—Nada. Sólo el típico guerrero depredador-de-la-noche observándome mientras duermo.

—No estabas durmiendo —dijo Azriel con voz levemente divertida.

—¿Cómo lo sabes? —preguntó Bryce, pero sus labios empezaron a formar una sonrisa.

Nesta bostezó, estiró los brazos sobre la cabeza y giró el cuello de lado a lado.

—Su trabajo es estar vigilante —dijo. Bajó los brazos y le frunció un poco el ceño a Azriel—. ¿De verdad estabas viéndola dormir?

Azriel la miró molesto.

—Cuando lo dices así, suena... desagradable.

—Da mala espina —gruñó Bryce.

—*Eres* una desconocida para nosotros —señaló Nesta—. Seríamos tontos si nos descuidáramos un segundo. Incluso mientras duermes.

Bryce cruzó las piernas y suspiró. Ya no había esperanza de dormir ahora.

—Bueno, pues dejemos de ser desconocidos —sugirió. Era una técnica de supervivencia que Randall le había enseñado: intentar simpatizarle a los captores. Hacerlos ver su corazón y su alma para que pudieran considerar *no* matarla.

Porque aunque ya no estaban en esa celda de interrogatorio, aunque Nesta ya le había devuelto el teléfono, Bryce no dudaba que la opción de matarla seguía sobre la mesa.

—¿Qué quieres saber? —preguntó Nesta con cautela.

Bryce miró a los dos.

—¿Cómo se conocieron?

Podría jurar que Azriel se tensaba, como si estuviera considerando qué tan peligrosa podría ser cualquier respuesta, evaluando por qué Bryce podría querer saberlo.

—Había una guerra —dijo Nesta brevemente.

—¿Entre quienes? —preguntó Bryce.

De nuevo, ese silencio evaluador. Azriel contestó en esta ocasión.

—Entre un rey hada malvado y nosotros.

—¿Ustedes dos o, más bien... todos?

Nesta le lanzó una mirada fulminante.

—Sí, el Rey de Hybern nos declaró la guerra sólo a mí y a Azriel.

Bryce se encogió de hombros.

—No me sorprendería con las hadas. Son unos hijos de puta rencorosos y todo eso.

Azriel rio, pero dijo:

—Quería conquistar nuestras tierras... y el resto del mundo. No teníamos intención de permitirlo.

Nesta agregó con seriedad:

—En especial después de que nos convirtió a mí y a mi hermana de humanas a altas hadas.

Fueron palabras agresivas y atormentadas.

—¿Asumo que su lado ganó? —preguntó Bryce arqueando la ceja.

—Derrotamos a Hybern —confirmó Azriel. Una mirada hacia La Que Dice la Verdad a su lado. Luego a Nesta—. Nesta decapitó al rey de Hybern.

—Qué cabrona —exhaló Bryce.

Una satisfacción salvaje brilló en los ojos de Nesta.

—Se lo merecía —dijo y miró a Bryce—. Por lo que nos has contado, en tu mundo están constantemente en guerra. ¿Hay... rebeldes?

—Sí —dijo Bryce y se puso a juguetear con la costura de su camiseta—. Han estado luchando contra los asteri por mucho tiempo. Mi pareja, Hunt, peleó en una rebelión distinta hace siglos... una que fracasó. Los humanos iniciaron otra un siglo después. Y los asteri estaban tan emputados por eso que instauraron el servicio de reclutamiento de humanos.

—¿Qué es eso? —preguntó Azriel.

Bryce frunció el ceño.

—Todos los humanos son miembros de la clase peregrini, a diferencia de los vanir, que son ciudadanos completos: civitas. Y cada peregrini tiene que realizar un servicio militar imperial que dura tres años. Los asteri los envían directamente al frente rebelde. Los hacen matar a su propia gente. Matar a la gente misma que está luchando por su libertad.

—¿Tú tuviste que servir? —preguntó Nesta mirando a Bryce.

—No —dijo Bryce con la voz densa—. Mi madre negoció un acuerdo con mi padre biológico, que es hada. Él me asignó el estatus completo de civitas y, por tanto, quedé exenta del reclutamiento. Él es un desperdicio de persona, en general, pero mi madre estuvo dispuesta a correr el riesgo de ponerse en contacto con él, a permitirle volver a estar en nuestras vidas, por mí. Para que yo pudiera evitar ir al frente.

Nunca dejaría de agradecerle eso a su madre.

—Pero tu madre, como humana, tuvo que servir, asumo— dijo Nesta, con expresión de piedad.

—No —dijo Bryce nuevamente—. Para preservar las mentes humanas más brillantes, los asteri ofrecen una oportunidad para eludir el reclutamiento. Si tu puntuación en la prueba está entre las más altas, se te considera lo bastante valioso para no tener que servir. Mi madre hizo el examen a los dieciséis años, le fue muy bien, y se le permitió evitar el servicio. A mi padre, mi padrastro, quiero decir, le faltó un punto para no tener que hacerlo. Lo enviaron al frente dos semanas después. Eso, eh... no fue fácil para él.

Randall había luchado con la carga de los años que pasó como francotirador por mucho tiempo. Aún iba a terapia dos veces a la semana por ello y todavía, en algunas ocasiones, se perdía en los horrores que había tenido que soportar e infligir sobre otros.

Dioses, Bryce esperaba que estuviera a salvo. Esperaba que hubiera podido retomar esas habilidades para matar que le habían costado tanto para mantener a su madre y a Cooper a salvo.

—Tu madre debe ser bastante inteligente, entonces —dijo Nesta—. Y resiliente.

—Sí —dijo Bryce y le dolió el pecho—. Es insoportable, pero mucho de lo que soy se lo debo a ella. Tu mamá también debe estar orgullosa de toda tu... cabronez.

La espalda de Nesta se tensó.

—Mi madre estaría revolcándose en su tumba si supiera que soy una guerrera... si supiera que uso pantalones todos los días y que mi pareja es un hada. No sé qué la hubiera horrorizado más: que me casara con un humano pobre o que me convirtiera en lo que soy ahora.

Bryce hizo una mueca de arrepentimiento.

—Suena como todo un caso. Sin ofender.

La boca de Nesta se movió hacia un lado con sonrisa irónica.

—No me ofendes.

Bryce movió la barbilla hacia Azriel.

—Tú tienes el aspecto taciturno de alguien con una madre horrible también. ¿Nos cuentas?

Nesta resopló:

—Az nunca habla de su mamá y nuestros amigos tampoco, así que yo me atrevo a adivinar que es aún peor.

El ilyrio gruñó suavemente.

—Mi madre es todo menos horrible.

Nesta se tensó, como si le sorprendiera haberle sacado esa respuesta.

—Estaba bromeando, Az, ni siquiera sabía...

—No quiero hablar de esto —la interrumpió Azriel con frialdad.

A Bryce no le pasó desapercibido el brillo lastimado en los ojos de Nesta. Para intentar salvar la conversación, dijo:

—Bueno, aunque no venga al caso, mi mejor amiga, Danika, también tenía una madre horrible.

—Yo no tengo el monopolio —dijo Nesta sin expresión, todavía recuperándose del exabrupto de Azriel.

Bryce le ofreció una sonrisa.

—Danika decía que le daba carácter —y ante la expresión cerrada de Nesta, dijo también—: Y creo que tenía razón, de cierta manera. Creo que la crueldad de su madre la volvió una persona más amable, más considerada. Veía cómo Sabine trataba a los demás y se sentía tan asqueada que quiso convertirse en lo opuesto. Danika vivía aterrada de convertirse en su madre.

Nesta no dijo nada, pero... ahí. Asintió ligeramente. Como si comprendiera. Como si ella viviera con ese temor todos los días.

El agua *plic-plic-plicaba* otra vez en el silencio denso.

—Entonces ese... *teléfono* tuyo —dijo Nesta de pronto, como si le urgiera cambiar el tema por el bien de todos—. Dijiste que tenía música, ¿no?

Bryce sacó el teléfono de su bolsillo trasero, su brillo deslumbrante contrastaba con la suavidad de su luzastral.

—Sí. Tengo toda mi biblioteca de música aquí.

El reloj de su teléfono indicaba que eran las 3:56 de la mañana. Le dio vueltas la cabeza. ¿Era la hora aquí? ¿O de casa? ¿Qué día era aquí... o allá? ¿Cuánto tiempo llevaban Hunt y Ruhn en...?

—¿Puedo... oír algo de tu música?

La pregunta de Nesta fue cautelosa, como si le incomodara hacerle una petición tan personal.

Bryce esbozó una media sonrisa.

—Claro, ¿qué tipo de música te gusta?

Ante su silencio confundido, Bryce dijo:

—Clásica, *dance*, jazz... está bien, parece que esas palabras no significan nada para ti.

—Pon la música que represente mejor tu mundo —dijo Nesta.

—Creo que Midgard iniciaría otra guerra sobre ese tema —dijo Bryce—. Pero les pondré mi favorita, al menos.

Hizo una mueca al ver la batería que iba terminándose, muy consciente de que reproducir música la drenaría, pero el deseo de tener una probadita de casa la hizo sobreponerse a su aprensión.

Bryce buscó en su música hasta que encontró el dúo de folk que le había venido a la mente de inmediato: Josie y Laurel. Le tembló un poco la mano con la magnitud de elegir cuál de sus muchas canciones reproducir, cuál canción sería la *primera* de ellas que se escuchara en este planeta. Sus favoritas siempre cambiaban dependiendo de su humor, de la fase de la vida en la que estuviera. Al final, se dejó llevar por su instinto.

Stone Mother empezó a sonar, sus tambores vibrantes e intensos que contrastaban con las guitarras delirantes pero melodiosas. Y luego, la voz de Josie llenó el túnel, aguda y elevándose, acentuada por la voz dulce y clara de Laurel en el acompañamiento. El sonido era extraño, terrenal... cautivador. En cuestión de unas cuantas notas, Bryce ya estaba de regreso en la recámara de su niñez en Nidaros, tirada en la alfombra, permitiendo que el sonido de la música la inundara por primera vez.

Luego estaba en las colinas secas de Valbara, rodeada de olivos. Luego en el embarcadero flanqueado por palmeras a lo largo del Istros. Luego con Danika. Luego sola.

Luego con Hunt.

Esta canción la había acompañado en todo... a lo largo de los años de dolor y vacío y reconstrucción. La había acompañado de la luz a la oscuridad y luego de regreso a la luz.

Las armonías espectrales hacían eco en las rocas hasta que parecía que las rocas mismas estaban cantando.

Y luego terminó y regresó el silencio. Nesta tenía los ojos abiertos como platos.

—Qué hermoso —dijo después de un rato—. No entendí una palabra, pero la *sentí*.

Bryce asintió con pesar ante el recuerdo de casa, de los rostros que la canción le había traído a la memoria.

—Ése es un sonido tipo folk, country. Pero ahora les pondré lo que llamamos *música clásica*, el tipo de música que se toca en grandes salas de conciertos. Mi amiga Juniper baila con este tipo de música en el Ballet de Ciudad Medialuna. Yo bailaba antes, también, pero... larga historia. Ésta es una de mis partes favoritas. Es de un ballet que se llama *El ataúd de cristal*.

Bryce volvió a presionar *play* y empezaron a sonar los violines.

De nuevo, Nesta guardó silencio. Tenía ahora las rodillas abrazadas al pecho y veía hacia la oscuridad. Como si estuviera dedicando cada centímetro de sí misma a escuchar.

—Eso suena parecido a alguna de nuestra música —murmuró Azriel.

Nesta lo calló.

Bryce movió el pie al ritmo de la melodía. Leía las expresiones que recorrían el rostro de Nesta mientras se escuchaba la música. Asombro y curiosidad, dicha y... nostalgia. Nesta parecía vibrar con la música, aunque no se movía para nada. Como si estuviera reviviendo sólo al escuchar el sonido.

Cuando terminó la pieza, con su estruendoso final retumbando en la caverna, Nesta miró a Bryce a los ojos y dijo:

—A mí también me gusta bailar.

Era un pequeño fragmento de ella, pero algo que le ofrecía voluntariamente. Bryce sintió que su corazón se acercaba un poco a la guerrera, sólo un poco.

—¿Sí?

Pero Nesta señaló el teléfono otra vez.

—Toca un poco más, por favor.

Así que Bryce lo hizo.

Dos horas más tarde, estaban caminando nuevamente. Tal vez Azriel se había interesado lo suficiente en la música para permitirles descansar un poco más. Bryce les puso una muestra de todos los géneros que pudo pensar. Nesta se puso las manos sobre los oídos con los gritos y alaridos del *death metal*, pero Azriel rio.

Probablemente se llevaría bien con Ruhn y sus amigos idiotas.

A Nesta le gustó más lo clásico y ambos se sintieron intrigados por el ritmo pulsante de la música club.

—¿*Eso* bailan en tu mundo? —preguntó Nesta.

Bryce no pudo distinguir si se sentía intrigada o decepcionada. Azriel, al menos, sí parecía disfrutarla.

Pero ahora estaban en silencio de nuevo, caminando al lado de grabado tras grabado. Tenían que estar acercándose a... lo que estuviera esperando al final de este túnel.

¿Pero qué tal si caminaban y caminaban y no encontraban nada? ¿En qué momento decidirían darse por vencidos? La estrella de Bryce seguía encendida, señalando el camino hacia adelante, pero, ¿y si no la estaban leyendo correctamente? Tal vez sus instintos estaban equivocados.

Tal vez Urd no la había enviado aquí. Tal vez todo era un puto error cósmico.

Un accidente gigante.

Bryce sintió que se le cerraba la garganta. Intentó no pensar sobre lo que le estaba sucediendo a Hunt y Ruhn, pero con la constante pesadumbre de los túneles, el miedo empezó a aumentar otra vez. ¿Estarían a salvo? ¿Siquiera estarían vivos?

—La música en tu mundo —dijo Nesta repentinamente, interrumpiendo la espiral de pesimismo en que estaba descendiendo Bryce—. ¿Está disponible para cualquiera?

—De cierta manera. Hay una especie de... biblioteca que no es física, sino que está hecha de máquinas que pueden guardar toda la información del mundo. La música, el arte, los libros... todo. Así que, sí, puedes encontrar cualquier canción, cualquier pieza musical, y escucharla cuando quieras.

—Tu mundo tiene maravillas —dijo Nesta.

Azriel agregó a unos pasos detrás de ellas.

—Y terrores.

Bryce gruñó para indicar que estaba de acuerdo.

—Y apuesto que el de ustedes también.

—Así es —dijo Azriel en voz baja.

Bryce habló para completar lo que él no revelaría.

—Pero nunca han visto cosas como pistolas o bombas, ¿cierto?

Asumía que así era dado que parecían muy sorprendidos cuando les mostró sus recuerdos en el Orbe Veritas.

—¿Los asteri inventaron esas armas? —preguntó Azriel con tono pesimista.

—No. Algún otro puto enfermo las inventó —murmuró Bryce—. Pero ahora están en todas partes.

—Todas deberían ser destruidas.

—Sí. No aportan nada bueno al mundo —dijo Bryce y ladeó la cabeza—. ¿Entonces ustedes tienen espadas y eso?

—Algo así —evadió Azriel.

Claramente no iba a informarle sobre sus defensas.

—¿Y su magia es...?

—Será mejor que no lo intentes —le dijo Azriel. Esa frialdad de antes empezó a entrar nuevamente a su voz.

Los labios de Nesta se apretaron al escuchar el tono, como si ella también lo estuviera recordando. Como si no le agradara.

—Está bien, está bien —dijo Bryce—. Pero me gustaría saber *algo* sobre su mundo. O sobre ustedes.

Ambos siguieron en silencio.

—Tú tienes una pareja, ¿cierto? —le preguntó Bryce a Nesta. Luego le asintió a Azriel—. ¿Y tú?

—No —dijo Azriel rápida y secamente.

—¿Novia o esposo?

—No.

Bryce suspiró.

—Bueno, está bien.

Las alas de Azriel vibraron.

—Eres increíblemente entrometida.

—Creo que eso es lo más amable que has dicho de mí —dijo Bryce y le guiñó—. Bueno, pues sí... soy curiosa. ¿Tú no?

Azriel no respondió, pero Nesta dijo:

—Sí. Lo somos.

Bryce pasó la mano sobre uno de los grabados: una niña pequeña sentada sobre un hongo, con un perro echado en el suelo a su lado.

—Me parece muy loco que en quince mil años en mi mundo hayamos desarrollado todo tipo de tecnología y que su mundo siga, ya saben, así —hizo un ademán hacia su ropa, la cueva. Al ver los ojos entrecerrados de Nesta, Bryce agregó—: Simplemente me estoy preguntando por qué no ocurrieron cambios similares aquí. Digo, nosotros teníamos a los asteri, pero muchos de nuestros inventos no provienen de ellos.

—Tal vez es el resultado de tantos mundos distintos que se mezclaron en Midgard —dijo Nesta, pensativa—. Cada uno contribuyó con su conocimiento. Unidos, lo descifraron. Separados, tal vez no lo hubieran hecho.

—Tal vez. Pero también teníamos la luzprístina... una fuente común de energía. Ustedes no tienen eso aquí. Sólo energía individual.

Era cierto que la energía común en Midgard se debía a los asteri. ¿Eso era algo bueno o malo? Sus sentimientos sobre ese tema eran una mezcla confusa de gratitud y rabia.

Nesta preguntó:

—Sin la luzprística, ¿crees que tu mundo se habría convertido en algo como el nuestro?

Bryce lo consideró.

—No veo otra manera de hacer que funcionen nuestros autos o nuestros teléfonos, así que... probablemente.

Azriel preguntó:

—¿Las pistolas necesitan luzprístina?

—No —dijo Bryce—. Y algunas de las bombas tampoco —sintió el peso de esa oscuridad—. Esos males seguirán en Midgard para siempre, incluso sin luzprístina.

—Y la gente seguiría matándose con o sin esas armas —dijo Nesta seriamente—. Los malvados siempre encuentran la manera de lastimar o herir.

—¿Aquí es donde me recuerdan que ustedes siempre encontrarán una manera de lastimarme o herirme si *yo* no me comporto?

—Sí —dijo Azriel con suavidad—. Pero aquí también es la parte en la que te digo que nosotros somos quienes, por lo general, intentamos encontrar una manera de detener a esa gente malvada.

—¿Eso no es algo revelador? —preguntó Bryce un poco en broma—. Se supone que tienen que conservar esa imagen de los hijos de puta grandotes y malotes, no decirme que son un montón de tipos buenos que luchan contra el crimen.

—Se puede hacer el bien —advirtió Azriel— sin dejar de ser malo.

Bryce silbó.

—Conozco varios hombres en casa que *soñarían* con pronunciar una frase con tal seguridad.

Nesta rio.

—Yo también conozco varios.

Azriel miró a Nesta con incredulidad, pero Nesta le sonreía a Bryce.

Bryce le sonrió también.

—El ego masculino: una constante universal.

Nesta volvió a reír.

—Si no fueras nuestra prisionera —dijo negando con la cabeza—, creo que me gustaría considerarte mi amiga, Bryce Quinlan.

Bryce no supo por qué las palabras le llegaron profundamente.

—Sí —dijo Bryce con voz ronca—. Lo mismo digo.

Caminaron de nuevo en silencio, pero ya no fue un silencio tenso. Había algo... más ligero en él. Como si no fueran sus captores, sino más bien sus compañeros.

De acuerdo. En este mundo, al menos, las hadas no eran tan malas. Claramente tenían su parte de hadas hijas de puta aquí también, pero Nesta... A Bryce no le parecía que fuera mala.

Era incómodo, en realidad. Bryce siempre se había enorgullecido de tener un resentimiento hacia todas las hadas, con las raras excepciones de su hermano y sus amigos idiotas, pero estos dos desconocidos, y lo que había logrado averiguar sobre la gente a su alrededor...

Parecían gente decente, que se preocupaba por los demás y que se amaban los unos a los otros.

No estaba segura de que las hadas de Midgard siquiera supieran qué quería decir la palabra *amor*. La definición del Rey del Otoño le había dejado una pequeña cicatriz en la cara a su madre.

Pero estas hadas eran distintas.

¿Importaba? Las hadas en Midgard no eran su problema y ella no quería que lo fueran pero, ¿qué tal si pudieran ser más? ¿Ese cambio era posible?

—¿Te gusta? —le preguntó de pronto Bryce a Nesta—. ¿Ser hada?

—Al principio, no —dijo Nesta sin rodeos—. Pero ahora sí.

Azriel parecía estar escuchando atento.

Nesta continuó:

—Soy más fuerte, más rápida. Más difícil de matar. No le veo la desventaja a eso.

—Y una expectativa de vida casi inmortal no está tan mal, ¿no? —bromeó Bryce.

—Sigo adaptándome a esa idea —dijo Nesta con la vista en el túnel frente a ella—. Ese tiempo es tan... vasto.

El día a día contra la extensión de los siglos —fijó su atención en Azriel—. ¿Cómo *haces* tú para lidiar con eso?

Él guardó silencio un momento antes de decir:

—Encuentra a gente que ames, ellos hacen que el tiempo pase rápidamente —miró a Nesta y continuó con tono de disculpa—. En especial si te perdonan los enojos ocasionales por cosas que no son su culpa.

Algo pareció suavizarse en la mirada de Nesta... alivio, tal vez por la ofrenda de paz que presentaba. Ella dijo, en voz baja y cautelosa:

—No hay nada que perdonar, Az.

Pero sus palabras habían aligerado algo de la tensión restante. Y las siguientes terminaron de despejarla por completo cuando le guiñó a Nesta.

—Y me han dicho que tener hijos también hace que el tiempo vuele.

Nesta puso los ojos en blanco, pero a Bryce no le pasó desapercibido el brillo que los iluminó. Nesta estaba dispuesta a jugar... a regresar a su dinámica normal. Admitió:

—No sé absolutamente nada sobre cómo criar a un niño —se señaló a sí misma—. Criada por una madre terrible, ¿recuerdas?

—Eso no significa que tú serás igual —dijo Azriel con suavidad.

Nesta permaneció en silencio por un instante y luego reconoció:

—Mi madre fue aún peor con Feyre... y mi hermana ha resultado ser... —buscó las palabras— una madre perfecta.

—No hay tal cosa como una madre perfecta —intervino Bryce—. Sólo para que lo sepas.

—Tu madre suena bastante perfecta —dijo Nesta con sequedad.

—Dioses, no —rio Bryce—. Pero ella será la primera en reconocerlo. *La perfección* es un ideal injusto para quien sea. Mi madre me enseñó eso, de hecho.

Bryce tragó saliva al pensar en Ember. ¿Los asteri la habrían buscado y matado? Si Bryce regresaba a casa algún día... ¿su madre estaría ahí?

Nesta le colocó una mano a Bryce en el hombro... de cierta forma parecía consolarla. Como si percibiera todo lo que pasaba por la mente de Bryce, el pánico que le latía en el corazón.

—¿Qué sucede? —preguntó Bryce y miró a la mujer.

Nesta asintió hacia el bolsillo de Bryce.

—¿Podemos oír un poco más de tu música?

Era una oferta amistosa, en definitiva con la intención de distraer a Bryce de sus pensamientos. Una amabilidad de una mujer que claramente no estaba acostumbrada a ese tipo de muestras. Bryce sacó su teléfono del bolsillo otra vez.

La batería ya estaba cerca de la zona roja. Moriría pronto. Pero, por esto... podría usarla.

—¿Qué quieren oír? —preguntó Bryce y abrió su biblioteca musical.

Nesta y Azriel intercambiaron miradas y el hombre contestó un poco apenado:

—La música que tocan en sus salones de placer.

Bryce rio.

—¿Eres una comadreja de antro, Azriel?

Él la miró molesto y se ganó una sonrisa burlona de Nesta, pero Bryce puso una de sus canciones *dance* favoritas: una mezcla alegre de bajo rítmico y saxofones, para variar. Y mientras los tres caminaban en esa oscuridad interminable, podría haber jurado que Azriel movía la cabeza al ritmo de la música.

Ella ocultó su sonrisa y tocó canción tras canción hasta que la batería de su teléfono se agotó. Hasta que ese último vínculo hermoso con Midgard oscureció y murió.

No más música. No más fotografías de Hunt.

Pero la música pareció permanecer, como un eco fantasmal en las cuevas.

Y con cada kilómetro que avanzaron después, podía escuchar a Azriel tarareando en voz baja para sí mismo. La melodía vibrante e intensa de *Stone Mother* brotaba de sus labios y ella podría haber jurado que incluso las sombras bailaron con el sonido.

AGRADECIMIENTOS

Incluso después de tantos libros, todos los días despierto agradecida por la gente increíble que he tenido el honor de conocer y con quien he trabajado y, con eso en mente, quiero dedicar mi amor y más profunda gratitud a:

El magnífico equipo global de Bloomsbury: Noa Wheeler (cuyo genio editorial no tiene parangón), Nigel Newton, Kathleen Farrar, Adrienne Vaughan, Ian Hudson, Rebecca McNally, Valentina Rice, Erica Barmash, Angela Craft, Nicola Hill, Amanda Shipp, Marie Coolman, Lauren Ollerhead, Rebecca McGlynn, Grace McNamee, Eleanor Willis, Katie Ager, Ben McCluskey, Holly Minter, Sam Payne, Donna Mark, David Mann, John Candell, Donna Gauthier, Laura Phillips, Jaclyn Sassa, Britt Hopkins, Claire Henry, Michael Young, Nicholas Church, Brigid Nelson, Sarah McLean, Sarah Knight, Joe Roche, Fabia Ma, Sally Wilks, Inês Figueira, Jack Birch, Fliss Stevens, Claire Barker, Cristina Cappelluto, Genevieve Nelsson, Adam Kirkman, Jenifer Gonzalez, Laura Pennock, Elizabeth Tzetzo, Valerie Esposito y Meenakshi Singh.

A Kaitlin Severini por la corrección de estilo y Andrea Modica y Hannah Bowe por la lectura de planas. A Elizabeth Evans por sus estelares adaptaciones de audio y a Carlos Quevedo por su increíble arte de portada.

A todo el equipo genial y brillante de Writers House: Robin Rue (maravillosa agente e increíble amiga), Beth Miller, Cecilia de la Campa, Maja Nikolic, Kate Boggs, Maria Aughavin, Albert Araneo, Sydnee Harlan, Alessandra Birch, Sofia Bolido, Angelamarie Malkoun, Melissa Vazquez, Rosie Acacia, Lisa Castiglione y Angela Kafka.

Al increíble equipo de Frankfurt Kurnit Klein & Selz: Maura Wogan, Victoria Cook, Kimberly Maynard, Louise Decoppet, Mark Merriman, Michael Ling, Michael Williams, Gregory Boyd, Edward Rosenthal, Molly Rothschild, Amanda Barkin y Nicole Bergstrom. A Jill Gillet por su sabiduría y orientación.

A mi hermana, Jenn, que me inspira cada día, y a mis queridos amigos que siempre me hacen sonreír: Julie, Megan, Katie, Steph y Lynette. A Laura y Louisse, cuyos correos electrónicos siempre alegran mi día.

A Ana, que cuida tan bien a mis bebés y me permite escribir estos libros.

A Josh, Taran, Sloane y Annie: son los mayores regalos que me ha dado la vida y los amo más de lo que puede expresarse con palabras.

Y a los lectores que hacen esto posible: gracias por *todo*.

Casa de flama y sombra de Sarah J. Maas
se terminó de imprimir en febrero 2024
en los talleres de
Litográfica Ingramex, S.A. de C.V.
Centeno 162-1, Col. Granjas Esmeralda, C.P. 09810
Ciudad de México.